荆楚文庫

黄焯集（上）

黄焯 撰
熊桂芬 汪波 整理

荆楚文庫編纂出版委員會
武漢大學出版社

荊楚文庫

黄焯集

HUANGZHUOJI

圖書在版編目(CIP)數據

黄焯集:全二册/黄焯撰 ;熊桂芬,汪波整理.
—武漢:武漢大學出版社,2019.12
ISBN 978-7-307-21098-1
Ⅰ.黄…
Ⅱ.①黄… ②熊… ③汪…
Ⅲ.《詩經》—詩歌研究
Ⅳ.I207.222
中國版本圖書館 CIP 數據核字(2019)第 180013 號

責任編輯:朱凌雲
整體設計:范漢成　曾顯惠　思　蒙
責任校對:汪欣怡
出版發行:武漢大學出版社
地址:武昌珞珈山
電話:(027)87215822　　郵政編碼:430072
録排:武漢大學出版社
印刷:湖北新華印務有限公司
開本:720mm×1000mm　1/16
印張:69.5　插頁:12
字數:965 千字
版次:2019 年 12 月第 1 版　2019 年 12 月第 1 次印刷
定價:346.00 元(全二册)

ISBN 978-7-307-21098-1

出版說明

湖北乃九省通衢，北學南學交會融通之地，文明昌盛，歷代文獻豐厚。守望傳統，編纂荆楚文獻，湖北淵源有自。清同治年間設立官書局，以整理鄉邦文獻爲旨趣。光緒年間張之洞督鄂後，以崇文書局推進典籍集成，湖北鄉賢身體力行之，編纂《湖北文徵》，集元明清三代湖北先哲遺作，收兩千七百餘作者文八千餘篇，洋洋六百萬言。盧氏兄弟輯録湖北先賢之作而成《湖北先正遺書》。至當代，武漢多所大學、圖書館在鄉邦典籍整理方面亦多所用力。爲傳承和弘揚優秀傳統文化，湖北省委、省政府决定編纂大型歷史文獻叢書《荆楚文庫》。

《荆楚文庫》以“搶救、保護、整理、出版”湖北文獻爲宗旨，分三編集藏。

甲、文獻編。收録歷代鄂籍人士著述，長期寓居湖北人士著述，省外人士探究湖北著述。包括傳世文獻、出土文獻和民間文獻。

乙、方志編。收録歷代省志、府縣志等。

丙、研究編。收録今人研究評述荆楚人物、史地、風物的學術著作和工具書及圖册。

文獻編、方志編録籍以 1949 年爲下限。

研究編簡體横排，文獻編繁體横排，方志編影印或點校出版。

《荆楚文庫》編纂出版委員會

2015 年 11 月

前　　言

《黄焯集》得以入選《荆楚文庫》，是《荆楚文庫》主編獨具慧眼的體現。因爲先父黄焯生前没有任何顯赫的頭銜，其學術貢獻迄今依然鮮爲人知。故本前言之寫不能不另闢蹊徑，從傳統中華文化歷史演進的基本描述起筆。

中華文明典籍奠基於先秦，規範於兩漢，演變於魏晉南北朝，異彩於盛唐，凝練於宋明，而伴隨着中華帝國末代王朝(下文將簡稱末清)之立廢，則有小學之興衰。

當然，這一基本描述並非學界之共識。然而，曾國藩先生制定的中華先賢名録①(下文將簡稱曾氏名録)却是一項可供參考的有力佐證。

黄焯先生特别鍾情於盛唐之異彩和末清之小學。

入選《黄焯集》的3部著作——《毛詩鄭箋平議》、《詩疏平議》、《古今聲類通轉表》——皆爲20世紀的小學精品。兩《平議》獲得國内外學者的高度評價，熊十力先生説“置於《皇清經解》毫無愧色”，日本漢學家因此而驚呼“禹域内尚有此人耶!”認爲“遠勝清人陳奂的《詩毛氏傳

---

① 曾氏名録：文周孔孟，班馬丘莊，葛陸范馬(葛，諸葛亮。陸，陸贄)，周程朱張，韓柳歐曾，李杜蘇黄，許鄭杜馬，顧秦姚王。

文周孔孟丘莊是先秦奠基的代表；班馬許鄭葛是兩漢規範的代表；韓柳李杜陸是盛唐異彩的代表；周程朱張歐曾蘇黄是宋明凝練的代表；顧馬秦王是末清小學的代表。

曾氏名録的局限性顯而易見。但其核心思考是修身第一，上列先賢著作是年輕人的必讀書。故老子、王安石不在其中，屈原落選而葛、陸入選，李清照落選而黄庭堅入選。

疏》"①。《 古今聲類通轉表》"對於推求聲音的變轉得到很多證明。在考求音史方面也有很大幫助"②。

兩《平議》的學術價值在於提出了"詩學"(或"治詩")的三大原則:毛傳爲本原則、重章互足原則、慎用通假原則。應該説,前賢對原則一和原則三已有諸多論述,但原則二則是黄焯先生的獨立發現。還應該説,這三條原則的立足點是章句始基原則,黄先生在其研究過程中反復運用、在其教學生涯中反復强調的,就是這條基本原則——章句始基原則。顯然,在黄先生心目中,没有什麽比章句始基原則更重要的東西了,該原則應該是并且必須是小學(包括語言學)的基本指導原則。

基於對章句始基原則的深刻認識,黄先生對20世紀前的西方語言學有自己的獨特思考 。先生的思考與20世紀西方哲學的語用學轉向,與維特根斯坦的"意義就是使用"著名命題,是遥相呼應的。這一點非常重要,下面引録一大段黄先生的文字予以印證:

> 《毛傳》的精密處前儒講到的很多,只是過於簡略,後人莫得窺其用意,反致迷謬。如《王風·丘中有麻》這篇詩,是歌頌留子嗟這人曾做過東周某一地方的長官,能領導人民開發丘陵地帶,增加糧食生産,去官之後,人民都懷念他。歌頌前任官的惠政,也就是諷刺後任官的虐政。詩首章前二句言"丘中有麻,彼留子嗟",次章言"丘中有麥,彼留子國",卒章言"丘中有李,彼留之子"。《毛傳》在首章説:丘中墝确之處盡有麻、麥、草木,乃彼子嗟之所治。他把三章詩全都解出來,認爲麻、麥、李(李指草木),是留子嗟一人領導人民種植起來的。但他在第二章"彼留子國"下又説:子國 ,子嗟父。於是把這鄭玄弄得糊涂起來加上一道箋語説:言子國使丘中有

① 見丁忱:《黄焯先生學述》,《長江學術》2008年第1期。
② 見該書上海古籍出版社1983年版的出版説明。

> 麥，著其世賢。卒章"彼留之子"，鄭又説，留氏之子，於思者則朋友之子。到了清代，有幾輩經師如李黼平、馬瑞辰、俞樾都認爲"之子"是指子嗟之子，以爲著名留氏三代都是那一地方的賢長官。但仔細一想，留氏三代恰恰都做過那一個地方的官，怎麽會有這麽碰巧的事情呢？毛公作《傳》極精，怎麽在第一章將種麻、麥、李都歸功於子嗟一人，而第二章提到種麥，却又説是留子嗟之父留子國？孔穎達《正義》不得其解，只説道：毛時書籍猶多，必有所據，未詳毛氏何以知之。我想毛公如此作解，必有其故。他既認爲詩三章都是歌頌留子嗟的，决不會在第二章把種麥又説成是留子國所做的事。他定是知道詩詞爲四字句所限，二三兩章互相配足，又爲取韵之故，二章只取子國，下面省去"之子"二字，三章言"之子"，是承二章"子國"爲一句，而在本章"之子"上省去"子國"二字，實則都是説彼留子國之子，而爲"子嗟"的變文罷了。鄭君既誤解於前，而孔穎達又説毛公另有所據，而究其實毛公何嘗别有所據，只是據本詩知之。至於清代諸儒説是著明留氏之賢，其謬誤更不用説了。這麽一個小小問題，鬧了一兩千年，才得明白，可見在學術方面還有多少重大問題須待後人去鑽研哩。

這段文字採取了叙事方式，並使用了黄先生平時很少用的白話文體，以便現代人理解。其基本内容兩《平議》都有論述，在《詩説》裏還有專篇《詩義重章互足説》。那麽，本叙事的特殊意義何在？一、非常形象地刻畫了一幅演繹運用過程的景象；二、非常詳盡地揭示了語境型省略語句在《詩經》裏的赫然存在；三、非常簡明地概括了其綜合過程的要點。非常有趣的是，維特根斯坦爲了論證"意義就是使用"的命題，也使用過語境型省略語句。維先生與黄先生的差异僅在於，維先生是自行創新，而黄先生是使用現成的古代語料。但結論是一致的，即語言存在復雜的語境型省略，重章互足就是語境型省略的一種形態。

黄先生的叙事表明，"詩義重章互足"的發現不是單純的分析和歸納可以完成的，必須同時依賴綜合與演繹，這就是黄先生做學問的基本思路①。對綜合與分析、演繹與歸納的統籌運用是“章句始基”原則的靈魂，也是“意義就是使用”命題的靈魂。

一位異軍突起的國學大家曾有如下私談（大意）：“黄侃用弓箭射中了目標，其對立方雖然擁有現代工具，却屢射不中。”爲什麽？那位大家並未明言。其實，答案就在上面的叙事裏，工具固然重要，但思路更關鍵。這裏的思路，用現代話語來説，就是繼承性創新。黄先生叙事的最後話語，不就是對繼承性創新的呼唤麽！

黄先生一生費力最大、費時最長的巨著是《經典釋文匯校》，迄今已再版多次，以黄繼祖（黄侃七子）重輯的2006年版本爲最佳。1980年初版在港臺發行時，引起巨大反響，不日售罄。但至今未見專文“公評”，所以，這裏只引用一段“私議”，來於西南師範大學鄭思虞教授的致友人書。

> 耀先夫子《經典釋文匯校》研精覃思，採摭群言，實爲不朽巨著。虞常供奉案頭，直如刊堂請業，沐德良厚也。

下面，該説一下黄先生最鍾情的盛唐異彩了。該異彩涉及的課題太多，這裏衹指出其中的兩大呈現：散文和唐詩，代表人物分别是曾氏名録裏的韓柳和李杜。黄先生常引姚姬傳（即曾氏名録裏的姚）的話“古文難作，遠過於詩”，並進一步發揮説：“唐宋兩代歷時都在三百年左右，其以詩名家者達數百人，而以古文名家者則不過數人，以知學古文者難成。”又説：“章太炎早年輕視吴蜀六子，晚年却常看宋六家文集，焯於是有兼習散文之意。然自知才力低下，不能習此。有時戚友以文相囑，亦勉與酬應，不覺自忘其陋。”

---

① 黄先生每當提及其學術思路時，必定首先説明，該思路來於其從叔黄侃，没有例外。毫無異義，黄侃是源，黄焯是流。但源流之間的相互作用是複雜而微妙的，黄焯晚年傾全力整理黄侃遺墨，衹是一個事實和表象，内涵尚未見闡發。

那麽，對於這一“難成”的異彩，黄先生是有成還是無成？這個問題還没有見到相關論述。所以，有志於研究散文者可參看《蘄春黄氏文存》賞析。

本前言的結束文字將選用我爲先父撰寫的挽聯。

繼許鄭章黄，洞明千載疑難。任十年風雨飄摇，珈山屹立，鋭意伸張華夏志。

追左司韓柳，探求萬仞神奇。忍三迭陽關冷落，琴臺獨步，壯心恪守漢家風。

黄曾暘

二〇一八年十月十日

總目録

荆楚文库

古今聲類通轉表

目　录

自　序

焯往歲隨侍先叔父季剛先生，見其披閲古籍，凡於文字聲音之相通或有變轉者，每加意及之。嘗命焯録《説文》聲母字之有重音者爲一帙，其一字而有異聲者則規識其旁。焯因是旁搜諸經傳，凡可爲聲音通轉之證者，類聚而分列之，計分喉舌、舌喉、喉齒、齒喉、喉脣、脣喉、舌齒、齒舌、舌脣、脣舌、齒脣、脣齒十二類，其喉舌、舌喉實可併爲一類，喉齒、齒喉諸類視此，實則可分者，止六類而已。惟此六類中，亦多有互通者，是又未可過嚴其畛域也。經史子文可備甄采之資料至夥，中年以前屢經喪亂，未及徧搜，今老矣，又以昏眩疾不任尋檢，徒據舊稿類次寫定，成爲《古今聲類通轉表》十二卷，其罣漏弘多，知所難免已。公歷一九七四年八月黄焯耀先甫時年七十有三。

凡　例

此表首列《説文》形聲字聲子與聲母之異聲者，其重文、讀若之異聲者附見其中。次列《經典釋文》《玉篇》《類篇》之異聲諸字。次列經傳子史之異文異音者。而以《詩》《騷》、漢晉諸賦及《易》《書》《三禮》《三傳》《爾雅》《方言》《説文》《廣雅》《玉篇》《廣韻》《集韻》與《史》《漢》《莊》《荀》等書之連字終之。凡諸經傳及子史中之連字所采者少，以徧尋爲難，特以示例云爾。

《説文》形聲字有聲子與聲母不同類者録之，其從聲子得聲，而聲仍與聲子同者則不録，如臬從自聲，録之，而劓從臬聲，仍屬疑類則不録，以免繁重也。

凡變聲字只録聲子與聲母有異者，若其子又生孫，而其聲還與祖同者，因已於子母異類中見之，不復重出，如璽從爾聲，而纚式支切則從璽聲，還讀入舌，是也。

《説文》形聲以大徐校本爲主，或兼採小徐。其原有譌誤，如必聿諸字之得聲者，皆仍之，不輕加改易也。

《釋文》之音有不宜取者，如《周禮・大馭》注：軓，當云媿美反，又音犯，盖軓一本作軏，故又音犯，非軓有犯音也。又如《校人》八麗，云：依注八皆音六，此謂依注八宜爲六，乃字之誤，非謂八讀六音也。凡《釋文》音字有誤者，則據别本正之。如《易・繫辭下》剡木，因冉反，因爲誤字，依唐寫本改作囚。《儀禮・士昏禮》授校，丁孝反，依宋本作下孝反之類，是也。

《釋文》所發音，如《禮記・祭法》相近，依注讀爲禳，如羊反，蓋以注云，相近當爲禳祈，聲之誤也。凡由聲之誤者皆載之。又如幽宗、雩宗，宗依注並讀爲禜，禜敬反，則以注云，宗皆當爲禜，字之误也。

凡字誤而無聲音之關係者則不取。他如又音爲改字者亦不取，如《左傳·文十四》己音紀，又音祀，此明己一本作巳，非謂己有祀音。《宣十八經》至笙，徐又勑貞反，云本作檉，亦作朾，盖勑貞爲檉字作音，非謂笙有勑貞之音，故皆不取也。

凡云某之言某，或云某猶某，如《禮記·郊特牲》乃通以移民注移之言羨也，《喪大記》注：夷之言尸也，此類常有聲音關係。惟以見於經傳者多，兹不具録。

凡用字不同，而皆可通，不定有聲音之關係者，不取。如《禮記·孔子閒居》大斂於阼，注阼或爲堂。又問喪哭泣無數，注數或爲時，此類異文，義皆可通，不定有聲音之關係也。

凡字有因相似溷用，而皆可通者，如《禮記·儒行》不斷其威，注斷或爲繼，此亦於聲無關者，今亦不取。

有两本用字不同，實於聲無關者，不取。如《儀禮·士昏禮》贊爾黍，注：古文黍作稷；又於是與始飯之錯，注：古文始作姑之類。

凡純爲字形之誤而非聲通通[①]用者，不取，如《禮記·緇衣》唯君子能好其正，注：正當爲匹字之誤也是[②]。《郊特牲》饗禘有樂而食嘗無樂，注云：禘當爲禴字之誤也，此據《書·吕刑》知禘爲禴之誤，亦與聲無關也。

《類篇》載重音之字，其兩音同一聲母者，止載首見一音，如《艸部》蕤，津垂切，又遵爲切，津遵同在精紐，今止載津垂一音，是也。

《類篇》有二字同聲而復異聲者，亦入之聲類通轉之中，如讙、貒同呼官切，而讙又逵員切，貒又他官切，則入之羣透通轉之中是也。

凡《類篇》所載重音，有兼喉舌齒脣三類或四類者，如齣字巴校切，又即約切，又職略切、丁略切，如以齣入脣齒類，則止載巴校、即約二切，而舌音職略、丁略二切則略之，或兼載而加括弧其中，他類視此。

《類篇》所載重音，悉本之《集韻》，今不采《廣韻》《集韻》，而

① 此處兩“通”字，疑誤衍一“通”字。
② 此處“也是”疑誤倒，或衍一“是”字。

獨取《類篇》者，以《廣韻》所載重音爲少，《集韻》重音則散見各韻中，不若《類篇》彙集重音爲一處，其檢尋較便也。

凡連字、對字，依錢坫《詩音表》，於《詩經》中取之。復於《楚辭》及《文選》中諸賦取其連字，並旁及子、史及文字、訓詁、聲韻諸書。餘杭章君《正名雜誼》云：西方以數聲成言，乃爲一字，震旦則否，《釋故①》《釋言》而外，復有《釋訓》，非聯緜两字，即以雙聲疊韻成語，此異於單舉者。又若事物名號，合用數言，歲陽歲陰，義則難解，放勲重華，古聖之建名，阿衡祈父，官僚之定命，是皆两義和合，并爲一稱苟自西方言之，亦何異一字耶。焯案凡經傳中諸聯緜字，其得成爲一辭，必皆有聲音之關係，故剌取諸書中連字以證之，特難徧舉耳。

① 此“故”疑爲“詁”字之誤。

第一　喉舌通轉

影端　黟《説文》从多聲，烏雞切。多，得何切。　葯《類篇》乙角切。又丁歷切。　闉闍《詩·出其東門》出其闉闍。黯黮劉向《九歎》。委頓《左傳·襄九年》注。

影透　醷《莊子·知北遊》釋文：噫醷，於界反，一音他感反。涒《類篇》紆倫切。又他昆切。　哀恫《詩·桑柔》哀恫中國。

影定　㿉《類篇》烏憒切。又徒回切。侉安賀切。又杜瓜切。頯邕危切。又徒回切。　窈窕《詩·關雎》窈窕淑女。幽獨《楚辭·九章》。曖曃《遠遊》。鬱陶《九辯》。黯黮同上。委惰嚴夫子《哀時命》。櫻桃《禮·月令》注。於菟《左傳·宣四年》。宛童《爾雅·釋木》。於䰳《方言》八。徃徥音娃提。《集韻·平聲二》。於檡《漢書·叙傳上》。

影泥　涹《考工記》㡛氏注，釋文：涹，烏禾反。一音乃罪反。弇《類篇》衣廉切。又那含切。觸乙角切。又昵角切。厭於琰切。又諾協切。壓乙甲切。又諾叶切。　猗儺《詩·隰有萇楚》猗儺其枝。安寍《常棣》既安且寍。要褭東方朔《七諫》。腲脮王子淵《洞簫賦》。泱瀼《文選·海賦》。安䨺《説文解字》弟七。埃䐉同上。婐婉《説文解字》弟十二。搵抐《廣雅·釋言》。镺䠷《玉篇》下《長部》。㟪㛂《廣韻》三《上聲》。萎腇《後漢書·馬援傳》。欸乃柳宗元《漁翁詩》。

影來　槅《説文》从鬲聲，於革切。鬲，郎激切。彎䜌聲，烏關切。䜌呂員切。綰讀若雞卵。烏版切。　僂《穀梁·成元年》傳：公子手僂，釋文：於矩反。一音力主反。礐《類篇》烏酷切。又離宅切。獿於交切。又力交切。捰鄔果切。又盧卧切。 蟉於糾切。又力幽切。 婉孌《詩·齊風·甫田》婉兮孌兮。燕樂《鹿鳴》以燕樂嘉賓之心。鰋鯉《魚麗》魚麗于罶鰋鯉。 安樂《小雅·谷風》將安將樂。 蘊隆《雲漢》蘊隆蟲蟲。麀鹿《靈臺》麀鹿攸服。淹留《離騷》。愠惀《九辯》。窐寥《文選·高唐賦》。殷轔《文選·甘泉賦》。涒鄰涒，紆筠切。《文選·江賦》。淵潾同上。鼃律《方言》十二。《廣雅》作鼃䢦。鋃鏜《説文解字》第十四。乞䋲《廣雅·釋詁》。喝喇《玉篇》上《口部》。懊憦《集韻·去聲》八。傴僂《左傳·昭七年》。

影知 䃜《玉篇》於進切。又竹四切。《類篇》煙奚、陟利二切，同。 匽豬《左·襄二十五年》。

影徹 艧《類篇》屋郭切。又耻格切。

影澄 俋《莊子·天地》釋文：俋俋，徐於執反。又直立反。茜《類篇》於例切。又直例切。柚伊繆切。又仲六切。埃於開切。又丈几切。 倭遲《詩·四牡》周道倭遲。泓澄《文選·吳都賦》。洿澤《爾雅·釋鳥》。窐宎宎於加、宅加二切。《玉篇》中《宀部》。

影娘 䙰《説文》从女聲，依倨切。女，尼吕切。 萎《爾雅·釋草》釋文：萎，謝於藼，郭女委反。《類篇》邕危、女委二切，同。晵《玉篇》一活、女刮二切。䁔《類篇》委遠切。又女夬切。穵烏八切。又女滑切。 旖旎《楚辭·九辯》。猗狔《文選·高唐賦》。厭躡《文選·射雉賦》。

影照 約《説文》从勺聲，於略切。勺，之若切。 諲《類篇》伊真切。又之人切。䃌同上。犳伊堯切。又職略切。黖英皆切。又止忍切。黰於閑切。又止忍切。 鞅掌《詩·北山》或王事鞅掌。慰止《詩·緜》迺慰迺止。紆軫《楚辭·九章》。殷賑《文選·西京賦》。

影穿 㚟《説文》一曰讀若静女其姝之姝，於營切。姝，昌朱切。 藴

《類篇》邕居切。又春朱切。嘔烏侯切。又春朱切。喜隱几切。又昌志切。樞邕俱切。又春朱切。　　燕處《詩·鳧鷖》公尸來燕來處。

影神　飲食《詩·楚茨》神嗜飲食。

影審　医《説文繫傳》从矢聲，於計切。矢，式視切。紗少聲，於霄切。少，書沼切。　　安舒《詩·江漢》匪安匪舒。委黍《詩·東山》傳。黝黀《文選·蜀都賦》。頵賰於尹、式尹二反。《玉篇》下《頁部》。

影禪　棽《玉篇》烏侯切。又市由切。鋘《類篇》汪胡切。又時遮切。　　衣裳《詩·山有樞》子有衣裳。懮受《月出》舒懮受兮。夭紹《月出》舒夭紹兮。蜿蟬《長笛賦》作蜿蟮。王逸《九思》。宛潬《文選·上林賦》。婉僤同上。偠紹《文選·南都賦》。柍桭《文選·甘泉賦》。雍樹《漢書·夏侯嬰傳》。

影日　觿《説文》弱省聲，於角切。弱，而勺切。　　萎《爾雅·釋草》釋文：謝於危反。孫人垂反。踒《類篇》邕危切。又儒隹切。諉邕危切。又而睡切。棲邕危切。又儒隹切。橪因蓮切。又忍善切。蟯伊堯切。又如招切。颬烏回切。又儒垂切。　　枉攘嚴夫子《哀時命》。蓊茸《文選·南都賦》。葳蕤《文選·文賦》。葽繞《爾雅·釋草》。鷚鴯《莊子·山木》。

喻端　迻栘移《説文》从多聲，弋支切。多，得何切。　　斁《玉篇》余石切。又都故切。《類篇》夷益、都故二切同。檐余簾切。又都濫切。篰容朱切。又當侯切。睪羊益切。又都故切。阽余廉切。又都念切。　　斁《周書》彝倫攸斁。《説文》作攸殬。阽《漢書·紀》四服注：阽，音反坫之坫。阽，余廉切。坫，丁念切。

喻透　掾緣《説文》从彖聲，以絹切。彖，通貫切。蝝彖聲，与專切。邘郢或體，當从壬聲，以整切。壬，他鼎切。　　愉《詩·山有樞》釋文：是愉，毛以朱反。鄭作偷，他侯反。《漢書·地理志》引作婾。又《礼記·坊記》不愉，音偷，本亦作偷。又渝，古亦讀作偷，《詩·清人》舍命不渝，《韓詩外傳》引作偷。銚以招切。《詩傳》錢銚，何土堯反。儥《周礼·地官·司市》徵儥，劉音育。《字林》他竺反。台《穀梁·昭五》傳：失台，湯來反。揄《莊子·漁父》揄袂，音遥。又土由反。貽《爾雅·釋魚》貽，顧餘之反。本又作胎，他來反。洟《玉篇》弋之、他計二切。《類篇》延知、土禮二切，同。諭楊樹切。又他口切。俑餘種切。又他紅切。募《類篇》余章切。又他郎切。台盈之切。又湯來切。趯弋笑切。又佗歷切。訑余支切。又湯何切。詒盈之切。又他弋切。鞮延知切。又他計切。駃弋質切。又他結切。槦餘封切。又吐孔切。楹怡成切。又湯丁切。佚弋質切。又他結切。銛以冉切。又他點切。怠盈之切。又湯來切。悇羊諸切。又通都切。愉容朱切。又他侯切。洮餘招切。又他刀切。湯余章切。又他郎切。鰖愈水切。又吐火切。鮐盈之切。又湯來切。揄容朱切。又他侯切。捤尹捶切。又吐火切。姚餘招切。又他弔切。緸怡成切。又湯丁切。堞弋涉切。又託協切。銕延知切。又他結切。　暘《書·堯典》暘谷，《史記》本或作湯谷。緣《周禮·天官·内司服》緣衣，釋文：或作裿，同。吐亂反。甬《禮記·月令》角斗甬，《史記·商君列傳》作平斗桶。台《襄十二年經》圍台，《穀梁》作圍部。釋文：部本又作台。（下救台《穀梁》亦作部）又《詩·生民》即有部家室，《白虎通》引作台。又《漢書·紀三》吕台，注：蘇林云：台音胞胎。又《志八》如淳注：台音鮐。陽《莊子·應帝王》游于殷陽，或作殷湯。愮《爾雅·釋訓》愮愮，音遥。又作恌。

喻定　趯躍《說文》从翟聲，以灼切。翟，徒歷切。說从言兑，當从兑聲，又弋雪切。兑，大外切。鸐翟聲，以勺切。燿翟聲，弋笑切。鴆閱兑聲，弋雪切。殔隶聲，羊至切。隶，徒耐切。卤肉聲，讀若攸，以周切。卤，徒遼切。棪讀若三年導服之導。以冉切。豴隋聲，以水切。隋，徒果切。希讀若弟。羊至切。鱏蟫覃聲，余箴切。覃，徒含切。鋭兑聲，以芮切。　夷《易·明夷》夷于左股，釋文：子夏夷作睇，鄭、陸同。又《渙》匪夷所思，釋文：夷，荀本作弟。怠《周易·雜卦》豫怠，如字。虞作怡。壝《周禮·天官·掌舍》壇壝，戚唯季反。一音徒果反。儥《地官·司市》徵儥，劉音育。聶氏音笛。荼《夏官·硩蔟氏》注：從娵至荼，劉、沈音餘。李音舒。又音徒。鐔《考工記》桃氏，注：鐔以，戚音淫。一音徒南反。匜《儀礼·既夕礼》槃匜，音移。劉音徒何反。逾《聘礼》爲逾，劉音余。《説文》大溝反。窬《表記》穿窬，范羊朱反。徐音豆。佚《穀梁·文十一》佚害，大结反。窬《孝經·五刑章》穿窬，音俞。又音豆。《老子道經》注：穿窬音同。踰《論語·陽貨》穿踰，音瑜。又作窬，音同。一音豆。猶《莊子·大宗師》而我猶爲人猗，崔本猶作獨。軼《徐無鬼》超軼，李音逸。徐徒列反。鐔《説劍》鐔音淫。《三蒼》云：徒感反。揄《漁父》揄音遥。李音投。蟫《爾雅·釋蟲》蟫，郭音淫。又徒南反。鮐《釋魚》鮐，顧餘之反。《字林》作蚹，大才反。惿《玉篇》余氏、余支二切。又徒低切。店余染切。又徒黍切。䏲與脂、大奚二切。䐖以證、大登二切。錟弋廉、徒甘二切。籐以獵、徒協二切。軼夷秩切。又徒結切。沱弋支切。又徒羅切。襗余石切。《説文》大各切。瑒《類篇》余章切。又待朗切。荑延知切。又田黎切。蕍容朱切。又徒侯切。葉弋涉切。又達協切。余以諸切。又同都切。台盈之切。又堂來切。逾容朱切。又徒侯切。迭弋質切。又徒結切。徥延知切。又田黎切。弞夷針切。又徒甘切。詑余支切。又唐何切。詒盈之切。又堂來切。鞀餘招切。又徒刀切。斁夷益切。又同都切。眱延知切。又田黎切。睒以冉切。又徒澹切。鵜延知切。又田黎切。鵌羊諸切。又同都切。鴃弋質切。又徒結切。䍮餘招切。又徒刀切。箑弋涉切。又達協切。籐同上。桋延知切。又田黎切。梌容朱切。又同都切。楪弋涉切。又達協切。(又悉協切。) 郋夷周切。又徒沃切。牏容朱切。又徒侯切。窬同上。瘍余章切。又大浪切。(又徐羊切。) 佚弋質切。又徒結切。褕容朱切。又徒侯切。牒弋涉切。又達協切。歈夷周切。又徒侯切。崵余章切。又待郎切。廠容朱切。又徒侯切。貕匀規切。又徒卧切。希羊至切。又田黎切。駃弋質切。又徒結切。豸余支切。又唐何切。炎以贍切。又徒甘切。怠盈之切。又蕩亥切。悇羊諸切。又同都切。愓余章切。又徒郎切。渝容朱切。又大透切。洮餘招切。又徒刀切。滺夷周切。又亭歷切。瀢愈水切。又杜罪切。潒以两切。又待朗切。(又似两切。) 渫以制切。又達協切。(又私列切。) 泆弋質切。又徒結切。鰖愈水切。又杜果切。鮐盈之切。又堂來切。揄容朱切。又徒侯切。撱尹捶切。又杜果切。姚餘招切。又徒刀切。婸余章切。又大朗切。匜余支切。又唐何切。匜移爾切。又唐何切。蛦延知切。又田黎切。堞弋涉切。又達協切。勨以淺切。又待朗切。銕延知切。又田黎切。銳庾準切。又徒外切。鋭俞芮切。又徒外切。鍱弋涉切。又達協切。軼弋質切。又徒結切。陶餘招切。又徒刀切。　夷《易・明夷》夷于左股，釋文：夷，子夏作睇。京作眱股。又《渙》匪夷所思，釋文云：夷，荀作弟。又《淮南・天文訓》庚子干丙子夷，注夷或爲雹。説弋雪切。《書・説命》釋文本亦作兑。驛《書・洪範》曰驛。《史記》作涕。渝《詩・羔裘》舍命不渝，《韓詩外傳》二渝作偷。遺《小雅・谷風》棄予如遺，《文選・歎逝賦》注引《韓詩章句》遺作隤。又《角弓》莫肯下遺，《韓詩》遺作隤。媵《儀禮・燕礼》媵觚于賓，注：今文媵皆作騰。揚《禮記・鄉飲酒義》盥洗揚觶。又《射義》揚觶而語，注：揚，今《禮》揚皆作騰。易《左・僖十七年》易牙入，《管子・戒篇》《大戴・保傅》《賈子胎教》《法言・問神》《論衡・譴告》並作狄牙。《文選・琴賦》《北齊・顔之推傳》《琴賦》

注引《淮南》同。《白虎通·禮樂》云：狄者易也，古易、狄聲通。貽《爾雅·釋魚》貽，貝，《字林》作蛤，大才反。延《史記·周本紀》赧王延立，索隱引皇甫謐云：名誕。台《漢書·紀三》吕台，注：蘇林云：台音胞胎。又《志八上》殷台，注：如淳云：台音鮐。佚《漢書》卷五十七張晏注：佚音鐵。揄《後漢書》注：揄音投，《選注》同。斁《後漢書·張衡傳》惟盤遊之無斁兮，章懷注：斁，古度字。軼《文選·陽給事誄》注：軼讀如迭。

喻泥　孕《説文》从乃聲，以證切。乃，奴亥切。　袲《類篇》余支切。又乃可切。厭益涉切。又諸叶切。壓同上。　淫《考工記·㡛氏》淫之以蜃，注：杜子春云：淫當爲湼。裼《礼記·郊特牲》鄉人裼，注：裼或爲儺。　繝撚《方言》一。

喻來　峚《説文》从𡿨聲，余六切。𡿨，力竹切。翊立聲，与職切。立，力入切。羸羸聲，以成切。羸，郎果切。嬴羸省聲，以成切。羸，力爲切。昱立聲，余六切。　蝣《爾雅·釋蟲》釋文：蝣，郭音由。本又作蛖，謝音流。璆《類篇》夷周切。又力救切。藥弋灼切。又力灼切。猚余救切。又魯水切。櫟弋灼切。又歷各切。櫼弋涉切。又力涉切。游夷周切。又力求切。羨延知切。又龍眷切。（又似面切。）鬣弋涉切。又力涉切。爁以贍切。又力驗切。爚弋灼切。又歷各切。谷俞玉切。又盧谷切。攡余支切。又攎隹切。擖弋涉切。又力盍切。擽弋灼切。又力灼切。乀弋支切。又力結切。爍弋灼切。又狼狄切。蝣夷周切。又力求切。鑠弋灼切。又狼狄切。陽𨺢余章切。𨺢，古文陸，力竹切。　繹《春秋》伐邾取繹，《公羊》作蘱。嬴《史記·列傳十七》侯嬴，索隱稱曹植音羸瘦之羸。　穎栗《詩·生民》實穎實栗。曳婁《山有樞》弗曳弗婁。楊柳《采薇》楊柳依依。游龍《山有扶蘇》隰有游龍。婾樂《離騷》。摇落《九辯》。圓靈《文選·月賦》。裔旅《方言》十三。裔歷同上。曜靈《廣雅·釋天》。

喻知　頤《禮記·玉藻》頤霤，注：頤或爲霔。釋文：霔，徐音追。璆《類篇》夷周切。又張流切。怞夷周切。又張流切。　　謡諑《離騷》。

喻徹　姚《莊子·齊物論》釋文：姚佚，郭音遥。徐音勑弔反。逸《田子方》夫子奔逸絶塵，司馬本作徹。揄《漁夫》揄袂音遥，又褚由反。蜕《天下》不蜕，音悦，又敕外反。跇《玉篇》翼世、丑世二切。肜余弓切。（《爾雅》云：祭也。）又丑林切。（《説文》云：船行也。）煠弋涉切。又丑涉切。瑒《類篇》余章切。又丑亮切。蕩余章切。又抽良切。踰容朱切。又椿俱切。眙盈之切。又丑吏切。胂延知切。又癡鄰切。箤弋涉切。又勑涉切。偞，同上。俞容朱切。又丑救切。貗匀規切。又丑捶切。煠弋涉切。又勅涉切。悇羊諸切。又褚御切。怈以制切。又丑例切。撖余支切。又丑豸切。揄容朱切。又丑鳩切。　　盈《左氏·襄二十一年》晉欒盈出奔楚，《史記·十二諸侯年表》《晉世家》並作欒逞，《齊世家》音義盈，《史記》多作逞。又《昭二十三年經》沈子逞，《穀梁》作沈子盈。《釋文》本亦作逞，《公羊》作沈子楹。又《史記·田敬仲世家》欒逞作亂，索隱逞音盈。又《昭四年傳》逞其心以厚其毒，《新序·善謀》逞作盈。傭《詩·節南山》昊天不傭，釋文：敕龍反。《韓詩》作庸。瀷《淮南王書六》澤受瀷，高誘注云：瀷讀燕人强秦言敕，同也。《書八》淌游瀷域，高注：瀷讀燕人强秦言敕之敕。又《水經》洧水，注：潩水，時人謂之敕水。

喻澄　珧《説文》从兆聲，余昭切。兆，治小切。姚兆聲，余招切。銚兆聲，以招切。賸朕聲，以證切。朕，直禁切。郢呈聲，以整切。呈，直貞切。倂灷聲，以證切。《説文》無灷字，《玉篇》直亘切。融蟲省聲，以戎切。蟲，直弓切。軺召聲，以招切。召，治小切。

　　斁《詩·思齊》釋文：無斁，毛音亦。鄭作擇。褈《玉篇》余石切。《説文》大各切。簃余支切。又音池。妷弋質切。亦音帙。肕餘忍切。又丈忍切。芧《類篇》羊諸切。又丈吕切。咦延知切。又直皆切。羠夷針切。又持廉切。雉演爾切。又丈几切。（又序姊切。）予予吕切。又丈吕切。殜弋涉切。又直涉切。梌容朱切。又直加切。柚夷周切。又仲六切。牏容朱切。又廚遇切。偞弋涉切。又直涉切。僷同上。舳余救切。又直祐切。岫夷周切。又直祐切。（又似救切。）怞夷周切。又陳留切。洮餘招切。又直紹切。渫以制切。又直甲切。（又私列、七接二切。）鈾夷周切。又陳留切。掾俞絹切。又重緣切。擖弋涉切。又直甲切。戭以忍切。又柱兖切。蚰夷周切。又仲六切。軼弋質切。又直列切。育余六切。又直祐切。　斁《詩·思齊》古之人無斁，釋文云：斁，鄭作擇。育《周禮·春官大司樂》釋文：育子，本亦作胄。夷《左氏·僖元年經》邢遷于夷儀，《公羊》作陳儀。《襄二十四年經》會于夷儀，《公羊》作陳儀。《二十五年經》入于夷儀，《漢·五行志》作陳儀。又《淮南·原道》昔者馮夷大丙之御也，注：夷或作遲。淫《考工記·㡆氏》淫之以蜃，注：杜子春云：淫當爲涅，《書》亦或爲湛（湛，宅減反）。醳《周禮》舊醳，即《郊特牲》舊澤之酒。澤，丈伯切。燗《禮記·郊特牲》燗祭，注：燗或爲腤。腤，直涉切。躍《爾雅·釋訓》躍躍，迅也。釋文：躍，樊光本作濯。輿《釋草》芞輿，眾家并作芞蒢。䱂《釋魚》小者䱂，餘招反。眾家并皆作濯。　旟旐《詩·出車》彼旟旐斯。延佇《離騷》。餘眡《爾雅·釋魚》。游兆《史記·歷書》。

喻娘　矞《說文》从㕯聲，余律切。㕯，女滑切。䊩㕯聲，余制切。矞《類篇》允律切。又女律切。罜羊益切。又昵輒切。聶弋涉切。又昵輒切。䀎弋入切。又昵立切。（又即刃切。）曳余制切。又女劣切。

喻照　礿《說文》从勺聲，以灼切。勺，之若切。葯同上。琟惟維隹聲，以追切。隹，職追切。唯隹聲，以水切。蜼隹聲，余季切。檐闟詹聲，余廉切。詹，職廉切。伿只聲，以豉切。只，諸氏切。阽占聲，余廉切。占，職廉切。　　汋《穀梁·僖八》傳，釋文：汋之，由若反。一音酌。鬻《玉篇》羊六切。又音祝。袩《類篇》夷針切。又章豔切。鬻余六切。又之六切。牏容朱切。又朱戍切。产余廉切。又之廉切。　　酳《儀礼·士虞礼》酳食，注：古文酳作酌。又《特牲》饋食，注：今文酳皆爲酌。又《少牢饋食》乃酳食，注：古文酳爲酌。淫《礼記·月令》淫雨早降，注：今《月令》曰眾雨。（案《説文》引作霝雨。霝，眾聲，職戎切。）酏《礼記·内則》粉酏，注：酏當爲餰。又以與稻米爲酏，注：酏當爲餰餰鬻之重文，諸延切。

喻穿　移《礼記·表記》衣服以移之，注：移讀如水汜移之移。釋文：移，昌氏反。梢《玉篇》以周、赤沼二切。瀷余力、昌力二切。睪夷益切。又昌石切。韂余廉切。又昌豔切。移余支切。又敞爾切。覞弋笑切。又昌召切。潩羊吏切。又叱力切。闍余廉切。又昌豔切。聶弋涉切。又尺涉切。　　輿《易·剥》釋文：得輿音餘，董作德車。又《論語·微子》夫執輿者爲誰，漢石經作執車。

喻神　銛《説文》从舌聲，以冉切。舌，食列切。銛舌聲，讀若棪。以冉切。勩貰聲，余制切。貰，神夜切。　　孕《易·漸》釋文：婦孕，以證反。荀作乘。射《詩·思齊》無射，毛音亦，鄭食夜反。《莊子·逍遥遊》姑射，徐音夜。又食亦反。遹《詩·文王有聲》遹駿，尹橘反。又音述。又《召旻》回遹，音聿。一音述。溢《维天之命》溢，音逸。徐云：毛音謚。孕《周礼·天官·庖人》孕，以證反。一音乘。溢《儀礼·喪服經傳》一溢，如字。劉音實，《既夕礼》一溢同。鷸《礼記·王制》注：鷸冠，尹必反。徐音述。《莊子·天地》鷸，《爾雅·釋鳥》鷸音並同。媵《詩·小星》媵音孕。又繩證反。《礼記·内則》注：两媵，羊證反。又繩證反。又《左氏·隱公傳》娣媵，以證反。又繩證反。《公羊·隱元》俱媵、

《穀梁·隱七傳》注：媵之、《爾雅·釋言》媵音并同。《玉篇》以證、實證二切，亦同。溢《礼記·喪大記》一溢，音逸。劉昌宗又音實。《間傳》一溢音同。易《左·襄十三傳》必易，以豉反。徐神豉反。夜《左·昭二十五傳》中夜姑，本或作射，音夜，又音亦。又《穀梁·文六傳》夜姑，《左氏》作射姑。遹余律切。《爾雅》注引孫炎曰：遹，古述字。噊《釋詁》噊，郭音聿。施音述。鱊《釋魚》，沈音述。又音聿。蠅郭音繩。顧音孕。鷸《釋鳥》聿、述二音。驈《釋畜》驈，顧餘橘反。郭音述。《類篇》允律、食律二切，同。墅《玉篇》余者切。又食與切。荓《類篇》尹捶切。又食律切。唯夷隹切。又視隹切。遹允律切。又食律切。隸羊至切。又神至切。偞弋涉切。又實洽切。騇弋涉切。又實洽切。煠同上。渫以制切。又食列切。（又私列、七接二切。）聶弋涉切。又實揲切。紌弋質切。又食律切。繘允律切。又食律切。鍱弋涉切。又實攝切。　孕《易·漸》婦孕不育，釋文云：孕荀作乘。聿《詩·文王》聿脩厥德，《漢·東平思王傳》引作述脩，《後漢·吕强傳》亦作述。允《十月之交》仲允膳夫，《漢書·古今人表》作仲術。溢《維天之命》假以溢我，《説文》作謐。邪《漢書·志六》李奇注：邪音蛇。易《釋文叙録》：徐仙民反易爲神石。

喻審　余《説文》从舍省聲，以諸切。舍，始夜切。呭詍泄抴世聲，余制切。世，舒制切。枼世聲，与涉切。鴳閲説省聲，弋雪切。説，失爇切。暆施聲，弋支切。施，式支切。佚泆軼失聲，夷質切。失，式質切。　施《詩·葛覃》釋文：施于，毛以豉反。鄭如字。瘍《詩·巧言傳》骭瘍，音羊，本亦作傷，音同。説《黍苣》箋：勞來勤説，音悦。又始鋭反。酏《周礼·天官·膳夫》注：醫酏，以支反。劉書支反。《儀礼·燕礼》注酏糁、《有司徹》注則馳音同。荼《夏官·硩簇氏》注：從娵至荼，劉、沈音餘。李音舒。爍《考工記》爍金，徐、劉余灼反。義當作鑠，始灼反。澤《考工記》以澤，音亦。李音釋。又《礼記·郊特牲》舊澤，依注讀爲醳，音亦。徐詩石反。醳《考工記·弓人》注爲醳，音亦。劉、沈音釋。移《礼記·大傳》絶族無移服，移，本或作施。煬《祭法》注：魯煬，餘讓反。徐音傷。繹《射義》繹音亦，徐音釋。施《左氏·隱元年傳》施及，以豉反。又式智反。葉《僖四傳》注：葉縣，始涉反。《論語·述而》葉公，舒涉反，同。《類篇》涉、失涉二切，亦同。説《昭元傳》自説，徐音悦。一音始悦反。佚《公羊·成二傳》佚獲，音逸。一本作失。俞《莊子·駢拇》俞音榆。李式榆反。蜕《天下》不蜕，音悦。徐始鋭反。余《爾雅·釋天》余，餘、舒二音，孫作舒。《類篇》以諸、商居二切，同。禓《玉篇》與章、書羊二切。嬫以灼切。又音爍。爚弋灼、式灼二切。鄃庾娛切。又音輸。醳夷石、施石二切。藥《類篇》弋灼、式灼二切。睒以冉切。又失冉切。睪夷益切。又施隻切。胂延知切。又升人切。櫟弋灼切。又式灼切。睗夷益切。又施隻切。繇餘(或本訛作徐）招切。又尸昭切。羭俞戍切。又舂朱切。傷余章切。又尸羊切。俞容朱切。又舂朱切。覞弋笑切。又施隻切。豫羊茹切。又商居切。(又詞夜切。）燿弋笑切。又式灼切。(又所教切。）煬余章切。又尸羊切。鴹餘亮切。又式羊切。惕余章切。又尸羊切。悠夷周切。又式竹切。湯余章切。又尸羊切。濼弋灼切。又式灼切。揄容朱切。又舂朱切。媵以證切。又詩證切。繰弋灼切。又式灼切。畬羊諸切。又詩車切。鑠弋灼切。又式灼切。　豫《書》豫恒奥若，《史記》作舒。説懌《詩·静女》説懌女美，釋文：説懌，毛、王上音悦，下音亦。鄭説音始悦反。懌作釋，始亦反。易《何人斯》我心易也。釋文：易，《韓詩》作施。移《礼記大傳》絶族無移服，釋文云：移，本作施。渝《春秋·隱六年經》鄭人來渝平，《公穀》作輸平。佚《公羊·成十二年傳》佚，獲也。釋文云：佚，一本作失。俞《漢書·表四》俞侯德，如淳曰：俞音輸。又《莊子》俞兒，李式揄反。𦅾弋招反。《初學記》舒招反。

摇扇《方言》二。閻笘《方言》六。

喻禪　醓《説文》从甚聲，余箴切。甚，常枕切。　酓《易・艮》列其酓，釋文：引真反。荀作腎。緣《書・顧命》注：雜繒緣之，悦絹反。本或作純。杝《詩・何彼穠矣》傳：唐棣，杝也，音移，是兮反。《爾雅・釋木》杝，以支反。《字林》上泥反。《玉篇》余支、成兮二切。《類篇》余支、成甍二切，并同。野《詩・燕燕》遠送于野，如字。協韻羊汝反。沈云：協句宜音時預反。鈏《周礼・地官・卝人》注：鈏也，以忍反。劉常忍反。《釋器》余緊、常忍二反，同。媵《儀礼・鄉飲酒礼》注：媵爵，以證反。又成證反。肆《聘礼》一肆，以二反。劉常二反。箷《釋器》羊支反。《字林》上支反。鷸《玉篇》餘律、時律二切。杝余支、成兮二切。野餘者切。又常渚切。鱅與恭、市恭二切。芧《類篇》羊諸切。又上與切。詑余支切。又時遮切。剡以冉切。又時染切。（又習琰、疾染二切。）易羊益切。又是義切。鮋夷周切。又時流切。媵以證切。又石證切。瓵餘封切。又常容切。野以者切。又上與切。孕以證切。又石證切。　夷《穀梁・宣十一傳》夷陵，《左氏》作辰陵。

喻日　䍃《六書故》引唐本《説文》作从肉聲，余招切。肉，如六切。䌛肉聲，以周切。育肉聲，余六切。　諉《類篇》弋睡切。又而腄切。至余箴切。又如林切。聶弋涉切。又日涉切。　游《詩・采菽》優哉游哉，《韓詩外傳・八游》作柔。

曉端　喙《易・説卦》釋文：爲黔喙，況廢反。徐丁遘反。又《曲礼》注：喙害，吁廢反。又《莊子・徐無鬼》喙三尺，許穢反。又丁豆反。音同。《類篇》呼惠、丁候二切，亦同。希《左・昭十七傳》注曰：希，如字。音丁里反。咥《類篇》馨夷切。又丁結切。㾑呼合切。又德合切。瞉呼木切。又都木切。（又弼角切。）䶮𪇁緣切。

又的協切。　荒湛《詩·抑》荒湛于酒，釋文：湛，都南反。
秏斁《詩·雲漢》秏斁下土。

曉透　喙《説文》从彖聲，許穢切。彖，通貫切。　騞《莊子·養生主》釋文：騞，呼獲反。向他亦反。畜《徐無鬼》畜畜，許六反。郭他六反。噧《類篇》許倚切。又他達切。唤呼玩切。又吐玩切。哈呼合切。又託合切。（又色洽切。）詑香支切。又土禾切。鵗許几切。又土礼切。儰呼乖切。又吐猥切。歖馨激切。又他計切。厂呼旱切。又闥各切。貛貒呼官切。貛，（又迷員切。）貒，又他官切。騞顯計切。又他歷切。（又莫獲、士益二切。）惵虚涉切。又託協切。鰖翾規切。又吐火切。鮎迄業切。又託盍切。綏翾規切。又通回切。（又雙隹、思累二切。）鐃馨鳥切。又他弔切。隓翾規切。又吐火切。（又思累切。）　暵《詩·中谷有蓷》暵其乾矣，釋文云：暵，呼旦切。《説文》引作灘，又作灘，皆他安切。
恢台《楚辭·九辯》。

曉定　隸《説文》从隶聲，許介切。隶，徒耐切。　咥《詩·氓》其笑矣，釋文：咥，許意反。《説文》云：大笑也。又大結反。《類篇》馨夷、徒結二切，同。墮《詩·正月傳》輸墮，許規反。本又作憜，待果反。《莊子·大宗師》墮音同。又《類篇》翾規、杜果二切，亦同。瞸《玉篇》火協切。又音牒。风呼果切。又徒泰切。嗊《類篇》呼公切。又杜孔切。謉虎猥切。又徒回切。譮許介切。又大吏切。訍呼公切。又徒冬切。䨲呼含切。又徒甘切。瘣呼乖切。又徒回切。儰同上。傀同上。啝虎何切。又待可切。䖇詡鬼切。又徒谷切。惵虚涉切。又達協切。鰖翾規切。又杜果切。抲虎何切。又待可切。抮呼典切。又徒典切。嬜虚金切。又徒南切。鍱虚涉切。又達協切。鏶同上。隓翾規切。又杜果切。（又思累切。）
歙《老子德經》歙歙，許及反。一本作惵惵。河上本作怵。
虺隤《詩·卷耳》我馬虺隤。兄弟《蝃蝀》遠父母兄弟。鸛鶇

《爾雅·釋鳥》。忽達《方言》十三。憪憪《集韻·平聲二》。荒唐《莊子·天下篇》。赫蹏《漢書·外戚傳下》。哈臺《世說新語·雅量第六》。

曉泥　　蘸灘俗。灘《說文》从鷬聲，呼旰切。鷬，那干切。漢鷬省聲，呼旱切。　煖《詩·公劉》箋：陰陽寒煖。釋文：况袁反。又乃管反。鎒《玉篇》呼高切。又奴豆切。暖《類篇》許元切。又乃管切。晛呼典切。又乃見切。欲呼含切。又乃見切。㦓呼典切。又乃見切。捼翾規切。又奴回切。抮呼典切。又乃殄切。　險難《楚辭·九歌》。

曉來　　噧《說文》从蠆省聲，訶介切。蠆，力制切。詯讀若反目相睞。荒内切。孝《說文繫傳》从老省聲，呼教切。老，盧皓切。獿翏聲，火包切。翏，力救切。　僖《詩·蟋蟀》釋文：許其反。《史記》作釐。嵚《左·僖三十二傳》注：相嵚，許金反。本或作嵐，力含反。獫《爾雅·釋畜》獫，謝許簡反。《字林》力冉反。䅖《玉篇》䅖，火之、力之二切。《類篇》許其、陵之二切，同。嘐《類篇》虛交切。又郎刀切。嚆同上。瞏馨兖切。又魯本切。（又邦免切。）腱許偃切。又歷德切。鼜虛冬切。又魯宋切。虩迄逆切。又力擿切。（又色責切。）癓火占切。又離鹽切。歛呼含切。又力冉切。羨虛延切。又龍眷切。（又才線、似面二切。）獿虛交切。又力交切。獦許葛切。又力涉切。怈馨奚切。又力者切。箜呼空切。又盧東切。凛羲錦切。又力錦切。靧香依切。又靈器切。捼翾規切。又盧卧切。（又宣隹切。）嚂虛瞰切。又盧甘切。壏虎覽切。又虛瞰切。醶虛咸切。又盧咸切。（又楚檻切。）　僖《春秋三傳》僖公、《史》《漢》皆作釐公，釐音僖。　謔浪《詩·終風》謔浪笑敖。訏樂溱洧洵訏且樂。喜樂《山有樞》且以喜樂。泬寥《楚辭·九辯》。庨窌《文選·長笛賦》。鶪鷚《爾雅·釋鳥》注。虎落《漢書·鼂錯傳》。

曉知　喙《詩・候人》傳，釋文：喙，虚穢反。又陟角反。又《曲礼》注：喙害，吁癈反。又陟遘反。咥馨夷切。又陟利切。鵗香依切。又展几切。贑呼貢切。又陟降切。希香衣切。又展几切。湞虚庚切。又知盈切。魟呼公切。又贑公切。　希《周礼・春官・司服》則希冕注，釋文：希讀爲絺。或作黹，字之誤也。　昏椓《詩・召旻》昏椓靡共。

曉徹　琙《説文》讀若畜牧之畜。許救切。齅讀若畜牲之畜。許救切。慉畜聲，許六切。畜，丑六切。攷丑聲，呼到切。丑，敕九切。

畜《書・費誓》注，釋文：人畜，許六反。又丑六反。又《礼記・内則》私畜，許六反。又勑六反。《左・襄二十六傳》誰畜，音同。《昭二十五傳》六畜，許又反。又褚六反。《玉篇》許六、丑六二切，音亦同。鄐《周礼・秋官・方士》注：鄐田，許六反。劉勑六反。歙《老子德經》歙歙，許及反。簡文云：河上本作怵。蠆《莊子・天運》蠆，許謁反。或敕邁切。狶《莊子・大宗師》狶韋氏，許豈反。郭褚伊反。狶則陽狶韋，虚豈反。郭音郗。栩《爾雅・釋木》栩，香羽反。《字林》丑與反。詗《原本玉篇》呼政反、耻敬反。《類篇》火迥、丑正二切，同。咥《類篇》馨夷切。又丑二切。嘺虚交切。又丑交切。呬虚器切。又丑二切。脪與胷切。又抽遲切。疧休必切。又勑律切。厂呼旱切。又耻格切。炇虚交切。又丑交切。怴休必切。又勑律切。（又雪律切。）湞虚庚切。又抽庚切。捇霍虢切。又丑亦切。（又七迹切。）萒黑各切。又勑略切。藃呼酷切。又勑略切。畧許救切。又丑救切。　希《周礼・春官・司服》則希冕，注：希讀爲絺。毀《礼記・雜記》不毀牆，注：毀或爲徹。欣《春秋》曹欣時，《古今人表》作歙時。詗《漢書・傳十四》爲中詗長安，孟康注：詗音偵。齅《漢書・傳七十》不齅驕君之餌，注：應劭曰：齅音六畜之畜。

曉澄　咦《類篇》馨夷切。又直皆切。𢻃許其切。又澄之切。偞虚涉切。

又直涉切。湞虛庚切。又除耕切。　壎篪《詩·何人斯》伯氏吹壎，仲氏吹篪。㵎怴《方言》十。憨𢡟《玉篇》上《心部》。

曉娘　矞《類篇》休必切。又女律切。涳虛江切。又濃江切。抲虎何切。又女加切。　惛怓《詩·民勞》以謹惛怓。

曉照　咥《説文》从至聲，許既切。至，脂利切。睢雈婎隹聲，許惟切。隹，職追切。欸㞢聲，許其切。㞢，止而切。　咥《類篇》馨夷切。又脂利切。抮呼典切。又止忍切。　徽章《國策·齊策》。

曉穿　𧽂《説文》从臭聲，香仲切。臭，尺救切。𪏽讀若畜牲之畜。（依段注）許救切。訓川聲，許運切。川，昌緣切。郝赤聲，呼各切。赤，昌石切。捇赤聲，呼麥切。　喙《詩·候人》傳，釋文：虛穢反。又尺税反。緜其喙，許穢反。徐又尺鋭反。同。《考工記·梓人》鋭喙，況廢反。一音昌鋭反。《莊子·秋水》吾喙、《徐無鬼》喙三尺、《爾雅·釋畜》喙，音並同。《類篇》呼惠、充芮二切，亦同。喜《詩·七月》至善，鄭作饎，尺志反。《小雅·甫田》田畯至喜，毛如字。鄭爲饎，尺志反。《類篇》許已、昌志二切，同。𤅢《玉篇》呼介切。又尺制切。蘁《類篇》匈干切。又春朱切。嘔同上。吷呼決切。又姝悦切。昏呼昆切。又稱脂切。殠許九切。又尺救切。郝黑各切。又昌石切。糦虛其切。又昌志切。厂呼旱切。又昌石切。臭許救切。又尺救切。捇霍虢切。又昌石切。（又七迹切。）　𩳁朽居切。宋祁《漢書校語》引韋昭昌慮切。　揮斥《莊子·田子方》。暖姝《徐無鬼》釋文：暖，呼晚反。

曉神　㾥《説文》讀若欻。食聿切。𡜅折聲，許列切。折，食列切。颰术聲，翾聿切。术，食聿切。　偞《類篇》虛涉切。又實洽切。鍱虛涉切。又實攝切。　訓《書·洪範》是訓是行，《史記》作是順是行。《左氏·哀二十六年傳》四方其訓之，唐石經訓作順。

曉審　𧯽《説文》讀若燒，火招切。　狶《莊子·大宗師》釋文：狶韋氏，許豈反。李音豕。郝《玉篇》呼各、舒石二切。《類篇》黑各、施隻二切，同。歙呼及、尸葉二切。《類篇》迄及、失涉二切，同。䖆《類篇》許兩切。又始兩切。𪑬虛其切。又施皮切。𨋢虛涉切。又失涉切。（又悉協切。）䓶黑各切。又施隻切。𧄍呼酷切。又施隻切。　獻《周禮·天官·庖人》賓客之禽獻注，釋文：獻，古文爲獸，杜子春云：當爲獻。

曉禪　珦《類篇》許亮切。又音餉。　獻醻《詩·楚茨》獻醻交錯。嫘蟬《方言》一。

曉日　䓶《說文》从若省聲，呼各切。若，而灼切。　橈《類篇》虛交切。又人要切。䫞同上。熯許旱切。又忍善切。𤏸呼典切。又忍善切。掜翾規切。又儒隹切。■虛于切。又忍善切。綏翾規切。又儒隹切。（又雙隹、思累二切。）　涣《淮南王·書十八》涣乎，高誘注：涣讀人謂貴家爲腝主人之腝。

匣端　芍《類篇》胡子切。又丁歷切。嗒曷閤切。又德合切。䟄户管切。又覩緩切。縠胡谷切。又都木切。（又彌角切。）烠胡隈切。又都回切。蛞何葛切。又丁瞎切。　弘多《詩·節南山》喪亂弘多。活東《爾雅·釋魚》。

匣透　㒒《說文》从彖聲。（段氏改从彖——①聲。）讀若腞，户佳切。彖，通貫切。　桯《玉篇》户經、他丁二切。䀴胡甘切。又天念切。哈《類篇》曷合切。又託合切。（又色洽切。）𪘁曷閤切。又託合切。楹乎經切。又湯丁切。嗒曷閤切。又託合切。僓户賄切。又吐猥切。扢胡決切。又土勿切。鉀轄臘切。又託盍切。　檻哼《詩·大車》大車檻檻、大車哼哼。鯸鮐《文選·吳都賦》。

匣定　莧《說文》从首聲，胡官切。首，徒結切。褢眔聲，户乖切。眔，徒合切。　㖯《玉篇》胡冬、徒弄二切。《類篇》乎攻、杜孔二切，同。䛕胡講切。又大口切。《類篇》户講、徒口二切，同。譮

① 疑此處“——”誤衍。

《類篇》黃外切。又大吏切。殆轄覺切。又徒谷切。䐪胡對切。又徒對切。𣪊胡谷切。又徒谷切。侉胡瓜切。又杜瓜切。儧户賄切。又徒回切。感户感切。又徒感切。憾同上。抲下可切。又待可切。

菡萏《詩·澤陂》有蒲菡萏。浩蕩《離騷》。鴻絧《文選·羽獵賦》。《七發》作虹洞。洸潒《西京賦》薛綜注。頷淡《文選·長笛賦》。含桃《礼記·月令》。活脱《爾雅·釋草》。筕篖《方言》五。倱伅《玉篇》上《人部》。餛飩《玉篇》上《食部》。邯淡《漢書·王莽傳下》。行唐《神農本草經》下。

匣泥　䛈《類篇》下頂切。又囊丁切。晛胡典切。又乃見切。傒户佳切。又乃計切。撚胡典切。又乃見切。　㹸獿胡巧、奴巧二切。《文選·吳都賦》。

匣來　𧼲《說文》从里聲，户來切。里，良止切。翮𥕢鬲聲，下革切。鬲，郎激切。　夏《公羊·哀十三年》傳，釋文：陳夏，户雅反。一本作廉。濫《莊子·則陽》同濫，徐胡暫反。或力暫切。蒚《爾雅·釋草》蒚，郭音翮，又音歷。《類篇》下革、狼狄二切，同。漻胡巧、力彫二切。犨胡沃切。又力角切。睴睔胡關切。又魯本切。(又邦免切。)羹何庚切。又盧當切。鐛下巧切。又力竹切。䅺胡昆切。又魯果切。郈胡溝切。又浪口切。稞户瓦切。又魯果切。瘣户賄切。又魯猥切。㴵胡沃切。又力各切。礐胡谷切。又離宅切。獿何交切。又力交切。挌曷各切。又歷各切。壏户黤切。又盧瞰切。劦檄頰切。又力協切。　奚《桓十七年經》及齊師戰于奚，《穀梁》于奚作于郎。陘《春秋》馬陘，《史記》作馬陵。　芄蘭《詩》芄蘭之支。狐狸《七月》取彼狐狸。和樂《鹿鳴》和樂且湛。項領《節南山》四牡項領。餱糧《公劉》迺裹餱糧。龢囉《文選·洞簫賦》。汍瀾《文選·弔魏武帝文》。降婁《周礼·春官·保章氏》。槾落《爾雅·釋木》疏引鄭箋。蜈蛖《爾雅·釋蟲》。蜈蚸蚸郭音歷，同上。狐梨《爾雅·釋蟲》

注。螇蚸《方言》十一。妟亩《説文解字》弟十二。蚵蠪《廣雅·釋魚》。韓盧《廣雅·釋獸》。睺瞜《集韻·去聲》。瓠落《莊子·逍遥遊》。鴻臚《後漢·百官志》。華騮《穆天子傳》。

匣知 芍《類篇》胡了切。又陟略切。蔧胡桂切。又主伐切。䲨胡公切。又드公切。

匣徹 澒澒下刮、丑刮二切。《玉篇》中《水部》。

匣澄 霅《類篇》轄甲切。又直甲切。（又悉合、色甲、斬甲三切。）

婞直《離騷》。溷濁同上。鞨韘《文選·景福殿賦》。魺鰈《文選·笙賦》。婟澤《爾雅·釋鳥》注。

匣娘 儓《説文》讀若饕。胡礼切。巂冏聲，户圭切。冏，女滑切。

譊《類篇》何交切。又女加切。㝅下罕切。又女夬切。膠乎刀切。又女巧切。抲下可切。又女加切。

匣照 芍《説文》从勺聲，胡了切。勺，之若切。貈舟聲，下各切。舟，職流切。淮隹聲，户乖切。隹，職追切。芍《類篇》胡了切。又職略切。瘛胡計切。又征例切。矆黃郭切。又之石切。霅轄甲切。又質涉切。（又悉合、色甲、斬甲三切。） 協《周礼·春官·大史》協事，《書》或作汁。又《秋官·大行人》協辭命，故《書》協爲叶。先鄭曰：叶當爲汁。 和旨《詩·賓之初筵》酒既和旨。

匣穿 緁《原本玉篇》菡蒻、昌善二反。今本作徐剪切。又昌善切。郝《類篇》曷各切。又昌石切。瘛胡計切。又尺制切。挈奚結切。又尺制切。

匣神 驈《詩》駉釋文：有驈，户橘反，郭音述。《類篇》户橘、食律二切，同。衎《爾雅·釋器》衎，胡決反。一音術。芍《類篇》胡了切。又實若切。鶡何葛切。又食列切。絉胡決切。又食律切。

虺蛇《詩·斯干》維虺維蛇。喉舌《烝民》民之喉舌。胡繩《離騷》。

匣審　夾《玉篇》胡頰切。又音閃。郝《類篇》曷各切。又施隻切。炶胡甘切。又舒贍切。挾檄頰切。又尸牒切。(又即協切。)　眴黄絢切。《史記·項羽本紀》索隱：音舜。

匣禪　鶡《類篇》何葛切。又上列切。栘玄圭切。又成臡切。挈奚結切。又時制切。蛞户括切。又石列切。鋘洪孤切。又時遮切。　下上《詩·燕燕》下上其音。

匣日　憪《類篇》胡典切。又忍善切。錕户袞切。又如延切。　巂《礼記·曲礼》主視五巂，巂或作綏。巂，户圭切。綏，如壘切。

懷柔《詩·時邁》懷柔百神。濩渃王逸《九思》。苛縟《文選·舞賦》。

爲端　犹《玉篇》尢豆、丁角二切。

爲透　饁《玉篇》于劫切。又他盍切。抭《類篇》越筆切。又土勿切。

楰《易緯通卦驗》下楊柳楰，鄭玄注：楰讀如拓楊梯。

爲定　圜《周礼·春官·大司徒》注，釋文：專圜，音圓，又徒丸反。炎《莊子·齊物論》炎炎，于廉、于凡二反。又音談。《類篇》于廉、徒甘二切，同。侉《類篇》尢孤切。又杜瓜切。霣羽敏切。又唐丁切。　炎《詩·雲漢》赫赫炎炎，釋文云：炎本或作惔。又下文如惔如焚，《後漢·章帝紀》注引《韓詩》作如炎。《節南山》憂心如惔，《韓詩》作如炎。域《吕氏春秋》二十六螟蜮，高誘注：兖州謂蜮爲螣，音相近也。

爲泥

爲來　胃《考工記·梓人》胃鳴，釋文：聶音胃，劉本作胃，音鹵。逑《類篇》越筆切。又劣戌切。　位《易·需》位乎天位，釋文云：位乎之位，鄭音涖。又《周礼·春官·肆師》注云：故書位爲涖，杜子春云：涖當爲位，《書》亦或爲位。《穀梁·僖三年》公子季友如齊涖盟，傳曰：涖者位也。又《周礼·春官·小宗伯》掌建國之神位，注：故書位作立。鄭司農云：立讀爲位，古者立、位同字，《古文春秋經》公即位爲公即立。　往來《詩·終風》莫往

莫來。

爲知

爲徹　道《説文》从延聲，于線切。延，丑連切。　栩《爾雅·釋木》釋文：栩，郭又音羽。《字林》丑與反。�《類篇》日灼切。又勑略切。

爲澄　璏《類篇》于歲切。又直例切。霅域及切。又直甲切。（又悉合、色甲、斬甲三切。）

爲娘

爲照　帷《説文》从隹聲，洧悲切。隹，職追切。袁叀省聲，羽元切。叀，職緣切。　啾《類篇》于六切。又之六切。（又並子六切。）霅域及切。又質涉切。（又悉合、色甲、斬甲三切。）　于諸《公羊·哀六年》。

爲穿

爲神　鱊《爾雅·釋魚》釋文：鱊，《字林》于一反。沈音述。驈《釋畜》驈，《字林》于必反。郭音述，《類篇》越筆、食律二切，同。䢤《類篇》越筆切。又食律切。

爲審　蘛《類篇》日灼切。又施隻切。　永傷《詩·卷耳》惟以不永傷。

爲禪　郵《類篇》于求切。又是爲切。　帷裳《詩·氓》漸車帷裳。

爲日　颶《説文》从日聲，于筆切。日，人質切。　遠邇《邶風·谷風》不遠伊邇。

見端　歸《説文》从𠂤聲，舉韋切。𠂤，都回切。　噭《周礼·春官·大祝》注，釋文：祈噭，音叫。劉音禱。櫜《左氏·昭元年傳》櫜甲，古刀反。本或作衷，丁隆切。芍《類篇》吉了切。又丁歷切。籲古禫切。又都感切。橂都感切。又古送切。䫟古本切。又多殄切。彀居候切。又都木切。（又彌角切。）蘢古賢切。又的協切。贑古送切。又都感切。　覿《詩·采緑》薄言觀者，釋文云：觀，《韓詩》作覿。䵲古咸切。《説文解字》曰：古人名䵲字皙。考曾晳名黮作點，黬正字。《史記》作蒧。　戈祋《詩・候人》何戈與祋。乾都《方言》十。

見透　丨《説文》：引而下行，讀若退。古本切。皋《説文繫傳》从夲聲，古勞切。夲，土刀切。巠壬省聲，古靈切。壬，他鼎切。　哈《類篇》葛合切。又託合仍。（又色洽切。）齢同上。鞈同上。佮葛合切。又託合切。䃤居義切。又湯來切。涒俱倫切。又他昆切。鐃吉了切。又他弔切。鉀谷盍切。又託盍切。　耇鮐《方言》一。

見定　傀《周礼・春官・大司樂》釋文：大傀，劉九靡反。李一音杜回反。《類篇》姑回、徒回二切，同。斛《類篇》居尤切。又唐何切。謉基位切。又徒回切。鞈葛合切。又達合切。殰古禄切。又徒谷切。膭姑回切。又徒對切。魄居逵切。又徒回切。感古禫切。又徒感切。賁公渾切。又唐丁切。抲居何切。又待可切。纙居号切。又大到切。　割《書・湯誓》率割夏邑，《史記》作率奪夏國。　莞簟《詩・斯干》下莞上簟。廣大《楚辭・招魂》。嶒峗《文選・長笛賦》。憿纙《文選・笙賦》。激嚁《文選・嘯賦》。閨竇《左・襄十年》。騉蹏《爾雅・釋畜》。騉駼同上。鵲蹏《方言》八。蛺蝶《古今注・魚蟲弟五》。

見泥　蘜《類篇》居六切。又諾叶切。弇姑南切。又那含切。刭古頂切。又囊丁切。飢居夷切。又乃歷切。　搆擩《集韻・去聲八》。

見來　禁《説文》从林聲，居蔭切。林，力尋切。瓂讀若鬲。郎擊切。莒筥吕聲，居許切。吕，力舉切。嘐膠翏聲，古肴切。翏，力救切。樛翏聲，吉虯切。摎翏聲，居求切。鏐漻聲，古巧切。漻，洛蕭切。龏龍聲，紀庸切。龍，力鍾切。龔龍聲。俱容切。睔《説文繫傳》从侖聲，古本切。侖，力屯切。綸侖聲。古還切。虢寽聲，古伯切。寽，力輟切。槅隔鬲聲，古覈切。鬲，郎激切。䰙鬲聲。讀若擊。屨婁聲，九遇切。婁，洛侯切。䜌卝聲，古還切。卝，古卵字，盧管切。孿䜌聲，俱願切。䜌，吕員切。　璆

《書·禹貢》釋文：璆鐵，徐居蚪反。又閭幼反。《類篇》居尤、力救二切，同。隒《詩·葛藟》傳：水隒，何音檢。《字書》音吕恬、理染二反。《爾雅·釋山》隒，郭魚檢反，又居儉反。顧力儉、力儼二反。蕑《詩·澤陂》蕑，毛古顔反。鄭依《韓詩》作蓮，練田反。屨《周礼·春官》礼官之属鞮屨，九具反。又力具反。角《春官·大司樂》爲角，如字，古音鹿。《類篇》古岳、盧谷二切，同。果《春官》龜人繹果，魯火反。《類篇》古火、魯火二切。羹《左·昭十一傳》不羹，舊音郎，下不羹同。《類篇》居行、盧當二切，同。鬲《爾雅·釋水》鬲音革，施，力的反。又《孟子音義題辭》毀鬲、丁音隔，又音歷。鬮《玉篇》吉了、力求二切。棱居力切。又力繩切。卷九免、力媛二切。嘐《類篇》居肴切。又郎刀切。虉居轄切。又力盍切。諫居晏切。又郎旰切。尀古禾切。又盧戈切。睔古本切。又魯本切。（又邦免切。）腡公蛙切。又盧戈切。腱舉欣切。又歷德切。丯古拜切。又盧對切。筥苟許切。又雨舉切。鐐古巧切。又力竹切。穋居尤切。又力竹切。瘣姑回切。又路罪切。瘷堅嫌切。又離鹽切。倞居良切。又力讓切。㢨居銜切。又盧甘切。獿古巧切。又力交切。獦居曷切。又力涉切。㜮姑南切。又力協切。尬居拜切。又力結切。澆堅堯切。又力交切。谷古祿切。又盧谷切。鰏各核切。又狼狄切。撟居妖切。又離招切。摎居肴切。又力交切。揀賈限切。又郎甸切。擖古滑切。又力盍切。挌各額切。又歷各切。緺公蛙切。又盧戈切。蝸古禾切。又盧戈切。蜾古禾切。又魯果切。㽱居又切。又力救切。畂同上。鍊居晏切。又郎電切。　蕑《詩·澤陂》有蒲與蕑，箋云：蕑當作蓮。閣《斯干》約之閣閣，傳：閣閣猶歷歷也。棘《斯干》如矢斯棘，《玉篇·木部》棘引《韓詩》作朸，又如鳥斯革，《韓詩》亦作斯朸。果《周礼·春官·龜人》東龜曰果屬，注：杜子春云：果讀爲鸁。稾《儀礼·既夕礼》稾車，注：今文稾爲潦。睔《襄二年經》鄭伯睔卒。《古今人表》睔作綸。谷《漢書・帝紀八》谷蠡王，注：服虔云：谷音鹿。孑《淮南王書》十七孑孓爲蜃，高誘注引孑讀廉。　葛藟《詩・葛藟》緜緜葛藟。騧驪《小戎》騧驪是驂。果蠃《東山》果蠃之實。岡陵《天保》如岡如陵。疆理《信南山》我疆我理。高朗《既醉》高朗令終。假樂《假樂》假樂君子。羇旅《楚辭・九辯》。姣麗《大招》。乖剌《长笛賦》。各落《文選・景福殿賦》。桄榔《文選・蜀都賦》。鴰鹿《漢書・司馬相如傳上》師古注。鴰捋同上。鸛鴖《毛詩草木鳥獸蟲魚疏》。過蠃同上。栝樓《爾雅・釋草》。果蠃《爾雅・釋蟲》。袨衸《方言》四。枸簍《方言》九。蛞螻《方言》十一。蝬蛶《方言》十一注。玲塾《説文解字》弟一。果蠃《廣雅・釋鳥》。擊戾《荀子・脩身篇》。軥録《荀子・榮辱篇》。痀僂《列子・黄帝篇》。蛤梨《淮南子・道應訓》。皋牢《後漢書・馬融傳上》。

見知　鼓鼓《説文》从壴聲，公户切。壴，中句切。籟或簐竹聲，居六切。竹，陟玉切。𠄌讀若捕鳥罬，居月切。　滑《莊子・天地》釋文：滑心，李音骨，本亦作嗢。璆《類篇》居尤切。又張流切。芍吉了切。又陟略切。羇居月切。又株劣切。魟沽紅切。又戇公切。𠄌居月切。又株衛切。　橐《左・昭元年傳》既而橐甲以見子南，釋文云：橐本或作衷。　鶻鵃《爾雅・釋鳥》。㚸膠古暇、知架二切。《玉篇》上《肉部》。皸瘃《漢書・趙充國傳》。

見徹　丨《類篇》古本切。又丑二切。豨居烑切。又抽遲切。　逕庭《莊子・逍遥遊》釋文：庭，勑定反。

見澄　季《説文》从稺省聲，居悸切。稺，直列切。　縛《周礼・地官・羽人》爲縛，釋文：劉古本反。沈除轉反。趉《類篇》九勿切。又直律切。鳩居尤切。又丈爾切。桌古買切。又直駭切。臭古老切。又直格切。擖古滑切。又直甲切。　經程酒器，《韓詩外傳》十。

見娘　矞《類篇》古穴切。又女律切。誽居佳切。又女佳切。𣪠居又切。又尼猷切。膠居肴切。又女巧切。劉居尤切。又女六切。黏居占切。又女驗切。澆堅堯切。又女教切。摎居肴切。又女巧切。抲居何切。又女加切。紟居吟切。又女禁切。

見照　羔《說文》从照省聲，古牢切。照，之少切。蓍蒸省聲，居隱切。蒸，煮仍切。椆周聲，讀若丩，職留切。周，職留切。稽旨聲，古兮切。旨，職雉切。耆占聲，讀若耿介之耿。占，職廉切。䅶枝聲，讀若規，己恚切。枝，章移切。㕡旨聲，居履切。黬箴聲，古咸切。箴職深切。　釗《周礼·春官·巾車》注：釋文子釗，古堯反。又音昭。又《左氏·僖九傳》注：一人釗，古堯反。又音昭。又《爾雅·釋詁》釗，古遥反。又之遥反。《類篇》堅堯、之遥二切，同。甄《莊·十四經》甄城，音絹，一音真。《玉篇》居延、至神二切，同。瘈《左·襄十七傳》瘈狗，徐居世反。一音制。郜《公羊·莊二》于郜，古報反。二傳作禚。《穀梁·莊四》狩于郜，古報反。《左氏》作禚。諸若反。枳《爾雅·釋地》枳首，顧音居是、諸是二反。《玉篇》居紙、諸氏二切，同。芯《類篇》沽紅切。又諸容切。芍吉了切。又職略切。公古紅切。又諸容切。吣同上。鬻居六切。又之六切。鼓姑回切。又朱欲切。鳽經天切。又諸延切。衔居言切。又諸延切。桋居企切。又掌氏切。犍居言切。又諸延切。瘛吉詣切。又征例切。猘同上。𡿨古泫切。又朱閏切。　瘈《襄十七傳》瘈狗入於華臣氏，釋文云：瘈，《字林》作猘，《漢·五行志》及《說文》皆引作猘。觚《儀礼·燕礼》坐取觚洗，注：古文觚皆爲觶。校《既夕礼》校在南，注：古文校爲枝。公《爾雅·釋親》注：兄公，今俗呼兄鍾語之轉耳。姑《史記·吳世家》索隱：宋衷引毛讀姑爲諸。　居諸《詩·邶風·柏舟》，《日月》日居月诸。顧瞻《匪風》顧瞻周道。工祝《詩·楚茨》工祝致告。介止《甫田》攸介攸止。圭璋《卷阿》如圭如璋。貫眾《爾雅·釋草》。鱖鯞《釋魚》。攗摭《漢書·刑法志第三》。厥昭《列子·天瑞篇》。

見穿　趉《説文》从出聲，又讀若屈，瞿勿切。出尺律切。屈出聲，九勿切。　車《易·賁》釋文：舍車，音居。《唐韻》尺遮反。《書·牧誓》戎車，音居。今曰車，聲近舍。又《詩·何彼穠矣》車服，音居。《釋名》云：古者曰車，聲如居。今曰車，音尺奢反。據《礼記》投壺注：梁丘據，本又作處，同音据。嘔《類篇》居候切。又春朱切。呋古穴切。又姝悦切。𦋮古倦切。又齒九切。橋居妖切。又充芮切。（又祖芮切。）瘛吉詣切。又尺制切。䙀居候切。又春朱切。猘吉詣切。又尺制切。臭古老切。又昌石切。　居《左·襄四年傳》戎狄荐居，《晉語》作薦處。　廣昌《廣雅·釋鳥》。

見神　繘《易·井》釋文：繘井，音橘。又音述。《類篇》厥律、食律二切，同。鱊《爾雅·釋魚》鱊，郭古滑反。沈音述。𣐊《玉篇》古杞、乘買二切。芍《類篇》吉了切。又實若切。䓣古活切。又食列切。絘古穴切。又食律切。

見審　縳《周礼·天官·内司服》注：白縳，釋文：劉音絹。徐升卷反。畇《地官·均人》注：畇音均。又舒均反。豥《類篇》居正切。又施智切。𪑔訖力切。又施皮切。臭古老切。又施隻切。抖居虯切。又尸周切。挾吉協切。又尸牒切。（又即協切。）　翨《周礼·秋官·翨氏》注：先鄭讀爲翅翼之翅。翨，俱豉切。翅，施智切。　幾式《詩·楚茨》如幾如式。卷施《爾雅·釋草》。矍鑠《後漢書·馬援傳》。

見禪　翨《説文》从是聲，俱豉切。是，承旨切。羖股殳聲，公户切。殳，市朱切。　畇《周礼·地官·均人》注：釋文：畇音均。聶氏常純反。豉《類篇》姑回切。又殊欲切。蛞古活切。又石列切。

謹《詩·抑》謹爾侯度、《左氏·襄二十二年傳》謹引作慎。更《儀礼·燕礼》更爵注、又更爵洗注、又《特牲饋食礼》主人更爵酌醋注、又更爵注，皆云：古文更爲受。

見日　柜《類篇》苟許切。又日許切。僥堅堯切。又而由切。撟居妖切。又若誥切。鋛公渾切。又如延切。　桂荏《爾雅·釋草》。

溪端　軫《説文》从多聲，康礼切。多，得何切。　恢《莊子·齊物論》釋文：恢詭，苦回反。简文本作弔。喋《類篇》去涉切。又的涉切。朏苦骨切。又當没切。　魁堆劉向《九歎》。困敦《爾雅·釋天》。科斗《釋魚》。茭媞恪校、得懈二反。《方言》十。顆涷《神農本草經》中。欵冬《神農本草經》中。

溪透　魼《玉篇》丘於切。又他臘切。佮《類篇》渴合切。又託合切。尯苦委切。又吐内切。汫棄挺切。又他甘切。（又徂醒切。）魼丘於切。又託盍切。　坎《易·坎卦》京房，劉表作欿。欿，他含切。鱋《史記·司馬相如傳》鱋魶，徐廣曰：鱋，一作魼，音榻。　泣涕《詩·燕燕》泣涕如雨。嘅嘆《中谷有蓷》嘅其嘆矣。

溪定　㪺《類篇》苦禾切。又唐何切。喋去涉切。又達協切。鮬苦禾切。又徒禾切。鼞苦紺切。又徒紺切。抲丘加切。又待可切。坈枯含切。又動五切。　虚《桓十二年經》公會宋公于虚，釋文：虚，去魚反。《公羊》作于郯。轃苦閑切。《孟子》作填，《公羊》作磌，徒年切。　豈弟《詩·載驅》齊子豈弟。駃騠《逸周書·王會篇》。鶡鴠《方言》八。扜掮《方言》十二。髖髂口會、徒對二切。《玉篇》上《骨部》。輆軩《玉篇》中《車部》。欵段《後漢書·馬援傳》。

溪泥　尳《類篇》丘刀切。又奴刀切。詘曲勿切。又奴骨切。䅯枯沃切。又奴沃切。欿丘嚴切。又奴兼切。

溪來　䰙《説文》从鬲聲，楷革切。鬲，郎激切。悝里聲，苦回切。里，良止切。泣音聲，去急切。立，力入切。　嶔《左·僖三十二傳》注，釋文：相嵚，又音欽。本或作嵐，力含反。脏《類篇》乞及切。又落合切。稞苦禾切。又魯果切。瘣苦會切。又路罪切。僇丘交切。又力交切。（又披交切。）歛丘嚴切。又力冉切。㶣枯含切。又盧甘切。礐克角切。又離宅切。獶丘交切。又力交切。悝枯回切。又两耳切。䆪枯江切。又盧東切。靇丘閑切。又靈器切。撟丘祆切。又離招切。撝丘瞎切。又力盍切。　泣《漢書·傳五十七》猋泣雷厲，注：登展曰：泣音粒。　豈樂《詩·魚藻》豈樂飲酒。昆侖《離騷》。懭悢《九辯》。坎廩一作壈。同上。廓落同上。魁壘王逸《九思》。糠朗《文選·魏都賦》。華離華讀爲歂。歂，苦蛙反。《周礼·夏官·於方氏》。伉儷《左·成十一年》。蛣蜋《爾雅·釋蟲》。魁陸《釋魚》。鵙老《釋鳥》。哓嘵《廣雅·釋詁》。寂寥《廣韻》二《下平聲》。壙埌《莊·應帝王》。康梁《淮南子·要略》。

溪知　闃《易·豐》闃其無人，釋文：苦鶪反。孟作窒。隺《玉篇》苦郭、陟角二切。叕《類篇》傾雪切。又株劣切。鴿丘咸切。又知咸切。朏苦滑切。又張滑切。拎丘耕切。又知盈切。戡枯含切。又陟甚切。　穹窒《詩·七月》穹窒熏鼠。

溪徹　趫《類篇》丘祆切。又丑小切。詘曲勿切。又敕律切。嵁枯含切。又丑甚切。　匡敕《詩·楚茨》既匡既敕。欿傺《九辯》。鸂鶒《御覽》引《臨海異物志》。

溪澄　喋《類篇》去涉切。又直甲切。雉口駭切。又丈几切。（又序姊切。）撝乒瞎切。又直甲切。　衾裯《詩·小星》抱衾與裯。曲直《楚辭·九章》。寇雉《爾雅·釋鳥》。

溪娘　涳《玉篇》口江、口東二切。又女江切。《類篇》枯公、濃江二切，同。怺《類篇》袪尤切。又尼猷切。叚袪尤切。又尼猷切。抲丘加切。又女加切。

溪照　迟《説文》从只聲，綺戟切。只，诸氏切。企止聲，去智切。止，諸市切。𢻫支聲，去智切。支，章移切。眉旨聲，詰利切。旨，職雉切。頍支聲，丘弭切。䭫旨聲，康礼切。䢃支聲，去其切。

鳽《類篇》輕煙切。又諸延切。穛枯沃切。又職略切。㾱詰計切。又征例切。伎去智切。又支義切。崛苦骨切。又之出切。<苦泫切。又朱閏切。　湆《儀礼·士冠禮》大羹湆在爨注、又《公食大夫礼》大羹湆不和注、又《特牲饋食礼》設大羹湆于醢北注、又《少牢饋食礼》羊肉湆注，並云：今文湆皆作汁。

溪穿　詘或誳䖦《説文》从出聲，區勿切。出，尺律切。糗臭聲，去九切。臭，尺救切。　糗《書·費誓》釋文：糗糧，去九反。一音昌紹反。又《礼記·内則》糗，起九反。又昌紹反。又《左·哀十一傳》梁糗、《公羊·昭二十五傳》注糗音並同。《玉篇》丘九、尺沼二切，音亦同。蓲《類篇》虧于切。又春朱切。嘔同上。軀同上。𣘈丘祆切。又充芮切。（又祖芮切。）㾱詰計切。又尺制切。傒遣礼切。又充豉切。挈詰結切。又尺制切。闇丘檢切。又昌黮切。　寬綽《詩·淇奥》寬兮綽兮。

溪神　科《易·説卦》釋文爲科。苦禾反。虞作折。

溪審　坤當从申聲，苦昆切。申，失人切。　尻《類篇》苦刀切。又尸九切。㥦詰叶切。又失涉切。

溪禪　臤《説文》从臣聲，苦閑切。臣，植鄰切。歁甚聲，苦感切。甚，常枕切。堪甚聲，口含切。　挈《類篇》詰結切。又時制切。蛞苦活切。又石列切。

溪日　顤《類篇》丘交切。又人要切。撟丘祆切。又若誥切。　恇一作恇。攘《楚辭·九辯》。困辱王逸《九思》。挈貳《爾雅·釋天》。

羣端　疷《爾雅·釋詁》釋文：疷，祁支反。或丁禮反。《玉篇》渠支、丁禮二切，同。㲎《類篇》渠金切。又都感切。檟郡羽切。又都感切。

羣透　詯《類篇》渠農切。又他紺切。䕺貒呼官切。䕺，又逵員切。貒，又他官切。

羣定　詯《原本玉篇》乾仰、大甘二反。《類篇》渠慶、徒濫二切，同。

　　惸獨《詩·正月》哀此惸獨。求迪《桑柔》弗求弗迪。煢獨《離騷》。駒跳《九辯》。頎典《考工記·輈人》。鈐錇《説文解字·第十四》。渠荅《漢書·鼂錯傳》。

羣泥　𢟍《類篇》渠尤切。又奴刀切。詘渠勿切。又奴骨切。飢渠伊切。又乃歷切。拈其淹切。又兼切。　渠挐《方言》五。

羣來　寠《説文》从婁聲，其榘切。婁，洛侯切。　璆《書·禹貢》釋文：璆鐵，鐵，音虯。又閭幼反。《類篇》渠尤、力救二切，同。貗《爾雅·釋獸》貗，郭其禹反。《字林》力于反。卷《玉篇》渠圓切。又力媛切。腱《類篇》渠言切。又歷德切。剠渠京切。又力讓切。朸渠斤切。又六直切。倞其亮切。又力讓切。凜渠金切。又力錦切。撟渠嬌切。又離招切。蟉渠幽切。又力幽切。勮其據切。又良據切。　倞《礼記·郊特牲》祊之爲言倞也，注：倞或爲諒。　劬勞《詩·凱風》母氏劬勞。騏駵《小戎》騏駵是中。渠略《詩·蜉蝣》傳。岭嶙《古文苑·揚雄蜀都賦》。篕籠《方言》九。舊留《説文解字》第四。蘧廬《莊子·天運》。卷婁《莊子·徐無鬼》。騏驎《文選·七命》注引《尸子》。

羣知　璆《詩·瞻彼洛矣》釋文：傳璆珌，音糾。又張疇反。《類篇》渠尤、張流二切，同。蟣《爾雅·釋魚》蟣，郭音祁。《字林》云：齊人名蛭也。蛭，沈、吕豬秩反。㪁《玉篇》巨今、竹甚二切。《類篇》渠金、陟甚二切，同。搩《類篇》巨列切。又陟格切。

羣徹　鉆《玉篇》其沾切。又敕淹切。茥《類篇》巨九切。又敕九切。趫渠嬌切。又丑小切。詘渠勿切。又勑律切。

羣澄　趉《類篇》其律切。又直律切。鳩渠尤切。又丈爾切。　祁《漢書》取狐父、祁善置，晉灼祁音坻。　籧篨《詩·新臺》籧

　　篠不鲜。旂旐《出車》旂旐央央。

羣娘　菗《類篇》巨九切。又女九切。裾渠勿切。又女刮切。紟渠金切。又女禁切。　蹉跜《文選・魯靈光殿賦》。

羣照　芰《説文》从支聲，奇記切。支，章移切。跂支聲。巨之切。跂郊或岐古㨖支聲，巨支切。伎技妓支聲，渠綺切。屐支聲，奇逆切。魃支聲，奇寄切。耆旨聲，渠脂切。旨，職雉切。　祁《詩・吉日》釋文：其祁，毛巨私反。又止之反。《爾雅・釋地》余祁、巨伊反。又止尸反。音同。鍼《左氏・成六傳》于鍼，其廉反。一音針。跂《莊子・駢拇》不爲跂，其知反。崔本作枝，音同。疷《爾雅・釋詁》疷，祁支反。又音支。岐《釋宫》岐旁，郭如字。樊本作技，音支。鮨《釋器》鮨，巨伊反。《字林》止尸反。枳《釋地》枳首，郭巨宜反。顧音詣是反。汥《玉篇》巨知、之移二切。祇《類篇》巨支切。又章移切。釗祁堯切。又之遥切。（又莊交切。）稽翹夷切。又掌氏切。伎翹移切。又支義切。耆渠支切。又軫視切。崛渠勿切。又之出切。汥翹移切。又章移切。（又平義切。）拈其淹切。又職琰切。　拒折《淮南子・齊俗訓》。

羣穿　趉《説文》从出聲，瞿勿切。出，尺律切。　祁《詩・玄鳥》釋文：祁祁，巨移反。或尺之反。糴《類篇》權俱切。又椿俱切。櫂同上。　菌蠢《文選・南都賦》。

羣神　祁《説文》从示聲，巨支切。示，神至切。　魿《類篇》渠巾切。又食荏切。（又才淫切。）繘其律切。又食律切。　祇《周禮》地祇字並作示。

羣審　莜《説文》从收聲，渠遥切。收，式州切。𧞣水聲，讀若悸，救癸切。水，式軌切。馗姚文田云：首聲，渠追切。首，書九切。
　　莜《類篇》祁堯切。又尸周切。睹渠伊切。又申之切。翍翹移切。又施智切。魿渠巾切。又式荏切。（又才淫切。）　葵菽《詩・七月》亨葵及菽。

羣禪　祇忯蚔《説文》从氏聲，巨支切。氏，承旨切。疷軝或軧氏聲，渠支切。　祁《詩·七月》釋文：祁祁，巨之反。一音上之反。又吉日其祁，毛巨私反。鄭改作麎，音辰。又玄鳥祁祁，巨移反。或上之反。又《礼記·緇衣》祁寒，巨伊反。《字林》上尸反。《左氏·莊六傳》祁侯、《僖十傳》山祁、《成八傳》祁奚、《昭十四傳》司徒老祁、《公羊·隱十一傳》祁黎，音並同。祇《詩·何人》斯俾我祇，祁支反。一云鄭上支反。《類篇》巨支、常支二切，同。忯《玉篇》渠支、是支二切。稽《類篇》渠伊切。又市之切。覩渠伊切。又市之切。頗渠京切。又時征切。

羣日　莥《類篇》巨九切。又忍九切。撟渠嬌切。又若諧切。

疑端　宜《説文》从多省聲，魚羈切。多，得何切。忍刀聲，魚既切。刀，都牢切。　胐《類篇》逆乙切。又當没切。瘩鄂合切。又德合切。齸倪結切。又的協切。

疑透　騃《周礼·秋官司刺》注，釋文：癡騃，五駭反。又吐在反。哈《類篇》鄂合反。又託合反。（又色洽反。）齗魚巾切。又佗靳切。厂魚杴切。又闥各切。聉五滑切。又吐猥切。　寓《礼記·郊特牲》諸侯不臣寓公，注：寓或爲託。

疑定　娗《玉篇》五秦切。又音廷。园《類篇》五官切。又徒官切。䫫語韋切。又徒回切。　刓《漢書·傳四》蘇林注：刓與摶同。摶，度官切。蓺《漢書·傳三十二》以拾遺補蓺，孟康注：蓺音褋。　魭斷《莊子·天下篇》。

疑泥　槷《考工記·輪人》釋文：無槷，魚列反。依注音涅。乃結反。婐《類篇》五果切。又努果切。　藝《書·舜典》歸格于藝祖，《史記》作歸至于祖禰廟。　雅南《詩鼓鍾》以雅以南。

疑來　亂《説文》从亂聲，五患切。亂，郎段切。鬲鶂或从鬲，當从鬲聲，五歷切。鬲，郎激切。頪當从耒聲，又讀若春秋陳夏齧之齧，盧對切。椞來聲，魚僅切。來，洛哀切。　隒《詩·葛藟》傳，釋文：水隒，魚檢反。《字書》音吕恬、理染二反。《爾雅・釋山》隒，郭魚檢反。顧力儉、力儼二反。樂《詩・采菽》箋：以禮樂樂之，上音岳，下音洛。又有瞽箋和樂，如字。或音洛。又《周官・大司馬》樂叢、《礼記・王制》樂事、《礼運》所樂、《禮器注》以樂樂之、《學記》樂其、《樂記注》足樂、《表記》以樂、《大學》樂其樂、《左氏・文六傳》公子樂、《襄二十九傳》樂而不淫、《哀七傳》不樂、《論語・陽貨注》據樂、《老子道經》樂殺人、《爾雅・釋宮注》樂鄉，音並同。《類篇》逆各、力照二切，亦同。甗《周礼・天官・大宰》注：甑甗，魚善反。本又作甗，音歷。犨《類篇》吾沃切。又力角切。猚魚其切。又魯水切。殜逆及切。又落合切。剫逆各切。又力灼切。檪猊狄切。又歷各切。厱魚檢切。又盧甘切。礐逆角切。又離宅切。尬牛轄切。又力結切。澆倪弔切。又力交切。醶魚窆切。又盧感切。（又楚檻切。）　兀嵝《文選・長笛賦》。浯淪《文選・江賦》。騀驢《廣雅・釋獸》。

疑知　朏《類篇》逆乙切。又張滑切。䫄五賄切。又屯怪切。䫓牙葛切。又張滑切。厚牛代切。又陟革切。聉五滑切。又張滑切。

疑徹　㞕《説文》从屮聲，讀若臬。魚列切。屮，丑列切。　儑《類篇》五感切。又丑減切。嵁吾含切。又丑甚切。厂魚枕切。又耻格切。

疑澄

疑娘　嶤《類篇》倪幺切。又尼交切。誽研計切。又女加切。僸牛錦切。又女禁切。槸倪祭切。又女介切。嶤牛交切。又尼交切。澆倪弔切。又女教切。纅逆怯切。又昵輒切。㥯魚紀切。又昵音切。（又即刃切。）　杌《左氏・文十八傳》檮杌，《説文・木部》引作檮柮。案出聲、兀聲古同在没部。

疑照　齞《説文》从只聲，研繭切。只，諸氏切。詣旨聲，五計切。旨，職雉切。敮支聲，魚綺切。支，章移切。　慭《昭十二經》公子慭，釋文：魚覲反。一讀爲整正領反。《哀十一傳》子慭同。豉

《類篇》吾回切。又朱欲切。鴉倪堅切。又諸延切。崛魚屈切。又之出切。产五委切。又之廉切。　　慭《昭十二年經》公子慭出奔齊，《公羊》作公子整。　　凝脂《詩・碩人》膚如凝脂。

疑穿　䳄《説文》引司馬相如説，鶂从赤。案當从赤聲，五歷切。赤，昌石切。痆《説文》从出聲，五忽切。出，尺律切。聉出聲，讀若孼。五滑切。　　碏《類篇》擬引切。又尺約切。厂魚枕切。又昌石切。　　媄斫斫，齒略切。《列子・力命篇》。

疑神　狋《説文》从示聲，語其切。示，神至切。　　鈐《類篇》魚音切。又食荏切。（又才淫切。）　　宜乘《爾雅・釋畜》。

疑審　兟《説文》从矦聲，矦，古矢子。語期切。矢，式視切。疑矦聲。語其切。　　檪《類篇》猊狄切。又式灼切。鈐魚音切。又式荏切。　　元首《書・益稷》。

疑禪　嚚《説文》从臣聲，語巾切。臣，植鄰切。　　鼓《類篇》吾回切。又殊欲切。鋘譌胡切。又時遮切。　　腝《周礼・天官・醢人》腝醢，注：故書腝或爲鶃。杜子春云：當爲腝。

疑日　齯郳倪麑霓鯢婗蜺輗或棿《説文》从兒聲，五雞切。兒，汝移切。棿䡾兒聲。五計切。睨兒聲。研計切。鶂屔兒聲。五歷切。觬兒聲。研啟切。　　蕘《類篇》倪幺切。又如招切。齗魚巾切。又忍善切。僥倪幺切。又而由切。顤倪幺切。又人要切。蟯倪幺切。又如招切。　　郳《左氏・莊十五年》伐郳，《公羊》郳作兒。

第二　舌喉通轉

端影　呾《類篇》當割切。又乙轄切。沾都念切。又乙業切。扚丁了切。又乙却切。　登依《詩·公劉》既登乃依。墆翳《楚辭·九歎》。蟄隘《左傳·襄九年》。單閼《爾雅·釋天》。鴬窅《説文解字》弟七。

端喻　眈耽酖《説文》从冘聲，丁含切。冘，余箴切。黕紞冘聲。都感切。殬睪聲，當故切。睪，羊益切。　懥《礼記·大學》釋文：懥，徐丁四反。又音勩。蜳《莊子·外物》螴蜳，郭音惇。李餘準反。芜《類篇》都感切。又夷鍼切。裯丁聊切。又已幼切。佻他彫切。又弋笑切。湛都含切。又夷針切。（又將廉切。）淡澹都甘切。又以冉切。扰他刀切。又夷周切。䦲都濫切。又以贍切。蜳都昆切。又庾準切。堤都黎切。又匀規切。軺丁聊切。又餘招切。（又慈焦切。）　對揚《詩·江漢》對揚王休。

端曉　單《説文》从吅聲，都寒切。吅，况袁切。　喙《莊子·天地》釋文：喙，丁豆反。又喜穢反。詫達生而詫，郭都駕反。又呼駕反。《類篇》都故、虚訝二切，同。哼《類篇》覩猥切。又虚良切。弴丁聊切。又馨幺切。鴉同上。戡都含切。又虚全切。髩都果切。又翾規切。忱都含切。又火禁切。贑多贡切。又吁紺切。搨德盍切。又迄業切。　殿屎《詩·板》民之方殿屎，釋文：殿，都練反。屎，許伊反。虰蛵《爾雅·釋蟲》。唸吚《説文解字》弟二。唸，都見切。吚，馨伊切。脂膭都罪、火罪二切。《玉篇》上《肉部》。頕顲《集韻·去聲八》頕顲，癡皃。頕，丁紺切。顲，呼濫切。

端匣　荅《説文》从合聲，都合切。合，候閤切。妒户聲，當故切。户，侯古切。　　的《爾雅・釋草》釋文：的，丁歷反。又户了反。《類篇》丁歷、胡了二切，同。芍《玉篇》都歷切。又下了切。受《類篇》刀號切。又後到切。笚德盍切。又轄甲切。樌都皆切。又下楷切。（又象齒切。）戽董五切。又後五切。蕵多殄切。又胡典切。贑多貢切。又胡貢切。攩底朗切。又户廣切。　　冬夏《詩・葛》生冬之夜，夏之日。《宛丘》無冬無夏。德行敬之示我顯德行。低佪《九歌》。彫胡《周礼・天官》食醫魚宜苽，注。登假假音遐。《礼記・曲礼下》。當魱《爾雅・釋魚》。虒䶊都兮、户圭二切。《説文解字》弟十。驒騱《史記・奴列傳》。登閎《漢書・揚雄傳上》。

端爲　樌《類篇》都皆切。又雄皆切。　　對越《詩・清廟》對越在天。顛隕《離騷》。巔越《九章》。

端見　𡗝《説文》讀若耿介之耿，丁念切。　　罬《爾雅・釋器》釋文：罬，謝丁劣反。郭姜悦反。笚《類篇》德盍切。又古洽切。檆都惑切。又古送切。蕵多殄切。又吉典切。贑多貢切。又古送切。担黨旱切。又蹇劣切。攩底朗切。又古曠切。埻都回切。又尖鑊切。

東光《文選・七哀詩》。顛棘《爾雅・釋草》。當歸《古今注問答釋義》弟八。

端溪　幬《類篇》當來切。又去九切。鬥都豆切。又克角切。蜎當没切。又苦骨切。樌都皆切。又口已切。（又象齒切。）袛都黎切。又曲禮切。移典可切。又遣禮切。担黨旱切。又丘儹切。蚳丁計切。又曲勿切。　　匒匌《文選・海賦》。詆諆《漢書・枚乘傳》。埵堁《淮南子・説山訓》。

端羣　疷《詩・白華》釋文：疷，徐都禮反。又祁支反。䔲《類篇》當何切。又奇寄切。忳都困切。又巨旬切。扺典禮切。又翹夷切。（又壯仕切。）㚊當何切。又巨綺切。（又敞爾切。）蚳丁計切。又翹夷切。

端疑　柮《玉篇》當骨切。又五滑切。蚍《類篇》丁計切。又五忽切。

低昂《楚辭·遠遊》。嵨峴《古文苑·揚雄蜀都賦》。陮隗《説文·𨸏部》。㦄猒《集韻·平聲二》。

透影　蹎《類篇》他典切。又於殄切。俑他東切。又伊竦切。毻闥各切。又屋郭切。憛他紺切。又於鹽切。沾他兼切。又乙業切。　黮闇《莊子·齊物論》。

透喻　菼𦂳《説文》从剡聲，土敢切。剡，以冉切。通俑甬聲，他紅切。（俑又余隴切。）甬，余隴切。逷古文逖，當从易聲，他歷切。易，羊益切。䬟剔鬄惕易聲。他歷切。胎邰蛤姚文田據《廣韻·十六咍》補蛤字。台聲，土來切。台，與之切。肬冘聲，他感切。冘，余箴切。韜騭慆滔搯圙舀聲，土刀切。舀，以沼切。楹盈聲，他丁切。盈，以成切。杝也聲，讀若他。（依段注引趙凡夫鈔本他作陁，則當列澄喻下。）也，羊者切。桶甬聲，他奉切。甬，余隴切。痛甬聲。他貢切。貣忒弋聲，他得切。弋，與職切。湯昜聲，土郎切。昜，與章切。洟夷聲，他計切。夷，以脂切。媮俞聲，託侯切。俞，羊朱切。緼盈聲，他丁切。盈，以成切。絛攸聲，土刀切。攸，以周切。銕古文鐵，當从夷聲。他結切。　洟《易·萃》釋文：涕洟，他麗反。又音夷。鮐《書·泰誓中》注：鮐背之耇，他來反。又音怡。《詩·行葦》箋：鮐文、《爾雅·釋詁》鮐，音並同。愉《詩·鹿鳴》傳：恌，愉也。他侯反。又音踰。《周礼·大司徒》民不愉，音偷，又音揄。肆《周禮·夏官》小子羊肆，依注音鬄，他歷反。一音餘四反。緆《儀礼·既夕礼》注：緆緆，他計反。劉羊豉反。挑《有司徹》執挑，湯堯反。一音由。脱《莊子·至樂》其狀若脱，它括反。司馬音悦。《類篇吐》外、欲雪二切，同。詒《達生》誒詒，吐代反。郭音怡。蜕《知北遊》委蜕，吐卧反。又音悦。拸《庚桑》拸畫，又音他。又與紙反。本亦作移。鮐天才反。一音夷。訑《孟子·告子下》音義：訑訑，張吐禾反。丁云：字作詑，不音怡。今諸本皆作訑，不合注意。當借讀爲詑，音怡。㡯《玉篇》他果切。又羊捶切。悇他姑、余庶二切。虵託何切。又弋支切。夵《類篇》他刀切。又以冉切。趧他候切。又營隻切。訑他何切。又演爾切。杝他佐切。又余支切。桶吐孔切。又尹竦切。棁他骨切。又俞芮切。佻他彫切。又弋笑切。儥他篤切。又余六切。涚吐外切。又俞芮切。毻吐外切。又欲雪切。䑬他刀切。又弋笑切。兑吐外切。又余芮切。硐吐孔切。又尹竦切。恫他東切。又尹竦切。憛他紺切。又余廉切。治湯來切。又盈之切。汏他計切。又以制切。拸他可切。又余支切。攄通都切。又余遮切。抌他刀切。又夷周切。拕湯何切。又余支切。（又文尔切。）探他含切。又夷針切。（又徐心切。）捝他括切。又俞芮切。嫍他刀切。又以紹切。媮他侯切。又容朱切。婮吐孔切。又尹竦切。娧吐外切。又欲雪切。蛇湯何切。又余支切。蜳他昆切。又庚準切。蜕吐外切。又欲雪切。它託何切。又余支切。銚他彫切。又餘招切。（又千遥切。）錟他甘切。又以冉切。（又思廉切。）　　聃《左・昭四年傳》聃季授土、《史記・管蔡世家》作冉季載。薙《周禮・秋官・薙氏》注：《書》薙或作夷。玄謂薙讀如鬀小兒頭之鬀。《書》或作夷。桯《考工記・輪人》桯圍，注：鄭司農云：桯讀如丹桓公楹之楹。禒《儀礼・士喪礼》禒衣，注：禒之言緣也。古文禒爲緣。挑《少牢饋食禮》二手執挑匕枋以挹湆，注于疏匕。鄭注挑謂之歃，讀如或舂或抌之抌。字或作挑者，秦人語也。滔《論語・微子》釋文：滔滔，吐刀反。鄭本作悠悠。　　推移《楚辭・漁父》。倘佯《九歎》。黈益《文選・長笛賦》。

透曉　祆《類篇》他年切。又馨煙切。苖他歷切。又許六切。哼通回切。又虚良切。涗他計切。又顯計切。隋吐火切。又呼恚切。（又思果切。）枰通都切。又荒胡切。儥他篤切。又許六切。鬌吐火切。又翾規切。灘他干切。又許旱切。漢他干切。又虚旴切。搨託合切。

又迄業切。土統五切。又許下切。(又片賈切。) 塼通都切。又虚訏切。隖同上。　醯醢《詩·行葦》醯醢从薦。攩慌《九歎》。通唤《匡謬正俗》卷六。

透匣　饕《説文》从號聲，土刀切。號乎刀切。杍乎聲，他乎切。乎，户吳切。欿臽聲，讀若貪，他含切。臽，户猪切。　槫《類篇》通都切。又胡化切。欿他含切。又户感切。能湯來切。又胡弓切。攩坦朗切。又户廣切。塼通都切。又後五切。隖同上。　菟奚《爾雅·釋草》。

透爲　菼《説文》蒳或體，當从炎聲，土敢切。炎，于廉切。朁朁或从日，當从曰聲，他計切。曰，王伐切。朁朁或从兟从日，當从曰聲。　剡《類篇》他甘切。又于廉切。　妥侑《詩·楚茨》以妥以侑。

透見　貪《説文》从今聲，他含切。今，居音切。僓貴聲，吐猥切。貴，居胃切。靦見聲，他典切。見，古甸切。蝺《類篇》他冬切。又堅堯切。桰他點切。又古外切。攩坦朗切。又古曠切。紾他典切。又頸忍切。　揵《儀礼·既夕》《禮記》設依揵焉，今文揵爲銛。替《少牢·饋食禮》以嘏于主人至勿替引之，注：古文替爲袂。討《穀梁·桓二》釋文：爲討之鼎，如字，麋氏云：討或作糾。　舭舸《廣雅·釋水》。謅謚《廣韻》五《入聲》。

透溪　幍《類篇》他刀切。又去九切。逗他候切。又遣爾切。嗸託合切。又渴合切。虩他刀切。又苦紺切。欿他含切。又枯含切。嵧他刀切。又苦感切。惔他甘切。又謙琰切。

透羣　鉆《周禮·春官·典同》注，釋文：飛鉆，戚或音沾。劉又渠金反。《類篇》託協、其淹二切，同。衹《類篇》土禮切。又翹夷切。

透疑　炭《説文》从岸省聲，他案切。岸，五旰切。濕㬎聲，他合切。㬎，五合切。　頊《玉篇》他最切。又五刮切。儓《類篇》湯來切。又魚其切。(又俟甾切。)　槖吾《神農本草經》中。

定影　毒姚文田云：當从毐聲，徒沃切。毐，遏在切。　　約《爾雅·釋宮》釋文：案今江東呼約音約。沈徒的反。炱《玉篇》徒來切。又於景切。餤《類篇》徒甘切。又於鹽切。窴亭年切。又膺眼切。憛徒南切。又於鹽切。酓徒南切。又於錦切。　　奠《儀礼·公食大夫礼》坐奠于鼎西，注：今文奠爲委。　　奠瘞《詩·雲漢》上下奠瘞。銚鈬《廣雅·釋詁》。忉憯《集韻·去聲八》。彈壓《淮南子·本經訓》。

定喻　荑鵜《説文》从夷聲，杜兮切。夷，以脂切。鵜，重文作鶫。苗迪柚笛邮妯由聲，徒歷切。由，以周切。萏閻聲，徒敢切。閻，余廉切。荼悇筡郐讀若塗。盦駼涂捈酴余聲，同都切。余，以諸切。稌余聲。徒古切。斜余聲，讀若茶。（今似嗟切。）啺古文唐，當从昜聲，徒郎切。昜，與章切。踼昜聲。徒郎切。篡昜聲。徒朖切。碭昜聲。徒浪切。惕昜聲。徒朗切。遺讀讟韇殰櫝牘黷瀆嬻匵隫古纉賣聲，徒谷切。賣，余六切。蹈舀聲，徒到切。舀，以沼切。稻舀聲。徒皓切。誕延聲，徒旱切。延，以然切。諜牒枼聲，徒叶切。枼，與涉切。殆怠紿台聲，徒亥切。台，與之切。駘炱鮐台聲。徒哀切。筩甬聲，徒紅切。甬，余隴切。弟厂聲，特計切。厂，余制切。條攸聲，徒遼切。攸，以周切。跾同上。腧讀若俞。窬匬綸俞聲，度侯切。俞，羊朱切。醶俞聲。田候切。代弋聲，徒耐切。弋，與職切。襗睪聲，徒各切。睪，羊益切。鐸睪聲。徒洛切。兑合聲，大外切。合，以轉切。鬄或髢易聲，又大計切。易，羊益切。帣讀若弟。唐韻羊至切。狄亦省聲，徒歷切。亦，羊益切。地也聲，徒四切。也，羊者切。逖狄聲，古文作逷。當从易聲。　　滕《易·咸》釋文：滕口説也，徒登切。虞作媵。陶《尚書序》皋陶音遥，《詩·君子陽陽》陶陶音遥，《礼記·曲礼》注：陶梓音桃，沈音遥。《祭義》陶陶音遥。《左氏·莊八傳》皋陶音遥。《論語·顔淵》皋陶音遥。《莊子·逍遥遊》陶鑄，徒刀反，李移昭反。《孟子·萬章》鬱陶音姚。《玉篇》陶大刀切，又音摇。迪《書·多方》勸于帝之迪，徒歷反。馬本作攸。惔《詩·節南山》如惔，徒藍反。《字書》作炎。餤《詩·巧言》亂是用餤，沈旋音談。徐音鹽。《爾雅·釋詁》餤，沈大甘反。徐仙民：《詩》音閻，餘占反。《類篇》餤徒甘、余廉二切，並同。荼《周礼·地官》教官之属掌荼，音徒。徐音餘。《類篇》同都、羊諸二切，同。職《周礼·地官·牛人》職人，戚音特。或餘式反。檡《夏官·繕人》注：若檡，一音徒洛反。又音亦。桃《左·僖二十四傳》桃子，本或作姚。又《定十四傳》桃甲，如字，本又作姚。堞《左·襄六傳》于堞音牒。徐養涉反。《襄十傳》及堞、《襄二十七傳》堞，其音並同。台《襄十二經》圍台，又音臺。一音翼之反。眣《公羊·文七傳》眣晉，本又作眣。又大結反。《字書》云：眣，瞚也，以忍反。毒《老子德經》毒之，徒篤反。今作育，余熟反。儵《莊子·秋水》儵魚，徐音條。李音由。鰷《至樂》鰷，音條。又音攸。詒《達生》誒詒，李音臺。郭音怡。汰《天下》泠汰，音泰，郭音裔。倐《爾雅·釋訓》倐倐，舍人本作攸攸。佗《釋訓》佗佗，徒河反。謝羊兒反。怟《釋訓》怟怟，郭徒啟反。李余之反。儵《釋訓》儵儵，郭徒的反。樊本作攸。桶《釋樂》桶，音動。又音甬。桋《釋木》桋，大兮反。或作夷。儵《釋魚》儵，音條。本亦作鮋。又音由。顃《玉篇》徒含切。又余点切。荑大奚切。又音夷。歈大侯切。又羊朱切。迭徒結切。又夷質切。鋭徒會切。又弋税切。澹達濫、餘贍二切。䖝徒冬、與弓二切。駃大結、弋結二切。㣫徒計、余利二切。駼大吾切。又弋居切。鰖大果、弋水二切。蟫大含、弋針二切。隶徒戴切。又余二切。《類篇》徒耐、羊至二切，同。酞徒戴、與職二切。蒤《類篇》同都切。又余遮切。啴唐干切。又夷然切。迤唐何切。又演爾切。詑待可切。又演爾切。誃待可切。又余支切。詄徒結切。又弋質切。䲢徒登切。又以證切。盾杜本切。又以準切。蜼徒冬切。又羊諸切。脱徒活切。又欲雪切。筩徒東切。又尹竦切。箟田黎切。又余支切。椸待可切。又余支切。檡同都切。又夷益切。桶杜孔切。又尹竦切。棁徒活切。又俞芮切。牏徒侯切。又俞戍切。秩徒结切。又弋質切。窔徒感切。又夷針切。（又疏簪切。）佻田聊切。又弋笑切。儥徒谷切。又余六切。襗達各切。又夷益切。艞徒刀切。又弋笑切。兑徒活切。又余芮切。頖徒甘切。又余廉切。硐徒東切。又尹竦切。赨徒冬切。又余中切。恫杜孔切。又尹竦切。怟待禮切。又盈之切。憛徒南切。又余廉切。忕徒盖切。又以制切。涂同都切。又余遮切。汰度皆切。又以制切。湛徒感切。又夷針切。（又將廉切。）淡徒甘切。又以冉切。澤達各切。又夷益切。霮徒回切。又延知切。鰷田聊切。又夷周切。（又先了切。）鮡田聊切。又餘招切。拸徒可切。又余支切。攄同都切。又余遮切。拖唐何切。又余支切。（又丈尔切。）探徒感切。又夷針切。（又徐心切。）挩徒活切。又俞芮切。揲達協切。又羊列切。娧徒外切。又欲雪切。姪徒結切。又弋質切。匬度侯切。又勇主切。蛇唐何切。又余支切。鼉蕩旱切。又以淺切。墿同都切。又夷益切。墤杜果切。又愈水切。銚田聊切。又餘招切。（又千遥切。）錟徒甘切。又以冉切。（又思廉切。）陀唐河切。又演爾切。酡唐何切。又余支切。酴同都切。《初學記》音余。　膝《易・咸》滕口説也，釋文：滕，虞翻作媵。稊《易・大過》枯楊生稊，釋文云：稊，鄭作荑。荑，木更生，音夷。迭《書・洛誥》史迭，《逸周書・去殷篇》作史逸。弟《詩・載驅》齊子豈弟，箋引《古文尚書》以弟爲圛。餤《詩・巧言》亂是用餤、《礼記・表記》釋文云：用餤，徐本作鹽。覃《詩・大田》以我覃耜、《爾雅・釋詁》注引作剡相。田《詩・有瞽》應田縣鼓，箋：田當作輴。輴，羊晉切。薙《周礼・秋官・序官・薙氏》注：《書》或作夷。騰《儀礼・公食大夫礼》衆人騰差，騰或作滕。桃《有司二》手執桃匕枋以挹湆，注：桃謂之歃。讀如或舂或抗之抗字。或作挑者，秦人語也。今文桃作抗。髦《礼記·曲礼》斂髮毋髦，注：髦或爲肆。兑《文王世子》《學記》《緇衣》，兑命，注：兑當爲説。説，弋雪切。蕩《莊子·天運》蕩聞之，一本蕩作盈。迭《孟子·萬章下》迭爲賓主，張鎰音迭爲佚。彤《山海經》蝺渠音彤弓之彤，蝺即雝字。據此，是彤日之彤確爲肜字之隸變，聲又變同融耳。脱《史記·齊世家》成公脱，《十二諸侯年表》作説。又《荀子·正名篇》説故喜怒哀樂愛惡欲以心異，楊注説讀爲脱。甸《漢書·志八》甸氏道，注：李奇曰：甸音滕。荼《漢書·江都易王傳》有男子荼恬，蘇林音琅邪。又《地理志》長沙郡荼陵，師古音弋奢反。彤《文選·思玄賦》展洩洩以彤彤，注：融與彤古字通，彤，徒冬切。　鶉鳶《詩·四月》匪鶉匪鳶。恬愉《楚辭·遠遊》。惰窳《文選·七發》。屠維《爾雅·釋天》。螗蛦《方言》十一注。

定曉　隋《説文》从隓省，當从陊聲，徒果切。陊，許規切。隓陊聲。徒果切。　儨《莊子·外物》釋文：儨音頽。又呼懷反。苗《類篇》徒沃切。又許六切。哼徒渾切。又虚良切。讙徒回切。又呼回切。喋達協切。又虚涉切。翑田聊切。又馨幺切。鴪同上。殀大計切。又顯計切。隋徒果切。又呼恚切。（又思果切。）㪔徒南切。又虚全切。鼟徒冬切。又虚冬切。甹唐丁切。又醯經切。儥徒谷切。又許六切。鬌杜果切。又翾規切。灘唐干切。又許旱切。扡徒禾切。又呼肥切。土動五切。又許下切。（又片賈切。）舚徒南切。又呼含切。　駾《詩·緜》混夷駾矣，《説文·口部》引作呬。動《禮記·樂記》讙以立動，注：動或爲勳。郯《公羊·桓十二》釋文：于郯音談。《二傳》作虚。澹《老子道經》澹兮，徒甘反。古本河上、嚴遵作忽兮。　覃訏《詩·生民》實覃實訏。呹肹《文選·甘泉賦》。太虚《文選·遊天台山賦》。

定匣　啗《説文》从臽聲，徒濫切。臽，户猪切。䜙合聲，徒合切。合，候閤切。䛎后聲，大口切。后，胡口切。覃鹹省聲，徒含切。鹹，胡毚切。窞臽聲。徒敢切。　荼《類篇》同都切。又後五切。啖杜覽切。又户黤切。受大到切。又後到切。磿徒南切。又胡甘切。䄂徒冬切。又胡弓切。濫杜覽切。又户黤切。䜴當練切。又胡犬切。（又須倫、松倫二切。）　宕《穀梁·文十一傳》佚宕中國，釋文：宕作害，云本又作宕。臺《檀弓上》注：臺當爲壺，字之誤也。　杜衡《離騷》。憞溷《文選·風賦》。澹澉《文選·七發》。騰黄《文選·東京賦》。鶟鶘《爾雅·釋鳥》注。堂堭《廣雅·釋宫》。酟醐一作飥餬。《一切經音義》十四引《通俗文》。僮昏《国語·晋語》。泰玄《漢書·礼樂志》。

定爲　啖淡《説文》从炎聲，徒敢切。炎，于廉切。談棪讀若三年導服之導。郯倓倒倓或體。惔錟炎聲。徒甘切。惔《詩·節南山》釋文：如惔，徒藍反。又音炎。《韓詩》作炎。又《雲漢》如惔，音談。徐音炎。《莊子·齊物論》大言炎炎，釋文：李作淡。《類篇》徒甘、于廉二切，同。餤《經典釋文敘録》郭景純反餤爲羽鹽。墤《類篇》杜果切。又于累切。　騰遠《文選·子虚賦》。

定見　唐《説文》从庚聲，徒郎切。庚，古行切。豰宫聲，徒冬切。宫，居戎切。頹隤貴聲，杜回切。貴，居胃切。　恬《老子·道經》釋文：恬，徒嫌反。本或作栝，梁武音膾。禔《類篇》田黎切。又古委切。踻徒禾切。又姑華切。蝺徒冬切。又堅堯切。骰徒侯切。又果五切。箟田黎切。又堅奚切。磿徒南切。又沽南切。揲達協切。又吉列切。（又松列、悉協二切。）純徒渾切。又規倫切。（又從緣、莊持二切。）紾徒與切。又頸忍切。埻徒卧切。又光鑊切。䜴堂練切。又規倫切。（又須倫、松倫二切。）　填寡《詩·小宛》哀我填寡。鶟鳩《離騷》。調均《賈誼·惜誓》。蹀跛《文選·魏都賦》。盜庚《爾雅·釋草》。頭鴙《釋鳥》。杜狗《方言》十一。鶤鴺《漢書·揚雄傳》。

定溪　犒《説文》讀若糗糧之糗。徒刀切。　澹《老子道經》釋文：恬澹，徒暫反。河上本作恢。梁武云：苦回反。挏《玉篇》徒聊切。又去周切。犞《類篇》徒刀切。又去九切。趙徒了切。又起了切。逗大透切。又遣爾切。磿徒南切。又枯含切。謺達合切。又渴合切。虠徒刀切。又苦紺切。磗徒了切。又輕皎切。　惔徒甘切。又謙琰切。　逗《漢書·傳二十二》逗撓，注：服虔云：逗音企。先叔父季剛先生云：服氏盖以逗爲迟，故有是音。　佻巧《離騷》。掉磬《礼記·内則》注。

定羣　忯《爾雅·釋訓》釋文：忯忯，郭徒啟反。顧舍人渠之反。《類篇》待禮、翹移二切，同。饋《類篇》徒回切。又求位切。忳徒渾切。又巨句切。㚰田黎切。又巨綺切。(又敝爾切。)　提《左氏·宣二年傳》提彌明，《公羊·宣六年傳》作祁彌明，《古今人表》《水經·河水》注同。

定疑　牒《類篇》達協切。又逆怯切。　徒御《詩·車攻》徒御不驚。壿霓《文選·西京賦》。嘉界同上。峌峴《文選·海賦》。敦圉《文選·甘泉賦》。檮杌《左傳·文公十八年》。顡顐徒困、五困二切。《玉篇》上《頁部》。

泥影　餧《説文》从委聲，奴罪切。委，於詭切。捼委聲。奴禾切。
壓《莊子·外物》釋文：壓，乃協反。郭於琰反。餒《類篇》弩罪切。又於僞切。獿奴刀切。又於求切。淰乃感切。又鄔感切。嬈乃了切。又馨叫切。　獿《礼記·樂記》獿雜子女，注：獿或爲優。　䠷趹《廣雅·釋詁》。

泥喻　能《説文》从巳聲，奴登切。巳，羊止切。　臑《周礼·夏官》祭僕，注：釋文：臂臑，奴報反。又音羊吳反。尼《爾雅·釋詁》尼，顧奴啟反。謝羊而反。《釋訓》尼音同。《類篇》乃禮、延知二切，亦同。　渜《士喪礼》渜濯棄于坎，注：古文渜爲緣，荆沔之間語也。

泥曉　橈《易·説卦》釋文：橈萬物，徐乃飽反。王肅乃教反，又呼勞反。《莊子·則陽》能橈音同。煖《禮記·王制》注：寒煖，乃管反。又況袁反。《月令》仲春煖氣，乃緩反。又音暄。季秋煖風，乃管反。又許元反。《文王世子》寒煖，乃管反。徐況煩反。《莊子·徐無鬼》暖室，奴緩反。又虛袁反。並同。撓《左·成十三傳》撓亂，乃卯反。徐許高反。《莊子·大宗師》撓，奴爪反。郭呼堯反。儺《論語·鄉黨》人儺，乃多反。(乃今譌作户，此依宋本。) 魯讀爲獻。欸《玉篇》泥娭、吁禺二切。蘸《類篇》那盱切。又虛盱切。鷨那盱切。又許旱切。鵗奴官切。又呼官切。煗乃管切。又許元切。灘乃旦切。又許旱切。嬈乃了切。又馨叫切。　挼《儀礼·特牲饋食礼》挼祭，注：《士虞礼》古文曰墮祭，墮與挼讀同耳。今文改挼皆爲綏。古文此皆爲挼祭也。

泥匣　箄《類篇》諸盍切。又轄甲切。能奴登切。又胡了切。　奈何《楚辭·九辯》。

泥爲

泥見　念《説文》从今聲，奴店切。今居音切。　穀《玉篇》奴豆切。又公豆切。《類篇》乃后、古候二切，同。鵗《類篇》奴官切。又沽丸切。箄諸盍切。又古洽切。疹乃結切。又頸忍切。穀乃后切。又居候切。　獳《春秋》晉景公獳（奴豆切），《史記》名據。
挐玃《文選·羽獵賦》。鶵鳩《爾雅·釋鳥》。

泥溪　攝《類篇》諾協切。又詰叶切。（又色甲切。）穀乃后切。又丘候切。

泥羣　鷬《説文》从堇聲，那干切。堇，巨反切。　涅《周礼·春官·典同》注，釋文：涅闇，乃結反。劉其兼反。《類篇》音同。

泥疑　嬈《説文》从堯聲，奴鳥切。堯，吾聊切。蟯堯聲。奴招切。
婐《玉篇》乃果、五果二切。槷《類篇》乃結切。又倪結切。（又私列切。）淰乃感切。又魚駭切。　寧宜《詩·鳧鷖》公尸來燕來寧，公尸來燕來宜。

來影　孖《説文》从一聲，吕戌切。一，於悉切。　傳《類篇》郎侯切。又委羽切。貍陵之切。又紆勿切。馲歷各切。又屋郭切。扚郎狄切。又乙却切。蛺力協切。又於叶切。　牢《儀礼·士喪礼》注：牢中旁寸注：牢讀爲樓，今文樓爲縷。貍《周礼·天官》内饔鳥皫色而沙鳴貍，《禮記·内則》貍作鬱。　凌陰《詩·七月》納于凌陰。陵阿《公劉》我陵我阿。練要《離騷》。羅畏《古文苑·揚雄蜀都賦》。

來喻　珋《説文》从丣聲，乃求切。丣，古酉字，與久切。畱同上。茆丣聲。力久切。蓏胍聲，郎果切。胍，以主切。律聿聲，吕戌切。聿，余律切。鄰讀若淫，力荏切。　蜼《周礼·春官·小宗伯》注，釋文：蜼彝音誄。又以水反。《爾雅·釋獸》蜼音誄。《字林》余繡反。《類篇》魯水、羊諸二切，同。攦《儀礼·聘礼》尚攦，劉音獵。一音以涉反。鬣《既夕礼》内鬣音獵。又以接反。櫟《穀梁·昭三十一傳》荀櫟，力狄反。一音與灼反。《漢書·帝紀一》櫟陽，注、《蘇林志八》注，如淳並云：櫟音藥。《玉篇》來的、余灼二切，《類篇》歷各、弋灼二切，並同。欐《爾雅·釋木》欐，力輒反。又餘涉反。《玉篇》力葉、弋涉二切，同。蜦《玉篇》力由切。又弋留切。建《類篇》劣戌切。又允律切。蹸力角切。又弋灼切。叕力儿切。又演爾切。杝鄰知切。又余支切。桅同上。旒力求切。又夷周切。瘵力照切。又弋灼切。佻郎刀切。又弋笑切。貗龍珠切。又容朱切。貗同上。熑離鹽切。又余廉切。嵾力荏切。又以荏切。沟龍春切。又俞倫切。攄魯故切。又余遮切。攦力盍切。又弋涉切。盭郎計切。又引戾切。　厲《易·乾》夕惕若厲，《説文·夕部》引作若夤。里《考工記·匠人》里爲式。鄭玄注：里讀爲已，聲之誤也。　稂莠《詩·大田》不稂不莠。留夷《離騷》。岭嶒《文選·甘泉賦》。駱驛《文選·靈光殿賦》。靈曜《文選·陳太邱碑文》。謫詘《説文解字》弟三。陵夷《漢書·刑法忘》弟三。

來曉　犛斄氂漦釐《説文》从𠩺聲，里之切。𠩺，許其切。憖𠩺聲。力至切。虜虍聲，郎古切。虍，荒烏切。慮虍聲。良據切。盧虍聲。讀若盧同。洛乎切。量曏省聲，吕張切。曏，許两切。　釐《莊子·天下》釋文：禽滑釐，力之反。又音熙。《類篇》里之、虛其二切，同。擸《玉篇》吕闔、虛業二切。堇《類篇》陵之切。又許六切。濫盧甘切。又呼濫切。蘞離鹽切。又火占切。嚂盧甘切。又虎覽切。獫力冉切。又虛檢切。膗里各切。又忽郭切。䡚良中切。又虛冬切。銳魯外切。又翾規切。杍籠五切。又荒胡切。㝗盧當切。又黑薹切。譥良中切。又虛冬切。獫離鹽切。又虛檢切。霍歷各切。又忽郭切。拉落合切。又迄業切。搨同上。蠊離鹽切。又虛咸切。嘐力求切。又許六切。　淪《詩·雨無正》淪胥以鋪，《後漢·蔡邕傳》注引韓詩薰（傳作勳）胥以痡。慮《周礼·秋官·朝士》則令邦國都家縣鄙慮刑貶，注：故書慮爲憲。斂《吕氏春秋》十八門中有斂陷，高誘注：斂讀曰脅。　慴㥮《方言》十。遻歇《方言》十二。畂㰻《廣韻》二《下平聲》。

來匣　珕荔《説文》从劦聲，郎計切。劦，胡頰切。蠊讀若嗛。力鹽切。

　　繆《莊子·天地》釋文：繆，李良由反。《廣雅》下巧反。瘣《爾雅·釋木》瘣，郭盧罪反。施胡罪反。輅《玉篇》盧各、何格二切。溓里兼、里忝二切。又含鑒切。劆《類篇》盧甘切。又户黤切。鐮離鹽切。又乎韽切。梩陵之切。又下楷切。（又莊皆、象齒二切。）槺離鹽切。又胡犯切。格歷各切。又曷各切。䅖離鹽切。又賢兼切。倮魯果切。又户瓦切。鵅歷各切。又曷各切。㚖力結切。又胡結切。（又扶畦切。）㺝盧甘切。又户黤切。漻憐蕭切。又下巧切。㵎盧甘切。又户黤切。溓離鹽切。又胡監切。洛歷各切。又曷各切。霍歷各切。又曷各切。蠊離鹽切。胡讒切。蛒歷各切。

又轄格切。蛺力協切。又轄夾切。�力協切。又檄頰切。輅《漢書·傳十三》敬脱輓輅，注：蘇林曰：輅音凍洛之洛。濫《文選》四十五《班固答賓戲》氿濫，注稱韋昭《漢書注》云：濫音檻。林林鍾，《周禮》作函鍾，是林有马音也。　離合《離騒》。瀾汗《文選·吴都賦》。爛汗《文選·七命》。鵹黄《爾雅·釋鳥》注。鯠鱧鱧，户來切。《廣雅·釋魚》。瞜睺《集韻·平聲四》。盧胡《孔叢子·抗志第十》。

來爲　梩《類篇》陵之切。又雄皆切。（又莊皆、象齒二切。）龍盧東切。又云久切。　旒《詩·長發》爲下國綴旒、《礼記·郊特牲》注引作爲下國畷郵。　遼遠《楚辭·九章》。

來見　瓑《説文》从𣪠聲，郎擊切。𣪠，古歷切。藍籃轞襤鬛監聲，魯甘切。監古銜切。鬛讀若春秋黑肱以濫來奔。覽擥監聲。盧敢切。濫嚂㜮監聲。盧敢切。惊椋涼輬京聲，吕張切。京與卿切。諒㝗醇京聲。力讓切。路賂輅各聲，洛故切。各，古洛切。輅略雒鵅簬駱洛雒鮥絡鉻各聲。盧各切。略各聲。离約切。𧬈讕或从閒，當从閒聲，洛干切。閒，古閑切。鐮讀若風溓溓。㜮鬑讀若慊。磏讀若鎌。熑溓㶌螊鎌兼聲，力鹽切。兼，古甜切。稴讀若風廉之廉。廉兼聲。力兼切。楝煉練鍊柬聲。郎電切。柬古限切。湅柬聲。郎甸切。闌柬聲。洛干切。隆降聲。力中切。降，古巷切。瘳膠聲，洛蕭切。膠，古肴切。爤或爛當从閒聲，郎旰切。　蠃《周礼·春官·巾車》注，釋文：謂蠃，魯火切。劉又音果。蝸《儀礼·士冠禮》注：爲蝸，力禾反。又古華反。《既夕礼》注爲蝸。《少牢饋食礼》注：蝸音並同。卷《鄉飲酒礼》卷耳，力轉反。劉居晚反。緑《喪大記》實于緑，注：緑當爲角，聲之誤也。綸《礼記·緇衣》如綸，音倫。又古頑反。藺《莊子·山木》藺且，力信反。一本作蕑。蕑，古顔反。獫《釋畜》力驗反。郭九占反。僇《玉篇》力救、居幼二切。摎力周、居由二切。膼力戈、古華二切。

袼力各切。又古洛切。玪《類篇》犂鍼切。又居咸切。蘜立六切。又居六切。咯歷各切。又剛鶴切。韝郎侯切。又俱遇切。鬲郎激切。又各核切。䝁力求切。又吉了切。鴼歷各切。又各雒切。鴗力入切。又極入切。(改入來羣。)剴盧甘切。又居銜切。稜力膺切。又訖力切。來洛哀切。又訖力切。槮憐蕭切。又居虯切。(又亡幽切。)格歷各切。又剛鶴切。睞郎干切。又賈限切。麥六直切。又訖力切。槺離鹽切。又堅嫌切。窌力交切。又居効切。(又披教切。)儱盧東切。又良用切。僇憐蕭切。又古幼切。袼歷各切。又剛鶴切。綸龍春切。又圭玄切。鑯盧丸切。又古倦切。礛盧甘切。又居銜切。狑郎丁切。又居陵切。淪龍春切。又姑頑切。沟龍春切。又規倫切。䨓歷各切。又剛鶴切。䝁力求切。又吉了切。𢷾離鹽切。又堅嫌切。撿力冉切。又居奄切。綸龍春切。又估頑切。繆力求切。又居虯切。蛒歷各切。又各頟切。蛺力恊切。又吉恊切。斱歷各切。又各頟切。隒力冉切。又居奄切。　　樏《書·益稷》注：山乘樏，釋文：力追反。《漢書》作梮，九足反。黎《西伯勘黎》、《史記》作飢。來《詩·思文》貽我來牟，《韓詩》來牟作嘉麰。隆《詩》彼都人士，箋：無隆殺也，隆定本作降。韝《周禮·春官》鞮韝氏，鄭玄注：韝讀如屨。蠃《儀礼·士冠禮》蠃醢，注：今文蠃爲蝸。又《士喪礼》蠃醢两邊無滕注、又蠃醢注、又《少牢饋食》執葵菹蠃醢注，並云：今文蠃爲蝸。卵《礼記·内則》魚卵，鄭玄注：卵讀爲鯤。鯤，魚子，或作攔也。綠《喪服大記》綠巾，注：綠當爲角，聲之誤也。此綠或作簍。力《左·襄二年傳》是棄力與言，正義云：服本作棄功。《昭二十八年傳》今女有功於王室，唐石經作有力。淪《漢書·表八》泠淪氏，注：服虔云：泠音□。　　龍光《詩·蓼蕭》爲龍爲光。廉潔《楚辭·卜居》《招魂》。欐梔《文選·上林賦》。欐佹《漢書·司馬相如傳上》。螻蟈《礼記·月令》。龍古《爾雅·釋草》。鹿觡《方言》五。

蛉蛄《方言》十一。螻蛄同上。臠卷《莊子·在宥》。

來溪　砢《説文》从可聲，來可切。可肯我切。蟟尞聲，离灼切。尞，起戟切。　樏《書·益稷》注：山乘樏，釋文：樏，力追反。《史記》作橋，徐音丘遥反。蕢《公羊·宣十年傳》取蕢，音類，又力對、欺類二反。《類篇》力遂、丘媿二切，同。悝《玉篇》力止切。又口回切。蘞《類篇》離鹽切。又苦紺切。嚂盧咁切。又苦濫切。�力者切。又乞約切。哴盧當切。又丘亮切。晾力讓切。又丘亮切。鷚力求切。又羌幽切。鎌離鹽切。又苦簟切。㹎陵之切。又口己切。（又莊皆、象齒二切。）槏離鹽切。又口減切。瘰魯果切。又苦卧切。砢朗可切。又丘何切。熑離鹽切。又苦兼切。泣力入切。又乞及切。絡歷各切。又克各切。蛺力協切。又詰叶切。隒力冉切。又丘檢切。　樂豈《詩·魚藻》飲酒樂豈。樂康《楚辭·九歌》。寥廓寥一作嵺。《楚辭·遠遊》《九辯》。律魁劉向《九歎》。列缺《漢書·司馬相如傳下》。輪囷《漢書·鄒陽傳》。轔囷《文選·西京賦》。崙囷《文選·魯靈光殿賦》。歚欿盧合、苦感二切。《廣韻·合韻》。

來羣　綹《説文》从咎聲，力久切。咎，其久切。　鏐《爾雅·釋器》釋文：鏐力（力今本訛作方，此依宋本。）幽、其幽、力幼三反。苙《玉篇》間及切。又音及。蟉力幽、弋糾二切。玪《類篇》犂鍼切。又其淹切。苙力入切。又極入切。鷚乃求切。又渠幽切。稛縷尹切。又巨隕切。簍郎侯切。又郡羽切。窶同上。貗龍珠切。又郡羽切。蟟力灼切。又極虐切。　黎《書·西伯勘黎》《史記·周本紀》作耆。　連婘《楚辭·遠遊》。龍邛劉向《九歎》。朐圈同上。離奇《漢書·鄒陽傳》。鄰菌《文選·洞簫賦》。倰遽《西京賦》。蟉虯《文選·魯靈光殿賦》。蹽蹻了、嶠二音。《廣雅·釋言》。僂拒《廣韻》三《上聲》。漻㳞《集韻·平聲四》。連翹《神農本草經》下。

來疑　瓅趯櫟磔《說文》从樂聲郎擊切。樂玉角切。觻濼皪樂聲。盧谷切。瘵樂聲。讀若勞。力照切。轢樂聲。歷各切。頛讀又若《春秋》陳夏齧之齧。盧對切。鰲杕聲。力珍切。杕，魚僅切。　樂《詩·出其東門》釋文：聊樂，音洛，一音岳。鶴鳴樂彼之園，音洛。沈又五孝反。案樂字含有疑、來二紐之音。其讀疑紐者，又分入覺、效兩韻。今特舉《釋文》詩音，後不更出。玪《類篇》犂鍼切。又魚音切。薟離鹽切。又魚枚切。蘮盧玩切。又五患切。詻力灼切。又鄂格切。䌷縷尹切。又牛尹切。儡倫追切。又語韋切。嫠陵之切。又魚其切。（又俟甾切。）輅魯故切。又魚駕切。陎力冉切。又魚檢切。　犖《左氏·莊三十二年傳》圉人犖，《公羊》作鄧扈樂。　禮儀《詩·楚茨》禮儀卒度。蘭錡《文選·西京賦》。硉矹《文選·江賦》。聾聵《國語·晉語》。囹圄《廣雅·釋宮》。輪䌷《玉篇》中《耒部》。陝隑《集韻·平聲二》。

知影　逺《類篇》追萃切。又乙業切。（又悉協切。）馲陟格切。又屋郭切。炨陟嫁切。又乙六切。沾知廉切。又乙業切。　展《左氏·僖二十六年傳》使展喜犒師，魯語作乙喜，注：乙喜，魯大夫展喜也。《熊氏經說》云：李陽冰篆脩廟碑喜作乙。

知喻　殶《說文》从冘聲，知朕切。冘，余箴切。抌冘聲。竹甚切。猲易聲，陟革切。易，羊益切。　啜《類篇》株衛切。又俞芮切。熘張流切。又以九切。（又將由切。）憶陟利切。又羊至切。湛知鴆切。又夷針切。（又將廉切。）霆中葵切。又延知切。抌陟甚切。又夷周切。　縶維《詩·白駒》縶之維之。朝陽《卷阿》于彼朝陽。

知曉　籱《說文》从靃聲，竹角切。靃，呼郭切。　贛《公羊·莊二十四年傳》注，釋文：贛諫，陟降反。又呼弄反。咮《爾雅·釋天》咮，豬究反。本或作喙，許穢反。猇《類篇》陟交切。又馨幺切。忱知鴆切。又火禁切。贛陟降切。又吁紺切。　輊軒《詩·六月》如輕如軒。伥停《集韻·去聲八》。

知匣　顑《説文》从咸聲，讀若戇。戇，陟降切。咸，胡監切。　贑《類篇》陟降切。又胡貢切。　椹《周礼·夏官·司弓矢》王弓，弧弓以授射甲革椹質者，注：故書椹作鞎。　窒宏竹萌、胡泓二切。《玉篇》中《穴部》。

知爲　腄《類篇》株垂切。又于求切。　鱣鮪《詩·四月》匪鱣匪鮪。

知見　戇《説文》从贑聲，陟絳切。贑，古送切。　罬《詩·兔爰》傳：釋文：罿罬，張劣反。郭徐姜穴、姜雪二反。罬《玉篇》竹劣、己劣二切。《類篇》竹律、古穴二切，同。𠄌知衛切。《説文》居月切。蹳《類篇》株衛切。又紀劣切。𧕛株衛切。又俱運切。贑陟降切。又古送切。紾知輂切。又頸忍切。叕陟劣切。又紀劣切。　中谷《詩·葛覃》施于中谷。中冓《牆有茨》中冓之言。陟降《文王》文王陟降。卓詭《漢書·劉輔傳》。

知溪　戡《玉篇》竹甚切。又苦耽切。鵮知咸、口咸二切。籗《類篇》竹角切。又闊鑊切。湗竹律切。又苦骨切。蚍株劣切。又曲勿切。

知羣　鈷《周礼·春官·典同》注，釋文：飛鈷，張林反。又其廉反。戜《類篇》株垂切。又渠羈切。饌株戀切。又逵眷切。郅涉栗切。又極乙切。𧕛株衛切。又渠勿切。黕陟甚切。又祁感切。鈷知林切。又其淹切。

知疑　□《説文》从執聲，陟利切。執，魚祭切。　贄《類篇》陟立切。又魚列切。碪知林切。又五感切。摯陟利切。又倪結切。蚍株劣切。又五忽切。

徹影　扵《説文》从㫃聲，丑善切。㫃，於幰切。　壓《莊子·外物》釋文：壓，敕頰反。郭於琰反。寘《類篇》丑展切。又膺眼切。沾知廉切。又乙業切。逞丑郢切。又於政切。

徹喻　瑒暘《説文》从昜聲，丑亮切。昜，與章切。蕩昜聲。楮羊切。趩異聲，讀若敕，丑亦切。異，羊吏切。齝笞台聲，丑之切。台，與之切。讇閻聲，丑琰切。閻，余廉切。脩攸聲，敕鳩切。攸，以周切。眙台聲。丑吏切。鉹剡聲，丑廉切。剡，以冉切。梴延聲，丑連切。延，以然切。抽擂或體，當从由聲，敕鳩切。由，以周切。

讇《禮記·玉藻》釋文：毋讇，音諂，舊又音鹽。憶《大學》憶，勑值反。又音勸。台《襄十二年經》圍台，勑才反。一音翼之反。昳《公羊·文七年傳》昳晉，本又作昳，丑乙反。《字書》云：昳，瞚也，以忍反。瞠《莊子·田子方》瞠，敕庚反。又尹郎反。蜕《知北遊》委蜕，又敕外反。又音悦。拸敕紙反。又與紙反。蜳《外物》蠶蜳，徐敕轉反。李餘準反。佁《玉篇》丑利、夷在二切。佣恥恭切。又音庸。珽丑延切。又音延。《類篇》抽延、夷然二切，同。悇丑慮切。又余庶切。瑒《類篇》丑亮切。又與章切。啜丑芮切。又俞芮切。呹敕栗切。又弋質切。邅抽延切。又夷然切。（又取絹切。）逞丑郢切。又怡成切。延抽延切。又羊進切。跇丑例切。又以制切。讇丑琰切。又余廉切。胣丑豸切。又演爾切。杝丑豸切。又余支切。梬丑郢切。又以井切。哲丑例切。又以制切。傭癡凶切。又餘封切。㑥丑例切。又以制切。狶抽遲切。又盈稀切。豫抽延切。又余專切。烻抽延切。又延面切。憶丑利切。又羊至切。湛丑甚切。又夷针切。（又將廉切。）浧丑郢切。又以井切。聅敕列切。又羊列切。拸丑豸切。又余支切。攄抽居切。又余遮切。挻抽延切。又夷然切。拖丑豸切。又余支切。（又丈尔切。）嫍丑琰切。又以紹切。弛丑豸切。又余支切。蜳敕轉切。又庾準切。　逞春秋沈子逞《公羊》作楹。《穀梁》作盈。怵《漢書·帝紀六》怵于邪説，注：服虔云：怵音裔。　超搖東方朔《七諫》。趠籥《説文解字》弟二。堬㙂《玉篇》上《土部》。

徹曉　橞《説文》杶或作櫄，當从熏聲，敕倫切。熏，許云切。樗虖聲，丑居切。虖，荒烏切。郗絺希聲，丑脂切。希，香衣切。　畜《易·師》釋文：畜眾，敕六反。王肅許六反。又《小畜》敕六反。

鄭許六反。《礼記·月令》孟夏聚畜、《莊子·天下》畜藏，音並同。蓄《禮記·郊特牲》注：以蓄，丑六反。又許六反。《類篇》敕六、許六二切，同。稸《左·襄三十年》傳，注：褚稸，勑六反。又許六反。贛《公羊·莊二十四》傳，注：贛諫，丑用反。又呼弄反。《類篇》丑用、吁紺二切，同。詫《莊子·達生》而詫，敕駕反。又呼駕反。《類篇》丑亞、虛訝二切，同。畜《玉篇》丑六切。又許六切。欪《原本玉篇》丑欪、火八二反。《類篇》敕栗、闃吉二切，同。炪丑出、許出二切。畜敕又切。又許又、許六二切。藿丑略切。又呼各切。堇《類篇》敕六切。又許六切。苗同上。蓫同上。蹜敕六切。又許六切。鴞癡宵切。又馨幺切。栩丑吕切。又火羽切。鄐勑六切。又許六切。稸同上。傗同上。狶抽遲切。又虛其切。焎勑列切。又許列切。慉勑六切。又許六切。娣抽遲切。又香衣切。娑癡簾切。又火占切。嫱敕六切。又許六切。土丑下切。又許下切。（又片賈切。）輷敕宏切。又呼宏切。　超忽《文選·頭陀寺碑文》。

徹匣　諂《説文》讇或省，當从臽聲，丑琰切。臽，户猶切。　土《莊子·讓王》釋文：土苴，敕雅反。又行賈反。（又片賈反。）槔《類篇》抽居切。又胡化切。贛丑用切。又胡貢切。

徹見　丩《説文》沓，或作丩，當从丩聲，敕鳩切。丩，居虬切。𡚁今聲，丑林切。今，居音切。桱巠聲，敕貞切。巠，古靈切。　丩《類篇》丑鳩切。又吉了切。疹丑刃切。又頸忍切。贛丑用切。又古送切。揭丑例切。又蹇列切。　薑芥《文選·西京賦》。樗鳩樗雞《廣雅·釋蟲》。

徹溪　趩《説文》从契聲，丑例切。契，苦計切。貙區聲，敕俱切。區，豈俱切。　絺《儀禮·大射儀》釋文：若絺，敕其反。劉作綌，音郤。跡《類篇》丑例切。又去例切。鄐勑六切。又丘六切。欪敕栗切。又喫吉切。浀勑律切。又苦骨切。揭丑例切。又去例切。

嘁嘁丑憲、去偃二切。《集韻・上聲五》。

徹羣　揭《類篇》丑例切。又其例切。鉆癡廉切。又其淹切。　頣顠丑甚、距錦二切。《玉篇》上《頁部》。

徹疑　癡《説文》从疑聲，丑之切。疑，語其切。墌顚聲，敕立切。顚五合切。　絺《類篇》超之切。又魚其切。（又俟甾切。）揭丑例切。又語軒切。

澄影　著《詩・著》釋文：直居反。又音於。寘《類篇》池鄰切。又膺眼切。侰直立切。又乙及切。埕丈井切。又於政切。　沈菀《楚辭・九章》。塵埃《魚父》。沈抑東方朔《七諫》。著雍《爾雅・釋天》。

澄喻　芧柔《説文》讀若杼。予，余吕切。杼从予聲，直吕切。芜沈鈂冘聲，直深切。冘，余箴切。鴆冘聲。直禁切。詘胄宙胄《司馬法》作辜。怞軸由聲，直又切。由，以周切。舳由聲。直六切。紬由聲。直由切。腸場昜聲，直良切。昜，與章切。牒枼聲，直葉切。枼，與涉切。杝也聲，池尔切。也，羊者切。賣或从賣，當从賣聲，丈冢切。賣，余六切。馳也聲。直离切。阤也聲。丈爾切。治台聲，直之切。台，與之切。澤擇睪聲，丈伯切。睪，羊益切。儵攸聲，直由切。攸，以周切。紖引聲，直引切。引，余忍切。除余聲，直魚切。余，以諸切。　澤《周禮・春官・司尊彝》注，釋文：舊澤，音亦。檡《夏官・繕人》注：若檡，劉音澤。又音亦。紖《禮記・祭統》執紖，直忍反。徐以忍反。懥《大學》心有所忿懥，范音稚。又音勩。軼《左氏・隱九傳》侵軼，直結反。又音逸。迭同上。陳《公羊・僖九傳》陳儀，《左氏》作蕢儀。《襄二十四傳》陳儀同。轍《莊子・人間世》螳螂怒臂以當車轍，轍字亦作軼。儵《説文》直留反。李音由。蜳《外物》蟨蜳，柱允反。李餘準反。繇《爾雅・釋詁》繇，除又反。孫音由。又音遥。餤《釋詁》餤，郭持鹽反。又餘占反。岫《釋山》岫，郭音胄。又音由。鯈《釋魚》鯈，本亦作鮋。又音由。又直留反。鮡《釋魚》鮡，音兆。又音姚。秩《釋鳥》秩秩，謝持乙反。施音逸。濯《孟子音義·離婁上》以濯，張鎰直角切。丁公著作瀹，音樂。杝《玉篇》直紙切。又音移。柣馳栗切。又音佚。荼《類篇》直加切。又羊諸切。芜持林切。又夷鍼切。趎重株切。又庸株切。跠陳尼切。又延知切。誃陳知切。又余知切。媵持陵切。又以證切。朋丈忍切。又以忍切。粭澄之切。又盈之切。箷陳知切。又余支切。杝陳知切。又余支切。檡直格切。又夷益切。椆陳留切。又己幼切。秩直質切。又弋質切。瘎丈減切。又余廉切。襗直格切。又夷益切。覟陳知切。又匀規切。褫陳知切。又夷周切。猭重緣切。又余專切。懥直利切。又羊至切。汷陳尼切。又盈之切。治澄之切。又盈之切。涂陳知切。又余遮切。湛持林切。又夷針切。（又將廉切。）湦丈井切。又以井切。澤直各切。又夷益切。鯈陳留切。又夷周切。（又先了切。）鮡直紹切。又餘招切。扡陳知切。又余支切。摅直加切。又余遮切。揲直甲切。又羊列切。（又松列、悉協二切。）擇直格切。又夷益切。姪直質切。又弋質切。紖丈忍切。又以忍切。蛇持遮切。又余支切。堤直兮切。又匀規切。除陳如切。又羊諸切。陁丈爾切。又演爾切。　逐《易·頤》其欲逐逐，釋文云：逐逐《子夏傳》作攸攸。《志林》云：攸當爲逐，蘇林音迪。胄《書·舜典》教胄子，《周官·春官·大司樂》鄭注引作育子，《説文》引《虞書》同。遲《詩·四牡》周道倭遲，《韓詩》作郁夷。篆《周礼·春官·巾車》孤乘夏篆，注：故書夏篆爲夏緣。《説文》作夏軘。軘，敕倫切。池《桓十二年經》公會杞侯莒子盟于曲池，《公羊》作盟于毆蛇，釋文：蛇音移。又音池。稺《史記·田完世家》完生稺孟思，索隱引《世本》作夷孟思。雉《漢書·地理志》南陽郡雉縣，師古曰：舊讀雉音弋尔反。又下雉，如淳曰：音羊氏反。又《文選》七《揚雄賦》列新雉於林簿，注稱服虔云：雉夷聲相近。　儲與嚴夫子《哀時命》。

澄曉　鬌《説文繫傳》从墮省聲，直追切。墮，許規切。　蓫《類篇》仲六切。又許六切。諯直碾切。又翾縣切。䁋直涉切。又虚涉切。翮直格切。又郝格切。窋直律切。又呼決切。鬌重垂切。又翾規切。猇陳知切。又虚交切。調陳留切。又馨么切。

澄匣　霅《玉篇》丈洽切。又胡甲切。荼《類篇》直加切。又後五切。𨁎馳貞切。又形定切。猇陳知切。又何交切。　湛《周礼·夏官·職方氏》其浸潁湛，注：杜子春云：湛讀當爲人名湛之湛，湛或爲淮。

澄爲　𤩽《類篇》直例切。又于歲、王伐二切。腄傳追切。又于求切。猇陳知切。又于嬌切。　瑑《漢書·王莽傳》欲獻其瑑，服虔音衛。

澄見　𢆉《説文》从干聲，直廉切。干，古寒切。　獫《爾雅·釋畜》釋文：獫，郭九占、沈儉二反。慹《類篇》直立切。又訖立切。螐直眾切。又堅堯切。揲直中切。又吉列切。紾丈善切。又頸忍切。縳柱戀切。又規掾切。綀同上。　蟲《春秋》蟲牢，《春秋繁露·竹林》作蟲牢。　坻京《詩·小雅·甫田》如坻如京。種戒《大田》既種既戒。重光《爾雅·釋天》。

澄溪　趙《類篇》直紹切。又起了切。逗廚遇切。又遣爾切。瞪除庚切。又丘耕切。豸丈爾切。又犬蟹切。　馳驅《詩·載馳》載馳載驅。

澄羣　茋《類篇》陳尼切。又翹夷切。祁同上。𡰪直立切。又極曄切。涇丈井切。又巨井切。抵直皆切。又翹夷切。（又壯仕切。）蚳陳尼切。又翹夷切。　掌拒《漢書·匈奴傳下》。

澄疑　𩩲《玉篇》雉力、牛巾二切。　坻鄂《文選·景福殿賦》。澤虞《爾雅·釋鳥》。

娘影　諉錗《説文》从委聲，女恚切。委，於詭切。　暱《類篇》女利切。又烏括切。𦪇昵格切。又屋虢切。獿女救切。又於求切。淰尼咸切。又鄔感切。𢐉女恚切。又於僞切。

娘喻　𡈚《説文》从伿聲，讀若聲。聲，尼厄切。伿，以豉切。　尼《孝經》釋文：仲尼居，尼又音夷作𡰥，古夷字也。又《爾雅·釋詁》尼，施女乙反。謝羊而反。《釋訓》尼居、女乙反。謝羊而反。音同。《類篇》女夷、延知二切，亦同。鋖《類篇》女恚切。又弋睡切。孨昵立切。又以轉切。（又子淺、雛戀二切。）

娘曉　譊《詩·民勞》釋文：讙譊，女交反。本又作譁，音花。《類篇》尼交、馨么二切，同。撓《類篇》尼交切。又呼高切。嬈女教切。又馨叫切。　鐃女交切。《周礼·大司馬》卒長執鐃，先鄭注：讀如讙嘵之嘵。嘵，許幺切。

娘匣　㚔《説文》㚔，一曰讀若瓠，尼輒切。　溓《類篇》尼占切。又胡監切。

娘爲

娘見　㽱《類篇》尼猷切。又居尤切。紉尼鄰切。又居覲切。

娘溪

娘羣　莥《爾雅·釋草》釋文：莥，女久、其九二切。

娘疑　譊《説文》从堯聲，女交切。堯，吾聊切。橈堯聲，女教切。鐃堯聲，女交切。　褹《玉篇》女介切。又牛祭切。𠮉《類篇》昵輒切。又逆及切。柮女律切。又五忽切。（又昨没切。）淰尼咸切。又魚駭切。

照影　礿《爾雅·釋宫》釋文：礿音斫，案今江東呼礿音約。鄄《類篇》之人切。又於巾切。沾之廉切。又乙業切。扚職略切。又乙却切。　勺《考工記·玉人》黄金勺，注勺，故書或作約，杜子春云：當爲勺。

照喻　𩟹《説文》鬻，或从衍聲，諸延切。衍，以淺切。枕頫冘聲，章衽切。冘，余箴切。𩱜䍃聲，旨沇切。䍃，余招切。　繁敫聲，之若切。敫，以灼切。銿鐘或从甬，當从甬聲，職茸切。甬，余隴切。

粥《周礼·天官·酒正》注，釋文：粥，之六反。劉音育。又《春官·小祝》粥，之六反。又音育。《儀礼·喪服經傳》及《士喪礼》注：歠粥音同。又《禮記·檀弓》饘粥，之六反。徐又音育。《月令·仲秋》糜粥、《喪大記》食粥，音並同。《類篇》之六、余六二切，音亦同。職《周礼·地官·牛人》職人，或餘式反。又《春官·肆師》職人，劉之弋反。戚音弋。鬻《儀礼·士喪礼》鬻，之六反。一音育。《左氏·隱十一傳》注、又《襄十七傳》及《爾雅·釋言》鬻，音並同。鸇《左氏·文十八傳》鷹鸇，之然反。《字林》已仙反。隻《公羊·僖三十三傳》隻輪，如字，一本又作易輪。汋《莊子·田子方》汋，音灼。李以略反。鬻《玉篇》之六切。又以六切。袘之赤切。又音亦。《類篇》之石、夷益二切，同。讇《類篇》之廉切。又余廉切。粥之六切。又余六切。腋之石切。又夷益切。椆之由切。又已幼切。棁朱劣切。又俞芮切。樴質力切。又逸質切。俿支義切。又以豉切。慚之列切。又以制切。䚐專垂切。又勻規切。恀掌爾切。又盈之切。懥脂利切。又羊至切。掞朱冄切。又以贍切。䆐征例切。又以制切。鐘諸容切。又餘封切。孨旨兖切。又以轉切。（又子淺、鄒戀二切。）蜳主尹切。又庚準切。　珠《周礼·天官·王府》則共珠槃，注：故書珠爲夷。鄭司農云：夷或爲珠。　勺藥《文選·子虛賦》。昭陽《爾雅·釋天》。蠾蝓《方言》十一。屬臾《淮南子·氾論訓》。征營《後漢書·鄧騭傳》。

照曉　哼《莊子·胠篋》釋文：哼哼，李之閏反。徐許彭反。訵《類篇》章移切。又馨奚切。諯朱遄切。又翾縣切。辟之石切。又呼役切。（又匹辟切。）鬫主兖切。又馨兖切。

照匣　葴箴鍼《說文》从咸聲，職深切。咸，胡監切。　汁《周礼·春官·大史》注，釋文：爲汁，音執，又音協。又《秋官·大行人》

注：爲汁，之十反。又音協。葴《爾雅·釋草》葴，之林反。又音咸。瑊《類篇》諸深切。又胡讒切。萑朱惟切。又胡官切。葴諸深切。又胡讒切。攩止兩切。又户廣切。鍼《公羊·襄二十四年傳》陳鍼宜咎出奔楚，釋文作咸，云：本又作鍼。脂羣《詩·泉水》載脂載羣。周行《鹿鳴》示我周行。昭回《雲漢》昭回于天。餦餭《楚辭·招魂》。倬逴《九歎》。嫥捖《淮南子·俶真訓》。

照爲 周《詩·有杕之杜》生於道周，《韓詩》周作右。眾有《詩·公劉》爰眾爰有。贅肬《楚辭·九章》。痘痏《漢書·薛宣傳》。諸于《漢書·元后傳》。

照見 飦《説文》鬻，或从干聲，諸延切。干，古寒切。餰鬻或从建聲，諸延切。建，居萬切。糕羔聲，之若切。羔，古牢切。伀公聲，職茸切。公，古紅切。椆讀若丩，職留切。居虯切。頔讀又若骨，之出切。骨，古忽切。純《周礼·春官·司几筵》紛純，章允反。劉之閏反。司農音均。軹《秋官·大行人》車軹，之氏反，或居氏反。扭《儀礼·士喪礼》扭用，之慎反。劉居吝反。鸇《左氏·襄二十五傳》鷹鸇，之然反。徐又居延反。《類篇》諸延、稽延二切，同。飦《穀梁·昭十九傳》歠飦，之然反。又居言反。灼《莊子·天地》纆徼，音灼。郭古弔反。妐《爾雅·釋親》兄公，音鍾，本今作公。籈《釋樂》籈，郭之仁反。謝居延反。釗《玉篇》之姚切。又古堯切。鼓之録切。又公户切。泜諸是、居爾二切。《類篇》掌氏、頸爾二切，同。黬之林切。又音緘。《類篇》諸深、居咸二切，同。禔《類篇》章移切。又古委切。瑊諸深切。又居咸切。甄之人切。又稽延切。葴諸深切。又居咸切。趉株劣切。又紀劣切。鬻諸延切。又居言切。鳺章移切。又居企切。鸇諸延切。又稽延切。馶掌氏切。又鵋爾切。胗止忍切。又頸忍切。舩諸容切。又古雙切。箴諸深切。又古斬切。枳章移切。又頸爾切。

椆之由切。又已（已誤作巳）幼切。鄄之人切。又稽延切。郅職日切。又極乙切。（改八照羣。）㽷止忍切。又頸忍切。頔之出切。又古忽切。馶章移切。又居企切。忮同上。惴之瑞切。又古賣切。瀐諸深切。又古斬切。攩止兩切。又古曠切。搓旨善切。又九件切。甄諸延切。又稽延切。彋同上。純朱倫切。又規倫切。（又從緣、莊持二切。）純主尹切。又規倫。（又從緣、莊持二切。）紾止忍切。又頸忍切。埻朱閏切。又光鑊切。軹掌氏切。又舉綺切。

質《詩・抑》質爾人民，《韓詩外傳六》作告爾，《説苑・修文》引同。《鹽鐵論・世務》引作誥爾。賙《周礼・大司徒》使之相賙。杜子春云：賙當爲糾。軹《夏官・大馭僕》左執轡，右祭兩軹，祭軌，乃飲。注：故書軹爲斬 。杜子春云：斬當爲軹。袗《儀禮・士冠礼》兄弟畢袗玄，注：古文袗爲均也。肫《士昏礼》腊一肫，注：肫或作純，古文純爲鈞。觶《大射儀》拜受觶，又媵觶于公，注：今文觶作觚。禚《左・莊二年經》夫人姜氏會齊侯于禚，（《三篇》之若切）《公羊》作于郜，《論衡・書虚》同。周《左・襄十五年經》晉侯周卒，《晉世家》集解作糾。又《哀二十六年傳》取公孫周之子得與啟，《宋世家》周作糾。繳《説文》作繁。之若切。《史記・列傳七十》繳繞，集解稱服虔曰：繳音叫呼。燭《淮南・王書七》燭營指天，高誘注：燭營讀曰括撮。　鍾鼓《詩・關雎》鍾鼓樂之。調飢《汝墳》惄如調飢。周京《下泉》念彼周京。戰兢《小旻》戰戰兢兢。長君《皇矣》克長克君。瞻顧《雲漢》靡瞻靡顧。震驚《常武》徐方震驚。珠璣東方朔《七諫》。郅偈《文選・甘泉賦》。積椒《説文解字》弟六。腫膾《莊子・讓王》。鷓鴣《禽經》。

照溪　饘《説文》从侃聲，諸延切。侃，空旱切。　卮《莊子・寓言》釋文：卮言，音支，李起宜反。《類篇》章移、丘奇二切，同。攝《爾雅・釋魚》攝，謝之涉反。郭祛浹反。䅿《玉篇》之弱、枯督二切。吱《類篇》章移切。又遣爾切。跂同上。箴諸深切。又口減切。衹蒸夷切。又曲礼切。忮章移切。又遣爾切。抧掌氏切。又遣爾切。（又仄蟹切。）攝質涉切。又詰協切。（又色甲切。）蚍朱劣切。又曲勿切。軫輴止忍切。輴，又丘閑切。　啜泣《詩·中谷有蓷》啜其泣矣。眕挈《淮南子·要略》。

照羣　楮《説文》从耆聲，章移切。耆，渠脂切。　衹《易·復》釋文：无衹，音支。韓伯祁支反。枝《詩·江有汜》傳：水枝成渚，如字。何音其宜反。又音衹。耆《詩·武》耆定，毛音指。鄭巨移反。又《左氏·宣十二傳》耆昧，音旨。徐又其夷反。忮《莊子·齊物論》不忮，徐之豉反。又音跂。又《天下篇》不忮，之豉反。韋昭音洎。衹《玉篇》之移切。又音岐。示《類篇》支義切。又翹夷切。衹章移切。又翹夷切。葴諸深切。又其淹切。跂章移切。又翹夷切。支同上。枝同上。枳同上。郊同上。祁烝夷切。又翹夷切。疧疷章移切。又翹夷切。（又蒲麋切。）衹章移切。又翹夷切。䩭同上。忮同上。忯掌爾切。又翹夷切。忳朱倫切。又巨旬切。鮨蒸夷切。又渠伊切。抵掌氏切。又翹夷切。（又壯仕切。）招之遥切。又祁堯切。鍼諸深切。又巨鹽切。軙章移切。又翹夷切。　鮨《儀礼·公食大夫礼》牛鮨，注：今文鮨作鰭。招《漢書·傳一》招八州，注：蘇林云：招音翹。又卷三注同。　終葵《考工記·玉人》。蕵葵《爾雅·釋草》。隹其《釋鳥》。枳椇《古今注》。

照疑　眾《説文》从㐺目。姚文田云：㐺亦聲。之仲切。㐺，魚音切。𩞁埶聲。脂利切。埶，魚祭切。　整《公羊·昭十二》傳，釋文：公子整，之領反。或作憖。魚覲反。贄《莊子·在宥》贄，之二反。又魚列反。《類篇》脂利、魚列二切，同。产《玉篇》之嚴切。又顏監、魚軌二切。指《類篇》蒸夷切。又研計切。贅朱芮切。又牛交切。鮨蒸夷切。又研計切。摯脂利切。又倪結切。蚍朱劣切。

又五忽切。　摯《考工記・輪人》釋文：則摯，注讀爲槷。屬《漢書・帝紀八》注：李奇曰：屬玉音鸑鷟。　屬玉《文選・上林賦》。

穿影　樞《類篇》春朱切。又烏侯切。沾蚩占切。又乙業切。　倡要《詩・蘀兮》倡予要女。芜蔚《爾雅・釋草》郭注。斥鷃《莊子・逍遥遊》。

穿喻　茝《説文》从臣聲，昌改切。臣，與之切。□饎或从配，當从配聲，昌志切。配，與之切。充育省聲，昌終切。育，余六切。硟延聲，尺戰切。延，以然切。醜酉聲，昌九切。酉，與九切。　移《禮記・表記》釋文：以移，昌氏反。徐又怡耆反。覞《玉篇》昌召、弋召二切。啜《類篇》充芮切。又俞芮切。趎春朱切。又庸趎切。誃敞爾切。又余支切。讙川隹切。又夷隹切。（又遵綏切。）猭椿全切。又余專切。瀷叱力切。又逸織切。拸齒舌切。又余支切。鉹敞爾切。又余支切。　車《廣韻》尺遮切。《易・大有》大車以載，釋文云：車，蜀才作輿。《晁氏易》云：《子夏傳》作輿。又《賁》舍車而徒，釋文：車，鄭張本作輿。《剥》君子得輿，釋文：董作車。《大壯》壯于大輿之輹，集解引虞作車。《困》困于金車，釋文：本亦作輿。《説卦》其於輿也，虞亦作車。《詩》我出我車，《荀子・大略》引作我輿。出車彭彭，《史記・匈奴傳》引作我輿。《左傳・文六年》以子車氏之三子，《秦本紀》作子輿。《論語・衛靈公篇》在輿，《漢・律歷志》作車。《微子》夫執輿者爲誰，漢石經作執車。盖古音車讀如居，後轉讀尺遮反。侈《考工記・輿人》飾車欲侈，注：故書侈作移，杜子春云：當爲侈。又見鼂氏注。鉹尺氏切。《御覽》七百五十七引《爾雅》郭注音移。　襜褣《方言》四。襜褕同上。蚩慆《方言》十二。汋約汋，釋文：郭昌略反。《莊子・逍遥遊》。昌羊《淮南・説山》。

穿曉　饎《説文》从喜聲，昌志切。喜，虚里切。《類篇》昌志、虚其二切，同。處処或从虍聲，昌與切。虍，荒烏切。　喙《莊子・天地》釋文：喙，充芮、喜穢二反。譆《爾雅·釋訓》譆，尺志反。舍人本作喜。咮《釋天》咮，昌鋭反。又許穢反。諯《類篇》樞絹切。又翾縣切。姶蚩占切。又虚咸切。　惝怳《楚辭·遠遊》。

穿匣　瞋《莊子·秋水》釋文：瞋，尺夷反。崔音眩。瘛《玉篇》尺世、胡計二切。　倡和《詩·蘀兮》倡予和女。閶闔《離騷》。尺蠖《易·繫辭下》。眽眩《方言》七。

穿爲　緂《説文》从炎聲，充彡切。炎，于廉切。　鴟鴞《詩·鴟鴞》。

穿見　車《詩·何彼穠矣》釋文：王姬之車，協韻尺奢反。又音居。又《莊子·天下》五車，尺蛇反。又音居。《爾雅·釋草》摇車，音同。《玉篇》尺奢、古魚二切。《類篇》昌遮、斤於二切，亦同。媿《類篇》齒九切。又基位切。縳樞絹切。又規掾切。　處《儀礼·既夕礼記》士處適寢，寢東首于北墉下，注：今文處爲居。　充倔《楚辭·九辯》。諔詭《莊子·德充符》。

穿溪　瘈《説文》从㓞聲，尺制切。㓞，恪八切。樞區聲，昌朱切。區，豈俱切。瘛恝聲，鉉曰：《説文》無恝字，疑从契省聲，尺制切。契，苦計切。　樞《莊子·盜跖》釋文：樞户，尺朱反。徐苦溝反。犨《類篇》昌朱切。又去九切。移敞爾切。又遣礼切。車昌遮切。又丘於切。　掣《易·睽》其牛掣，昌逝反。荀作觭。出《左傳》出出，《周礼注》作詘詘。出，尺律反。詘，區勿反。

絺綌《詩·葛覃》爲絺爲綌。瞋菌《文選·長笛賦》。

穿羣　諸《類篇》稱脂切。又渠伊切。祁充之切。又翹夷切。姼侈支切。又巨綺切。(又敞爾切。)姶蚩占切。又巨禁切。蚔稱脂切。又翹夷切。軙侈支切。又翹移切。　祩裾《方言》四。鴟舊《説文解字》弟四。

穿疑　杵《説文》从午聲，昌與切。午，疑古切。庌屰聲，昌石切。屰，魚戟切。　瓩《類篇》昌袁切。又吾官切。鯬充之切。又魚其切。（又俟甾切。）摯尺制切。又倪結切。

神影　謚《説文》从益聲，段玉裁作神至切。益，伊昔切。《類篇》神至切。又於賜切。

神喻　䛳《説文》从易聲，神旨切。易，羊益切。訑䛳或从也，當从也聲。也，羊者切。船鉛省聲，食川切。鉛，與專切。驈矞聲，食聿切。矞，余律切。揲枼聲，食折切。枼，與涉切。抒予聲，神與切。予，余吕切。繩蠅省聲，食陵切。蠅，余陵切。　射《易·井》谷射鮒，釋文：食亦反。鄭、王肅皆音亦。荀爽作耶。《説卦》水火不相射，食亦反。虞陸、董姚、王肅音亦。又《左氏·莊二十三年經》射姑，示亦反。又音亦。《昭四傳》沈尹射，食夜反。一音夜。又《公羊·文六年傳》射姑，音亦。又音夜。《穀梁》作夜。《穀梁·桓九》射姑，音亦。麋氏本即作亦。《類篇》食夜、寅謝二切。蛇《詩·羔羊》委蛇，音移。《公羊·桓十二傳》毆蛇，音移。《莊子·至樂》委蛇，以支反。盾《詩·小戎》釋文：龍盾，順允反。徐又音允。又《礼·檀弓下》注：戈盾，食允反。又音允。《左氏·定八年傳》鈹盾，食允反。又音允。《類篇》食閏、以準二切，同。楯《周礼·春官》礼官之屬司干，注：謂楯，食允反。又音允。又《礼記·檀弓》注：干楯，食尹反。又音尹。《文王世子》注干楯同。又《左·襄二十五傳》甲楯，食尹反。又音尹。《昭二十五傳》戈楯，食允反。又音允。《定六傳》楊盾、《哀元傳》甲楯並同。沭《周礼·夏官·職方氏》沂沭，音述，李一音餘戌反。繩《秋官·薙氏》注：秋繩，音孕，以證反。溢《儀礼·喪服》溢如字。劉音實。謚《礼記·曾子問》注：作謚，音示。徐又以二反。擔《喪服四制》擔主，食豔反。又餘塹反。遹《爾雅·釋詁》遹，孫云：古述字讀聿。亦讀橘。又《釋言》遹，古述字。一音餘橘反。鱦《釋魚》鱦，郭音繩。顧音孕。噊《類篇》食律切。又允律切。謚神至切。又羊至切。誓食列切。又以制切。隶神至切。又羊至切。鷸食律切。又余律切。䰡神陵切。又以證切。食乘力切。又羊吏切。（又疾二切。）船食川切。又余專切。馴船倫切。又俞倫切。肆食律切。又允律切。怢食列切。又以制切。汥神至切。又盈之切。溢食質切。又弋質切。潏食律切。又允律切。鱦神陵切。又以證切。（又母耿切。）鱊食律切。又允律切。鬻神六切。又余六切。扰食荏切。又夷周切。揲食列切。又羊列切。繩神陵切。又以證切。蟠食律切。又允律切。塾神六切。又余六切。勩神至切。又羊至切。　射《桓九年經》曹伯使其世子射姑來朝，《史記·曹世家》作夜姑。一作夕。又《穀梁·桓九年經》曹伯使其世子射姑來朝，釋文云：射音亦，麋氏本即作亦。又《莊二十三年經》曹伯射姑卒，釋文：射本亦作亦。又《春秋》狐射姑，《穀梁》作夜姑，《史記·紀六》集解引應劭：射音夜。又《史記·本紀六》僕躲，集解稱：應劭云：躲音夜。述《詩·日月》報我不述，《爾雅·釋訓》不遹，不蹟也，是述、遹古通用。蛇《詩·羔羊》委蛇，《韓詩》蛇作池。又《漢書·帝紀六》蛇邱，注：鄭氏曰：蛇音移。楯《淮南王·書二》引楯，高誘注：楯讀允恭之允。食《漢書·帝紀一》注：服虔、《史記·本紀八》集解稱鄭德並云：酈食其音歷異基。乘《春秋·莊十》戰于乘邱、《史記》注：徐廣曰：乘一作滕。

食閻《方言》十。

神曉　疢《説文》讀若欶，食聿切。　食《類篇》乘力切。又許吏切。（又疾二切。）馴船倫切。又吁運切。（又松倫切。）

神匣　舌《類篇》食列切。又乎刮切。袦食律切。又胡決切。謍船倫切。又胡犬切。（又須倫、松倫二切。）

神爲　莥《類篇》食聿切。又于筆切。

神見　舌《説文》从干聲，食列切。干，古寒切。　遹《爾雅·釋詁》釋文：遹，孫云：古述字。讀聿，亦讀橘。潏《釋水》潏，郭述、決二音。《類篇》食律、古穴二切，同。鱊《類篇》食律切。又古穴切。揲食列切。又吉列切。（又松列、悉協二切。）純船倫切。又規倫切。繨船釧切。又規掾切。𥶩船倫切。又規倫切。（又須倫、松倫二切。）　蟓蚗《方言》十一。射干《廣雅·釋草》。

神溪

神羣　示《類篇》神至切。又翹夷切。拾實攝切。又極曄切。　提《左傳》提彌明、《史記》作示彌明。《古今人表》作祁彌明。脽示隹切。《史記》脽上，《漢舊儀》作葵上。

神疑　盾食閏切。《漢書·敘傳》數遣中盾請問近臣，蕭該音義：盾，音允。允，樂準反。

審影　失《說文》从乙聲，式質切。乙，於筆切。　淰《類篇》式稔切。又鄔感切。　昳《公羊·文四年傳》昳晉大夫，釋文云：昳音舜。本又作眣，伊乙反。

審喻　釋《說文》从睪聲，賞職切。睪，羊益切。釋睪聲，施隻切。敊施也聲，式支切。也，羊者切。弛鍦从也聲。施氏切。儵倏讀若叔。儵攸聲，式竹切。攸，以周切。蠚羊聲，式羊切。羊，與章切。赦赦或从亦，當从亦聲，始夜切。亦，羊益切。睗易聲，施隻切。易，羊益切。瞚寅聲，舒閏切。寅，弋真切。舒紓予聲，傷魚切。予，余呂切。式弋聲，賞職切。弋，與職切。鍚昜聲，式陽切。昜，與章切。弞弞引省聲，式忍切。引，余忍切。《類篇》矢忍、以忍二切，同。韘或䩤枼聲，失涉切。枼，與涉切。賒余聲，式車切。余，以諸切。郇輸俞聲，式朱切。俞，羊朱切。隃俞聲，傷遇切。䀽挻延聲，式連切。延，以然切。始台聲，詩止切。台，與之切。𦅻䌛聲，讀若燒。　釋《礼記·月令》釋文：消釋，一本釋作液。愓《礼記·玉藻》愓愓，音傷。又音腸。說《左氏·僖十八傳》注：以說，音悅。《二十七傳》說礼、《二十八傳》以說，並同。又《哀二十傳》以說，如字。又音悅。《莊子·德充符》說然，始銳反。又音悅。《徐無鬼》以說，如字。又始銳反。司馬作悅。《天下》上說，音悅。《玉篇》始悅、余輟二切，《類篇》輸爇、欲雪二切，並同。傷《左氏·襄十七傳》其傷，如字。一本作瘍，音羊。眣《文七傳》眣晉，音舜。《字書》云：眣，瞋也，以忍反。世《昭二十五》樂世心，世如字，又以制反。《左氏》作忲。弛《論語·微子》弛，舊音絁，又詩紙反，孔云：以支反。失《莊子·養生主》秦失，本又作佚，各依字讀，亦皆音逸。《徐無鬼》若失，音逸，司馬本作佚。《類篇》式質、弋質二切，同。鑠《胠篋》鑠絶，郭、李詩灼反。向、徐音藥。又不鑠，失（失今本作朱，依宋本改）灼反。向音燿。爍《胠篋》下爍，失約反。徐音藥。蜕《天地》蜕然，始鋭反。又音悦。又《知北遊》委蜕，始鋭反。又音悦。《類篇》輸芮、欲雪二切，同。儵《爾雅·釋訓》儵儵，顧舒育反。樊本作攸。濼《釋草》濼，郭舒若反。孫餘若反。螸《釋蟲》𧌒，式移反。《字林》弋豉反。施《孟子·萬章》施施，丁依字。張音怡。弞《玉篇》式忍切。又音引。櫟舒灼切。又余灼切。説始悦切。又余輟切。施舒移切。又式豉、以忮二切。《類篇》商支、余支二切，同。鱅式六切。又音育。《類篇》式竹、余六二切，同。荼《類篇》商居切。又羊諸切。齛始制切。又以制切。（又私利切。）訑商支切。又演爾切。賸詩證切。又以證切。舒商居切。又羊茹切。箷賞是切。又演爾切。釋施隻切。又夷益切。箷商支切。又余支切。檡施隻切。又夷益切。鄃舂朱切。又容朱切。釋施隻切。又夷益切。宎式針切。又夷針切。（又疏簪切。）爍式灼切。又弋灼切。䍽施智切。又以豉切。裖尸連切。又夷然切。祱輸芮切。又俞芮切。𧠟商支切。又匀規切。豨賞是切。又盈稀切。豫尸連切。又余專切。烻尸連切。又延面切。𧮯式荏切。又以荏切。液施隻切。又夷益切。挻尸連切。又夷然切。挩輸芮切。又俞芮切。掞舒贍切。又以贍切。揲式列切。又羊列切。弛賞是切。又余支切。螸商支切。又羊至切。埏尸連切。又夷然切。鉹賞是切。又余支切。除商居切。又羊諸切。酏商支切。又余支切。　傷《詩·澤陂》傷如之何，釋文注：引《魯詩》作陽如之何。又《左·襄十七傳》以杙抶其傷而死，釋文云：傷一本作瘍，音羊。　尸《左氏·成十七傳》一朝而尸三卿，《韓子》作夷三卿。輸《公羊·隱六》輸平，式朱反。《左氏》作渝平。舒《成元傳》注：舒恒，如字。《尚書》作豫。施《淮南》二注：施讀難易之易。《史記·萬石張叔》傳，注：集解引如淳：施讀曰移。《漢書·衛綰》傳，如淳注：施音移。又《家語·正論》施生戮死，注：施宜爲與。

舂揄《詩·生民》或舂或揄。儵爚《文選·西京賦》。儵昱《文選·海賦》。商羊《家語·辨政第十四》。

審曉　奭《説文》讀若郝，詩亦切。《類篇》黑各、詩亦二切，同。餉《説文》从向聲，式亮切。向，許諒切。豕讀與豨同。式視切。嬀讀若隓，式吹切。獸嘼聲，舒救切。嘼，許救切。《書·武成》釋文：獸，徐始售反。本或作嘼，許救反。　螫《詩·都人士》釋文：螫蟲，音釋。本又作蠚，呼莫反。又《周礼·夏官·山師》注：螫噬，音釋。劉呼洛反。又《老子·德經》螫，失亦反。又呼各反。赫《爾雅·釋訓》赫赫，郭音釋。謝許格反。郝《釋訓》郝郝，音釋。又呼各反。珦《類篇》式亮切。又許亮切。吚升脂切。又馨夷切。羴式連切。又虛閑切。鋭式瑞切。又翾規切。向式亮切。又許兩切。豨賞是切。又虛其切。㜶詩廉切。又火点切。姾聲兼切。又虛咸切。婳式亮切。又許亮切。　螫《詩·邶風·谷風》箋：其視我如毒螫，釋文：螫，矢石反。何呼洛反。《周礼·釋文》引劉昌宗音同。玄應《一切經音義》二螫，舒亦反。《説文》蟲行毒也，關西行此音。又呼各反。山東行此音。奭《詩·采芑》路車有奭，據《文選·蜀都賦》李善注引《毛傳》奭作赩。澤《詩·載芟》其耕澤澤，釋文云：音釋釋。《爾雅》作郝，音同。案《廣韻》郝有黑各、施隻二音。羶《礼記·郊特牲》羶薌，注：羶當爲馨聲之誤也。《祭義》注同。豕《左氏·昭四年》傳：吴爲封豕長蛇，《淮南·修務》引作封豨。　儵忽《楚辭·天問》。倏忽《文選·東都賦》。

審匣　嫷《説文》从嶲聲，式吹切。嶲，户圭切。　茶《類篇》商居切。又後五切。畓舒均切。又胡犬切。須倫、松倫二切。　倏敻《文選·上林賦》。商何《説文解字》第十三。商横《史記·歷書》。

審爲　燮姚文田引唐本《説文》从炎聲，讀若溼。炎，于廉切。睒覢炎聲，睒讀若白蓋謂之苫相似。失冉切。黍雨省聲，舒吕切。雨，王矩切。

審見　收《説文》从丩聲，式州切。丩，居虬切。　𨞛《周礼·秋官》刑官之屬𨞛氏，釋文：音翅，失豉反。又吉豉反。陝《礼記·王制》注：陝，失冉反。一音古洽反。翅《爾雅·釋蟲》飛螘，注：翅，矢豉反。又吉豉反。狨《釋獸》狨，申豉反。或吉豉反。眑《類篇》尸周切。又居虬切。翄施智切。又居企切。雉同上。馶同上。揲式列切。又吉列切。（又松列、悉協二切。）縳升絹切。又規掾切。畓舒均切。又規倫切。（又須倫、松倫二切。）　庶《周礼·秋官》庶氏，鄭玄注：庶讀如藥煮之煮，驅除毒蠱之言。書不作蠱者，字從聲。　室家《詩·桃夭》宜其室家。商榷《文選·東京賦》。守宫《爾雅·釋木》。商庚《釋鳥》。

審溪　聲《説文》从殸聲，殸，籀文磬，書盈切。殸，苦定切。　攝《類篇》失涉切。又詰叶切。（又色甲切。）　試《周礼·夏官·藁人》試其弓弩，以下上其食而誅賞，注：故書試爲考。　蠰谿《爾雅·釋蟲》。

審羣　蓍《説文》从耆聲，式脂切。耆，渠脂切。　馶《類篇》施智切。又翹夷切。妗聲兼切。又巨禁切。　商距《莊子·秋水》。

審疑　燒《説文》从堯聲，式昭切。堯，吾聊切。溼㬎省聲，失入切。㬎，五合切。鑠樂聲，書藥切。樂，玉角切。　執《莊子·盜跖》釋文：究執，音勢。一音藝。𢍰《類篇》式連切。又牛閑切。嶷申之切。又魚其切。（又俟甾切。）淰式稔切。又魚駭切。

禪影　媞《類篇》是捶切。又伊捶切。　裳衣《詩·東方未明》顛倒裳衣。善惡《離騷》。蟬嫣《漢書·揚雄傳上》。

禪喻　遝《説文》从枼聲，讀若拾。枼，与涉切。訦冘聲，是吟切。冘，余箴切。贖賣聲，殊六切。賣，余六切。忱冘聲。氏任切。鏞庸聲，蜀容切。庸，余封切。氏乀聲，承旨切。乀，弋支切。鋋延聲，市連切。延，以然切。辰厂聲，植鄰切。厂，余制切。　塾《書·顧命》釋文：塾，音孰。一音育。又《周礼·春官·大卜》注：西塾，音孰。舊音育。又《考工記·匠人》注：之塾，音孰。劉又音育。又《儀礼·士冠礼》西塾、《聘礼》西塾、《爾雅·釋宫》塾，音並同。又《礼記·學記》有塾，音熟。一音育。音亦同。盾《春官·弁師》盾，常允反。又音允。《夏官·旅賁氏》戈盾，常準反。又音允。又《礼記·郊特牲》注：干盾，純尹反。又音尹。《明堂位》注：大盾，常準反。又音允。並同。《類篇》豎尹、以準二切，亦同。楯《儀礼·既夕礼》注：干楯，常允反。又音允。又《礼記·儒行》注：小楯，時準反。又音允。又《左氏·襄十傳》注：大楯，常尹反。又音尹。《昭二十六傳》楯瓦、《穀梁·莊二十五傳》注鉞楯、《哀二傳》注舒楯，音並同。擔《喪服四制》擔主，是豔反。又餘壍反。汋《莊子·田子方》汋，又上若反。李以略反。怏《爾雅·釋詁》怏，音逝。張揖《雜字》音曳。鯈《爾雅·釋魚》鯈，又音酬。又音由。躲《玉篇》時柘、時益二切。又亦、夜二音。蛇今市遮切。又弋支切。射市柘切。又以柘、羊益二切。褫《類篇》常支切。又余支切。荼時遮切。又羊諸切。噬時制切。又以制切。曳同上。（又私列切。）跇時制切。又以制切。讙視隹切。又夷隹切。（又遵綏切。）誓時制切。又以制切。詍同上。膩石證切。又以證切。箷常支切。又余支切。篡同上。筮時制切。又以制切。椬常支切。又余支切。痽時任切。又余廉切。傷是義切。又以豉切。馴殊倫切。又俞倫切。（又松倫切。）忯常支切。又盈之切。怏時制切。又以制切。汝上止切。又盈之切。湛時任切。

又夷針切。(又將廉切。) 淡時豔切。又以冉切。澨時制切。又以制切。鱅常容切。又余封切。鱦石證切。又以證切。(又母耿切。) 拖是義切。又余支切。(又丈爾切。) 探時占切。又夷針切。(又徐心切。) 拽時制切。又羊列切。簷時艷切。又以贍切。繩石證切。又以證切。蛇時遮切。又余支切。蜍常支反。又羊諸反。虵音同蛇。它同上。堤常支切。又勻規切。埏時連切。又夷然切。壝是捶切。又愈水切。墅上與切。又以者切。鋋時連切。又夷然切。釰是忍切。又以忍切。軺時饒切。又餘招切。(又慈焦切。) 常《儀禮·士虞礼》注:古文常爲羊。慎《礼記·檀弓》其慎也,鄭玄注:慎當爲引,禮家讀然聲之誤也。辰《宣十一年經》盟于辰陵,《穀梁》作夷陵。 勺藥《詩·溱洧》贈之以勺藥。辰夜《東方未明》不能辰夜。紹游《常武》匪紹匪游。尚羊賈誼《惜誓》。常羊《漢書·禮樂志第二》。

禪曉　尚《説文》从向聲,時亮切。向,許諒切。 諯《類篇》淳沿切。又翾縣切。馴殊倫切。又吁運切。(又松倫切。) 忱時任切。又火禁切。軕豎尹切。又呼宏切。

禪匣　拾《説文》从合聲,是執切。合,候閤切。 芍《玉篇》時灼切。又下了切。荼《類篇》時遮切。又後五切。受是酉切。又後到切。轡丞真切。又黄外切。 儃佪《楚辭·九章》。上玄《文選·甘泉賦》。

禪爲　腄《類篇》是爲切。又于求切。壝是捶切。又于累切。 嬋媛《離騷》。石尤《玉臺新詠》卷第十。

禪見　愬《説文》从鈞聲,常倫切。鈞,居勻切。 禔《類篇》常支切。又古委切。翅常支切。又居企切。篗常支切。又堅奚切。狧甚爾切。又訖合切。撍時戰切。又九件切。純殊倫切。又規倫切。(又從緣、莊持二切。) 紾上演切。又頸忍切。 純《周礼·司几筵》紛純,注:鄭司農云:純讀爲均服之均。又《礼記·曲礼》急繕其怒，鄭玄注：繕讀曰勁。肫《儀礼·士昏礼》腊一肫，注：肫或作純。古文純爲鈞。淳《特牲饋食礼》淳沃，注：今文淳作激。

禪溪　腎《説文》从臤聲，時忍切。臤，苦閑切。　壽考《詩·蓼蕭》壽考不忘。

禪羣　嗜《説文》从耆聲，常利切。耆，渠脂切。　耆《詩·楚茨》釋文：神耆，市志反。又巨之反。拾《礼記·投壺》注：不拾，其刼反。示《類篇》示，市之切。又翹夷切。祇常支切。又翹夷切。禠同上。芪同上。諸市之切。又渠伊切。秖常支切。又翹移切。祁常支切。又翹夷切。疧疷常支切。又翹夷切。（又蒲麋切。）岐常支切。又翹夷切。忯常支切。又翹移切。忳殊倫切。又巨旬切。鮨市之切。又渠伊切。招時饒切。又祁堯切。拾寔入切。又極曄切。姼常支切。又巨綺切。（又敞爾切。）劭時饒切。又祁堯切。軙常支切。又翹移切。　時《隱十一年經》公會鄭伯于時來，《公羊》時來作祁黎。劭《漢書·帝紀十》先帝劭農，注：蘇林曰：劭，音翹。

禪疑　瞶《類篇》殊遇切。又牛懈切。鮨市之切。又研計切。　峊峴《古文苑·揚雄蜀都賦》。

日影　痿緌《説文》从委聲，儒隹切。委，於詭切。　唲《類篇》如之切。又嗚皆切。癰忍與切。又依據切。痿儒垂切。又邕危切。獿而由切。又於求切。捼儒隹切。又烏禾切。娆爾紹切。又伊鳥切。㨎而睡切。又於僞切。　燃人善反。《史記·司馬相如上林賦》索隱引郭璞音烟，《漢書》《文選》注並同。痿《漢書·帝紀十一》即位痿痺，注：蘇林曰：痿音萎枯之萎。

日喻　臑《周礼·夏官·祭僕》注，釋文：臂臑，《字林》人于反。又音羊吳反。説《類篇》儒税切。又欲雪切。鑴儒垂切。又俞芮切。鄦如鄰切。又夷針切。仁而鄰切。又延知切。繻汝朱切。又容朱切。

日曉　䝙《説文》从豨省聲，儒隹切。豨，虚豈切。㵄漢省聲，人善切。漢，呼旰切。　㵄《詩·楚茨》釋文：我孔㵄矣，而善反。又呼但反。又《爾雅·釋詁》㵄，而善反。郭音罕。撓《莊子·大宗師》撓挑，徐而少反。郭許堯反。又《駢拇》而小反。郭呼堯反。《類篇》爾紹、呼高二切，同。蘜《類篇》如延切。又虚旰切。鑴儒垂切。又翾規切。餂同上。嬈爾紹切。又馨叫切。　衽《礼記·檀弓上》注：衽或爲髤。

日匣

日爲　然《公羊·昭十二傳》成然，《左氏》作成熊。

日見　厹《説文》从九聲，人九切。九，舉有切。　袂《類篇》儒税切。又古穴切。儿如鄰切。又居拜切。媣而琰切。又沽三切。紉而鄰切。又居覲切。

日溪　蟯《玉篇》如消、去消二切。

日羣　日及《爾雅·釋草》注。

日疑　蕘饒《説文》从堯聲，如昭切。堯，吾聊切。撓堯聲，如巧切。繞堯聲。而沼切。埶埶聲，如劣切。埶，魚祭切。爇爇聲，如劣切。《説文》無爇字，鉉曰：當从熱省聲。熱，如列切。爇，魚祭切。　兒《莊八年經》釋文：諸兒，如字，一音五兮反。《公羊·莊八傳》諸兒音同。《類篇》如支、研奚二切，同。齯《類篇》如支切。又研奚切。聏仍吏切。又牛芮切。郳如支切。又玉雞切。袂儒税切。又倪祭切。　日月《詩·日月》日居月諸。貳虞《閟宮》無貳無虞。

第三　喉齒通轉

影精　懿《説文》恣省聲，乙翼切。恣，資四切。　抑《易·大畜》釋文：抑鋭，於力反。本又作挫，災卧反。幺《類篇》於虯切。又津之切。　衣《礼記·檀弓下》注：衣當爲齊壞字也，案齊音咨。萎《漢書·司馬相如傳》蓷萎，蘇林音萎，卒鄙反。　猗嗟《詩·猗嗟》猗嗟昌兮。燕宗《鳧鷖》公尸來燕來宗。委積《九懷》。嵔摧《玉篇》下《山部》。尉薦《漢書·趙廣漢傳》。

影清　揖《説文》从咠聲，伊入切。咠，七入切。　奧《礼記·礼器》燔柴於奧，注：奧當爲爨字之誤也，或作竈。

影從　鸑《爾雅·釋鳥》釋文：鸑，郭音握，又才五反。　婠《類篇》烏九切。又在玩切。　幽《左·襄十七年傳》遂幽其妻，《漢·五行志》幽引作就。　歍歠《説文解字》第八。慰藉《後漢書·隗囂傳》。

影心　薉鐬《説文》从歲聲，於廢切。歲，相鋭切。噦歲聲，於月切。垔西聲，於真切。西，先稽切。鎣烏定切。讀若銑。　蚣《爾雅·釋蟲》釋文：蚣，本亦作蜙，同。烏公反。《説文》云：蚣或蜙字省，息忠反。荽《類篇》邕危切。又宣隹切。濊烏外切。又衰史切。　燕私《詩·楚茨》備言燕私。雝肅雝雝在宫，肅肅在廟。淹息《九懷》。委虒《説文解字》第五。

影邪　郇《説文》从旬聲，讀若泓。旬，詳遵切。嬽讀若蜀。郡布名。(按《糸部》緭，蜀白細布也。祥歲切。) 委員切。　禋祀《詩·大田》來方禋祀。飲食《緜蠻》飲之食之。委隨《後漢書·竇憲傳》。

影莊　札《莊子·人間世》釋文：相札，徐於八反。又側列反。箹《類篇》於教切。又側角切。　蜿蝶《九思》。

影初　踦《公羊·成二》傳，釋文：於綺反。又初義反。罃《類篇》乙棨切。又初耕切。　挹《儀禮·有司》二手執桃匕枋以挹湆，注：挹皆爲扱。　握齪《史記·司馬相如列傳》。

影牀　歁歁《集韻·入聲十》。

影疏　嗄《類篇》乙介切。又所嫁切。　蘊薔《方言》十三。

喻精　哨《周礼·夏官·形方氏》注，釋文：歁哨，劉羊售反。李且笑反。杙《考工記·匠人》注：作弋，音以職反，下杙同。劉杙音子則反。酳《公羊·桓四傳》注：右酳，羊紹反。《字林》于小反。样《玉篇》餘章、子郎二切。《類篇》余章、兹郎二切，同。眻與章切。又子郎切。酉以周、子由二切。禉《類篇》夷周切。又兹秋切。䏴以紹切。又子小切。楢夷周切。又將由切。（又齒紹切。）貓夷周切。又將由切。揂夷周切。又兹秋切。蝤夷周切。又將由切。睯弋入切。又即刃切。（又昵立切。）

喻清　銚《唐韻》以招切。《詩·臣工》傳，釋文：銚，七遥反。楢《類篇》夷周切。又雌由切。（又齒紹切。）渫以制切。又七列切。（又食列、達協、直甲三切。）捆余支切。又親然切。抁以轉切。又粗兖切。　燿《考工記·梓人》大胸燿後，鄭玄注：燿讀爲哨。誉《淮南王書七》燭營指天，高誘注：燭營讀曰括撮。

喻從　楢猶輶《説文》从酋聲，以周切。酋，字秋切。　褎《詩·旄丘》褎如充耳，釋文：褎本亦作裒，由救反。又在秀反。剡《考工記·輪人》注：剡其，以冉反，又才冉反。《儀礼·聘礼》剡上，以冉反，《字林》才冉反。《易·繫辭》及《玉藻》釋文引《字林》因冉反，因皆爲囚之誤。羨玉人璧羨，以善反，又音賤。《類篇》延知、才線二切，同。蓨《爾雅·釋草》蓨，弋垂、徂規二反。《類篇》匀規、才規二切，同。醋《玉篇》余心、才心二切。柚《類篇》余救、疾僦二切。剡以冉切。又疾染切。（又時染切。）牂余聿切。又慈郎切。佯余章切。又慈良切。覦容朱切。又從遇切。粘以瞻切。又慈鹽切。（又舒瞻、他念二切。）餤以冉切。又疾冉切。蝤夷周切。又才勞切。阬俞罪切。又粗究切。遺《史記·高祖紀》遺類，遺，《漢書》作嶕。　餘泉《爾雅·釋魚》。

喻心　莠《說文》从秀聲，與久切。秀，息救切。誘羑之或體，當从秀聲，與久切。歋虒聲，以支切。虒，息移切。傂虒聲，讀若移。移爾切。　　昫《詩·信南山》釋文：昫昫，音匀。又作畇，蘇遵反。泄《民勞》憂泄，以世反。又息列反。《玉篇》弋逝、思列二切。《類篇》以制、私列二切，並同。醳《天官·酒正》醳，音亦。徐音昔。肄《周礼·春官·小宗伯》肄儀，以志反。沈音四。又《礼記·學記》肄三，本又作肆，同。以二反。又《左氏·莊三十二年》傳，注：請肄，音四。又以二反。案《類篇》作𩞄，音羊至、息利二切，同。莠《地官·教官之屬·掌荼》注：茅莠，劉音酉。《毛詩》注作秀，又《考工記·鮑人》注：茅莠，音酉。又音秀。案《類篇》作以九、息救二切，同。肆《夏官·射人》肆之，劉餘二反。一音四。殔《儀礼·士喪礼》殔，以二反。劉音四。又《既夕礼》注：啓、殔音同。又《類篇》羊至、息例二切，並同。唯《礼記·表記》唯夫子，唯音雖，出注。緆《深衣》注：緆，徐音以豉反。皇音錫。錫《左·文十一》傳：錫穴，音羊。本或作鍚，星歷反。茾《爾雅·釋草》茾，郭音猶，羊棰反。謝私尹反。案《類篇》尹捶、聳尹二切，同。螔《釋魚》螔，余支反。又音斯。貄《釋獸》貄，以世反。眾家作肆，又作隸，沈音四。洄《玉篇》音移。又音司。琇《類篇》以九切。又息救切。蓨匀規切。又選委切。茾尹捶切。又聳尹切。呭以制切。又私列切。齛同上。鞢同上。貏同上。胤羊進切。又思忍切。穎庾頃切。又騂穎切。楪弋涉切。又悉協切。（又達協切。）瘞瘱以制切。又私列切。潁庾頃切。又騂潁切。隸𨽻羊至切。又息利切。焬夷益切。又先的切。䩞以贍切。又思廉切。（又舒贍、他念二切。）渫以制切。又私列切。（又食列、達協、直甲三切。）洩以制切。又私列切。綖夷然切。又私箭切。紲以制切。又私切。螑余救切。又息救切。蜴夷益切。又先的切。　　溢《詩·維天之命》假以溢我。《左氏·襄二十七年》傳引作何以恤我。肆《周礼·春官·小宗伯》肆儀爲位，注：故書肆爲肄。杜子春讀肄當爲肆。又《儀礼·聘礼》注：古文肆爲肄。又《礼記·内則》请肄簡諒，釋文作肆，云：本又作肄。又《左氏·文四年傳》臣以爲肄業及之也，釋文作肆，云：依字作肄。《昭三十年傳》若爲三師以肄焉，釋文：肄，本又作肆，是二字古相通。唯《左氏·成八年傳》唯然故多大國矣，釋文云：唯本或作雖，後人改也。案正義云：俗本作雖，今定本作唯。《少儀》《雜記》注：雖或爲唯，《表記》注：唯當爲雖，是二字恒相亂。蜼余季切。《周礼·司尊彝》注：蜼讀蛇虺之虺。或讀公用射隼之隼。　　容遂《詩·芄蘭》容兮遂兮。繹騷《常武》徐方繹騷。

喻邪　蓨《説文》隨省聲，羊捶切。隨，旬爲切。像象聲，讀若養。象，徐兩切。頌公聲，餘封切。又似用切。《類篇》音同。額籒文頌，當从容聲。容，餘封切。熠習聲，羊入切。習，似入切。游汓聲，以周切。汓，似由切。配古𢀳𢀲已聲，與之切。已，詳里切。勨象聲。余兩切。　　已《易·損》已事遄往，釋文：音以。虞作祀。剡《易·繫辭下》剡木爲楫，以冉反。《字林》云：鋭也。囚（此從唐寫本，今訛作因）冉反。又《周礼·春官·典瑞》注：射剡，以冉反。或囚冉反。又《礼記·玉藻》剡剡，以漸反。《字林》囚冉反。（徐盧刻《釋文》本囚俱誤作困。）《類篇》以冉、習琰二切，同。嶧《書·禹貢》嶧陽，音亦。一音夕。邪《詩·北風》其虚其邪，音餘。又音徐。洋《詩·碩人》洋洋，音羊。徐又音祥。《閟宮》洋洋，音羊。徐音翔。又《莊子·天地》洋洋，音羊。又音詳。《類篇》余章、徐羊二切，並同。昀《詩·信南山》昀昀，音勻。又作畇，又音旬。繹《閟宫》繹，音亦。一音夕。襩《周礼·天官·夏采》注：爲襩，音維。徐音遂。繹《地官·牛人》注：以繹，音亦。徐音夕。《秋官·朝士》注：繹於，音同。遺《地官·遺人》，唯季反。徐音遂。肄《春官·小宗伯》肄儀，以志反。李又似二反。鐔《考工記·桃氏》注：鐔以，戚音淫。徐劉音尋。豫《儀礼·鄉射礼》豫則，音榭。射《礼記·玉藻》注：靈射，音亦。《周礼》作繹。《爾雅》作謝。楯《儒行》楯，音允。徐詳尹反。佯《左氏·文四傳》注：佯不，音陽。一音祥。《玉篇》余章、似羊二切。《類篇》余章、徐羊二切，並同。羊《公羊·昭十一傳》侵羊，《左》、《穀》作祲祥。弋《公羊·襄元傳》弋氏，《左氏》作姒氏。又《穀梁·定十五》弋氏，羊職反。《左氏》作姒氏。又定弋《左氏》作定姒。捐《孟子·萬章上》音義：捐音緣。又音旋。屖《玉篇》余去、徐吕二切。蒣弋蛇切。又似嗟切。頌與恭切。又似用切。羘音洋。又音翔。禓《類篇》余章切。又徐羊切。芧羊諸切。又象吕切。莤夷周切。又徐由切。余以諸切。又祥余切。牰余救切。又似救切。台盈之切。又詳吏切。遺夷隹切。又旬爲切。詳余章切。又徐羊切。雉演爾切。又序姊切。（又丈几、直例二切。）羠延知切。又序姊切。鴹余章切。又徐羊切。飴盈之切。又祥吏切。枱盈之切。又象齒切。梋余專切。又旬宣切。樣余章切。又徐羊切。棪余廉切。又習琰切。瞴余章切。又徐羊切。旞夷隹切。又徐醉切。䍩余章切。又徐羊切。瘍余章切。又徐羊切。（又大浪切。）伃羊諸切。又象吕切。襩夷隹切。又徐醉切。羡延知切。又似面切。岫夷周切。又似救切。（又直祐切。）豫羊茹切。又詞夜切。（又商居切。）鱮羊諸切。又象吕切。粘以贍切。又徐鹽切。（又舒贍、他念二切。）爗弋入切。又席入切。泅夷周切。又徐由切。瀸余廉切。又徐廉切。潒以兩切。又似兩切。（又待朗切。）

閻余廉切。又徐廉切。娟盈之切。又象齒切。蛘以兩切。又似兩切。圯盈之切。又象齒切。(又部鄙切。) 鏇俞芮切。又旋芮切。巳以羊止切。又象齒切。　餘《左氏·文元年傳》歸餘於終，《史記·歷書》作歸邪。《史記·司馬相如傳》留落胥餘，《漢書》《文選》皆作胥邪。以《易·明夷》文王以之，釋文云：鄭、荀、向作似字。《詩·旄丘》必有以也，《特牲饋食》注引作似也。《斯干》似續妣祖，《釋詁》疏引作以。《特牲饋食礼》曰：蕓有以也，釋文依注音似。案喻、邪二紐多相通，故以與似通用。李富孫謂以作似，由於字形相雜，非也。遺《詩·角弓》莫肯下遺，鄭箋遺讀曰隧。衍《詩板》及爾游衍，釋文作游羡，云：本或作衍。已《詩·清廟》於穆不已，正義引孟仲子作於穆不似。又《易·文王》以之，箕子以之，鄭本以皆作似。豫《儀礼·鄉射礼》豫则鉤楹内，注：豫讀如成周宣謝災之謝，《周礼》作序，今文豫爲序。異《大射儀》不異侯，注：古文異作辭。以《論語》毋吾以也，鄭康成作已。《檀弓》豈不得以，注：以，已字，已與以字本同。説弋雪切。《詩·碩人》箋：説當作襚，《礼》、《春秋》襚讀皆宜同。佁夷在切。《七命》注引《聲類》嗣里切。

喻莊　蠰《類篇》余章切。又側羊切。

喻初

喻牀　酳《儀礼·士昏礼》注，釋文：三酳，以刃反。劉士吝反。下文同。《特牲饋食礼》酳，以刃反。又士刃反。《少牢饋食礼》乃酳，音胤。又士刃反。又《礼記·曲礼》注、《曾子問》、《樂記》、《祭統》、《昏義》酳，並音胤，又仕覲反。《公羊·桓四傳》注：而酳，以刃反。又士刃反。並同。

喻疏　莤《玉篇》余留切。又所六切。《類篇》夷周、所六二切，同。㿥《類篇》弋笑切。又所教切。燿同上。(又式灼切。) 𥻆以贍切。又師銜切。(又舒贍、他念二切。)

曉精　隓《説文》从差聲，許規切。左，則箇切。姚文田云：《説解》从差聲，今本無𢀩字。案古文㢴作㢴、㤥作悊，籀文敗作𣪠、牆作𤖨、車作𨏥，皆用複體，此从二左，意同。　毀《類篇》虎委切。又即各切。㛍呼帖切。又即協切。　潝訿《詩·小旻》潝訿訿。稽積《九思》。

曉清　獫險《説文》从僉聲，虚檢切。僉，七廉切。㚇此聲，火戒切。此，雌氏切。　髤《周礼·春官·笙師》注，釋文：髤畫，香牛反，或七利反。又《巾車》髤飾，注：故書髤爲軟、杜子春云：軟讀爲桼垸之桼。芍《類篇》呼臭切。又七約切。旻火劣切。又七役切。（又匆發、莫結二切。）捇霍虢切。又七迹切。（又昌石、丑亦二切。）　黴《淮南王書九》鄒忌一徽，高誘注：徽讀紛麻縗之縗。

曉從　詯《説文》从自聲，荒内切。自、疾二切。眉自聲，許介切。嶨《爾雅·釋山》釋文：嶨，《字林》火篤反。又徂學反。吶《類篇》許貴切。又才達切。唼亨孟切。又才達切。羨虚延切。又才線切。嵌虎覽切。又在敢切。　獻酢《詩·行葦》或獻或酢。秏穎《荀子·王霸篇》。

曉心　咺《説文》宣省聲，況晚切。宣，須緣切。呬四聲，虚器切。四，息利切。譿翽濊歲聲，呼會切。歲，相鋭切。䱾亘聲，況袁切。亘，須緣切。㴸歲聲，呼括切。愃宣聲，況晚切。　撝《易·謙》釋文：撝謙，鄭讀撝爲宣。虩《易·震》來虩虩，許逆反。《荀》作愬愬。洵《詩·擊鼓》吁嗟洵兮，呼縣反。本或作詢，誤也。詢音荀。隋《周礼·地官·鄉師》注：其隋，戚吁恚反。劉相恚反。《春官·守祧》其隋，許恚反。劉相恚反。《大祝》隋釁，許規反。又思恚反。又《儀礼·少牢饋食》注：隋祭，許規反。劉相規反。並同。獻《春官·司尊彝》兩獻，本或作戲，注作犧，同。素何反。又《儀礼·大射儀》壺獻，素何反，下汁獻，並同。又《礼記·礼器》注：作獻，素何反。《郊特牲》汁獻，依注爲涉，素何反。《類篇》許建、桑何二切，並同。鑴《春官》眡祲曰鑴，鄭許規反。劉思隨反。絢《儀礼·聘礼》絢組，呼縣反。李胥倫反。《類篇》翾縣、須倫二切，同。隓《士虞礼》隓祭，許恚反。劉相恚反。《類篇》翾規、息累二切，同。綏《士虞礼》不綏，依注音隓，許恚反。劉相恚反。《少牢饋食礼》以綏，許規反。劉相恚反。《類篇》翾規、思累二切，同。挼《特牲饋食礼》挼祭，依注音隓，許恚反。劉相恚反。《類篇》翾規、宣隹二切，同。睢《左氏·成十五傳》於睢，音雖。徐許惟反。又音綏。犧《詩·閟宮》犧尊，鄭素何反。《左氏·定十傳》犧象，許宜反。又息河反。《莊子·馬蹄》犧尊，音羲。又先河反。《天地》犧，音羲。又素河反。《類篇》虛宜、桑何二切，同。玉《玉篇》欣救、思六二切。讙《玉篇》許元、先芮二切。吅《類篇》況袁切。又荀緣切。讛翾規切。又雖遂切。謔虛訝切。又相支切。鞢許闕切。又私列切。翧許元切。又荀緣切。靃呼郭切。又選委切。鴘呼隣切。又須倫切。鵍許元切。又荀緣切。仙呼堅切。又相然切。傜虛嬌切。又蘇遭切。愃許元切。又荀緣切。怺怴休必切。又雪律切。又粅律切。洶虛谷切。又筍勇切。濊呼外切。又衰史切。泧許月切。又桑葛切。弽虛涉切。又悉協切。（又失涉切。）蝖許元切。又荀緣切。　咺《詩·淇奧》赫兮，釋文：咺，《韓詩》作宣。隓《儀礼·士虞礼》隓祭，注：今文隓爲綏。《特牲少牢》或作羞，失古正矣。齊魯之間謂祭爲隓。饗《礼記·祭義》饗者鄉也，注：饗或爲相。　休息《詩·漢廣》。戲泄《方言》十。

曉邪　嘒或嚖《説文》从彗聲，呼惠切。彗，祥歲切。絢旬聲，（《九經字様》作絇）許掾切。旬，詳遵切。　訓《周礼·地官·教官之屬》釋文：土訓，如字，司農音馴。《類篇》吁運切。又松倫切。絢《儀礼·聘礼》絢組，呼縣切。又音巡。吅《類篇》況袁切。又似用切。鴘呼隣切。又松倫切。梋呼玄切。又旬宣切。圓同上。儇隳緣切。又荀宣切。袨翾縣切。又松倫切。羡虚延切。又似面切。絢翾縣切。又松倫切。鋗呼玄切。又隨戀切。　絢《儀礼・聘礼》絢組，注：今文絢作約。　虚邪《詩・北風》其虚其邪。《爾雅》邪作徐。享祀《楚茨》以享以祀。歆羡《皇矣》無然歆羡。翕習《吴都賦》。

曉莊

曉初

曉牀　䙴《類篇》許元切。又祟玄切。䞤顯計切。又士益切。（又莫獲切。）㙷呼酷切。又仕角切。

曉疏　歗《説文》从嗇聲，火力切。嗇，所力切。　䚂《莊子・天地》釋文：䚂䚂，許逆反。又生責反。《類篇》迄力、色責二切，同。歙《山木》張歙，許及反。郭疏獵反。哈《類篇》呼合切。又色洽切。（又託合切。）虩迄逆切。又色責切。（又力擿切。）䅢虚嚴切。又師銜切。綏翾規切。又雙隹切。險虚檢切。又所斬切。　許《詩・伐木》伐木许許。《説文・斤部》引作所所。獻《周礼・春官・司尊彝》鬱齊獻酌，鄭注：獻讀爲摩莎之莎。又《儀礼・大射儀》兩壺獻酒，注：獻讀爲莎。又《礼記・郊特牲》汁獻涚于醆酒，注：獻讀當爲莎，齊語聲之誤也。

匣精　荆邢《説文》从井聲，户經切。井，子郢切。𢦏讀若咸，唐韻子廉切。　汁《周礼・春官・小宗伯》注，釋文：汁光，音叶。劉子集反。挾《儀礼・鄉射礼》兼挾，劉音協。一音子協反。又《大射儀》挾乘矢、《士喪礼》注挾弓、《公羊・定三》挾弓，音並同。《穀梁・定四》傳：挾弓，户牒反。又子協反。《類篇》檄頰、即協二切。音亦同。葯《類篇》胡了切。又子歷切。䏲胡了切。又子小切。酅玄圭切。又祖宄切。邢乎經切。又子郢切。洚胡公切。又祖賨切。浹檄頰切。又即協切。撎胡桂切。又祖芮切。婡轄夾切。又即協切。轊胡桂切。又子歲切。　挾《儀礼・鄉射礼》兼挾乘矢注，又《大射》挾乘矢注，古文挾皆作接。　衡從《詩·南山》衡從其畝。寒漿《爾雅·釋草》。

匣清　下《論語·鄉黨》釋文：下如，魯讀下爲趨。莀《類篇》胡官切。又七絹切。芍胡了切。又七約切。竑胡萌切。又七層切。鈐胡南切。又千尋切。

匣從　郎《説文》从自聲，胡雞切。自、疾二切。　鷽《爾雅·釋鳥》釋文：鷽，音學。又才五反。還《類篇》胡關切。又從緣切。嵌乎監切。又在敢切。粘胡甘切。又慈鹽切。(又舒瞻、他念二切。) 綰乎刮切。又在玩切。

匣心　鞾《説文》从㒼省聲，胡戛切。㒼，古文禼，私列切。桓貆狟查絙亘聲，胡官切。亘，須緣切。　鑴《周礼·春官》眡祲鑴，釋文：或下圭反。劉思隨反。擐《礼記·王制》注，釋文：擐衣，舊音患。今讀宜音宣。巂《玉篇》胡圭切。又思弭切。諕《類篇》乎刀切。又相支切。粘胡甘切。又思廉切。雪轄甲切。又悉合切。(又質涉、直甲二切。) 繐胡桂切。又須鋭切。絢熒絹切。又須倫切。　巂《漢書·帝紀六》越巂，注：孟康曰：巂音髓。　瓠犀《詩·碩人》齒如瓠犀。脅息《高唐賦》。挾斯《方言》三。

匣邪　慧《説文》从彗聲，胡桂切。彗，祥歲切。　還《詩·泉水》還車，釋文：音旋，又《還》十畝之間還兮、又《周礼·秋官》司儀還圭、又《儀礼·士喪礼》右還、又《礼記·玉藻》周旋、《少儀注》師還、《樂記》周還、《祭義》周還、《聘義》還圭、又《左氏·隱二傳》氏還、《襄十八傳》還于、又《莊子·至樂》還而、又《爾雅·釋丘》所還，音並同。《玉篇》胡關、徐宣二切。《類篇》胡關、旬宣二切，亦同。巂《僖二十六經》至巂，户圭反。一音似轉反。傳巂，户圭反。又似兖反。攜《襄十五傳》注：至攜，户圭反。又似兖反。鬟《類篇》胡還切。又旬宣切。梋玄圭切。又旬宣切。槥胡桂切。又旋芮切。圜胡官切。又旬宣切。酅玄圭切。

又詳兗切。儇胡涓切。又旬宣切。袨熒絹切。又松倫切。姡胡甘切。又徐鹽切。擕胡桂切。又旋芮切。繐同上。絢熒絹切。又松倫切。鐶胡關切。又隨戀切。鋗胡犬切。又隨戀切。鏏胡桂切。又旋芮切。鏸同上。轊同上。　還《詩·采蘩》薄言還歸、《文選》注引作旋歸。又《還》子之還兮，《韓詩》還作嫙。又《小明》曷云其還、《崧高》申伯還南、《詩經考文古本》還本作旋。眴《漢書·志八》眴卷，注：應劭曰：眴音旬日之旬。　回翔《九懷》。

匣莊　雈《類篇》胡故切。又側角切。霅轄甲切。又斬甲切。（又質涉、直甲二切。）甗乎監切。又莊陷切。　嚍嘖胡麥、壯革二切。《玉篇》上《口部》。

匣初　甗《類篇》乎監切。又叉鑑切。

匣牀　雈《類篇》胡故切。又仕角切。（又竹角切。）狗胡涓切。又崇玄切。鷽下巧切。又仕角切。　鷽灂《江賦》。

匣疏　哈《類篇》曷合切。又色洽切。（又託合切。）姡胡甘切。又師銜切。（又舒贍切、他念二切。）霅轄甲切。又色甲切。（又質涉、直甲二切。）擐胡慣切。又師還切。　趏趚胡百、山格二切。《玉篇》上《走部》。跭躨《廣韻》一《上平聲》。筌籆《集韻·平聲一》。跭躨、跭躨、舽艭皆同音。

爲精　啾《類篇》于六切。又子六切。（又之六切。）轊于芮切。又子歲切。　閾《儀礼·士冠礼》闑西閾外注、又《聘礼》擯者立于閾外以相拜注、《士喪礼》席于闑西閾外注、《士虞礼》闑西閾外注、《特牲饋食礼》闑西閾外注，並云：古文閾爲蹙。　耘耔《詩·甫田》或耘或耔。圓精《文選·宋文帝哀册文》。

爲清

爲從　槥《玉篇》爲綴、才芮二切。啾《類篇》于六切。又前歷切。（又之六切。）　曄踕《文選·洞簫賦》。

爲心　超洹垣籀韗《説文》从亘聲，羽元切。亘，須緣切。　尹《禮記·聘義》釋文：孚尹，依注音筍，又作筠，于貧反。䟪《一切經音義卷十四·四分律第六卷》徒䟪，《説文》于典反。《字苑》四典反。笉《類篇》于倫切。又聳尹切。□王伐切。又桑葛切。雭域及切。又悉合切。

爲邪　遂《説文》从羨聲，于線切。羨，似面切。𦺈彗聲，于歲切。彗，祥歲切。鏏讀若彗，于歲切。轊軎或體，當从彗聲。　轊《穀梁·昭八年傳》注，釋文：兩轊，音衛。一音徐歲反。圜《類篇》于權切。又旬宣切。爗域及切。又席入切。鏏于歲切。又旋芮切。轊于芮切。又旋芮切。

爲莊　雭《類篇》域及切。又斬甲切。揠又黠切。又責八切。

爲初

爲牀　俟《類篇》羽已切。又牀史切。

爲疏　翊《類篇》王遇切。又爽主切。雭域及切。又色甲切。

見精　耕《説文》从井聲，古莖切。井，子郢切。　艐《爾雅·釋詁》釋文：艐，郭音屆。顧子公反。蘜《類篇》居六切。又即入切。橋居妖切。又祖芮切。（又充芮切。）窖居効切。又則到切。浲古巷切。又祖賓切。浹訖洽切。又即協切。挾吉協切。又即協切。（又尸牒切。）　爟《周礼·夏官·司馬》注：故書爟爲燋。杜子春云：燋當爲爟，書亦或爲爟。觚《儀礼·燕礼》賓洗南坐奠觚，注：今文從此以下觚皆爲爵。　姑姊《詩·泉水》問我諸姑，遂及伯姊。祼將《文王》祼將于京。君宗《公劉》君之宗之。臯訿《召旻》臯臯訿訿。鳺鵲《爾雅·釋鳥》。

見清　劒《説文》从僉聲，居欠切。僉，七廉切。劍籀文劒當亦从僉聲。檢僉聲，居奄切。　攫《莊子·徐無鬼》釋文：攫，俱縛反。郭又七段反。炅《玉篇》古惠切。又七迥切。芍《類篇》吉了切。又七約切。鹼古斬切。又千廉切。　拘覷《説文解字》第八。君遷《文選·吴都賦》。

見從　岑《爾雅・釋山》釋文：岑，吉金反。《字林》才心反。歨《類篇》居陵切。又才達切。　棘《周礼・天官・掌舍》爲壇壝宮，杜子春注：棘門或爲材門。

見心　丨《説文》引而上行，讀若囟。古本切。《類篇》古本、息利二切，同。劌歲聲，居衛切。歲，相鋭切。　寡《易・説卦》釋文：寡髮，本又作宣。銛《儀礼・既夕礼》注：爲銛，劉音括。一音息廉反。楔《礼記・玉藻》注：門楔，徐古丈反。皇先楔反。《玉篇》革鍇、先結二切。《類篇》訖黠、思列二切，並同。苁《類篇》沽紅切。又思充切。韐葛合切。又悉合切。（又託合、達合二切。）鴗沽鴻切。又思融切。穎舉影切。又騂穎切。頴同上。契訖黠切。又私列切。拒果羽切。又荀許切。揳訖黠切。又私列切。　期《詩・頍弁》實維何期，《考文古本》期作斯。阮氏《校勘記》云：誤甚。祴《周礼・春官・鍾師》祴夏、《礼記・礼器》作肆夏，彼注云：肆當爲陔。疆《礼記・月令》固封疆，注：疆或爲璽。

金錫《詩・淇奧》如金如錫。撟捎《方言》二。惐鰓《方言》十。烴嘶《集韻・平聲三》。

見邪　改《説文》从己聲，讀若巳，古亥切。己，詳里切。姰旬聲，居匀切。旬，詳遵切。　畇《周礼・地官・均人》注，釋文：畇音均。又音旬。己《左氏・昭十七》傳：己姓，音紀。又音祀。《下師》己同。又《哀十七傳》己氏、《穀梁・昭十四傳》注：己姓，音並同。苁《類篇》沽紅切。又祥容切。吰沽紅切。又似用切。梋三玄切。又旬宣切。麖居行切。又松玉切。邔苟起切。又象齒切。麀舉履切。又象齒切。　薊《礼記・樂記》封黄帝之後于薊，注：薊或爲續。均《内則》旬而見，注：旬當爲均，聲之誤也。《易・説卦》坤爲均，今亦或作旬。　奇衺《周礼・天官・宫正》。奇羨《史記・貨殖列傳》。謹愭《玉篇》上《心部》。

見莊　釗《類篇》堅堯切。又莊交切。（又之遥切。）

見初　踦《公羊·成二傳》踦閭，釋文：踦，居倚反。又初義反。捔《類篇》訖岳切。又測角切。

見牀　捔《類篇》訖岳切。又仕角切。　嶢峥《文選·思玄賦》。

見疏　攫《莊子·讓王》釋文：攫，俱碧、俱縛二反。又史虢反。哈《類篇》葛合切。又色洽切。（又託合切。）擐古患切。又師還切。蹇産《九章》。

溪精　㢟古文企，當从足聲。去智切。足，即玉切。　橇《玉篇》丘喬切。又子絶切。橋《類篇》丘祅切。又祖芮切。（又充芮切。）毀丘媿切。又即各切。卯去京切。又子礼切。㛍詰叶切。又即協切。扲丘甚切。又子感切。　傲《詩·賓之初筵》屢舞僛僛，《説文·女部》引作㛴㛴。㛴，即移切。椁《周礼·秋官·壺涿氏》牡椁，故書椁爲梓，杜注：梓當爲椁，椁讀爲枯，書或作樗。　倥傯《九歌》。抗髒《後漢書·趙壹傳》。

溪清　竅《類篇》枯公切。又取亂切。　穹蒼《詩·桑柔》以念穹蒼。硱磳《淮南·小山》《招隱士》。黿䰍《爾雅·釋魚》。趬趞《説文解字》第二。

溪從　楢《説文》从酋聲，讀若糗。糗，去九切。酋，字秋切。　嵌《類篇》口銜切。又在敢切。　魁摧嚴夫子《哀時命》。

溪心　跬《莊子·駢拇》釋文：敝跬，徐丘婢反。郭永屑。躓《類篇》犬㮚切。又先結切。穎畎迥切。又騂潁切。契苦計切。又私列切。踦《公羊·成十二傳》相與踦閭而語，《穀梁傳》作立胥閭。

溪邪　起古文。迟《説文》从巳聲，墟里切。巳，詳里切。　雉《類篇》口駭切。又序姊切。（又丈几、直例二切。）邔口几切。又象齒切。

溪莊　器《爾雅》釋文引《説文》从犬㗊聲，（恐有誤）去冀切。㗊，阻立切。轒《説文》从真聲，讀若《論語》鏗爾舍瑟而作，苦閑切。鏗，口莖切。真，側鄰切。篧《類篇》濶鑊切。又側角切。（又竹角切。）掐乞洽切。又側洽切。

溪初　堪《類篇》枯含切。又楚綿切。　輕訬《文選・吳都賦》。

溪牀　箵《類篇》淵鑊切。又仕角切。（又竹角切。）頎丘檢切。又士瘁切。嵁枯含切。又仕檻切。（又丑甚切。）　夸奓奓，仕下切。《集韻・上聲六》。

溪疏　覤《莊子・天地》釋文：覤覤，許逆反。又生責反。《類篇》乞逆、色責二切，同。　綺疏《後漢書・梁冀傳》。

羣精　橋《類篇》渠嬌切。又祖芮切。（又充芮切。）鬐求卦切。又臧没切。　窮蹙《九辯》。

羣清　儉《說文》从僉聲，巨險切。僉，七廉切。　嫢《玉篇》衢癸、娶惟二切。鈐《類篇》其淹切。又千尋切。　劇驂《爾雅・釋宮》。

羣從　臮洎垍《說文》从自聲，其冀切。自，疾二切。　鬐《類篇》求卦切。又摧内切。鯚渠巾切。又才淫切。（又式荏、食荏二切。）　悸《詩・芄蘭》垂帶悸兮，《韓詩》悸作萃。

羣心　鬙《莊子・外物》釋文：鬙，徐求（今誤作來）夷反。李音須。鬐《類篇》求卦切。又蘇對切。拒臼季切。又荀許切。求索《九章》。倸愡《方言》七。

羣邪　琁《說文》瓊或骨，當从旋省聲，渠營切。旋，似沿切。蠸讀若蜀郡布名，巨員切。案《糸部》繕，蜀細布也。祥歲切。　蔓《爾雅・釋草》釋文：蔓，巨營反。又詳兗反。《類篇》葵營、詳兗二切，同。鰌《釋魚》鰌，具咎反。又徐秋反。瓊《類篇》渠營切。又旬宣切。邔巨几切。又象齒切。鷈渠羈切。又袖知切。

羣莊

羣初

羣牀　俟《類篇》渠之切。又牀史切。

羣疏　臞《周礼・大司徒》注，釋文：瘠臞，其俱反。又作臞，音稍。《廛人》注：瘦臞同。翎《類篇》權俱切。又爽主切。險巨檢切。又所斬切。　琴瑟《詩·定之方中》爰伐琴瑟。渠疏《方言》五。寠數《漢書·東方朔傳》。

疑精　玪《儀礼·士喪礼》注，釋文：爲玪，五錦反，劉音作感反。《類篇》牛錦、子感二切，同。㞷《類篇》元俱切。又子結切。𦣻魚紀切。又即刃切。

疑清　顩《説文》从僉聲，魚檢切。僉，七廉切。驗醶僉聲，魚窆切。鹼僉聲，魚欠切。　剿《玉篇》魚刧、七葉二切。蒝《類篇》愚袁切。又七絹切。鹼魚欠切。又千廉切。

疑從　臬《説文》从自聲，五結切。自，疾二切。𦣻讀若薿薿。一曰若存，魚紀切。存，徂尊切。　吶《玉篇》五葛、才曷二切。《類篇》語訐、才達二切，同。嗶《類篇》牛尹切。又粗本切。喑牛堰切。又才達切。啐牙葛切。又才達切。歺五割切。又才達切。㞷元俱切。又昨結切。礏逆及切。又昨合切。魿魚音切。又才淫切。(又式荏、食荏二切。) 巘牙葛切。又才達切。　儀《左氏·襄二十九年經》衛世叔儀，《公羊》作世叔齊。原《昭三年經》滕子原卒，《公羊》原作泉。案原、泉同在寒韻。　屹崒《文選·江賦》。儗恷《荀子·儒效篇》。隅眥《淮南·齊俗訓》。瘪疵《集韻·去聲七》。

疑心　𨐨櫱嶭蠥孽《説文》从辥聲，魚列切。辥，私列切。　槷《考工記·輪人》無槷，釋文：魚列反。李一音素結反。巚《類篇》魚羈切。又桑何切。　玉《史記·孝武本紀》索隱引《三輔決録》注：玉音肅。巘《詩·大雅·公劉》傳：巘小山别於大山也。《爾雅》：小山别大山鮮。　蟰桑《爾雅·釋蟲》。嵬瑣《荀子·非十二子篇》。

疑邪　豷《説文》从豖聲，五怪切。豖，徐醉切。　翱翔《詩·清人》河上乎翱翔。又《女曰雞鳴》將翱將翔。原隰《常棣》原隰裒矣。

疑莊

疑初　隅差《淮南・本經訓》。嫔嫧《方言》十。

疑牀　眦睚《類篇》牛懈切。又在仕懈切。齾魚巾切。又鉏救切。嵁吾含切。又仕檻切。(又丑甚切。)雭宜佳切。又鉏簪切。　玉《漢書・帝紀八》注。李奇曰：屬玉音鸑鷟。　鸑鷟《國語・周語》。睚眦《戰國策・韓策》。

疑疏　哈《類篇》鄂合切。又色洽切。(又託合切。)嵾語偃切。又所簡切。險魚衡切。又所斬切。　欲《礼記・玉藻》疾趨則欲（魚蜀切。）發，注：欲或爲數。

第四　齒喉通轉

精影　咠《類篇》即入切。又一入切。䲭兹秋切。又倚究切。揖即入切。又一入切。　資《禮記·明堂位》天下資禮樂焉，注：資或爲飲。

精喻　迹《説文》从亦聲，資昔切。亦，羊益切。酒酉聲，子酉切。酉，與久切。　將《考工記·玉人》伯用將，釋文：將如字，劉音陽。瓗《類篇》津垂切。又弋睡切。啙將支切。又余支切。諓將先切。又以淺切。將資良切。又余章切。䮹津垂切。又尹捶切。篨資良切。又以兩切。樢遵爲切。又匀規切。杓子忍切。又羊進切。佌佌蔣氏切。又演爾切。娶津垂切。又匀規切。媨即就切。又以九切。纗津垂切。又弋睡切。（又竹恚切。）鑴將廉切。又匀規切。

接余《爾雅·釋草》。呰窳《史記·貨殖列傳》。縱臾《漢書·衡山王傳》。精摇《淮南·要略》。

精曉　嵏《説文》从凶聲，子紅切。凶，許拱切。　痠《玉篇》作惟切。又許惟切。䮹《類篇》津垂切。又虎癸切。屧子扃切。又呼肥切。烖將來切。又虎果切。歃作荅切。又黑盍切。　將享《詩·我將》我將我享。恣睢《遠遊》。又《史記·伯夷列傳》。

精匣　𢦏《説文》古文讀若咸，子廉切。咸，胡監切。　挾《詩·吉日》既挾我矢，釋文：挾，子洽反，又户頰反。《周礼·大司樂》注：挾矢，子協反。又音協。又《繕人》注：挾矢，子協反。一音户牒反。《礼記·月令·季秋》挾矢，子協反。又音協。滋《左·哀八傳》水滋，音玄。瓗《類篇》津垂切。又玄圭切。噈子六切。又曷閤切。䮹津垂切。又玄圭切。屧子扃切。又户瓦切。㺜奏醉切。又下介切。汁即入切。又檄頰切。（又質入、寔入二切。）浹作答切。又轄夾切。鮥兹秋切。又户賄切。接即涉切。又檄頰切。娶津垂切。又胡典切。纗津垂切。又玄圭切。鑴將廉切。又玄圭切。　挾《詩·大明》使不挾四方，《韓詩外傳》五挾作俠，《詩考》引同。又《春秋·隱九年》挾卒，《公》《穀》作俠。接《漢書·傳十八》接淮南諸子，孟康注：接音挾。　則傚《詩·鹿鳴》君子是則是傚。菑害《生民》無菑無害。從横《天問》。蛸蠵《山海經·東山經》注。

精爲　枃《類篇》子忍切。又羽粉切。撍祖芮切。又于歲切。　宗《禮記·祭法》幽宗、雩宗。注：宗皆當爲禜。《詩·雲漢》靡神不宗，《後漢·順帝紀》作不禜。　左右《詩·關雎》左右流之。婕妤《後漢書·皇后紀上》。精衞《山海經·北山經》。

精見　睞《説文》从夾聲，子葉切。夾，古狎切。　租《周礼·春官·司巫》注，釋文：租飽，劉音緅。又音卷。艐《玉篇》祖公切。又音屆。《類篇》祖叢、居拜二切，同。茁《類篇》祖悦切。又厥律切。䁱祖叢切。又居拜切。鵙鶺資昔切。又工役切。秄祖似切。又吉列切。僎蹤倫切。又俱倫切。娶津垂切。又均窺切。鑴將廉切。又涓畦切。　總角《詩·齊風·甫田》總角丱兮。戩穀《天保》俾爾戩穀。爵斝《行葦》洗爵奠斝。臧嘉《抑》俾臧俾嘉。仔肩敬之佛時仔肩。鬷假《烈祖》鬷假無言。鎡基《孟子》二。牂牁《漢書·地理志上》。津姑《廣雅·釋蟲》。子規《釋鳥》。

精溪　疚《類篇》津私切。又乞業切。艐祖叢切。又口箇切。

精羣　瓗《類篇》津垂切。又葵營切。僎蹤倫切。又逵眷切。猔遵綏切。又逵員切。鮥兹九切。又巨九切。觜子智切。又奇寄切。娶津垂切。又巨癸切。　蛆蠑《方言》十一。

精疑　卪《説文繫傳》讀若嵎，子結切。嵎，噳俱切。　躁《論語·季氏》釋文：躁，早报反。魯讀躁爲傲。疋《類篇》縱玉切。又語下切。嶕即入切。又玉盍切。猔遵綏切。又牛肌切。　作噩《爾雅·釋天》。厓㕒《釋山》。僬僥《列子·湯問篇》。

清影　咠《類篇》七入切。又一入切。棟千木切。又於靳切。（又輪玉、丑玉二切。）鯖親盈切。又於丁切。（又諸盈切。）

清喻　夋《説文》从允聲，七倫切。允，余準切。　銚《詩·臣工》傳，釋文：銚，七遥切。沈音遥。啃《礼記·投壺》啃壺，七笑反。徐又以救反。《類篇》七肖、余救二切，同。趡《類篇》取水切。又愈水切。踓同上。諓此演切。又以淺切。將千羊切。又余章切。䠞此芮切。又俞芮切。篨七亮切。又以兩切。帥帨此芮切。又欲雪切。（又輸芮切。）佌佌淺氏切。又演爾切。汋七約切。又弋灼切。酳千勑切。又羊進切。　衰《淮南子·十三》黄衰微，高誘注：衰讀繩維之維。　倉庾《詩·楚茨》我倉既盈，我庾維億。

清曉　捇《周礼·秋官·刑官之屬》赤犮氏注，釋文：捇拔，采昔反。徐呼陌反。譣《類篇》千廉切。又虚檢切。試七賜切。又許記切。柴淺氏切。又許戒切。憸千廉切。又虚檢切。毳千短切。又呼骨切。　寢興《詩·小戎》載寢載興。緝熙《維清》維清緝熙。嵢岈《玉篇》下《山部》。

清匣　噈《類篇》七六切。又曷閤切。試七賜切。又户快切。聽此芮切。又胡計切。　遷《礼記·曲礼》注：遷或爲還。　取攜《詩·板》如取如攜。蒼黄《九思》。

清爲　笉《類篇》此忍切。又羽敏切。　雌雄《詩·正月》誰知烏之雌雄。

清見　造《説文》从告聲，七到切。告，古奥切。　慘《類篇》倉含切。又姑南切。臉千廉切。又居奄切。（又兩減切。）䠞此芮切。又居例切。櫬雌人切。又古玩切。朿七賜切。又訖力切。倎七倫切。又俱倫切。　淒《詩·風雨》風雨淒淒，《説文·水部》引作湝湝。　倉庚《詩·東山》倉庚于飛。蹴鞠《御覽》七百五十四《工藝部》引劉向《别録》。

清溪　　簎《爾雅·釋器》釋文：簎，七角反。又捉、廓二音。𠜾《類篇》此芮切。又去例切。衰倉回切。又丘熙切。

清羣　　輇《莊子·外物》釋文：輇，七全反。又音權。諆《類篇》七賜切。又奇記切。僎七倫切。又逵眷切。坥千余切。又衢遇切。輇逡緣切。又逵員切。(又淳讼切。)

清疑　　縓《説文》从原聲，七絹切。原，愚袁切。　　譣《類篇》千廉切。又魚窆切。剿七接切。又逆怯。筍此忍切。又擬忍切。　　嵯峨《淮南·招隱士》。錯愕《後漢書·寒朗傳》。

從影　　揖《左·成八》傳，釋文：沈子揖，徐音集。又於立反。又《哀七》傳：揖丘，音集。一音於入反。《類篇》籍入、一入二切，同。札《類篇》咋結切。又乙黠切。　　輯《書·舜典》輯五瑞，《史記》作揖。揖，伊入切。　　牆屋《詩·十月之交》徹我牆屋。摧崣《上林賦》。

從喻　　吮《説文》从允聲，徂沇切。允，余準切。遒酉聲，字秋切。酉，與久切。　　羨《詩·公劉》箋，釋文：爲羨，音踐。又音衍。揵《莊子·人間世》而鬬其揵，在接反。崔讀若唯。啙《類篇》才支切。又余支切。呲同上。哨才笑切。又余救切。(又丑照切。)趡在吕切。又愈水切。諓在演切。又以淺切。訟牆容切。又餘封切。箳在兩切。又以兩切。檇徂回切。又匀規切。黵咋亘切。又以證切。鮧才資切。又延知切。(又田黎切。)嫢才規切。又匀規切。媨在九切。又以九切。醮才淫切。又夷針切。(又時任、持林二切。)　　從《書·益稷》汝無面從，《史記·夏本紀》作汝無面諛。就疾僦切。《吕覽》十五注：就，就讀如由與之與。案下與當作由。

從曉　　𡚾《類篇》疾亮切。又許亮切。屦屦徂回切。屦又呼肥切。撕疾染切。又許偃切。(又賞感切。)　　静好《詩·女曰雞鳴》莫不静好。絶忽《皇矣》是絶是忽。

從匣　㗇《類篇》就六切。又曷閤切。䬳財干切。又何邁切。䆉䆊徂回切。又户瓦切。猔聚桑切。又下介切。接疾葉切。又檄頰切。㜽才規切。又胡典切。　雜縣《爾雅·釋鳥》。

從爲

從見　魿《説文》从今聲，徂慘切。今，居音切。　嚌《類篇》前西切。又居諧切。㜽才規切。又均窺切。　罪辜《詩·巧言》無罪無辜。罪罟《小明》畏此罪罟。靖共《小明》靖共爾位。

從溪　疧《類篇》才資切。又乞業切。

從羣　臄《説文》从豦聲，昨誤切。豦，强魚切。　雛《類篇》從遇切。又渠竹切。訾疾智切。又奇寄切。㜽才規切。又巨癸切。堲疾資切。《書·舜典》堲讒，《史記》作忌。

從疑　㱚《説文》从歺聲，昨干切。歺，五割切。　岑《類篇》才淫切。又魚音切。嶫昨合切。又玉盍切。　崔嵬《詩·卷耳》。崔巍《七諫》。巑岏《九歎》。漼溰《九思》。崒嵬《甘泉賦》。巀嶭《南都賦》。岝嶺《海賦》。

心影　䁥《説文》讀若易日勿卹之卹。於悦切。笑當从夭聲，私妙切。夭，於兆切。　搜《莊子·讓王》釋文：王子搜，素羔反，又邀遘反。《類篇》先侯、於候二切，同。諰《類篇》想止切。又塢皆切。眭宣爲切。又於避切。楝蘇各切。又於靳切。（又輸玉、丑玉二切。）佝須閏切。又縈絹切。西先稽切。又乙却切。　肅雝《詩·何彼襛矣》曷不肅雝。塞淵《定之方中》秉心塞淵。徙倚《遠遊》。

心喻　脩修《説文》从攸聲，息流切。攸，以周切。絮余聲。讀若絮。筱攸聲，先杳切。虒厂聲，息遺切。厂，余制切。賜易聲，斯義切。易，羊益切。裼緆或𦡏錫易聲。先擊切。鬄或髢易聲。先彳切。枲台聲，胥里切。台，与之切。屟枼聲，穌叶切。枼，与涉切。㔖異聲，讀若枲，胥里切。異，羊吏切。㺇𦣞聲，息兹切。𦣞，與之切。渫媟枼聲，私列切。雖唯聲，息遺切。唯，以水切。銛讀若棪，息廉切。棪，以冉切。　琇《詩·淇奧》釋文：琇瑩，音秀。沈又音誘。又《都人士》琇實，音秀。徐又音誘。莠《周礼·地官·掌荼》注：茅莠音秀。劉音酉。哨《考工記·梓人》注：哨，沈蘇堯反。劉、李音與燿同。錫《儀礼·燕礼》若錫，悉歷反。劉音余章反。緆《儀礼·燕礼》注：爲緆，悉歷反。劉音余章反。《大射儀》注：作緆，悉歷反。劉余章反。又羊豉反。《類篇》先的、以豉二切，同。肆《礼記·曲礼下》君命，大夫與士肆，本又作肄、同以二反。《内則》請肆，本又作肄、同以二反。《玉藻》肆束，音肄，以四反。《公羊·莊二十二》肆大眚，音四，本或作佚。洩《左氏·僖二年傳》注：漏洩，息列反。又以制反。《襄十四傳》漏洩，息列反。徐以世反。《哀六傳》注：洩言，息列反。又以製反。泄《左·襄二十二傳》泄命，息列反。又以制反。《昭二十一傳》往懼泄、《昭二十五傳》若泄、《哀十六傳》不泄、《公羊·文六傳》言泄、《穀梁·文六傳》上泄、《莊子·秋水》泄之、《山木》之泄、《列禦寇》發泄，音並同。翛《莊子·大宗師》翛然，音蕭。郭與久反、李音悠。《庚桑》翛音蕭。又音育。《類篇》思邀、夷周二切，並同。（又式竹切。）眴《爾雅·釋訓》眴眴，本或作恂、謝蘇旬反。又羊倫反。《玉篇》蘇均、羊倫二切，《類篇》須倫、俞倫二切，並同。（又亭年切。）齛《爾雅·釋獸》齛，郭音泄，息列反。一音曳。琇《玉篇》思救、餘受二切。鰖思索、弋累二切。《類篇》選委、尹捶二切，同。螃思又、弋久二切。褫《類篇》息移切。又余支切。萮新於切。又羊諸切。璓息救切。又與久切。咢先命切。又余專切。簨蘇骨切。又俞芮切。蝓詢趨切。又容朱切。帥帨須銳切。又欲雪切。（又輸芮切。）倠想氏切。又演爾切。廙想止切。又養里切。隸肆息刺切。又羊至切。（又他歷切。）綿息利切。又羊至切。獢獢選委切。又尹捶切。（又直婢切。）貄息利切。又羊至切。愢相支切。又余支切。（又田黎、賞是二切。）

繻詢趨切。又容朱切。(又汝朱、他侯、徒侯三切。) 紲私列切。又弋涉切。蜲相支切。又余支切。眭宣爲切。又匀規切。鑴宣爲切。又匀規切。隃詢趨切。又容朱切。(又春朱切。) 醳思積切。又夷益切。(又施隻切。)　　脩《周礼·春官·鬯人》廟用脩,鄭注:脩讀曰卣。繻《左·桓六年傳》公問名於申繻,《管子·大匡》作申俞。綏《周礼·天官·夏采》以乘車建綏復于四郊,注:故書綏爲禮。杜子春云:當爲綏,禮非是也。玄謂綏者當爲緌,字之誤也。《士冠礼》及《玉藻》冠緌之字,故書亦多作綏者。今礼家定作緌。籔《儀礼·聘礼》車秉有五籔注,又十六斗曰籔注,今文籔或爲逾。肆《聘礼》爲肆,注:古文肆爲肄。又《周礼·春官·小宗伯》杜注:肆讀爲肄。《礼記》玉藻肆束,注:肆讀爲肄。雖《礼記·少儀》及《雜記》注:雖或爲唯。虒息移切。《説文》委虒,虎之有角者也。即《爾雅》之威夷。斯《文選》四十四注引鄭玄司馬相如文注:斯音曳。　　琇瑩《詩·淇奥》充耳琇瑩。夙夜《采蘩》夙夜在公。溯游《兼葭》溯游從之。薪槱《棫樸》薪之槱之。須臾《礼記·中庸》。相羊《離騷》。逍遥同上。羞繹《方言》二。蜇蝪《方言》八。慫慂《方言》十。須摇《漢書·礼樂志第二》。舄奕《後漢書·班固傳下》。桑榆《淮南子·天文訓》。

心曉　奞《説文》讀若睢、息遺切。睢,許惟切。髓隓聲,息委切。隓,許規切。郇讀若泓、相倫切。泓,烏宏切。屑佾聲,私列切。佾,許訖切。恤血聲,辛聿切。血,呼決切。　　犧《詩·鼓鍾》箋,釋文:犧象、素何切。王音羲。又《閟宫》犧尊,鄭素何反。王許宜切。騂《詩·信南山》從以騂牡,息營反。《字林》許營反。《角弓》騂騂,息營反。沈又許營反。《説文》作弲,音火全切。《旱麓》騂牡,息營反。《字林》大營反。《駉傳》黄騂同。又《礼記·檀弓》用騂,息營反。徐呼營反。《郊特牲》用騂、《明堂位》騂剛,同。《祭法》用騂,私營反。《字林》火營反。《左·襄十傳》

騂旄，息營反。《字林》許營反。《類篇》思營、翾營二切，音並同。邃《周礼·夏官·弁師》注：邃延，息遂反。劉許遂反。泧《玉篇》桑結切。又呼括、許月二切。𧮳《類篇》息六切。又許救切。迿須閏切。又翾縣切。譣思廉切。又虛檢切。眭宣爲切。又翾規切。眴須倫切。又翾縣切。奞息遺切。又呼遺切。㕣相然切。又虛延切。𨛜息入切。又迄及切。宣荀緣切。又許元切。㩻相支切。又馨奚切。（又天黎、田黎二切。）憸思廉切。又虛檢切。𩄿選委切。又忽郭切。姁須倫切。又翾縣切。颰雪律切。又翾劣切。鈒息入切。又迄及切。隋宣隹切。又翾規切。（又土禾切。）　愬《易·履》愬愬終吉，《説文·虎部》引作虩虩。洵《詩·擊鼓》于嗟洵兮，洵，《唐韻》相倫反。《釋文》呼縣反。《韓詩》作敻，朽正反。肅《烝民》肅肅王命，《後漢·郎顗傳》引作赫赫。觧息營反。《字林》許營反。鮮《礼記·月令》鮮羔，注：鮮當爲獻。綏《儀礼·士虞礼》不綏祭，注：綏當爲墮。又《少牢》綏祭，注：綏或作挼，挼讀爲墮，古文墮爲肵。又綏祭，注：綏亦當作挼，古文挼爲肵。又《礼記·曾子問》不綏祭，注：綏，《周礼》作墮。

騂黑《詩·大田》以其騂黑。歒欨音荀訏，《集韻·平聲二》。

心匣　繐《説文》从惠聲，私鋭切。惠，胡桂切。鍌𤇾省聲，讀若銑。銑，穌典切。𤇾，户扃切。　揟《儀礼·士虞禮》注，釋文：揟衣，音宣。又作擐，音患。（又古患反。）迿《公羊·定四傳》相迿，音峻。又玄遍反。眭《類篇》宣爲切。又玄圭切。（又扶畦切。）眴須倫切。又熒絹切。贙相犬切。又熒絹切。郇須倫切。胡關切。熣蘇四切。又胡沃切。姁須倫切。又熒絹切。畦宣爲切。又玄圭切。昀須倫切。又胡犬切。（又亭年切。）鑴宣爲切。又玄圭切。　宣《礼記·檀弓》曹桓公注：曹伯廬謚宣公。言桓，聲之誤也。　溯洄《詩·蒹葭》溯洄從之。先後《緜》予曰有先後。偹姱《九章》。蜲蜟《方言》八。

心爲　燮姚文田《説文聲系》從《六書故》引唐本炎聲，酥叶切。炎，于廉切。䐣損員聲，讀若遜，穌本切。員，王權切。㳚戉聲，桑結切。戉，王伐切。　筍《書·顧命》敷重筍席，釋文：筍，息允反。徐于貧反。逈《類篇》須閏切。又縈絹切。檅槥須鋭切。又于歲切。揺蘇絶切。又于歲切。　筍《詩·韓奕》惟筍及蒲，《三家詩》筍作葦。　邃遠脩遠《離騷》。

心見　斯《説文》从其聲，息移切。其，居之切。　宣《考工記·車人》謂之宣，釋文：宣如字。本或作寡。繻《儀礼·聘礼》注：之繻，劉音須。一本作縛，息絹反。案《説文》云：白鮮色也，居掾反。《聲類》以爲今正絹字。擐《士虞礼》注：擐衣，音宣。又作擐，音患。又古患反。昀《爾雅·釋訓》昀昀，本或作畇，謝蘇旬反。沈居賓反。傞《玉篇》思何、古何二切。慘《類篇》蘇含切。又姑南切。眭宣爲切。又涓惠切。扶畦切。梢息井切。又居迸切。僎須兖切。又俱倫切。舉荀許切。又居御切。蜙蚣蘇叢切。又沽紅切。（又諸容切。）畦宣爲切。又涓眭切。昀須倫切。又規倫切。（又亭年切。）鑴宣爲切。又涓畦切。銛思廉切。又古活切。（又他點切。）　纖介《九懷》。桑根《詩·鴟鴞》毛傳、又《爾雅·釋蟲》釋文引字。莎雞《詩·七月》六莎雞振羽。

心溪　楔《説文》从契聲，先結切。契，苦計切。偰契聲，私列切。
䠣《類篇》須兖切。又區願切。（又都玩切。）衰蘇禾切。又丘煕切。㥷悉則切。又丘虔切。㯋騂潁切。又犬潁切。　騂《周礼·地官·草人》騂剛用牛，注：故書騂爲挈。杜子春云：挈讀爲騂。

心羣　趿靸鈒《説文》从及聲，酥合切。及，巨立切。馺及聲。穌沓切。斯其聲，息移切。其，渠之切。　禠《爾雅·釋詁》釋文：禠音斯，郭常支、巨移二反。僎《類篇》須兖切。又逵眷切。睿私閏切。又逵員切。　惸思允切。《詩》哀此惸獨，《孟子·梁惠王》引作煢。

心疑　穌《説文》从魚聲，素孤切。魚，語居切。褻執聲，私列切。執，魚祭切。卸午聲，（依《韻會》所據小徐本）讀若汝南人寫書之寫。寫，悉也切。午，疑古切。𪓰吾聲，司夜切。吾，五乎切。辥㞷聲，私列切。㞷，魚列切。　獻《周礼·春官·司尊彝》釋文：獻酌，素何反。司農音儀。嬐《玉篇》桑廉、牛檢二切。㔎先列、魚乙二切。《類篇》私列、魚乙二切，音同。疋《類篇》新於切。又語下切。譣思廉切。又魚窆切。𪓰司夜切。又元具切。熣蘇回切。又吾沃切。嬐思廉切。又牛錦切。　三五《詩·小星》三五在東。笑敖《終風》謔浪笑敖。笑語《蓼蕭》燕笑語兮。狻麑《爾雅·釋獸》。鷂鸃《廣雅·釋鳥》。

邪影　圓《説文》从肙聲，似沿切。肙，烏玄切。嬛睘聲，讀若蜀郡布名，委員切。段氏曰：《糸部》繐，蜀白細布也，其字𢇍聲。案𢇍，祥歲切。睘，乙獻切。　還《爾雅·釋木》釋文：還味，音旋，《字林》作檈，一縣反。圓《玉篇》似沿、於沿二切。苢苡《類篇》象齒切。又並養里、烏娎二切。檈旬宣切。又縈絹切。佝松倫切。又縈絹切。鰌徐由切。又倚究切。嬛旬宣切。又縈緣切。荑徐姊反。《初學記》因几反。

邪喻　祥詳翔痒洋《説文》从羊聲，似羊切。羊，與章切。禩古文祀。鍇本从異聲，詳里切。異，羊吏切。璿睿聲，似沿切。睿，以芮切。藚續賣聲，似足切。賣，余六切。㳄延聲，夕連切。延，以然切。𨘋姚文田云：今本誤从叡，据《廣韻》改从𥣞聲。祥遵切。𥣞，以芮切。徐俆余聲，似魚切。余，以諸切。㚬勻聲，詞閏切。勻，兰倫切。誦甬聲，似用切。甬，余隴切。敘余聲，徐吕切。荑夷聲，徐姊切。夷，以脂切。餳易聲，徐盈切。易，羊益切。樣羕聲，徐兩切。羕，余亮切。寀松或體，當从容聲，祥容切。容，余封切。枱佀㠯聲，詳里切。㠯，羊止切。旞旞重文，徐醉切。當从遺聲，遺，以追切。像象亦聲，讀若養，徐兩切。象，徐兩切。養，余兩切。袖俗褎，似又切。由，以州切。屖序予聲，徐吕切。予，余吕切。岫由聲，似又切。庠羊聲，似陽切。灺也聲，徐野切。也，羊者切。𦘦聿聲，姚文田改从𦘒省聲，徐刃切。聿，余律切。洍臣聲，詳里切。𦣞，與之切。鱮與聲，徐吕切。與，余吕切。斜余聲，似嗟切。辝籀文辭，當从台聲，似兹切。台，与之切。　邪《易·乾》注：則佞邪之道也，釋文：邪，似嗟反。豈非正性命之情者邪。邪，協句辭，餘嗟反。巡《書·舜典》巡守，似遵反。徐養純反。藇《詩·伐木》有藇，音叙。又羊汝反。馴《周礼·地官·教官之屬司徒》土訓，注爲馴，似遵反。徐餘倫反。又《礼記·曲礼》注：則馴，似遵反。沈養純反。頌《春官·眂瞭》擊頌，眾家不音，當依字。戚音容。又《儀礼·大射儀》頌磬，如字。一音容。巡《礼記·祭義》相巡，依注音沿，悦專反。邪《緇衣》注：邪辟，似嗟反。徐以車反。殉《左·文六傳》爲殉，似俊反。《字林》弋絹反。閻《左·昭二十傳》鬼閻，似廉反。又以冉反。芧《莊子·齊物論》芧音序。李音予。鄒《大宗師》鄒，似嗟反。又也嗟反。篲《達生》篲，似歲反。徐以醉反。昀《爾雅·釋訓》昀昀，本或作畇，郭音巡。又羊倫反。捐《釋器》捐，吕、沈囚（囚依宋本改，今本訛作因。）絹反。顧辭玄反。郭與專反。岫《釋山》岫，徐究反。又音由。苬《釋草》苬，沈、顧音祥由反。謝音由。鱏《釋魚》鱏音尋。又音淫。羨《孟子音義·滕文公下》羨，似面切。又余見切。詳《玉篇》似良切。又音羊。汓似流、余周二切。䧅囚以、以脂二切。鱏徐林、弋林二切。褎似又切。又余救切。巳徐里切。又弋旨切。璿《類篇》旬宣切。又俞芮切。藇象吕切。又羊諸切。荶徐嗟切。又余遮切。茮同上。苢象齒切。又養里切。巡松倫切。又俞倫切。遂似面切。又延面切。訟似用切。又余封切。㝐荀緣切。又余專切。改象齒切。又養里切。羭祥余切。又羊諸切。烊徐羊切。又弋亮切。殉徐閏切。又俞絹切。旋旬宣切。又余專切。簨旋芮切。又俞芮切。祠詳兹切。又盈之切。楯松倫切。又庾準切。(又敕倫、竪尹二切。)樣橡似兩切。又弋亮切。邪祥余切。又羊諸切。(又時遮切。)佁象齒切。又養里切。像似兩切。又弋亮切。屖徐吕切。又演女切。次徐連切。又延面切。邪徐嗟切。又余遮切。嶧祥亦切。又夷益切。馴松倫切。又庾準切。燅徐廉切。又余廉切。潭徐心切。又夷針切。(又徒南、忍甚二切。)汜象齒切。又養里切。謝詞夜切。又夤謝切。(又食亦切。)羨似淺切。又延面切。(又齒善、直蹍二切。繹祥亦切。又夷益切。(又施隻切。)蟫徐心切。又夷針切。(又徒南切。)蝤席入切。又弋入切。眴松倫切。又俞倫切。(又亭年切。)鈶祥兹切。又盈之切。鐔徐心切。又夷針切。(又徒南切。)醰象吕切。又演女切。　徐《易·困》來徐徐，王肅作余余。訟《虞書》嚚訟，馬融訟作庸。嗣《舜典》弗嗣，古文作不怡。又《詩·子衿》嗣音，《韓詩》作詒。詳《詩·牆有茨》不可詳也，《韓詩》詳作揚。旬《江漢》來旬來宣，鄭箋：旬當作營。姒《左·襄四年經》夫人姒氏薨，《公羊》作弋氏。下葬我小君定姒，《公羊》作定弋。《定十五年經》姒氏卒，《穀梁》作弋氏。葬定姒，《穀梁》作定弋。祥《昭十一年經》盟于祲祥，《公羊》作侵羊。席《儀礼·大射儀》賓升就席，注：今文席爲筵。又《士虞礼》猶出几席，注：古文席爲筵。又《礼記·祭義》卿大夫序從，注：序或爲豫。誦《史記·周成王》名誦，《竹書紀年》作名庸。頌《周礼·春官》眂瞭，注：頌或作庸。又《儀礼·大射》颂磬，古文頌爲庸。續《礼記·深衣》續衽，注：續或爲裕。鐔徐林切。《漢書·志八》應劭注：鐔音淫。

邪曉　隨《説文》墯省聲，旬爲切。墯，許規切。　馴《易·坤》馴致其道，釋文：馴，似遵反。徐邈音訓。又《周礼·地官·教官之属·司徒》土訓，注爲馴，似遵反。劉音訓。迿《類篇》松倫切。又翾縣切。眴姁同上。嬛旬宣切。又儇緣切。隋旬爲切。又翾規切。　　漩澴《海賦》。

邪匣　䳺《説文》从雚聲，讀若綣，胡官切。檈還聲，似沿切。還，户關切。　　還《周礼·春官·喪祝》注，釋文：還車，音旋。一音回。又《莊子·天下》之還，音旋。一音環。又《爾雅·釋言》還，音旋。或音環。洵《公羊·定四傳》相洵，又音巡。又玄徧反。眴《類篇》松倫切。又熒絹切。譓徐醉切。又胡計切。杫象齒切。又下楷切。鮨徐由切。又户賄切。姰松倫切。又熒絹切。昀松倫切。又胡犬切。(又亭年切。)

邪爲　燅《説文》从炎聲，徐鹽切。炎，于廉切。　　約《儀礼·聘礼》注，釋文：作約，音巡。劉音圜。茓《類篇》序姊切。又羽已切。洵松倫切。又榮絹切。檅旋芮切。又于歲切。騽席入切。又域及切。紃松倫切。又干權切。彗旋芮切。又于歲切。槥祥歲切。《漢書·紀一》服注音衛。

邪見　訟《説文》从公聲，似用切。公，古紅切。松公聲。祥容切。俗谷聲，似足切。谷，古禄切。頌公聲，似用切。　　昀《爾雅·釋訓》釋文：眗眗，本或作眗，郭音巡。沈居賓反。趨《類篇》松倫切。又規倫切。改象齒切。又已亥切。眗松倫切。又規倫切。(又亭年切。)銛習琰切。又古活切。(又他點切。)　　旬《易·豐》釋文：雖旬，荀作均，劉昞作鈞。又《周礼·地官·均人》公旬用三日焉，鄭注：旬讀爲營營原隰之營。又《礼記·内則》旬而見，注：旬當爲均，聲之誤也。　　蜁蝸《海賦》。

邪溪　㑞《説文》次或體，當从侃聲，叙連切。侃，空旱切。㳄籀文次，當从欠聲，叙連切。欠，去劒切。　　璿《類篇》旬宣切。又睽桂切。杫象齒切。又口已切。

邪羣　檈《説文》从瞏聲，似沿切。瞏，渠營切。　　蕈《類篇》徐心切。又渠飲切。鮨徐由切。又巨九切。嬛旬宣切。又葵營切。

邪疑　衺《説文》从牙聲，似嗟切。牙，五加切。隰㬎聲，似入切。㬎，五合切。　濕《類篇》席入切。又鄂合切。（又失入、叱入、託合三切。）　象魏《周礼・天官・太宰》。

莊影　札《説文》从乙聲，側八切。乙，烏轄切。　札《類篇》側瑟切。又乙黠切。揖側立切。又一入切。

莊喻　汋《類篇》側角切。又弋灼切。

莊曉　傷《玉篇》壯救、休救二切。

莊匣　擅《類篇》簪擱切。又胡麥切。　榛楛《詩・旱麓》榛楛濟濟。迮陿《九思》。

莊爲　溱洧《詩・野有曼》、《溱與洧》方涣涣兮。

莊見　蘸《説文》从甄聲，側鄰切。甄，居延切。　茁《類篇》莊㕯切。又厥律切。嚌莊皆切。又居諧切。咠阻立切。又訖音切。（又北及切。）勬莊緣切。又拘員切。

莊溪　簎《爾雅・釋器》釋文：簎，捉、廓二音。夨《類篇》阻力切。又詰結切。

莊羣

莊疑　嵫嶷《魯靈光殿賦》。戢舂同上。

初影　惻隱《孟子・公孫丑上》。

初喻　將《類篇》初耕切。又余章切。

初曉　鱙《類篇》初交切。又虚廟切。澋楚慶切。又呼宏切。撕义鑑切。又許偃切。（又賞敢切。）扱測入切。又迄立切。扱《礼記・曲礼》从箕自鄉而扱之，鄭玄注：扱讀曰吸。　愴怳《九辯》。

初匣　接《類篇》測洽切。又檄頰切。

初爲　惻惐《洞簫賦》。

初見　筴《莊子・人間世》釋文：鼓筴，初革切。徐又音頰。《玉篇》楚革切，又古協、古洽二切。《類篇》測革、吉協二切，並同。咠《類篇》測入切。又訖立切。（又北及切。）欃初覲切。又古玩切。扱測入切。又訖立切。　訬僧《説文解字》第三。

初溪　扱《儀礼·士昏礼》釋文：扱地，初洽反。劉羌及反。《類篇》測入、乞及二切，同。衰《類篇》初危切。又丘熙切。　測克《詩·常武》不測不克。

初羣　扱《說文》从及聲，楚洽切。及，巨立切。　笈《玉篇》楚洽、奇立二切。

初疑　扱《儀礼·士昏礼》釋文：扱地，初洽反。又魚及反。《類篇》測入、逆及二切，同。齹《類篇》义宜切。又宜皆切。

牀影　帘《類篇》鋤臻切。又一叫切。(又離鹽切。)　汋約《九章》。

牀喻　汋《類篇》仕角切。又弋灼切。酳仕刃切。又羊進切。　崇墉《詩·皇矣》崇墉言言。讒諛《九章》。毚欲《法言·問明篇》。

牀曉　漦《說文》从𠩺聲，俟甾切。𠩺，許其切。　魑《類篇》鋤交切。又虚廟切。㪐士減切。又許偃切。（又賞感切。）　崝嶮《方言》六。嗆哼《集韻·平聲四》。

牀匣　籗《詩·南有嘉魚》傳：罩罩，籗也，釋文：籗，助角反。沈音穫，又音護。酳《周礼·天官·内宰》注：酳尸，士靳反。劉侯吝反。戺《爾雅·釋宮》戺，本作㞬，同，音俟，本或作扈，同，音户。汵《類篇》鉏簪切。又胡南切。㕒牀史切。又胡卦切。（又莫白切。）　崢嶸《遠遊》。獑猢《西京賦》。儳互《說文解字》第八。

牀爲　䅀或俟俟竢涘《說文》从矣聲，牀史切。矣，于已切。　俟《詩·吉日》儦儦俟俟，釋文：俟音士。徐音矣。騃《類篇》牀史切。又羽已切。（又丈里、坦亥二切。）　潺湲《九歌》。潺湲《江賦》。

牀見　岑《說文》从今聲，鉏箴切。今，居音切。　捔《玉篇》助角切。又古樂切。僎《類篇》雛免切。又俱倫切。汵鉏簪切。又姑南切。

牀溪　齤《類篇》鉏山切。又丘閑切。　愁苦《九歌》。

牀羣　淨《玉篇》仕耕切。又求性切。雛《類篇》崇芻切。又渠竹切。饌雛綰切。又逵眷切。（又株戀、扶萬二切。）穇鉏簪切。又渠金切。僎雛免切。又逵眷切。襈雛戀切。又逵眷切。狝俟甾切。又逵員切。茈鉏隹切。又奇寄切。　崇期《爾雅·釋宫》。

牀疑　岑《莊子·徐無鬼》釋文：於岑，士（士依宋本改，今本譌作七）金反。又語審反。《類篇》徂簪、魚音二切，同。𩶊《爾雅·釋言》𩶊，仕其反。郭音牛齡反。騃《類篇》牀史切。又偶起切。（又丈里、坦亥二切。）狝俟甾切。又牛肌切。　鉏鋙《九辯》。岻㠑《高唐賦》。嶄巖《招隱士》。嵾嵳《漢書·揚雄傳上》。痄痬《玉篇》中《疒部》。痄㾂《集韻·平聲三》。

疏影　㲀《玉篇》踈士、於己二切。挍《類篇》踈鳩切。又於候切。嬛數還切。又縈緣切。

疏喻　輸《説文》从俞聲，山樞切。俞，羊朱切。　燿《考工記·梓人》釋文：燿後，所教反。劉、李羊肖反。哨《梓人》注：音稍。劉、李音與燿同。芟《類篇》師銜切。又尹捶切。輸雙雛切。又容朱切。（又舂遇切。）𧰰山垂切。又匀規切。鑴山垂切。又俞芮切。（又輸芮、儒芮二切。）愉雙雛切。又容朱切。帥所類切。又欲雪切。（又輸芮切。）孈山垂切。又演爾切。　生育《詩·邶風·谷風》既生既育。

疏曉　䧳《説文》从隓聲，山垂切。隓，許規切。　鑴《類篇》山垂切。又翾規切。（又輸芮、儒芮二切。）歃殺測切。又迄力切。㰦色輒切。又迄洽切。䦧色入切。又迄及切。撕師咸切。又許偃切。（又賞感切。）孈山垂切。又翾規切。嬛數還切。又嘌緣切。鈒色入切。又迄及切。　諼《儀礼·士虞礼》尸諼，注：古文諼或爲休。又尸謖，注：古文謖作休。搜《顔氏家訓》引《通俗文》兄侯反。

疏匣　𩌏《説文》从巂聲，山垂切。巂，户圭切。所户聲，疏舉切。户，侯古切。　　鋎《考工記·冶氏》釋文：三鋎，色劣反。或音環。蒐《類篇》疏鳩切。又户賄切。篼疏鳩切。又乎乖切。桬所臻切。又胡瓜切。接色甲切。又檄頬切。孈山垂切。又胡卦切。　　山河《詩·君子偕老》如山如河。瑟僩《淇奧》瑟兮僩兮。笙簧《鹿鳴》吹笙鼓簧。

疏爲　　洃《説文》从戉聲，讀爲椒榝之榝。戉，王伐切。　　孈《類篇》山垂切。又羽委切。

疏見　　翜《説文》从筴聲，山洽切。夾，古狎切。嗇《説文》（鍇本）一曰棘省聲，所力切。棘，已力切。　　慘《類篇》踈鳩切。又姑南切。劀雙雛切。又吉詣切。棈所景切。又居迓切。

疏溪　　衰《類篇》雙隹切。又丘熙切。欧色輒切。又詰叶切。綖山於切。又可舉切。　　笙磬《詩·鼓鐘》笙磬同音。爽塏《左傳·昭三》。

疏羣　　嬛《類篇》數還切。又葵營切。　　甥舅《詩·頍弁》兄弟甥舅。

疏疑　　疋所菹切。《説文》云：古文以爲《詩·大疋》字。疋讀雅，五下切。《類篇》所菹、語下二切，同。産《説文》彦省聲，所簡切。彦，魚變切。朔屰聲，所角切。屰，魚戟切。艴《淮南本經》云：菱杼紾艴，注云：艴讀岐嶷之嶷。轖《廣雅》有艴字，即此音牛力切。異文或訛作抱。

第五　喉唇通轉

影邦　　覗《類篇》伊甸切。又邦免切。欹於九切。又彼表切。

影滂　　殗《類篇》乙業切。又叵乏切。　皛烏鳥切。又匹陌切。毐遏在切。又鋪枚切。丿於兆切。又匹蔑切。　懿濞《魯靈光殿賦》。

影並　　麞《漢書·傳二十五》麞皋蘭下，注：李奇曰：麞音麃。　骩骳《漢書·枚乘傳》。晻啍《吳都賦》。鞅侼《方言》十二。

影明　　頞《説文》从叟聲，烏没切。叟，莫勃切。　幎《儀礼·士喪礼》釋文：幎，依注音縈，於營反。又音緜。窅《類篇》伊鳥切。又彌延切。黦於袁切。又摸元切。　黳烏酷切。又莫候切。閔偃隕切。又眉貧切。嫼乙黠切。又密北切。紗於霄切。又彌笑切。

　　　　幽昧《離騷》。要眇《九歌》。隱閔《九章》。杳冥《七諫》。骫靡《九思》。窅眇《上林賦》。嶥溟《吳都賦》。殟歿《舞賦》。閹茂《爾雅·釋天》。翳彌《礼·雜記下》注。隱閔《淮南·原道訓》。幺麿《漢書·叙傳上》。

影非　　慪惼於與、方顯切。《玉篇》上《心部》。

影敷　　蔚《易·革》釋文：其文蔚也，音尉。《説文》作斐。薀《類篇》邕居切。又芳蕪切。　鬱拂《吳都賦》。

影奉　　鬱佛《九歎》。温汾《七發》。蒀費《吳都賦》。霎靅《海賦》。閼逢《爾雅·釋天》。

影微　　幎《儀礼·士喪礼》釋文：幎，依注音縈，於營反。劉宛名反。又武倫反。窅《莊子·逍遥遊》釋文：窅然，徐了反。郭武駢反。黦《類篇》於袁切。又武遠切。　燕《周禮·春官·樂師》燕射，帥射夫以弓矢舞，注：故書燕爲舞。鄭司農云：舞當爲燕。委《禮記·雜記》委武冠，鄭注：卷，秦人曰委。齊人曰武。孔穎達疏：秦人呼卷爲委。齊人呼卷爲武。　軋芴《上林賦》。趹蔓《吳都賦》。央亡《方言》十。

俞邦

俞滂　梬《説文》从甹聲，以整切。甹，普丁切。

俞並　圮《類篇》盈之切。又部鄙切。（又象齒切。）

俞明　賣《説文》从𡨄聲，讀若育，余六切。𡨄，古文睦，莫下切。

鬻《玉篇》芉六切。《説文》又音糜。《類篇》余六、忙皮二切，同。（又之六切。）睢《類篇》余六切。又墨各切。侣弋笑切。又彌攸切。鱮羊諸切。又蒙吕切。娯怡經切。又謨耕切。　溢《詩·維天之命》假以溢我，《説文》溢作謐。《廣韻·七歌》引作誐以謐我。丣古文酉，《三國·吳志四》注，引《古文尚書》鄭注丣讀曰昧。　訑謾《九章》。陁靡《上林賦》。夷靡《射雉賦》。

喻非　膘《説文》从票聲，讀若繇。繇，以周切。票，方昭切。牖《説文》从甫聲，（小徐本）與久切。甫，方矩切。

喻敷

喻奉　鬻《玉篇》弋粥切。又扶袁切。

喻微　易《書·堯典》平在朔易，《史記》作伏物。

曉邦　奭《説文》从皕聲，讀若郝。郝，呼各切。皕，彼力切。佾八聲，许訖切。八，博拔切。　畫皕聲，讀若憘。許力切。髤髟聲，許由切。髟，必凋切。鐼賁聲，火運切。賁，彼義切。　嘐《類篇》虚交切。又巴校切。肸許訖切。又兵媚切。䁧馨兖切。又邦免切。（又魯本切。）笣虚交切。又班交切。婎呼維切。又必至切。

曉滂　甹《説文》从甹聲，讀若馨。呼形切。甹，普丁切。　亯許兩切。又普庚切。《左·昭元年傳》注：猶與賓客享之，釋文：享，許丈反。又普庚反。《玉篇》亨，許庚、匹庚二切。《類篇》亯，許兩、普庚二切。又享虚庚、披庚二切，並同。　嘐《類篇》虚交切。

又披交切。（又郎刀切。）嚊虚器切。又匹備切。䀗呼決切。又拍逼切。　軒《禮記·内則》皆有軒，又野豕爲軒，注：軒或爲胖。

曉並　皀《説文》又讀若香。皮及切。鄉皀聲，許良切。皀，皮及切。

　䬲《爾雅·釋器》釋文：䬲，火交反。顧蒲交反。嘐《類篇》虚交切。又蒲交切。（又郎刀切。）觳呼木切。又弼角切。（又都木切。）滹荒胡切。又皮虬切。　蒿《禮記·祭義》焄蒿，注蒿或爲藨。

曉明　誨𣫭晦悔《説文》作每聲，荒内切。每，《集韻》母罪切。㬮（𠬢）讀若沫，莫勃切。沫，荒内切。薨瞢省聲，呼肱切。瞢，木空切。　膴無聲，讀若謨，荒烏切。謨，莫胡切。《類篇》匈于、蒙晡二切，同。昏一曰民聲，呼昆切。民，彌鄰切。秏毛聲，呼到切。毛，莫袍切。㥵民聲，呼昆切。海每聲，呼改切。勖冒聲，許玉切。冒，莫報切。　䮥《莊子·養生主》釋文：䮥，呼獲反。又音麥。惛《知北遊》惛然，音昏。又音泯。烸《玉篇》呼回、莫賄二切。㡆火光、莫郎二切。秏《類篇》虚到切。又莫報切。

嘐虚交切。又眉救切。（又郎刀切。）譪許介切。又暮拜切。㬟火劣切。又莫結切。䮅詡鬼切。又莫八切。䵝䮍畦切。又民卑切。殙殙呼昆切。又謨奔切。㱪呼昆切。又彌兖切。鄗虚到切。又墨各切。䀮呼光切。又謨郎切。秏呼内切。又莫報切。痗虎猥切。又母罪切。㵝呼役切。又莫狄切。䮥䫲計、莫獲二切。與《莊子》釋文同（又他歷、士益二切。）㓕䫲劣切。又莫列切。㥵惽呼昆切。又謨奔切。惛呼困切。又莫困切。潣虎猥切。又母罪切。黴許候切。又莫候切。嫼乙黠切。又密北切。　膴荒烏切。《詩·小旻》民雖靡膴，《韓詩》作腜。秏《宋本羣經音辨》三、《古文尚書》秏荒，鄭玄注：秏音耄。又《漢書·表四》秏矣，孟康注：秏音毛。㡆《考工記·畫繢》鍾筐㡆，注：鄭司農云：㡆讀爲芒芒禹跡之芒。昒《漢書》卷十六沕淵潛以自珍，注：鄧展云：昒音昧。昏《三國·

魏志一》裴松之注稱：《古文尚書》不昏作勞，鄭玄注：昏讀曶。

赫明《詩·常武》赫赫明明。 儇娟《九章》。霍靡《淮南·招隱士》。澒濛《九歎》。罕漫《劇秦美新》。漢漫《方言》七。

曉非 釁《説文》从分聲，虚振切。分，甫文切。 皀《玉篇》許良、方立二切。

曉敷 荂《莊子·天地》釋文：皇荂，況于反。又撫于反。又《爾雅·釋草》荂，香于、芳于二反。《玉篇》荂，許俱、妨俱二切，並同。雩《玉篇》火于、芳于二切。蘁《類篇》匈于切。又芳蕪切。雩況于切。又芳蕪切。

曉奉 渙《詩·溱洧》釋文：渙渙，呼亂反。《説文》作汎汎，音父弓反。

曉微 巿《説文》从未聲，許其切。未，無沸切。肓衁巟巟亡聲，呼光切。亡，武方切。膴幠無聲，荒烏切。無，武扶切。鄦無聲，虚吕切。昒忽勿聲，呼骨切。勿，文弗切。微徽微省聲，許歸切。微，無非切。瞀敄聲，讀若頊。頊，許玉切。敄，亡遇切。浘尾聲，許偉切。尾，無斐切。沬未聲，荒内切。未，無沸切。麾靡聲，許爲切。靡，文彼切。 威《詩·正月》褒姒威之，釋文：威，呼悦反。《字林》武劣反。舋《周礼·春官·太卜》注，釋文：舋，舊許靳反。沈一依聶氏音問。《類篇》許慎、文運二切，同。憮《論語·陽貨》憮，音呼。又音武。幠《爾雅·釋言》幠，郭火孤反。沈亡甫反。昮《類篇》火劣切。又勿發切。膴匈于切。又微夫切。釁許慎切。又文運切。昒呼骨切。又文拂切。 謊《吕氏春秋》十六高誘注：謊讀誣妄之妄。

匣邦 穴《説文》从八聲，胡決切。八，博拔切。 睘睔《類篇》胡關切。又邦免切。(又魯本切。) 華表《古今注問答釋義》第八。

匣滂 皛《類篇》户茗切。又匹陌切。毐何開切。又鋪枚切。 魂魄《九歌》。

匣並 徊《類篇》胡隈切。又蒲枚切。縠胡谷切。又弼角切。（又都木切。）　　和平《詩・伐木》終和且平。蟥蛢《爾雅・釋蟲》。

匣明　　暯《類篇》曷各切。又墨各切。鄗下老切。又墨各切。肙汨胡骨切。又莫狄切。黴下遘切。又莫候切。輆下改切。又母亥切。

行邁《詩・小旻》如匪行邁謀。禾麻《七月》禾麻菽麥。穫畝《生民》是穫是畝。潰茂《召旻》草不潰茂。

匣非　　洪覆《文選・補亡詩・崇丘》。

匣敷　　雩《類篇》梏瓜切。又芳蕪切。

匣奉

匣微　　謊《說文》俗譀从忘，當从忘聲，下闞切。忘，武方切。　　㳍《類篇》胡朗切。繣胡麥切。又勿麥切。

爲邦　　㽷《說文》从畀聲，于貴切。畀，必至切。　　域《周礼・地官・小司徒》乃分地域，注：故書域爲邦。杜子春云：當爲域。　　熊羆《詩・斯干》維熊維羆。

爲滂

爲並

爲明　　杅桙《類篇》雲俱切。又迷浮切。肙汨越筆切。又莫狄切。

宥密《詩・昊天有成命》夙夜基命宥密。

爲非

爲敷　　䫻《說文》翩省聲，讀若翩，王矩切。翩，芳連切。　　雩《類篇》雲俱切。又芳蕪切。

爲奉

爲微　　有亡《詩・邶風・谷風》何有何亡。

見邦　　㮾《說文》从丙聲，古孟切。丙，兵永切。錇讀若跛行，過委切。跛，布火切。　　股《易・明夷》夷于左股，釋文：股音古，馬、王肅作般。　柏《周礼・春官》几筵其柏，鄭音椁。劉依司農音迫。瓜《論語・鄉黨》瓜祭，古華反。魯讀瓜爲必。嘐《類篇》居肴切。又巴校切。（又郎刀切。）教居效切。又北角切。睘睔古本切。又邦免切。（又魯本切。）髗訖岳切。又北角切。覸居閑切。又邦免切。駮訖岳切。北角切。綆古杏切。又必郢切。《考工記·輪人》眂其綆，注：鄭司農云：綆讀爲關東言餅之餅。　圭璧《詩·淇奥》如圭如璧。甲兵《秦風·無衣》偹我甲兵。襁緥《史記·三王世家》。

見滂　艽《類篇》居肴切。又披交切。嘐居肴切。又披交切。皛吉了切。又匹陌切。皛畎迥切。又匹陌切。　䦆古穴切。又拍逼切。

見並　弮《説文》从釆聲，居券切。釆，蒲莧切。䍦罷聲，讀若媯。媯，居爲切。罷，薄蟹切。　墼《儀礼·喪服經傳》注，釋文：壘墼，古狄反。劉薄歷反。掬《禮記·禮運》注：掬，九六反。本亦作臼，音蒲侯反。嘐《類篇》居肴切。又蒲交切。皛吉了切。又薄陌切。棘訖力切。又弼力切。彀居候切。又弼角切。（又都木切。）

　棘《禮記·王制》西方曰棘，注：棘當爲僰。　戒平《詩·烈祖》既戒既平。該備《楚辭·招魂》。皋鱻《左傳·莊公十年》。拘罷《淮南子·齊俗訓》。

見明　囧《説文》囧，賈侍中説：讀與明同。俱永切。　崐《莊子·大宗師》釋文：崐崘，崐或作岷同。蕎《類篇》厥律切。又母版切。嘐居肴切。又眉救切。（又郎刀切。）鬻鬻居六切。又忙皮切。（又之六切。）睢訖岳切。又墨各切。䴷居氣切。又莫貝切。肙汩古忽切。又莫狄切。坩沽三切。又謨甘切。輆已亥切。又母改切。

劌《左傳·莊十年》曹劌請見，《戰國（齊燕）策》《史記·齊魯世家》《刺客傳》並作曹沬。《管子·大匡》注：劌一作沬。扃《考左記·匠人》廟門容大扃七个，《説文》作大鼏。鼏，莫狄切。

槼迷《詩》陸璣疏。鮔鰽《上林賦》。耿黽《周礼·春官·蟈氏》注。糾纆《史記·屈原賈生列傳》。乾没《酷吏列傳》。儰侂《玉篇》上《人部》。鉆鏏《御覽》七百五十七《器物部》。

見非　䜌《類篇》俱願切。又方願切。　涫官貫切。灒音沸。《哀時命》。

見敷　兢《説文》从丰聲，居陵切。丰，敷容切。　趯《類篇》展縛切。又斐父切。辮俱願切。又孚萬切。䜌同上。

見奉　肌《易·緯坤鑿度二》鄭玄注：肌音肥。　顧復《詩·蓼莪》顧我復我。

見微　岡《説文》从网聲，古郎切。网，文紡切。　觖望《史記·荊燕世家》。

溪邦　𨶜《類篇》起限切。又邦免切。　騫崩《詩·天保》不騫不崩。

溪滂　䨴《玉篇》柯覈、匹各二切。僇《類篇》丘交切。又披交切。（又力交切。）蟣遣尹切。又匹忍切。　欺魄《列子·仲尼篇》。

溪並　卿《説文》从皀聲，去京切。皀，皮及切。　骩《類篇》丘葛切。又蒲撥切。　啟辟《詩·皇矣》啟之辟之。夸毗《板》無爲夸毗。葿蓋《爾雅·釋草》。頍薄《玉篇》上《頁部》。

溪明　鄗《類篇》丘交切。又墨各切。甓詰歷切。又莫狄切。鍪墟侯切。又迷浮切。蚑去智切。又明秘切。軗可亥切。又母改切。　敂《左·定二年傳》奪之杖以敂之，釋文云：敂，又或作茅，或作㧆。

　　怐愗《九辯》。曲岪《招隱士》。抾摸《方言》六。　開明《山海經·海內西經》。匳霿《漢書·五行志下之上》。

溪非　雃《類篇》缺規切，又風無切。缺傾雪切。又方九切。

溪敷　箰《説文》从孚聲，讀若《春秋》魯公子彄。彄，恪侯切。孚，芳無切。　蓲《類篇》虧于切。又芳蕪切。趯顆羽切。又斐父切。

　　悃愊《後漢書·章帝紀》。

溪奉　骩《類篇》丘葛切。又房廢切。　去蚥《爾雅·釋魚》注。

溪微　豈《説文》从微省聲，墟喜切。　鍪《類篇》墟侯切。又亡幽切。　愆忘《詩·假樂》不愆不忘。

羣邦　欿《類篇》巨夭切。又彼表切。猶巨小切。又俾小切。　祇《周礼·春官·太祝》祭示注：故書祇爲祊。杜子春云：祊當爲祇。祊，補盲切。

羣滂　技《類篇》翹夷切。又匹角切。

羣並　臼《類篇》其九切。又蒲侯切。猘巨小切。又被表切。汥翹夷切。又平義切。(又章移切。)　歧旁《爾雅·釋宮》。劇旁同上。

羣明　件《類篇》其輂切。又迷浮切。蚑翹移切。又明秘切。　健顲《集韻·平聲三》。

羣非　閛《玉篇》巨容切。又方奉切。

羣敷　舁《説文》从由聲，渠記切。由，敷勿切。　趯《類篇》權俱切。又斐父切。

羣奉　錡《詩·采蘋》維錡及釜。

羣微　虔《説文》从文聲，渠焉切。文，無分切。

疑邦　跀《類篇》魚厥切。又北末切。㴊牛交切。又必歷切。蘖魚列切。又博厄切。

疑滂　嵒《説文》(鍇本)从品聲，五咸切。品，丕飲切。碞鍇从品聲，五銜切。　盻《孟子·滕文公上》音義：盻盻，《説文》五礼切。亦匹莧切。　屰《類篇》仡戟切。又匹各切。臱魚器切。又匹寐切。蝉蟮逆各切。又匹各切。

疑並　髱《爾雅·釋器》釋文：髱，沈五爪反。顧蒲交反。朳《玉篇》牛舌切。又步内切。臱《類篇》魚器切。又毗至切。彦魚變切。又蒲官切。　彦《礼記·大學》人之彦聖，注：彦或作盤。

疑明　誾《説文》从門聲，語巾切。門，莫奔切。　麑《論語·鄉黨》釋文：麑，米傒反。案《礼記·玉藻》注作麛，莫兮反。《類篇》研奚、緜批二切。　寤寐《詩·關雎》寤寐思之。娥媌《列子·周穆王篇》。

疑非

疑敷

疑奉

疑微　禺《禮記·檀弓下》釋文：禺人音遇。又音務。案注引《春秋傳》作務人。《類篇》牛具、亡遇二切。　禦侮《詩·緜》予曰有禦侮。

第六　唇喉通轉

邦影　趯《類篇》卑眠切。又於蹇切。麃悲嬌切。又於刀切。　迫阨《遠遊》。庇廕《九思》。

邦喻　必《説文》从弋聲，卑吉切。弋，與職切。筆姚文田云：即聿字加竹，鄙密切。聿，余律切。　簸揚《詩·大東》不可以簸揚。屏營《九思》。《國語·吳語》。嗙喻《説文解字》第二。編輿《公羊傳·文十五年》注。

邦曉　賁《説文》从卉聲，彼義切。卉，許偉切。捧率聲，博怪切。率，呼骨切。　病《爾雅·釋天》釋文：病，李陂病反。又況病反。《玉篇》補命、況命二切。《類篇》補永、況病二切，同。皀《類篇》筆力切。又虛良切。窉補永切。又況病切。癟陂病切。又況病切。頒逋還切。又馨幺切。豩悲巾切。又呼關切。驫卑遥切。又香幽切。扮博幻切。又虎買切。盤逋還切。又呼玩切。贔必幽切。又香幽切。鑌逋昆切。又許云切。　費《書·費誓》，《史記》作肸誓。《説文》作粊誓。　變化《離騷》。彪休《文選·琴賦》。

邦匣　駁《説文》从爻聲，北角切。爻，胡茅切。　屏翰《詩·桑扈》之屏之翰。

邦爲　蠠《類篇》壁吉切。又王勿切。　扳援《哀時命》。

邦見　頎《説文》从斤聲，讀又若鬢（依小徐本補），鬢，必刃切。斤，舉欣切。駮交聲，北角切。交，古爻切。鑼讀若媯，彼爲切。媯，居爲切。　駁《詩·有客》箋：駁而美之，釋文：鄭邦角切。又音角。綆《考工記·輪人》其綆，依注音餅。又姑杏反。《玉篇》云：鄭眾音補管反。　藨《類篇》悲嬌切。又舉夭切。鴔筆力切。

又訖力切。鴡北及切。又戟葉切。皀筆力切。又訖力切。柍扁緜切。又古穴切。䫜兵廢切。又基位切。　卜《左氏·閔元年傳》卜偃，《晉語》一四三作郭偃，《御覽》六百二十引《吕覽》同。《墨子·所染》作高偃。案卜與郭聲同位之變，郭高則聲之轉。

邦家《詩·南山有臺》邦家之基。邦國《烝民》邦國若否。布瑴《方言》八。

邦溪　㾩《爾雅·釋天》釋文：㾩，李陂病反。又匡詠反。《類篇》補永、丘詠二切，同。窉《類篇》補永切。又丘詠切。頒逋還切。又丘袄切。　奟晡横切。又肯登切。㔙同上。　賓客《詩·楚茨》爲賓爲客。

邦羣　瞏《説文》从睘聲，邦免切。睘，渠營切。　邦畿《詩·玄鳥》邦畿千里。

邦疑　骲《類篇》博巧切。又五巧切。（又側角切。）䶜壁吉切。又魚乙切。伓晡枚切。又五忽切。仌冰筆陵切。又魚陵切。㒓北及切。又逆怯切。　駊騀《漢書·揚雄傳上》。

滂影　砏磤《九懷》。砰隱《漢書·禮樂志第三》。苹縈《文選·長笛賦》。

滂喻　膘《説文》讀若繇，匹沼切。繇，余招切。　夆《類篇》匹逢切。又余頌切。濼普木切。又弋灼切。（又盧谷、式灼二切。）妃滂佩切。又盈之切。埶浦計切。又以制切。（又時制、直例二切。）

漂摇《詩·鴟鴞》風雨所漂摇。撇曳《古文苑·揚雄蜀都賦》。

滂曉　亨《儀禮·鄉射禮》釋文：亨于，普庚反。劉虚讓反。《士虞礼》側亨，普庚反。劉虚兩切。《禮記·樂記》孰亨，沈普衡反。徐許兩反。《老子道經》若亨，普庚反。簡文許庚切。窉《類篇》鋪病切。又況病切。㾩上同。悙披庚切。又虚庚切。　嚭《左傳》太宰嚭，《吴越春秋》作白喜，《檀弓》陳太宰嚭，《古今人表》作太宰喜。　伴奂《詩·卷阿》伴奂爾游矣，釋文：伴音判。㴬湋《文選·江賦》。

滂匣　泮汗《文選·吳都賦》。畔換《漢書·叙傳下》。批捃《史記·魏其武安侯列傳》。

滂爲　僻遠《九章》。媥姺《廣雅·釋詁》。鋪于《後漢書·馬融傳上》。

滂見　配《説文》从已聲，滂佩切。已居擬切。　藨《爾雅·釋草》釋文：藨，顧普苗反。《字林》工兆反。《類篇》普遼、舉夭二切，同。衔《類篇》披窺切。又居脎切。霏匹各切。又各核切。㩧鋪畏切。又九峻切。　鶺鴒《爾雅·釋鳥》。鈲摫《方言》二。破鏡《漢書·郊祀志上》。僄狡《玉篇》上《人部》。

滂溪　澼《莊子·逍遥遊》釋文：洴澼，普歷反。郭、李恪歷反。《類篇》匹辟、詰歷二切，同。鄌《類篇》普等切。又枯回切。竮鋪病切。又丘詠切。㾗鋪病切。又丘詠切。妋匹輒切。又乞法切。

滂羣

滂疑　啙《説文》从屰聲，讀若膊，匹各切。屰，魚戟切。　皰《類篇》普木切。又五巧切。伾攀悲切。又五忽切。顊匹各切。又逆各切。坏攀悲切。又五忽切。　沛艾《漢書·司馬相如傳下》。辟倪（睥睨）《史記·魏其武安侯列傳》。埤堄《廣雅·釋宫》。

並影　飲《玉篇》平表、於姤二切。　彭《易·大有》匪其彭，釋文云：彭，子夏作旁。虞作尪。集解引虞云：尪，或作彭。　便悁《七諫》。盤紆《九懷》。盤渹《海賦》。便娟《南都賦》。憑噫《長門賦》。彴約《爾雅·釋天》。荓翳《廣雅·釋天》。擎擭《説文解字》第十二。

並喻　剽《春秋·襄元年經》衛侯使公孫剽來聘，《古今人表》作殤公焱。　馮翼《詩·卷阿》有馮有翼。又見《天問》。彷徉《左傳·哀十七》作仿佯《招魂》。屏營《九思》。《國語·吳語》。騈衍《羽獵賦》。朓緣《方言》十三。辟易《史記·項羽本紀》。剽姚《史記·衛將軍驃騎將軍列傳》。

並曉　皀《説文》又讀若香，皮及切。《類篇》皮及、虚良二切，同。

病《類篇》皮命切。又況病切。䫌紕延切。又隳緣切。鯆貧悲切。又匈亏切。盤蒲官切。又呼玩切。𪓰步幽切。又香幽切。瞉步角切。《初學記》許卜切。　炰烋《詩・蕩》女炰烋于中國。仳倠《廣雅・釋詁》。伴换《集韻・去聲七》。

並匣　彭亨《詩・蕩》傳。梐枑《周官・天官・掌舍》。榜程《廣雅・釋草》。頩頪《玉篇上・頁部》。伴仟《集韻・去聲七》。勃谿《莊子・外物》。

並爲　䫌紕延切。又王矩切。

並見　菐《説文》从廾聲，蒲沃切。廾，居竦切。𩑈交聲，蒲角切。交，古爻切。㝿棘聲，蒲北切。棘，紀力切。　藨《爾雅・釋草》釋文：藨，謝蒲苗反。《字林》工兆切。《類篇》蒲交、舉夭二切，同。皅《類篇》傍伯切。又古了切。鴔弼角切。又訖力切。皀皮及切。又訖立切。　盤屈《文選・長笛賦》注。步屈《方言》十一注。菝葀《玉篇》中《艸部》。

並溪　瞉《説文》从殸聲，步角切。殸，苦江切。　鯆《爾雅・釋魚》釋文：鯆，郭音步。《字林》丘于反。《類篇》貧悲、虧于二切，同。郶《類篇》蒲枚切。又枯回切。病皮命切。又丘詠切。　培卿《詩・蕩》以無陪無卿。

並羣　㱱《類篇》步木切。又衢六切。（又所六切。）　膍膍《詩・行葦》嘉殽脾臄。鵖鴔鴔音及。《爾雅・釋鳥》。蒲葵《玉篇》中《木部》。

並疑　坯《爾雅・釋山》釋文：坯，備悲反。沈五窟反。《類篇》貧悲、五忽二切，同。先叔父季剛先生云：不聲之字有喉音，嚭从否聲而與喜通，是也。坯讀五窟反，則與兀、阢音同，兀，高而上平也，阢，石山戴土也，皆與一成坯義近。或疑五窟反有誤，非也。䶌《類篇》蒲交切。又五巧切。（又側角切。）伓貧悲切。又五忽切。

抱步侯切。《淮南一》注：抱讀克岐克嶷之嶷，《八》注：讀岐嶷之嶷。　　眫喭《論語》十一集解。佛仡《集韻·入聲九》。

明影　　顋《玉篇》莫骨、烏骨二切。《類篇》莫勃、烏没二切，同。蒛《類篇》暮拜切。又乙界切。眼皀謨限切。又伊堯切。幎民堅切。又娟營切。　　蘔《淮南王書》二注：蘔讀倭語之倭。　　幎《儀礼·士喪礼》幎目，注：幎讀若《詩》云：葛藟縈之之縈。古文幎爲涓。

明喻　　玧《説文》璊，或从允，當从允聲，莫奔切。允，余準切。　　璊玧琬《類篇》謨奔切。玧又余專切。縻忙皮切。又弋睡切。美異《詩·静女》洵美且異。謀猶《小旻》謀猶回遹。謀惟《生民》載謀載惟。緜翼《常武》緜緜翼翼。苗裔《離騷》。漫衍《遠遊》。瀰迆《蕪城賦》。蒙頌頌，餘封切，《爾雅·釋獸》。謾台《方言》一。謬悠《莊子·天下篇》。米鹽《史記·天官書第五》。

明曉　　虋《説文》从釁聲，莫奔切。釁，虚振切。　　睧昏聲，眉殞切。昏，呼昆切。薹蒿省聲，莫報切。蒿，呼毛切。䫉昏聲，莫奔切。默纆墨黑聲，莫北切。黑，呼北切。轗憂聲，憂籀文婚字，讀若閔，眉殞切。㮇讀若頊，莫卜切。　　痗《詩·十月之交》亦孔之痗，釋文：痗，莫背反。又音悔，本又作悔，《爾雅·釋詁》痗音昧，一音晦。滅《左·昭元傳》褒姒滅之，如字。《詩》作威，音呼悦反。　　緍《莊子·則陽》之緍，民忍反。徐音昏。睧《莊子·外物》睧，李音昏。又音泯。《類篇》彌鄰、呼昆二切，同。蘢《玉篇》音龙。又火角切。芒《類篇》謨郎切。又呼光切。莔眉耕切。又許迄切。嘿莫六切。又迄得切。朚謨郎切。又呼光切。睸莫報切。又許六切。脢茫歸切。又呼回切。昒眉貧切。又翾營切。朚謨郎切。又呼光切。痻眉貧切。又呼昆切。㮇蒙晡切。又呼玉切。帴謨郎切。又呼光切。䫉眉貧切。又呼昆切。顭彌登切。又呼弘切。顋莫佩切。又呼内切。黰暮拜切。又許邁切。怋彌鄰切。又呼昆切。惛弭盡切。又虎本切。沫莫貝切。又呼内切。沕莫佩切。又呼骨切。巟謨郎切。又呼光切。娓明秘切。又詡鬼切。緍緡眉貧切。又呼昆切。巟謨郎切。又呼光切。　萌《周礼·秋官·薙氏》春始生而萌之，注：故書萌作甍。杜子春云：甍當爲萌。　貓虎《詩·韓奕》有貓有虎。冥昏《九懷》。

明匣　貉《公羊·文十年》傳，釋文：屈貉，音麥。又户各反。《類篇》莫駕、曷各二切，同。眩《類篇》眉貧切。又胡千切。（又停年切。）盷眉貧切。又玄扃切。礣莫入切。又下八切。娊母版切。又下晏切。　穆皇《詩·假樂》穆穆皇皇。　厖鴻《文選·封禪文》。《史記》作濛涌。彌澥《古文苑·揚雄蜀都賦》。漭沆《西京賦》。　㦟慁《玉篇》上《心部》。

明爲　㬮《説文》从㬎聲，讀若昧，莫佩切。㬎，于筆切。　桙《儀礼·既夕礼》注，釋文：爲桙音牟。劉音杅。瞂《類篇》莫報切。又王勿切。　宓汩《文選·上林賦》。

明見　冥《説文》从冂聲，（据《一切經音義》所引）莫經切。冂，古熒切。囧賈侍中説讀與朙同。《唐韻》俱永切。鼏冖聲，莫狄切。説解云：《周礼》廟門容大鼏。今本作大扃。袂夬聲，彌弊切。夬，古賣切。貉各聲，莫白切。各，古洛切。　繆《礼記·檀弓下》釋文：而繆，依注讀曰樛，音居虯反。昒《類篇》暮拜切。又古滑切。箘眉耕切。又俱永切。麥莫獲切。又訖力切。鼏莫狄切。又圭玄切。　幎《儀礼·士喪礼》幎目，注：古文幎爲涓。　密肌《爾雅·釋蟲》。蟔蝺《爾雅·釋鳥》。鶻鵃《廣雅·釋鳥》。礣砎《玉篇》中《石部》。萛莢《宋書·符瑞志》。

明溪　㝛《説文》从㝗省聲，莫卜切。㝗，起戟切。　幦《礼記·玉藻》釋文：羔幦，音覓。徐苦狄反。莔《類篇》眉耕切。又犬迥切。嘿蜜北切。又乞得切。麋旻悲切。又苦磒切。娸《漢書》卷二十四服注：娸音欺。　纆牽《國策·韓策》。

明羣　牧《莊子·齊物論》釋文：牧乎，崔本作跂乎。䳮《玉篇》莫彪、巨幽二切。盷《類篇》眉貧切。又葵營切。　木疆《漢書·周勃傳》。

明疑　麛《儀礼·聘礼》注，釋文：麛音迷。或作麑，同。《礼記·檀弓》注：麛裘，音迷。本又作麑，同。王制不麛，本又作麑，音迷，同。《左·宣二年傳》鉏麑，音迷。一音五兮反。《爾雅·釋獸》麛，音迷。本或作麑，音同。美《礼記·少儀》之美，音儀。眼𥃩《類篇》謨限切。又魚懇切。𪆶緜批切。又吾礼切。𤢿謨官切。又吾販切。彌民卑切。又研奚切。

非影　妋《類篇》風無切。又於救切。　紛緼《九章》。

非喻　飛揚《詩·沔水》載飛載揚。飛颺《九辯》。紛溶《上林賦》。紛怡《方言》十。

非曉　𩞄《說文》从𠦪聲，府文切。𠦪，呼骨切。　𩿨《玉篇》風幽、香幽二切。犿《類篇》方煩切。又呼官切。扮方文切。又虎買切。　沸卉《西京賦》。

非匣　飛翰《詩·常武》如飛如翰。方皇《荀子·礼論篇》。飛黄《淮南子·覽冥訓》。

非爲　藩垣《詩·板》价人維藩，大師維垣。幅隕《長發》幅隕既長。沸渭《長楊賦》。

非見　䍙《說文》从幵聲，府盈切。幵，古賢切。𤿆己聲，非尾切。己，居擬切。　綆《考工記·輪人》其綆，釋文：李方善反。又姑杏反。窆《周礼》刑窆，杜子春云：當爲禁。　沸羹《詩·蕩》如沸如羹。富貴《卜居》。

非溪　妋《類篇》弗乏切。又乞法切。

非羣

非疑　傅御《詩·崧高》王命傅御。

敷影　茀蔚《魯靈光殿賦》。愊抑《文選·夏侯常侍誄》。

敷喻　夆《類篇》敷容切。又余頌切。妃芳微切。又盈之切。孵芳無切。又俞戎切。　敷蕍《爾雅·釋草》郭注。忿愉一作敷愉，一作孚瑜。《方言》十二。甹與《漢書·礼樂志第二》。豐肜《後漢書·馬融傳上》。

敷曉　拊《莊子·人間世》釋文：傴拊猶嘔呴。犿《天下》連犿，芳表反。又音貛。《類篇》乎袁、呼官二切，同。窉《釋天》窉，郭乎柄反。又況病反。扮《類篇》敷文切。又虎買切。

敷匣　氾《説文》从马聲，孚梵切。马，乎感切。

敷爲　㽹《類篇》芳萬切。又于願切。　拂汩《甘泉賦》。

敷見　妃《説文》从己聲，芳非切。己，居擬切。

敷溪　箁《説文》讀若《春秋》魯公子彄，芳無切。彄，恪侯切。罄殸聲，讀若箭箁同。殸，同苦江切。　澼《莊子·逍遥遊》釋文：洴澼，徐敷歷反，郭、李恪歷切。窉《爾雅·釋天》窉，郭乎柄反。又匡詠反。

敷羣

敷疑　湰虞《方言》十二。蠭午《漢書·劉向傳》。覆逆《文選·東方朔畫贊》。

奉影　丿《唐韻》房密切。《集韻》又於兆切。　鳧鷖《詩·鳧鷖》鳧鷖在涇。煩冤《九章》。茷骫《淮南·招隱士》。佛鬱《七諫》。葐藴《九懷》。憤悁《九歎》。佛鬱《文選·笙賦》。

奉喻　夆《類篇》符容切。又余頌切。　芣苢《詩·芣苢》采采芣苢。蕃衍《椒聊》蕃衍盈升。蜉蝣《蜉蝣》蜉蝣之羽。浮游《離騷》。芙蓉《九歌》。扶輿《九懷》。瀿瀷《江賦》。扶搖《爾雅·釋天》。夫栘《釋木》。服翼《釋鳥》。閥閲《説文解字》第十二。服育《論衡》二《無形篇》。

奉曉　鐼《玉篇》扶分切。又音訓。《類篇》符分、許云二切，同。頒《類篇》符分切。又馨幺切。扮父吻切。又虎買切。　圮符鄙切。

《書·方命》圮族，《史記》作毀。胮肛肛，許江切。《廣雅·釋詁》。

奉匣　犯《説文》从马聲，防險切。马，乎感切。　復穴《詩·緜》陶復陶穴。鳳皇《卷阿》鳳皇鳴矣。仿偟《九歎》。

奉爲　皮《説文》爲省聲，符羈切。爲，薳支切。

奉見　圮《説文》从己聲，符鄙切。己，居擬切。　鳺《類篇》房六切。又訖力切。　奉《儀礼·聘礼》加其奉于卢皮上，馬則北面，注：古文奉爲卷。　魴鰥《詩·敝笱》其魚魴鰥。煩憒《九思》。憣校《列子·周穆王篇》。

奉溪　鄜《類篇》房尤切。又枯回切。頒符分切。又丘祆切。妐扶法切。又乞法切。

奉羣

奉疑　逢俉《史記·天官書弟五》。

微影　葳《類篇》無沸切。又乙界切。

微喻　蝘蜓《文選子·虚賦》。沕潏《封禪文》。蔓衍《九思》。罔養《後漢書·馬嚴傳》。

微曉　鶻捪緍鍲《説文》从昏聲，武巾切。昏，呼昆切。滅搣威聲，亡列切。威，許列切。鯍巟聲，武登切。巟，呼光切。蟁蝨或體，當从昬聲，無分切。　脢《易·咸》其脢，釋文：武杯反。王肅又音灰。幦《公羊·昭二十五傳》以幦，亡歷反。一音呼闃反。暋《莊子·外物》慰暋，武巾反。李音昏。芒《類篇》武方切。又呼光切。芴文拂切。又呼骨切。䁚武道切。又許六切。笏武粉切。又呼骨切。㡔微夫切。又荒胡切。䅿亡遇切。又吁玉切。憮微夫切。又荒胡切。（又大羽切。）溜武粉切。又呼内切。（又吐内切。）沬無沸切。又呼内切。沕文沸切。又呼骨切。娓武斐切。又詡鬼切。

憮文甫切。《漢書》卷四十六眉憮，注：孟康憮音詡。　味《礼記·檀弓》瓦不成味，注：味當作沬（荒内切），古文作頮。《内則》作䵝。亹《詩·文王》亹亹文王，錢大昕云：亹即釁字。
蕪穢《離騷》。

微匣　　戾《說文》从户聲，讀若阡陌之陌，亡百切。户，侯古切。　　貉《爾雅·釋詁》釋文：亡白反。施胡各反。莣《釋草》亡符反。又户耕反。㘬《類篇》文拂切。又乎骨切。

微爲　　䀉《類篇》武道切。又王勿切。

微見　　㒝《說文》鍇本囧聲，武兵切。囧，俱永切。　　無姑《爾雅·釋木》。物故《漢書·蘇武傳》。

微溪　　鶜《爾雅·釋鳥》釋文：亡侯反。又丘虯反。

微羣

微疑　　靡《詩·魚麗》傳：大夫不靡，釋文：亡兮反。本或作麛同。務《左·襄十一年傳》公叔務人，《檀弓》作公叔禺人。微《考工記·輪人》欲其微至也，注：鄭司農云：微至，書或作危至。

第七　舌齒通轉

端精　戴《説文》从𢦔聲，都代切。𢦔，祖才切。　戴《爾雅·釋山》釋文：戴土，本或作載字，同，丁代反。㡇《類篇》丁兼切。又即涉切。𥙩同上。惆都勞切。又即就切。湛都含切。又將廉切。（又夷針切。）擢都木切。又作木切。　戴《春秋·隱十年經》宋人、蔡人、衛人伐戴，《公》、《穀》作伐載。《説文》作𢧵。鳥都了切。《後漢書·段熲傳》鷩鳥，注：鳥音爵。　咄嗟《晉書·石崇傳》。

端清　帝《説文》从朿聲，都計切。朿，七賜切。　芍《玉篇》都歷切。又七略切。竅《類篇》都括切。又促絶切。邨都昆切。又麤尊切。塠都回切。又倉回切。

端從　棰《類篇》都戈切。又聚纍切。軺丁聊切。又慈焦切。　頓萃《荀子·富國篇》。

端心　㬎《莊子·馬蹄》釋文：㬎，丁邑反。向、崔本並作縶。縶，相俞切。䙝《類篇》的協切。私列切。（又蒲計切。）

端邪　等《説文》从竹等，當从寺聲，寺，祥吏切。夕《周礼·地官·保氏》釋文：夕桀，音的。沈祥易反。　梩《類篇》都皆切。又象齒切。（又口已、下楷二切。）

端莊　趙瘨顛滇《説文》並从真聲，都年切。真，側鄰切。　啁《類篇》都勞切。又甾尤切。梩都皆切。又莊皆切。（又口巳、下楷二切。）柢典禮切。又壯仕切。（又翹夷切。）

端初　朶《易·頤》釋文：朶頤，京作揣。揣，初委反。揣《左氏·昭三十二年傳》揣，高卑、丁果反。又初委反。貼《類篇》丁廉切。又又鑑切。橴都果切。又楚委切。鐺都郎切。又楚耕切。　　得《詩·何人斯》則不可得，《洪範·五行傳》引作可測。

端牀　謫《類篇》丁歷切。又士革切。驒多寒切。又鉏山切。

端疏

透精　焞《周礼·春官·垂氏》注，釋文：楚焞，吐敦反。又祖悶反。又《儀礼·士喪礼》楚焞，劉吐敦反。又子悶反。《類篇》通回、祖管二切，同。幝《類篇》他干切。又足戰切。㡇託協切。又即涉切。

透清　聶《説文》从咠聲，他叶切。咠，七入切。　　斛《爾雅·釋器》釋文：斛，土雕反。又七遥反。《類篇》土雕、千遥二切，同。聶《類篇》託協切。又七入切。鰈託盍切。又七接切。銚他彫切。又千遥切。（又餘招切。）　　儃傪他含、倉含二切。《集韻·平聲四》。

透從　替《説文》从曰聲，他計切。曰，疾二切。　　焞《周礼·春官·垂氏》注，釋文：焞，吐敦反。又在悶反。又《儀礼·士喪礼》楚焞，劉吐敦反。又存悶反。《類篇》通回、徂悶二切，同。覿《玉篇》他的、才歷二切。棰《類篇》吐火切。又聚縈切。

透心　睇《説文》从脩聲，他歷切。脩，息流切。虒虒聲，土雞切。虒，息移切。　　綏《詩·鴛鴦》福禄綏之，釋文：綏，土果反。又如字。肆《周礼·地官·大司徒》羞其肆，託歷反。司農音四。天《礼記·緇衣》天見，天，依注音先，西田反。諜《類篇》託協切。又悉協切。敵吐孔切。又損動切。鬄他歷切。又思積切。隋吐火切。又思果切。（又呼恚切。）禘他計切。又先的切。屧託協切。又悉協切。晳他歷切。又思積切。灛他紺切。又桑感切。捅吐動切。又損動切。錟他甘切。又思廉切。（又以冉切。）撻《儀礼·既夕礼》設依撻，馬注：今文撻爲銛。銛，一音息廉反。墮《士虞礼》祝命佑食墮祭，注：今文墮爲綏。　　儃傑他紺、蘇紺二切。《廣韻》四《去聲》。

透邪　　禫《説文》从尋聲，他感切。尋，徐林切。　綏《類篇》吐火切。又旬爲切。探他含切。又徐心切。（又夷針切。）

透莊　　瑱或䫃《説文》从真聲，他甸切。真，側鄰切。　啁《類篇》他弔切。又甾尤切。

透初　　貼《類篇》吐濫切。又叉鑑切。兔湯故切。又初咸切。鐺他郎切。又楚耕切。

透牀　　漦《類篇》湯來切。又俟甾切。（又魚其切。）

透疏　　灛《類篇》他紺切。又所感切。

定精　　截《説文》从𢦏聲，徒奈切。𢦏，祖才切。　焞《周礼·春官·垂氏》注，釋文：楚焞，徒敦反。又祖悶反。又《儀礼·士喪礼》楚敦，又徒敦反。又子悶反。《類篇》徒渾、祖管二切，同。䁀《類篇》達協切。又即協切。（又虚涉切。）肫徒渾切。（又祖猥切。）湛徒感切。又將廉切。　奠《儀礼·士喪礼》冪奠用功布，注：古文奠爲尊。《礼記·郊特牲》既奠，注：奠或爲薦。

定清　　遁《類篇》杜本切。又七倫切。柣徒結切。又千結切。邨徒渾切。又麤尊切。慱徒官切。又粗兖切。鰈達協切。又七接切。　銚田聊切。又千遥切。（又餘招切。）　彈憸《方言》七。　泰清《鶡冠子·度萬第八》。

定從　　蜨《説文》从疌聲，徒叶切。疌，疾葉切。　惔《詩·節南山》釋文：如惔，徒藍反。《説文》作炎字，才廉反。　焞《周礼·春官·垂氏》注，釋文：楚焞，又徒敦反。又在悶反。《儀礼·士喪礼》楚敦，又徒敦反。存悶反。《類篇》徒渾、徂悶二切，同。慱《爾雅·釋訓》釋文：慱慱，徒端反。郭徂兖、徂沿二反。《類篇》徒官、從緣二切，同。踐《類篇》徒典切。又在演切。餹徒郎切。又慈盈切。糴徒歷切。又咋合切。䅜杜果切。又聚縈切。純徒渾切。又從緣切。（又規倫切。）

定心　　蓨《説文》从脩聲，徒聊切。脩，息流切。嗁蹏鷈並从虒聲，杜兮切。虒，息移切。徲犀聲，杜兮切。犀，先稽切。遞虒聲，特計切。隸枲聲，徒耐切。枲，胥里切。㢊屖省聲，杜兮切。屖，先稽切。荼讀若絮，同都切。　豆《周礼·天官·腊人》釋文：豆脯，豆音羞。緰《公羊·隱二年傳》釋文：屨緰，（度侯切。）音須。《左氏》作裂繻，《穀梁》履緰同。蘸《類篇》達協切。又悉協切。䵤同上。諜同上。隋徒果切。又思果切。（又呼恚切）。鬄大計切。又思積切。磃田黎切。又想氏切。鯈田聊切。又先了切。（又夷周切。）讘徒合切。又悉合切。揲達協切。又悉協切。（又羊列、吉列二切。）蝭同上。礬堂練切。又須倫切。（又規倫、胡犬二切。）錟徒甘切。又思廉切。（又以冉切。）鍱達協切。又私列切。（又蒲計切。）隧杜罪切。又雖遂切。　隸《周礼·地官·師氏》使其屬帥四夷之隸，注：故書隸或作肆。鄭司農云：讀爲隸。妥《儀礼·士相見礼》妥而後傳言，注：古文妥爲綏。又《特牲饋食礼》佐食授挼祭，注：妥亦當爲挼，今文或皆改妥爲綏。又《漢書》北州以妥，孟康曰：妥古綏字。　條歗《詩·中谷有蓷》條其歗矣。太息《離騷》。僴倲音獨速。《廣韻》五《入聲》。

定邪　蕁或薚《説文》从尋聲，徒含切。尋，徐林切。特寺聲，徒得切。寺，祥吏切。待寺聲，徒在切。䃍隊㒸聲，徒對切。㒸，徐醉切。傷潒象聲，讀若蕩，徒朗切。象，徐兩切。　鐔《玉篇》徒含切。又夕林切。褶徒頰切。又似立切。《類篇》達協、席入二切，同。荼《類篇》同都切。又徐嗟切。䔢同上。唌唐千切。又徐連切。餳徒郎切。又徐盈切。襐待朗切。似兩切。岮杜果切。又旬爲切。炧待可切。又似也切。覃徒南切。又徐廉切。探徒感切。又徐心切。（又夷針切。）隊杜罪切。又徐醉切。隧同上。　覃《爾雅·釋言》釋文：覃，本又作㝷。讀《周礼·春官·巾車》杜注：讀當爲續。奪《礼記·檀弓》齊莊公襲莒于奪，注：《春秋傳》作隧，隧、奪聲相近，或作兑。　殄瘁《詩·瞻卬》邦國殄瘁。

定莊　嗔寘闐《説文》並从真聲，待年切。真，側鄰切。　啁《類篇》

徒弔切。又甾尤切。純徒渾切。又莊持切。（又規倫切。）　特《儀礼·既夕禮》特鮮獸，注：古文特爲俎。

定初　兔《類篇》同都切。又初咸切。

定牀　䮷《類篇》徒谷切。又仕足切。

定疏　魳《玉篇》徒合切。又所其切。突《類篇》徒感切。又疏簪切。蜨達協切。又色甲切。

泥精　濘《類篇》囊丁切。又足挺切。

泥清　秊《説文》从千聲，奴顛切。千，此先切。　褭驂《爾雅·釋畜》。

泥從　鮎《詩·魚麗傳》鰋鮎，釋文：乃兼反。又在私反。蹨《類篇》乃殄切。又在演切。　藍頮《九思》。

泥心　臑《説文》从需聲，那到切。需，相俞切。囊襄省聲，奴當切。襄，息良切。曩襄聲，奴朗切。䰭獳需聲，奴豆切。　蠰《爾雅·釋蟲》釋文：蠰，孫音囊。又思諒反。《玉篇》乃郎、思亮二切，同。槷《類篇》乃結切。又私列切。（又魚列切。）濡奴官切。又詢趨切。浽弩罪切。又宣隹切。撋奴禾切。又宣隹切。　挼《儀礼·特牲饋食礼》祝命挼祭，注：今文改挼皆爲綏。

泥邪

泥莊

泥初

泥牀

泥疏　攝《類篇》諾叶切。又色甲切。（又詰叶切。）嬲乃了切。又數眷切。

來精　李《説文》从子聲，良止切。子，即里切。　㸚《類篇》力几切。又即計切。剟力孽切。又子末切。餕閭承切。又子孕切。李兩耳切。又祖似切。鸗盧鍾切。又子朗切。　倫脊《詩·正月》有倫有脊。　巃嵸《淮南·招隱士》。　聊啾《九歎》。鼇孶《方言》三。

來清　蘞或薟斂《説文》从僉聲，良冉切。僉，七廉切。㢘僉聲，讀若籃，魯甘切。撿僉聲，良冉切。　𧍝《類篇》郎達切。又七迹切。　瀏清《詩·溱洧》瀏其清矣。趢趗《東京賦》。碌礎《集韻·入聲九》。𩌦𨃉《集韻·平聲一》。嫽鈔《方言》二注。

來從　詯《説文》从自聲，讀若反目相睞。　勞瘁《詩·蓼莪》生我勞瘁。壘箄《西京賦》。　嘹嘈《七命》。鸕鶿《爾雅·釋鳥》。

來心　纑《説文》从虒聲，郎兮切。虒，息移切。　蚸《爾雅·釋蟲》釋文：蚸或作蛱，郭音歷，孫音昔。髝《類篇》郎到切。又先到切。羸盧戈切。又思累切。濂勒兼切。又燮玷切。𧍝郎達切。又先的切。　淪胥《詩·雨無正》淪胥以鋪。栗斯《卜居》。嶙峋《甘泉賦》。鱗眴《西京賦》。流蘇《東京賦》。逯遡《方言》十二。纚颯《集韻·入聲十》。

來邪　梩《類篇》陵之切。又象齒切。（又雄皆、口已、下楷三切。）

來莊　魯《説文》从鮺省聲，郎古切。鮺，側下切。　梩《類篇》陵之切。又莊皆切。繚郎鳥切。又莊交切。

來初　梁《説文》从刅聲，吕張切。刅，楚良切。　誺《類篇》洛代切。又測乙切。　𪄸鷚衛、初衛二切。《集韻·平聲四》。

來牀　漦《玉篇》力之、仕緇二切。《類篇》陵之、俟甾二切，同。
林岑《西京賦》。

來疏　吏《説文》从史聲，力置切。史，疏士切。膟帥聲，吕戌切。帥，所律切。脺膟或體，當从率聲，率，所律切。楢省聲，讀若驪駕。　率《易·略例》釋文：率音類。又所律反。《詩·賓之初筵》箋：率如此，音類。又所律反。《召旻》箋：米之率，音類。又音律。又所律反。《周礼·天官·太宰》注：賦口率出泉，徐、劉音類。戚音律。一音所律反。《禮記·祭義》其率音類，又音律。又所律反。攦《莊子·胠篋》攦工倕，郭吕係反。徐所綺反。欐《玉篇》力底、力計二切。又所宜切。罧力金切。又所禁切。鋝力輟、所劣二切。躧曬纚覼《類篇》鄰知切。又所綺切。麗郎計切。又山宜切。瀧盧東切。又踈江切。鋝龍輟切。又所劣切。　鋝《考工記·冶氏》重三鋝，注：鄭司農云：鋝讀爲刷。　蔞翣《礼記·檀弓下》。離灑《洞簫賦》。

知精　植《類篇》竹史切。又將吏切。輒陟涉切。又即涉切。煪張流切。又將由切。(又以九切。) 湛知鴆切。又將廉切。(又夷針切。)

朝隮《詩·鄘風·蝃蝀》朝隮于西。綴駿《長發》爲下國綴旒，爲下國駿厖。冢宰《周官·冢宰》。

知清　邨《類篇》株倫切。又麤尊切。

知從　輒《昭二十一年經》叔輒卒，《公羊》作叔痤。

知心　逺《類篇》追萃切。又悉協切。(又乙業切。) 聑陟涉切。又悉協切。鬄陟革切。又思積切。椹知林切。又思廉切。嬭展几切。又相支切。

知邪　柔《類篇》展吕切。又象吕切。　朝夕《詩·雨無正》莫肯朝夕。

知莊　填《説文》从真聲，陟鄰切(今待年切)。真，側鄰切(《集韻》之人切)。鎮真聲，陟刃切。　萉《爾雅·釋草》釋文：萉，豬葉反。又阻留反。啁《類篇》陟交切。又甾尤切。啁張流切。又甾尤切。蝶陟格切。又側格切。　邾《左氏·哀八年傳》吴爲邾故，《吴世家》作爲騶，《魯世家》作鄒。

知初　誎《類篇》張尼切。又測乙切。箂追輸切。又初尤切。擉株玉切。又測角切。嫟同上。

知牀　啅《類篇》陟教切。又士角切。謫陟革切。又士革切。腄株垂切。又崇懷切。

知疏　麗《類篇》知義切。又山宜切。

徹精　輴《書·益稷》注：泥乘輴，釋文：丑倫反。《漢書》作橇，如湻音蕝，蕝音子絶反。　傺《玉篇》敕厲、子例二切。　惆《類篇》丑鳩切。又即就切。湛丑甚切。又將廉切。(又夷針切。)　蓄租《詩·鴟鴞》予所蓄租。湁潗《上林賦》。　湁湒《説文解字》第十一。踔絶《漢書·孔光傳》。

徹清　篍《周礼·天官·鼈人》以時篍，釋文：戚勑角反。劉倉伯反。楝《玉篇》丑足、七足二切。屮《類篇》丑列切。又采早切。逭抽延切。又取緋切。

徹從

徹心　虒《説文》从虒聲，敕豕切。虒，息移切。　惕《易·夬》釋文：惕號，勑歷切。荀、翟作錫。哲《周礼·秋官·刑官之属》哲蔟氏，沈勑徹反。李又思亦反。椅《左氏·襄十八傳》其椅，勑倫反。又相倫反。敇《類篇》蓄力切。又先侯切。鶍耻格切。又思積切。　斥《夏書》海濱廣斥，《史記》作潟。徐廣曰：一作澤。絺《宋本春秋疏》三十一稱鄭玄《古文尚書》注絺讀爲繡。　絺索《古文苑·揚雄蜀都賦》。偵伺《後漢書·清河孝王傳》。

徹邪　謵《類篇》勑涉切。又席入切。紬丑鳩切。又似救切。

徹莊　擉《類篇》敕角切。又側角切。

徹初　婳《説文》从臿聲，丑聶切。臿，楚洽切。　呞《詩·無羊》釋文：呞，本又作齝，一作齝，丑之反。一音初之反。　跉《莊子·秋水》跉，勑甚反。一音初稟反。齝《爾雅·釋獸》齝，丑之、初其二反。鍤《玉篇》丑涉、楚洽二切。哂《類篇》敕涉切。又測洽切。跉丑甚切。又楚錦切。誺抽知切。又測乙切。　貼癡廉切。又叉鑑切。擉敕角切。又測角切。婳勑涉切。又測洽切。

徹牀　䅲《類篇》超之切。又俟甾切。(又魚其切。)

徹疏　彡《説文》从彡聲，丑林切。彡，所銜切。　檉《穀梁·宣十八傳》釋文：至檉，丑貞反。《左氏》作笙。楝《玉篇》丑厄切。又所責切。棽《類篇》癡林切。又疏簪切。㰛抽知切。又所寄切。

蓄縮《漢書・息夫躬傳》。

澄精 牒《類篇》直涉切。又即協切。（又虛涉切。）植逐力切。又將吏切。湛持林切。又將廉切。 夷針切。 朝宗《詩・沔水》朝宗于海。

澄清 柣《類篇》直質切。又千結切。鰈直甲切。又七接切。坻丈爾切。又淺氏切。

澄從 植《周禮・天官・獸人》注，釋文：植虞，直吏反。徐音栽。豯《莊子・山木》豯豯，音秩。徐音族。 踿《類篇》池鄰切。又在演切。糴直略切。又昨合切。秷直婢切。又聚橤切。 湛《考工記・鍾氏》朱湛丹秫，注：湛讀如漸車帷裳之漸。灵直廉切。《詩》音才廉切。 治藸《爾雅・釋草》。

澄心 趙《説文》从肖聲，治小切。肖，私妙切。趧虒聲，讀若池。虒，息移切。鷈或篪褫虒聲，直離切。遲犀聲，直尼切。犀，先稽切。遅籒文遲从屖聲，直尼切。屖，先稽切。墀犀聲，直尼切。徲犀聲，讀若遲。謘屖聲，讀若行道遲遲（小徐本）。稺屖聲，直利切。

哲《周礼・秋官・刑官之屬》哲蔟氏，釋文：宅歷反。徐丈列反。李又思亦反。遲《類篇》陳尼切。又先齊切。鬄治革切。又思積切。傂陳知切。又相支切。鬄池歷切。又思積切。鰷陳留切。又先了切。（又夷周切。）揲直甲切。又悉協切。（又羊列、吉列二切。）隧直類切。又雖遂切。 趙肖《方言》十二。

澄邪 峙《説文》从寺聲，直離切。寺，祥吏切。 痔庤洔寺聲，直里切。持寺聲，直之切。 隊《礼記・聘義》釋文：如隊，直位反。又音遂。杼《爾雅・釋木》杼，施音佇。或音序。茶《類篇》直加切。又徐嗟切。芺丈爾切。又序姊切。柔丈吕切。又象吕切。戴直質切。又旋結切。揲直甲切。又松列切。（又羊列、吉列二切。）紬陳留切。又似救切。隊直類切。又徐醉切。隧同上。

治《左氏・莊八年經》甲午治兵，《公羊經傳》作祠兵。

澄莊　　聚《玉篇》直流、側鳩二切。《類篇》陳留、甾尤二切，同。扺《類篇》直皆切。又壯仕切。(又翹夷切。)

澄初　　䓣《説文》从差省聲，讀若遲。　　萇楚《詩·隰有萇楚》。

澄牀　　濯《詩·崧高》釋文：濯濯，直角反。沈士（依阮氏《校勘記》）學反。聚《玉篇》直流切。又士久切。《類篇》陳留、仕九二切，同。謫《類篇》治革切。又士革切。腄傳追切。又崇懷切。濯《類篇》直教切。又仕角切。

澄疏　　䓳《類篇》直教切。又所教切。

娘精　　孨《類篇》昵立切。又雛戀切。(又以轉切。)

娘清　　譊《玉篇》女交切。《原本玉篇》狙交反。　　嬈脆《廣雅·釋詁》。

娘從　　蹨《類篇》尼展切。又在演切。柮女律切。又昨没切。

娘心　　孃《説文》从襄聲，女良切。襄，息良切。釀襄聲，女亮切。
繻《周礼·夏官·羅氏》釋文：羅繻，女俱反。或音須，注繻同。

娘邪

娘莊

娘初

娘牀　　疒《類篇》女厄切。又仕莊切。　孨昵立切。又雛戀切。(又以轉切。)　　女士《詩·既醉》釐爾女士。

娘疏　　糅《儀礼·鄉射礼》無物則以白羽與朱羽糅，注：今文糅爲縮。

照精　　孨《説文》讀若翦，旨兖切。　　汁《周礼·春官·大史》注，釋文：爲汁，音執。劉子集反。　䰂《礼記·内則》注：䰂矣，之然反。又音贊。鷦《左氏·昭十七》傳，注：鷦鳩，音隹。本或作鷦，子遥反。隹《類篇》職追切。又遵綏切。肫朱倫切。又祖猥切。𦏱脂利切。又即入切。饘諸延切。又則旰切。𩊚脂利切。又即協切。崔朱惟切。又遵綏切。騅專垂切。又津垂切。騅主衆切。又津垂切。扺掌氏切。又子礼切。孨旨兖切。又子淺切。（又以轉切。）　　之《左氏·僖二十四年傳》介之推不言禄，《吕覽》介立《晉世家》《古今人表》《説苑·雜言》《新序·節士》並作介子推。案之爲舌齒音，與子聲近，古韻則同在咍部。酌《儀礼·有司》主人受酌，注：古文酌爲爵。又兄弟之後生者舉觶于其長，注：古文觶皆爲爵。　　只且《詩·北風》既亟只且。需足《信南山》既霑既足。

照清　　㥐《説文》从悤聲，職茸切。悤，倉紅切。　　汋《左氏·成十六傳》釋文：汋陵，音勺。又七藥反。踵《類篇》主勇切。又取勇切。㥐諸容切。又取勇切。樬同上。崔朱惟切。又倉回切。抵掌氏切。又此礼切。坻掌氏切。又淺氏切。

照從　　諔《類篇》之六切。又前歷切。崔朱惟切。又徂回切。純朱倫切。又從緣切。純主尹切。又從緣切。（又規倫切。）

照心　　敤《説文》从祟聲，之芮切。祟，雖遂切。準隼聲，之允切。隼，思允切。　　哲《周礼·秋官·刑官之屬》哲蔟氏，釋文：李又思亦反。樬《玉篇》音鍾。又息拱切。矚《類篇》朱玉切。又須玉切。㥐諸容切。又筍勇切。崔朱惟切。又息罪切。磃招支切。又想氏切。纚章移切。又相支切。蟄脂利切。又私列切。（又蒲計切。）

　　觶《儀礼·既夕礼》實角觶四，注：古文角觶爲角柶。枳《漢書·志八》如淯注：枳音徙。　　震夙《詩·生民》載震載夙。

照邪　　㨯《説文》㥐之或體，當从松聲，職茸切。松，祥容切。慴摺習聲，之涉切。習，似入切。時寺聲，周市切。寺，祥吏切。慴《莊子·達生》釋文：不慴，之涉反。李、郭音習。　　種褎《詩·生民》實種實褎。　　執徐《爾雅·釋天》。

照莊　　稹《説文》从真聲，之忍切。真，側鄰切。鬒参或體，當从真聲，之忍切。　　禛《類篇》之人切。又側鄰切。　　踬之人切。《唐韻》側鄰切。敤之芮切。又莊眷切。抵掌氏切。又壯仕切。（又翘夷切。）扺掌氏切。又阻氏切。抧掌氏切。又仄蟹切。（又遣爾切。）

掫止酉切。又側九切。䋽朱倫切。又莊持切。(又規倫切。) 純主尹切。又莊持切。(又規倫切。)　屬之欲切。《周書》至于屬婦，《説文》作嫋婦，嫋，側鳩切。膱《儀礼·鄉射》五膱，古文膱爲㦸。今文或作植。

照初　貼《類篇》之廉切。又叉鑑切。孎朱欲切。又測角切。

照牀　㲋《類篇》之人切。又鋤臻切。叀朱遇切。又雛戀切。孨旨兗切。又雛戀切。(又以轉切。)　終《書·君奭》其終出于不祥，終，馬本作崇。

照疏　㪗《類篇》之芮切。又山芮切。涚主欒切。又數軌切。準主尹切。又數軌切。攝質涉切。又色甲切。(又詰叶切。)

穿精　誰《類篇》川隹切。又遵綏切。樅穿容切。又將容切。幝稱延切。又足戰切。　歜尺玉切。《山海經》叔歜國，注，音作感反。一音觸。　俶載《詩·大田》俶載南畝。

穿清　叱《説文》从七聲，昌栗切。七，親吉切。竁毳聲，充芮切。毳，此芮切。　毳《詩·烝民》箋，釋文：濡毳，昌鋭反。本又作脃，七歲反。《周礼·春官·司服》則毳，昌鋭反。劉清歲反。赤《周礼·秋官·刑官之屬》赤犮氏，赤如字。一音采昔反。《類篇》昌石、七迹二切，同。叱《莊子·齊物論》叱者，昌實反。徐音七，《類篇》尺栗切。又戚悉切，同。喠《類篇》蠢勇切。又取勇切。誰川隹切。又倉回切。(又夷隹切。) 樅昌容切。又七恭切。竁昌緣切。又此芮切。《周礼·春官·小宗伯》甫竁，注：杜子春云：竁讀爲毳，今南陽名穿地爲竁，聲如腐脆之脆。憸蚩占切。又千廉切。赤昌石切。又七迹切。

穿從　誰《類篇》川隹切。又徂回切。(又夷隹切。)　衝衝牙即崇牙。歜尺玉切。《左傳》昌歜，在感反。　昌歜《左·僖三十年》。

穿心　䀢《説文》秘書瞋从戌，昌真切。戌，辛聿切。　朖《周礼·天官·醢人》注，釋文：溲朖，昌蜀反。一音粟。纚纚《類篇》侈支切。又相支切。螔昌石切。又先的切。　　鴟《尚書·吕刑》鴟義，《潛夫論·述赦》引作消義。

穿邪　縒《説文》从羡聲，昌善切。羡，似面切。　　杼《爾雅·釋木》釋文：杼，孫昌汝反。施或音序。　謵《類篇》尺涉切。又席入切。紃昌緣切。又松倫切。

穿莊　謓瞋膹《説文》从真聲，昌真切。真，側鄰切。　　擉《類篇》樞玉切。又側角切。

穿初　䜋《説文》从芻聲，尺沼切。芻，叉魚切。　　㖭《類篇》尺涉切。又測洽切。欶充芮切。又初芮切。（又孚萬切。）筞春朱切。又初尤切。擉樞玉切。又測角切。蝙尺兖切。又楚委切。鈔齒紹切。又楚教切。䐶昌豔切。

穿牀　蔾《類篇》充之切。又俟甾切。（又魚其切。）

穿疏　瞋《莊子·秋水》釋文：瞋，尺夷反。又師慎反。㖭《類篇》尺涉切。又色輒切。

神精　厜《類篇》視佳切。又津垂切。

神清　鰈《類篇》實洽切。又七接切。

神從　食《説文》从亼聲，乘力切。亼，秦入切。　　㮴《爾雅·釋獸》釋文：㮴，事陵反。吮《玉篇》食允、徂兖二反。食《類篇》乘力切。又疾二切。（又許吏、羊吏二切。）厜視佳切。又才規切。騬神陵切。又慈陵切。純船倫切。又從緣切。（又規倫切。）

神心　椹《類篇》食荏切。又思廉切。揲食列切。又悉協切。（又羊列、吉列二切。）畬船倫切。又須倫切。（又規倫、胡犬二切。）鉥食律切。又雪律切。　　順《易·坤》蓋言順也，《春秋繁露》引作遜也。　　順宣《詩·公劉》既順迺宣。

神邪　述《詩·定之方中》箋：山川能説，釋文：引《鄭志》述讀如遂事不諫之遂。食《易·井》食如字。又音嗣。《詩·丘中有麻》來食，如字。鄭音嗣。《周礼·天官·食醫》六食，音嗣。術《礼記·月令》徑術，依注音遂。又《學記》注：術當爲遂，聲之誤也。杼《莊子·山木》杼，食汝反。又音序。揗《玉篇》揗食尹、詳遵二切。犺《類篇》船倫切。又松倫切。循同上。術食律切。又徐醉切。虪神蜀切。又松玉切。馴船倫切。又松倫切。（又俞倫、吁運二切。）揲食列切。又松列切。（又羊列、吉列二切。）紃船倫切。又松倫切。㽦船倫切。又松倫切。（又規倫、胡犬二切。）射《易·井》井谷射鮒，釋文：射，荀作邪（此从音訓舊本作耶）。《春秋·桓九》曹莊公射姑，《史記》作夕姑。術《左·文十二年經》秦伯使術來聘，《公羊》作遂。《漢書·五行志》，引同。又《禮記·月令》審端徑術，注云：術，《周礼》作遂。《學記》術有序，注：術當爲遂。案古術、遂二字通用。神《詩·雲漢》敬恭明神，釋文：本作明祀。順《儀礼·大射儀》以袂順左右隈，注：今文順爲循。

神莊　純《類篇》船倫切。又莊持切。（又規倫切。）

神初　媎《類篇》實洽切。又測洽切。

神牀　叀《類篇》船釧切。又雛戀切。

神疏

審精　啐《類篇》輸芮切。又祖對切。䩽輸芮切。又即协切。識《韓子·說疑》東不識，《古今人表》作東不訾。

審清　蕵《說文》从侵聲，失廉切。侵，七林切。舄舄聲，式略切。舄，七雀切。煬《玉篇》式羊、且羊二切。啐《類篇》輸芮切。又倉夬切。黍稷《詩·鴇羽》不能蓺黍稷。

審從　啐《類篇》輸芮切。又昨律切。

審心　戻《說文》从死聲，式脂切。死，息姊切。虒弛或體。鍇本弛从也聲，此當从虒聲，施氏切。虒，息移切。纚璽聲，式支切。璽，斯氏切。舄讀若愬，式略切。帨《周礼·天官·內司服》注，釋文：紛帨，始銳反。徐音歲。涚《春官·司尊彝》涚酌，舒銳反。李一音雪。又《礼記·祭統》薦涗水，舒鋭反。徐音歲。信《考工記·鮑人》信之，音身。劉音新。呻《礼記·學記》呻其，音申。一音新。溼《穀梁·襄八》公子溼，又音燮，《左氏》作燮。恂《莊子·徐無鬼》恂然，音舜。徐音荀。蠰《爾雅·釋蟲》蠰，郭音餉。又音霜。又蠰，或式尚反。又思諒反。《玉篇》詩尚、思亮二切，同。儵《玉篇》尸祝切。又音蕭。纚始移切。又思移切。《類篇》商支、相支二切，同。 呻《類篇》升人切。又斯人切。啐輸芮切。又蘇對切。齛始制切。又私利切。(又以制切。) 䎘矢利切。又悉協切。韘失涉切。又悉協切。椹詩廉切。又思廉切。遂式類切。又雖遂切。傱書容切。又思恭切。信升人切。又斯人切。 儩施智切。又斯義切。傔式吏切。又相吏切。䰵施隻切。又思積切。哲涉革切。又思積切。瀾式荏切。又桑感切。揲式列切。又悉協切。(又羊列、吉列二切。) 纚商支切。又相支切。蜨尸牒切。又悉協切。眢舒均切。又須倫切。(又規倫、胡犬二切。) 阠試刃切。又思晉切。申失人切。又思晉切。 首《成五年經》叔孫僑如會晉荀首于穀，《公羊》作荀秀。 逝《詩·桑柔》逝不以濯，《墨子·尚賢篇》引作鮮不用濯。 伸《儀礼·士相見礼》君子欠伸問之早晏，注：古文伸作信。

審邪 詩《説文》从寺聲，書之切。寺，祥吏切。邿同上。饟象聲，書兩切。象，徐兩切。 説《詩·碩人》説于農郊，釋文：毛始税反。鄭作襚，音遂。鬊《儀礼·士喪礼》鬊，音舜。劉又音旬。弑《礼記·檀弓》欲弑，本又作殺，音試，徐云：字又作嗣，音同。荼《類篇》商居切。又徐嗟切。𡙇税悦切。又似絶切。覃式荏切。又徐廉切。揲式列切。又松列切。(又羊列、吉列二切。) 眢舒均切。又松倫切。(又規倫、胡犬二切。) 舒《左氏·哀十四年傳》陳恒執公于舒州，《齊世家》《田完世家》俱作徐州。溼《穀梁·襄八》公子溼，本又作隰。

審莊　收《易·井》釋文：收，荀作甃。　㲉《類篇》輸芮切。又莊眷切。

審初　㖦《類篇》失涉切。又測洽切。赦始野切。又測革切。

審牀　漦《類篇》申之切。又俟甾切。（又魚其切。）

審疏　弑《隱四年經》釋文：弑其，本又作殺，同音試。　㖦《類篇》失涉切。又色輒切。㲉輸芮切。又山芮切。突式針切。又疏簪切。（又夷針切。）毹春朱切。又雙雛切。瀏式荏切。又所感切。攝失涉切。又色甲切。蜨尸牒切。又色甲切。阠試刃切。又所陣切。鱐式竹切。《晉書》音山六反。　聲色《詩·皇矣》不大聲以色。　聲色《九歌》。

禪精　焞《周礼·春官·垂氏》注，釋文：楚焞，一音純。又祖悶反。《儀礼·士喪礼》楚焞，又音純。又子悶反。《類篇》殊倫、祖管二切，同。厜《玉篇》是規切。又姊宜切。誰《類篇》視隹切。又遵綏切。（又夷隹切。）肫殊倫切。又祖猥切。植丞職切。又將吏切。厜是爲切。又津垂切。湛時任切。又將廉切。（又夷針切。）鉐常雙切。又作木切。　氏《漢書·地理志》代郡狋氏，孟康注：狋音權，氏音精。

禪清　汋《左氏·成十六傳》汋陵，釋文：一音常藥反。又七藥反。芍《玉篇》時灼切。又七略切。喠《類篇》豎勇切。又取勇切。吮豎尹切。又粗兖切。誰視隹切。又倉回切。

禪從　輇《説文》从全聲，市緣切。全，疾緣切。　焞《周礼·春官·垂氏》注，釋文：楚焞，一音純。又在悶反。《儀礼·士喪礼》楚焞，又音純。又存悶反。《類篇》殊倫、祖悶二切，同。　純《礼記·投壺》爲純，音全。誰視隹切。又徂回切。（夷隹切。）晨丞真切。又慈鄰切。箠是爲切。又聚橤切。厜是爲切。又才規切。騬石證切。又慈陵切。純殊倫切。又從緣切。（又規倫切。）軺時饒切。又慈焦切。（又餘招切。）　承《禮記·文王世子》承含，注：承讀爲贈，聲之誤也。　　餓柞《國策·趙策》鮑注：餓柞與酬酢同。

禪心　　揲《易·繫辭》揲之以四，釋文：揲，時設反。一音思頰反。徐音息列反。褫《類篇》常支切。又相支切。曳時制切。又私列切。（又以制切。）彴殊閏切。又思晉切。詍時制切。又私列切。（又以制切。）　　社《禮記·郊特牲》君親誓社，注：社或爲省。蜀《後漢書·劉焉》傳，注：漢代謂蜀爲叟。　　純粹《離騷》。

禪邪　　時《説文》从寺聲，市之切。寺，祥吏切。　侍寺聲，時吏切。恃寺聲，時止切。　　楯《礼記·儒行》注，釋文：小楯，時準反。徐辭準反。侍《左·昭二十五傳》侍人，本亦作寺人。杼《爾雅·釋木》杼，謝嘗汝反。施或音序。鐔《玉篇》時占、夕林二切。荼《類篇》時遮切。又徐嗟切。彴殊閏切。又徐閏切。柔常如切。又象吕切。褶寔入切。又席入切。馴殊倫切。又松倫切。（又俞倫、吁運二切。）探時占切。又徐心切。（又夷針切。）紃殊倫切。又松倫切。　　常《儀礼·士虞礼》薦此常事，注：古文常爲祥。

禪莊　　慎《説文》从真聲，時刃切。真，側鄰切。　　純《周礼·地官·媒氏》釋文：純帛，側其反。注云：純實緇字也，古緇以才爲聲。《礼記·玉藻》純組綬，注：純當爲緇，古緇字，或从糸旁才。又《礼記·祭統》純服，側其反。《類篇》殊倫、莊持二切，同。　誰《公羊·僖二十一》傳，注：誰諼誰，本亦作詐。擉《類篇》殊玉切。又側角切。　純殊倫切。又莊持切。　　遄臻《詩·邶風·泉水》遄臻于衛。

禪初　　檤《類篇》淳沿切。又楚委切。擉殊玉切。又測角切。孎殊玉切。又測角切。

禪牀　　輇《説文》讀若饌，市緣切。饌，士戀切。　　叕《類篇》丞真切。又鋤臻切。叀淳沿切。又雛戀切。腄是爲切。又崇懷切。頪時鴆切。又士瘁切。輲時連切。又鋤山切。

禪疏　鱨鯊《詩·魚麗》魚麗于罶，鱨鯊。

日精　毳《説文》一曰讀若儁，而兖切。　莈《類篇》儒隹切。又祖峻切。蕊乳捶切。又子兖切。毳乳兖切。又祖峻切。

日清　茸《説文》聰省聲，而容切。聰，倉紅切。忎古文仁，當从千聲，如鄰切。千，此光切。　染《儀礼·公食大夫礼》注，釋文：染，人漸反。又七内反。　衽《礼記·檀弓上》注：衽或作漆。

日從　蹨《類篇》忍善切。又在演切。　戎疾《詩·思齊》肆戎疾不殄。

日心　禳蘘鄹穰攘纕蠰鑲《説文》从襄聲，汝羊切。襄，息良切。讓饟襄聲，人漾切。瓤蘘壤襄聲，如兩切。　犉隼聲，而尹切。隼，思允切。儒襦懦濡需聲，人朱切。需，相俞切。擩醹需聲，而主切。孺需聲，而遇切。緌讀若綏，儒隹切。綏，息遺切。　繻《易·既濟》繻有衣袽，釋文：繻，而朱反。鄭、王肅云：音須。綏《詩·韓奕》綏章，本亦作緌，毛如誰反。鄭音雖。儴《爾雅·釋詁》釋文：儴，樊、孫如羊反。施息羊反。《玉篇》爾羊、先羊二切，同。蠰《釋蟲》蠰音壤。又思諒反。　瀼《玉篇》汝羊、息羊二切。莈《類篇》儒隹切。又宣隹切。聑日涉切。又悉協切。襦汝朱切。又詢趨切。濡人之切。又詢趨切。浽儒隹切。又宣隹切。撋儒垂切。又宣隹切。　緌《詩·葛屨》冠緌雙止，《御覽》（六百九十八）引作冠綏。《儀礼·士冠礼》及《礼記·玉藻》冠緌之字，故書多作綏。今礼家定作蕤。

日邪　擾《周礼·天官·大宰》以擾萬民，釋文：擾，而小反。徐、李尋倫反。稄《類篇》儒隹切。又徐醉切。

日莊

日初　貼《類篇》日豔切。又叉鑑切。

日牀

日疏　茬《類篇》儒隹切。又師庚切。縒如支切。又山皆切。

第八　齒舌通轉

精端　載《禮記·月令》釋文：孟春載青，音戴。又季秋載，丁代反。《儒行》載仁，音戴，本亦作戴。《春秋經·隱十年》伐載，音再，《字林》作戴。《穀梁·隱十伐》載本，或作戴。剬《類篇》子兖切。又多官切。井子郢切。又都感切。渫即涉切。又的協切。

酒德《詩·既醉》既醉以酒，既飽以德。

精透　沮《類篇》子余切。又他年切。黏䶒將先切。又他兼切。（又美辯切。）

精定　蔋《類篇》兹消切。又徒沃切。踧于六切。又亭歷切。鰌兹秋切。又亭歷切。䜌將遂切。又待戴切。　噂沓《詩·十月之交》噂沓背憎。　蜻蜓《吕氏春秋·精谕篇》注。

精泥　茮《類篇》兹消切。又乃了切。

精來　進《說文》从閵省聲，即刃切。閵，良刃切。　鄻《類篇》祖管切。又力展切。幯子了切。又朗鳥切。䶜將支切。又律私切。㶇子豔切。又力驗切。抄摷子小切。又郎刀切。　椒聊《詩·椒聊》椒聊之實。脊令《常棣》脊令在原。載來《杕杜》匪載匪來。嵫釐《魯靈光殿賦》。　蜻蛉《爾雅·釋蟲》注。　鶺鴒《爾雅·釋鳥》。蜻蛚《方言》十一。湫漻《淮南·原道訓》。

精知　㘝《說文》㘝讀若輟，子結切。　湛《礼記·内則》釋文：湛諸，子潛反。一音陟鴆反。　苴《類篇》子余切。又展賈切。茁祖悦切。又竹律切。剬子兖切。又主兖切。鯫將侯切。又陟涉切。戩子淺切。又追萃切。纗津垂切。又竹恚切。（又玄圭、弋睡二切。）黏將先切。又知廉切。（又美辨切。）繜絀《荀子·不苟篇》。

精徹　睛《類篇》咨盈切。又丑郢切。剶遵全切。又椿全切。傑子例切。又丑例切。摧祖誄切。又丑水切。洂資辛切。又丑成切。

精澄　湛《考工記·鍾氏》釋文：朱湛，子潛切。又音鴆。湛《礼記·内則》釋文：湛諸，子潛反。又直蔭反。稍《類篇》即就切。又直祐切。　姐子野切。又陳知切。

精娘　蚩《類篇》將支切。又女蟹切。　踧沑《海賦》。

精照　蓺《説文》从埶聲，姊入切。埶，之入切。摯埶聲，讀若晉。即刃切。髮敹聲，祖外切。髮，之芮切。𢍏讀若翦，旨兖切。　崔《詩·南山》崔崔，釋文：子雖反。又音隹。燋《周礼·夏官·政官之屬·司爟》注：爲燋，哉約反。李又音灼。纖《礼記·文王世子》則纖，依注音鍼，之林反。徐子廉反。資《緇衣》資冬，資依注音至。隹《莊子·齊物論》畏隹，醉癸反。李諸鬼反。鏃天下鏃，子木反。徐朱角反。戩《爾雅·釋詁》戩，音翦。又章善反。鼩《釋獸》鼩，郭音雀，將略反。《字林》音灼。騅《玉篇》子垂、之累二切。茁《類篇》祖悦切。又之出切。卙即入切。又質入切。㺜子賤切。又旨善切。剬子兖切。又主兖切。劗子兖切。又旨善切。瘵子例切。又征例切。顫子朕切。又章任切。燋兹消切。又職略切。漎將容切。又之戎切。漸將廉切。又之列切。汁即入切。又質入切。霑子豔切。又章豔切。鰶鯯子例切。又征例切。戔將先切。又旨善切。戩子淺切。又旨善切。髮祖外切。又朱芮切。

甑《儀礼·特牲饋食礼》廩人摡甑，注：古文甑作烝。　作祝《詩·蕩侯》作侯祝。尊章《漢書·廣川王傳》。

精穿　蕞《類篇》津垂切。又敞爾切。卙即入切。又叱入切。　脃膬祖悦切。又充芮切。毳祖説切。又充芮切。　蹲鴟《史記·貨殖列傳》。

精神　芧《莊子·齊物論》釋文：賦芧，李音予。徐食汝反。　柞《類篇》即各切。又實窄切。

精審　茦《説文》从赤聲，子寮切。赤，式竹切。踧叔聲，子六切。叔，式竹切。　菽《類篇》兹消切。又式竹切。萩菽兹消切。又式竹切。蕠葠子鳩切。又詩廉切。從將容切。又書容切。睫即涉切。又失冉切。郊子了切。又始紹切。俊祖峻切。又輪閏切。浹即涉切。又失涉切。　稷黍《詩·鴇羽》不能蓺稷黍。

精禪　斟《説文》从甚聲，(鍇本)子入切。甚，常枕切。　厜垂聲，姊宜切。垂，是爲切。　揣《類篇》子兖切。又豎兖切。晟咨盈切。又時征切。汁即入切。又寔入切。鱏咨林切。又時壬切。撏祖含切。又時占切。

精日　晉《説文》从臸聲，即刃切。臸，人質切。　毳《類篇》租説切。又儒説切。　咨茹《詩·臣工》來咨來茹。

清端　趨《周礼·春官·樂師》趨以采薺，注：故書趨作跢。鄭司農云：跢當爲趨，書亦或爲趨。跢，當蓋切。　憯怛憯，或作慘。衰《時命》。

清透　鏓《説文》鏓，鏦之或體，當从彖聲，七恭切。彖，通貫切。
銚《莊子·外物》釋文：銚鎒，七遥反。又他堯反。聻《玉篇》七立、他叶二切。舄《類篇》七約切。又闥各切。沮千余切。又他年切。　崔隤《漢書·廣川王傳》。

清定　燂《考工记·弓人》釋文：無燂，音曆。或大含反。抶《爾雅·釋宫》柣，郭千結反。吕伯雍大一反。賺《類篇》七漸切。又徒紺、力驗二切。(又悲檢切。) 靚七迹切。又亭歷切。潟七約切。又亭歷切。鰌鰍雌由切。又亭歷切。　蹉跎《九懷》。趁趠《文選·吴都賦》。謥詷《後漢書·皇后紀上》。

清泥　嘞《類篇》窗俞切。又昵洽切。　妻帑《詩·常棣》樂爾妻帑。

清來　鼀《説文》从圥聲，七宿切。圥，力竹切。　臉《玉篇》七廉切。又力減切。鑿七昔切。又力宗切。藪《類篇》千候切。又隴主切。莿茦七賜切。又落盖切。臉千廉切。又兩減切。(又居奄切。)

蒴七賜切。又郎達切。賺七漸切。又力驗切。（又悲檢切。）伈七鴆切。又力錦切。㭰趨玉切。又郎達切。　清漣清淪《詩·伐檀》河水清且漣猗，河水清且淪猗。清涼《遠遊》。愴悢《九懷》。繒綾《魯靈光殿賦》。阡蒝《江賦》。緁獵《羽獵賦》。
嘽嘐與憚恅同，《洞簫賦》。錯落《漢書·司馬相如傳上》師古注。

清知　邨《説文》从屯聲，此尊切。屯，陟倫切。　苴《類篇》千余切。又展賈切。騶逡須切。又追輸切。鏌逡緣切。又椿全切。鯫逡須切。又陟涉切。　錯置《九章》。

清徹　妻《説文》从屮聲，七稽切。屮，丑列切。　鎗《礼記·樂記》釋文：鎗，七羊反。徐勑庚反。哨《類篇》七肖切。又丑照切。（又余救切。）晴此静切。又丑郢切。瞭七計切。又丑例切。剶逡緣切。又椿全切。楝千木切。又丑玉切。摧取猥切。又丑水切。
清澈《九章》。

清澄　抶《爾雅·釋宫》釋文：柣，郭千结反。顧丈一反。鱒《類篇》粗本切。又柱兖切。蜡七慮切。又除駕切。　慘《詩·正月》憂心慘慘。《説文》引忝忝。忝，直廉切。　清直《詩·伐檀》河水清且直猗。跐豸《西京賦》。

清娘　清躡《方言》十二。

清照　藪竅《説文》从㪟聲，麤最切。㪟，之芮切。趡隹聲，千水切。隹，職追切。慹㪟聲，此芮切。汋《左傳·成十六年》釋文：諸汋，七樂反。徐音酌。鯖《玉篇》倉經切。又音征。帪且勇、職茸二切。瞭《類篇》七計切。又征例切。　䫉七稔切。又章衽切。汋七約切。又職略切。（又弋灼切。）鯖親盈切。又諸盈切。案與《玉篇》音同。瞭七祭切。又征例切。䰄此芮切。又朱芮切。　醋《儀礼·有司》尸以醋主婦，注：今文醋曰酌。　趨織《方言》十一注：趨織一作趣織，一作促織。

清穿　樅《詩·靈臺》釋文：維樅，徐七凶反。又音衝。脆《德經》其脆，七歲反。河上本作臎，昌睿反。毳《類篇》千短切。又充芮切。
㲋七四切。又尺栗切。　脃臎此芮切。又充芮切。𣔙千遥切。又春朱切。毳此芮切。又充芮切。汋七約切。又尺約切。（又弋灼切。）
潟七約切。又昌石切。毳取絹切。又昌緣切。捷七接切。又尺涉切。

清神　汋《類篇》七約切。又實若切。（又弋灼切。）䱜七約切。又食各切。

清審　𪇰《説文》从朩聲，七由切。朩，式竹切。戚朩聲，倉歷切。
從《類篇》七恭切。又書容切。𪉂千羊切。又尸羊切。𣙵千木切。又輸玉切。（又於斬切。）帥帨此芮切。又輸芮切。（又欲雪切。）
從七恭切。又書容切。猎獡七約切。又式灼切。恂悛七倫切。又輸閏切。涚此芮切。又輸芮切。　戚施《詩・新臺》得此戚施。
規覜與戚施同。

清禪　汋《左傳・成十六年》釋文：諸汋，七藥反。一音市藥反。跐《莊子・秋水》方跐，音此。郭時紫反。輇《莊子・外物》輇，七全反。又視專反。《類篇》逡緣切。又淳沿切。（又逵員切。）

清日　千《説文》千从人聲，（鍇本）此先切。人如鄰切。次二聲，七四切。二，而至切。　淬《儀禮・士昏禮》注：嫌淬汙，釋文：劉七内反。本或作染，如琰反。毳《類篇》此芮切。又儒説切。

從端　蹲《周禮・夏官・司弓矢》注，釋文：蹲甲，音存。劉丁官反。肞《類篇》叢租切。又都故切。　嫉妒《離騷》。

從透　笘《説文》从沾聲，昨鹽切。沾，他兼切。　覩覿覢《類篇》前歷切。又他歷切。沮在吕切。又他年切。　僬眺《廣雅・釋詁》。

從定　蕈《説文》从覃聲，慈衽切。覃，徒含切。　蕈《類篇》慈衽切。又徒南切。𥮾徂含切。又徒甘切。覿前歷切。又亭歷切。䡄從緣切。又徒玩切。燂㷋慈鹽切。又徒南切。鮧才資切。又田黎切。

（又延知切。）蠽蟬財仙切。又田黎切。䵵昨代切。又待䵵切。

雜遝《文選・籍田賦》。躐蹀從納、徒叶二切。《淮南・覽冥訓》。

從泥　㲲《類篇》籍入切。又諾叶切。　薺苨《神農本草經》下。

從來　巢《類篇》徂交切。又力交切。鄼徂丸切。又力展切。岑才淫切。又犂針切。（又魚音切。）𥌑才詣切。又力制切。　茨梁《詩・甫田》如茨如梁。踐履《行葦》牛羊勿踐履。宋廖《九辯》。宋歷《文選・江淹〈雜體詩〉》。酢餾《方言》五。萃離《方言》十二。銼鑹《廣雅・釋器》。

從知　覘《說文》从䂓省聲，才的切。䂓，知義切。　諎《類篇》疾各切。又陟格切。秖叢租切。又陟加切。騶才候切。又追輸切。猙疾郢切。又中莖切。㲲籍入切。又陟立切。鯫徂侯切。又陟涉切。鈂才淫切。又知鴆切。　從《山海經・海內北經》從極之淵，一曰忠極之淵。

從徹　疌《說文》从屮聲，疾葉切。屮，丑列切。　哨《類篇》才笑切。又丑照切。晴疾郢切。又丑郢切。𥴵徂含切。又癡廉切。摧徂猥切。又丑水切。

從澄　鱒《爾雅・釋魚》釋文：鮨，才損反。或直轉反。《類篇》徂悶、柱兗二切，同。姐《類篇》慈野切。又陳加切。𡓗昨閑切。又澄涎切。鈂才淫切。又持林切。𥌑才詣切。又直例切。醰才淫切。又持林切。（又夷針切。）　泉池《詩・皇矣》我泉我池。

從娘

從照　萔《說文》从沼聲，昨焦切。沼之少切。《類篇》慈焦、止少二音，同。崔隹聲，昨回切。隹，職追切。潀眾聲，徂紅切。眾之仲切。

戩《類篇》財干切。又旨善切。燋慈焦切。又職略切。㲲籍入切。又質入切。潨徂聰切。又之戎切。漸慈鹽切。又之列切。戔昨千熙。又旨善切。　謵讋秦入、之涉二切。《說文解字》第三。

從穿　歜《類篇》徂感切。又樞玉切。纂從緣切。又昌緣切。捷疾葉切。又尸涉切。掣才詣切。又尺制切。

從神　騬《周礼·夏官·校人》注，釋文：騬，音繒。又音繩。諎《類篇》疾各切。又實窄切。笮疾各切。又實窄切。箑疾葉切。又實洽切。柞疾各切。又實窄切。岝疾各切。又實窄切。萴疾力切。又實側切。　譙《史記·萬石君》傳：譙訶，音誰何。

從審　㕧《説文》从尗聲，前歷切。尗，式竹切。誎宋之或體，當从尗聲，前歷切。疾矢聲，秦悉切。矢，式視切。　從《礼記·學記》釋文：從容，從依注讀爲舂戈之舂，式容反。蕈《類篇》慈荏切。又式荏切。從牆容切。又書容切。俊徂尊切。又輸閏切。猎猲秦昔切。又式灼切。撕疾染切。又賞感切。許偃切。

從禪　潛《詩·潛》釋文：潛，在廉反，《小爾雅》作櫏，時砧反。谽《類篇》徂含切。又市甘切。橬才淫切。又時任切。蟬財仙切。又時連切。鈂才淫切。又時任切。醰才淫切。又時任切。（又夷針切。）　踐《曲礼》注：踐讀曰善，聲之誤也。

從日　輯柔《詩·抑》輯柔爾顔。雜糅《九章》。蕞芮《西征賦》。

心端　裻《玉篇》先鵠切。又都梏切。《類篇》蘇毒、都篤二切，同。蹼《類篇》須兖切。又都玩切。（又區願切。）

心透　舄《詩·閟宫门》釋文：有舄，音昔。徐又音託，《類篇》思積、闥各二切，同。肆《周礼·大宗伯》釋文：以肆，他歷反。又《典瑞》以肆，如字。又他歷反。錫《儀礼·少牢饋食礼》被錫，劉土歷反。土原訛作士，今依葉抄本。緆先擊切。《儀礼·既夕》釋文：他計反。綏《礼記·曲礼下》綏視，依注音妥，他果反。鷈《類篇》相支切。又天黎切。脩思邀切。又他彫切。（又夷周切。）㡗相支切。又天黎切。（又馨奚切。）屧穌叶切。又他計切。隸肆息刺切。又他歷切。（又羊至切。）濕悉協切。又託合切。（又鄂合切。）繻緰詢趨切。又他侯切。（又容朱切。）銛思廉切。又他點切。（又古活切。）錫思積切。又他歷切。隋宣隹切。又土禾切。　　裼《詩·斯干》載衣之裼，釋文：裼，《韓詩》作禘，《説文》作禧，他計切。肆《周禮·夏官》小子羊肆，注：肆讀爲鬄。稅《左傳·襄二十七年》加稅服終身，杜注：稅即繐也。釋文云：稅，徐云讀繐，音歲。服音吐外反。　　桑土《詩·鴟鴞》徹彼桑來。

心定　𩋫《説文》讀若沓，穌合切。沓，徒合切。𨽾隶聲，息利切。隶，徒耐切。　　綏《詩·烈祖》綏年眉壽，釋文：綏音妥。又《曲禮》則綏之，鄭注：綏讀曰妥。　錫《儀禮·少牢饋食》被錫，大計反。虒《爾雅·釋畜》虒，私移反。又徒奚反。《類篇》相支、田黎二音，同。鷈《類篇》相支切。又田黎切。虒相支切。又田黎切。㡗相支切。又田黎切。（又馨奚切。）𢘓詢趨切。又徒侯切。（又容朱切。）𩎁先命切。又徒玩切。㔸相支切。又田黎切。𩿣思積切。又亭歷切。繻緰詢趨切。又徒侯切。（又容朱切。）眴眴須倫切。又亭年切。（又俞倫、規倫、胡犬三切。）錫思積切。又大計切。　　錫《儀禮·少牢饋食礼》被錫，讀爲髲鬄。繻《春秋紀》裂繻，《公羊》作履緰。繻，相俞切。緰，度侯切。　　小大《詩·大東》小東大東。洗奠《行葦》洗爵奠斝。蕭條《遠遊》。踥蹀《九章》。睄窕《九思》。颯沓《文選·舞鶴賦》。駊沓《文選·文賦》。霄霆《淮南·原道訓》。徥徇《集韻·平聲三》。

心泥　需《考工記·輈人》不契需，釋文：音須。又乃亂反。蠰《爾雅·釋蟲》蠰息詳反。《字林》乃郎反。《類篇》思將、奴當二切，同。浽《玉篇》先悲切。又奴罪切。蘘《類篇》思將切。又奴當切。㔾私列切。又諾叶切。𩟗詢趨切。又奴侯切。瀼思將切。又奴當切。需詢趨切。又奴亂切。娞宣隹切。又弩罪切。嬬詢趨切。又乃豆切。絮息據切。又乃嫁切。　　綏《儀禮·少牢饋食禮》上佐食綏祭，注：綏亦當作挼，古文爲肵。又《有司》綏祭，注：綏當作挼，挼讀藏，其隋之隋，古文爲挼。信《春秋》韓不信，《史記》

作佞。

心來　䩦《説文》从吏聲，讀若迅，疏吏切。吏，力置切。迅，息進切。颯立聲，穌合切。銛桑欽讀若鐮，息廉切。　藪《類篇》蘇后切。又隴主切。槑斯荏切。又犂針切。伈斯荏切。又力錦切。䰫先了切。又朗鳥切。絵纖琰切。又力冄切。蜥思積切。又狼狄切。

　肆《周禮·地官·師氏》四夷之隸，注：故書隸或作肆。鄭司農云：肆或爲隸。　喪亂《詩·常棣》喪亂既平。簑笠《無羊》何簑何笠。蔆蔆《爾雅·釋草》。宿留《漢書·郊礼祀志上》。

心知　宣哲《詩·雝》宣哲維人。

心徹　差《説文》从丑聲，息流切。丑，敕九切。　絮《儀礼·特牲饋食禮》注，釋文：客絮，丑慮反。《玉篇》思據、丑慮二切。《類篇》息據、楮御二切，同。楯《類篇》須倫切。又勑倫切。哨思邀切。又丑照切。（又余救切。）剶荀緣切。又椿全切。椋蘇各切。又丑玉切。（又於靳切。）

心澄　虒《類篇》相支切。又丈爾切。猘獮選委切。又直婢切。　虒《漢書·傳二十七》如淳注：虒音豸。　棲遲《詩·衡門》可以棲遲。靸霅《吴都賦》。新雉《甘泉賦》。

心娘　襄《説文》从㲋聲，息良切。㲋，女庚切。　濡《左傳·昭七年》釋文：濡上徐音須。《説文》女子反。膲《類篇》先弔切。又女救切。絮息據切。又尼據切。鑲思將切。又尼良切。　絮《漢書·傳四十六》絮舜，注：李奇曰：絮音拏。

心照　徙《説文》从止聲，斯氏切。止，諸氏切。奞當从隹聲，息遺切。隹，職追切。雟或隼隹聲，思允切。枮占聲，息廉切。占，職廉切。晢執聲，私列切。執，之入切。埽帚聲，蘇老切。帚，支手切。　摰《玉篇》先列切。又之二切。杫《類篇》想氏切。又渚市切。戔相千切。又旨善切。蜙蚣蘇叢切。又諸容切。（又沽紅切。）　胥《禮記·喪大記》大胥，注：胥當爲祝，字之誤也。

斯螽《詩・七月》五月斯螽動股。薪蒸《無羊》以薪以蒸。脩張《韓奕》孔脩且張。

心穿　祟《説文繫傳》从出聲，雖遂切。出，尺律切。謕𣶏𢊁聲，桑故切。𢊁，昌石切。　嘯《類篇》先弔切。又尺栗切。訴謕蘇故切。又昌石切。𣘦蘇后切。又春朱切。倡思將切。又蚩良切。𥓓相然切。又尺戰切。潟思積切。又昌石切。濕悉協切。又叱入切。蚚思積切。又昌石切。　嘯《禮記・内則》男子入内不嘯，注：嘯讀爲叱。析《儀禮・既夕禮》髀析，《説文》作髀脛。脛，處脂切。犀《莊子・則陽》釋文：犀首，元嘉本作齒首。

心神　訹《説文》从朮聲，思律切。朮，食律切。絬舌聲，私列切。舌，食列切。銛舌聲，息廉切。　渫《易・井》釋文：渫，息列反。徐又食列反。蓮《類篇》悉協切。又實洽切。旬須倫切。又船倫切。　塞《書・皋陶謨》剛而塞，《史記》作實。

心審　速誎《説文》从束聲，桑谷切。束，書玉切。　齛紲世聲，私列切。世，舒制切。豯豕聲，（从鍇本）讀若綏。豕，式視切。䝅獮之或體，當从豕聲，息淺切。竦束聲，息拱切。涑束聲，速侯切。鮮𦏁省聲，相然切。𦏁，式連切。燮讀若溼，穌叶切。　寫《周禮・地官・稻人》釋文：寫水，戚如字。劉殤故反。信《周禮・秋官・大行人》信圭，音申，後信圭同。秀《公羊・成五傳》荀秀，《左氏》作荀首。倏《莊子・大宗師》倏然，音蕭。本又作儵，徐音叔。庚桑倏，徐始六反，同。阠《爾雅・釋地》阠音信。郭尸慎反。齛《爾雅・釋獸》齛，郭音泄。张揖音世。僿《玉篇》蘇代、式志二切。蔎《類篇》桑葛切。又式列切。哸先奏切。又輸玉切。殺桑葛切。又式吏切。眴須倫切。又輸閏切。（又熒絹切。）倏思邀切。又式竹切。（又夷周切。）䙴須戀切。又式撰切。䙴須絹切。又式撰切。舍洗野切。又式夜切。槮斯荏切。又式荏切。楝蘇各切。又輸玉切。（又於靳切。）寫洗野切。又傷故切。罧斯荏切。又式荏切。巽須兖切。又式撰切。帥帨須锐切。又輪芮切。(又欲雪切。) 㡜私列切。又式列切。俊須閏切。又輪閏切。倲蘇谷切。又輪玉切。俶息六切。又式竹切。猎獡思積切。又式灼切。㔴相支切。又賞是切。(又余支切。) 恂㑮須倫切。又輪閏切。僎聳尹切。又式撰切。涚須鋭切。又輪芮切。濕悉協切。又失入切。鮛鯊蘇未切。又失照切。揀筍勇切。又春遇切。匴酥官切。又式撰切。蠰思將切。又尸羊切。蝑四夜切。又式夜切。隃詢趨切。又春朱切。(又容朱切。) 醳思積切。又施隻切。(又夷益切。) 湘《詩·采蘋》于以湘之。《韓詩》作鬺。燮《襄八年經》獲蔡公子燮,《穀梁》作公子濕。《二十年經》蔡殺其大夫公子燮,《穀梁》作濕。釋文:公子溼,本又作隰,同。音濕,又音燮。信《周禮·大宗伯》注:信當爲身,《禮記·儒行》注:信讀如屈伸之伸。 倐溼《詩·中谷有蓷》暵其倐矣,暵其溼矣。肆設《行葦》肆筵設席。銷鑠《九辯》。

心禪 糂《説文》甚聲,桑感切。甚,常枕切。 褫《爾雅·釋詁》釋文:褫音斯。郭常支、(巨移二) 反。

心日 需《説文》从而聲,相俞切。而,如之切。娀戎聲,息弓切。戎,如融切。絮如聲,息據切。如,人諸切。璽爾聲,斯氏切。爾,兒氏切。 襄《書·臯陶謨》贊贊襄哉,釋文:息羊反。《爾雅》作儴,如羊反。《詩·出車》玁狁于襄,如字。本或作攘,如羊反。《周官·保氏》注:襄尺,音讓。《爾雅·釋言》襄,四羊反。或而羊反。《類篇》思將、如羊二音,同。緌《詩·車攻》傳抗大綏,釋文:本亦作緌,同,而隹反。《禮記·王制》大綏,依注音緌,耳隹反。又《雜記》其綏,依注作綏,耳隹反。襦《考工記·弓人》注:襦,劉音須。沈音儒。相《禮記·祭法》相近,依注讀爲禳,如羊反。濡《左氏·昭七年傳》濡上,徐音須。一音而。需《莊子·大宗師》需役,徐音須。李音儒。蘘𣪠儴驤瀼纕蠰鑲《類篇》思將切。又如陽切。櫰思將切。又人樣切。鑐需嬬詢趨切。又汝朱切。繻詢趨切。又汝朱切。(又容朱切。)絮息據切。又人余切。鑐詢趨切。又汝先切。　　需《易・需》有孚，《胡氏啟蒙》引《歸藏易》需作溽。綏《詩・韓奕》淑旂綏章，釋文云：綏，本亦作緌。《儀禮・有司》其綏祭，注：綏，古文爲挼。又《禮記・王制》天子殺則下大綏、諸侯殺則下小綏、《明堂位》夏后氏之綏，注皆云：綏當作緌，讀如冠蕤之蕤。《雜記》注略同。又云：蕤讀蕤賓之蕤，《喪大記》注同。　　選耎《漢書・西南夷傳》。枲耳《神農本草經》中。

邪端　隨《類篇》旬爲切。又都回切。腏旋芮切。又都括切。蜥似絶切。又丁計切。

邪透　禈《玉篇》似林、他敢二切。薙《類篇》序姊切。又他計切。隨旬爲切。又吐内切。譢旬爲切。又通回切。郤祥余切。又通都切。佁象齒切。又他代切。(又夷在切。)禈余心切。又他感切。與《玉篇》二切同。沮象吕切。又他年切。銛習琰切。又他點切。(又古活切。)隋旬爲切。又土禾切。

邪定　隨《説文》从隋聲，旬爲切。隋，徒果切。襲龖省聲，似入切。龖，徒合切。燂覃聲，徐盈切。覃，徒南切。鐩隊聲，徐醉切。隊，徒對切。鐔覃聲，徐林切。斜讀若荼，似嗟切。　　徐《易・困》釋文：來徐徐，子夏作荼荼，翟同。遂《易・震》遂泥，荀本遂作隊。餳《詩・有瞽》箋，釋文：賣餳，夕清反。又音唐。《周禮・春官・小師》注：飴餳，辭盈反。李音唐。玄應《一切經音義》卷十三《舍頭諫經》蜜餳，似盈、徒當二反。燂《考工記・弓人》無燂，音毴，又音尋。或大含反。隧《左氏・襄二十五年傳》陳隧，音遂。徐又徒猥反。槢《莊子・在宥》椄槢，郭、李音習。向、徐徒燮反。蕈《釋草》蕈，辭荏反。沈徒感反。《類篇》徐心、徒南二切，同。郤《玉篇》似諸、達明二切。唌似延切。又徒坦切。蕁《類篇》徐心切。又徒南切。薙序姊切。又大几切。隊徐醉切。又徒對切。橝徐心切。又徒南切。槢席入切。又達協切。佁象齒切。又蕩亥切。䡵荀緣切。又徒玩切。燂燖徐心切。又徒南切。慴席入切。又達協切。潭蟫鐔徐心切。又徒南切。（又夷針切。）眴䀏松倫切。又亭年切。（又俞倫、規倫、胡犬三切。）

續《周禮·春官·巾車》注：歲時更續，故書續爲讀，杜注：讀當爲續。騽《爾雅·釋畜》釋文：騽音習。《説文》作驔，音簟。《字林》又音譚。潯《淮南王書》二江潯，高诱注：潯讀葛覃之覃。鐔《漢書·志八》鐔成，注：孟康曰：鐔音譚。隧《禮記·檀弓》注：隧奪聲相近。

邪泥

邪來　梩《説文》梩相或體，當从里聲，詳里切。里，良止切。　蠑蛉《方言》十一。

邪知　苴《類篇》徐嗟切。又展賈切。隨旬爲切。又中葵切。遂徐醉切。又陟利切。掇旋芮切。又株衛切。

邪徹　楯《類篇》松倫切。又敕倫切。（又庾準切。）佁象齒切。又丑吏切。（又夷在切。）

邪澄　岫《爾雅·釋山》釋文：徐究反。郭音胄。橝《類篇》徐心切。又直染切。佁象齒切。又丈蟹切。抒象吕切。又丈吕切。姐詳豫切。又陳知切。綫似淺切。又直踐切。（又延面切。）　燂《考工記·弓人》撟角欲孰於火而無燂，注：故書燂或作朕。鄭司農云：字从燂。祠《公羊·莊八年》傳：出曰祠兵，《詩·采芑》箋引作治兵。《周禮·大司馬職》注：《左·隱五年》傳疏引同。

邪娘

邪照　寺《説文》从㞢聲，祥吏切。㞢，止而切。緒者聲，徐吕切。者，之也切。　鼩《玉篇》詞惜切。又之石切。㕍似垂切。又音隹。慴《類篇》席入切。又質涉切。

邪穿　巡馴紃《説文》从川聲，詳遵切。川，昌緣切。　紃《爾雅・釋訓》注，釋文：紃，囚春、昌緣二反。綫《玉篇》徐剪切。又昌善切。鬊《類篇》松倫切。又尺尹切。濕席入切。又吒入切。驫詳遵切。又昌緣切。綫似淺切。又齒善切。（又延面切。）　尋尺《詩・閟宫》是尋是尺。

邪神　循《説文》从盾聲，詳遵切。盾，食閏切。謝䠶聲，辭夜切。䠶，食夜切。飤食聲，祥吏切。食，乘力切。　旬《易・豐》釋文：雖旬，或音脣。馴《周禮・夏官・服不氏》注：馴，似遵反。一音脣。又《曲禮》注：則馴，似遵反。徐食倫反。芧《莊子・齊物論》釋文：賦芧，音序。徐食汝反。又《徐無鬼》食芧，音同。循《秋水》蹲旬，音旬。又音脣。旬《類篇》詳遵切。又船倫切。慴席入切。又實涉切。渫詞夜切。又食亦切。（又夤謝切。）溼席入切。又實入切。　遂《僖二十六年經》公子遂如楚乞師，《世本》遂作述。《襄二十三年傳》毋或如東門遂，《魯世家》索隱引《世本》作述。《公羊・文十二》釋文云：使遂，二傳作述。又《詩定・之方中》釋文：引《鄭志》述讀如遂事不諫之遂。古述、術、遂字並通。巡《周禮・地官・鄉師》巡其前後之屯，注：故書巡作述。謝《爾雅・釋魚》仰者謝，衆家本謝作射。　翔實《漢書・西域傳上》。

邪審　豙《説文》从豕聲，徐醉切。豕，式視切。席庶省聲，祥易切。庶，商署切。　蕈《爾雅・釋草》釋文：蕈，辭荏反。《字林》式甚反。《類篇》徐心、式荏二切，同。蟓《玉篇》似兩、式亮二切。從《類篇》似用切。又書容切。眴松倫切。又輸閏切。（又熒絹切。）邻祥余切。又詩遮切。俆詳余切。又商居切。鬊松倫切。又輸閏切。猎獡祥亦切。又式灼切。恂悛松倫切。又輸閏切。濕席入切。又失入切。緒象吕切。又詩車切。繹祥亦切。又施隻切。（又夷益切。）　徐《史記・齊世家》執簡公于徐州（《田敬仲世家》同，索隱曰：徐音舒)。《春秋·哀十四年》作舒州。檖徐醉切。又《史記》索隱：式芮反。

邪禪 旬《易·豐》釋文：雖旬，王肅尚純反。寺《易·説卦》爲閽寺，如字，徐音侍。《詩·車鄰》寺人，如字，又音侍。《左氏·僖二十四年傳》寺人披請見，釋文亦云：寺本又作侍。《昭六年傳》宋寺人柳，《十年傳》惡寺人柳，釋文並云：寺本又作侍。《二十五年傳》使侍人僚柤，釋文：侍，本亦作寺。《穀梁·襄二十九年傳》寺人也，釋文云：寺本又作侍。又《周禮·敘官》注云：寺之言侍也。是寺、侍古通用。馴《莊子·馬蹄》釋文：馴，似遵反。或音純。撏《玉篇》徐林切。又視占切。鐔夕連、時占二切。蒣《類篇》祥余切。又常如切。巡松倫切。又殊閏切。楯松倫切。又豎尹切。(又庾準切。) 邪祥余切。又時遮切。(又羊諸切。) 鱘徐心切。又時任切。揗松倫切。又豎尹切。撏徐心切。又時占切。抒象吕切。又上與切。

邪日 潭《類篇》徐心切。又忍甚切。(又夷針切。)

莊端 擉《莊子·則陽》釋文：擉，一音捉。徐丁緑反。敪《類篇》側律切。又都括切。

莊透 簪《易·豫》釋文：朋盍簪，徐側林反。古文作貸，貸，他得反。沮《類篇》臻魚切。又他年切。

莊定 側慝《漢書·五行志下》。

莊泥

莊來 巢《類篇》莊交切。又力交切。獿側狡切。又魯皓切。夨阻力切。又力結切。(又詰結切。) 霵莊陷切。又力驗切。抄莊交切。又郎力切。 榛栗《詩·定之方中》樹之榛栗。齊栗《孟子》五。

莊知 苴《莊子·讓王》釋文：土苴，側雅反。又知雅反。《類篇》莊俱、展賈二切，與《釋文》音同。茁《類篇》莊出切。又竹律切。諎側革切。又陟格切。騶甾尤切。又追輸切。猙甾莖切。又中莖切。獠側絞切。又竹狡切。霅側洽切。又竹洽切。婑側滑切。又中葵

　　　切。貀側律切。又竹律切。

莊徹　擉《莊子·則陽》釋文：擉，一音捉。又敕角反。洓《類篇》資计切。又丑成切。　縐絺《詩·君子偕老》蒙彼縐絺。

莊澄　姐《類篇》臻魚切。又陳知切。

莊娘　㗊《說文》又讀若呶，阻立切。呶，女交切。　㑳《類篇》莊俱切。又昵洽切。摣莊加切。又女加切。　𩈎𩈌側板、女板二切。《玉篇》上《面部》。

莊照　簪《易·豫》釋文：朋盍簪，徐側林反。虞作戠，之弋反。笮《周禮·夏官·司兵》注：干笮，側白反。劉舟伯反。孨《玉篇》莊卷、旨兖二切。茁《類篇》莊出切。又之出切。㹽阻版切。又旨善切。檛莊華切。又張瓜切。瘵側例切。又征例切。䫈側禁切。又章衽切。燋側角切。又職略切。漸側衔切。又之列切。汋側角切。又職略切。（又弋灼切。）霯莊陷切。又章豔切。抓莊交切。又止兩切。娺側滑切。又張刮切。鬝側八切。又朱劣切。貀䝤側律切。又之出切。醆阻限切。又旨善切。

莊穿　茁《說文》从出聲，鄒滑切。出，尺律切。　擉《莊子·則陽》釋文：擉，一音捉。郭音觸。汋《類篇》側角切。又尺約切。（又弋灼切。）娺側滑切。又張刮切。

莊神　咋《類篇》側駕切。又實窄切。齰齚側格切。又實窄切。諎側革切。又實窄切。䛽側洽切。又實洽切。笮側駕切。又實窄切。柞側格切。又實窄切。岝側格切。又實窄切。萴札色切。又實側切。汋側角切。又實若切。（又弋灼切。）　濈側立切。又實洽切。㴙測洽切。又實洽切。蚱側駕切。又實窄切。

莊審

莊禪　唇䟢《說文》从辰聲，側鄰切。辰，植鄰切。　紂《詩·丰》箋，釋文：紂衣，側基反。本或作純。跐《莊子·秋水》方跐，側買反。郭時紫反。　事《類篇》側吏切。又上史切。

莊日　　莊《類篇》側羊切。又人樣切。

初端　　揣《説文》从耑聲，初委切。耑，多官切。　揣《道經》釋文：揣，初委反。又丁果反。《玉篇》音同。《類篇》楚委、都果二切，亦同。擉《莊子·則陽》釋文：擉，初角反。徐丁綠切。剶剟《類篇》測紀切。剟，又都活切。

初透　　攙麤《類篇》初銜切。又闖中切。

初定　　幝《類篇》測倫切。又杜本切。揣楚委切。又徒宮切。

初泥　　愴囊《莊子·在宥》。

初來　　蓛茦《類篇》測革切。又落盖切。啐楚快切。又劣戍切。扠初佳切。又攎佳切。抄初交切。又郎力切。

初知　　剶《類篇》測紀切。又株劣切。幝測倫切。又株倫切。

初徹　　齔《周禮·秋官·朝士》注，釋文：初謹反。又勑謹反。又《左氏·僖五年傳》注：童齔，初問反。又耻問反。《類篇》楚引、丑引二切，音並同。齔《説文》作齓，同。擉《莊子·則陽》擉，初角反。又敕角反。齝《爾雅·釋獸》齝，謝初其反。郭音笞。瞭《類篇》初戛切。又丑例切。幝測倫切。又敕倫切。矗初六切。又敕六切。堛測入切。又敕立切。鍤磣畝切。又勑涉切。

初澄　　幝《類篇》測倫切。又重倫切。　差池《詩·燕燕》差池其羽。柴虒《文選·甘泉賦》。一作傑池、玼虒、柴池、跐豸，皆差池之變。

初娘

初照　　揣《道經》釋文：揣，初委反。又志瑞反。瞭《類篇》初戛切。又征例切。剶初覲切。又旨善切。瞭初戛切。又征例切。揣楚委切。又朱惟切。戔楚限切。又旨善切。(又匹見切。)

初穿　　擉《莊子·則陽》釋文：擉，初角反。郭音觸。嚱《類篇》初芮切。又姝悦切。歂楚委切。又尺兖切。豉芻數切。又昌句切。剶測紀切。又姝悦切。揣楚委切。又尺兖切。鏟楚限切。又齒善切。

初神　　徆《類篇》測洽切。又實洽切。齰測革切。又實窄切。齣測瑟切。又食櫛切。諈測洽切。又實洽切。幯測倫切。又船倫切。騷磣㰴切。又實洽切。澀察色切。又實側切。揣楚委切。又船釧切。

初審　　訬鈔《説文》从少聲，楚交切。少書沼切。娕束聲，測角切。束，書玉切。　　撕《類篇》又鑑切。又賞感切。（又許偃切。）捒測角切。又舂過切。　　筴《禮記·曲禮》注：筴或爲蓍。

初禪

初日

牀端

牀透　　欃㰖《類篇》鋤銜切。又闥各切。

牀定　　禟古文柴隋省。段玉裁云：隋聲，仕皆切。隋，徒果切。　　劖《類篇》鋤咸切。又徒濫切。騃牀史切。又坦亥切。（又語已、偶起二切。）𧊅仕版切。又田黎切。　　俟《儀禮·大射儀》樞皆失洂而俟，注：今文俟作待。　　潛逃《詩·四月》潛逃于淵。

牀泥

牀來　　巢《書·旅獒》釋文：巢，仕交反。徐呂交反。《類篇》鉏交、力交二切，同。嫠《爾雅·釋言》嫠，仕其反。又呂其反。帘《類篇》鋤臻切。又離鹽切。（又一叫切。）岑鉏簪切。又犁針切。（又魚音切。）霦鋤咸切。又力驗切。　　崇《宣元年經》晉趙穿帥師侵崇，《公羊》作侵柳。案古東韻字可轉讀入有韻，如《玉篇》銅，又直又切。《廣韻》銅，又直久切，故崇轉入有。俟《儀禮·鄉射禮》執旌負侯而俟，注，又《大射儀》三耦俟于次北，注，今文俟爲立。　　崱屴《魯靈光殿賦》。

牀知　　饌《類篇》雛綰切。又株戀切。（又逵眷、扶萬二切。）峷鋤庚切。又中莖切。騶崇芻切。又追輸切。鰍士九切。又陟涉切。

牀徹　　嫠《爾雅·釋言》釋文：嫠，仕其反。又丑之反。又《漢書·志七》卜請其嫠，注：嫠音牛齝之齝。嫠，俟甾切，齝，丑之切。

　　讒諂《孟子·告子下》。《天問》。

牀澄　　䖻《説文》讀若遲，士皆切。　鱒《爾雅·釋魚》釋文鱒一音仕轉反。或直轉反。《類篇》鷄免、柱兖二切，音同。　㓶《玉篇》仕鍺切。又直叶切。　莇《類篇》牀據切。又遲據切。騃牀史切。又丈里切。（又語巳、偶起二切。）蜡助駕切。又除駕切。㙑鉏山切。又澄涎切。

牀娘　　㑌《類篇》祟芻切。又昵洽切。　士女《詩·甫田》以穀我士女。

牀照　　事《説文》从㞢省聲，鉏史切。㞢，止而切。僝孨聲，士戀切。孨，旨兖切。　孱䦃从孨聲，士連切。　折《玉篇》士列切。又之舌切。剗《類篇》仕限切。又旨善切。漴仕巷切。又之戎切。汋仕角切。又職略切。（又弋灼切。）霯鋤咸切。又章黮切。　傖囁《古文苑·黄香責髯奴辭》。

牀穿　　䖞《説文》从出聲，仕乙切。出，尺律切。　汋《類篇》仕角切。又尺約切。（又弋灼切。）

牀神　　咋《類篇》助駕切。又實窄切。䶪助駕切。又實窄切。柞助伯切。又實窄切。汋仕角切。又實若切。（又弋灼切。）蚱助駕切。又實窄切。穱仕角切。又實窄切。

牀審　　訬《説文》从少聲，讀若毚（楚交切）。少，書沼切。　褮《詩白華》箋：卜藏其褮，釋文：褮，士其反。又尸醫反。從《類篇》鉏弓切。又書容切。巽鷯免切。又式撰切。㨻士減切。又賞感切。（又許偃切。）　齊聖《詩·小宛》人之齊聖。

牀禪　　漸《詩·漸漸之石》釋文：漸，士銜反。沈時銜反。汋《爾雅·釋水》汋，仕捉反。又上若反。士大徐本《説文》鉏里切。小徐本實史切反。事《類篇》仕吏切。又上史切。橬鉏簪切。又時任切。霫鉏簪切。又時鴆切。鐕鉏簪切。又時任切。蝬仕版切。又時連切。

牀日

疏端　帥《説文》从自聲，所律切。自，都回切。　剢《類篇》朔律切。又都活切。　䫲頦《廣雅·釋詁》醜也。䫲音爽。頦，丁可反。

疏透　歃山洽切。《穀梁·莊二十七年傳》未嘗有歃血之盟，《儀禮·士相見禮》注，釋文引作呫血，呫，音貼。

疏定　帨《説文》帨、帥之或體，當从兑聲，所律切。兑，大外切。
　　　　　　　　毹《類篇》雙雛切。又徒侯切。（又容朱切。）

疏泥　蠰《類篇》師莊切。又奴當切。䖿所景切。又乃定切。

疏來　躧纚釃《説文》並从麗聲，所綺切。麗，郎計切。數婁聲，所矩切。婁，洛侯切。䶡吏聲，疏史切。吏，力置切。梢讀若驪駕，所景切。罧林聲，所今切。林，力尋切。使吏聲，疏士切。簏麗聲，所宜切。曬麗聲，所智切。灑麗聲，山豉切。　鋝《考工記·冶氏》釋文：三鋝，色劣反。又音劣，《弓人》三鋝，音同。率《礼記·玉藻》釋文：率下，音律。《喪服·小記》注：澡率，所律反。又音律。《喪大記》注：爲率，音律。《玉篇》率，山律切。又力出切。《類篇》所律、力遂二切，音並同。蠡《玉篇》所奇切。又力支切。孿𤔔患切。又力員切。藪《類篇》所主切。又隴主切。啐山芮切。又劣戌切。膟所類切。又力遂切。膟朔律切。又劣戌切。欐山宜切。又鄰知切。罧疏簪切。又犂針切。㲚雙雛切。又龍珠切。浹爽士切。又良志切。攦所綺切。又輦爾切。縰所綺切。又鄰知切。繂所律切。又劣戌切。蠡釃山宜切。又鄰知切。　師旅《詩·常武》戒我師旅。參寥《莊子·大宗師》。疏糲《文選·魏都賦》。

疏知　剢《類篇》朔律切。又株劣切。　鏽餟《方言》十二。摵撴《方言》十三。

疏徹　楝《類篇》色窄切。又丑亦切。綝疏簪切。又癡林切。　筀《春秋》還自晉及筀，《公穀》作檉。檉，勑貞切。

疏澄

疏娘　膄《類篇》疏鳩切。又女救切。　縮朒《漢書·五行志》《説文》七上。

疏照　槮或參《説文》从參聲，所今切。參，之忍切。㩍炙聲，所責切。炙，之后切。　鬖《類篇》山芮切。又朱芮切。　牲《禮記·曾子問》凡告用牲，注：牲當爲制，字之誤也。縮《左氏·僖四年傳》無以縮酒，《禮記》注作：無以酌酒。

疏穿　唽《玉篇》山涉切。又叱涉切。　㯗雙雛切。又春朱切。

疏神　萐《類篇》色萐切。又實洽切。箑色輙切。又實洽切。

疏審　檆《説文》从𥿍聲，所銜切。𥿍，舒贍切。欶束聲，所角切。束，書玉切。　殺《詩·燕燕序》箋：州吁殺之，釋文：殺如字，又申志反。又《墓門》箋：殺君，音試。《瞻彼洛矣》箋：簒殺，音試。《周禮·大司寇》注：簒殺，音試。《儀禮·士冠禮》注：簒殺，申志反。《禮記·禮運》注：取殺，申志反。《郊特牲》注：殺二君，音試。《坊記》以殺，音試。下殺其猶殺同。《左氏·隱十一年傳》請殺，音試。《莊三十二年經》注同。《公羊·隱三傳》注：殺其，申志反，下殺其君，君殺皆同。《穀梁·桓元弟》殺，申志反，下内殺同。《論語·憲問》殺襄，申志反。《莊子·天地》殺君，音試，《庚桑》有殺同。《盜跖》武王殺，音試。《類篇》殺，山戛切，又試吏切，與《釋文》音同。阠《爾雅·釋地》釋文：阠，《字林》所人反。郭尸慎反。蔆《類篇》疏簪切。又尸廉切。哷色角切。又輸玉切。鞧雙雛切。又春遇切。鏞山垂切。又輸芮切。槮所錦切。又式任切。罧疏簪切。又式荏切。巽所晏切。又式撰切。帥所類切。又輸芮切。（又欲雪切。）幓所例切。又式列切。毹山於切。又春朱切。魦鯊師加切。又失照切。撕師咸切。又賞感切。（又許偃切。）捒所據切。又春遇切。蠰師莊切。又尸羊切。

疏禪　　芟《説文繫傳》从殳聲，所銜切。殳，市朱切。　　灑《類篇》所綺切。又時禮切。

疏日　　鑴《類篇》山垂切。又儒垂切。（又翾規、俞芮二切。）灑所綺切。又爾者切。蠰師莊切。又如陽切。

第九　舌脣通轉

端邦　鍛《淮南一》注：鍛讀炳燭之炳。　顛沛《詩·蕩》顛沛之揭，釋文：沛音貝。

端滂　杓《莊子·庚桑楚》釋文：杓，郭音的。又匹幺反。怡《類篇》當没切。又普没切。　顛沛《論語》四。斗僻《漢書·匈奴傳上》。

端並　焻《説文》从皀聲，都歷切。皀，皮及切。　礿《類篇》丁歷切。又皮教切。奓㚰當何切。又敝爾切。（又巨綺切。）鏊達協切。又蒲計切。（又私列切。）

端明　朷《類篇》都勞切。又莫卜切。玵都甘切。又謨甘切。㢕都昆切。又彌鄰切。　單《淮南王書二》單閼，高誘注：單讀明揚之明。端《禮記·玉藻》玄端注：端或爲冕，字之誤也。　顛冥《莊子·則陽》。兜鍪《説文解字》第八。鞮鍪《文選·長楊賦》。

端非　帶髮《詩·都人士》垂帶而厲，卷髮如蠆。又帶則有餘，髮則有旟，皆帶與髮對。

端敷　顛覆《邶風·谷風》及爾顛覆。

端奉

端微

透邦

透滂　否《類篇》天口切。又普后切。魄闥各切。又匹各切。土統五切。又片賈切。（又許下切。）

透並　臬他各切。《説文》讀若薄。　魄《類篇》闥各切。又白各切。

透明　髦《莊子·天地》釋文：髦，吐帝反。郭音毛。蘗㡿《類篇》湯來切。又謨交切。 冊他甘切。又謨甘切。　　朁《儀禮·少牢》勿替引之，注：古文替爲袂。袂或爲戴。戴、替聲相近。　　矘莽《楚辭·遠遊》。儻莽《文選·洞簫賦》。滇沔《吳都賦》。　譠謾《方言》十。

透非　　䍃《説文》从缶聲，土盍切。缶，方九切。杏，否聲，天口切。否，方九切。　　頪《類篇》他刀切。又匪父切。

透敷

透奉　　鈲《説文》从乏聲，讀若䯀，土盍切。乏，房法切。　　天《論語·陽貨》天何言哉，釋文：魯讀天爲夫。

透微　　頪《類篇》他刀切。又武遠切。 拕拖扡湯河切。又丈爾切。（又余支切。）文疑丈之誤。

定邦　　匋《説文》从包省聲，徒刀切。包，布交切。　　磌《公羊·莊十六傳》釋文：磌然，大年反。本或作砰，八耕反。 稹《類篇》亭年反。又卑民反。　　投畀《詩·巷伯》投畀豺虎。

定滂　　甹《説文》从粤省聲，讀若亭，特丁切。甹，普丁切。　　磌《類篇》亭年切。又滂君切。 土動五切。又片賈切。（又許下切。）

定並　　仢《類篇》亭歷切。又弼角切。 姼㛅田黎切。又敝爾切。 𩏂達協切。又蒲計切。　　踼䟡《文選·吳都賦》。

定明　　苜《説文》从苜，讀若末。徒結切。　　髦《莊子·天地》釋文：髦，大細反。郭音毛。 苜《類篇》徒結切。又莫結切。 杒田聊切。又莫卜切。　　大明《禮記·禮器》。 壇曼《漢書·司馬相如傳上》。 儓罷《方言》三。 蜓蛛《方言》十一。 弟靡《莊子·應帝王》。 弟從《釋文》今本作茅。 提僈《荀子·修身篇》。

定非　　匋《説文》匋讀與缶同。徒刀切。 瓞或从弗作𤓰，徒結切。

定敷　　䓯《説文》䓯，古文毒，當从副聲。徒沃切。　　磌《公羊·莊十六》傳，釋文：磌然，大年反。一音芳君反。

定奉　　頭《左傳·僖二十四年》晉侯之豎頭須，注云：頭須一曰里鳧須。

正義《史記》謂之里皃須，《新序·雜事》同。案頭皃古音近。

惔焚《詩·雲漢》如惔如焚。

定微 拕拖扡《類篇》唐河切。又丈尔切。

泥邦

泥滂

泥並 埿《類篇》年題切。又薄鑑切。

泥明 鬫《類篇》乃禮切。又母婢切。笯農都切。又莫故切。珃那含切。又謨甘切。 虋《儀禮·公食大夫禮》昌本南麋虋，注：今文虋皆作麋。

泥非

泥敷

泥奉

泥微

來邦 廩《說文》廩，亩之或體，當从稟聲，力甚切。稟，筆錦切。㔷丙聲，盧候切。丙，兵永切。 賁《公羊·宣三年傳》釋文：賁渾，舊音六。或音奔。廉《論語·陽貨》釋文：古之矜也廉。魯讀廉爲貶。稟《類篇》力錦切。又筆錦切。𩂣郎丁切。又百猛切。陸《春秋·宣三年經》楚子伐陸渾之戎，《公羊》作賁渾。錢大昕云：陸作賁，爲傳寫之譌，本當爲𡺳，即古文睦字，从𡿺，𡿺讀爲六，故睦亦有陸音。廩《春秋》雍廩，《古文人表》作稟。 靈保《九歌》。瞵瑞《文選·甘泉賦》。輪豳《文選·景福殿賦》。

來滂 臨《說文》从品聲，力尋切。品，丕飲切。 濼《春秋·桓十八年經》釋文：于濼，盧篤反。《說文》匹沃反。櫟《公羊·桓十五年傳》釋文：于櫟，力狄反。一音匹沃反。《穀梁·桓十八年傳》釋文：于濼音同。窌《類篇》力交切。又披教切。（又居効切。）癃良中切。又披江切。 膚《說文》膚，籒文臚，力居切。《禮記·內則》注：膚或作胖。 離披《九辯》。瞵盼《九懷》。歷僻《古文苑·王延壽夢賦》。伶傳《文選·寡婦賦》。落魄《史記·酈生列傳》。

來並　輦《說文》輦从扶。姚文田云：扶亦聲，力展切。扶，薄旱切。

瓣《詩·東山》箋，釋文：辯，盧遍反。又白莧反。沈薄閑反。癃《類篇》良中切。又皮江切。龐盧東切。又蒲蒙切。驡盧東切。又蒲蒙切。　林薄《九章》。竛竮《廣韻》二《下平聲》。《集韻·平聲四》。令辟一作瓴甓。《漢書·尹賞傳》。

來明　類當从米聲，盧對切。米，莫禮切。聊丣聲，洛蕭切。丣，莫飽切。塳《說文》从浝聲，讀若隴，力踵切。塳，莫江切。龍《易·說卦》釋文：爲龍，如字。虞干作駹。又《周禮·春官·巾車》龍勒，如字。戚音尨。《考工記·玉人》用龍，莫江反。氂《周官·巾車》注，釋文：爲氂，音貓。或音毛。䜌《爾雅·釋器》釋文：䜌，力端反。又莫潘反。蘒《類篇》陵之切。又謨皆切。氂陵之切。又謨交切。犛庲陵之切。又謨交切。鷚力求切。又迷浮切。䜌盧丸切。又謨還切。貍貓陵之切。又謨皆切。龍力鍾切。又莫江切。孌力轉切。又謨還切。繆力求切。又迷浮切。　龍《易·說卦》震爲龍，《漢上易》引鄭云：龍讀爲尨。《周禮·巾車》駹車雚蔽，注云：故書駹作龍。杜子春云：龍讀爲駹。《考工記·玉人》上公用龍，司農注：龍當爲尨。茢《周禮·夏官·戎右》贊牛耳桃茢，故書茢爲滅。杜子春云：滅當爲厲。　類禡《詩·皇矣》是類是禡。　來牟《詩·思文》貽我來牟。爛漫《哀時命》。悽憮《方言》六。聯㮼《說文解字》第六。鹵莽《莊子·則陽》。盧牟《淮南子·要略》。黎苗《後漢書·皇后紀上》。

來非　葻《說文》从風聲，盧含切。風，方戎切。膚籀文臚，力居切。《廣韻》甫無切。《易》剥牀以膚，京作簠。　連犿《莊子·天下篇》。

來敷　飂《道經》釋文：力幽反。梁簡文作飄，云：敷遥反。

來奉　龐《詩・車攻》釋文：龐龐，鹿同反。徐扶公反。翯《類篇》郎激切。又父沸切。㚖力結切。又扶畦切。（又胡結切。）虴力求切。又房尤切。　蘆葩《爾雅・釋草》。李父《方言》八。

來微　吝《説文》从文聲，良刃切。文，無分切。敹寮聲，洛蕭切。寮，罙之或體，武移切。良亡聲，吕張切。亡，武方切。糲萬聲，洛帶切。萬，無販切。蠣萬聲，讀若賴，力制切。勱萬聲，讀與厲同。塗塗，力嵳切。小徐亡弄反。　罶《爾雅・釋器》釋文：罶，本或作罠，亡巾反。鷚《類篇》力求切。又亡幽切。（又羌幽、渠幽二切。）樛憐蕭切。又亡幽切。（又居虯切。）矋矎力制切。又無販切。繆力求切。又亡幽切。（又居虯切。）　欒《春秋》宋景公欒，《史記》作頭曼。　《流亡》九章。

知邦

知滂　怞《類篇》竹律切。又普没切。

知並

知明　湪《類篇》展勇切。又蒙弄切。　虴蛨《方言》十一注。蛛蝥《廣雅・釋蟲》。馲駋《玉篇》下《馬部》。

知非

知敷

知奉　饌《類篇》株戀切。又扶萬切。

知微

徹邦

徹滂　騁《説文》从甹聲，丑郢切。甹，普丁切。　土《莊子・讓王》釋文：土苴，敕雅反。又片賈、行賈二切。䲕《類篇》丑豸切。又普弭切。怞勑律切。又普没切。土丑下切。又片賈切。案此本《釋文》音。

徹並　梟《説文》从皀聲，讀若薄。皀，丑略切。　樗蒲《御覽》七百五十四《工藝部》引《博物志》。

徹明　惧墨《文選·魏都賦》。

徹非　彳《類篇》丑亦切。又甫玉切。亍丑玉切。又甫玉切。　徹《禮記·喪大記》賓出徹帷，注：徹或爲廢。

徹敷　坼《詩·生民》不坼不副。

徹奉

微徹　扡拖扡《類篇》丑豸切。又丈爾切。　騁騖《九歌》。罔罔《九思》。

澄邦　嚭《史記·列傳三十一》索隱稱：應劭曰：嚭音保。嚭，池僞切。

澄滂　鯱《類篇》丈爾切。又普弭切。

澄並　塵《莊子·大宗師》釋文：塵垢，如字。崔本作塚垧。塚音塳，垧垢同。蜃《類篇》柱允切。又婢忍切。　滯沛《文選·上林賦》。

澄明　繆《類篇》陳留切。又迷浮切。　綢繆《詩·綢繆》綢繆束薪。旐旄《出車》設此旐矣，建彼旄矣。遲暮《離騷》。

澄非

澄敷

澄奉　乏《説文》从乏聲，直立切。乏，房法切。　沈浮《詩·菁菁者莪》載沈載浮。

澄微　長《説文》从亡聲，直良切。亡，武方切。　繆《類篇》陳留切。又亡幽切。　馳騖《離騷》。踸踔《方言》七。

娘邦　尼《説文》从匕聲，女夷切。匕，卑履切。

娘滂

娘並

娘明　蚵《説文》从丏聲，讀若周天子赧。

娘非

娘敷

娘奉

娘微

照邦 旨《説文》从匕聲，職雉切。匕，卑履切。驙《説文説解》引《易》乘馬驙如，今《易》作班。 磌《公羊·莊十六傳》釋文：磌然，之人反。本或作砰，八耕反。稹《類篇》之人切。又卑民切。 烝畀《詩·豐年》烝畀祖妣，釋文：畀，必寐反。

照滂 衼《類篇》章移切。又攀縻切。之石切。又匹辟切。（又呼役切。）磌之人切。又滂君切。

照並 枝《公羊·定三年傳》釋文：于枝。二傳作拔。疲疷《類篇》章移切。又蒲麋切。（又翹夷切。）礿職略切。又皮教切。�支義切。又敝爾切。鏊脂利切。又蒲計切。（又私利切。）

照明 旃蒙《爾雅·釋天》。蟙蠼《爾雅·釋鳥》注。蟅蟒《方言》十一。朱明《廣雅·釋天》。

照非 亍《類篇》株遇切。又甫玉切。

照敷 磌《公羊·莊十六年傳》釋文：磌然，之人反。一音芳君反。

照奉

照微 瞻望《詩·燕燕》瞻望弗及。

穿邦 竁《周禮·地官·遂人》釋文：及竁，劉昌絹反。本作穸，戚彼驗反。

穿滂 猖披《離騷》。

穿並 豽《類篇》充豉切。又敝爾切。姼姺侈支切。又敝爾切。（又巨綺切。）

穿明

穿非

穿敷 皾《類篇》充芮切。又孚萬切。（又初芮切。）

穿奉

穿微 惝罔《哀時命》。敞罔《九思》。

神邦 實《周禮·春官·大宗伯》實柴，故書或爲賓柴。

神滂

神並　順比《詩·皇矣》克順其比。

神明　繩《道經》釋文：繩，食陵反。又民忍反。脣《類篇》船倫切。又彌盡切。澠神陵切。又彌兖切。鱦神陵切。又母耿切。（又以證切。）　實枚《詩·閟宫》實實枚枚。繩墨《離騷》。

神非

神敷

神奉

神微　脣《類篇》船倫切。又武粉切。

審邦　奭《説文》从皕聲，詩亦切。皕，彼力切。　叔伯《詩·旄丘》叔兮伯兮。傷悲《九辯》。

審滂　舒勃《方言》六。

審並　矧《類篇》施智切。又敝爾切。

審明　寅《説文》从宀聲，施隻切。宀，莫狄切。　䴓《類篇》商支切。又民卑切。屎式斐切。又明秘切。　涗《考工記·㡆氏》以涗水漚其絲，注：故書涗作湄。呻《禮記·學記》呻其呫畢，注：呻或爲慕。　菽麥《詩·七月》禾麻菽麥。

審非

審敷　涗《禮記·郊特牲》明水涗齊，注：涗齊或爲汎齊。

審奉　少《説文》从丿聲，書沼切。丿，房密切。　庶繁《詩·公劉》既庶既繁。

審微　䴓《爾雅·釋鳥》釋文：䴓，郭音施，尸支反。《字林》亡支反。

禪邦　稹《類篇》上忍切。又卑民切。

禪滂

禪並　蜃《周禮·夏官·御僕》注，釋文：夾蜃，辰軫反。劉薄忍反。疲疧《類篇》常吏切。又蒲麋切。（又翹夷切。）仢實若切。又弼角切。姼㛅常支切。又敝爾切。（又巨綺切。）蜃是忍切。又婢忍切。

臣僕《詩·正月》并其臣僕。

禪明　矉《類篇》殊遇切。又莫懈切。（又牛懈切。）䑇石證切。又母耿切。（又以證切。）繩石證切。又弭盡切。（又以證切。）　蜃《周禮·春官·鬯人》用蜃注：故書蜃或爲謨。杜子春云：謨當爲蜃，書亦或爲蜃。　純厖《九章》。純罳《方言》十三。

禪非

禪敷

禪奉　純《禮記·緇衣》純而祭注：純或爲煩。輲《雜記上》載以輲車，注：輲讀爲輇。或作摶。

禪微　扡拖扡《類篇》是義切。又丈爾切。（又余支切。）

日邦

日滂

日並

日明　柔《説文》从矛聲，耳由切。矛，莫浮切。䋈糸聲，如壘切。糸，莫狄切。　袂《類篇》儒税切。又彌蔽切。（又倪祭、古穴二切。）柔而由切。又莫候切。

日非

日敷　輔而隴切。《淮南·覽冥》注：輔讀揖拊之拊（芳武切），而《汜論》注讀近茸。

日奉　輔䡥軵《類篇》乳勇切。又符遇切。　任負《詩·生民》是任是負。

日微

第十　唇舌通轉

邦端　班《易》乘馬班如，釋文：班，本亦作驙。驙，都晧切。邉《類篇》卑眠切。又多年切。肑北角切。又丁歷切。杓卑遥切。又多嘯切。庳賓彌切。又都弭切。馰巴校切。又丁歷切。（又即約、疾雀二切。）　邦對《詩·皇矣》帝作邦作對。伯禱《詩·吉日》既伯既禱。伯都《方言》八。

邦透　苞體《詩·行葦》方苞方體。餺飥《玉篇上·食部》。逋䞣補胡、他胡二切。《玉篇》下《走部》。匾匲《一切經音義》六。

邦定　博大《離騷》。冰臺《爾雅·釋草》。蟞蛦蛦音啼。又以脂切。《文選·蜀都賦》。

邦泥

邦來　孌《説文》从䜌聲，祕䜌切。䜌，吕員切。剥从录聲，北角切。录，盧谷切。　禀《中庸》釋文：禀，彼錦切。一本又力錦切。膊《類篇》伫各切。又龍輟切。賁逋昆切。又力竹切。瘭筆錦切。又力錦切。皪北角切。又狼狄切。　畢羅《詩·鴛鴦》畢之羅之。別離《九歌》。駮犖《古文苑·黄香九宫賦》。駁犖《上林賦》。暴樂《爾雅》釋文。邊橑《古文苑·枚乘忘憂館柳賦》。不律《爾雅》釋文。賓連《白虎通卷三上》。伯勞《爾雅·釋鳥》。

邦知

邦徹　琫《類篇》筆力切。又敕六切。

邦澄　誧《原本玉篇》布徒、澤古二反。　陂陁《史記·司馬相如列傳》。

邦娘

邦照　　箣《説文》从勺聲，北角切。勺，之若切。豹勺聲，北教切。逋，北末切。賈侍中説又讀若郅。　　趵《類篇》巴校切。又職略切。（又測角切。）齁巴校切。又職略切。（又即約、疾雀二切。）　　本支《詩·文王》本支百世。昄章《詩·卷阿》爾士宇昄章。

邦穿

邦神　　㔸《説文》从折聲。并列切。折，食列切。　　杓《類篇》卑遥切。又實若切。

邦審　　襏襫《國語·齊語》。

邦禪　　逋《説文》逋，北末切。賈侍中説一讀若拾。

邦日

滂端

滂透　　剖《説文》从音聲，浦后切。音，天口切。䣑音聲，匹回切。　　䒶《類篇》鋪彳切。又託盍切。　　蒱擇《廣雅·釋木》。

滂定　　䒶《類篇》鋪彳切。又敵盍切。　　鋪敦《詩·常武》鋪敦淮濆。滂沱《詩·澤陂》涕泗滂沱。

滂泥　　橐《類篇》普刀切。又乃到切。

滂來　　窌《玉篇》普孝切。又力救切。膊《類篇》鋪枚切。又龍輟切。伆披交切。又力弔切。濼普木切。又盧谷切。　　仳離《詩·中谷有蓷》有女仳離。配藜《漢書·揚雄傳上》。滮洌《上林賦》。

滂知

滂徹

滂澄　　鍪《類篇》浦計切。又直例切。　　溥長《詩·公劉》既溥既長。

滂娘

滂照　　樸屬《考工記》。

滂穿　　朏《説文》从出聲，普乃切。出，尺律切。　　秡《類篇》攀糜切。又敞爾切。憤匹九切。又尺制切。

滂神

滂審　濼《類篇》普木切。又式灼切。(又弋灼切。)

滂禪　錖《類篇》普計切。又時制切。(又以制切。)

滂日

並端　杓《類篇》紕招切。又多嘯切。庳頻彌切。又都弭切。　辨《周禮・天官・小宰》六曰廉辨，杜子春注：廉辨或爲廉端。

並透　菩《説文》从咅聲，涉乃切。咅，天口切。踣咅聲，朋北切。踣咅聲，蒲北切。脴咅聲，薄口切。箁咅聲，薄侯切。錇咅聲，蒲侯切。棓咅聲，步項切。部瓿咅聲，蒲口切。倍咅聲，薄亥切。髻咅聲，步矛切。培陪咅聲，蒲回切。　鵧鷉《方言》八。搫撥《廣韻》一《上平聲》。

並定　彴《類篇》弼角切。又亭歷切。詯蒲褒切。又徒刀切。蛂蒲結切。又大計切。案《爾雅・釋蟲》蛂蟥（《説文》作蠋），《字林》大替反，此音本之《字林》。　崥崹《文選・七命》。旁唐《文選・上林賦》。雹葖《御覽》引《廣志》。

並泥　埿《玉篇》蒲鑑、奴兮二切。橐《類篇》紕招切。又乃到切。疲薾《文選・謝靈運〈過始甯墅詩〉》。

並來　龐《説文》从龍聲，薄江切。龍，力鍾切。　瓣《玉篇》白莧、力見二切。《文選》六十《祭古冢文》注：瓣，一作辯，音練，瓣與練字通。案後出字作瓣見《廣韻》，郎甸切，注云：瓜瓣。㑿平交、力弔二切。㑿《類篇》蒲交切。又力弔切。　龐《漢書・志八》都龐注：應劭曰：龐音龍。　薜茘《離騷》。平仲《文選・吳都賦》。毗劉《爾雅・釋詁》。蒲盧《爾雅・釋蟲》。薄努《方言》一。瓿甊《方言》五。憑陵《左・襄二十五年》。平露《白虎通》卷三上。罷潞《吕氏春秋・不屈篇》。栟閭《玉篇》中《木部》。

並知　亳《説文》从乇聲，旁各切。乇，陟各切。　捗《類篇》蓬逋切。又竹力切。塳蒲蒙切。又展勇切。

並徹　㚞《説文》从皀聲，讀若薄。皀，丑略切。　　琫《類篇》蒲蒙切。又敕六切。

並澄　罷池《漢書·司馬相如傳上》。貏豸《文選·上林賦》。平仲《文選·吴都賦》。

並娘

並照　礿《類篇》弼角切。又職略切。

並穿

並神　礿《類篇》弼角切。又實若切。杓紕招切。又實若切。

並審

並禪　跋涉《詩·載馳》大夫跋涉。

並日

明端　䏧《説文》䏧，縻重文，當从多聲。靡爲切。䙆氏聲，莫兮切。氏，丁禮切。　　媞奵《玉篇》上《女部》。

明透　牡《説文》从土聲，莫厚切。土，它魯切。　　慢慆《離騷》。

明定　莧《説文》从苜聲，莫結切。苜，徒結切。(毛本模結切。)　　盿《類篇》眉貧切。又停年切。(又胡千切。)瞀莫卜切。又徒谷切。

　　眠娗《列子·力命篇》。瞀瞀《説文》十四。冒突《廣雅·釋水》。酕醄《廣韻》二《下平聲》。

明泥　湄《考工記·㡛氏》注：作湄，釋文：湄，劉音眉。一音奴短反。䦟《玉篇》莫氏、力弟二切。瀰莫爾、奴禮二切。簩籋《類篇》民卑切。籋又諾叶切。櫭民卑切。又乃禮切。㿖莫晏切。又乃諫切。瀰母婢切。又乃禮切。

明來　蠻《説文》从䜌聲，莫還切。䜌，吕員切。謬翏聲，靡幼切。翏，力救切。薶霾貍聲，莫皆切。貍，里之切。睦坴聲，莫卜切。坴，力竹切。邁蠆省聲，莫話切。蠆，力制切。勱莫話切。讀若厲。

　　茆《詩·泮水》薄采其茆，釋文：茆音卯。徐音柳。《周禮·天官·醢人》菁茆，釋：茆音卯。北人音柳。鼗《周禮·春官·樂師》注：氂牛，釋文：氂，舊音毛。劉音來。沈音狸。或音毛。字或作犛，或作虋，皆同。莔《類篇》萌莧切。又郎豆切。犛莫交切。又陵之切。䜌母版切。又盧丸切。樠槾模元切。又里黨切。(又無販切。) 䜌謨官切。又盧丸切。氉謨袍切。又力涉切。泖莫飽切。又力九切。𪎆眉貧切。又良刃切。埿莫江切。又魯勇切。

尨《周官·地官·牧人》凡外祭毀事，用尨可也，注：故書尨作龍。杜注當爲尨。《左傳·文十八年》尨降，《潛夫論·五德》《氏姓》《易林》，尨作龍。《文選》注（任昉《爲范尚書讓封侯表》、劉峻《辨命論》）引作龍降。又《考工記》上公用龍，鄭司農云：龍當爲尨。古尨與龍通。駹《易·説卦傳》虞注：駹舊讀作龍。《周禮·春官·巾車》駹車，注：故書駹作龍。杜子春云：龍讀爲駹。《秋官·犬人》用駹可也，注：故書駹作讠。鄭司農云：龍讀爲駹。厖《漢書·古今人表》厖圉，《史記·夏本紀》正義作龍圉。昧《尚書·堯典》昧谷，徐廣曰：《史記》一作柳谷，《周禮》注作柳穀。檟《周禮·天官·縫人》翣柳，注：故書翣柳作核檟。鄭司農云：檟讀爲柳。　螟蛉《詩·小宛》螟蛉有子。明類《詩·皇矣》克明克類。瞀亂閔憐《九辯》。黴黧《九懷》。莽罠冪歷《吴都賦》。緜攣《思玄賦》。縻黎《方言》十二。蒙籠《釋名》。朦朧今本《釋名》。懵懂《集韻·上聲六》。蒙龍《漢書·晁錯傳》。滿讕《漢書·谷永傳》。冥靈《穆天子傳》卷六。孟浪《莊子·齊物論》。摩羅《神農·本草經》中。

明知　廟《説文》从朝聲，眉召切。朝，陟遥切。

明徹　嚜屎《方言》十。慏惺《玉篇》上《心部》。

明澄　繆《莊子·庚桑楚》不可繆，釋文：繆，莫侯反。又音稠。

明娘　䈿簓《類篇》民卑切。簓，又昵立切。檷民卑切。又女履切。

明照　木《禮記·檀弓》公叔木，釋文：木，又音朱，徐之樹反。䁤《類篇》莫卧切。又質涉切。　劻釗《方言》一。

明穿　蒙艟《廣雅・釋水》。

明神

明審　木《禮記・檀弓》公叔木，釋文：木，音式樹反。鏫《類篇》莫鳳切。又世亘切。　湃《周禮・春官・小祝》贊湃，注：故書湃爲攝。杜子春云：當爲弭。

明禪　眉壽《詩・七月》以介眉壽。曼碩《詩・閟宮》孔曼且碩。

明日　弭或𢏼《説文》从耳聲，或从兒，弭，緜婢切。耳、兒同在日紐。　袂《莊子・漁父》釋文：揄袂，面世反。李音芮。洱《類篇》母婢切。又忍止切。𡍮謨袍切。又而田切。　蒙戎《詩・旄丘》狐裘蒙戎。龙茸《左傳・僖五年》。

非端　杓《玉篇》甫遥、都歷二切。

非透

非定　茀《易・既濟》婦喪其茀，釋文：茀，方拂反。董作髢。蚾《爾雅・釋蟲》釋文：蚾，謝音弗。《字林》大替反。　飛騰《離騷》。蹁踧《文選・長笛賦》。

非泥

非來　賁《類篇》方文切。又力竹切。塟方勇切。又魯勇切。　綍《禮記・喪大記》二綍，注：綍，或爲率。釋文：綍音弗。率音律。福履《詩・樛木》福履綏之。福禄《鴛鴦》福禄宜之。茀禄《卷阿》茀禄爾康矣。紼纚《采菽》紼纚維之。複陸《文選・魏都賦》。飛廉《廣雅・釋天》。飛蠊《廣雅・釋蟲》。

非知

非徹

非澄　缶《漢書・帝紀一》破布軍于會缶，蘇林注：缶音垂。師古曰：缶，音丈瑞反。

非娘　紛挐《九思》。纷纕《廣雅・釋訓》。

非照　杓《説文》从勺聲，（鍇本）甫遥切。勺，之若切。　方舟

《詩・邶風・谷風》方之舟之。飛止《四牡》載飛載止。

非穿　餴饎《詩・泂》酌可以餴饎。

非神

非審

非禪　缶《漢書・帝紀一》破布軍于會缶，蘇林注：缶音垂。

非日　鴯鴀《爾雅・釋鳥》。方攘《漢書・揚雄傳上》。

敷端

敷透　紑《説文》从咅聲，芳武切。咅，天口切。　㕯《玉篇》妨走、他豆二切。音同上。

敷定　愊《類篇》敷救切。又大透切。蚾敷物切。又大計切。

敷泥　菲㤜《方言》十二。

敷來　璷《類篇》芳無切。又淩如切。膊芳無切。又龍輟切。賁孚袁切。又力竹切。　蜂鋒敷容切。《史記・秦始皇本紀》蜂準，徐廣曰：蜂，一作隆。《五帝紀》陳鋒，《大戴記・帝繫》作陳隆。　豐隆《離騷》。氾濫《九章》。泛溦《文選・江賦》。茀蘺《爾雅・釋詁》。

敷知

敷徹

敷澄

敷娘

敷照　夆《説文》夆，敷容切。讀若缶。

敷穿

敷神

敷審

敷禪

敷日

奉端

奉透　涪《説文》从音聲，縛牟切。音，天口切。掊音聲，父溝切。弻西聲，房密切。西，他念切。

奉定　橐《説文》从匋省聲，符宵切。匋，徒刀切。　蚥《爾雅·釋蟲》釋文：蚥，沈符結反。《字林》大替反。浮《詩·江漢》江漢浮浮，《風俗通·山澤篇》引作陶陶。　煩憺《九辯》。復陶《左·昭十二》、《説文解字》第十三。

奉泥　艮《類篇》房六切。又泥展切。(又節力切。)

奉來　薢《爾雅·釋草》釋文：薢，符莧、符閑二反。謝力見反。葻《類篇》符風切。又盧含切。䴴奉甫切。又狼狄切。賁符非切。又力竹切。逯房六切。又盧谷切。　扶《禮記·投壺》五扶，注引《春秋傳》膚寸説之。《説文》膚爲臚之重文，力居切。婦《禮記·冠義》贊醴婦，注：婦當作醴，聲之誤也。　魴鱧《詩·魚麗》魚麗于罶，魴鱧。燔烈《生民》載燔載列。酆琅《文選·長笛賦》。苻離蘩露《爾雅·釋草》。負勞《釋蟲》。復累《説文解字》第十三。扶老《古今注·鳥獸第四》。

奉知　驜駤《廣雅·釋詁》。

奉徹　琡《類篇》房六切。又敕六切。

奉澄　篳《類篇》扶願切。又持晚切。

奉娘　煩挐《九辯》。

奉照　燔炙《詩·楚茨》或燔或炙。

奉穿　膍胵《説文解字》第四。

奉神

奉審

奉禪　鳧《説文》从几聲，房無切。几，市朱切。

奉日　艮《類篇》房六切。又乳兖切。　煩擱《詩·葛覃》箋。馮戎《古文苑·揚雄蜀都賦》。

微端　免《禮記·喪服小記》親者皆免，注：免或爲弔。

微透　瞞《莊子·天地篇》釋文：瞞，武版反。李天典反。涽《類篇》武粉切。又吐内切。（又呼内切。）

微定　憮《類篇》微夫切。又大羽切。（又荒胡切。）

微泥

微來　矕《説文》从䜌聲。武版切。䜌，吕員切。繆翏聲，武彪切。翏，力救切。　鷚《釋鳥》釋文：鷚，郭音繆，亡侯反。《説文》力幼反，孫音流。䁅《玉篇》亡怨切。又力制切。樠槾《類篇》無販切。又黒黨切。　罔兩七諫切。罔羅《九懷》。杗廇《爾雅·釋宫》。

微知

微徹

微澄　𩱧《説文》从𠕒聲，武巾切。𠕒，直刃切。

微娘　𡲾《説文》从尼聲，武夷切。尼，女夷切。蝒讀若周天子赧。武延切。赧，女版切。

微照

微穿

微神

微審　眇杪秒《説文》从少聲，亡沼切。少，書沼切。

微禪　莁《爾雅·釋草》釋文：莁，亡符反。讀者或常制反。（又户耕反。）　巫《周禮》以巫爲筮，則亦讀筮。

微日　镾《説文》爾聲，武夷切。爾，兒氏切。　洱《玉篇》亡爾、而志二切。𡖍《類篇》微夫切。又而田切。

第十一　齒唇通轉

精邦　苴《類篇》子余切。又班交切。《史記・列傳十》苴蜀攻擊，《集解》稱譙周云：益州人讀苴爲苞藜之苞，音與巴相近，以爲今之巴郡。　翦拜《詩・甘棠》勿翦勿拜。醉飽《詩・楚茨》既醉既飽。作屏《詩・皇矣》作之屏之。

精滂　戔《類篇》將先切。又匹見切。（又旨善切。）

精並　柴《類篇》將支切。又平義切。則即得切。又薄邁切。

精明　葬《説文》从茻聲，則浪切。茻，模朗切。疵《類篇》將支切。又袂懈切。摵子六切。又緜批切。黚戩將先切。又美辨切。（又知廉、他兼二切。）　諏《詩・四牡》周爰咨諏，《淮南・脩務訓》引作諮謨。　駿厖《詩・長發》爲下國駿厖。焦冥《晏子春秋・外篇第七》。鷦鷯《爾雅・釋鳥》注。鷦明《廣雅・釋鳥》。

精非　𡿪《説文》从乀聲，子結切。乀，分勿切。　總《周禮・春官・巾車》朱總，注：故書朱總爲繩，鄭司農云：繩當爲總，書亦或爲總。釋文：繩，劉昌宗音廢。　臧否《詩・抑》未知臧否。

精敷　抆《類篇》子结切。又芳感切。

精奉　諏《類篇》遵須切。又房尤切。

精微

清邦　苴《類篇》千余切。又班交切。瞼七漸切。又悲檢切。（又徒紺、力驗二切。）　切剥《九思》。

清滂　緝翩《詩・巷伯》緝緝翩翩。采亨《詩・瓠葉》采之亨之。

清並　韃《類篇》千結切。又便滅切。　清白《離騷》。

清明　蓀《類篇》逡緣切。又姝悦切。吵切交切。又弭沼切。訬七肖切。

又弭沼切。　清明《楚辭・九章》。仟眠《九懷》。阡瞑《文選・南都賦》。一作仟眠，芊眠、盱瞑。侵牟《漢書・景帝紀》。

清非

清敷

清奉

清微

從邦　竫《公羊・文十二年》善竫，釋文：在井反。又必淺反。

從滂　戔《類篇》昨干切。又匹見切。（又旨善切。）　戔《考工記》羊豬戔，釋文：劉音普見反。

從並　自《說文》自讀若鼻。竫《公羊・文十二年》善竫，釋文：在井反。本或作諞，皮勉反。柴《類篇》才詣切。又平義切。

從明　穳《類篇》秦醉切。又明秘切。疵才支切。又袂懈切。厶自夷切。又莫后切。摵就六切。又緜批切。　宗漠《九辯》。嫶冥《漢書・外戚傳上》注。

從非　罪當从非聲，徂賄切。

從敷　捷幡《詩・巷伯》捷捷幡幡。

從奉　鱒魴《詩・九罭》九罭之魚，鱒魴。

從微

心邦　豩《說文》从豩聲，酥典切。豩，伯貧切。　須《類篇》相俞切。又逋還切。　鮮扁《文選・羽獵賦》。

心滂　姍《類篇》相干切。又鋪官切。戔相干切。又匹見切。

心並

心明　蓀《類篇》蘇昆切。又妹悅切。狻蘇官切。又謨還切。　恤《尚書・舜典》惟刑之恤哉，今文作謐。　宿莽《離騷》。蕭曼《文選・景福殿賦》。菥蓂《爾雅・釋文》。

心非　桑飛《廣雅・釋鳥》。

心敷　扻《類篇》鎖本切。又芳感切。

心奉　眭《類篇》宣爲切。又扶畦切。（又呼維切。）椺蘇谷切。又房六切。

心微　犀《説文》从尾聲，先稽切。尾，無斐切。喪从亡聲，息郎切。亡，武方切。　餗《易·繫辭》覆公餗，釋文：馬作粥。粥，武悲切。今音之六切。　瑣尾《詩·旄丘》瑣兮尾兮。卹勿《禮記·曲禮上》。

邪邦　苴《類篇》徐嗟切。又班交切。　松柏《九歌》。

邪滂

邪並

邪明

邪非

邪敷　旋覆《神農本草經》下。

邪奉

邪微

莊邦　苴《類篇》莊俱切。又班交切。　㗊阻立切。又北及切。（又訖立切。）

莊滂

莊並　𡰪《類篇》争義切。又平義切。柴争義切。又平義切。

莊明　舴艋《廣雅·釋水》。

莊非　胏《易·噬嗑》噬乾胏，子夏作脯，荀董同。《初學記》二十六、《太平御覽》八百六十二引王肅説作脯。

莊敷　扻《類篇》側吏切。又芳感切。

莊奉

莊微

初邦　㗊《類篇》測入切。又北及切。

初滂　䇥《類篇》楚限切。又匹見切。

初並　　䶋《類篇》測洽切。又便滅切。

初明　　蓀《類篇》芻刮切。又妹悦切。吵楚絞切。又弭沼切。訬初交切。又弭沼切。甈初皆切。又謨皆切。

初非

初敷　　鱹《類篇》初諫切。又孚萬切。

初奉

初微

牀邦　　苴《類篇》鋤加切。又班交切。

牀滂

牀並

牀明　　蓀《類篇》雛免切。又妹悦切。　訬鋤交切。又弭沼切。屌牀史切。又莫白切。（又胡卦切。）　嫶冥《漢書·外戚傳上》注。

牀非

牀敷

牀奉　　饌《類篇》雛綰切。又扶萬切。（又株戀切、逵眷二切。）

牀微

疏邦　　瑟《説文》从必聲，所櫛切。必，卑吉切。

疏滂　　芟《左傳·隱六年》釋文：芟，所銜反。《説文》作癹，匹末反。姍《類篇》師姦切。又鋪官切。

疏並

疏明　　摵《類篇》所六切。又緜批切。紗師加切。又弭沼切。　　嫛《周禮·春官·巾車》有嫛，注：故書嫛爲毦。杜子春云：當爲嫛，書亦或爲髦。　參昂《詩·小星》維參與昂。

疏非　　㸚《説文》从𩰲聲，所臻切。𩰲，甫虬切。　　貶《類篇》爽阻切。又方遇切。

疏敷　　𦃇《考工記·矢人》𦃇矢，釋文：𦃇，依注爲茀，劉符弗反。李音拂。韉《類篇》所簡切。又孚萬切。

疏奉　綳《考工記·矢人》綳矢，釋文：綳依注爲茀，劉符弗反。　朔《書·堯典》平在朔易，《史記》作伏物。　疏附《詩·緜予》曰有疏附。

疏微

第十二　唇齒通轉

邦精	迹《説文》从朿聲，北末切。朿，即里切。　　䶂《類篇》巴校切。又即約切。（又職略、丁畧二切。）嬰卑遥切。又祖芮切。沛博蓋切。又宗括切。　　妣祖《詩·斯干》似續妣祖。背憎《十月之交》噂沓背憎。奔奏《緜予》曰有奔奏。卑陬《莊子·天地篇》。卑疵《史記·日者列傳》。襞積《漢書·司馬相如傳上》。巴且《史記·司馬相如列傳》。《漢書》文穎注作巴蕉。蟦蠐《爾雅·釋蟲》注。
邦清	紕紕《類篇》賓迷切。又此禮切。　　迫促《九思》。
邦從	䶂《類篇》巴校切。又疾雀切。（又職畧、丁畧二切。）　　柲《儀禮·既夕禮》有柲，注：柲，弓檠。《詩》云：竹柲緄縢。古文柲爲柴。　　褊淺《楚辭·九辯》。
邦心	蕚葑《類篇》補孔切。又思融切。　　博塞《莊子·駢拇》。
邦邪	皀《類篇》博抱切。又席入切。　　辟《周禮·地官·司市》辟布。注：故書辟爲辭。
邦莊	皰《類篇》博巧切。又側角切。（又五巧切。）　　剥菹《詩·信南山》是剥是菹。背側《蕩》時背無背側。泌瀄《文選·上林賦》。偪側《文選·上林賦》。湢汃《玉篇》中《水部》。
邦初	趵《類篇》巴校切。又測角切。（又職略切。）覕𡢃必仞切。又測乙切。䃾北角切。又測角切。
邦牀	驫《類篇》卑遥切。又仕戢切。　　儦俟《詩·吉日》儦儦俟俟。
邦疏	播《莊子·人間世》播精，釋文：播，如字。音所字，則當作數。髟《玉篇》比聊、所銜二切。邲《類篇》壁吉切。又色櫛切。髟

必周切。又師銜切。

滂精　膘《類篇》匹沼切。又子小切。　猼且《史記·司馬相如列傳》。諀呰《廣雅·釋詁》。

滂清　戔《周禮·鮑人》注：羊豬戔，釋文：戔，劉音普見反。馬融音淺。紕繼《類篇》篇夷切。又此禮切。　剽《春秋》衛公孫剽，《史記》作秋。

滂從　戔《考工記·鮑人》注：羊豬箋，釋文：戔，劉音普見反。依字才丹反。《字林》昨善反。

滂心　戔《考工記·鮑人》注：羊豬箋，釋文：戔，劉音普見反。亦音素千反。擎《類篇》匹篾切。又息約切。　勃屑《七諫》。螵蛸《禮記·月令》注。餢飳《廣雅·釋詁》。

滂邪

滂莊　髉《類篇》普木切。又側角切。柿普蓋切。又側几切。

滂初　覕《莊子·徐無鬼》釋文：覕，又普結反。又初栗反。《類篇》覕，匹蔑切。又測乙切。

滂牀

滂疏　髟《類篇》匹妙切。又師銜切。

並精　膘《類篇》紕招切。又子小切。沛《類篇》蒲蓋切。又宗括切。

並清　紕繼《類篇》頻脂切。又此禮切。

並從　諞《周書·秦誓》截截善諞言，《公羊》作竫（疾郢切）言。《楚辭》注作靖（疾郢切）言。

並心　擎《類篇》蒲結切。又息約切。　婆娑《詩·東門之枌》婆娑其下。蜱蛸《爾雅·釋蟲》。跰躃《莊子·大宗師》。白宿《吕氏春秋·精諭篇》注。　徶循《史記·司馬相如列傳》。便姍《漢書·司馬相如傳》。嫳屑勃窣媻姍《文選·子虛賦》。僕遬《漢書·息夫躬傳》。蹣跚《廣韻》一《上平聲》。俘俀《集韻·入聲九》。

並邪　蝡蜁《廣雅·釋蟲》。

並莊　髱《類篇》蒲交切。又側角切。柹蒲蓋切。又側几切。　排迮《後漢書·竇融傳》。

並初　覗《莊子·徐無鬼》釋文：覗，郭薄結反。又初栗反。箹《類篇》弼角切。又測角切。

並牀

並疏　彭《說文》从彡聲，薄庚切。彡，所銜切。　㞣《類篇》步六切。又所六切。（又衢六切。）邲薄必切。又色櫛切。　弊椴《淮南子·俶真訓》注：弊椴猶雜糅，弊音跋涉之跋，椴讀楚人言殺。

明精　㦝《類篇》彌遙切。又祖芮切。　訬婧《文選·思玄賦》。麥蠽《方言》十一。冒焦《廣雅·釋蟲》。

明清　艷䙟《集韻·去聲八》母亙、七鄧二切。

明從　蟊賊《詩·桑柔》降此蟊賊。蟊疾《詩·瞻卬》蟊賊蟊疾。

明心　䰐《說文》从昔省聲，莫狄切。讀若鼏。　璽《類篇》民卑切。又想氏切。㜷民卑切。又息淺切。𡊾母婢切。又想氏切。糸莫狄切。又新兹切。　摸蘇《淮南子·俶真訓》。矇瞍《國語·晉語》。攠㩰《玉篇》上《手部》。苜蓿《本草》。

明邪

明莊　麥蚻《方言》十一。

明初　杪《類篇》弭沼切。又楚教切。仯弭沼切。又楚絞切。覕莫結切。又測乙切。

明牀　𡳐《類篇》莫白切。又牀史切。（又胡卦切。）　彌《左傳·昭十年》犂彌言於齊侯，《史記·齊世家》作犂鉏、《孔子世家》作黎鉏。

明疏　昧爽《書·太甲上》。

非精　斧藻《揚子法言·學行篇》。不借《鹽鐵論·散不足篇》。

非清

非從 方阜《詩·大田》既方既阜。

非心 蘴葑《類篇》方容切。又思融切。 發秀《詩·生民》實發實秀。

非邪 發夕《詩·載驅》齊子發夕。

非莊 反側《詩·關雎》輾轉反側。

非初 覫《莊子·徐無鬼》釋文：覫，又甫莅反。又初栗反。

非牀

非疏 綍《禮記·喪服大記》四綍注：綍或爲率。

敷精

敷清

敷從

敷心 頭《玉篇》孚武切。又思主切。蘴葑類篇敷馮切。又思融切。豩敷文切。又穌典切。

敷邪

敷莊 柹《詩·伐木》傳，釋文：柹，孚廢反。又側几反。

敷初 覫《莊子·徐無鬼》釋文：覫，向芳舌反。又初栗反。

敷牀

敷疏 茀《考工記·矢人》茀矢，釋文：茀依注音殺，色黠反。李音拂。 旛纚《文選·上林賦》。

奉精 鮒《爾雅·釋魚》釋文：鮒，符付反。《廣雅》云：鰿也，音積。 艮《類篇》房六切。又節力切。(又乳衮、泥展二切。)

奉清

奉從

奉心 伐肆《詩·皇矣》是伐是肆。扶桑《楚辭·九歌》。夫須《爾雅·釋草》。罦罳《廣雅·釋宫》。

奉邪 婦寺《詩·瞻卬》時維婦寺。魴鱮《詩·敝笱》其魚魴鱮。釜鬵

	《詩・匪風》溉之釜鬵。
奉莊	阫側《楚辭・九歌》。
奉初	
奉牀	
奉疏	扶疏《文選・上林賦》。
微精	物則《詩・烝民》有物有則。
微清	
微從	
微心	婺《左傳・昭十年》有星出于婺女，《周語》注作須女。案婺古在蕭部，須在侯部，蕭、侯古多相通。
微邪	罔象《遠遊》。曼羨《封禪文》。
微莊	
微初	
微牀	問仕《詩・節南山》弗問弗仕。
微疏	

後論

僧守温三十六字母敦煌寫本殘卷止有守温三十字母、無滂、非、奉、微、牀、娘六母，此六母盖宋人所增益，而仍託諸守温，亦猶《廣韻》增《切韻》之一百九十三韻爲二百有六，而仍託諸陸法言耳。雖非盡當、今增爲（一作于）、莊、初、神、疏五紐、定爲四十一聲類。而音學必須由此入門。次則宜取江永《音學辨微》閲之，必令聲皆無訛，然後可讀古今韻書。

黄先生創立古本聲爲十九類、喉音影、曉、匣。牙音見、溪、疑。舌音端、透、定、泥、來。齒音精、清、從、心。脣音邦、滂、並、明。合今聲類二十二、喉音喻、爲。牙音羣。舌音知、徹、澄、娘、照、穿、神、審、禪、日。齒音邪、莊、初、牀、疏。脣音非、敷、奉、微。共四十一類。其舌音之神與齒音之莊、初、疏、四紐係依陳澧《切韻考》説分立，脣音之微，則陳氏所未分，今仍分出者也。並製一歌括之云：古聲五類十九畛、影、曉、匣三喉所領，今之喻紐古屬定，爲紐古與匣合併。牙音三類見、溪、疑，今之羣紐古併溪。舌音雖衆五可該，知照並爲端所孩，徹、穿、審古並屬透，澄、神、禪以定爲荄，自泥而出有娘、日，古今不異惟一來。齒音今五併古四，莊紐實爲精所字，清之與初無大異，邪、疏與心共幖幟。脣音古重今有輕，邦、滂、並、明是重名，非、敷、奉、微自此出，徵、明古字但知聲，韻部分合不足争。喻紐屬定，爲紐古與匣合，係依黄先生晚年所説更定。

陳澧《切韻考·外篇》於照紐分出莊，争等七字，穿紐分出初、楚等八字，牀紐分出神、乘等四字，審紐分出山、疏等十字，今因增爲莊、初、神、疏四紐。照本由端分，穿、審由透分，神、禪由定分，莊由精分，初由清分，疏由心分，今以照、穿、神、審、禪五紐屬舌類，莊、初、牀、疏四紐屬齒類，使各不相溷，其有互通者，均列入《通轉表》。

古無輕脣音，今之輕脣必由重脣變，自餘舌上、正齒、半齒等必由舌頭、齒頭變，而不由他類來。

自宋以後，神紐多溷入禪紐。

古聲止分喉舌齒脣四部，凡同部者爲雙聲，其牙音之見溪與喉音之曉、匣等紐於古蓋混而不析。徐子明丈嘗語余，希臘字母之☒非拉丁文之☒包 K 與 H 爲一聲，徐言則瞭，疾言則否。時逮中古語聲浸析，向之 kh 遂製爲 K（K'）與 H（Hi），而各製聲符，此拉丁文以及近世列邦之字母中所以均有 K 及 H 二者之專符也。吾國喉牙二音之析而爲二，亦猶此矣。今於喉牙九紐互通之字皆不録以其本爲同類故也。其舌齒脣三類之同類者視此。

舌齒二音，各自有其條理，惟有時亦糾繞難分字母家所謂照、穿、牀、審、禪五母其二等皆齒音所變，其三等皆舌音所變，是以言音學者於此每多疑誤，各處方言齒舌相溷者，尤數見不尠也。

照、穿、審、禪四紐，原定爲正齒音，黄先生改爲舌齒音。今入舌上與新增之神紐爲一組，歸入舌類，而以新增之莊、初、疏與舊有之牀，四類爲正齒，歸入齒類。

凡聲之部位有八，喉牙、舌頭、舌上、齒頭、正齒、重脣、輕脣。而各有發送收三位，陳澧《切韻考·外篇》曰：發聲者，不用力而出者也。送氣者，用力而出者也。收聲者，其氣收斂者也。凡同位者交互相變，如喉音之影，牙音之見，舌音之端、知、照，齒音之精、莊，脣音之邦、非，皆爲發聲，則亦有時而相通。收聲之疑、牙。泥、娘、日、舌。明、微，脣。其相通亦然，此外皆送聲，以其繁多，兹不具述。蓋凡聲位變轉，苟在同韻，則古聲十九類可以任意旁通，一徵之於《詩經》之對字聯字，二徵之於《説文》形聲字之取聲。對字如條歞、薈蔚，聯字如窈窕、婆娑之類。形聲之變如掾、緣从彖聲，惟、維从隹聲之類。又十九聲類展轉相通，亦多有無韻之關係者，由此證明，《爾雅》皆可用音理解釋也。

今所以必須明今聲屬何類者，蓋以便於識古音，而學古亦所以解今，明古音者，亦所以證明今音也。夫聲韻之道，在今可通，於古亦未嘗不可通，徒拘執今音以論古音者，不可與言音，亦猶執方音以論正音之不可與言音也。

古今聲音遞變之迹多由重轉輕，由洪入細，有同類相轉者，有轉入異類者，如由重脣而變爲輕脣，此同類相轉也。由舌音之定而變爲喉音之喻，此轉入異類也。

聲音轉變，固有其自然之規範，然非可束以局格而不使相逾越也。章太炎作《成均圖》，分古韻爲二十三部，有陰軸、陽軸、分界諸名，黄先生嘗私議之，謂咽喉脣舌之中，寧可以界畫爲也。今謂聲之變易，雖不若韻之繁衍，要亦不可以局格限之。善乎嚴可均之言曰：《説文》重文讀若，往來無定，既嚴其畛域，復觀其會通。吴省欽亦云：知其分而後知其合，知其合而後愈知其分。段氏《六書音均表序》。斯言皆得之矣。

凡古聲之異類而相通相溷者，今亦往往相通相溷，如心、曉二紐古多相通，今之武昌音亦讀小如曉。曉、敷二紐古或相通，今之長沙音亦讀風如烘，是也。喻、疑二紐古亦有相通者，如《詩·邶風·柏舟》以敖以遊連用，是敖遊爲古雙聲字，今則有讀疑爲移者，亦讀疑入喻也。

凡古聲異類之相通者，其通於甲者亦可通於乙，如《周禮·夏官·小子》羊肆，注：肆或讀爲鬄，是心、定二紐通也。而《禮記·玉藻》肆束，注：肆讀爲肄，是心、喻二紐亦通也。心既與喻、定二紐相通，而喻、定二紐又多互通，是其參互交通也。又如《儀禮·燕禮》媵觚于賓，注：媵或讀爲揚，今文媵皆作騰。按喻紐之媵可與定紐之騰通用，而媵可讀揚，是揚亦得與騰通也。

依錢坫《詩音表》條例，古聲十九，今聲四十一可以横通，於是説音變之例彌廣。餘杭章君著《雙聲説》，謂喉牙者，生人之元音，喉牙足以衍百音，百音亦復軵復喉牙，因歷舉喉牙發舒爲舌齒脣諸音，舌齒脣及半舌遒斂爲喉牙諸音，此皆足以闡明音變之條理者。

錢坫《詩音表序》云：來者聲之歸宿，凡人生而有聲，喉音即具，而歸宿必於來，來又聲音之所自出也。又云：端、透、定、泥在舌顛，來用生舌爲之全，舌涉乎牙齒脣，若不涉乎牙齒脣，則來亦不能宿衆音矣，以全爲半，失之。今謂錢説是也。觀來與喉牙九紐無不相通，而與見紐通者尤多，與齒頭正齒九紐亦多相通，而與疏紐通者尤眾，與重脣輕脣八紐亦無不相通，而與明紐通者至夥，此可得其證矣。

凡聲音通轉便以聲爲主，不論韻。

十九聲類展轉相通，皆可成爲連語、如《詩》之鐘鼓、龍光之類。對語。如詩之奔彊發揚之類。或有詰難者云：此等變遷茫無經界，究竟以何爲根。曰：雙聲疊韻之常例，盡人可解，惟其變例，其實質雖與常例相同，而形式則大異，如迷陽《莊子·人間世篇》迷陽迷陽，無傷吾行。之語，此爲兩字成一名甚明，不得解者多穿鑿其説，以今觀之，即望洋、茫洋、漭漾、盳洋之變語也。如但執字面，則迷與陽既非雙聲，又非疊韻，然迷與望實爲雙聲，是知迷陽之語即望洋之語變其上一字，亦即雙聲疊韻之字變其一，留其一，此爲雙聲疊韻變例。盖音理變更雖多，究不外從聲從韻兩例。此十九類展轉相通者，以任何一字皆可求得其同韻相當之字，其後隨聲變轉，馳入他部，遂使人莫知其原。今特説明聲類相通之原理，曰最初皆是疊韻。盖凡連語驟視爲無聲音之關係者，推其語根，則皆有可説，如科斗、活東之語根爲活脱疊韻是。又如《儀禮·士虞禮》云：薦此常事，古文常作祥，齒音之祥與舌音之常既得通用，是則連語之禎祥，《中庸》國家將興，必有禎祥。雖屬舌齒二音，亦可視爲雙聲連語耳。雙聲叠韻爲聲韻學之所由起，而後韻類反切乃有可言，盖有雙聲而後可以求聲類，雙聲發拎自然，而聲類即爲人整理自然而成之者也。

聲韻相關，其變時亦然。雙聲有韻之關係，叠韻有聲之關係，不知此者，動輒有礙。盖雙聲與同聲不同，可以雙聲證明同聲，而不可謂雙聲即同聲，同聲者僅有聲之關係，同韻者僅有韻之關係。若以雙聲同聲、叠韻同韻混而爲一，則於訓詁有大害。善言雙聲者，爲嚴可均《説文聲類》，善言叠韻者爲錢坫《詩音表》。雙聲字急讀，則上字音并入下字音，如唐逮急讀爲逮，悉蟹急讀爲蟹。叠韻字急讀，則下字音并入上字音，如徘徊急讀爲徘，逍遥急讀爲逍是也。

聯合義同音近之字以爲連語，即雙聲叠韻連語也。聯合義同而音不同之字以爲連語，即尋常連語也。

雙聲叠韻之源是叠字，叠字即單字。

凡文字之意義相關者，其音亦往往相關，如民訓眾萌、段氏云：萌猶懵也，懵，無知貌也。昏訓日冥，雖一在明紐，一在曉紐，其音義至相近也。衍訓水朝宗于海，羨訓貪欲，雖一在喻紐，一在邪紐，其音義亦相近也。衍、羨二字古多通用。凡此之類，皆可由聲以繹其義，亦可就義以尋其聲，此亦撢究聲音通轉之資料也。特字義緐賾，難以猝理，故未表而出之爾。已上六條皆黄先生語。

嚴可均《説文聲類·出入表後序》云：之與陽等無出入，則虚其類規識之，非謂聲轉竟不可通，謂《説文》未見有此也。余之爲此表，凡無徵證，而徒列類例之目者，亦視此例。徒以檢尋未徧，非謂其聲類遂不得相通也。惟其通轉有絶少者，如喉音之爲紐與輕重脣少得相通，曉、喻二紐與重脣之明紐偶得相通，與其它輕重脣音相通者則少。舌頭之定、泥與正齒之莊、初、牀、疏少得相通，而定與邪相通者獨多。半舌之來與喉齒脣諸類相通者俱多，其他舌音與脣音之相通者則少，而齒之與脣相通者亦少，此其大較也。

古今聲類共四十一，今併爲二十聲類，表如下。

影，此爲韻母，今以衣或拉丁之 i 代之。喻，此影之濁音，今清濁互併，不立此類。㊣爲，本從匣類分出，後與喻類同，今無此類。

曉　今以ㄏ或 h 代之。

匣　今以ㄒ或 x 代之。

見　今以ㄐ或 j 代之。又以ㄍ或 G 代表見類洪音。

溪　今以ㄑ或 q 代之。又以ㄎ或 K 代表溪類洪音。

　　羣，此溪之濁聲，（或以爲見之濁）今併入溪。疑，今不立此類。或讀疑如移，則變爲影類之濁。

端　今以ㄉ或 d 代之。

知　今以ㄓ或 zh 代之。照，今併入知類。

透　今以ㄊ或 t 代之。定，此爲透之濁，今併入透。㊣神，本從定分出。

　　自宋以後，多混入禪類，今無此類。

徹　今以ㄔ或 ch 代之。穿，今併入徹。澄，此爲徹之濁。今併入徹。

審　今以ㄕ或 sh 代之。禪，此爲審之濁，今併入審。

泥　今以ㄋ或 n 代之。娘，本自泥分出，今不立此類。

來　今以ㄌ或 l 代之。

日　今以ㄖ或 r 代之。

精　今以ㄗ或 z 代之。莊，南方讀齒音，北讀舌音，今不立此類。

清　今以ㄘ或 c 代之。初，南北音不同，今不立此類。從此爲清之濁，今併入清。牀，南齒北舌，今不立此類。

心　今以ㄙ或 zh 代之。邪，此爲心之濁，今併入心。疏，本由心分出，今不立此類。

邦　今以ㄅ或 b 代之。

滂　今以ㄆ或 p 代之。並，此爲滂之濁，今併入滂。

明　今以ㄇ或 m 代之。

非　今以ㄈ或 f 代之。敷，今併入非。奉，此爲敷之濁，今不立此類。微，本由明變，今不立此類。

反切未興以前之讀音法，漢人有讀如讀若等。如肒讀若舊，奒反讀若頒，一則以正明叚，一則以叚明正，無論二音，盖已有讀音之法矣。於是形勢變爲四種。一、引成語。如行音行酒之行，《漢書·帝紀一》行田宅，蘇林注。利讀如上思利民之利。《周禮·天官·冢宰》主以利得民，鄭玄注。二、引方言。如桑讀若春麥爲桑之桑，見《説文》。此全爲汝南土語，桑字本應作㪙，許君亦不能寫出。引成語以定音，要以口舌爲先，不然則定音之法無用，引方言以定音亦然。䰉讀若江南謂酢母爲䰉。同上。三、擬音勢。《淮南》高誘注、劉熙、晉灼、何休皆用此法，如《公羊傳》伐者爲客，伐者爲主，《莊公二八年》。何休注：伐人者爲主，讀伐長言之；見伐者爲客，讀伐短言之。《漢書·王子侯表》有猇節侯起，集注晉灼曰：猇音内言鴞。長言短言之説，或謂爲清濁，或謂爲去入之别，然今只一音。内言今亦不可知。四、直音。一字音一字爲直音，《説文》與《漢書注》最多，直音之病在口授，以音字誤讀，則所音之字亦誤，如行音杭，此本無誤，然杭本爲抗之重文，若杭讀爲抗則誤矣。

古文定音之法，约有四端，一、偏旁定音。考偏旁或偏旁之偏旁，惟偏旁每有多音，一聲母多音，二古有轉音。非經口授，不能碻知。二、韻文。三、聲訓。如明，孟也。幽，幼也。《大戴禮·誥志篇》引虞史伯夷語。是。聲訓依叠韻雙聲者非一，或爲音同，或爲音近音轉，惟聲訓不完全可以定音，如《釋名》天，坦也。天、坦本不同讀，即不能正確明瞭也。四，連語。連語可以確定其某聲某韻，而不能證明其本音之讀如此，自漢以前，於上四者皆不能得其究竟，必須口授，口授而外，更無他術也。向時未知反切者，只據字之偏旁讀音。實則偏旁即含反切之理，如祖，則古切，从且聲，且，子余切，今即讀且古切亦可。瑲，七羊切，从倉聲，倉，七岡切，今即讀倉羊切亦可。蕙，況袁切，从憲聲，憲，許建切，今即讀憲袁切亦可。苄，侯古切，从下聲，下，胡雅切，今即讀下古切亦可。由上所舉例觀之，反切之理已具於形聲之中，特其聲多變，而字之得聲不盡如其本而如其變，故今日讀字，不可純依偏旁，但就其與偏旁同音者研索之，可悟得音之理，較勝於拘執見溪脣齒等號，反漫羨而無所歸心也。

諭音之法，惟有二途。一曰取證己音，二曰專求故籍，取證己音者，脣吻翕宣，齒頰動寂，苟能默諭，更不須他説爲之指明，己音既明，音聲措成之理乃能徹了。惟前人或據已音以律一切，近世學人亦有用其土音講古韻者，斯則非是。專據古籍者，字母等韻之學猶非甚要，但使能知反切，即已左右逢原。反切始行，必有條例，篇簡泯闕，後生莫聞，惟有仍據前編，自加尋繹，宋以前書借考音之用者，有四大編：一《經典釋文》、二《玉篇》、三《廣韻》、四唐釋慧琳《一切經音義》是也。

反切　專言聲者爲切，合聲與韻者爲反，反者翻來覆去也，一半雙聲，一半叠韻，僅取雙聲或叠韻，不能作爲反切，《切韻指掌圖》云：和會切會，商量是商，雙聲則得其下一字，叠韻則得其上一字，故不可用之以製反切。

反切之法，遠本於雙聲叠韻，雙聲不足以定本音，而可以定聲類。叠韻不足以定本音，而可以定韻類。各取其半，合二者則本音得之矣。故戴東原謂不待外國人之來，而中國之語自然可讀者，此也。如蒺藜爲茨，不律爲筆，鴻薈爲鱷薙，虹蜺爲䞓红蜻蜓，之類是也。

反切之法，雖不能如音標之簡單，然上下兩字皆從習慣。其字數則上一字所用字，每類多不過三十，少止二三。下一字就每韻中率止取二三字。《説文繫傳》朱翱所用反切字則極無規則。其例則上一字只論清濁，不論開合，故"一"可以"於"切，"一""於"皆清聲，然"一"乃齊齒尖音字，"於"則撮脣扁音字也。下一字只論開合，不論清濁，故"天"他前切，"天"以"前"爲下一字，清濁绝殊，而"天""他"則同爲清聲不誤也。此種切法在已諳悉者原不以爲難，而於初學則頗嫌䆂碍，是以有合聲之法出。合聲法出自吕新吾《交泰韻》，沈君徵《度曲須知》。反切上字有四百，合聲上字至少有七十二字，每韻至少有兩字。其法上一字既論清濁，復論開合，下一字既論開合，復論清濁是也。上一字必用其所謂字頭，下一字必用其所謂字尾，字尾即純喉音影母字，今之拼音字母韻母 i u ü 等字是也。今试揭兩法異同如下。如"公"切爲古紅，合聲則爲古翁。"空"切音爲苦紅，合聲則爲苦翁。"芒"切音爲莫郎，合聲則爲莫昂。"堂"切音爲徒郎，合聲則爲特昂，是也。

合聲法較之切音，誠爲直捷，而上字必取字頭，下字必取字尾，亦有時䆂碍難通。今謂合聲上下兩字均須論清濁開合極是，而字頭字尾之法宜去之。要之此法仍不若今日漢語拼音之直捷明當也。

音學之要，維聲與韻，考聲者莫急於反切之由來。反切之理，出於自然，行於俚俗，然應用之以注經典中所載字之音，斷從孫炎爲始，顔之推、陸德明、張守節皆有明說。前乎孫者非無二字合聲，而究非反切也，非無形聲偏旁偶成自反，而亦非反切也。至六朝人據舊義所作之音，後人往往誤認爲漢人所作，此義先叔父季剛先生於《音韻略説》中已詳辨之，兹不具述。

反切之不甚嚴正者，關於上一字有類隔取音，如椿屬知母，而反切作都江切，是反切上一字用端母也。明屬明母，而反切作武兵切，是反切上一字用微母也。關於下一字有洪細通用，如豐敷空切，豐是細音，敷母是洪音。空是洪音，今用爲下一字，是借洪作細也。有開合通用，如爲薳支切，爲是合口音，支是開口音，今用爲下一字，是借開作合也。有隔韻取音，如贇於倫切，贇在真韻，倫在諄韻，今用爲下一字，是隔韻取音也。除上四者應注意之外，皆常理耳。

反切用字，盖須具有三法。一、習見字，雖無確定之數却爲常見之字。二、易識字。三、一音字。《廣韻·戈韻》末載：鞾，許肥切。肥，於靴切。骲，去靴切。侳，子骲切。戀，縷骲切。所切之字本爲難識，而能切之字亦復相等，欲使後人何從取準，此不習見之弊一也。《集韻》音饕，爲人栘切，栘字不識，則饕字亦不能發音，此本於《唐韻》者也。《廣韻》以其不便，改爲人兮切，而饕字之音可得矣，此不易識之弊二也。《穆天子傳》音諫爲閒，將爲閒隙之閒，抑爲閒暇之閒，《戰國策》音刎爲免，將爲免逃之免，抑爲袒免之免，此不一音之弊三也。是故反切所用之字似甚緐多，而闇有郛廓存焉，不可逾越矣。

《集韻》反切用字已不盡守舊，唐人反切用字大同，試繙《經典釋文》《漢書注》《文選注》比較之，可見。而朱翺爲小徐《説文繫傳通釋》作反音，始任意標取二字以爲一音，無復規矩，此爲反切之大變也。

古今一切音變，皆有定律可求。故就字形而論有訛字，就音理而論無訛音。雖有一方讀字，或差者衹作爲别字論。雖復轉變紛紜皆有其故。今析言之如次。

有聲類之變	如古無舌上正齒輕脣，而後世則有之。今之偶存古音地域，亦宛爾與古音同。如閩人讀"之"如低，并照入端紐也。漢沔間人讀微如枚，讀文如門，并微入明紐也。
有同類之變	古音大分喉牙。舌齒脣四類，凡在同類，互爲雙聲，而今音亦或循其律。是故柯本見母而普通音讀溪，神本神母，而普通音讀禪是也。
有清濁之變	清濁相對如影、喻、曉、匣、溪、羣、透、定、徹、澄、穿、神、

審、禪、清、從、心、邪、初、牀、滂、並、敷、奉。者，實是一字母，故得相變。今人讀兮，如希，以濁爲清也。以焉助詞之焉。爲蔫，亦以濁爲清也。

有同位之變　發送收三位，凡同位者交互相變。説已見前。

有喉牙相通之變　喉牙九母，影、喻、曉、匣、爲、見、溪、羣、疑。古只歸一類，是以此九母互爲雙聲。

有舌齒相通之變　舌齒二音每多相溷。説具見前。

有五音互相通之變　依錢坫《詩音表》條例，則古聲十九今聲四十一可以横通。

有四聲之變　如東變爲棟，同變爲絧，翁聲有滃，空聲有控，是也。

有同韻之變　如公有鍾音，忩从囪聲，是也。

有開合之變　如伊、脂等字古皆合口，而今則開口。歌、戈《廣韻》一開一合，而今長江流域讀歌如戈。葛、郭聲勢一開一合，而長江下游不分。他如藼、蕿、獻、娑同字，干、箇、笴、榦同文是也。

有洪細之變　如宵古讀洪音，而今音讀與蕭同。姦肴下行等字《廣韻》爲洪音，而今普通皆爲細音。

有對轉之變　古音有對轉，今音亦有對轉，皆以同入聲之關係而成。如歌、曷、寒爲一類，歌部之字往往讀入寒部，如笴讀幹，雈讀和，是其例也。

有旁轉之變　陰聲與陰聲爲旁轉，入聲陽聲仿之。如歌部字或讀入灰、入齊、入模，曷部字或讀入屑、入没、入錫，寒部字或讀入先、入痕、入青，是也。今音移動亦準此例。

有四聲任意改讀之變　除前二例外，凡由陰聲而讀入聲陽聲，或由入而讀陽、由陽而讀陰入皆攝此類中。方音變轉遵此類者至多。

凡聲子與聲母之音大抵同韻，而亦有變出者。如一而聲也，本在咍部，耑鮞等從其母在咍部，此常例也。耎變而之寒，需變而之矦，耎聲之腝又變而之齊，甀又變而之帖，㭉變而之歌，需聲之臑又變而之豪，此變例也。然非常無以統變，故言古音者，仍以知本音爲要。此等條理以嚴可均《説文聲類》爲第一，段玉裁《六書音韻表》、张成孫《説文諧聲譜》次之。

荆楚文库

毛詩鄭箋平議

目　録

卷　四

卷　五

卷　六

卷　七

卷　八

卷　九

卷　十

序

《詩》自夫子録爲三百篇，以授子夏；子夏取其義著之於《序》，數傳而至大毛公，作《詁訓傳》。小毛公承其學，故名其詩曰《毛詩》。漢初，《詩》别有齊、魯、韓三家，説往往與毛異。蓋自秦焚棄儒術，三百篇雖以諷誦得傳，而於篇義，久之或莫能省記。至取《春秋》，采雜説，而彌失其本義。又以口耳相傳，説《詩》者或以作詩之人與賡詩之事兼收並采，記之者乃互有詳略，有記作詩之人而遺賡詩之人，記賡詩之事而遺作詩之事者，於是説互歧而派别立。校其朔，則皆出自子夏，與毛傳足互相發明，有未可偏廢者。《毛詩》以篇義獨完，故詳於訓詁，而於義稍略，於數家中最可依據。故兩漢諸大儒多有論述。顧以出稍晚，未得立於學官。

鄭君康成，生當漢季，既通三家之義，復爲《毛詩》作《箋》，於毛義有未合者，間下己意，或參取三家説之。計異於毛者，無慮數百事。迨王子雍不好鄭氏，作《毛詩問難》諸書以申毛説。其後王基、孫毓、陳統諸人，或申毛，或申鄭，袒分左右，垂數百年。其間不無偏激之情，門户之見，而以愛憎爲曲直者。

至孔穎達因《傳》《箋》爲《正義》，乃並申其説，則因疏家之體，例不破注，故於其間少所是非。宋後儒者薄《傳》《箋》而疑《小序》，則又競標新解，各自論説，其於毛、鄭異同，蓋以爲不足道。然以去聖久遠，盡擯先儒中間之説，而自謂能得《詩》意，其能取信於通人哉？

有清諸儒，多知尊《小序》，宗毛、鄭，排斥宋、明無根之説。唯於毛、鄭異同，則少所發明。獨胡君承珙篤信《傳》義，於《箋》之異《傳》者則能曲申《傳》説，使《箋》義每爲之詘。其遇《箋》義未當而爲《傳》所未言者，間亦舉而駁正之。蓋其詳於訓詁名物，而玩文之功甚深，又能總古今之説，擇善用之，故能函蓋前儒，立義有不可易者。余因胡君之旨，更參引諸家之説，而附以己意，成爲《毛詩鄭箋平議》一書。冀在闡明經旨，而得其定詮，期異夫以私見爲詘伸者。誠以明《詩》之道，不篤守《序》《傳》，則準的無依；不深玩《詩》辭，則其義不著；不詳稽載籍逆之以意，則其辭莫由通焉。

鄭君知宗《小序》，顧於《詩》之辭義求之過深，往往失之迂拙，而不若《傳》之精簡。故范書譏其質於辭訓，而林艾軒謂爲未足言言外之旨也。黃震《讀詩一得自序》："鄭氏雖以《禮》説《詩》，於人情或不通。"王應麟《漢書藝文志考證》引李氏云："鄭學長於《禮》，以《禮》訓《詩》，是按迹而議性情也。"夫讀先儒之書，於其義有未衷，宜核之以盡其真。惟求有益於身，有用於世，有功於古人，有裨於後人而已。豈好爲異論以相訾者哉？若鄭君之申毛釋經，《詩》義賴以明者實多。今糾其不與毛合而有違《詩》義者。若其有得乎《詩》義，即其義采自三家，固爲余之所深信而服膺者矣。世之治《詩》者於宗《序》《傳》之餘，更能審其辭氣，探其義理，而有以正余之失者，是則余之厚幸也夫！

《詩》之本義，皆見之於《序》。《序》義乃孔子親問於太師，以授子夏。使《詩》而無《序》，雖聖人不能知其本義。今試讀同時人集，去其前題，而以意測其詩旨云何，猶鮮有當者。況出於古人二千餘年以上之詩篇哉？吕氏《讀詩記》引程氏曰："學《詩》而不求《序》，猶欲入室而不由户也。"《序》間有後人附益，或毛公續作者，然要爲周秦舊説，確具師承，皆可依信。自《後漢書·衛宏傳》有作《詩序》語，始啓後人疑竇。故《釋文》或云，《小序》是東海衛敬仲所作。然鄭君明云《序》出子夏，又其箋《詩》，篤守《序》義。果《序》爲宏作，鄭君去宏僅百年，寧有以宏之言爲子夏之言者？況范書明云："宏作《毛詩》序，於今傳於世。"是宏所爲《詩序》，蔚宗猶及見之。豈鄭君生當其前，反昧於作者主名乎？黄元同謂："宏殆别爲之序，非今之《詩序》，猶鄭君序《易》，非《十翼》之《序卦》；馬融《書序》，非古百篇之序。"其説是也。自宋人以《序》爲不可信，其既也至於疑經。於是臆測曲解，務爲新説，其於《詩》義，尟有當者。至清世諸儒出，而古義復明。乃今人猶有執宋人之言，以詆毁《序》義者，是亦可以已矣。今雖評騭鄭君，而期不背《序》義，冀有合經旨，免貽無本之譏。陳奂云："讀《詩》不讀《序》，無本之教也。"

西漢經師之學，惟《毛傳》最古，復最完好。其訓詁能委曲順經，不拘章句。陳奂謂其"文簡而義贍，語正而道精"，蓋深得毛旨，而發爲斯言者。今繩《箋》説，壹以《傳》義爲主，非甘爲毛氏佞臣，吕祖謙作《詩記》，多依《傳》義。朱熹詆爲毛氏佞臣。誠以其精當不可易也。吕氏《讀詩記》云："以魯、齊、韓之義尚可見者較之，獨《毛詩》率與經傳合。"李清臣、葉夢得皆謂"《毛傳》簡質深密"。黄震云："《毛詩》注釋簡古。"王應麟亦云："毛之説簡而深。"此皆宋儒之崇毛者。

三家《詩》説與毛異者固多，其與毛義可互證者亦多。如《關雎》毛以爲"樂得淑女，以配君子，不淫其色"。匡衡上書亦謂："《周南》《召南》被賢聖之化深，故篤於行而廉於色。"衡學《齊詩》，此齊説之同於毛也。《汝墳毛序》謂"婦人能閔其君子，猶勉之以正"。劉向《列女傳·賢明篇》亦稱"《周南》，大夫之妻能匡其夫"。向學《魯詩》，此魯説之同於毛也。至韓説之同於毛者，幾難悉數。故凡遇毛義隱略處，往往可依三家遺説以證明之，惟當去其義之絶異者爾。今平《箋》義，仍主《毛傳》，而以三家爲輔。陳澧謂："治經之要，宜取一家之説爲主，而輔以諸家之説。"余謹師其言。

《鄭箋》之易《傳》者，或主三家，其不明言所自者，以三家之義固當時所傳習也。惟鄭君治《經》，意在删取衆家，歸於至當。其易《傳》者，非有意與毛立異，乃依《經》《序》爲説耳。其主三家者，亦非左右采獲，由疑《毛傳》未合《經》《序》之旨耳。只其鑿之過深，思之過當，致有求合而反離、求密而反疏者。今條其立義之未合者著之，其義與毛異仍可並行者不著，其義本合而爲後人所誤訾者别論焉。

王肅申毛之説，雖有意與鄭立異，然得毛意實多。清儒師法鄭君，多喜掊擊王氏，實非持平之見。先從父季剛先生嘗稱王肅解《詩》時有勝鄭處，所論郅允。以知《孔疏》往往以王義爲毛義，實非漫然從之也。今於《箋》義之違失者，間依王肅之説，冀在榷明經旨而得其定詮，其與孫毓、孔晁輩之矢心佐鬭者，蓋異趣也。程晉芳《詩毛鄭異同考序》云："王子雍《詩》學五種，今皆不傳。王基申鄭以駁毛、孫毓朋王而難毛、鄭，陳統又申毛、鄭以駁孫。"

孔穎達《毛詩正義》以劉焯《毛詩義疏》、劉炫《毛詩述義》爲稿本。二劉出於隋世，當其前，南北之學雖殊，《詩》宗毛、鄭則大抵無異。故《孔疏》實集六朝《詩》説之全，非可以唐人《詩》説目之。《疏》於《傳》《箋》異同，各申其義，不相牽合。間評騭二家得失，亦有諦當者。今取其申毛而有合經旨者著之，其强申鄭而有未合者，俟别爲之説。

《毛詩》序傳自鄭君作《箋》後，迄於唐世，皆遵信無異詞。自南宋鄭樵倡言排擊，而朱熹信之；降及元、明，《詩》學幾廢。程晉芳云："宋賢説經，一則苦於瀾翻，一則好爲臆斷。"惟其間猶有宗法毛、鄭，不爲新説所奪，如吕祖謙《讀詩記》、嚴粲《詩緝》之類，蓋有可取者。前如歐陽修《詩本義》、蘇轍《詩傳》，其有契《經》旨而足匡鄭君之失者，兹並采焉。

清世經師治《詩》，多遵守《序》《傳》。其信《傳》之篤者，推陳奂碩甫、胡承珙墨莊。惟陳氏《毛詩傳疏》專依《毛傳》而不及《箋》，又偏詳訓詁名物，而於辭義或少推究。胡氏則網羅衆説，擷取所長，申解《序》《傳》，曲得微旨，既撢究故訓之原，復深識辭言之理，故余今者多有取焉。若陳啓源《稽古編》首駁《朱傳》，馬瑞辰《傳箋通釋》兼取毛、鄭，皆説《詩》之較精者。餘如李黼平《毛詩紬義》、俞樾《毛詩平議》，其間非無善言，惟一則辭義迂塞，一則勇於改古，似不可爲訓。至於戴、段師弟之是正文字，陳氏父子之旁搜三家遺説，凡可供參證者，不敢忽也。

經學訓詁與小學訓詁有異。先從父嘗云："小學之訓詁貴圓，經學之訓詁貴專。"蓋一則可因聲義之聯綴而曲暢旁通，一則宜依文立義，而法有專守故爾。清世高郵王氏父子深於小學，以之説經，實多精闢之義。乃承其業者，少究故訓之原，而動言通叚，凡於經義之難明者，輒云某與某通，某爲某借，名爲通經，實則改經亂經。時至今日，而其弊滋甚。余曩從先從父受聲音訓詁之學，愧未能竟其業，徒記其論治經一二語，期守之勿墜焉。

治經不徒明其詁訓而已，貴在得其詞言之情。戴震謂訓詁明而後義理明，實則有訓詁明而義理仍未得明者。要須審其辭氣，探其義旨，始可明古人用意所在爾。樸學諸師，間有專治訓詁名物，而短於爲文，致於古人文之用意處不能識得諦當。夫經者，義之至粹，而文之至精者也。可由訓詁學入，不可由訓詁學出。治之者識其本末終始，斯得矣。余以檮昧之質，幸聞先輩治經之要，謹記其語，以諗世之學者。

本書所引《詩序》《毛傳》《鄭箋》並後世諸家之說，均用引號以明之，引文間或有節略之處，則承舊習未一一用省略號，特此附誌。

公元一九四六年四月蘄春黄焯耀先序

卷　　一

國　　風

周　　南

關　雎

《序》云："是以《關雎》樂得淑女以配君子，憂在進賢，不淫其色，哀窈窕，思賢才，而無傷善之心焉：是《關雎》之義也。"《箋》云："哀蓋字之誤也，當爲衷。衷謂中心恕之。無傷善之心，謂好逑也。"

焯案：《序》文蓋通《關雎》、《葛覃》、《卷耳》三篇而言，與《論語》"《關雎》樂而不淫、哀而不傷"之義正同。劉台拱《論語駢枝》云："樂而不淫，《關雎》、《葛覃》也；哀而不傷，《卷耳》也。"焯謂此《序》云"樂得淑女以配君子，不淫其色，哀窈窕"，就《關雎》、《葛覃》言。"憂在進賢，思賢才，而無傷善之心"，就《卷耳》言。《卷耳序》云："又當輔佐君子，求賢審官，知臣下之勤勞，内有進賢之志，而無險詖私謁之心，朝夕思念，至於憂勤也。"其云"求賢審官，朝夕思念，至於憂勤"，即"憂在進賢"也。其云"内有進賢之志，而無險詖私謁之心"，即"思賢才，而無傷善之心"也。段玉裁《毛詩故訓傳》云："玩'又''當'二字，知古各序合爲一篇，故蒙上而言。"是則此三篇之序或通下言，或蒙上言，非專就一篇立文。《序》中似此者非一，如《樛木》言"后妃無嫉妒之心"，蓋兼《螽斯》、《桃夭》言之。《葛屨》言"其君儉嗇褊急"，亦兼《汾沮洳》、《園有桃》言之。鄭君疑《關雎》篇無進賢之事，因據《魯詩》説，以爲后妃之求賢女，謂無傷善之心指好逑言，非《序》意也。又案“哀窈窕”，哀當訓愛。《吕覽·報更》云：“人主胡可以不務哀士。”注：“哀，愛也。”《釋名·釋言語》云：“哀，猶愛也。愛乃思念之也。”蓋哀之爲愛，猶憐之爲愛。《説文》：“憐，哀也。”鄭易“哀”爲“衷”，亦未諦。

“窈窕淑女，君子好逑。”《傳》：“逑，匹也。言后妃有《關雎》之德，是幽閒貞專之善女，宜爲君子之好匹。”《箋》云：“怨偶曰仇。言后妃之德和諧，則幽閒處深宫貞專之善女，能爲君子和好衆妾之怨者。言皆化后妃之德，不嫉妒。謂三夫人以下。”

焯案：《關雎》之義，宜與《車舝》同看。《序》云“樂得淑女以配君子”，與彼《序》“周人樂得賢女以配君子”之語相類。特詩人本意不同，一爲正言，一爲反言，故美刺有異爾。其辭則皆泛設，非爲實咏其事。程伊川謂：“詩言后妃之德，非指人而言。”是也。陳啓源《稽古編》以次章“寤寐思服，輾轉反側”“指文王則妨於義，不指文王又無可指”，因疑程説爲難通。不知此爲詩人反覆咏歎之詞，不必實指，於義始安。自《孔疏》以君子爲文王，朱晦菴以下確指淑女爲太姒，而詩義轉晦矣。今玩毛意，首章言“宜爲君子之好匹”；次章言“乃能共荇菜，備庶物，以事宗廟”；三章言“宜以琴瑟友樂之，德盛者宜有鐘鼓之樂”。其云“宜”云“乃”，皆量度以爲當然，企望而未至之辭。知毛氏固不以此篇爲咏實事也。其云“言后妃有《關雎》之德，是幽閒貞專之善女”。黄元吉《詩經遵義》云：“《毛傳》文氣緊接而下，是字即指后妃。”陳澧《東塾讀書記》亦謂：“毛以后妃是淑女，是字甚明。鄭以淑女謂三夫人以下者，由未憭篇義‘憂在進賢’之語，而改用《魯詩》説。惟劉子政習《魯詩》，其《列女傳·母儀傳》云：‘湯妃有㜪統領九嬪，後宫有序，咸無妬媢逆理之人。《詩》云“窈窕淑女，君子好仇”，言賢女能爲君子和好衆妾也。’按其文似以淑女指有㜪，非指九嬪，亦不可言三夫人以下。”大凡鄭易毛之處，多本三家。其所以取三家者，必據《經》與《序》爲説，顧往往不自知其立義之拘泥也。至毛訓逑爲"匹"、鄭訓爲"怨偶"者，當由鄭所見本逑作"仇"。又緣誤解篇義"無傷善之心"之語，遂援左氏"怨偶曰仇"之文。據《列女傳》之説，以仇爲"仇怨"，以好爲和好之"好"耳。惟仇本爲"仇匹"義。此詩言"好仇"，猶言"好匹"。左氏言"怨偶曰仇"，則專言惡匹。好匹、惡匹，其匹則一。左氏所云，實非仇之本義。鄭援以易毛，亦非也。

"參差荇菜，左右流之。"《傳》："流，求也。后妃有《關雎》之德，乃能共荇菜、備庶物，以事宗廟也。"《箋》云："左右，助也。言后妃將共荇菜之菹，必有助而求之者。言三夫人、九嬪以下皆樂后妃之事。"

"窈窕淑女，寤寐求之。"《傳》："寤，覺；寐，寢也。"《箋》云："言后妃覺寐則常求此賢女，欲與之共己職也。"

焯案：吕祖謙《讀詩記》云："首章以雎鳩發興，後二章皆以荇菜發興。"胡承珙《毛詩後箋》云："因荇菜之可流，以興淑女之可求。毛於首章標明興體，故次章略之。全詩例皆如此。"此二説是也。《箋》於二、三章俱以爲實賦其事，於義已淺。復本《爾雅·釋詁》訓左右爲助。《釋文》云："鄭上音佐，下音佑。"意在合其三夫人、九嬪以下助后妃求荇菜之義。殊未允。又周人樂得淑女以配君子，故於此章設言誠求賢女之事，因有"寤寐求之"以下諸文。鄭必實指爲后妃之求賢女，毛意不如此也。

"求之不得，寤寐思服。"《傳》："服，思之也。"《箋》云："服，事也。"

焯案：陳奂《毛詩傳疏》云："《漢廣》《文王傳》皆云：'思，詞也。'思爲句首句末之詞，又爲句中之詞。"如陳説，則此"思"字爲助詞，“服”乃爲實詞。胡承珙以“思”“服”皆爲實詞，猶《康誥》以“服”“念”連文之比，其説亦通。《箋》必訓服爲“事”、以思爲實詞者，由上文既解求荇菜爲實事，而於此文則以求淑女爲后妃之職事故耳。

“窈窕淑女，琴瑟友之。”《傳》：“宜以琴瑟友樂之。”《箋》云：“同志爲友，言賢女之助后妃共荇菜，其情意乃與琴瑟之志同。共荇菜之時，樂必作。”

“窈窕淑女，鐘鼓樂之。”《傳》：“德盛者宜有鐘鼓之樂。”《箋》云：“琴瑟在堂，鐘鼓在庭，言共荇菜之時，上下之樂皆作，盛其禮也。”

焯案：孫毓述毛云：“思淑女之未得，以禮樂友樂之，是思之而未致，樂爲淑女設也。知非祭時設樂者。若在祭時，則樂爲祭設，何言德盛？設女德不盛，豈祭無樂乎？又琴瑟樂神，何言友樂也!”《稽古編》云：“《關雎》二三章，毛皆以未得時言，故求是未得而求，友樂則預計初得時事也。鄭皆以已得時言，故求是追溯其初，而友之樂之，正言助祭時也。如毛意，則琴瑟鐘鼓爲淑女而設。如鄭意，則爲神而設。毛義勝矣。”焯謂此篇皆詩人反復咏歎之詞。二章設言其未得之思，三章設言其既得之樂耳。

葛 覃

“葛之覃兮，施于中谷。”《傳》：“施，移也。”《箋》云：“興者，葛延蔓於谷中；喻女在父母之家，形體浸浸日長大也。”

焯案：焦循《毛詩補疏》云：“《傳》訓施爲移，故王肅推之云：‘葛生於此，延蔓於彼，猶女之當外成也。’與《箋》較之，肅義爲長。《正義》合鄭於毛，云‘下句“黄鳥于飛”，喻女當嫁，若此句亦喻外成，於文爲重。毛意必不然。’竊謂此詩之興，正在於重。‘葛之覃兮，施于中谷’，與‘黄鳥于飛，集於灌木’，同興女之嫁。葛移於中谷，其葉萋萋，興女嫁于夫家而茂盛也。鳥集於灌木，其鳴喈喈，興女嫁於夫家而和聲遠聞也。盛由於和，其意似疊，而實變化，誦之氣穆而神遠。《箋》以‘中谷’爲父母家，以‘蔓延’爲形體浸浸日長大，迂矣。《毛傳》言簡而意長，耐人尋索，非鄭所能及。”

卷　耳

“我馬虺隤，我姑酌彼金罍。”《箋》云：“我，我使臣也。我，我君也。”

焯案：《箋》以上句屬使臣言，下句屬君言，義自不誤。惟其意以詩人代使臣與君自我，則非。焦氏《補疏》以兩“我”字緊相貫，而謂一我臣，一我君，非《傳》義。則又泥於二“我”字連用，不應異解。蓋皆不明其爲語助故爾。餘杭章君《正名雜義》云：“凡古語例以今世文義，有如詰詘難通。如《卷耳》言‘采采卷耳’，而《傳》云‘采采，事采之也。’訓上‘采’字爲事，以今觀之，似迂曲不情。又如《載馳》《傳》云：‘載，辭也。’其他‘載’可訓辭者，多訓爲事。如《釋故》云：‘言，閒也。’原注：閒即助詞。又云：‘言，我也。’若詩‘言告師氏’‘言告言歸’‘受言臧之’之輩，以今觀之，皆可訓‘閒’，而《傳》皆訓‘我’。《箋》則言訓‘我’者凡十七見，近人率以詰詘不通病之。毛公生於衰周，文學方盛，寧於助詞尚不能通。鄭君雖專治樸學，不尚文采，觀其《譜序》與《戒子書》，固文章之傑也。然其訓説必如是云者，正以二公深通古語耳。夫絶代方言，或在異域。日本與我隔海而近，周、秦之際，往者雲屬，故其言有可以證古語者。彼凡涉人事之辭語，末率加‘事’字，或以コト代之，コト亦事也。又凡語不煩言‘我’，而必舉‘我’字者，往往而有。如事采輩，特以‘事’字居前，其排列稍異東方；而言告、言臧之訓‘我’，則正與東方一致。以今觀古，覺其詰詘，猶以漢觀和爾，在彼則調達如簧矣。雖然，訓‘事’訓‘我’，又不得膠執讀之，‘事’與‘我’即爲助詞，故‘載’之訓‘事’，與訓‘辭’同；‘言’之訓‘我’，與訓‘間’同。同條共貫，皆以助脣吻之發聲轉氣而已。”焯謂章君所言，足解二千年來説《詩》者之蔽。惟鄭於詩中“我”字之爲語助者，每多實指。如《破斧》“既破我斧，又缺我斨”，《箋》以上“我”我周公；下“我”我成王。《出車》“我出我車”，以上“我”我殷王；下“我”我將帥。惟於《皇矣》之“我陵我阿，我泉我池”，無緣實指。乃云：“每言我者，據後得而有之而言。”則又以“我”爲我文王。毛於《破斧》直云：“斧斨，民之用也。”於《出車》，直云“出車就馬於牧地”。是明以“我”爲助詞，而鄭則未之知。章君云毛、鄭皆深通古語，竊謂鄭與毛或未能並論也。

“我姑酌彼兕觥。”《傳》：“兕觥，角爵也。”《箋》云：“觥，罰爵也。饗燕所以有之者，禮。自立司正之後，旅醻必有醉而失禮者，罰之亦所以爲樂。”

焯案：毛但以觥爲角爵，其不以爲罰爵之專稱可知。《周禮》雖有觥罰之事，《地官》閭胥：“掌其比觥撻伐之事。”又云“觥其不敬者”，《春官》小胥職。但謂以觥罰之，非必觥爲罰爵也。用朱子説。《毛詩説》云：“觥容七升。”七升爲爵之大者，罰人者取其爵之大，故必用觥耳。《説文》觥本作觵，云：“兕牛角可以飲者也。”但言可以飲，則不專爲罰爵矣。《檀弓》“杜蕢揚觶”，蓋以觶爲罰爵。罰既有時用觶，則觥亦有時非罰爾。詩文往往有因取韻之便，而不可拘執者。如此詩之兕觥，不必泥爲罰爵；《葛屨》“可以縫裳”之裳，亦不必泥爲男子下服。《箋》既釋觥爲罰爵，又疑此詩不應有罰爵之事，因云“醉而失禮者，罰之亦所以爲樂”。殆强説也。

樛　木

“樂只君子，福履綏之。”《箋》云：“妃妾以禮義相與和，又能以禮樂樂其君子，使爲福禄所安。”

焯案：《説文》：“只，語已詞也。”經傳通用爲語助詞。《箋》於《南山有臺》訓“只”爲“是”，亦爲語助。此詩“樂只君子”，猶云樂哉君子。樂爲下句“福履綏之”而發，咏君子之樂，正以見妃妾之和爾。《箋》以“只”爲“其”，謂“妃妾以禮樂樂其君子，使爲福禄所安”，義甚拘泥。蓋執《序》“后妃逮下”之語，遂以《經》全篇皆顯主妃妾言也。

桃　夭

“宜其室家。”《傳》：“宜以有室家，無踰時者。”《箋》云：“宜者，謂男女年時俱當。”

焯案：《傳》云“無踰時”，與《序》稱“昏姻以時”，皆謂男女盛壯之時。《箋》云年時之時，則指仲春嫁娶時言。《通典》載束晳云：“《桃夭》篇《序》美昏姻以時，蓋謂盛壯之時，而非日月之時。故‘灼灼其華’，喻以盛壯，非爲嫁娶當用桃夭之月。其次章云，‘其葉蓁蓁，有蕡其實’，此豈在仲春之月乎？”此議可正《箋》説之誤。蓋嫁娶時月，毛、鄭異説。毛於《東門之楊傳》云：“言男女失時，不逮秋冬。”是毛以秋冬爲昏之正時。彼《疏》云：“秋冬爲昏，經無正文。荀卿書云：‘霜降逆女，冰泮殺止。’今《荀子·大略篇》作“冰泮殺内”。王引之云：諸書所引皆作“殺止”，自楊倞所見本脱“止”字，遂以“殺内”二字連讀，誤矣。“内”字當下屬爲句也。荀在焚書之前，必當有所憑據。毛公親事荀卿，故亦以爲秋冬。鄭不信荀卿，以《周禮》指言‘仲春之月令會男女’，故以仲春爲昏月。毛、鄭别自憑據，以爲定解。詩内諸言昏月，皆各從其家。”《周官》媒氏《賈疏》歷引王肅、孔晁、馬昭、張融諸儒之説，賈意則以鄭用仲春爲密。《通典》載庾蔚之語，謂“以人情言之，王肅爲優”。胡氏《後箋》云：“毛義原本荀卿，王肅引《韓詩傳》亦曰：‘古者霜降逆女，冰泮殺止。’是其源亦出自荀卿。《管子·幼官》篇：‘春三卯十二，始卯合男女；秋三卯十二，始卯合男女。’案《管子》所謂秋始卯，在白露之後，即《荀子》之‘霜降逆女’也。春始卯，在清明之後，即《荀子》之‘冰泮殺止’也。《通典》引董仲舒書曰：‘聖人以男女當天地之陰陽，天地之道，向秋冬而陰氣來，向春夏而陰氣去，故古之人霜降而迎女，冰泮而殺止。與陰俱近，與陽俱遠也。’《太玄》亦云：‘納婦始秋分。’《管》、《荀》皆先秦古書，董、楊又漢代大儒，皆與《毛傳》後先脗合，其義不可易矣。王肅云：‘自馬氏以來，乃因《周官》而有二月。’蓋鄭説本於馬融。至馬昭申鄭，援證諸詩，則孔晁答云：‘有女懷春，謂女無禮過時故思，春日遲遲，蠶桑始起，女心悲矣。嘒彼小星，喻妾侍從夫人。蔽芾其樗，喻行遇惡人。熠燿其羽，喻嫁娶盛飾。皆非仲春嫁娶之候。’其説皆孔優於馬。若張融所據，《夏小正》‘二月綏多士女’，蓋亦期盡繁育之法。其實鄭正據定在《周官》。今考《周官》媒氏云：‘掌萬民之判。凡男女自成名以上，皆書年、月、日、名焉，令男三十而娶，女二十而嫁。凡娶判妻、入子者，皆書之。中春之月，令會男女，於是時也，奔者不禁。若無故而不用令者，罰之。’詳玩經文，所謂判妻、入子皆書之者，自是霜降之後，正以禮昏。其下云云，乃期盡繁育之法。蓋自中春以後，農桑事起，昏姻過時，故於是月，令會男女，其或先因札喪凶荒，六禮未備者，雖奔不禁。所謂不待禮聘，因媒請嫁而已。若中春非爲期盡，則正昏之月，何用汲汲而先下此不禁奔之令乎？此誤會經文之失也。惠氏《禮説》云：‘《左傳》襄二十二年十二月，鄭游眅將如晉，未出境，遭逆妻者奪之。則《春秋》民間嫁娶亦在秋冬也。’”焯謂胡氏此説，足解自來經生聚訟之紛，宜爲定論。惟是鄭君易毛，往往援據三家。今則韓説之同於毛，已詳胡氏所引。又焦氏《易林復》之《履》曰：“十五許室，柔順有德，霜降歸嫁，夫以爲合。"《中孚》之《坎》曰："剛柔相呼，二姓爲家，霜降既同，惠我以仁。"《夬》之《復》曰："霜降合好。"焦所説爲《齊詩》義，則《齊》説亦同於毛也。其不同者，獨有《魯》説。《白虎通·嫁娶》篇云："嫁娶必以春何？春者，天地交通，萬物始生，陰陽交際之時也。《詩》云：'士如歸妻，迨冰未泮。'"此説或亦鄭君所本。然清儒陸奎勳有云："《史》《漢·儒林傳》皆云：申公有訓詁，無傳義。後之爲《魯詩》説者，恐非申公之舊。"案陸氏語可云破的。《白虎通》所説，當係魯恭、魏應等推演《魯》義之失，實不足據。然則昏時宜從毛説，即證之三家，亦不可易矣。晉張融主鄭説，謂："《春秋》魯送夫人嫁女，四時通用無譏文。《左傳》隱二年十月，伯姬歸于紀，夏八月也。桓三年，夫人姜氏至以九月，爲夏七月。莊二十四年，夫人姜氏入以八月，爲夏六月。僖十五年，季姬鄫歸以九月；宣五年，齊高固來逆叔姬以九月；成十四年，叔孫僑如逆夫人姜氏至以九月：皆夏七月。然則孔子制素王之法，以遺後世，男女以及時盛年爲得，不限以日月。"焯謂諸侯之禮，自與士庶不同。即如所引，不足以破毛，而適以破鄭。且毛説只以秋冬爲昏之正時，非謂他時絶不可爲昏也。

"宜其家人。"《傳》："一家之人盡以爲宜。"《箋》云："家人猶室家也。"

焯案：《箋》易《傳》者，意以此篇主咏男女年盛得時之美，三章皆應就夫婦言。但《序》有不妬忌之語，《傳》云"一家之人盡以爲宜"，正與《序》相應。夏炘《讀詩劄記》云："首章'宜其室家'，二章'宜其家室'，指夫婦言之。《左傳》所謂'男有室、女有家'也。三章'宜其家人'，謂一家之人，上舅姑、下娣姒妾媵皆在其中。三'宜'字亦有別，室家、家室之宜，以情言；及時而嫁，内無怨女，外無曠夫，《毛傳》所謂'宜以有室家無踰時者'是也。'宜其家人'之宜以德言，《毛傳》'一家之人盡以爲宜'，謂孝敬於舅姑，和順於娣姒，不妬忌於妾媵，《大學》所云‘宜其家人而後可以教國人’是也。《鄭箋》三章云：‘家人猶室家也。’倣毛二章《傳》語，毛二章《傳》：“家室猶室家也。”與上兩章全無分别，不逮《毛傳》遠矣。”

兔　罝

“公侯好仇。”《箋》云：“怨耦曰仇。此罝兔之人，敵國有來侵伐者，可使和好之，亦言賢也。”

焯案：《關雎》之“好仇”，依鄭所見本。猶言嘉耦；此詩之“好仇”，猶言良弼賢佐耳。《箋》説泥。

召　南

采　蘩

“于以采蘩。”《箋》云：“于以猶言往以也。”

焯案：胡氏《後箋》云：“毛於《桃夭》‘于歸’訓于、往也，此‘于以’之于不釋，蓋以爲語詞。而訓‘于沼’之于爲‘於’，則用‘在’義，‘于沼’猶在沼也。《箋》則云：‘于以猶言往以也。’案《采蘋》又云‘于以盛之’，‘于以湘之’，夫‘采之’可言往，‘盛之’‘湘之’似不必言往。《陳風》‘越以鬷邁’，‘越以’猶‘于以’。鄭既謂‘越以’爲語詞，則此‘于以’亦當爲語詞。而《箋》乃訓爲往，誤矣。”焯案：《説文》：“于，於也。象氣之舒于。”由舒氣之義引申，則凡有所興作，有所著見，皆得以“于”表之。或以表義，或以表態，不可以一端盡。如“之子于歸”之“于”訓往，“一之日于貉”之“于”謂取，“三之日于耜”之“于”爲修，“于昭于天”之“于”猶在，是也。此詩四“于以”字，一以表其行動，一以表其作爲，概訓爲往，則扆礙難道。徒以爲語助，而不審其用，亦未究詞言之理。惟鄭訓“于以”猶言往以，于往爲對轉音。或不過言其行動，非定訓爲往來之往。乃《正義》於《采蘋》“于以盛之”“于以湘之”云，“往何器盛之，往何器烹煮之”，則失於不詞矣。

草　蟲

“未見君子，憂心忡忡。”《傳》：“婦人雖適人，有歸宗之義。”《箋》云：“未見君子者，謂在塗時也。在塗而憂，憂不當君子，無以寧父母，故心衝衝然。是其不自絶於其族之情。”

焯案：《葛屨傳》：“婦人三月廟見，然後執婦功。”蓋昏禮自大夫以上，皆女至壻家，三月見祖廟之後，乃始成昏。與士當夕成昏禮異。《左傳》隱八年云：“鄭公子忽先配而後祖。”《疏》引賈逵云：“配謂成婦也。禮齊而未配，三月廟見然後配。”《禮疏》引服虔説云：“大夫以上，無問舅姑在否，皆三月見祖廟之後，乃始成昏。”案必三月者，《白虎通義·嫁娶》篇云：“婦入三月，然後祭行。舅姑既殁，亦婦入三月，奠采于廟。三月一時，物有成者，人之善惡可得知也。然後可得事宗廟之禮。”《公羊》成九年：“季孫行父如宋致女。”何休注：“古者婦人三月而後廟見，稱婦，擇日而祭於禰，成婦之義，父母使大夫操禮而致之。必三月者，取其一時，足以别貞信。貞信著，然後成婦禮。書者，與上納幣同義，所以彰其潔，且爲父母安榮之。”是則大夫以上當夕不成昏，漢儒之説多同毛氏。此詩云“未見君子，憂心忡忡”者，蓋女至壻家，尚未成婦之時，憂不當君子之意而被出棄，以爲父母辱耳。《序》云“以禮自防”者，謂女當未成昏之時，兢兢戒慎，惟恐有失也。《傳》以“婦人雖適人，有歸宗之義”釋《經》未見心憂者，陳氏《傳疏》云：“禮，未成婦，有歸宗之義。《左傳》杜注：‘禮，送女留其送馬，謙不敢自安，三月廟見，遣使反馬。’《孔疏》云：‘謙不敢自安於夫，若被出棄，則將乘之以歸，故留之也。反馬，示與之偕老，不復歸。'據此，留馬之禮，即傳歸宗之義也。《戰國策·觸讋説趙太后》："媪之嫁燕后也，祝曰，必勿使反。"蓋女至壻家有未成昏而反者，趙太后所祝，或即指此，非必謂大歸也。鄭不用三月成昏之説，本《經疏》引駁《五經異義》。故以憂爲'在塗'而'憂'，然繹《經序》之旨，毛義固爲得也。"

行　露

"厭浥行露，豈不夙夜，謂行多露。"《傳》："興也。厭浥，溼意也。行，道也。豈不，言有是也。"《箋》云："夙，早也。厭浥然溼，道中始有露，謂二月中嫁娶時也。言我豈不知當早夜成昏禮與？謂道中之露太多，故不行耳。今彊暴之男，以此多露之時，禮不足而彊來，不度時之可否，故云然。"

焯案：《傳》以此章爲興。《箋》則以爲賦，謂道中始有露爲二月中嫁娶時，殊非詩義。汪龍《毛詩異義》云："《傳》以行人之畏露，興貞女之畏禮，義本正大。鄭必傅合昏姻之時，夫禮不足而强委禽，豈復論時之可否乎？《疏》謂因過時，假多露以拒之，蓋曲爲回護耳。"胡氏《後箋》云："《傳》以厭浥爲多露濡溼之意，三句一貫，語本直截。《箋》則以'行露'爲始有露，是二月嫁娶正時，'多露'則三月四月，已過昏時，故云'禮不足而彊來'，於《經》文三句中多一轉折，不如毛義爲允。《易林》云：'厭浥晨夜，道多湛露，瀸衣濡褔，重不可步。'亦即以'厭浥'爲多露，無二月四月之别。"竊謂二説是也。惟胡氏又云："此章初讀之，似與'豈不爾思，畏子不奔'文意相類。然女方被訟不從，而乃先云豈不欲之，作此婉辭，不合語意。玩首章'謂'字，當與下二章'誰謂'之'謂'一律。誰謂者，誣善之辭，衆不能察，而歸之聽訟之明者也。故此云厭浥者，道中之露也。然必早夜而行，始犯多露；豈不早夜，而謂多露之能濡己乎！以興本無犯禮，不畏彊暴之侵陵也。《左傳》僖二十年：'隨以漢東諸侯叛楚，楚鬬穀於菟帥師伐隨，取成而還。君子曰，隨之見伐，不量力也。量力而動，其過鮮矣。善敗由己，而由人乎哉？《詩》曰：豈不夙夜，謂行多露。'此正以夙夜犯露爲不量力之喻。言豈有量力而動，猶至見伐乎？又襄七年：'晉韓獻子告老，公族穆子有廢疾，將立之。辭曰"《詩》曰：豈不夙夜，謂行多露"。'此亦謂自量不才，故辭。謂如人不早夜，可無犯露耳。杜注皆云：'豈不欲早夜而行，懼多露之濡己。'此《箋》義，非《傳》義也。"云云。此則非是。蓋此章"豈不"二句，乃詩人設爲反正之辭。《孔疏》述毛，義甚明白。胡氏疑女方被訟不從，不應先作此婉辭。不知女之所以不從者，只以男之彊暴而無禮耳，非竟無與爲室家之心也。二章云"雖速我獄，室家不足"，三章云"雖速我訟，亦不女從"，兩章意互相足。蓋謂雖速我獄，室家之道不足，亦不女從；如其具禮而來，終將從女矣。其辭雖嚴，而意實婉。胡氏不明下兩章末句意互相足，因誤視爲決絶之辭，而以"豈不"二句皆爲反辭。匪特於詩義不合，且亦失詩人温厚之旨矣。又下二章"誰謂"之語自爲反言，此章"謂"字原屬正言，非可視爲一律也。至《左傳》兩引此詩，杜注實不誤。僖二十年所引，正取量力而動之義，反責隨之不量力。襄七年所引，則公族穆子之意，謂己豈不欲立乎，以有廢疾，不可立也。胡氏遷就己意，强爲立解，其説不可從，而陳奐取之，誤矣。

羔　羊

"退食自公。"《傳》："公，公門也。"《箋》云："退食謂減膳也。自，從也。從於公，謂正直順於事也。"

焯案：《箋》以退食爲減膳，以自公爲順於事，蓋取與《序》"節儉正直"之語相應。嚴粲《詩緝》云："此詩言服飾有常，俯仰無媿，節儉正直之意隱然可見。"竊謂嚴説是也。漢谷永上疏云："退食自公，私門不開。"其云私門不開，正以公爲公門。永所説爲《魯詩》，是其義亦同於毛也。

摽有梅

“求我庶士，迨其謂之。”《傳》：“不待備禮也。三十之男，二十之女，禮未備，則不待禮會而行之者，所以蕃育民人也。”《箋》云：“謂，勤也。女年二十而無嫁端，則有勤望之憂。‘不待禮會而行之者’，謂明年仲春，不待以禮會之也。時禮雖不備，相奔不禁。”

焯案：男女昏嫁年歲，毛、鄭亦各不同。毛以男年三十，女年二十，爲嫁娶之極限。鄭則以爲嫁娶之正期。此《疏》引王肅、譙周語，皆取説於毛氏。《穀梁傳》文十二年。范甯《注》亦云：“禮爲夫之姊妹服長殤，年十九至十六。”如此，男不必三十而娶，女不必二十而嫁，明矣。《周官》媒氏《疏》載馬昭駁王肅説，歷引《大戴記本命》、《禮記·曲禮》《内則》、《尚書大傳》、《穀梁傳》諸文，以明男宜三十而娶，女宜二十而嫁。是則嫁娶年歲，自古即持二説。惟鄭以《周禮》仲春之月爲嫁娶正時，而於此詩首章次章以孟夏仲夏猶可嫁娶，則《周禮》何以於仲春之月即云奔者不禁乎？於此章云：“明年仲春，不待以禮會之。”夫以嫁娶正時，竟可不待以禮會之，則昏禮蔑如矣。且以二十之女猶待明年，將以何年爲期盡乎？《序》何以言男女及時乎？蓋《經》云“實七”“實三”，以喻女年事鄉晚，非以喻夏時早晚。《序》云男女及時，本謂盛壯之時，非以爲仲春嫁娶之時。《箋》義皆未合也。

小　星

“抱衾與裯。”《傳》：“裯，禪被也。”《箋》云：“裯，牀帳也。”

焯案：洪頤煊《讀書叢録》云：“《爾雅·釋訓》：‘幬謂之帳。’郭璞注：‘今江東亦謂帳爲幬。’裯、幬同聲字，故鄭據以易《傳》。”

又案范處義《詩補傳》云："《齊詩》作幬。注云，帳也。"慧琳《一切經音義》六十三引《韓詩外傳》云："幬，單帳也。"是鄭以"裯"爲帳，原本三家。蓋三家作"幬"，毛作"裯"。凡今古文因字異而義别者甚多，毛不改字，宜不以裯爲帳。又毛義自有本，不必定援《爾雅》説之也。至顧廣譽、馬瑞辰輩以裯於《説文》訓"衣袂衹裯"，因據以解此詩。陳氏《傳疏》則云："《説文》衹裯連文，與單言裯者不同。"王先謙《詩三家義集疏》云："裯若訓爲衹裯，則無緣之短衣亦未宜與被同抱。"竊以陳、王之説是也。若《疏》申鄭説，謂"衾既爲被，不宜復云裯爲襌被"。胡氏《後箋》云："《傳》義簡古，以衾是被之大名，故但云衾被，不加大字。且下云裯爲襌被，正以見衾爲複被，則其爲大被可知。不必如《正義》所疑也。"

江有汜

"江有渚。"《傳》："渚，小洲也，水枝成渚。"《箋》云："江水流而渚留，是嫡與己異心，使己獨留不行。"

焯案：首章言"汜"，三章言"沱"，與此章言"渚"，其義不異。據《傳》義，水決而復入爲汜，枝而爲渚，江之别出者爲沱，皆大水之枝流，猶姪娣之附於女君也。《箋》於首章以江汜並流似嫡媵宜俱行，是也。而於此章獨立别解，非《經》意亦非《傳》意矣。

野有死麕

"有女懷春。"《傳》："春，不暇待秋也。"《箋》云："有貞女，思仲春以禮與男會。"

焯案：毛以秋冬爲昏之正時，此云不暇待秋者，謂女之當嫁已過昏時。《周禮》：仲春會男女之無夫家者，不備禮而娶。故云然。《箋》則以仲春爲昏之正時，説已見前。與毛義異。

“林有樸樕，野有死鹿，白茅純束。”《傳》：“樸樕，小木也。野有死鹿，廣物也。純束猶包之也。”《箋》云：“樸樕之中及野有死鹿，皆可以白茅裹束以爲禮。廣可用之物，非獨麕也。”

焯案：“林有樸樕，野有死鹿”相對成文。《傳》云“樸樕小木”，“死鹿廣物”，亦分二意。胡氏《後箋》云：“詩言昏姻之事，往往及於薪木。古者昏禮或本有薪芻之饋，蓋芻以秣馬，薪以供炬，《士昏禮》‘執燭前馬’，古燭即以薪爲之。《鄭箋》始以‘樸樕之中及野’爲死鹿之所在，與《傳》義異。”俞樾《毛詩平議》云：“學者但知‘白茅純束’止以‘野有死鹿’言，而不知其兼以‘林有樸樕’言，於是不得其解矣。”

何彼襛矣

“王姬之車。”《箋》云：“之，往也。王姬往乘車也。”

焯案：鄭以車不可言肅雍，肅雍自繫王姬，故訓之爲往。惟詩三章下二句“之”字，餘皆爲語助，不應此句獨別。吕氏《詩記》云：“肅雍者王姬，而曰王姬之車，不敢指切之也。”此語可破《箋》説之泥。

騶　虞

“壹發五豵。”《傳》：“一歲曰豵。”《箋》云：“豕生三曰豵。”

焯案：《毛傳》訓豝用《爾雅》，而獨不取其豕“生三曰豵”者，黄中松《詩疑辨證》云：“《鄭箋》‘豕生三曰豵’雖本《爾雅》，而豕之豢於家者，生子之多寡可知。野田之豕，何由知其生時有三乎？惟一獲而視其大小，可定其爲一歲二歲耳。據《七月》云，‘言私其豵’，大司馬職云，‘小獸私之’，豵固小豕也。”

卷　二

邶鄘衛譜

《譜》云："成王既黜殷命，殺武庚，復伐三監，更於此三國建諸侯，以殷餘民封康叔於衛，使爲之長。後世子孫稍併彼二國，混而名之。及衛國政衰，變風始作，作者各有所傷，從其國本而異之，爲邶、鄘、衛之詩焉。"

焯案：鄭意謂成王伐三監，更於此三國建諸侯，衛之子孫併彼二國，其意蓋謂周公建國，上公不過五百里，明不以殷千里之地盡封康叔，故《孔疏》以國大非制申之。陳氏《稽古編》則以爲"三監所統，不過近郊遠郊及邦甸以内地，安得方千里"。顧炎武《日知録》亦謂"今其相去不過百餘里"。顧廣譽《學詩詳説》謂："衛當春秋之初，乃鄭所謂既併邶、鄘後者，而不得爲大國，則非過制矣。考《漢書・地理志》引《書序》：'三監叛，周公誅之，盡以其地封康叔。'賈逵、馬融、服虔、王肅、杜預諸儒之説並與《志》同，是也。鄭君强區爲三國，於是邶、鄘有烏有之君矣。至衛詩分繫邶、鄘，《鄭譜》既云'作詩者從其國本而異之'，《疏》因謂'詩人自歌土風，驗其水土之名，知其國之所在'。然邶、鄘並言'浚'，鄘、衛並言'淇'與'河'，同一泉水，而'毖彼泉水'則爲邶之詩，《竹竿》泉水則爲衛之詠。且《邶風》卷末與《鄘風》時世相接，中但間一《柏舟》篇，豈宣公以前皆作自邶地，宣姜以後皆作自鄘地乎？"其不然審矣。吕氏《詩記》載朱子舊説，以爲聲之異，而毛氏《詩札》駁之。劉瑾《詩傳通釋》謂"《緑衣》、《柏舟》諸詩或繫邶，或繫鄘，《泉水》、《載馳》、《竹竿》皆作於外國，而一繫邶，一繫鄘，一繫衛。意太師各於得詩之地而繫之"。所言似較《箋疏》爲直捷。惟以閭巷之作，各歌其土風，如《氓》詩言頓丘，頓丘在朝歌。衛地，太師得之於衛而列之於衛，是已。若邶、鄘諸詩多作於宫壼，而《定中》、《干旄》，一爲文公中興之盛業，一爲大夫下賢之誠心，何衛人不能歌之傳之，而偏散於異地乎？是劉氏之説亦有可疑者。

顧炎武以爲邶、鄘、衛者，專言之則爲衛，累言之則爲邶、鄘、衛，猶《詩》言殷而曰殷商，《書》言楚而曰荆楚云爾。朱右曾《詩地理徵》本顧氏説而申之曰："成王既黜殷命，封康叔於殷虚朝歌，其地則故邶、鄘、衛所尹之地也。故國以衛名，而詩統謂之邶、鄘、衛。《左傳》'季札觀樂，工爲之歌《邶》、《鄘》、《衛》。札曰：吾聞衛康叔、武公之德如是，是其《衛風》乎？'北宫文子引今邶詩'威儀逮逮，不可選也'而以爲《衛風》，是知太師舊第不分三國矣。漢初師儒，《詩》以諷誦相傳。迨乎箸之竹帛，見其篇什繁多，較異他國，乃分之爲三，猶《雅》之有什爾。"今謂此説郅允。當康叔初封，即受邶、鄘之地，而國號獨爲衛。故言衛可兼邶、鄘，言邶、鄘而止爲一衛。説《詩》者横生議論，徒滋轇轕，故余於顧、朱二君之説獨有取焉。

邶

柏　舟

"日居月諸，胡迭而微。"《箋》云："日，君象也。月，臣象也。微，謂虧傷也。君道當常明如日，而月有虧盈。今君失道而任小人，大臣專恣，則日如月然。"

焯案：《釋文》引《韓詩》"迭"作"载"。云，"常也"。范家相《詩瀋》云："胡常而微，言日月至明，胡常有時而微，不照見我之憂思。"此解頗直截。蓋詩意或爲呼日月而訴之之辭，猶屈子問天之類也。《日月》"日居月諸，照臨下土"，《箋》亦以日月喻國君與夫人，似皆失之。

綠　衣

《綠衣序箋》云："綠當作褖，故作褖，轉作綠，字之誤也。"

焯案：此詩宜從《傳》義。《傳》於"綠兮衣兮，綠衣黄裏"云："綠，間色。黄，正色。"是毛所見本正作綠，不作褖。信如《箋》説，綠衣可改爲褖衣，而下章綠絲亦可改爲褖絲乎？程晉芳《詩毛鄭異同考》此書未刊行，今據傳鈔本。云："毛於文字未嘗有所改更，至鄭而多異義。此詩之'綠衣'若爲褖衣，則是黑色，六衣之一，男與玄端相配，女爲御於君之服，其色本正，黄色雖尊，亦六衣之一色耳。古者衣裏皆用素紗，若黑衣以黄爲裏，是正色之衣用正色之裏，於詩義不可通矣。此不過借色之正、間，衣之表、裏，以見妾寵而妻棄，豈果有綠衣黄裏之事哉？"張氏汝霖《學詩毛鄭異同籤》云："《玉藻》云：'衣，正色；裳，間色。'明衣尊而裳卑。綠爲間色，黄爲正色，嫡妾之喻甚工。以妾耦妻於禮紊，以綠爲衣於制乖，正唯於古無徵，而見其反古之甚也。"

"綠兮絲兮，女所治兮。"《傳》："綠，末也。絲，本也。"《箋》云："女，女妾上僭者。先染絲，後制衣，皆女之所治爲也，而女反亂之，亦喻亂嫡妾之禮，責以本末之行。"

焯案：胡氏《後箋》云："《釋文》引崔靈恩云：'女，毛如字。'案毛意謂絲爲女子之所治耳。《傳》云'綠末''絲本'，蓋謂素絲由於所染，染之蒼則蒼，染之黄則黄。今以絲而爲間色之綠，將歸過於女手之所治，喻以妾而開上僭之端，亦當歸過於人君之所致。鄭讀女爲汝，意專以上僭責妾，似非探本之論。"張氏《毛鄭異同籤》云："制染先後，詩中未嘗明言，無由知其先爲褖，後染絲。若以詩先言褖兮即爲先制衣，後言絲兮即爲後染絲，則上章鄭以爲褖兮衣兮，亦可分先後乎？"沈鎬《毛詩傳箋異義解》云："毛以上二章綠喻妾，黄喻嫡，以色之正間言也。以衣喻嫡，以裏喻妾，以服之表裏言也。以衣喻嫡，以裳喻妾，以服之上下言也。此又以功之先後言之，先者爲本，後者爲末，因文立訓，《傳》義固爲允也。"

"我思古人，俾無訧兮。"《箋》云："古人謂制禮者。我思此人定尊卑，使人無過差之行，心善之也。"

焯案：詩意特思古之君子妻妾有序，能使其行無過差耳。《箋》以古人謂制禮者，與上二章所解，皆失之泥。

燕　燕

"燕燕于飛，差池其羽。"《箋》云："差池其羽，謂張舒其尾翼。興戴嬀將歸，顧視其衣服。"

焯案：焦氏《補疏》云："下章《傳》云：'飛而上曰頡，飛而下曰頏。飛而上曰上音，飛而下曰下音。'即此章差池不齊意。蓋莊姜送歸妾，一去一留，有似於燕燕之差池上下者。《箋》言顧視衣服，其説近迂。"胡氏《後箋》云："或謂燕燕爲兩鳥，以喻行者與送者爲二人。不知《傳》所謂飛而上、飛而下者，皆狀一燕之言。《鄭箋》於'差池''頡頏''下上'皆言興戴嬀者，是也。試觀《雄雉》，亦言'下上其音'，又豈得爲兩雉耶?"焯謂焦説本之嚴粲，不如胡從《箋》義，以"燕燕"專興戴嬀爲優。惟詩言"差池其羽"，特咏戴嬀身丁憂厄，容飾不修耳。必如《箋》義，興戴嬀將歸顧視其衣服，亦難逭焦氏之誚矣。

日　月

"俾也可忘。"《箋》云："俾，使也。君之行如此，何能有所定，使是無良可忘也。"

焯案：《箋》以"可忘"作忘無良解。胡氏《後箋》云："詩意言何時能定，而使我可忘其憂，即《緑衣》'心之憂矣，曷維其亡'之意，《箋》云："亡之言忘也。"不必云忘其無良也。"

"父兮母兮，畜我不卒。"《箋》云："畜，養；卒，終也。父兮母兮者，言己尊之如父，又親之如母，乃反養遇我不終也。"

焯案：《箋》以"父兮母兮"謂尊親莊公如父母，取與《序》"傷己不見答於先君"句相應，然終屬牽强。《詩本義》云："畜我不卒者，謂父母不能畜養我終身，而嫁我於衛，使至困窮也。女無不嫁，其曰畜我不卒者，困窮之人尤怨之辭也。"焯謂歐説較《箋》義爲長。蓋婦人哀怨之辭，往往如此爾。

終　風

"願言則疐。"從《釋文》本。《傳》："疐，跲也。"《箋》云："願，思也。言，我也。疐讀當爲不敢嚏咳之嚏。汝思我心如是，我則嚏也。今俗人嚏，云人道我，此古之遺語也。""願言則懷。"《傳》："懷，傷也。"《箋》云："懷，安也。汝思我心如是，我則安也。"

焯案：《稽古編》云："《傳》訓'疐'爲跲，與《狼跋》'疐尾'同是礙而不行之義。此言徒思之，不能行之，誅除亂賊，原非婦人事也。末章《傳》訓'懷'爲傷，蓋言思及此則傷心也。二語皆自道其思，非謂州吁思我。鄭以俗人道我釋之，穿鑿之見耳。又崔靈恩《集注》載《毛傳》作'疐，故也'云：'故，今俗人云欠欠故是也。人體倦則伸，志倦則故。'余謂人多思之極，輒至困倦。崔義亦優。"胡氏《後箋》云："《傳》訓懷爲傷，正與《序》首句'莊姜傷己'合。《序》又云：'遭州吁之暴，見侮慢不能正。'鄭云：'正猶止也。'此謂不能止其侮慢。自傷則有之，豈復有望其思己之意。《箋》兩言'思我'，亦與

《序》不合。”

擊鼓

“死生契闊，與子成説。”《傳》：“契闊，勤苦也。説，數也。”《箋》云：“從軍之士與其伍約，死也，生也，相與處勤苦之中，我與子成相説愛之恩，志在相存救也。”

焯案：此詩自“爰居”以下三章，王肅以爲衛人從軍者與其室家訣别之辭，鄭君以爲軍中士伍相約誓之言，當以王説爲勝。故自歐陽修以後多取之。陳氏《傳疏》謂《韓詩》訓契闊爲“約束”，鄭係用韓改毛。案韓闊作“括”，契或作“絜”，故訓爲約束，死生絜括，言死生相與約束，不相離棄，此亦可爲從軍之士不忍離其室家之辭，不得遽解爲軍士相約束，定鄭義爲韓義也。又鄭云處勤苦之中，明用毛“契闊，勤苦”之訓，非爲據韓改毛審矣。惟毛意不可見，鄭於此句原在申毛，非爲改毛，特毛意不必如此耳。“與子成説”句，毛訓“説”爲數，《釋文》：“數，色主反。”意以成説猶言成言，胡氏《後箋》説。成數猶言成約。馬氏《通釋》説。鄭以成説爲“成相説愛之恩，志在相存救”，是則明與毛異已。

“執子之手，與子偕老。”《箋》云：“執其手與之約誓，示信也。言俱老者，庶幾俱免於難。”

焯案：《箋》既以此章爲從軍之士與其伍約之辭，故訓“偕老”爲期俱免於難，實曲説也。蘇子卿詩：“握手一長歎，淚爲生别滋；生當復來歸，死當長相思。”即此詩執手偕老之意。

“于嗟闊兮，不我活兮。”《傳》：“不與我生活也。”《箋》云：“軍士棄其約，離散相遠，故于嗟歎之，闊兮女不與我相救活，傷之。”

焯案：吕氏《詩記》主王肅説。其解此章云："言始欲死生勤苦共者，今乃不得相依以生。"胡氏《後箋》云："闊字不别訓，蓋即承上契闊之義。"比二説皆得詩意，可正《箋》義之失。

"不我信兮。"《傳》："信，極也。"《箋》云："歎其棄約，不與我相親信。"

焯案：《釋文》云："信，毛音申，即古伸字。"嚴氏《詩緝》云："'不我信兮'者，不得伸其偕老之志。"焯謂《傳》訓"極"者，蓋修其天年，而不中道夭之謂。此詩四五兩章係變易其辭以足意，四章爲正言，五章爲反言。鄭讀"信"爲親信之信，乃不與上章"偕老"之意爲反應矣。

凱　風

《序》云："故美七子能盡其孝道，以慰其母心，而成其志爾。"《箋》云："成其志者，成言孝子自責之意。"

焯案：閻若璩《四書釋地又續》云："成志，成母守節之志，非如《箋》義。"

"母氏聖善。"《傳》："聖，叡也。"《箋》云："叡作聖，母乃有叡知之善德。"

焯案："聖善"二字平列，即明智慈祥之謂，句法與"母氏劬勞"、"母氏勞苦"正同。《箋》以"聖"爲善之副詞，云有叡知之善德，失之。

雄雉

“雄雉于飛，泄泄其羽。”《傳》：“雄雉見雌雉，飛而鼓其翼泄泄然。”《箋》云：“興者喻宣公整其衣服而起，奮迅其形貌，志在婦人而已，不恤國之政事。”

焯案：夏炘《讀詩劄記》云：“毛意此二句爲婦人觸物起興之辭。以爲禽鳥尚得其匹，而我之所懷者乃從役於外，而自貽伊阻也。”焯謂夏氏説本之朱子《集傳》。此詩前三章皆詩人託爲婦人念夫之辭，與《小弁》“雉之朝雊，尚求其雌”語意正同。故《傳》云“雄雉見雌雉，飛而鼓其翼泄泄然”。《箋》强《經》以就《序》，語意迂曲之極。

“展矣君子，實勞我心。”《傳》：“展，誠也。”《箋》云：“誠矣君子，愬於君子也。君之行如是，實使我心勞矣。君若不然，則我無軍役之事。”

焯案：《箋》泥《序》“男女怨曠”之語，强分此詩前二章爲男曠，後二章爲女怨，故以此二句爲從役之士訴於君子之辭。朱子《詩集傳》以此詩爲婦人思其君子久役於外而作，義較明允。毛訓“展”爲誠，“君子”當指行役之大夫言，言宣公之行如是，誠矣此行役之君子，實勞我心也。

“不忮不求，何用不臧。”《傳》：“忮，害。臧，善也。”《箋》云：“我君子之行不疾害，不求備於一人，其行何用爲不善，而君獨遠使之在外，不得來歸。亦女怨之辭。”

焯案：何晏《論語集解》引馬融云：“忮，害也。臧，善也。言不忮害，不貪求，何用爲不善也?”馬以“不求”爲不貪求，較《箋》義爲允當。春秋之世，諸侯無義戰，報復私怨，所謂忮；貪人土地，所謂求。嚴氏《詩緝》引朱氏語。詩人託爲婦之念夫，以刺衛君之搆兵而勞民。末則指其因忮害而起釁争，因貪求而召怨亂。不敢斥言君，故以責之百爾君子。范氏《詩瀋》語。《箋》不以此章爲刺在位者，而以此二句亦爲婦人之言其夫，義殊迂曲。

匏有苦葉

“匏有苦葉，濟有深涉。”《傳》：“興也。匏謂之瓠，瓠葉苦，不可食也。濟，渡也。由膝以上爲涉。”《箋》云：“瓠葉苦而渡處深，謂八月之時，陰陽交會，始可以爲昏禮，納采，問名。”

“深則厲，淺則揭。”《傳》：“遭時制宜，如遇水深則厲，淺則揭矣。男女之際，安可以無禮義，將無以自濟也。”《箋》云：“既以深淺記時，因以水深淺喻男女之才性賢與不肖及長幼也，各順其人之宜，爲之求妃耦。”

焯案：毛意以“匏”與“濟”興禮之不可越，又以濟之深淺喻禮各有宜。吕氏《詩記》引范祖禹云：“深則厲，淺則揭，宜斟酌也。宣公夫人不顧禮義，猶不度水之深淺而欲濟也。”此説善得詩意。《箋》以詩之首二句爲記時，次二句爲喻男女之才性及長幼，蓋顧第三章爲説，意以此詩首章三章皆就昏禮言之，實未諦也。張汝霖云：“《月令》云：‘仲秋水始涸。’何得濟處反深乎？鄭必以匏苦濟深爲八月之時，恐未確。”

“濟盈不濡軌。”《箋》云：“渡深水者必濡其軌。”

焯案：胡氏《後箋》云：“此詩首章以濟與匏對，次章以濟與雉對，皆實字也。《箋》訓‘濟有深涉’爲渡處深，此固以濟爲津渡；此章所云，則又以濟爲渡水，解兩濟字虚實異義，非也。”

“雝雝鳴鴈。”《箋》云：“鴈者隨陽而處，似婦人從夫，故昏禮用焉。”

焯案：王引之《經義述聞》云：“《士昏禮記》曰：‘摯不用死。’《鄭注》曰：‘摯，鴈也。’是鴈乃生者。鴻鴈野鳥，不可生服，得之則死，若以鴻鴈爲摯，則是死物也。而記曰‘摯不用死’，則非鴻鴈可知。又《士相見禮》曰：‘摯，冬用雉，夏用腒。’是四時皆有執摯之禮。鴻鴈孟春北去，仲冬始來，夏月無鴈之時，下大夫將何以爲摯乎？由是言之，所用必非鴻鴈矣。鴈蓋鵝也，鵝乃常畜之禽，故四時用之。古者謂鵝爲鴈。”陳氏《傳疏》云：“秋行嫁娶，納采在前，當無鴈之時，則鴈爲家畜之鵝，王説是也。”

“士如歸妻，迨冰未泮。”《箋》云：“歸妻，使之來歸於己，謂請期也。冰未散，正月中以前也，二月可以昏矣。”

焯案：《周官》媒氏《疏》引王肅駁鄭云：“來歸之言，非請期之名也。《周官》‘仲春令會男女之無夫家者，於是時奔者不禁’，則昏姻之期非此日也。”焯謂詩言“歸妻”，則實已迎女，安得以爲請期？鄭曲解歸妻之義，王肅駁之甚當。

谷　風

“行道遲遲，中心有違。”《傳》：“遲遲，舒行貌。違，離也。”《箋》云：“違，徘徊也。行於道路之人，至將離别尚舒行，其心徘徊然。”

焯案：焦氏《補疏》云：“《箋》以徘徊申明違離之義，而所以説之者非也。‘行道遲遲’，即孔子‘遲遲吾行’之義，不欲急行也。所以然者，以‘中心有違’，不欲行也，申爲徘徊是矣。乃又以‘行道’爲行於道路之人，則非毛義也。”

“不遠伊邇，薄送我畿。”《傳》：“畿，門内也。”《箋》云：“邇，近也。言君子與己訣别，不能遠，維近耳。送我裁於門内，無恩之甚。”

焯案：何楷《詩經世本古義》云：“此非真謂其夫之送之，言我既行矣，汝與我訣别，即不敢望其遠，獨不可近相送，而一至於畿乎？奈何其不一顧也。《白虎通》云：‘出婦之義，必送之，接以賓客之禮。君子絶，愈於小人之交。詩云：“薄送我畿。”正謂此也。’”胡氏《後箋》云：“何説於‘不遠伊邇’之言，更覺微婉。下文云：‘比予于毒’，又云‘有洸有潰，既詒我肄’，其夫之相遇如此，豈復循送婦之禮，以見其夫之不以禮送。此必本三家《詩》，似較《箋》義爲勝。”

“昔育恐育鞠，及爾顛覆。”《傳》：“育，長。鞠，窮也。”《箋》云：“昔育，育稚也。及，與也。昔幼稚之時，恐至長老窮匱，故與女顛覆盡力於家事，難易無所辟。”

焯案：《傳》訓育爲“長”，宜兼長養、長老二義。長養之義，就“昔育”之育言。長老之義，就“恐育”之育言。《箋》釋“昔育”爲育稚，亦就育養初時言之。《廣雅》：“毓，長也。稚也。”毓與育同。意在申《傳》，非爲易《傳》。其云“恐至長老窮匱”，既解“恐育”，且探下文“既育”而言。“既生既育”《箋》云：育謂長老也。惟《經》文“及爾顛覆”句，乃順申上文鞠窮之意，而明致恐之由，“顛覆”宜同《大雅·抑》篇釋爲傾敗，不當詮爲盡力。詩意只謂棄婦感念疇昔幼稚之時，惟恐老猶窮匱，與其夫遘危敗之境，乃其夫於生事饒裕之際，而遽與己離異，蓋懟其可共貧約，不可共安樂也。《箋》以“顛覆”爲盡力於家事，陳義似爲圓足，實與詩意不合。

旄　丘

“旄丘之葛兮，何誕之節兮。”《傳》：“興也。諸侯以國相連屬，憂患相及，如葛之蔓延相連及也。誕，闊也。”《箋》云：“土氣緩，則葛生闊節。興者喻此時衛伯不恤其職，故其臣於君事亦疏廢也。”

焯案：朱氏《詩地理徵》云：“段氏曰：黎之與衛，脣齒之邦也，黎亡則衛及矣。黎既不守，衛能免乎？故其後卒有狄難。”焯謂段氏説正與《傳》相發明。蓋葛蔓生，必有所依倚而後盛，喻諸侯必有與國而後能相救也。《箋》義殊不及《傳》之確。又姚炳《詩識名解》云：“葛自有節，初生節密，後延蔓則愈長，此自然之理，非關土氣。鄭氏緣詩説物，於物情未必有當也。”

“何其處也，必有與也。”《傳》：“言與仁義也。”《箋》云：“我君何以處於此乎，必以衛有仁義之道故也。責衛今不行仁義。”

“何其久也，必有以也。”《傳》：“必以有功德。”《箋》云：“我君何以久留於此乎，必以衛有功德故也。又責衛今不務功德也。”

焯案：古書“與”“以”字多通用，此詩“有以”與“有與”同。毛所謂仁義功德者，蓋援《序》而推言之，非以“與”“以”二字分屬仁義功德也。夏氏《讀詩劄記》云：“毛意承上多日而言，言衛之臣子何其處而不來，意必有仁義與我也。又何其久而不來，意必有功德助我也。《箋》非毛意。”

“狐裘蒙戎，匪車不東。”《傳》：“大夫狐蒼裘，蒙戎以言亂也。不東，言不來東也。”《箋》云：“刺衛諸臣形貌蒙戎然，但爲昏亂之行。女非有戎車乎？何不來東迎我君而復之？黎國在衛西，今所寓在衛東。”

焯案：詩中匪字訓“非”者，如《匪風》“匪風發兮”，《傳》云“發發飄風，非有道之風”，是也。此“匪車”之匪《傳》無明訓。考“匪”“彼”古通用，《廣雅》云：“匪，彼也。”此詩毛意當直云彼車不來東耳。胡氏《後箋》謂《箋》詞雖婉而義近迂，良然。

“叔兮伯兮，靡所與同。”《傳》：“無救患恤同也。”《箋》云：“衛之諸臣行如是，不與諸伯之臣同，言其非之特甚。”

焯案：《傳》意讀“同”如同盟之同。凡同盟之諸侯，有患則相救，“靡所與同”者，謂衛之臣子無肯與我同力拒敵也。《箋》意迂曲。夏氏《讀詩劄記》云：“是時衛都河北，其境北踰衡漳，《通典》載‘潞州上黨縣，古黎侯國，《西伯戡黎》即此，漢爲壺關縣’。是黎在衛之西，與衛接壤，狄又在黎、衛之北，不獨黎患，實爲衛患。黎小衛大，故欲其同力拒敵，衛不能然，其後卒有狄滅衛之禍也。”

“叔兮伯兮，褎如充耳。”《傳》：“褎，盛服也。充耳，盛飾也。大夫褎然有尊盛之服，而不能稱也。”《箋》云：“充耳，塞耳也。言衛之諸臣顔色褎然，如見塞耳，無聞知也。”

焯案：詩意言徒有其服，而不能稱其德也。《詩》言“充耳”者凡四，《淇奥》、《著》、《都人士》皆取瑱義，此篇不當獨以塞耳爲解，《箋》説非是。錢大昕《詩答問》云：“此詩與《候人》刺‘三百赤芾’語意正同。《傳》以褎爲盛服。《漢書·董仲舒傳》：‘子大夫褎然爲舉首。’服虔云：‘褎然，盛服貌。’正用《詩》義也。”《稽古編》云：“《淇奥》篇以充耳爲美，此詩以充耳爲刺，盛飾鈞也，而稱不稱焉，美惡不嫌同辭。”焯又案：“褎如”猶言褎然，《傳》即以“然”釋“如”。《箋》云“褎然如見塞耳”，亦非。

簡兮

“簡兮簡兮，方將《萬舞》。”傳：“簡，大也。方，四方也。將，行也。以干羽爲《萬舞》，用之宗廟山川，故言於四方。”《箋》云：“簡，擇。將，且也。擇兮擇兮者，爲且祭祀，當《萬舞》也。《萬舞》，干舞也。”

焯案：馬瑞辰《毛詩傳箋通釋》云：“《萬》爲大舞，故先略言大以形容之，當從《傳》訓。”焯謂《傳》訓方爲四方，與《國語》“方不順時”之方同義。韋注：“方，四方也。”又訓將爲行，行猶用也。《箋》訓“且”，不若《傳》義爲允。至《傳》以《萬》兼文武二舞，《箋》專屬之武舞者，蓋據《左傳》莊二十八年、“楚子元振《萬》，文夫人曰：是舞也，習戎備也。”《公羊傳》宣八年“《萬》者何？干舞也。”《大戴禮·夏小正》“《萬》也者，干戚舞也。”諸文及《韓詩》説。《文選·東京賦》：“《萬舞》奕奕。”薛綜注：“《萬舞》，干也。”又以凡舞皆先武後文，此詩次章言執籥秉翟，專言文舞，則首章之《萬》宜爲武舞已。今案《公羊傳》所云，吕氏祖謙已駁正之。謂“《春秋》言‘《萬》入去籥’，言文武二舞俱入，以仲遂之喪，於二舞中去其有聲者，故去籥焉。《商頌》‘《萬舞》有奕’，《左傳》‘考仲子之宫將《萬》焉’，皆非獨用武舞也。”此辨最爲明確。若《左傳》楚文夫人之説，當謂《萬舞》之中有武舞焉，非專以《萬》屬之武舞也。至《夏小正》及《韓詩》説，其釋《萬舞》，有時各就文武之一端言之。如《夏小正》又言，“二月丁亥，《萬》人用籥”。《韓詩》説：“《萬》以夷狄大鳥羽。”見本篇疏所引。不又皆以《萬》爲文舞乎？若此詩次章但有籥羽而無干戚者，一緣經文不必盡見，又祭末正當文舞之時，故見其“執籥秉翟”，而繼之以“公言錫爵”，非於次章專舉文舞，而首章獨言武舞也。《萬舞》兼言干羽，應以《傳》義爲長。

“日之方中。”《傳》：“教國子弟，以日中爲期。”《箋》云：“《周禮》：‘大胥掌學士之版，以待致諸子，春入學，舍采合舞。’”

焯案：日中之義，毛以爲一日之中，鄭以爲二月日夜中，竊以毛義爲安，不必定援《周禮》及《月令》爲説。王肅云"教國子弟，以日中爲期，欲其徧至"，是也。顧氏《學詩詳説》云："《傳》釋'日之方中'二句爲教國子弟事。《箋》引《周禮》大胥職文申之，前後析爲兩事，非《經》意矣。"

泉　水

"毖彼泉水，亦流于淇。"《箋》云："泉水流而入淇，猶婦人出嫁於異國。"

焯案：馬氏《通釋》云："詩意以泉水之得流于淇，興己之欲歸於衛。《琴操·思歸引》曰：'涓涓泉水，流及于淇兮。有懷于衛，靡日不思。'義與此詩同。如《箋》説，殊與詩意相背。"

"有懷於衛，靡日不思。"《箋》云："懷，至。靡，無也。以言我有所至念於衛，無日不思也。所至念者，謂諸姬、諸姑、伯姊。"

焯案：儀徵劉君《毛詩札記》云："據《序》云衛女思歸，又《周南·卷耳》篇'嗟我懷人'，《召南·野有死麕》篇'有女懷春'，《齊風·南山》篇'曷又懷止'，《小雅·常棣》篇'兄弟孔懷'，《傳》均訓'懷'爲思，則此文'懷'字，《傳》義亦訓爲思，因詁具於前，故不復著。《經》文復云'不思'者，獨《小雅·杕杜》篇'會言近止，征夫邇止'，《傳》文訓'邇'爲近；《抑》篇'謹爾侯度，用戒不虞'，《傳》訓'不虞'爲非度，明'近、邇''度、虞'異文同義也。《箋》以'懷'爲至，訓詞迂曲，似非毛旨。"

"孌彼諸姬，聊與之謀。"《傳》："孌，好貌。諸姬，同姓之女。聊，願也。"《箋》云："聊，且略之辭。諸姬者，未嫁之女。我且欲略與之謀婦人之禮，觀其志意，親親之恩也。"

焯案：胡氏《後箋》云："《傳》：諸姬，同姓之女。此正指姪娣而言。《左傳》成八年。所謂'諸侯嫁女，同姓媵之'者是也。《鄭箋》乃以諸姬爲未嫁之女，謂我且欲與之謀婦人之禮。夫欲謀婦人之禮，當就傅母而問之，何爲與未嫁之女謀之乎？"

"出宿于泲，飲餞于禰。"《傳》："泲，地名。禰，地名。"《箋》云："泲、禰者，所嫁國適衛之道所經。"

"出宿于干，飲餞于言。"《傳》："干，所適國郊也"。《正義》云："或兼云干言所適國郊者，言，衍字耳。"《定本集注》皆云"干，所適國郊"。《箋》云："干、言猶泲、禰，未聞遠近同異。"

焯案：胡氏《後箋》云："《傳》於泲、禰但言地名，不著何國。獨於三章云'干，所適國郊'，似《傳》意本不以泲、禰爲所適國之地，特《鄭箋》爲此説耳。但《傳》於末章須、漕明言衛邑，而泲、禰不言者，豈以下文'女子有行'文義緊相承接，雖不言衛地，自可知邪？《吕記》、《嚴緝》皆以泲、禰爲父母之國地名，干、言爲適衛所經之地，於毛義爲近。"

"女子有行。"《箋》云："行，道也。婦人有出嫁之道。"

焯案：馬氏《通釋》云："女子有行"，即謂女子嫁耳。《左傳》桓九年："凡諸侯之女行。"《杜注》："行，嫁也。"《爾雅》："如""適""之""嫁"並訓"往"，行亦往也。《廣雅》："行，往也。"是已。《儀禮·喪服鄭注》云："凡女，行於大夫以上曰嫁，行於士庶人曰適人。"是鄭君亦以"行"即爲嫁，而《箋》特訓"行"爲道，失之。

"不瑕有害。"《傳》："瑕，遠也。"《箋》云："瑕猶過也。害，何也。於行無過差，有何不可而止我。"

焯案：毛訓“瑕”爲遠，於“有害”無釋。惟於《二子乘舟》“不瑕有害”《傳》云：“言二子之不遠害。”以彼證此，《傳》意宜亦爲不遠害。“有”爲助詞，非爲實義，不遠害即不恤人言之意。蓋衛女思歸不得，作詩自見，故爲此憤激之辭耳。王肅述毛，謂爲“不遠禮義之害”，是也。鄭訓害爲“何”，以“有何”釋有害，以“不可而止我”五字足成《經》意，蓋求與《序》“思歸寧不得”句相應，而讀“不瑕”二字微逗，其意與《傳》迥異，於詩義殊未安也。

北　門

“謂之何哉！”《箋》云：“謂，勤也。我勤身以事君，何哉！”

焯案：鄭依《釋詁》訓“謂”爲勤，以見衛臣雖苦貧，而仍盡職，略無怨尤之意，所以著其爲忠爾。惟陳義雖與《序》合，而詩意要不如此回曲。《國策·齊策》曰：“雖惡於後王，吾獨謂先王何乎！”《高注》：“謂猶奈也。”斯則可移訓此詩矣。

“政事一埤益我。”《傳》：“埤，厚也。”《箋》云：“有賦稅之事，則減彼一而以益我。”

焯案：焦氏《補疏》云：“《傳》不解‘一’字，‘一’即專一之義。言有政事，則專厚益我，猶孟子所謂‘我獨賢勞’也。鄭義迂曲。”

北　風

“惠而好我。”《箋》云：“性仁愛而又好我者。”

焯案：“惠而”猶言惠然。《箋》以“而”字下屬，不可從。

静　女

“彤管有煒，説懌女美。”《箋》云：“説懌當作説釋。赤管煒煒然，女史以之説釋妃妾之德美之。”

焯案：胡氏《後箋》云：“宋儒説此詩者，惟蘇潁濱《詩傳》最得毛意。其説‘彤管有煒’云：‘樂其有法，而後悦其美也。’《傳》於首章云：‘女德貞静而有法度，乃可説也。’法度謂‘彤管’，可説謂‘説懌’，乃探下文豫言之。末章《傳》云：‘非爲其徒説美色而已，美其人能遺我法則。’文義相承一貫。”焯謂《後箋》之説明甚。《傳》意只以“彤管”喻言法度，非爲實賦其物。“説懌女美”，自屬詩人託言悦此静女之美。如鄭義，則係女史以筆説釋此妃妾之德，因以美之，義殊迂塞。鄭蓋見《傳》於上二句詳述女史彤管之法，遂以“説懌女美”爲女史説懌妃妾之美，而未審《傳》語特附説彤管之事，非專解此詩之義耳。或鄭又因三家《詩》“説懌”作“説釋”，故據以立解。陳喬樅《鄭箋改字説》曲護鄭義，謂鄭此義實同於毛，非也。

“匪女之爲美，美人之貽。”《傳》：“非爲其徒説美色而已，美其人能遺我法則。”《箋》云：“遺我者，遺我以賢妃也。”

焯案：《傳》意明確。“美人之貽”即上文“貽我彤管”之貽。《箋》以《序》有“夫人無德”之語，以詩意爲冀遺我以賢妃，則曲顧《序》説，而違《經》旨矣。

新　臺

“籧篨不鮮。”《箋》云：“鮮，善也。”

“籧篨不殄。”《傳》：“殄，絶也。”《箋》云：“殄當作腆。腆，善也。”

焯案：姜炳璋《詩序廣義》云：“昭五年《左傳》：‘葬鮮者自西

門。’注：‘不以壽終爲鮮。’與此詩次章不殄意同。不殄、不鮮，猶言須臾無死，尸居餘氣耳。”胡氏《後箋》云：“次章不殄，《傳》云：‘殄，絶也。’《爾雅》訓同。《瞻卬傳》又云：‘殄，盡也。’《説文》訓同。《易·繫辭傳》‘故君子之道鮮矣’，《釋文》引師説云：‘鮮，盡也。’是‘鮮’與‘殄’同義。毛訓‘殄’爲絶，而‘鮮’不言者，意在當時‘鮮’之爲盡，人所共知，不煩故訓歟。《論衡》云：‘殄者，死之比也。’潁濱《詩傳》云：‘不殄猶言病而不死者也。’其實不鮮、不殄，皆言‘胡不遄死’也，蓋深惡之之辭。王肅雖名述毛，每不得毛意。此以鮮爲少，不知作何解。”焯謂二説是也。鄭據《釋詁》以“鮮”爲善，非詩意。其謂“殄”當作“腆”者，蓋據三家爲訓。《儀禮·燕禮》“寡君有不腆之酒”，鄭云：“古文字皆作殄。”據此“腆”字古文作“殄”，知此詩“殄”字爲古文。三家《詩》皆今文，字宜作“腆”，故鄭依以爲説也。

鄘

牆有茨

“中冓之言。”《傳》：“中冓，内冓也。”《箋》云：“内冓之言，謂宫中所冓成頑與夫人淫昏之語。”

焯案：《傳》云内冓，猶言内室，“中冓之言”，即閨中曖昧之言。《箋》以“冓”爲冓成，非《經》意，亦失《傳》旨。

君子偕老

“子之不淑，云如之何？”《傳》：“有子若是，可謂不善乎？”《箋》云：“子乃服飾如是，而爲不善之行，於禮當如之何？深疾之。”

焯案：張汝霖云："此詩全篇皆極稱其盛，而刺意自在言外。若先言其不淑，則與下文所云'天帝'、'邦媛'等語齟齬矣。"吳汝綸云："詩人本深疾宣夫人，乃其辭無一詆之之語，但盛陳其服飾容貌之美，而以爲如山如河，如天如帝，刺意自在言外，所以爲深婉也。《毛傳》最精。"焯謂此詩所陳美容盛飾之夫人，全爲虛擬之辭。雖其意在刺衛宣夫人，其辭則非就夫人之身而言，特反文以見義而已。《箋》於三章末句皆以爲責備之語，不如《傳》義爲允。張吳二氏知崇《傳》義，猶以詩中所陳服飾容貌之美爲指宣姜，仍一間未達也。

"瑳兮瑳兮，其之展也。"《傳》："《禮》有展衣者，以丹縠爲衣。"《箋》云："后妃六服之次，展衣宜白。"

焯案：《説文》："襄，丹縠衣也。從衣，㠭聲。"今字俗通作展。《釋文》引馬融《毛詩注》亦云："展色赤。"並與毛同。鄭衆《周禮》内司服《注》始以展衣爲白衣，鄭君從之。鄭又於内司服"素沙"注云："以白爲裹，使之張顯。"胡氏《後箋》云："夫展衣既爲白衣，則以白裹白，何能張顯？丹縠之制，故當以毛義爲勝。蓋后服不必如王四時之色俱備耳。"

鶉之奔奔

"人之無良，我以爲兄。"《傳》："良，善也。兄謂君之兄。"《箋》云："人之行無一善者，我君反以爲兄。君謂惠公。"

焯案：顧氏《學詩詳説》云："首章曰'我以爲兄'，次章曰'我以爲君'，兼刺頑與宣姜，詩辭甚明。《傳》云'兄謂君之兄'者，蓋謂我乃以君爲兄也。言人之不善，鶉鵲之不若者，而儼然爲我之君兄乎！疾惡之甚，與次章我乃以爲國小君同義。《箋》易爲'我君反以爲兄'，則是非刺頑與宣姜，而刺惠公矣。"

定之方中

"作于楚宫。"《傳》："楚宫，楚丘之宫也。仲梁子曰：'初立楚宫也。'"《箋》云："楚宫，謂宗廟也。"

"作于楚室。"《傳》："室猶宫也。"《箋》云："楚室，居室也。君子將營宫室，宗廟爲先，廄庫爲次，居室爲後。"

焯案：楚宫楚室，只是互文見義。《傳》云度日以知東西，視定準極以正南北，是合宫室言之。《毛詩集解》李樗云："若分宫室爲二，則是楚宫占定星之中，至於作楚室，獨不然乎？作于楚室揆之以日，而作于楚宫獨不然乎？無是理也。"黄櫄云："楚宫楚室，説者以宫爲宗廟，室爲室家。予以爲詩之辭特，互辭成章，初不若是之拘也。"張汝霖云："按《爾雅·釋宫》云：'宫謂之室，室謂之宫。'宫室其總名也。雖宗廟亦有宫室之稱，如所謂'閟宫''桓宫''大室''世室'是也。既宫室爲通稱，則此章不必分'宫'爲宗廟。'室'爲居室。詩既稱美文公，則宗廟爲先、居室爲後之義合禮可知，亦不必分指也。仲梁子，魯人，較鄭更古，亦不以宫爲宗廟，則鄭爲强分矣。"

"樹之榛栗，椅桐梓漆，爰伐琴瑟。"《箋》云："樹此六木於宫者，其長大可伐以爲琴瑟，言豫備也。"

焯案：馬氏《通釋》云："古人建國，凡廟、朝、壇、壝、宫、府皆植名木，如'九棘''三槐'之類。詩言立國之制，故並及所樹之木。琴瑟古多用桐，亦或以椅爲之。《説文》'檹'字注引賈侍中説，'檹即椅也，可作琴'，是也。陳用之曰：'琴瑟脣必以梓，漆所以固而飾之。'是椅、桐、梓、漆皆爲琴瑟之用，若榛、栗則無與於琴瑟也。詩‘爰伐琴瑟’，特承上‘椅、桐、梓、漆’言，謂六木中有可伐爲琴瑟者耳。《箋》謂六木皆可爲琴瑟，失之。”

“説于桑田。”《箋》云：“欲往爲辭説于桑田。”

焯案：《釋文》云：“説，毛始鋭反，舍也。《鄭》如字，辭説。”陸蓋依《甘棠傳》作音。《碩人》“説于農郊”，毛亦無《傳》。《孔疏》引孫毓述毛云：“説之爲舍，常訓也。”據此是毛意當謂文公舍於桑田之野，以教民稼穡，舍于桑田，猶云次于桑田也。鄭讀“説”爲辭説，恐非《經》意。

干　旄

“孑孑干旄，在浚之郊。”《傳》：“注旄於干首，大夫之旃也。浚，衛邑。古者臣有大功，世其官邑。郊外曰野。”《箋》云：“《周禮》孤卿建旃，大夫建物，首皆注旄焉。時有建此旄來至浚之郊，卿大夫好善也。”

焯案：《稽古編》云：“次章干旟與首章干旄、末章干旌，乃一人所建也。三章皆云在浚，是專論一人之事。蓋衛臣食邑於浚，當國之郊，而下邑曰都，城即都之城，一地而異其文耳。鄭解干旄兼言旃物，旃則卿，物則大夫也。又以干旟爲州里所建，而云州長之屬。侯國之州長，士也，其屬則士以下兼之，所指非一人，豈以《序》言臣子多好善，故廣言之與？然於在浚之文則有礙矣。夫專美一人，亦可槩其餘，毛説爲允。”

“素絲紕之，良馬四之。”《傳》：“紕所以織組也。總紕於此，成文於彼，願以素絲紕組之法御四馬也。”《箋》云：“素絲者以爲縷，以縫紕旌旗之旒縿，或以維持之。浚郊之賢者既識卿大夫建旄而來，又識其乘善馬，四之者，見之數也。”

焯案：胡氏《後箋》云："'總紕於此，成文於彼'，蓋本古語而毛引之，故《簡兮》'執轡如組'《傳》語略同。毛意素絲御馬，不過謂馬良御善，以形容大夫車服之盛，禮意之勤云爾。其云'願以素絲紕組之法御四馬'者，古人文字闊略，容有不關意義者，並未嘗明言以此御法告大夫也。《孔疏》釋毛，未得毛旨。至《鄭箋》謂'素絲爲縷以縫紕旌旗之旒縿'，則《經》文'紕之''四之'相承，不應中隔在浚一語，而屬之於干旄。蓋紕乃合絲縷而未成者，組乃合紕之數股而成者，皆以縶維良馬，而爲御者所用也。"焯謂《後箋》之説甚諦。《經》文前四句特就浚郊大夫禮賢者之車服而言，非就浚郊賢者見衛大夫之車馬爲説。《箋》必如此立文者，蓋泥《序》賢者樂告以善道之語，遂以後文"彼姝者子"爲指衛之卿大夫，因誤以前文爲就浚郊賢者意中道出耳。

"彼姝者子，何以畀之？"《傳》："姝，順貌。"《箋》云："時賢者既説此卿大夫有忠順之德，又欲以善道與之，心誠愛厚之至。"

焯案：胡氏《後箋》云："玩《經》文二語相承，'彼姝'似當指賢者。定九年《左傳》云：'《竿旄》"何以告之"，取其忠也。'忠指告之者，《毛傳》'順貌'，亦當指告之者。《箋》以忠順指大夫言之，恐非毛意。"

載　馳

"我行其野，芃芃其麥。"《傳》："願行衛之野，麥芃芃然方盛長。"《箋》云："麥芃芃者，言未收刈，民將困也。"

焯案：《載馳》一篇多爲設想之辭。言"載馳載驅"，言"我行其野"，徒爲許穆夫人意中之事。《序》云"思歸唁其兄，又義不得"，此《傳》言"願行衛之野"，以見夫人實未嘗行也。云"芃芃其麥"者，如《傳》意，不過言我比欲行衛之野，將見麥方芃芃然盛長而已，麥特想像歸唁時途中所經見者言之。蓋傷其宗國顛覆，人民死亡離散，而以寄其黍離麥秀之感耳。鄭答趙商問謂："許夫人傷宗國之滅，又閔衛民，欲親行其野，視其麥。"竟以行野爲在視麥，而將詩意輕重倒置矣。鄭又疑冬時之麥不應言芃芃，宜指次年夏時，故此《箋》云，"麥未收刈"；答趙商又云："夫人是時憂思，乃引日月而不得歸，責以冬夏與!"夫狄之入衛，在魯閔二年十二月，許夫人心傷宗國，急思援救，故賦詩言志，情辭迫切，其思歸唁，亦即在此時，未有此時義不得歸，而託想次年嚮衛者。鄭君泥於"芃芃"之義，遽爲此説。蓋未審《經》文爲設想之辭耳。

衛

考 槃

"考槃在澗，碩人之寬。"《箋》云："碩，大也。有窮處成樂在於此澗者，形貌大人，而寬然有虚乏之色。"

焯案：《傳》於"寬"字無釋。惟次章"碩人之薖"《傳》云："薖，寬大貌。"則此章寬字亦必作寬大解。嚴氏《詩緝》云："窮處山澗之中，而成其槃樂者，乃是碩大之賢人，其心甚寬裕，雖在寂寞之濱，而無枯瘁之色，戚戚之意，《易》所謂'肥遯'也。"此説善得詩意。《鄭箋》泥《序》"賢者退而窮處"之語，以寬爲"寬然有虚乏之色"，失詩旨矣。

"獨寐寤言，永矢弗諼。"《箋》云："在澗獨寐，覺而獨言，長自誓以不忘君之惡，志在窮處，故云然。"

焯案:《箋》意殊失敦厚之旨。故《詩本義》駁之云:"如鄭之説,進則喜樂,退則怨懟,乃不知命之狠人爾,安得爲賢者也!"惟王肅述毛,以"弗諼"爲不忘先王之道,義亦未諦。戴溪云:"弗諼者,誓不忘山中之樂,若蕙帳空而山人去者,皆忘之也。"此説得之。

"碩人之薖。"《傳》:"薖,寬大貌。"《箋》云:"薖,飢意。"

焯案:《説文》:"薖,艸也。"此薖即"過"字,加"艸"者,取别於下文之"過"。阮元《揅經室文集》有云:"凡詩中有同字相並爲韻者,即改一叚借字當之,此詩人義同字變之例也。"毛訓薖爲"寬大貌",意即以薖爲"過"。《説文》:"過,度也。""度"讀爲度越羣倫之度,故引申爲寬義。鄭訓爲"飢意",蓋以薖爲"窠"。《説文》:窠,空也。然非《經》義也。

"永矢弗過。"《箋》云:"弗過者,不復入君之朝也。"

焯案:《詩本義》云:"此謂安然樂居澗中,不復有所他之也。"嚴氏《詩緝》云:"永誓不復他往,居之而安,如龐德公居峴山之南,未嘗入城府也。"胡氏《後箋》云:"以末章無所告語推之,則弗過當是無所過從之義。"焯謂此三説皆可正《箋》義之失。《箋》由昧於此篇美在此刺在彼之旨,故於《經》《序》反正不分耳。

"碩人之軸。"《傳》:"軸,進也。"《箋》云:"軸,病也。"

焯案:《釋詁》云:"迪,進也。"《傳》蓋以軸爲"迪",其訓"進",當爲進展之義,進展與"寬舒"義近。《箋》則讀軸爲"逐"。《釋詁》云:"逐,病也。"本作"疛"。《説文》:"疛,小腹病,从疒,肘省聲。"通作擣。《詩》"惄焉如擣",韓作疛,是也。惟《箋》以此詩之“軸”爲病，其失與以“薖”爲飢意同。

“永矢弗告。”《傳》：“無所告語也。”《箋》云：“不復告君以善道。”

焯案：《傳》云“無所告語”，猶陶公《飲酒》詩“此中有真意，欲辨已忘言”也。《詩本義》云：“自得其樂，不可妄以語人也。”又云：“三‘永矢’句皆詩人形容其高舉遠遯，有終焉之志，賢者不自言其如此。”焯謂歐公此説，深得詩人之旨。鄭唯不知此義，徒拘執《序》刺莊公之語，故所解與詩義相刺謬也。

碩　人

“衣錦褧衣。”《傳》：“錦，文衣也。夫人德盛而尊，嫁則錦衣加褧襜。”《箋》云：“褧，禪也。國君夫人衣翟而嫁，今衣錦者，在塗之所服也，尚之以禪衣，爲其文之太著。”

焯案：《鄭風丰箋》云：“褧，禪也。蓋以禪縠爲之。”此《箋》未言禪用何物，意當與彼同。據《説文》林部“檾，枲屬。从林，熒省聲。《詩》曰：‘衣錦檾衣。’”又《衣部》：“褧，檾也。《詩》曰：‘衣錦褧衣。’示反古。”此一本三家《詩》，一本《毛詩》，唯皆以緝枲爲衣，與鄭禪縠用絲者迥異。證之《中庸》“衣錦尚絅，惡其文著”，知絅必不以單縠爲之，許義固勝鄭也。馬氏《通釋》云：“《鹽鐵論》：‘古者男女之際尚矣，嫁娶之服未以之記。及虞、夏之後，蓋表布内絲。’衣用檾，正所謂表布也。《詩箋》謂褧衣‘以禪縠爲之’，縠是絹而非布，失其義矣。”

氓

“將子無怒。”《傳》：“將，願也。”《箋》云：“將，請也。”

焯案：胡氏《後箋》云："《廣雅·釋詁》：'欲、羡、顒、貪、歆、欥、將、闡，欲也。'顒即願字之借。是'願'與'將'皆爲欲，故毛訓'將'爲'願'。鄭易訓爲'請'，《正義》謂'面與之言宜爲請'。案《穆天子傳》：西王母爲天子謡曰：'將子無死，尚能復來。'此'將'亦當爲願。蓋可云願其無死，不可云請其無死。且此亦相對唱酬之詞，不必面言即宜爲請也。"

"爾卜爾筮，體無咎言。"《箋》云："爾，女也。復關既見此婦人，告之曰：'我卜女筮女，宜爲室家矣。'兆卦之繇無凶咎之辭，言其皆吉，又誘定之。"

焯案：《詩本義》云："此詩上下文初無男子之語，忽以此兩句爲男告女，豈成文理。"胡氏《後箋》云："《坊記》引此詩'爾卜爾筮'，《鄭注》以'爾'爲爾其男子，與箋《詩》異。觀下句'以爾車來'，則上兩'爾'字自以爾男子爲是。"

"桑之未落，其葉沃若。于嗟鳩兮，無食桑葚。"《傳》："桑，女工之所起。沃若猶沃沃然。鳩，鶻鳩也。食桑葚過，則醉而傷其性。"《箋》云："桑之未落，謂其時仲秋也。於是時國之賢者刺此婦人見誘，故于嗟而戒之。鳩以非時食葚，猶女子嫁不以禮，耽非禮之樂。"

焯案：胡氏《後箋》云："毛意蓋以此爲婦人之詩，故因女工所起之桑爲興。即沃若、黄隕，亦不過顔色盛衰之況耳。《鄭箋》泥於秋期之説，遂分未落爲仲秋，黄隕爲季秋，殊不知貿絲是孟夏時事，桑葚是孟夏時物，若謂沃若是仲秋，其時安得有葚！乃云'鳩以非時食葚'，與女子非禮行嫁，義殊迂曲。"

"三歲食貧。"《箋》云："我自是往之女家，女家乏穀食，已三歲貧矣。”

焯案：馬氏《通釋》云：“詩下言‘三歲爲婦’，推之‘三歲食貧’，應指既嫁之後。‘食貧’猶居貧，《箋》訓‘食’爲穀食，非也。古人婦人先貧賤後富貴者不去，詩言‘食貧’，正以不當去之義責之。”

“靡室勞矣。”《箋》云：“靡，無也。無居室之勞，言不以婦事見困苦。”

焯案：此章全爲婦人怨悔之辭，無追説初時爲夫所愛之事。馬氏《通釋》云：“靡室勞矣，言不可以一勞計，猶靡有朝矣，言不可以一朝計也。《箋》義不合詩恉。”

芄　蘭

《芄蘭·序箋》云：“惠公但習威儀，不知爲政以禮。”

焯案：詩凡刺人之無德；往往虛陳其容服之盛。如此詩兩章末二句是也。《箋》誤以爲實賦其事，故云但習威儀。實則惠公以童騃驕慢。焉知習威儀哉！

“雖則佩觿，能不我知。”《傳》：“不自謂無知，以驕慢人也。”《箋》云：“此幼稚之君雖佩觿，與其才能實不如我衆臣之所知爲也。惠公自謂有才能而驕慢，所以見刺。”

焯案：“能”與“乃”語詞之轉。“我”，我惠公也。《傳》云“不自謂無知”，正以“自”訓我，“能不我知”，猶言“乃不自知”，二句承上“童子佩觿”而言，謂惠公雖則治成人之事，乃不自知其童幼無知，遽以驕慢人也。《箋》以"能"爲才能。"我"，我衆臣。惟以大夫刺君，而謂君不如我，則君之驕慢未見，而臣之驕慢先見，其不合詩恉明矣。段玉裁又以《傳》云"不自謂無知"於《經》文不順，疑"無"當作"有"。胡承珙取其説，以此詩皆反刺惠公之驕慢，所謂陳美以刺惡。焯謂此詩皆爲正言以刺惠公，若如段、胡二氏之説，既須改易《傳》文，又於"能不我知"句多一轉折，且與末二句刺惠公德不稱服之意亦不相貫也。

"容兮遂兮，垂帶悸兮。"《傳》："容儀可觀，佩玉遂遂然，垂其紳帶悸悸然有節度。"《箋》云："容，容刀也。遂，瑞也。言惠公佩容刀與瑞，及垂紳帶三尺則悸悸然，行止有節度，然其德不稱服。"

焯案：《傳》意以"容兮"總括二句，佩玉遂遂然，垂帶悸悸然，皆容儀可觀者。《箋》以容爲容刀，義殊未允。先從父季剛先生云："古人之文，詞調雖相同，而詞性不必同。如不解此義，則有改古文以爲後世駢儷之患。'綠兮衣兮'第一'兮'字乃足句詞，'瑣兮尾兮'第一'兮'字亦足句詞，'容兮遂兮''容'爲名詞，'遂'，形容詞，應讀'其容遂兮'。康成不悟，遂作强解。"

河　廣

《序》云："《河廣》，宋襄公母歸于衛，思而不止，故作是詩也。"《箋》云："宋恒公夫人，衛文公之妹，生襄公而出。襄公即位，夫人思宋，義不可往，故作詩以自止。"

焯案：此詩作於惠、懿之世，係之襄公者，著所思也。考《木瓜》之作，蓋在文公初年，而襄公即位，在僖公九年，如此詩爲襄公即位時作，則當次於《木瓜》後矣。夫母子之情，關乎天性，一朝暌隔，便切懷思。方宋桓夫人去宋之時，宜已拳拳於其子，奚待襄公即位之日，始著其思念哉？且自狄入衛之後，戴公已渡河而南，《詩》再著《河廣》之言，則作於衛未遷之時可知矣。《箋》云“襄公即位，夫人思宋”，《疏》因云“思而不止，當襄公時”，其説非也。考《春秋》，宋襄公即位在魯僖九年，衛東徙渡河，在閔二年，乃宋桓公時事(《傳》稱桓公逆諸河)，先襄公之立十年。

王

王城譜

《譜》云：“平王徙居東都王城，於是王室之尊與諸侯無異，其詩不能復《雅》，故貶之謂之王國之變風。”

焯案：《王》降爲《風》之説，始於鄭君及服虔。鄭於《黍離·箋》又云：“平王東遷，政遂微弱，下列於諸侯，其詩不能復《雅》，而同於《國風》。”《史記·吳世家注》引《左傳·服注》云：“王室當在《雅》，衰微而列，在《風》。國人猶尊之，故稱《王》，猶《春秋》之‘王人’也。”之二説者，皆以《王》詩列於《風》，明其所以爲《風》之義。考服、鄭同時，其説非出於相襲，故義雖同而意微别。服以《王》之爲《風》，爲編詩者所列，則其詩本非《風》，而今特以爲《風》。鄭以《王》之爲《風》，爲作詩者所貶，《孔疏》云：“《風雅》之作，本自有體，貶之謂之《風》者，言當作爲《雅》，由貶之而作《風》。非謂采得其詩，乃貶之也。”則其詩本是《風》，而今仍以爲《風》。鄭説較近理，而要之於義，則皆非也。何則，以《風》爲衰微之詩，則《風》詩宜皆刺，《雅》詩宜皆美，何以《風》有周、召之作，《雅》有幽、厲之作也？以《風》爲諸侯之詩，則天子不入《風》，諸侯亦不得入《雅》，何以《風》有后妃之篇，《雅》有衛武之篇也？以《王》爲尊之之辭，則天命未改，王號猶存，何待詩人之尊，且尊之而仍夷於列國，未嘗冠於諸國之上，則其意亦不見也。以《風》爲貶之之辭，則《雅》可貶爲《風》，《風》亦可褒爲《雅》。《二南》之言王道成，先儒以爲近《雅》矣。《困學紀聞》引晁景迂《詩序論》及《解頤新語》説。何不竟爲之作《雅》也？此皆不可通者也。惟《孔疏》“《風雅》之作本自有體”之説得之。但《疏》之爲體，不能破注，惜未能駁正其説耳。蓋《風》本六詩中之一體，《風》之不能爲《雅》，猶《雅》之不能爲《風》也，故《風》有正變，《雅》亦有正變，盛衰美刺無不兼具，豈因褒貶升降而名哉？十四國各以地名，則《王》亦稱其地，非稱其爵，正猶《詩譜》謂之《王城譜》也。然則采諸王城者繫之《王》，猶之采諸列國者各繫以本國之名耳。不曰周者，以王城與成周異地，且以别於西都之宗周也。《經義考》引章如愚云：“王之《風》非貶王也，體本《風》也。魯之《頌》非褒魯也，體本《頌》也。詩體有《風》、《雅》、《頌》之殊，非《雅》重於《風》，《頌》高於《雅》也。”顧氏《日知録》云：“太師陳詩以觀民風，采於商之故都者，則繫之《邶》、《鄘》、《衛》；采於東都者，則繫之《王》；采於列國者，則各繫之其國。”是二説者，皆可正服、鄭之誤也。

君子陽陽

“右招我由敖。”《箋》云：“右手招我，欲使我從之於燕舞之位。”

焯案：“由房”、“由敖”，同句異解，而義則互足。“由房”之“由”當訓用，“由敖”之“由”當訓以，言用房中之樂以敖也。房爲名詞，敖則形容語耳。詩詞固有句度相對而辭義不對者，鄭君偶昧斯義，故釋敖爲燕舞之位，取與上文房中之樂相對，非詩旨也。

揚之水

“揚之水，不流束薪。”《傳》：“興也。揚，激揚也。”《箋》云：“激揚之水至湍迅，而不能流移束薪。興者喻平王政教煩急，而恩澤之令不行於下民。"

焯案:《孔疏》云:"《鄭風·揚之水傳》云:'激揚之水,可謂不能流漂束楚乎?'"則此篇興意當同。胡氏《後箋》云:"如《鄭風傳》義,則《揚之水》二句爲反興。《箋》既云激揚之水湍迅,又云不能流移束薪,語意不貫。"

"不流束蒲。"《傳》:"蒲,草也。"《箋》云:"蒲,蒲柳。"

焯案:焦氏《補疏》云:"《箋》既易《傳》不流爲實辭,故易蒲草爲蒲柳,以蒲草易移動,惟牡荆楊柳之木,析之爲束,粗而且重,乃非激揚之水所流也。"焯謂詩於首章言"束薪",雜薪非皆粗且重者。《箋》易《傳》之意,未必如焦氏所説。《釋文》引孫毓云:"蒲草之聲不與'戍許'相協,《箋》意爲長。"據此,知漢師讀"蒲"有平上之分,孫蓋以蒲柳之蒲爲上聲,《箋》之易《傳》,當由趁韻之故,非有他義。惟毛公生當六國時,蒲柳、蒲草宜皆讀平聲,無庸别解始得相協也。

兔 爰

"我生之初,尚無爲。"《傳》:"尚無成人爲也。"《箋》云:"尚,庶幾也。言我幼稚之時,庶幾於無所爲,謂軍役之事也。"

焯案:《傳》云"尚無成人爲",謂猶無成人之爲,蓋增"成人"二字以足《經》義。《箋》申《傳》義甚明。陳奂誤以"人爲"二字連讀,謂"《傳》以人爲釋《經》爲字,爲即僞也,言我幼稚之時,王朝出政,猶不成於僞"。其説殊違《傳》旨。惟鄭以"無爲"謂無"軍役之事",則猶泥《序》爲説,實非詩意。胡氏《後箋》謂"詩但言幼時不識不知,無所事事,長大之後,多歷艱難,轉憶少不更事之時爲足樂",此則得詩恉矣。

"我生之後，逢此百罹。"《箋》云："我長大之後，乃遇此軍役之多憂。"

焯案：鄭泥《序》"王師傷敗"之語，故以"逢此百罹"爲軍役之事。凡拘守太過者，支離滅裂之說往往由之而生。康成之說《詩》，已難祛此弊矣。

葛　藟

"終遠兄弟，謂他人父。"《傳》："兄弟之道已相遠矣。"《箋》云："兄弟猶言族親也。王寡於恩施，今已遠棄族親矣，是我謂他人爲己父。族人尚親親之辭。"

焯案：《葛藟》宜從《詩譜》爲"王族刺平王"詩。平王東遷，實由申侯主之。西都傾覆，幽王見殺，其禍皆自申侯。平王徇其私恩，絶滅天性，詩人所以爲刺也。"謂他人父"者，刺平王謂申侯爲父也。"謂他人母"，"謂他人昆"，皆爲配説之詞。下文云"謂他人父，亦莫我顧"，意謂既認他人爲父，而仇其君父，宜莫肯顧我兄弟之親也。《黍離》閔周室之顛覆，《揚之水》刺平王之戍申，其與此詩，皆歎息痛恨於平王與申侯也。嚴虞惇《讀詩質疑》云："平王忘殺父之讎，而德申侯之立己，所謂'謂他人父'、'謂他人母'也。不有於其父，何有於其族乎？周之東遷，晉、鄭焉依，未聞異姓之能扞王於艱也，亦莫我顧之言信矣。"吕氏《詩記》引蘇氏說，謂"此詩斥王不愛其親，而愛他人，是謂他人爲父"。其說良是，特未深探其本意耳。《箋》以父、母、昆皆指王言，陳啓源、胡承珙並從其說，謂蘇氏之言指斥過甚，爲無是理。夫《詩》之斥王者，不有《角弓》之刺幽王乎？

《角弓序》云：父兄刺幽王也。此緣不知他人爲指申侯，故疑誤叢生也。胡氏强申《箋》義，辭理迂回。其他諸説，益無足據爾。

采　葛

"彼采葛兮，一日不見，如三月兮。"《傳》："興也。葛所以爲絺綌也。事雖小，一日不見於君，憂懼於讒矣。"《箋》云："興者以采葛喻臣以小事使出。"

焯案：吕氏《詩記》云："毛氏所謂事雖小，蓋通三章言之。《箋》失《傳》意。"胡氏《後箋》云："《毛傳》三'所以'字，次章《傳》"蕭所以共祭祀"，末章《傳》"艾所以療疾"。蓋言采此三物，皆爲有用。猶人臣出使於外，本屬奉公，而暫違君側，則讒説遂行，顛倒是非，變亂黑白，無所不至，所以可懼在此。蘇潁濱《詩傳》曰：'朝有讒人，則下不敢有所爲，采葛所以爲絺綌，采蕭所以供祭祀，采艾所以攻疾病耳。雖事之無疑者，猶不敢行，畏往而有讒之者。是以一日不見君，而如三月之久也。'此説申《傳》似勝於《箋》。"

大　車

"謂予不信，有如皦日。"《傳》："皦，白也。"《箋》云："今之大夫不能然，反謂我言不信，我言之信如白日也。刺其闇於古禮。"

焯案：馬氏《通釋》云："此承上'穀則異室'二句，皆古夫婦相誓之辭。《列女傳》以爲息夫人作，説本三家《詩》，與《毛詩》異義。然以'穀則異室'四語同爲誓辭，則於詩義正合。《箋》以'謂予不信'二語謂'刺今之大夫不能然'，失之。"

丘中有麻

"丘中有麻，彼留子嗟。"《傳》："丘中磽埆之處盡有麻麥草木，乃彼子嗟之所治。"《箋》云："子嗟放逐於朝，去治卑賤之職而有功，所在則治理，所以爲賢。"

"彼留子嗟，將其來施施。"《傳》："施施，難進之意。"《箋》云："施施，舒行，伺間獨來見己之貌。"

焯案：《孔疏》云："毛以爲放逐者本在位有功，今去而思之。鄭以爲去治賤事，所在有功，故思之。"《稽古編》云："留子賢而放逐，周人思之，指丘中麻麥，以見惠政猶存，因望其來而復立於朝，故《序》云國人思之，明是舉國之公心，詩人代述之耳。鄭以'丘中'爲留子隱居之地，'來'爲獨來見己，則是朋友相思之作，其美之或出於私好，未足見留子之賢，毛義較正大矣。"

"丘中有麥，彼留子國。"《傳》："子國，子嗟父。"《箋》云："言子國使丘中有麥，著其世賢。"

焯案：首章《傳》云："丘中磽埆之處盡有麻麥草木，乃彼子嗟之所治。"《傳》統三章爲言，則次章之麥、卒章之李，《傳》即以草本釋李，詩獨言李者，蓋取以協韻，《經》文往往以專名代通名也。皆以爲子嗟所治也。其知子國爲子嗟父者，以卒章稱子嗟爲"彼留之子"，明次章子國爲子嗟父矣。詩有重章互文以足意者，此篇次章言"子國"，蓋下涫"之子"之語，末章言"之子"，蓋上承"子國"爲言，意皆謂彼留子國之子，而爲子嗟之變文耳。"彼留子國，將其來食。"《傳》："子國復來，我乃得食。"此則順《經》立文，意實謂子國之子復來，我乃得食也。《箋》於次章言"著其世賢"，於卒章言"於思者則朋友之子"，既昧於互文足意，遂目爲朋友相思。清儒李黼平且以"之子"爲子嗟之子，以爲著其三代之賢，馬瑞辰、俞樾更從而竊其説，馬氏《通釋》用前人説多隱其姓名。於《經》旨益晦矣。

卷　三

鄭

緇　衣

“還，予授子之粲兮。”《傳》：“粲，餐也。諸侯入爲天子卿士，受采禄。”《箋》云：“自館還在采地之都，我則設餐以授之，愛之，欲飲食之。”

焯案：馬氏《通釋》云：“諸侯仕王朝者，居常與王宫相近，不必定居采邑，采邑特取其租税耳。《箋》以‘還’爲還在采地之都，似誤。”又案《傳》以受采禄釋授粲，自以授粲就王朝言。《箋》泥《經》文“予”字，改爲鄭人授之武公。《正義》申《箋》，引《伐柯》“我覯之子，籩豆有踐”，謂“奉迎聖人，猶願以飲食，故小民愛君，願飲食之”。汪氏《異義》云：“改衣授粲出自王朝，則爲隆禮重任，而民之願亦非虚辭也。《箋》以詩之言‘予’，即爲鄭人所自目，《疏》且引《伐柯》爲證，然彼《箋》謂是欲王以饗燕之禮迎周公也。彼‘我’不必爲周大夫自致饗燕，此‘予’何必定出自鄭人耶？”

大叔于田

“兩服上襄。”《箋》云：“兩服，中央夾轅者。襄，駕也。上駕者，言爲衆馬之最良也。”

焯案：《經義述聞》云：“鄭以‘上襄’爲衆馬之最良，則‘上’‘襄’二字意不相屬。予謂上者前也，上襄猶言前駕，謂並駕於亘前，即上章之‘兩服齊首’也。雁行謂在旁而差後，即下章之‘兩驂如手’也。上襄與雁行意正相對。若以上襄爲馬之最良，則與雁行迥不相涉矣。”

清　人

“左旋右抽，中軍作好。”《傳》：“左旋，講兵。右抽，抽矢以射。居軍中爲容好。”《箋》云：“左，左人，謂御者。右，車右也。中軍，謂將也。高克之爲將，久不得歸，日使其御者習旋車，車右抽刃，自居中央，爲軍之容好而已。兵車之法，將居鼓下，故御者在左。”

焯案：王夫之《詩稗疏》云：“御必居中，所以齊六轡而制馬也。使其居左，則攬轡偏而縱送礙，且視不及右驂之外紖，而舒斂無度矣。故雖以天子之尊，而在車亦無居中之理。《周禮》：‘大馭掌馭玉路，犯軷，王自左馭，馭下，祝。’其曰‘王自左馭’者，自左而嚮中也。馭犯軷，暫攝馭居中，王位固在左矣。‘戎僕掌馭戎車，犯軷如玉路之儀。’則天子即戎且不居中，而況將乎？鞌之戰，齊侯親將，逢丑父爲右。《公羊傳》曰：‘逢丑父者，齊侯之車右也，代頃公當左。’此將居左之明證。”又云：“‘左旋右抽’，非以車左車右言之，蓋言戎車回旋演戰之法，有左旋以先弓矢者，有右旋而先矛者，左旋先弓以迎敵於左，則車右持矛以刺，右旋先矛以要敵，則將抽矢以射，勢以稍遠而便也。”胡氏《後箋》云：“《左傳》僖三十三年：‘秦師過周北門，左右免胄而下。’蓋惟御者居中，故左右下。宣十二年：‘楚許伯御樂伯，攝叔爲右。樂伯曰：致師者左射以菆。’皆足爲御在車中之證。故《詩疏》惟據成二年鞌之戰，以爲郤克在鼓下而居中，解張有‘左輪朱殷’之言，而居左。然將執旗鼓，豈必鼓定在中？解張之‘左輪朱殷’安知非射傷左手，而流血於左耶？且是戰也，韓厥因夢避左右而代御居中，《杜注》因有‘自非元帥御皆在中’之説，近於因文遷就，非有明證。總之此詩左右中本不可以一車言之。《傳》云‘居軍中爲容好’，則以中軍爲軍中，猶中谷、谷中之比，並未嘗以中軍爲將，故左右亦必非車左車右之謂。”焯謂王、胡二氏據《周禮》、《左傳》以駁《鄭箋》將居中、御者在左之説，甚確。王氏謂“左旋右抽”爲戎車回旋演戰之法，深得毛意。馬氏《通釋》遽謂“左旋右抽，就將之左右手言”，不思《經》云“中軍作好”，《序》云“陳其師旅”，皆就一軍言，不就一車一將言。馬氏希突過王、胡二氏之説，而不自知其言之非也。

遵大路

“無我惡兮，不寁故也。”《傳》：“寁，速也。”《箋》云：“子無惡我摯持子之袪，我乃以莊公不速於先君之道，使我然。”

“無我魗兮，不寁好也。”《傳》：“魗，棄也。”《箋》云：“魗亦惡也。好猶善也。子無惡我，我乃以莊公不速於善道，使我然。”

焯案：胡氏《後箋》云：“《唐風・羔裘》‘豈無他人，維子之故。豈無他人，維子之好’，與此詩‘故也’、‘好也’正同。鄭彼《箋》云：‘我不去者，乃念子故舊之人。’又云：‘我不去而歸往他人者，乃念子而愛好之也。’以彼證此，當以彼義爲長。”焯謂《箋》顧《序》“莊公失道”之語，故立解與彼異。然詩意雖主爲莊公失道而發，其辭則不就莊公之身而言，但惜賢者之去，而莊公之失道自見。范氏《詩補傳》云：“詩人謂君子，勿以我爲可惡，不敢速忘故舊之情也。勿以我爲可醜，不敢速忘昔日之好也。既陳故舊之情，復陳昔日之好，以見詩人述己之私情，期君子之必聽也。”此説深得詩意，較《箋》義爲長。

女曰雞鳴

“弋言加之，與子宜之。”《傳》：“宜，肴也。”《箋》云：“所弋之鳧鴈，我以爲加豆之實。與君子共肴也。”

焯案：陸佃《埤雅》云：“‘加’與‘元鶴加’、‘加雙鶬’之意同。弱弓微矢，乘風振之曰‘弋’。”蘇氏《詩傳》亦引《史記》“弱弓微繳加諸鳧鴈之上”爲證。胡氏《後箋》云：“‘弋言加之’專言‘弋’，下‘宜之'方言'肴'，自不應以'加之'即爲加豆，陸、蘇之説是也。"焯又案二三章五"子"字不應與首章"子"字意殊，《箋》但見末章所陳，不似夫婦之相謂，又以二章《傳》有"賓主和樂"一語，故皆以指賓客。《稽古編》云："二三章五'子'字仍是女目士之言，'與子宜之'，女爲士宜之也。'與子偕老'承飲酒言，則所燕之賓與士相親愛，老而不衰也。"末章則朱子《集傳》云："婦又語其夫曰：'我苟知子之所致而來，及所親愛者，則當解此雜佩以送遺報答之。'蓋不唯治其門内之職，又欲其君子親賢友善，結其驩心，而無所愛於服飾之玩也。"竊謂陳説及朱《傳》皆得詩意。

"宜言飲酒。"《箋》云："宜乎我燕樂賓客而飲酒。"

焯案：《經義述聞》云："此'宜'字承上'宜之'而言，宜亦當訓爲'肴'。猶'弋言加之'承上'弋鳧與鴈'而言也。不當上下異訓。"

山有扶蘇

"山有扶蘇，隰有荷華。"《傳》："興也。扶蘇，扶胥木也。從釋文本。荷華，扶渠也，其華菡萏。言高下大小各得其宜也。"《箋》云："興者扶胥之木生於山，喻忽置不正之人於上位也。荷華生於隰，喻忽置有美德者於下位。此言其用臣顛倒，失其宜也。"

"山有喬松，隰有游龍。"《傳》："松，木也。龍，紅草也。"《箋》云："游龍猶放縱也。喬松在山上，喻忽無恩澤於大臣也。紅草放縱枝葉於隰中，喻忽聽恣小臣。此又言養臣顛倒，失其所也。"

焯案：《稽古編》云："扶蘇、喬松皆木也，宜於山；荷華、游龍皆草也，宜於隰。反喻昭公用人，賢不肖易位，高下失宜，山隰之不如也。《傳》義平正明簡，康成不用其説，分首章之興爲用臣之失所，次章之興爲養臣之失所，鑿矣。"胡氏《後箋》云："《傳》意高下謂山、隰，大謂扶蘇、松，小謂荷、龍，正言以刺忽，二章一例，皆謂各得其宜。《箋》互易其小大，義近牽强。以荷華喻美德不宜置於下位，豈欲樹荷於山上乎？且首章既以扶蘇喻不美，荷華喻美，下章又以喬松喻美，而游龍喻不美，使山隰倒置，比物錯互，非也。”焯謂陳、胡二氏駁鄭之説皆當。原鄭易《傳》之意，蓋誤以詩之首二句爲正比，此與解《揚之水》同其失者也。

“不見子都，乃見狂且。”《傳》：“子都，世之美好者也。狂，狂人也。且，辭也。”《箋》云：“人之好美色，不往覩子都，乃反往覩狂醜之人。以興忽好善，不任用賢者，反任用小人，其意同。”

焯案：《有女同車》《傳》訓“洵美且都”之“都”爲“閑”，故此《疏》申《傳》以爲“美好而閑習於禮法”。所云美好，即於閑習上見之，故以對狂言，正與子充指性行誠實一例。《箋》以美醜爲喻，失之。

蘀　兮

“叔兮伯兮，倡予和女。”《傳》：“叔伯，言羣臣長幼也。君倡臣和也。”《箋》云：“叔伯，羣臣相謂也。羣臣無其君而行，自以彊弱相服，女倡矣，我則將和之。言此者，刺其自專也。叔伯，兄弟之稱。”

焯案：《詩本義》云：“詩人本謂蘀須風吹則動，臣須君倡則和爾。如鄭之説，與上文意不相屬。”《稽古編》云：“‘叔兮伯兮，倡予和女。’《傳》以爲君責臣之詞。言‘倡’者當是‘予’，‘和’者當是‘女’也。《箋》以爲羣臣相謂之詞。言‘女倡矣，則我將和之’也。如《箋》意，則‘倡’字當略斷，‘予和女’三字連讀。然《傳》義勝矣。鄭之君臣不相倡和，應舉倡和之常理以正之也。康成之意，徒以叔伯乃兄弟之稱，當是羣臣自相謂耳。案《左傳》魯隱公謂公子彄爲叔父，鄭厲公謂原繁爲伯父，晉景公謂荀林父爲伯氏，安在叔伯之稱，君不可施於臣乎?”張汝霖云：“《箋》於‘風其吹女’以風喻號令，則是以蘀喻羣臣，既以蘀喻羣臣，則所謂‘風其吹女’者，女臣也，而‘倡予和女’之女又爲羣臣相女，不如毛説之安。”今謂此三説皆可正《箋》義之失。

丰

“俟我乎堂兮。”《箋》云：“堂當爲棖，棖，門梱上木近邊者。”

焯案：《傳》不解堂之義。王肅云：“升於堂以俟。”孫毓云：“禮，門側之堂謂之塾，謂出俟於塾前。”《孔疏》云：“《箋》以《著》篇言堂文在著、庭之下，可得爲廟之堂。此篇上言於巷，此言於堂，巷之與堂相去懸遠，非爲文次，故轉堂爲棖。”焯謂毛不改字，當以堂即寢堂，宜以王義爲毛義。鄭易“堂”爲棖，其意或如《孔疏》所説。孫毓解爲門側之堂者，蓋取與首章“俟巷”之文相次，意謂親迎者既出寢廟之門，始俟乎里中之巷，繼俟乎巷首之門，於次第特分明也。惟《齊風・著》篇先言俟著，次言俟庭、俟堂，如以昏禮壻在婦家相待之事爲言，則宜先内後外，既於《著》不疑其先後失次，何獨於此篇致疑乎？陳奂謂《傳》解此詩巷爲門外，爲壻家大門外。胡承珙謂《著》篇所以先言著，繼言庭、堂者，爲婦至壻家之次。焯謂此詩明云“不將不送”，《序》云“陽倡而陰不和，男行而女不隨”，《著》序亦云“時不親迎”，《箋》云“故陳親迎之禮以刺之”，則此正宜從《箋疏》説，以爲壻在婦家相待之事也。且巷固不必就里道中爲言。王念孫《讀書雜志》歷引《廣雅》、《國策》、《韓詩外傳》、《莊子》證知所居之宅亦得名爲巷，非定爲街巷之巷。馬氏《通釋》云：“此謂俟我乎巷，正當謂巷爲居室，巷對堂言，蓋合《齊詩》之‘俟著’‘俟庭’言之，在門内不在門外，《説苑》所云‘拜諸母於大門’也。下章‘俟我於堂’，即堂室之堂，與《齊詩》‘俟我於堂’及《説苑》言‘女辭父於堂’正同。鄭、孫二氏皆由誤以巷爲里巷之巷，因誤以堂爲里巷門側之堂耳。”

東門之墠

“東門之墠，茹藘在阪。”《傳》：“東門，城東門也。墠，除地町町者。茹藘，茅蒐也。男女之際，近而易，則如東門之墠；遠而難，則如茹藘在阪。”《箋》云：“城東門之外有墠，墠邊有阪，茅蒐生焉。茅蒐之爲難淺矣，易越而出，此女欲奔男之辭。”“其室則邇，其人甚遠。”《傳》：“邇，近也。得禮則近，不得禮則遠。”《箋》云：“其室則近，謂所欲奔男之家。望其來迎己而不來，則爲遠。”

焯案：此詩每章下二句與《漢廣》之“不可求思”，《静女》之“愛而不見”相似，皆有可望不可即之意。《易林・賁》之《鼎》：“東門之壇，茹藘在陂。禮義不行，使我心反。”此可證成毛氏得禮不得禮之説。蓋毛與三家皆以此詩爲詩人設爲貞女非禮不動之辭，以反刺其時之亂。“室邇”“人遠”二句既爲假設，則首二句非實賦其事可知，固宜從毛義，以墠坂之遠近難易喻禮與非禮之别，不宜從鄭義，以爲實賦其事，致啟後人淫奔之説也。

“東門之栗，有踐家室。”《傳》：“栗，行上栗也。踐，淺也。”《箋》云：“栗而在淺家室之内，言易竊取。栗，人所啗食而甘耆，故女以自喻也。”

“豈不爾思，子不我即。”《傳》：“即，就也。”《箋》云：“我豈不思望女乎，女不就迎我而俱去耳。”

焯案：此詩首章上二句爲興。此章只首句爲興，次句則承首章室邇之“室”而言，與上句意非一貫。其例與《小雅・伐木》首章言“伐木丁丁，鳥鳴嚶嚶”次章但言“伐木許許”同，實皆爲省文也。“有踐家室”，“有”字語助，其例與《匏有苦葉》之“有瀰”、“有鷕”、《谷風》之“有洸有潰”亦同，正言踐然之家室耳。鄭云“栗而在淺家室之内”，直以二句之意相承。蓋以此詩爲直言刺亂，全屬賦體，故其説如此也。《疏》申毛説，以首二句皆爲興辭，亦非。末二句宜爲女謂男之辭。《孔疏》申毛云：“我豈不於女思爲室家乎，但子不以禮就我，我無由從子。”所解殊得詩意。胡氏《後箋》謂“經文曰‘爾’、曰‘我’，當爲男子目女之辭。如此，方見正言刺亂之意，且與上章‘室邇’‘人遠’文義相同一貫”。焯謂此詩全爲反言，上章末二句爲詩人描摹貞女難以非禮相求，此章末二句則託爲貞女拒男之辭。若如胡氏説，則辭近淺率，而意欠婉厚，意味殊索然矣。

子　衿

“子寧不嗣音。”《傳》：“嗣，習也。古者教以詩樂，誦之歌之，絃之舞之。”《箋》云：“嗣，續也。女曾不傳聲問我，以恩責其忘己。”

焯案：《釋文》引《韓詩》云：“嗣，韓作詒。詒，寄也，曾不寄問也。”《箋》用韓説。《稽古編》云：“嗣音當以毛義爲正。《孔疏》引《王制》‘四術’‘四教’，《文王世子》‘春誦夏絃’證《傳》之説，當矣。此詩本刺學校廢，當責其學業之不習。若以音問爲言，則朋友相思之常語，非《序》意也。”胡氏《後箋》云：“《傳》訓嗣爲習者，習與襲同，皆有因繼之義。引申爲學習，故訓嗣爲習，即《學記》云‘善歌者使人繼其聲，善教者使人繼其志’也。”

“一日不見，如三月兮。”《傳》：“言禮樂不可一日而廢。”《箋》云：“君子之學，‘以文會友，以友輔仁’，‘獨學而無友，則孤陋而寡聞’，故思之甚。”

焯案：《孔疏》申《傳》云：“禮樂之道，不學則廢，一日不見此禮樂，則如三月不見也，何爲廢學而遊觀乎。”陳氏《傳疏》云：“此即是上二章厚望學子來習之意。”焯謂《箋》解上二句云，“國亂人廢學業，但好登高，以候望爲樂"，而於下二句又以爲朋友思相切磋之辭，意不相貫。宜從《傳》義，以爲責勉之辭也。

出其東門

"出其東門，有女如雲。"《傳》："如雲，衆多也。"《箋》云："有女，謂諸見棄者也。如雲者，如雲從風，東西南北，心無有定。"

"雖則如雲，匪我思存。"《傳》："思不存乎相救急。"《箋》云："匪，非也。此如雲者，皆非我思所存也。"

"縞衣綦巾，聊樂我員。"《傳》："縞衣，白色男服也。綦巾，蒼艾色女服也。願室家得相樂也。"《箋》云："縞衣綦巾，己所爲作者之妻服也。時亦棄之，迫兵革之難，不能相畜，心不忍絶，故言且留樂我員。此思保其室家，窮困不得有其妻，而以衣巾言之，恩不忍斥之。綦，綦文也。"

焯案：詩首二句《箋》與《傳》意異。張汝霖云："此及《敝笱》兩處'如雲'並'如荼''如水''如雨'，鄭皆與毛立異。至《韓奕》之'祁祁如雲'，則不能不從毛説，知毛義爲確矣。"今謂末二句亦宜從《傳》説爲安。玩《經》文次二句以下之意，言女之見棄者雖多，困急者雖衆，奈非我之所能救拯，意謂非無救恤之心，政以亂離之際，恐自身之室家亦不得保也，故末二句即陳願自身室家得保之意，其辭意至爲哀切。《傳》以"縞衣""綦巾"分屬男女言，正取與《序》"男女相棄，民人思保其室家"之語相應。其以"聊"爲"願"，云"願室家得相樂"，"願"之爲言，即難期相保之意。《箋》以"縞衣綦巾"專屬之作者之妻，且云，作者之妻時亦棄之，心不忍絶，將棄復留，恐非詩人當日所咏之情事也。

"出其闉闍。"《傳》："闉，曲城也。闍，城臺也。"《箋》云："闍讀當如'彼都人士'之都，謂國外曲城之中市里也。"

焯案：《説文》："闉，闉闍，城曲重門也。"引《詩》"出其闉闍"。又曰："闍，闉闍也。""闉闍"二字當從許君併言之，謂出此曲城重門也。"闍"爲臺門之制，上有臺則下必有門，有重門則必有曲城，二者相因，故"闉""闍"二字皆從門。胡氏《後箋》云："毛雖以'曲城''城臺'分釋闉、闍，然臺在城門之上，亦即繞於城門，故許氏但以城曲重門釋之，不必以臺中不可言出爲疑。況'闍'在城上，而出於其下亦可謂之出，如'闕'在門上，豈不可云出於闕下乎？鄭讀'闍'爲都，謂曲城中市里，曲城如今之甕城，此地容有市聚，然'出其闉闍'，文義自通，不煩改讀。"

野有蔓草

"野有蔓草，零露漙兮。"《傳》："興也。"《箋》云："蔓草而有露，謂仲春之時草始生，霜爲露也。《周禮》：'仲春之月，令會男女之無夫家者。'"

焯案：《孔疏》引王肅云："草之所以能延蔓，被盛露也。民之所以能蕃息，蒙君澤也。"據王氏申毛之意，此二句爲反興當時君之恩澤不下流。若如鄭義，以仲春爲昏之正時，則《序》明云"男女失時，思不期而會"，何待仲春始爲昏耶？此宜從王説，不宜從鄭説也。《左傳》襄二十七年：鄭享趙孟，子太叔賦此，趙孟以爲受其惠。又昭十六年：鄭餞韓起，子齹又賦此，宣子以爲"孺子善哉，吾有望矣"。蓋皆取首二語恩澤下流意。如《箋》説，賦者果何所取義耶？

溱　洧

"伊其相謔。"《箋》云："因相與戲謔，行夫婦之事。"

焯案：焦氏《補疏》云："謔豈必是行夫婦之事？鄭之解《經》，

每爲此汙褻之語，毛無是也。”

齊

雞　鳴

“無庶予子憎。”《傳》：“無庶予子憎，無見惡於夫人。”《箋》云：“庶，衆也。無使衆臣以我故憎惡於子，戒之也。”

焯案：詩意但謂幸無與子以憎耳。馬氏《通釋》云：“《爾雅》：‘庶，幸也。’《大雅·抑》詩‘庶無大悔’，《傳》：‘庶，幸也。’‘無庶’即‘庶無’之倒文，猶‘遐不’亦作‘不遐’，‘尚不’亦作‘不尚’也，合言之，則‘無庶’即‘無’也，故《傳》但以無字釋之。《箋》釋‘庶’爲衆，失矣。‘予’‘與’，古今字。‘予子憎’，《正義》引定本作‘與子憎’。《毛傳》但曰‘無見惡於夫人’，不解‘予’字，‘予’即‘與’之通用字。《箋》讀‘予’爲‘予我’之予，失之。”

著

“充耳以素乎而。”《傳》：“素，象瑱。”《箋》云：“我視君子，則以素爲充耳，謂所以縣瑱者。或名爲紞，織之，人君五色，臣則三色而已。此言素者，目所先見而云。”

焯案：《孔疏》引孫毓云：“按《禮》之名，充耳是塞耳，即所謂瑱，縣當耳，故謂之塞耳。縣之者别謂之紞，不得謂之充耳，猶瑱不得謂之爲紞耳。”孫意是毛非鄭，《孔疏》謂其不然。胡氏《後箋》云：“案王基云：‘紞，今之絛，色不雜不成爲絛。’夫絛既雜色織成，何以獨先見素？《正義》謂取其韻句，殊爲無理，故當從毛爲正也。”

東方之日

“東方之日兮。彼姝者子，在我室兮。”《傳》：“興也。日出東方，人君明盛，無不照察也。姝者，初昏之貌。”《箋》云：“言東方之日者，愬之乎耳。有姝姝然美好之子來在我室，欲與我爲室家，我無如之何也。日在東方，其明未融，興者喻君不明。”

“在我室兮，履我即兮。”《傳》：“履，禮也。”《箋》云：“即，就也。在我室者，以禮來，我則就之，與之去也。言今者之子不以禮來也。”

焯案：《傳》以東方之日月爲反興君臣明察之盛，所謂言在此而意在彼，“主文而譎諫”者也。鄭於此章云，“日在東方，其明未融”，下章云，“月在東方，亦言不明”，直以首句爲正比矣。吕氏《詩記》引程氏曰：“日月明照，則物無隱蔽，姦慝莫容，如朝廷明於上也。今君不明，故有淫奔之行，詩人以‘東方之日’刺其當明而昏也。”胡氏《後箋》云：“毛以每章下四句皆陳昏禮之正，以刺今之不然。其云‘姝者，初昏之貌’，蓋與《静女》之‘姝’同，乃指女子之美。下句室爲男子之室，履，禮也。即，就也。言彼姝之子所以在我之室者，由我以禮聘，始來就我而爲昏也。若《箋》以‘彼姝者子’爲男子來在女室，則是强暴矣。天下有遇强暴，而尚以美好稱之者哉？下又云，‘在我室者，以禮來，我則就之’，天下有强暴在室，而尚望其以禮來者哉？宋儒因之，並謂是女子淫奔，來在男子之室。夫謂之淫奔，而日出輒來，月出卻去，尤爲不近情理矣。”

南　山

“南山崔崔，雄狐綏綏。”《傳》：“興也。南山，齊南山也。崔崔，高大也。國君尊嚴，如南山崔崔然。雄狐相隨，綏綏然無别，失陰陽之匹。”《箋》云：“雄狐行求匹偶於南山之上，形貌綏綏然。興者喻襄公居人君之尊，而爲淫泆之行，其威儀可恥惡如狐。”

焯案：詩意以南山喻高位，雄狐喻淫行，言君之尊嚴如南山崔崔然，而淫行如雄狐綏綏然，意實相承。胡氏《後箋》云：“《傳》云‘雄狐相隨’者，非謂二雄相隨，謂雄狐但與其類相隨，鳥獸之性，淫不避親，配非其正，故曰‘綏綏然無别，失陰陽之匹’。”焯謂此説深得《傳》旨。《孔疏》申《傳》，謂雄狐爲二雄相隨，非也。《箋》謂興者喻襄公居人君之尊，而爲淫泆之行，其威儀可恥惡如狐，實合《經》《傳》之意。惟謂雄狐行求匹偶於南山之上，則於《經》意無當也。

“葛屨五兩，冠緌雙止。”《傳》：“葛屨，服之賤者。冠緌，服之尊者。”《箋》云：“葛屨五兩，喻文姜與姪娣及傅姆同處，冠緌喻襄公也。五人爲奇，而襄公往從而雙之。冠屨不宜同處，猶襄公文姜不宜爲夫婦之道。”

焯案：蘇氏《詩傳》云：“葛屨五兩，則屨具於下矣。冠緌雙止，則緌具於上矣。言文姜有匹於魯，襄公有耦於齊，曷爲又相從哉？”吕與叔云：“屨與屨爲耦，雖五兩各有耦，冠緌之雙，亦自爲耦，襄公、文姜非其耦也。”焯謂二説皆得詩意。至葛屨所以言五兩者，曹粹中《放齋詩説》云：“《周禮》：屨人‘辨外内命夫命婦之命屨、功屨、散屨’。注云：‘有繶屨、黄屨、白屨、黑屨、散屨。’所謂五兩也。”鄭以“五兩”喻文姜與姪娣傅姆同處，其説殊泥。

“既曰庸止，曷又從止。”《箋》云：“此言文姜既用此道嫁於魯侯，襄公何復送而從之，爲淫泆之行。”

焯案：詩之次章下四句與首章下四句同意。雖主刺襄公，其辭則皆就文姜言。“從止”之義，當爲文姜之從襄公，非襄公之從文姜，《左傳》“夫人姜氏如齊”之事可證。《傳》於首章“曷又懷止”訓懷爲“思”，與此章“曷又從止”語意互足，蓋謂文姜思從襄公也。馬瑞辰解“從”爲姜氏從桓公如齊，説近泥。《箋》既訓“懷止”爲文姜之來，則“從止”亦當是責文姜之從，“從”如從禽從獸之從，謂亟往來相逐也。如此，則前兩章皆責文姜，後兩章皆責魯桓，恰相比對成章法。其不正及襄公者，正其刺襄公之深，不待雄狐之爲顯喻也。乃《箋》於首章既訓懷爲“來”，以言文姜之來，而於此章則云襄公送而從之，非詩意也。

“必告父母。”《傳》：“必告父母廟。”《箋》云：“取妻之禮，議於生者，卜於死者，此之謂告。”

焯案：《讀詩劄記》云：“考文姜歸魯，在魯桓公之三年，其時惠公、仲子已卒，故《傳》以告廟解之，精確不可易矣。鄭因昏禮無夫家告廟之文，遂謂‘取妻之禮，議於生者，卜於死者，此之謂告’，其説非也。古卜筮在廟門外，與告廟何涉？《祭統》載‘國君取夫人之辭曰：請君之玉女與寡人共有敝邑，事宗廟社稷。’納采、納徵之辭曰：‘某有先人之禮。’親迎父命子之辭曰：‘勗帥以敬先妣之嗣。’古人昏禮敬慎重正，動必稱先，如此，豈有爲昏以前絶不告廟，直俟三月祭行之日，始告曰某氏來歸乎？楚公子圍娶於鄭公孫段氏，曰：‘圍布几筵告於莊、共之廟而來。’鄭公子忽如陳逆婦嬀，陳鍼子送女，先配而後祖。鍼子曰：‘是不爲夫婦，誣其祖矣。’《曲禮》曰：‘日月以告君。齋戒以告鬼神。’皆娶妻告廟之的證。足與《毛傳》相發明，可以補《禮經》之闕。”

“曷又鞠止。”《傳》：“鞠，窮也。”《箋》云：“鞠，盈也。魯侯，女既告父母而取，何復盈從令至于齊乎？非魯桓。”

"曷又極止。"《傳》："極，至也。"《箋》云："女既以媒得之矣，何不禁制，而恣極其邪意，令至齊乎？又非魯桓。"

焯案：《傳》意當謂桓公不合與文姜如齊，決裂禮防，至于窮迫而遇禍難。"曷又鞠止"者，言曷爲而窮於此，"曷又極止"者，言曷爲而至於此，蓋隱指彭生之事也。《箋》易《傳》，微失《經》旨。

甫　田

"婉兮孌兮，總角丱兮。未幾見兮，突而弁兮。"《傳》："婉孌，少好貌。總角，聚兩髦也。丱，幼穉也。弁，冠也。"《箋》云："人君内善其身，外修其德，居無幾何，可以立功。猶是婉孌之童子，少自修飾，丱然而稚，見之無幾何，突爾加冠爲成人也。"

焯案：《箋》意以上二章爲刺襄公之志大心勞，所求非道。此章則誨其循序漸進，不必計功求獲也。惟玩詩文，曰"未幾"，曰"突"，明是急遽無序之意。蓋齊俗急功利、喜夸詐，此詩上二章戒其務外，此章譏其躐等。"未幾見兮，突而弁兮"，猶《芄蘭》之"佩觿垂帶"，《論語》之"居位並行"也。凡好大務遠之心勝，其弊必至於欲速。嚴氏《詩緝》謂此章爲刺襄公躐等躁求，其説允矣。

敝　笱

"敝笱在梁，其魚魴鰥。"《傳》："興也。鰥，大魚。"《箋》云："鰥，魚子也。"

焯案：《爾雅·釋魚》："鯤，魚子。"鯤、鰥古通用。鄭所見本或作鯤，故易毛義。然詩"魴鰥"與"魴鱮"並言，鱮非小魚，則鰥亦不當訓爲魚子。又毛雖以鰥爲大魚，亦不過與魴相類，必不如《孔叢》及《莊》、《列》所説之鯤也。

“齊子歸止，其從如雲。”《傳》：“如雲，言盛也。”《箋》云：“其從，姪娣之屬。言文姜初嫁於魯桓之時，其從者之心意如雲然，雲之行，順風耳。後知魯桓微弱，文姜遂淫恣，從者亦隨之爲惡。”

焯案：詩意特形容文姜嫁時扈從之盛，以見其驕逸難制耳。《箋》説支蔓，不合詩恉。程氏《詩毛鄭異同考》云：“國君果能防制其妻，豈在從者之盛不盛耶？漢、唐經師間有迂論，此類是也。”

載　驅

“齊子豈弟。”《傳》：“言文姜於是樂易然。”《箋》云：“此豈弟猶言發夕也。豈讀當爲闓，弟，《古文尚書》以弟爲圛，圛，明也。”

焯案：首章云：“齊子發夕。”《釋文》引《韓詩》云：“發，旦也。薛夫子、王叔師皆訓發爲旦。”是發夕猶云旦夕。《毛傳》“自夕發至旦”，意但謂自夕至旦，特連“發”字爲釋耳，與韓意亦無殊也。其先言“夕”，後言“旦”者，以見文姜竟夕淫樂之意。詩云“發夕”，則如今言“朝朝暮暮”爾。《孔疏》誤以“發”爲發行，謂“文姜往會襄公，自夕時發行至旦”，非也。惟詩徒云“齊子發夕”，語意未完，故配次章“豈弟”之語以足成之，蓋言齊子發夕豈弟云爾。三章四章言“翱翔”、“遊敖”，皆當配首章“發夕”言之。焦氏《易林》云：“襄送季女，至於蕩道，齊子旦夕，留連久處。”其云留連久處，即此《傳》所云“樂易”，三章《傳》所云“彷徉”之意。其以“留連久處”繼“齊子旦夕”言之，可明此詩乃以“豈弟”續“發夕”爲文，非以“豈弟”偶“發夕”爲文也。《箋》謂“豈弟猶言發夕”，當據《爾雅·釋言》“愷悌，發也”之文。按“愷悌”一作“闓圛”，“闓圛”與“發”皆可訓“明”，《廣雅》：“闓，明也。”《史記集解》引《洪範·鄭注》：“圛者，色澤而光明也。”《詩·長發釋文》：“撥，《韓詩》作發，發，明也。”《論語》“亦足以發”，孔安國《注》以發爲發明。故云“發”也。惟此詩以發夕連文，發夕即旦夕，不得謂豈弟猶旦夕也。鄭緣未審重章互足之例，故爲此訓。又闓明與樂易義雖相兼，《封禪文》"昆蟲闓澤"，《漢書》、《文選注》皆訓爲樂，緣闓明者必樂易也。然此經"豈弟"但宜從《傳》訓爲樂易，以見文姜之無忌憚羞恥。范氏《補傳》云："'齊子豈弟'，謂文姜安然樂易而無慙也。"嚴氏《詩緝》云："樂易，安舒恬然無慙恥之色。"是二説均與《傳》義合。若依《箋》訓作"闓明"，匪特失兩章互足之恉，即以"闓明"配齊子言之，亦嫌不詞矣。且"圛"與"濟"不韻，遽引《古文尚書》以説此詩，亦爲未合也。

猗　嗟

"展我甥兮。"《箋》云："展，誠也。姊妹之子曰甥。容貌技藝如此，誠我齊之甥。言誠者，拒時人言齊侯之子。"

焯案：《序》云："齊人傷魯莊公有威儀技藝，然而不能以禮防閑其母，失子之道，人以爲齊侯之子焉。"玩《序》云"人以爲齊侯之子"者，非真疑莊公爲齊侯種胤，特傷其不能以禮防閑其母，故甚言以譏之耳。考文姜歸魯，在桓公三年，莊公之生在六年，公與夫人如齊在十八年，莊公非齊侯之子明甚。《詩序》與《左傳》多相應，不得於此篇獨異也。《公羊》莊元年雖有"同非吾子"之文，此自載文姜譖辭，非必齊人以爲實事。《箋》云"言誠者，拒時人言齊侯之子"，蓋未達《序》意。且誤據《公羊》爲説。若詩之言誠，不過極形容莊公之威儀技藝，非故爲掩飾之辭也。

"舞則選兮，射則貫兮。"《傳》："選，齊。貫，中也。"《箋》云："選者，謂於倫等最上。貫，習也。"

焯案：《説文》："選從巽聲。"《易・説卦》："齊乎巽。齊也者，言萬物之絜齊也。"是"選"之訓"齊"，蓋從聲得義。《説文》："巽，具也。"具與齊義亦同。《傳》訓選爲齊，當本《易》文。"選"於《説文》又訓

"擇"，選擇亦所以整齊之也。至舞曰齊者，夏氏《讀詩劄記》云："《周禮》樂師：'燕射，帥射夫以弓矢舞。'注云：'射夫，衆耦也。'《疏》云：'弓矢舞，謂射時執弓挾矢及發矢，其體比於禮，其節比於樂也。'古者射分三番，初番不釋獲，次番釋獲，三番以樂爲節。《射人》：'王樂以《騶虞》，九節。諸侯以《貍首》，七節。孤卿大夫以《采蘋》，五節。士以《采蘩》，五節。'九節者五節以聽，七節者三節以聽，五節者一節以聽，其餘四節以應四矢，所謂樂射也。其執弓有儀，其挾矢有儀，所謂容體比於禮也。其發矢應樂，所謂其節比於樂也。舞者，節也，《左傳》所謂'以節八音'也。故以樂節射，謂之舞射。樂師"燕射"注云："故書燕爲舞。"《毛傳》訓選爲齊者，謂舞射之時，與樂節相應，無參差之不齊也。鄭訓選爲'於倫等最上'者，謂衆耦之射節比於樂，無出莊公之上者也。"焯謂夏氏之説，深得《傳》《箋》之意。惟鄭義雖可通，終不若訓選爲齊之切合字旨，要當以毛義爲勝也。其毛訓"貫"爲"中"者，王念孫云："'鄉射禮不貫不釋。'鄭彼注曰：'貫猶中也，不中正不釋算也。'是貫與中同義，即上章所云'終日射侯不出正'也。若如《箋》義，以貫爲貫習，轉覺泛而不切矣。"

魏

葛　屨

"可以縫裳。"《箋》云："裳，男子之下服，賤，又未可使縫。"

焯案：裳殆兼衣而言，下云"要之襋之"，"要""襋"皆在上，可證。單言裳者，便於取韻之故。《箋》於此解裳爲"下服"，以見未可使女手縫之。於"要之襋之，好人服之"，則云"褄也，領也，在上，好人尚可使整治之"。不知詩意特言女未廟見之時，尚未成婦，於禮不應使執婦功，裳固不可使縫，衣亦不可使治，詩云"好人服之"，實譏魏人不應使其如此，非謂可使服之也。鄭既誤解詩言裳之意，又别"要之襋之"二句爲正言，以與前四句爲反言者不一例，故遂生曲解也。

汾沮洳

"殊異乎公路。"《傳》："路，車也。"《箋》云："公路，主君之軞車，庶子爲之。晉趙盾爲軞車之族是也。"

焯案：馬氏《通釋》云："《周官》巾車掌王之五路，車僕掌戎車之倅，分路車戎車爲二。此詩亦分'公路''公行'爲二，公路掌路車，主居守，公行掌戎車，主從行，不必其爲一官。左氏閔二年《傳》：'晉太子申生伐東山皋落氏，羊舌大夫爲尉。'《大戴記·衛將軍文子篇》言：'羊舌大夫爲公車尉。'盧辨注：'公車尉，公行也。'此公行主從行之證。左氏宣二年《傳》：'冬，趙盾爲軞車之族。'服虔《注》：'軞車，戎車之倅。'杜預《注》：'公行之官也。'是服、杜並以軞車爲公行，非公路矣。《箋》以軞車釋公路，不若服、杜爲確。"

園有桃

"園有桃，其實之殽。"《傳》："興也。園有桃，其實之食。國有民，得其力。"《箋》云："魏君薄公税，省國用，不取於民，食園桃而已。不旋德教，民無以戰，其侵削之由由是也。"

焯案：此詩毛以爲興，鄭則以爲賦，易《傳》者，應《序》"儉以嗇"句。《詩本義》云："詩意刺魏君不知爲國者用有常度，其取於民有道，而過自儉嗇爾，非謂其不取於民，但食桃也。其曰'園有桃，其實之殽’，謂園有桃尚可取而食，況國有人民，反不能取之以道，至使國用不足而爲儉嗇乎？毛説爲是。”胡氏《後箋》云：“《葛屨》刺褊，《汾沮洳》刺儉，與《碩鼠》刺重斂，跡似相反而實相因。蓋褊嗇者性必貪，其勢然也。若果薄税省用，則必無重斂之事矣，何反不能用其民乎？諸詩雖未必盡屬一君，然《箋》語實多窒礙也。”

“謂我士也驕。”《箋》云：“士，事也。不知我所爲歌謡之意者，反謂我於君事驕逸故。”

焯案：胡氏《後箋》云：“《鄭風》‘豈無他士’，《傳》云：‘士，事也。’此不言者，當即以士爲人臣之通稱。《箋》釋爲事者，蓋以《序》言大夫憂其君，不當自稱爲士。然古者卿大夫皆可稱士，《儀禮·喪服》‘公士大夫之衆臣爲其君’，《注》云：‘士，卿士也。’是公士猶言公卿。《尚書·秦誓疏》云：‘士者男子之大號，臣通稱之。’下章‘士也罔極’，與《氓》詩語同。彼以士與女對，此自不當訓士爲事也。”馬氏《通釋》云：“我士與彼人對稱，彼人謂所刺之人，我士即詩人自謂也。‘謂我士也驕’，設言旁人以我指斥時事爲過甚，有似於驕也。”

陟岵

“上慎旃哉。”《箋》云：“上者，謂在軍中作部列時。”

焯案：鄭釋“上”義殊滯。胡氏《後箋》云：“《隸釋》載石經殘碑作尚，是《魯詩》本作尚。尚者，庶幾也。《毛詩》以‘上’爲‘尚’之假借。《儀禮·鄉射禮》‘上握焉’，注：‘今文上作尚。’《覲禮》‘尚左’，注：‘古文尚作上。’此可見古文多借上爲尚。《論語》‘草上之風’，《孟子》作尚。《論語》亦古文也，又足爲《毛詩》多古文之證。蘇氏《詩傳》訓‘上’爲尚，《吕記》、《朱傳》從之，是也。”

伐　檀

“不素飧兮。”《傳》：“熟食曰飧。”《箋》曰：“飧讀如魚飧之飧。”

焯案：《孔疏》引《鄭志》答張逸云：“禮，飧饔大多，非可素，不得與不素餐相配，故易之也。”胡氏《後箋》云：“《小雅·祈父》‘有母之尸饔’，《傳》云：‘熟食曰饔。’蓋毛於‘饔’‘飧’，皆謂熟而可食者。若掌客之‘飧饔’，與常食不同，且多生腥，不盡熟物也。故《大東》‘有饛簋飧’《傳》云：‘飧，熟食，謂黍稷也。’此‘飧’自指客禮。然毛必以熟食專屬黍稷，正由牲牢不皆熟物故耳。可見此但言熟食者，必非指禮食之飧矣。《釋文》引《字林》：‘飧，水澆飯也。’以飯言之，豈得謂非熟食乎？《傳》義本通，無庸改易。”

碩　鼠

“誰之永號。”《傳》：“號，呼也。”《箋》云：“之，往也。永，歌也。樂郊之地，誰獨當往而歌號者，言皆喜説，無憂苦。”

焯案：馬氏《通釋》云：“《吕氏春秋·音初》篇高注：‘之，其也。’誰之永號，猶云誰其永號。《箋》訓‘之’爲‘往’，失之。”焯謂毛訓“號”爲“呼”，意以“永號”猶云“永歎”，謂果得適彼樂郊，誰其復長呼永歎乎？《箋》訓永號爲“歌號”，亦非。

唐

蟋　蟀

“職思其居。”《箋》云：“又當主思於所居之事，謂國中政令。”

“職思其外。”《傳》：“外，禮樂之外。”《箋》云：“外，謂國外至四境。”

“職思其憂。”《傳》：“憂，可憂也。”《箋》云：“憂者，謂鄰國侵伐之憂。”

焯案：次章“職思其外”句，蓋配首章“職思其居”言之，居猶内也。《傳》云“外，禮樂之外”者，謂當常寘思於禮樂之内外耳。鄭不悟前後章意互相足，而疑毛義爲失，故易“外”爲國外，“居”爲國中。顧觀全詩之意，前則勸君毋一於儉，姑務行樂，繼則謂樂宜有節，而奢儉得中，初無警其思於政令及四境之意。毛必以禮義爲説者，既依《經》立義，亦顧《序》“以禮自虞”之語耳。末章“職思其憂”，謂宜思其所當思，《爾雅·釋詁》：“憂，思也。”蓋泛指一切應思之事言之，必指爲鄰國侵伐之憂，失之鑿矣。

山有樞

“他人是愉。”《傳》：“愉，樂也。”《箋》云：“愉讀曰偷。偷，取也。”

焯案：《漢書·地理志》據《齊詩》引作“他人是媮”。薛綜《西京賦注》引詩同。是齊、魯皆作“媮”。鄭讀“愉”爲“偷”，“偷”即“媮”之後出字。訓偷爲“取”，蓋本三家立義。胡氏《後箋》云：“毛於首章言樂，次章言安，語有次第。鄭以‘是愉’爲偷取，‘是保’爲居，則次章與末章入室意義無别，故應從毛爲正。”焯謂此詩“子有衣裳”四句，惜昭公有衣裳車馬不能以自樂。毛訓愉爲樂，正反貼上文“曳婁馳驅”而言。若但訓爲取，意單而味淺矣。

揚之水

“揚之水，白石鑿鑿。”《箋》云：“興者喻桓叔盛彊，除民所惡，民得以有禮義也。”

焯案：詩意謂雖有激揚之水，而無轉石之力，徒使之鮮明潔白。以興昭公雖居君位，而無制桓叔之權，徒坐視其彊盛而已。胡氏《後箋》云："《箋》以揚水喻桓叔，白石喻民，既與《王風》所云激揚之水喻平王政教煩急、《鄭風》喻忽政教亂促者自相乖異，即案之本詩，亦多不合也。"焯謂末章《傳》云："曲沃有善政命。"鄭誤會其意，以爲實言。故云"桓叔除民所惡，民得以有禮義"。不思桓叔以孽子傾宗，藏奸蓄禍，但有愚民之策，可謂之使民有禮義乎？鄭君蓋未審其情耳。

"我聞有命，不敢以告人。"《傳》："聞曲沃有善政命，不敢以告人。"《箋》云："不敢以告人而去者，畏昭公謂己動民心。"

焯案：《箋》説未合。後之説此詩者，惟嚴粲得之。《詩緝》云："命謂桓叔篡晉之謀已定，命其徒以舉事，禍將作矣，我聞其事，而不敢以告人也。言有命者，迫切之辭。言不敢告人，乃所以深告昭公也。"又云："昭公諸詩，皆以沃强爲憂。此詩末章之云，蓋反辭以見意，故泄其謀，欲昭公知之，忠之至也。自桓叔至武公，屢得志矣，而晉人終不服，相與攻而去之。其後更六世，逾六七十載，迫於王命，而後不敢不聽。在昭公之初，晉人之心豈從沃哉！若助桓叔而匿其情，則此詩不作可也。亦既聲之於詩，使采詩者颺之以諷其君矣，安在其爲匿之也？執詩之辭，而不能以意逆志，固哉説詩，風人之旨遠矣！"胡氏《後箋》云："《傳》云'聞曲沃有善政命，不敢以告人'，所謂善政命者，當如齊陳氏厚施之類。潛通逆黨，收拾人心，詩人見微知著，故曰聞之而不以告人者，正所以告之也。"

椒　聊

"碩大無朋。"《傳》："朋，比也。"《箋》云："碩謂壯佼貌，大謂德美廣博也。無朋，平均不朋黨。”

焯案：詩言桓叔之强，而不及昭公，其意實憂昭公之弱，而不主桓叔，蓋言在此而意在彼也。其言桓叔碩大無比，初非指其貌與德言。孫毓云：“桓叔阻邑不臣，以孽傾宗，與潘父比，至殺昭公而求入焉，能平均而不朋黨乎？”斯言允矣。

綢　繆

“綢繆束薪，三星在天。”《傳》：“興也。三星，參也。在天，謂始見東方也。男女待禮而成，若薪芻待人事而後束也。三星在天，可以嫁娶矣。”《箋》云：“三星謂心星也，心有尊卑、夫婦、父子之象，又爲二月之合宿，故嫁娶者以爲候焉。昏而火星不見，嫁娶之時也。今我束薪於野，乃見其在天，則三月之末、四月之中見於東方矣，故云不得其時。”

焯案：詩中言娶妻者，每以“析薪”起興。如《周南・漢廣》、《齊・南山》、《豳・伐柯》、《小雅・車舝》皆是。此詩毛以“束薪”爲興，確不可易。鄭云“今我束薪於野”云云，則直以“束薪”爲賦矣。《詩本義》謂“以束薪喻男女成昏，於義不類，鄭義爲簡而直”，非也。又毛以秋冬爲昏姻正時，十月參見東方，自此至正月，皆可嫁娶，故陳昏姻之正時以刺亂。鄭以嫁娶用仲春，則以三星爲心，心爲大火，三月火始見，則時已晚矣。胡氏《後箋》云：“《經》《傳》以星紀候，自《堯典》、《夏小正》以至《春秋内外傳》，無不指其見者言之。從無既指某星爲候，而又取其將見未見之時以言之者。《箋》謂‘三星爲心星、爲二月之合宿，嫁娶者以爲候，昏而火星不見，嫁娶之時也’，夫既不見矣，何以爲候？古人觀象授時，所以明民，民所不見，何以示之？《孔疏》曲爲申釋，非也。”汪氏《異義》云：“此篇《傳》義之優於《箋》，不獨昏時也。《傳》以‘綢繆束薪’興男女待禮而成，故曰綢繆猶纏綿。《箋》以爲實辭，謂束薪者於野見心星之在天，《傳》以三星爲參，謂昏姻正時。則《經》義索然無義矣。《序》言‘不得其時’本刺昏姻之失時，經文‘如此良人何’，明是欲見而不可得，《箋》乃爲斥嫁娶者之辭。夫《周禮》有‘奔者不禁’之文，國家衰亂，過時而昏，賢者責人，亦當末減，何如是之終無已也？《疏》申《箋》，於《摽梅》則曰‘繁育人民’，於此則曰‘違禮’，文王之世，過時尚以爲美，晉亂反以爲刺，此義之兩不可通者也。”

“今夕何夕，見此良人。”《傳》：“良人，美室也。”《箋》云：“今夕何夕者，言此夕何月之夕乎，而女以見良人，言非其時。”

焯案：詩意謂今夕何夕乎，宜見此良人之夕也。王肅云：“昏姻不得其時，故思詠嫁娶之夕，而欲見此美室也。”鄭以爲刺見良人非其時，殊失詩傷惋之意。

“子兮子兮，如此良人何。”《傳》：“子兮者，嗟兹也。”《箋》云：“子兮子兮者，斥取者，子取後陰陽交會之月，當如此良人何。”

焯案：毛讀“子”爲“兹”。《易》“箕子”，趙賓讀作“荄兹”。《曲禮·正義》引《白虎通》諸侯病曰“負子”，《公羊解詁》作“負兹”，則“子”“兹”聲義本通。《經義述聞》云：“嗟兹即嗟嗞。《秦策》‘嗟兹乎’，《管子》‘嗟兹乎’，《尚書大傳》‘嗟子乎’，《楚策》‘嗟乎子乎’，義並同。”焯謂《箋》易《傳》義，以“子”爲斥取者之後時，又以時爲仲春之月，可謂兩失之矣。

杕　杜

“嗟行之人，胡不比焉？”《箋》云：“君所與行之人，謂異姓卿大夫也。比，輔也。此人女何不輔君爲政令？”

“人無兄弟，胡不佽焉？”《箋》云：“異姓卿大夫，女見君無兄弟之親親者，何不相推佽而助之？”

焯案：《稽古編》云：“詩中兩‘胡不’句，非望詞，乃決詞也。言他人決不輔助我，正見其不如同父也。東萊釋此詩，謂：‘他人如可恃，則行路之人胡不來相親者？凡人無兄弟者，胡不外求佽助？’斯説得之。若甫言他人不如，忽又望其相助，不害於文義乎？鄭以爲求助於異姓之臣，誤矣。”焯謂陳氏引東萊説亦未安。“嗟行之人”即上文“獨行踽踽”之人。單言行者，乃承上文而省。此在詩中，如《考槃》篇“永矢弗諼”句，實承上文“考槃”之語而來，總謂弗忘此樂也。《載馳》篇“弗能旋反”句，實合下文“我思”之語爲義，總謂不能旋反我思也。此類句義，皆於本章互相足成。若就單句單字求之，則支離少合矣。“人無兄弟”之人，亦即“嗟行之人”之人，兩“胡不”句，皆爲望詞，意謂汝君獨行踽踽，無兄弟之親，何不親其宗族，以求輔助乎？特鄭意既以嗟行之人屬之異姓卿大夫，又以兩“胡不”句爲責望異姓卿大夫之助君，實爲未當也。

“其葉菁菁。”《傳》：“菁菁，葉盛也。”《箋》云：“菁菁，希少之貌。”

焯案：《衛風·淇奧》“綠竹菁菁”，據《釋文》或本。《傳》：“菁菁，茂盛貌。”《小雅·菁菁者莪傳》：“菁菁，盛貌。”《文選》班孟堅《雲臺》詩《注》引《韓詩》“蓁蓁者莪”，辥君曰：“蓁蓁，盛貌也。”蓁菁聲近，義與毛同。此詩“菁菁”，《傳》言葉盛，與二詩訓義並同。《箋》以“菁菁”爲希少貌，與《傳》所解皆不合，且與三家義異。揆鄭易《傳》之意，蓋以詩爲刺君不能親其宗族，以致骨肉離散，“杜”以喻君，“葉”以喻宗族，若言葉盛，則與骨肉離散義相違異，故易之也。惟愚謂此詩爲反興。《小雅·杕杜》首章《傳》云：“杕杜猶得其時蕃滋，役夫勞苦，不得盡其天性。”以彼例此，詩意宜謂特生之杜猶得茂其枝葉，而晉君反不能親其宗族也。其以“杕杜”取興者，以杜之特生，喻晉君之孤特，猶《有杕之杜》以喻晉武之寡特，《小雅·杕杜》喻役夫之離家也。若詩首章云“其葉湑湑”，《傳》云：“湑湑，枝葉不相比次。”此則承上文而形容有杕，謂杜之特生，與他木之連陰接榦者有異，非專訓“湑湑”。“湑湑”之義，毛自訓盛。《小雅·裳裳者華》“其葉湑兮”，《傳》云：“湑，盛貌。”可證也。

鴇　羽

《序》云：“昭公之後，大亂五世。”《箋》云：“大亂五世者，昭公、孝侯、鄂侯、哀侯，小子侯。”

焯案：《稽古編》云：“《序》既云昭公之後，自不應併數昭公。朱子初説，不數昭而數緡，最得之。緡在位二十八年，視前數君獨久，其時豈得無亂？又滅緡之後，曲沃武公始繼晉，而作《無衣》之詩。不容言晉亂者反闕緡而不數也。”

“王事靡盬，不能蓺稷黍。”《傳》：“盬，不攻緻也。”《箋》云：“蓺，樹也。我迫王事，無不攻致，故盡力焉。既則罷倦，不能播種五穀。”

焯案：顧氏《學詩詳説》云：“‘王事靡盬’二句，謂王事靡息，身在征役，故不能蓺黍稷耳。《箋》乃謂‘既則罷倦，不能播種五穀’，《疏》因謂‘雖歸而不能’，誤矣。朱子《集傳》云：‘今乃久從征役，而不得耕田，以供子職也。’此説甚明。”

無　衣

《序》云：“《無衣》，美晉武公也。武公始并晉國，其大夫爲之請命乎天子之使，而作是詩也。”《箋》云：“天子之使，是時使來者。”

焯案：陳氏《傳疏》云：“禮，爲人臣者無外交，雖或有天子之使適晉，晉大夫不得與天子之使交通，且命出自天子，又不得私相干請。蓋《序》中‘使’字必‘吏’字之誤，天子之吏，謂三公也，列國大夫入天子之國稱士，士不得上通天子，故屬於天子之吏。若成二年《左傳》‘晉鞏朔獻齊捷于周……王使委於三吏，禮之如侯伯克敵使大夫告慶之禮’。《杜注》：‘委，屬也。三吏，三公也。’此其義證矣。晉武克曲沃，以寶器賂僖王，必有大夫至周，其大夫亦但能屬乎天子之吏，爲君請命。僖王得賂，遂以武公爲晉侯，是請命在周，斷不在晉，由轉寫‘吏’誤作‘使’，遂多謬説。此詩即其大夫所作，故爲美而不爲刺。至武公并晉，天子不正簒國之罪，而反許受命之請，編詩者隱喻刺意爾。”此説甚精覈，可正《箋》義之失。

“豈曰無衣六兮。”《傳》：“天子之卿六命，車旗衣服以六爲節。”《箋》云：“變七言六者，謙也。不敢必當侯伯，得受六命之服，列於天子之卿，猶愈乎不。”

焯案：《傳》以此詩變“七”言“六”者，以天子之卿大夫出封畿必加等，晉大夫本請七章，特以侯伯之品視天子之卿，可以稱七，亦可以稱六耳。武公自以外侯得比内卿，故變“七”言“六”，特以伴説，非有所不敢必而爲謙也。《箋》説近迂。孔廣森《經學卮言》云：“如《傳》義，初無變‘七’言‘六’爲謙之意。推《序》云‘請命乎天子之使而作是詩’，則毛公所謂天子之卿，即天子之使也，因使者有六命之衣，愧己未受服于王，不如其衣安燠耳。《大車傳》曰：‘天子大夫四命，其出封五命，如子男之服。’《正義》曰：‘毛意以周禮出封爲出於封畿，非封爲諸侯也。尊王命而重其使，出於封畿，即得加命。’然則此天子之卿來使於晉，亦假以七章之服矣。故兩言子之衣，一其加服，一其本服也。”

葛　生

“予美亡此，誰與獨旦。”《箋》云：“旦，明也。我君子無於此，吾誰與齊乎？獨自潔明。”

焯案：此詩首章云“誰與獨處”，與次章之“獨息”，三章之“獨旦”，互足爲義，意謂予所美之人今不在此，吾誰與居乎？惟旦夕獨處獨息耳。鄭訓旦爲明，乃云“吾誰與齊乎？獨自潔明”。是不知此句乃配上二章爲言，故其義别出也。

采　苓

“采苓采苓，首陽之巔。”《傳》：“興也。苓，大苦也。首陽，山名也。采苓，細事也。首陽，幽辟也。細事喻小行也。幽辟喻無徵也。”《箋》云：“采苓采苓者，言采苓之人衆多非一也。皆云采此苓於首陽山之上，首陽山之上信有苓矣，然而今之采者未必於此山，然而人必信之，興者喻事有似而非。”

焯案：此詩宜從《傳》義。夏氏《讀詩劄記》云：“自來小人之讒君子，不能顯攻其失，或毛舉生平一二細故，如臧倉謂孟子‘後喪踰前喪’之類。又其甚者，揑造閨門曖昧不明之事，如或謂陳平‘盜嫂’之類。人主聽之，不覺其讒，而君子漸不見信，至於終身不能復振矣。此詩《傳》語甚精，弗可改易也。”

“人之爲言。”“舍旃舍旃。”《箋》云：“爲言，謂爲人爲善言以稱薦之，欲使見進用也。‘旃’之言‘焉’也，舍之焉，舍之焉，謂謗訕人，欲使見貶退也。”

焯案：《經義述聞》云：“《白帖》‘詐僞類’引此作僞言。《晉語》曰：‘僞言誤衆。’是其義。”胡氏《後箋》云：“《傳》以首陽幽辟喻無徵，夫無徵之言，必偽言也，則毛意似當作偽言，與鄭義異。”焯謂《釋文》引或本爲作“偽”，而以“爲”非，不知或本實合《傳》義也。又案《詩本義》云：“‘人之爲言’四句，以文意考之，本是述一事，而鄭分爲二，其下文再舉‘人之爲言’，而不舉‘舍旃舍旃’，知非二事矣。”此說是也。

“苟亦無信。”“苟亦無然。”《傳》：“苟，誠也。”《箋》云：“苟，且也。且無信受之，且無答然。”

焯案：胡氏《後箋》云：“毛意以‘苟’爲決詞。蓋‘然’者是也，‘無然’者，無是也。上言人之偽言誠亦無可信矣，當舍之，當舍之，誠亦無是事理也。三章皆繼之以‘無然’者，則直斷其無是，如此，則人之偽言何得施其伎哉？此真止讒之法也。鄭訓‘苟’爲且，訓‘然’爲答，謂‘且無信受之，且無答然’。後儒因謂人言當舍，亦且無據舍之，而徐以待其審察，則是猶豫狐疑，聽讒之根尚伏，幾何不復爲讒人之所中哉。故知訓苟爲‘誠’，《傳》義確不可易。”

卷　四

秦

車　鄰

“今者不樂，逝者其耋。”《傳》：“耋，老也。八十曰耋。”《箋》云：“今者不於此君之朝自樂，謂仕焉而去仕他國，《考文》一本及敦煌寫本“焉”下有“也”字，下“仕”作“在”。其徒自使老，言將後寵禄也。”

焯案：此詩爲秦仲始有車馬禮樂，秦人極言其樂之辭。逝謂年歲之逝，言時易去而老也。此與《唐風》“今我不樂，日月其除”語意正同。古人言樂者，每及於日月易逝，壽命無常，後世《樂府》詩辭中亦多有之。《箋》以樂爲“仕”，以逝爲“去國”，蓋泥詩有“未見”“既見”之辭，而未審其徒爲形容語耳。

駟　驖

“六轡在手。”《箋》云：“四馬六轡，六轡在手，言馬之良也。”

焯案：《大叔于田》“兩驂如手”《傳》云：“進止如御者之手。”此詩云“六轡在手”，意與彼同。上句“駟驖孔阜”，言馬之善，此句則形容御者之良耳。《孔疏》强申鄭説，謂“在手言不假控制，故爲馬之良”，非也。嚴氏《詩緝》云：“此謂把握其轡，能制馬之遲速，惟手之是聽。”是矣。

黄　鳥

“交交黄鳥，止于棘。”《傳》：“黄鳥以時往來得其所，人以壽命終，亦得其所。”《箋》云：“黄鳥止于棘，以求安己也，此棘若不安，則移。興者喻臣之事君亦然。今穆公使臣從死，刺其不得‘黄鳥止于棘’之本意。”

焯案：張汝霖云：“此詩爲哀悼三良而作，‘壽終’‘得所’之興，爲切當時事言。交交之黄鳥尚止于棘而得所，今誰從穆公而死者乎？我子車氏之奄息也，深傷之，言人命不如黄鳥也。若推本於臣子事君之理，則《經》第云‘交交黄鳥，止于棘’，何嘗有不安則移之意耶？鄭之此説，是推而得之，非詩之本意。”

“人百其身。”《箋》云：“人皆百其身，謂一身百死猶爲之。”

焯案：俞氏《平議》云：“《經》言百其身，不言百其死，《箋》義非也。此其字仍以三良言，首章謂奄息也。穆公以奄息從死，奄息止一身耳，若可贖之，則人願百倍其身以贖之，謂以百人從死亦所甘也。上云‘維此奄息，百夫之特’，是奄息之德足以匹百夫，故願以百夫代之，兩‘百’字正相應。解爲一身百死，失其旨矣。”

晨　風

“如何如何，忘我實多。”《傳》：“今則忘之矣。”《箋》云：“此以穆公之意責康公，如何如何乎，女忘我之事實多。”

焯案：詩中我字當指賢者言之。胡氏《後箋》云：“上文‘未見君子，憂心欽欽。’《傳》云：‘思望之，心中欽欽然。’此云今則忘之矣。兩‘之’字相承，明指賢者而言，思謂穆公思之，忘謂康公忘之。《箋》云假穆公之意責康公之忘己，此泥於《序》文‘忘’字之故。其實《序》言‘忘穆公之業’，乃作詩大旨，非即指詩中忘字也。《韓詩外傳》及《説苑·奉使篇》載趙倉唐對魏文侯引此詩，意以君父忘其臣子。若如《箋》義，倉唐何能誦之？以諷文侯之忘其子，雖曰斷章，亦言之不順矣。”焯謂劉子政習《魯詩》，是韓、魯二家之義亦同於毛。《箋》泥《序》爲説，蓋與毛及三家皆不合也。

無　衣

“豈曰無衣，與子同袍。”《傳》：“興也。上與百姓同欲，則百姓樂致其死。”《箋》云：“此責康公之言也。君豈嘗曰女無衣，我與女同袍乎？言不與民同欲。”

焯案：《唐風》“豈曰無衣七兮”，彼文正與此同。“豈曰無衣”者，言有衣也。彼非無衣，但以請命爲重，知此亦非無衣，但以同袍爲親耳。《箋》於此異解者，顧《序》“刺秦君好攻戰，亟用兵，而不與民同欲”之語。然《序》所云，是推本詩人之意，不必定爲詩辭所有，蓋詩爲反言，《序》則正言也。至《孔疏》引王肅云：“豈謂子無衣乎？樂有是袍，與子爲朋友，同共弊之。以興上與百姓同欲，則百姓樂致其死，如朋友樂同衣袍也。”胡氏《後箋》云：“毛以上二句爲興者，謂以同袍興同仇耳，不必定以朋友興君上也。王肅云云，恐非毛意。”

“與子同仇。”《傳》：“仇，匹也。”《箋》云：“怨耦曰仇。”

焯案：胡氏《後箋》云：“毛、鄭於《詩》‘仇’字義皆各異。此《傳》以‘仇’爲匹者，蓋謂同仇即同伍，首章‘同仇’，謂聯爲軍伍。次章‘與子偕作’《傳》云：‘作，起也。’‘作’如《小司徒》‘田與追胥竭作’之作，謂振起師旅。末章‘與子偕行’《傳》云：‘行，往也。’此則結隊前行也。三章詞意相承，軍興次弟如此。《箋》以‘仇’爲‘讎怨’之‘讎’，義自可通，但與下二章‘偕作’‘偕行’語意不相類耳。”

權　輿

“於我乎，夏屋渠渠。”《傳》：“夏，大也。”《箋》云：“屋，具也。渠渠猶勤勤也。言君始於我厚，設禮食大具以食我，其意勤勤然。”

焯案：《傳》不解“屋”，宜謂屋宅。《檀弓》“見若覆夏屋者矣”，此詩夏屋當與之同。王逸《楚辭·招魂章句》云：“夏，大屋也。”《九章章句》云：“夏，大殿也。”皆引此詩。王延壽《魯靈光殿賦》“揭蘧蘧而騰湊”，李善《注》引崔駰《七依》曰：“夏屋蘧蘧，高也，音渠。”渠蘧字通。又《淮南·本經訓》高誘注：“夏屋，大屋也。”王、高皆習《魯詩》，是《魯》訓與毛同。王肅述毛云：“屋則立之於先君，食則受之於今君，故居大屋而食無餘。”其以屋爲屋宅，是也。《孔疏》申鄭，以“下章始則四簋，今則不飽，皆説飲食之事，不得言屋宅，故謂禮物大具”。實則古人行文，未必如此拘執。如《齊風·還》首章言《兩肩》，次章言“兩牡”，末章言“兩狼”，以專名通名相次爲用。陸農師謂“以狼列後，不知肩牡是何獸”，亦由以後人行文之法繩古人之文，遂不覺其疐礙也。

陳

宛　丘

“子之湯兮。”《傳》：“子，大夫也。”《箋》云：“子者，斥幽公也。”

焯案：《孔疏》云：“毛以此《序》所言是幽公之惡，《經》之所陳是大夫之事，由君身爲此惡，化之使然，故舉大夫之惡以刺君。鄭以《經》之所陳即是幽公之惡，《經》《序》相符也。”胡氏《後箋》云：“詩中就事指陳，而《序》則推求原本者，往往有之。如此及《東門之枌》皆言士大夫之淫荒，而實幽公風化之所行，正所謂一國之事繫一人之本者，未可謂《傳》與《序》異。”陳氏《傳疏》云：“《序》刺幽公，《傳》以子斥大夫者，以下篇子仲爲陳大夫，與此相類。風化之所行，由於幽公之淫荒昏亂，斥大夫即以刺幽公，兩詩一意也。”焯謂胡、陳二君之説皆能融會《序》《傳》之意。可無泥《序》，而謂《經》中之子爲指幽公也。

東門之枌

“穀旦于差，南方之原。”《傳》：“穀，善也。原，大夫氏。”《箋》云：“旦，明。于，曰。差，擇也。朝日善明，曰相擇矣，以南方原氏之女可以爲上處。”

焯案：《釋文》：“差，王音嗟，《韓詩》作嗟。沈云：毛意不作嗟。案毛無改字，宜從鄭讀。”焯謂《韓詩》“差”作“嗟”，或由古字通用，未必即爲“嗟”義。沈云毛不作“嗟”，陸云宜從鄭讀，是也。惟鄭訓“差”爲“擇”，《孔疏》申之，以爲擇意相擇，則是男子擇女，似有未合。此當用宋儒説，以爲“擇日”。蓋《經》言“穀旦于差”者，即差此穀旦，特倒文以便韻耳。此章之意，謂南方原氏之女惟候此良辰，縱其淫樂，而不勤舊業，故下疾之云：“不績其麻，市也婆娑。”如依鄭義，以爲男往擇女，則止下二句就女言，於文勢多一折，反爲不順矣。馬瑞辰據《韓詩》“差”作“嗟”，因謂“于”爲“吁”之消，此詩“于差”即“吁嗟”。古者巫之事神，必吁嗟以請，詩刺陳風好巫，故云。焯謂好巫不必即爲好淫，且吁嗟祈雨與“不績其麻，市也婆娑”有何關涉？馬氏欲彌縫其説，並謂三章“于逝”即“吁噬”。易字解《經》，妄相牽附，殊無足取爾。

衡　門

“泌之洋洋，可以樂飢。”《傳》：“泌，泉水也。洋洋，廣大也。樂飢，可以樂道忘飢。"《箋》云："飢者，不足於食也。泌水之流洋洋然，飢者見之，可飲以瘵飢。以喻人君慤愿，任用賢臣，則政教成，亦猶是也。"

焯案：此詩下二句與上二句互相承，"可以樂飢"非單承"泌之洋洋"，與上"衡門之下"句亦相承。詩意託謂賢者處衡門之下，或觀泌水之洋洋，可以游息於其間，而樂道忘飢也。《韓詩外傳》二：子夏曰："雖居蓬户之中，彈琴以詠先王之風，有人亦樂之，無人亦樂之，亦可以發憤忘食矣。詩曰：'衡門之下，可以棲遲。泌之洋洋，可以瘵飢。'"其云發憤忘食，即詩"樂飢"之意。雖於樂飢作瘵飢，字異而大意實同。《箋》謂"泌水之流洋洋然，飢者見之，可飲以瘵飢"，蓋據三家《詩》本而誤解。非惟水不可以瘵飢，即詩意本無謂賢者飲之之事也。

東門之楊

"東門之楊，其葉牂牂。"《傳》："興也。牂牂然盛貌。言男女失時，不逮秋冬。"《箋》云："楊葉牂牂，三月中也。興者喻時晚也，失仲春之月。"

焯案：毛以秋冬爲昏之正時，故云"男女失時，不逮秋冬"。鄭誤會《周官》"媒氏"文，又誤解《匏有苦葉》"士如歸妻，迨冰未泮"之語，遂以昏姻之月惟在仲春。此以"牂牂"爲"三月中"者，乃自圓其"仲春"之説。然即二月，楊葉亦未始不盛，何得沾沾於此數日間，而遂以爲失時乎？

"昏以爲期，明星煌煌。"《傳》："期而不至也。"《箋》云："親迎之禮以昏時，女留他色，不肯時行，乃至大星煌煌然。"

焯案：此詩與《鄭》之《丰》略同。彼云刺亂，此云刺時。昏姻失時，男女多違，其故似非一端，《箋》於《丰》云，“時不送則爲異人之色”，於此云，“女留他色，不肯時行”，此皆臆度之語，未必盡合實事。姜氏《廣義》云：“此亦未即是淫女，或以勢利寒盟，以他故爽約，則父母之命難憑，媒妁之言莫據，故詩人述其言以刺時也。”

防有鵲巢

“防有鵲巢，邛有旨苕。”《傳》：“興也。防，邑也。邛，丘也。苕，草也。”《箋》云：“防之有鵲巢，邛之有美苕，處勢自然。興者喻宣公信多言之人，故致此讒人。”

焯案：鄭以防樹之有鵲巢，邛丘之有美苕，爲處勢自然。然后章云“中唐有甓”，語氣與前章一致。夫寘甓於中唐，非必有自然之勢，是知鄭義仍有未安者。此詩首二句蓋以反興“誰侜予美”句，而非以比讒人。胡氏《後箋》云：“詩蓋云邑中之樹有鵲巢，則仰而可見者也。邛上之草有旨苕，則俯而可見者也。中庭之督有瓴甋，則近而易見者也。邱中之地有旨鷊，又遠而易見者也。俯仰遠近苟無所蔽，則皆能見之，誰歟誑惑壅蔽我所美之人，令其多所不見？而我憂讒畏害之心，能不忉忉惕惕乎？”焯謂此解雖未必便合詩意，然較《箋》義實爲圓通。

株　林

“匪適株林，從夏南。”《箋》云：“匪，非也。言我非之株林從夏氏子南之母爲淫泆之行，自之他耳。觝拒之辭。”

焯案：此詩上二句是正問，此二句是反詰。《正義》引王肅云：“言非欲適株林從夏南之母，反覆言之，疾之也。”此深得詩意。鄭以此二句爲詩人設爲靈公觝拒之辭。吕氏《詩記》析之云：“靈公君臣相戲於朝，猶不知恥，亦何觝拒之有。”

澤陂

“彼澤之陂，有蒲與荷。”《傳》：“興也。陂，澤障也。荷，芙渠也。”《箋》云：“蒲，柔滑之物。芙蕖之莖曰荷，生而佼大。興者蒲以喻所説男之性，荷以喻所説女之容體也。正以陂中二物興者，喻淫風由同姓生。”

“有美一人，傷如之何。”《傳》：“傷無禮也。”《箋》云：“傷，思也。我思此美人，當如之何而得見之。”

焯案：此篇全爲感傷之辭，其所感傷之事，則盡在言外。首二句言澤陂之蒲荷尚能生得其處，以興吾人之生反不能得其時。其以蒲荷取興，亦猶《鄭風》“山有扶蘇”以扶蘇、荷華取興。蒲荷或詩人自喻，或以喻國中之賢者，非以喻男女也。下文“有美一人，傷如之何?”《傳》云：“傷無禮也。”無禮當指《株林》、《月出》等篇，非就此篇每章前三句言之。又“傷如之何”句緊接“有美一人”，則《傳》所云“傷無禮”者，即上句之美人，非别有人傷此美人，美人以指貞臣正士，非指女子言也。《箋》既以美人爲男所説之女，而《孔疏》申毛，又以此美人爲“不能自防以禮”之人，非也。揆鄭之以蒲荷爲指男女，又訓傷爲“思”，爲思得此女者，以《序》云“刺時，言靈公君臣淫於其國，男女相説，憂思感傷”，故以詩之全篇皆爲男女憂思感傷之語。不知憂思感傷，自詩人作爲此詩之意。“靈公君臣淫於其國”句，則就《株林》言之。“男女相説”句，就《東門之枌》、《月出》等篇言之。亦猶《關雎序》“憂在進賢，不淫其色，思賢才，而無傷善之心”諸語，係就後篇《卷耳》而言，非單就《關雎》言之也。竊謂子夏序《詩》，雖於每篇各有專義，但其論一國之事，於有關涉者，行文勢必互相牽屬，故有此篇之義而見於彼篇，有前篇所未言，而於後篇言之者。若夫子删詩，篇雖錯出，義實一貫。子夏親承其教，故序《詩》時，或分言其義，或總陳其旨也。自鄭君執守《序》義，拘牽附合，後之説此篇者，或以爲男之思婦人，或以爲女之思男子，紛紛解説，於詩之本義實無一當，於是《澤陂》與《溱洧》齊觀矣。焯又案《箋》云："正以陂中二物興者，喻淫風由同姓生。"《正義》不言同姓之故。胡氏《後箋》云："《箋》意蓋因《序》言'靈公君臣淫於其國'，靈公乃宣公曾孫，御叔爲宣公之孫，於靈公爲從祖父，靈公淫於夏姬，是爲瀆倫，孔寧亦稱公孫寧，是靈公同姓，故《箋》有同姓之説，然於興意爲鑿，亦未合《經》旨也。"

"有蒲與蕑。"《傳》："蕑，蘭也。"《箋》云："蕑當作蓮。蓮，芙蕖實也。蓮以喻女之言信。"

焯案：《鄭風·溱洧》："方秉蕑兮。"《傳》云："蕑，蘭也。"《釋文》引《韓詩》云："蓮也。"此《箋》易《傳》，訓蕑爲蓮，係本《韓詩》。所以從韓者，以蓮與荷、菡萏，皆屬芙蕖，意在三章一律，其實詩意不必然也。至以蓮"喻女之言信"，末章以菡萏"喻女之顔色"，皆非詩義。

檜

素　冠

"聊與子同歸兮。"《傳》："願見有禮之人，與之同歸。"《箋》云："聊猶且也。且與子同歸，欲之其家，觀其居處。"

焯案：胡氏《後箋》云："歸當讀如'吾誰與歸'之歸。孔子曰：

‘慎終追遠，民德歸厚矣。’詩蓋言欲得行三年喪之人，與之同歸於厚。下文‘聊與子如一’，猶言與之一志同心行此禮，以救敝俗耳。《箋》以爲歸其人之家，固泥；《正義》釋《傳》，又謂‘同歸己家’，觀末章《傳》引子夏、閔子騫事，以過不及者皆當一之以禮，知上文‘同歸’必非歸家之謂。《箋》以‘如一’爲與之居處觀其行，亦非。”

隰有萇楚

“夭之沃沃，樂子之無知。”《傳》：“夭，少也。沃沃，壯佼也。”《箋》云：“知，匹也。疾君之恣，故於人年少沃沃之時，樂其無妃匹之意。”

焯案：此篇“夭之沃沃”句，自仍指萇楚言。《箋》以謂“人年少沃沃之時”，語意迂曲，於文勢不順。“夭”當讀如《禹貢》“厥草惟夭”之夭。毛訓夭爲“少”，沃沃爲“壯佼”，意在形容萇楚之枝與華實，未必如《箋》義，謂人之少壯佼好也。末句“子”字，朱子謂指萇楚，甚當。胡承珙疑以“子”指萇楚，則“無家”“無室”語意難通。愚謂詩人寄情之作，物事可以活用。此章末句云“無知”，實通下二章“無家”“無室”爲言，蓋謂萇楚少而壯佼，而不知有男女室家之事，樂其如是，正所以疾檜君之淫恣而弗能如是也。

曹

鳲　鳩

“正是四國。”《傳》：“正，是也。”《箋》云：“正，長也。從段玉裁校本。執義不疑，則可爲四國之長，言任爲侯伯。”

焯案：《吕覽·先己篇》："昔者先聖王成其身而天下成，治其身而天下治。故善響者不於響，於聲；善影者不於影，於形；爲天下者不於天下，於身。《詩》曰：'淑人君子，其儀不忒。其儀不忒，正是四國。'言正諸身也。"《荀子·富國篇》："人皆亂，我獨治。人皆危，我獨安。人皆失喪之，我按起而治之。故仁人之用國，非特將持其有而已也，又將兼人。《詩》曰：'淑人君子，其儀不忒。其儀不忒，正是四國。'此之謂也。"胡氏《後箋》云："據此引詩，皆謂正身以正國，與《毛傳》訓'正'爲'是'義同。毛義甚精，不必改訓爲'長'也。"

下　泉

"四國有王。"《傳》："諸侯有事，二伯述職。"《箋》云："有王，謂朝聘於天子也。"

焯案：胡氏《後箋》云："《傳》云'諸侯有事'，是'四國有王'，言四國有勤王之事，凡會盟征伐皆是，而朝聘亦在其中。《商頌》'莫敢不來王'，《左傳》'宋公不王'，《國語》'荒服者王'，此謂朝覲也。襄十九年《左傳》云，'以蕃王室，王事無曠'，則凡勤王之事，所包者廣矣。惠周惕《詩説》曰：'《下泉序》謂共公，共公於魯僖九年即位，是時齊桓始霸，挾天子以令諸侯。凡齊桓會盟，共公幾於無歲不往。自晉文入曹之後，終共公世不與會盟。而曹遂自比不振，宜其思王與郇伯也。'"

豳

七　月

《序》云："《七月》，陳王業也。周公遭變，故陳后稷先公風化之所由，致王業之艱難也。”《箋》云：“周公遭變者，管、蔡流言，辟居東都。”

焯案：《書·金縢》：“武王既喪，管叔及其羣弟乃流言於國曰：‘公將不利於孺子。’周公乃告二公曰：‘我之弗辟，我無以告我先王。’周公居東二年，則罪人斯得。”鄭君以居東爲辟居東都，王肅以居東即東征，今謂王説是也。莊述祖《周頌口義》云：“鄭所謂東都者，當指洛邑。惟《康誥》曰：‘周公初基，作新大邑于東國洛。’明三監畔之時，尚無洛邑也。”孔氏此《疏》引王肅《金縢注》：“武王九十三而崩以冬十二月。其明年稱元年，周公攝政。遭流言，作《大誥》而東征。二年克殷，殺管、蔡。三年而歸。或曰：《詩序》三年而歸，此言居東二年，其錯何也？曰：《書》言其辠人斯得之年，《詩》言其歸之年也。”《正義》云：“《金縢》云武王既喪，即云‘管、蔡流言，周公居東’，則是武王崩，管、蔡即流言，周公即東征也。”馬氏《通釋》云：“《金縢》：‘周公居東二年，則罪人斯得。’《某氏傳》：‘周公既告二公，遂東征之。’是以公之居東即東征矣。按《史記·周本紀》云：‘周公攝行政當國，管叔羣弟疑周公。’謂流言也。即繼言‘與武庚作亂畔周’，則畔與流言相去不遠。又《書序》云：‘武王崩，三監及淮夷叛，周公相成王，將黜殷，作《大誥》。’以三監之叛繫之武王崩後，亦叛與流言相去不遠之證。《史記·魯世家》流言與叛雖先後分敘，然云‘管、蔡、武庚等果率淮夷而反’，亦明其去流言無幾時耳。則周公東征，固不得遲至成王迎公後也。”章太炎説《金縢》篇成王疑周公事云：“‘居東二年，罪人斯得’，即《逸周書·作雒》篇所謂‘二年作師旅，臨衛攻殷，殷大震潰，王子禄父北奔，管叔經而卒，乃囚蔡叔于郭凌’也。説《書》者自太史公而外，多以‘罪人斯得’爲知流言所自起，非謂克殷得管、蔡，既與《作雒》篇相戾，又謂罪人既得，乃返鎬京而作《大誥》。身在兵間，可一日動耶？案《金縢》稱‘周公告二公曰：我之弗辟，我無以告我先王’，蓋欲推流言所起也。《大誥》稱‘今蠢'，稱'朕誕以爾東征'，則三監之叛已聞，乃率諸侯征之也。其事不過在數月間，無闊遠至數歲理。據《作雒》篇，武王崩在十二月，其葬在明年六月，中間七月，則流言與叛先後足得相容矣。"焯謂馬、章二説，足證成王肅"居東即東征"之義。鄭必分爲二事者，以《金縢》云"我之弗辟"，依馬融讀"辟"爲"避"，故解爲避居東都。據《説文》"辟"作"擘"。"辟"部云："擘，治也。《周書》曰：'我之不擘。'"辟、擘義通，蓋謂治流言所起耳。東晉《孔傳》作"辟，云法也"，亦謂以法治之。許君書用孔氏，宜爲古文舊説，固不必依馬氏解也。《史記》亦以辟爲避。然是謂武王崩，成王幼，故弗避攝政之嫌，與馬、鄭異義。若以當日情事言之，避居之説，尤覺未合。今考《金縢》，言"管叔及其羣弟流言于國"，則首惡者管叔，從惡者羣弟也，罪人之所在，已自曉然，何待周公居東二年，始知罪人在管、蔡耶？況遲之又久，至二年後，成王解悟，知罪人在管、蔡，何不即迎公歸，而必俟雷風之變耶？惟公因流言起，而不顧嫌疑，握兵東征，故成王不能釋然，欲誚公而未敢耳。若公聞流言而引避，成王又知罪人在管、蔡，於後公乃爲詩貽王，王何爲尚欲誚公耶？且《鴟鴞》言"既取我子"，則詩作於既誅管、蔡之後明矣。以詩爲既誅管、蔡，則周公無避居東都之事矣。夫流言既起，事涉嫌疑，庶幾辭權謝勢，身不在朝，而不利之謗自息，故姑避於外，以聽功罪之所歸者，固賢人守節之常，而非所論於聖人之達節也。曹粹中《放齋詩説》云："武王與周公共致天下，方集大統，以全盛之神器付之孺子，以有周公故也。而羣叔挾仇敵外叛，將復反鄙我周邦，周公任其顧託，豈當畏避小嫌，坐視宗社之顛覆哉？其曰'我之弗辟，我無以告我先王'，蓋言先王以此顧託於我，我不討定其亂，則無以告我先王。苟爲避之而已，何用告我先王？而東山之役，又何用戰士爲哉？"汪中《周公居東證》云："果若流言一至，公即避位，流言再至，公得不殺身乎？釋萬乘之國，而爲匹夫以遯於野，一死士之力足以制之，是豈不爲之寒心哉！公之既出，此二年中，宫府之事竟將誰屬，使二公可代，則周公始之亦將不攝，況管、蔡能以流言間公，其不能以流言間二公乎？此又進退無據者也。當成王之立，朝野晏然，三叔輒思動摇王室，及宗臣釋位，國釁已生，乃俯首帖耳，圜視不動，待至三年而後反，非其理也。”焯謂曹、汪二氏之論當矣。鄭意或以周公初聞流言，不容遽興問罪之師。又《書》云“居東”，不云東征，故以避居解之。夫邪謀既播，兵禍即興，公寧可於此時引嫌避位，以墮奸人之計乎？意公聞流言之日，已知二叔作亂之心，便即提師東行，以爲鎮懾，及其逆跡既著，遂昭天討之威，自聞流言至誅管、蔡，即在此二年之中，《書》不云東征而曰居東者，蓋與詩言“我徂東山”同義，以公徂東二年之中，初猶未用師，繼則始有征伐之事，故言“居東”以統之耳。若《墨子·耕柱》篇稱：“古者周公旦非關叔，即管叔。辭三公，東處於商蓋。”《越絶書》稱：“周公傳相成王，管叔、蔡叔不知，而讒之成王，周公辭位，出巡狩于邊。”宜皆謂公暫釋相位，而專任東方之事，非必謂浮言朝播，大權夕謝也。若徒據《書傳略説》“天子太子年十八曰孟侯”諸文，及《禮》君在諒闇，三年不言，百官總己以聽於冢宰之義，斷爲周公攝政元年在武王崩後五歲，又以周公既爲太宰，武王初崩，總攝王政，自是常事，管、蔡不應流言，成王不應致疑，明是三年喪畢，周公不授王政，故有流言之事。詳《正義》。此則禮家錮蔽之見，恐非叛者之心。至於孟侯之解，本爲緯書鄙説，又未足援以爲據也。

“女心傷悲，殆及公子同歸。”《傳》：“傷悲，感事苦也。春女悲，秋士悲，感其物化也。殆，始。及，與也。豳公子躬率其民，同時出，同時歸也。”《箋》云：“春女感陽氣而思男，秋士感陰氣而思女，是其物化，所以悲也。悲則始有與公子同歸之志，欲嫁焉。”

焯案：《經》云“女心傷悲”者，蓋人情當勞苦之餘，偶興咨歎，自亦其常。作者憂念民事，其言女心之感時，正見勤民之切至，與

《東山》之勞歸士，《四牡》之勞使臣，而皆曰傷悲者，其用心實同耳。至所稱之公子，當指豳之男公子言。若如《正義》申《箋》之説，爲指女公子，則於下“爲公子裳”、“爲公子裘”有礙矣。《傳》以“秋士”挾“春女”言，只類“及”之辭，於《經》意無當也。胡氏《後箋》謂“此章求桑采蘩，專言春日蠶事之勤，故傷悲者，言勞者之作歌，同歸者，見貴人之習苦”，所言深得《經》《傳》之意。若以與女子同歸爲嫁於公子，則采蘩之女既屬衆多，已於事不合。況思歸公子不惟非女所宜自忖，於“殆及同歸”文義亦不協也。方苞説。王肅云：“豳君既修其政，又親使公子躬率其民同時歸也。”此則得《經》恉矣。

“七月鳴鵙。”《傳》：“鵙，伯勞也。”《箋》云：“伯勞鳴，將寒之候也，五月則鳴。豳地晚寒，鳥物之候從其氣焉。”

焯案：“三之日于耜。”《傳》云：“豳土晚寒。”孫毓申毛，以爲“寒鄉率早寒，北方是也。熱鄉乃晚寒，南方是也。《毛傳》言晚寒者，豳土寒多，雖晚猶寒，非謂寒來晚也”。焯謂孫毓所解，實勝《箋》寒氣晚至之説。胡氏《後箋》本《稽古編》説，以爲“七月鳴鵙”，或非舉其始鳴。“載纘武功”，亦可行於丑月。《箋》於“載纘武功”云，不用仲冬，亦豳地晚寒也。皆不足爲寒晚温晚之驗。至《正義》於《傳》、《箋》外以《月令》校之，豳地之寒晚於中國者又有六事。然如倉庚之鳴，草木之落，非一鳴而輒止，一落而遽盡，紀其始則早，詠其繼則遲，何必盡同。季秋入室，乃言出令之初，未必限於本月。嘗稻嘗麻，乃屬天子之制，豈必同於農夫。季冬取冰，即是“二之日鑿冰”，藏之或遲一月。且《月令》亦未明言藏於何月也。故當但如《傳》意，雖晚猶寒，則地氣物候皆屬可通。《正義》又以穫稻晚於中國，爲寒氣晚至。然四章又言“八月其穫”，自是穀種不同，非由於寒來晚也。

“其始播百穀。”《箋》云：“其始播百穀，謂祈來年百穀於公社。”

焯案：胡氏《後箋》云：“毛於此句無《傳》者，自不過謂經冬入春，農事方興，故當急治其屋耳。《荀子·大略》篇：‘子貢曰，賜願息耕。孔子曰：《詩》云：“晝爾于茅，宵爾索綯，亟其乘屋，其始播百穀。”耕難，耕焉可息哉！’此亦第以播百穀爲耕事耳。《毛詩》出於荀卿，當與之同。《正義》以鄭義述毛，非必得毛意也。趙注《孟子》引《詩》‘亟其乘屋，其始播百穀’云：‘及爾閒暇，亟而乘蓋爾野外之屋，春事起，爾將始播百穀矣。’其説亦與鄭異。”

“朋酒斯饗，曰殺羔羊。躋彼公堂，稱彼兕觥，萬壽無疆。”《傳》：“兩樽曰朋。饗者，鄉人飲酒也。段玉裁據《正義》補此五字。鄉人以狗，大夫加以羔羊。公堂，學校也。觥，所以誓衆也。疆，竟也。”《箋》云：“十月民事男女俱畢，無飢寒之憂。國君閒於政事，而饗羣臣，於饗而正齒位，故因時而誓焉。飲酒既樂，欲大壽無竟。”

焯案：“朋酒斯饗”，毛以爲黨正飲酒之禮。鄭以爲國君大飲烝之禮。竊謂《豳》言民事，當以《傳》義爲正。不然，則與上文滌場不相屬矣。《説文》：“饗，鄉人飲酒也。”是許義正與毛同。胡氏《後箋》云：“《七月》詩歷言豳民農桑之事，於其畢也，終歲勤動，乃得斗酒相勞，故此饗斷爲民自飲酒。《正義》引《周禮》黨正注云：‘正齒位者，爲民三時務農，將闕於禮，至此農隙而教之尊長養老，見孝弟之道也。’故謂黨正飲酒亦名鄉飲酒。公堂即黨正‘屬民而飲酒于序’之序，謂黨之序學也。《卷耳·正義》亦云：‘鄉飲酒，大夫之饗禮，饗末亦有旅酬，恐其失禮，故用觥也。’此皆善申毛義。或謂‘萬壽無疆’，當爲人臣祝君之辭。不知舉觴稱壽，乃古人飲酒之常禮。《士冠禮》祝辭有曰，‘眉壽萬年’，亦不盡爲祝君之語。況《月令注》又引作‘受福無疆’，此或據三家《詩》本，並不作‘萬壽’，亦可見‘斯饗’不必爲國君之饗臣矣。”

鴟　鴞

《序》云：“《鴟鴞》，周公救亂也。成王未知周公之志，公乃爲詩以遺王，名之曰《鴟鴞》焉。”《箋》云：“未知周公之志者，未知其欲攝政之意。”

焯案：鄭以周公攝政在武王崩後五年，以《鴟鴞》之作在管、蔡未誅以前，故云未知其欲攝政之意。據《逸周書·明堂解》、《列子·楊朱》篇、《史記·周本紀》、《魯周公》《管蔡》《宋微子》三《世家》皆云：“武王崩，成王幼弱，周公即攝政。”鄭君《金縢注》謂周公以武王崩後三年出，五年秋反而居攝，未可信也。此詩序曰“成王未知周公之志”者，言成王未知周公誅管、蔡在安定王室之志耳。鄭説此篇皆誤也。伏生《書傳》謂周公攝政一年救亂，救亂即指討管、蔡，與此《序》同。

“鴟鴞鴟鴞，既取我子，無毀我室。”《傳》：“興也。鴟鴞，鸋鴂也。無能毀我室者，攻堅之故也。寧亡二子，不可以毀我周室。”《箋》云：“重言鴟鴞者，將述其意之所欲言，丁寧之也。室猶巢也。鴟鴞言，已取我子者，幸無毀我巢，我巢積日累功，作之甚苦，故愛惜之也。時周公竟武王之喪，欲攝政，成周道，致太平之功。管叔、蔡叔等流言云，公將不利於孺子，成王不知其意，而多罪其屬黨。興者喻此諸臣乃世臣之子孫，其父祖以勤勞有此官位土地，今若誅殺之，無絶其位，奪其土地。王意欲誚公，此之由然。”

焯案：《傳》云：“寧亡二子，不可以毀我周室。”二子謂管、蔡，則以此詩爲誅管、蔡作。《書·金縢》：“周公居東二年，則罪人斯得。于後，公乃爲詩以貽王，名之曰《鴟鴞》。”東晉《孔傳》謂“周公既誅三監，而作詩解所以宜誅之意以遺之”。其説與毛義合。胡承珙依鄭説，以居東與東征爲二事，謂“此詩作於誅管、蔡前。以《經》云‘迨天之未陰雨’，曰‘或敢侮予’，皆所以防於未然，而憂其或然之詞”。不悟此詩之意，乃周公懲其前事而毖後患，爲詩以戒成王，意謂三監之亂雖除，猶當以後患爲戒，故首章言“既取我子”，次章言“或敢侮予”也。胡氏又謂：“《傳》曰‘寧亡’，曰‘不可’，皆預計之詞，非事後之語。”然《經》云“既取”，既猶已也。《傳》云“寧亡”，寧猶曾也。《邶風·日月箋》：寧猶曾也。皆言其已然，非言其未然也。至《經》云“無毁”，《傳》云“不可”，亦非事先冀其勿毁，乃事後深惡而痛斥之詞。《正義》謂《傳》以此詩爲誅管、蔡作，實深得毛意矣。胡氏又謂：“按之《金縢》，若居東已誅三監，則《鴟鴞》可以不作，成王雖至愚，何至叛人已誅，尚未能悟，而猶曰‘王亦未敢誚公’，必待風雷之變，金縢之啓，始釋然乎？《書》又曰：‘惟朕小子其新逆’，及‘王出郊，天乃雨，反風’云云，夫風雷一時之事，若東征班師而歸，則商、奄去鎬京不啻千里，安能立刻迎還，令王出郊相見乎？”焯謂成王既因流言而疑周公，當公之誅二叔，自王視之，必以爲翦除異己，厚集威力，如後世莽、卓之爲，於是疑公之意轉深，懼公之心益甚，故公作是詩以自解，王猶欲誚之而未敢也。鄉非有風雷之變，金縢之啟，將見王之疑忌滋深，何云釋然乎？至《書》云“新逆”，本爲遣使相迎。其云“出郊”，原是祭天之禮。今徒據馬、鄭之説，未必即合《書》義。且即依所言，安見風雷之事不適當周公還師鎬京之日乎？至鄭注《金縢》，謂“罪人斯得”爲周公之屬黨爲成王所得，此《箋》則謂成王不知周公之意，而多罪其屬黨，王肅既已駁之。説詳《正義》。或謂鄭所以爲是説者，蓋以《大誥序》云：“三監及淮夷叛，周公相成王，將黜殷，作《大誥》。”《大誥》作於《金縢》之後，於是始有東征之事，則知《金縢》所稱“罪人斯得”，非指誅管、蔡言。又以居東之時尚未興師，不應有捕得管、蔡之事。竊謂鄭以居東非東征，前既已論之矣。至《金縢》

列於《大誥》之前，特以其前文著周公納册金縢之事，其“武王既喪”以下諸文，自叙周公誅伐管、蔡始末，特因武王之喪并見之。而《大誥》之作，惟在周公納册金縢之後，非當成王啟金縢之書之後也。夫鄭君解詩，往往顧《序》爲説，乃於此篇獨標異解。今此《序》云“救亂”，果如《箋》説，則全詩皆爲周公自救其屬黨，何得謂之救亂乎？又首章云“鴟鴞鴟鴞”，乃周公託爲有鳥呼鴟鴞而告之，辭氣與《魏風》之“碩鼠碩鼠”，《小雅》之“黄鳥黄鳥”同。胡承珙説。鴟鴞以比武庚，非周公自謂。《箋》意竟以鴟鴞以下爲周公所自言，鴟鴞即周公之自比，是於詩之辭氣且不合矣。

“恩斯勤斯，鬻子之閔斯。”《傳》：“恩，愛。鬻，稚。閔，病也。稚子，成王也。”《箋》云：“鴟鴞之意殷勤於此，稚子當哀閔之。此取鴟鴞子者，指稚子也。以喻諸臣之先臣亦殷勤於此，成王亦宜哀閔之。”

焯案：此乃周公託爲鳥言以語鴟鴞。實意則云：我所以殷勤愛惜於王室者，爲主少國疑，值兹禍變，足以病我稚子王故也。上言“既取我子”，指武庚之誘管、蔡。此言“鬻子之閔斯”，指武庚三監之病成王。《箋》説全非詩意。

“今女下民，或敢侮予。”《箋》云：“我至苦矣。今女我巢下之民，寧有敢侮慢欲毁之者乎？意欲恚怒之。以喻諸臣之先臣固定此官位土地，亦不欲見其絶奪。”

焯案：《書序》云：“成王既黜殷命，殺武庚，命微子啟代殷後，作《微子之命》。”“唐叔得禾，異畝同穎，獻諸天子，王命唐叔歸周公于東，《史記》云：歸周公於兵所。作《歸禾》。”《逸周書·作雒解》云：“周公立，相天子。三叔及殷，東徐奄及熊盈以畔。二年，作師旅，臨衛攻殷，殷大震潰，王子禄父北奔，管叔經而卒，乃囚蔡叔于郭凌，凡所征熊盈族十有七國，俘維九邑，俘殷獻民，遷于九畢。”據此，則周公既平三監，仍留東方，進而謀伐奄之事。《鴟鴞》之作，蓋當平三監之後，奄與五十國未滅之前，故詩意首言二子宜誅，不可以親親之故廢大義，冀以解成王之疑。繼則言殷蠢雖殄，奄與五十國未定，建侯衛，營成周，制禮作樂之事未及施行，猶之室家未固，漂摇風雨，正綢繆拮据之時，不可以巢幕處堂，自謂無患，故曰“今女下民或敢侮予，曰予未有室家”也。如鄭所説，匪特於事實不合，即以下民爲喻成王，於立言亦嫌不順矣。

“予室翹翹，風雨所漂摇。”《箋》云：“巢之翹翹而危，以其所託枝條弱也。以喻今我子孫不肖，故使我家道危也。風雨喻成王也。”

焯案：《文選》陳琳《檄吴將校部曲》李注引《韓詩》云：“鴟鴞所以愛養其子者，適以病之，不知托於大樹茂枝，反敷之葦蔄。”推《韓詩》意，蓋以鴟鴞爲小鳥，與毛義殊。胡承珙云：“三章《傳》云‘手病口病，故能免乎大鳥之難’，《經》中並無大鳥字，則所謂大鳥，即指鴟鴞。難即指取子毁室也。”《鄭箋》本之，故於首章云鴟鴞自述其意，於此章云“所託枝條弱”，然不如毛義爲合詩意也。又鄭以此篇爲周公自救其屬黨，王肅駁之，謂考之《經》《傳》内外，皆無其據，詆鄭爲横造此言。竊謂鄭果有所據，博達如子雍，不容不見。即如所説，已自有不相應者。如《箋》於此詩次章以爲“喻其屬黨之先臣，積日累功，以固定此官位與土地”，而於末章又云，“今子孫不肖，使家道危”。夫《尚書注》既言“閔其屬黨無罪將死”，而此云“不肖”，可得謂之“無罪”乎？若夫以“風雨”爲喻成王，又其謬戾之一端矣。

東　山

“我東曰歸，我心西悲。”《傳》：“公族有辟，公親素服，不舉樂，爲之變，如其倫之喪。”《箋》云：“我在東山常曰歸也，我心則念西而悲。”

焯案：《正義》云："《箋》以此爲勞歸士之辭，不宜言己意，故易《傳》。孫毓云：'殺管叔在二年，臨刑之時，素服不舉，至於歸時，踰年已久，無緣西行而後始悲，《箋》説爲長。'"胡氏《後箋》云："《鴟鴞》、《東山》二詩，皆未嘗明言其事，蓋周公於骨肉之變，有不忍言者，故鴟鴞但託鳥言以述其艱難危急之情，而不及流言之故，惟於'既取我子'一句微露其詞。《東山》但爲軍士歷敘其勞苦思念之事，而不及定亂之由，惟於'我心西悲'一句略致其意。《傳》引《文王世子》解《經》'西悲'，《吕記》謂其'能知周公之心'。《箋》以爲軍士在東'念西而悲'，説固可通，於義淺矣。孫毓申之，謂'踰年不必西悲'，拘滯尤甚。"焯謂周公雖以大義滅親，乃其心不無隱痛，當振旅言旋之日，溯作師伐叛之時，雖有衛於王家，究推刃於同氣，悲慚感集，正在此時。《傳》因緣前事，引《文王世子》解之，誠深識其情矣。

"制彼裳衣，勿士行枚。"《箋》云："女制彼裳衣而來，謂兵服也。亦初無行陳銜枚之事，言前定也。《春秋傳》曰：'善用兵者不陳。'"

焯案：詩意，此下爲勞歸士之辭。云"制彼裳衣"，謂其可御裳服而釋介胄，云"勿士行枚"，喜今之不事戰陣耳。《序》云"一章言其完"者，謂免於死亡，而得與室家相完聚也。鄭解裳衣爲"兵服"，既以西歸之事爲東來之時，又誤會《序》"言完"之意，謂"初無行陳銜枚之事"，恐非當日之實事也。

"不可畏也？伊可懷也。"《箋》云："懷，思也。室中久無人，故有此五物，是不足可畏，乃可爲憂思。"

焯案：不可畏，乃故作疑問詞，正言其可畏耳。蓋言室久無人，户宇荒穢，可畏亦可懷也。《箋》義失之。

“有敦瓜苦，烝在栗薪。”《傳》：“敦猶專專也。烝，衆也。言我心苦事又苦也。”《箋》云：“此又言婦人思其君子之居處，專專如瓜之繫綴焉，瓜之瓣有苦者，以喻其心苦也。烝，塵。栗，析也。言君子又久見使析薪，於事尤苦也。古者聲栗裂同也。”

焯案：《釋文》：“栗，毛如字。鄭音列。《韓詩》作蓼，力菊反，衆薪也。”段玉裁云：“《廣韻》蓼，同‘蓼蕭’、‘蓼莪’之蓼。《毛》意此二句於六詩爲比。内而心苦，外而事苦，正如衆苦瓜之繫於栗薪，合之《韓詩》，亦無析薪之意。《箋》以瓜苦爲比，析薪爲賦，失毛意而非詩意矣。”胡氏《後箋》云：“《傳》於‘烝在桑野’云：烝，寘也，此又云烝，衆也。語同而訓異者，蓋彼當獨宿車下之時，蠋爲在野之所見，故當念其久。此承‘我征聿至’之後，瓜爲在家之所見，故不言久而言衆。婦人見瓜之繫綴於栗薪，猶征人之繫屬於軍旅，瓜瓣之苦，既似征人之心苦，繫綴之形，又似從軍之事苦，《傳》意如此。《韓詩》謂蓼薪爲衆薪，單行《釋文》本衆又作聚。薪衆，則在薪者必非一瓜，是《韓詩》亦當以烝爲衆也。”焯謂毛於栗雖無訓，但已訓烝爲衆，指言衆瓜，瓜衆則所繫之薪亦必衆，其以栗薪爲衆薪，當與《韓詩》以蓼薪爲衆薪同。《箋》以栗裂聲同，裂析義同，訓栗爲析，原自有本。蓋薪由析取而致衆多，析薪猶聚薪積薪爾。惟謂婦人所思之君子見使析薪，則非詩意也。

“倉庚于飛，熠燿其羽。”《箋》云：“倉庚仲春而鳴，嫁取之候也。熠燿其羽，羽鮮明也。歸士始行之時，新合昏禮，今還，故極序其情以樂之。”

焯案：《周禮》媒氏《賈疏》引孔晁申王肅云：“熠燿其羽，喻嫁娶之盛飾，非紀時。”胡氏《後箋》云：“此説甚是。《東山》一篇所紀時物，如‘伊威’、‘蠨蛸’、‘熠燿’及‘果臝’、‘苦瓜’之類，多是夏秋，皆非春日，則此倉庚亦斷非紀仲春之時。毛於‘其新孔嘉’二句《傳》云：‘言久長之道也。’蓋謂歸士有新昏者，初來甚善，當更思所以久長之道耳。《箋》以倉庚爲紀時，而礙於全詩皆非春令，故又推本於歸士始行之時新合昏禮，迂矣。”

破　斧

“既破我斧，又缺我斨。”《傳》：“隋銎曰斧。斧斨，民之用也；禮義，國家之用也。”《箋》云：“四國流言，既破毁我周公，又損傷我成王，以此二者爲大罪。”

焯案：“斧”“斨”毛、鄭皆以爲興。朱子《集傳》以爲賦，謂爲征伐所用。嚴粲云：“詩人言兵器，必曰弓矢干戈矛戟，無專言斧斨錡銶者，然則破斧缺斨，非爲戰也。”焯謂詩意以斧斨民生常用之物，斧破斨缺，取喻近事而意則遠。以言四國作亂，廢壞禮義，而民不得遂其生也。鄭以破斧喻破毁周公，缺斨喻損傷成王。胡承珙非之，謂：“二章言缺錡，三章言缺銶，何以喻周公者不變，而喻成王者屢變乎？”此説是也。又鄭不以詩中二“我”字爲語助，以上“我”我周公，下“我”我成王，於詩義亦未協。

伐　柯

《序》云：“《伐柯》，美周公也。周大夫刺朝廷之不知也。”《箋》云：“成王既得雷雨大風之變，欲迎周公，而朝廷羣臣猶惑於管、蔡之言，不知周公之聖德，疑於王迎之禮，是以刺之。”

焯案：王肅、孫毓皆以朝廷爲斥成王，非稱羣臣，語皆詳《正義》。其説是也。鄭既泥東征在雷風之後，此復謂成王已悟，惟朝廷羣臣尚疑周公。夫以沖人猶及知公之事，寧有二公暨百執事反不明公之心者乎？況《書》明言史與百執事皆明周公，於以知鄭説之無據矣。

“伐柯伐柯，匪斧不克。”《傳》：“柯，斧柄也。禮義者，亦治國之柄。”《箋》云：“克，能也。伐柯之道，唯斧乃能之，此以類求其類也。以喻成王欲迎周公，當使賢者先往。”

“取妻如何，匪媒不得。”《傳》：“媒所以用禮也。治國不能用禮，則不安。”《箋》云：“媒者能通二姓之言，定人室家之道，以喻王欲迎周公，當先使曉王與周公之意者又先往。”

焯案：此章爲刺成王不知周公，因告王以迎公之道。《傳》意以禮義爲國家之柄，其能用禮義者，則莫如周公，今成王欲治國，舍周公而不召，惡能治其國乎？詩云伐柯宜斧，取妻須媒，與後世俚語“耕當問奴，織當問婢”意同，宋沈慶之語。《箋》説未協詩意。張汝霖云：“《毛傳》所説，與《大學》言絜矩、《中庸》言治人之旨相合。此所以三家皆亡，而毛氏獨立學官爲不朽也。”

“我覯之子，籩豆有踐。”《傳》：“踐，行列貌。”《箋》云：“覯，見也。之子，是子也。斥周公也。王欲迎周公，當以饗燕之饌行，至則歡樂以説之。”

焯案：《傳》義爲得見周公，觀其以禮治國，舉籩豆之有列，見禮法之大行。《箋》以籩豆爲王迎周公有饗燕之禮，與《伐柯》取則辭意不相聯貫矣。

九　罭

“九罭之魚鱒魴。”《傳》：“興也。九罭，緵罟，小魚之網也。鱒魴，大魚也。”《箋》云：“設九罭之罟，乃後得鱒魴之魚，言取物各有器也。興者喻王欲迎周公之來，當有其禮。”

焯案：詩意以九罭小網喻東方小邑，以鱒魴大魚喻周公大聖，言小網而得大魚，以比小邑而處大聖。《箋》説失之。《御覽》引《韓詩》説云：“九罭，取鰕，比也。”是韓亦以爲小網，與毛義同。

“公歸無所，於女信處。”《傳》：“周公未得禮也。再宿曰信。”《箋》云：“信，誠也。時東都之人欲周公留不去，故曉之云，公西歸而無所居，則可就女誠處是東都也。今公當歸復其位，不得留也。”

焯案：詩意言公歸不得復位，“無所”與下章“不復”意同。故於女東土久處。胡氏《後箋》云：“女，女東土，非與東人相爾女也。”焯謂《傳》云周公未得禮，蓋顧成王禮宜親迎而爲之説。時《金縢》之書未啟，成王疑忌之心未除，親迎之禮未備，致公留東方，未得西返，故《傳》云然也。鄭執居東與東征爲二事，又以此篇作於風雷之後，故其説云云。焯又案周公居東，實無定處，蓋其先伐三監，繼征徐、奄及熊盈族，凡豫、冀、青、徐，皆師行所至之地。孟子言伐奄三年滅其君，《東山》言“我徂東山”，三年不歸，則居魯時尤多。東山即魯之東山，魯地即奄之舊。鄭君以爲周公避居東都，王肅亦以東爲洛邑東都，皆非也。

“是以有衮衣兮，無以我公歸兮。”《傳》：“無與公歸之道也。”《箋》云：“是，是東都也。東都之人欲周公留爲之君，故云是以有衮衣，謂成王所齎來衮衣，願其封周公於此，以衮衣命留之，無以公西歸。”

“無使我心悲兮。”《箋》云：“周公西歸，而東都之人心悲，恩德之愛至深也。”

焯案：詩意言朝廷是固有此衮衣，以爲見公之服，乃成王不持以逆公，是無與公歸之道也。此篇言衮衣，與《伐柯》言“籩豆有踐”，皆周大夫期望成王以禮迎周公之辭，非質言其事。首章“我覯之子，衮衣繡裳”，《傳》云“所以見周公”，意謂成王當持是服往見周公。此章《傳》云："無與公歸之道"，則斥成王不持是服往迎周公。首章爲期待之辭，此章乃指斥其事，非如胡承珙所説："迎公徒以其服，不以其道。"尤非如黄氏《日抄》所疑，"衮衣公所素被，前未嘗褫，今安用以爲迎"也。末句"無使我心悲兮"，陳氏《傳疏》云："周公未得成王命，故不得歸，不得歸，而終望朝廷之歸公，故云無使我心悲也。《箋》則以此章爲東都人留公之辭。"胡氏《後箋》云："二三章既云於女，則必非出自東人之口，即末章亦不必爲東人之言。"沈鎬云："《箋》既以爲東人欲留周公於東都，則'鴻飛遵渚'《箋》何以云喻周公'與凡人處東都之邑失其所'乎？語意支離不貫，何如《傳》語意一綫，悉與《序》義合乎！"

狼 跋

"狼跋其胡，載疐其尾。"《傳》："興也。跋，躐。疐，跲也。老狼有胡，進則躐其胡，退則跲其尾，進退有難，然而不失其猛。"《箋》云："興者喻周公進則躐其胡，猶始欲攝政，四國流言，辟之而居東都也。退則跲其尾，謂後復成王之位而老，成王又留之，其如是，聖德無玷缺。"

焯案：《序》云："周公攝政，遠則四國流言，近則王不知，周大夫美其不失其聖也。"《正義》曰："《傳》言進退有難，明四國流言爲進有難，王不知爲退有難，能誅除四國，攝政成功，正是不失聖也。"胡氏《後箋》云："詩意自當專指周公攝政四國流言時事。蓋其時疑謗忽起，王室傾危，二叔不咸，沖人未悟，周公欲進不能，欲退不得，正跋前疐後之狀。若如《箋》以留爲太師當退有難，於理不順，亦與《序》不符矣。"

"公孫碩膚。"《傳》："公孫，成王也，豳公之孫也。碩，大。膚，美也。"《箋》云："公，周公也。孫讀當如'公孫于齊'之孫，孫之言孫遁也。

周公攝政七年，致太平，復成王之位，孫遁辟此成公之大美。”

焯案：自鄭易《傳》以“公”爲周公，讀“孫”爲孫遁之孫，後儒多從其説。蓋以流言之起，公方攝政，進而負扆，無以解於孺子，退而弗治，無以告我先王，請命東行，内則遠嫌，外仍扞難，實處危疑恐懼之地，真跋前疐後時也。及四國果叛，連兵二年，罪人既誅，王室無毁，成王因風雷之變，有所感悟，以禮迎公西歸，於是公之心迹大顯於世。然公不有其功，不矜其德，觀其告召公，一則曰“予小子旦非克有正”，再則曰“予小子旦若游大川”，則其謙慎之情可見，故周大夫美之，曰“公孫碩膚”也。惟《傳》以公孫爲成王，與《小爾雅廣訓》篇吻合。《小爾雅廣訓》云：“公孫碩膚，德音不瑕，道成王大業聲稱遠也。”此宜爲孔門緒論，非如後儒臆造之談。在詩意若曰，惟周公蹈此大艱，斯成王獲兹大美，所謂大美者，當指東方敉平，禮樂漸作，成王遂得安然服兹盛服，以君天下耳。王肅云：“言周公所以進退有難者，以俟王之長大，有大美之德，能服盛服以行禮也。”其説牽强，未合詩恉。辭以美成王，意實美周公也。竊嘗考夫編《詩》之次，皆有微意存焉。如《周南》之始以《關雎》，而終以《麟趾》，《召南》之始以《鵲巢》，而終以《騶虞》，意以后妃夫人必有《關雎》《鵲巢》之德，而後有《麟趾》《騶虞》之應也。《豳風》七篇，《七月》陳王業之始，故以冠諸其首，《狼跋》贊王業之成，故以繫諸其末，始之以后稷、公劉，終之以周公、成王，編《詩》之意固有在也。後之説《詩》者，徒區區於一人之事，規規於一篇之旨，非徒無當編者之意，即於作者之意亦豈有合哉！至於鄭君謂此詩之作，在公攝政七年之後，又謂成王留之以爲太師，履赤舄几几然，斯則誤探詩意，强傳事實者矣。

卷 五

小　雅

鹿鳴之什

鹿　鳴

“人之好我，示我周行。”《傳》：“周，至。行，道也。”《箋》云：“示當作寘。寘，置也。周行，周之列位也。好猶善也。人有以德善我者，我則置之於周之列位，言已維賢是用。”

焯案：《詩》“周行”有三，《卷耳》、《鹿鳴》、《大東》，鄭皆以爲“周之列位”。嚴氏《詩緝》云：“此唯《卷耳》可通。《鹿鳴》‘示我周行’，破示爲寘，自不安矣。《大東》‘行彼周行’，又爲‘發幣於列位’，其義尤迂。”胡氏《後箋》云：“毛於《大東》之‘周行’無《傳》。然訓‘佻佻’爲獨行，則當以‘周行’爲道路，三處不同，言各有當。鄭注《禮記》《緇衣》，引詩以爲‘示我忠信之道’，注《鄉飲酒》、《燕禮》云‘嘉賓示我以善道’，此皆在箋《詩》之先，當是用三家《詩》説，正與毛合。至作《箋》時，乃泥於《卷耳》之訓，概以‘周行’爲列位，不知‘人之好我，示我周行’，乃導情通款，冀聞善言之意，與次章相應，‘德音孔昭’，則所示‘周行’之實也。《正義》强申《箋》説，謂本其所用皆賢，故當饗食，取義迂曲，似非詩旨。”

“君子是則是傚。”《傳》：“言可法傚也。”《箋》云：“是乃君子所法效。”

焯案：胡氏《後箋》云：“君子即嘉賓，《傳》云可法傚者，謂君子可爲民所法傚。鄭注《鄉飲酒》、《燕禮》皆以爲‘嘉賓有明德可則效’，而箋《詩》乃謂嘉賓爲‘君子所法效’。《左傳》昭七年‘公至自楚，孟僖子病不能相禮，乃講學之，苟能禮者從之。仲尼曰：能補過者，君子也。《詩》曰：“君子是則是效”，孟僖子可則效已矣。’此引詩意，亦謂君子可爲人則效，非君子之則效人。”焯謂胡氏引《左傳》證此詩，謂君子即嘉賓，持義甚諦。馬瑞辰以“《經》言‘是則是傚’，不言‘可則可傚’，當以《箋》義爲允。”蓋未細玩《經》文君子乃贊美嘉賓之辭，“是則是傚”，即是可爲人所法傚耳。

四　牡

“翩翩者鵻，載飛載下，集于苞栩。”《傳》：“鵻，夫不也。”《箋》云：“夫不，鳥之慤謹者，人皆愛之，可以不勞，猶則飛則下，止於栩木，喻人雖無事，其可獲安乎，感厲之。”

焯案：《爾雅·釋鳥》曰：“隹其，鳺鴀。”《左傳》昭十七年《正義》引樊光注曰：“《春秋》云，祝鳩氏司徒，祝鳩即隹其、夫不，孝，故爲司徒。”是“夫不”乃孝鳥，其載飛載下，或以戀其父母使然，故詩因“不遑將父”、“不遑將母”，而有感於翩翩之鵻也。又《南有嘉魚》篇亦云“翩翩者鵻”，《傳》云：“鵻，壹宿之鳥。”《箋》云：“壹宿者，壹意於其所宿之木也。”此詩之鵻，當亦取其壹宿，以反興使臣之往來於其職，而不暇在家也。凡《詩》陳人之悲傷勞苦，而因物起興者，多假物以反喻人之不若。如取有狐之匹行，興男女之喪耦，視黄鳥之得所，感三良之殉身，《小弁》致慕於鷽斯，《雄雉》寄思於君子，皆羡物之自得，而嘆人之不如，非若雎鳩鴻雁之類，則以爲正興也。鄭於此不如是立義者，蓋以其爲咏文王勞使臣之詩，異夫變風、變雅哀怨之作。惟詩中明著傷悲之語，屢陳勞苦之辭，蓋君之勞臣，序其情而閔其勞，其言與出自怨思者之口宜無差異，所謂美惡不嫌同辭也。觀《杕杜》爲文王之勞還役，其辭意略同此詩。《傳》於其首章云："杕杜猶得其時蕃滋，役夫勞苦，不得盡其天性。"彼以杕杜反興戍役之苦，知此以鵻反興使臣之苦也。《箋》謂取興於鵻，意存感厲，陳義雖屬正大，而與《傳》意異矣。

"是用作歌，將母來諗。"《傳》："諗，念也。"《箋》云："諗，告也。以養父母之志來告於君也。人之思，恒思親者，再言將母，亦其情也。"

焯案：此詩爲君勞使臣，探其情以爲言。《序》云"有功而見知則説"，是君之自能知臣，而臣無告君之意可知。首章《傳》云："思歸者，私恩也。靡盬者，公義也。"《箋》云："君子不以私害公，不以家事辭王事。"如使臣曾以將母之志來告於君，則是有以私害公之意，而將以家事辭王事矣。詩云"將母來諗"，猶言養母是念，王引之云：來，詞之是也。不必援《左傳》訓諗爲告也。又此章再言將母，蓋緊承上章之文，其意實兼父言之，非以母之恩意偏多故也。《箋》謂人之情恒思親者云云，義亦未諦。

皇皇者華

"每懷靡及。"《傳》："每，雖；懷，和也。"《箋》云："《春秋外傳》曰：'懷和爲每懷也。'和當爲私。衆行夫既受君命當速行，每人懷其私相稽留，則於事將無所及。"

焯案：《稽古編》云："案《魯語》穆子曰：'懷和爲每懷。'《韋注》引鄭後司農云：'和當作私。'是則《魯語》原文本作和。其作私者，亦即鄭説耳。惟《晉語》姜氏引此詩戒重耳順身縱欲，又引《西方書》及鄭詩之言，懷皆爲私義，要是斷章立説，未必此詩本訓也。

懷私恐非毛旨。又末章《傳》云：‘雖有中和，當自謂無所及。’正首章‘每，雖；懷，和’之解，王肅即用以述毛，於義允當。孫毓《詩評》亦謂《毛傳》上下自相申成，得之矣。鄭既破‘和’爲‘私’，又彊解‘中和’爲‘忠信’，以牽合周義，皆曲説也。”陳氏《傳疏》云：“《外傳》以‘懷和’釋懷，《毛傳》以‘和’釋懷，即本之《外傳》。《鄭箋》改‘和’爲‘私’，《烝民箋》同，蓋鄭誤耳。毛曰‘雖’‘和’，若作‘雖’‘私’，文不可通。《孔疏》疑‘每，雖’後人所加，曲爲《鄭》諱。又據《晉語》姜氏引此詩以證‘懷私’，不知姜語義取‘征夫無及，不可懷安’，故復取《西方書》及《鄭詩》之言‘懷’以戒重耳，與詩‘每懷’本不干涉。王、孫申毛，謂‘雖有中和’，即‘每，雖；懷，和’之義，得其旨矣。‘中’謂禮，‘和’謂樂，必達夫禮樂之原，乃能通中和之德。《傳》曰‘中和’，與《序》曰‘禮樂’意正合。言使臣雖有中和之德，猶自謂靡及，必將周咨之。”胡氏《後箋》云：“案《烝民》‘征夫捷捷，每懷靡及’，《傳》云：‘捷捷，樂事也。’據此，則《傳》意亦必以‘懷’爲‘和’，雖和而猶恐無及，正見其樂事之實，故下句無《傳》者，以與‘皇皇者華’同也。《箋》云‘衆征夫捷捷然至’，而於‘每懷’句仍自用其説，則上句方言‘征夫樂事’，而忽戒之以‘每人懷私’而相稽留，殊於詞義不順，故以《經》證《經》，足知《箋》不如《傳》。《説苑·奉使》篇引此詩，大旨謂使者因時制宜，不可豫定，即此‘雖有中和’自謂無及更當咨諏之意，亦與‘懷私’渺不相涉。”焯謂詩中徒咏使臣謙虚訪善，未嘗間以人君勑之之語。《箋》曲顧《序》“君遣使臣”句，以爲必有勑遣之辭，蓋忽於《經》《序》各就一方言之耳。陳、胡諸氏之説，皆足發明《傳》意也。

末章《傳》云：“兼此五者，雖有中和，當自謂無所及，成於六德也。”《箋》云：“中和謂忠信也。五者，咨也、諏也、謀也、度也、詢也。雖得此於忠信之賢人，猶當云已將無所及於事，則成六德，言慎其事。”《稽古編》云：“六德之説，毛義誠勝。《外傳》之六德，本文自明。云‘懷和爲每懷，咨才爲諏，咨事爲謀，咨義爲度，咨親爲詢，忠信爲周，君況使臣以大禮，重之以六德’。據此文義，則所謂六德，即上六語是矣。‘忠信爲周’，言咨於忠信之人，即《内傳》之‘訪問於善爲咨’耳，周、咨一義，韋分爲兩德，是其誤也。‘懷和’爲‘每懷’，在五善之外，‘雖有中和，自謂無及’，《傳》以備六德之一，與《外傳》義正相符，不可易矣。且穆叔以懷和爲一德，而康成破和爲私，可謂德乎？又謂《傳》‘中和’是釋周義，而指爲六德之一，其誤與韋等。《孔疏》雖曲爲回護，然不能掩其失也。”胡氏《後箋》云：“《箋》以《傳》之‘中和’爲周，而又謂‘雖得此五者於忠信之賢人，猶當云己將無所及於事’。不知經文首章言靡及，下四章乃言咨、諏、謀、度、詢，惟‘靡及’所以必兼此五者，非得此五者而又自謂‘靡及’也。其答張逸云：‘己有五德，復問忠信之賢人。’則又以咨、諏、謀、度、詢五者爲己之德，其解愈曲愈晦。《孔疏》謂其贊成毛義，其實毛義未必然也。”

常　棣

“原隰裒矣，兄弟求矣。”《傳》：“裒，聚也。求矣，言求兄弟也。”《箋》云：“原也，隰也，以相與聚居之故，故能定高下之名。猶兄弟相求，故能立榮顯之名。”

焯案：陳敢源用程頤説，以此章叙兄弟相賴之事。“當死生患難之可畏，則思兄弟之助。方困窮離散，羣聚郊野時，則求兄弟相依恃。”胡承珙則以“《經》意謂人雖聚於原隰之中，而其所求者，惟自求其兄弟，此爲平常之時，與上死喪爲二事”。何氏《古義》云：“上章所謂莫如兄弟，於此兩者驗之。”是也。焯謂“原隰裒矣”句與上文“死喪之威”連屬言之，意謂人當羣聚於郊野之時，遇死生患難之可畏，則甚思求兄弟之相助也。此與《考槃》上言“考槃在澗”，下言“永矢弗諼”，合言永誓弗忘此樂同例，蓋詩文往往有同章上下句意互相足者。《箋》以原隰相聚喻兄弟相求，固屬支離。程子以下以此二句與上二句爲相對言之，亦未得詩意也。

“飲酒之飫。”《傳》：“飫，私也。不脱屨升堂謂之飫。”《箋》云：“私者，圖非常之事，若議大疑於堂，則有飫禮焉。聽朝爲公。”

焯案：《經》以“兄弟既具，和樂且孺”承此句之後，則此當專言私飫，與《國語·周語》之立飫有别。《傳》於下二句云：“九族會曰和。孺，屬也。王與親戚燕則尚。”毛是《傳》意謂飫即是燕。《箋》牽於《國語》之文，而以“圖非常、議大疑”爲飫，是謂飫别於燕。《孔疏》因之，遂謂此詩飫燕雜陳，非《經》義亦非毛旨也。馬氏《通釋》云：“《初學記》引《韓詩内傳》曰：‘夫飲之禮，不脱屨而即席者謂之禮，段玉裁謂禮當作飫。跣而升堂者謂之宴，能者飲，不能飲者已，謂之醧。’其所云‘不脱屨而即席者謂之禮’，與《毛傳》云‘不脱屨升堂謂之飫’合，此立飫之禮也。又曰：‘跣而升堂者謂之宴，能者飲，不能飲者已，謂之醧。’此飫私之義，以飫飽爲度者也。是《韓詩》亦分立‘飫’及‘飫私’爲二義矣。《毛傳》既曰‘飫，私也’，又曰‘不脱屨升堂謂之飫’，蓋廣異義。不云‘一曰’者，渻文也。《箋》蓋誤合爲一，故以私爲圖非常之事耳。”

“妻子好合，如鼓瑟琴。”《箋》云：“好合者，志意合，如鼓瑟琴之聲相應和也。舊本《箋》云：“下作好合志意合也，合者如鼓瑟琴之聲相應和也。”今從敦煌古寫本改正。王與族人燕，則宗婦内宗之屬亦從后於房中。”

焯案：此章“妻子好合”二句只爲陪説，“兄弟既翕”二句則正言之。顧氏《學詩詳説》云：“此二句不以燕言，‘兄弟既翕’方是言燕。‘妻子好合’，謂已有妻子之好合，非謂妻子和合其宗婦内宗也。《毛傳》無文，明不同鄭。蓋言處變，以朋友反形。言處常，以妻子反形。總以申明首章‘莫如兄弟’之意。”

伐　木

“伐木丁丁，鳥鳴嚶嚶。”《傳》：“興也。丁丁，伐木聲也。嚶嚶，驚懼也。”《箋》云：“丁丁嚶嚶，相切直也。言昔日未居位在農之時，與友生於山巖伐木，爲勤苦之事，猶以道德相切正也。嚶嚶，兩鳥聲也，其鳴之志，似於有友道然，故連言之。”

焯案：詩首章前六句皆興辭。由伐木而感鳥鳴，以鳥之呼友而興人之求友，“伐木丁丁”句，特以興起鳥鳴之故，非以伐木爲一興，鳥鳴以下又爲一興也。二三章但言伐木，不及鳥鳴者，猶《葛覃》次章不言黄鳥。以既舉伐木，而鳥鳴已渾括其中，不待言也。蘇轍、程頤皆以伐木須友與鳥鳴呼友爲兩興，《吕記》取之，陳奐亦同其説，皆非也。《箋》則本《韓詩》義，以爲實有此伐木之人。按《箋》猶爲汎説。《正義》申之云：“鄭以爲此章追本文王幼少之時結友之事。言文王昔日未居位之時，與友生伐木於山阪。”是則竟以文王當之，此不特非詩意，且非鄭意矣。故云“昔日未居位在農之時，與友生於山巖伐木，爲勤苦之事”，於是轉詩之興而以爲賦矣。又《爾雅·釋訓》云：“丁丁，嚶嚶，相切直也。”意在釋詩興喻之義。鄭强爲牽引，謂伐木之人與其友生以道德相切正，尤非詩意也。

“伐木許許，釃酒有藇。”《箋》云：“此言前者伐木許許之人，今則有酒而釃之，本其故也。”

焯案：首章“伐木丁丁”與“鳥鳴嚶嚶”相貫，二三章但言伐木，不言鳥鳴，蓋省文也。《吕記》引什邡張氏曰：“詩人多相因之詞。如伐木而感鳥鳴，蓋因此以興焉者也，故下章皆以伐木言之。”是也。鄭未憭此義，因以全篇所言屬之伐木之人，其誤甚矣。

“有酒湑我，無酒酤我。”《傳》：“湑，莤之也。酤，一宿酒也。”《箋》云：“酤，買也。”

焯案：《説文》："酤，一宿酒也。一曰，買酒也。"是酤本有二解。酤與沽苦盬並通。沽苦盬有麤略義，此一宿酒亦麤略之甚，故名曰酤。其取之市中者爲酤酒，亦以其麤略也。然此詩以王者燕兄弟而曰買酒，似於義爲短，不如一宿酒之訓爲長。言無算爵之時，有酒則湑莤之也。以益尊，無則一宿而熟之薄酒亦可以盡歡也。《正義》申鄭云：《經》《傳》無謂一宿酒爲酤者，既有一宿之酒，不得謂之無酒。曾釗《詩毛鄭異同辨》云："酒是大名，《禮記》'乃命大酋'，注：'酒熟曰酋。'《方言》：'久熟曰酋。'《釋名》：'酒，酉也。釀之米麴酉澤，久而味美也。'則酒實取釀久而成之義。酤但一宿便成，非酒之本意，故曰無酒也。"胡氏《後箋》云："《説文》：'醴，酒一宿孰也。'《周禮》酒正注曰：'醴猶體也。成而汁滓相將，如今恬酒矣。'蓋上《傳》云'以藪曰湑'，湑，莤之也。《埤蒼》曰：'湑湑，美也。'是'有酒湑我'，謂久釀之酒已經泲莤，則清滑而美。此'無酒酤我'，謂始釀之酒，未經澄濾，所以應倉卒之求而已。小徐注《説文》云：'一宿酒，謂造之一夜而熟，若今雞鳴酒。'是也。尋文考義，當以毛説爲長。"

天　保

"俾爾單厚。"《傳》："俾，使。單，信也。或曰：單，厚也。"《箋》云："單，盡也。天使女盡厚天下之民。"

焯案：《説文》吅部："單，大也。"《墨子·經》篇曰："厚，有所大也。"是大與厚義近。王符《潛夫論·慎微》篇引此詩作"亶厚"，"亶"與"單"古今字。《爾雅·釋詁》"亶"訓信，亦訓厚，是"信""厚"義亦近。《傳》於"單"字作兩解，而列"信"義於前者，以信、厚自屬常語。如《麟趾序》云："皆信厚如麟趾。"《傳》釋"振振"爲信厚，是也。此詩三"俾爾"句，皆以兩義相近之字聯爲一詞，"單厚"與"多益""戩穀"爲平列，宜依《傳》訓信，不宜依《箋》訓盡也。又

“俾爾單厚”，直謂使爾信厚，信厚者受福，故下云“何福不除”。《箋》於此增出“天下之民”，於次章“俾爾戩穀”句又增出“羣臣”，皆非詩人意中所有也。

“俾爾戩穀。罄無不宜，受天百禄。降爾遐福，維日不足。”《傳》：“戩，福。穀，禄。罄，盡也。”《箋》云：“天使女所福禄之人，謂羣臣也。其舉事盡得其宜，受天之多禄。遐，遠也。天又下予女以廣遠之福，使天下溥蒙之，汲汲然如日且不足也。”

焯案：李樗云：“此詩是臣歸美於君，當説人君，不當以爲人臣也。”焦氏《補疏》云：“‘俾爾戩穀’，直謂予爾福禄，‘俾爾遐福’，直謂予爾遠福，不必增出臣民，《箋》義非《傳》有也。‘盡無不宜’，横言之。‘維日不足’，縱言之。”此二説是也。

“于公先王。”《傳》：“公，事也。”《箋》云：“公，先公，謂后稷至諸盩。”

焯案：《稽古編》云：“周之追王，雖止太王王季。然后稷以下亦統稱先王，如《書·武成》稱后稷爲先王，《周禮·大宗伯》六享皆稱先王，《外傳》不窋稱先王，又數后稷至文爲十五王，此詩言先王，足兼諸盩以上，《傳》義不必易。”胡氏《後箋》云：“案上文‘禴祀烝嘗’，時享止及親廟，本非徧及先公。周初親廟雖有先公在焉，然祭以天子之禮，自可概稱先王。故《毛傳》謂以四時之祭事其先王，何等直截。若如《鄭箋》以公爲先公，無論時祭不盡及先公，且必如《正義》云，‘《經》於公上不言先者，以先王在公後，王尚言先，則公爲先可知，故省文以完句’。此於《經》文殊費周折，當以《傳》義爲長。”焯謂上句“禴祀烝嘗”皆祭名，此句“公”字自宜作動詞解。《傳》於《靈臺》、《江漢》、《酌》皆訓“公”爲事，於此詩可無疑也。

采　薇

“采薇采薇，薇亦作止。”《傳》：“薇，菜。作，生也。”《箋》云：“西伯將遣戍役，先與之期以采薇之時。今薇生矣，先輩可以行也。”

焯案：《箋》於“薇亦作止”云“先輩可以行”，《疏》申以二月下旬遣，“柔止”爲中輩，三月上旬遣，“剛止”爲後輩，三月中旬遣。顧氏《學詩詳説》云：“《出車》云：‘召彼僕夫，謂之載矣。王事多難，維其棘矣。’明是聞命即行，必無如鄭所云之事。”張汝霖云：“按命將遣戍，臨期誥誡，重以詩歌，自是一時之事。至於師行遼遠，匪伊夕朝，故指其去日，皆謂之往。末章云：‘昔我往矣，楊柳依依。’二月之末、三月之中皆其時也。行程計日，時序漸深，故薇葉亦有柔剛之分耳。如《桃夭》詩次‘其華’、‘其實’、‘其葉’，未嘗有三‘之子于歸’也。《鄭》以爲分三輩遣發，非也。”

“一月三捷。”《傳》：“捷，勝也。”《箋》云：“往則庶乎一月之中三有勝功，謂侵也、伐也、戰也。”

焯案：馬氏《通釋》云：“古者言數之多，每曰三與九。此詩一月三捷，特冀其屢有戰功，猶《易》‘王三錫命’、‘晝日三接’之類。《釋文》：‘三，息暫反。’是也。《箋》以侵、伐、戰三者當之，鑿矣。”

出　車

“昔我往矣，黍稷方華。今我來思，雨雪載塗。”《傳》：“塗，凍釋也。”《箋》云：“黍稷方華，朔方之地六月時也。以此時始出壘征伐玁狁，因伐西戎，至春凍始釋而來反。”

焯案：《采薇》、《出車》、《杕杜》三篇，舊説以爲一時之事，是也。錢澄之以“黍稷方華”與“楊柳依依”不同月，“雨雪載塗”與“雨雪霏霏”不同時，因疑其非一時之作。范處義云：“‘黍稷方華’，在道所見。”夏炘云：“《采薇》之‘昔我往矣’四句，乃虛言預示歸期。《出車》之‘昔我往矣’四句，則實叙旋師在道。”竊謂二説可祛錢氏之惑。《箋》以昔往爲出壘伐玁狁，今來爲平戎反朔方，末章《箋》云：伐西戎以凍釋時反朔方之壘息戍役。蓋未憭二詩述往來所以不同之恉，而又眩於《出車》後四章之次第故也。胡氏《後箋》云：“三章‘往城于方’，即下文‘昔我往矣’之往，蓋前三章但言出車城方，不明何時，故四章言‘昔我往矣’，乃溯其所自言之。凡始行及在道皆可曰往，《采薇》之‘昔我往矣’，謂始行之時。此‘昔我往矣’，謂在道之時。至‘今我來思，雨雪載塗’，亦是謂歸而在道之時，惟《采薇》遣戍之時，期以歲，莫言歸，而今至首春凍釋，猶然在道者，則以城方之後，別有戒命，故四章又云‘王事多難’，乃爲移伐西戎起語，謂築城既畢，即已懷歸，復被簡書，西戎助虐，受命徂征，自北而西，歸計轉緩。故五章即接言西戎諸侯之嚮往，末章乃結言春晚還歸之時物。五章之末云‘薄伐西戎’者，以終四章簡書之言。六章之末云‘玁狁于夷’，又以終三章‘城方’之命。而首章二章之出車建旐，則北城西伐皆在其中矣。”焯謂胡氏所解，於《出車》一篇敘次分明。《孔疏》曲依《箋》説，非詩義也。

“喓喓草蟲，趯趯阜螽。”《箋》云：“草蟲鳴，晚秋之時也。此以其時所見而興之。”

焯案：《召南·草蟲》篇草蟲阜螽止以取興，非以紀時，此亦宜然。《箋》謂晚秋之時以所見而興，似鑿。

“執訊獲醜。”《傳》：“訊，辭也。”《箋》云：“訊，言。醜，衆也。執其可言問者及所獲之衆，據敦煌古寫本增“者及”二字。以歸者當獻之也。”

焯案：陳氏《傳疏》云："《釋言》云：'訊，言也。'《正月傳》曰：'訊，問也。'此釋'訊'爲辭者，謂所生得敵人而聽其辭。《小司寇》曰：'附于刑，用情訊之。'又曰：'求民情，一曰辭聽。'辭聽者，聽其辭以弊其罪，此傳義也。《皇矣》'執訊連連'無傳，義與此同。此篇'獲'字無傳，蓋義見於《皇矣》也。《皇矣傳》曰：'馘，獲也。不服者殺而獻其左耳曰馘。'彼《傳》釋馘爲獲，則此詩獲字即爲馘之假借字。生者訊之，殺者馘之，'執訊獲醜'，言訊馘者衆也。此《箋》及《采芑箋》並以獲爲得者，失之。"

"赫赫南仲，玁狁于夷。"《傳》："夷，平也。"《箋》云："平者，平之於王也。"

焯案：《毛詩札記》云："上章'玁狁于襄'，《毛傳》訓'襄'爲除，則此章之'夷'，亦謂平殄，與《大雅·召旻》篇'實靖夷我邦'之夷同。《箋》説明爲申《傳》，似非《傳》義。"焯謂《箋》必解"平"爲"平之於王"者，以文承"執訊獲醜，薄言還歸"之下耳。惟詩意在盛贊南仲之功，故於三章五章及卒章並云"赫赫"，而重箸其平玁狁、西戎之事。蓋於文勢，自章末逆爲點出，倍覺振舉。於辭氣則同屬頌美，非主實叙，故三章言"襄"，與此章言"夷"，其義一也。

杕　杜

"卜筮偕止，會言近止。"《傳》："卜之筮之。會人占之。"《箋》云："偕，俱。會，合也。或卜之，或筮之，俱占之，合言於繇爲近。"

焯案：孔氏《經學卮言》云："按會合之字皆从亼。《説文》：'亼，三合也。'禮，旅占必三人，會有三義，故云'會人占之'。若但以爲卜與筮會，於文似便，於訓未精。"馬氏《通釋》云："古者卜用三兆，筮用三易，各以一人掌之，卜筮皆三人。《洪範》'立時人作卜筮，三人占，則從二人之言’，鄭注：‘卜筮各三人。’大卜掌三兆三易，《周官》九筮，筮參其一，謂占必三人參之也。《士冠禮》：‘筮人還，東面，旅占。’注：‘旅，衆也。還與其屬共占之。’《國語》：‘三人成衆。’旅占亦即三人占之義。又《國語》：‘天子舉以太牢祀以會。’韋昭注：‘會，會三太牢。’三太牢謂之會，三人占謂之會，其取義於三合一也。若但以爲卜與筮會，則上已言‘卜筮偕止’，不須復言卜與筮會，且《傳》不得言會人也。”

魚　麗

“君子有酒，旨且多。”《箋》云：“酒美而此魚又多也。”

焯案：《釋文》云：“‘有酒旨’絶句，‘且多’此二字爲句，後章放此，異此讀則非。”《正義》則云：“又君子有酒矣，其魚如何，酒既旨美，且魚復衆多。”則以“旨且多”三字爲句，與《釋文》異讀。顧鎮《虞東學詩》云：“《釋文》以君子有酒旨爲句，以就《箋》訓，其實康成未嘗作此句讀也。《箋》云‘酒美而此魚又多’，明以下三字爲句矣。以‘多’屬魚者，其意以下章物字當爲魚也。”馬氏《通釋》云：“凡《詩》言‘且’者，多連上爲句，《正義》讀是也。”焯謂《箋》以“且多”屬魚，後儒解此，多有異同。惟“旨且多”三字承酒爲文，宜從蘇潁濱説，皆屬之酒，云酒之旨且多，則魚可隱括其中。且詩上三章於魚六舉其名，足明其類之多，不必更以“且多”之文分屬之魚，致生陸氏之誤也。

“物其多矣，維其嘉矣。”《箋》云：“魚既多又善。”

焯案：馬氏《通釋》云：“此章‘物其多矣’特承上章而推言衆物，即《序》所云‘美萬物盛多’也。《箋》以物屬魚，非是。”胡氏《後箋》云：“下三章‘多’‘旨’‘有’皆指物，其下一句‘嘉’‘偕’‘時’若再指物，文義殊複，蓋皆謂政之善，即首章《傳》所云‘取之有時，用之有道’也。且《經》文‘維其’二字，確是推本萬物盛多之由，猶言維其如是，所以如是。《裳裳者華》‘維有其章矣，是以有慶矣。維其有之，是以似之’，凡言維其者如此，此詩文法倒裝耳。”焯謂二説皆可正《箋》義之失。

南有嘉魚之什

南有嘉魚

“南有嘉魚，烝然罩罩。”《傳》：“江漢之間，魚所産也。罩，篧也。”《箋》云：“烝，塵也。塵然猶言久如也。言南方水中有善魚，人將久如而俱罩之，遲之也。喻天下有賢者，在位之人將久如而並求致之於朝，亦遲之也。遲之者，謂至誠也。”

焯案：《經》重云“罩罩”，正見取魚之衆。以“嘉魚”興嘉賓，亦以見賢者之衆。《釋文》引王肅述毛云：“烝，衆也。”是也。《箋》顧《序》“太平之君子至誠”句，而訓“烝然”爲久如，以顯思遲之旨，説甚拘滯。《序》云至誠，自指《經》中君子燕嘉賓言，不必定以每章首二句當之也。

“翩翩者鵻，烝然來思。”《傳》：“鵻，壹宿之鳥。”《箋》云：“壹宿者，壹意於其所宿之木也。喻賢者有專壹之意於我，我將久如而來遲之也。”

焯案：胡氏《後箋》云：“《箋》申《傳》‘壹宿’是矣。但《傳》不過以‘壹宿’狀其慤謹，非以此見有久義。‘來’者謂鵻之來集，則‘烝然’自是羣然，天下無言鳥集而曰久如其來者。又《箋》云‘喻賢者有專壹之意於我，我將久如而來遲之也’。既以鵻喻賢者，而‘烝然來思’又似指君子，兩句之中，詞意隔絶矣。”

“君子有酒，嘉賓式燕又思。”《箋》云：“又，復也。以其壹意，欲復與燕，加厚之。”

焯案：《彤弓傳》：“右，勸也。”《楚茨傳》：“侑，勸也。”此經當以“又”爲“右”，而即作“侑”解。“嘉賓式燕又思”，即謂燕時勸侑殷勤，《序》所謂至誠也。《箋》義未諦。

南山有臺

“樂只君子，邦家之基。”《傳》：“基，本也。”《箋》云：“只之言是也。人君既得賢者，置之於位。又尊敬以禮樂樂之，則能爲國家之本。”

焯案：上篇《南有嘉魚》之君子，《箋》以斥時在位者，則此章之君子宜與同例，不應以指賢者。顧氏《虞東學詩》云：“詩辭稱頌稠叠，義當屬君，《序》言‘得賢則能爲國家立太平之基’，明得賢者立之，不言賢者立之也。”此説最當。胡氏《後箋》、陳氏《傳疏》並據《左傳》引《詩》，襄二十四年。昭十三年。以君子斥賢者。顧氏《學詩詳説》云：“引詩多斷章，非必盡據本詩之義。如此詩解爲得賢者，則義更正大，且於《序》文爲合。此與《樛木》之‘樂只君子’略同也。”

蓼　蕭

《序》云：“《蓼蕭》，澤及四海也。”《箋》云：“九夷、八狄、七戎、六蠻，謂之四海。國在九州之外，雖有大者，爵不過子。《虞書》曰：‘州十有二師，外薄四海，咸建五長。’”

焯案：《箋》《疏》以爲四夷之長在九州之外，詩人但言外夷而不及中夏，其説甚非。李樗以爲“澤及天下之諸侯”，范處義、吕祖謙同其説，是也。顧氏《學詩詳説》云：“詩所陳爲諸侯朝見天子，而天子被以德澤之事，以其六服偕來，故《序》云‘澤及四海’，乃舉遠以包近，見澤之所及廣耳。《箋》引《爾雅》文，直以四夷之長釋《序》，而於詩每云遠國之君，則是言遠而遺近，失《序》恉矣。”

“蓼彼蕭斯，零露湑兮。”《傳》：“興也。蓼，長大貌。蕭，蒿也。湑湑然，蕭上露貌。”《箋》云：“興者，蕭，香物之微者，喻四海之諸侯亦國君之賤者。露者天所以潤萬物，喻王者恩澤不爲遠國則不及也。”

焯案：顧氏《學詩詳説》云：“《箋》取義殊拙。下篇不云‘湛湛露斯，在彼豐草’乎。蘇氏《詩傳》謂‘諸侯來朝，王者推恩以接之，無所不及，如零露之於蕭’。此勝《箋》義。”

“燕笑語兮，是以有譽處兮。”《箋》云：“天子與之燕而笑語，則遠國之君各得其所。是以稱揚德美，使聲譽常處天子。”

焯案：《經義述聞》云：“《集傳》引蘇氏曰：‘譽豫通。凡詩之譽，皆言樂也。’案蘇氏之説是也。《爾雅》：‘豫，樂也。豫，安也。’則譽處，安處也。《車舝》曰‘式燕且喜’，又曰‘式燕且譽’，《六月》曰‘吉甫燕喜’，《韓奕》曰‘韓姞燕譽’，《射義》引《詩》‘則燕則譽’，而釋之曰‘則安則譽’，皆安樂之意也。《鄭箋》悉訓爲名譽之譽，疏矣。”

湛　露

“湛湛露斯，匪陽不晞。”《傳》：“興也。湛湛，露茂盛貌。陽，日也。晞，乾也。露雖湛湛然，見陽則乾。”《箋》云：“興者，露之在物湛湛然，使物柯葉低垂，喻諸侯受燕爵，其儀有似醉之貌。諸侯旅酬之則猶然，唯天子賜爵，則貌變肅敬承命，有似露見日而晞也。”

焯案：《詩本義》云：“《詩》但言露‘匪陽不晞’爾，初無‘柯葉低垂’之文，鄭何從而得此義？此衍説也。”焯謂鄭君既喜援《禮》入《詩》，其解興辭，又往往將物事密相比附，致多拘牽傅會之説。如此詩特以草木興諸侯，以露之在草木興天子燕諸侯，首章云“匪陽不晞”，意當謂露必待陽而晞，飲必至醉而歸耳。《箋》義過事深求，反近粘滯，詩人立意未必如此也。

“湛湛露斯，在彼杞棘。”《箋》云：“杞也、棘也，異類，喻庶姓諸侯也。”

“其桐其椅，其實離離。”《箋》云：“桐也、椅也，同類而異名，喻二王之後也。‘其實離離’，喻其薦俎禮物多於諸侯也。”

焯案：《箋》義近鑿。胡氏《後箋》云：“文四年《左傳》：‘諸侯朝正于王，王宴樂之，於是乎賦《湛露》。’此亦統言諸侯，不分同姓異姓。《六月序》云：‘《湛露》廢，則萬國離矣。’尤可見此兼同異姓言之。惟次章有‘在宗載考’之文，或其中有同姓諸侯，爲之加厚，而夜飲亦事理之常。特《鄭箋》分三章爲庶姓，四章爲二王之後，《經》文所無，無以見其必然耳。”

彤　弓

“受言藏之。”《傳》：“言，我也。”《箋》云：“言者，謂王策命也。王錫朱弓，必策其功以命之。受出藏之，乃反入也。”

焯案：《箋》易《傳》者，當以下文“我有嘉賓”爲我天子，則此不應訓“言”爲“我”以我諸侯。實則《傳》雖訓“言”爲“我”，固即以爲語助，與下文之“我”爲實指天子不同。凡詩中“言”字，多爲語助，“我”亦間有爲語助者。其同章或同篇“言”“我”並用者，必以“言”爲語助，“我”爲代名。如《葛覃》“言告師氏，言告言歸”，此“言”訓“我”，蓋語助也。“薄汙我私，薄澣我衣”，此二“我”字則代名也。《草蟲》“言采其蕨，言采其薇”，語助也。“我心則説，我心則降”，代名也。其他篇中似此者，多不勝舉。《終風》、《泉水》、《載馳》、《氓》、《伯兮》、《小戎》、《杕杜》、《車攻》、《黄鳥》等篇皆是。鄭則概訓“言”爲“我”，而專以爲“人”“我”之“我”矣。王安石、吕祖謙又以此詩“言”之訓“我”爲我天子，謂天子受弓藏之王府，此亦泥下文之“我”爲我天子，則此“言”訓“我”非我諸侯。不悟下文緊接“我有嘉賓，中心貺之”，則此句所云受藏，其爲嘉賓受而藏之可知。先言諸侯之受，後言天子之貺，詩文蓋倒敘爾。至“藏之”之義，《疏》申鄭説，以爲藏載於車。與《左傳》不同者，蓋以范宣所云，特自後日言之。襄八年《左傳》。就此詩言，只合云藏載於車也。王肅述毛，以“藏”爲藏示子孫，恐非詩旨。

“一朝右之。”《傳》：“右，勸也。”《箋》云：“右之者，主人獻之，賓受爵，奠于薦右，既祭俎，乃席末坐，卒爵之謂也。”

焯案：“右”與“侑”通用。馬氏《通釋》云：“此詩《傳》訓‘右’爲‘勸’，與《楚茨》篇‘侑’訓‘勸’正同。古者食禮有侑，饗禮有酬，而《左傳》曰‘王饗禮命之侑’，是酬禮通曰侑也。《爾雅》‘醻’、‘侑’並訓爲報，是知二章‘右之’猶三章‘酬之’，變文以協韻耳。《箋》以‘右’爲奠於薦右，失之。”

菁菁者莪

“既見君子，樂且有儀。”《箋》云：“既見君子者，官爵之而得見也。

見則心既喜樂，又以禮儀見接。”

焯案：《序》云“君子能長育人材”，《毛傳》亦同，則“既見君子”自應主育材者言，“樂且有儀”主賢才言。歐陽氏《本義》解此二句，謂此“君子樂易而有威儀，樂易所以容衆，有儀所以爲人法”。嚴粲非之，謂：“以‘樂且有儀’指君子，則‘既見’二字無所歸。《詩》中‘既見君子’二十有二，見於九詩，《汝墳》、《風雨》、《唐揚之水》、《車鄰》、《出車》、《蓼蕭》、《菁菁者莪》、《頍弁》、《隰桑》。其接句皆述喜之之情，謂見君子者喜，非所見者喜也。”斯言得之矣。《稽古編》云：“樂字即下章喜字休字，歐陽以屬君子，實爲無理。鄭以‘有儀’指君子，原是見者自幸之詞，無妨文義。但一句分屬兩人，終未渾成。且以‘儀’爲相接之儀，趣味亦短。《嚴緝》云‘見善教之作成’，是有儀主賢才言，得之矣。惜語未明暢。東萊《詩記》載吕氏之説曰：‘長育人材之道，固多術矣，而莫先於禮儀，禮儀者，内外兼養，非心過行無所從入，此人材所以成也。故曰，《菁菁者莪》廢，則無禮儀。’旨哉斯言，嚴説應本此。”

六　月

“王于出征。”《箋》云：“于，曰。”

焯案：《正義》云：“鄭以王不親征，吉甫述王之辭，故言王曰。”胡氏《後箋》云：“此與《秦風》之‘王于興師’文法正同。彼《疏》云：‘王法於是興師。’可知‘王于’不必要是王言，凡奉王命、勤王事，皆可如此言之。若‘王于’必爲王曰，則次章‘以佐天子’亦爲王言，於文不順。王引之《經傳釋詞》曰：‘《爾雅》：“于，曰也。”曰古讀聿，字本作欥，或作曰，或作聿，“王于興師”，王聿興師也。“王于出征”，王聿出征也。聿、曰古字通，故《爾雅》訓于爲曰。《箋》每以《爾雅》之“于、曰”爲《論語》“子曰”之“曰”，失其恉矣。'"

"有嚴有翼，共武之服。"《傳》："嚴，威儀也。翼，敬也。"《箋》云："服，事也。言今師之羣帥有威嚴者，有恭敬者，而共典是兵事，言文武之人備。"

焯案：《釋文》："共，鄭如字。王、徐音恭。"馬氏《通釋》云："共、恭古通用，王、徐音恭，是也。軍事以敬爲主，《左氏傳》所謂'不共是懼'也。'共武之服'，即言敬武之事，正承上'有嚴有翼'言之。"焯謂"有嚴有翼"句法與《邶風·谷風》之"有洸有潰"同。二"有"字皆語助，非爲有無之有。詩中於形容語每作單詞，而以"有""其"等字足之。如《擊鼓》"憂心有忡"，《傳》云"憂心忡忡然"。《静女》"彤管有煒"，《箋》云"赤管煒煒然"。是也。此詩"有嚴"，複言則爲威嚴。"有翼"，叠語則爲翼翼。皆以狀羣帥之威儀敬慎，非分論其有文有武也。《箋》誤以二"有"字爲分舉之詞，因讀"共"爲共同之共，非詩意也。

"四牡既佶。"《傳》："佶，正也。"《箋》云："佶，壯健之貌。"

焯案：胡氏《後箋》云："《説文》：'佶，正也。'即用《毛傳》，並引《詩》'既佶且閑'。《書·甘誓》'御非其馬之正'，彼《疏》云：'御以正馬。《詩》云"兩驂如手"，《傳》云"進止如御者之手"，是爲馬之正也。'《出車箋》云：'憂其馬之不正。'即此《傳》所謂正。鄭於此《箋》又云'佶，壯健之貌'者，蓋以壯健乃可狀馬。然此詩上二句言車之善，下二句言馬之善，車以平均調適爲善，馬以整齊馴習爲善，佶者整齊，閑者馴習，不必言其壯健也。"

采　芑

“于此中鄉。”《傳》：“鄉，所也。”《箋》云：“中鄉，美地名。”

焯案：“中鄉”猶言鄉中，如“中谷”“中林”之比。《葛覃傳》：中谷，谷中也。《兔罝傳》：中林，林中。《傳》解“鄉”爲“所”，明詩爲泛言處所，不以爲“六鄉”之鄉。《經》文首章言“菑畝”，次章言“中鄉”，爲前後互足之詞。蓋謂采芑者既于彼新田，亦于此鄉中之菑畝也。《箋》以中鄉爲美地名，失之。

“蠻荆來威。”《箋》云：“皆使來服於宣王之威。”

焯案：《常棣傳》：“威，畏也。”此詩宜亦訓“威”爲“畏”來，宜從王引之説爲詞之是。“蠻荆來威”，猶云蠻荆是畏耳。《箋》增字解《經》，以威爲宣王之威，似未諦。

車　攻

“決拾既佽。”《傳》：“決，鉤弦也。拾，遂也。佽，利也。”《箋》云：“佽謂手指相佽比也。”

焯案：胡氏《後箋》云：“《説文》：‘佽，便利也。’引《詩》‘決拾既佽’，正用毛義。決以象骨爲之，鉤弦以利發，拾韝左臂，拾其衣袖以利弦，然則既佽者，謂決拾皆便利也。《箋》以佽爲佽比，與毛異義。《正義》以爲申毛，非是。但手指次比，衹可言決，於拾著左臂者不合，不如《傳》訓便利爲賅括也。”

“舍矢如破。”《箋》云：“射者之工，矢發則中，如椎破物也。”

焯案：《經義述聞》云：“如猶而也。如破，而破也。舍矢而破，與舍拔則獲同意。鄭《箋》及《孟子·趙注》皆誤解如字。”

吉 日

“瞻彼中原，其祁孔有。”《傳》：“祁，大也。”《箋》云：“祁當作麎。麎，麋牝也。中原之野甚有之。”

焯案：《釋獸》：“麋牡，麔。牝，麎。”某氏曰：“《詩》云：‘瞻彼中原，其麎孔有。’”臧玉林《經義雜記》云：“唐人引某氏注《爾雅》，或引作樊光，樊氏，漢人。其引《詩》當本之三家，故與鄭合。則改‘祁’爲‘麎’，本三家《詩》也。”焯謂《箋》義雖本三家，然不若《傳》義之正。陳奂以“《傳》訓祁爲大，謂原野廣大。原田之中，其地廣大，物又甚有”。是也。“其祁孔有”，“其祁”二字承中原言，“孔有”以起下文“儦儦俟俟”二句。此云“中原其祁”，與《韓奕》言“川澤訏訏”意同。彼《傳》云：訏訏，大也。此云物之“孔有”，與彼云“麀鹿噳噳，有熊有羆，有貓有虎”亦同。如以“祁”爲“麎”，則無以見物之廣矣。程氏《毛鄭異同考》云：“既舉獸名，則麎不宜獨言牝麋，宜以《傳》爲正，無取破字也。”

鴻雁之什

鴻 雁

“爰及矜人，哀此鰥寡。”《傳》：“矜，憐也。老無妻曰鰥。偏喪曰寡。”《箋》云：“爰，曰也。王之意不徒使此爲諸侯之事與安集萬民而已。王曰：當及此可憐之人，謂貧窮者，欲令賙餼之，鰥寡則哀之，其孤獨者收斂之，使有所依附。”

焯案：《序》云“萬民離散，不安其居”，即就詩之首章前二句言。云“能勞來還，定安集之”，就次二句言。云“至于矜寡，無不得其所”，就末二句言。以《序》解《經》，辭義畢見。“爰”爲語詞，“及”字承首二句言，即《序》中之“至于”也。陳奂謂及猶汲汲，非是。“矜人”猶言苦民，《爾雅·釋言》：“矜，苦也。”《吕覽·貴因》篇：“湯、武遭亂世，臨苦民。”即指下句鰥寡，非别指貧窮者。二句之意，不過言哀矜此鰥寡之人，特上句虚言之，下句實言之而已。《箋》以矜人與鰥寡分言，證之《序》文，似爲贅義也。

“雖則劬勞，其究安宅。”《傳》：“究，窮也。”《箋》云：“此勸萬民之辭。女今雖病勞，終有安居。”

焯案：《稽古編》云：“《鴻雁》詩三言劬勞，皆謂侯伯卿士也。《鄭箋》獨以次章劬勞屬流民言，與首尾二劬勞異，誤矣。”胡氏《後箋》云：“劬勞指使臣言，尤足見當時侯伯卿士不恤勞悴，計圖安集萬民，故‘雖則劬勞，其究安宅’，即君雖瘠、民必肥之意，所以爲可美也。但以爲勸民之辭，其義淺矣。”

“維彼愚人，謂我宣驕。”《傳》：“宣，示也。”《箋》云：“謂我役作衆民爲驕奢。”

焯案：驕與喬通用。《齊風·甫田》“維莠驕驕”，《法言》作喬喬。驕義即由喬來，出於夭、高。《説文》：“驕，馬高六尺爲驕。从馬，喬聲。”“喬，高而曲也。从夭，从高省。”从高，故爲高大義，从夭，則有巧好義，《桃夭》“桃之夭夭”《傳》云：“夭夭，其少壯也。”《説文》引作娱娱。云“巧也”。娱之後出字作嬌，訓爲姿。驕奢義從巧好引申。此詩之驕，義當爲好，《巷伯》“驕人好好”，以好好形容驕人，證知驕有好義。《經》言“謂我宣驕”，以謂愚人不知“我勞來還定安集之”意，反謂我好大喜功，特有意示好於民耳。《箋》以“驕”爲驕奢義，固迂。《吕記》載王氏説云："'謂我劬勞'者，以我'于征''于垣'爲劬勞也。'謂我宣驕'者，以我'矜憐撫掩'爲宣驕也。"此亦未得詩意。

庭燎

《序》云："《庭燎》，美宣王也。因以箴之。"《箋》云："諸侯將朝，宣王以夜未央之時問夜早晚。美者，美其能自勤以政事。因以箴者，王有雞人之官，凡國事爲期，則告之以時。王不正其官，而問夜早晚。"

焯案：《箋》釋"箴"義，謂不正雞人之官，而自問早晚，爲宣王之過，恐非序者之旨。或以《列女傳》宣王晏起，姜后脱簪事實之，亦未必即此詩之意。翁方綱《詩經附記》曰："《序》文二句義極該備，美之自是正義，箴則寓於其中耳。《箋》釋箴義固非，而後來諸家求其説而不得，又云箴其太早，箴其過勤，箴其始勤終怠，此皆自生枝節，詩中無此意也。古人立言，未有美而不寓箴者。此詩本是極意形容問夜之勤，則美其能勤在此，箴其能勤亦在此，故云因以箴之，並非兩義。"錢澄之《田間詩學》云："《序》謂'因以箴'者，蓋欲王之勤政，始終如一，諸侯無有二心，使朝廷常覩此儀也。後篇即繼以《沔水》，則謂諸侯不朝，而憂亂之作，詩人見之早矣。"胡氏《後箋》云："翁、錢二説，皆以'箴'字祇大概言之，語甚圓通。《詩》中似此者，如《終南序》云，'大夫美之'。又云，'故作是詩以戒勸之'。《常武序》云，'美宣王有常德以立武事'。又云，'因以爲戒然'。皆與此《序》同意。"

沔水

"寧莫之懲。"《箋》云："安然無禁止。"

焯案：《日月箋》云："寧猶曾也。"此詩之"寧"，解當與彼同。今云安然無禁，則以寧爲寍，不若彼《箋》爲諦。

“我友敬矣，讒言其興。”《傳》：“疾王不能察讒也。”《箋》云：“我，我天子也。友謂諸侯也。言諸侯有敬其職，順法度者，讒人猶興其言以毀惡之，王與侯伯不當察之？”

焯案：“我友”即指諸侯，“敬”與戒義同，二句意在勉諸侯以戒慎也。言我友其自戒慎矣，宜防讒言緣間而起也。其勖我友之敬，則規宣王之意自在言外。《箋》謂諸侯能敬其職，讒人猶興其言，失其義矣。

鶴　鳴

“鶴鳴于九皋。”《箋》云：“皋，澤中水溢出所爲坎。自外數至九，喻深遠也。”

焯案：“九”者虚數，猶“九天”“九地”之比。詳見汪中《釋三九》篇。《經》言“九皋”，即謂澤之深遠。《箋》以“九”爲自外數至九，非是。

祈　父

“胡轉予于恤，靡所止居。”《傳》：“恤，憂也。宣王之末，司馬職廢，羌戎爲敗。”《箋》云：“謂見使從軍，與羌戎戰於千畝而敗之時也。”

焯案：《傳》云羌戎爲敗，是此詩作於千畝敗績之後。考《通鑑外紀》，宣王三十二年，伐太原戎，不克。三十八年，伐條戎、奔戎，王師敗績。三十九年，戰於千畝，王師敗績於姜氏之戎。是八年之中，王師遠出三次告敗矣，故詩曰“胡轉予于恤，靡所止居”也。戴震云：“轉之爲言，有還轉不已之意。”胡承珙云：“《經》云‘轉予于恤’，謂兵興不已，輾轉憂困。若僅千畝一戰，不必云轉。”二説皆爲得之。

白　駒

“生芻一束，其人如玉。”《箋》云：“此戒之也。女行所舍主人之餼雖薄，要就賢人，其德如玉然。”

焯案：首二章兩“所謂伊人”，皆指賢者，三章則四“爾”字指賢者。此章有“人”有“爾”，故《箋》以“人”屬他人，“爾”屬賢者。惟“其人如玉”句爲美之之辭，“毋金玉爾音”句爲告之之語，雖“人”“爾”異文，固皆就賢者言。馬氏《通釋》云：“此章前四句高其隱遁，下二句尚望其聲音相通也。‘生芻一束’，言我雖設生芻以待之，方欲秣其馬，而其人高隱，比德如玉，不可得見也。《箋》義未免迂曲。”

我行其野

“我行其野，蔽芾其樗。”《傳》：“樗，惡木也。”《箋》云：“樗之蔽芾始生，謂仲春之時，嫁取之月。”

焯案：《正義》引王肅云：“行遇惡木，言己適人遇惡夫也。”鄭以樗之蔽芾爲記時。《周官》媒氏疏載孔晁申王肅說駁之，是也。胡承珙謂：“如王說，則與下‘昏姻之故，言就爾居’文義不相承接。蓋方就其居，何得遽謂之惡？至‘爾不我畜’，乃可爲惡耳。詩意當云，樗雖惡木，尚可依以芘蔭，況以昏姻之故，豈不可就爾居處，而孰知其不我畜也！觀下二章‘遂、葍’並訓惡菜，而《經》皆言采，自當謂雖菜尚有可采，則昏姻更若可恃，三章文義一例，不應首章直以惡木喻惡人也。”焯謂《甘棠傳》云：“蔽芾，小貌。”此詩云“蔽芾其樗”，蓋取惡木小而無枝，不足芘蔭，以興婦人遇惡夫，不能以相畜耳。惡木之喻，爲下四句設，非專爲次二句設，文義不爲不貫。“昏姻之故”二句，非就新昏時言，不得云方就其居。蔽芾言惡木之小而無枝，非芘蔭之義。至於下二章之采蓫采葍，正以采惡菜喻所適非人，非謂惡菜尚有可采。胡説迂曲，不合詩義，仍以王説爲長。

“不思舊姻，求爾新特。”《傳》：“新特，外昏也。”《箋》云：“壻之父曰姻。女不思女老父之命而棄我，而求女新外昏特來之女，責之也。不以禮嫁，必無肯媵之。”

焯案：首章《傳》云：“宣王之末，男女失道，以求外婚棄其舊姻而相怨。”此從陳奂説，以爲《傳》文。作《箋》語者非是。陳奂謂《傳》合下末章“不思舊姻，求爾新特”而總釋其義，是也。焯謂此詩與《邶風·谷風》同爲棄婦責男之辭。《傳》云求外姻、棄舊姻，與《谷風序》“淫於新昏，棄其舊室”之語相類。蓋詩之舊姻，猶言舊室，新特猶言新昏也。昏姻之義，散文有別。《爾雅·釋親》：“壻之父爲姻，婦之父爲婚。”《説文》：“姻，壻家也。婚，婦家也。”是也。通言不分。《南史》王元規曰，“姻不失親，古人所重，豈得輒昏非類”。徐鍇《説文解字通論》：“禮曰姻不失其親，故古文𡦫女爲妻，𡦫，古貴字也。”是皆以壻因於婦家爲姻，是也。此馬瑞辰説，又《周禮·大司徒》“六行之婣”，則統指外親言，亦可證姻之義得通用。昏姻之稱，兼可施之於婦，如《谷風》之新昏猶云新婦，《白虎通義·嫁娶》篇云：“燕爾新婚，謂婦也。”此詩之舊姻即舊室是已。陳奂泥於《傳》云男女失道，又以《白虎通義·嫁娶》篇云，姻者婦人因夫而成，故曰姻。詩云“不思舊姻”，謂夫也，因以此二句爲兼言男女，亦爲女之棄舊姻求外昏，非也。詩意實只託爲棄婦責男之辭，《箋》於此獨不誤爾。至“新特”當讀如《鄘風·柏舟》“實維我特”之特。彼《傳》云：“特，匹也。”此《傳》釋“新特”爲外昏者，蓋對棄婦爲内言之，其以“特”爲匹，仍與彼《傳》同爾。凡畜之牡者皆謂之特，反言之，則孤特者必有偶，故又爲匹偶之稱。《箋》以舊姻爲壻之父，新特爲新外昏特來之女，並失之。

“成不以富，亦祇以異。”《傳》：“祇，適也。”《箋》云：“女不以禮爲室家，成事不足以得富也。女亦適以此自異於人道，言可惡也。”

焯案：《論語·顔淵》篇引《詩》“成”作誠。《禮記經解》鄭《注》：“誠或作成。”是成與誠通用。陳氏《傳疏》云：“富猶賄也，即《氓》詩之‘以我賄遷’也。異猶貳也，即《氓》詩之‘士貳其行’也。”焯謂此承上文言。詩人託爲棄婦責男云，女之棄舊姻求外昏，誠非利其財賄，亦衹於我貳其行爾。蓋責男之好惡不常，故《論語》引之以證好惡之惑也。宋儒以《論語》引《詩》爲錯簡，非是。

斯　干

“似續妣祖。”《傳》：“似，嗣也。”《箋》云：“似讀如巳午之巳。巳續妣祖者，謂已成其宫廟也。”

焯案：《説文》：“巳，巳也。四月陽氣已出，陰氣已藏，萬物見，成文章。”《史記·律書》云：“巳者，言陽氣之已盡也。”是古於“巳午”之“巳”與“已止”之“已”爲一字。焦氏《補疏》云：“《玉篇》：‘巳，徐里切。嗣也，起也。又弋旨切。退也，止也。’一字分兩音，而‘已止’與‘巳午’尚爲一字，至《廣韻》上聲六止内‘巳，止也。又音似。巳，辰名。太歲在巳曰大荒落’是分‘已止’與‘巳午’爲兩字。蓋韻以音分，凡一字數音者，各如其音而分隸之。但字以音分，音分而字實不分，如且在平聲，亦在上聲，非兩字。孔穎達作《正義》，不明‘已止’之‘已’即‘巳午’之‘巳’，因泥於巳午之義，以爲‘宗廟在雉門外之左，門當午地，廟當巳地，續立妣祖之廟’，迂矣。”焯又案《廣雅·釋言》：“巳，似也。”《周頌》“於穆不巳”。孟仲子曰：“於穆不似。”是古於“巳”“似”音義皆同。似从目聲，目从反巳，目與巳實爲一字。故鄭讀“似”如“巳”，即釋爲已成宫廟也。惟此章首句云“似續妣祖”，意止言嗣續妣祖之功。次句云“築室百堵”，始有成宫廟之事。《正義》申《傳》云：“嗣續先妣先祖之功，故築其居室，百堵皆起。”是也。“築室百堵”，實兼宫廟燕寢言之。鄭以“築室百堵”句專屬之築燕寢，因以成宫廟屬之“似續妣祖”句，而讀“似”爲“巳然”之“巳”。非也。

“如矢斯棘。”《傳》：“棘，稜廉也。”《箋》云：“棘，戟也。如人挾弓矢戟其肘。”

焯案：《抑》詩“維德之隅”，《傳》：“隅，廉也。”《箋》云：“如宫室之制，内有繩直，則外有廉隅。”知此詩“如矢斯棘”，正謂室有廉隅，如矢有稜廉也。惟此《箋》云：“如人挾弓矢戟其肘。”胡承珙非之曰：“《經》祇言如矢，不言如人，祇言矢棘，不及於弓，增語成文，義近迂滯。”

“君子攸躋。”《傳》：“躋，升也。”《箋》云：“此章主於宗廟，君子所升，祭祀之時。”

焯案：《詩本義》云：“《箋》於二章次句已别言築寢矣，又隔二章後，謂‘如跂斯翼’一章爲成廟，其下一章又復言寢，都無倫次。且‘約之閣閣’一章與‘如跂’一章皆是述造屋之事，而鄭輒别‘如跂’一章爲廟者，止用‘君子攸躋’一句，謂升而祭祀爾。至於《七月》云‘躋彼公堂’，又可爲祭祀乎？此以知其謬也。”焯謂《正義》引孫毓云：“君子之所升處。”其申《毛》義，即詩意已明。胡氏《後箋》云：“上章‘約’‘椓’攻堅，主言垣墉，故云‘君子攸芋’，爲居之以自廣大。此章廉隅形貌，則自其外而言之。下章高明深廣，又自其内而言之。”《吕記》曰：“望其外，則未入也，故曰‘君子攸躋’，言其方升也。觀其内，則已入也，故曰‘君子攸寧’，言其既處也。”

“噲噲其正，噦噦其冥。”《傳》：“正，長也。冥，幼也。”《箋》云：“噲噲猶快快也。正，晝也。噦噦猶煟煟也。冥，夜也。言居之晝日則快快然，夜則煟煟然，皆寬明之貌。”

焯案：上章四“如”字通言室之外貌，此章四“其”字通言室之内形，正冥與庭楹文屬平列。吕氏《詩記》引吕、王二説，一以“正爲正寢，冥謂室之奥窔”，一謂“噲噲其正”，則知“噦噦其冥”是偏也。“噦噦其冥”，則知“噲噲其正”是明也。二説皆得詩意。《傳》訓正爲長、冥爲幼者，亦就室之明幽言。《大戴禮·誥志》篇引虞史伯夷曰：“明，孟也。幽，幼也。”孔廣森《補注》曰：“孟，長也。明爲陽，幽爲陰，陽先陰後，長幼之義。”據此，是古長幼有明幽之訓。胡氏《後箋》云：“鄭釋‘噲噲’‘噦噦’義皆是。以鄭義述毛，謂正長之室寬博而噲噲，冥幼之室光明而噦噦，説自可通。不必以正爲晝，冥爲夜也。”焯謂王肅解此詩，謂“宣王之臣長者寬博噲噲然，少者閑習噦噦然”，其説尤誤。按之文義，無方言庭楹，即雜言時與人之理。蓋皆昧於《傳》文長幼之訓，而不知其就室言也。

“乃安斯寢。”《箋》云：“寢既成，乃鋪席，與羣臣安燕爲歡以落之。”

焯案：此句之“寢”，與下句“乃寢乃興”之“寢”同爲寢寐義。此云安寢，承上章“攸寍”言。“乃寢乃興”，亦即承安寢言。不必分寢室寢寐二義。《箋》既以此句“寢”爲寢室，因以“安”爲與羣臣安燕以落之，實爲贅義。又上句“莞簟”，當即指寢卧者言，不必目爲與羣臣燕樂之席。且此章主於考室時祝君之辭，未及君燕臣落之之事也。

無　羊

“誰謂爾無羊，三百維羣。誰謂爾無牛，九十其犉。”《箋》云：“爾，女也，女宣王也，宣王復古之牧法，汲汲於其數，故歌此詩以解之也。誰謂女無羊，今乃三百頭爲一羣。誰謂女無牛，今乃犉者九十頭。言其多矣，足如古也。”

焯案：汪中《釋三九》謂：“三爲數之成，九爲數之終，故古人於制度之實數，凡一二之所不能盡者，則以三爲之節。三之所不能盡者，則以九爲之節。因而生人之措辭，凡一二之所不能盡者，則約之三以見其多。三之所不能盡者，則約之九以見其極多。言語之虛數，不可膠執，非如實數可以稽考，推之十百千萬，固皆如此。”愚謂此詩言羊“三百維羣”，牛之犉者“九十”，亦爲虛數。《箋》謂羊三百頭，牛九十頭，恐非詩旨。以羊之爲羣，未必定爲三百頭，牛之犉者，亦未必定爲九十頭，所謂三百、九十，蓋皆約略言之。羊數較牛數爲多，故云三百。牛數對羊言爲少，故云九十。次章云“三十維物”，則以異其毛色，分舉其數又爲少，故云三十，實則三十亦虛數也。《噫嘻》：“駿發爾私，終三十里。”《傳》云：“終三十里，言各極其望也。”是亦以三十爲虛數。嘗考經傳言三百者，往往就虛數言。如《左傳》僖二十八年“晋師入曹，數之以其不用僖負羈而乘軒者三百人也”。《杜注》：“言其無德居位者多。”是也。又“魏犫距躍三百，曲踊三百”。《杜注》：“百猶勱也。”孔疏申之云：“傷病之人而再言三百，不可爲六百跳。蓋訓‘勱’爲‘勉’，言每跳皆勉力爲之。”此則不知《傳》所言爲虛數，又疑其義未安，而妄爲説者也。《左氏》襄三年《傳》：“鄧廖帥組甲三百，被練三千以侵吴，吴人要而擊之，獲鄧廖，其能免者，組甲八十，被練三百而已。”此以三千與三百對言，蓋亦爲不定之數也。《禮記·禮器》言：“經禮三百，曲禮三千。”鄭注：“經禮謂《周禮》也。《周禮》六篇，其官有三百六十。”《中庸》言：“禮儀三百，威儀三千。”《藝文志》引之。韋昭注：“三百謂《周禮》三百六十官。”臣瓚非之，謂指冠、昏、吉、凶。顔師古從韋説，又以“威儀三千”就《儀禮》言。實則三百、三千，只就禮儀之條目及行事之威儀，約舉其數言之。鄭與韋、顔以《周官》實之，皆非也。《史記·孔子世家》云：“古者《詩》本三千餘篇，去其重，取其可施於禮義者三百五篇。”孔穎達不信删《詩》之説，以爲孔子所録，不容十分去九，不知史公所云三千，特對三百言之，而虚表其多數，其與威儀三千爲對禮儀三百言正同。特《詩》言三百，爲舉三百篇之成數，與禮儀三百不同。其所云三千，則同爲不可知之數也。本經《魏風·伐檀》言“三百廛”、“三百億”，亦皆就虚數言。如爲實數，則三百廛爲田三萬畝，以《漢志》準之，畝收一石有半，三百廛當四萬五千石，魏以小國，其臣雖貪鄙，不應受禄若此之厚。至三百億，以言禾秉之數，如從毛義，萬萬曰億，果以數計，三百萬萬秉，遽難悉數，況禾秉本不必以數計者耶！又《曹風·候人》言“三百赤芾”，《正義》云：“諸侯之制，大夫五人。”則言三百者亦虚數也，其以九十爲虚數者，《豳風·東山》“九十其儀”，《傳》云：“言多數。”《箋》云：“喻丁寧之多。皆不以其爲實數。”蓋數之以十計者，止於九十，若再益以十，即當以百計矣，是不可復益之數，故爲至多之數也。《正義》云：“言九又言十者，喻其威儀丁寧之多。”此則不知九十之義，而誤分言者也。他如《楚辭·九辯》：“太公九十乃顯榮兮。”王逸《注》：“吕尚耆老，然後貴也。”若《史記》則但言年老，他書或言七十，或言八十，各無定辭，則所云九十，不過極言其老，非必定爲九十歲也。凡若此類，但宜通其語言之情，勿膠其文字可也。又兹篇言“爾”者凡八。歐陽氏《本義》以“所爾者皆是牧人，不得於無羊無牛爲爾宣王”。實則詩之言“爾”，本無定指。鄭以爲爾宣王者固泥，歐陽以爲皆爾牧人，亦無以解於“爾牲”之語矣。

“衆維魚矣。”《箋》云：“牧人乃夢見人衆相與捕魚。”

焯案：毛此句無傳。下“實維豐年”《傳》云：“陰陽和則魚衆多矣。”揣毛之意，以爲牧人所夢之衆多者乃是魚，與下文“旐維旟矣”語氣各别。《稽古編》云：“上專言魚，下並言旐旟，語意異而句法同。古人不妨有此。《吉日》之‘伯禱’，一事也而兩言‘既’，《無羊》之‘旐旟’，二物也而止言一‘維’，各從文便耳。”俞氏《平議》

云："'衆維魚矣'，猶云維衆魚矣；'旐維旟矣'，猶云維旐旟矣。古人之文往往有此例。"二説是也。《箋》謂衆人相與捕魚，其義近迂。至盧文弨《鍾山札記》載丁氏希曾解此句云："衆乃螽之省，螽與蝝通。《左氏》、《穀梁春秋經》桓五年'蝝'，《公羊》作'螽'。螽實蝗類。凡池湖陂澤中魚嘯子，皆近岸傍淺水處，若遇歲旱，不能復其故處，土爲風日所燥，魚子蠕蠕而動，即變爲蝗蟲以害苗，自大河以北，土人皆知之。今螽不爲蝗而爲魚，故以爲豐年之徵。"焯謂魚子變蝗之事，詩人容未之知，已爲今之科學證爲荒誕。且以衆爲螽，究有改字之嫌。不如《傳》義爲平正也。

卷　六

節南山之什

節南山

“不敢戲談。”《箋》云：“又畏女之威，不敢相戲而言語。疾其貪暴，脅下以刑辟也。”

焯案：“不敢戲談”，宜如李氏《集解》所謂“正言莊論以救之”之意。蓋即冒下十章正告師尹之言也。胡承珙引《鹽鐵論·散不足》篇云：“夫賢人君子以天下爲任者也，任大者思遠，思遠者忘近，誠心閔悼，惻隱加爾，故忠心獨而無累，此詩人所以傷而作，比干、子胥遺身忘禍也。其惡勞人若斯之急，安能默乎？《詩》云：‘憂心如惔，不敢戲談。’據此，是爲不敢不以正告之意。漢儒已有此解，其説較《箋》義爲長。”

“國既卒斬，何用不監？”《傳》：“卒，盡。斬，斷。監，視也。”《箋》云：“天下之諸侯日相侵伐，其國已盡絶滅，女何用爲職，不監察之？”

焯案：國即指周室言。下云“秉國之均，誰秉國成”，《正月》云“念國之爲虐”，《小旻》云“國雖靡止”，皆是。《箋》以國爲諸侯之國，非是。胡氏《後箋》云：“君失道，臣專恣，即是國脈已絶。言既者，猶祖伊所稱‘天既訖我殷命’也。監者，謂當察視其亂之所由生也。《潛夫論·愛日》篇引詩云：‘國既卒斬，何用不監，傷三公居人尊位，食人重禄，而曾不肯察民之盡瘁也。’此與《傳》義同。”

“有實其猗。”《傳》：“實，滿。猗，長也。”《箋》云：“猗，倚也。言南山既能高峻，又以草木平滿其旁倚之畎谷，使之齊均也。”

焯案：詩意特謂南山之上草木實然長茂，其不言草木，以繫南山言，則其爲草木可知。“有”“其”二字皆爲助詞，與《正月》“有菀其特”文例正同，彼言阪田之中菀菀然茂特，亦不言苗，而可知其爲苗也。又如《載芟》“有厭其傑，有實其積”，文法皆與此同。《箋》訓猗爲倚，謂以草木平滿其旁倚之畎谷，非也。《經義述聞》以“有實其猗”與“有鶯其羽，有略其耜”文義相同，謂“末一字皆實指其物，猗當讀爲阿，阿，曲隅也，實，廣大貌，有實其阿者，言南山之阿實然廣大”。此既易經文復乖《傳》義，且泥句末字必爲實指，而無以解於《正月》、《載芟》中句法之相類者，是未足爲定論也。

“憯莫懲嗟。”《傳》：“憯，曾也。”《箋》云：“曾無以恩德止之者，嗟乎奈何。”

焯案：《經傳釋詞》以“嗟爲句末語助，‘憯莫懲嗟’，即言曾莫懲也，與《十月之交》詩‘胡憯莫懲’同義。《箋》謂嗟乎何及，失之”。

“維周之氐。”《傳》：“氐，本。”《箋》云：“氐當作桎鎋之桎。言尹氏作太師之官，爲周之桎鎋。”

焯案：陳氏《傳疏》云：“‘維周之氐’，言尹氏爲周之榦臣也。與《文王》‘維周之楨’、《嵩高》‘維周之翰’句義正同。”胡氏《後箋》云：“君相皆爲國本，猶後人言中書爲政本也。尹氏以貴族世秉國政，非所謂國本歟。”焯謂陳、胡二説申《傳》義甚明。《潛夫論·志氏姓》篇引此詩“氐”作“底”，則三家《詩》或作“維周之底”。説之者又以“底”“厔”通用，因讀爲厔礙之厔。《説文》：“厔，礙止也。”古書凡从氐者，多通用至。《文選·七發注》云："厔或爲底之古字。"又《爾雅·釋木》："蔝茎，舍人本茎作柢。"《方言》："螘塲謂之坻，或謂之垤。"皆从氐从至字通之諭。鄭謂"氐"當作桎鎋之桎者，由"桎""厔"義同，《釋文》：桎，礙也。本三家説以改毛也。特毛義原合詩恉，無庸緣三家説之耳。

"不弔昊天。"《傳》："弔，至。"《箋》云："至猶善也，不善乎昊天，愬之也。"

焯案：此章上六句皆陳正誼以反責尹氏，兼刺王任人不當。此句忽翻轉，文勢斗絶。詩意以君臣同惡，不可救止，因之歸怨於天，以致其憤疾之情，詞指昊天，意仍斥王，《傳》於《桑柔》、《瞻卬》皆云昊天斥王，是也。其云"不弔昊天"，猶言昊天不弔，與下文"昊天不傭"、"昊天不惠"、"昊天不平"同義，但文法倒裝耳。《箋》於五章"昊天不傭"云："昊天乎！師氏爲政不均平。"則於此章亦必以"不弔"屬尹氏。而讀二字微逗，以"昊天"爲呼天而愬之。蓋詩中昊天句，《箋》每以爲愬之於天之詞，既異《傳》義，於文勢復多不順。陳啓源用《箋》義駁朱《傳》，謂"《小雅》多呼天之語，天字皆宜稍斷，如以爲歸罪於天，則非刺時，乃爲刺天"。此緣未審刺天本爲刺王，又人情每當哀怨之時，出言固往往無所擇也。

"無小人殆。"《傳》："無以小人之言至於危殆也。"《箋》云："殆，近也。爲政當用平正之人，用能紀理其事者，無小人近。"

焯案：《箋》易"殆"義爲"近"，説似直截，惟《大戴禮·衛將軍文子篇》載孔子曰："《詩》云：'式夷式已，無小人殆。'而商也其可爲不險也。"孔子引《詩》，以"不險"釋"無殆"，則《毛傳》云危殆，確不可易矣。

"昊天不傭，降此鞠訩。昊天不惠，降此大戾。"《傳》："傭，均。

鞠，盈。訩，訟也。"《箋》云："盈猶多也。戾，乖也。昊天乎！師氏爲政不均，乃下此多訟之俗。又爲不和順之行，乃下此乖争之化。病時民傚爲之，愬之於天。"

焯案：《序》云家父刺幽王。四章"勿罔君子"，《傳》云"勿罔上而行"，《箋》亦云"下民末罔其上"，是自四章以下多直刺王之辭。陳奂以此昊天爲斥王，極合詩旨。乃《箋》以此章主刺尹氏，又以昊天爲"愬之於天"，故以"不傭""不惠"屬尹氏，以多訟乖争爲由尹氏而降，似非詩意。

"君子如届，俾民心闋。"《傳》："届，極。闋，息。"《箋》云："届，至也。君子，斥在位者。如行至誠之道，則民鞠訩之心息。"

焯案：此二句承"昊天不傭"二句言。《傳》已訓"傭"爲均，此訓"届"爲極者，"極"有中正均一之義，言上德如均一，則民之争心息矣。《箋》訓"届"爲至，並增成其義，以"届至"爲至誠之道，又以君子爲斥在位者，皆失之。

"不自爲政，卒勞百姓。"《箋》云："卒，終也。昊天不自出政教，則終窮苦百姓。欲使昊天出圖書，有所授命，民乃得安。"

焯案：《正義》述毛云："此蓋言王身不自爲政教，終勞苦我百姓。王肅云：'言政不由王出。'"是也。唯《正義》又引王肅駁鄭欲使天更授命之説，並引王基理鄭語，謂"百姓怨王，欲天有授命，此文陳下民疾怨之言，曲以感悟，正與祖伊諫殷王同"。焯謂鄭君身丁喪亂，故每於箋《詩》時發爲感傷之語。此云"欲使昊天出圖書，有所授命"，亦歎息痛恨於桓、靈之意，於詩義固爲無當。特子雍駁鄭，要爲太甚。若歐陽永叔不明鄭意，輒以怪妄斥之，過矣。

正　月

“父母生我，胡俾我瘉。”《傳》：“父母謂文、武也。我，我天下。瘉，病也。”《箋》云：“天使父母生我，何故不長遂我，而使我遭此暴虐之政而病?”

焯案：陳氏《傳疏》云：“《小宛傳》：‘先人，文、武也。’《雲漢傳》：‘先祖，文、武爲民父母也。’文義同此。”胡氏《後箋》云：“《傳》以父母爲文、武者，言自文、武以來，深仁厚澤，休養涵濡之久，何以至今日而遭此暴虐，正與下文‘不自我先，不自我後’相接。《瞻卬》亦云‘不自我先，不自我後’，其下即曰‘無忝皇祖’，遭時亂而呼先王，與此同。”焯謂詩有詩人本義，有瞽矇諷誦之義，有賦詩寄託及引詩以就己説之義。其不取本義者，或以古爲今，或以美爲刺，或以小爲大，或以反爲正，隨意所託，不拘乎辭，即事賡載，復多推論。蓋三家與毛皆出子夏，其所以不同者，即在不專守本義故爾。三家既然，毛亦不必絶異。此《傳》以父母謂文、武，我，我天下，或爲詩人本意，或爲説詩者之意。不可必知，要其於此等訓義，必有所受。《箋》易《傳》謂天使父母生我。而改就一身言，持義似切，然未可以破《傳》也。

“民之無辜，並其臣僕。”《傳》：“古者有罪，不入於刑，則役之圜土，以爲臣僕。”《箋》云：“辜，罪也。人之尊卑有十等，僕第九、臺第十，言王既刑殺無罪，並及其家之賤者，不止於所罪而已。《書》曰：‘越兹麗刑並制。’”

焯案：《正義》申毛云：“罪有等級，重者入於肉刑，輕者役於圜土。今無罪亦令與有罪同役，故言並也。役之圜土，《周禮》有其事。”陳氏《傳疏》云：“臣僕即罪人爲役者。《微子》：‘商其淪喪，我罔爲臣僕。’《晏子》：‘越石父曰，吾爲人臣僕於中牟。’《史記》則云‘在縲絏中’。此罪人爲臣僕之證。”馬氏《通釋》云：“《詩》言‘並其臣僕’，謂使無罪者並爲臣僕，在罪人之列，非謂已爲臣僕，又從而罪及之也。”焯謂上三説皆得詩意。此詩言“民之無辜並其臣僕”，與《雨無正》篇言“若此無罪淪胥以鋪”同意。《箋》誤解“並其”“其”字爲指無辜之民，因以民之無辜與臣僕分言，非詩意也。

“既克有定，靡人弗勝。”《傳》：“勝，乘也。”《箋》云：“王既能有所定，尚復事之小者爾。無人而不勝，言凡人所定皆勝王也。”

焯案：此《傳》甚略。《箋》説似非詩意。《正義》引王肅述毛及孫毓所評，義皆迂曲。後之解此者，人持一義，説多偏頗。胡氏《後箋》云：“詩意蓋謂今在朝者皆小人，助王爲虐，民之切齒久矣。今方危殆之時，視王之所爲夢夢然，誠無如此小人何矣。倘終能有定亂之日，將無人不起而乘其敝。蓋以此戒小人，而怵以必敗，故繼之曰：‘有皇上帝，伊誰云憎。’言上帝非小人之是憎而誰憎乎。”焯謂胡氏所説，於《經》《傳》詞意皆爲切合。周大夫蓋鑑於厲王前事，而逆睹幽王之必敗，故發爲此言耳。

“謂山蓋卑，爲岡爲陵。”《傳》：“在位非君子，乃小人也。”《箋》云：“此喻爲君子賢者之道，人尚謂之卑，況爲凡庸小人之行。”

焯案：《説文》：“岡，山脊。陵，大阜。”《爾雅·釋山》曰：“山脊，岡。”《釋地》曰：“大阜曰陵。”《釋名》：“岡，亢也。在上之言也。陵，隆也。體高隆也。”《天保》詩：“如岡如陵。”《易》：“升其高陵。”皆以岡陵喻高。詩意如云，謂山蓋卑乎？蓋讀如《論語》“蓋有之矣”之蓋，此故作疑問詞。下文“謂天蓋高，謂地蓋厚”語氣亦同。乃爲岡爲陵，而實高峻也。山以喻居高位者，與《節南山》以南山喻師尹同意。後章“彼有旨酒”《箋》云：“彼，彼尹氏太師，則此亦當爲斥尹氏之詞。蓋詩之作者雖異，其所刺之人與事則同，故其詞意相類也。意謂居高位者豈不尊顯歟？實甚尊顯也，乃其德不稱位何也。下文“民之訛言，寧莫之懲”，即斥言在位非其人之害。《傳》云“在位非君子乃小人”，即謂小人乘君子之器。蓋《經》文此二句乃反言微見其意，《傳》則正言顯揭其旨。非以山高喻君子，岡陵之卑喻小人也。朱氏以下多謂此二句即下文之訛言，於文勢似順。惟易興爲賦，而與《傳》意相違。焦循、胡承珙以岡陵卑小爲小人之喻，則又誤會《傳》意，而與《箋》同其失者也。

“具曰予聖，誰知烏之雌雄。”《傳》：“君臣俱自謂聖也。”《箋》云：“時君臣賢愚適同，如烏雌雄相似，誰能別異之乎。”

焯謹案：焦氏《補疏》云：“誰字與具字相承，君臣俱自謂予聖，聖則通矣，究竟烏之雌雄誰能知之。《箋》以烏比君臣，恐非毛義。”焯謂詩意斥王君臣皆不自知，唯各自矜詡，故於人之賢愚，事之善惡，皆莫能昭察，如烏之雌雄難可辨識耳。《箋》説實泥。

“謂天蓋高，不敢不局。謂地蓋厚，不敢不蹐。”《傳》：“局，曲也。蹐，累足也。”《箋》云：“局蹐者，天高而有雷霆，地厚而有陷淪也。此民疾苦王政，上下皆可畏怖之言也。”

焯案：《説苑·敬慎》篇載：“孔子論《詩》，至於《正月》，惕然如懼。曰：‘彼不逢時之君子，豈不殆哉！’從上依世則道廢，違上離俗則身危，時不興善，己獨繇之，則曰非妖即妄也。故賢者既不遇，恐不終其命焉。桀殺關龍逢，紂殺比干，皆其類也。《詩》曰：‘謂天蓋高，不敢不跼。謂地蓋厚，不敢不蹐。’此言上下畏罪，而無所自容也。”據此所引，則詩意特言遭世之亂，身在天地間，如無所容。袁彦伯所謂“六合雖廣，容身靡寄”爾。《箋》云“局蹐者，天高而有雷霆，地厚而有陷淪”，實爲贅義也。

“亦不我力。”《箋》云：“亦不問我在位之功力。”

焯案：馬氏《通釋》云：“功力謂之力，用其力亦謂之力，不我力即不我用。《緇衣》引此詩，《注》云‘亦不力用我’，是也。《緇衣》又引《君陳》曰：‘未見聖若己弗克見，既見聖亦不克由聖。’《注》：‘由，用也。’與此同義。《箋》訓力爲功力，失之。”

“終其永懷。”《箋》云：“終王之所行，其長可憂傷矣。”

焯案：終猶既也。懷猶傷也。詩言既其永爲憂傷，即承上章“心之憂矣”而言，故下文云“又窘陰雨”也。《箋》訓“終”爲終王之所行，非是。

“昏姻孔云。”《傳》：“云，旋也。”《箋》云：“云猶友也。”

焯案：《說文》，“云”即雲之古文，象雲回轉之形。引申其義，即訓爲旋。“昏姻孔云”，謂與“瑣瑣姻亞”相周旋也。《左傳》襄二十九年，游吉引此語，且云，“晉不鄰矣，其誰云之”。《杜注》：“云猶旋。”是也。《箋》謂云猶友，雖意在申毛，然不如《傳》義之確。

十月之交

《序》云：“十月之交，大夫刺幽王也。”《箋》云：“當爲刺厲王。作《詁訓傳》時，移其篇第，因改之耳。《節》刺師尹不平，‘亂靡有定’。此篇譏皇父擅恣，‘日月告凶’。《正月》惡褒姒滅周。此篇疾‘豔妻煽方處’。又幽王時司徒乃鄭桓公友，非此篇之所云番也。是以知然。”

焯案：鄭以《十月之交》以下四篇爲刺厲王，毛公移其篇第，遂改爲刺幽王。竊觀《六月序》備著《鹿鳴》至《菁菁者莪》目次，《六月》爲宣王時詩，則《小雅》於成王以後宣王以前無厲王之詩甚明。果《十月之交》以下四篇爲厲王時詩，則當次《六月》前，而以父先其子，與《大雅》以《民勞》以下五篇次《卷阿》後、《雲漢》前一例。不應於《節南山》、《正月》刺幽王詩後忽插入此四篇，而亂其序次也。且《孔疏》謂《韓詩》篇第亦與《毛》同，是《毛詩》之次，乃漢經師共傳之本，《箋》説未可信也。即以詩文求之：《正月》云"褒姒威周"，此云"豔妻煽方處"；《正月》云"正月繁霜"，此云"日月告凶"。《正月》爲幽王詩，此亦爲刺幽王無疑也。梁虞劆造《大同曆》，推此篇日食在幽王六年，唐傅仁均造《戊寅元曆》，推周幽王六年十月辛卯朔日食，皆與詩合。元齊履謙云："以《授時曆》推之，周幽王六年歲在乙丑，距延祐丁巳二千九十二年，是歲實以夏正八月辛卯朔入食限。"清陳懋齡以《授時曆》推算，作《詩十月之交辛卯朔日食考》，亦以爲當周幽王六年乙丑。是鄭謂在周厲王時，益不足據矣。或謂："鄭説出《魯詩》，以《漢書·谷永傳》上書有云：'昔褒姒用國，宗周以喪，閻妻驕煽，日以不臧。'《顔注》稱：'《魯詩·十月之交》篇"閻妻煽方處"，言厲王無道，内寵熾盛。'又《劉向傳》上封事曰：'下至幽、厲之際，日月薄蝕而無光。其詩曰：朔日辛卯，日有蝕之，亦孔之醜。'中壘世傳《魯詩》，其兼言幽、厲，當參用申公説。"胡承珙駁之云："谷永此書，屢用《十月》詩中語，而惟言幽王，並不及厲。其以褒姒、閻妻對舉者，衹是一人一事，相儷爲詞，古人多此文例，初非以幽、厲並言。《顔注》引《魯詩》云云，衹就《鄭箋》約其文義耳。申公《魯詩》本無傳，顔氏何從得此言乎？又《外戚傳》班婕妤賦：'悲晨婦之作戒兮，哀褒、閻之爲郵。'亦以褒、閻連稱，閻、豔古字通，褒、閻猶褒、豔耳。何氏《古義》曰：'使厲王時别有豔妻，則當叙閻於褒之前，不應皆先褒而後閻也。'顔注班賦又但云：'《小雅》刺幽王曰："褒姒滅之，以閻妻煽方處。"'亦足見其注

《谷永傳》之全無依據矣。若劉向上封事雖以幽、厲並舉，亦如《後漢·左雄傳》上疏言：‘幽、厲昏亂，不自爲政。褒、豔用權，七子黨進。’此所云褒、豔，縱使分屬幽、厲，而二王之時又豈皆有七子？可見幽、厲之稱乃連類而及，向、雄之意皆未嘗以《十月》之詩爲厲王。而顏注《向傳》，四詩並言刺幽王，尤足見《谷永傳注》之妄也。吾友魏默深曰：‘劉向《列女傳·孽嬖類》中於妹喜、妲己後即次以褒姒，而無厲之閻妻，向撰此《傳》以規成帝，其於是門，特所用意，豈有事關三代，詠列六經，且係《魯詩》之傳，而遺略若此？又班固論贊《漢書》，皆用魯説，而《古今人表》有褒姒，無閻妻，其餘皇父等七子並列於幽王下品之次，則《魯詩》之爲刺幽，明如星日，與厲王風馬牛不相及矣。’”焯謂胡氏説諦甚。毛以《十月之交》以下四篇爲刺幽王，非特《韓詩》説同，即《魯説》亦未有異。惟《中候擿雒貳》曰：“昌受符，厲孌倡，期十之世權在相。”又曰：“剡者配姬以放賢，山崩水潰納小人，家伯罔主異載震。”《孔疏》云：“既言昌受符，爲王命之始，即云期十之世，自文數之至厲王，除文王爲十世也。剡與家伯，與此篇事同。‘山崩水潰’，即此篇‘百川沸騰、山冢崒崩’是也。如此《中候》之文，亦可以明此爲厲王。”據此，是鄭所據惟在緯候之書，特未明言所自。陳壽祺謂《詩緯》多用《齊詩》説，盧文弨謂“此篇《毛詩》作‘豔’，《魯詩》作‘閻’，則作‘剡’者必爲《齊詩》”。果如所説，亦不必專執齊義以難毛、韓，鄭君篤信緯術，實其蔽也。至其“《節》刺師尹不平”諸語，亦多未合。《詩本義十月之交解》云：“鄭氏以此篇爲當刺厲王，其説有三：一曰《節》彼刺‘師尹不平’，此不當譏‘皇父擅恣’。予謂非大亂之世者，必不容二人之專。不然，李斯、趙高不同生於秦也。其二曰‘《正月》惡褒姒滅周’，此不當疾。豔妻之説出於鄭氏，非史傳所聞。況褒姒之惡，天下萬世皆同疾而共醜者，二篇譏之，殆豈過哉。其三曰‘幽王時司徒乃鄭桓公友’，此不當云‘番維司徒’。予謂《史記》所載，鄭桓公在幽王八年方爲司徒爾，豈止桓公哉？是三説皆不合於《經》，不可按法。”又云：“幽王在位十一年，至其八年，始以友爲司徒，其前七年安知無番爲司徒也？就使番不爲幽王司徒，安知其爲厲王司徒也？”焯謂歐説可正《箋》義之違失。今承其説而申之曰：幽王有師尹，厲王亦有榮夷公，若更用皇父，是亦並政也。紂既有飛廉，復有惡來、崇侯虎之徒，何必有師尹無皇父？《詩》曰，“皇父卿士，番維司徒”，與太師尹氏各居一官，同惡相濟，何謂不當並政？既有皇父，而又有番，是亦並政也，況家伯冢宰，仲允膳夫，聚子内史，蹶惟趣馬，楀維師氏，正如《否》卦拔茅連茹、三陰並進之象。又厲王之時，在《大雅》有《民勞》、《板》、《蕩》、《抑》、《桑柔》五詩，其辭止稱“詭隨”、“惛怓”、“殿屎”、“喪亂”、“炰烋”、“顛沛”、“荒湛”、“覆狂”，而不及其閨房燕私，有豔妻煽處之事。迹其好利殺謗，史臣書其暴虐，蓋與幽王淫侈之惡略殊。而《正月》刺幽王之作，則曰“赫赫宗周，褒姒威之”，是與豔妻之處合也。“仳仳彼有屋，蔌蔌方有穀”，是與皇父諸人合也。《雨無正》曰“周宗既滅，謂爾遷于王都”，《小旻》曰“國雖靡止”，《小宛》曰“天命不又”，是皆幽王將亡之詩無疑也。

“朔日辛卯。”《箋》云：“辛，金也。卯，木也。以卯侵辛，故甚惡也。”

焯案：《經》言“辛卯”，但紀日耳。“辛金卯木”之占，實求之過深也。

“悠悠我里。”《傳》：“悠悠，憂也。里，病也。”從《稽古編》説，删去“里”下“居也痗”三字。《箋》云：“里，居也。”

焯案：《爾雅·釋詁》：“瘇，病也。”郭《注》：“見《詩》。”又“悝，憂也”。郭《注》引《詩》“悠悠我悝”。《玉篇》“瘇”字注引此詩作瘇。云："病也。"《廣韻》"悝"字注引作"悝"。云："憂也。"《説文》無"瘇"有"悝"，云："惆也。一曰病也。"此當據三家《詩》本，三家與毛蓋字異義同。詩意謂悠悠乎我因憂而病，亦甚困病矣。《箋》訓里爲居，則因文生義，且避與"痗""病"義相重，然不若《雲漢箋》訓里爲憂之當也。憂與病義近。

"四方有羨，我獨居憂。"《傳》："羨，餘也。"《箋》云："四方之人盡有饒餘，我獨居此而憂。"

焯案：《毛詩札記》云："居憂之文，與《雨無正》篇'俾躬處休'文同，猶云處於憂患也。《箋》云'居此而憂'，立詞稍曲。近陳奂《傳疏》誤據王引之《釋詞》説，以'居'爲語助，非也。"

雨無正

"浩浩昊天，不駿其德。"《傳》："駿，長也。"《箋》云："此言王不能繼長昊天之德。"

焯案：此詩之意與《節南山》言"昊天不傭，昊天不惠"正同。意主刺王，詞則致怨於天。《箋》疑於詩人不應有怨天之詞，故以"不駿其德"句屬王言，於下句"降喪饑饉"云，"至使昊天下此死喪饑饉之災"，皆增字解經，迂曲轉甚，詩意不如此也。

"昊天"《釋文》作旻天。此從《正義》本。疾威。《箋》云："王既不駿昊天之德，今昊天又疾其政，以刑罰威恐天下。"

焯案：陳氏《傳疏》云："'昊天疾威'，猶云疾威上帝，疾威二字平列。《蕩傳》云：'疾病人矣，威罪人矣。'可證。"焯謂此承上文"降喪饑饉"二句而言，下云"弗慮弗圖"，意謂天罰昭著如此，而王猶弗之省也。《箋》義迂塞。朱《傳》釋疾威爲暴虐，亦未諦。

“淪胥以鋪。”《傳》：“淪，率也。”《箋》云：“胥，相。鋪，徧也。言王使此無罪者見牽率相引而徧得罪也。”

焯案：“鋪”，《後漢書·蔡邕傳注》引《韓詩》作“痡”，云：“病也。”毛義當與韓同。《釋文》引王肅説，病也。甚得《傳》意。《江漢》“淮夷來鋪”，《傳》訓“鋪”爲病，可證。詩意謂無罪之人亦類相與受其病耳。《箋》訓鋪爲徧，而以爲徧得罪，似非詩意。

“戎成不退，飢成不遂。曾我暬御，憯憯日瘁。”《傳》：“戎，兵。遂，安也。暬御，侍御也。瘁，病也。”《箋》云：“兵成而不退，謂王見流于彘，無御止之者。飢成而不安，謂王在彘乏於飲食之蓄，無輸粟歸餼者。此二者，曾但侍御左右小臣憯憯憂之，大臣無念之者。”

焯案：“戎成不退”，當依馬瑞辰説，爲即指敵言，謂外患熾而敵勢彊也。“飢成不遂”，謂天降饑饉，民無所安定，即承首章“降喪饑饉”言之。“曾我暬御”二句，依胡承珙説，此詩自是暬御之臣所作。《序》云“大夫刺幽王”，則暬御未必是小臣之稱。《楚語》“居寢則有褻御之箴”，《韋注》：“褻，近也。”褻與暬同。《崧高》“王命傅御”，《傳》云：“御，治事之官也。”然則此暬御當是近臣之治事者。毛以侍御訓暬御，則當爲左右親近之臣，故末章《傳》云：“遭亂世義不得去。”《箋》泥於暬字之解，以爲左右小臣，恐非毛旨。

“聽言則答，譖言則退。”《傳》：“以言進退人也。”《箋》云：“答猶距也，有可聽用之言，則共以辭距而違之。有譖毀之言，則共爲排退之。”

焯案：《説文》：“从，相聽也。”《廣雅》：“聽，从也。”是聽有順從之義。詩意謂聞順從之言，則答而進用之。受譖毁之言，則黜退其人。幽王喜順從之言，又喜納譖毁之言，宜君子退而小人進也。《箋》説未合詩恉。

“哀哉不能言，匪舌是出，維躬是瘁。哿矣能言，巧言如流，俾躬處休。”《傳》：“哀賢人不得言，不得出是舌也。哿，可也。可矣世所謂能言也。巧言從俗，如水轉流。”《箋》云：“瘁，病也。不能言，言之拙也。言非可出於舌，其身旋見困病。巧猶善也，謂以事類風切剴微之言，如水之流，忽然而過，故不悖逆，使身居安休休然。亂世之言，順説爲上。”

焯案：《稽古編》云：“《傳》以‘哀哉不能言’爲哀賢人不得言，以‘哿矣能言’爲可矣世所謂能言，夫曰世所謂，則僅見許於俗人，決非賢者。《箋》、《疏》申之，謂賢者之中有此巧拙二種，恐失毛旨。古未有以巧言爲善者，《表記》‘辭欲巧’，未必是聖人語，七十子之徒得於傳聞耳。仲達引以爲證，誤矣。至《左傳》昭八年晉叔向引‘不能言’證小人之言僭而無徵，引‘能言’證君子之言信而有徵，此特斷章耳。”焯謂陳氏申毛義甚當。《詩》凡言“哿矣”者，皆有不足之之意。《正月》云“哿矣富人”，則對惸獨可哀者言之。此云“哿矣能言”，則對賢人不得言者言之。其褒貶之意，顯然可見。惟《表記》云“辭欲巧”，並“情欲信”爲言，不得疑爲非聖人語。至《左傳》昭八年叔向曰：“君子之言信而有徵，故怨遠於其身。小人之言僭而無徵，故怨咎及之。”下引此詩爲證。蓋叔向引詩，取其義而不泥其辭，當謂世所譏不能言之君子，其躬雖病，而非詩人之所刺，故曰怨遠於其身。能言之小人，躬雖處休，而詩人刺其巧言如流，故曰怨咎及之。馬通伯説。《杜注》既未得其解，陳氏亦誤會其旨矣。《潛夫論·本政》：“詩傷‘巧言如流，俾躬處休’，言佞彌巧者，官彌尊也。”蘇氏《詩傳》云：“言之忠者，世所謂不能言也。常可人意者，佞人之言也，此世之所謂能言也。”是二説皆得之。

“鼠思泣血，無言不疾。”《傳》：“無聲曰泣血。無所言而不見疾也。”《箋》云：“鼠，憂也。既辭之以無室家，爲其意恨，又患不能距止之，故云，我憂思泣血，欲遷王都見女，今我無一言而不道疾者，言己方困於病，故未能也。”

“昔爾出居，誰從作爾室。”《傳》：“遭亂世義不得去，思其友而不肯反者也。”《箋》云：“往始離居之時，誰隨爲女作室，女猶自作之爾。今反以無室家距我，恨之辭。”

焯案：此章全爲留居王都之賢者思其友之不肯反者之辭。上句“曰予未有室家”，是述其友之託辭，非其友距之之語。“鼠思泣血”二句，則自道其孤特在朝，不見容於羣小，故思良友之相從也。《箋》以“曰予未有室家”下三句爲其友距之之語，因解疾爲疾病。夫果託辭於疾，下何止詰以“昔爾出爾居，誰從作爾室”耶？又《箋》於上以王都謂彘，同姓之臣從王，思其友呼之。夫厲王流彘，彘非王都，同姓之臣縱有從王，何必定招賢者與共處彘耶？蓋鄭以此篇當爲刺厲王，故釋二章“周宗既滅”爲王流于彘，釋“覆出爲惡”爲反出教令復爲惡，釋四章“戎成不退”爲王流彘無爲王禦止寇亂，“飢成不遂”爲在彘乏食，無有輸粟歸餼於王。夫流彘至於飢乏，猶能出教令肆暴虐乎？此皆前後義自相反者也。

小　旻

“旻天疾威，敷于下土。”《傳》：“敷，布也。”《箋》云：“旻天之德，疾王者以刑罰威恐萬民，其政教乃布於下土，言天下徧知。”

焯案：“疾威”之義解見“昊天疾威”條。“敷于下土”，謂天災流行，禍亂徧作，即《雨無正》之“降喪饑饉，斬伐四國”也。《箋》間用三家説，不若毛義爲長。

“國雖靡止。”“民雖靡膴。”《傳》：“靡止，言小也。”《箋》云：“靡，無。止，禮。膴，法也。”

焯案：“止”讀如“邦畿千里，惟民所止”之止。此詩言“靡止”，與《祈父》言“靡所止居，靡所底止”同辭，特彼怨兵敗身無所居，此以無止形國之小耳。“膴”字《傳》無釋，王肅讀爲“幠”，云：“大也。無大有人，言少也。國雖小，民雖少，猶有此六事。”此與《韓詩》作“腜”，云“猶無幾何”義合。毛以“靡止”爲小，於“靡膴”義宜亦與鄭異。王以韓申毛，是也。鄭以“止”爲禮，“膴”爲法，陳義雖正，似非詩意。

小　宛

“壹醉日富。”《傳》：“醉而日富矣。”《箋》云：“童昏無知之人，飲酒一醉，自謂日益富，夸淫自恣，以財驕人。”

焯案：胡氏《後箋》云：“壹者，專壹也。富者，盛也。原注：《論語》“富哉言乎”，《集解》引《孔注》：“富，盛也。”長樂劉氏曰：‘彼昏而不醒，壹志於酒，日增其盛，故曰壹醉日富。’彭山季氏曰：‘壹醉，專務酣飲也。富，益也。飲酒至醉多剛暴，故以温克爲良。’二説皆於《經》旨切合。《鄭箋》以壹爲一，富爲以財驕人，近於望文生義矣。”

小　弁

“譬彼壞木，疾用無枝。”《傳》：“壞，瘣也。謂傷病也。”《箋》云：“太子放逐而不得生子，猶内傷病之木，内有疾，故無枝也。”

焯案：蘇氏《詩傳》曰："物無不有恩於其親者，非獨以其愛，亦以其助也。今獨兀然如壞木之無枝，而曾莫之顧，何也?"陳氏《傳疏》云："《中論·藝紀》篇：'木無枝葉，則不能豐其根榦，故謂之瘣。'此正與詩義合。以喻太子放逐無輔翼，如木之傷病無枝葉也。"斯二説皆得詩意。蓋放逐之人，内不得於其親，外見離於其黨，故寄思壞木，自悼無依。上言鹿奔而足舒遲，以喻太子奔而不忍遽疾，以有所顧望也。雉鳴而求其匹，以喻太子見逐而離其親，曾鳥之不如也。《箋》既以雉鳴求雌喻太子放棄，其妃匹不得與之去，故以壞木無枝爲不得生子，持論專固，恐非詩人意也。

"莫高匪山，莫浚匪泉。"《傳》："浚，深也。"《箋》云："山高矣，人登其巔；泉深矣，人入其淵，以言人無所不至，雖逃避之，猶有默存者焉。"

焯案：依《箋》義，則《經》文當作"莫高于山，莫浚于泉"，且似詩語未完，必待注家以登巔入淵足成其意。今謂此二句與《北風》"莫赤匪狐"二句文例相似，言無高而非山，無深而非泉，以喻讒言之工，抑之揚之，無所不至。《後漢書·黄瓊傳》："昔曾子大孝，慈母投杼。伯奇至賢，終於流放。夫讒諛所舉，無高而不可升；相抑，無深而不可淪。可不察與!"此用三家《詩》義，毛意宜同之也。

"君子無易由言。"《箋》云："由，用也。王無輕用讒人之言。人將有屬耳於壁而聽之者，知王有所受之，知王心不正也。"

焯案：胡氏《後箋》云："《大雅·抑》'無易由言'，《箋》云：'由，於也。'此文與彼正同，乃又訓'由'爲用。夫既謂王又用讒言，而又戒之以屬垣，豈反代讒人者慮其言之不密邪?《韓詩外傳》云：'孔子正假馬之言，而君臣之義定矣。《詩》曰："君子無易繇言。"名正也。’是《韓詩》正以此爲無易於言也。此當是戒王無易於言，致爲左右窺探意旨耳。”焯謂“言”即廢適立庶之言。《吕記》云：“唐德宗將廢太子而立舒王，李泌諫之，且曰：‘願陛下還宫，勿露此意，左右聞之，將樹功於舒王，太子危矣。’此正‘君子無易由言，耳屬于垣’之謂也。”

巧言

“悠悠昊天。”《箋》云：“悠悠，思也。我憂思乎昊天，愬王也。”

焯案：《黍離》“悠悠蒼天”，《傳》云：“悠悠，遠意。”此篇《傳》意宜與彼同。《箋》以“悠悠”爲憂思，屬詩人本身言之，以“昊天”爲呼天而訴之之詞，與《傳》意異。

“無罪無辜，亂如此幠。”《傳》：“幠，大也。”《箋》云：“幠，敖也。今王乃刑殺無罪無辜之人，爲亂如此，甚傲慢無法度也。”

焯案：詩意，言吾人無罪辜也，何天降喪亂如此其大也。下文“昊天已威”、“昊天大幠”即承上文，謂天降喪亂，可畏與甚大耳。《箋》説全非詩意。

“僭始既涵。”《傳》：“僭，數。涵，容也。”《箋》云：“僭，不信也。既，盡。涵，同也。王之初生亂萌，羣臣之言不信與信，盡同之不别也。”

焯案：胡氏《後箋》云：“僭與譖通，《衆經音義》引作譖。數與愬同，《説文》：‘譖，愬也。’毛蓋謂亂之初生，由於譖愬始入，王既受而容之，文義明順之至。鄭以僭爲不信，涵爲同，義亦可通。但又云不信與信盡同之，則《經》文止言僭，是惟有不信，無所謂信也。”焯謂鄭以下文“如怒”“如祉”爲分就讒人與賢者言，故於此訓“涵”爲同，兼言信與不信。惟準之毛説，終爲贅義也。

“君子信讒。”《箋》云：“君子，斥在位者。”

焯案：二三章之君子皆指王言。若如《箋》説，以君子斥在位者，則“如怒”“如祉”，豈人臣之事乎？

“匪其止共，維王之邛。”《箋》云：“邛，病也。小人好爲讒佞，既不共其職事，又爲王作病。”

焯案：《釋文》：“共音恭。本又作恭。”《韓詩外傳》引《詩》正作“匪其止恭”。《禮記·緇衣》引《詩》曰：“匪其止共，維王之邛。”《注》云：“匪，非也。邛，勞也。言臣不止於恭敬其職，惟使王之勞。”此注以“共”爲恭，當本三家。胡氏《後箋》云：“《詩》言‘止共’，云止於恭敬，其義爲順。若謂共其職事，則止爲賸字矣。《説苑·政理》篇：‘孔子曰：匪其止共，維王之邛，此傷姦臣蔽主以爲亂者也。’夫曰蔽主爲亂，則不止於不供其職事而已，故知恭敬之義爲長。”趙佑《詩細》云：“亂之所生，唯禮可以已之。恭以明禮，尊賢則不惑，敬大臣則不眩，使其下各敬爾位，而讒慝自無所容。今日之亂，匪其止之以共，將不但播亂於國，而且爲病於王矣。”

“奕奕寢廟，君子作之。秩秩大猷，聖人莫之。他人有心，予忖度之。躍躍毚兔，遇犬獲之。”《箋》云：“此四事者，言各有所能也。因己能忖度讒人之心，故列道之爾。”

焯案：《詩本義》謂“鄭以田犬之能擬聖人之能，不惟四事不類，又殊無指歸”，是已。朱子《集傳》以“君子”“聖人”四句興“他人有心"二句，於詞意輕重亦不倫。惟戴溪《讀詩記》曰："四章言國家宗廟宮室故在，皆君子之爲也。典章法度具存，皆聖人之定也。彼讒人者，將有心破壞之，我安得不忖度其故？忖度之則情狀得，譬如狡兔之躍，遇犬則獲矣。"此説似於《經》旨爲合。夏炘見《史記·春申君列傳》引"他人有心"二句在"遇犬獲之"之下，遂謂《箋》、《疏》本下四句傳寫顛倒，因以毚兔爲興讒人，言毚兔之躍不能逃犬之獲，猶讒人之心不能逃予之忖度，此則非是。案《史記》之文即取《國策》，《國策》所引與《箋》、《疏》本正同，不得獨據《史記》誤文，冒然乙改也。

何人斯

"二人從行，誰爲此禍？"《箋》云："二人者，謂暴公與其侶也。女相隨而行見王，誰作我是禍乎？"

焯案：趙氏《詩細》云："'二人從行'，蓋即後之'及爾如貫'，謂己與暴爲二人。言出入相從，在王左右者，唯我二人，則今之禍當誰爲之，所以明著譖之爲暴，而姑託諸'何人斯'者，詞也，非真别有一人爲暴公之徒與於譖己也。"顧氏《學詩詳説》云："竊意從行者未必果有其人。蘇公不欲直斥暴公，託爲是言耳。其辭皆指'何人'，其意則自指暴公，如'伯氏吹壎'二句，言同僚之誼有如兄弟，正暴公蘇公之事。設真謂其侶，則其刺'何人'也反甚於刺暴公矣。"今謂二説皆當詩意。然咸本之歐陽氏《詩本義》以"何人"斥暴公之説。而朱子《詩集傳》、吕氏《詩記》以下多同《箋》義，實乖詩恉也。

"壹者之來，云何其盱。"《箋》云："盱，病也。一者之來見我，於女亦何病乎？"

焯案：胡氏《後箋》云："毛於'盱'字無傳者，當同《卷耳》訓

‘吁’爲憂，不必同下章訓‘衹’爲病，但曰憂曰病，皆承上文‘攪我心’而言。壹者之來，即指上文‘逝梁’‘逝陳’之事。壹者猶言乃者，高誘注《吕氏春秋·知節》篇云：‘一猶乃也。’《漢書·曹參傳》：‘乃者吾使諫君。’《注》云：‘乃者謂曩日也。’上‘來’字對‘舍’字言，謂但來而不舍息。下‘來’字對‘入’字言，謂但來而不入唁也。”焯謂“云何其盱”與《卷耳》“云何吁矣”句義實同，“吁”“盱”異字同義，“云何”二字微逗，詩意斥“何人”云：汝曩者之來，僅逝我梁陳，曾不入弔唁我，而我將云何乎，其唯憂病而已。《箋》於此章訓“盱”爲病，屬之“何人”，於下章又訓“衹”爲安，屬之蘇公，惟詩兩章皆言“壹者之來”，不得於下句分屬兩人，《箋》蓋未憭“壹者”之義，故解説各異耳。又案詩兩言“壹者之來”，譖己之人何望其來、非望其來也，凡譖人之人自憚復見其人，故以其不來，實其爲譖。《箋》於此亦未憭。

“及爾如貫，諒不我知。出此三物，以詛爾斯。”《箋》云：“及，與。諒，信也。我與女俱爲王臣，其相比次，如物之在繩索之貫也。今女心誠信，而我不知，且共出此三物以詛女之此事。爲其情之難知，己又不欲長怨，故設之以此言。”

焯案：詩中“不我知”句有二解：一爲“不自知”，如《芄蘭》“能不我知”，《傳》云“不自謂無知”。一爲“不知我”之倒文，如《園有桃》云“不我知者”及此詩之“諒不我知”皆是。《箋》以“諒”爲女心誠信，既爲贅義。以“不我知”爲我不知，尤覺未允。朱子《集傳》云：“我與女如物之在貫，豈誠不我知而譖我哉？苟曰誠不我知，則出此三物以詛之可也。”此解切合詩旨，較《箋》義爲勝。或謂“諒不我知”，言不知我之諒也。我傾誠待爾，爾乃挾詐構我。亦通。

“有靦面目，視人罔極。”《傳》：“靦，姡也。”《箋》云：“姡然有面目。女乃人也，人相視無有極時，終必與女相見。"

焯案："有靦"之"有"爲語助。"有靦面目"，猶《國語》范蠡云"靦然人面"也。"視"與"示"古多通用。《士昏禮》："視諸衿鞶。"《禮記》："幼子常視無誑。"鄭注皆以"視"爲"示"。"罔極"於詩中凡數見，《氓》《園有桃傳》皆以爲無中，無中即失道之謂。此云罔極，即前數章斥"何人"之事。詩意蓋云，女靦然人之面目，乃示人以失道之行乎？《箋》以"視人罔極"爲人相視無有極時，似乖詩恉。

"作此好歌，以極反側。"《傳》："反側，不正直也。"《箋》云："反側，輾轉也。作八章之歌，求女之情，女之情反側極於是也。"

焯案："反側"猶云反覆，故《傳》訓不正直。前章斥"何人"始不如今，此所謂反覆也。"極"有中正義，又有止義，"以極反側"，猶云以正其反側之心，以止其反側之行耳，此所以云"好歌"也。《箋》謂"極反側"爲"女之情反側極於是"，失之。

巷 伯

《序》云："《巷伯》，刺幽王也。寺人傷於讒，故作是詩也。"《箋》云："巷伯，奄官。寺人，内小臣也。奄官上士四人，掌王后之命，於宫中爲近，故謂之巷伯，與寺人之官相近。讒人譖寺人，寺人又傷其將及巷伯，故以名篇。"

焯案：胡氏《後箋》云："詩爲寺人所作，而名篇以《巷伯》，故《箋》有寺人傷其將及巷伯之語。然詩中未見此意。末章言凡百君子，則不止於將及巷伯矣。故後儒以寺人即巷伯者，亦非無理。蓋《詩》篇名有作詩者自名，亦有采詩者所名，此詩或作者自稱寺人，而采詩者名之以《巷伯》。巷伯不見《周官》，惟見於襄九年《左傳》：

‘宋災，令司宮巷伯儆宮。’《杜注》即以巷伯本內奄之通稱，故《經》言寺人，《序》稱巷伯歟？《漢書・司馬遷傳贊》云：‘迹其所以自傷悼，《小雅・巷伯》之倫。’《後漢書・宦者傳序》云：‘詩之《小雅》亦有《巷伯》刺讒之篇。’詳其詞意，似皆以此詩即巷伯所作。然則以巷伯即寺人，其説不始於宋儒矣。”

“哆兮侈兮，成是南箕。”《傳》：“哆，大貌。南箕，箕星也。侈之言是必有因也。斯人自謂辟嫌之不慎也。”《箋》云：“箕星哆然踵狹而舌廣，今讒人之因寺人之近嫌而成言其罪，猶因箕星之哆而侈大之。”

焯案：顧氏《學詩詳説》云：“哆侈云者，箕二星踵已哆，二星舌更侈，並就其星形象言。兩字本平，與萋斐同。《箋》謂猶因箕星之哆而侈大之者，有似哆在星，侈在人，未安也。李迂仲謂：‘二章“成是貝錦”，以喻讒人織其罪；此言“成是南箕”，因其近似而遂譖之。’是也。蓋‘成是貝錦’，成其事也，以喻羅織。‘成是南箕’，成其名也，以喻文致爾。”

“誰適與謀？”《箋》云：“適，往也。誰往就女謀乎？怪其言多且巧。”

焯案：“誰適與謀”猶言誰主爲謀。《釋文》：“適，王肅音都歷反。”是也。言譖人者何所據而爲謀乎？蓋疾其因疑似而構成實罪也。《箋》訓“適”爲往，不若王義爲允。

“豈不爾受，既其女遷。”《傳》：“遷，去也。”《箋》云：“遷之言訕也。王倉卒豈將不受女言乎？已則亦將復訕誹女。”

焯案：《傳》訓“遷”爲去，正與“受”爲對文。汪氏《異義》云：“言爾爲是不誠之讒言，王豈不受乎？既而知言不誠，將舍去女也。

《箋》以遷、訕音近，訓‘遷’爲訕，不如《傳》義爲長。”

“楊園之道，猗于畝丘。”《傳》：“楊園，園名。猗，加也。畝丘，丘名。”《箋》云：“欲之楊園之道，當先歷畝丘。以言此讒人欲譖大臣，故從近小者始。”

焯案：胡氏《後箋》云：“猗與倚同字，倚者依也。凡因依者，皆自此加彼之意，故《傳》云：‘猗，加也。’毛意當以楊園喻近小，畝丘喻高大，謂譖人者由近而加遠，由小而加大，如楊園之道而横侵及畝邱也。《箋》語似與《傳》相反。”

谷風之什

蓼莪

“缾之罄矣，維罍之耻。”《傳》：“缾小而罍大。罄，盡也。”《箋》云：“缾小而盡，罍大而盈，言爲罍耻者，刺王不使富分貧、衆恤寡。”

焯案：此詩全篇皆爲孝子恨其不得終養，因致怨於王之辭。缾小而盡，以喻己不得養父母。罍大而耻，以喻其不能養之之故，實由於上之人征役不息，爲可耻也。所以刺幽王也。《箋》以缾喻貧寡，罍喻富衆，嫌爲事外添設。《後漢書·陳忠傳》：建光中上疏云：“夫父母於子，同氣異息，一體而分，三年乃免於懷抱。先聖緣人情而著其節，制服二十五月，是以春秋臣有大喪，君三年不呼其門，閔子雖要絰服事以赴公難，退而致位，以究私恩，故稱君使之非也，臣行之禮也。周室陵遲，禮制不序，《蓼莪》之人作詩自傷，曰，‘缾之罄矣，維罍之耻’，言己不得終竟子道者，亦上之耻也。”忠上書在《鄭箋》之前，其釋詩最合《經》旨。或又謂：“缾小以喻子，罍大以喻父母。此詩人自致其負罪引慝之情，言子之不肖，乃爲貽父母之耻也。”此説亦通。《朱傳》謂“缾罄乃罍之耻，猶父母不得其所，乃子之責”，義則倒置矣。

“鮮民之生，不如死之久矣。”《傳》：“鮮，寡也。”《箋》云：“此言供養日寡矣，而我尚不得終養，恨之言也。”

焯案：戴震《毛鄭詩考正》云：“《春秋傳》‘葬鮮者’，謂不得以壽終爲鮮。鮮似有少福之意，故無怙恃者曰鮮民。”胡氏《後箋》云：“鮮民猶言孤子，即下無父無母之謂。”陳氏《傳疏》云：“不如死久，孝子自歎其孤寡難堪也。”焯謂上三説皆得詩意。《箋》以鮮爲供養日寡，失之。

“欲報之德，昊天罔極。”《箋》云：“之猶是也。欲報父母是德，昊天乎，我心無極。”

焯案：《經義述聞》云：“《箋》訓‘之’爲是，是也。而説‘昊天’句則非其旨。‘欲報之德，昊天罔極’，言我方欲報是德，而昊天罔極，降此鞠凶，使我不得終養也。不言父母既歿不得終養者，‘無父何怙，無母何恃’，已見於上文也。‘昊天罔極’，猶言‘昊天不傭’、‘昊天不惠’，朱子所謂‘無所歸咎而歸之天’也。漢司隸校尉魯峻碑：‘悲《蓼莪》之不報，痛昊天之靡嘉。’得詩人之意矣。”

“民莫不穀，我獨何害？”《箋》云：“穀，養也。言民皆得養其父母，我獨何故覩此寒苦之害？”

焯案：“我獨何害”句與卒章“我獨不卒”句意互相足。歎民莫不得養其父母，我獨何爲罹此勞苦之害，而不得終其養乎？《箋》顧

“南山”“飄風”二句，以“害”屬寒苦言，微失詩旨。

大 東

“君子所履，小人所視。”《箋》云：“此言古者天子之恩厚也。君子皆法效而履行之，其如砥矢之平。小人又皆視之，共之無怨。”

焯案：《箋》於“有饛”二句謂喻古者天子施予之恩於天下厚，意以“君子所履”承“有饛”二句，“小人所視”承“如砥”二句。惟“有饛”二句只是興，“如砥”二句則爲賦，詩意似但以此二句承“如砥”二句言。《孟子》引《詩》“周道如厎”四句，《趙注》：“厎，平。矢，直。視，比也。周道平直，君子履直道，小人比而則之。”其説較《鄭箋》爲善。

“小東大東。”《箋》云：“小也，大也，謂賦斂之多少也。小亦於東，大亦於東，言其政偏，失砥矢之道也。”

焯案：《序》言“東國”，《正義》云“言東以廣之”，則似以“小東”“大東”爲東方之小國大國。朱子《集傳》謂“東方小大之國杼柚皆已空”，范氏《補傳》謂“東方諸侯無小無大，杼柚皆爲之空”，俱得詩恉。《史記·貨殖列傳》云：“太公勸其女功，極技巧，故齊冠帶衣履天下。”蓋自周至漢，繒帛之屬多仰給齊地，漢初置齊三服官，猶可見。譚與齊國接壤，工業宜與相同，周既重征於譚，當亦重斂於齊及其他東方諸小國，故《詩》云“小東大東，杼柚其空”也。《箋》以小大就賦斂多少言，而以“亦於”二字增成其義，非詩義也。惠氏《詩説》謂：“大小係言東國遠近，《魯頌》‘遂荒大東’，《箋》及《周官·大司徒注》皆以大東爲極東，遠言大，則近言小可知。”焯謂惠説於大東雖可通，惟以小東爲近東，終屬牽强，不若朱、范二説爲允。

“既往既來，使我心疚。”《箋》云：“既，盡。疚，病也。言譚人自虚竭餫送而往，周人則空盡受之，曾無反幣復禮之惠，是使我心傷病也。”

焯案：“既”雖訓盡，然“盡往盡來”，殊不成義，此蓋承上“佻佻公子，行彼周行”言之。往來謂數數往來，疲於道路，並無厚往空來之義。觀《韓詩》於“佻佻”作“嬥嬥”，云“往來貌”，明探下爲訓，其義與鄭異也。

“舟人之子，熊羆是裘。”《傳》：“舟人，舟楫之人。熊羆是裘，言富也。”《箋》云：“舟當作周，裘當作求，聲相近故也。周人之子，謂周世臣之子孫退在賤官，使搏熊羆，在冥氏，穴氏之職。”

焯案：“舟人之子”、“私人之子”即從上“西人之子”中分别言之。《傳》謂舟人爲舟楫之人者，馬其昶《毛詩學》云：“《易》稱‘舟楫之利以濟不通’。古者農民土著，死徙無出鄉，惟商賈懋遷有無，乘舟至遠，是舟人之子謂商賈也。”焯謂周人服賈者多，其富或與王者相埒，故得熊羆是裘。王朝賦役不均，致貧富有異，譚大夫兹特舉卑賤者言之，冀以見其餘焉。鄭以舟爲周，裘爲求，或歷引《周禮》故書及諸金石文、《説文》證成其説，且詆《傳》爲望文生義者。翁氏《附記》曰：“此章首句只概言東人，與西人相對説，未嘗明言譚人，則西人亦不明説某地之人，乃與東人詞順也。此下則舟楫之人、私家之人，亦各就一事指陳之。而鄭獨謂‘舟當作周’，此處忽明出周字，是何文理?”胡承珙云：“若作周人，仍與西人無别，且《經》言人，不言臣也。”是二説皆可正《箋》義之失。

“有捄天畢，載施之行。”《傳》：“捄，畢貌。畢所以掩兔也，何嘗見其可用乎?”《箋》云：“祭器有畢者，所以助載鼎實，今天畢則施於行列而已。”

焯案：《正義》引孫毓云："祭器之畢，狀如畢星，名象所出也，畢弋之畢又取象焉，而因施網於其上，雖可兩通，《箋》義爲長。"胡氏《後箋》云："此説非也。《史記·天官書》：'畢曰罕車，爲邊兵，主弋獵。'《後漢書·蘇竟傳》：'畢爲天網，主網羅無道之君。'是天官家言皆謂畢爲田器。證一。《説文》：'畢，田網也。'又'率'下云：'捕鳥畢也。'是畢之制字亦衹有田器一義。證二。《盧令序》：'襄公好田獵畢弋。'《鴛鴦》：'畢之羅之'。《傳》云：'畢掩而羅之。'是《序》及詩言'畢'者皆爲田具，祭器之'畢'不見於詩。證三。《漸漸之石》'月離于畢'，《傳》：'畢，噣也。'此用《爾雅》'濁謂之畢'文。《史記·律書》'濁者，觸也，言萬物皆觸死也'，《索隱》引孫炎云：'掩兔之畢或呼爲濁。'《郭注》本之。是田器'濁'、'畢'兩名皆取星象。若謂祭器取象在先，則祭器之畢更無濁名。證四。《易·繫辭》：佃漁始于包犧。茹毛飲血之時，未必即有祭器，自應以田獵之畢取象在先，而助載鼎實者爲後。證五。且本經下句明言'載施之行'，《兔罝》云'施于中逵'、'施于中林'，若非畢翳，何得言施？證六。然則《箋》義雖亦可通，究當以《傳》爲正也。"

四　月

"四月維夏，六月徂暑。"《傳》："徂，往也。六月火星中，暑盛而往矣。"《箋》云："徂猶始也。四月立夏矣，至六月乃始盛暑。興人爲惡亦有漸，非一朝一夕。"

焯案：此篇爲歎行役而作，其不顯言行役者，以詩之三章六章皆咏行役之苦，而前之《蓼莪》，後之《北山》兩序又明著其事故爾。凡刺詩有篇第相近，因一國或一君而作者，其篇義或各有所主，或前後錯出，讀者須參互觀之，庶能窺其旨趣。王肅謂此詩爲刺行役過時，匪特與《左傳》文十三年合，《左傳》文十三年：公自晉還，鄭伯會公于棐，欲其如晉請平。季文子賦《四月》，見征役踰時，思歸祭祀，不欲如晉。即以本詩前後諸篇證之，亦爲脗合也。《箋》説未得詩意。至其訓“徂”爲始，雖與《釋詁》“落”訓始意同，而未審此詩實倒文便韻，“徂暑”猶言暑徂耳。又《傳》於首章不言興，明以“維夏”“徂暑”及次章三章之“秋日”“冬日”皆爲紀時，與《采薇》言“春日”正同。《箋》則概以爲興，於此章云“興人爲惡有漸，非一朝一夕”，亦求之過深矣。

“先祖匪人，胡寧忍予。”《箋》云：“匪，非也。寧猶曾也。我先祖非人乎？人則當知患難，何爲曾使我當此亂世乎？”

焯案：此詩宜從王肅説，爲行役闕祭之作。此二句乃承上文暑盛行役而言。其意則斥王云，我先祖獨非人乎？王胡寧忍予之行役於外，使我不得修子道乎？蓋此詩與《蓼莪》篇之“民莫不穀，我獨何害”句，《北山》篇之“大夫不均，我從事獨賢”句，用意相近。特彼以己身爲言，此則以先祖爲辭耳。若《蓼莪序》云“民人勞苦，孝子不得終養”，《北山序》云“己勞於從事，不得養父母”，其與此詩亦相關應也。後儒既疑《鄭箋》詈先祖非人之不合理，而又不依王肅所説，於是紛紛立解，或增字，或改字，實少能當詩意者，甚矣其爲辭費也。

“山有嘉卉，侯栗侯梅。”《箋》云：“嘉，善。侯，維也。山有美善之草，生於梅栗之下，人取其實，蹂踐而害之，令不得蕃茂。喻上多賦斂，富人財盡，而弱民與受困窮。”

焯案：卉爲草木之通名，非以梅栗與嘉卉對言，詩意即以梅栗爲嘉卉。山有嘉卉，此春時也，自夏時而往，經秋涉冬，今又至於春，逾歲不歸，所以致怨。蓋亦詩人感物自傷之辭，意謂梅栗猶得其時蕃滋，我乃不得盡其天性，其與《杕杜》取興略同。下文言在位貪殘，爲民之害，即傷怨之所由也。《箋》義迂曲，恐非詩意。

"我日構禍，曷云能穀。"《傳》："構，成。曷，逮也。"《箋》云："構猶合集也。曷之言何也。穀，善也。言諸侯日作禍亂之行，何者可謂能善。"

焯案：胡氏《後箋》云："《毛傳》善讀經文，往往得其微婉之意。如《唐風》'噬肯適我'，及此詩'曷云能穀'，用《爾雅》'遏、噬，逮也'之訓，皆以'逮'爲及。《唐風》蓋謂彼君子兮，及今而肯適我乎？此詩則云，'我日構禍'，及此尚云能穀乎？"焯謂胡氏申《傳》甚諦，較《箋》義實深婉。劉師培則謂"'我日構禍'句即現今言，謂今之在上方日成其禍亂之惡。'曷云能穀'句爲望其日後改善之詞，謂今雖爲惡，庶幾後復爲善。云爲語辭，猶云迨其能善也"。惟此篇刺亂意深，前後章末句多作反問激烈之詞，尤怨之情溢於言表。若如劉解，以爲順詞，則與前後章語氣不合。宜如《後箋》申《傳》之説，於《經》義始爲允當也。

"滔滔江漢，南國之紀。"《傳》："滔滔，大水貌。其神足以綱紀一方。"《箋》云："江也，漢也，南國之大水，紀理衆川，使不壅滯。喻吳、楚之君能長理旁側小國，使得其所。"

焯案：詩意言江漢猶足以綱紀一方，而王政不綱，莫能保有其民，《序》所謂下國構禍也。胡氏《後箋》云："《傳》蓋以江漢之神綱紀一方，興王者當綱紀四方，則凡臣下之勤勞職事，無不周知，何至盡瘁以仕，曾莫我有哉！"《鄭箋》見詩江漢字，遂有吳、楚之説。《孔疏》曲爲申解，實多背理。歐陽《本義》所謂"詩人本患下國之搆禍，豈可反稱吳、楚僭叛之君以爲美者"是也。

"盡瘁以仕，寧莫我有。"《箋》云："瘁，病。仕，事也。今王盡病其封畿之内以兵役之事，使羣臣有土地曾無自保有者，皆懼於危亡也。吳、楚舊名貪殘；今周之政乃反不如。”

焯案：《北山》“或盡瘁事國”，《傳》云：“盡力勞病以從國事。”此云盡瘁以仕，與彼正同。馬氏《通釋》云：“有當讀如‘相親有’之‘有’，‘寧莫我有’，猶《王風·葛藟》詩‘亦莫我有’也。《左氏》昭二十年《傳》：‘是不有寡君也。’《杜注》：‘有，相親有也。’詩人蓋傷己之盡力勞病以事國，而不見親有於上耳。”

北　山

“我從事獨賢。”《傳》：“賢，勞也。”《箋》云：“王不均大夫之使，而專以我有賢才之故，獨使我從事於役，自苦之辭。”

焯案：王念孫《廣雅疏證》云：“《孟子·萬章》篇引此詩而釋之曰：‘此莫非王事，我獨賢勞也。’賢亦勞也，賢勞猶言劬勞，故《毛傳》云賢勞也。《鹽鐵論·地廣》篇亦云：‘詩云，莫非王事，而我獨勞，刺不均也。’《鄭箋》、《趙注》並以賢爲賢才，失其義矣。”馬氏《通釋》云：“《序》曰‘役使不均，己勞於從事’，即本詩‘大夫不均，我從事獨賢’爲説，正以賢爲勞也。賢之本義爲多，《小爾雅》：‘賢，多也。’《説文》：‘賢，多才也。’事多者必勞，故賢爲多，即爲勞也。”

“旅力方剛。”《傳》：“旅，衆也。”《箋》云：“王謂此事衆之氣力方盛乎，何乃勞苦，使之經營四方？”

焯案：嚴氏《詩緝》以“衆力方剛爲耳目聰明，手足輕捷”，引《泰誓》夏氏解云：“‘衆力如目力、耳力、手足力也。’或説‘旅’爲‘陳’，如‘陳力就列’之‘陳’，然‘陳力方剛’，則不詞矣。”焯謂嚴説得之。如《箋》意，則似以爲衆人之力。胡承珙謂：“與上文‘嘉我’‘鮮我’二‘我’字不順。”是也。戴震、王念孫謂“旅與膂同，旅力即膂力”。然與《傳》義相違。且古注於旅力無不訓衆力者，以知其説之未協也。

“或王事鞅掌。”《傳》：“鞅掌，失容也。”《箋》云：“鞅猶何也。掌謂捧之也。負何捧持以趨走，言促遽也。”

焯案：《莊子·庚桑楚》篇：“擁腫之與居，鞅掌之爲使。”其以“鞅掌”“擁腫”連稱，即由聲義相近之故。蓋古“東”“唐”二韻多相轉，如“中央”之語本爲叠韻，又古豔歌以“中”韻“香傍”，見《匡謬正俗》七。皆是也。“鞅掌”之義，以形狀言，即同擁腫，以事物言，則爲煩多。《莊子·在宥》篇“遊者鞅掌以觀無妄”，即爲衆多之義。此類形容詞，義多即寓於聲，不得逐字生解。《傳》訓爲失容，即煩勞不自得之意，與上文“棲遲”“偃仰”之爲從容自如對言。《箋》乃以“鞅”爲馬鞅，“掌”爲負何，微特“馬鞅”“手掌”二物絶不相蒙，即“負何捧持”，亦未見“促遽”之意也。

無將大車

“無思百憂，祇自疷兮。”《傳》：“疷，病也。”《箋》云：“百憂者，衆小事之憂也。以衆小事爲憂，適自病也。”

焯案：顧氏《學詩詳説》云：“百憂，言包藏無限之憂，非斥衆小事。嚴粲謂‘小人進而害君子，則可憂多端，不必更思之，是我自取其病，悔無及矣’。即以百憂指將小人，較爲直截。”

小　明

《序》云：“《小明》，大夫悔仕於亂世也”。《箋》云：“名篇曰《小明》者，言幽王日小其明，損其政事，以至於亂。”

焯案：《箋》於《小旻》云，“所刺列於《十月之交》、《雨無正》爲小，故曰《小旻》。”於《小宛》、《小弁》無説，於此則云“幽王日小其明”。説俱迂曲難通。《詩本義》云：“《大雅》‘明明在下’謂之《大明》，《小雅》‘明明上天’謂之《小明》，自是名篇者偶爲誌別爾。”蘇氏《詩傳》亦謂：“《小旻》、《小明》所以別於《大雅》之《召旻》、《大明》，《小宛》、《小弁》亦然。其在《大雅》者，必是孔子删之。”郝敬駁之云：“凡篇目皆作者自命，或太史記之，太師目之，未有二《雅》，先有篇目。如前説，是先有《小雅》，而後以此詩從之，非也。且《小雅》詩多矣，何獨別此四篇？若然，《大東》名‘小東’正宜，反以‘大’名何也？至謂‘大宛’‘大弁’夫子删之，然則《頌》有《小毖》，又焉得有‘大毖’乎！”《稽古編》云：“《詩》之篇名，多爲作者自定。且《大雅》之《大明》作於周之初年，安得預知幽王之世有作《小明》者，而加‘大’以記別哉？”焯謂郝、陳二説，可破宋儒之惑。以“小”名篇之義，終從闕疑爲是。

“念彼共人。”《箋》云：“共人，靖共爾位以待賢者之君。”

焯案：朱子《集傳》以“共人”爲僚友之處者，其説實勝於《箋》。此言共人，猶下言君子，即指下“靖共爾位”之人也。嚴氏《詩緝》云：“君子仕於亂世，懔懔畏罪，然其勢不可以去也，則惟敬共以聽天命而已，蓋以己之所自處者告其同志也。”

“畏此罪罟。”《傳》：“罟，網也。”《箋》云：“畏此刑罪羅網我。”

焯案：馬氏《通釋》云：“《説文》：‘罪，捕魚竹网。’‘罟，网也。’秦始以罪易辠。此詩罪罟二字平列，猶云網罟，與下章‘畏此譴怒，畏此反覆’語同。《大雅》‘天降罪罟’義同此。《箋》直以罪爲刑罪，失之。”

“日月方除。”《傳》：“除，除陳生新也。”《箋》云：“四月爲除。昔我往至於艽野以四月。”

焯案：此詩首章言“二月初吉”，乃追溯始行之詞，蓋承上文“我征徂西”而言。意謂我行往之西方，至於艽野之地，以二月初始行，汔今歲莫，已載離寒暑矣。踰年未歸，所以興感，故下文有“心之憂矣”諸語。或以“二月初吉”文承“至於艽野”之下，以爲二月至艽野，誤甚。此章言“日月方除”，三章言“日月方奥”，文承“昔我往矣”之下，皆本行時次第言之。其首章言“二月初吉”，蓋以“方除”之時後於“初吉”，“方奥”之時又後於“方除”也。《傳》云“除，除陳生新”，云“奥，煖”，以詩首章言“二月”互證之，宜謂周之二月，夏之十二月。以按之《月令》，“孟春之月，東風解涷”，是所謂煖。“草木萌動”，所謂“除陳生新”。詩言“方除”“方奥”，蓋謂歲除即已嚮春，春令固主奥也。且首章言“載離寒暑”，明以夏正十二月行，至次年秋莫“采蕭獲菽”之時，《唐風·蟋蟀》“歲聿云莫”，《傳》云：聿，遂。謂過此月後，則歲遂將莫耳。周以夏正十月爲歲莫，此詩云“歲聿云莫，采蕭獲菽”，正夏正九月事也。尚未得歸，故有是言。若云夏正卯月，則首章不得言寒，此章不得言“日月方除”矣。戴氏《詩考正》云：“《爾雅》：‘十二月爲涂。’《廣韻》：‘涂，直魚切。’除，涂正同音，古字通用。”方以智《通雅》云：“除，謂歲將除也。”是二説皆得之。《箋》以四月爲除，爲往至艽野之月，匪特於前後章文勢不合，即以往爲至，亦與詩義相乖矣。《正義》謂“《傳》曰煖即春温，亦謂二月”，而以二月爲夏正二月，尤非詩義也。

“嗟爾君子，無恒安處。”《箋》云：“恒，常也。嗟女君子，謂其友未仕者也。人之居無常安之處，謂當安安而能遷。孔子曰：鳥則擇木。”

焯案：此章言君子，仍宜依朱《傳》以爲大夫戒其僚友之辭。輔廣曰："戒僚友之處者，雖得免於出外征行之勞，然亦不可自以安處爲常，蓋皆忠告之辭。僚友之義，不徒懷思睠睠而已也。《箋》以'君子謂其友未仕者'，殊不合詩恉。"歐陽修曰："大夫方以亂世悔仕，宜勉其友以安居而不仕，安得教其無恒安處乎？"

"介爾景福。"《傳》："介、景，皆大也。"《箋》云："介，助也。"

焯案：《傳》義實本左氏，不煩改訓。襄七年《傳》云："如是則神聽之，介福降之。"此正以介爲大。"介爾景福"，言神大降爾鴻福也。或疑大爾大福爲不成語，胡氏《後箋》云："古人自有此種文法，如《天保》'俾爾單厚'，《傳》引'或曰單，厚也'。《正義》以單厚連文，謂'以厚德厚天下'，亦其類也。"

鼓　鐘

"以《雅》以《南》，以籥不僭。"《傳》："爲《雅》爲《南》也。舞四夷之樂，大德廣所及也。東夷之樂曰《昧》，南夷之樂曰《任》，西夷之樂曰《侏離》，北夷之樂曰《禁》，以爲籥舞，若是爲和而不僭矣。"《箋》云："《雅》，《萬舞》也。《萬》也，《南》也，《籥》也，三舞不僭，言進退之旅也。周樂尚武，故謂《萬舞》爲《雅》，雅，正也。《籥舞》，文舞也。"

焯案：鄭於《簡兮》以《萬舞》爲干舞，此復以《雅》爲《萬舞》，《萬舞》即干舞，皆爲未合。胡氏《後箋》云："詩'以《雅》以《南》'，自是以《雅》爲王者之正樂，《南》爲四夷之南樂，其下'以籥'，乃兼《雅》《南》言之，《雅》舞固用籥，而《南》舞亦用籥也。不憯者，《傳》謂和而不僭，是與上琴瑟鐘磬節奏齊同。鄭分《雅》《南》《籥》爲三舞，以不僭爲舞之行列，似非《經》《傳》之意。"

楚茨

“楚楚者茨，言抽其棘。”《傳》：“楚楚，茨棘貌。抽，除也。”《箋》云：“茨，蒺藜也。伐除蒺藜與棘。茨言楚楚，棘言抽，互辭也。”

焯案：焦氏《補疏》云：“毛言茨棘貌，即謂茨之棘也。《方言》：‘凡草木刺人，江湘之間謂之棘。’然則棘爲有刺者之通名，此棘則茨之棘也。《箋》以茨與棘爲兩物，於《經》文其字爲不達。”

“或剥或亨，或肆或將。”《傳》：“亨，飪之也。肆，陳。將，齊也。或陳于互。或齊其肉。”《箋》云：“祭祀之禮，各有其事。有解剥其肉肉字從《正義》本。者，有煮熟之者，有肆其骨體於俎者，或奉持而進之者。”

焯案：秦蕙田《五禮通考》云：“毛所言是殺牲，當朝踐時事。鄭所言是饋食時事。今案《楚茨》所述禮儀節次頗分明，‘絜爾牛羊’下衹當言殺牲，至‘執爨’以下方是饋食時事。若方言絜牛羊，遽及饋食，則遺卻朝踐一節矣。況云‘肆其骨體於俎’，與下‘爲俎孔碩’又相複，則鄭義不如毛義之長。”胡承珙云：“《正義》謂‘祭雖有互，不施於既亨之後’，不知此經四‘或’字本非相爲次第，‘或’者，有也，四者各有其事，無妨先言‘亨’後言‘肆’也。”

“苾芬孝祀。”《箋》云：“苾苾芬芬，有馨香矣。女之以孝敬享祀也。”

焯案：馬氏《通釋》云：“《爾雅・釋詁》：‘享，孝也。’享訓爲孝，故享祀亦謂之孝祀。‘苾芬孝祀’，猶《魯頌》‘享祀不忒’也。《論語》‘而致孝乎鬼神’，猶言致享乎鬼神也。《箋》謂以孝敬享祀，失之。”

“卜爾百福，如幾如式。”《傳》：“幾，期。式，法也。”《箋》云：

“卜，予也。今予女之百福，其來如有期矣。多少如有法矣。”

焯案：《毛詩札記》云：“審繹毛義。‘如’與順同。謂事適其期，禮合乎法也。《鄭風·大叔于田》篇‘兩驂如手’，《傳》云：‘進退如御者之手。’‘如’非配詞，與此正同。《箋》則以兩‘如’均配況之詞，似非《經》義。”

“既齊既稷，既匡既勑。”《傳》：“稷，疾。勑，固也。”《箋》云：“齊，減取也。稷之言即也。嘏之禮：祝徧取黍稷牢肉魚擩于醢以授尸，孝孫前就尸受之，天子使宰夫受之以筐，祝則釋嘏辭以勑之。”

焯案：《傳》以“稷，疾”“勑，固”爲訓者，蓋以“稷”與“畟”通用。《周頌》“畟畟良耜”，《釋文》：“畟本作稷。”《説文》：“畟，治稼畟畟進也。”是畟者疾入之義，故稷有疾義也。又畟與亟音同。《説文》：“亟，敏疾也。”古者以疾爲敬，故《廣雅》又訓敬。詩言“既稷”，蓋兼疾、敬二義言之。勑與飭同。《説文》：“飭，致堅也。讀若勑。”是也。《正義》引王肅申毛云：“執事已整齊，已極疾，已誠正，已固慎。”宜得《經》、《傳》之意。胡氏《後箋》云：“此承上文‘孔熯’‘莫愆’，統言祭祀之得禮，爲下文‘錫極’之本。《箋》以齊爲減取，稷爲前就，匡即爲受物之筐，勑又爲祝釋嘏辭，文義破碎，與《經》文四‘既’字語意不順。且上文‘徂賚孝孫’既云‘以嘏之物往予主人’，而此又云‘孝孫前就尸受之’，亦微相矛盾矣。”

信南山

“信彼南山。”《箋》云：“信乎彼南山之野。”

焯案：“信彼南山”與“節彼南山”、“倬彼甫田”句法相類，節、倬皆爲貌，則信亦南山貌也。俞氏《平議》云：“古信申同字，信當讀爲申。《爾雅·釋詁》:‘申,重也。’《離騷》:‘申申其詈余。’王逸《注》曰:‘申申,重也。’‘信彼南山’猶言申申然者彼南山,蓋言其山形之複沓也。‘節彼南山’下云‘維石巖巖’,故言其山形之高峻。‘信彼南山’下云‘畇畇原隰’,故言其山形之複沓。《箋》讀信爲疑信之信,失之。”

“畀我尸賓。”《箋》云:“畀,予也。齊戒以賜尸與賓。”

焯案:顧氏《學詩詳説》云:“鄭泥一‘畀’字,謂‘齊戒以賜尸賓’,《疏》因謂:‘五章六章始言祭時之事,此爲祭前。’非也。此詩正指象神助祭時事,故繼以‘壽考萬年’,不得爲齊戒。況下章又明言‘獻之皇祖’乎?蓋特因瓜果方成,而預擬之如此,不必以爲齊戒而後有次序也。朱公遷《詩經疏義》謂‘畀尸賓,獻皇祖,皆擬議於其前,至烝享苾芬而祀事始成’,最允。”

卷 七

甫田之什

甫　田

“今適南畝。”《箋》云：“今者，今成王之法也。使農人之南畝。”

焯案：“今”者當謂今歲。“適南畝”，曾孫勸農適南畝也。吕氏《詩記》云：“此詩後二章皆述前二章之意，三章所言，述首章‘今適南畝’勞農之事也。故曰‘曾孫來止’，‘田畯至喜’。四章所言，述二章‘以御田祖’祈福之事也，故曰‘報以介福，萬壽無疆’。其言通貫前後。”顧氏《學詩詳説》云：“詳是詩一以曾孫爲主，首三兩章並言曾孫之勸農，即於曾孫親省時見農夫之咸勸其事也。就農人言者失之。”

“琴瑟擊鼓，以御田祖，以祈甘雨。”《傳》：“田祖，先嗇也。”《箋》云：“設樂以迎祭先嗇，謂郊後始耕也。”

焯案：上文“以社以方”《箋》云：“秋祭社與四方。”此解“以御田祖”爲郊後始耕之時，蓋分社方爲秋報，祈雨爲次年郊後之祭。胡氏《後箋》云：“此章是統言爲農禱祀，致其誠敬，祈報皆在其内，如方爲迎氣於郊，即合一歲之方祭言之，不止爲秋成報功而已。《雲漢》‘祈年孔夙，方社不莫’，明於方社言祈，何止於報。‘以御田祖’，言祈不言報者，互辭見義，猶方社言‘齊明’‘犧羊’，田祖言‘琴瑟擊鼓’耳。鄭以一章而畫爲兩年之報祈，非達詁也。”

“曾孫來止，以其婦子，饁彼南畝。”《箋》云：“曾孫謂成王也。饁，饟饋也。成王來止，謂出觀農事也，親與后世子行，使知稼穡之艱難也。

爲農人之在南畝者，設饋以勸之。”

焯案：詩意謂當曾孫來止之時，而農夫“以其婦子，饁彼南畝”也。“曾孫來止”句一頓，“以其婦子”句别屬下爲言。《箋》解“以其婦子”爲成王親與后世子行，非詩意也。古者天子有省耕之事，於后則無聞，后親蠶北郊，未嘗與天子同行也。《七月》云“同我婦子，饁彼南畝”，以《經》證《經》，此爲農夫之婦子無疑矣。《疏》曲申《箋》説，謂“上無農人之文，不得爲農人婦子”。不悟首章明言“食我農人”，次章復言“農夫之慶”，何云上無所承乎？蓋泥句義宜同章相續，而不知間章亦可相續也。

“田畯至喜，攘其左右，嘗其旨否。”《箋》云：“田畯，司嗇，今之嗇夫也。喜讀爲饎；饎，酒食也。攘讀當爲饟，司嗇至，則又加之以酒食，饟其左右從行者。成王親爲嘗其饋之美否，示親之也。”

焯案：《七月》：“同我婦子，饁彼南畝，田畯至喜。”《箋》云：“耕者之婦子俱以饟來，至於南畝之中，其見田大夫，又爲設酒食焉，言勸其事，又愛其吏也。”據彼詩義，知此詩之饟饋既爲耕者所自具，其司嗇之酒食亦非成王所加設。又“攘其左右”二句，自繫田畯言之，非成王饟田畯之從行，並親嘗饋之美否也。《箋》泥於章首“曾孫來止”句，於是皆繫成王言之，詩意不如此耳。

瞻彼洛矣

“韎韐有奭，以作六師。”《傳》：“韎韐所以代韠也。天子六軍。”《箋》云：“此諸侯世子也，除三年之喪，服士服而來，未遇爵命之時，時有征伐之事，天子以其賢，任爲軍將，使代卿士將六軍而出。”

焯案：《士冠禮》：“爵弁服，纁裳，純衣，緇帶，韎韐。”是韎韐配爵弁服之證。《周官》司服："凡兵事，韋弁服。"此詩"以作六師"，是兵事宜服韋弁，而云"韎韐有奭"，正韋弁服亦用韎韐之證。《箋》泥於《禮經》士之祭服爲爵弁韎韐，因以詩言"韎韐"爲諸侯世子未爵命、服士服而來，雖與《白虎通·爵》篇言"世子上受爵命，衣士服"之説合，然非詩義也。胡氏《後箋》云："世子未命，即使服士服而來，然既任出征之事，豈尚不賜之爵命，而仍服其士服以出乎？此理之必不可通者。故後儒多據《周禮》'兵事韋弁服'及《左傳》'韎韋之跗注'，以爲軍中上下同服，天子至士皆服韎韐也。"

裳裳者華

"裳裳者華，其葉湑兮。我覯之子，我心寫兮。"《傳》："興也。裳裳猶堂堂也。湑，盛貌。"《箋》云："興者，華堂堂於上，喻君也。葉湑然於下，喻臣也。明王賢臣以德相承而治道興，則讒諂遠矣。覯，見也。之子，是子也。謂古之明王也。"

焯案：三章《傳》以之子乘駱爲世禄，則首章二章之之子亦必以指襲世禄者言。吕氏《詩記》引陳氏曰："華葉上下相承而俱茂，以興賢者前後相繼而榮顯也。"長樂劉氏曰："之子謂賢者功臣之子孫也。"李氏《集解》曰："此詩只説賢者之類，而乃以華喻君，其説爲不類。此但言賢者之昌盛如此。"胡氏《後箋》云："細繹《經》文，實不同於《鄭箋》所説。'裳裳者華'當喻功臣之美盛，'湑兮'之葉當喻世類之繁昌。且凡詩言'之子'者，皆見在之詞，無有稱古人者。況'之子'與'君子'詞氣自分輕重，《箋》以末章'君子'爲其先人，而'之子'乃斥明王，非其義矣。"

"我覯之子，乘其四駱。乘其四駱，六轡沃若。"《傳》："言世禄也。"《箋》云："我得見明王德之駿者，雖無慶譽，猶能免於讒諂之害，守我先人之禄位，乘其四駱之馬，六轡沃若然。"

焯案：胡氏《後箋》云："此乘駱直承'之子'文來，即謂'之子'當乘四馬耳。《箋》以此'之子'爲明王，'乘駱'爲賢者之子孫，兩句之中，文義隔絶，非是。"

桑 扈

"君子樂胥。"《傳》："胥，皆也。"《箋》云："胥，有才知之名也。"

焯案：鄭於《大雅·韓奕》"侯氏燕胥"、《魯頌·有駜》"于胥樂兮"，並訓"胥"爲皆。獨於此異解者，蓋以《序》云刺幽王"君臣上下動無禮文"，而詩則反言以思古人之明王賢知，君子謂王，胥宜就賢知言。惟《正義》引孫毓述毛，謂天子以至庶人皆有所樂，是樂之大者，此解尤得詩意。又賈誼《新書禮》篇引此詩，云："胥者相也"，其釋"樂胥"與毛義大同。是則此詩之"樂胥"即《有駜》之"胥樂"，只文法爲倒裝耳。

"不戢不難，受福不那。"《傳》："戢，聚也。不戢，戢也。不難，難也。那，多也。不多，多也。"《箋》云："王者位至尊，天所子也，然而不自斂以先王之法，不自難以王國之戒，則其受福禄亦不多也。"

焯案：此詩四章皆爲陳古刺今之詞。此章"之屏之翰"二句即承次章"萬邦之屏"句來，後二句雖類箴誡之詞，實爲讚頌之語。《詩》固有全篇言古不言今，而意在刺今者，如《甫田》、《采菽》之類蓋多也。"不戢""不難"之義，當以"戢"爲戢斂，"難"爲儺，意謂志意戢斂，行動有節，《竹竿傳》：儺，行有節度也。《序》云"動無禮文"，正與詩爲反應。其三言"不"者，以見明王自省之深。毛以"戢"訓"不戢"，"難"訓"不難"，即明其爲自省之反詞，以"那"訓"不那"，又以見戒慎之至者其受福必多也。王引之《經傳釋詞》以不爲語助，兹不用其説。鄭君感於時事，乃順文解之，句義明而篇義違矣。

“兕觥其觩，旨酒思柔。”《箋》云：“兕觥，罰爵也。古之王者與羣臣燕飲，上下無失禮者，其罰爵徒觩然陳設而已。其飲美酒，思得柔順中和與共其樂，言不憮敖自淫恣也。”

焯案：此二句亦見《周頌·絲衣》篇，彼繹賓尸，於又祭寓《酒誥》之意。此以箴幽王君臣上下動無禮文，尤爲切至。《箋》解“旨酒思柔”句爲思得柔順中和與共其樂，雖與《序》文爲反應，而釋詩義究嫌迂折。嚴氏《詩緝》云：“此謂美酒人所嗜，過則反亂，常思温克，則兕觥設而不用矣。”得之。

“彼交匪敖，萬福來求。”《箋》云：“彼，彼賢者也。賢者居處恭，執事敬，與人交必以禮，則萬福之禄就而求之，謂登用爵命，加以慶賜。”

焯案：《左傳》襄二十七年：“公孫段賦《桑扈》。”趙孟曰：“匪交匪敖，福將焉往？”《漢書·五行志》引作“匪儌匪傲”。應劭曰：“言在位不儌訐，不倨傲也。”趙孟引詩作“匪”，不作“彼”，與《漢書》正同。《左傳》成十四年引作“彼交匪傲”，當以彼、匪通用，其義仍爲匪也。又《論語》“惡徼以爲知者”，《釋文》云：“徼，鄭本作絞。”更證之《漢書》，知交、徼、絞三字古皆通用。《毛詩》作交，蓋絞之省。《鄭箋》依字爲訓，以“彼，彼賢者”，“交”爲“交接”，恐非詩義。胡氏《後箋》云：“匪、彼二字古雖通用，此詩義當作匪。《絲衣》‘兕觥其觩，旨酒思柔，不吳不敖，胡考之休’，與此詩四句文義相同。此‘匪交匪敖’當與彼‘不吳不敖’一例耳。”

頍　弁

“有頍者弁，實維伊何。”《傳》：“興也。頍，弁貌。弁，皮弁也。”《箋》云：“言幽王服是皮弁之冠，是維何爲乎？言其宜以宴而弗爲也。”

焯案：首章“實維伊何”、二章“實爲何其”與三章“實維在首”意互相足。《正義》申毛云：“有頍然者之皮弁，實維伊何乎？宜在於首以爲表飾也。以興有尊貴者之天王維如何乎？宜君於上以正紀綱也。”是矣。《箋》謂王服是皮弁之冠，宜當服之以宴，非詩義也。胡氏《後箋》云：“《鄭箋》謂王服皮弁宜以宴而弗爲，則《經》文明言樂酒，明言維宴，似不得謂王無宴同姓之事。蓋此當與《賓之初筵》參看。彼《序》云：‘幽王荒廢，媟近小人，飲酒無度，天下化之，君臣上下沈湎淫液。’而詩中陳燕射之禮，《鄭箋》謂是王與族人燕，則王非不燕同姓，乃其所沈酗昵近者皆小人，而於宗族骨肉之間或反多猜忌，致有離心，故此《序》云：‘不能宴樂同姓，親睦九族，孤危將忘。’宴樂親睦所包者廣，非止爲一宴而已。不能宴樂，亦非不宴之謂。不然，《經》曰維宴，《序》刺不宴，不幾相背謬乎？”《五禮通考》：“方氏曰：詩曰‘爾酒爾肴’，曰‘君子維宴’，安在其非宴乎？曰‘死喪無日’，‘無幾相見’，安在其非刺乎？一再讀之，乃知詩固宴也，宴而情不逮於《棠棣》，文不備於《行葦》，雖宴無以成懽，故詩人傷心於‘集霰’，以著‘交瘉’之漸，迨‘胥遠’‘胥傚’，斯《角弓》興悲，而《葛藟》有‘終遠’之誚，《杕杜》抱‘獨行’之悲焉。詩表其事，《序》推其微，文殊而義一也。然則《角弓》之詩爲不合族者示戒，《頍弁》之詩又爲合族而情文不具者示戒也。”

“既見君子，庶幾説懌。”《箋》云：“言我若已得見幽王諫正之，則庶幾其變改，意解懌也。”

焯案：“庶幾説懌”句與二章“庶幾有臧”句上下相承，蓋謂既見王，庶幾王之改圖而爲善，王而有臧，則己爲之喜悦也。喜悦在己，非屬王言。《孔疏》述《箋》，謂此“説懌”文與下章“有臧”相值，有臧冀王之善，則此亦冀王意悦懌，非也。

“如彼雨雪，先集維霰。”《傳》：“霰，暴雪也。”《箋》云：“喻幽王之不親九族亦有漸，自微至甚，如先霰後大雪。”

焯案：《詩本義》云：詩意非謂不親九族有漸，謂其危亡有漸爾。謂國將亡，必先離其九族，如雪將降，必先下霰，見霰知必有雪，見九族離心，知必亡國，必然之理也。故其下文云“死喪無日，無幾相見”也。

“樂酒今夕，君子維宴。”《箋》云：“且今夕喜樂此酒，此乃王之宴禮也。”

焯案：陳氏《傳疏》云：“詩意謂王能宴樂飲酒，當自今日始，此乃覬幸之詞。‘死喪無日’二句猶上二章‘未見君子，憂心弈弈’、‘未見君子，憂心怲怲’也；此二句亦猶‘既見君子，庶幾説懌’、‘既見君子，庶幾有臧’也。詩三章皆欲王之宴樂親睦同姓，以刺今之不能，則孤危將亡，其兆既存矣。”此説是也。《箋》意以爲王不知孤危將亡，且飲酒爲一夕之樂，君子之宴，如此而已，是則以飲酒宴樂爲實事，非詩義也。

車　舝

“德音來括。”《傳》：“括，會也。”《箋》云：“使我王更修德教，會合離散之人。”

焯案：陳氏《傳疏》云：“《傳》訓括爲會，會讀如媒氏‘令會男女’之會，會猶作合也，言季女有此德音，是宜與我王作合也。來，語詞。”馬氏《通釋》云：“《韓詩》：‘括，約束也。’約束與會合義亦近。以德音相約束，即下章‘令德來教’之意，《箋》以爲會合離散之人，失之。”

“雖無好友，式燕且喜。”《箋》云：“式，用也。我得德音而來，雖無同好之賢友，我猶用是燕飲相慶且喜。”

焯案：詩意謂雖無好德以與女爲友，與三章“雖無德與女”文義一例，蓋詩人思賢女之切，而爲王謙辭也。古者夫婦之交，有朋友之義。《列女傳》曰：“受期必誠，則有朋友之信。”《白虎通義·嫁娶》篇云：“閨閫之内，衽席之上，朋友之道也。”是其義也。胡氏《後箋》云：“思樂新昏，無端牽入朋友，詞意迂緩不切，《關雎》云：‘琴瑟友之，鐘鼓樂之。’蓋即此所云‘好友’‘燕喜’之義爾。”

“好爾無射。”《箋》云：“爾，女；女，王也。”

焯案：此託王之身而言，爾，爾季女也。《箋》説非是。

“雖無旨酒，式飲庶幾。雖無嘉殽，式食庶幾。雖無德與女，式歌且舞。”《箋》云：“諸大夫覬得賢女以配王，於是酒雖不美，猶用之燕飲；殽雖不美，猶食之。人皆庶幾於王之變改，得輔佐之。雖無其德，我與女用是歌舞相樂，喜之至也。”

焯案：《箋》意以“女”爲諸大夫相爾汝，依其説，則以“雖無德”爲句，下六字爲句。竊謂古人行文，其文法之句讀與音節之句讀或有不相應者，然非可以論此詩。蓋“雖無德與女”句與首章“雖無好友”句意互相足，謂雖無好德以與女爲友爾，“與女”二字非宜下屬也。胡氏《後箋》云：“上四句爲興詞。下二句言王雖無德與女，亦能説樂君子，無不和諧，式歌且舞焉。猶之無旨酒嘉殽，而亦式飲式食也。”

“陟彼高岡，析其柞薪。析其柞薪，其葉湑兮。”《箋》云：“陟，登也。登高岡者，必析其木以爲薪，析其木以爲薪者，爲其葉茂盛，蔽岡之高也。此喻賢女得在王后之位，則必辟除嫉妒之女，亦爲其蔽君之明。"

焯案：吕氏《詩記》引陳氏曰："析薪者以喻昏姻。"范氏《補傳》曰："詩人謂以斧而析薪，故能得薪。喻王求賢女亦當有道。"馬氏《通釋》云："《漢廣》有刈薪之言，《南山》有析薪之句，《豳風》之《伐柯》與娶妻同喻，詩中以析薪喻昏姻者，不一而足。《東山》之詩曰：'其新孔嘉。'薪之爲言新，《説文》：'新，取木也。'詩蓋以取木喻取女，因而即以析薪喻娶妻、爲迎新也。此詩欲去褒姒而别求賢女，尤於迎新義合。《箋》謂以去蔽喻辟去惡女，非詩義也。"

"高山仰止，景行行止。四牡騑騑，六轡如琴。"《傳》："景，大也。"《箋》云："景，明也。諸大夫以爲賢女既進，則王亦庶幾古人有高德者，則慕仰之。有明行者，則而行之。其御羣臣，使之有禮，如御四馬騑騑然，持其教令，使之調均，亦如六轡緩急有和也。"

焯案：《詩本義》云："'高山仰止，景行行止'者，勉其不已之辭也。以謂賢雖難得，求之不已，將有得也。故其下則云'四牡騑騑，六轡如琴'者，調和車馬往迎之，如首章《車舝》也。"胡氏《後箋》云："《禮記·表記》、《史記·孔子世家》、《韓詩外傳》、徐幹《中論》皆引此詩。雖所喻不同，然按之詩詞，'高山''景行'自即以喻賢女，'仰止''行止'極致其思慕之意。《箋》謂賢女既進，庶王能仰慕則法乎古人，未免多一轉折矣。至'四牡'二句，歐以爲往迎賢女，正與《車舝》爲首尾之詞，於上下皆順。實較《箋》之説爲優。"

賓之初筵

"各奏爾能。"《箋》云："子孫各奏爾能者，謂既湛之後，各酌獻尸，尸酢而卒爵也。士之祭禮：上嗣舉奠，因而酌尸。天子則有子孫獻尸之禮，《文王世子》曰：‘其登餕、獻、受爵，則以上嗣。’是也。”

焯案：此句乃更起下文射事，與上章“獻爾發功”語意一例，非謂子孫獻尸，故毛意仍指射言。馬氏《通釋》云：“《鄉射禮》：‘有司請射，賓對曰，某不能，爲二三子許諾。’是古以善射者爲能，則知詩言‘各奏爾能’謂射也。”是也。鄭於次章皆以祭事釋之，故其説與毛異耳。

“賓載手仇，室人入又。”《傳》：“手，取也。室人，主人也。主人請射於賓，賓許諾，自取其匹而射，主人亦入于次，又射以耦賓也。”《箋》云：“仇讀曰㪺。室人，有室中之事者，謂佐食也。又，復也。賓手挹酒，室人復酌，爲加爵。”

焯案：《傳》《箋》異義。馬氏《通釋》云：“據下文‘以奏爾時’，‘時’謂‘中’者，則自從《傳》謂賓自取匹以射，其義爲允，又《箋》讀仇爲‘㪺’，亦不若《傳》從本字訓‘匹’爲善也。”

“以奏爾時。”《傳》：“時，中者也。”《箋》云：“時謂心所尊者也。”

焯案：馬氏《通釋》云：“《傳》訓‘時’爲‘中’，是也。《大戴禮·虞戴德》篇言：‘教士履物以射，時以斆技。時，有慶以地；不時，有讓以地。’‘時’皆當訓‘中’，時以斆技，即中以斆技，時與不時，即中與不中也。中者慶以地，不中者讓以地，即《射義》‘射中者得與於祭，不中者不得與於祭，不得與於祭者，有讓，削以地，得與於祭者，有慶，益以地’也，以‘時’爲‘中’，與《毛傳》正合。酒以飲不中者，詩何以云‘以奏爾時’，蓋飲不中者以致罰，正所以進中者以致慶耳。”

"賓之初筵，温温其恭。"《箋》云："此復言初筵者，既祭，王與族人燕之筵也。"

焯案：馬氏《通釋》云："前二章爲陳古，舉初筵以見賓之始終皆敬；此章以刺今，則舉初筵以刺始敬終怠，非必有異禮也。"

"凡此飲酒，或醉或否，既立之監，或佐之史。彼醉不臧，不醉反耻。"《傳》："立酒之監，佐酒之史。"《箋》云："凡此者，凡此時天下之人也。飲酒於有醉者，有不醉者，則立監使視之，又助以史，使督酒，欲令皆醉也。彼醉則已不善，人所非惡；反復取未醉者恥罰之，言此者，疾之也。"

焯案：胡氏《後箋》云："《傳》釋立監佐史，似謂飲酒之正法，未必如鄭言，以監史督酒令醉。鄭注《鄉射禮》謂立司正以察儀法，即引此詩，乃詩之本義。此言督令皆醉者，因下文有'不醉反耻'句耳。其實上言監史，爲禮法所當然，下乃言醉者之不臧，反以不醉者爲耻，文義自明，無庸别解。"《吕記》引董氏曰："立之監以監之，佐之史以書之，古之慎禮如此。"又引淳于髡説齊威王曰"飲酒大王之側，執法在旁，御史在後"爲證。《嚴緝》云："今此飲酒，或有醉者，或有醒者，立之監以正其禮，佐之史以書其過，政欲防失禮者也。彼醉者失禮而不善，乃反以醒者爲耻，非立監史之意也。"諸説似於《經》《傳》爲合。

"式勿從謂。"《箋》云："式讀曰慝。勿猶無也。武公見時人多説醉者之狀，或以取怨致讎，故爲設禁，醉者有過惡，女無就而謂之也。"

焯案：馬氏《通釋》云："式當讀'式微式微'之'式'。彼《箋》云'式，發聲'，是也。'式勿從謂'，即勿從謂也。《爾雅·釋詁》：

‘謂，勤也。’勤爲勤勞之勤，亦爲相勸勉之勤，勿從謂者，勿從而勸勤之使更飲也，故即繼之以‘無俾大怠’耳。”

“矧敢多又。”《箋》云：“矧，況。又，復也。”

焯案：《彤弓》“一朝右之”，《傳》訓“右”爲勸，蓋以“右”與“侑”通用。此詩云“多又”，當謂勸酒，亦以“又”爲“侑”也。

魚藻之什

采菽

“平平左右，亦是率從。”《傳》：“平平，辯治也。”《箋》云：“率，循也。諸侯之有賢才之德，能辯治其連屬之國，使得其所，則連屬之國亦循順之。”

焯案：“平平左右”句宜指古之明王能平章百官，猶《堯典》所謂“平章百姓”。“亦是率從”句則指諸侯相率而朝天子，亦即“百姓昭明，協和萬邦”之意。詩意蓋言由古者明王能正其朝廷，故諸侯亦皆順從爾。《荀子·儒效》篇云：“故明王譎德而序位，所以爲不亂也。忠臣誠能，然後敢受職，所以爲不窮也。分不亂於上，能不窮於下，治辯之極也。《詩》曰：‘平平左右，亦是率從。’是言上下之交不相亂也。”據《荀子》所稱，正就明王與臣下言。此《傳》簡略，宜與其師説同。《箋》謂諸侯辯治屬國，而屬國循順之，非《經》意，亦非《傳》意也。

“汎汎楊舟，紼纚維之。”《傳》：“紼，繂也。纚，緌也。明王能維持諸侯也。”《箋》云：“楊木之舟浮於水上，汎汎然東西無所定，舟人以紼繫其綏，以制行之，猶諸侯之治民，御之以禮法。”

焯案：胡氏《後箋》云：“下文‘葵之’，謂明王揆度諸侯之功德；‘膍之’，謂明王厚賜諸侯之福禄；則‘維之’自當依《傳》義喻明王能維持諸侯也。且《序》主刺王侮慢諸侯不能錫命以禮，《箋》增出諸侯以禮治民，於《經序》皆無當。《正義》以下有‘樂只君子’，故言諸侯治人以禮，殊爲曲説。”

“優哉游哉，亦是戾矣。”《傳》：“戾，至也。”《箋》云：“戾，止也。諸侯有盛德者，亦優游自安止於是，言思不出其位。”

焯案：詩意謂明王能優游諸侯，而諸侯亦於是至矣。《傳》訓“戾”爲至，陳奂謂“至”讀如《庭燎》“君子至止”之“至”，是也。《箋》訓“戾”爲“止”，而引《論語》説之，義似未安。《正義》申《傳》，謂“明王之德能如此，亦如是至美矣”，亦未得《傳》意也。

角　弓

“爾之遠矣，民胥然矣。爾之教矣，民胥傚矣。”《箋》云：“爾，女，女幽王也。胥，皆也。言王女不親骨肉，則天下之人皆如之。見女之教令無善無惡，所尚者，天下之人皆學之。言上之化下，不可不慎。”

焯案：嚴氏《詩緝》謂“民猶人，即指族人，《詩書》稱先民皆訓人”，是也。《箋》以此民爲泛指天下之人，似與前後章不相承。蓋此章“爾之遠矣”四句即承首章“兄弟昏姻，無胥遠矣”而申言之，意謂骨肉之親無相疏遠，爾如遠之，則族人必尤而效之，亦與女相遠矣。篇首以角弓反戾爲喻，即貫此章言之。三章“此令兄弟”四句，仍接言如其中有令善之兄弟，尚能寬裕有容，其不善者，必至交相爲病，前後三章文義實一貫也。

“民之無良，相怨一方。”《箋》云：“良，善也。民之意不獲，當反責之於身，思彼所以然者而恕之。無善心之人，則徙居一處怨恚之。”

焯案：此二句復承上章“不令兄弟，交相爲瘉”二句而言，言兄弟之無良者，各執其方隅之見，不能量己恕人，以致相怨。本嚴氏《詩緝》引錢氏説。蓋詩言“相怨一方”，即《序》所謂“骨肉相怨”也。《漢書》劉向上封事曰：“下至幽厲之際，朝廷不和，轉相非怨。詩人疾而憂之曰：‘民之無良，相怨一方。’”顏《注》云：“言人各爲不善，其意乖離而相怨也。一方，謂自守一方，所嚮異也。”詳劉向之意，以詩相怨指朝廷之人，非謂下民，顏《注》“一方”則爲方隅之義，皆較《箋》説爲長。

“如酌孔取。”《箋》云：“如飲老者，則當孔取，孔取謂度其所勝多少。凡器之孔，其量大小不同，老者氣力弱，故取義焉。”

焯案：陳氏《傳疏》云：“‘孔取’與‘宜饇’對文，‘宜’‘孔’皆語詞耳。《爾雅·釋言》：‘孔，甚也。’甚取，言取酌之多，如食宜飽之，如酌甚取之，食飽飲醉，正養老之事。”馬氏《通釋》云：“《周官》酒正：‘凡饗士庶子，饗耆老孤子，皆共其酒，無酌數。’此詩言飲老者甚其所取，即無酌數之義也。”

“毋教猱升木，如塗塗附。”《傳》：“猱，猨屬。塗，泥。附，著也。”《箋》云：“毋，禁辭。猱之性善登木，若教使其爲之，必也。附，木桴也。塗之性善著，若以塗附，其著亦必也。以喻人之心皆有仁義，教之則進。”

焯案：《正義》引孫毓難鄭云：“若喻人心皆有仁義教之則進，何爲禁之而云毋乎？”此難是也。胡氏《後箋》云：“此章及上章語意皆一反一正相承，每上二句刺王，下二句告之以正，上章見王之侮慢老人，如以老馬爲駒，不顧其後之年亦將老，故下言族食族燕，有'宜饇''孔取'之正禮。此章申第二章爾教之義，而禁止之，毋字貫二句言，毋教猱升木，毋以塗附塗，喻禁王毋以薄爲教，使小人相傚而爲惡，下二句承上言之，'徽猷'承教字言，君子有美道，則非如教猱之爲，'與屬'承附字言，小人所順從，則非如泥塗之附。"又云："此二句上言'毋'，下言'如'，乃互文之例，上句亦含'如'義，下句亦含'毋'義也。"焯謂胡氏詮釋經義，極爲明順。又《箋》以"附"爲木桴，蓋讀"附"爲泭，《説文》：泭，編木以渡也。取與上句"升木"對文，亦不若《傳》訓著爲安也。

"見晛曰消。"《傳》："晛，日氣也。"《箋》云："雨雪之盛瀌瀌然，至日將出，其氣始見，人則皆稱曰，雪今消釋矣。"

焯案：《荀子·非相》篇引詩"宴然聿消"，《漢書·劉向傳》引作"見晛聿消"，知"曰"、"聿"古通用，而皆以爲語詞。《箋》以"人皆稱曰"釋《經》"曰"字，誤矣。

"式居婁驕。"《箋》云："式，用也。婁，斂也。今王不以善政啓小人之心，則無肯謙虚，以禮相卑下，先人而後己。用此自居處，斂其驕慢之過者。"

焯案："婁"，《釋文》引："王肅作力住反，數也。"《荀子·非相》篇引此詩作："式居屢驕。"古"屢""婁"通用，足徵王義爲諦。"式"之訓"用"，亦即爲語詞。"居"猶"安"也，"式居婁驕"，言小人用安於數爲驕慢也。《箋》以上句"莫肯"二字貫下句爲言，而讀"婁"爲摟，訓爲斂聚，又以"居"爲居處，皆不合詩意。

菀　柳

"上帝甚蹈。"《傳》："蹈，動。"《箋》云："蹈讀曰悼。上帝乎者，愬之也。今幽王暴虐，不可以朝事，甚使我心中悼病。"

焯案：《正義》述毛，以"上帝"爲斥幽王，是也。幽王數徵會諸侯，而無信義，變動不恒，故云"上帝甚蹈"也。詩意蓋以柳有菀，不尚息反興帝甚蹈，無自暱，語勢相比成文。若"甚蹈"爲甚悼，抑何所興乎？恐未審也。

"俾予靖之，後予極焉。"《傳》："靖，治。極，至也。"《箋》云："靖，謀。俾，使。極，誅也。假使我朝王，王留我，使我謀政事，王信讒，不察功考績，後反誅放我。是言王刑罰不中，不可朝事也。"

焯案：此詩就王已然之事而言，非爲假設之詞。"後予極焉"句與次章"後予邁焉"句辭義互足互明，蓋謂王嘗以事使我謀治之，我則隨之而至，乃居無幾何，而又斥遠我，此即指實上文所云"上帝甚蹈"之事。《采菽序》云"刺王無信義"，此《序》云"刑罰不中"，皆與此詩相應也。《箋》誤解末章"居以凶矜"句，遂並訓"極""邁"爲"誅""放"之義。夫因凶矜一語，遂以"極"訓誅，"邁"訓放。"極"之爲誅，猶可説也；"邁"之爲放，不可説也。

"曷予靖之，居以凶矜。"《傳》："曷，害。矜，危也。"《箋》云："王何爲使我謀之，隨而罪我，居我以凶危之地，謂四裔也。"

焯案："居以凶矜"句即《序》所云"暴虐無親，而刑罰不中"之意，蓋謂王以危法加入也。《箋》既訓"極""邁"爲誅、放，因以"凶矜"爲凶危之地，而指謂四裔，失之鑿矣。

都人士

“彼都人士。”《傳》：“彼，彼明王也。”《箋》云：“城郭之域曰都，古明王時都人之有士行者。”

焯案：《序》云：“古者長民，衣服不貳，從容有常。”則詩所述都人士言行服飾之美，與《序》相應，其必兼長民者言之。自來風俗之敗，嘗由居位者之侈費有以致之，所謂“城中好大袖，四方全匹帛”也。詩中三章皆士女對舉，女稱君子女，則士不得偏指其賤者言，《箋》據《序》“民德歸壹”之文，因以士爲民，竊惟古人言民，亦通上下之稱，不專指庶民也。

“綢直如髪。”《傳》：“密直如髪也。”《箋》云：“其性情密緻，操行正直，如髪之本末無隆殺也。”

焯案：四章“卷髪如蠆”，五章“髪則有旟”，皆就髪言，以見彼君子女容儀有法，而刺今之不然。此章亦只就髪言，非如《箋》説，以髪比性行也。《説文》：“鬀，髪多也。”此當以“綢”爲“鬀”，故《傳》訓“綢直”爲密直。“如髪”猶云乃髪，“乃”猶其也，即謂綢直其髪耳。馬瑞辰説。《傳》云“密直如髪”，亦順《經》文釋之，意宜與《箋》異也。

“垂帶而厲。”《傳》：“厲，帶之垂者。”《箋》云：“而亦如也，而厲，如鞶厲也，鞶必垂厲以爲飾。厲字當作裂。”

焯案：胡氏《後箋》云：“此詩與‘鞞琫有珌’文法略同，言垂其帶而爲厲也。《傳》以‘厲’爲帶之垂者，明‘厲’是垂帶之名，不得爲垂帶之貌。惟厲是帶之垂者，故帶亦通名厲，《方言》：‘厲謂之帶。’《廣雅》：‘厲，帶也。’是也。厲與紳同。《玉藻注》亦云：‘紳，帶之垂者也。’”焯謂鄭因下言“如蠆”，以“蠆”比髪，則“厲”非帶之名，故訓“而”爲如，破“厲”爲裂。然毛意謂垂其帶而爲厲，文義自順，正不必改也。

“我不見兮，言從之邁。”《箋》云：“言亦我也。邁，行也。我今不見士女此飾，心思之，欲從之行，言己憂悶，欲自殺，求從古人。”

焯案：“言從之邁”，猶言“與子同歸”也。時宜不偕，援古爲徒，所謂“其志嘐嘐，動稱古人”是已。《吕記》引王氏曰：“是不可得見也，得見，則我從之邁也。”此亦曲得詩意。《箋》謂欲自殺求從古人，恐非。

采 緑

《序》云：“采緑，刺怨曠也。幽王之時，多怨曠者也。”《箋》云：“怨曠者，君子行役過時之所由也。而刺之者，譏其不但幽思而已，欲從君子於外，非禮也。”

焯案：李氏《集解》云：“此箋錯會作詩者之意。《序》云：‘幽王之時多怨曠者也。’則是刺幽王，非刺怨曠。《雄雉》之詩曰：‘淫亂不恤國事，軍旅數起，大夫久役，男女怨曠。’説詩者皆知其爲刺宣公，乃於此詩而强爲之説，以爲譏刺婦人不當怨曠，何也？”《稽古編》云：“韔弓綸繩，特設爲此語，以形容其必至之情，豈真謂欲從行哉？況刺詩之作，必有關於王政之興衰，民風之美惡，故聖人録之，以爲後世永鑑，乃區區與里巷婦人較論得失，何陋也！”胡氏《後箋》云：“此詩既刺時多怨曠，通篇皆代怨曠者之言。首、次序其憂思之情，三、四述其宴昵之想，或本其在家之時，或設爲歸後之事，皆可，實不必如箋所言。《箋》泥於三章爲婦人欲從君子，故爲此説耳。”

“薄言歸沐。”《箋》云：“言，我也。禮：婦人在夫家笄象笄。今曲卷其髮，憂思之甚也。有云君子將歸者，我則沐以待之。”

焯案：胡氏《後箋》云：“末章‘薄言觀者’《箋》云：‘釣必得魴鱮，魴鱮是云其多者耳，其衆雜魚乃衆多矣。’此則以‘言’爲我，一篇之中兩用‘薄言’，不應異義，故‘薄言歸沐’似即謂薄云歸沐，薄云者語辭，庶幾其君子之歸，而沐以待之也。《箋》訓‘言’爲我，恐非《經》旨。”

“五日爲期，六日不詹。”《傳》：“詹，至也。婦人五日一御。”《箋》云：“婦人過於時乃怨曠，五日六日者，五月之日、六月之日也。期至五月而歸，今六月猶不至，是以憂思。”

焯案：《正義》申《傳》云：“言常時以五日爲御之期，至六日而不至，尚以爲恨，况今日月長遠，能無思乎？舉近以喻遠也。”又云：“婦人之思夫，必過時乃怨曠。毛雖云五日一御，不必夫行六日便即怨也。當是假御之期日以喻過時耳。孔晁曰：《傳》因以行役過時刺怨曠也，故先序家人之情，而以行役者六日不至爲過期之喻，非止六日，毛意當然也。”此申《傳》義甚明。鄭以五日爲諸侯制，非大夫以下婦人進御之日限。又依傍《月令》、《小正》，采藍當在五月，故以“五日”“六日”爲“五月之日”“六月之日”。然《内則》云：“妾年雖老，未滿五十，必與五日之御。”言妾不言姪娣，則王肅云“五日一御，大夫以下之制”，其説是也。胡氏《後箋》云：“《箋》於《經》文增出月字，然《豳風》有‘三之日’、‘四之日’，而不言五六之日，此詩亦未言‘之日’，何得釋爲五月六月乎？《後漢書》劉瑜上疏言：‘女嬖充積。’因云‘天地之性，陰陽正紀，隔絶其道，則水旱爲并。《詩》云：“五日爲期，六日不詹。”怨曠作歌，仲尼所録，况從幼至長，幽藏殁身’云云。詳其引詩之意，亦是以暫時況久遠也。”

隰 桑

“隰桑有阿，其葉有難。”《傳》：“興也。阿然，美貌。難然，盛貌。有以利人也。”《箋》云：“興者喻時賢人君子不用而野處，有覆養之德也。正以隰桑興者，反求此義，則原上之桑枝葉不能然，以刺時小人在位，無德於民。”

焯案：詩意只以隰中之桑喻在野之君子，《箋》云反求其義，未免鑿之使深。果如其說，桑不宜於高地，而專宜於隰，則在野非所以爲刺矣，況桑本高下皆宜耶！嚴氏《詩緝》謂：“桑，嘉木也，可以爲衣，故南山有桑以喻賢者。今桑之在隰，枝條阿阿然而美，其葉又難然而盛，喻君子在野，雖處窮約，而英華發外也。”得之。

“心乎愛矣，遐不謂矣。中心臧之，何日忘之。”《箋》云：“遐，遠。謂，勤。臧，善也。我心愛此君子，君子雖遠在野，豈能不勤思之乎？宜思之也。我心善此君子，又誠不能忘也。孔子曰：‘愛之能勿勞乎？忠焉能勿誨乎？’”

焯案：汪梧鳳《詩學女爲》云：“《讀詩質疑》謂：‘遐不謂矣即所謂德音也。我心誠愛君子，君子豈以遠而不我告乎？我思念君子之心藏之於中，無日而忘之也。《春秋傳》：“鄭伯享趙孟，子産賦《隰桑》。趙孟曰：武請受其卒章。”注：“欲子産之見規誨。”’按嚴説是。惟以‘遐’爲遠，猶襲《鄭箋》之誤，‘遐’‘胡’一聲之轉，猶云胡不我告也。”

白 華

“白華菅兮，白茅束兮。”《傳》：“興也。白華，野菅也。已漚爲菅。”

《箋》云："白華於野，已漚名之爲菅，菅柔忍中用矣，而更取白茅收束之，茅比於白華爲脆。興者喻王取於申，申后禮儀備，任后妃之事，而更納褒姒。褒姒爲孼，將至滅國。"

　　焯案：馬氏《通釋》云："《左氏傳》引逸詩曰：'雖有絲麻，無棄菅蒯。雖有姬姜，無棄蕉萃。'以菅蒯喻憔悴，與此詩之取興於菅茅者同義。菅茅皆以喻申后，'白華''白茅'皆取潔白之義，'菅兮''束兮'皆取見用於人之義。蓋首章以菅茅之見用興申后之見棄，二章'英英白雲，露彼菅茅'，又以天地之覆養菅茅，興王之退黜申后，爲菅茅不若也。《箋》以菅茅喻申后，白茅喻褒姒，又以'露彼菅茅'爲彼可以爲菅之茅，使與白華之菅相亂易，並失之。"胡氏《後箋》云："次章'露彼菅茅'與後'浸彼稻田'，'樵彼桑薪'正同。《箋》以稻田、桑薪皆喻申后，而於菅茅又兼喻褒姒，未免自相違戾也。"

"天步艱難，之子不猶。"《傳》："步，行。猶，可也。"《箋》云："猶，圖也。天行此艱難之妖久矣，王不圖其變之所由爾。昔夏之衰，有二龍之妖，卜藏其漦，周厲王發而觀之，化爲玄黿，童女遇之，當宣王時而生女，懼而棄之，後褒人有獻，而入之幽王，幽王嬖之，是謂褒姒。"

　　焯案：《詩集傳》云："天步猶言時運也。"是也。詩人託申后之意；言己運遇不幸，故王不我可耳。《正義》引侯苞云："天行艱難於我身，不我可也。"此說殊得毛意。《箋》泥《序》刺幽王之語，程子謂幽后爲幽王之誤，此說是也。輒以詩語爲直斥褒姒，恐非詩意。

"嘯歌傷懷，念彼碩人。"《箋》云："碩，大也。妖大之人，謂褒姒也。申后見黜，褒姒之所爲，故憂傷而念之。"

焯案：詩三言“碩人”，皆當謂申后。《正義》引王肅云：“碩人謂申后也。”孫毓云：“申后廢黜失所，故嘯歌傷懷，念之而勞心。”是也。嚴氏《讀詩質疑》云：“《衛風》‘碩人其頎’，碩人指莊姜，此詩碩人正指申后。莊姜之失位，與申后之見黜略同，故皆以碩人稱之。詩人既惡褒姒，決不稱之爲碩人也。”汪氏《異義》云：“《經》以池水之浸潤稻田，使之生殖，反喻王無恩於申后，滮池之不如，則憂傷而思念者，自在申后也。四章以桑薪之善，宜以養人，反燎烓竈，喻申后之德宜母天下，反見黜退。六章以鶖喻褒姒，鶴喻申后，而鶖在梁得食魚，鶴在林而飢困，下俱接以‘維彼碩人，實勞我心’，則碩人指申后無疑矣。”焯又案：《詩記》及《詩集傳》又以碩人爲指幽王。胡氏《後箋》云：“詩中四言‘之子’，一言‘念子’，諸家既以爲斥幽王，乃一篇之中又稱王爲碩人，於屬文亦無是體也。”

“有扁斯石，履之卑兮。”《傳》：“扁扁，乘石貌。王乘車履石。”《箋》云：“王后出入之禮與王同，其行登車亦履石，申后始時亦然，今見黜而卑賤。”

焯案：馬氏《通釋》云：“《周官·隸僕》：‘王行則洗乘石。’鄭司農曰：‘乘石，所登上車之石也。’《淮南子·齊俗》篇、《文選》李《注》引《尸子》並云：‘周公踐東宫，履乘石。’《淮南》高《注》：‘人君升車有乘石。’説均與《毛詩》合。《傳》蓋以乘石爲王所履，興后之爲王所棄耳。”胡承珙曰：“‘履之卑兮’，卑字當屬石言。何氏《古義》云：‘履之卑兮是倒文，言乘石卑下，猶得蒙王踐履。’其説是也。至於后亦履石，《經》《傳》無徵，《箋》特以義推而言之，與《傳》義殊。《士昏禮》：‘婦人以几。’賈《疏》云：‘王后則履石。’特本《詩箋》以意推之，亦非有確證也。”

瓠　葉

“幡幡瓠葉，采之亨之。君子有酒，酌言嘗之。”《傳》：“幡幡，瓠葉貌。庶人之菜也。”《箋》云：“亨，熟也。熟瓠葉者，以爲飲酒之葅也。此君子謂庶人之有賢行者也。其農功畢，乃爲酒漿以合朋友，習禮講道藝也。”

焯案：《序》云：“幽王時，上棄禮而不能行，故思古之人不以微薄廢禮。”則所謂古之人，當指古時在位之賢者，不得以爲庶人。胡氏《後箋》云：“《傳》以瓠葉爲庶人之菜者，不過極言其物之微薄，以見維其禮不維其物，如蘋蘩薀藻可以薦鬼神而羞王公之意，未嘗以全詩皆言庶人之禮也。鄭《箋》泥於《傳》義，遂歷言庶人之事，以‘君子爲庶人之有賢行者’，已與《序》思古意不合。又云‘熟瓠葉以爲飲酒之葅，農功畢，乃爲酒漿以合朋友’。然《邶風·匏有苦葉傳》云：‘匏謂之瓠，瓠葉苦，不可食也。’《箋》以‘瓠葉苦，謂八月之時’，然則農功既畢，瓠葉尚可亨乎？《左傳》昭元年，趙孟賦《瓠葉》，穆叔知其欲一獻，則此詩當是一獻之禮。禮有獻、有酢、有酬，而後一獻之禮終，與詩中所言正合。古者士禮一獻，《士冠禮注》雖云‘一獻之禮有薦、薦，脯醢也。有俎，俎，牲體也。其牲未聞’，然《既夕注》云：‘士腊用兔’，詩三章皆言兔首，又焉知非士禮，而必以爲庶人之禮乎？《箋》又云：‘每“酌”言“言”者，禮不下庶人，庶人依士禮立賓主爲酌名。’《正義》云：‘若是禮合當然，不應每酌言我，今每言我，則是行用他法。’此解尤支離。《彤弓》‘受言藏之’，《傳》云‘言、我’，此亦每‘受’言‘言’，又豈得謂行用他法耶？”

“有兔斯首。”《箋》云：“斯，白也。今俗語‘斯’‘白’之字作鮮，齊魯之間聲近斯。有兔白首者，兔之小者也。”

焯案：《説文》："斯从其聲。"古與"其"同在咍部，故皆以爲語詞。此詩"有兔斯首"，猶云有兔其首，其意則爲有兔一首耳。李氏《集解》云："兔以'首'言，猶魚以'尾'言。"是也。《正義》引王肅、孫毓述毛云："唯有一兔頭耳。"一兔頭猶云兔一頭，《正義》不明王、孫之意，謂"不應空用其頭"，甚非。《箋》未憭"斯首"之義，因轉"斯"爲鮮，恐非《經》旨。

漸漸之石

"漸漸之石，維其高矣。山川悠遠，維其勞矣。"《傳》："漸漸，山石高峻。"《箋》云："山石漸漸然高峻，不可登而上，喻戎狄衆彊，而無禮義，不可得而伐也。山川者，荆舒之國所處也，其道里長遠，邦域又勞勞廣闊，言不可卒服。"

焯案：《稽古編》云："《漸漸之石》三章，《毛傳》本不言興。鄭、王、孫三家述毛，皆以興釋之，將戎、狄、荆、舒分配詩詞，説各不同，鄭以上二章上二句爲戎、狄叛之，上二章次二句卒章上四句爲荆、舒不至，每章下二句爲東征。王、孫以每章上四句爲戎、狄叛之，下二句爲荆、舒不至，東征總六句而言。多支離穿鑿，俱非毛旨。況《經》只言東征，《序》本用兵之由，故並舉戎、狄與荆、舒耳。必欲分裂《經》文，配此二役，不太牽合乎？詩只言道涂之險阻，跋涉之勞苦，直是賦體，非興也。又案《正義》引王肅云：'言遠征戎、狄，戍役不息，乃更漸漸之高石，長遠之山川，維其勞苦也。'孫毓云：'篇義言役人久病於外，故經曰"山川悠遠維其勞矣"。'此俱是述毛爲説。"胡氏《後箋》云："鄭以勞爲遼，勞、遼字雖可通，然遼闊與悠遠義複，不如王、孫所述，衹作勞苦爲安。"

"不皇朝矣。"《箋》云："皇，王也。役人罷病，必不能正荆、舒，使之朝於王。"

焯案："皇"有"大"義，引申則有"暇"義，與"假"訓"大"又爲"暇"實同。故《表記》引《詩》"皇恤我後"，《左傳》"社稷之不皇"，即以"皇"爲遑。此詩《箋》讀爲"皇王"之"皇"，於下二章"不皇出矣"、"不皇他矣"皆爲費解。《正義》引王肅述毛，以"皇"爲"暇"，實較《箋》義爲允。"朝"當讀爲"朝夕"之"朝"。陳氏《傳疏》云："不皇朝猶言無暇日，《左傳》云'朝夕之不皇'，句義相同。"胡氏《後箋》云："《何草不黄》之三章曰，'哀我征夫，朝夕不暇'，以《經》證《經》，無煩别解也。"

"山川悠遠，曷其没矣。"《傳》："没，盡也。"《箋》云："曷，何也。廣闊之處，何時其可盡服。"

焯案：此但言軍士行道之難，非陳荆、舒土地之廣。《詩集傳》云："'曷其没矣'，言所登歷何時而可盡也。"是説得之。

"不皇出矣。"《箋》云："不能正之，令出使聘問於王。"

焯案：此與前章"不皇朝"、末章"不皇他"意互相足。蓋謂軍士有持戈執戟之勞，復有霑體塗足之苦，是以智慮廢而憂患專，朝夕無暇出於其他也。即謂無心治他事。《箋》以"出"爲出使，後人又以"出"爲出險，皆非是。

苕之華

《序》云："《苕之華》，大夫閔時也。幽王之時，西戎、東夷交侵中國，師旅並起，因之以饑饉，君子閔周室之將亡，傷己逢之，故作是詩也。"《箋》云："大夫將師出，見戎、狄之侵周而閔之，今當其難，自傷近危亡。"

焯案：《序》言如此，特著作詩之由，非必謂作者即將師之大夫，其説恐泥。

“苕之華，芸其黄矣。”《傳》：“興也。苕，陵苕也。物落則黄。”《箋》云：“陵苕之華，紫赤而繁。興者，陵苕之榦，喻如京師也，其華猶諸夏也，故或謂諸夏爲諸華。華衰則黄，猶諸侯之師旅罷病將敗，則京師孤弱。”

焯案：詩意惟以苕華之將落，興周室之將亡耳。《箋》則以“苕榦”喻京師，“華”喻諸夏，詩人取興未必如此執著也。次章云“其葉青青”，《傳》云“華落葉青青然”，是則言葉之青青，以見華已隕落，唯有青青之葉而已，其與上章所言，雖有將落已落之别，命意初無大異，蓋一則傷國之將亡，一則斷其必亡。《箋》又以“葉之青青”，喻王之臣當出見，於《經》意皆無當也。

“知我如此，不如無生。”《箋》云：“我，我王也。知王之爲政如此，則己之生不如不生也。”

焯案：此言知我所遇之世如此，不如不生之爲愈也。《箋》以“我”我幽王，失之。

“人可以食，鮮可以飽。”《传》：“治日少而亂日多。”《箋》云：“今者士卒人人於晏早皆可以食矣，時饑饉，軍興乏少，無可以飽之者。”

焯案：《箋》泥《序》有“師旅竝起”之語，遂謂軍興乏少，無可以飽之。惟《序》云“師旅竝起，因之以饑饉”，特明其皆爲召亂之故，非獨指士卒饑饉言之。蓋謂時當衰亂，百物凋耗，民皆不聊其生也。

何草不黄

“何草不玄”。《箋》云：“玄，赤黑色。始春之時，草牙孼者，將生必玄，於此時也，兵猶復行。”

焯案：陳氏《傳疏》云：“上章言黄，下章言玄，黄玄猶玄黄也。《爾雅》：‘玄黄，病也。’《卷耳傳》：‘馬病則玄黄。’馬病謂之玄黄，草病亦謂之玄黄。《大戴禮·用兵》篇：‘草木嫣黄。’嫣與玄叠韵，玄與黄雙聲，是合二字成義，詩人偶分屬上下章耳。蓋首二章以草之病喻人之病。末二章以兕虎芃狐喻軍旅之勞苦，非以草黄草玄分説，紀用兵之時也。”焯謂陳説甚諦。《爾雅》：“九月爲玄。”孫炎曰：“物衰而色玄也。”引詩“何草不玄”爲證。是也。《箋》以玄爲草之將生，既與詩意不協，《正義》據《箋》義，以孫炎之言爲謬，非也。

“何人不矜。”《箋》云：“無妻曰矜。從役者皆過時不得歸，故謂之矜。”

焯案：《詩經·小學》云：“《鴻雁傳》：‘矜，憐也。’《菀柳傳》：‘矜，危也。’‘何人不矜’，言夫人而危困可憐，不必讀爲鰥。”焯謂《爾雅·釋言》訓“矜”爲苦，此詩前二章首句以草之病喻人之病，則“矜”正宜作危苦解，蓋謂役使之繁數，征行之勞苦耳，非獨歎其離室家已也。《箋》讀“矜”爲鰥，於詩義轉狹矣。

卷　八

大　　雅

文王之什

文　王

“思皇多士。”《傳》：“思，辭也。皇，天。”《箋》云：“周之臣既世世光明，其爲君之謀事，忠敬翼翼然，又願天多生賢人於此邦。”

焯案：此所云“多士”，即上章“凡周之士”與下文之“濟濟多士”也。此章文勢極有波折，“世之不顯”二句反承上章“不顯亦世”句，而贊周士既有光明之德，復懷忠敬之謀。“思皇多士”二句文勢一提，其辭仍屬歎美。“王國克生”句復作一折筆，而以“濟濟多士”二句結之。鄭以“思”爲願，而謂世顯之臣願天多生賢人，匪特於文勢不合，即一章之中，兩言“多士”而異其解，於文義亦爲不安矣。《正義》申鄭，“以‘思’之爲辭，止在句末，今句首言之，不宜爲辭，故易《傳》”。胡氏《後箋》云：“詩中大例，‘思’爲語辭者，固多在句末，然《魯頌》‘思樂泮水’，《禮器疏》引作‘斯樂泮水’，是思與斯同爲語辭，又未嘗不在句首也。”

“侯于周服。”《傳》：“盛德不可爲衆也。”《箋》云：“商之孫子，其數不徒億，多言之也。至天已命文王之後，乃爲君於周之九服之中，言衆之不如德也。”

焯案：《正義》引王肅云："商之孫子有過億之數，天既命文王，則維服于周。"毛於上章訓"侯"爲維，則其意必如肅言，此申毛是也。《傳》用《孟子》"仁不可爲衆"語，則"服"自當爲臣服之服，可言"維于周服"，故亦可言"維服于周"。若如《箋》説，以"侯"爲君，"服"爲九服，則言君于周之九服尚可，若下文侯服于周，謂爲君九服于周，則不辭矣。胡氏《後箋》云："趙岐注《孟子》云：'天既命之維服于周。'是趙亦訓'侯'爲維，'服'爲臣服，不獨王肅之解爲然也。"

"宜鑒于殷，駿命不易。"《傳》："駿，大也。"《箋》云："宜以殷王賢愚爲鏡，天之大命不可改易。"

焯案：《釋文》："易，毛以豉反。不易，言甚難也。鄭音亦，言不可改易也。下文及後'不易維王'同。"《稽古編》云："此詩毛不爲《傳》，《孔疏》述毛，則仍用鄭説。甚難之解，其出於王肅、孫毓歟？案《大學》引此詩，《鄭注》云：'天之大命，持之誠不易也。'彼《釋文》云：'易，以豉反，注同。'則康成初説原以爲難易之易，箋詩時改之耳。"胡氏《後箋》云："鄭於《詩》言'不易'者，多作不可改易，如《大明》'不易維王'，《韓奕》'朕命不易'，皆是。然《韓奕》言不可改易可也，此詩及《大明》皆當作難易之易。若此詩《駿命不易》，以爲不可改易，則於上文'天命靡常'、下文'無遏爾躬'，皆不相融貫矣。"

"宣昭義問。"《傳》："義，善。"《箋》云："宣，徧。徧明以禮義問老成人。"

焯案：《左傳》僖二十七年杜《注》、《國語·晉語》韋《注》皆云："宣，明也。"《爾雅·釋詁》："義，善也。"今作儀，儀與義通。是則詩之“宣昭”猶言明昭，“義問”猶言令聞。問與聞通。此篇前四章皆追述文王“受命作周”之事，後三章乃戒成王當監殷而法文王，“宣昭義問”即承次章“亹亹文王，令聞不已”言之，猶《左傳》宋穆公所云“光昭先君之令德也”。彼云：“令聞”，此云“義問”，特變文耳。《箋》謂“以禮義問老成人”，非詩意也。

大　明

“明明在下，赫赫在上。”《傳》：“明明，察也。文王之德明明於下，故赫赫然著見於天。”《箋》云：“明明者，文王、武王施明德於天下，其徵應炤晳見於天，謂三辰效驗。”

焯案：此篇所言皆歸重文王明德，次章言王季之事，末二章言武王之事，只屬帶敘。《箋》以首章爲詩總目，而兼文、武言之，非也。《序》云“文王有明德，故天復命武王”。則此詩自六章“長子維行”以上宜專説文王有德受天命之事，“篤生武王”以下始兼説天復命武王之事，依《序》立義，次第井然矣。

“曰嬪于京。”《傳》：“嬪，婦。京，大也。”《箋》云：“京，周國之地、小別名也，從殷商之畿内嫁爲婦於周之京。”

焯案：《思齊》“京室之婦”，《傳》訓“京室”爲王室，其於此“京”訓大，宜如孫毓所述，以爲京師。《正義》申《箋》，以“王季時爲諸侯，追崇其號，得謂之王，不得即以其居爲京師”。胡氏《後箋》云：“若據追述之詞，則王季既可稱王，亦不害其稱京。《箋》以周是大名。京是其地之小別，無論岐周並無此地名，鄭已不能指實，且太任爲嬪，當在國都，何獨言其小別之地名乎？以此衡之，《傳》義爲優矣。”

“俔天之妹。”《傳》：“俔，磬也。”《箋》云：“尊之如天之有女弟。”

焯案：夏氏《讀詩劄記》云：“妹者，少女之稱，《易》“歸妹”釋文。‘天妹’猶俗所謂天女也。‘俔’，《韓詩》作磬，‘磬，譬也’。言大邦有子，其幽閒貞静之德，非世俗之女子所有，神而明之，譬如天生之女也。”顧氏《學詩詳説》云：“《後漢書·胡廣傳》：‘順帝欲立皇后，議欲探籌，以神定選。廣與郭虔、史敞疏言：“岐嶷形於自然，俔天必有異表。”’恐得詩旨。蓋云是少女也。其體度有如天帝然。‘君子偕老’擬其美麗，此詩擬其貴重，‘俔天’以貌言，‘妹’以年言也。”今謂二説皆當。《箋》謂“如天之有女弟”，恐未得詩旨。

“燮伐大商。”《傳》：“燮，和也。”《箋》云：“使協和伐殷之事，謂合位三五也。”

焯案：顧氏《學詩詳説》云：“嚴氏謂‘以順而動，因天之所欲，是爲燮伐’最允。《箋》謂‘合位三五’，《疏》引《周語》伶州鳩‘五位三所’之文爲證，雖天文家言亦順天應人者所不廢，然以周之仁，伐紂之暴，即不合位三五，其有不勝哉？朱氏《集傳》謂‘順天命以伐商’，是矣。”

“維予侯興。”《傳》：“興，起也。言天下之望周也。”《箋》云：“天乃予諸侯有德者當起爲天子，言天去紂，周師勝也。”

焯案：《正義》述毛云：“毛氏於《詩》‘予’皆訓我，無作取予之義。”是毛意以“予”爲指武王。《文王》篇毛訓“侯”爲維，此不言者，當同上篇之訓。《爾雅》於“侯”訓爲乃，是詩言“維予侯興”，猶言維予維興、維予乃興也。若依《箋》説，以侯爲指武王，則此篇前後既皆稱武王，不應又稱武王爲侯。《箋》蓋誤以下文“上帝臨女”爲女武王，故以“予”爲取予之予，以“侯”爲諸侯之侯也。

“上帝臨女，無貳爾心。”《傳》：“言無敢懷貳心也。”《箋》云：“臨，視也。女，女武王也。天護視女，伐紂必克，無有疑心。”

焯案：孔氏《經學卮言》云：“《大誓》逸篇曰：‘勗哉夫子，不可再，不可三。’所謂‘無貳爾心’也。蓋周公約武王之誓詞以爲詩，魯人又復述之於《頌》。今説者轉以爲衆勸武王之詞，夫武王舉大事，豫之者素，審之者決矣，豈至牧野交刃而或貳其心哉？觀《傳》言‘無敢懷貳心也’，則固自上命下語氣，且訓‘無’爲毋矣。”馬氏《通釋》云：“臨當讀如‘上帝不臨’之臨。又襄九年《左傳》曰：‘且要盟無質，神弗臨也。’臨謂神明鑒之，如有貳心，則必爲神明所察，故以‘上帝臨女’懼戒之，非下頌上之詞也。《吕氏春秋・務本》篇引《大雅》曰：‘“上帝臨女，無貳爾心”，以言忠臣之行也。’正以‘無貳爾心’證臣之忠於君。《箋》以爲衆勸武王之詞，失之。”

“肆伐大商。”《傳》：“肆，疾也。”《箋》云：“肆，故今也。”

焯案：焦氏《補疏》云：“《爾雅・釋言》：‘肆，力也。’《吕氏春秋・尊師》篇：‘疾諷誦。’高誘《注》云：‘疾，力也。’疾、力二字古每竝稱，‘肆’之爲疾，即‘肆’之爲力也。”胡氏《後箋》云：“《皇矣》‘是伐是肆’，《傳》亦與此同。《正義》云：‘於是用師伐之。於是合兵疾往。’又引王肅云：‘於疾乃服有罪。’則肅意謂伐之疾，《傳》意或然。承珙謂《大明傳》以‘肆’爲疾，蓋承上文‘鷹揚’言之，鷹揚有疾速之意，所謂‘征鳥厲疾’也。”焯謂此章文勢雄剛峻偉，末二句依毛義，則與文勢相合。鄭依《爾雅》訓‘肆’爲故今，而以‘會’爲合兵，於語氣頓覺平緩。既與上文氣勢不類，而於收束亦感無力，即此而論，鄭義已不若毛義之優矣。

緜

“緜緜瓜瓞。”《傳》：“興也。緜緜，不絶貌。瓜，紹也。瓞，瓝也。”《箋》云：“瓜之本實，繼先歲之瓜必小，狀似瓝，故謂之瓞，緜緜然若將無長大時。興者喻后稷乃帝嚳之胄，對於邰，其後公劉失職，遷於豳，居沮、漆之地，歷世亦緜緜然，至太王而德益盛。”

焯案：胡氏《後箋》云：“此詩取興，似祇爲周家歷世長久之喻，故《傳》云緜緜不絶貌。不必專以瓜喻盛大，瓞喻衰微。《正義》申《箋》，謂瓜喻嚳、瓞喻稷以下固非，後儒又謂瓞喻太王之國甚小，瓜喻文王始大，則於《經》文又成倒置。惟姚氏《識名解》曰：‘瓜生皆由小以至大，始雖爲瓞，繼漸成瓜，瓜成又復生瓞，此所謂緜緜不絶意耳。’”

“民之初生，自土沮漆。”《傳》：“民，周民也。自，用。土，居也。沮，水。漆，水也。”《箋》云：“太王德盛，得其民心，而生王業。故本周之興，云于沮漆也。”

焯案：《箋》於下文“古公亶父，陶復陶穴”云：“本其在豳時也。”《傳》“古公處豳”而下諸語爲二章發。馮應《京詩名物疏》云：“不窋徙居戎、狄之間，在今慶陽府。公劉遷邠，在今邠州淳化縣西廢三泉縣界，當涇水之西，其道甚便，而沮在涇之東，漆又在沮之東，俱隔大山，公劉初遷，必不至馮翊之漆、沮也。及大王自邠遷岐，踰梁山，始至岐山北漆、沮合流之處。梁山在今西安府乾州城西北五里，當邠之西南。若沮、漆在邠，則公劉‘于豳斯館’已有宫室，大王何爲‘陶復陶穴’哉？但以大王初至扶風之地，故‘陶復陶穴’耳。《稽古編》云：‘以《緜》詩首章爲大王居邠事者，始於康成耳，《毛詩》本無是説也。’《傳》於首章即述大王避狄去豳遷岐之事，而繼之曰：‘陶其土而復之。陶其壤而穴之。’則以復穴係之岐下，爲古公初到之居矣。又曰：'未有寢廟，亦未敢有家室。'蓋因五章'俾立室家，作廟翼翼'並言，此章言家室而不言廟，故補其未及，是明以此章'未有'與五章'俾立'遥相首尾，彼既在岐，此不應獨在邠矣。又三章《傳》曰，'周原沮漆之閒'，合周原與沮、漆爲一。是明以首章之居沮、漆，即居此周原矣。夫遷岐之始，草萊甫闢，復穴而居，理或有之。公劉居邠，至大王已經十世，安得尚無家室乎？則首章所言，其爲初到岐周未遑築室時事無疑也。首章先言岐土之荒涼，下章方言大王相度經營之次第，立言之序當如此也。康成誤仞《傳》意，故首章之述遷邠，則解之曰爲二章發，不知二章《傳》安得預發之首章，決非毛旨。孔又過執《箋》説，曲爲解釋，非也。"胡氏《後箋》云："馮、陳二説辨明首章是言古公初至岐下之事，深合《經》義。《傳》特釋民爲周民，正以見爲太王時之民，以太王時國始稱周也。'生'猶造也，何休《公羊注》。'自'爲用、'土'爲居者，言用居此而遂民生，以興王業，《傳》義本自明白。《箋》云'大王德盛，得其民心，而生王業'，以解上句不誤。下又云'故本周之興云于沮漆'，是以'自'爲從，則兩句文義不相接矣。"

"自西徂東，周爰執事。"《傳》："爰，於也。"《箋》云："於是從西方而往東之人，皆於周執事，競出力也。豳與周原不能爲西東，據至時從水滸言也。"

焯案："自西徂東"句繼"疆""理""宣""畝"之後，當指周原之西東，非言自豳至岐。蓋謂岐山邑在西，以東爲表，而大王巡視國中，以勸農事也。戴氏《詩考正》云："巡行國中，視其所當爲者，無不使民爲之以興利。《桑柔》篇：'自西徂東，靡所定處。'言無可安居之所，亦以'自西徂東'爲該舉域中之辭。"此説是也。

"迺立皋門，皋門有伉。迺立應門，應門將將。"《傳》："王之郭門曰皋門。伉，高貌。王之正門曰應門。將將，嚴正也。美大王作郭門以致皋門，作正門以致應門焉。"《箋》云："諸侯之宫，外門曰皋門，朝門曰應門，内有路門。天子之宫加以庫雉。"

焯案：毛意以爲我周之制，王之郭門曰皋門，王之正門曰應門，其名皆本於太王，故此詩美太王作郭門曰皋門，以致後王之有皋門，作正門曰應門，以致後王之有應門也。"致"者，乃自後推而言之，殷代尚質，其時必無"皋""應""庫""雉"之名，而異天子諸侯之數。鄭以太王時爲諸侯，其所作門自屬諸侯之制，非爲天子之門，誤矣。何氏《古義》云："諸侯之有'皋''應'，於書無所經見。《明堂位》云：'庫門，天子皋門。雉門，天子應門。'乃謂魯以周公之故，'庫''雉'兼'皋''應'之制耳。然則制兼'皋''應'，而名仍'庫''雉'，亦可見諸侯有庫、雉，無皋、應也。"戴氏《詩考正》云："考之經傳，不聞天子有庫、雉，諸侯有皋、應。《郊特牲》云'獻命庫門之内'，亦記者以魯用天子禮樂，故推魯事合於天子耳。'"此二説皆是也。

"肆不殄厥愠，亦不隕厥問。"《傳》："肆，故今也。愠，恚。隕，墜也。"《箋》云："小聘曰問。文王見大王立冢土，有用大衆之義，故不絶去其恚惡惡人之心，亦不廢其聘問鄰國之禮。"

焯案：孟子曰："文王事昆夷。"又曰："肆不殄厥愠，亦不隕厥問，文王也。"《趙注》言："文王不殄絶畎夷之愠怒，亦不能隕失文王之善聲聞也。"今案趙説亦未諦。只以"問"爲善聲問，較《箋》義爲優耳。此二句正言文王能踵大王之志，征伐昆夷，而卒能成其功業，下四句則指言伐昆夷之事。"肆不殄厥愠"者，猶班孟堅《對燕然山銘》所稱"上以攄高文之宿憤"也。"亦不隕厥問"者，猶云"下以振大漢之天聲"也。"亦不"猶言"而不"。《詩》中"亦"字凡作語詞者，多與"而"字同。鄭、趙以誤會"亦"字語氣，故所言皆未當也。

棫　樸

"芃芃棫樸，薪之槱之。"《傳》："興也。芃芃，木盛貌。棫，白桵也。樸，枹木也。槱，積也。山木茂盛，萬民得而薪之。賢人衆多，國家得用蕃興。"《箋》云："白桵相樸屬而生者，枝條芃芃然，豫斫以爲薪，至祭皇天上帝及三辰，則聚積以燎之。"

焯案：《序》云"《棫樸》，文王能官人"，以芃芃之棫樸興多士之濟濟。此與"瑟彼柞棫，民所燎矣"，"菁菁者莪，在彼中阿"取興不異。汪氏《異義》云："《傳》以棫樸薪槱興賢人衆多，得爲國家之用。《箋》不爲興，以薪槱爲祀天，'左右趣之'爲諸臣相助積薪。《疏》引孫毓詩評，以《箋》義爲長矣。然首章若言祀天，不當僅舉一'槱''燎'；即舉'槱''燎'，不必言'棫樸'；言'棫樸'，亦不必言'芃芃'也。鄭特以'濟濟辟王，左右趣之'與下章'濟濟辟王，左右奉璋'文同，下章言祭，此章亦當爲祭，而《大宗伯》又有'槱燎'之文，故易《傳》爲是解耳。要以《經》言'芃芃棫樸'思之，毛公取興之義優也。首章見衆賢之集於朝，輔助政教。次章述祀事之得人。三章述戎事之得人，國之大事，在祀與戎，舉此二者，以明賢才之用。四章言文王作人之化，紂之污俗咸與維新。末章言文王聖德，綱紀四方，無不治理，又總著政教之美，官人之效。《經》之設文，蓋有次第矣。"焯謂鄭附會《周禮》"槱燎"之文，以爲祭皇天上帝。但詩之"薪""槱"，只謂積木供燎，與《周官》"槱燎"不同，不可據以易毛也。"

"遐不作人。"《傳》："遐，遠也，遠不作人也。"《箋》云："遠不作人者，其政變化紂之惡俗，近如新作人也。"

焯案：《傳》“遠不作人也”，“也”當作“歟”字、“乎”字讀。《文王》篇“不顯亦世”，《傳》云：“不世顯德乎？”此詩語氣與彼正同。段氏謂《傳》“不”字衍文，不悟《傳》亦以反語釋《經》反語耳。《左傳》成八年引《詩》曰：“愷悌君子，遐不作人。”杜《注》云：“《詩·大雅》言文王能遠用善人。不，語助。”此亦未全得詩意。惟“遐不”倒作“不遐”，則爲順言，如《泉水》、《二子乘舟》兩“不瑕”句，是也。瑕、遐通用，故《傳》皆訓遠。此與《南山有臺》、《旱麓》之“遐不”，則皆爲反言矣。鄭於《南山有臺》“遐不眉壽”云“言其近眉壽”，此云“近如新作人”，皆以“遐不”爲“不遐”，而並作順辭解。夫《南山有臺》祝君子之眉壽，當言遠有眉壽，此承上周王壽考，是謂久道化成，當言遠作人，不得如《箋》所説。《旱麓》“豈弟君子，遐不作人”亦應與此同也。

“追琢其章，金玉其相。”《傳》：“追，彫也。金曰彫。玉曰琢。相，質也。”《箋》云：“《周禮》追師‘掌追衡笄’，則‘追’亦治玉也。相，視也，猶觀視也。追琢玉使成文章。喻文王爲政，先以心研精，合於禮義，然後施之。萬民視而觀之，其好而樂之，如覩金玉然，言其政可樂也。”

焯案：《正義》申毛云：“此二句相對，章是成文，則相是本質，故相爲質也。”又引王肅云：“以興文王聖德，其文如彫琢矣，其質如金玉矣。”此説是也。《説苑·修文》篇引詩曰：“‘彫琢其章，金玉其相’，言文質美也。”此或本魯、韓《詩》説，亦以章爲文，相爲質，與毛義合。蓋毛義與《經》文相對成文，意義尤愜當也。鄭訓相爲視，未若毛義爲長。

旱　麓

“豈弟君子，干禄豈弟。”《傳》：“干，求也。”《箋》云：“君子謂大王、王季。以有樂易之德施於民，故其求禄亦得樂易。”

焯案：《大雅》自《文王》至《靈臺》八篇，餘篇皆述文王，不應《旱麓》一篇獨言大王、王季。郝敬曰："文王以聖德承祖考綦隆之業，小心恭順，養和平之福，以啓後人，故曰：'豈弟君子，干禄豈弟。'《箋》誤以君子即大王、王季，未深究其旨耳。《文王》以下諸詩，義各不同。首篇言代商之事，故《序》曰'作周'。次篇言文、武之生，故《序》曰：'《文王》有德，復命武王。'三篇言遷岐，故《序》曰'興由大王'。四篇言左右諸臣，故《序》曰'能官人'。五篇言事神，故《序》曰'受祖'。又歷敘祖德，而於大王、王季，借詩中福禄語以推重其功德，見文王凝承祖德者厚，非以此詩爲大王、王季作也。"胡氏《後箋》云："詩中君子皆當指文王，三章'遐不作人'與《棫樸》同文，末章'求福不回'，又與《大明》'厥德不回'同義，其爲指文王言可無疑矣。《箋》以君子謂大王、王季，全篇皆不及文王，而《雅譜》列爲文王之詩，豈有美文王受祖，而但稱祖德，絶不及受之之人乎？《序》不言文王受祖者，當以自《文王》至《靈臺》皆文王之詩，故不復贅耳。"

"鳶飛戾天，魚躍于淵。"《傳》："言上下察也。"《箋》云："鳶，鴟之類，鳥之貪惡者也，飛而至天，喻惡人遠去，不爲民害也。魚跳躍于淵中，喻民喜得所。"

焯案：鄭於《中庸注》云："聖人之德至於天，則鳶飛戾天；至於地，則魚躍于淵。是其明著於天地也。"此解本與《傳》義相若。及箋《詩》，則以鳶飛喻惡人遠去，魚躍喻民喜得所，蓋顧本經下文作人爲説。不知道被飛潛，萬物得所，作人氣象如此，尤爲廣大也。陳氏《傳疏》云："鳶天魚淵，極乎天地，此言文王之道之所至。《文王傳》：'文王升接天，下接人。'亦此意也。《潛夫論·德化》篇引《詩》云：'"鳶飛戾天，魚躍于淵"，君子修其樂易之德，上及飛鳥，下及淵魚，無不歡忻悦豫。'此三家義，其意亦與毛不相遠也。"

“瑟彼柞棫，民所燎矣。”《傳》：“瑟，衆貌。”《箋》云：“柞棫之所以茂盛者，乃人熂燎除其旁草，養治之使無害也。”

焯案：《緜》云“柞棫拔矣”，《皇矣》云“柞棫斯拔”，則此云柞棫，亦就所見之實而言。其得以爲興者，亦如《鴛鴦箋》云：“此交萬物之實，而興者廣其義”耳。柞棫之衆，即首章“榛楛濟濟”之義，榛楛多，柞棫衆，皆以興文王受福之盛。“民所燎矣”，即言燎此柞棫，非熂富旁草。此章之意，蓋謂物産蕃庶，財用富足，而民有所養，故君子得以樂易，而爲神所勞也。《箋》以柞棫與君子文屬平列，因有熂燎旁草之説，殊失詩意。

思齊

“思齊大任。”《箋》云：“常思莊敬者大任也。”

焯案：胡氏《後箋》云：“《毛傳》於‘不可休思’云，‘思，辭也’；‘思皇多士’亦云，‘思，辭也’。《風》《雅》各舉其一，以見三百篇‘思’字多爲語助。在句尾者，如‘不可度思’‘鋪時繹思’之類。在句中者，如‘旨酒思柔’‘無思不服’之類。在句首者，如‘思孌季女逝兮’‘思樂泮水’之類皆是。《鄭箋》於‘思’字多訓思願，似失毛旨。”

“惠于宗公。”《傳》：“宗公，宗神也。”《箋》云：“惠，順也。宗公，大臣也。文王爲政，咨於大臣，順而行之，故能當於神明。”

焯案：《毛詩札記》云：“案‘公’無神訓，《傳》以宗公爲宗神者，‘公’即《小雅·天保》篇‘于公先王’之公也。彼《傳》訓‘公’爲事，又《鳧鷖》篇‘公尸來燕來宗’，《傳》文訓‘宗’爲尊，合以相證，知此《傳》亦同。‘惠于宗公’猶云順所尊事，神爲國家所尊事，故

《傳》逆下文，即以宗神爲釋。”焯謂《箋》以宗公爲大臣，謂順於大臣，則當於神明，理既未安，於文義亦不貫，宜以《傳》説爲允。

“刑于寡妻。”《傳》：“刑，法也。寡妻，適妻也。”《箋》云：“寡妻，寡有之妻，言賢也。”

焯案：陳氏《傳疏》云：“《傳》上云‘大姒，文王之妃’，此云‘寡妻，適妻也’者，‘寡’之爲言特也，‘適’之爲言正也，主也。古者諸侯一娶九女，一爲適，餘八爲妾，元妃死，則次妃攝治内事，曰繼室，不得稱夫人，此《傳》釋‘寡’爲適之義也。《詩》‘寡妻’曰適妻，則《尚書》‘寡兄’曰適兄，《顧命》篇‘無壞我高祖寡命’，《鴻雁》篇‘偏喪曰寡’，亦與寡特義相近。《禮記·坊記》篇：‘稱人之君曰君，自稱其君曰寡君。’猶言乎主君也，主卑於賓也。《玉藻》篇：‘其於敵以下曰寡人。’《曲禮》篇：‘其與民言，自稱曰寡人。’猶天子自稱曰‘予一人’，諸侯自稱曰‘孤’也。大夫曰‘寡君之老’，猶言乎正卿也。夫人曰‘寡小君’，猶言乎正夫人也。衛莊姜自稱曰‘寡人’，猶自言其正妻也。解者並以寡有寡德當之，於是寡適無敵之義微矣，此皆名之必正者也。《曲禮》下篇‘庶人曰妻’，此析言之也，妻其通稱也。”胡氏《後箋》云：“適與庶對稱，庶爲衆，則適爲寡矣。《傳》上言：‘大姒十子，衆妾則宜百子。’此以寡妻對衆妾言，故曰適妻。《鄭箋》以寡爲寡有，則此詩美文王能儀刑之，無庸稱美寡妻。後儒又多以爲寡德者，詩人述周室之事，亦不必代爲謙辭，二者皆非詩意也。”

“以御于家邦。”《傳》：“御，迎也。”《箋》云：“御，治也。以此又能爲政治于家邦也。”

焯案：胡氏《後箋》云：“《崧高》‘王命傅御’，《傳》訓‘御’爲

‘治事之官’，而此必訓‘御’爲‘迎’者，《皇矣》‘以對于天下’，《傳》云：‘對，遂也。’此以‘遂’有‘進’義，《六月》‘飲御諸友’，《傳》云：‘御，進也。’此詩‘以御于家邦’與《皇矣》‘以對于天下’文同，此訓‘御’爲‘迎’，猶彼訓‘對’爲‘遂’，‘御’之訓爲‘迎’，‘迎’之義爲‘進’，謂由刑寡妻、化兄弟以進及於家邦耳。”馬氏《通釋》云：“此詩‘至於兄弟’二句承上‘刑于寡妻’言。刑，法也。法即所以治也，不須更言治。鄭訓‘御’爲‘治’，王肅於‘迎’下增‘治’字，趙岐注《孟子》，謂享天下國家之福，又横益‘之福’二字，並失之。”

“不顯亦臨，無射亦保。”《傳》：“以顯臨之，保安無厭也。”《箋》云：“臨，視也。保猶居也。文王之在辟廱也，有賢才之質而不明者，亦得觀於禮。於六藝無射才者，亦得居於位。言養善，使之積小致高大。”

焯案：《傳》意以“不”爲“豈不”，“亦”爲語詞，《正義》於“亦”作“而”字解，是也。“不顯亦臨”，謂上以顯而臨之。“無射亦保”，謂民無厭而保安之。與《清廟》“不顯不承，無射於人斯”語意大同。《箋》於彼訓“射”爲“厭”，而於此獨與毛異者，蓋拘於擇士與祭之説，故取“在宫”之“宫”訓爲“辟廱”，又取後章“無斁”之“斁”改爲“無擇”矣。

“肆戎疾不殄，列假不瑕。”《傳》：“肆，故今也。戎，大也。故今大疾害人者，不絶之而自絶也。烈，業。假，大也。”《箋》云：“厲、假皆病也。瑕，已也。文王於辟廱德如此，故大疾害人者，不絶之而自絶。爲厲假之行者，不已之而自已。言化之深也。”

焯案：此二句毛、鄭異義。胡氏《後箋》謂：“此與《緜》‘肆不殄厥愠，亦不隕厥問’文義正同。以彼準此，《傳》説似長於《箋》。”考東漢《仙人唐公房碑》有“癘蠱不遐”語，鄭讀“烈假”爲“厲瘕”，與彼同，皆當本三家之説。

“不聞亦式，不諫亦入。”《傳》：“言性與天合也。”《箋》云：“式，用也。文王之祀於宗廟，有仁義之行而不聞達者，亦用之助祭。有孝悌之行而不能諫争者，亦得入。言其使人器之不求備也。”

焯案：《傳》意謂文王生而知之，安而行之，從容中道也。《箋》因取“雝雝在宫”以下三章竝爲二章，章各六句，以“在宫”爲養老於辟廱，“在廟”爲祭於宗廟，“不顯”四句承“在宫”，“不聞”四句承“在廟”，故就文王用助祭者言，惟於《經》意似屬支離。《詩本義》云：“鄭於‘不聞’，何據知爲仁義？‘不諫’，何據知爲孝弟？學者穿鑿之弊至於如此。”

皇　矣

“維此二國，其政不獲。維彼四國，爰究爰度。”《傳》：“二國，殷、夏也。彼，彼有道也。四國，四方也。究，謀。度，居也。”《箋》云：“二國，謂今殷紂及崇侯也。正，長。獲，得也。四國謂密也，阮也，徂也，共也。度亦謀也。殷崇之君其行暴亂，不得於天心，密、阮、徂、共之君於是又助之謀，言同於惡也。”

焯案：《左傳》文四年引《詩》云：“惟彼二國，其政不獲。惟此四國，爰究爰度。”《杜注》云：“《詩·大雅》言夏、商之君，政不得人心，故四方諸侯皆懼而謀度其政事。”此解可用以申毛。黄元吉云：“《召誥》‘我不可不監于有夏，亦不可不監于有殷’，而即曰‘維兹二國’，此殷、夏爲二國之明證。”張汝霖云：“《序》云：‘《皇矣》，美周也。天監代殷莫若周，周世世脩德，莫若文王。’論代興之大局，則二國宜指殷、夏。論監觀之有赫，則四國宜指四方。

《召誥》曰：‘今王嗣受厥命，我亦惟玆二國命。’其言二國，亦指夏、殷也。《多方》曰，‘非天庸釋有夏，非天庸釋有殷’，‘乃惟有夏圖厥政，不集于享，天降時喪，有邦間之。乃惟爾商後王逸厥逸，圖厥政，不蠲烝，天惟降時喪’。即所謂‘惟彼二國，其政不獲’也。‘天惟求爾多方’，即所謂‘維彼四國，爰究爰度’也。‘大動以威，開厥顧天，惟爾多方，罔堪顧之’，即所謂‘上帝耆之，憎其式廓’也。‘惟我周王，靈承于旅’，即所謂‘乃眷西顧，此維與宅’也。‘今我曷敢多誥，我惟大降爾四國民命’，其言四國，亦指四方也。較之此詩，一則詔誥之文，一則大雅之體，語雖有詳略，而大意則符，《毛傳》確乎不可違矣。”焯謂詩於“二國”“四國”，而以“彼”“此”分言，於二國則云“其政不獲”，於四國則云“爰究爰度”，可知四國與二國對言。《傳》以“彼”爲彼有道，實深合詩指。《箋》既以四國爲紂之黨，又以密、阮、徂、共實之。竊謂《詩》中凡言“四國”者，多概舉之常辭，於此不容獨爲實指也。

“上帝耆之，憎其式廓。”《傳》：“耆，惡也。廓，大也。憎其用大位行大政。”《箋》云：“耆，老也。天須假此二國，養之至老，猶不變改，憎其所用爲惡者浸大也。”

焯案：汪氏《異義》云：“《經》上言‘其政不獲’，則殷已見絶於天下，言‘憎其式廓’，正指惡之之故，‘惡’與‘憎’雖一義，要自下申上耳，《傳》義於《經》語氣脗合也。”胡氏《後箋》云：“《傳》意蓋謂夏、殷之政不得民心，致使四國懼而各謀所居，於是上帝惡之，惡其爲惡甚大，此所以西顧而與周宅也。”焯謂二説皆善得《經》意。《箋》訓“耆”爲老，云“天假此二國，養之至老”，於下句徒多一折，不若《傳》義爲安。

“帝遷明德，串夷載路。”《傳》：“徙就文王之德也。串，習。夷，常。路，大也。”《箋》云：“串夷即混夷，西戎國名也。路，應也。天意去殷之惡，就周之德，文王則侵伐混夷以應之。”

焯案：《稽古編》謂：“‘帝遷明德’，言天去殷即周，徙就文王之德，與上章‘西顧’‘與宅’相應。‘串夷載路’，言周家習行此常道，至文王則益大，天意所以徙就之。”此説較王肅以“載路”爲居大位爲勝。蓋習行常道而益大，正承上文“明德”言。如依鄭説，以串夷爲混夷，則於“帝遷明德”句下忽接言伐混夷事，於“天立厥配”句文勢不協。且“患夷載應”之語於文不足，義亦難明，須用“文王則侵伐混夷以應之”句以達其意，然後可解，不亦迂乎？又如《經》言“患夷載應”，則侵伐之事《經》所未陳，細審文勢，固宜以《傳》義爲優也。

“天立厥配，受命既固。”《傳》：“配，媲也。”《箋》云：“天既顧文王，又爲之生賢妃，謂大姒也。其受命之道已堅固也。”

焯案：胡氏《後箋》云：“配之爲媲，不必定謂男女配偶，毛訓配爲媲，止當爲配天之義。下‘作邦作對’《傳》云：‘對，配也。’《文王有聲》‘作豐伊匹’《傳》云：‘匹，配也。’此皆以配爲妃，而其義皆爲兩相輩偶而已。《詩書》中如《召誥》‘其自時配皇天’，《文王》‘克配上帝’，皆此義。《箋》以配爲妃，釋爲大姒，於上下文義不合，恐非毛旨。”《毛詩札記》云：“‘天立厥配’，謂天立與天配德之人，即謂人君也。《箋》以《大明》篇‘天作之合’《傳》文詁‘合’爲配，指太姒言，因據彼《傳》以申此《傳》，不知《經》云‘受命’，‘命’，即所配天命，義與《文王》篇互明，若如《箋》説，則文與受命不續矣。”今謂劉説是。李、黄《集解》謂“所以能配天受命，堅固而不可易”。此最善申毛義，蓋劉説所本也。

“密人不恭，敢距大邦，侵阮徂共。”《傳》：“國有密須氏，侵阮遂往侵共。”《箋》云：“阮也，徂也，共也，三國犯周，而文王伐之。密須之人乃敢距其義兵，違正道，是不直也。”

焯案：詩云“密人不恭”，明是密人犯周，故下言“王赫斯怒”。若如《箋》説，則《經》當先言阮、徂、共三國犯周之事，不當先言密人不恭。又“爰整其旅，以按徂旅”，《孟子》引作“以遏徂莒”，莒是地名，則“旅”當如毛説，以爲地名。旅既非師旅之旅，則徂亦必非國，而侵阮、共爲密之罪益明。《箋》從《魯詩》，以阮、徂、共爲三國，不若毛義爲允。程氏《詩毛鄭異同考》云：“《汲冢紀年》：‘帝辛三十二年，密人侵阮，西伯帥師伐密，三十三年，密人降于周，師遂遷于程。’此其證也。徂之爲往，義無可疑，下文侵自阮疆，何嘗有徂國在其中耶？”

“依其在京，侵自阮疆，陟我高岡。無矢我陵，我陵我阿。無飲我泉，我泉我池。”《傳》：“京，大阜也。矢，陳也。”《箋》云：“京，周地名。陟，登也。矢猶當也。大陵曰阿。文王但發其依居京地之衆，以往侵阮國之疆，登其山脊而望阮之兵，無敢當其陵及阿者，又無敢飲食於其泉及池水者，小出兵而令驚怖如此，此以德攻，不以衆也。陵泉重言者，美之也。每言我者，據後得而有之而言。”

焯案：《箋》以依京爲文王發衆之事，又泥阮爲密須與國，因以侵自阮疆爲往侵阮國之疆，非也。王肅云：“密人乃依阻其京陵，來侵自文王阮邑之疆，密人升我高岡，周人皆怒曰：‘汝无陳於我陵，是乃我文王之陵阿也。泉池非汝之有，勿敢飲食之。’”今謂王説是也。惟以阮爲周邑未合耳。蓋上章言“密人不恭，敢拒大邦”，此章又申述侵阮徂共之事以著其罪。“依其在京”三句先寫密須兵勢之盛，“無矢我陵”四句暗寫破敵之速。《鄭箋》所云，只道出詩之一面耳。或以“依其在京”句指周師先據勝地，“侵自阮疆”謂文王自阮國之疆往侵密須，但上章“侵阮徂共”之“侵”既就密須言，而於此章“侵自阮疆”之“侵”又就文王言，詩意當不如此也。

“度其鮮原。”《傳》：“小山別大山曰鮮。”《箋》云：“度，謀。鮮，善也。”

焯案：胡氏《後箋》云：“《傳》釋‘鮮’與《公劉》‘陟則在巘’《傳》同。原注：《月令》“鮮羔開冰”，《鄭注》：“鮮當爲獻。”是鮮、獻相通之證。彼《傳》云：‘巘，小山別於大山也。’是‘鮮’‘巘’同字。《公劉》以‘陟巘’與‘降原’對舉，此亦‘鮮’與‘原’對舉。《箋》訓‘鮮’爲善，或又以‘鮮原’爲地名，皆非是。”

“詢爾仇方。”《傳》：“仇，匹也。”《箋》云：“詢，謀也。怨耦曰仇。仇方，謂旁國諸侯爲暴亂大惡者，女當謀征討之。”

焯案：詩以“詢爾仇方”與“同爾兄弟”連言，則“仇”當從毛訓“匹”。《廣雅》：“方，類也。”是“仇方”猶云匹類，與下“兄弟”適爲對文爾。《後漢書·伏湛傳》：湛上疏曰：“文王受命而征伐五國，必先詢之同姓，然後謀之羣臣。”其下即引《詩》曰：“詢爾仇方，同爾兄弟。”湛治《齊詩》者，其以謀於羣臣解“詢爾仇方”，正與毛義同。《箋》讀仇爲“葛伯仇餉”之仇，以“詢爾仇方”爲謀治旁國諸侯爲暴亂大惡者。《稽古編》云：“若以詢仇爲征伐，則方言伐人，忽及親親之義，既言親親，又說用兵之事，語亂雜無章矣。”

靈　臺

《序》云："《靈臺》，民始附也。文王受命，而民樂其有靈德以及鳥獸昆蟲焉。"《箋》云："民者，冥也。其見仁道遲，故於是乃附也。"

焯案：郝敬云："詩人作此，以見文王造周功成，雖民心歸附不自今始，而文王之求寧，今始觀成焉，故《序》曰民始附也。"胡氏《後箋》云："此篇之序乃蒙上篇言之。《皇矣序》云：'天監代殷莫若周。'故其詩歷言天命。此篇首述民之樂事勸功，並美其靈德之徧及於鳥獸昆蟲，蓋一則言天與之，一則言人歸之。《序》云'民始附'者，謂《大雅》諸詩至此始明言民心之歸附耳。《箋》泥於《序》文'始'字，語近迂曲。"

下　武

《序》云："《下武》，繼文也。"《箋》云："繼文者，繼文王之王業而成之。"

焯案：蘇氏《詩集傳》云："繼文者，言繼其文德。繼伐者，又兼言其武功。"范氏《補傳》謂："繼文則兼言三后，謂太王、王季、文王皆有文德，而武王繼其緒也。繼伐則專言文王，謂文王有伐崇等功，而武王卒其事也。言文德則非文王所得而專，言武功則非太王、王季所得而與也。"嚴氏《詩緝》亦謂："繼文，繼三后之文德。繼伐，繼文王之伐功。"此三説皆可匡正《箋》義之失。

"世有哲王。三后在天，王配于京。"《傳》："三后，大王、王季、文王也。王，武王也。"《箋》云："世世益有明知之王，謂大王、王季、文王稍就盛也。"

焯案：焦氏《補疏》云："《傳》不解'世有哲王'，而以三后爲大王、王季、文王，王爲武王，明上所云‘世有哲王’者，統指此四王也。《箋》以哲王指三后，非毛義。《毛傳》簡略，其義即箸於訓詁之次第，静求之即得也。”

“昭兹來許。”《傳》：“許，進。”《箋》云：“兹，此。來，勤也。”

焯案：《廣雅》：“許，進也。”義本《毛傳》。《續漢書·祭祀志注》引《謝沈書》作“昭哉來御，繩其祖武”。蔡邕《獨斷》云：“御者，進也。”此三家《詩》義，亦與毛合。胡氏《後箋》云：“毛訓‘許’爲進，則‘來許’似言後進。孔注《論語》：‘先進後進，猶先輩後輩。’竊意此‘來許’猶言來者，正指武王，謂昭哉後來之武王，能繩其先祖之武，與上‘嗣服’同意，仍是疊上章末句之辭，且與《序》義亦合。《鄭箋》‘來，勤’之解，似非申毛也。”

文王有聲

“王后烝哉。”《傳》：“后，君也。”《箋》云：“變謚言王后者，非其盛事，不以義謚。”

焯案：此詩前四章咏文王，後四章咏武王，首二章稱文王，三四章稱王后，七八章稱武王，五六章稱皇王，皆反覆唱歎，變文以咏歌其事耳，非有所取義也。《箋》以遷豐非盛事，故變謚言王后，伐紂事益大，變王后爲大王，皆非《經》意。

“豐水東注，維禹之績。”《箋》云：“文王、武王今得作豐、鎬之邑於豐水之旁，爲天下所同心而歸，乃由禹之功，故引美之。”

焯案：此章繼言武王之事，而首舉豐水、言禹之績者，正以《禹貢》之“豐水攸同”與鎬京之“四方攸同”，以禹績興武王也。

《箋》説非是。

生民之什上

生　民

“履帝武敏。”《傳》：“履，踐也。帝，高辛氏之帝也。武，迹。敏，疾也。從於帝而見于天，將事齊敏也。”《箋》云：“帝，上帝也。敏，拇也。祀郊禖之時，時則有大神之迹，姜嫄履之，足不能滿，履其拇指之處。”

焯案：后稷之生，毛、鄭異説，古今諸儒多是毛而非鄭，以理言之，毛義實當。或致疑於見棄之故，仍有右鄭左毛者。竊惟姜嫄之棄后稷，其事本難詳究，或以“不坼不副”之異，驚而棄之，如鄭莊寤生，姜氏惡之，《左傳》隱元年。宋芮司徒生女，赤而毛，棄諸堤下襄二十六年。之類，非必由感上帝之故。惠周惕《詩説》。即如今文家説，以詩之“帝”爲上帝，稷爲感上帝而生，祇如東夷侍女，感天氣以有身，《後漢書·東夷傳》：夫餘國，其初北夷索離國王出行，其侍兒於後娎身，王還，欲殺之。侍兒曰，前見天上有氣，大如雞子，來降我，因以有身。王囚之，後遂生男，王令置於豕牢，豕以口氣嘘之，不死，復徙於馬蘭，馬亦如之，王以爲神，乃聽母收養，名曰東明。東明長，南至夫餘而王之焉。哀牢婦人，遇龍交而誕子耳。《後漢書·西南夷傳》：哀牢夷者，其先有婦人名沙壹，居於牢山，嘗捕魚水中，觸沈木，若有感，因懷娎，十月，産子男十人。後沈木化爲龍，出水上，沙壹忽聞龍語曰，若爲我生子，今悉何在？九子見龍，驚走，獨小子不能去，背龍而坐，龍因舐之，其母鳥語，謂背爲九，謂坐爲隆，因名子曰九隆。及後长大，諸兄以九隆能爲父所舐而黠，遂共推以爲王。所謂鳥之覆翼，牛羊之腓字，其與夫餘王初生，置之豕牢馬蘭，馬豕皆嘘之以氣，固絶相似也，要其事果足憑耶？《傳》於“牛羊腓字之”下著其義曰：“天生后稷，異之於人，欲以顯其靈也。帝不順天，是不明也，故承天意而異之於天下。”蓋權順《經》文而爲是言，初非信其有是事也。借令果有其事，如虎乳子文之比，宣四年。則當“牛羊腓字”之時，宜即收育之，如邧子之於子文可矣，何必自隘巷而平林，而寒冰，屢遷之不憚煩，且必欲置之死地耶？顧或謂帝王之興，恒有靈感，天人之際，難可質言，若華胥履跡而生皇羲，陳鋒履跡而生帝嚳，事皆與后稷同。洎夫後世，若漢高之生，先有交龍之瑞，寧非其驗耶？予謂世代荒遠，古史難徵，謬悠之辭，不可備論。若夫漢高龍種，或史公取荒唐之言，以寓其諷刺之意云爾。信如《箋》説，詩人實以帝爲上帝，亦不過據傳聞之辭，顯祖宗之異，與夫史家之徵實事有間，不必過緣誕幻之説，而反疑常理也。夫毛公之學，近承荀氏，遠紹孔門，荀子不求知天，宣尼不語神怪，縱令詩人有怪琦之語，而删《詩》傳《詩》者固可别箸其義，勒成一家之言，是不必執詩人之意以難毛説也。揆鄭君易毛之故，約有數端：《正義》引《河圖》曰：“姜嫄履大人跡生后稷。”《中候稷起》云：“蒼耀稷生感跡昌。”此皆言姜嫄履跡生稷之事。而《爾雅·釋訓》則有“武跡敏拇”之文。鄭信讖緯，參以雅訓，故有履大神拇指之語。又《史記·周本紀》：“姜嫄出野，見巨人跡，心忻然悦，欲踐之。”此又當爲鄭説所本。惟《爾雅》兼存今文家説，今文家喜爲異説。宜毛公不全取之。若史公好奇，緯書誕幻，又未可信彼而疑此也。或謂《生民》、《閟宫》之詩獨美稷母，而不及其父，又周家特立姜嫄之廟，别奏先妣之樂，《正義》引張融難毛語。此非后稷無父之證邪？夫詩人之詞，例得專美，“思齊太任，文王之母”，不美王季，若執《魯頌》謂稷但有母，亦得據《思齊》而謂文王無父乎？李黼平説。至姜嫄有廟，汪龍辨之云：“周立廟自后稷爲始祖，圜丘之禘，得以嚳配天，而姜嫄無所享，是以特立廟而祭之。《閟宫》詩以姜嫄廟發端，其言不及嚳，復何足疑乎。”張汝霖亦云：“立廟之事，更不足辨，‘既右烈考，亦右文母’，詩之事也。‘考仲子之宫’，《春秋》之事也。若謂履跡生棄，遂爲立廟，彼商之人又何不爲簡狄立廟耶？”是則姜嫄立廟之疑，得汪、張二氏之説，亦可以釋然矣。嘗試論之，古今神怪之言，其來或有所自，蓋由人心好奇，眇精物理，於是争爲緣飾，轉相附會，如因羲和占日，《吕氏春秋·勿躬》篇："羲和作占日，尚儀作占月。"而有后羿彈日之文，《天問》："羿焉彈日，烏焉解羽。"《淮南·本經訓》："堯時十日並出，焦禾稼，殺草木，而民無所食。堯乃使羿上射十日。"《書序》："羲和湎淫，胤往征云。"當仲康時，后羿秉政，實羿使胤侯征之。羿善射，羲和占日，因有彈日之説。尚儀占月，則有姮娥奔月之事，《淮南·覽冥訓》："羿請不死之藥於西王母，姮娥竊以奔月。"娥儀古音同。持彼準此，則於稷之生，緣詩辭而附益之，宜其説之多怪迂。惟毛公獨標神識於秦、漢之前，於此詩既以帝爲高辛，於《玄鳥》則謂"玄鳥至日生契"，辭皆平實，絶不爲虚荒之論，視鄭君生居漢季，猶篤信讖緯者，其爲識之高下，幾無等級以寄言矣。

"以赫厥靈，上帝不寧。不康禋祀，居然生子。"《傳》："赫，顯也。不寧，寧也。不康，康也。"《箋》云："康、寧皆安也。姜嫄以赫然顯著之徵，其有神靈審矣，此乃天帝之氣也。心猶不安之，又不安徒以禋祀而無人道，居默然自生子，懼時人不信也。"

焯案：胡氏《後箋》云："此章皆詩人美大后稷之生有異於人，以見其靈異，而非述姜嫄欲棄稷之意，故《傳》以'不寧''不康'與他詩言'不顯''不時''不警''不盈'者同義。《箋》之所以異《傳》者，蓋欲爲棄子張本。惟以上帝爲天帝之氣，以不寧爲姜嫄心不安，一句之中，語氣隔斷，無此文理。又居有安義，故居然猶言安然，王肅亦云：'無疾而生子。'是也。《箋》以居爲居處，然爲默然，亦割裂不成文義。"焯謂詩中反言之句甚多，《箋》或依《毛》義以爲反言，或間以正言釋之，其以爲正言者，皆牽合己説，而於詩義眇當者也。

"以歸肇祀。"《傳》："肇，始也。始歸郊祀也。"《箋》云："肇，郊之神位也。"

焯案：《箋》破肇爲兆，與《傳》異義。惟按之末章后稷肇祀對下“以迄於今”言之，則此云肇祀，自當從《傳》訓始爲是。

“以興嗣歲。”《傳》：“興來歲，繼往歲也。”《箋》云：“嗣歲，今新歲也。以先歲之物齊敬犯軷而祀天者。將求新歲之豐年也。孟春之《月令》曰：‘乃擇元日，祈穀于上帝。’”

焯案：此章《傳》引肆師“嘗之日涖卜來歲之芟，獮之日涖卜來歲之戒，社之日涖卜來歲之稼”，所云來歲，皆謂於今年之秋涖卜來歲之事。胡氏《後箋》云：“《經》曰嗣歲，《傳》曰來歲者，自當指明年而言。蓋祈年不必在歲首，《月令》孟冬即有祈來年于天宗事，上章‘以歸肇祀’承四穀俱穫之後，蓋古人穀熟而祭，遂更祈來歲之豐，理亦宜之。《箋》據祈穀之郊在正月，故以嗣歲爲今歲，然正月祈穀，自是周禮，或未可以概后稷之時也。”

行　葦

“授几有緝御。”《傳》：“緝御，踧踖之容也。”《箋》云：“緝猶續也。御，侍也。兄弟之老者，既爲設重席，授几，又有相續代而侍者，謂敦史也。”

焯案：胡氏《後箋》云：“《論語》‘踧踖如也’，馬《注》謂：‘恭敬貌。’《孟子》‘曾西蹵然曰’，趙《注》：‘蹵然猶踧踖也。’《廣雅》：‘跦踖，畏敬也。’《傳》以‘緝御’爲踧踖者，緝與輯、戢皆通，《文選·褚淵碑》：“衣冠未緝。”注云：“緝與輯同。”《公劉》“思輯用光”，《孟子》作戢。輯、戢皆有‘斂’訓，知‘緝’亦當爲斂。御與圉通，《召旻》：“我居圉卒荒。”《韓詩外傳》圉作御。《爾雅·釋言》：‘圉，禁也。’是緝御者，斂飭拘謹之意，當時必有此叠字形容之語，故《傳》以爲踧踖之容，至後漢時，已不能通其故訓矣。”焯謂“有緝御”“有”字語助，“有緝御”猶言踧踖如也。凡詩中形容語加“有”字者，皆用於詞之前，與然、如、若等字用之詞尾者同。鄭既不解“緝御”之義，又以“有”爲有無之有，故以爲指敦史言也。

“敦弓既堅，四鍭既鈞，舍矢既均，序賓以賢。”《傳》：“言賓客次第皆賢。”《箋》云：“周之先王將養老，先與羣臣行射禮，以擇其可與者以爲賓。序賓以賢，謂以射中多少爲次第。”

焯案：《箋》以“敦弓既堅”以下爲將養老而射以擇士，“曾孫維主”以下爲養老而成其福禄，與前章族燕截分二事。胡氏《後箋》云：“《經》文飲燕序射以次相承，絶非判而爲二，燕射别無養老之事，而此兼言養老，自以族燕之故。《王制》云：‘凡養老，有虞氏以燕禮，夏后氏以饗禮，殷人以食禮，周人修而兼用之。’然則燕時固可行養老之禮，養老則必有乞言矣，前章設席授几，正爲黄耇而設，又承兄弟具爾而言，固知此詩之睦族養老必在一時也。”沈鎬《毛詩傳箋異義解》云：“《儀禮・燕禮》云：‘若射，如鄉射之禮。’則燕時有射禮也。此詩《序》云：‘内睦九族，外尊事黄耇，養老乞言。’自是以族燕而兼養老，《經》云‘敦弓’‘四鍭’，自是以燕禮養老而行射，燕時行射，則禮如鄉射，‘矍相’之射，鄉射也，《傳》引以證序賓之義，最爲確當，《箋》以爲大射。非也。”又《稽古編》云：“‘序賓以賢’，毛云‘賓客次第皆賢’，復引孔子‘矍相’之射證之，是論其素行皆賢也。鄭謂多中爲賢，較切於射。然毛説實爲正大，況素行賢，則射亦必多中矣。”

“以祈黄耇。”《傳》：“祈，報也。”《箋》云：“有醇厚之酒醴，以大斗酌而嘗之而美，故以告黄耇之人，徵而養之也。飲酒之禮曰：‘告於先生君子可也。’”

焯案：鄭據《爾雅》訓“祈”爲“告”，與毛訓“報”意同。《郊特牲》“王皮弁以聽祭報”。《注》云：“報猶白也。”《吕覽·贊能》篇：“敢以告于先君。”《注》云：“告，白也。”是二字同義之證。惟鄭謂飲酒之禮先期以告，似非《經》意。《序》云“養老乞言”，此章“酌以大斗”，正是養老之事。“以祈黄耇”，則自白其乞言之誠也。

既　醉

“令終有俶。”《傳》：“俶，始也。”《箋》云：“俶猶厚也。既始有善名，《正義》作“善令”，令從胡氏《後箋》改正。終又厚之。”

焯案：此句“令終”二字承上“高朗令終”句，而結前二章饗燕之事。“有俶”二字則起下文“公尸嘉告”句，而爲後五章之總提。《傳》訓“俶”爲始，正以下文皆設爲暇辭，追述初時享祀之事。《傳》於“昭明有融”二句云：“始於饗燕，終於享祀。”陳奂謂始終二字互謁，是也。《箋》改訓“俶”爲厚，似未得詩立文之意也。

“威儀孔時，君子有孝子。”《箋》云：“言成王之臣威儀甚得其宜，皆君子之人，有孝子之行。”

焯案：此篇咏君子者五，前後四君子皆指王，不應此君子獨指羣臣。且詩自此章以下，乃羣臣推言神意以頌君子，不應以孝子自居。下文“孝子不匱”云云，豈臣下所克受乎？竊意“威儀孔時”句雖承上章“攝以威儀”而言，然不單指成王之臣，蓋謂成王得羣臣之佐，其威儀亦甚善也。下句則謂成王不獨威儀甚善，而又有孝子之行。如依《箋》説，以君子指羣臣，則“錫類”以下三章皆不得就成王言矣。

“孝子不匱，永錫爾類。”《傳》：“匱，竭。類，善也。”《箋》云：

“永，長也。孝子之行非有竭極之時，長以與女之族類，謂廣之以教道天下也。《春秋傳》曰：‘潁考叔，純孝也，施及莊公。’”

焯案：《稽古編》云：“《左傳》引此詩以證‘施及’當取‘不匱’義，非取‘錫類’也。況此與下章同言‘永錫’，皆謂天與之耳。鄭以‘爾類’爲人與，‘祚胤’爲天與，義不畫一矣。”汪氏《異義》云：“《箋》釋此章主羣臣言，故引《左傳》爲證。但下章‘其類維何’正承此章‘錫類’，毛訓‘類’爲善，於義實當。若從《箋》解，則此章皆言羣臣，無一語及王，下章乃言羣臣以孝行推及天下，而使‘君子萬年，永錫祚胤’，於《經》意恐未合。”胡氏《後箋》云：“成二年《左傳》：賓媚人對晉師曰：‘吾子布大命於諸侯，而曰必質其母以爲信，其若王命何？且是以不孝令也。《詩》曰：“孝子不匱，永錫爾類。”若以不孝令於諸侯，其毋乃非德類也乎！’此‘德類’連言，知‘類’當訓善，《杜注》謂‘不以孝德賜同類’，非是。《傳》以‘類’爲善，大旨謂孝爲善道，當有善應，已兼下福祚胤嗣在內。鄭以‘錫類’爲教道天下，而於‘室家之壼’又云：‘室家先以相梱致，已乃及於天下。’語意重複矣。”

“室家之壼。”《傳》：“壼，廣也。”《箋》云：“壼之言梱也，室家先以相梱致，已乃及於天下。”

焯案：壼从亞，故有周帀義。由周帀引申，則有廣義。故《周語》引此詩而釋之曰：“壼也者，廣裕民人之謂也。”胡氏《後箋》云：“壼之爲廣，猶宫之爲穹，室之爲實，《傳》於此詩訓壼爲廣，則由室家而廣及天下之意即在其中。《箋》云‘及於天下’，亦本廣裕民人義，而以壼爲梱，必云‘室家先相梱致’，則《經》文但有梱義，而無及於天下意，必待注家增成之矣。似不如《傳》義之愜也。”

鳧　鷖

“鳧鷖在涇。”《傳》：“鳧，水鳥也。鷖，鳥屬。太平則萬物衆多。”《箋》云：“涇，水名。水鳥而居水中，猶人爲公尸之在宗廟也，故以喻焉。”

焯案：此詩以鳧鷖興“公尸”，與《鴛鴦》以鴛鴦興“明王”義同。此《傳》云“萬物衆多”，與彼《序》云“思古明王交於萬物有道”亦同。《箋》於彼詩云：“此交萬物之實，而《傳》言興者，廣其義也。”則此言鳧鷖，亦當爲廣義之興，與其他興喻之興不同。《箋》於此乃以水鳥居水中喻公尸之在宗廟，殊屬穿鑿。又此詩五章本皆爲宗廟繹而賓尸之詩，《箋》以詩有“在沙”“在渚”“在潨”“在亹”之文，遂別尸爲祭四方百物、天地、社稷、山川、七祀五者，蓋誤會《序》兼言神祇之意，而曲爲分别也。胡氏《後箋》云：“《既醉》、《鳧鷖》二篇《序》義相承，而皆言‘公尸’，《既醉》云‘孝子不匱’，明爲宗廟祭祀，此篇‘公尸’自不應有異。《序》兼言神祇者，當如《正義》謂能事宗廟亦能事天地，因祖考而廣言神祇，明其皆安樂之耳。”沈氏《傳箋異義解》云：“上篇言‘公尸嘉告’，此篇五章俱云‘公尸’，上篇《序》云‘太平’，此篇云‘太平之君子’，兩篇當是一事，上篇正祭，此篇賓尸，五章一意。其言涇、沙、渚、潨、亹者，取以協韻，無他意也。《傳》意爲長。”此二説是也。

“公尸來燕來宗。”《傳》：“宗，尊也。”《箋》云：“喻祭社稷山川之尸，其來燕也，有尊主人之意。”

焯案：顧氏《學詩詳説》云：“《傳》訓‘宗’爲‘尊’，謂‘公尸來’爲‘孝子尊’，不謂‘公尸之來尊孝子’。李氏《集解》謂‘來居尊位’，是也。《箋》云‘有尊主人意’，王肅云‘尊敬孝子’，失其義矣。”

“既燕于宗。”《箋》云：“既，盡也。宗，社宗也。羣臣下及民盡有祭社之禮，而燕飲焉。”

焯案：毛於章末“公尸來燕來崇”訓“崇”爲“重”，意謂“公尸燕飲”，而福禄之來又見其重，則於上文“既燕于宗，福禄攸降”，必爲覆指前篇正祭既畢之燕，而以宗爲“宗廟”也。其訓崇爲重者，蓋正對“既”字立義。《箋》既以此章爲燕祭社稷山川之尸，遂不得不訓宗爲“社宗”矣。

“公尸來止熏熏。”《傳》：“熏熏，和説也。”《箋》云：“燕七祀之尸於門户之外，其來也不敢當王之燕禮，故變言來止熏熏，坐不安之意。”

焯案：胡氏《後箋》云：“《説文》：‘醺，醉也，从酉，熏聲。《詩》曰：公尸來燕醺醺。’據此，知許所據《毛詩》本作‘來燕’，蓋上四章皆言‘來燕’，無緣此忽變文，若謂不敢當燕禮，變言‘來止’，則此章下文云‘公尸燕飲’，何云不敢當燕乎？《傳》以熏熏爲‘和説’，自是言燕而和説。”焯謂《箋》以熏熏爲“坐不安之意”，殆曲成其燕小神之尸之説也。

“無有後艱。”《傳》：“無有後艱，言不敢多祈也。”《箋》云：“艱，難也。小神之尸卑，不能致福禄，但令王自今無有後難而已。”

焯案：前四章言“來成”、“來爲”、“來下”、“來崇”，皆即今日言之。“無有後艱”，則自後日言之。《傳》云“不敢多祈”者，與《序》持盈之説相應。謂但祈福禄，常得若此，而永永無墮即足矣。《箋》説非《經》意。

假　樂

"保右命之，自天申之。"《傳》："申，重也。"《箋》云："成王之官人也，羣臣保右而舉之，乃後命用之，又用天意申勑之，如舜之勑伯禹、伯夷之屬。"

焯案：《稽古編》云："《大明》篇'保右命爾'，《假樂》篇'保右命之'，一指武王，一指成王，文同義亦同也。《鄭箋》於《大明》云：'安而助之，又遂命之。'於《假樂》則以爲'成王官人，必羣臣保右而舉之，乃後命用'。何忽異其説也？右本訓助，轉爲薦舉之義，不已迂乎？舉而後用，官人之常，何足稱美乎？案《中庸》引此，鄭氏《注》云：'保，安也。右，助也。'孔氏述之云：'天乃保安右助，命之爲天子，又申重福之。'當以此解爲正。"

"穆穆皇皇，宜君宜王。"《傳》："宜君王天下也。"《箋》云："天子穆穆，諸侯皇皇。成王行顯顯之令德，求禄得百福，其子孫亦勤行而求之，得禄千億，故或爲諸侯，或爲天子，言皆相勗以道。"

焯案：《傳》云"宜君王天下"，則以君王專指成王，非以君屬諸侯，王屬天子。《箋》泥於二"宜"字，遂以"君""王"分言。又上文云"子孫千億"，衹祝成王子孫衆多，而承百福言之。《箋》則以爲成王子孫得禄千億，故以"穆穆"二句屬子孫言，然於下文"愆""忘"二句則仍以爲指成王，忽斷忽續，於文義殊爲隔越也。

"無怨無惡，率由羣匹。"《箋》云："天下皆樂仰之，無有怨惡，循用羣臣之賢者，其行能匹耦己之心。"

焯案：《箋》義與下句別出。朱子《集傳》解爲"無私怨惡以任衆賢"，當矣。嚴氏《詩緝》亦云："'不愆不忘'，爲'率由舊章'言之也。‘無怨無惡’，爲‘率由羣匹’言之也。”

公　劉

“爰方啓行。”《傳》：“以方開道路去之豳。”《箋》云：“爰，曰也。告其士卒曰，爲女方開道而行。”

焯案：《爾雅·釋詁》：“爰，曰也。”又：“爰，于也。”曰、于皆語詞。《廣雅》：“方，始也。”朱子《集傳》謂“爰始啓行而遷都于豳”，是也。《箋》義迂塞。

“既順乃宣。”《傳》：“宣，徧也。”《箋》云：“既順其事矣，又乃使之時耕。”

焯案：《周語》：“宣，所以教施也。”又云：“教施而宣則徧。”《傳》義即本《周語》。詩意蓋謂遷豳之始，既順民之情，乃又徧教之，故民無不適有居之歎也。《箋》以順爲“順事”，宣爲“時耕”，惟此章爲初相地事，以“時耕”“安居”解“順”“宣”，似早。胡承珙云：“《緜》詩‘迺宣’與‘迺畝’連文，故可以爲時耕，此則方陟降在原，恐尚未及此也。”

“于時廬旅。”《傳》：“廬，寄也。”《箋》云：“于，於。時，是也。於是廬舍其賓旅。”

焯案：胡氏《後箋》云：“陳奐曰：‘旅，衆也，義見《北山》、《大明傳》。廬旅者，治田舍以居大衆，使之相保相受。《左傳》曰，‘廬井有伍’，是其義。《説文》：‘廬，寄也。秋冬去，春夏居。’正本毛説，而申補《傳》義。宣十五年《公羊傳注》：‘在田曰廬，在邑曰里，春夏出田，秋冬入保城郭。’《漢·食貨志》：‘在野曰廬，在邑曰里，春令民畢出在野，冬則畢入。'案家在田野謂之廬，《詩》曰'中田有廬'是也。家在城邑謂之室，《詩》曰'入此室處'是也。家其通稱也。在野之衆曰廬旅，猶在邑之衆曰里旅，《傳》釋廬爲寄者，言野處不比室處耳。其時公劉于京地之野爲大衆定廬舍，行井田法。下文'徹田爲糧'，行貢賦法。'于時處處'者，猶《緜》詩'迺慰迺止，迺左迺右'也。'于時廬旅'者，猶《緜》詩'迺疆迺理，迺宣迺畝'也。《箋》云：'廬舍其賓旅'，失《傳》旨矣。"

"既登乃依。"《傳》："賓已登席坐矣。乃依几矣。"《箋》云："公劉既登堂負扆而立。"

焯案：張汝霖云："《經》文上陳筵几，下陳飲食，明爲燕事矣。方設几筵，使之升坐，是設燕之事，忽云登堂負扆，又是臨朝之事，下云'執豕''用匏'，仍是設燕，前後皆敍燕事，横訓'既登乃依'句爲登堂負扆可乎？且'既'字與'乃'字相銜接，'登'是登筵，'依'即是依几，蒙上文筵几而言之耳。若是登堂負扆，不言'負'字，'乃依'之文於語未足也。"

"食之飲之。君之宗之。"《傳》："爲之君，爲之大宗也。"《箋》云："宗，尊也。公劉雖去邰國來遷，羣臣從而君之尊之，猶在邰也。"

焯案：馬氏《通釋》云："《傳》以上文'俾筵俾几'爲公劉之饗燕羣臣，故以詩下四'之'字爲公劉之於羣臣。《箋》謂羣臣爲公劉設几筵，故以四'之'字爲羣臣之於公劉。今按《傳》説是也。《小雅·緜蠻》詩'飲之食之，教之誨之，命彼後車，謂之載之'，五'之'字，亦謂尊之於卑者耳。"

"其軍三單。"《傳》："三單，相襲也。"《箋》云："后稷上公之封，大國之制三軍，以其餘卒爲羡。今公劉遷於豳，民始從之，丁夫適滿三軍之數，單者無羡卒也。”

焯案：《小雅·天保傳》：“或曰，單，厚也。”《周頌·昊天有成命》篇“單厥心”，《傳》云：“單，厚。”則此《傳》亦當訓單爲“厚”。蓋三單之單，本義爲厚，其在詩誼，則謂重累爲單。《傳》云“相襲”，義與“相重”不異。《説文》：襲，左衽袍。引申則爲重累之稱。《疏》引王肅説云：“三單相襲止居，則婦女在内，老弱次之，强壯在外，言自有備也。”其得《傳》意與否，雖弗克知，其以相襲爲重累，立説固未誤也。若《箋》以單爲“無羡卒”，而以單爲“獨”，似不若《傳》義爲安。

“止旅乃密。”《傳》：“密，安也。”《箋》云：“公劉居豳，既安軍旅之役止，士卒乃安。”

焯案：此“旅”亦當訓衆，與上“于時廬旅”之“旅”同。言從遷之衆俱得居止而安定也。《箋》以“止旅”爲軍旅之役止，失之。

卷　阿

“伴奂爾游矣，優游爾休矣。”《傳》：“伴奂，廣大有文章也。”《箋》云：“伴奂，自縱弛之意也。賢者既來，王以才官秩之，各任其職，女則得伴奂而優游自休息也。”

焯案：《稽古編》云：“如鄭解，則與優游意複，不如毛義之當。且本於孔子之言，孔晁引孔子曰，‘奂乎其有文章，伴乎其無涯際’，見《正義》。尤爲有據。”汪氏《異義》云：“王肅述毛云：‘周道廣大而有文章，故君子得以樂易而來游，優游而休息。’此獨以伴奂指王，而分‘游’與‘優游爾休’指君子，割截《經》語，不成文義，又下二章首二句皆指王，不應此獨異，斷非毛旨。因參鄭箋而爲之解曰，廣大而有文章，爾王可得游娱矣。從容而自得，爾王可得休息矣。廣大有文章，言規模制度宏遠明備，故天下厎定，而王得安享太平，所謂爾游也。‘優游爾休’又承爾游而申成之。”此二説是也。

“有馮有翼，有孝有德，以引以翼。”《傳》：“有馮有翼，道可馮依以爲輔翼也。引，長。翼，敬也。”《箋》云：“馮，馮几也。翼，助也。有孝，斥成王也。有德，謂羣臣也。王之祭祀，擇賢者以爲尸，尊之。豫饌几，擇佐食，廟中有孝子，有羣臣。尸之入也，使祝贊道之，扶翼之。尸至，設几，佐食助之。尸者神象，故事之如祖考。”

焯案：《詩本義》云：“據詩十章，其九章皆言用賢，不應於此章三句特言祭祀用尸之事。且於其本章‘豈弟君子，四方爲則’義已不倫，而以上下章文義考之，又絶不相屬也。”張汝霖云：“此二章‘豈弟君子，四方爲則’，‘豈弟君子，四方爲綱’之上，一則言君子之多轉翼，一則言君子之多聞望，未暇本之祭祀，若上言祭祀，則下宜言受福之事矣。”焯謂《傳》以“馮”“翼”“孝”“德”爲賢人之行，與《經》義最合。蓋此《經》四“有”字，其“有翼”“有德”二“有”字爲助詞，非以“馮”“翼”“孝”“德”四者平列。“以引以翼”則與《行葦》末章同。彼謂王之長敬考老，此謂王之長敬賢人，其義實一。鄭既以上章“純嘏”爲祭祀受福，又以四“有”字皆爲分舉之詞，故易《傳》，以此爲廟中事尸之禮，而以“有孝”斥成王，“有德”謂羣臣，實與《經》意相違也。

“矢詩不多，維以遂歌。”《傳》：“不多，多也。明王使公卿獻詩以陳其志，遂爲工師之歌焉。”《箋》云：“矢，陳也。我陳作此詩，不復多也，欲令遂爲樂歌，王日聽之，則不損今之成功也。”

焯案：汪氏《異義》云："《傳》意言王能用賢，則在朝公卿皆賢人吉士，使之獻詩陳志，遂爲工歌，令矇瞍賦誦，以爲鑒戒。'矢詩'與首章'矢音'同義，故以'不多'爲反辭，言賢人多，其陳戒自多也。《箋》解經'矢詩'爲召公自言陳作此詩，因易《傳》以'不多'爲順辭，誤矣。"

卷　九

生民之什下

板

“我言維服。”《箋》云：“服，事也。我所言乃今之急事。”

焯案：維猶其也。詩云“我言‘其事’，勿以爲笑”，意側重勿笑，不在言事。蓋承上文“我即爾謀”二句而作一折，以起下文“先民有言”二句耳。《箋》以“乃今之急事”增成其義，於詩意無當也。

“無然謔謔。”《傳》：“謔謔然喜樂。”《箋》云：“今王方爲酷虐之政，女無謔謔然以讒慝助之。”

焯案：《箋》以“然”爲助詞，與《傳》義異。胡氏《後箋》云：“《傳》云‘謔謔然喜樂’，非釋《經》‘然’字，乃形容‘謔謔’，助語成文，如‘多將熇熇’，《傳》云‘熇熇然熾盛’，《經》文並無‘然’字也。蓋然者是也，‘無然’猶言無是也，下文‘無爲夸毗’、‘無敢戲豫’，無然與‘無爲’‘無敢’正同。趙注《孟子》引‘無然泄泄’，言天方動，女無敢沓沓。是即以無然爲無敢也。”

“攜無曰益。”《箋》云：“女攜掣民東與西與，民皆從女所爲，無曰是何益爲。”

焯案：《經》文但云“無曰益”，《箋》增之曰“是何益爲”，恐非《經》旨，馬氏《通釋》云：“攜猶取也，取民之道以治民，非於民有所增益，即《中庸》‘以人治人’也，故下即接以‘牖民孔易’矣。”此說似於《經》文爲順。

“价人維藩。”《傳》：“价，善也。藩，屏也。”《箋》云：“价，甲也。被甲之人，謂卿士掌軍事者。”

焯案：《傳》訓价爲“善”，善與“大”義近。《桑柔箋》：“善猶大也。”《易·繫辭上傳》“莫善乎著龜”，本亦作“莫大乎著龜”是也。詩云“价人”，猶言善人、大人，言善人則與《卷阿》之“吉人”同，言大人則與《孟子》“能格君心之非”之“大人”同。鄭訓价爲甲者，當由所據之本作“介”，故以爲被甲之人。《疏》申《箋》謂於《周禮》爲司馬之卿。汪氏《異義》云：“稽之經典，無以甲人稱卿大夫士者，唯《月令》車右名‘保介’，以其時依甲居右，用備非常，因以保介言之。其在《周禮》則曰司右，曰勇力之士，不謂之甲人也。司馬掌軍，不常被甲，以甲人目之，恐非《經》旨。”

“大師維垣。”《傳》：“垣，牆也。”《箋》云：“大師，三公也。”

焯案：《釋文》：“大師音泰。”注：“大師同。”馬氏《通釋》云：“此詩三句連言大，皆當讀如大小之大，不應‘大師’大字獨音‘泰’。且首句价人爲賢臣，則三公皆在其内，不應重言太師。大師宜謂大衆，‘大師維垣’，猶云‘衆志成城’耳。《荀子·君道篇》曰：‘君人者愛民而安，好士而榮，兩者無一焉則亡。詩云，“介人維藩”，“大師維垣”，此之謂也。’蓋引詩‘介人維藩’以證好士而榮，‘大師維垣’證上愛民而安。徐璈謂其‘以大師爲大衆’，其説是也。《毛詩》出於荀卿，其訓大師當與之同。特以師之訓衆爲常義，故《傳》不待言耳。”

蕩之什

蕩

“天生烝民，其命匪諶?”《傳》：“諶，誠也。”《箋》云：“天之生此衆民，其教道之，非當以誠信使之忠厚乎？”

焯案：此云“其命匪諶”，與上文“其命多辟”之“命”異義，彼屬政教言，此自屬性命言，毛訓諶爲誠，即爲性善之説。夏炘云：毛公之學雖出荀子，而不主性惡之論，觀“性與天合”之《傳》及此可見。詩意謂天生衆民，其降命之初，豈有不誠乎？乃民少能以善道自終者，由化從惡俗故耳。此所以傷之也。《韓詩外傳》曰：“夫人性善，非得明王聖主扶攜内之以道，則不成君子。《詩》曰：‘天生烝民，其命匪訦。靡不有初，鮮克有終。’言惟明王聖主然後使之然也。”其以本善者歸之天，以終善者責之君，正合詩義。《箋》以命爲人君之教命，失之。

“如蜩如螗，如沸如羹。”《傳》：“蜩，蟬也。螗，蝘也。”《箋》云：“飲酒號呼之聲如蜩螗之鳴，其笑語沓沓，又如湯之沸，羹之方熟。”

焯案：《箋》以蜩螗沸羹蒙上章湎酒言，與下四句文意似不一律。且厲王失德，莫大於貪暴，固不獨在湎酒也。《漢書·五行志》：“詩云‘如蜩如螗，如沸如羹’，言上號令不順民心，虛譁憒亂，則不能治海内。”《顔注》謂：“政無文理，虛言噂沓，如蜩螗之鳴，湯之沸涫，古玩切。《説文》：‘鬻也。’羹之將熟也。”朱子《集傳》本之，以“如蟬鳴，如沸羹，皆亂意，指凡政事言”，得之。

“人尚乎由行。”《傳》：“言居人上欲用行是道也。”《箋》云：“時人化之甚，尚欲從而行之，不知其非。”

焯案：古“尚”“上”多通用。《陟岵》“上慎旃哉”，《隸釋》載石經殘碑作“尚”，此經以尚爲上，與《陟岵》以上爲尚正同。《傳》以“人上”解“人尚”，若曰“人上乎而乃由行”，蓋傷厲王居乎衆人之上，不念禮法，而用行非道也。《箋》既解上文小大爲君臣，因以人爲時人，謂時人尚欲從而行之，然於經文“乎”字語氣不相侔矣。

“内奰于中國，覃及鬼方。”《傳》：“奰，怒也。不醉而怒曰奰。鬼方，遠方也。”《箋》云：“此言時人忕於惡，雖有不醉，猶好怒也。”

焯案：詩意假言殷紂政教邪辟，任用非人，而又沈湎于酒，故内致怨怒於中國，延及鬼方遠夷亦怒之，猶《漢書・王莽傳贊》所謂“中外憤怨”者也。《箋》謂時人忕於惡，内外皆效王之行，非《經》意也。

“匪上帝不時。”《箋》云：“非其生不得其時。”

焯案：時當讀如《文王》篇“帝命不時”之時，《毛傳》：“時，是也。”“匪上帝不時”，猶云匪上帝不是，意謂天命靡常，善則就之，惡則去之耳。《箋》云非其生不得其時，失之。

抑

“女雖湛樂從。”《箋》云：“女君臣雖好樂嗜酒而相從。”

焯案：馬氏《通釋》云：“《説文》：‘雖从虫，唯聲。’故雖、唯二字古通用。《禮記・少儀》‘雖有君賜’，《襍記》‘雖三年之喪可也’，鄭《注》並云：‘雖或爲唯。’《表記》‘唯天子受命於天’，鄭《注》：‘唯當爲雖。’是其證也。‘女雖湛樂從’，‘雖’字正當讀‘唯’，猶《無逸》云‘惟耽樂之從’也。《箋》讀‘雖’如本字，非是。”

“言不可逝矣。”《箋》云：“逝，往也。”

焯案：《日月》："逝不古處。"《傳》曰："逝，逮也。"《有杕之杜·釋文》引《韓詩》曰："逝，及也。'言不可逝'，猶言不可及，蓋即駟不及舌之意。"《箋》訓逝爲"往"，似不若訓"及"爲順。

"視爾友君子，輯柔爾顔。"《傳》："輯，和也。"《箋》云："柔，安。今視女之諸侯及卿大夫皆脇肩諂笑，以和安女顔色。"

焯案：視、示古通用，視宜讀爲示。"輯柔爾顔"與五章"敬爾威儀，無不柔嘉"意同。此爲警之之詞，非斥之之語，《箋》説似非《經》意。

"相在爾室，尚不媿于屋漏。無曰不顯，莫予云覯。"《傳》："西北隅謂之屋漏。覯，見也。"《箋》云："相，助。顯，明也。諸侯卿大夫助祭，在女宗廟之室，尚無肅敬之心，不慙媿于屋漏有神見人之爲也。女無謂是幽昧不明，無見我者，神見女矣。屋，小帳也。漏，隱也。禮，祭於奥既畢，改設饌於西北隅而厞隱之處，此祭之末也。"

"神之格思，不可度思，矧可射思。"《傳》："格，至也。"《箋》云："矧，況。射，厭也。神之來至，去、止不可度知，況可於祭末而有厭倦乎？"

焯案："相在爾室"以下七句皆戒君子慎獨之辭。朱子《集傳》云："視爾獨居於室之時，亦當庶幾不媿于屋漏然後可爾，無曰此非明顯之處而莫予見也。當知鬼神之妙，無物不體，其至於是，有不可得而測者，'不顯亦臨'，猶懼有失，況可厭射而不敬乎？此言不但修之於外，就前三句言。又當戒謹恐懼乎其所不覩不聞也。子思子曰：'君子不動而敬，不言而信。'又曰：'夫微之顯，誠之不可揜如此。'此正心誠意之極功。"其説是矣。《箋》好援《禮》入《詩》，引"禮祭于奥"云云，實爲衍説。《詩本義》云："考詩上下文，直謂修慎容德，爲人儀法耳，了不涉祭祀之事也。”

“淑慎爾止，不愆于儀。”《傳》：“止，至也。爲人君止於仁。爲人臣止於敬。爲人子止於孝。爲人父止於慈。與國人交止於信。”《箋》云：“止，容止也。當善慎女之容止，不可過差於威儀。”

焯案：張汝霖云：“《大學》論止仁、止敬等，而下節亦及威儀，則此二句宜依《傳》訓。鄭以止與儀連文，則止即容止，容止何足該爲德之事耶？且專言容止威儀，辭亦近複。”顧氏《學詩詳説》云：“淑慎爾止”承“不媿屋漏”來，“不愆于儀”承“輯柔”“不遐”來。二説是也。

“彼童而角。”《傳》：“童，羊之無角者也。而角，自用也。”《箋》云：“童羊譬王后也。而角者，喻與政事有所害也。”

焯案：童羊而角，以喻嬖倖之横干政事者，非必定指王后也。《稽古編》曰：“鄭狃於厲嬖倡、剡配姬之緯書，誠謬説矣。”

“荏染柔木，言緡之絲。”《傳》：“緡，被也。”《箋》云：“柔忍之木荏染然，人則被之弦以爲弓。”

焯案：胡氏《後箋》云：“《巧言》‘荏染柔木’，《傳》：‘柔木，椅桐梓漆也。’《鄘風》：‘椅桐梓漆，爰伐琴瑟。’毛既以此四者當柔木，則‘言緡之絲’當是謂琴瑟之弦，《箋》説似非。”

“民之靡盈，誰夙知而莫成。”《傳》：“莫，晚也。”《箋》云：“萬民之意皆持不滿於王，誰早有所知而反晚成與？言王之無成，本無知故也。”

焯案：朱子《集傳》云："人若不自盈滿，能受教戒，則豈有既早知而反晚成者乎？"其以民爲人，以二句爲連屬之詞，是也。蓋武公刺厲王驕恣，不受善言，此所謂"盈"，即《板》篇所云"小子蹻蹻"，下章所云"聽我藐藐"之意，與上八句正相承。《箋》以"民"爲萬民，以"靡盈"爲不滿於王，而於下句又屬王言，於上下文義不相貫矣。

桑　柔

"民靡有黎。"《傳》："黎，齊也。"《箋》云："黎，不齊也。言時民無有不齊被兵寇之害者。"

焯案：《傳》訓黎爲齊者，胡氏《後箋》云："《莊子·漁父》篇'以化於齊民'，《漢書·食貨志》'亂齊民'，顏《注》云：'無有貴賤謂之齊民，若今平民矣。'據此，知齊民即黎民也。世治則民皆齊平，亂則反之，故云民無有齊平者耳。"汪氏《異義》云："《箋》訓黎爲不齊，黎訓衆，從衆轉齊則可，從齊義轉不齊則曲，《傳》義當矣。"

"其何能淑，載胥及溺。"《箋》云："淑，善。胥，相。及，與也。女若云此於政事何能善乎？則女君臣皆相與陷溺於禍難。"

焯案：汪氏《異義》云："《箋》爲不受教諫，而示以禍難之辭。《疏》云：'王肅以爲如今之政其何能善，但君臣相與陷溺而已。《箋》不然者，以承上告教之言，宜爲不受之勢。'案章首二句指言今政之不善，中四句爲告教之言，則末二句文勢當復指言今政，言若不以禮治國，尊用賢人，則其何能淑，有相與陷於禍難矣，王氏之解視《箋》爲勝。"胡氏《後箋》云："《孟子·離婁》篇引此詩，趙《注》云：'刺時君臣何能爲善乎？但相與爲沈溺之道也。'王説蓋本於此。"

"好是稼穡，力民代食。"《傳》："力民代食，代無功者食天禄也。"《箋》云："王爲政但好任是居家吝嗇於聚斂作力之人，令代賢者處位食禄。"

"稼穡維寶，代食維好。"《箋》云："此言王不尚賢，但貴吝嗇之人與愛代食者而已。"

焯案：此章前四句爲刺王，後四句爲勉王之詞。"好是稼穡"與"好是正直"語氣相類，"力民"謂有功之人，此二句勉王爲政當重農務本，並當使有功之人代無功者食禄，末二句則重申此二句之意，故云"維寶""維好"。稼穡二字自當依王肅解，《正義》引王肅云：當好知稼穡之艱難。以下章云"稼穡卒痒"，正承此章而言。又《韓詩外傳》載晉平公語，引此詩"稼穡維寶"二句，意正如肅所説。沈氏《傳箋異義解》云："此篇稼穡字凡三見，《傳》俱無文，蓋以稼穡二字文義易明，無須詁訓。此二句'稼穡'與'稼穡卒痒'句異解，毛當有傳以區别之。"是也。《釋文》載毛、鄭本皆作"家嗇"，鄭依字生訓，謂居家吝嗇，即是聚斂作力之人，似於《經》義未順，毛意當不如此也。

"維此聖人，瞻言百里。"《傳》："瞻言百里，遠慮也。"《箋》云："聖人所視而言者百里，言見事遠而王不用。"

焯案：胡氏《後箋》云："《箋》以'瞻言'之'言'爲言語，似欲與下文匪言不能相應。玩《傳》文，則'瞻言'之'言'但爲語助。"《韓詩外傳》："不出户而知天下，不窺牖而見天道。"引《詩》曰"瞻言百里"。似亦不以瞻言爲所視而言也。

"予豈不知而作。"《箋》云："而猶女也，我豈不知女所行者惡與？"

焯案：馬氏《通釋》云："'作'當讀如'蓋有不知而作之者'之作。即指末章'既作爾歌'，謂豈不知而作詩以刺也。《箋》訓'而'爲'女'，'作'爲'行'，失之。"此説是也。惟下文"如彼飛蟲，時亦弋獲"二句，仍宜依《箋》説，就君子言。蓋詩本兼刺、勉二義，此二句正爲下二句而發，後人紛紛改鄭，亦未必即得詩意也。

"民之罔極，職涼善背。"《傳》："涼，薄也。"《箋》云："職，主。涼，信也。民之行失其中者，主由爲政者信用小人，工相欺違。"

焯案：胡氏《後箋》云："'職涼善背'與'職競用力'、'職盜爲寇'文法相類，競、力，盜、寇，皆一義相承，則'職涼善背'當即謂涼薄者善相欺背。《箋》轉'涼'爲'諒'，以四字分作二義，殊未合《經》旨也。"

"涼曰不可，覆背善詈。"《箋》云："善猶大也。我諫止之以信，言女所行者不可，反背我而大詈，言距已諫之甚。"

焯案：此二句即蒙上文爲義，《傳》意當謂涼薄之行所以爲不可者，由其覆相欺背，善爲詬厲也。《箋》説未合詩旨。

雲　漢

"先祖于摧。"《傳》："摧，至也。"《箋》云："摧當作嗺，嗺，嗟也。天將遂旱，餓殺我與？先祖何不助我恐懼，使天雨也？先祖之神于嗟乎！告困之辭。"

焯案：《正義》曰："孫毓云：'我今死亡，先祖之神于何所至，言將無所歸也。'今以孫爲毛説。《箋》以'先祖于至'於辭不安，故轉摧爲'嗺'。"《稽古編》曰："孫説轉至爲'歸'，義太迂。源謂至者猶云'來格'耳，言酷旱如此，天將使我民無有遺留，先祖之神何不助我畏此旱災而來格乎？毛意或如此。"胡氏《後箋》云："《釋文》云：'相，毛如字。'此'胡不相畏'，與《雨無正》句同，'相'字當如字讀。言先祖見此旱災，何不相與畏懼而來至乎？不必如鄭訓助也。'胡不相畏'本指先祖，則'先祖'之文當在'胡不'之上，《正義》謂下之與'于摧'共句，是也。若如孫毓之解，則'于''摧'二字中間須增'何所'二字，《經》文爲不辭矣。《箋》以'于摧'爲于嗟告困之辭，則是呼先祖而于嗟以告之。鄭於詩文多作此解，如'昊天不惠'、'昊天不平'等皆以上二字爲呼詞，下二字乃所以告之，按之文義，終未甚浹適也。"

"旱既大甚，散無友紀。"《傳》："歲凶年穀不登，則趣馬不秣，師氏弛其兵，馳道不除，祭事不縣，膳夫徹膳，左右布而不修，大夫不食粱，士飲酒不樂。"《箋》云："人君以羣臣爲友，散無其紀者，凶年禄餼不足，又無賞賜也。"

焯案：《説文》："友，从二又相交友也。"友有交結之義，其與"紀"連文，則與統紀義近。《經》云"散無友紀"，猶言漫然無復統紀，此句即冒"鞫哉庶正"以下六句爲文。《傳》"趣馬不秣，師氏弛其兵"云云，即謂羣臣以遭旱殺禮，職事廢闕，所謂"散無友紀"是也。《箋》以友指羣臣，似非。

"靡人不周，無不能止。"《傳》："周，救也。無不能止，言無止不能也。"《箋》云："周當作賙。王以諸臣困於食，人人賙給之，權救其急，後日乏無，不能豫止。"

焯案：《箋》説未合詩意。《正義》申毛引王肅云："靡人而不周其急也。其發倉廩，散積聚，有分無，多分寡，無敢有不能而止者，言上下同也。”是王意以爲羣臣救人，與鄭言王救羣臣意殊，惟於詩意仍有未協者。馬其昶云：“《周禮》倉人：‘若穀不足，則止餘灋用。’注云：‘止猶殺也。’詩言無人不思救災，無人不能殺禮，上引‘趣馬不秣’云云，皆殺禮之事。《傳》云‘無不能止’者，謂自上至下皆遇災而懼，無殺減服御之事不能，《序》所謂側身修行也。蓋《經》以‘靡人不周’申上‘庶正’‘冢宰’，‘無不能止’申上‘鞫哉’‘疚哉’，而《傳》又以‘趣馬師氏’諸臣釋《經》之‘無(靡)人不周’，以‘不秣’‘弛兵’諸事釋《經》之‘無不能止’也。”

“昭假無贏。”《傳》：“假，至也。”《箋》云：“假，升也。王仰天見衆星順天而行嘒嘒然，意感，故謂其卿大夫曰，天之光曜升行不休，無自贏緩之時，今衆民之命近將死亡，勉之助我，無棄女之成功者。”

焯案：此爲勉羣臣竭力救災之辭，觀下文“大命近止”四句語氣自明。蓋上章“靡人不周”，言羣臣恤民之事，此又勉羣臣以敬恭祀典，言誠能昭假於天，其感應之理必未有贏差者。馬瑞辰説。《箋》以“昭假”就衆星言，而訓贏爲“緩”，似未得詩意。

崧　高

“維嶽降神，生甫及申。維申及甫，維周之翰。”《傳》：“嶽降神靈和氣，以生申甫之大功。翰，榦也。”《箋》云：“申，申伯也。甫，甫侯也。皆以賢知入爲周之楨榦之臣，甫侯相穆王，訓夏贖刑，美此俱出四嶽，故連言之。”

焯案：胡氏《後箋》云：“此詩首章甫、申皆指其先世言之，曰‘維周之翰’，曰‘于蕃’‘于宣’，皆述其先世之功。次章乃入申伯，其曰‘王纘之事’，言王使繼其先世之事。七章曰‘戎有良翰’，正應此‘維周之翰’。八章曰‘揉此萬邦，聞于四國’，正應此‘四國于蕃，四方于宣’，皆所謂繼事也。《傳》於首章但以甫、申爲國名，而不著其人，可見毛意衹統言其先世，兼及甫者，以其同出四嶽，而又皆有賢臣耳。若首章之申即指申伯，則甫侯當亦同時，不應遠舉穆王時人，而與之並論矣。”

“亹亹申伯，王纘之事。”《箋》云：“亹亹，勉也。纘，繼。亹亹然勉於德不倦之臣有申伯，以賢入爲王之卿士，佐王有功，王又欲使繼其故諸侯之事。”

焯案：顧氏《學詩詳説》云：“亹亹包下才、德兩層，‘王纘’句《箋》謂王‘使繼其故諸侯之事’，未合。李氏《集解》謂‘如《北門》“政事一埤益我”，謂其任益重也。’得之。事者何？即周翰蕃宣之事，四句先舉大綱，下乃推説也。”

“王命召伯，定申伯之宅。”《傳》：“召伯，召公也。”《箋》云：“申伯忠臣，不欲離王室，故王使召公定其宅，令往居謝。”

焯案：《烝民》“王命仲山甫，城彼東方”，《傳》：“東方，齊也。古者諸侯之居逼隘，則王者遷其邑而定其居。”胡氏《後箋》云：“此《傳》所云，正與定申伯之宅同義。《左傳》定四年。‘聃季授土，陶叔授民’，可見古者建國親侯，自有王朝遣官度地定居之制。定申伯之宅，不過定其所居耳。《箋》説似非《經》旨。”

“因是謝人，以作爾庸。”《傳》：“庸，城也。”《箋》云：“庸，勞也。今因是故謝邑之人而爲國，以起女之功勞，言尤章顯也。”

焯案：此章言王命申伯因謝人作謝邑，與“命召伯徹其土田”、“命傳御遷其私人”三事正相比敘，蓋即承上章“于邑于謝”而續言築城之事也。胡氏《後箋》云：“因謝人以作庸者，即謂用謝人築謝邑，如《召誥》云‘以庶殷攻位于洛汭’也。《箋》易《傳》，訓庸爲勞，申伯之勞，何必因謝人而始章顯乎？”

“王命傅御，遷其私人。”《傳》：“御，治事之官也。私人，家臣也。”《箋》云：“傅御者，貳王治事，謂冢宰也。”

焯案：陳氏《傳疏》云：“《書·牧誓》：‘我友邦冢君御事司徒、司馬、司空。’《孔傳》云：‘治事三卿。’《大誥》、《酒誥》、《梓材》、《召誥》、《雒誥》等篇言御事，皆爲諸侯治事之臣。此《傳》以‘治事之官’釋‘御’，正與《書》義合也。凡大國三卿，命於天子，皆有職司於王室，故天子得以敕之命之。《箋》以傅御謂冢宰，與《傳》義異。”

“錫爾介圭，以作爾寶。”《傳》：“寶，瑞也。”《箋》云：“圭長尺二寸謂之介，非諸侯之圭，故以爲寶。諸侯之瑞圭，自九寸而下。”

焯案：汪氏《異義》云：“《釋器》云：‘珪，大尺二寸謂之玠。’以鎮圭言也。然命圭亦得通謂介圭，《説文》：‘玠，大圭也。《周書》曰：稱奉介圭。’是也。《傳》訓寶爲‘瑞’，謂命圭也。若鎮圭天子所守，宣王安得以錫申伯？諸侯玉瑞頒自王朝，故曰命圭。《聘禮記》曰：‘圭、璋、璧、琮凡四器者，唯其所寶，以聘可也。’命圭何嘗不可以言寶，此與《韓奕》介圭，皆《傳》義爲正。”胡氏《後箋》云：“《韓奕》言以介圭入覲，尤不得謂非諸侯之命圭。《後漢書》張衡《應閒》曰：‘服衮而朝，介圭作瑞。’《文選·魯靈光殿賦》：‘錫介圭以作瑞。’此皆從毛訓寶爲瑞，則介圭自當爲命圭，東萊謂：‘美大其圭而稱之，非天子尺有二寸之介圭。’是也。”焯謂汪、胡二説皆深得《傳》意。《箋》泥於命圭不得稱介圭，而分寶與瑞爲二，非也。

“申伯信邁。”《箋》云：“邁，行也。申伯之意不欲離王室，王告語之復重，於是意解而信行。”

焯案：顧氏《學詩詳説》云：“此曰‘信邁’，下曰‘誠歸’，由申伯言之，則爲當大任而不疑，下章所云‘番番’也。由天下言之，則爲慰遠近之屬望，下章所云‘咸喜’也。嚴氏《詩緝》謂申伯志存王室，宣王恩隆元舅，人疑其未必往謝，故言‘信邁’‘誠歸’，謂果然成行也，蓋得其一端。若如《箋》説，非所以語古君臣之用心也。”

“其風肆好。”《傳》：“肆，長也。”《箋》云：“風切申伯，又使之長行善道。”

焯案：胡氏《後箋》云：“此章言‘誦’，又言‘詩’，又言‘風’，三者有別，‘誦’者可歌之名，《周禮·大司樂注》：‘以聲節之曰誦。’《禮記·文王世子注》：‘誦謂歌樂也。’‘詩’則其本篇之詞。‘風’則其詞中之意。《烝民》‘穆如清風’，即此‘風’也。”焯又案《説文》：“肆，極陳也。从長，聿聲。”肆從長，故《傳》訓爲長。長與極義近，《經》言“肆好”，猶言極好，與上“孔碩”相對成文。《箋》讀“風”爲諷，以“肆好”爲使之長行善道，非詩義亦非《傳》恉也。

烝 民

“天子是若。”《傳》：“若，順。”《箋》云：“是順，從行其所爲也。”

焯案：顧氏《學詩詳説》云：“‘天子是若’，固是發而措之事業，兼以起下二章。‘若’非承順之謂，《大田》‘曾孫是若’，謂王心之順。《閟宫》‘萬民是若’，謂民心之順。‘魯侯是若’，謂公心之順。

張氏次仲謂‘山甫之德如是，故有當於天子之心，而使布其明命也’，得之。”

“我儀圖之。”《傳》：“儀，宜也。”《箋》云：“儀，匹也。我與倫匹圖之而未能爲也。我，吉甫自我也。”

焯案：《釋文》：“義，毛如字。鄭作儀，儀，匹也。”《正義》曰：“儀，匹；《釋詁》文。”然則鄭讀爲儀，故以爲匹。據此，知《釋文》、《正義》二本字皆作“義”，今作“儀”者，唐石經改之耳。古書“義”“儀”二字多通用。《周禮》肆師“治其禮儀”，《注》云：“故書儀爲義。鄭司農云：義讀爲儀。”《書文侯之命》：“父義和。”鄭《注》：“義讀爲儀。”《樂記》“制之禮義”，《漢書·禮樂志》作“制之禮儀”。則知此詩“義”即古文“儀”字，故《表記》引作“我儀圖之”也。惟《箋》讀義爲儀，訓儀爲匹，不若訓度爲善。馬氏《通釋》云：“《說文》：‘儀，度也。’《周語》：‘儀之於民，而度之於羣生。’又曰：‘不度民神之義，不儀生物之則。’儀猶度也。字亦作義，襄三十年《左傳》：‘女，待人；婦，義事也。’義事即度事也。又通作議，昭六年《左傳》：‘昔先王議事以制。’議事亦度事也。儀圖二字同義，皆度也，古人自有複語耳。”焯又案：《傳》訓“義”爲宜者，亦當以爲審度之義。《說文》：“宜，所安也。”“安”與審度義近，以須審度者，在求其心之所安也。又凡言“宜”者，多本有其不宜之意，由不宜而宜，則審度之意在其中矣。《箋》訓儀爲匹，又增“而未能爲也”句，於詩意無當也。

“愛莫助之。”《傳》：“愛，隱也。”《箋》云：“愛，惜也。”

焯案：《邶風·静女》：“愛而不見。”《方言》：“掩、翳，薆也。”《郭注》引《詩》“薆而不見”。《說文》：“僾，仿佛也。”引《詩》

“僾而不見”。是知古愛與薆、僾通用。又《爾雅·釋言》：“薆，隱也。”此《傳》訓愛爲“隱”，正與《雅》訓合。馬氏《通釋》云：“隱者見之不真，凡舉物者皆有形，而德之舉也無形，凡有形者可助，而無形者不可助，故曰‘愛莫助之’。《箋》訓爲愛惜之愛，不若從《傳》訓隱爲允。”

韓　奕

《序》云：“《韓奕》，尹吉甫美宣王也。能錫命諸侯。”《箋》云：“梁山於韓國之山最高大，爲國之鎮，祈望祀焉，故美大其貌奕奕然，謂之韓奕也。梁山，今左馮翊夏陽西北。韓，姬姓之國也，後爲晉所滅，故大夫韓氏以爲邑名焉。”

焯案：王符《潛夫論·志氏姓》篇：“昔周宣王有韓侯，其國也近燕，故詩云：‘溥彼韓城，燕師所完。’”又《五德志》篇：“韓，武之穆也。”“韓，姬姓也。”據此，是王氏以此詩之韓爲近燕地。又以武穆之韓與姬姓之韓爲二。此詩之六章《傳》云：“韓侯之先祖，武王之子也。”是知此詩之韓與僖二十四年《左傳》“邘、晉、應、韓，武之穆也”、《國語·鄭語》“武王之子，應韓不在”之韓爲一。其姬姓之韓，則與襄二十九年“霍、揚、韓、魏皆姬姓也”之韓又爲一。王氏之説當出三家，可補《毛傳》所未言。故王肅依以爲説，謂詩“燕師所完”之燕爲北燕國。見《釋文》。又謂涿郡方城縣有韓侯城。《水經·聖水注》引。顧炎武、江永輩皆宗之。鄭謂此詩之韓爲“姬姓之國，後爲晉所滅，故大夫韓氏以爲邑名”，是以春秋時韓武子所封之韓當之。其謂梁山今左馮翊夏陽縣北，又以姬姓之韓爲在今陝西之韓城。張華《博物志》因《鄭箋》説，謂夏陽有韓原，韓武子采邑。隋世遂因之置韓城縣。今以本詩及他經證之，知王説確不可易，而鄭説有難通者，其爲證有七：詩云：“韓侯出祖，出宿于屠。顯父餞之，清酒百壺。”按《説文》：“郿在馮翊郃陽。”郃陽距韓城不盈百里，而距鎬京則三百里而遥，如韓在韓城，韓侯已反國及郊，顯父猶追餞之乎？朱右曾《詩地理徵》。正以韓在方城，去鎬京二千餘里，故顯父追餞之也。證一也。詩又云："蹶父孔武，靡國不到，爲韓姞相攸，莫如韓樂。"借令韓在馮翊，去鎬京無幾，行李往來，至爲便速，蹶父雖屢至其國不爲武。爲女相攸，亦不待盡歷諸國。餘杭章君《大雅韓奕義》。惟以韓在北陲之遠，途須經歷諸國，故謂蹶父靡國不到也。證二也。詩又云："溥彼韓城，燕師所完。"蓋以召公封於北燕，實爲司空，因以其衆兼築幽州部内諸城，故詩云然。若韓在夏陽，則去燕二千餘里，豈有役二千里外之人而爲築城者哉？顧炎武《日知録》。鄭知其不可通，因訓"燕"爲安，訓"燕師所完"爲古平安時衆民之所築完，乃其説幾於不詞。《稽古編》。證三也。詩又云："以先祖受命，因時百蠻。"《傳》云："因時百蠻，長是蠻服之百國也。"按《周禮》職方氏："王畿之外有九服，曰侯、甸、男、采、衛、蠻、夷、鎮、蕃。"以每服一方二百五十里計之，自侯服至蠻服爲一千五百里，益以王畿八百里之半，周制，王畿以洛邑爲土中。共一千九百里。如韓在夏陽，去鎬京才三四百里，詩不得云"因時百蠻"，《傳》不得云"長是蠻服之百國"。惟以韓在方城，去洛邑一千九百里，適合《周禮》王城去蠻服道里之數。證四也。詩又云："其追其貊，奄受北國。"追於《經》《傳》無考。貊與北國則皆非夏陽所接。《日知録》。正唯韓在河北，方能撫柔北方諸國。又貊爲北方之夷，去韓不遠，故宣王命韓制之。證五也。《春秋》僖公十九年，梁亡，入秦謂之少梁。文公十年，晉人伐秦，取少梁，是也。《漢書·地理志》云："左馮翊夏陽，故少梁，秦惠文王更名，梁山在西北。"按梁，伯國，在韓城縣南二十里，準之《周禮》，韓，侯爵，封當四百里，梁，伯爵，封當三百里，乃今二國之都相距數里，即滕、郳小國猶不至此，是可知非特武穆之韓不在韓城，即姬姓之韓亦不在韓城。按姬姓之韓，在今山西芮城縣境。陳奂云：《續漢書·郡國志》：河東郡河北縣有韓亭，即姬姓韓國地。朱右曾云：姬姓之韓，即《左傳》韓原之韓，《地理志》所謂韓武子食采于韓者也，與今陝西之韓城縣無涉。《左傳》敍韓原之戰，上言涉河，下言寇深，則非河西地可知。

又《晉語》敘戰韓之後云，穆公歸至于王城，王城在今朝邑縣東，又東與山西蒲州以河爲界，則知《左傳》"涉河"即朝邑之河，所謂蒲津關者也。朝邑在同州東三十里，韓城在同州東北二百二十里，若戰於韓城，則秦師之歸，當取道澄城，不至朝邑，是則韓城之韓無與於《毛詩》《左傳》明矣。證六也。《史記·韓世家》曰：韓之先與周同姓，姓姬氏。其後苗裔事晉，得封于韓原，曰韓武子。使姬姓之韓即武穆所封，太史公不應於吉甫所詠、富辰所言概置不道，而但據叔侯一語，明爲同姓。此可見《毛傳》、《史記》相爲表裏，西漢人之間見大抵相同矣。《詩·地理徵》。證七也。是則此詩之韓不在夏陽，且非晉所滅之姬姓國，章章明矣。惟顧、江諸君以此詩首言梁山，必在韓國境内，因據《水經注》"濕水逕良鄉縣之北界歷梁山南"之文，謂即詩之梁山，斯則非是。胡承珙云："詩首言'奕奕梁山'，自必標舉其最高大之山，馮翊梁山爲大河所經，《禹貢》言'治梁及岐'，其爲指馮翊之梁山無疑。《爾雅》專釋《詩書》，於五嶽外，特舉'梁山晉望'，亦必爲《詩》而設。若《濕水注》之梁山既非九州大山，又非禹跡所經，未必爲詩人所標舉。"此説是也。竊謂《詩》之首章，皆美宣王之辭。此以禹治梁山除水災與宣王能平大亂命諸侯，與《文王有聲》篇以禹績與武王、《信南山》以禹比成王之意正同。蓋美禹所治畿内之山，因兼以美王政，其與韓國絶無關涉。《序》言"美宣王能錫命諸侯"，是此詩主爲宣王作，不主爲韓侯作也。《箋》既誤以梁山爲韓國之鎮山，顧、江諸君又以爲欲明韓國所在，必考梁山之所在，既從王肅説，以韓在方城，遂以《水經·濕水注》之梁山當《詩》之梁山，此大誤也。陳奂知梁自夏陽之梁山，韓自北國之韓侯，惟猶謂梁山爲韓侯歸國所經，近則章太炎亦謂梁山乃韓侯入覲周京所經之道，此猶泥於《詩》之梁山爲韓侯言也。章君箸《大雅韓奕義》，其説韓國所在，於鄭、王二説皆所擯棄，而以《後漢書》之三韓當之。夫鄭説之不可從，則既如前所論。章君謂："《水注·聖水注》據王肅説云，聖水東南經韓城東，聖水者，今之流離河，水非深廣，流離河入永定河，即古桑乾河，而水産絶少。《詩》言'川澤訏訏，魴鱮甫甫'，皆聖水所無有。方城即今固安縣，地皆平原，熊羆虎鹿亦不産焉。地雖偏北，其去貉亦尚遠。又《序》言‘美宣王能錫命諸侯’，若韓在方城者，繼世授策，亦其恒事，又何所美？”焯謂此數者皆不足疑。夫川澤之深廣淺狹，古今迭異。熊虎所産，周時韓地容有之，斯未可以今概古。且韓爲北方大國，其屬境不限今固安一地。而《詩》之貊，又不必專指東夷言之。《戰國策》：蘇秦説秦惠王曰："大王之地，北有胡貉代馬之用。"《史記·趙世家》云："奄有河宗，至于休溷諸貉。"又《漢書·高帝紀》有北貉。此皆貉之不在東方者。若《序》言"美宣王能錫命諸侯"，據首章《傳》云，"宣王平大亂，命諸侯"，則所美者，美其繼厲王之後，能平大亂，而復命諸侯耳。非必如章君説，美其令行海表也。章君説甚辨，要無確證，仍未足易王肅所説。故余取《潛夫論》語，爲王説所本，而即以王説爲毛説焉。

"有倬其道，韓侯受命。"《傳》："宣王平大亂，命諸侯。有倬其道，有倬然之道者也。受命，受命爲侯伯也。"《箋》云："周有厲王之亂，天下失職，今有倬然著明復禹之功者韓侯，受王命爲侯伯。"

焯案：《傳》意"有倬其道"二句就宣王言，言宣王之道倬然著明，故能使北國之韓侯入覲受命也。詩於下文"王親命之"始明舉宣王者，是於文法爲倒提，非以此二句就韓侯言。《箋》云"今有倬然著明復禹之功者韓侯"，韓侯寧足配禹績言之乎？嚴氏《詩緝》謂："詩人言人君之功，多配禹言之，《文王有聲》以武王之功配禹，《信南山》以成王之功配禹，此詩亦以宣王之功配禹也。"得之。

"朕命不易。"《箋》云："我之所命者，勿改易不行。"

焯案：馬氏《通釋》云："易當讀爲難易之易。《周頌》：'命不易哉。'《書·大誥》：'爾亦不知天命不易。'《君奭》：'不知天命不易。'讀與此同。天子受命於天，以天命爲不易，諸侯受命於君，以君命爲不易，其義一也。古難易之易同讀如'亦'，此詩以'易'與'辟'韻。猶《板》之篇以'牖民孔易'與'益''辟'爲韻也。《箋》訓爲改易，失之。"

"韓侯入覲，以其介圭，入覲于王。"《傳》："覲，見也。"《箋》云："韓侯覲於宣王，而奉享禮，貢國所出之寶，善其尊宣王以常職來也。《書》曰：'黑水西河其貢璆琳琅玕。'"

焯案：此章爲敍韓侯入行覲禮，則介圭當即韓侯所執命圭。秦氏《五禮通攷》云："此所述儀節，與《覲禮》互相發明，'四牡奕奕，韓侯入覲'，即《覲禮》之'乘墨車以朝'也。'以其介圭，入覲于王'，即侯氏'入門右坐，奠圭再拜稽首'也。'王錫韓侯'，即天子賜侯氏以車服也。介圭即五等諸侯所受之瑞，《箋》以爲享禮之圭璧，非也。"

"淑旂綏章。"《傳》："淑，善也。交龍爲旂。綏，大綏也。"《箋》云："善旂，旂之善色者也。綏所引以登車，有采章也。"

焯案：陳氏《傳疏》云："綏章，旐也。《釋文》：'綏本又作緌'，讀如冠蕤之蕤。綏、章連文，與《六月》帛、茷連文同義，茷與旆同，章、帛皆謂縿也。以旆繼帛曰帛旆，以綏繫於縿末，加爲文章，是曰綏章。《六月傳》：'旆，繼旐者。'旐有不旆者，有繼旐者曰旆，毛以綏爲大綏，《周禮》以綏爲大麾，皆有繼旐者也。金榜《禮箋》謂'大麾爲旐，大綏即大麾'。其説良是。"胡氏《後箋》云："此章每句各言一物，不相錯雜。如'淑旂綏章'，旂飾也。'簟茀錯衡'，車飾也。'玄袞赤舄'，服飾也。'鉤膺鏤鍚'，馬飾也。'鞹鞃淺幭'，則專言車之軾。'鞗革金厄'，則專言馬之轡。皆無一字旁及。若如《箋》説，淑旂爲交龍之旂，而綏章又爲登車之綏，則詞意錯雜，與下各句文例不畫一，故知《傳》義爲長。”

“侯氏燕胥。”《箋》云：“胥，皆也。諸侯在京師未去者，於顯父餞之時，皆來相與燕。”

焯案：胡氏《後箋》云：“《覲禮》：‘侯氏皮弁。’注云：‘不言諸侯，言侯氏者，明國殊舍異，禮不凡之也。’《賈疏》云：‘言諸侯則凡之總稱，言侯氏則指一身，不凡之也。’此詩侯氏與彼同，亦當指韓侯一身。餞送必皆王臣，未有命來朝之諸侯相與燕餞諸侯者也。毛於侯氏雖無傳，正未必同鄭意耳。”

“溥彼韓城，燕師所完。”《傳》：“師，衆也。”《箋》云：“溥，大。燕，安也。大矣彼韓國之城，乃古平安時衆民之所築完。”

焯案：鄭以韓爲在今陝西韓城，因疑燕去《禹貢》梁山甚遠，故以完韓燕師爲古平安時民衆。夫列國之城，多有築於平安之世，何足於韓爲異。俞正燮《癸巳類稿》仍鄭説，以韓在韓城。惟以燕爲姞姓之南燕，與姬姓之北燕無涉。謂：“蹶父姞姓，以燕公族入爲王卿士，故得假王靈，用其國人爲韓築城，如晉人城杞，亦戚好赴役。鄭未思南燕姞姓，故疑之。”先從父季剛先生云：“細繹此篇之《傳》，實以燕爲蹶父之國。蹶父乃諸侯入爲卿士，蹶父之里爲蹶父朝宿之邑，故爲韓姞相攸。《傳》曰：‘姞，蹶父姓也。’‘諸娣從之。’《傳》曰：‘諸侯一取九女，二國媵之。’使蹶父非國君，安得有二國媵之之事。鄭君不悟，以燕爲安。王肅、孫毓不悟，以燕爲北燕，皆非《傳》旨。”焯謂“燕師所完”之燕爲北燕國，要以王肅説爲準。《竹書紀年》云：“成王十三年‘王命燕師城韓’，是其證。以北燕近韓，往城爲便。若指謂南燕，南燕爲今河南之封丘地，《漢書·地理志》東郡南燕縣云：南燕國，姞姓，黄帝後。是爲今河南之封丘地。封丘去固安之韓近千里，宜無越國築城之事。然如俞氏用鄭説，謂韓在韓城，亦去封丘甚遠，蹶父雖得假王靈，終難援晉城杞爲例。方晉爲霸主，其合諸侯之衆以城杞，而鄭、衛大夫輒有怨言。《左傳》襄二十九年。若蹶父顧其私好，率其國人往役，既以道遠越國見阻。若云假王命，强鄰韓之國爲韓築城，是於王命爲不順，且亦不得獨云燕師。故若以燕師爲南燕，無論韓在固安，抑在韓城，皆屬難通。惟以蹶父自爲南燕之公族或爲其君，而燕師自屬北燕之衆。以《經》中韓城之言爲下而發，則完韓城乃當其先祖受命之時，而非今韓侯之時。且亦不必合燕師與蹶父爲一人之事也。"

江　漢

"淮夷來求。"《箋》云："主爲來求淮夷所處，據至其境，故言來。"

焯案："來"當如《經傳釋詞》訓詞之是，"來求"猶是求也。下文"來鋪"、"來極"、"來旬"、"來宣"皆然。《左傳》文十二年曰："裹糧坐甲，固敵是求。"宣十二年曰："率師以來，唯敵是求。"此言"來求"，彼言"是求"，語氣正同。

"江漢之滸，王命召虎。"《傳》："召虎，召穆公也。"《箋》云："滸，水涯也。王於江漢之水上命召公，使以王法征伐。"

焯案：此詩二句爲倒文。《吕記》引陳氏説，謂"王命召虎自彼江漢之滸而伐之，非謂宣王臨江漢之地而命召虎"，是也。《箋》於首章云："宣王於是水上命將率，遣士衆。"此又云："王於江漢之水上命召公。"似未允。

"來旬來宣。"《傳》："旬，徧也。"《箋》云："來，勤也。旬當作營。

宣，徧也。”

焯案：張汝霖云：“旬爲周徧，宣爲宣布，勤於周徧而宣布之，故曰‘來旬來宣’。‘來旬’之義，須以‘來宣’足成之，如緜之篇‘爰始爰謀’，《箋》云‘於是始與豳之從己者謀’，‘曰止曰時’，《箋》云‘卜從則曰可止居於是’之等。一句之中，伸引成文甚多，先言‘來旬’，而後以‘來宣’足之。若‘旬當作營’，‘宣’訓爲‘徧’，先言勤於經營，後言勤於徧，勤營勤徧於語不完。且召公‘經營四方，告成于王，于疆于理，至于南海’，一旬徧宣布之語足以賅之也。”汪氏《異義》云：“《傳》訓旬爲徧，統上‘經營四方，告成于王’與‘于疆于理，至于南海’二事而言。‘來旬’謂於四方悉經營之，上言‘王命召虎，式辟四方，徹我疆土’，則‘于疆于理’，正境界，修分理，而宣布王命在其中矣。《傳》義殆不可易。”

“無曰予小子，召公是似。”《傳》：“似，嗣。”《箋》云：“女無自減損曰，我小子耳，女之所爲，乃嗣女先祖召康公之功。”

焯案：《韓詩外傳》云：“《傳》曰，予小子使爾繼召公之後。”受命者必以其祖命之，此所引《傳》又在韓嬰之前，如《喪服傳》中引《傳》之例。其曰“予小子”，則以爲宣王自謂。蓋此詩乃召公旋師奏凱之後，論功行賞之時所作。末章“虎拜稽首”之下云，“明明天子，令聞不已”，是穆公歸功於上之言。此章則爲宣王推美於下之詞，故云昔“文武受命”，以“召公維翰”，今四方既平，汝無曰此其功是予小子也，乃汝能繼汝祖召公，而謀速成其大功，故當“用錫爾祉”也。《箋》以“予小子”爲召公自謙之語，非是。

常　武

“南仲大祖，大師皇父。”《傳》：“王命南仲於大祖，皇父爲大師。”

《箋》云："南仲，文王時武臣也。宣王之命卿士爲大將也，乃用其以南仲爲大祖者，今大師皇父是也。"

焯案：《出車》"王命南仲"，《傳》云："王，殷王也。南仲，文王之屬。"此詩"南仲大祖"《傳》云："王命南仲於大祖。"是《傳》以文王、宣王時各有一南仲，如《雲漢》仍叔美宣王，而《春秋》有仍叔之子來聘，《節南山》家父刺幽王，而《春秋》有家父來求車之類。《箋》泥南仲爲文王時武臣，於是以今所命者爲皇父，而以南仲爲皇父之大祖，非也。《經》於"王命卿士，南仲大祖"之下復舉"大師皇父"者，非如《正義》申《箋》駁《傳》，謂並命二人爲元帥，由皇父時爲大師，居權衡重任，王於命將出師，則並命其監撫軍衆耳。又《正義》引孫毓申《箋》之説，謂古之命將，皆於禰廟，未有於后稷大祖之廟者。胡氏《後箋》云："《白虎通義·爵》篇曰：'《王制》："爵人于朝，與衆共之。"《詩》云："王命卿士，南仲大祖。"《祭統》曰："古者人君爵有德，必于大祖。"'班氏多取三家《詩》，此引《祭統》證《詩》'大祖'，意與毛同。知《傳》義師承甚古也。"

"不留不處，三事就緒。"《傳》："誅其君，弔其民，爲之立三有事之臣。"《箋》云："緒，業也。王又使軍將豫告淮浦徐土之民云，不久處於是也，女三農之事皆就其業，爲其驚怖，先以言安之。"

焯案：陸奎勳《陸堂詩學》云："《鄭箋》三農之事皆就其緒，字義增出，不如據《十月》、《雨無正》直以三事爲三卿。"胡氏《後箋》云："《周禮》祇言三農，不言三事，以三事爲官稱，則《詩書》皆有明文，《立政》'任人、準夫、牧，作三事'，牧謂養民之官，則農事就緒已在其中，故《傳》意尤爲該括。"

"赫赫業業，有嚴天子。"《傳》："赫赫然盛也。業業然動也。嚴然而威。”《箋》云：“王之軍行，其貌赫赫業業然，有尊嚴於天子之威。謂聞見者莫不憚之。”

焯案：陳氏《傳疏》云：“‘有嚴天子’，嚴然天子也。有，發聲。《六月傳》訓嚴爲威，與此嚴同。”此説是也。《傳》訓“有嚴”爲“嚴然”，則不以“有”爲有無之有，蓋《經》中以“有”爲助詞者多也。《箋》訓爲“有尊嚴”，失之。

“匪紹匪遊。”《傳》：“匪紹匪遊，不敢繼以敖遊也。”《箋》云：“紹，緩也。王舒安，謂軍行三十里，亦非解緩也，亦非敖遊也。”

焯案：陳氏《傳疏》云：“上‘匪’字與‘不’同義，下‘匪’字爲語助。”是也。《正義》申《箋》，謂：“‘匪紹匪遊’，各自言‘匪’，每者一義，不得言‘繼以敖遊’也。”汪氏《異義》云：“古人設文，正不若是之拘，《吉日》‘既伯既禱’，一事也，而兩言‘既’，亦將謂每者一義乎？”胡氏《後箋》云：“《詩》中如‘爰始爰謀’，謂於是始謀。‘曰止曰時’，謂止居於是，似此文例甚多，皆非每者一義。毛公善讀《經》文，如‘式夷式已’、‘侯作侯祝’之類，皆以《詩》須四字成文，不得不用兩助字。準此推之，《江漢》之‘匪安匪遊’、‘匪安匪舒’兩句，上二字皆言安，似非與‘匪遊’‘匪舒’相對。即謂匪安於‘遊止’、匪安於‘舒徐’亦可。‘匪疚匪棘’，亦可謂非病之以急切之政。至此章‘不留不處’則《箋》云‘不久處於是’，亦以留處連言，未嘗以各自言不，遂爲二義也。”焯謂此句即承《江漢》篇首章“匪安匪遊”句言。“王舒保作”句亦反承《江漢》“匪安匪舒”句言，故《傳》訓保爲安。《江漢》敍召虎急攻淮夷，此則敍王欲以軍威震驚徐方，俾其自服，故安舒而行，但不敢繼以敖遊耳。蓋淮夷既平，繼省徐土，次章云“率彼淮浦，省此徐土”。而王師猶是“赫赫業業”然，故詩云“匪紹匪遊”，而《傳》云“不敢繼以敖遊”也。《箋》訓紹爲“緩”，《吕記》引蘇氏説，又以紹爲“急”，皆由不憭平淮夷及徐爲一時之事，而詩之前後篇行文相承耳。

“徐方繹騷。”《傳》：“繹，陳。騷，動也。”《箋》云：“繹當作驛。徐國傳遽之驛見之，知王兵必克，馳走以相恐動。”

焯案：《説文》：“繹，抽絲也。”即引繹繼續之謂。《傳》訓爲陳，陳與引申之申亦一語之變。與“引”音亦近。友人劉博平謂繹騷二字與上句“匪紹匪遊”紹遊二字相對爲文。是也。詩云“徐方繹騷”者，謂淮夷既平，復以重兵臨徐方，徐方之人續相恐動耳。以徐方對淮夷言，故云繹也。《箋》破繹爲驛，當以繹、驛古多通用，《載芟》“驛驛其達”，《釋文》：《爾雅》作“繹繹”。《文選·甘泉賦注》引薛君《韓詩章句》：“繹繹，盛貌。”《廣雅》：“驛驛，盛也。”《駉》云：“以車繹繹。”《釋文》：“崔本作驛驛。”《後漢書·郭伋傳》：駱驛不絶，即絡繹也。《隸釋·丁魴碑》亦以駱驛爲絡繹。是其證。惟解爲“傳遽”則非。陳奂、胡承珙又以《傳》訓“陳”爲軍陳之陳，恐未得《傳》意也。

“截彼淮浦，王師之所。”《傳》：“截，治也。”《箋》云：“治淮之旁國有罪者，就王師而斷之。”

焯案：顧氏《學詩詳説》云：“《傳》截訓治，言截然整齊彼淮浦者，王師之所在也，句法與《殷武》‘有截其所’相似。《箋》説周折，非《經》、《傳》意。”

“濯征徐國。”《傳》：“濯，大也。”《箋》云：“既服淮浦矣，今又以大征徐國。”

焯案：陳氏《傳疏》云：“鄭分伐淮夷伐徐爲兩事，不知淮夷之國徐爲大，伐淮夷即是伐徐。二章云‘率彼淮浦’，其下即云‘省此徐土’，三章三言徐方，四章言淮濆，又言淮浦，其時徐國必有與師禦兵於淮浦者，淮浦之禦兵既已敗散，至此則大征徐國，深入其國都爾。"

"王猶允塞。"《傳》："猶，謀也。"《箋》云："猶，尚。允，信也。王重兵兵雖臨之，尚守信自實滿。"

焯案："王猶"二字宜連爲一詞，"猶"即讀如《采芑》"方叔元老，克壯其猶"之猶。猶、猷古通用，《荀子》、《韓詩外傳》引《詩》並作"王猷允塞"，知《傳》訓"謀"是也。如以文勢論，上文只極言王師之盛，故此章首句用一重筆，而將王謀點實，然後轉入徐方來降之事。如依《箋》義訓猶爲"尚"，忽接入"徐方既來"句，則於文勢微覺不振，且若不相屬矣。

瞻　卬

"舍爾介狄，維予胥忌。"《傳》："狄，遠。"《箋》云："介，甲也。王舍女被甲夷狄來侵犯中國者，反與我相怨。"

焯案：《説文》："逖，遠也。"《集韵》引《説文》有"《詩》曰'舍爾介逖'"，王氏《詩考》因之，以爲"三家'狄'作'逖'"。是則此《傳》訓"狄"爲"遠"，與三家字異義同。《正義》引王肅申《傳》云："舍爾大道遠慮，反與我賢者怨乎?"此説是也。觀《小雅》刺幽王諸詩，如《雨無正》云"弗慮弗圖"，《小旻》云"匪先民是程，匪大猷是經"，皆告以大道遠慮者。此詩末云"無忝皇祖，式救爾後"，亦即所謂大且遠者也，《箋》即字生訓，以介狄爲被甲之夷狄，今謂此章若於此句插言夷狄，似於文情不類。且《序》云刺王政大壞，是王之弗措意者，非止夷狄侵犯一事。如依王肅説，訓"大道遠慮"，則見王之所舍者多，而夷狄亦在其中矣。後之説《詩》者咸覺鄭義未安，又援《説文》訓"狄"爲"淫辟"，馬瑞辰。或以"狄"爲"愁"之省，俞樾。

此皆妄生新義，尤難爲訓。竊以明《詩》之道，凡毛義與三家同者，益宜確守勿易。若於先秦兩漢諸師之説盡擯不取，而輒援《説文》，動言省借，豈不爲繆妄之甚者。若李黼平以介爲“疆介”，謂王舍爾疆介之遐逖，曾釗以介爲“纖介”，謂王用婦言，其機甚微，而爲禍甚大，其爲説幾失於不詞。且《詩》中“介”字亦少用作“疆介”、“纖介”義者。是皆不若王肅訓“介”爲“大”之爲得也。

“人之云亡，邦國殄瘁。”《箋》云：“賢人皆言奔亡，則天下邦國將盡困病。”

焯案：“人之云亡”，即朝廷無善人之意，“云”字語助，與《君子偕老》、《小弁》“云如之何”，《桑中》“云誰之思”，《小明》“歲聿云莫”之“云”，皆無實義。“亡”讀爲無，《左傳》文六年、襄二十六年並引此詩，皆以爲無善人之謂。《箋》云“賢人皆言奔亡”，訓“云”爲“言”，而以“亡”爲“奔亡”，似非。

召旻

“昏椓靡共。”《傳》：“椓，夭椓也。”《箋》云：“昏椓皆奄人也，昏其官名也。椓，椓毀陰者也。王遠賢者，而近任刑奄之人，無肯共其職事者。”

焯案：《箋》讀昏爲“閽”，讀椓爲刖劓斀黥之“斀”，故以爲皆奄人。蓋感於當時奄豎執衡之事，遂不覺以時事説《經》也。《稽古編》云：“幽王時，亂政小人，《詩》有尹氏，有皇父七子，《國語》有虢石父，皆非寺人。即史伯所云讒慝暗昧、頑童窮固、侏儒戚施、妖試幸措，亦非寺人也。其寺人僅有遭讒被刑，無可控訴，而作《巷伯》詩以鳴其不平者，其他閹官未必怙寵弄權可知，《箋》意宜與《傳》異。”胡氏《後箋》云：“《經》文‘蟊賊内訌，昏椓靡共’二語正相承接，昏椓即内訌之實，謂其所以陷於内者，乃昏亂椓喪之事，皆潰潰然維邪是行，謀夷滅我王之國，《傳》於昏字無訓，而以椓爲‘夭椓’，必非同《箋》意，謂昏椓皆奄人。《國語》史伯言：‘幽王惡犀角豐盈，而近頑童窮固。’韋昭云：‘頑童，童昏。’當即詩所謂昏也。史伯又云：‘不建立卿士，而妖試幸措。’《韋注》謂‘妖嬖之臣，微倖之人’。案‘妖’疑即此《傳》所謂夭椓者，昏椓乃蟊賊之所爲，非與蟊賊爲二也。若謂蟊賊是衆爲殘酷之人，昏椓別是奄人，則‘潰潰回遹’二句專指奄人，而通篇絶不見任用奄人以致亂之意，似於《經》旨未合。”

“兢兢業業，孔填不寧，我位孔貶。”《傳》：“貶，隊也。”《箋》云：“兢兢，戒也。業業，危也。天下之人戒懼危怖，甚久矣其不安也。我王之位又甚隊矣，言見侵侮，政教不行，後犬戎伐之，而周與諸侯無異。”

焯案：“兢兢業業”三句與上“皋皋訿訿”二句對言，言王之舉錯顛倒錯謬，用者非賢，而賢者反見貶黜爾。《箋》以“兢兢業業”爲泛指天下之人，以“我位”爲我王之位，非也。何氏《古義》云：“‘兢兢業業’，形容憂時供職之心，即末章召公之流，所謂不尚有舊者也。我，代爲兢業者自我也。位，所居之職位也。勞於趨事，而不遑安寧如我者，反不能安其位而遭貶黜，其顛倒錯亂如此。《十月之交》篇云：‘黽勉從事，不敢告勞，無罪無辜，讒口囂囂。’正謂此也。”

“草不潰茂。”《傳》：“潰，遂也。”《箋》云：“潰茂之潰當作彙。彙，茂貌。”

焯案：《邶風·谷風》：“有洸有潰。”《傳》云：“潰潰，怒也。”《小旻》“是用不潰于成”，與此詩“草不潰茂”，潰，遂也。“潰潰回遹，無不潰止”，潰，亂也。義各有當。蓋潰有盛義，潰與僓同从貴聲，《説文》：僨，一曰長皃。僨聲又通偆，富也。通賑，富也。長與富皆與盛義近。故怒之盛者爲“潰怒”，遂之盛者爲“潰遂”，亂之盛者爲“潰亂”，皆一理也。《箋》易潰爲“彙”，實可不必。陳喬樅云：“《韓詩外傳》引‘草不潰茂’與毛字同。惟《漢書》班固《幽通賦》：‘柯葉彙而靈茂。’‘彙茂’語本此詩。孟堅兼用三家，則‘潰茂’字《齊魯詩》作‘彙’可知。是則鄭易‘潰’爲‘彙’，蓋據《齊魯詩》説也。”

“彼疏斯粺。”《傳》：“彼宜食疏，今反食精粺。”《箋》云：“疏，麤也，謂糲米也。彼賢者禄薄食麤，而此昏椓之黨反食精粺。”

焯案：汪氏《異義》云：“下言‘胡不自替’單指小人，‘彼疏斯粺’與下聯貫，不宜分指。《傳》説爲是。”胡氏《後箋》云：“《傳》意以‘斯’爲‘今’，正對上文言昔時富賢者，此言今時富小人也。或以‘斯’爲語詞，‘斯’猶‘乃’也，《斯干》‘乃安斯寢’，即乃安乃寢，猶下文‘乃寢乃興’也。若如《疏》申《箋》説，對彼爲此，則詩中如‘彼路斯何’，又豈得以文稱彼此，有相形之勢乎？”

“昔者先王受命，有如召公之臣。”從《關雎疏》增“者之臣”三字。《箋》云：“先王受命，謂文王、武王時也。召公，召康公也。”

焯案：《箋》泥詩“受命”之語，故以先王爲指文、武。陸氏《陸堂詩學》云：“詩人本旨，當近舉先王中興之業，如‘王命召虎，式辟四方，于疆于理，至于南海’云云，以見父何其盛，子何其衰，極得覺悟昏主之法。若謂受命必屬文武，宣王中興，獨非受命之君乎？”胡氏《後箋》云：“《小雅·黍苗》刺幽王，即陳宣王之德，召伯之功，則此詩召公亦當指召穆公。下文‘哀今之人不尚有舊’，幽王去宣王中興未遠，故因言召穆公，而欲王圖任舊人。若文、武之去幽王遠矣，安得復言‘有舊’乎？”

卷　十

周　頌

清廟之什

清　廟

“清廟。”《箋》云：“清廟者，祭有清明之德者之宫也，謂祭文王也。天德清明，文王象焉，故祭之而歌此詩也。”

焯案：《漢書·韋玄成傳》云：“《清廟》之詩，言交神之事無不清静。”賈逵《左傳注》：“肅然清静，謂之清廟。”蔡邕《明堂月令論》：“取其宗祀之清貌，則曰清廟。”本詩《釋文》引杜預曰：“清廟，肅然清静之稱也。”是古釋“清廟”皆謂以清静得名。馬氏《通釋》云：“清廟以清静爲義，猶明堂義取嚮明，閟宫義取閟神，此詩《序箋》謂清廟爲祭有清明之德者之宫，非也。”

“於穆清廟，肅雝顯相。”《傳》：“於，歎辭也。穆，美。肅，敬。雝，和。相，助也。”《箋》云：“顯，光也，見也。於乎美哉周公之祭清廟也，其禮儀敬且和，又諸侯有光明著見之德者來助祭。”

焯案：《正義》述《箋》云：“其禮儀敬且和”者，謂周公祭祀能敬和也。知顯相是諸侯者，《序》言“朝諸侯率以祀文王”，則顯相是諸侯可知。《正義》又引《書傳》云：“‘肅雝顯相’，《注》云：‘四海敬和，明德來助祭。’以敬和爲諸侯者，義得兩通。”胡氏《後箋》云：

"如《箋》説，則肅雝屬周公，顯相又屬諸侯，一句之中，文義乖隔，當以鄭注《大傳》爲正。"焯謂《漢書·劉向傳》：向上封事曰："周文開基，西郊雜遝，衆賢罔不肅和，崇推讓之風，以銷分争之訟。文王既殁，周公思慕，歌詠文王之德，其詩曰：'於穆清廟，肅雝顯相，濟濟多士，秉文之德。'"向習《魯詩》，其云"衆賢罔不肅和"，即引詩"肅雝顯相"，是其意以"肅雝"就下文"多士"言，亦不就周公言也。

"秉文之德。"《傳》："執文德之人也。"《箋》云："皆執行文王之德。"

焯案：馬氏《通釋》云："昭三十二年《左傳》：'昔成王合諸侯城成周，以爲東都，崇文德焉。'《周語》：'昭顯文德。'又《詩》'文定厥祥'《傳》：'言大姒之有文德也。''告于文人'《傳》：'文人，文德之人也。'皆泛言文德。此《傳》謂多士皆執持文德，亦泛言有文德。《箋》言'皆執行文王之德'，與《傳》異義。"戴氏《詩考正》云："《詩》中言文王，不單舉'文'字。倘祀武王、成王，必不可云秉'武'之德、秉'成'之德也。凡《經》《傳》以'文'贊美其人者不一，皆經緯明備，威儀敬慎之稱。能執是德，夫然後可以對於在天之靈，而駿奔走以執廟中之事矣。"今謂此説是也。

"對越在天。"《箋》云："對，配。越，於也。文王精神已在天矣，猶配順其素如生存。"

焯案：《經義述聞》云："'對越在天'與'駿奔走在廟'相對爲文，'對越'猶'對揚'，言對揚文、武在天之神也。《大雅·江漢》篇曰：'對揚王休。'《箋》曰：對答也。《顧命》曰：用答揚文武之光訓。《祭統》曰：'對揚以辟之，勤大命，施于烝彝鼎。'並與'對越'同義。《爾雅》曰：'越，揚也。'《聘義》："叩之其聲清越以長。"《晉語》："必播於外而越於民。”鄭、韋《注》並曰：“越，揚也。”《夬彖傳》：“揚于王庭。”《鄭注》曰：“揚，越也。”揚、越一韵之轉，‘對揚’之爲‘對越’，猶發揚之爲發越，清揚之爲清越爾。”

“不顯不承，無射於人斯。”《傳》：“顯於天矣，見承於人矣，不見厭於人矣。”《箋》云：“是不光明文王之德與？言其光明之也。是不承順文王志意與？言其承順之也。此文王之德，人無厭之。”

焯案：《傳》以“不顯不承”爲文王之德。《箋》則指助祭者。胡氏《後箋》云：“詩頌文王，當是美文之德，《禮記·大傳》引《詩》云：‘不顯不承，無斁於人斯。’注以不顯不承爲文王之德，彼《疏》謂《禮注》在前，《詩箋》在後，故不同。然下篇即云‘於乎不顯，文王之德之純’，則‘不顯不承’爲美文王，故當以《傳》義爲優也。”顧氏《學詩詳説》云：“《經》承‘對越’二句下，‘對越在天’則顯，‘駿奔走在廟’則見承，惟顯故見承，而無有厭斁也。若謂光明之，承順之，則所重反在助祭者，非立言之體，而‘無斁’意亦微有不貫矣。”

維天之命

“假以溢我。”《傳》：“假，嘉。溢，慎也。”《箋》云：“溢，盈溢之言也。”

焯案：“假以溢我”，《左傳》襄二十七年引作“何以恤我”。《説文》“誐”下引《詩》“誐以溢我”。《廣韻》又作“誐以謐我”。是“溢”與“恤”“謐”古皆通用。《尚書》“惟刑之恤哉”，今文作“謐”，是“恤”“謐”亦通用。《爾雅·釋詁》：溢、謐皆訓“静”，溢又訓“慎”，慎亦與溢、謐同訓“静”，是静與慎同義。《廣雅》：静訓“安”，則静、安又一義。詩言“溢我”，猶言慎我、静我，静我即安我，猶《詩》言“綏我眉壽”，綏亦安也。“假以溢我”正謂善以安我耳。馬瑞辰説。《箋》訓溢爲“盈溢”，謂以嘉美之道饒衍與我，蓋對下“我其收之”而爲此解，然不若《傳》訓“慎”爲優也。

烈文

“烈文辟公，錫兹祉福。”《傳》：“烈，光也。文王錫之。”《箋》云：“光文百辟卿士及天下諸侯者，天錫之以此祉福也。”

焯案：《傳》以錫福爲文王錫諸侯。《箋》以爲天錫文王。《詩本義》云：“據《序》言成王新即政，諸侯來助祭於廟，則祉福當爲文、武所錫。”胡氏《後箋》云：“錫福之文與辟公相屬，若以爲天錫文王，則文義乖隔。《載見》云：‘烈文辟公，綏以多福。’二語正與此同。彼《箋》云‘成王乃光文百辟與諸侯，安之以多福’。則此篇當以《傳》義爲是。《白虎通義·瑞贄》篇曰：‘烈文辟公，錫兹祉福，言武王伐紂定天下，諸侯來會聚于京師，受法度也。’此雖指武王錫福，與毛稍異，然亦謂王錫諸侯，不言天錫也。”

“惠我無疆，子孫保之。”《箋》云：“惠，愛也。又長愛之無有期竟，子孫得傳世安而居之，謂文王、武王以純德受命定天位。”

焯案：胡氏《後箋》云：“襄二十一年《左傳》：‘范宣子囚叔向，祁奚見宣子，曰：《詩》曰“惠我無疆，子孫保之”，《書》曰“聖有謨訓，明徵定保”，夫謀而鮮過，惠訓不倦者，叔向有焉，社稷之固也，猶將十世宥之，以勸能者。今壹不免其身，以棄社稷，不亦惑乎？’據此，是謂人能惠我者，當保其子孫，疑此詩‘惠’不必訓‘愛’。《維天之命》‘駿惠我文王’，《箋》訓‘惠’爲‘順’，此篇亦當謂文王錫諸侯以祉福爾。諸侯能順我命，無有期竟，則子孫世世得保守此位，如此，則我字可如《疏》説以爲我成王，此二句終文王錫福之事，下乃言無大累於其國者，武王皆崇立之。又戒以當念父祖之有大功，繼續其美也。若但言周之子孫長王天下，則與下爾邦云云文義不屬矣。"

"念兹戎功，繼序其皇之。"《箋》云："皇，君也。念此大功，勤事不廢，謂卿大夫能守其職，得繼世在位。以其次序其君之者，謂有大功，王則出而封之。"

焯案：汪氏《異義》云："《箋》以辟公兼指卿士，《序》云'諸侯助祭'，不言卿士。《經》言'無封靡于爾邦，維王其崇之'，與下'念兹戎功'文勢緊相承接，不得以'念兹'二句爲戒卿士。則《傳》以辟公唯指諸侯，是也。"胡氏《後箋》云："《載見》亦云'烈文辟公'，《序》亦只言諸侯，不及卿士。《雝》'相維辟公'，包注《論語》'辟公'，謂'諸侯及二王之後'，《刑疏》謂與毛同。《箋》於諸言'辟公'，皆分卿士與諸侯。此疏謂：'《月令》，百辟是卿士之總稱，此詩辟公下有爾邦百辟，則辟當下百辟，公當下爾邦，故分辟、公爲二。'然《假樂》云'百辟卿士'，《箋》以'百辟爲畿内諸侯，卿士爲卿之有事'。彼疏謂'百辟、卿士文相對，故分之爲二，《烈文》唯有"百辟"，無卿士之文，則百辟兼卿士'。然則同一'百辟'，忽兼卿士，忽不兼卿士，未免自亂其例矣。"又馬氏《通釋》云："序、敘，古通用。《爾雅·釋詁》：'敘，緒也。'《閔予小子》篇'繼序思不忘'，《傳》：'序，緒也。'此詩《傳》不釋'序'字，義亦爲'緒'。'繼序'猶云'纘緒'，謂諸侯世繼其先祖之緒以爲君也。《箋》訓爲'次序'，失之。"

天　作

"天作高山，大王荒之。"《傳》："作，生。荒，大也。天生萬物於高山，大王行道，能大天之所作也。"《箋》云："天生此高山，使興雲雨，以利萬物，大王自豳遷焉，則能尊大之。"

焯案：《正義》云："《箋》以詩云天生高山，不言生萬物，故易毛也。"胡氏《後箋》云："'天作高山'，猶《大雅》言'帝省其山，《箋》云："省，善。"帝作邦作對'，《箋》云："作，爲也。"天爲邦，謂興周國也。作配，謂爲生明君也。皆天命興周之意。詩無達詁，詞在此而意在彼，本不必泥於天之生山與生萬物。即以詞論，亦當從毛，謂天所生於高山者，大王能大之。《荀子·王制》篇歷言：'天之所覆，地之所載，莫不盡其美，致其用，上以飾賢良，下以善百姓而樂安之，夫是之謂大神。'引《詩》'天作高山，大王荒之'，此亦謂天生萬物，王者能用之，故《毛傳》云然。若如《疏》説，則高山終古如是，大王又何能尊大之？乃斤斤於興雲雨利萬物爲尊大，非秩祀之而尊大，《疏》駁韋昭説。此所謂以詞害志者也。"

"彼作矣，文王康之。"《箋》云："彼，彼萬民也。彼萬民居岐邦者，皆築作宮室，以爲常居，文王則能安之。"

焯案：胡氏《後箋》云："'彼作'之'作'毛無訓，蓋即同上《傳》訓'作'爲'生'，則毛意'彼作'之'彼'當謂萬物。鄭言萬民，民亦物也。《傳》意當云，彼萬民既生矣，生猶《緜》詩"民之初生"，毛不訓作爲築作。則惟文王能安之。下云彼萬民皆往矣，則惟岐邦有易道故也。鄭惟以兩'作'字異訓，似非毛旨。"

昊天有成命

"昊天有成命，二后受之。"《傳》："二后，文、武也。"《箋》云："昊天，天大號也。有成命者，言周自后稷之生而已有王命也，文王、武王受其業。"

焯案：此詩之意，與《大雅·文王》篇"上帝既命，侯于周服"，《大明》篇"有命自天，命此文王"意同。"成命"猶言明命，《爾雅·

釋詁》："明，成也。""明"可訓"成"，則"成"亦可訓"明"，《箋》以"成命"指謂后稷之生已有王命，實爲贅義。

"肆其靖之。"《傳》："肆，固。靖，和也。"《箋》云："固當爲故，字之誤也。爲之不解倦，故於其功終能和安之。"

焯案：馬氏《通釋》云："《國語·周語》叔向釋《詩》曰：'肆，固也。靖，和也。'又曰：'其終也廣厚，其心以固和之。'又曰：'終於固和。'以'固'與'和'平列，《傳》義正本叔向，不當如《箋》訓'故'。'故''固'古通用。《爾雅》：'肆，故也。'肆可訓爲語詞之'故'，即可訓爲堅固之'固'，非誤字也。"焯謂語詞之"故"，多爲申上之詞，亦多爲必然之詞，其於詞爲必然者，於事則爲堅固，故古於故、固常通用。如《魯語》"咨于故實"，《史記·魯周公世家》作"咨于固實"，《論語》"固天縱之將聖"，《論衡·知實》作"故天縱之將聖也"。鄭以詩"肆其"連文，因以肆爲是故之"故"，而以"功"字增成其義，殊不若據《國語》之訓爲安也。

我　將

"我將我享。"《傳》："將，大。享，獻也。"《箋》云："將猶奉也。"

焯案：《序》云："《我將》，祀文王於明堂也。"明堂之祭，古謂之大饗。《曲禮》"大饗不問卜"，《月令》"季秋大饗帝"，注皆以明堂之祭釋之。"享"與"饗"通。《毛傳》云："將，大；享，獻。"即用"大饗"二字釋之。蓋"我將我享"二"我"字皆語助，實即大享也。鄭釋"將"爲奉，而云"我奉養我享祭之牛羊"，蓋泥二"我"字爲人我之我故爾。又"維天其右之"，"右"即"祐""佑"字，古"保佑"字皆作左右之"右"。《大雅·大明》、《假樂》可見也。《釋文》"右"本亦作"佑"，下同。只是言天祐助之意。《箋》以"羊牛皆充盛肥腯，有天氣之力助"，直謂天右助牛羊，殊未合也。

“儀式刑文王之典。”《傳》：“儀，善。刑，法。典，常。”《箋》云：“我儀則式象法行文王之常道。”

焯案：《正義》引王肅述毛云：“善用法文王之常道。”考《左傳》昭六年引《詩》“儀刑文王”，《疏》引服虔：“儀，善也。刑，法也。”又引《詩》“儀式刑文王之德”，《疏》引服虔：“儀，善。式，用。刑，法也。言善用法文王之德。”是服解皆用毛義，而王説即本之服氏也。《箋》以儀、式、刑三字爲一義，雖古人自有此複沓句法，終不若毛義爲安。

“伊嘏文王，既右饗之。”《箋》云：“受福曰嘏。維受福於文王，文王既右而饗之，言受而福之。”

焯案：《正義》引王肅云：“維天乃大文王之德，既佑助而歆饗之。”與《箋》以右饗屬文王異義。《經義述聞》云：“下方言右饗，則上句不得遽言受福，鄭説非也。嘏謂文王，不得屬之於天，王説亦非也。嘏讀若《雝》篇‘假哉皇考’之‘假’，彼《傳》云：‘假，嘉也。’《爾雅》曰：‘嘏、假，大也。’‘假哉皇考’，‘伊嘏文王’，皆贊美之辭，言大哉文王，既右助後王而饗其祭也。”此駁正鄭、王義皆是。若如王説，謂“天乃大文王之德”，立辭轉曲。

時　邁

“我求懿德，肆于時夏。”《傳》：“夏，大也。”《箋》云：“懿，美。肆，陳也。我武王求有美德之士而任用之，故陳其功於是夏而歌之。樂歌大者稱夏。”

焯案："我求懿德"句承"載戢干戈，載櫜弓矢"二句之下，則德宜指謂文德，蓋爲偃武修文之意。"肆于時夏"，《傳》訓"夏"爲"大"，當謂功業遂大。《國語·周語》："祭公謀父曰，先王耀德不觀兵。夫兵戢而時動，動則威，觀則玩，玩則無震。是故周文公之頌曰：'載戢干戈，載櫜弓矢，我求懿德，肆于時夏，允王保之。'先王之於民也，懋正其德而厚其性，阜其財求，而利其器用，明利害之鄉，以文修之，使務利而避害，懷德而畏威，故能保世以滋大。"據此所云"耀德不觀兵"，又云"以文修之"，是德爲文德也。《左傳》宣十二年亦引此詩而釋之曰："夫武，禁暴、戢兵、保大、定功。"又云："暴而不戢，安能保大？"保即"允王保之"，大即"肆于時夏"，是"夏"訓"大"，謂功業遂大也。《毛詩札記》云：《周禮·春官》"鍾師"杜子春注引吕叔玉説，以《魯語》"金奏肆夏繁遏渠"，即《周頌·時邁》、《執競》、《思文》。又引吕氏説云："肆，遂也。夏，大也。言遂於大位，謂王位也。故《時邁》曰'肆于時夏，允王保之'。"所引吕説與此篇《傳》義合。疑遂於大位即係《毛詩》師説。蓋"肆"之本義訓"遂"，實義與"進"同，"肆于時夏"，謂進於此大位也。《思文》篇"陳常于時夏"，亦謂敷陳典法于此大位也。"肆于時夏，允王保之"二句又俱爲收束上文之辭，故《内外傳》皆合而釋之。《箋》誤以"我求懿德"與"肆于時夏"連讀，因解爲武王求用美德之士，既與《内外傳》不合。《左傳正義》亦云，武王以天下既定，又能求美德之士而任用之。此則誤緣鄭説，而實違杜義。杜《注》衹云能求美德，不云能求美德之士也。又以"夏"爲樂歌，謂陳其功於是夏而歌之。胡承珙非之云："編樂名'夏'，必在作詩之後，豈有詩未終篇，而即曰陳于此以爲夏者乎？"是其説皆未可據信也。

執　競

"不顯成康。"《傳》："不顯乎其成大功而安之也。顯，光也。"《箋》云："不顯乎其成安祖考之道，言其又顯也。"

焯案：詩初無成安祖考之意，故李氏《集解》以毛義爲優。《箋》

蓋以下文有“鐘鼓”“磬筦”之等，當爲武王之祭其先，故云“成安祖考”。然“鐘鼓喤喤”以下正指祀武王而言，初非如《箋》所解。顧惟康云：“蓋惟成而能安，上帝所以是美也。後世成大功者不少矣，能安者有幾與？如《論語·堯曰》篇所述，《禮記·樂記》所陳，皆其成安之實事也。”

思　文

“思文后稷。”《箋》云：“周公思先祖有文德者后稷之功能配天。”

焯案：《大雅·文王》篇“思皇多士”，《傳》云：“思，辭也。”此云“思文后稷”，與“思皇多士”及《思齊》篇“思齊大任”句調正同。《傳》於《思齊》及此無訓，亦當以“思”爲辭也。《箋》概訓爲“思念”之“思”，與《傳》異義。

“立我烝民。”《箋》云：“立當作粒。烝，衆也。昔堯遭洪水，黎民阻飢，后稷播殖百穀，烝民乃粒。”

焯案：《書·皋陶謨》“烝民乃粒”，《史記·夏本紀》作“衆民乃定”，因疑“粒”非米食之粒，《僞孔傳》米食曰粒。乃立之通借字。《説文》：“立，住也。”住與“定”義同，故《史記》以訓義易爲“定”。此詩言“立我烝民”，即謂定我衆民之命。不當易立爲“粒”，反以本字爲借字也。《正義》曰：“《傳》不解‘立’。但毛無破字之理，必其不與鄭同，宜爲存立衆民。”是也。胡氏《後箋》云：“成十六年《左傳》：‘申叔時曰：德以施惠，刑以正邪，祥以事神，義以建利，禮以順時，信以守物，民生厚而德正，用利而事節，時順而物成，上下和睦，周旋不逆，求無不具，各知其極。故《詩》曰，立我烝民，莫匪爾極。’《周語》：‘芮良夫曰，王人者，將導利而布之上下者也，使神人百物無不得其極。故《頌》曰：思文后稷，克配彼天，立我烝民，莫匪爾極。’據此，似詩言立民，不專指粒食一事，故申毛當言爲生民立命，則所包者廣，且與《傳》訓極爲中，意更親切也。”

“貽我來牟。”《傳》：“牟，麥。”《箋》云：“貽，遺。‘武王渡孟津，白魚躍入于舟，出涘以燎。後五日，火流爲烏，五至，以穀俱來。’此謂遺我來牟。”

焯案：此篇皆爲陳述后稷功德之辭。《生民》“誕降嘉種”，《傳》云“天降嘉種”，此詩云“帝命率育”，《臣工》云“將受厥明”，則來牟當即爲稷時天降瑞麥，不謂武王時赤烏以穀俱來之事。鄭篤信圖緯，乃引《大誓》説之，此漢時所得僞《大誓》。馬融、王肅諸儒皆疑之。非關詩義也。

“陳常于時夏。”《箋》云：“用是故陳其久常之功於是夏而歌之。夏之屬有九。”

焯案：《左傳》昭二十年：“布常無藝。”《杜注》言布政無法度。此詩陳常猶言布政。夏，大也。謂布政教于是始廣大也。蓋此詩上述后稷養民之功，民得所養，然後可以敷教。《書》稱“稷播百穀，契敷五教”，是必先有稷之功，而後有契之功，故詩云“陳常于時夏”也。《箋》説未協詩意。

臣工之什

臣　工

“嗟嗟臣工。”《傳》：“嗟嗟，勑之也。工，官也。”《箋》云：“臣謂諸侯也。諸侯來朝天子，有不純臣之義，於其將歸，故於廟中正君臣之禮，勑其諸官卿大夫云。"

焯案:《書·酒誥》篇:"越獻臣百宗工","又惟殷之迪諸臣,惟工乃湎于酒"。皆以"臣工"連言。此云"臣工",雖指謂諸侯之卿大夫,但不必訓"臣"爲諸侯。《箋》讀"臣工"爲臣之工,非詩義也。

"於皇來牟,將受厥明。"《箋》云:"將,大也。於美乎赤烏以牟麥俱來,故我周家大受其光明,謂爲珍瑞,天下所休慶也。"

焯案:馬氏《通釋》云:"古者嘉穀豐年,多歸功於天降,如云'誕降嘉種','自天降康',語皆相類,非真種自天來也。《箋》據《周書》'赤烏以牟麥俱來'釋之,殊非詩義。"

"奄觀銍艾。"《傳》:"銍,穫也。"《箋》云:"奄,久。觀,多也。"

焯案:《毛詩札記》云:"《疏》引王肅説,訓'奄'爲'同',據《執競·傳》爲説。以上文'命我衆人'證之,此蒙衆言,自以訓'同'爲允。《箋》詁'奄'爲'久','觀'爲'多',疑非。"

噫　嘻

"終三十里。"《傳》:"終三十里,言各極其望也。"《箋》云:"《周禮》曰:'凡治野田,夫間有遂,遂上有徑;十夫有溝,溝上有畛;百夫有洫,洫上有塗;千夫有澮,澮上有道;萬夫有川,川上有路。'計此萬夫之地,方三十三里少半里也。耕言三十里者,舉其成數。"

焯案:詩言"終三十里",三十祇就虚數言之,故《傳》云各極其望。蓋"三"爲數之成,更舉數之多者言,則爲"三十",舉其極多者言,則爲"三百"也。見卷五"誰謂爾無羊,三百維羣"條。果案實爲説,則極目所望，其見不必定爲三十里。如極言所望之遠，則《桑柔》云“維此聖人，瞻言百里”，如實指其所望，則《論衡·書虛》篇云，“人目之所見，不過十里”矣。故知此云“三十”，衹以極望之虛數言。下云“十千維耦”，亦但以盈數爲言也。鄭不憭此義，乃以一川之間萬夫爲三十里與十千耦相配之數，鑿矣。

豐　年

“亦有高廩。”《傳》：“廩所以藏齍盛之穗也。”《箋》云：“亦，大也。”

焯案：亦爲語詞，《箋》讀爲“奕”，訓“大”，似未合。

雝

“宣哲維人。”《箋》云：“宣，徧也。又徧使天下之人有才知。”

焯案：馬氏《通釋》云：“宣哲與文武對舉，二字平列。朱子《集傳》訓宣爲通，哲爲知，是也。宣哲猶言明哲，與《商頌》‘濬哲’義同。《箋》訓宣爲徧，失之。”俞氏《平議》云：“‘宣哲維人，文、武維后’兩句相對成義，人者臣也，后者君也，《假樂》篇‘宜民宜人’，《傳》曰：‘宜安民、宜官人也。’彼人與民對，此人與后對，蓋皆指臣而言。文王既受命，乃使明哲者爲之臣，使有文德武功者爲之君，故能‘燕及皇天，克昌厥後’也。兩句本平列，鄭義非是。”

載　見

“曰求厥章。”《箋》云：“曰求其章者，求車服禮儀之文章制度也。”

焯案：李氏《集解》謂“新君即位，諸侯來朝，求新法度文章”，是也。陳氏《傳疏》引《墨子》曰：“《周頌》道之曰：‘載來見彼王，聿求厥章。’則此語古者國君諸侯之以《春秋》來朝聘天子之廷，受天子之嚴教，退而治國，政之所加，莫敢不賓，當此之時，本無有敢紛天子之教者。”此釋“求厥章”爲受天子嚴教，李氏説正與之合。若《箋》但云“求車服禮儀之文章制度”，狹矣。

有客

“言授之縶，以縶其馬。薄言追之，左右綏之。”《傳》：“欲縶其馬而留之。”《箋》云：“縶，絆也。周之君臣皆愛微子，意各殷勤。追，送也。於微子去，王始言餞送之，左右之臣又欲從而安樂之，厚之無已。”

焯案：顧氏《學詩詳説》云：“詩祇言王者待客之至意，其所以授縶追綏之無已，皆出於王心，不必兼臣言。蘇氏《集傳》謂‘左右綏之，言所以安之無方也’，允矣。”

武

“於皇武王。”《箋》云：“皇，君也。於乎君哉武王也。”

焯案：此與《般》篇“於皇時周”語同。彼《疏》引王肅説，訓“皇”爲“美”，據《烈文傳》爲説。疑此篇“皇”字亦當訓“美”。《箋》訓“皇”爲“君”，與《般箋》同，不若仍依《烈文傳》訓“美”爲安。

“嗣武受之。”《傳》：“武，迹。”《箋》云：“嗣子武王受文王之業。”

焯案：《稽古編》云：“毛訓武爲‘迹’，謂嗣文王之迹而受之。鄭以爲嗣子武王，文義俱通。但《雅》《頌》稱先王，皆以王配謚而言，其單舉謚，惟《江漢》‘文武受命’，《閟宫》‘至于文武’而已。彼二王並舉，容或省文，此專目武王，不同彼例，且嗣子之稱雖對文王言，亦非所施於既歿之後，當以《傳》意爲正。”焯謂此篇七句，文意相承，上言武王所以能成克商之功業者，由於文王能開其後世子孫之基緒也。“嗣武受之”，即承“克開厥後”句，言武王繼嗣文王之迹而受之。如訓“武”爲武王則是重提武王，而以上文武王、文王爲對舉，於文勢反爲不順，故知毛義爲優也。

“耆定爾功。”《傳》：“耆，致也。”《箋》云：“耆，老也。年老乃定女之此功，言不汲汲於誅紂，須暇五年。”

焯案：張汝霖云：“此章主美無競之烈，勝殷之功，意不在於年老乃定。《韓詩》、《左傳》之説雖與毛義有别，亦不以耆爲老也。”

閔予小子之什

訪　落

“率時昭考。”《傳》：“時，是。率，循。”《箋》云：“羣臣曰，當循是明德之考所施行。”

焯案：《正義》述《箋》云：“此篇所述，皆是王言，獨知‘率時昭考’一句爲羣臣言者，以王方謀於臣，不得自言率考，且‘於乎悠哉，朕未有艾’，是報答‘率時昭考’之言，《序》云‘謀於廟’，明此句是臣爲君謀也。”焯謂依《疏》述《箋》之説，是三句而三易其詞，殊覺文氣隔閡。蘇氏《詩傳》以“此篇皆爲成王之言”，是也。胡氏《後箋》云：“自《閔予小子》以下三篇皆有‘維予小子’語，毛於前二篇無傳，惟《敬之》‘維予小子’，《傳》云‘嗣王也’。毛意蓋以上二篇爲成王之詞，則所稱小子，自係嗣王。《敬之》前六句皆羣臣進戒之詞，忽接以‘維予小子’，嫌於羣臣自稱，故特爲發《傳》，其精析如此。若‘訪予落止’爲王言，‘率時昭考’爲臣言，兩句之中，一問一答，則《傳》家不應混同無别，僅以‘訪謀’‘落始’‘時是’‘率循’平平訓詁而已。孔《疏》即以鄭説述毛，恐非毛旨。”

“朕未有艾。”《箋》云：“艾，數。”

焯案：嚴元照《娱親雅言》云：“《爾雅·釋詁》：‘艾，相也。’相乃輔相之相。此詩言未有輔助我者，即莫予荓蜂之意。《鄭箋》訓‘艾’爲‘數’，雖亦取《雅》訓，似失其旨。”

“未堪家多難。”《箋》云：“多，衆也。我小子耳，未任統理國家衆難成之事，心有任賢待年長大之志。難成之事，謂諸政有業未平者。”

焯案：此篇與《小毖》當俱爲周公歸政後，成王謀於廟時所作。此云“未堪家多難”，《小毖》云“未堪家多難，予又集于蓼”，蓋皆追溯前時遭喪，兼遇三監淮夷作亂諸事，以爲毖後之辭。“難”宜依王肅述毛，讀如患難之難。鄭於兩“多難”句但解爲國家衆難成之事，蓋泥《小毖》“予又集于蓼”之“又”字，而以三監淮夷之叛專屬之“集于蓼”句，未審“又”字正承“多難”之“多”字言，“予又集于蓼”猶言予重集于蓼耳。

敬之

“天維顯思，命不易哉。”《箋》云：“天乃光明去惡與善，其命吉凶不變易也。”

焯案：胡氏《後箋》云：“《釋文》：‘易，鄭音易。王以豉反。’《正義》仍用鄭述毛，以易爲變易之易。案僖二十二年《左傳》：‘邾人以須句故出師，公卑邾，不設備而禦之。臧文仲曰：“國無小，不可易也。”引《詩》曰：“敬之敬之，天維顯思，命不易哉。”’又成四年：‘公如晉，晉侯見公，不敬。季文子曰“晉侯必不免，《詩》曰，敬之敬之”云云。夫晉侯之命在諸侯矣，可不敬乎？’據此，皆以《詩》‘不易’爲難易之易。《漢書·孔光傳》亦云：‘命不易哉！謂不懼者凶，懼之則吉。’知此宜用王音申毛，《箋》説似非《經》旨。”

“陟降厥士，日監在玆。”《傳》：“士，事也。”《箋》云：“天上下其事，謂轉運日月，施其所行，日月瞻視，近在此也。”

焯案：許謙《詩集傳名物鈔》以“上句爲天無事而不在，下句爲天無時而不在，君子所以無不敬者是已”。《漢書·郊祀志》：匡衡、張譚奏議云：“《詩》曰，‘毋曰高高在上’，‘日監在玆’，言天之日監王者之處也。”其義與許説合。然詩四言“陟降”，實皆就人言。李氏《集解》謂“人君俯仰之間，所爲之事，天皆日監而見之”。《吕記》載朱子舊説，謂“王之一陟一降於其事，天無日不臨監於此者”。二説均善。以上兩解雖别，其以“厥士”爲王之事則同。若如《箋》説，則以爲天之事矣，非《經》旨也。

“學有緝熙于光明。”《傳》：“光，廣也。”《箋》云：“緝熙，光明也。欲學於有光明之光明者，謂賢中之賢也。”

焯案：《文王傳》：“緝熙，光明也。”《昊天有成命傳》：“緝，明也。熙，廣也。”此《傳》訓“光”爲“廣”，與《昊天有成命》訓“熙”爲“廣”同意。“廣”與“光”聲同義通，“廣明”即“光明”。此詩云“學有緝熙于光明”，猶云學有光明於光明，意謂學則明而益明，無嫌其爲複語也。胡承珙釋爲學有其明既廣，而更廣其明。陳奂釋爲學自明而大，以至於大明。皆失之迂贅。《箋》謂“學於有光明之光明者”，其意則就任賢言。胡氏《後箋》云：“任賢意在下二句，此但言其學日月積漸，庶明而益明耳。《淮南子·修務訓》：‘知人無務，不若愚而好學。’引《詩》云：‘日就月將，學有緝熙於光明。’《潛夫論·讚學》篇：

‘《詩》曰：“日就月將，學有緝熙於光明。”是故揚光烈者，莫良於學矣。’《中論》云：‘學者所以總羣道也，述千載之上，若其一時。論殊俗之類，若與同室。度幽明之故，若見其情。原治亂之故，若見已效。故曰，學有緝熙于光明。’此皆以緝熙光明屬學言，《疏》用《箋》義述毛，謂‘賢中之賢乃從之學’，未必得《傳》意也。”

小 毖

“莫予荓蜂，自求辛螫。”《傳》：“荓蜂，摩曳也。”《箋》云：“羣臣小人無敢我摩曳，謂爲譎詐誑欺，不可信也。女如是，徒自求辛苦毒螫之害耳。謂將有刑誅。”

焯案：《正義》曰：“王肅云：‘以言才薄，莫之藩援，則自得辛毒。’孫毓云：‘羣臣無肯牽引扶助我，我則自得辛螫之毒。’此二家以‘荓蜂’爲掣曳爲善，‘自求’爲王身自求，按《傳》本無此意，故同之鄭説。”汪氏《異義》曰：“《序》以此篇爲‘嗣王求助’，王、孫之解是也。如《箋》説，則是敕戒之詞，非求助矣。”胡氏《後箋》云：“《大雅》‘荓云不逮’，《傳》：‘荓，使也。’此用《爾雅·釋詁》之‘拼，使也’。郭《注》謂使令。此《傳》全用《釋訓》，彼作‘甹夆、掣曳也’。郭《注》謂牽挽。依《説文》，字當作‘德夆’，義皆訓‘使’，蓋《頌》之‘荓蜂’與《雅》之‘荓’同義，‘瘴曳’者，謂牽引而使之也。王肅以‘荓蜂’爲藩援，似讀‘荓’爲屏，《周書·嘗麥解》有‘屏助予一人’語，似爲肅所本。孫炎注《雅》：‘謂相掣曳入於惡。’乃用《箋》説。孫毓謂扶助爲善，則與《箋》相反。今案嗣王創艾求助，而先怵羣臣以毋相掣曳爲惡，固非自怨自道。即謂無人扶助爲善，亦非責己恕人之義。竊意‘莫予’與‘自求’文相呼應，莫者，無也，言往日之事無有摩曳使我爲之者，乃我自求辛螫之害耳。《潛夫論·慎微》篇云：‘德輶如毛，爲仁由己，莫與併併與拼同。螽，蠭字之誤。自求辛螫，禍福無門，唯人所召。’此引《詩》正謂無人掣曳於我，禍福皆自己求之，解《經》較《箋》爲勝。”

“肇允彼桃蟲，拚飛維鳥。”《傳》：“桃蟲，鷦也。鳥之始小終大者。”《箋》云：“肇，始。允，信也。始者信以彼管、蔡之屬雖有流言之罪，如鷦鳥之小，不登誅。之後反叛而作亂，猶鷦之翻飛爲大鳥也。鷦之所爲鳥，題肩也。或曰鴞。皆惡聲之鳥。”

焯案：胡氏《後箋》云：“桃蟲飛鳥，不過小患大變之喻，猶云‘爲虺弗摧，爲蛇若何’耳。即有所指，亦當謂殷遺可慮。若管、蔡之誅，周公雖以大義滅親，事非得已。故詩中爲親者諱，如《鴟鴞》但云‘既取我子’，《東山》但云‘我心西悲’，至《常棣》尤惓惓以‘莫如兄弟’爲言。《箋》謂流言之罪恨不早誅，似非詩人之意。王肅述毛，言‘患難宜慎宜小，非悔不誅管蔡’者，是也。”

載　芟

“以洽百禮。”《箋》云：“洽，合也。謂饗燕之屬。”

焯案：詩三云“以洽百禮”，《賓之初筵》、《豐年》及此篇。皆言祭祀，不當旁涉饗燕之屬。下文“有飶其香”“有椒其馨”正言進祖妣之酒醴，香馨上升，祖妣饗之，而邦家以之有光榮，降福則得年壽與安寍也。不必分飶香爲饗燕，椒馨爲祭祖妣也。

“匪且有且，匪今斯今，振古如兹。”《傳》：“且，此也。振，自也。”《箋》云：“匪，非也。振亦古也。饗燕祭祀，心非云且而有且，謂將有嘉慶禎祥先來見也。心非云今而有此今，謂嘉慶之事不聞而至也。言脩德行禮，莫不獲報，乃古古而如此，所由來者久，非適今時。”

焯案：《正義》曰：“‘且’實語助。但‘今’謂今時，則‘且’亦今時，其實是一，作者美其事，而丁寧重言之耳。”焯謂《詩》有重章以互足其意者，如《行露》以次章“室家不足”句與卒章“亦不女從”句意互相足，《丘中有麻》則以次章之“子國”與卒章之“之子”相足爲句，是也。有實一句，而分言之，因重作二句者，如此詩“匪且有且，匪今斯今”是也，此二句如作一句言，則直云匪今有且耳。其先言“且”而後言“今”者，則倒文以便韻。下云“振古如兹”，振古正承“匪今”言，如兹正承“匪且”言，詩意謂匪今有此社稷之祀，蓋自古而然矣。下篇《良耜》末云“以似以續，續古之人”，與此文實相應。亦謂報祭社稷之事，以續古之始爲社稷者也。彼箋謂續古之人爲求有良司嗇，似非。《箋》以“匪且”二句爲將有禎祥先見，實爲贅義。《正義》謂“且”爲語助，亦未得詩意。後之説此者，紛紛立義，咸未得其解矣。

良　耜

“其饟伊黍。”《箋》云：“豐年之時，雖賤者猶食黍。”

焯案：顧氏《學詩詳説》云：“詩每舉一端，此篇爲多，如於食舉黍，於首舉笠，於器舉鎛，於家人舉婦子，於牲舉犉，或舉大以包小，或舉小以見大，詩之體然也。如《箋》義，似有未協。”

絲　衣

《序》云：“《絲衣》，繹賓尸也。高子曰：靈星之尸也。”《箋》云：“繹，又祭也。天子諸侯曰繹，以祭之明日。卿大夫曰賓尸，與祭同日。周曰繹。商謂之肜。”

焯案：《絲衣》前《載芟》、《良耜》皆祈報田事之詩。此《序》特著高子之語，謂爲靈星之尸，靈星爲農星，則此詩必專爲祀靈星之作，與祈報社稷爲類，而非宗廟繹祭，可無疑也。胡氏《後箋》云：

“此詩雖統言繹祭始終之事，然自於賓尸時歌之，故當列於《頌》耳。高子以爲靈星之尸者，正以《序》言賓尸，不明何祭之尸，故特著此語。高子與孟子同時，去古未遠，故能確知此詩爲祀靈星之作。毛公分序篇端，存而不削，自必意與之同。至《鄭箋》乃注宗廟繹祭，《孔疏》遂謂高子別論他事，云祭靈星以人爲尸，後人引之以證宗廟之尸，此繆説也。宗廟有尸，誰人不知，何用假靈星以明之乎！”

酌

“遵養時晦。”《傳》：“遵，率。養，取。晦，昧也”。《箋》云：“養是闇昧之君以老其惡。”

焯案：毛以遵爲率，養爲取，謂率此師以取闇昧之紂，指武王言也。陳氏《傳疏》云：《傳》訓養爲取，此古義也。《月令》羣鳥養羞，《鄭注》羞謂所食，則養羞猶言取食也。汪氏《異義》云：“《經》首言‘於鑠王師’，則是美武王用師伐紂，末句正與首句相應，兩師字不得爲異解。”馬氏《通釋》云：“宣十二年《左傳》：‘晉隨武子曰：兼弱攻昧，武之善經也。’下引‘仲虺有言曰，“取亂侮亡”，兼弱也。《汋》曰，“於鑠王師，遵養時晦”，耆昧也’。正引《詩》‘遵養時晦’爲武經攻昧之證，是養晦即耆昧也，耆昧即攻昧也，攻昧謂攻取是昧，正與《毛傳》訓‘養’爲取義合。”焯謂此二説皆得《經》《傳》之意。鄭以“養”爲文王養紂以老其惡。《詩本義》云：“孔子嘗極稱文王之美，苟如鄭説則文王幸紂爲不善，養成其惡，利而取之，此小人尚或不爲，而孔子尚何極稱其美哉？”

“我龍受之。蹻蹻王之造，載用有嗣。”《傳》：“龍，和也。蹻蹻，武貌。造，爲也。”《箋》云：“龍，寵也。來助我者，我寵而受用之。蹻蹻之士皆爭來造王，王則用之。有嗣，傳相致。”

焯案：《春秋繁露·質文》篇云："周公輔成王，成文、武之制，作《汋》樂以奉天。"汋即酌。又《漢書·董仲舒傳》："虞氏之樂莫盛于《韶》，于周莫盛于《勺》。"胡承珙云："曰'奉天'者，言革命所以順天，言'其盛'者，以周之武功爲極盛耳。"焯謂董氏"奉天"之語與此詩"我龍受之"、《序》云"告成《大武》"相應。據此而言，則詩詞宜皆爲頌武王受命代殷之事，不得有文王用賢之語。《傳》訓"龍"爲"和"，與《箋》用三家義訓"龍"爲"寵"，義無不合，蓋"和"與"大"與"榮"義皆相近。《長發》"何天之龍"，《箋》云："龍當作寵，寵，榮名之謂。"此詩云"我龍受之"，猶云我大受之，我榮受之，謂武王受天命以有天下也。惟《箋》以上文"是用大介"之介爲助，謂賢士來助文王，又以《序》"養天下"之"養"就養士言，因於此謂文王寵用賢士，故蹻蹻之士皆争造之，雖兼取韓義，恐於詩意無當也。

桓

"於昭于天，皇以閒之。"《傳》："閒，代也。"《箋》云："于，曰也。皇，君也。於明乎曰天也，紂爲天下之君，但由爲惡，天以武王代之。"

焯案：《大雅·文王》"於昭于天"，彼《箋》以爲文王之德著見於天。此篇文與之同，亦當以爲武王之德著見於天，不必異解。惟"皇以閒之"句，《正義》引王肅申毛，訓"皇"爲"美"，謂"用美道代殷定天下"，增字成義，似非的詁。胡承珙、陳奂援《文王》"思皇多士"《傳》訓"皇"爲"天"，謂"天以周代殷"。然詩於上句言"天"，而下句忽變天言"皇"，恐亦未然。不若從《箋》訓"皇"爲"君"，謂天命武王君有天下以代殷，以此句緊承上句"於昭于天"，殊不必再言天也。莊葆琛、《周頌口義》。馬瑞辰則引《書》"天工人其代之"以證"皇以閒之"句，謂爲"代天非代殷"。斯則徒爲異論，無當詩意。果若所言，則於上文云"桓桓武王"及《序》云"講武類禡"，有何關涉乎？且代殷定天下，本即爲代天之事也。

賚

“敷時繹思。”《傳》：“繹，陳也。”《箋》云：“敷猶徧也。敷是文王之勞心，能陳繹而行之。”

焯案：《傳》於《詩》中“思”字多以爲語詞。此只訓“繹”爲“陳”，不釋“思”字，亦當以爲語詞。《箋》於下“於繹思”云“陳繹而思行之”，於此句必以“思”爲思念。惟細繹詩義，殊無思念意也。

般

“允猶翕河。”《傳》：“翕，合也。”《箋》云：“猶，圖也。小山及高嶽皆信按山川之圖而次序祭之。”

焯案：《傳》多訓猶爲“道”，惟於《板》篇“猶之未遠”句則訓爲“圖”，然以爲圖謀之圖，不謂圖書之圖也。此《箋》訓“猶”爲“圖”，以爲山川之圖，於詩意似未協。允猶之義，後之解者各異其說，只胡承珙説較有可采。《後箋》云：“圖者謀維之意，此《傳》於‘墮山’謂山之小者，所以别於喬嶽，於翕訓合也。《傳》意似謂山則分祭，河則合祭，分合之故，信乎宜謀維而後行之。故《經》以‘允猶’之文上承山，下包河，並見其義也。”

魯　頌

泮　水

“思樂泮水。”《箋》云：“言己思樂僖公之脩泮宫之水，復伯禽之法。”

焯案：陳奂《補毛詩後箋》云：“思，語詞。《文王傳》曰：‘思，詞也。’《禮記·禮器》篇《正義》引《詩》作‘斯樂泮水’，‘斯’亦詞也。《箋》以‘思’爲思念之思，失之。”

“順彼長道，屈此羣醜。”《傳》：“屈，收。醜，衆也。”《箋》云：“順，從。長，遠。屈，治。醜，惡也。是時淮夷叛逆，既謀之於泮宫，則從彼遠道往伐之，治此羣爲惡之人。”

焯案：張汝霖云：“此詩篇次，自‘自求伊祜’以上，皆頌魯侯‘在泮飲酒’，民樂其德之事，至‘既作泮宫，淮夷攸服’以下，始追陳伐淮夷之事，詩之次序粲然可按，不得於‘永錫難老’之下讕入從遠道伐淮夷之語。”程晉芳亦云：“自此下又隔一事乃及淮夷，則羣醜不必貼伐叛講。”今謂此二説是也。此章上云“在泮飲酒，永錫難老”，言僖公克淮夷之後，在泮宫儐賓之事。此二句當依《傳》義，謂爲順彼長道收此羣衆，長道即蒙上文，謂尊長養老之道，收斂羣衆，則謂養老之禮行而民興孝，下章“靡有不孝”即承此言之。《箋》泥於五章云“淮夷攸服”，遂意此章飲酒錫老爲謀伐淮夷，此二句則正言伐之之事，而爲鋪敘伐淮夷始末，非也。

“靡有不孝。”《箋》云：“國人無不法傚之者。”

焯案：鄭所據本孝當作季，故《箋》云法傚。《説文》："季，效也。从子，爻聲。"是也。效與傚同。惟"靡有不孝"句承上"昭假烈祖"言，即謂孝當作季，亦謂僖公無事不法傚其祖，非謂國人傚僖公。《箋》謂國人法傚魯侯，似非詩義。

"不吳不揚。"《傳》："揚，傷也。"《箋》云："吳，譁也。言多士之於伐淮夷，不讙譁，不大聲。"

焯案：《周頌·絲衣傳》云："吳，譁也。"此《傳》無文，自與彼同。《正義》月王肅義，以過誤申之，非也。惟《傳》訓"揚"爲"傷"，蓋謂不多殺傷，此承上"濟濟多士，克廣德心"而言。《箋》訓"揚"爲"不大聲"，匪特與"不讙譁"意複，且亦無以見多士之德心矣。

" 角弓其觩，束矢其搜。"《傳》："觩，弛貌。五十矢爲束，搜，衆意也。"《箋》云："角弓觩然，言持弦急也。束矢搜然，言勁急也。"

焯案：《桑扈》："兕觥其觩。"《釋文》："觩，本或作觓。"此詩之觩宜亦與觓同。觓與朻同聲，朻爲木下曲，《樛木傳》：木下曲曰樛。《釋文》：樛，馬融《韓詩》本並作朻。則觓當爲弓下垂，故《傳》訓爲"弛貌"。"搜"訓"衆意"，則就束矢言之。蓋《傳》以此二句爲狀戰后之軍容。《箋》訓"觩"爲"持弦急"，"搜"爲"勁疾"，則叙交綏時彎弓發矢之狀。惟矢言束，則非可齊發，是不得訓"搜"爲"勁疾"，"搜"非"勁疾"之義，則"觩"非"持弦疾"亦明，於以知毛義爲勝也。汪氏《異義》云："此章是追敘戰勝凱還、軍行在道時事，故《經》下言'既克淮夷'，又此篇主頌僖公修泮宫，後四章雖紀述克服淮夷，而五章言'既作泮宫，淮夷攸服'，末章復歸美於泮宫之德化。至敘述淮夷之克，止言'在泮獻馘''獻囚''獻功'，其於戰功，正不侈陳之也。"

"孔淑不逆。"《箋》云:"其士卒甚順軍法而善,無有爲逆者,謂堙井刊木之類。"

焯案:《疏》申《傳》義,以此句爲淮夷甚化於善,不復爲逆亂,是也。顧氏《學詩詳説》云:"此句與章末'淮夷卒獲'句應五章'淮夷攸服',《箋》於'孔淑'句以士卒言,失之。"

閟 宫

"閟宫有侐。"《傳》:"閟,閉也。先妣姜嫄之廟在周,常閉而無事。孟仲子曰:'是禖宫也。'侐,清静也。"《箋》云:"閟,神也。姜嫄神所依,故廟曰神宫。"

焯案:此詩首言閟宫,《正義》所謂"欲説姜嫄,先言其廟"耳,非頌僖公能修姜嫄之宫,因首述之也。《序》云"頌僖公能復周公之宇",則非頌作姜嫄廟可知。《傳》云姜嫄之廟在周,且以見廟不在魯。姜嫄廟在周而魯頌之者,因頌僖公而推本周公,而文、武,而后稷,而姜嫄,故即在周之姜嫄廟歌之。鄭於末章新廟謂新姜嫄廟,則以閟宫爲在魯之宫矣。陳氏《補箋》云:"《周禮》大司樂'以享先妣',注:'先妣,姜嫄也。'周以后稷爲大祖,立廟,更於孟春南郊配天。帝嚳爲遠祖,尊,不立廟,特於冬至圜丘之禘配天。姜嫄無所妃,故别立廟。守祧:'奄八人。'賈《疏》云:'天子七廟,通姜嫄爲八廟,廟一人,故八人。'此姜嫄别立廟之證。此周禮也。魯無圜丘之禘,不禘嚳,雖得郊祀后稷,然祈穀非南郊,無后稷廟,故亦不立姜嫄廟。鄭以爲魯有姜嫄廟,既與毛義不符,又於周禮且乖矣。"

“無貳無虞。”《傳》：“虞，誤也。”《箋》云：“虞，度也。其時之民皆樂武王之如是，故戒之云，無有二心也，無復計度也。”

焯案：馬氏《通釋》云：“‘虞’與‘誤’古同音通用。《逸周書·官人解》：‘營之以物而不誤。’《大戴禮》作‘虞’，是也。《廣雅·釋詁》：‘虞，欺也。’‘誤’亦欺，故《吕氏春秋高注》云：‘欺，誤也。’《箋》訓‘虞’爲‘度’，失之。此詩‘無貳無虞，上帝臨女’，與《大明》詩‘上帝臨女，無貳爾心’，皆武王誓衆戒其欺貳之詞。《箋》以爲民戒武王之詞，誤矣。”

“戎狄是膺，荆舒是懲。”《傳》：“膺，當。”《箋》云：“懲，艾也。僖公與齊桓舉義兵，北當戎與狄，南艾荆及羣舒。”

焯案：此章首言公車公徒，公即斥周公。《箋》以此章以下皆美僖公，似有未合。《孟子》兩引此詩“戎狄是膺”，皆確指爲周公。翟灝《四書考異》云：“《詩序》云：‘《閟宫》，頌僖公能復周公之宇也。’首二章陳姜嫄、后稷、大王、文、武之勳，三章言成王封魯。四章‘公車千乘’至‘則莫我敢承’皆言周公，下言‘俾爾昌而熾’等語亦謂周公俾之也。五章六章繼周公而頌伯禽，所謂‘淮夷來同，遂荒徐宅’，顯係伯禽事，見於《費誓》者也。七章八章方頌僖公復宇。以此推之，則詩與《孟子》正合。”焯謂上章備陳魯以天子禮祀周公，工祝致告於僖公作嘏。此章又極陳周公兵賦之大，征伐之美，工祝又致神之意再作嘏。此皆在廟中美周公，非頌僖公，翟説實較《箋》説爲善。

“黄髮台背，壽胥與試。”《箋》云：“此慶僖公勇於用兵討有罪也。黄髮台背，皆壽徵也。胥，相也。壽而相與試，謂講氣力不衰倦。”

焯案：上文"俾爾昌而熾，俾爾壽而富"，既爲工祝致告之嘏辭，此二句緊承上文，亦當爲嘏辭。戴氏《詩考正》云："胥，皆也。試，用也。言'黄髪台背'諸壽之徵，皆與之歷用備有也。"此言得之。既祝以"黄髪台背"之壽徵皆與僖公以試之，下乃言其萬有千歲，長此眉壽無患害，正立言之次第。《箋》説全非詩意。

商　　頌

那

“於赫湯孫。”《傳》：“於赫湯孫，盛矣湯爲人子孫也。”《箋》云：“湯孫，呼太甲也。”

焯案：馬氏《通釋》云：“《那》祀成湯曰湯孫，《烈祖》祀中宗，爲大戊，亦曰湯孫，不得如《箋》以湯孫爲太甲也。”

“《萬舞》有奕。”《傳》：“奕奕然閑也。”《箋》云：“其干舞又閑習。”

焯案：馬氏《通釋》云：“《廣雅·釋訓》：‘閑閑、奕奕，盛也。’盛、大義相近。《韓奕》詩《傳》：‘奕奕，大也。’《説文》：‘奕，大也。’《萬》爲大舞，故‘奕’爲大貌。‘閑’亦大也，《殷武》詩‘旅楹有閑’，《韓詩章句》曰：‘閑，大也，謂閑然大也。’是知此《傳》‘奕奕然閑也’，猶云奕奕然大也。《箋》訓‘閑習’，與《傳》異義。”焯謂鄭讀“有”爲有無之有，故謂“干舞又閑習”。意在申《傳》，實違《傳》意也。

烈　祖

“我受命溥將。”《箋》云：“將猶助也。諸侯於我受政教，至祭祀又溥助我，言得萬國之懽心也。”

焯案：《經義述聞》云：“將，長也。言我受天之命既溥且長。《大雅·公劉》曰‘既溥既長’，《卷阿》曰‘爾受命長矣’，即下文所云'降福無疆'也。鄭分'受命''溥將'爲二事，失之。"

玄　鳥

"商之先后，受命不殆，在武丁孫子。武丁孫子，武王靡不勝。"《傳》："武丁，高宗也。勝，任也。"《箋》云："后，君也。商之先君受天命而行之不解殆者，在高宗之孫子，言高宗興湯之功，法度明也。高宗之孫子有武功有王德於天下者，無所不勝服。"

焯案：陳氏《補箋》云："此已下皆歌高宗之德在武丁孫子，猶云在孫子武丁，倒句之以就韻耳。王肅用《那傳》釋'湯孫'善爲人子孫以釋此經，謂美高宗武丁善爲人之子孫，其述毛近是。而《箋》則以爲武丁之子孫，恐非《傳》義。《傳》訓'勝'爲'任'，《爾雅》曰：'勝，克也。''克'與'任'義相近，《説文》曰：'任，保也。'案篇中曰武湯，曰后，曰先后，曰武王，皆謂湯也。《長發傳》：'武王，湯也。'毛於此篇武王不傳者，以上言武湯，則此武王爲湯易明矣。《經》云'商之先后受命不殆，在武丁孫子'，言商湯受天命無有懈怠，以傳至武丁孫子也。云'武丁孫子，武王靡不勝'，言武丁爲湯之孫子，於武湯王天下之業亦無不保任之也。上三句從湯下及高宗，下二句又從高宗上及湯，皆所以頌高宗之能繼湯而受命也。《箋》以'勝'爲勝伐，而以'武王'爲高宗之孫子有武功有王德於天下者。但詩頌高宗，不應專美其子孫，《箋》非《傳》義。"

"景員維河。"《傳》："景，大。員，均。"《箋》云："員，古文作云。河之言何也。其所貢於殷大至，所云維言何乎？"

焯案：陳氏《補箋》云："員讀爲圓。《説文》：'圓，圜全也。讀若員。'《管子》有《地員》篇，地員即土均也。高宗都景亳，在冀州城内，三面距河，故詩人言四海之朝貢來至於河者，乃大均也。《禹貢》：揚州錫貢，‘沿于江海’。《夏本紀》、《地理志》皆云‘錫貢均江海’。馬融本亦作‘均’，云‘均平也’，馬治《古文尚書》，則今古文皆作‘均’矣，《詩》《書》義同。《箋》易《傳》‘員’爲‘云’，‘河’爲‘何’，與《傳》不合。”

長　發

“昭假遲遲，上帝是祗。”《箋》云：“假，暇。祗，敬也。寬暇天下之人遲遲然，言急於己而緩於人，天用是故愛敬之也。”

焯案：“上帝是祗”，謂湯惟天之是敬，故天命之，使用事於天下。《箋》以爲天之愛敬湯，似非《經》意。

“爲下國綴旒。”《傳》：“綴，表。旒，章也。”《箋》云：“綴猶結也。旒，旌旗之垂者也。湯與諸侯會同，結定其心，如旌旗之縿旒著焉。”

焯案：陳氏《傳疏》云：“古綴表同義連文。《大戴記·曾子制言》中篇‘言爲文章，行爲表綴於天下’，《晏子外篇》‘行表綴之數’，《吕覽·不屈》篇‘或操表掇以善晞望若施者’，掇與綴通，此皆綴爲‘表’之義。旒所以章物，故引申之即有章明之義，章亦表也。”戴氏《詩考正》云：“綴者懸綴於高，民所瞻望之謂。旒亦垂飾章美以示儀者也，言爲下國仰而取法。”焯謂此二説是也。《箋》依《經》字立訓，且用《公羊傳》語，以綴旒取喻於旌旗，不若《傳》訓表章爲允。

“有虔秉鉞。”《傳》：“虔，固也。”《箋》云：“有之言又也，又固持其鉞，志在誅有罪也。”

焯案：“有”爲語詞，“有虔”猶言虔然。《傳》訓“虔”爲“固”，

"固"於《廣雅》訓"堅"，"堅"又訓"强"，是"固"與"强"義相成，"有虔"正以形容秉鉞强武之貌。《箋》訓"有"爲"又"，以"虔"爲持之固，失之。

"苞有三孽，莫遂莫達。"《傳》："苞，本。孽，餘也。"《箋》云："苞，豐也。天豐大先三正之後世，謂居以大國，行天子之禮樂，然而無有能以德自遂達於天者。"

焯案：此二句對下文"韋顧既伐，昆吾夏桀"爲言。苞當從朱子《集傳》指夏桀，而以三櫱爲韋、顧、昆吾三國。《箋》以爲三正之後世，似於立文不合。"莫遂莫達"即承上句謂苞櫱莫能生長，以喻三國自取覆亡。《箋》謂莫能自遂達於天，亦非。

殷 武

"湯孫之緒。"《箋》云："緒，業也。是乃湯孫大甲之等功業。"

焯案：陳氏《補箋》云："湯孫謂高宗也。首章言武丁伐業，本其意於烈祖成湯也。《玄鳥》曰：'商之先后，受命不殆，在武丁孫子。武丁孫子，武王靡不勝。'即此云湯孫之緒也。《箋》以此湯孫爲大甲，與《那箋》同。但詩頌高宗上法成湯，不應涉及大甲。王肅又用《那傳》'於赫湯孫''湯爲人子孫'一語以釋此湯孫，不知《那》篇爲祀湯之詩，詩人美湯作《大濩》之樂，以享其先人，後之祀湯者，即以此贊美成湯耳。此《傳》義衹解'於赫湯孫'句，《那》篇中三言'湯孫'，已不同義，豈《烈祖》、《殷武》之湯孫俱就湯爲人子孫言之邪？恐不然矣。"

"曰商是常。"《箋》云："曰商王是吾常君也。"

焯案：俞氏《平議》云："古'常''尚'通用。'曰'爲語助。"是也。"曰商是常"，猶云惟商是宗尚耳。《箋》釋"常"爲"常君"，讀"曰"如"子曰"之曰，失之。

後　記

焯於三十餘年前，違難居蜀之樂山，纂集《毛詩鄭箋平議》十卷。及還居武昌，曾以此稿刊示學子。惟於其中義有未合者，隨加是正，或意有不盡，則更足成之。今老矣，無力續加刊削，冀將此稿印出，與國內治斯學者共商之。公元一九七七年十二月黄焯識，時年七十有六。

荊楚文庫

黃焯集（下）

黃焯 撰
熊桂芬 汪波 整理

荊楚文庫編纂出版委員會
武漢大學出版社

荆楚文庫

詩疏平議

目　　次

卷　一

卷　二

卷　三

卷 四

卷 五

卷 六

卷 七

卷 八

卷　九

卷　十

卷十一

卷十二

卷十三

卷十四

卷十五

序

唐貞觀中，孔穎達等撰《毛詩正義》四十卷。其書以劉焯《毛詩義疏》、劉炫《毛詩述義》爲藁本，二劉疏義並夐絶前世，孔氏據以爲本，故能融貫羣言，包羅古義，遠明姬漢，下被宋清，後有新疏，蓋無得而逾矣。

惟考鄭玄箋《詩》，宗毛爲主，毛義隱略，則更表明；如有不同，即下己意。所謂不同者，乃以毛義爲非；其下己意者，則以己説易毛，或依三家之義以釋《詩》也。鄭學既行，世皆宗仰。徐爰以爲聖人復出，不易其言。蕭子顯謂故老以爲前脩，後生未之敢異。孔氏承其遺風，凡於毛、鄭義有異同，遂多左毛右鄭，而於鄭玄宗毛爲主之本意，反忽而少察矣。其分疏毛、鄭也，於《鄭箋》有引而未發之奧，必曲折以達其義。若《毛傳》有難明者，弗能旁引曲暢，輒以"《傳》文簡質"一語了之，或時取王肅説爲毛説。意在申毛，而每失毛恉。又《箋》實申毛，而以爲易《傳》。或鄭自爲説，而又被之毛。遍觀全《疏》，其失類此者蓋多。至於演經而嘗失經意，解《序》而或乖《序》旨者，又往往而有。故清儒説《詩》，多糾其失。余既撰《毛詩鄭箋平議》，以申毛匡鄭，復思集諸儒箴孔之説，以補孔之所未逮。

孔氏自序，謂其爲書，唯意存於曲直，非有心於愛憎。余今爲此，固猶孔氏之志也。若云評騭先儒，苟爲立異，則余豈敢。

書中凡引經文、《詩序》、《傳》、《箋》、《疏》及前人之説，悉加引號。間或有跳脱節略，則依舊例皆未用省略號。特此説明。

公元一九五九年十月蘄春黄焯耀先序

詩譜序

《詩譜序》云：《虞書》曰："詩言志，歌永言，聲依永，律和聲。"《正義》曰："《虞書》者，《舜典》也。鄭不見《古文尚書》，伏生以《舜典》合於《堯典》，故《鄭注》在《堯典》之末。"

焯案：馬、鄭所傳《古文尚書》，逸篇二十有四，其首爲《舜典》。是《舜典》早經秦火逸去。東晉梅賾所上僞《孔傳》，乃分《堯典》"慎徽五典"以下之文爲《舜典》。其後齊姚方興又上"曰若稽古帝舜"以下十二字，《經典釋文叙録》云：齊明帝建武中，吳興姚方興采馬、王之注，造《孔傳舜典》一篇，云於大航頭買得，上之。梁武時爲博士。議曰："《孔序》稱伏生誤合五篇，皆文相承接，所以致誤。《舜典》首有'曰若稽古'，伏生雖昏耄，何容合之。"遂不行用。據此，是梁武已知其作僞，其識勝於隋、唐諸儒遠矣。隋劉炫復增"濬哲文明"以下十六字。孔氏修《正義》時，遂據以爲定本，猥云鄭君不見《古文》。夫魏、晉以後之《僞古文》，鄭君何緣得見之乎？正唯鄭君之不及見，斯著其爲僞耳。梅氏《書傳》，惠氏棟以爲王肅所爲。餘杭章君則謂出自鄭沖。竊以是書出於魏、晉之交，終以王肅僞造爲近。肅爲賈、馬之學，嘗造《太誓》三篇，證成其説。暨其他僞造諸篇，皆"衆爲聚斂以成其書"者。祇其文辭古茂，陳義雅正，又逸書之文往往雜出其中，故傳經之士終莫得而廢也。

《譜序》又云："孔子録懿王、夷王時詩，訖於陳靈公淫亂之事，謂之變風變雅。"《正義》曰："《史記·孔子世家》云：'古者詩本三千餘篇，去其重，取其可施於禮義者，三百五篇。'如《史記》之言，則孔子之前詩篇多矣。案書傳所引之詩，見在者多，亡佚者少，則孔子所録，不容十分去九。馬遷言古詩三千餘篇，未可信也。"

焯案：《史記·儒林傳》稱："申公傳《詩》，其弟子有孔安國，史公親從安國問故，又嘗講業齊、魯之都。"其謂孔子删詩，宜可依信。至云"古者詩本三千"，自就詩興以後，孔子以前而言，非謂删定之時，三千之策具在。《國語·魯語》云："正考父校商之名《頌》十二篇於周太師，以《那》爲首。"鄭司農云："自考父至孔子，又亡其七篇。"是正考父以前，《頌》之逸者已多。至孔子二百餘年，而又逸其七。《頌》之逸既如此，則《風》、《雅》之逸從可知。何疑孔子刪定之時，於十分去九耶！且三千之説，原屬虚數。蓋古人之詞，凡言多數，必曰三曰九，其以三言者，於至多之數，則云三百，或云三千。如《禮器》言"經禮三百，曲禮三千"，《中庸》言"禮儀三百，威儀三千"，皆是。《禮記》鄭注、《漢書》韋昭注，俱以三百謂《周禮》三百六十官，皆非是，余别有説。他如《史記·孟嘗君傳》云，食客三千人，而《信陵》、《春申》兩傳所載食客之數亦同，蓋皆以三千表其數之多爾。其他類此者，難可僂指。史公以孔子刪定篇數爲三百，故稱未刪之前爲三千，以著其至多之數，非謂實有三千篇也。蓋孔子云"《詩》三百"，實數也。史公云"詩三千"，則爲不可知之數，特對三百言之也。自孔氏致疑史公，後儒遂多異論，紛紛駁難，徒爲辭費爾。

《譜序》又云："以爲勤民恤功，昭事上帝，則受頌聲弘福如彼。若違而弗用，則被劫殺大禍如此。吉凶之所由，憂娱之萌漸，昭昭在斯，足作後王之鑒，於是止矣。"《正義》曰："違而不用，謂不用《詩》義，用《詩》則吉，不用則凶，吉凶之所由，謂由《詩》也。"

焯案："違而弗用"句，對"勤民恤功"二句言。謂不能"勤民恤功，昭事上帝"，非謂不用《詩》義也。"吉凶之所由"云者，吉謂"受頌聲弘福"，凶謂"被劫殺大禍"，"所由"即謂能"勤民恤功，昭事上帝"與否，亦非謂由《詩》也。衹"昭昭在斯"以下三句始就《詩》言之耳。《正義》所解，似未合《詩》恉。

周南召南譜

《譜》云："是故二國之詩以后妃、夫人之德爲首。"《正義》曰："此后妃、夫人，皆大姒也。一人而二名，各隨其事立稱。"

焯案：《周南》言后妃，《召南》言夫人，孔氏並指爲大姒，非也。《大序》云："《關雎》、《麟趾》之化，王者之風，故繫之周公。""《鵲巢》、《騶虞》之德，諸侯之風也，先王之所以教，故繫之召公。"是《序》以二《南》有王者、諸侯之别。又以先王之教申説諸侯之義，明此諸侯爲先王，與王者之王爲文王異。《鄭箋》謂先王斥大王、王季，是也。王者、諸侯既非皆指文王，則后妃依王者言，夫人依諸侯言，安得皆指爲大姒乎？常熟潘氏任云："《周南》爲純言文王之化，《召南》則兼言先王之化，故《召南》雖亦美文王，而主意在推本先王，國君、夫人非指文王、大姒甚明。《箋》既以大王、王季明《召南》諸侯之義，《譜》復以大任、周姜明《召南》夫人之義，正以别於《周南》后妃之爲大姒，其意又甚明。而孔氏竟不之知，其失甚矣。"又云："《周南》之言文王，專美文王，《召南》之言文王，皆有先王之意在其内，聖賢、王者、諸侯之别以此，而文王之化則並無異致也。"今謂潘説深得《序》意，故亟録之。

詩　題

《毛詩·國風》。鄭氏《箋》。《正義》曰："《藝文志》云：'《毛詩經》二十九卷。《毛詩故訓傳》三十卷。'其《毛詩經》二十九卷，不知併何卷也。"

焯案：《毛詩》二十九卷之説，至王引之而始明。《經義述聞》云："《毛詩》經文當爲二十八卷，與《齊》、《魯》、《韓》同。其《序》别爲一卷，則二十九卷矣。《志》曰：'《詩經》二十八卷，齊、魯、韓三家。'蓋以十五《國風》爲十五卷，《小雅》七十四篇爲七卷，原注：前六十篇爲六卷。後十四篇爲一卷。《大雅》三十一篇爲三卷，原注：前二十篇爲二卷。後十一篇爲一卷。三《頌》爲三卷，合爲二十八卷，《序》一卷，是以云二十九卷也。毛公作《傳》，分《周頌》爲三卷，又以《序》置諸篇之首，是以云三十卷也。”

卷　一

國　　風

周　　南

關　雎

《序》云："國史明乎得失之迹，傷人倫之廢，哀刑政之苛，吟詠情性，以風其上，達於事變，而懷其舊俗者也。"《正義》以"達於事變"二句與下文"故《變風》發乎情"六句合爲一節。今不從之。《正義》曰："國史傷此人倫之廢棄，哀此刑政之苛虐，哀傷之志鬱積於内，乃吟詠己之情性，以風刺其上。"

焯案：《序》文"傷人倫之廢"以下六句，係言詩人作詩本意。國史明乎得失之迹句，則爲下六句之總冒。《序》意蓋謂國史因明乎得失之迹，知詩人所言之意，在傷人倫之廢云云也。《正義》誤解《序》意，以"傷人倫之廢"以下屬之國史，然則《變風》《變雅》果皆國史作乎？

《序》又云："雅者，正也。言王政之所由廢興也。政有大小，故有《小雅》焉，有《大雅》焉。"《正義》曰："《小雅》所陳，有飲食賓客，賞勞羣臣，燕賜以懷諸侯，征伐以强中國，樂得賢者，養育人材，於天子之政，皆小事也。《大雅》所陳，受命作周，代殷繼伐，荷先王之福禄，尊祖考以配天，醉酒飽德，能官用士，澤被昆蟲，仁及草木，於天子之政，皆大事也。詩人歌其大事，制爲大體，述其小事，制爲小體，體有小大，故分爲二焉。”

焯案：《雅》分小大之故，《正義》徒依文舉例，言之未詳。先儒之釋此者，言人人殊。《史記·司馬相如傳論》云：“《大雅》言王公大人德逮黎庶。《小雅》譏小己之得失，其流及上。”蘇轍《詩集傳》云：“《小雅》言政事之得失，《大雅》言道德之存亡。故雖爵命諸侯，征伐四國，事之大者而在《小雅》。《行葦》言燕兄弟耆老，《靈臺》言麋鹿魚鼈，《蕩》刺飲酒，《韓奕》歌取妻，皆事之小者，而在《大雅》。”朱子《集傳》云：“《正小雅》，燕享之樂也。《正大雅》，會朝之樂，受釐陳戒之辭也。”嚴粲《詩緝》云：“直言其事者《雅》之體，純乎《雅》之體者爲《雅》之大。雜乎《風》之體者爲《雅》之小。”焯謂《雅》分小大，仍當以《序》説爲主。《序》既言《雅》分小大之義與《頌》之義，其下即云：“是謂四始，詩之至也。”“四始”皆就正詩而言，則《序》所云《雅》之小大，其專就《正雅》言可知。《史記》所云，兼及《變雅》，殆爲褚先生以後所補之義，未可據信。蘇氏、嚴氏乃亦合《變雅》言之，宜其未得詩意也。朱子獨以樂音爲説。然詩自詩，樂自樂，以詩合樂，乃詩之用，非作詩本意，不得以樂爲詩。則朱子之説，義亦未安也。考《正小雅》多作於文王、武王之時。《正雅》作者之時代，自三家《詩》已有異論。今姑依鄭君説。《小大雅譜》云：“《小雅·南有嘉魚》下及《菁菁者莪》，周公成王之時詩也。據鄭此文，則自《鹿鳴》至《華黍》，皆爲文王、武王時詩。《正大雅》則作於武王、成王之時。《小雅》所言，多稱王以前之事，故無稱文、武之謚者。《大雅》則每稱文、武之謚，宜爲武王、成王時作。《小雅》自《鹿鳴》至《菁菁者莪》，皆歌文、武爲國之大經。《大雅》自《文王》至《卷阿》，則追詠先公先王之德業，且以戒成王之持盈守成。一主述其始業，一主贊其成功。蓋小大云者。猶先後始終之意云爾。必有《小雅》所歌之事，然後有《大雅》所歌之事也。《孔疏》云：“雅見積漸之義，故《小雅》先於《大雅》。”此説是也。郝敬云：“《小雅》多言政事。《大雅》多言君德。故《小雅》未遠於《風》，而《大雅》寖近於《頌》。”又云：“《正大雅》與《正小雅》異。

《正小雅》記先王善政。《正大雅》表先王君德。故《小雅》序事。《大雅》序義。”陳奂云：“《小雅》、《大雅》，猶之諸侯之事繫《召南》，天子之事繫《周南》爾。”是二説皆得之。説《詩》者恒昧於小大之義，又牽《變雅》爲説，故於二《雅》分之之故莫得其解。如惠周惕《詩説》謂：“《六月》、《常武》同一征伐，而有小大之分。以知二《雅》當以音樂别之，不關政之小大。”此既忽於《序》義，且不細觀《孔疏》，《疏》云：王政既衰。《變雅》兼作。取《大雅》之音，歌其政事之變者，謂之《變大雅》。取《小雅》之音，歌其政事之變者，謂之《變小雅》。故《變雅》之美刺，皆由音體有小大，不復有政事之大小也。宜其惑之難解也。至於《雅》之爲名。解者異説。其訓爲正。誼自後起。實則古音雅夏相同。雅即夏之借字。《荀子·榮辱篇》：“越人安越，楚人安楚，君子安雅。”《儒效》篇則云：“居楚而楚，居越而越，居夏而夏。”二文大同，獨雅夏錯見，明雅即夏之叚借也。又《左氏》襄二十九年《傳》：“吴公子札請觀於周樂，爲之歌秦。曰，此之謂夏聲，夫能夏則大，大之至也，其周之舊乎?”案謂秦聲爲夏聲，又謂爲周之舊，周之舊當謂周之舊音，其爲指《正小雅》、《正大雅》無疑。此雅夏相通之又一證。故雅聲即夏聲，實爲諸夏之正聲爾。《序》以政言，蓋探作詩之本，非謂樂不可言雅也。昔之論此者，或泥《序》説，而徒以政分。或駁序説，而專以音分。樊然殽亂，莫求其通，蓋拘虚之見蔽之也。

《序》又云：“然則《關雎》、《麟趾》之化，王者之風，故繫之周公。南，言化自北而南也。《鵲巢》、《騶虞》之德，諸侯之風也，先王之所以教，故繫之召公。”《正義》曰：“化霑一國，謂之爲風。道被四方，乃名爲雅。文王纔得六州，未能天下統一，雖則大於諸侯，正是諸侯之大者耳。此二《南》之人猶以諸侯待之，爲作《風》詩，不作《雅》體。”又云：“文王末年身實稱王，又不可以《國風》之詩繫之王身，名無所繫，詩不可棄，因二公爲王行化，是故繫之二公。”

焯案：詩者志之所之。而《風》者又多民俗歌謡之辭，情動於中而形於言，當日二《南》之人自歌其情，非爲文王時爲諸侯，故作爲《風》體也。至謂文王未能統一天下，稱王以前不宜有《雅》，則《采薇》、《出車》等篇，《序》、《傳》、《箋》並以文王爲西伯時作，其又何説耶？夫詩爲《風》體，固宜列之於《風》，其爲《雅》體，自應編之於《雅》，不繫乎文王之稱王與否也。又《序》謂二《南》之詩分繫周公召公，實以二《南》有王者、諸侯之別。復恐人以王者諸侯誤爲一人，故以先王之教申説諸侯之義，明此諸侯爲先王，與王者之王爲文王異。《鄭箋》謂"先王斥太王、王季"，是也。蓋《周南》純被文王之化，太王、王季之化所未及。《召南》之化則不始文王，而兼有太王、王季之化。故以文王聖人之化繫之周公之聖人，太王王季賢人之化繫之召公之賢人。以類相從，分而爲二，則文王之化見，太王、王季之化亦見。否則豈可以周、召所分之地，藉以區文王之化之優劣，一爲聖，一爲賢，一爲王者，一爲諸侯乎？《正義》既未得《序》意，而胡承珙《毛詩後箋》則謂："《序》以《周南》爲王者之風、《召南》爲諸侯之風，亦是約略言之。猶《關雎》、《麟趾》言化，《鵲巢》、《騶虞》言德，所以互見其義。"恐未得爲確論也。

《序》又云："是以《關雎》樂得淑女以配君子，憂在進賢，不淫其色，哀窈窕，思賢才，而無傷善之心焉，是《關雎》之義也。"《正義》曰："《關雎》之篇，説后妃心之所樂，樂得此賢善之女，以配己之君子。心之所憂，憂在進舉賢女，不自淫恣其色。又哀傷處窈窕幽閒之女未得升進，思得賢才之人，與之共事君子。勞神苦思，而無傷善害道之心，此是《關雎》詩篇之義也，毛意當然。"又曰："毛以爲哀窈窕之人與后妃同德者也。后妃以己則能配君子，彼獨幽處未升，故哀念之也。"又曰："此詩之作，主美后妃進賢。思賢才，謂思賢才之善女也。"

焯案：《序》文蓋通《關雎》、《葛覃》、《卷耳》三篇而言。其獨稱《關雎》者，以《關雎》統《葛覃》、《卷耳》也。劉台拱《論語駢枝》云："古之樂章，皆三篇爲一。《國語》云：'《文王》、《大明》、《緜》，兩君相見之樂也。'《左傳》但曰：'《文王》，兩君相見之樂。'《儀禮》：'合樂：《周南·關雎》《葛覃》《卷耳》、《召南·鵲巢》《采蘩》《采蘋》。'而孔子但曰：'《關雎》之亂。'故'樂而不淫'，《關雎》、《葛覃》也；'哀而不傷'，《卷耳》也。"今謂劉説是也。此《序》"樂得淑女以配君子，不淫其色，哀窈窕"三句，就《關雎》、《葛覃》言。"憂在進賢，思賢才，而無傷善之心"三句，就《卷耳》言。詳余所撰《毛詩鄭箋平議》。《鄭箋》未憭此義，疑《關雎》篇無進賢之語，因據《魯詩》説，以爲后妃之求賢女，謂"無傷善之心"指好逑言，非《序》意亦非《傳》意也。觀《序》以《關雎》爲后妃之德，而下云"所以風天下而正夫婦"，正謂《詩》所稱淑女爲后妃，非謂后妃求賢女。又《關雎》首章《毛傳》云："后妃説樂君子之德，無不和諧，又不淫其色，慎固幽深，若《關雎》之有别焉。"又言："后妃有《關雎》之德，是幽閒貞專之善女，宜爲君子之好匹。"清黄元吉《詩經遵義》、黄中松《詩疑辨證》皆謂此三句文勢直下，是字緊接后妃句，其即以后妃爲淑女明甚。顯以淑女指后妃。二章《傳》云："后妃有《關雎》之德，乃能供荇菜，備庶物，以事宗廟。"三章《傳》云："德盛者宜有鐘鼓之樂。"亦謂后妃德盛耳，未嘗有后妃求賢之説也。《正義》不悟《序》、《傳》與《箋》異義，概以后妃求賢釋之，非也。又案"哀窈窕"，哀當訓愛。《吕覽·報更》云："人主胡可以不務哀士。"注："哀，愛也。"《釋名·釋言語》云："哀猶愛也，愛乃思念之也。"《正義》讀哀爲哀傷之哀，遂謂后妃哀彼幽處未升之善女，且以爲毛公之意，其誤甚矣。

"窈窕淑女，君子好逑。"《傳》："窈窕，幽閒也。言后妃有《關雎》之德，是幽閒貞專之善女，宜爲君子之好匹。"《箋》云："言后妃之德和谐，則幽閒處深宫貞專之善女，能爲君子和好衆妾之怨者。言皆化后妃之德，不嫉妒，謂三夫人以下。"《正義》釋《傳》曰："窈窕者，謂淑女所居之宫形狀窈窕然，故《箋》言幽閒深宫是也。《傳》知然者，以其淑女已爲善稱，則窈窕宜爲居處，故云幽閒，言其幽深而閒静也。”

焯案：胡氏《後箋》云：“毛既以幽閒訓窈窕，其下復以貞專足成其義。《文選·秋胡詩注》引薛君《韓詩章句》曰：‘窈窕，貞專貌。’正與毛同。是皆以窈窕指女之德容言之。《鄭箋》始增入‘深宫’字，《正義》遂并以深宫之義被之《毛傳》，非也。”馬瑞辰《毛詩傳箋通釋》云：“《箋》云幽閒處深宫貞專之善女，亦謂幽閒貞專之善女處於深宫耳。未遂訓窈窕爲深宫也。”焯謂《箋》增處深宫三字於幽閒之下者，意在指明淑女爲三夫人、九嬪。《正義》誤解鄭意，遂謂窈窕爲淑女所居之宫形狀窈窕然，失《傳》義亦非《箋》義矣。又《正義》申《箋》曰：“言幽閒之善女，謂三夫人九嬪既化后妃，亦不妬忌，故爲君子文王和好衆妾之怨耦者，使皆説樂也。”夫《周南》之爲美文王，固自編《詩》、序《詩》者之意。作者之意不必實以淑女爲太姒，而君子爲指文王，《毛傳》於《關雎》三章皆以爲假設之詞可見。孔氏既以淑女爲太姒，遂謂君子爲文王，作者之意初不如此也。

“参差荇菜，左右流之。”《傳》：“流，求也。后妃有《關雎》之德，乃能共荇菜、備庶物、以事宗廟也。”《箋》云：“左右，助也。言后妃將共荇菜之葅，必有助而求之者，言三夫人、九嬪以下皆樂后妃之事。”《疏》云：“毛以爲后妃言此参差然不齊之荇菜，須嬪妾左右佐助而求之。”

焯案：雎鳩荇菜，《傳》意皆爲發興之詞。前章所云淑女，即指后妃言。《箋》以采荇菜爲實事，又以助訓左右，以荇菜爲后妃所共，左右爲淑女所助，分后妃淑女爲二，意與《傳》異。《正義》申毛，强以《傳》義合《箋》義，非也。

"《關雎》五章，章四句。故言三章，一章四句，二章章八句。"

焯案：《釋文》云："五章是鄭所分。故言以下，是毛公本意。"考《詩》分章之數，鄭與毛時有不同。此篇鄭作五章，章四句，蓋以流求與服側各韻，采友與芼樂異韻，固當各自爲章。然詩中一章用兩韻者甚多，不必如此分析。若謂毛之三章兩言"參差荇菜"，應分兩章，則次章"求之不得"句緊承"寤寐求之"，是又不得分作二章也。《孔疏》於全詩之義多舍毛從鄭，於分章亦然。朱子《詩集傳》仍改從毛，洵爲有見也。

葛　覃

"葛之覃兮，施于中谷。"《傳》："興也。施，移也。"《箋》云："興者，葛延蔓於谷中，喻女在父母之家，形體浸浸日長大也。"《正義》曰："王肅云：'葛生於此，延蔓於彼，猶女之當外成也。'案下句'黄鳥于飛'喻女當嫁，若此句亦喻外成，於文爲重，毛意必不然。"

焯案：《箋》義近迂。王肅申毛之説較勝。《正義》合鄭於毛，非也。焦循《毛詩補疏》云："此詩之興，正在於重。'葛之覃兮，施于中谷'，與'黄鳥于飛，集于灌木'，同興女之嫁。葛移於中谷，其葉萋萋，興女嫁於夫家而茂盛也。鳥集於灌木，其鳴喈喈，興女嫁於夫家而和聲遠聞也。盛由於和，其意似疊而實變化，誦之氣穆神遠矣。"

"是刈是濩。"《傳》："濩，煮之也。"《正義》曰："以煮之於濩，故曰濩煮，非訓濩爲煮。"

焯案：段玉裁《毛詩故訓傳》云："鑊所以煮物，故煮之亦曰鑊。《釋訓》引詩而釋之曰：'濩者，煮之也。'爲毛公所本。《詩正義》不得其句。”馬氏《通釋》云：“《少牢饋食禮》有羊鑊豕鑊，鑊所以煮，因訓鑊爲煮。猶刈亦田器，用刈以取，因訓刈爲取也。《釋文》引《韓詩》云：‘刈，取也。濩，瀹也。’舍人《爾雅注》：‘是刈，刈取之。是濩，煮治之。’皆直訓濩爲煮。《孔疏》謂：‘煮之於濩，故曰濩煮，非訓濩爲煮。’失之。”

“言告師氏，言告言歸。”《傳》：“言，我也。”《箋》云：“我告師氏者，我見教告于女師也。教告我以適人之道。重言我者，尊重師教也。”《疏》云：“毛以爲上下二我我其身，中我我其師。后妃言我身本見教告於師氏，我師氏告我以歸嫁人之道。”

焯案：馬氏《通釋》云：“爾雅：‘孔、魄、哉、延、虚、無、之、言，間也。’間謂間廁言詞之中，猶今人云語助也。凡詞之在句中者爲間，詞之在句首句末者亦爲間。言有在句首者，‘言告師氏’、‘言刈其楚’之類是也。言有在句中者，‘静言思之’之類是也。言有疊用者，‘言告言歸’之類是也。《傳》從《釋詁》訓言爲我者，詩中如‘我疆我理’，‘我任我輦，我車我牛’之類，我皆語詞。則以言爲我，亦語詞耳。”餘杭章君《正名雜義》云：“《釋詁》云：‘言，間也。’又云：‘言，我也。’《詩》‘言告師氏，言告言歸’，以今觀之，自可訓間。而《傳》訓我，蓋亦與訓間同。此類語詞，凡以助脣吻之發聲轉氣，非有實義。惟以今觀古，覺其詰詘難通爾。”焯謂二君所言，皆深得《傳》恉。惟《鄭箋》於詩中言字、我字之爲語助者，每多實指。《孔疏》往往不加分別，輒以鄭義爲毛義，非也。

“害澣害否。”《傳》：“害，何也。私服宜澣，公服宜否。”《箋》云：“我之衣服，今者何所當見澣乎？何所當否乎？言常自潔清以事君子。”《正義》申鄭曰：“以言‘害澣害否’，明其無所偏否，故知公私皆澣，常自潔清也。若如《傳》言，‘私服宜澣，公服宜否’，則經之‘害澣害否’乃是問詞，下無總結，殆非文勢也。豈詩人設問，待《毛傳》答以足之哉？”

焯案：《傳》意以“害澣”承明上二句，“害否”别説。《箋》意則以“害澣害否”總承上二句。當以《傳》説爲是。蓋“薄汙”二語，乃是互文見義。王肅云：“煩攌澣濯其私衣。”斯言當矣。公服謂六服。褘衣、褕翟、闕翟、鞠衣、展衣、褖衣也。若謂無所不澣，則三翟豈可澣乎？陳啓源《毛詩稽古編》云：“上以汙澣對言，此以澣否對言，意各有當。如鄭説，則詞複矣。《孔疏》右鄭，以爲有問詞而無總結，殆非文勢，故不從《傳》。殊不知澣濯細事，不敢自專，必詢師氏，正見其尊敬師傅。詩人設爲商度之詞，以形容后妃之心耳。何必有答詞，方見其爲問哉？毛云‘私服宜澣，公服宜否’，自論澣否之常，非代詩人答也。《疏》語未當。”

卷　耳

“寘彼周行。”《傳》：“寘，置。行，列也。思君子官賢人，置周之列位。”《箋》云：“周之列位，謂朝廷臣也。”《正義》申《箋》曰：“周是后妃之朝，故知官人是朝廷臣也。”

焯案：周行之語，再見於《鹿鳴》、《大東》二篇。《傳》於《鹿鳴》釋爲至道，《大東》無傳。《箋》俱以爲周之列位，意皆以爲周徧之周。馬氏《通釋》云：“襄十五年《左傳》引《詩》曰：‘嗟我懷人，寘彼周行。能官人也，王及公、侯、伯、子、男、甸、采、衛、大夫各處其列，所謂周行也。’蓋以列釋詩‘行’字，以各處其列釋詩‘周行’字，是知周謂周徧，非商周之周。《杜注》：‘周，徧也。詩人嗟嘆，言我思得賢人，置之徧於列位。’是也。《毛傳》云‘置周之列位’，謂置周徧之列位。《箋》云‘周之列位，謂朝廷臣’者，謂統乎朝廷者也。若謂在周朝之位，何煩箋識而曰朝廷臣乎？《正義》釋《箋》之説誤矣。又《鹿鳴》詩：‘人之好我，示我周行。’《箋》云：

‘周行，周之列位也。人有以德善我者，我則置之於周之列位。’亦謂周徧之列位，義與此詩周行同。《正義》以我周釋之，亦誤。”

“陟彼崔嵬。”《傳》：“崔嵬，土山之戴石者。”《正義》曰：“《釋山》云：‘石戴土謂之崔嵬。’‘土戴石爲岨。’此及下《傳》與《爾雅》正反者，或傳寫誤也。”

焯案：馬氏《通釋》云：“崔嵬及岨，皆以《毛傳》爲確。《說文》：‘崔，大高也。嵬，高不平也。’又曰：‘兀，高而上平也。阢，石山戴土也。’阢即兀也。知高而上平者爲石山戴土，則知崔嵬之高而不平者爲土山戴石矣。《文選·南都賦注》：‘崋嵬，山石崔嵬，高而不平也。’嵬通作褢。《吳都賦注》引《埤蒼》：‘褢，不平也。’義並與《說文》同。砠通作岨，《說文》：‘岨，石戴土也。’以岨爲石戴土，則益知崔嵬爲土戴石矣。《爾雅》：‘崒者厜㕒。’《郭注》謂：‘峰頭巉巖。’《後漢書注》：‘巉巖，山石高峻之貌。’是亦崔嵬爲石在上之證。《釋名》：‘土戴石曰崔嵬，因形名之也。石戴土曰岨，岨臚然也。’義與《毛傳》合。《毛傳》多本《爾雅》，今《爾雅》與《毛傳》互異，蓋傳《爾雅》者傳寫誤也。”焯又案《小雅·漸漸之石》：“維其卒矣。”《傳》：“漸漸，山石高峻。”《箋》云：“卒者，崔嵬也。”以彼詩《傳》、《箋》爲證，知此《傳》是而《爾雅》誤矣。《正義》轉疑《毛傳》爲誤，非也。

“我姑酌彼金罍。”《傳》：“人君黄金罍。”《正義》曰：“人君黄金罍，謂天子也。《周南》王者之風，故皆以天子之事言焉。”

焯案：許慎《五經異義》引《韓詩說》云：“金罍、大器也。《正義》本作大夫器，夫字衍。下既云諸侯大夫皆以金，此不得云大夫器也。《周禮》司尊彝《疏》引無夫字，是也。天子以玉，諸侯大夫皆以金，士以梓。”其云諸侯以金，與《傳》言“人君黄金罍”正合。凡《毛傳》简略處，往往可以三家之説明之，而韓説足申毛義者爲多。《正義》謂“《周南》王者之風，當言天子之事”，以《傳》言“人君”，指謂天子。焯謂《周南》爲王者之風，此《詩序》之説，由後而言之也。豈詩人作詩時，即以王臣自居，而以天子之事言乎？蓋詩即爲文王時作，無嫌於金罍爲諸侯之制，毛與韓義宜不異也。

樛　木

“樂只君子，福履綏之。”《箋》云：“妃妾以禮義相與和，又能以禮樂樂其君子，使爲福禄所安。”《正義》曰：“《南山有臺箋》云：‘只之言是。’則此只亦爲是。此《箋》云‘樂其君子’，猶言樂是君子矣。”

焯案：“樂只君子”，猶云樂哉君子。樂爲下句“福履綏之”而發。咏君子之樂，正以見妃妾之和，不必泥《序》后妃逮下之語，以此二句爲主妃妾言，而訓只爲其也。若《箋》於《南山有臺》訓只爲是，則以彼詩主君子，故云樂是君子。此詩主后妃，故云樂其君子。《正義》謂此只亦訓是，似非《箋》意。

桃　夭

“宜其室家。”《傳》：“宜以有室家，無踰時者。”《正義》於《序》下申《傳》曰：“《東門之楊傳》曰：‘男女失時，不逮秋冬。’則秋冬嫁娶正時也。言‘宜其室家，無踰時’，則三章皆爲秋冬時矣。”

焯案：《傳》云“無踰時”，蓋謂男女盛壯之時，非日月之時。與《序》“男女以正，昏姻以時，國無鰥民”之説相應。《正義》泥《東門之楊傳》有“不逮秋冬”之語，述毛此《傳》，因以時爲秋冬嫁娶之時。非也。

兔 罝

“公侯干城。”《傳》：“干，扞也。”《箋》云：“諸侯可任以國守，扞城其民。”《疏》云：“鄭唯干城爲異。”

焯案：《左氏》成十二年《傳》：“此公侯之所以扞城其民也。”引《詩》“公侯干城”。又云：“天下有道，則公侯能爲民干城，而制其腹心。”此《傳》訓干爲扞，與下“公侯腹心”《傳》並與《左氏》合。《毛傳》、《左氏》皆古文舊説，故其言往往相符。《箋》用《左氏》“扞城其民”之語，正以申《傳》，非易《傳》也。

“公侯腹心。”《傳》：“可以制斷公侯之腹心。”《箋》云：“可用爲策謀之臣，使之慮無。”《疏》以《箋》與《傳》異。

焯案：焦氏《補疏》謂：“制斷公侯之腹心，即是策謀慮無。”《正義》强爲分别。非也。

芣 苢

“薄言采之。”《傳》：“采，取也。”“薄言有之。”《傳》：“有，藏之也。”《正義》曰：“首章言采之有之，采者始往之詞，有者已藏之稱，總其終始也。”

焯案：此詩三章皆再起采采之文，明其時婦人樂有子者衆，故頻言采采，以見其采者之多。胡氏《後箋》云：“‘采采芣苢’，《傳》云采者非一辭，則或有始往而采取之者，或有已采而聚藏之者，合下章掇之捋之諸事，總以形容采者衆多。《正義》既云掇捋事殊，袺襭用别，明非一人而爲此六事。而又以首章爲總其終始，則仍是一人之所爲，其説非也。”

漢　廣

“翹翹錯薪。”《正義》曰：“薪，木稱。下章蔞草亦云薪者，因薪楚通其文。”

焯案：《説文》：“薪，蕘也。从艸，新聲。”是薪本草稱。連言之，木亦稱薪。故此詩錯薪兼有楚蔞，而《南山》之析薪“匪斧不克”，《小弁》“析薪扡矣”，《車舝》“析其柞薪”，《白華》“樵彼桑薪”，《棫樸》“芃芃棫樸，薪之槱之”，其薪皆爲木。蓋古草木通曰薪，猶今草木通曰柴爾。《正義》以薪爲木之本稱，因以通之蔞草，其義倒置。

“言秣其馬。”《箋》云：“願秣其馬，致禮餼。”《正義》曰：“餼謂牲也。《昏禮》不見用牲文，鄭以時事言之，或亦宜有也。”

焯案：《正義》泥於牲腥曰餼，故釋《箋》“致禮餼”爲用牲。馬氏《通釋》云：“《説文》：‘氣，饋客芻米也。’或作槩。亦作餼。《聘禮》：‘餼之以其禮，上賓太牢，積惟芻禾。’注：‘禾以秣馬。’是秣馬亦禮餼之一。《箋》云‘致禮餼’者，義取饋芻禾以秣馬。《正義》分禮爲納帛，餼爲用牲，則於秣馬無涉。失鄭恉矣。”

汝　墳

“遵彼汝墳。”《傳》：“墳，大防也。”《正義》曰：“《釋水》云：‘汝爲濆。’”“《釋水》云：‘汝有濆。’郭璞曰：‘《詩》云，遵彼汝濆。’則郭意以此汝墳爲濆汝所分之處有美地。《箋》《傳》不然者，以彼濆從水，此墳從土，且伐薪宜於厓岸大防之上，不宜在濆汝之間故也。”“‘墳，大防。’《釋丘》文。‘大司徒’注云：‘水厓曰墳。’則此墳謂汝水之側厓岸大防也。”

焯案：《釋水》："汝爲濆。"與"河爲灉"、"江爲沱"諸别出之水連類而言。下言汝有濆，亦與江有沱、河有灉連類言之。故李巡注以濆爲汝旁肥美之地名；郭璞注以爲大水溢出别爲小水之名。惟郭引《詩》"遵彼汝墳"以證《雅》訓，後人多以爲疑。蓋以《詩》之汝墳自指汝側厓岸，《雅》之汝濆則謂汝之别出，二者異義，不容溷爲一事。焯謂《爾雅》兼存今文家言，往往與《毛傳》迥異。郭氏爲《雅》作注，所引《詩》義，或本之魯、韓二家，未足爲怪也。馬瑞辰、陳喬樅諸人則據《爾雅釋文》云："《字林》濆作涓。"引《爾雅》"汝爲涓"，謂郭所見本涓誤爲濆，遂誤仞《詩》之"汝墳"爲《雅》之"汝爲濆"，而引《詩》以實之。焯謂郭所見本不誤，《字林》所引反有可疑者。《釋水》下文又云："汝有濆。"《郭注》云："上水别出重見。"是也。如謂"汝爲濆"濆乃涓之誤，則"汝有濆"之濆，亦並河灉江沱言之，何以獨非誤乎？若謂"汝爲濆"濆當作涓，係指别出之水，"汝有濆"之濆，乃指水旁之地，則《雅》亦重言"江有沱"、"河有灉"，何以於上文之"江爲沱"、"河爲灉"獨不視爲異文而兩釋之乎？以此知郭氏上水重見之説之確也。至墳、濆二字，古本通用。此詩之"汝墳"，與《常武》之"淮濆"，其義正同。彼《傳》訓濆爲涯，可證。《正義》拘泥字形，不知水厓之濆與大防之墳爲一，《説文》：濆，水厓也。墳，墓也。乃謂《傳》與《雅》異，但由濆墳有从水从土之别，非也。

麟　趾

"振振公姓。"《傳》："公姓，公同姓。"《正義》曰："言同姓疎於同祖。上云公子爲最親。下云公族，《傳》云'公族，公同祖'，則謂與公同高祖，有廟屬之親。此同姓，則五服以外。故《大傳》云'五世袒免，殺同姓'是也。"

焯案：首章言公子，次言公姓、公族，先姓後族，蓋有次第。趙佑《詩細》云："族是同高祖之親，則姓是同祖之親。《傳》言'公姓，公同姓’，當與《杕杜傳》‘同姓同祖’者不殊矣。其又謂‘公族，公同祖’，《正義》釋爲‘與公同高祖’，是也。惟謂‘同姓疏於同祖’，以爲後世之所謂同姓，此則非是。蓋公姓即公孫。《玉藻》：‘縞冠玄武，子姓之冠也。’注：‘子姓謂衆子孫。’《正義》曰：‘姓，生也。孫是子之所生，故云子姓。’足明此公姓承上公子，正謂公孫。古人多有通稱孫姓者，孔氏非昧此，惜其不能以《禮疏》爲《詩疏》也。”

召　南

鵲　巢

《序》云：“《鵲巢》，夫人之德也。國君積行累功以致爵位，夫人起家而居有之。”《正義》曰：“文王之迎太姒，未爲諸侯，而言國君者，《召南》，諸侯之風，故以夫人國君言之。文王繼世爲諸侯，而云‘積行累功以致爵位’者，言爵位致之爲難，夫人起家而居有之，所以顯夫人之德，非謂文王之身始有爵位也。”

焯案：《周南序》言后妃，《召南序》言夫人，亦猶《周南》言王者，《召南》言諸侯，意各有所屬也。蓋周自姜嫄兆祥，至太王有姜女，王季有太任，故《序》以夫人言之。《正義》以后妃、夫人爲皆指太姒，故以國君爲指文王。乃無以解於《序》“積行累功以致爵位”之語，而又强爲之説。皆未合也。

采　蘩

“于以采蘩，于沼于沚。”《傳》：“蘩，皤蒿也。于，於。”《箋》云：“于以，猶言往以也。”《正義》曰：“‘蘩，皤蒿。’《釋草》文。孫炎曰：‘白蒿也。’然則非水菜。此言沼沚者，謂於其旁采之也。下‘于澗之中’，亦謂於曲内，非水中也。”又曰：“經有三于《傳》訓爲於，不辨上下。”

焯案：《稽古編》云：“王后薦荇，大夫妻薦蘋藻，皆水草，不應夫人獨異。《左傳》‘蘋蘩薀藻’，皆指爲‘澗溪沼沚之毛’，不應雜一陸草於其中。陶隱居云：‘白蒿生於川澤，二月采。’生於川澤，正與詩沼沚澗中相合，不必作水旁曲内解矣。”焦氏《補疏》云：“《傳》訓于爲於，在訓蘩爲皤蒿之下，明所訓是‘于沼于沚’二于字也。然則‘于以’之于何訓，故《箋》申言‘于以猶言往以’，訓在蘩字之上。《正義》云：‘經有三于，《傳》訓爲於，不辨上下。’《傳》明示于在蘩下，何爲不辨乎？”今謂此二説皆可匡《正義》之失。

“被之僮僮，夙夜在公。”《傳》：“被，首飾也。僮僮，竦敬也。夙，早也。”《箋》云：“公，事也。早夜在事，謂視濯溉饎爨之事。《禮記》：‘主婦髲鬄。’”《正義》述經曰：“言夫人首服被鬄之飾，僮僮然甚竦敬。”述《傳》曰：“夫人非正祭，不服狄衣，狄首服副，非被所當配。”

“被之祁祁，薄言還歸。”《箋》云：“祭事畢，夫人釋祭服而去髲鬄。”惠棟云：當依定本删去字。《正義》曰：“釋祭服，又首服被鬄之飾。”

焯案：顧鎮《虞東學詩》云：“‘夙夜在公’，總上‘公侯之事、公侯之宫’而言，蓋指正祭時。‘薄言還歸’，則祭畢而歸矣，不當如鄭祭前祭後之説。被爲副、編、次之總名。毛訓被爲首飾，自指副言，不當如鄭以爲髲鬄。”戴震《毛鄭詩考正》云：“《説文》：‘髲，鬄也。鬄，髲也。’二字轉注。鬄又作髢，髲被古字通用。然則此詩之被，乃所謂髢，不在副、編、次之數。”據上諸説，如鄭義，則此祭服狄衣而配副，祭畢釋狄衣而又服被，何經文始終言被，不一及副耶？李黼平説。如顧説，則副、編、次皆爲禮服之飾，各有主名，無容統名爲被。胡承珙説。如戴説，則經何以舍禮服之正飾，而專言其下之髲鬄，況髲鬄又非盡人而用者？如《君子偕老》“不屑髢也”是矣。顧廣譽説。要之，諸侯之祭禮亡，《傳》訓被爲首飾，無緣確指其爲副、爲次，抑爲髲鬄。鄭以被爲髲鬄，未必即合毛義。《正義》述經不别，非也。

古者王后六服，褘音暉。衣，揄音摇。狄，闕狄，其首服副。《周禮》追師注云："副之言覆，所以覆首爲之飾。其遺象若今步摇矣。"鞠衣，展衣，首服編。追師注云："編，列髮爲之，其遺象若今假紒今作髻。矣。褖音彖。衣，首服次。追師注云："次，第髮長短爲之，所謂髲髢。"本篇《孔疏》云："古者或剔賤者刑者之髮，以被婦人之紒爲飾，因名髲鬄焉。此《周禮》所謂次也。"

草　蟲

《序》云："《草蟲》，大夫妻能以禮自防也。"《正義》曰："經言在室則夫唱乃隨，既嫁則憂不當其禮，皆是以禮自防之事。"

焯案：周時昏禮，自大夫以上，皆女至壻家，三月見祖廟之後，乃始成昏，與士當夕成昏禮異。詳余所撰《毛詩鄭箋平議》。此詩云"未見君子，憂心忡忡"者，蓋女至壻家，尚未成婦之時，憂不當君子之意，而被出棄，以爲父母辱耳。《序》云"以禮自防"者，謂女當未成昏之時，兢兢戒慎，惟恐有失也。《正義》一依《箋》説，謂大夫之妻隨從君子，行嫁在塗，則憂不當君子。然於《序》以禮自防之意失其解矣。

采　蘋

"于以采蘋。"《傳》："蘋，大蓱也。"《正義》曰："《釋草》云：'苹，蓱。其大者蘋。'郭璞曰：'今水上浮蓱也。江東謂之薸。'"

焯案：蘋蓱二草，而有大小之分，故《傳》釋"蘋爲大蓱"。《稽古編》云："《爾雅》先云'苹蓱'，注以水上浮蓱二語釋之。繼云'其大者蘋’，注：‘《詩》于以采蘋。’是《郭注》水上浮蓱二語乃釋苹蓱，非釋蘋也，於蘋字下直引詩證之耳。孔氏引《爾雅》，合兩文爲一，而繫《郭注》於下，又删去其引《詩》之語，竟似以蓱釋蘋矣。”

“于以盛之，維筐及筥。于以湘之，維錡及釜。”《正義》曰：“既得此菜，往何器盛之？維筐及筥盛之。既盛此菜而還，往何器烹煮之？維錡及釜之中煮之也。”

焯案：《説文》：“于，於也。象氣之舒于。”由舒氣之義引申，則凡有所興作，有所著見，皆得以于表之。或以表義，或以表態，不可以一端盡。如“之子于歸”之于訓往，“一之日于貉”之于謂取，“三之日于耜”之于爲修，“於昭于天”之于猶在，是也。此詩五“于以”字，如概訓爲往，則疐礙難通。徒以爲語助，而不審其用，亦未究詞言之理。《箋》於《采蘩》訓“于以”猶言“往以”，于往爲對轉音。或不過言其行動，非定訓爲往來之往。乃《正義》於此詩“于以盛之，于以湘之”，云往何器盛之，往何器烹煮之，則失於不詞矣。

“誰其尸之，有齊季女。”《傳》：“古之將嫁女者，必先禮之於宗室。牲用魚，芼之以蘋藻。”《箋》云：“主設羹者季女，則非禮女也。各本禮下無女字，據《正義》所引《箋》補正。女將行，父禮之而俟迎者，蓋母薦之，無祭事也。祭禮：主婦設羹。教成之祭，更使季女者，成其婦禮也。”《正義》申《傳》曰：“毛意以教成之祭與禮女爲一者，蓋見《昏禮記》將嫁女之日，父醴女而俟迎者，更不見有教成之祭，故謂與禮女爲一也。父醴女，以醴酒禮之，今《毛傳》作禮儀之禮者，《司儀》注云：‘上於下曰禮。’故《聘禮》用醴酒禮賓，作禮儀之禮。定本禮作醴。”又申《箋》曰：“自無祭事以上，難毛之詞也。言父禮女無祭事，不得有羹。今經陳季女設羹，正得爲教成之祭，不得爲禮女。《傳》以教成之祭與禮女爲一，是毛氏之誤，故非之也。”

焯案：《毛傳》所云"必先禮之於宗室"者，自指教成之祭，非指禮女。蓋謂祭於宗室，使之爲主，即所以禮之也。若昏禮醴女，自在房中，並不於宗室。豈有毛氏不知，而合教成之祭與醴女爲一者乎？按《禮記·昏義》云："教成之祭，牲用魚，芼用蘋藻。"《毛傳》之文與之相合，必是據以爲說。孔氏謂毛據《儀禮》之《昏禮記》，則不惟不見所謂"教成之祭"，并不見所謂"牲用魚，芼以蘋藻"之文矣。是知毛公必非據《昏禮記》也。又禮女之禮，《昏禮記》古本原作醴，至鄭君始改作禮。不特醴女之醴，凡《儀禮》中如醴賓、醴婦之醴，鄭君皆改作禮，謂古文醴爲禮。而孔氏乃謂醴女之醴《毛傳》作禮儀之禮。夫毛意自説季女尸羹爲教成之祭。如謂其誤指醴女，豈毛公所見《昏禮記》古本即同鄭君所改，已將醴女之體作禮儀之禮乎？六國時，文字異形，所謂古文，原不一律。鄭君所改，與毛公所見，固不必同。又漢儒往往依據今文校定古文，亦遂稱校定本爲古文者。如詩《載驅》"齊子豈弟"《箋》云："《古文尚書》以弟爲圛。"《孔疏》云：《洪範稽疑》論卜兆有五，"曰圛"，古文作悌，今文作圛，賈逵以今文校之，定以爲圛。故鄭依賈氏所奏，從定爲圛，於古文則爲悌，故云《古文尚書》以悌爲圛。是也。是知毛公必非謂禮之爲醴女也。且《傳》云"將嫁女者必先禮之於宗室"，所謂先禮之者，明與嫁期不爲同時，非如醴女者之壻車在門，父親賜醴，女出於母左，臨期告戒時也。故知孔氏之説皆誤解毛意也。夫《孔疏》意在以鄭駁毛，若《鄭箋》之意，果爲難毛乎？曰，非也。夏炘《讀詩劄記》云："父醴女而俟迎者，即在嫁之日，非將嫁也。女嫁在己禰廟中，士冠昏禮之廟皆謂禰廟。教成在大宗之廟，毛上《傳》明明云'宗室大宗之廟'，何至以教成之祭與醴女爲一？鄭此箋皆申明毛氏教成之祭，何至以毛氏禮之爲醴女之禮。案教成之祭雖是告成事，亦所以禮女。禮女者，即《冠義》所謂'成人而與爲禮'也。宗子主教成之祭，不使宗婦薦鉶羹，而使女主設羹者，榮其教成將嫁，特與爲禮，故曰禮之，與醴女而俟迎者之禮絶不同。鄭自'無祭事也'以上，辨毛'禮之'二字與《昏禮》之'禮女'不同，並非難毛。自祭禮以下，則申毛義，細玩之自見也。"案夏氏所言，足破孔氏以來諸儒之惑。不然，非特誤解《傳》意，亦且誤解《箋》意矣。又《正義》前既誤以鄭駁毛，而其末又云："上《傳》云'宗室大宗之廟，大夫士祭於宗室'，此《傳》'禮之宗室'，與大夫、士祭於宗室文同。'芼之以蘋藻'，與經'采蘋采藻'文協。皆是毛實以此篇所陳爲教成之祭。"此則善申《傳》義，乃前後辭意乖牾，何也？

行　露

"誰謂雀無角，何以穿我屋。"《傳》："不思物變而推其類，雀之穿屋，似有角者。"《箋》云："變，異也。人皆謂雀之穿屋似有角。"《正義》釋《傳》曰："不思物有變。彊暴之人見屋之穿，而推其類，謂雀有角。"

焯案：《正義》釋經"誰謂"爲人誰謂。蓋順《箋》意，以爲泛指之詞。是也。乃於釋《傳》，而以"誰"爲指彊暴之人，則於全詩之意皆不合矣。焦氏《補疏》云："以角穿屋，常也。無角而穿屋，變也。不思物之有變，第見穿屋，而推之以尋常穿屋之事，則似雀有角矣，此《傳箋》之義也。《正義》釋《傳》之詞非是。夫經言誰謂，無所指實之詞，故《箋》云人皆謂，其非指彊暴之人明矣。"

羔　羊

《序》云："在位皆節儉正直，德如羔羊也。"《箋》云："在位卿大夫競相切化，皆如此羔羊之人。"《正義》曰："云德如羔羊者。《麟趾序》云'如麟趾之時'，《騶虞序》云'仁如騶虞'，皆如其經。則此德如羔羊，亦如經中之《羔羊》也。'宗伯'《注》云：'羔取其羣而不失其類。'《士相見注》云：'羔取其羣而不黨。'《公羊傳》何休云：'羔取其執之不鳴，殺之不號，乳必跪而受之。死義生禮者，此羔羊之德也。'然則今大夫亦能羣不失類，行不阿黨，死義生禮，故皆節儉正直。是德如羔羊也。"

焯案：《稽古編》云："《麟趾序》云'信厚如麟趾之時'，《羔羊序》云‘節儉正直，德如羔羊’，《騶虞序》云‘仁如騶虞’，三《序》皆言如，語同而義異。《麟趾》言如，如致麟之時也。《騶虞》言如，如騶虞之獸也。《羔羊》言如，如服羔裘之人也。《鄭箋》云：‘卿大夫更相切化，皆如此羔羊之人。’正斯義矣。《疏》申《箋》意，以爲人德如羔羊。又引‘宗伯’職注、《士相見禮》注、《公羊》何休注，以證羔羊之德，殆不然。此詩之羔羊，以爲裘耳。豈若麟與騶虞取義於兩物乎？況所云羣不失類，跪而受乳，死義生禮，經文無此意也。與節儉正直語非甚合也。《疏》失《序》意，並失《箋》意矣。案羔裘，大夫居朝之服，《孔疏》有辯。所謂服羔裘之人也。德不可爲大夫，雖服羔裘，而非其人矣。《召南》大夫德稱其服，故曰如羔羊之人。”焯案：《論語鄭注》云：“緇衣羔裘，諸侯視朝之服。”在國，君臣同服。君用全，臣褎飾，爲異。孔氏於此亦引之爲説。則大夫之羔裘，既取其德如羔羊，將諸侯之羔裘，亦取其執之不鳴乎？其迂曲甚矣。

“羔羊之皮。”《傳》：“大夫羔裘以居。《正義》曰：“謂居於朝廷，非居於家也。《論語》云：‘狐貉之厚以居。’則在家不服羔裘矣。”

焯案：《正義》説未合。夏氏《讀詩劄記》云：“經明云退食自公，何得云居於朝廷。狐貉以居，指隆冬之時而言，非始寒即衣狐貉也。古羔裘之服通於上下，除禮服五冕朝服外，天子、諸侯、大夫、士、庶人燕居莫不服羔裘。《玉藻》：‘天子玄端而居’玄端羔裘，是天子之居羔裘也。‘犬羊之裘不裼。’庶人無禮服，其居服亦羔裘也。‘朝玄端，夕深衣。’注云：‘謂大夫、士也。’朝與夕對，深衣與玄端對，玄端羔裘，則深衣亦羔裘。深衣，燕居之服，是大夫、士羔裘以居也。‘諸侯夕深衣，祭牢肉。’是諸侯深衣亦與大夫、士同也。《傳》曰‘大夫羔裘以居’者，釋經之‘退食自公’，非謂惟大夫之居服羔裘也。《疏》援《論語》‘狐貉’之文，反謂居於朝廷。不亦大失毛義乎！”

次章《正義》曰："六冕與爵弁同用黑羔裘。"又云："天子以下田獵，則羔裘緇衣以裼之。"又引崔靈恩等"以中衣外加裘，裘外加裼衣"，二劉等"中衣在裼衣上"之説。

焯案：汪龍《毛詩異義》辨之云："《玉藻疏》以熊氏言五冕及爵弁皆用狐青裘爲是，而以劉氏黑羔裘之説爲非。此《疏》從劉氏，以六冕及爵弁同用黑羔裘，引司裘文爲難，明狐青非冕服之裘，正與彼相反。案冕服皆玄衣纁裳，爵弁服純衣纁裳，狐青玄衣之裘，則熊氏之説爲得其正。《王制疏》謂'諸侯田獵亦用韋弁'，則服裘當同兵事，狐裘及貍裘《疏》黄衣二字疑衍。而此乃謂服羔裘。司服'凡甸冠弁服'謂天子，觀眡朝唯言皮弁服可知。不通及諸侯也。天子冠弁服以田，其裘亦不服羔裘。《玉藻》云：'唯君有黼裘以誓省，大裘非古也。"黼裘對大裘言，則君當謂天子，注謂國君有黼裘，非。大裘，天子祀天所服。時王服以誓省，故曰非古。注謂諸侯僭天子，時大夫又有大裘，則皆僭之大者。記不得但言非古。則天子田獵當服黼裘。黼裘以羔與狐白雜爲黼文，唯天子有之，所以别於祀天之大裘，而與冠弁服爲稱。《疏》亦謂服羔裘。皆非也。又鄭氏《深衣目録》云：'有表謂之中衣，大夫以上，祭服之中衣用素。士祭以朝服，中衣以布。'其注《玉藻》'以帛裏布非禮'云：'中外宜相稱也。冕服中衣用素，皮弁服朝服玄端中衣用布。'又注'君衣狐白裘錦衣以裼之'云：'袒而有衣曰裼。錦衣復有上衣，天子狐白之上衣，皮弁服與。凡裼衣象裘色也。'然則中衣即裼衣，以有上服，故曰中衣。以袒而露見，故曰裼衣。崔靈恩及二劉等分中衣裼衣爲二，皆與鄭違異。江氏《鄉黨圖考》云：'《玉藻》言，以帛裏布非禮，而皮弁服用錦衣裼狐白者，錦衣非通身用錦，唯以錦爲緣耳。錦衣仍是素衣。'又云：'素雖是白繒，而素衣麑裘之素衣，恐只是白布衣。亦用白繒，則有以帛裏布之嫌。'其言與禮合，可以辨正劉氏之失。"

殷其靁

《序》云："召南之大夫遠行從政。"《箋》云："召南大夫，召伯之屬。"《正義》曰："文王未稱王，召伯爲諸侯之臣，其下不得有大夫，此言召南大夫，則是文王都豐，召伯受采之後也。"

焯案：《正義》説未得《箋》意。汪梧鳳《詩學女爲》云："據《疏》引《周禮》，六卿其下皆有大夫，各屬其卿，則召伯固宜有大夫，不必王而後有大夫也。蓋天子之卿有屬，諸侯之卿亦有屬，大夫，屬大夫也。《箋》説最明。"

摽有梅

《序》云："《摽有梅》，男女及時也。"《傳》以梅落興男女盛壯之時，與《序》相應。《箋》則以時爲嫁娶之時。《正義》申説兩家之義，乃右鄭左毛。因謂《荀卿》"霜降逆女，冰泮殺止"之説未可據信。又引《越語》"女子十七不嫁、丈夫二十不娶、父母有罪"，以謂"越王欲報吳之故，特下此令。若女年皆十五而嫁，越王欲速爲昏，何由乃下十七之期"。

焯案：《毛詩異義》駁之云："《荀子大略》篇，《戴記》多采録之。乃'霜降逆女'二語獨不可信乎？《氓》篇曰：'將子無怒，秋以爲期。'《匏有苦葉》：'士如歸妻，殆冰未泮。'則經已明言之矣。越王十七之令，亦是約舉其中以爲斷。且限以'女年十七不嫁，男二十不娶，父母有罪'，則不待男年三十、女年二十矣。是爲欲速爲昏，不得據以難毛也。"

小　星

《序》云："《小星》，惠及下也。夫人無妒忌之行，惠及賤妾，進御於君。知其命有貴賤，能盡其心矣。"《正義》曰："夫人無妒忌之行，能以恩惠及賤妾，令得進御於君。故賤妾亦自知其禮命與夫人貴賤不同，能盡其心以事夫人焉。”

焯案：姚永概《慎宜軒筆記》云：“《小星》之詩，《注疏》《集傳》以來，皆謂衆妾知命之作。永概獨反覆經文‘實命不同’、‘實命不猶’二語，似有自憐自悼之意。若以此詩列之變風之中，則必釋爲怨詞矣。《序》云惠及下也，未嘗云下美上也，似不當屬之衆妾，而當屬之夫人。夫人見衆妾之往來，而歎其命之不同，故詩人以《小星》爲興。小星之隨大星，猶衆妾之隨夫人，夫人能憐其命之不同，乃能令其在公而抱衾裯。若衆妾美夫人，則當作欣慰之語，不得復言命不同，嫌於有所未足。《小序》‘知其命有貴賤，能盡其心’二語亦屬夫人。蓋夫人知衆妾不過命之不同，其情則一也，故能盡其惠下之心。若衆妾被夫人之惠，又何心之可盡耶？要之實命二句，以爲夫人憐衆妾，則深合敦厚之旨。以爲妾自知命，於文氣終不類。又案《毛傳》甚簡，未見有安命之意。以《序》觀之，確知爲夫人惠下之作也。”焯謂姚説深得詩與《序》之意。《序》云“夫人無妒忌之行”下五句皆承夫人而言。知其命有貴賤，其字明指衆妾。若謂衆妾自知其命，則於文意迂回矣。

“抱衾與裯。”《傳》：“衾，被也。裯，襌被也。《箋》云：“裯，牀帳也。”《正義》曰：“鄭以衾既爲被，不宜復云襌被也。漢世名帳爲裯，蓋因於古，故以爲牀帳。”

焯案：《爾雅・釋訓》：“幬謂之帳。”又《韓詩外傳》云：“幬，單帳也。”慧琳《一切經音義》六十三引。裯、幬同聲字。又三家本作幬，故鄭據以易《傳》。《正義》申《箋》易《傳》之故，因駁《傳》説，乃云“衾既爲被，不宜復云襌被”，考《説文》云：“衾，大被。”《傳》雖但云衾被，不加大字，惟下云裯爲襌被，正以見衾爲複被、大被也。被以襌複並舉，何云不宜乎！《正義》往往右鄭左毛，以此申鄭，亦未必得鄭意也。

江有汜

"江有汜。"《傳》："興也。決復入爲汜。"《箋》云："興者喻江水大，汜水小，然得並流。似嫡媵宜俱行。"《正義》曰："毛不以興夫人初過而後悔，其興與鄭同。"

焯案：《正義》未得《傳》意。李黼平《毛詩紬義》云："此《傳》云決而復入，下'其後也悔'《傳》云'嫡能自悔'，正以水之復入喻初過後悔也。"

野有死麕

"林有樸樕，野有死鹿，白茅純束。"《傳》："樸樕，小木也。野有死鹿，廣物也。純束猶包之也。"《箋》云："樸樕之中及野有死鹿，皆可以白茅裹束以爲禮。廣可用之物，非獨麕也。"《正義》曰："言凶荒殺禮，非直麕肉可用。貞女又欲男子於林中有樸樕小木之處及野之中有羣田所分死鹿之肉，以白茅純束而裹之，以爲禮而來也。"

焯案：此詩《傳》、《箋》異義，《正義》未加分别。馬氏《通釋》云："'林有樸樕'與'野有死鹿'相對成文，《毛傳》'樸樕小木也，野有死鹿廣物也'，似本分爲二義。胡承珙曰：'詩於昏禮每言析薪，古者昏禮或本有薪芻之饋耳。蓋芻以秣馬，薪以供炬，《士昏禮》：'執燭前馬。'古燭即以薪爲之也。《鄭箋》始以樸樕之中爲野有死鹿之所在，與《傳》異義。《孔疏》合《傳》《箋》爲一，失之。"

騶　虞

《序》云："天下純被文王之化，則庶類蕃殖，蒐田以時，仁如騶虞，則王道成也。"《正義》曰："'庶類蕃殖'，即豝豵是也。國君'蒐田以時'，即詩首章一句是也。‘仁如騶虞’，下二句是也。”

焯案：《序》云“庶類蕃殖”，蓋就全詩之“葭、蓬、豝、豵”而言。《正義》因《箋》說，以記葭始出，爲著春田早晚。專以“壹發五豝”爲仁，於義殊淺。朱子《集傳》以“草木之茂禽獸之多並列，則時和物生之景象宛然在目矣”。惠氏《詩說》云：“單穆公曰：‘旱麓之榛楛殖，故君子得以易樂干禄焉。若夫山林匱竭，林麓散亡，藪澤肆既，君子將險哀之不暇，而何易樂之有？’《傳》曰：‘天地變化，草木蕃，天地閉，賢人隱。’故‘彼茁者葭’，美王道之成也。‘何草不黄’，知周道之衰也。一繫二《南》之終，一繫《小雅》之末，其旨微矣。”

卷　二

邶

邶鄘衛譜

《譜》云："武王伐紂，以其京師封紂子武庚爲殷後。庶殷頑民被紂化日久，未可以建諸侯，乃三分其地置三監，使管叔、蔡叔、霍叔尹而教之。"《正義》曰："《地理志》云：'邶以封紂子武庚。鄘，管叔尹之。衛，蔡叔尹之。以監殷民，謂之三監。'則三監者，武庚爲其一，而無霍叔。鄭以武庚在三監之中，未可據信，則管、蔡所監不足明矣，故不指言之。"

> 焯案：《稽古編》云："《漢志》既云管、蔡監衛、鄘，則霍叔監邶，不言可知。又與武庚同國，故略而弗著，非謂武庚亦一監也。《史記正義》引《帝王世紀》，以爲'管叔監衛，蔡叔監鄘，霍叔監邶。'此言管、蔡所監雖與《漢志》異，而言霍之監邶，足補《漢志》之未及也。《周書·作雒解》孔晁注云：'霍叔相禄父。'言相則必立於其朝，其監邶信矣。"焯謂《孔疏》强申鄭義，謂《漢志》不足依信。得陳氏此説，可以祛其蔽矣。

《譜》又云："成王既黜殷命，殺武庚，復伐三監，更於此三國建諸侯，以殷餘民分康叔於衛，使爲之長。後世子孫稍并彼二國，混而名之。"《正義》曰："《地理志》云：'武王崩，三監叛，周公誅之，盡以其地封弟康叔，號曰孟侯，遷邶、鄘之民於雒邑，故邶、鄘、衛三國之詩相與同風。'如《志》之言，則康叔初即兼彼二國，非子孫矣。服虔依以爲説。鄭不然者，以周之大國不過五百里，王畿千里，康叔與之同，反過周公，非其制也。"

焯案：《稽古編》云："《孔疏》申鄭駁服，似矣。然殷自帝甲以後，國勢浸弱，又重以紂之暴，土荒民散，境壤益削。即如黎爲畿内國，周得戡之。至紂滅時，豈猶是邦畿千里乎？又三亳皆商之故都，而去朝歌稍遠，商未亡時，所謂邦畿千里者，定應并數之，如東西周通畿之制。武王立三監，固未嘗以畀之也。西亳偃師在孟津之南，武王觀兵於孟津，又大會諸侯於此，然後北行伐紂，則偃師已非商有。南亳穀熟及北亳蒙即宋地也，武王克殷，初下車即以封微子，亦不在三監域内。況殷之畿内諸侯，非大無道者，不應概從誅滅，改建他侯。則三監所統，不過近郊遠郊及邦甸以内地耳。康叔兼而有之，安得方千里乎？成王作洛之後，殷之頑民盡徙下都，封伯禽，又以殷民六族賜之。可見康叔時，民得留者多在衛地，邶、鄘兩國已成曠土。厥後生齒日繁，邶、鄘舊壤漸至殷庶，采風之時，仍各存舊名，以記風土之異，理或當然，未必以此寓褒貶也。《鄭譜》謂'紂城北爲邶，南爲鄘，東爲衛'，楚丘與漕二地皆見《鄘風》，在河南，足徵衛地在河南者故鄘地也。祝鮀論武王之封康叔曰：'自武父以南及圃田之北境。'武父不可考，桓十二年與鄭伯盟於武父，乃鄭地，非此。圃田則豫州之澤藪也，後爲鄭有，鄭在衛西南，圃田之北當與鄘接壤，而康叔初封以此爲境，則以鮀之言合之《鄭譜》、《鄘風》，不又康叔兼有二國之明證乎？"胡氏《後箋》云："《左傳》祝鮀又言'康叔取於有閻之土以共王職'，閻與鄘聲相近。《左傳》'閻職'，《史記》作'庸職'，是有閻即鄘，亦足爲康叔兼邶、鄘之證。至《鄭譜》以邶、鄘、衛就紂城三而分之，江艮庭《尚書集注》云：'以周制考之，王城之外盡鄉遂之地，面有二百里，四面相距爲方四百里，邶、鄘、衛之大當不是過也。周初封侯方四百里，康叔侯爵，安見邶、鄘不以封康叔乎？'承珙又案《説文》：'邶，故商邑。自河内朝歌以北。'今河南衛輝府府東北有故邶城，滑縣東南有邶水，府城西又有故鄘城，有庸水出宜蘇山，與衛相去本不甚遠，何疑於兼得邶、鄘即盡商畿千里之地乎！"

《譜》又云："作者各有所傷，從其國本而異之，爲邶、鄘、衛之詩焉。"《正義》曰："《緑衣》、《日月》、《終風》、《燕燕》、《柏舟》、《河廣》、《泉水》、《竹竿》述夫人衛女之事，而得分屬三國者，如此譜説，定是三國之人所作，非夫人衛女自作矣。"

焯案：劉氏瑾《詩傳通釋》謂"《緑衣》、《柏舟》諸詩或繫《邶》，或繫《鄘》，《泉水》、《載馳》、《竹竿》皆作於外國，而一繫《邶》，一繫《鄘》，一繫《衛》，意太師各於得詩之地而繫之"。所言似較《箋》、《疏》爲直捷。惟以閭巷之作，各歌其土風，如《氓》詩言頓丘，頓丘，在朝歌。衛地，太師得之於衛，而列之於衛，是已。若《邶》、《鄘》諸詩，多作於宫壼，而《定中》、《干旄》，一爲文公中興之盛業，一爲大夫下賢之誠心，何衛人不能歌之傳之，而偏散於異地乎？且《邶風》卷末與《鄘風》時世相接，中但間一《柏舟》篇，豈宣公以前皆作自邶地，宣姜以後皆作自鄘地乎？是《箋》、《疏》與劉氏説皆有可疑者。故余於所撰《鄭箋平議》中獨取顧寍人之説，謂"累言之則爲邶、鄘、衛。專言之則爲衛，猶《詩》言殷而曰殷商，《書》言楚而曰荆楚耳"。當康叔初封。即受邶、鄘、衛之地，而國號獨爲衛。故言衛可兼邶、鄘，言邶、鄘而止爲一衛也。季札觀樂時，邶、鄘本合爲一，漢儒以衛詩最多，分而爲三，如二《雅》分《鹿鳴之什》、《文王之什》，《周頌》分《清廟之什》耳。説詩者横生議論，寧有當乎？

《正義》又曰："凡編詩以君世爲次，此三國當其君之時，或作或否，其有詩者，各於其國以君世爲次也。其諸變詩，一君有數篇者，大率以事之先後爲次。"

焯案：以孔氏之説求之，於詩之篇次多不相應。如《載馳序》云："衛爲狄所滅，露於漕邑。"則戴公時作可知，而次於文公詩後。

《伯兮箋》謂宣公詩，《有狐疏》亦謂宣公詩，而次《河廣》後。《河廣》宋襄母作，則值戴公、文公世也。《黍離》至《葛藟》，皆平王詩也，而《中谷有蓷》下次以桓王之《兔爰》。《將仲子》至《羔裘》，皆莊公詩也，而《太叔于田》下廁以文公之《清人》。《東山》作於《破斧》後，《破斧》又在《伐柯》、《九罭》後。《伐柯》、《九罭》與《鴟鴞》同時，則《鴟鴞》下當次《伐柯》、《九罭》，而後《破斧》、《東山》。今《東山》在《破斧》前，《破斧》又在《伐柯》前。《常棣》閔管、蔡，而廁文王詩中。此皆不得以君世爲解；不得以一君數篇以事先後爲解也。竊嘗考之，諸詩次序，以義類相次者，三《頌》最爲明顯。大小《雅》則並以時世，而時世中仍依義類，不以事之先後，故《常棣》事在成王時，而次《伐木》前，猶之《賓之初筵》、《抑》皆作於平王時，而一則列幽王詩中，一則列厲王詩中也。鄭《譜》謂"因文王有親兄弟之義，隱推而上之"。其説是也。《魚麗序》云："文、武以《天保》以上治内，《采薇》以下治外。"此即義類之説，爲鄭所本。《詩譜》云："自《鹿鳴》至《魚麗》，先其文所以治内，後其武所以治外。"《十月之交》四篇《序》云刺幽王，《箋》謂當爲刺厲王。"作訓詁傳時，移其篇第"。則鄭以義類之中又依時世也。然鄭以之解二《雅》者，未嘗以之説《國風》。故《伯兮箋》雖云宣公詩，而不謂篇次之錯亂。其答趙商云："《詩》本無文字，後人不能盡得其第，録者直録其義而已。"《孔疏》於《鄭譜》下引之。據此，則鄭於《國風》但主義而不主世可知。《豳風疏》引張融説《東山》諸詩，云"簡札誤編"。又云"或者次詩不以作之先後"。則時世之説，張氏已疑及之。孔氏不知，墨守一説。至説之不可通者，則曰簡札换處，則曰爛脱失次，進退失據，宜顧炎武謂世次之説必不可信也。《日知録》。惟主義不主世，則諸詩無不可解。二《南》以風化遠近爲差，詩中多言人倫事，故《何彼襛矣》即類次於《野有死麕》後。《召南》以召公爲主，故首述夫人之德，即次以《甘棠》。文公爲衛中興之主，故進文公詩於前，而退許穆夫人詩於後。《河廣》、《有狐》、《伯兮》皆傷亂離之作，

《河廣》本陳奂《疏》説。作于衛滅時。《揚之水》、《中谷有蓷》則憂兵荒之作，《兔爰》又傷王師之喪敗，文公之喪師與叔段之好兵同譏，故皆相次。《鴟鴞》言周公東征救亂，故即次以《東山》之勞歸士，下則推言東征時事。《破斧》惡四國，《伐柯》、《九罭》刺朝廷，《狼跋序》云"遠則四國流言，近則王不知"，即承上詩言之也，此皆義之可求者也。王安石有《周南詩次解》，自《關雎》迄《麟趾》，篇次相承，悉有條貫。程子又謂諸國之風，編次亦各有義。見《吕氏讀詩記》引。明揭騰蛟本二説，著《讀詩旨括》。則凡三百五篇皆爲疏通其義類之相因。王元啓有序，載《湖海文傳》中。雖所見各有不同，要皆可以箴孔氏之失者也。

柏　舟

"汎彼柏舟，亦汎其流。"《正義》曰："言汎然而流者，是彼柏木之舟。"

焯案：詩中往往單用一字形容物態，而於字之上下加彼字爲助詞。如此詩之"汎彼"，《小星》之"嘒彼"，《騶虞》之"彼茁"，《采薇》之"彼爾"，皆是。《正義》每以"彼"字下屬，作爲指稱，非也。若《泉水》篇"毖彼泉水"，《正義》云"毖彼然而流者是泉水"，則又知彼爲毖之助詞，而與此解歧異。蓋《詩疏》多采獲前儒舊説，而其成書非出一手，孔氏雖總其成，實未暇整齊之也。

"如有隱憂。"《傳》："隱，痛也。"《正義》曰："如人有痛疾之憂。"

焯案：如、而古通用。此與《鄭風》"風雨如晦"之"如"皆宜作"而"解，否則於詩義不可通。又"隱憂"二字平列爲義，隱憂猶云憂痛。又隱與慇通用，《小雅・正月》"憂心慇慇"，《傳》云"慇慇然痛也"，是也。《正義》失之。

“逢彼之怒。”《傳》：“彼，彼兄弟。”《正義》曰：“正謂逢遇君之怒，以君爲兄弟也。”

焯案：上云“亦有兄弟”，《箋》：“謂同姓臣。”此《傳》云“彼，彼兄弟”，亦不指兄弟爲君可知。蓋詩所稱兄弟，猶屈子所遇之子椒、子蘭等輩耳。《疏》義未允也。

“日居月諸，胡迭而微。”《箋》云：“日，君象也。月，臣象也。微謂虧傷也。君道當常明如日，而月有虧盈。今君失道而任小人，大臣專恣，則日如月然。”《正義》曰：“日當常明，月即有虧，今日何爲與月更迭而虧傷乎！”微謂虧傷者，“《十月之交》云‘彼月而微，此日而微’，《箋》云：‘微謂不明也。’以爲日月之食，知此微非食者。以經責日云‘何迭而微’，故知謂虧傷也。彼《十月之交》陳食事，故微謂食，與此别。”

焯案：《釋文》引《韓詩》迭作𢧜，云“𢧜，常也”。嚴元熙《娱親雅言》云：“案𢧜不成字，乃𢧢之譌也。𢧢與秩通。《巧言》：‘秩秩大猷。’《説文》大部引作‘𢧢𢧢’，又《説文》走部𧽼从走𢧢聲，讀若《詩》‘威儀秩秩’。”“秩，常。”《釋詁》文也。《韓詩》訓常本此。秩迭偏旁小異，故《毛詩》作迭，《箋》亦訓常。《正義》以更迭解之，非也。范氏《詩瀋》云：“胡常而微，言日月至明，胡常有時而微，不照見我之憂思。”此解頗直截。《疏》曲爲附會，以此微字與《十月之交》微字異義，非也。

緑　衣

《緑衣序》。《箋》云：“緑當爲褖，故作褖。轉作緑，字之誤也。”《正義》曰：“必知緑誤而褖是者，此緑衣與内司服緑衣字同。内司服掌王后之六服。五服不言色，唯緑衣言色，明其誤也。記文言褖衣者甚衆，故知内司服緑衣宜爲褖衣，而此詩之緑衣亦實作褖衣也。詩者咏歌，宜因其所有之服而言，不宜舉實無之緑衣以爲喻。”

焯案：胡氏《後箋》云：“篇名‘緑衣’，從毛爲是。此與内司服緑誤爲褖者不同。鄭學深於《三禮》，往往以《禮》箋《詩》，所謂‘按跡而議性情’者以此。《毛傳》‘緑，間色；黄，正色’，以喻嫡妾，甚爲確當。《疏》曲附《箋》義，以褖衣爲六服之下，詩‘宜因其所有之服而言，不宜舉實無之緑衣以爲喻’。夫詩人託興之辭，何所不可，如必謂宜舉所有之物，則《箋》云鞠衣以下衆妾以次服之，是黄與黑皆媵妾所得服，安見褖衣以喻妾，而黄又以喻嫡乎？”程晉芳《毛鄭異同考》云：“毛於文字未嘗有所改更，至鄭而多異義。若爲褖衣，則是黑色六衣之一，男與玄端相配，女爲御於君之服，其色本正，黄色雖尊，亦六衣之一色耳。古者衣裏皆用素紗，若黑衣以黄爲裏，是正色之衣用正色之裏，於詩義不可通矣。此不過借色之正間，衣之表裏，以見妾寵而妻棄，豈果有緑衣黄裏之事哉！”張汝霖《學詩毛鄭異同籤》云：“《玉藻》云：‘衣正色，裳間色。’明衣尊而裳卑。緑爲間色，黄爲正色，嫡妾之喻甚工。以妾耦妻於禮紊，以緑爲衣於制乖，正唯於古無徵，而見其反古之甚也。”今謂此三説皆可正《箋》、《疏》之失。

燕　燕

“仲氏任只。”《傳》：“任，大也。”《箋》云：“任者，以恩相親信也。《周禮》：‘六行：孝、友、睦、姻、任、恤。’”《疏》云：“鄭唯任字爲異。言仲氏有任之德，能以恩相親信也。”

焯案：《説文》：“任，保也。从人，壬聲。”壬象人褢妊之形，妊則腹大，壬从𡈼、象人。一象大腹之形。引申有大義。故《爾雅·釋詁》云：“壬，大也。”任之義由壬來，故此《傳》亦云“任，大也”。又壬象褢妊，褢妊者必如其期以生，而似有信，猶孚爲卵孚，又訓信也。

壬有信義，故《説文》任从之得聲訓保，壬之與任，猶孚之與保，保从人。从𤓰省。𤓰，古文孚。一語之變也。《箋》以恩相親信釋任，特以申《傳》，而非易《傳》。《疏》每以《箋》之申毛者爲易毛，而未審其互相申足者實多也。

日　月

《序》云："《日月》，衛莊姜傷己也。遭州吁之難，傷己不見答於先君以至困窮之詩也。"《釋文》云："'以至困窮之詩也'，舊本皆爾。俗本或作'以至困窮而作是詩也'，誤。"《正義》曰："俗本作'以致困窮之詩'者，誤。"

焯案：陸孔各執一詞，義皆可通。惟《正義》述經曰我夫人，是其以此詩爲國人所作。若云傷己不見答於先君以至困窮而作是詩，則爲莊姜自作矣。蓋其於一篇之中持義自相矛盾也如此。

"胡能有定，寧不我顧。"《傳》："胡，何。定，止也。"《箋》云："寧猶曾也。君之行如是，何能有所定乎！曾不顧念我之言，是其所以不能定完也。"《正義》申經曰："公於夫婦尚不得所，於衆事亦何能有所定乎！"

焯案：《傳》、《箋》俱無衆事義。又《正義》申《箋》曰："謂莊公不能定完者。隱三年《左傳》曰：'公子州吁有寵而好兵，公弗禁。石碏諫曰：將立州吁，乃定之矣。若猶未也，階之爲禍。'是公有欲立州吁之意。故杜預云：'完雖爲莊姜子，然太子之位未定。'是完不爲太子也。"李氏《紬義》云："《正義》以《箋》云不能定完，爲未立爲太子。惟據《史記》，陳女女弟生完，莊公令夫人齊女子之，已立爲太子。又《左傳》'莊姜以爲己子'，亦足明其爲嫡夫人之子。石碏云云，特故激莊公，非謂莊公真欲立州吁爲太子也。當莊公死，桓公安然繼立，其位不可謂不定。《箋》意蓋讀定爲安定之定，謂莊公不答莊姜，而州吁好兵，寵而弗禁，不能教以義方，雖桓公立十六年，終致簒弑之禍，以是爲不能定完耳。”

終　風

“惠然肯來。”《傳》：“言時有順心也。”《箋》云：“肯，可也。有順心然後可以來至我旁，不欲見其戲謔。”《疏》云：“毛以爲州吁之暴既如是，又不肯數見莊姜，時有順心然後肯來，雖來復侮慢之。”又曰：“鄭唯惠然肯來爲異。”

焯案：汪氏《異義》云：“《傳》但解惠義，未解肯來，故《箋》申之云‘肯，可也’云云。《疏》不以《箋》申《傳》，而謂時有順心然後肯來，是莊姜望州吁之來矣。《左氏》隱三年《傳》曰：‘州吁有寵而好兵，莊姜惡之。’姜之惡州吁久矣，況躬行弑逆之後，日見侮慢之時，而反望其來見乎？且如《疏》説，不唯於經文‘莫往莫來’不接，即於《傳》‘人無子道以來事己’亦不貫。且《疏》既謂來復侮慢，又何以言有順心耶？”

擊　鼓

“與子成説。”《傳》：“説，數也。”《箋》云：“我與子成相説愛之恩，志在相存救也。”《疏》述毛云：“當與子危難相救，成其軍伍之數。”

焯案：馬氏《通釋》云：“胡承珙曰：‘《傳》訓説爲數，當如《釋文》讀色主反。數有二義，一爲責數之數，《左傳》“數之以其不用僖負羈”是也。一爲數説之數，《禮記》“遽數之不能終其物”，《左傳》“數典而忘其祖”是也。此《傳》“説，數也”當爲數説之數。成説即成言也。’李黼平引《説文》閲字注云：‘具數于門中也。从門，説省聲。具數二字即釋從説省聲之義，是説與數同義。’《説文》、《廣雅》並曰，數，計也。《傳》訓説爲數者，蓋謂預有成計，猶言有成約也。《箋》訓説爲説愛，《疏》釋《傳》云成其軍伍之數，並失之。"

凱 風

"吹彼棘心。"《傳》："棘心難長養者。"《正義》曰："言凱樂之風從南長養之方而來。吹彼棘木之心。"

焯案：馬氏《通釋》云："《釋名》：'心，纖也。'《易·説卦》：'坎，其于木也爲堅多心。'虞翻注：'堅多心者，棗棘之屬。'蓋棗棘初生，皆先見尖刺，尖刺即心，心即纖小之義，故難長養。《正義》以爲棘木之心，失之。"

雄 雉

"我之懷矣。"《箋》云："懷，安也。君之行如是，我安其朝而不去。"《正義》申《傳》曰："我之安其朝而不去矣。"

焯案：《正義》以《箋》申《傳》，恐非《傳》意。《周南·卷耳》篇"嗟我懷人"，《召南·野有死麕》篇"有女懷春"，《齊風·南山》篇"曷又懷止"，《小雅·常棣》篇"兄弟孔懷"，《傳》並訓懷爲思，則此文懷字《傳》義亦當爲思。朱子謂："此詩前三章皆詩人託爲婦人念夫之辭。"則此云"我之懷矣"，當謂我之所思，蓋指其夫言也。《詩》中凡怨軍役之作，皆託爲室家之辭以風焉，如《擊鼓》、《伯兮》、《君子于役》、《葛生》諸篇皆是。後人非戰詩每託爲閨怨之辭者，並襲用此意。若《左傳》宣二年：趙宣子引此詩"我之懷矣，自詒伊阻"，《杜注》言："人多所懷戀，則自遺憂。"則又引詩斷章之義。胡承珙從《箋》説申《傳》，且引《左傳》爲證，似非《傳》意也。

"展矣君子，實勞我心。"《傳》："展，誠也。"《箋》云："展矣君子，愬於君子也。君之行如是，實使我心勞矣。"《正義》曰："言君之誠如是志在婦人矣。君子聞君行如此，實所以病勞我心也。"

焯案：《箋》説未諦，已著之《平議》中。《正義》所解，與《箋》意又未合也。蓋此章言君子，即上章我之所懷者，皆婦人稱其夫之辭，與《君子于役》之君子一義。"展矣君子"，與《車攻》言"允矣君子"、《長發》言"允也天子"語氣一類。允矣實君子之副詞，非如《正義》所云也。

匏有苦葉

《序》云："《匏有苦葉》，刺衛宣公也。公與夫人並爲淫亂。"《箋》云："夫人謂夷姜。"《正義》曰："知非宣姜者，以宣姜本適伋子，但爲公所要，故有'魚網離鴻'之刺。此責夫人云'雉鳴求其牡'，非宣姜之所爲，明是夷姜求宣公，故云並爲淫亂。"

焯案：《箋》用《左傳》桓十六年爲説，以爲夷姜，而《正義》强申之，其實《序》與《傳》不爾也。姚永概云："《傳》云：'衛夫人有淫泆之志，授人以色，假人以辭，不顧禮義之難，至使宣公有淫昏之行。'又云：'室家之道，非得所適，貞女不行。非得禮義，昏姻不成。'則《傳》義夫人自屬宣姜。宣公納姜於河上，以爲夫人，則此《序》之夫人與《君子偕老序》之夫人同一義例。《新臺》以'河水瀰瀰'爲興，此詩以'有瀰濟盈'爲興，蓋公既築臺以納姜，伋又乘舟而就害，故皆即水爲興耳。此詩《傳》云'至使宣公有淫昏之行'，《新臺傳》云'水所以潔污穢，反於河上而爲淫昏之行'，合觀正足以互明。且惟宣姜初納，方可以'非得所適，貞女不行，非得禮義，昏姻不成'爲言。若夷姜，父妾也，何有昏姻之可言？亦不得責以貞女之道也。"

“濟盈不濡軌。”《傳》：“由輈以上爲軌。”《正義》曰：“《説文》云：‘軌，車轍也。軓，車軾前也。’然則軾前謂之軓也，非軌也。但軌聲九，軓聲凡，於文易爲誤，寫者亂之也。”

焯案：段玉裁《經韻樓集》謂軌字不誤。引王念孫説：“以‘《傳》文上當作下’，是也。《正義》及《釋文》惑於由輈以上之文，皆以爲宜作軓，《唐石經》因之，改軌爲軓，乃與牡音不龤矣。”今謂段説是也。蓋詩以韻爲主，字之誤否難知，韻之出入有定，軌牡爲韻，軓牡非韻，足以見軌之是，軓之非矣。又顧廣譽《學詩詳説》云：“許氏謙《詩名物鈔》謂《周禮》輈人《疏》：‘轍廣謂之軌，轂末亦爲軌。’黄公紹《古今韻會》引《説文》：‘軌，車轍也。’又：‘車軸，謂轊頭也。’轊即車軸之耑貫轂者。車輪有高下，有廣狹，皆定於軌，輪中之軌既同，則轍迹亦同，後人因謂車轍亦曰軌。《曲禮》‘塵不出軌’，以高下言也。《中庸》‘車同軌’，以廣狹言也。蓋兵車乘車之輪，其崇六尺六寸，軌居輪之中，若濡軌，則水深三尺三寸，《孔疏》以爲轍跡，非也。以是言之。則此章軌字不必改作軓。但不作轍説可也。”

谷 風

“涇以渭濁。”《傳》：“涇渭相入而清濁異。”《箋》云：“涇水以有渭，故見謂濁。喻君子得新昏，故謂己惡也。”《正義》申《傳》曰：“此以涇濁喻舊室，以渭清喻新昏。”又申《箋》曰：“涇水言以有渭，故人見謂己濁。猶婦人言以有新昏，故君子見謂己惡也。見渭濁，言人見渭己涇之濁。此句二“渭”字，當依校勘記改作謂。定本，涇水以有渭，故見其濁。《漢書·溝洫志》云‘涇水一碩，其泥數斗’，潘岳《西征賦》云‘清渭濁涇’，是也。”

焯案：《釋文》云：“涇，濁水也。渭，清水也。故見渭濁，舊本如此。一本渭作謂，後人改耳。”阮元《校勘記》云：“《箋》云故見謂濁，下云故謂己惡也，二謂字義同。當以一本爲長，定本誤，《正義》所不從。”今案《箋》云：“涇水以有渭，故見謂濁。”以，用也，由也。玩《箋》文“以”字，涇清渭濁，已自顯著。又《説文》：“巠，水𠂢也。胃，穀府也。”二水孰爲清濁，即字義可判矣。故見渭濁，《校勘記》謂當從《釋文》一本作謂，是也。惟《正義》所載《箋》文雖與舊本定本不同。據校勘記説。而其誤解《箋》意，則與《釋文》涇濁渭清説不異。觀其申《傳》與引《漢志》及潘岳文可證。夫《漢志》乃就涇、渭合流言之。安仁文士，其語固不足據。清乾隆帝嘗命陝撫秦承恩曰陝溯甘，親履二水之源，旋據覆奏，實係涇清渭濁。見趙佑《詩細》及姚瑩《蜀輶日記》卷二。是則事經目驗，羣疑可釋矣。

附：秦承恩奏(節録)

謹查涇水發源甘肅平涼縣笄頭山，東流至長武縣入陝西境，又東至高陵縣入於渭。渭水發源甘肅渭源縣鳥鼠山，東流至隴州入陝西境，又東至高陵縣與涇會。臣泝流至長武、隴州等處，確加察視，查得涇水一道，約寬一二十丈不等，入陝後，并支流一十有四。現在桃汛初過，水勢漸澄，其流與江、漢諸川相似。渭水一道，約寬七八十丈不等，入陝後，并支流三十有三。現在桃汛雖過，水勢仍渾，其色與黄河不甚相遠。至合流處，則涇水在北，渭水在南，涇清渭濁，一望可辨。合流以後，全河雖俱渾濁，然近北岸數丈許尚見清泚，過此七八里外，清濁始混而爲一。又涇水係石子底，渭水係沙底。於二水急流處，各取水澄之，涇水一石，澄滓三升許，渭水一石，澄滓斗許。臣查勘既確，復取詩意繹之，在作者明以潔清自喻，言涇水本清，自入渭以後，不得不合而爲濁，然其清處自在，故下句接云“湜湜其沚”。許慎《説文》：“湜，水清底見。”若本體既濁，安所得湜湜者耶？然竊揆其致誤之由，蓋由《漢書·溝洫志》有

"涇水一石，其泥數斗"之語，又潘岳《西征賦》有"清渭濁涇"之句。不知《漢書》所謂"其泥數斗"者，特舉當時所利而言，言其衝激之一時也。《谷風》謂"湜湜其沚"者，專取潔清自喻，言其澄澈之本然也。凡水皆暴漲時無不立見渾濁，江漢且然，何獨於涇而加以濁名乎？查《陝西通志》，載明季《修廣惠渠議》，引古碑云，"四月閉經經疑涇之誤。口，防濁水淤渠，七月啓涇口，引涇水灌地"等語。可見涇水當四月後七月前始間有濁時，餘則恒清。秦、漢時，河高渠下，引水甚易，故利其濁，不取其清。唐、宋後，河下渠高，防有淤墊，則又引其清而拒其濁。渠爲民間衣食之源，以時啓閉，垂諸貞石，千萬人所共遵守，以視經生之曲説雷同，文士之陳言勦襲者，洵爲確然可據也。云云。

"不我能慉。"《傳》："慉，養也。"《箋》云："慉，驕也。"《正義》曰："遍檢諸本，皆云慉養。孫毓引《傳》云慉興，非也。《爾雅》不訓慉爲驕。由養之以至於驕，故《箋》訓爲驕。"

焯案：《釋文》云："慉，毛興也，據宋本。通行本誤作與。鄭驕也，王肅養也，《説文》起也。"起與興同義。孫毓引《傳》作興，即此知孫所見之本《傳》作興，與陸同。今本作養，意王肅改之，《正義》依之也。胡氏《後箋》云："陸所見本與孫同，孫固朋於王者，尚引《傳》爲興，可知古本必不作養矣。《毛鄭詩考正》曰：'《説文》："慉，起也。"引此詩。《小雅·蓼莪》篇"拊我畜我"，《箋》亦訓爲起，起如《晉語》"世相起也"之起。《韋注》云："起，扶持也。""不我能慉"，蓋承上章"何有何亡，黽勉求之，凡民有喪，匍匐救之"，自言盡心力如此，而其夫乃不以爲能相扶持起家，反讎視之也。'承珙案慉訓爲興，即謂興起家道，言不以我爲能興起家道，即下文所謂既阻我德也。"汪氏《異義》云："《箋》訓慉爲驕，當謂寵異之，於興義得相通。《疏》云由養之以至於驕，義頗牽合。"

式　微

“式微式微。”《傳》：“式，用也。”《箋》云：“式微式微者，微乎微者也。”《疏》云：“毛以爲黎之臣子責君久居於衛。言君用在此而益微，用此而益微。鄭以式爲發聲，本《釋訓》文。”

焯案：馬氏《通釋》謂“《傳》雖訓式爲用，詩中言用者亦語詞，猶《爾雅·釋言》爲我，我亦語詞”，是也。《箋》以式爲發聲，即語詞，蓋以申《傳》，而非易《傳》。儀徵劉申叔先生《毛詩札記》以式爲實詞。謂“此與《大雅·民勞》‘戎雖小子而式弘大’之式正同”。若然，則《釋訓》之文何爲乎？

旄　丘

“瑣兮尾兮，流離之子。”《傳》：“瑣尾，少好之貌。流離，鳥也。少好長醜。始而愉樂，終以微弱。”《正義》曰：“瑣者，小貌。尾者，好貌。故并言少好之貌。”

焯案：《詩》言“瑣兮尾兮”，上兮字祇以足句，實則瑣尾二字同義而合爲一詞。《傳》訓少好，非專以瑣義爲少，尾義爲好也。馬氏《通釋》云：“《爾雅·釋訓》‘瑣瑣，小也’。尾通作微，《原注》：“《説文》：‘尾，微也。’《書》：‘鳥獸孳尾。’《史記》作字微。微亦小也。古小與好義近。孟喜《易·中孚注》：‘好，小也。’是也。《正義》分瑣爲小，尾爲好，失之。”又《正義》釋《傳》曰：“汝等今好而苟且爲樂，不圖納我。爾無德以治國家，終必微弱也。”李氏《紬義》云：“定本偷樂作愉樂。如《正義》，則《傳》本作偷樂，故述毛用苟且爲樂，校書者據定本改之耳。毛以‘愉樂’貼‘少好’言，言今好而愉樂，終必微弱。如《正義》云‘今好而苟且爲樂’，則不詞矣。作愉爲是。《釋文》本亦作愉。”

簡兮

“簡兮簡兮，方將《萬舞》。”《傳》：“簡，大也。方，四方也。將，行也。以干羽爲《萬舞》，用之宗廟山川，故言於四方。”《箋》云：“簡，擇。將，且也。擇兮擇兮者，爲且祭祀，當《萬舞》也。《萬舞》，干舞也。”《正義》申《傳》曰：“毛以爲言衛不用賢有大德之人兮，大德之人兮祭山川之時，乃使之於四方，行在《萬舞》之位。”

焯案：李氏《紬義》云：“毛於‘碩人俣俣’云：‘碩人，大德也。俣俣，容貌大也。’則首章簡大不指人言，當爲大合樂之大。言大兮大兮，於祭四方山川，行此干羽之大舞。《初學記》引《韓詩》：‘《萬》，大舞也。’與毛義同。《正義》申《傳》簡大，即以大德言，非毛意也。”又《正義》申《箋》曰：“如以此章《萬舞》並兼羽籥，則下二章論碩人之才藝，無爲復言‘左手執籥右手秉翟’矣。明此言干戚舞，下説羽籥舞，以此知《萬舞》唯干無羽也。”案《萬》爲舞之大名，《傳》義斷不可易。若專據《左氏》莊二十八年《傳》、子元振《萬》，文夫人曰，是舞也，習戎備也。《公羊》宣八年《傳》、萬者何，干舞也。《大戴禮·夏小正》《萬》也者，干戚舞也。諸文及《韓詩説》，《文選·東京賦》：《萬舞》奕奕。薛注：《萬舞》，干也。以《萬》獨爲干舞，則《異義·公羊説》“樂《萬舞》以鴻羽”，《韓詩説》“《萬》以夷狄大鳥羽”，見本篇《疏》所引。《夏小正》“二月丁亥《萬》入用籥”，不又以《萬》爲羽舞籥舞乎？《正義》引《公羊傳》以爲《箋》説佐證，《吕氏詩記》既已駁之。《詩記》云：《公羊》以《萬舞》爲干舞，此其釋經之誤也。《春秋》言《萬》入去籥，言文武二舞俱入，以仲遂之喪，於二舞之中去其有聲者，故去籥焉。《商頌》“《萬舞》有奕”，《左傳》“考仲子之宫將《萬》焉”，非皆獨用武舞也。若《左傳》楚文夫人之説，蓋謂《萬舞》之中有武舞焉，又非專以《萬舞》爲武舞也。至此詩首章言《萬舞》，次章言“執籥秉翟”，而專及文舞者，一緣經文不必盡見，又上章言“公庭《萬舞》”，則干戚羽籥皆備可知。次章“籥翟”。單就祭末錫爵時言之。蓋凡舞皆先武後文，祭末正當文舞之時，故見其“執籥秉翟”，而繼之以“公言錫爵”，胡承珙説。非於此章專舉文舞、而首章獨言武舞也。《正義》多右鄭左毛，不可從。

“左手執籥，右手秉翟。”《箋》云：“碩人多才多藝，又能籥舞，言文武道備。”《正義》曰：“此言其能而已，非謂碩人實爲之也。何者？此章主美其文德，不論其在職之事。”

焯案：李氏《紬義》云：“孔以此詩首章爲仕於伶官，二章言多才多藝，卒章言宜爲王臣，故云然。按毛於《萬舞》兼干羽，則籥翟身自執之。鄭以干舞爲武，籥舞爲文，故言道備，亦非虛擬之詞。而《正義》云云，兩失《傳》、《箋》之意。”

泉　水

“有懷于衛。”《箋》云：“懷，至也。以言我有所至念於衛。所至念者，謂諸姬諸姑伯姊。”《正義》曰：“以下云‘靡日不思’，此懷不宜復爲思，故以爲至念於衛。”

焯案：《周南·卷耳》篇“嗟我懷人”，《召南·野有死麕》篇“有女懷春”，《傳》均訓懷爲思，則此文懷字，《傳》義亦當爲思，因詁具於前，故不復著。經文復云不思者，猶《小雅·杕杜》篇“會言近止，征夫邇止”，《傳》文訓邇爲近，《抑》篇“謹爾侯度，用戒不虞”，《傳》訓“不虞”爲非度，明“近邇”“度虞”，異文同義也。《箋》訓懷爲至，云“有所至念於衛”。馬氏《通釋》云：“至與思義正相通，心之所至即爲思，猶心之所之謂之志。”是也。《正義》謂“下云不思，此懷不宜復云爲思”，非是。

“聊與之謀。”《傳》：“聊，願也。”《箋》云：“聊，且略之辭。”《疏》云：“鄭以聊爲且，與毛異。”

焯案：《説文》："聊，耳鳴也。僇，癡行僇僇也。一曰，且也。憀，憀然也。"蓋耳鳴不聰，則近癡而憀然無俚，故聊僇憀三字互通。《玉篇》引《聲類》曰：憀，且也。《傳》訓聊爲願，願亦且也。《小雅·十月之交》篇："不憖遺一老。"《小爾雅》曰："憖，願也，且也。"《説文》："憖，肎也。一曰，説也。一曰，且也。"是知願與且近也。《箋》以聊爲且略之辭，申《傳》而非易《傳》，《疏》謂《傳》、《箋》異義，失之。

"問我諸姑，遂及伯姊。"《正義》曰："我之嚮衛，爲覲問諸姑伯姊而已，豈爲犯禮也哉，而止我也？"

焯案：李氏《紬義》云："下章《箋》云：'我還車疾至於衛而返，於行無過差，有何不可而止我？'因經言'不瑕有害'，故云然。此章方思問諸姑伯姊，遽用下《箋》説之，誤也。"

"不瑕有害。"《傳》："瑕，遠也。"《疏》云："我欲疾至衛，不得爲違禮遠義之害，何故不使我歸寧乎？《傳》以瑕爲遠。王肅云：'言願疾至於衛，不遠禮義之害。'是也。"

焯案：毛訓瑕爲遠，於有害無釋。惟於《二子乘舟》"不瑕有害"《傳》云："言二子之不遠害。"以彼證此，《傳》意宜亦爲不遠害。有爲助詞，非爲實義，不遠害，遠讀于萬反，不遠害猶云不避禮義之害，即不恤人言之意。衛女以父母終，思歸寧而義不得，作詩自見，故爲此憤激之辭，與《載馳》云"既不我嘉"，意蓋有相似者。《疏》未達經《傳》之意，强增字以釋之，雖引王肅語釋《傳》，實亦未達王意也。

北　門

“已焉哉！天實爲之，謂之何哉？”《箋》云：“詩人事君無二志，故自決歸之於天。”《正義》曰：“此詩人敘仕者之意，故謂之詩人事君。”

焯案：《箋》意實以此詩爲詩人自作。《正義》所云，非鄭意也。顧氏《學詩詳説》云：“此與《柏舟》均非他人所能代爲，而《序》文若與代作不殊者，爲采録詩者言之爾。”

“政事一埤益我。”《傳》：“埤，厚也。”《箋》云：“有賦税之事，則減彼一而以益我。”《正義》申《傳》曰：“謂減彼一以厚益己。”

焯案：《箋》破字往往無明文，此訓埤爲減，與《傳》義異。《傳》則謂政事一概厚加於我也。《傳》讀埤與裨同，《説文》：裨，益也。符支切。《箋》讀埤與庳同，《説文》：庳，一曰屋庳。便俾切。《正義》不加分别，而以《箋》義申《傳》，非是。

“王事敦我。”《傳》：“敦，厚也。”《箋》云：“敦猶投擲也。”《正義》曰：“《箋》以役事與之，無所爲厚也。且上云適我，此亦宜爲之己之義，故易《傳》以爲投擲於己也。”

焯案：《傳》訓敦爲厚，非爲親厚之厚。厚猶多也，言多以役事加之。《箋》訓投擲，亦謂以役事投擲於己一人之身也。意實申《傳》，而非易《傳》，衹措辭有異爾。《正義》誤。

新　臺

“河水浼浼。”《傳》：“浼浼，平地也。”首章《正義》曰：“《傳》於河瀰言盛貌，下言平地，見河在平地而波流盛也。”

焯案：《傳》意當謂水極盛則與地平。《正義》未得毛意，以爲與首章互文見義，非也。

二子乘舟

“汎汎其景。”《傳》：“汎汎然迅疾而不礙也。”《疏》云：“觀之汎汎然，見其影之去往而不礙。”

焯案：《經義述聞》云：“景讀如憬。《魯頌・泮水》篇‘憬彼淮夷’，《毛傳》：‘憬，遠行貌。’下章言‘汎汎其逝’，正與此同意。《士昏禮》‘姆加景’，今文景作憬。是憬景古字通。”胡氏《後箋》云：“毛以‘迅疾不礙’釋景字，礙者止也，並不以爲景響之景。《疏》直以景爲影，礙爲挂礙之義，誤也。”《釋文》云：景或音影。亦誤。

“願言思子。”《傳》：“願，每也。”《箋》云：“願，念也。念我思此二子。”《疏》申《傳》曰：“每有所言，思此二子。”

焯案：言當訓我，以爲語助。《疏》於《伯兮》“願言思伯”句皆釋爲每有所言，而以爲言語之言，似誤。

鄘

柏　舟

《序》云：“《柏舟》，共姜自誓也。衛世子共伯蚤死，其妻守義。父母欲奪而嫁之，誓而弗許，故作是詩以絶之。”《箋》云：“共伯，僖侯之世子。”《正義》曰：“言衛世子者，依《世家》。共伯之死時，釐侯已葬，入釐侯羡自殺，則未成君，故繫之父在之辭。”“言早死者，謂早死不得爲君，不必年幼也。”

焯案：范處義《詩補傳》云："共伯之死，《史記》以爲其弟和以賂襲攻，共伯自殺。和即武公，倘有攻兄之惡，衛人豈以爲賢，謂之睿聖武公。《詩敘》第云蚤死，不言被篡，當以經證史之誤。"《吕氏家塾讀詩記》云："武公在位五十五年，《國語》稱：'武公年九十有五，猶箴儆於國。'計其初即位，其齒蓋已四十餘矣。使果弑共伯而篡立，則共伯見弑之時，其齒又加長於武公，安得謂之蚤死乎？髦者子事父母之飾，諸侯既小斂，則脱之。《史記》謂釐侯已葬，而共伯自殺，則是時共伯既脱髦矣，詩安得猶謂之'髧彼兩髦'乎？是共伯未嘗有見弑之事，武公未嘗有篡弑之惡也。"姜炳璋《詩序廣義》曰："此正當宣王之世，宣王能討魯伯御，豈容武公之弑君篡國。今即以詩考之，曰'髧彼兩髦'，知共伯之卒，在僖侯未薨之前。《序》曰共世子，知未立爲君也。史遷之説誣矣。"焯謂《正義》依《史記》解經《序》，當以上三説正之。又《淇奥・序正義》謂美武公"逆取順守"，與《序》"以禮自防"違悖，皆過信《史記》之失也。

牆有茨

"牆有茨，不可埽也。"《傳》："興也。牆所以防非常。茨，蒺藜也。欲埽去之，反傷牆也。"《箋》云："國君以禮防制一國，今其宫内有淫昏之行者，猶牆之生蒺藜。"《正義》曰："蒺藜不可埽而去之，埽之反傷牆而毁家，以興國君以禮防制一國之非法。今宫中有淫昏之行，不可滅而除之，欲除而滅之，反違禮而害國。"

焯案：胡氏《後箋》云："淫昏之行正宜滅除，何得云違禮害國。詩但以'不可埽'對'不可道'言之，意謂牆以防非常，宜於堅密，而乃生不可埽之茨。以興中冓宜於肅清，而乃有不可道之言。今欲埽之，則恐傷於牆之堅，猶欲道之，則恐揚其國之惡耳。《傳》謂埽去蒺藜反以傷牆，於取興之意本無不合，《疏》未明《傳》意而誤衍之爾。"

“中冓之言。”《傳》：“中冓，内冓也。”《箋》云：“内冓之言，謂宫中所冓成頑與夫人淫昏之語。”《正義》即以《箋》説申經。

焯案：吕氏《詩記》謂：“中冓蓋閫内隱奥之處。中冓之言，若曰閨門之言。”其説最允。《箋》申《傳》未合《傳》旨。《正義》同《箋》於《傳》，不加分别，非也。

君子偕老

“副筓六珈。”《傳》：“副者，后夫人之首飾，編髮爲之。筓，衡筓也。珈，筓飾之最盛者，所以别尊卑。”《箋》云：“珈之言加也，副既筓而加飾，如今步摇上飾。古之制所有未聞。”《正義》申《傳》曰：“以此筓連副，則爲副之飾，是衡筓也，故‘追師’云‘追衡筓’，注云：‘王后之衡筓，皆以玉爲之。唯祭服有衡筓，垂于副之兩傍，當耳，其下以紞懸瑱。’是也。”

焯案：汪氏《異義》云：“《傳》解筓爲衡筓，衡即次章之瑱。釋筓而並言衡者，因‘追師’成文引之。見筓以玉爲之，非合衡筓爲一也。《疏》申《傳》亦衡筓並言，引‘追師’注，則遺去筓卷髮句，又於祭服有衡下衍筓字，疑溷不清。”《稽古編》云：“衡垂於當耳，筓横於頭上，鄭注‘追師’既以衡筓爲二物，而箋《詩》副筓仍不易《傳》，亦知毛意與己不異也。《疏》誤在引釋衡文而不引釋筓文耳。”

“象服是宜。”《傳》：“象服，尊者所以爲飾。”《箋》云：“象服者，謂揄翟闕翟也。人君之象服，則舜所云‘予欲觀古人之象日月星辰’之屬。”《正義》申《傳》曰：“以下《傳》云褕揄亦作褕。翟羽飾衣，則象非畫羽也。言服則非揥，明以象骨飾服。唯尊者爲然，故云尊者所以爲飾。象骨飾服，經傳無文。但推此傳，其理當然。”又“玼兮玼兮，其之翟也”，《傳》：“玼，鮮盛貌。褕翟，闕翟，羽飾衣也。”《箋》云：“侯伯夫人之服，自褕翟而下，如王后焉。"《正義》申《傳》曰："《傳》以翟雉名也，今衣名曰翟，故謂以羽飾衣，猶'右手秉翟'，即執真翟羽。鄭注《周禮》三翟，皆刻繒爲翟雉之形，而彩畫之以爲飾，不用真羽。孫毓云：'自古衣飾，山、龍、華、蟲、藻、火、粉、米，及《周禮》六服，無言以羽飾衣者。羽施於旌旗蓋則可，施於衣裳則否。蓋附人身，動則卷舒，非可以羽飾故也。'鄭義爲長。"

焯案：汪氏《異義》云："《傳》之釋象服也，曰尊者所以爲飾，不曰以象骨爲飾。惠氏《詩古誼》云：'《説文》曰：襐，飾也。《急就篇》：襐飾刻畫無等雙。《漢書·外戚傳》：襐飾將醫往問疾。師古曰：襐，盛飾也。象本襐字，古文省。'然則《傳》言尊者爲飾，蓋謂盛飾。其解翟爲羽飾衣，與《碩人傳》夫人以翟羽飾車不同，彼有以字，此止言羽飾衣也，則當同謂畫翟刻繒爲飾。雉爲羽蟲，故《傳》以羽言之。鄭明《傳》意，其釋象服、釋翟，皆申《傳》之辭，並不與《傳》象飾羽飾爲異。《説文》褘字注云：'《周禮》曰：王后之服褘衣謂畫袍。'褕字注云：'翟羽飾衣。'其設文與《傳》同，與先鄭内司服注'揄狄闕狄畫羽飾'可以互證。蓋古人言畫、言飾，對文則異，散文則通也。"沈鎬《毛詩傳箋異義解》云："《正義》象骨之説誤也。《傳》云尊者所以爲飾，正與次章羽飾衣句一氣，安見象服不指揄翟、闕翟，飾羽非畫羽耶？《禮記·玉藻》褘衣揄翟注云：'褘讀如翬。揄讀如摇。翬摇皆翟雉名。刻繒而畫之。著於衣以爲飾。'屈狄注云：'屈，《周禮》作闕，謂刻繒作翟。'康成所謂飾所謂刻，正與此傳飾字意合。仲達象骨之説，實自爲紛擾耳。"孫毓疑六服無言以羽飾衣，亦誤會《毛傳》飾字意。李氏樗曰："象服謂褕狄闕翟也。褕翟刻繒爲翟形，畫以五色，綴之於衣。闕翟者亦刻繒爲翟形，但不畫以五色，故謂之闕翟。"此説是也。陳啓源曰："《毛傳》謂以象骨及羽爲衣服之飾，而《孔疏》不從。然古籍散亡，制度不見於經傳者多矣，安知象飾之服毛非有據乎？"意蓋右毛駁孔。不知象骨之説已爲《疏》誤，欲以本非《傳》義之説右毛，毛亦不許也。

“瑳兮瑳兮，其之展也。”《傳》：“禮有展衣者，以丹縠爲衣。”《箋》云：“后妃六服之次，展衣宜白。”《正義》申《傳》采孫毓説，以爲“褘衣赤，褕翟青，闕翟黑，鞠衣黄，展衣赤，褖衣黑，謂以婦人尚華飾，赤爲色之著，因而右行以爲次。鞠衣宜白，爲疑於凶服，故越取黄。而展衣同赤。因西方闕其色，故褖衣越青而同黑也”。又申《箋》：“内司服‘掌王后之六服，褘衣、褕翟、闕翟、鞠衣、展衣、褖衣’，鄭司農注：‘展衣白，鞠衣黄，褖衣黑。’後鄭推次其色：‘闕翟赤，褕翟青，褘衣玄。’因謂是以天地四方之色差次六服之文。”

焯案：孫毓申毛之説，是以意推，《鄭箋》主先鄭之説，亦以意推，未知孰合於古。孫云展衣赤，既非全依方色右行之次，則取色原無定義。如謂鞠衣宜白，以爲疑於凶服，故越取黄，則《月令》云“孟秋之月，天子乘戎路，駕白駱，載白旂，衣白衣，服白玉”，未嘗以爲疑也。又皮弁不疑於凶，而婦人獨嫌於白，義亦難通。且詩云“瑳兮瑳兮”，《説文》：“瑳，玉色鮮白也。”展之爲白，當從鄭義。或疑毛何以言“展衣丹縠”，曰，六服之色，經無明文，毛公所據之書，今人亦不復見。但據孫毓之説，若古人果依五方五行之色爲次，則孫義實不如鄭義之順爾。

“蒙彼縐絺，是紲袢也。”《傳》：“蒙，覆也。絺之靡者爲縐，是當暑袢延之服也。”《箋》云：“展衣宜白。縐絺，絺之蹙蹙者。展衣夏則裹衣縐絺。”《疏》云：“縐絺是當暑紲去袢延烝熱之服也。”又申《傳》曰：“紲袢者去熱之名，故言袢延之服，袢延是熱之氣也。”

焯案：《説文》衣部云：“褻，私服。从衣，執聲。《詩》曰，是褻袢也。”又：“袢，衣無色也。从衣，半聲。一曰：《詩》曰，是紲袢也。”據此，是紲與褻同。胡氏《後箋》云：“袢延當與《大雅》之‘畔援’、‘伴奐’，《周頌》之‘叛涣’同，以疊韻爲義。畔援猶跋扈也，伴奐自縱弛之意，《訪落傳》：‘判，分。涣，散也。’畔援亦作叛换，《魏都賦》：‘雲徹判换。’劉淵林注：‘叛换猶恣睢也。’當暑之服縐絺，近於縱弛分散，然係私褻之服。若以禮見王及賓客，則必有展衣蒙之，故曰展衣而蒙彼縐絺，以縐絺是私褻絆延之服故也。”焦氏《補疏》云：“《蜀都賦》：‘累轂疊跡，叛衍相傾。’李善引《莊子》曰：‘何貴何賤，是謂叛衍。’司馬彪注：‘叛衍猶漫衍也。’《毛傳》袢延即叛衍，袢延之服，蓋謂服之寬闊者。《正義》所言，非毛義尤非詩義。”焯謂焦、胡二氏之説皆可通。馬氏《通釋》則云：“張參《五經文字》：‘袢又音煩。’《説文・繫傳》：‘袢，煩溽也。近身衣也。’今案讀袢如煩，亦爲煩汙。《説文》：‘姅，婦人汙也。’《葛覃》詩：‘薄汙我私。’《傳》：‘汙，煩也。’義並相近。以其爲煩汙之服而謂之袢，猶去衣之煩汙即謂之汙，受汗澤之衣即謂之澤也。袢延二字叠韻，與《方言》襎裷謂之幭，《玉篇》‘褑，車溫褑也’，皆重叠字。延義近硟，《説文》：‘硟，以石衦繒也。衦，摩展衣也。’以石衦繒爲硟，以衣揩摩汗澤亦爲袢延，故段玉裁謂袢延爲揩摩之意。縐絺爲衣，可以揩摩汗澤也。”今謂馬氏説尤確。

“邦之媛也。”《傳》：“美女爲媛。”《箋》云：“媛者，邦人所依倚以爲援助也。”《正義》以毛爲援助君子。鄭爲邦人依倚爲援助。

焯案：李氏《紬義》謂：“可以援助君子，則亦爲邦人所依倚以爲援助，無庸强爲分别。”是也。《説文》：“媛，美女也。人所援也。从女，从爰，爰，引也。《詩》曰：邦之媛兮。”是媛本訓援。《釋文》云：“媛，《韓詩》作援。云：取也。”《爾雅郭注》云：“所以結好媛。”《釋文》本作好援，注云：“援音媛。本今作媛。”是媛援本通。

桑　中

《序》云："《桑中》，刺奔也。衛之公室淫亂，男女相奔，至於世族在位相竊妻妾，期於幽遠。政散民流而不可止。"《正義》曰："上下淫亂，有同亡國，故《序》云政散民流而不可止。是以《樂記》曰：'桑間濮上之音，亡國之音也。其政散，其民流，誣上行私而不可止。'是也。"

焯案：《正義》以《序》"政散民流而不可止"之語偶與《樂記》合，遂以桑中爲桑間，而朱子因之。後人專攻朱子，則忽其本用孔説也。

"云誰之思，美孟姜矣。"《傳》："言世族在位有是惡行。"《箋》云："淫亂之人誰思乎？乃思美孟姜，而思與淫亂。疾世族在位有是惡行也。"《正義》曰："世族在位之人相竊妻妾，與之期於幽遠而行淫。乃云我誰思乎，乃思美好之孟姜與之爲淫亂。"又云："此陳其辭以刺之。"

焯案：汪氏《異義》云："《序》云刺奔，則經皆刺者之辭，故《傳》《箋》釋之云云。經'期我乎桑中'三句，乃刺者詳其事以醜之。《箋》云'此思孟姜之愛厚己'，亦言淫亂者之意耳。《疏》誤會《箋》此句，自'云誰之思'以下皆述爲淫者自言，殆非。"顧氏《學詩詳説》引管氏世銘曰："若真以爲淫者自言，毋論竊人妻妾固未肯自道其實，且此詩一人之辭乎？三人之辭乎？一人之辭，固未必徧游沬鄉、沬北、沬東而竊三姓之婦，三人之辭，又安得次比爲詩，而所淫者適皆爲孟也。祇就詩言繹之，而義已難通矣。"焯案管氏駁朱子《集傳》之説，至爲明快。而朱子謂此詩爲淫者自作，蓋亦襲《孔疏》之誤耳。

定之方中

"定之方中，作于楚宫。揆之以日，作于楚室。"《傳》："定，營室也。方中，昏正四方。揆，度也，度日出日入以知東西。南視定，北準極，以正南北。"《箋》云："定星昏中而正，於是可以營制宫室，故謂之營室。定昏中而正，謂小雪時。"《正義》曰："《傳》言南視定者，鄭意不然。何者？以《匠人》云，'晝參諸日中之影'，不言以定星參之。經傳未有以定星正南北者，故《箋》以定爲記時，異於《傳》也。《傳》以視定爲正南北，則四句同言得制，非記時也。"

焯案：《傳》雖不以定中爲記時，然云昏正四方，則時從可知矣。《箋》以傳未明言何時，故申之曰小雪時，意非與《傳》異也。《正義》於《序》下申《傳》曰："既得其制，則得其時可知。"是其知《傳》《箋》之義本通。而此則云"《傳》非記時，《箋》與《傳》異"，是自相矛盾矣。《考工記·匠人》云："夜考之極星以正朝夕。"《晏子春秋·雜篇》云："古之立國者，南望南斗，北戴極星。"是視星以正方位，原屬古制。《正義》謂"經傳未有以定星正南北者"，然即此《傳》所云是也，又何事旁求而疑《傳》乎？

"作于楚宫。"《傳》："楚宫，楚丘之宫也。"《正義》曰："《鄭志》：'楚丘在濟、河間。疑在今東郡界。'杜預云：'楚丘，濟陰成武縣西南。'但漢之郡縣已不同，鄭疑在東郡，杜云濟陰也。"

焯案：顧棟高《毛詩類釋》云："春秋時有兩楚丘：《隱七年》'伐凡伯于楚丘'，在山東曹縣東南四十里，本戎州己氏之邑，凡伯過其地，因劫略之。《杜注》所謂濟陰成武縣西南者是也。成武與曹縣連境。其一爲僖四年'衛遷于楚丘'，在滑縣東六十里，漢爲白馬縣。《水經注》曰：'白馬濟有白馬城，衛文公東徙渡河都之。'隋開皇十六年，同時置兩楚丘縣。一在漢己氏縣，以戎伐凡伯之楚丘爲名，爲南楚丘。一在漢白馬縣，即桓公封衛者，爲北楚丘。後以曹縣有楚丘，因改名衛南縣。杜佑《通典》曰：'白馬，春秋衛漕邑。衛南，衛文公所徙之楚丘也。'《元和郡縣志》及《舊唐書》所載並同。

乃班固《地理志》於成武下則曰：‘齊桓公所城，遷衛文公於此。’既混滑縣之楚丘於成武。孔穎達疏《定之方中》，胸無定見，兩歧其説曰：‘漢之郡境已不同，故鄭疑在東郡，杜云濟陰也。’不知杜云濟陰成武縣者，乃是凡伯傳之楚丘，與衛無涉。鄭疑在東郡，東郡今之東昌府，焯云：舊東昌府治，爲今山東聊城縣。亦與滑縣絶遠也。”

“説于桑田。”《箋》云：“文公于雨下命主駕者，雨止爲我晨早駕，欲往爲辭説于桑田，教民稼穡，務農急也。”《正義》述經曰：“汝於雨止星見，當爲我早駕，當乘之往辭説於桑田之野。”

焯案：説字毛無《傳》。《釋文》云：“説，毛始鋭反，舍也。鄭如字，辭説。”陸蓋依《甘棠》《傳》爲解，是也。《甘棠》“召伯所説”，《傳》：説，舍也。《釋文》云：本或作税。又作脱，同。始鋭反。舍也。《正義》於此因毛無《傳》，即以《箋》述經，非是。李氏《紬義》云：“《碩人》‘説於農郊’毛亦無《傳》，《正義》别而述之，且云：‘毛於《詩》皆不破字，明此説爲舍。’孫毓述毛云：‘説之爲舍，常訓也。’而此詩不别，何也？”

干　旄

“在浚之郊。”《傳》：“浚，衛邑。古者臣有大功，世其官邑。郊外曰野。”《正義》云：“《釋地》云：‘郊外謂之牧。牧外謂之野。’此言‘郊外曰野’，略《爾雅》之文。”

焯案：《傳》説往往與《周官經》相應，此不當援《爾雅》爲言。李氏《紬義》云：“《周官・載師》，王畿五百里，五十里爲近郊，百里爲遠郊。自百里至二百里爲甸地，亦名爲州。自二百里至三百里爲稍地，亦名家邑，大夫之采地也，亦名爲野，鄭司農注引《司馬法》‘三百里爲野’，是也。自三百里至四百里爲縣地，亦名小都，卿之采地也。自四百里至五百里爲畺地，亦名大都，公之采地及王子弟所食邑也。而‘遂人掌邦之野’，《鄭注》云：‘郊外曰野。’此野爲甸、稍、縣、都，則自二百里至五百里統稱野也。《傳》言‘郊外曰野’，當如遂人據縣地言，縣爲卿之采地，卿亦大夫，故《傳》謂世其官邑。縣亦爲都，故下二章《傳》言下邑曰都，城，都城也。《正義》謂略《爾雅》之文，恐非。”

“素絲紕之，良馬四之。”《傳》：“紕，所以織組也。總紕於此，成文於彼。願以素絲紕組之法御四馬也。”《疏》申《傳》曰：“此好善者，我願告之以素絲紕組之法，而御善馬四轡之數，以此法而治民也。”

焯案：詩言“良馬四之”，謂大夫乘四馬，非謂轡數。胡氏《後箋》云：“‘總紕於此，成文於彼’，蓋本古語，而毛引之。故《簡兮》‘執轡如組’，《傳》語亦略同。毛意素絲御馬，不過謂馬良御善，以形容大夫車服之盛，禮意之勤，如所謂‘初見漢官威儀’也。其云‘願以素絲紕組之法御四馬’者，古人文字闊略，容有不關意義者，並未嘗明言以此御法告大夫也，《孔疏》釋毛之説乃如此。夫御馬固可喻治民，然此大夫方來禮賢，末句始爲賢者慮其何以畀之，豈有先告以治民之法？此《正義》衍説之誤，毛本無此意也。”

載　馳

《載馳·序》《正義》曰：“《左傳》叔孫豹鄭子家賦《載馳》之四章，義取控引大國。今‘控于大邦’乃在卒章。此實五章，言賦四章者，杜預云：‘并賦四章以下。’服虔云：‘《載馳》五章屬《鄘風》。許夫人閔衛滅，戴公失國，欲馳驅而唁之。在禮，婦人父母既歿，不得寧兄弟。於是許人不嘉，故賦二章，以喻思不遠也。許人尤之，遂賦三章。以卒章非許人不聽，遂賦四章，言我遂往，無我有尤也。’服氏既云《載馳》五章，下歷説唯有四章者，蓋置首章於外，以下別數爲四章也。凡詩之作，首尾連接，未有除去首章，更爲次第者。服氏此言，無所案據。正以《傳》有四章之言，故爲此釋，不如杜氏并賦之説也。”

焯案：《左傳服注》所分此詩章數，與今本有異。陳奐《毛詩傳疏》、胡氏《後箋》推論服氏之説又各不同。陳氏謂：“服以‘既不我嘉’爲二章，‘許人尤之’爲三章，而四章五章錯綜言之。我遂往即‘我行其野’之義，爲四章。非許人不聽，即‘不如我所思’之義，爲五章。”焯謂服説殆有可疑者。陳氏謂服以今之二三兩章并爲第二章是也。其謂服於四章五章錯綜言之，似爲未諦。服云“以卒章非許人不聽，遂賦四章”，似其所云四章，即爲卒章，又“言我遂往，無我有尤”二語緊承“遂賦四章”言之，不得以“我遂往”爲四章之義，“無我有尤”别爲五章語也。且以詩義言之，如止言“控于大邦，誰因誰極”，則語意不完，必合“大夫君子”以下四語爲一章，始得表其哀切纏緜之意，是必不得斷作兩章。故余獨取胡氏之説。《後箋》云：“《正義》所引服説，既以‘許人尤之’爲三章，則服意自以此詩通爲四章。首章六句，次章八句，三章與首章同，四章與次章同，章六句者用一韻，章八句者用兩韻，古詩雖不必拘，而此篇固相配整齊，服氏所分，當是古本如此。今《毛詩》章句，後人或有改易。服云《載馳》五章屬《鄘風》者，五字恐係四字傳寫之訛。《正義》謂服‘置首章於外，以下别數爲四章’，非也。子家穆叔所以賦《載馳》者，皆止取‘控于大邦’之意，無庸并賦‘許人尤之’之章。杜注《左傳》謂‘并賦四章以下’，亦非也。”

“載馳載驅。”《傳》：“載，辭也。”《箋》云：“載之言則也。”《正義》曰：“鄭唯‘載之言則’爲異。”

焯案：《箋》云“載之言則”，則亦辭也。《菁菁者莪疏》知《傳》、《箋》皆以載爲則，而於此獨以鄭爲異。然則《傳》所謂辭者何辭也？

“我行其野，芃芃其麥。”《傳》：“願行衛之野，麥芃芃然方盛長。”《箋》云：“麥芃芃者，言未收刈，民將困也。”《正義》曰：“我比欲行衛之野，觀其芃芃然方盛之麥，時未收刈，明民困苦。”

焯案：詩意不過謂使我行衛之野，徒見隴麥之芃芃而已。《傳》云麥方盛長，祇以釋芃芃之意。《箋》謂“麥未收刈，民將困苦”，實爲衍説。《正義》合而述之，非也。《傳》《箋》異義，詳見《毛詩鄭箋平議》。

衛

淇奧

“會弁如星。”《傳》：“弁，皮弁。所以會髪。”《箋》云：“會謂弁之縫中，飾之以玉，皪皪而處，狀似星也。”

焯案：《傳》言弁之用，《箋》言弁之體，意不相背。《疏》以爲異解，非是。

考槃

“考槃在澗。”《傳》：“考，成。槃，樂也。山夾水曰澗。”《箋》云：“有窮處成樂在於此澗者。”《正義》曰：“《傳》以‘澗’爲窮處，下文‘阿’‘陸’亦爲窮處矣。”

焯案：此詩全篇皆反言見義。《序》云使賢者退而窮處，蓋就詩之正意言之，於詩辭無當也。《箋》既釋詩“碩人之寬”爲寬然有虚乏之色，又誤解詩三永失句，而釋《序》窮處爲終處。《正義》遂援《箋》入《傳》，且固執《序》義，謂《傳》以澗爲窮處，非也。

“碩人之軸。”《傳》：“軸，進也。”《箋》云：“軸，病也。”《正義》曰：“《傳》軸爲迪。《釋詁》云：‘迪，進也。’《箋》以與陸爲韻，宜讀爲逐。《釋詁》云：‘軸，病。’逐與軸蓋古今字異。”

焯案：《大雅·桑柔》篇：“弗求弗迪。”《傳》：“迪，進也。”《正義》據彼《傳》義，故云此《傳》以軸爲迪。惟軸本有進展義，毛不破字，不宜謂軸訓進，其義由迪來也。又軸、迪俱从由聲，古音與逐同在蕭部。如《正義》説，《箋》以軸與陸爲韻，宜讀爲逐，則是以毛之讀迪不與逐同矣。此未憭古音之失也。《釋文》：“軸，毛音迪。鄭直六反。”又《桑柔》篇從徐氏音迪，“徒歷反”，同一未考古音。

碩　人

“説于農郊。”《傳》：“農郊，近郊。”《箋》云：“説當作襚，《禮》、《春秋》之襚讀皆宜同。衣服曰襚，今俗語然。此言莊姜始來，更正衣服于衛近郊。”《正義》曰：“襚，以衣服贈死者。何休云：‘襚猶遺也。’以衣服可以遺人，因謂衣服曰襚。雖遺吉之衣服亦謂爲襚。今俗語猶然，以禮文施於死者，故引俗語以證之。”

焯案：馬氏《通釋》云：“曾釗曰：《箋》文當作‘易服曰襚’，以爲莊姜易服之證。故下即言‘莊姜更正衣服于衛近郊’。今誤作衣服曰襚，則與下文更正衣服不相貫。今案曾説是也。‘説’之言解脱也。今俗皆以解衣爲脱衣。襚爲易衣，義與脱同。説又訓舍者。亦得通爲操舍之舍，舍亦脱也。《正義》不悟《箋》義訓襚爲易，遂謂遺吉之衣亦爲襚。失之。”焯又案襚在邪紐，邪與喻古音相通，而喻古讀入定，故襚古通作裞，或爲税，説與裞税皆從兑聲，故亦通用。

“鱣鮪發發。”《傳》：“鱣，鯉也。鮪，鮥也。發發，盛貌。”《正義》據《爾雅》郭注及陸璣《疏》以鯉、鮪、鱣、鮥皆異魚名，而謂《傳》誤。

焯案：《爾雅·釋魚》："鯉，鱣。鰋，鮎，鱧，鯇。"皆以下一魚釋上一魚。若如郭注别爲六魚，則是空列魚名，無復訓釋矣。汪氏《異義》云："《傳》釋鱣爲鯉，與《魚麗傳》釋鰋爲鮎，元本《爾雅》，舍人、孫炎皆無異義。《説文》鯉與鱣且互相訓，而鮎亦爲鰋。郭璞注《爾雅》，始以後世種類形狀别異之。然《爾雅》之作，所以釋也。豈空列物名而待後人爲之釋乎？古今名物不同，稱謂各異，郭注《爾雅》而與經違，孔執郭注而謂《傳》誤，謬矣。《釋文》於此云，'鱣與鯉全異'。於《魚麗》云，'或古今名異，逐世移耳'。陸之矜慎遠過於孔。又《爾雅》云：'鮥，鮛鮪。'《傳》釋鮪爲鮥，與《爾雅》同也。陸璣《疏》云：'大者爲王鮪。小者爲鮛鮪，一名鮥。'案《説文》於鮪字注云：'鮥也。'於鮥字注云：'叔鮪也。'蓋以大小别之，則有王鮪、鮛鮪之殊，統名之則通曰鮥。孔引《陸疏》，而謂鮪鮥爲異魚，亦誤。"

氓

"抱布貿絲。"《傳》："布，幣也。"《箋》云："幣者，所以貿買物也。"《正義》曰："此布謂絲麻布帛之布。幣者，布帛之名。"

焯案：《鹽鐵論·錯幣》篇："文學曰：古者市朝而無刀幣，各以其所有易無，抱布貿絲而已。"《正義》以布爲布帛，蓋本於此。然《周禮》載師先鄭注云："里布者，布參印書，廣二寸，長二尺，以爲幣，貿易物。《詩》云'抱布貿絲'，抱此布也。"先鄭又云："言布參印書者，舊時説也。"其説正與毛同。然則詩所謂布，必非指布帛言。《正義》既以布爲絲麻布帛之布，且以《傳》《箋》所云幣爲布帛之名，非是。

"將子無怒。"《傳》："將，願也。"《箋》云："將，請也。"《疏》云："鄭唯以將爲請爲異。其以時對面與之言，宜爲請。"

焯案：《疏》强申《箋》意。胡氏《後箋》云："《穆天子傳》，西王母爲天子謠曰：'將子無死，尚能復來。'此將亦當爲願，蓋可云願其無死，不可云請其無死也。且此亦相對唱酬之詞，不必面言即宜爲請也。"

"于嗟女兮，無與士耽。"《傳》："耽，樂也。女與士耽，則傷禮義。"《箋》云："於是時國之賢者刺此婦人見誘，故于嗟而戒之。鳩以非時食葚，猶女子嫁不以禮，耽非禮之樂。"《疏》述《傳》曰："君子則好樂於己，己與之耽樂。時賢者見己爲夫所寵，非禮耽樂，故吁嗟而戒己。"

焯案：《疏》以《箋》義述《傳》，非是。李氏《紬義》云："《序》云美反正，刺淫佚。毛以經上二章述氓誘女許之事，至此章以桑起興，發爲正論，正是反正之詞。故云'女與士耽則傷禮義'。無與云者，經述婦人自戒，非國之賢者刺此婦人也。《疏》以《箋》述毛，毛意當不如此。又《正義》述《箋》曰：'言士女，則非自相謂之詞，故知國之賢者刺其見誘而戒之。'然於下章'女也不爽'四句又作自相謂之詞，前後矛盾。蓋'自我徂爾'以下，亦當云賢者見其事而戒之，乃合《箋》義也。"焯又案《正義》述《傳》曰："耽者過禮之樂，則如食桑葚過時矣。女與士耽以過禮，故爲傷禮義。則時賢者戒女之過禮，謂己爲君子所寵過度，不謂非禮之嫁爲耽也。"汪氏《異義》云："《疏》泥《傳》'鳩食葚過醉而傷性'，與《箋》'鳩以非時食葚'之異，遂爲此解。不知《傳》'醉而傷性'是興喻耽字。《箋》之'非時'是興喻非禮，非禮即在耽字中見。《箋》以桑未落爲仲秋時桑無葚，故假言食之非時。《箋》記時之説與《傳》異，耽非禮之樂則與《傳》傷性義通。若依《疏》申《傳》，則'士之耽兮'不可通矣。"

"桑之落矣，其黄而隕。自我徂爾，三歲食貧。"《傳》："隕，隋也。"《箋》云："'桑之落矣'，謂其時季秋也。復關以此時車來迎己。徂，往也。我自是往之女家，女家乏穀食，已三歲貧矣。言此者，明己之悔，不以女今貧故也。”《正義》述《傳》曰：“《傳》既以桑落黄隕興顔色之衰，則食貧在已衰之後。謂至夫家三歲之後，始貧乏於衣食。王肅曰：‘婦人至於色衰，無以自託。言我往之汝家，從華落色衰以來，三歲食貧矣，貧者乏食，飢而不充，喻不得志也。’”

焯案：“三歲食貧”，猶俗云多年喫苦耳。故下章有“靡勞”“靡朝”之歎也。鄭、王皆誤以三歲爲實數，故其説如此。夫詩以桑落黄隕喻婦人色衰見棄，實爲全章之興。“自我徂爾”以下，則追溯嫁後見薄之事，非謂食貧在色衰之後也。《正義》誤依王説，謂食貧在至夫家三歲之後，不悟下章云三歲爲婦，將亦至夫家三歲之後始爲婦乎！且如王肅所云，則此婦係以食貧見悔，非以棄背見悔矣。是必不合《傳》意也。

“及爾偕老。”《箋》云：“及，與也。我欲與女俱至於老。”《正義》曰：“以下云不思其反，責其不念前言，則男子之初，與婦人有期約矣。則此‘及爾偕老’，男子之辭。”

焯案：《箋》意實以此句爲婦人之辭。焦氏《補疏》云：“前‘以爾車來’《箋》云：‘女，女復關也。’以‘女’解爾字，以復關指女，則‘女’者謂男子也。‘我’者婦人自我也。我欲與女俱至於老，婦人自言欲與男子偕老也。《正義》以爲婦人述男子謂己之辭，是‘女’爲男子稱婦人。‘我’爲男子自我矣。下‘信誓旦旦’《箋》云：‘我爲童女時，女與我言笑和柔，我其以信相誓旦旦爾。’女、我所屬，分别甚明。而《正義》亦反之，經文遂迂曲不達。”

“不思其反。反是不思，亦已焉哉。”《箋》云：“反，復也。今老而使我怨，曾不念復其前言。已焉哉，謂此不可奈何，死生自決之辭。”《正義》曰："今老而使我怨，是曾不思念復其前言，而棄薄我。我反復是君子不思前言之事，則我亦已焉哉，無可奈何。"

焯案："反是不思"，是猶之也，猶云前言之不思耳。非以是爲是君子也。胡氏《後箋》云："反是不思者，即叠上不思其反，變文以叶下哉字耳。據《正義》，則經中兩反字異義，非是。"

芄 蘭

"容兮遂兮。"《傳》："容儀可觀，佩玉遂遂然。"《箋》云："容，容刀也。遂，瑞也。言惠公佩容刀與瑞。"《正義》申《傳》曰："《大東》云：'鞙鞙佩璲。'璲本所佩之物，因爲其貌，故言佩玉璲璲然。"

焯案：遂當讀爲《禮記·祭義》"陶陶遂遂"之遂，蓋以狀其舒徐之貌。《正義》謂《傳》言佩玉遂遂，乃牽合《箋》義，以遂遂爲璲璲，似非《傳》意也。

"童子佩韘。"《傳》："韘，玦也。能射御則佩韘。"《箋》云："韘之言沓，所以彄沓手指。"《正義》謂："禮無以韘爲玦者，故鄭易之爲沓。"又引《大射》"朱極三"注："以朱韋爲之。食指、將指、無名指，小指短，不用。"以《釋》箋彄沓手指。

焯案：《箋》乃足成《傳》意，非以易《傳》。馬氏《通釋》云："《説文》：'韘，射決也。所以拘弦。以象骨韋系著右巨指。'《士喪禮》鄭注：'決以韋爲之藉，有彄。'《玉篇》：'韘，指沓也。'據此，知韘即決，而決以韋爲藉。又必有彄，以彄沓手指。《箋》本申《傳》訓決爲韘之義。手指謂右巨指。《孔疏》乃以《大射》'朱極三'釋之，以手指爲食指、將指、無名指，誤矣。彄之言韝也。沓之言韜也。決與韘沓，異名而同實。以其用以闓弦謂之決。以其用韋爲藉謂之韘。以其月以韜指，則謂之彄沓也。”

伯兮

“伯也執殳，爲王前驅。”《傳》：“殳長丈二而無刃。”《箋》云：“兵車六等：軫也，戈也，人也，殳也，車戟也，酋矛也，皆以四尺爲差。”《正義》曰：“前驅在車之右，其當有勇力以用五兵，不得無夷矛也。”

焯案：《考工記》廬人：“攻國之兵欲短，守國之兵欲長。”此乃衛人從王伐鄭，是爲攻國。故《箋》言兵車六等、不數夷矛，以夷矛長至三尋，非車上所利用故也。《正義》所言，顯與《箋》義相戾。汪氏《異義》云：“《考工記》云：‘六建既備，車不反覆，謂之國工。’是舉六建以見車之善，非謂兵車必備五兵。《疏》牽於六等六建之文，橫生轇轕。實則此詩止合有酋矛，而無夷矛也。”

“願言思伯，甘心首疾。”《傳》：“甘，厭也。”《箋》云：“願，念也。我念思伯，心不能已。如人心嗜欲所貪口味，不能絶也。我憂思以生首疾。”《正義》申《傳》曰：“謂思之不已，乃厭足於心，用是生首疾也。”又申《箋》曰：“《箋》以甘心者思之不能已，如口味之甘。故《左傳》云：‘請受而甘心焉。’始欲取以甘心，則甘心未得爲厭，故云然。”

焯案：胡氏《後箋》云：“《箋》正申《傳》訓甘爲厭之意。《正義》似以鄭爲易《傳》，非是。”焯謂《箋》義與《傳》微異。《傳》訓甘爲厭，厭與猒通，猒之訓爲飽、爲滿，意以甘心者，言憂思滿心耳。又甘心與首疾之文爲對舉，猶《孟子》以疾首蹙頞連文，首疾猶言疾首，特倒文以便韻，非謂甘心至首疾也。《正義》申《傳》，實未得《傳》意。

“焉得諼草。”《傳》：“諼草令人善忘。”《箋》云：“憂以生疾，恐將危身，欲忘之。"《正義》申《傳》曰："諼訓爲忘，非草名。故《傳》本其意，言'焉得諼草'，謂欲得令人善忘憂之草，不謂諼爲草名。故《釋訓》云：'諼，忘也。'孫氏引《詩》云'焉得諼草'，是諼非草名也。"

焯案：《傳》云"諼草令人善忘"，明以諼爲草名。諼之訓忘，正以忘憂引申。如《正義》所説，與《毛傳》、《説文》並不合。焦氏《補疏》云："《説文》：'藼，令人忘憂草也。《詩》曰，焉得藼草。'重文作萱。《文選》注引詩作'焉得萱草'，以忘憂得有諼名，因諼而轉名藼萱，謂萱取義於諼可也，謂諼非草名不可也。又《箋》言恐危身欲忘之，殊失風人之旨，非毛義也。而《正義》直以危身之説屬諸《毛傳》，亦非。"

"言樹之背。"《傳》："背，北堂也。"《正義》申毛，謂："婦人欲樹草於北堂之上。"又云："背者向北之義，故知爲北。"

焯案：陳氏《傳疏》云："房之近北者爲北堂，其北有北階，北階下有餘地，可以樹草，北堂正指北堂階下。《正義》謂婦人欲樹草於堂上，誤矣。"俞樾《羣經平議》云："背即北字，古背北同字。《國語·吳語》曰：'吳師大北。'韋昭注曰：'北，古之背字。'是也。爰樹之背即爰樹之北。《傳》以經但言北，未言所在，故以北堂釋之。《正義》之説反涉迂曲。"此二説皆可補苴《疏》義。

卷 三

王

王城譜

《譜》云："平王以亂故，徙居東都王城，於是王室之尊與諸侯無異。其詩不能復《雅》，故貶之謂之王國之《變風》。"《正義》曰："《風》《雅》之作，本自有體。而云貶之謂之《風》者，言當爲作《雅》，猶校勘記云。猶同由。貶之而作《風》，非謂采得其詩乃貶之也。"

焯案：《正義》欲申《箋》説，謂作者貶之而作《風》，實爲過論。詳見《毛詩鄭箋平議》。《正義》又引服虔云："尊之猶稱王，猶《春秋》之王人稱王，而列於諸侯之上。"夫以王爲尊，則仍以《風》爲貶。尊貶同時寓於二字之中，似無是理。陸奎勳《陸堂詩學》云："《春秋》魯國之史，於元年春必書王正月，猶可目爲尊王。《黍離》十篇采自王畿，將不稱王而奚稱？或曰，周可稱也。余謂王亦以地而言。自平王歷景王，都王城者十二世，敬王避子朝亂，乃徙都成周，義固不得舍王而稱周，且稱周則與《周南》混矣。故謂以《風》貶周者，非也。謂以王尊周者亦非也。"此論當矣。《正義》又曰："《王詩》次在《鄭》上，《譜》退《豳》下者，欲近《雅》《頌》，與王世相次故也。"汪氏《異義》云："《王》之不能復《雅》，視《豳》之變而不失其正，其相去不可同年而語。而二《雅》始於文、武，列《王》《雅》前，世亦不得相次，二者無一可，孔氏殆曲爲之説也。"

黍　離

《序》云："《黍離》，閔宗周也。周大夫行役，至于宗周，過故宗廟宫室，盡爲禾黍。閔宗周之顛覆，彷徨不忍去，而作是詩也。"《正義》曰："詩但主傷宫室生黍稷，非是追刺幽王。故爲平王詩耳。又宗周喪滅，非平王之咎，故不刺平王也。”

焯案：此詩主旨在章末二語。《鄭箋》云：“此亡國之君何等人哉！”正以此爲斥幽王。雖風人之體，語多含蓄。其於幽王之喪身失國，歎息痛恨之意深矣，非徒爲黍離之傷也。又西周覆滅，實由申侯之召戎，平王忘家國之讎，方德申侯之不暇，其去弑父與君者，蓋一間耳。詩意之悲傷惻怛，有逾《麥秀》之歌。感舊者即以刺今，何云不刺平王耶？《正義》所言淺矣。

“彼黍離離，彼稷之苗。”《傳》：“彼，彼宗廟宫室。”《箋》云：“宗廟宫室毁壞，而其地盡爲禾黍。我以黍離離時至，稷則尚苗。”《正義》曰：“詩人以黍秀時至，稷則尚苗，六月時也。未得還歸，遂至於稷之穗，七月時也。又至於稷之實，八月時也。是故三章歷道其所更見，稷則穗實改易，黍則當云離離，欲記其初至，故不變黍文。”

焯案：離離，猶言歷歷、羅羅，古詩：“天上何所有，歷歷種白榆。”《世説新語·賞譽》篇：“司馬太傅目王忱曰：阿大羅羅清疎。”以狀黍之行列，非言其秀。黍自穗至實，皆可以離離言之。若稷以苗、穗、實分言者，亦非如《箋》説，“歷道其所更見”。蓋見時或已結實，乃追溯其前時之苗、穗言之。或見時尚苗，而預探其後日之穗、實言之。意在取以换韻耳。《正義》曲附《箋》義，未得其解。宋劉元城謂“往來非一見”，亦緣《箋》説致誤，宜楊用修譏其説之固也。

“中心如噎。”《傳》：“憂不能息也。”《正義》曰：“憂深不能喘息，如噎之然。”

焯案：劉端臨《方言補校》云：“《正義》説非也。憂在心與喘息何與？天下豈有憂而不得喘者乎？噎憂雙聲字，《玉篇》引詩‘中心如噎'，謂噎憂不能息也。"增一謂字，最得毛氏之意。噎憂即欭嚘，氣逆也。《説文》欭字注："嚘也。"《玉篇》嚘字注："《老子》曰：'終日號而不嚘。'嚘，氣逆也，亦作𣣸。"《廣韻》："欭，嚘歎也。𣣸，氣逆也。"噎噫、噎憂一聲之轉。

君子陽陽

"左執簧。"《傳》："簧，笙也。"《正義》曰："簧者，笙管之中金薄鍱也。"《春官》笙師注："鄭司農云：笙十三簧，笙必有簧，故以簧表笙。傳以笙簧一器，故云簧笙也。"

焯案：《正義》釋《傳》，以簧笙爲一器。馬氏《通釋》辨之云："簧亦樂器之一。《世本》：'女媧作笙。隨作簧。'宋均注：'隨，女媧之臣。笙、簧，二器。'《説文》：'隨作笙，女媧作簧。'《古史考》亦曰：女媧作簧。與《世本》互異。亦以笙簧爲二器。《説文》又曰：'篁，簧屬。'其不以簧爲笙中之簧，明矣。《爾雅》：'大笙謂之巢。'《文選·笙賦》李注引《爾雅》作'大笙謂之簧'，疑李善所見《爾雅》本自作簧。又《文選·長笛賦》李注引《風俗通》：'簧，笙中簧也。大笙謂之簧。'是凡笙管中施簧謂之簧。笙之大者亦謂之簧。《月令》：'調竽笙篪簧。'以簧與笙竽篪並列。《鹿鳴》詩'吹笙鼓簧'與'鼓瑟吹笙'爲一類，皆以簧別爲一器。此詩'左執簧'，《車鄰》詩'並坐鼓簧'，亦別器也。《毛傳》：'簧，笙也。'不曰笙中簧，蓋知簧爲笙之大者，通言則簧亦笙也。《孔疏》以簧爲笙管中之簧，失之。"

揚之水

"不與我戍甫。"《傳》："甫，諸姜也。"《正義》曰："平王母家申國。所戍唯應戍申。不戍甫、許也。言甫、許者。以其同出四岳，俱爲姜姓。既重章以變文，因借甫、許以言申，其實不戍甫、許也。"

焯案：甫即吕國。《括地志》云："故申城在鄧州南陽縣北三十里。故吕城在鄧州南陽縣西四十里。"是則二國相距甚近。許即今河南許昌，亦去南陽不遠。三國同爲姜姓，其地爲南北門户，而互爲唇齒，故戍申即兼戍甫、許。《正義》以詩言甫、許，爲重章變文，非也。何楷《詩經世本古義》引鄒氏忠胤説："甫、許與申接壤，當時楚人因伐申。而并侵甫及許容有之。即不然，而二國惕於震鄰，或邀王靈，併爲之戍，亦非必待其見侵也。《國語》史伯曰：'王欲殺太子以成伯服，必求之申，申、吕方强，其隩愛太子亦必可知也。'《竹書紀年》：'幽王十一年，爲犬戎所弑。申侯、魯侯、許男、鄫子立故太子宜咎于申。'然則平王戍此三國，皆以其助己而德之耳。"此説視《正義》爲有據。范氏《詩瀋》謂："戍申、戍甫、戍許不一戍，而《序》專言母家者，甫、許之戍，因戍申而連及之也。"得之。

"不流束蒲。"《傳》："蒲，草也。"《箋》云："蒲，蒲柳。"《正義》曰："以首章言薪，下言蒲楚，則蒲楚是薪之木名，不宜爲草。故易《傳》以蒲爲柳。"

焯案：《正義》以薪是木名，故楚蒲皆木。然則薪从艸者何也，此不得其説而妄言之，況詩人亦不必如此其拘滯也。焦氏《補疏》云："《周南》'喬木'之詩既以薪言楚，又以薪言蔞，蔞之爲草同於蒲，蒲草何礙於薪之有。《釋文》引孫毓云：'蒲草之聲不與戍許相協，《箋》義爲長。'二蒲之音未詳其異，陸氏已疑之矣，《箋》之易《傳》非爲此也。《箋》解'揚之水，不流束薪'云：'激揚之水至湍迅，而不能流移束薪。'若蒲草，何不可移動？惟牡荆楊柳之木，析之爲束，粗而且重，乃非激揚之水所流。毛以不流爲反辭。《箋》既易《傳》爲實辭，故易蒲草爲蒲柳耳。"焯謂焦氏説未審得鄭意與否。據《釋文》引孫毓語，確知漢末以來，蒲草、蒲柳之聲有别。當毛公時，二蒲字宜皆讀平聲。鄭君或讀蒲柳之蒲爲上聲，以與許協。因以易《傳》耳。四聲之論，雖起於齊梁之間，而漢師音讀，其可别異者實多。特後世知之者少耳。

中谷有蓷

"暵其乾矣。"《傳》："暵，菸貌。陸草生於谷中，傷於水。"《正義》曰："由菸死而至於乾燥，以暵爲菸也。"

焯案：《説文》暵作鸂，云："水濡而乾也。"引《詩》"鸂其乾矣"，文與毛異，蓋出三家。《傳》以暵爲菸者，乃通三章爲訓。其以暵爲蓷草乾枯之狀，則與《説文》無異。《正義》未憭《傳》意，而又誤解"暵其"之語，以其字下屬，乃云由菸死而至於乾燥，非是。胡氏《後箋》云："經文'暵其'與'嘅其''條其''啜其'四其字皆連上一字作形容之詞，非以'其乾''其脩''其濕'二字連文。"是也。又案詩首章言暵其，暵其猶云暵然。以爲乾之副詞。次章卒章言脩、言濕，亦以暵其爲言者，蓋詩雖三章分言，總謂蓷之由濕且脩而乾，實爲一語耳。其意則偏言乾，故皆以暵其冠之。其初言乾，次言脩、濕者，只以趁韻之故，非有他義。《正義》以爲先舉其重，然後倒本其初。程伊川、蘇潁濱則謂始言乾，繼言脩言濕，是以漸而甚。皆非詩意也。清世王引之亦未憭新義，疑詩先言乾後言濕，於文爲不順。謂濕當讀爲㬤，㬤亦且乾也。因詆《説文》訓鸂爲水濡而乾，乃承毛公之誤而爲説。見《廣雅疏證·釋草》"益母充蔚"條下。誤解經意，妄訶先儒，且開後世鄙夫妄改舊文牽就己説之漸，其爲失也大矣。

兔　爰

《序》云："《兔爰》，閔周也。桓王失信，諸侯背叛，構怨連禍，王師傷敗，君子不樂其生焉。"《正義》引《左氏》桓五年《傳》："祝聃射王中肩。"繼云："《序》止言王師傷敗，正謂軍敗耳，非謂王身傷也。"

焯案：《序》言王師傷敗，於桓王之傷亦隱括其中。《正義》云非謂王身受傷，實迂而贅。

丘中有麻

“彼留子國。”《傳》：“子國，子嗟父。”《正義》曰：“毛時書籍猶多，或有所據。未詳毛氏何以知之。”

焯案：此詩三章皆爲思子嗟而作。首章《傳》云：“丘中墝埆之處盡有麻麥草木，乃彼子嗟之所治。”是明以次章之麥、卒章之李皆爲子嗟所治，而統三章爲言也。詩於次章言子國，卒章言之子者，乃互文以足其意。蓋於次章子國下省去之子之語，卒章之子上續承子國爲辭，合言之，則爲彼留子國之子。而爲子嗟之變文耳。詩中類此者甚多。毛氏以子國爲子嗟父，即徵之本詩而知之，無庸别有所據也。

鄭

緇　衣

《序》云：“《緇衣》，美武公也。父子並爲周司徒，善於其職。國人宜之，故美其德，以明有國善善之功焉。”《箋》云：“司徒之職，掌十二教。善善者，治之有功也。鄭國之人皆謂桓公、武公居司徒之官，正得其宜。”《正義》曰：“諸侯有德，乃能入仕王朝。武公既爲鄭國之君，又復入作司徒，已是其善。又能善其職，此乃有國者善中之善。故作此詩，美其武公之德，以明有邦國者善善之功焉。”

焯案：此序殊不易讀。《箋》、《疏》皆以《序》之善善屬武公言，似爲未合。《序》言“父子並爲司徒，善於其職”。此善字即善善之下善字。曰："國人宜之，故美其德。"此美字即善善之上善字。《記》云好賢如《緇衣》，此《序》云善善，善善即好賢之意。《黄氏日鈔》引朱子舊説，謂是武公有善而天子善之，是也。《正義》或泥於《序》文"國人宜之"及"以明有國善善之功"二國字，遂皆就鄭國言，於詩意無當也。范氏《詩補傳》云："周之國人以鄭武公父子善於其職，宜在此位。故作此詩以美之。"此説是也。俞氏《平議》云："《緇衣》之詩固美武公，而亦見周天子之能善善。《正義》曰，'此乃有國者善中之善'，則大謬矣。玩詩通篇，皆設爲周天子之辭。《儀禮覲禮》：'天子賜侯氏以車服。'此即所謂'敝予又改爲'也。其云'適子之館'者，《覲禮》'天子賜舍'是也。其云'還予授子之粲'者，《覲禮》'饗禮乃歸'是也。以詩證《序》，益知《疏》説之非矣。"

"緇衣之宜兮。"《傳》："緇，黑色。卿士聽朝之正服也。"《箋》云："緇衣者，居私朝之服也。天子之朝服，皮弁服也。"《正義》釋《箋》曰："退適治事之處爲私，對在天子之庭爲公，此私朝在天子宫内，即下句適子之館兮是也。"又曰："《玉藻》云：'天子皮弁以日視朝。'是天子之朝服皮弁，故退適諸曹服緇衣也。"

焯案：《正義》以《箋》釋"適子之館"，館在天子之宫，故以館爲私朝，以緇衣爲適館所服。馬氏《通釋》云："《箋》蓋謂館爲九卿治事之公朝，並未言館即私朝。館爲公朝，故下文又云還，乃還於私朝也。《孔疏》合而一之。因謂'天子之朝皮弁服，退適諸曹服緇衣'，誤矣。"曾釗《詩毛鄭異同辨》云："《禮記·玉藻》云：'揖私朝，煇如也。登車則有光矣。'注：'私朝，自大夫家之朝。'又云：'朝玄端，夕深衣。'注：'謂大夫、士也。'《釋文》：'朝，直遥反。'《疏》謂'大夫、士早朝在私朝服玄端；夕服深衣，在私朝及家'。據此，則私朝不在宫内審矣。玄端即緇衣，七入爲緇，六入爲玄。朝服玄端，衣與冠同色，故謂其衣爲緇衣。是緇衣爲卿士聽私朝之服，

《記》有明文。而《正義》乃謂'國之政教事在君所斷之，不得歸適國門私朝'。是不知卿士當未朝君之時，固先與家臣朝於國門私朝耳。"

將仲子

"無踰我里，無折我樹杞。"《箋》云："仲初諫曰，君將與之，臣請事之。君若不與，臣請除之。"《正義》曰："案《左傳》，此言乃是公子吕辭。今《箋》以爲祭仲諫者，仲當亦有此言，故引之。"

焯案：此當爲鄭引之誤。《正義》曲爲回護，誠所謂"諱言鄭，服非"矣。

"畏我父母。"《正義》曰："於時其父雖亡，遺言尚存，與母連言之也。"

焯案：古人文章詞例，多不與後世同。嘗以反正二義合爲一詞，而意則側重一方。如《詩·邶風·擊鼓》云"死生契闊"，意偏在生，而死字無義，袛以配生爲詞。《史記·游俠列傳》云："緩急人之所時有也。"意偏在急，而緩字無義，袛以配急爲詞。其他類此者，實難僂指。此詩以父母連言，父字袛是配説，意實專以母言。《正義》不解此，乃云"其父遺言尚存、故連言之"，誠贅義也。

大叔于田

"大叔于田。"《傳》："叔之從公田也。"《正義》於上篇《叔于田》釋《傳》曰："此言叔于田，下言大叔于田，作者意殊，無他義也。"

焯案：阮氏《校勘記》云："此詩三章，共十言叔，不應一句獨言大叔。或名篇自異，詩文則同，如《唐風·杕杜》《有杕之杜》二篇之比。其首句有大字者，授《序》入經耳。《釋文》云：‘叔于田本或作大叔于田者，誤。’當以《釋文》本爲長。”陳氏《傳疏》云：“《序》言大以别上篇，後人或於首章誤加之耳。”今案阮、陳二説是也。《正義》不得其解，以爲作者意殊，非也。又按此詩《傳》云“叔之從公田”，證知經文本無大字。《序》文加大字，或以其從公田之故。而嚴粲《詩緝》云：“短篇者止曰叔于田，長篇者加大爲别。”馬氏瑞辰取之，恐未是也。

“火烈俱舉。”《傳》：“烈，列。”《箋》云：“列人持火俱舉，言衆同心。”《正義》申《箋》曰：“列人持火，此爲宵田，故持火炤之。”

焯案：《周禮》：“仲春蒐田用火，火弊，獻禽以祭社。”《王制》：“昆蟲未蟄，不以火田。”《爾雅》：“火田曰狩。”是田未嘗不用火。《爾雅》“火田曰狩”雖屬冬田，若刈草以爲防，驅禽而納諸防中，然後焚而射焉，則四時之田皆然。故田之用火甚多，不必宵田也。張衡《東京賦》云：“火列具舉，武士星敷。”豈必舉宵田言耶？《正義》或以《魏風·伐檀箋》有“宵田曰獵”之語，故如此言之，然不可以論此詩也。汪氏《詩學女爲》云：“火烈具舉，即《王制》、《爾雅》之火田，《春秋傳》之焚咸邱，烈山澤而焚之也。《孔疏》以爲宵田而證其得衆，非也。”

“將叔無狃。”《傳》：“狃，習也。”《箋》云：“復也。”《疏》謂：“鄭以狃爲復爲異。”

焯案：《説文》：“復，往來也。”即後剛愎字。愎猶言慣忕，習復同義。《漢書·刑法志》：“狃之以慶賞。”注：“狃，串習也。”串即毌字，後出字作慣。《左氏》桓十三年《傳》“莫敖狃于蒲騷之役”注，僖十五年《傳》“天不可狃”注，俱云“狃，忕也”。蓋狃是慣習復爲之意。將叔無狃者，請叔無習此事而復爲之耳。《疏》殆未得其解。

清　人

"駟介旁旁。"《傳》："介，甲也。"《正義》曰："介是甲之別名，故云介甲也。"

焯案：《説文》："介，畫也。从八，从人。人各有介。"薛君《韓詩章句》曰："介，界也。"是則人各有介，謂人各有分界。由分界引申，則有防護義。甲本从木戴孚甲之象，故以爲甲胄，其用亦爲防護。又介古音在曷部，甲在帖部，曷帖旁轉，故經傳多以介爲甲，非別名也。

"二矛重英。"《傳》："重英，矛有英飾也。"《箋》云："二矛，酋矛、夷矛也。各有畫飾。""二矛重喬。"《傳》："重喬，累荷也。"《箋》云："喬，矛矜近上及室題，所以縣毛羽。"《正義》曰："《釋詁》云：'喬，高也。'以矛建於車上，五兵之最高者也。而二矛同高，其高復有等級，故謂之重高。《傳》解稱高之意，故言累荷。"

焯案：此詩二章意互相足，蓋謂二矛皆以喬爲英飾也。《毛詩》作喬，《韓詩》作鷮，其義實同。釋此詩者，惟陳氏《傳疏》得之。其説云："《傳》於首章但釋經英字之義，不釋重字，次章但釋經重字之義，不釋喬字，蓋喬亦飾也。《釋文》云：'喬，鄭居橋反，雉名。《韓詩》作鷮。'然則《毛詩》作喬爲借字，韓爲本字，謂以鷮羽飾矛也。《箋》言縣毛羽，從韓説以申補毛義，非與毛或異也。陸、孔皆謂毛讀喬爲橋，訓高，非是。"

羔　裘

"洵直且侯。"《傳》："洵，均。侯，君也。"《箋》云："言古朝廷之臣皆忠直且君也。君者，言‘正其衣冠，尊其瞻視，儼然人望而畏之’。”《正義》曰：“是皆均直且君。言其有人君之度。”

焯案：《釋文》引《韓詩》云：“侯，美也。”以彼證此，知毛當以君爲形容詞，而不以爲人君之君。俞氏《平議》云：“‘洵直且侯’，與《叔于田》‘洵美且仁’句法正同。侯《傳》訓爲君，而《箋》引《論語》文證之，則君猶威也，君與威古音相近。《説文》艸部：‘莙从艸，君聲。讀若威。’是其證也。《爾雅·釋親》：‘姑舅在則曰君舅、君姑。’《説文》女部威下引《漢律》曰：‘婦告威姑。’即君姑也。毛訓侯爲君，猶訓侯爲威。鄭引《論語》文以證之，明君之爲威也。《正義》以爲‘有人君之度’，失毛、鄭之旨矣。”焯謂“君威”於古爲灰、痕二部對轉音，俞氏所謂音近者是也。

“邦之司直。”《傳》：“司，主也。”《正義》曰：“一邦之人主以爲直。”

焯案：孫燾《毛詩説》謂：“能正人之曲曰直。是子乃邦之主持直道者，一邦盡賴之。”此義本之高郵王氏。《經義述聞》云：“直謂正人之過也。襄七年《左傳》曰：‘正曲爲直。’《杜注》曰：‘正人曲。’《大戴禮·衛將軍文子》篇：‘直己而不直人。’謂正己之過而不正人之過也。《孟子·滕文公》篇：‘不直則道不見，我且直之。’謂正墨者夷之之過也。《趙注》云‘直言攻之’，失之。《爾雅》：‘丁丁嚶嚶，相切直也。’謂切正朋友之過也。《小雅·伐木箋》引此而釋之曰：‘以道德相切正也。’主正人過則謂之司直。《淮南·主術》篇：‘湯有司直之人。’《吕氏春秋·自知》篇作‘湯有司過之士’。《漢書·百官公卿表》：‘丞相司直，掌佐丞相舉不法。’是也。襄二十七年《傳》：‘宋左師請賞，公與之邑六十，以示子罕，子罕曰：“以誣道蔽諸侯，罪莫大焉。縱無大討，而又求賞，無厭之甚也。削而投之。”君子曰：“彼己之子，邦之司直，樂喜之謂乎。”’是邦之司直主正人過之明證。《正義》失之。”

“三英粲兮。”《傳》：“三英，三德也。”《箋》云：“三德，剛克、柔克、正直也。”《正義》述《箋》曰：“《地官》師氏‘以三德教國子’，‘至德’、‘敏德’、‘孝德’。彼乃德之大者，教國子使知之耳，非朝廷之人所能有。故知此三德是《洪範》之三德。”

焯案：此詩每章首二句皆言德美，故《傳》知三英非英飾，而以三德解之。《箋》申《傳》以《洪範》三德釋三英，而不據師氏文者，以《洪範》所言三德，爲人性中之德。而師氏所陳，則爲施教之本故也。又此詩首章明云“洵直且侯”，固已揭舉三德中之一德。特詩文不能盡見，故此章渾言三德以足成之。《箋》以《洪範》三德申《傳》，蓋亦深探詩意而爲言耳。《正義》謂師氏以至德、敏德、孝德教國子，“非朝廷之人所能有”。黄氏《詩疑辨證》云：“首章《箋》云‘古朝廷之臣皆忠直且君’，夫朝廷之臣非大夫乎？而《周禮鄭注》云：‘國子，公卿大夫子弟，師氏教之，而世子亦齒焉。’則公卿大夫之子弟既可教以至德、敏德、孝德，何以立朝而爲卿大夫，且稱賢士，而反謂非所能乎？若國子異日必不能行之，今日教以知之亦何益乎？”焯謂黄氏説亦未悉合，蓋知之者固不必即能行之。特《正義》謂“德之大者非朝廷之人所能有”，然則《洪範》所言三德，《鄭注》且以《臯陶謨》所陳九德分配於其中，亦豈朝廷之人所易有乎？詩本設想古之君子有此三德，不期於朝廷之人能有不能有也。

遵大路

“不寁故也。”《傳》：“寁，速也。”《箋》云：“子無惡我攣持子之袪，我乃以莊公不速於先君之道，使我然。”《正義》釋經曰：“我乃以莊公不速於先君之道故也。”

焯案：下章“不寁好也”，《箋》謂：“我乃以莊公不速於善道，使我然。”彼以“善道”釋好字，此以“先君之道”釋故字，“使我然”三字以足成經意。惟《唐風·羔裘》云“維子之故，維子之好”，與此詩故也、好也正同。《箋》於彼釋“故”爲故舊之故，實則此詩亦宜爾也。而《正義》乃以“故”爲因故之故，既昧詩義，且與《箋》意相違矣。

女曰雞鳴

“女曰雞鳴，士曰昧旦。”《箋》云：“此夫婦相警覺以夙興，言不留色也。”《正義》述之曰：“其女曰雞鳴矣，而妻起；士曰已昧旦矣，而夫起。夫起即子興也。此子於是同興而視夜之早晚。”又釋《箋》云：“雞鳴女起之常節，昧旦士自起之常節，皆是自言起節，非相告語。而云相警覺者，見賢思齊，君子恒性。彼既以時而起，此亦不敢淹留，即是相警之義也。”

焯案：《正義》説非是。李氏《紬義》云：“按經文兩曰字，分明夫婦互相警覺。‘子興視夜’，是婦語其夫之詞。《箋》於下章子字别之曰，‘子謂賓客也’。則此章子字是婦目夫矣。《正義》乃云‘此子於是同興’，爲詩人目之，非也。”馬氏《通釋》云：“‘女曰雞鳴’者，警其起也。‘士曰昧旦’，言已爲將明之時，有不止於雞鳴者，與《齊詩》‘雞既鳴矣，朝既盈矣’同義。《孔疏》謂‘雞鳴女起之常節，昧旦士自起之常節’，失之。”

山有扶蘇

“山有扶蘇，隰有荷華。”《傳》：“興也。扶蘇，扶胥木也。荷，扶渠也，其華菡萏。言高下大小各得其宜也。”《箋》云：“興者，扶胥之木生於山，喻忽置不正之人于上位也。荷華生于隰，喻忽置有美德者于下位，此言其用臣顛倒失其所也。”《疏》申毛曰：“毛以爲扶蘇之木生於山，荷華之草生於隰，高下各得其宜。以喻君子在上，小人在下，亦是其宜。今忽置小人於上位，置君子於下位，是山隰之不如也。”

焯案：毛意不必定以扶蘇比君子、荷華比小人，不過言物之高下大小尚得其宜，而忽之用人反不能如也。《疏》不悟鄭爲强相比附，且以其説被之於毛，惟以扶蘇荷華所喻有異，似乖毛意也。

“山有橋松，隰有游龍。”《傳》：“松，木也。龍，紅草也。”《箋》云：“游龍猶放縱也。橋松在山上，喻忽無恩澤于大臣也。紅草放縱枝葉于隰中，喻忽聽恣小臣，此又言養臣顛倒失其所也。”《疏》申鄭曰：“鄭以爲松木雖生高山，而柯條枯槁。龍草雖生下隰，而枝葉放縱。喻忽之養臣，君子在於上位，則不加恩澤。小人在於下位，則禄賜豐厚。言忽養臣顛倒失其所也。孫毓難鄭云：‘《箋》言用臣顛倒，置不正於上位，上位，大臣也。置有美德於下位，下位，小臣也。則其養之又無恩於所寵，而聽恣於所薄乎。’以《箋》爲自相違戾，斯不然矣。忽之羣臣，非二人而已。用臣則不正者在上，有美德者在下。養臣則薄於大臣，厚於小臣。此二者俱爲不可，故二章各舉以刺忽。”

焯案：首章“山有扶蘇，隰有荷華”，《傳》謂高下大小各得其宜。胡氏《後箋》云：“《傳》意高下謂山隰，大謂扶蘇、松，小謂荷、龍。正言以刺忽，二章一例，皆謂各得其宜。《箋》互易其小大，義近牽强。以荷華喻美德，不宜置於下位，豈欲樹荷於山上乎？且首章既以扶蘇喻不美、荷華喻美，下章又以槁松喻美，而游龍喻不美，使山隰倒置，比物錯互，非也。”焯謂胡氏申《傳》，以二章一例，皆謂各得其宜，是也。《箋》以首章上二句喻用臣顛倒失其所，次章上二句喻養臣顛倒失其所，孫氏毓譏其自相違戾，當矣，而《正義》反駁之。夫所養之臣未必非所用之臣，豈用則不正者在上，養則君子在上；用則美德在下，養則小人在下乎？有以知其説之支離矣。

狡　童

“彼狡童兮。”《傳》：“昭公有壯狡之志。”《正義》釋《傳》曰：“言昭公雖則年長，而有幼壯狡好作童子之時之志，故謂之狡童。”

焯案：《傳》以狡童目昭公，後儒多疑之。陳氏《稽古編》仍主毛説，據《箕子歌》爲證，是也。惟《正義》釋《傳》則未合。馬氏《通釋》云：“狡童猶狂童，謂其壯狡而僮昏也。《正義》謂狡好之幼童，失之。”

東門之墠

“東門之栗，有踐家室。”《傳》：“栗，行上栗也。踐，淺也。”《箋》云：“栗而在淺家室之内，言易竊取。栗，人所啗食而甘耆，故女以自喻也。”《疏》申毛曰：“毛以爲東門之外有栗樹生於路上，無人守護，其欲取之則爲易。有物在淺室家之内，雖在淺室，有主守之，其欲取之則難。以興爲婚者，得禮則易，不得禮則難。”

焯案：此詩首章前二句依《傳》爲興詞。此章只首一句爲興，次句則承首章“室邇”之室而言，與上句意非一貫。其例與《小雅·伐木》首章言“伐木丁丁，鳥鳴嚶嚶”次章但言“伐木許許”同，皆爲省文也。“有踐家室”，有字語助。其例與《匏有苦葉》之“有瀰”“有鷕”，《谷風》之“有洸有潰”亦同，正言踐然之家室耳。鄭云栗而在淺室家之内，直以二句之意相承。蓋以此詩爲直言刺亂，全屬賦體，故其説如此。《孔疏》申毛，漫以“有踐家室”句亦爲興詞，且以有踐爲有物在淺室家之内，皆非也。

出其東門

“縞衣綦巾，聊樂我員。”《傳》：“縞衣，白色，男服也。綦巾，蒼艾色，女服也。願室家得相樂也。”《疏》述《傳》曰：“彼服縞衣之男子，服綦巾之女人，是舊時夫妻，願其還自配合，則可以樂我心云耳。詩人閔其相棄，故願其相得則樂。”

焯案：李氏《紬義》云：“如《疏》義願人相得，則《傳》爲漏釋我字。且《傳》言得相樂，樂指男女，何得又言以樂我心。又《傳》謂得相樂，非言相得也。《傳》云縞衣白色男服，此男即作者自謂。綦巾蒼艾色女服，此女即作者之妻。上《傳》言如雲者非我思所能存救，惟我縞衣與彼綦巾，願復保爲室家，得相樂也。如此，即有我字在内矣。”案李説是也。《傳》云“願室家得相樂”，即閔亂者自言其室家“縞衣綦巾”思得相保。上二句“雖則如雲匪我思存”，《傳》云“思不存乎相救急”，意謂非無救恤之心，政以亂離之際，恐自身之室家亦不得保，故此二句即陳願室家得保之意。如《疏》説，既以上二句爲詩人閔女之被棄，無可奈何，而以此二句爲是舊時夫妻，願其還自配合，則於詩意不侔矣。

“縞衣綦巾。”《傳》：“綦巾，蒼艾色。”《箋》云；“綦，綦文。”《正義》曰：“《顧命》云：‘四人綦弁。’注云：‘青黑曰綦。’《説文》云：‘綦，蒼艾色也。’然則綦者，青色之小别。《顧命》爲弁色，故以爲青黑。此爲衣巾，故爲蒼艾色，蒼即青也。艾謂青而微白，爲艾艸之色也。”又曰：“《箋》亦以綦爲青色。但綦是文章之色，非染繒之色。故云綦，綦文。”

焯案：李氏《紬義》駁正《正義》説甚當。其説云：“《正義》釋《傳》，以青黑色、蒼艾色牽合爲一，非毛意。以《箋》亦爲青色，但非染繒之色，亦非《箋》意。《曹風·鳲鳩》：‘其弁伊騏。’《傳》云：‘騏，騏文。’言青黑如騏馬之文。此以綦爲蒼艾色，則是青白色，是毛以綦、騏爲二也。《書顧命》：‘四人綦弁。’《釋文》云：‘馬本綦作騏。’鄭注《尚書》即是馬本。《鳲鳩正義》引鄭‘四人騏弁’注云：‘青黑曰騏。’《周禮·夏官》弁師《鄭注》引《鳲鳩》作‘其弁如綦’，是鄭以騏，綦爲一也。此《箋》云'綦，綦文'，猶言騏文，謂巾青黑色，易《傳》蒼艾色耳。下茹藘《箋》云染巾，何嫌此綦亦染，而必謂爲文章之色乎？"

齊

齊　譜

《譜》云："後五世，哀公政衰，荒淫怠慢。紀侯譖之於周，懿王使烹焉。齊人變風始作。"《正義》曰："《詩·雞鳴》《還序》皆云刺哀公，則皆哀公詩也。《著》、《東方之日》、《東方未明》三篇皆云刺，而不舉號謚，則舉上明下，亦爲哀公詩矣。孫毓以爲'自哀至襄，其間八世，未審此詩指刺何公'，斯不然矣。子夏親承聖旨，齊之君世號謚未亡，若有别責餘君，作序無容不悉。何得闕其所刺，不斥言乎？"

焯案：《稽古編》云："孔子删詩，去作詩時世，近者百餘年，遠乃六七百年，典文放失必多，美刺所指，固無容悉知。《序》者存其信，闕其疑，故時君號謚，或著或略，不獨《齊》三詩然矣。如以爲舉上明下，則《魏風》七篇，《檜風》四篇，《序》皆不斥言何君，何嘗有上篇可明乎？"焯謂孫毓以《雞鳴》譏晏起，而《東方未明》刺早興，疑非一君，其説近理。《疏》堅執鄭義，殆未然也。顧廣譽云："哀公爲太公玄孫，《變風》始作，有詩若干篇。何以間八世至襄公，而詩乃闕音，亦其可疑者，蓋闕之爲是也。"

雞　鳴

《序》下《正義》曰："二章章首上二句陳夫婦可起之禮，下二句述諸侯夫人之言。"又經下《正義》曰："陳賢妃貞女警戒其夫之辭。乃言曰，雞既爲鳴聲矣，朝上既已盈滿矣，言己以雞鳴而起，欲令君以朝盈而起也。作者又言，夫人言‘雞既鳴矣’之時，非是雞實則鳴，乃是蒼蠅之聲耳。”次章經下《正義》略同，亦以上二句爲夫人告君之言。下二句爲詩人叙述之語。

焯案：胡氏《後箋》云：“細繹經文，首次兩章上二句自當爲夫人之言，下二句乃詩人推原夫人所言之時實景如此，而其恐晚之心愈見。若如《序疏》，以下二句述諸侯夫人之言，則是夫人自以爲尚早，非經意矣。此《序》下《正義》恐有譌脱，否則當時非一手所成，致與經下《正義》彼此互岐，未及檢照耳。”焯謂胡氏説甚允。《正義》互歧之處頗多，此特其一也。

“東方明矣。”《傳》：“東方明，則夫人纚笄而朝。”《正義》曰：“依《天官》内司服及追師《鄭注》，則夫人以禮見君，當服展衣，御於君，當服褖衣，皆首服次。燕居乃服纚笄耳。此《傳》言纚笄而朝，與《列女傳》魯師氏之母齊姜語及莊二十四年《公羊傳》何休注同。未必與鄭同也。”

焯案：此《傳》云“纚笄而朝”，及《列女傳》、《公羊傳注》所言，皆略舉之詞，不必備述服飾節次。李氏《紬義》云：“古者雞初鳴，盥漱節畢，以纚縚髮，以笄固髻，纚笄畢，尚須加總。若有祭祀等事，又須加被首之服，如《周禮》所謂‘副編次’，《葛覃傳》所謂‘婦人有副褘盛飾，以朝事舅姑，接見于宗廟，進見于君子’，是也。毛進見之服雖不必與鄭同服被裼，然纚笄後，亦必有加飾可知。此《傳》言‘纚笄而朝’，謂纚笄後即須朝見，甚言其早敬耳。諸言纚笄而朝者，其義皆當如此。《正義》引《列女傳》及《公羊傳注》證之，泥矣。”

“無庶予子憎。”《傳》：“無庶予子憎，無見惡於夫人。”《箋》云：“庶，衆也。無使衆臣以我故，憎惡於子。”《正義》曰：“無使衆臣以我之故，於子之身加憎惡也。”又云：“今定本作與子憎，據鄭云我，我是予之訓，則作與者非也。”

焯案：焦氏《補疏》云：“繹《傳》解經之意，當謂無多予子以憎。《箋》以庶指衆臣，予訓爲我，非必即毛義。”焯謂焦説是也。馬氏《通釋》以無庶爲倒文。無庶即無也。亦通。《正義》同《傳》於《箋》，似非。又案敦煌古寫本《毛詩》殘卷亦作“與子憎”，與定本同。或毛所見本原作與，抑作予而讀爲與，要之不與鄭同也。

著

“俟我於著乎而。”《傳》：“門屏之間曰著。”《正義》曰：“《釋宫》云：‘門屏之間謂之宁。’李巡曰：‘門屏之間，謂正門内兩塾門名宁。’孫炎曰：‘門内屏外，人君視朝所宁立處也。’”

焯案：著宁通用。汪氏《異義》云：“著蓋有二。此經之著，是門内兩塾間。《傳》特引《爾雅》成文以著其名，非以《爾雅》所稱朝位之著即此經之著也。又《昏禮》在廟，廟門無屏，固不嫌與朝位之著相涉也。《疏》引《李注》不加分别。《李注》：正門謂應門，非廟門。又並引《孫注》，則溷視朝之著於門塾之著矣。”

“尚之以瓊瑩乎而。”《傳》：“瓊瑩，石似玉，卿大夫之服也。”《箋》云：“石色似瓊似瑩也。”末章《正義》曰：“二章瓊瑩，俱玉石名也，故云似瓊似瑩。首章言瓊華，此言瓊英，英華是玉光色，故不言似英似華耳。今定本云：‘瓊英猶瓊華、瓊瑩。’兼言瓊瑩者，蓋衍字也。”

焯案：瓊瑩與瓊華、瓊英同義。蓋以玉光流轉，莫名一狀，故曰華曰瑩，又曰英也。胡氏《後箋》云：“嚴氏《詩緝》引曹氏曰：‘英、華、瑩，皆光采。’是也。瓊瑩謂石色如瓊玉之瑩，猶《淇奥》

琇瑩耳，必非以瓊瑩爲二物。《毛傳》三章皆石，瓊不可以爲石，故當連華瑩與英釋之，非謂華瑩英皆石名也。《説文》：'瑩，玉色也。从玉，熒省聲。《逸論語》曰：如玉之瑩。'此章《箋》云'石色似瓊似瑩'，下'似'字當本作'之'，鄭以'似瓊之瑩'申毛意，《正義》本誤作'似瑩'，遂云'瓊瑩，俱玉石名，故云似瓊似瑩'。觀其引定本末章《箋》云，'瓊英猶瓊華、瓊瑩'，可見瑩與華、英一例，定本次章《箋》必不作似瑩。《正義》反以定本兼言瓊瑩者爲衍字，非也。"焯謂胡氏説是也。又《傳》於首章瓊華云"美石，士之服"，此章瓊瑩云"石似玉，卿大夫之服"，末章瓊英云"美石似玉，人君之服者"，非以華與瑩、英有别，蓋由上文充耳有素與青、黄之不同，故推知士與卿大夫及人君所佩之玉亦爲不同耳。又《傳》文原與經文别行，所云士之服、卿大夫之服、人君之服，本兼釋充耳以下二句，非專就瓊華、瓊瑩、瓊英言之。説詩者或昧此義，遂别生曲解矣。

東方未明

《序》云："《東方未明》，刺無節也。朝廷興居無節，號令不時，挈壺氏不能掌其職焉。"《正義》曰："人君置挈壺氏之官，使主掌漏刻，以昏明告君。今朝廷無節，由挈壺氏不能掌其職事焉。故刺君之無節，且言挈壺氏之官不得其人也。"

焯案：此詩主刺齊君，非刺挈壺氏。黄實夫謂"詩人微其意以責臣，而作《序》者原其本以責君"，是也。李氏《紬義》云："如《序》言，是由人君無節，雖有挈壺氏，亦不能守其職也。經首二章言羣臣早入，顛倒衣裳。卒章責挈壺不能時夜，而兩言自公，則無節者在公矣。歸咎挈壺，乃詩人微旨，亦猶杜蕢揚觶飲曠、飲調之義也。《序》達經意，故專其咎於朝廷。《傳》、《箋》皆責挈壺，以《序》已明，令人於言外得之。《正義》述《序》，謂由挈壺失職，不以昏明告君，非經意亦非《序》意。"

末章《正義》曰："馬融、王肅注《尚書》，以爲'日永則晝漏六十刻，夜漏四十刻。日短則晝漏四十刻，夜漏六十刻。日中、宵中則晝夜各五十刻'。鄭於《堯典》注云：'日中宵中者，日見之漏與不見者齊也。日永者，日見之漏五十五刻，日不見之漏四十五刻。'又與馬、王不同者，鄭言日中、宵中者其漏齊則可矣；其言日永日短之數，則與歷甚錯。馬融言'晝漏六十，夜漏四十'，減晝以裨夜矣。鄭意謂其未減，又減晝五刻以增之，是鄭之妄説耳。"

焯案：胡氏《後箋》云："此《疏》蓋用王肅難鄭之説。《尚書正義》引肅云：'鄭知日見之漏減晝漏五刻，不意馬融爲《傳》已減之矣。因馬融所減而又減之，故日長爲五十五刻。因以冬至反之，取其夏至夜刻以爲冬至晝短，此其所以誤耳。'王氏西莊《尚書後案》云：'元《授時曆》：夏至晝六十二刻，夜三十八刻。冬至晝三十八刻，夜六十二刻。又與馬、鄭並不同。蓋地勢有在南在北之異，馬據地中而言，故晝夜刻數長極於六十，短止於四十。《授時曆》據燕都而言，故晝夜刻數長極於六十二，短極於三十八，其不同以此。而鄭則又取南北之適中者言之耳。'然則馬、鄭、《授時曆》三者皆是也。王肅妄駁。孫氏淵如《尚書疏》云：'鄭與馬異者，《周禮》挈壺氏《疏》云：馬云，春秋晝夜五十刻，據日見之漏。若兼日未見、日没後五刻，則晝五十五刻，夜四十五刻。若夏至晝六十刻，通日未見日没後五刻，則晝六十五刻，夜三十五刻。一年通閏有三百六十五日四分日之一。四時之間，九日有餘校一刻爲率云。高誘注《吕覽》云：夏至之日，晝漏水上刻六十五，夜漏水上刻三十五。各不同者，日自長至漸長，日增刻數，各據一月上中下旬言之也。'承珙案《尚書正義》又云：'天之晝夜以日出入爲分，人之晝夜以昏明爲限，日未出前二刻半爲明，日入後二刻半爲昏，損夜五刻以裨於晝，則晝多於夜復校五刻。'據此，知鄭注《尚書》於日永晝漏較馬少五刻，日短晝漏又多五刻者，蓋欲備二法。日永晝漏不兼日未出、日入言之，故少五刻。日短晝漏兼日未出與日入言之，故多五刻。其注《考靈燿》云：‘九日增減一刻，計春分至夏至九十二日，當增十刻。春分晝漏五十，則夏至六十刻矣。’此注正與馬同。高誘注《吕氏春秋》日短至云：‘冬至之日，晝漏水上刻四十五，夜漏水上刻五十五。’亦與鄭同。而其所云夏至之刻，又與馬、鄭互異，且多於鄭十刻，則並不止兼日未出與日入而言。此王氏所云地有南北者，理或然歟。”焯謂胡氏所引諸説，郅爲詳允，故備録之。其中王氏鳴盛論馬、鄭、郭《授時曆》，元郭守敬造。三家定晝夜刻數各有不同，係由地勢有在南在北之異。以今之天文學證之，其説絶確，非其理之或然者也。

南山

《序》云："《南山》，刺襄公也。鳥獸之行，淫乎其妹。大夫遇是惡，作詩而去之。"《箋》云："襄公之妹，魯桓公夫人文姜也。襄公素與淫通，及嫁，公謫之。公與夫人如齊，夫人愬之襄公，襄公使公子彭生乘公，而搤殺之。夫人久留于齊，莊公即位後乃來，猶復會齊侯于禚、于祝丘，又如齊師。齊大夫見襄公行惡如是，作詩以刺之。"《正義》曰："《春秋經》莊二年，夫人姜氏會齊侯于禚。四年。夫人姜氏享齊侯于祝丘。五年，夫人姜氏如齊師。又案《經》莊七年春，夫人姜氏會齊侯于防。冬，夫人姜氏會齊侯于穀。《左傳》於會禚之下書姦也。於會防之下言齊志也。杜預以爲意出於夫人，則云書姦；意出於齊侯，則云齊志。《傳》舉二端，其餘皆從之。則祝丘與如齊師，姦由從夫人；防、穀，姦發於齊侯。鄭意或亦當然。"

焯案：禚爲齊地，往而會齊侯，故知姦發夫人。穀亦齊地，今山東東阿縣。則如齊師、會穀從可知矣。防，魯地，來而與文姜會，故曰齊志。祝丘亦魯地，亦從可知矣。《正義》以祝丘爲姦從夫人，穀爲齊志，非是。

“南山崔崔，雄狐綏綏。”《傳》：“興也。南山，齊南山也。崔崔，高大也。國君尊嚴，如南山崔崔然。雄狐相隨，綏綏然無别，失陰陽之匹。”《箋》云：“雄狐行求匹耦於南山之上，形貌綏綏然。興者喻襄公居人君之尊，而爲淫泆之行，其威儀可恥惡如狐。”《疏》云：“毛以爲南山雄狐各自爲喻。言南山高大崔崔然，以喻國君之位尊高如山也。雄狐相隨綏綏然，雄當配雌，理亦當然也。今二雄無别，失陰陽之匹。以喻夫當配妻，今襄公兄與妹淫，亦失陰陽之匹。撿此《傳》文，無狐在山上之意，則各自爲喻，異於鄭也。《箋》以狐必雌雄相從，無二雄相隨之理，故以爲狐求匹耦於南山之上。”

焯案：曾氏釗云：“《孔疏》申毛，非毛旨也。毛以南山喻高位，雄狐喻淫行，言君之尊嚴如南山崔崔然，而淫行如雄狐綏綏然，意本相承，與鄭云狐在山上，辭别而義不别也。孔乃誤解雄狐爲二雄相隨，喻夫當配妻，故謂毛各自爲喻耳。”胡氏承珙云：“李迂仲謂‘雄狐亦如“雄雉于飛”，言鳥獸之雄者惟雌之匹，而無别也’，此説最得《傳》旨。《傳》云‘雄狐相隨’者，非謂二雄相隨，謂雄狐但與其類相隨。鳥獸之性，淫不避親，配非其正，故曰綏綏然無别，失陰陽之匹。《孔疏》謂《箋》以狐無二雄相隨之理，故以易《傳》。其實《傳》本不謂二雄，而《箋》亦未嘗以《傳》謂爲二雄也。”此二説皆足匡《正義》之失。

“既曰歸止，曷又懷止?”《傳》：“懷，思也。”《箋》云：“懷，來也。言文姜既曰嫁于魯侯矣，何復來爲乎？非其來也。”《正義》申《箋》曰：“以歸止謂文姜歸，則懷止亦謂文姜懷，不宜謂襄公思。故易《傳》，以爲非責文姜之來也。”

焯案：次章“既曰庸止，曷又從止”《箋》云：“此言文姜既用此道嫁于魯侯，襄公何復送而從之，爲淫泆之行?”《箋》以庸止、從止分屬文姜與襄公言，《正義》因而申之，獨於此斥《傳》爲非，何也？此詩四章，鄭以首章後四句爲刺文姜，次章刺齊襄，後二章則非魯桓。朱子《集傳》以前二章刺齊襄，後二章刺魯桓。他或以通篇皆刺文姜。季明德。或以爲皆刺魯桓。嚴粲。又或以首章刺齊襄、文姜，次章刺魯桓，後二章則追原其夫婦成昏之始者。何楷。著論紛紜，尠歸至當。案《序》云刺襄公，則全詩大意宜皆主襄公言之。前二章雖辭涉文姜，後二章雖辭涉魯桓，但其著重處要在章末"曷又"一語，而皆就襄公言。首章《正義》引王肅云："文姜既嫁於魯，適人矣，何爲復思與之會而淫乎？"朱子從而演其旨曰，"文姜既從此道歸於魯矣，襄公何爲而復思之乎？"此甚得詩意。若如《正義》之説，歸止謂文姜歸，懷止亦謂文姜懷，則首二句興意爲孤懸矣。後二章"曷又鞠止"，《傳》訓鞠爲窮，蓋謂襄公何爲使魯桓之窮於此，"曷又極止"訓極爲至，亦言何爲使其至於此，蓋皆隱指彭生之事也。自鄭君發爲游移之論，致啓後人擿埴冥行之見，詩義之晦，其已久矣。

"曷又鞠止。"《傳》："鞠，窮也。"《正義》曰："《傳》意當謂魯桓縱恣文姜，使窮極邪意也。"

焯案：魯桓雖闇懦，宜不至如唐中宗縱恣韋庶人之醜行。桓十八年《左傳》云："公與夫人姜氏如齊，齊侯通焉，公謫之。"是固有謫之之事矣。且以後二章就魯桓言，自屬鄭君之意，毛意宜不如此也。

盧　令

"其人美且鬈。"《傳》："鬈，好貌。"《箋》云："鬈讀當爲權。權，勇壯也。"《正義》曰："《箋》以諸言且者，皆辭兼二事。若鬈是好貌，則與美是一也。"

焯案：《鄭風·叔于田》云“洵美且好”，固不嫌美好並言。《稽古編》云：“美是美德，首章《傳》甚明。好指容儀，與美異義。三章皆以美德爲主，而仁則又有其政，鬈則有其容，偲則有其才，容貌、才技雖非美仁之比，然詩人頌君，往往及之。《終南》之‘顔如渥丹’，《駟驖》之‘舍拔則獲’，皆是也。美與好何嘗一乎？”

敝　笱

“其魚魴鰥。”《傳》：“鰥，大魚。”《箋》云：“鰥，魚子也。”《正義》申《傳》曰：“《孔叢子》云，‘衛人釣於河，得鰥魚焉，其大盈車’云云。是鰥爲大魚也。”

焯案：次章“其魚魴鱮”，《傳》亦云大魚。魴即今之鯿，鱮即今之鰱，魴鱮可云大魚，則鰥之大，當亦魴鱮之類。《正義》遽引《孔叢》“其大盈車”之鰥以證之，似非《傳》意。《傳》所謂大，不過謂魚之形體差大者耳。《經義述聞》謂鰥即鯶。鯶，今俗名鯶子魚，聲如混。其大與魴鱮正相類也。又《正義》申《箋》曰：“鯤，魚子，《釋魚》文。鰥鯤字異，蓋古字通用。或鄭本作鰥。”是知鰥鯤相通矣。後又云：“魴鯤非極大之魚，與鰥不類。”前後又自相矛盾矣。

“齊子歸止，其從如雲。”《傳》：“如雲，言盛也。”《箋》云：“其從，姪娣之屬。言文姜初嫁於魯桓之時，其從者之心意如雲然。雲之行，順風耳。後知魯桓微弱，文姜遂淫恣，從者亦隨之爲惡。”《正義》述《傳》曰：“文姜初歸於魯國止，其從者庶姜庶士其數衆多如雲然，以此强盛，故魯桓不能禁也。”又述《箋》曰：“從者隨嫡善惡，由文姜淫泆，故從者亦淫。”

焯案：詩意特形容文姜嫁時扈從之盛，以見其驕逸難制耳。若魯桓微弱，不能防制其妻，則未必由其從者强盛故也。劉先主孫夫人驕豪，多將吳吏兵，縱横不法，文姜之從者宜非其比。又《箋》以三如字皆爲從者心意無定，可善可惡之喻，已屬枝蔓。《正義》遂云，由文姜淫泆，故從者亦淫，亦非也。

載　驅

《序》云："《載驅》，齊人刺襄公也。無禮義，故盛其車服，疾驅於通道大都，與文姜淫，播其惡於萬民焉。"《箋》云："故猶端也。"《正義》曰："諸言故者，多是因上文以生下事。此故乃與上爲句，非生下之辭，是以《箋》特釋之。無禮義故，猶言無禮義端，端謂頭緒也。"

焯案：無禮義，敦煌古寫本義作儀。曾釗云："按《戰國策》：'敢端其願。'注：'端猶專也。'鄭以端訓故，蓋讀若'刑故無小'之故。《書·大禹謨》文。《説文》：'故，使爲之也。'此《序》云'故盛其車服'，猶言故使爲盛其車服矣。孔云與上爲句，失之。"

"齊子發夕。"《傳》："發夕，自夕發至旦。"《正義》申經曰："齊子文姜乃由此道發夕至旦。"又申《傳》曰："此言發夕，謂夕時發行，故爲發夕至旦。"

焯案：此詩《釋文》引《韓詩》云："發，旦也。"《小宛》"明發不寐"，薛夫子、王叔師亦皆訓發爲旦。是則詩之發夕，猶云旦夕耳。惟徒言旦夕，語意未完，故次章以豈弟足成之。豈弟，《傳》訓爲樂易，是言齊子文姜與襄公旦夕樂易云爾。焦氏《易林》："襄送季女，至于蕩道。齊子旦夕，留連久處。"其云旦夕，即詩之發夕。其云留連久處，即詩之豈弟與翱翔、遊敖也。焦治《齊詩》，是齊、韓説同。《毛傳》訓發夕爲自夕發至旦，胡承珙以爲當本作自夕至旦，傳寫衍發字，其意亦是以發爲旦。是也。《正義》申《傳》，乃以爲文姜自夕時發行至旦。蓋由未憭發夕與豈弟語意互足，故有此誤耳。

“齊子豈弟。”敦煌古寫本《詩經》殘卷經文豈弟作愷悌，考文古本亦同。今經文作豈弟，《正義》則作愷悌，足徵孔所見本正作愷悌也。《傳》：“言文姜於是樂易然。”《箋》云：“此豈弟猶言發夕也。”《正義》申《箋》曰：“《箋》以爲‘齊子愷悌’文在魯道之下，則愷悌爲在道之事。若是其心樂易，非獨在道爲然。且上云發夕，此當爲發夕之類。”

焯案：《爾雅·釋言》：“愷悌，發也。”發者，《廣雅》云：“開也。”心開明則樂易，故《傳》本之《國語》，《周語》下，單穆公諫景王鑄錢。訓愷悌爲樂易也。夫樂易本爲美詞，而以施於文姜者，蓋樂易於正，則爲安仁之君子。樂易於邪，則爲流蕩之小人。詩言“齊子豈弟”，歐陽氏《本義》謂爲“安然樂易而無慙媿之色”，是也。《正義》申《箋》抑《傳》，謂在道不當獨言樂易。夫惟無恥之文姜疾驅於蕩道，往會襄公，正其安然樂易之極。詩人不明言其故，但述其情事，刺之之意，令讀者得之言外，《正義》自未之悟耳。

猗　嗟

“儀既成兮。”《箋》云：“成猶備也。”《正義》以爲威儀容貌既備。

焯案：胡氏《後箋》云：“《周禮》射人：‘以射法治射儀。’《淮南·俶真訓》：‘善射者有儀表之度，如工匠有規矩之數。’《泰族訓》：‘射者數發不中，人教之以儀則喜矣。’此言莊公善射，惟其射儀既備，所以終日不出正也。不當泛作威儀釋之。”焯謂詩下言“終日射侯”，則儀當即指射儀。胡氏説是也。

魏

魏　譜

《譜》下《正義》曰：“魏無世家，而鄭於左方中云：‘《葛屨》至《十畝之間》爲一君，《伐檀》、《碩鼠》爲一君。’知者，以上五篇刺儉，下二篇刺貪，其事相反，故分爲異君。”

焯案：《稽古編》云：“吝嗇之人往往好利無厭，安在儉不中禮者必不貪乎？況《陟岵序》云：‘國迫而數見侵削，役于大國。’《十畝之間序》云：‘國削小，民無所居。’此二篇未嘗刺儉也。《魏》之世次無考，詩之爲一君、爲二君，正未可懸定也。”焯謂儉之極者必貪，此《伐檀》、《碩鼠》所爲作也。《正義》謂貪與儉相反，殆未達於人情者歟？

葛　屨

《序》云：“《葛屨》，刺褊也。魏地陜隘，其民機巧趨利，其君儉嗇褊急，而無德以將之。”《箋》云：“儉嗇而無德，是其所以見侵削。”《正義》曰：“此舉其民俗君情以刺之。”

焯案：詩意歸重末二句。故《序》云刺褊，亦專就君言。《正義》謂兼舉民俗君情以刺之，非也。李氏《紬義》云：“《左氏》襄二十九年《傳》：‘季札聞歌《魏風》，曰：大而婉，儉而易行，以德輔此，則明主也。’亦謂其君無德以輔之。《序》言無德以將，與季札之言合。蓋‘國奢則示之以儉，國儉則示之以禮’，轉移之權，操乎君上，故《序》專云刺褊也。卒章《箋》云：‘魏俗所以然者，是君心褊急，無德教使之耳。’深得《序》意。”

“糾糾葛屨，可以履霜。”《傳》：“糾糾猶繚繚也。夏葛屨，冬皮屨，葛屨非可以履霜。”《正義》曰：“糾糾爲葛屨之狀，當爲稀疏之貌，故云猶繚繚也。”

焯案：《正義》據履霜句而約其義，以繚繚爲稀疏之貌，非也。

胡氏《後箋》云："《説文》丩部云：'丩，相糾繚也。'又云：'糾，繩三合也。'糸部云：'繚，纏也。'此可知糾爲纏繚之貌，故毛以繚繚釋之。范氏《補傳》謂爲男子穿糾糾繩繚之葛屨，語簡而得毛恉。"

"摻摻女手，可以縫裳。"《傳》："摻摻猶纖纖也。婦人三月廟見，然後執婦功。"《箋》云："言女手者，未三月，未成爲婦。裳，男子之下服，賤，又未可使縫。魏俗使未三月婦縫裳者，利其事也。"《正義》曰："三月廟見，謂無舅姑者。婦入三月，乃見於舅姑之廟。若有舅姑，則《士昏禮》所云'質明贊見婦於舅姑'，不待三月也。雖於昏之明旦即見舅姑也，亦三月乃助祭行，故《易歸妹注》及《鄭箴膏肓》皆引《士昏禮》云：'婦入三月，而後祭行。'然則雖見舅姑，猶未祭行，亦未成婦也。"

焯案：《傳》與《箋》異，《正義》未加分别。《傳》蓋以詩之女手指卿大夫之妻未成婦者。而其家使縫裳，所以興刺。陳氏《傳疏》云："《禮記曾子問疏》謂'賈、服之義，以爲大夫以上，無問舅姑在否，皆女至壻家，三月見祖廟之後，乃始成昏'。又《列女傳》：'宋恭伯姬、齊孝孟姬皆三月廟見而後行夫婦之道。'《白虎通義·嫁娶篇》、何休注莊二十四年、成九年《公羊傳》説皆同。《毛傳》於此雖無明文，然《草蟲》'未見君子，憂心忡忡'《傳》云：'婦人雖適人，有歸宗之義。'謂未三月，未成婦，有歸宗義。是大夫以上，皆三月成婦也。此《傳》云'三月廟見，然後執婦功'，亦謂未三月，未成婦，不執婦功也。"焯謂陳説明允。惟鄭義則謂從天子以下至於士，皆當夕成昏。舅姑没者，三月廟見。《正義》所述，但可申解《箋》義，於《傳》義無當也。

"要之襋之，好人服之。"《傳》："要，褄也。襋，領也。好人，好女手之人。"《箋》云："服，整也。褄也領也在上。好人尚可使整治之，謂屬著之。"《正義》申《傳》曰："《士喪禮》：'襚者左執領，右執要。'又曰：

‘襚者以褶必有裳，執衣如初。’然則襚服有衣有裳，而左右執之。則左執衣領，右執裳要。此要謂裳要，字宜从衣，故云‘要，褄也’。要是裳要，則襋爲衣領。《説文》亦云：‘襋，衣領也。’二者於衣於裳各在其上，且又功少，故好人可使整治屬著之。”

焯案：胡氏《後箋》云：“《校勘記》云：‘案褄領皆統於衣，不得分褄屬裳、領屬衣。《正義》云，褄爲裳褄，此語陋甚。是未考《儀禮》、《禮記》衣服之制。’承珙案，《箋》云‘褄也領也在上’，自當專指衣言。裳爲男子之下服，斷無又分别裳要爲上者。《士喪禮》及《襍記》所云‘襚者左執領右執要’，皆指衣之要領，並非一手執衣，一手執裳。《孔疏》誤讀禮文，乃爲此説。”焯謂要之襋之句，緊承可以縫裳句言。此章六句一意相承，言魏俗儉嗇趨利，以夏日所服之葛屨而以履霜，以新來嫁未成婦之女而以縫衣裳，裳兼衣言。單言裳者，便於取韻之故。褄之也，領之也，此未成婦之女遽爲之也。《箋》誤解裳爲專指男子下服，故於此二句轉入正面，謂褄領在上，好人尚可使整治之。實則未成婦之女，裳固不可使縫，衣亦不可使治。此二句仍譏魏人不應使其如此，非謂可使服之也。《正義》前既以《箋》述經，於此又以《箋》申《傳》，實未探經《傳》之本意也。

汾沮洳

《序》云：“《汾沮洳》，刺儉也。其君儉以能勤，刺不得禮也。”《正義》曰：“其君好儉而能勤，躬自采菜。”又首章《正義》曰：“王肅、孫毓皆以爲‘大夫采菜’。崔靈恩《集注序》亦作‘君子儉以能勤’，惟定本直云其君。”

焯案：胡氏《後箋》云：“毛、鄭釋此詩，並無一語及君。《釋文》云：‘其君子，一本無子字。’是陸氏以有子字者爲正矣。顏師古等定本每有異字，然輒多乖謬。”汪氏《異義》云：“《疏》所以不敢定

《汾沮洳》之《序》爲刺大夫者，正以下篇《箋》謂君止食桃，此篇當謂君親采菜，徒以《傳》、《箋》兩無明文，不能遽斷，其意不以王氏、孫氏之説爲然也。”焯謂魏雖國小，君雖儉嗇，何至有親采菜之事，況詩公路、公行、公族皆就大夫言耶？此斷宜從王、孫之説，而以《釋文》所據本爲正。

“殊異乎公路。”《傳》：“路車也。”“殊異乎公行。”《傳》：“公行，從公之行也。”《箋》云：“公路主君之軞車，庶子爲之。晉趙盾爲軞車之族，是也。從公之行者，主君兵車之行列。”《正義》曰：“公路與公行一也。以其主君路車，謂之公路，主兵車之行列者，謂之公行，正是一官也。”又云：“《左傳》有公族、餘子、公行，此有公路、公行、公族，知公路非餘子者，餘子自掌餘子之政，不掌公車，不得謂之公路，明公路即公行，變文以韻句耳。”

焯案：馬氏《通釋》云：“《周官》，巾車掌王之五路，車僕掌戎車之倅，分路車戎車爲二。此詩亦分公路、公行爲二。公路掌路車，主居守，公行掌戎車，主從行，不必其爲一官。《左氏》閔二年《傳》：‘晉太子申生伐東山臯落氏，羊舌大夫爲尉。’《大戴記·衛將軍文子》篇言‘羊舌大夫爲公車尉’。盧辨注：‘公車尉，公行也。’此公行主從行之證。《左氏》宣二年《傳》：‘冬，趙盾爲軞車之族。’服虔注：‘軞車，戎車之倅。’杜預注：‘公行之官也。’是服、杜並以軞車爲公行，非公路矣。《箋》以軞車釋公路，不若服、杜爲確。又《左傳》‘宧卿之適以爲公族，又宧其餘子亦爲餘子，其庶子爲公行’。有餘子而無公路，此詩有公路而無餘子，公行以庶子爲之。公路較公行爲尊，當即以餘子爲之。餘子主公路，而不以公路名，猶公行兼主庶子，而不以庶子名。凡一官兼數事者，隨舉一以名之耳。《正義》謂餘子不得謂之公路，其説非也。”胡氏《後箋》引黄氏元吉曰：“餘子所掌之政，據《左傳注》，衹主教卿大夫適妻之次子，其職甚簡，即以之主君路車，宜亦可辦，安知不掌公車乎？詩分公路、公行、公族爲三章，自當即以公路爲餘子。不然，詩人何分一官爲兩章，而一官衹一章乎？”焯謂《正義》依《箋》以公路即公行，義似未確，宜以馬、黄二氏説爲正。

園有桃

《序》云：“《園有桃》，刺時也。大夫憂其君，國小而迫，而儉以嗇，不能用其民，而無德教，日以侵削。故作是詩也。”《正義》曰：“儉嗇不用其民，章首二句是也。大夫憂之，下十句是也。由無德教，數被攻伐，故連言國小而迫，日以侵削，於經無所當也。”

焯案：經内《箋》云：“魏君不施德教，民無以戰”，此正申《序》“不能用其民而無德教”之意。《正義》述《序》，謂“儉嗇不用其民”，似誤。又《序》云“國小而迫”，此通《十畝之間》言之。彼《序》云，“言其國削小，民無所居焉”，正與此《序》相應。蓋《序》文嘗有兼綜數篇之義而言之者。《正義》謂“國小而迫句於經文無所當”，徒拘執此篇爲説耳。

陟岵

“上慎旃哉，猶來無止。”《傳》：“旃，之。猶，可也。父尚義。”《箋》云：“上者，謂在軍事作部列時。”《正義》曰：“在部列之上，當慎之哉。可來乃來，無止軍事而來。若止軍事，當有刑誅，故深戒之。”

焯案：《毛詩札記》云：“猶可均與肯同，可爲願詞。‘上’，讀《夏書》‘爾尚輔予一人’之尚。‘尚慎旃哉’爲勉詞。‘猶來無止’，謂願其來歸，勿復中止也。又次章‘猶來無棄’《傳》云：‘母尚恩。’三章‘猶來無死’《傳》云：‘兄尚親。’亦謂願其來歸無相棄，願其來歸無獨死也。《疏》謂‘可來乃來，無止軍事而來’，殊背《傳》旨。”

焯謂《正義》因《箋》訓“上”爲在軍事作部列時，故以止爲止軍事，實於經意無當也。

十畝之間

“十畝之間兮，桑者閑閑兮。”《傳》：“閑閑然男女無别往來之貌。”《箋》云：“古者一夫百畝，今十畝之間，往來者閑閑然，削小之甚。”《正義》曰：“此言之間，則一家之人共采桑於其間。此章既言之間，故下章言之外。地傍徑路，行非一家，故言泄泄爲多人之貌。”

焯案：胡氏《後箋》云：“《傳》以閑閑爲往來貌，往來即合下還兮、逝兮而總解之。且男女無别，即可見其多人，下章《傳》云泄泄多人，又可見其無别，二《傳》蓋互相足。《正義》所云，殊爲未然。”焯謂經文“十畝之間”，與下章“十畝之外”意亦互足，舉謂十畝之内外耳。猶《唐風·蟋蟀》首章言“職思其居”，次章言“職思其外”，皆謂當常思於禮樂之内外也。《正義》不悟經《傳》語皆互足，乃以“之間”爲一家之人，“之外”爲地傍徑路，行非一家，非也。

“行與子還兮。”《傳》：“或行來者，或來還者。”《正義》曰：“行與子俱迴遠兮，雖則異家，得往來俱行。”

焯案：《正義》讀行爲行路之行，似非。馬氏《通釋》云：“顏師古注《漢書·揚雄傳》曰：‘行，且也。’李善《文選注》亦曰：‘行猶且也。’王尚書謂此詩‘行與子還’、‘行與子逝’，猶言‘且與子歸’、‘且與子往’，其説是也。”

伐　檀

“坎坎伐檀兮。”《傳》：“坎坎，伐檀聲。”《正義》曰：“言君子之人不得進仕，坎坎然身自斬伐檀木。”

焯案：此詩章首三句皆爲興辭。《傳》雖不言興，然云"伐檀以俟世用，若俟河水清且漣"，則其爲興體甚明。《箋》以章末"彼君子"斥伐檀之人，《正義》依之，謂君子身自斬伐檀木，非詩意亦非《傳》意。范氏《補傳》云："此詩本刺在位者皆貪鄙之人，而君子乃不得進仕，非謂君子自爲伐檀之事。"是也。

"不素飧兮。"《傳》："熟食曰飧。"《箋》云："飧讀如魚飧之飧。"《正義》申《傳》曰："《傳》意以飧爲飧饔之飧。客始至之大禮，其食熟致之，故云熟食曰飧。"又申《箋》曰："鄭以爲魚飧之飧，則非《傳》所云熟食也。《説文》云：'飧，水澆飯也。从夕食。'言人旦則食飯，飯不可停，故夕則食飧，是飧爲飯之别名。易《傳》者，《鄭志》答張逸云：'禮：飧饔大多，非可素。不得與不素飧相配，故易之也。'"

焯案：《傳》所謂熟食，並非指禮食言。胡氏《後箋》云："《小雅·祈父》'有母之尸饔'，《傳》云'熟食曰饔'，又豈得謂爲禮食之饔？蓋毛於饔、飧，皆謂熟而可食者。若掌客之飧饔，與常食不同，且多生腥，不盡熟物也。故《大東》'有饛簋飧'《傳》云'飧，熟食，謂黍稷也'，此飧自指客禮。然毛必以熟食專屬黍稷，正由牲牢不皆熟物故耳。尤可見此但言熟食者，必非指禮食之飧矣。"焯謂：胡氏申《傳》極㥞。《正義》依《箋》，曲解《傳》義。即如所言，飧爲飯之别名，飯必禮食而後備乎？且即以飯言之，又豈得謂非熟食乎？又《釋文》引《字林》云："飧，水澆飯也。"《説文》："飧，餔也。餔，日加申時食也。"《正義》以《字林》爲《説文》，亦誤。

碩　鼠

"碩鼠碩鼠。"《箋》云："碩，大也。"《正義》曰："《釋獸》於鼠屬有鼫鼠。孫炎曰：'五技鼠。'舍人、樊光同引此詩。以碩鼠爲彼五技之鼠也。許慎云：'碩鼠五技，能飛不能上屋，能游不能渡谷，能緣不能窮木，能走不能先人，能穴不能覆身。’此之謂五技。陸璣《疏》云：‘今河東有大鼠，能人立，交前兩脚於頸上，跳舞善鳴，食人禾苗，人逐則走入樹空中，亦有五技，或謂之雀鼠，其形大，故《序》云大鼠也。魏國，今河北縣是也。言其方物，宜謂此鼠，非鼫鼠也。’按此經作碩鼠，訓之爲大，不作鼫鼠之字，其義或如陸言也。”

焯案：胡氏《後箋》云：“碩鼠即《爾雅》鼫鼠。《易》：‘《晉》九四，晉如鼫鼠。’子夏《易傳》、《九家易》並作碩鼠，是碩、鼫通用之證。碩、鼫皆取大義，非即五技鼠。《詩疏》引《爾雅》孫炎《注》：以鼫鼠爲五技鼠，樊光、舍人注同，其説非也。《説文》以鼫鼠爲五技之鼠，此則《荀子》之所謂梧鼠，雖不妨有鼫鼠之名，然荀、許皆未嘗以爲《詩》之碩鼠也。”焯謂《陸疏》謂碩鼠别自一種，非五技之鼫鼠，其説本確。特《正義》泥於碩鼫字殊，謂碩鼠與鼫鼠有異，此則未是耳。

卷　四

唐

唐 譜

《譜》下《正義》曰："《鴇羽序》言昭公，則昭公詩也。《綢繆》、《杕杜》、《羔裘》在其間，從可知也。"

焯案：《稽古編》云："《綢繆》、《杕杜》、《羔裘》三詩《序》不言刺何君，《疏》以其在《椒聊》、《鴇羽》之間，槩判爲昭公詩，殆不然也。《鴇羽序》云刺時，並不云刺昭公。又言昭公之後，大亂五世，明是亂極始作。《鴇羽》非《昭公》詩，則《綢繆》諸篇可知矣。昭公之立，《左傳》雖云晉始亂，然昭在位僅七年，追潘父弑之，亂斯甚爾。昭公時未至大亂，致民昏姻失時，父母莫養也。成師乃昭公親叔父，昭公又以曲沃封之，不得爲薄其宗族也。昭之後歷孝、鄂、哀、小子、緡五君，而後併於曲沃，《綢繆》以下四詩當作於最後一二君之世，此時晉亂已久，容有昏姻失時，父母莫養者。而曲沃已在晉君五服之外，則所謂同父、同姓，自目其君之近屬而言，義固無不通也，《疏》誤解《序》意矣。"《毛詩異義》云："陳氏據昭公封成師，而斷《杕杜》非刺昭公，其言最當。但《孔疏》乃依鄭《詩譜》左方爲此次，又《杕杜箋》云'昭公遠其宗族'，孔氏承用鄭說，不能正其誤耳。《綢繆》以下四詩時世，當如陳氏所言。"顧氏《學詩詳說》云："《鄭譜》以《出其東門》爲厲公詩，《孔疏》又據三篇序文皆公子爭後事，公子五爭，突最在後得之，當爲厲公詩，夫一云'公子五爭'，一云'昭公之後大亂五世'，事正同也。於鄭屬之最後一君，於唐歸之始亂之君，前後違戾，鄭氏之失，而孔從爲之辭。"焯又案《鴇羽序正義》曰："亂從昭起，追刺昭公，故爲昭公詩。"然於詩及《序》、《傳》皆不見追刺之意，此亦欲曲成鄭說而爲言也。

蟋　蟀

“職思其居。”《傳》：“職，主也。”《箋》云：“又當主思於所居之事，謂國中政令。”“職思其外。”《傳》：“外，禮樂之外。”《箋》云：“外謂國外至四境。”“職思其憂。”《傳》：“憂，可憂也。”《箋》云：“憂者，謂鄰國侵伐之憂。”《正義》曰：“《傳》不解其居之義，二章其外，《傳》以外爲禮樂之外，則其居謂以禮樂自居，則‘職思其外’，謂常思禮樂，無使越於禮樂之外也。‘職思其憂’，《傳》曰‘憂，可憂’，謂踰越禮樂，至於荒淫，則可憂也。故王肅云：‘其居主思以禮樂自居也。其外言思無越於禮樂也。其憂言荒則憂也。’”

焯案：《詩》三百篇多爲四言，其辭意往往限於字句，不能完具者，則以前後章互足其義。余撰有《詩義重章互足説》，詳著其義。余於《丘中有麻》、《伐檀》諸篇已詳論之。此詩二章“職思其外”句，蓋配首章“職思其居”言之。居猶内也，《傳》云“外禮樂之外”者，謂當常寘思於禮樂之内外耳。其必以禮樂爲説者，既依經立義，亦顧《序》“以禮自虞”之語。鄭不悟前後章意互相足，而疑毛義爲失，故易外爲國外，居爲國中。顧觀全詩之意，前則勸君毋一於儉、姑務行樂，繼則謂樂宜有節，而奢儉得中，初無警其思於政令及四境之意。王肅務反鄭義，惟於其外言思無越於禮樂，仍未深探經傳之意，而有增字解經之嫌。末章“職思其憂”，謂宜思其所當思，《爾雅·釋詁》：憂，思也。蓋泛指一切應思之事言之。鄭指爲鄰國侵伐之憂。固失之鑿。王解爲荒則憂，而《正義》依以申《傳》，亦未必得《傳》意也。

揚之水

《序》下《正義》曰：“經陳桓叔有德，民樂從之，所以刺昭公也。”

焯案：詩首章云“既見君子，云何不樂”，次章云“既見君子，云何其憂”，此皆反言桓叔之美，民將叛而歸之，正所以深警昭公也。末章云“我聞有命不敢以告人”，此又詭詞以泄桓叔篡晉之謀，欲昭公聞之而戒懼，早爲之備也。不然，如桓叔以孽子傾宗，藏奸蓄禍，但有愚民之策，而可謂之有德乎？《箋》於首章謂“桓叔盛彊，除民所惡，民得以有禮義”，《正義》因謂“桓叔政教寬明，除去民之疾惡，使沃國之民皆得有禮義”，其與此云有德，蓋皆未究當日之情事也。若《序》云刺昭公者，胡承珙云：“所謂刺其君者，非徒刺之已也，必實有愛君憂國之心，而事有不容顯言者，故其慮深，其情切，而其詞轉隱；或且有詭詞以託意，反言以著事者。如此詩託爲叛者之辭，云既見桓叔而樂，又反言聞命而不敢告，此所謂主文譎諫，風人之旨也。”

椒　聊

“椒聊之實，蕃衍盈升。”《傳》：“椒聊，椒也。”《箋》云：“椒性芬香而少實，今一梂之實，蕃衍滿升，非其常也。”《正義》引陸璣《疏》曰：“椒聊，聊，語助也。”

焯案：胡氏《後箋》云：“阮氏《揅經室集》曰：‘《毛傳》“椒聊，椒也”，也字上必脱梂字。’《鄭箋》云一梂之實，意實承《傳》而述言之。緣《傳》已專訓，不必再爲聊梂也之訓矣。《爾雅》云：‘椒椴醜莍，莍即梂也。’又云：‘朻者聊，朻亦即梂也。詩“兕觥其觩”，觩每作觓，丩求通也。是《爾雅》此句專爲《唐風》而釋，毛、鄭皆知，而郭璞未詳，陸璣妄爲語助之説，然則斯義自魏、晉以後皆昧之矣。’段氏《詩經小學》曰：‘《傳》不以聊爲語詞，椒聊疊韻，單呼曰椒，累呼曰椒聊。’《虞東學詩》云：‘聊既語助，且又語助，恐難成句。’”焯謂胡氏所引諸説，可爲聊字非語助之證。而詩之椒聊，即《爾雅》之朻者聊，亦可無疑也。又《正義》申《箋》曰：“知蕃衍滿升謂一梂之實者，若論一樹，則不啻一升。纔據一實，又不足滿升。驗今椒實，一裹之内惟有一實，時有二實者少耳，今言一梂滿升，假多爲喻，非實事也。王肅云‘種一實蕃衍滿一升’，若種一實則成一樹，非徒一升而已，不得以種一實爲喻也。”《後箋》云：“《爾雅》‘茮椴醜荥’，與‘櫟其實梂’之梂義同而微異，櫟之梂彙自裹者，一梂只一實，若椒椴之荥，則《郭注》云‘荥萸子聚生成房貌’，《説文》‘荥，茮椴實裹如裘也’，皆謂其實叢生攢簇爲荥耳。鄭樵注《爾雅》云：‘此類結子成毬朵。’是也。《箋》云一梂者，乃借櫟實之梂爲之。《孔疏》誤以一梂即今椒之一粒，故云一裹之内惟有一實，則所謂實者乃椒目矣。夫椒之一粒焉得言荥，今椒與茱萸皆多實，結聚成荥，詩人正因其蕃衍，故以取興，何得云假多爲喻非實事乎？”

“碩大無朋。”《傳》：“朋，比也。”《箋》云：“碩謂狀貌佼好也。大謂德美廣博也。無朋，平均不朋黨。”《正義》申《傳》曰：“朋，黨也。比謂阿比，朋亦比之義，故以朋爲比也。”又申《箋》曰：“孫毓云：‘桓叔阻邑不臣，以孽傾宗，與潘父比，至殺昭公而求入焉，能均平而不朋黨乎？斯不然矣。’此言桓叔能修國政，撫民平均，望桓叔之美，刺昭公之惡耳，不得以傾宗阻邑爲桓叔罪也。即如毓言，桓叔罪多矣，詩人何得稱其碩大且篤能修其政乎？自桓叔別封於沃，自是鄰國相陵，安得責其不臣。”

焯案：《釋文》云：“比，王肅、孫毓申毛必履反，謂無比例也。”是也。無比者，即《左傳》陳敬仲占辭“莫之與京”之意。次章“碩大且篤”，《傳》云篤厚，即鄭子封謂叔段“厚將得衆”之意，胡承珙説。《正義》牽《傳》合箋，不加分別，而於述經謂桓叔無朋黨阿比之惡行，非也。胡氏《後箋》云：“孫毓之説，極爲正大。《正義》謂桓叔別封於沃，自是鄰國，不得以傾宗阻邑爲罪，此真悖理傷教之言。”焯謂唐太宗以奪嫡得位，孔氏此《疏》，豈有意爲太宗回護乎？不然，何曲狥《箋》意之甚也。又朱右曾《詩地理徵》云：“葵邱之五命曰，‘無有封而不告’，趙岐注曰：‘無以私恩擅有封賞。’《疏》謂

‘如楚取彭城以封魚石’是也。《左傳》：‘晉滅偪陽，以予向戌，向戌辭曰，是臣興諸侯以自封也。’《史記》：‘楚昭王將以書社七百封孔子。’是國與邑可通言封也。《左傳》‘封桓叔於曲沃’，亦衹賜之以邑耳。但‘大都耦國’，禍亂之基，故師服曰，‘晉甸侯也，而建國本既弱矣’，言晉衹甸侯，而成師在沃，儼然敵國，能無亂乎！乃孔氏《正義》遽倡爲沃國之説，謂桓叔别封於沃，自是鄰國相陵，違義害經，莫此爲甚。”

綢　繆

“子兮子兮，如此良人何。”《傳》：“子兮者，嗟兹也。”《箋》云：“子兮子兮者，斥取者也。敦煌古寫本有也字。子之依敦煌古寫本補之字。取後陰陽交會之月，當如此良人何。”《正義》申《傳》曰：“兹，此也。嗟歎此身不得見良人。”

焯案：《説文》：“嗞，嗟也。”兹即嗞之省文。《經義述聞》謂“嗟兹即嗟嗞”，其義最確。《正義》訓爲此，非《傳》意。又申《箋》曰：“今子之娶，後於陰陽交會之月，則損良人之善，故云當如此良人何，責其損良人也。”案《箋》於“如此良人何”句，當以爲慙沮之意，《正義》謂責其損良人之善，亦非《箋》意也。

杕　杜

“有杕之杜，其葉湑湑。”《傳》：“興也。杕，特皃。杜，赤棠也。湑湑，枝葉不相比近者。”此從敦煌古寫本校正。《正義》曰：“《釋木》云：‘杜，赤棠。白者棠。’樊光云：‘赤者爲杜，白者爲棠。’陸璣《疏》云：‘赤棠與白棠同耳，但子有赤白美惡。子白色爲白棠，甘棠也，少酢，滑美。赤棠子澀而酢，無味，俗語云澀如杜，是也。’”

焯案：《毛詩異義》云：“《釋木》云：‘杜，甘棠。’又云：‘杜，赤棠。白者棠。’是甘棠爲赤棠，又名杜，其白者則名棠也。陸氏《草木疏》云：‘甘棠，赤棠也，與白棠同耳。’云云。上以甘棠爲赤棠，下又以甘棠爲白棠，語自相反，必有譌誤。孔氏於《甘棠》篇不引陸《疏》，蓋以其與《爾雅》《毛傳》異也。此篇引之，又節去首甘棠字，致疑亂不清。”《正義》又曰：“《傳》於此云‘湑湑，枝葉不相比’，下章言‘菁菁，葉盛’，互相明耳。言葉雖茂盛，而枝條稀疏，以喻宗族雖彊，不相親暱也。《箋》以此刺不親宗族，不宜以盛爲喻，故下章易《傳》，以菁菁爲稀少之貌。此章直取不相比次爲喻，不取葉盛爲喻。菁菁實是茂盛，而得爲稀少貌者，以葉密則同爲一色，由稀少故見其枝，以‘菁菁者莪’菁菁爲莪之茂貌，則知鄭意亦以菁菁湑湑爲茂貌，但不取葉爲興耳。”案《正義》申《傳》，未得《傳》意。申《箋》則委曲周旋，文義難曉。《傳》云“湑湑，枝葉不相比近”，乃承上文而形容有杕，蓋謂杜之特生者，與他木之連陰接幹者有異。非專訓湑湑，湑湑之義，《傳》自訓盛。《小雅·裳裳者華》“其葉湑兮”，《傳》云“葉盛貌”，可證也。《正義》亦知湑湑訓盛，與次章菁菁之義不宜有異，但誤會《傳》意，乃謂“葉盛而枝條稀疏”，夫枝條既稀，葉安得盛？況詩云其葉湑湑、菁菁，本無枝條稀疏意乎？當由牽涉次章箋文“菁菁，希少之貌”一語，遂致立説動多窒礙耳。至《箋》易《傳》以菁菁爲希少貌者，蓋以詩爲刺君不能親其宗族，以致骨肉離散。杜以喻君，葉以喻宗族，若言葉盛，則與骨肉離散義相違，故易之也。惟愚謂此詩爲反興。《小雅·杕杜》首章《傳》云：“杕杜猶得其時蕃滋，役夫勞苦，不得盡其天性。”以彼例此，詩意宜謂杕杜猶得茂其枝葉。而晉君反不能親其宗族也。其以杕杜取興者，以杜之特生，喻晉君之孤特，猶有杕之杜以喻晉武之寡特，《小雅·杕杜》以喻役夫之離家也。若必訓菁菁爲希少，與《序》義相比附，而以爲正興，匪特於詩意不合，且與“緑竹菁菁”及“菁菁者莪”諸言盛者訓義乖違矣。《正義》乃必爲之申說，謂《箋》不取葉爲興，語涉牽强，而於文義且不順也。

“胡不佽焉？”《傳》：“佽，助也。”《箋》云：“何不相推佽而助之？”《正義》曰：“佽，古次字。欲使相推以次第助之耳，非訓佽爲助也。”

焯案：《正義》説未合。《詩補疏》云：“次且一聲之轉，佽之爲助，猶趦之與趄。《傳》明以助訓佽。《箋》以推佽並言者，《儒行注》云：‘推，犫也。’犫猶與也。原注：《周禮》師氏注：“故書舉爲與。”《易》：“物與無妄。”虞仲翔注：“與猶舉也。”與猶助也。原注：“見《戰國策》《吕氏春秋》注。”以推明佽，正是以助明佽耳。”馬氏《通釋》云：“比次古音義同。比，輔也。輔，助也。比爲助，則次亦助矣。《説文》佽字注：‘一曰遞也。’遞次義同。凡物之次第相比者，皆有相助之義。《爾雅》：‘佴，貳也。’《郭注》：‘佴次爲副貳。’《説文》：‘佴，佽也。’又曰：‘貳，副益也。’佽、益皆助也。又次、兹聲相近，兹，益也。《廣雅》：‘助，益也。’又資從次聲，資亦助也。《傳》訓佽爲助，可補《爾雅》詁訓之闕。”

羔　裘

“豈無他人，維子之故。”《箋》云：“此民，卿大夫采邑之民也。故云，豈無他人可歸往者乎，我不去者，乃念子故舊之人。”“豈無他人，維子之好。”《箋》云：“我不去而歸往他人者，乃念子而愛好之也。民之厚如此，亦唐之遺風焉。”《正義》曰：“《箋》以民與大夫尊卑縣隔，不應得有故舊恩好，而此云維子之好，故解之是此卿大夫采邑之民，以卿大夫世食采邑，在位者幼少未仕之時，與此民相親相愛，故稱好也。”

焯案：《詩補疏》云：“采邑者，世禄之家。民爲采邑之民，則非一世，所以有故舊之念。此時卿大夫困苦其民，是大夫之於民已不念故，而民則念故也。是大夫之於民已不念好，而民則念好也。大夫愈困苦其民，民愈念故念好，故曰民之厚如此，此《箋》之義也。《正義》所云，求之於《箋》，絶非此義。”《正義》又曰：“豈無他人可歸往者，指謂他國可往，非欲去此采邑，適彼采邑。”《毛詩紬義》云：“《周官》比長職曰：‘徙于國中及郊，則從而授之。’注云：‘徙謂不便其居也，或國中之民出徙郊，或郊民入徙國中，皆從而付所處之吏。’《碩鼠箋》亦言：‘古者三年大比，民或於是徙。’據此，國與郊民可以互徙，何此采邑不可適彼采邑耶?”焯謂焦、李二説皆可正《孔疏》之失。

鴇　羽

“肅肅鴇行。”《傳》：“行，翮也。”《正義》曰：“以上言羽翼，則行亦羽翼，以鳥翮之毛有行列，故稱行也。”

焯案：此詩首章言鴇羽，次章言鴇翼，與此章鴇行語意互足，蓋謂鴇羣飛羽翼成行也。《傳》訓行爲翮者，當謂鴇飛而羽翮成行，非指鴇之毛翮有行列也。《傳》文簡奥，《正義》往往未得其解。馬氏《通釋》云：“鴇行猶雁行，雁之飛有行列，而鴇似之。《説文》：‘皁，相次也。从匕十，鴇从此。’蓋鴇之飛比次有行列，故字从皁會意也。”

無　衣

“不如子之衣。”《傳》：“諸侯不命於天子，則不成爲君。”《箋》云：“武公初并晉國，心未自安，故以得命服爲安。”《正義》申經曰：“不如天子之衣。”又曰：“就天子之使請天子之衣，故云子之衣也。”

焯案：《正義》以詩言子爲天子，殊失其義。馬氏《通釋》云：“天子古未有單稱子者。古者稱卿大夫士通曰子，《序》云請命乎天子之使，則詩所云子者，即指天子之使言。諸侯有七命、六命之衣，天子之使亦有七命、六命之衣，但己未受命於王，非使者受命於王可比，故曰不如子之衣安吉安燠也。孔廣森曰：‘《大車傳》曰，天子大夫四命，其出封五命，如子男之服。《正義》曰，毛意以周禮出封爲出於封畿，非封爲諸侯也。尊王命而重其使，出於封畿，即得加命，則知天子之卿六命，來使於晉，亦假以七章之服，故詩兩言子之衣，一言其加服，一言其本服。'今按孔説是也。《周官》典命：'王之三公八命，其卿六命，大夫四命，及其出封，皆加一等。'出封宜如《毛傳》謂'出於封疆'，出者加一等，則入者宜減一等。典命《疏》云，'若毛君則出加入減'，是也。《覲禮》，'侯氏乘墨車'，此正入減之證。天子之卿六命，出使則加爲七命之服，侯伯七命，入天子之國，則減爲六命之服，故晉侯亦得如天子之卿，有衣七衣六之異。詩言不如者，正求其能如之也。《毛傳》於首章言'侯伯之禮七命，冕服七章'，於二章曰'天子之卿六命，車旗衣服以六爲節'，但據常禮言之。至天子卿大夫出封加一等，義已著於《大車傳》，則其義固可推而知也。《正義》乃以詩言子爲天子，非其義矣。"

"豈曰無衣六兮。"《傳》："天子之卿六命，車旗衣服以六爲節。"《箋》云："變七言六者，謙也。不敢必當侯伯，得受六命之服，列於天子之卿，猶愈乎否。"《正義》曰："鄭答趙商云：'諸侯入爲卿大夫，與在朝仕者異，各依本國命數，不服六章。'《傳》正解六兮爲天子之卿服，不解晉人請六章之服意，故《箋》申之。"

焯案：《傳》義初無變七言六爲謙之意。《箋》實異《傳》，而《正義》未加分別。《毛詩紬義》云："《大車傳》云：'天子大夫四命，其出封五命，如子男之服。'彼天子大夫出於封畿，即得加命，反於朝廷，還服其本，則侯伯七命，入仕六命，較然可知。是以《淇奧傳》云'重較，卿士之車'，《緇衣傳》云'緇衣，卿士聽朝之服'，皆以卿士别之，不言侯伯車服。但鄭、衛皆實入爲卿士，晉武初并晉國，未仕王朝，此《傳》言天子之卿六命者，毛以晉大夫本請七章，特以侯伯之品視天子之卿，可以稱七，亦可以稱六，非謂願得六命之服，與鄭殊也。"

葛　生

"予美亡此，誰與獨處。"《箋》云："予，我。亡，無也。言我所美之人無於此，謂其君子也。吾誰與居乎，獨處家耳。從軍未還，未知死生，其今無於此。"《正義》曰："由獻公好戰，令其夫亡，故婦人怨之也。"

焯案：此詩五章，前三章就當時言，後二章就日後言。《序》云"好攻戰則國人多喪"，亦要其終之辭，非以詩爲正指喪亡也。《箋》云"從軍未還，來知死生"，深合詩旨。《正義》於三章解亡爲夫不在，是也。而於此章即依《序》意解之，則非是。或以此詩爲悼亡之作，引潘岳《悼亡詩》"展轉眄枕席，長簟竟牀空"，《世說》袁羊嘲劉恢"角枕粲文茵，錦衾爛長筵"爲證，惟漢以前無此說。程子猶以此詩爲思存者，非悼亡者，是也。今觀詩語，角枕錦衾之粲爛，夏日冬夜之懷思，似非悼亡者之辭。詩但曰"予美亡此"，只疑其或遭喪亡，而心猶冀其歸也。李遐叔《弔古戰場文》云："其存其歿，家莫聞知，人亦有言，將信將疑，悁悁心目，寤寐見之。"猶此詩之意也。

采　苓

"人之爲言。"《箋》云："爲言，謂爲人爲善言以稱薦之，欲使見進用也。"《疏》述《傳》曰："人之詐僞之言，有妄相稱薦，欲令君進用之者，君誠亦勿得信之。"

焯案：《傳》於首二句以采苓細事喻小行，首陽幽辟喻無徵，夫無徵之言，必爲僞言。則毛意以"爲言"作僞言也。《箋》云"爲人爲善言以稱薦之"，夫爲人而造作虛譽，是亦僞言也。胡承珙謂鄭意"爲言"是作爲之爲，非是。《疏》據定本僞字申說，是也。惟《箋》以"人之爲言"以下四句分作二義. 歐陽氏《詩本義》則謂四句只述一事，以下文再舉“人之爲言”而不舉“舍旃舍旃”可證是也。然則《疏》以鄭義述毛，未必當毛意也。

秦

秦　譜

《譜》下《正義》曰：“邾、滕、紀、莒之等，以其國小，蔑而不録其詩，而録秦仲附庸之風者，《鄭語》云：‘桓公問於史伯曰：姜、嬴其孰興？對曰：國大而有德者近興，秦仲、齊侯，姜、嬴之儁也，且大，其將興乎！’言秦仲國大將興，是其土地寬廣，雖未得爵命，而大於邾、莒，詩者緣政而作，故附庸而得有詩也。”

焯案：《正義》誤解《國語》“且大”之義，《詩地理徵》云：“桓公訪於史伯，在幽王九年。秦仲之卒，在宣王六年。秦仲既卒，其子莊公伐西戎，并得大雒之地，故史伯云云。姜、嬴之儁，原其先人之有德，且大，言莊襄之闢國，豈謂秦仲之國已大乎！”

《譜》云：“秦仲之孫襄公，平王之初，興兵討西戎以救周。平王東遷王城，乃以岐、豐之地賜之，始列爲諸侯，遂横有周西都宗周畿内八百里之地。”《正義》曰：“《史記·秦本紀》云：‘平王賜襄公岐以西之地。襄公生文公，於是文公遂收周餘民有之，地至岐，岐以東獻之周。’如《本紀》之言，則襄公所得，自岐以西。如以鄭言横有西都八百里之地，則是全得西畿，言與《本紀》異者，案終南之山在岐之東南，大夫之戒襄公，已引終南爲喻，則襄公亦得岐東，非唯自岐以西也。即如《本紀》之言，文公收周餘民，又獻岐東於周，則秦之東境終不過岐，而春秋之時，秦境東至於河，襄公以後，更無功德之君，復是何世得之也。”

焯案：顧楝高《春秋大事表》謂終南山凡八百里，亙鳳翔、岐山、郿三縣，及西安一府之境。是岐西亦有終南，不得援以爲據。又《史記》秦武公十年伐邽冀戎，初縣之。十一年初縣杜鄭，滅小虢。《汲冢周書》穆公二年滅芮。《春秋傳》僖十九年，秦取新里，遂滅梁。是其累世蠶食，非一日之故。而謂東遷之初，一舉手而横有西都八百里之地，此理勢所必無者。顧氏又謂："莊二十一年，莊王與虢酒泉，猶在同州府澄城縣，而虢公敗犬戎于渭汭，猶在西周之封内也。自晉滅虢，斷桃林之隘，而秦穆亦東竟至河，築壘爲王城以塞其路，而周之遺地遂盡入於秦，自秦穆始也。"朱氏《詩地理徵》云："《史記》：'秦德公元年，居雍城，卜居雍，後子孫飲馬於河。'是德公之世，竟尚未至於河，曾謂襄公遽有周都八百里之地哉。秦孝公令曰：'穆公東平晉亂，以河爲界。'李斯《諫逐客書》曰：'穆公并國二十，遂霸西戎。'是東地至於河者穆公也。平王東遷之後，有《黍離》之詩，是東西都聲聞未嘗絶也。鄭徒見終南之詠，大夫之戒襄公者，已引終南爲喻，遂謂襄公亦得岐東。今考昔人言山之大者，太行而外，莫如終南。《史記》曰：'秦嶺，天下之大阻也。'《郡縣志》曰：'南山谷之大者有五，其一曰斜谷，在郿縣西南三十里，即褒斜道。斜谷正值岐山，斜谷之西又有箕谷，在今寶鷄縣東南四十里。'則在岐山之西矣。要之自西抵東，緜亘不絶，實皆一山，何必豐、鎬之間始爲南山哉？"此二説皆足以駁正《鄭譜》而發明《史記》之説。《正義》曲狥《鄭譜》，反斥《史記》不可信，非也。

車 鄰

"寺人之令"。《傳》："寺人，内小臣也。"《箋》云："欲見國君者，必先令寺人使傳告之。時秦仲始有此臣也。"《正義》曰："附庸雖未爵命，自君其國，猶若諸侯，故言欲見國君使寺人傳告之。案《夏官》小臣掌王之命，《天官》寺人掌王之内人及女宫之戒令，然則天子之官自有小臣主王命，寺人主内令不主王命矣。《燕禮》云：'小臣戒與者。'則諸侯之官有小臣，亦應小臣傳君命。此説國君之禮，使寺人傳命者，天子備官，故外内異職，諸侯兼官，外内共掌之。諸侯寺人傳達君命，是禮之常也。”

焯案：《稽古編》云：“王朝公卿大夫，《禮記》謂之内諸侯，《孟子》亦云大夫視伯，秦仲爲宣王大夫，自當備次國之制，非復附庸之舊，其有車馬侍御禮樂無疑也。況詩以創見故美之，則前此雖君其國，未必有寺人矣，《疏》語殆未盡然。”《讀詩劄記》云：“《天官》序官‘内小臣，奄上士四人。寺人，王之正内五人’。内小臣與寺人雖異官，皆奄也。故毛以内小臣顯寺人之爲奄也。内小臣職云，‘掌王后之命’，寺人職云，‘掌王之内人及女宫之戒令’，皆不關王見羣臣之事。諸侯亦備内小臣《燕禮》無算爵獻及内小臣。與寺人，寺人披寺人貂寺人柳皆見《左傳》。其職與王朝無異，《夏官》太僕下有小臣，上士四人。職云，‘掌三公及孤卿之復逆’。諸侯燕禮戒與者，亦小臣爲之，然則小臣與内小臣迴别矣。毛以内小臣顯寺人，《正義》以天子備官，諸侯兼官，燕禮之小臣即内小臣，奄人傳達君命，爲諸侯之常禮，誤矣。”焯謂陳説可補《疏》之所未盡，夏説可匡《疏》之違失也。

駟　驖

“公曰左之。”《箋》云：“左之者，從禽之左射之也。”《正義》曰：“此‘公曰左之’，是公命御者從禽之左逐之，欲從禽之左而射之也。”

焯案：胡氏《後箋》引《毛詩明辨録》云：“逐禽左者，逆驅禽獸，使左當人君以射之。夫周人尚右，何以射獸必左乃爲中殺？蓋射必有傷，以實鼎俎，近於不虔，殺其左而右體俱整，仍是尚右之意。古之逐禽，射於車上，與今騎射不同，騎射奔馬可以逐獸，故有順驅而殺者，車上射獸，亦必有步騎合圍，驅獸逆來，然後左向射之，能以中左。若車順驅，雖在獸左，人不能射其左也。公之有命使御左車者，非爲中殺，以獸逆車而來，必在車左，而去車遠者，矢不能貫獸，故命媚子微左以迎獸耳。”胡承珙云：“何休《公羊傳注》解第一殺、第二三殺皆自左膘射之，達於右。雖以死之遲速爲言，但考《儀禮·特牲》《少牢》，凡牲升鼎者，皆用右胖，載俎者，亦皆右體，鄉飲、鄉射用右體，與祭同。惟《既夕》、《士虞》以凶禮反吉，乃用左胖。《士虞記》云：‘升腊，左胖。’腊爲田獸之肉，可見吉禮之腊亦用右胖。射必中左，自以尚右之故。至驅禽待射者，即係驅逆之車，田僕掌之，虞人乘之，《吉日傳》云：‘驅禽而至天子之所。’又云：‘驅禽之左右以安待天子。’皆是。《正義》云：‘公命御者從禽之左射之。’此誤會《箋》語。《箋》云從禽之左射之者，謂當禽之左射之。若逐獸而出其左，轉不便於射矣。《車攻正義》云：凡射獸皆逐後，從左廂而射之，亦誤。但獸之來，未必定當車左，設出於車右，而旋車向左則相背，故公曰左之者，蓋獸自遠奔突而來，公命御者旋當其左，以便於射耳。”焯謂胡氏所解極細。惟引沈氏語，既云射獸必左，義取尚右。又云公命御左車者，非爲中殺。故馬瑞辰譏其自相矛盾也。

小　戎

“五楘梁輈。”《傳》：“五，五束也。楘，歷録也。梁輈，輈上句衡也。一輈五束，束有歷録。”《正義》曰：“楘歷録者，謂所束之處，因以爲文章歷録然，歷録蓋文章之貌也。”

焯案：王夫之《詩稗疏》云：“《傳》言束有歷録，則歷録自爲一物，古未聞以歷録狀文章者，或因歷録陸離聲相近而附會耳。《説文》：‘楘，車歷録束交也。’束交者，束之互相交，如畫卦交爻作㐅也。《廣雅》曰：‘繀車謂之厤鹿。’厤鹿即歷録也。許慎説：‘著絲於筟車爲繀。’筟車者，紡車也。紡車相維之繩上下轉相縈，則是歷録者，紡車交縈之名，而借以言車之楘也。輈之束有五，蓋輈體不可枘鑿，恐致脆折，故皆用束，其束之或金或革，未詳其制，而於亰之上更以絲交縈，如紡車之左右交縈，務爲纏固，此之謂歷録，何文章之有邪？”焯謂梁輈以革縛之，又纏束以爲固，謂之歷録，故毛云“束有歷録’，許云“桼車歷録束交也”。惟其束交之形，歷歷彔彔，《説文》：彔，刻木彔彔也。録本當作彔。而有交互之文，故《正義》竟以歷録爲形容語，而漢儒則無此解也。又紡車以上下交縈，謂之歷録，桼以左右纏束，亦謂之歷録，王氏謂“歷録但爲紡車交縈之名，特借以言車之桼”，非是。

“游環脅驅。”《傳》：“游環，靷環也。游在背上，所以禦出也。脅驅慎駕具，所以止入也。”《箋》云：“游環在背上，無常處，貫驂之外轡，以禁其出。脅驅者，著服馬之外脅，以止驂之入。”《正義》曰：“游環者，以環貫靷，游在背上，故謂之靷環也。”

焯案：《釋文》云：“靳環，居覲反。本又作靷。沈云：舊本皆作靳。靳者，言無常處，游在驂馬背上，胡承珙云：驂當作服，《釋名》云：在服馬背上。以驂馬外轡貫之，以止驂之出。《左傳》云：‘如驂之有靳。’居釁反，無取於靷也。”今案下句陰靷始言靷，則《傳》上言靷環，當從沈重作靳環爲正。胡氏《後箋》云：“《説文》：‘靳，當膺也。’鄭司農注《巾車》云：‘纓謂當胷。’當胷即當膺也。《既夕》注云：‘纓，今馬鞅。’《説文》：‘鞅，頸靼也。’是靳纓鞅爲一物。蓋鞅纏服馬之頸，所以負軛而上繫於衡。其下則當服馬之胷，故謂之頸靼，又謂之當膺。其上有環，可以貫驂馬之外轡，以禁其出。驂馬之首齊服馬之胷，胷上有靳，故《左傳》定九年。王猛曰：‘吾從子如驂之靳。’其環又謂之游環者，以其游動於服馬胷背之間，而能制驂馬之外出故也。轡以御馬，靷以引車，游環所以貫轡，非以貫靷，《正義》云‘以環貫靷’，失之。”

“陰靷鋈續。”《傳》：“陰，揜軓也。靷，所以引也。鋈，白金也。續，續靷也。”《箋》云：“揜軓在軾前，垂輈上。鋈續，白金飾續靷之環。”《正義》曰：“陰，揜軓者，謂輿下三面材，以板木横側車前，所以陰映此軓，故云揜軓也。靷者，以皮爲之，繫於陰板之上，令驂馬引文。鋈，沃也。冶白金以沃灌靷環也。”

焯案：胡氏《後箋》云：“阮氏《車制圖解》曰：‘陰者，輿前式下板也。軓之爲物，蓋在輿前軫下，正中，略如伏兔，爲半規形，以圍輈身。輈與輿之力，在後軫則有任正以持之，在前軫則有軓以銜之，故左右轉戾，不致敗折。此陰板掩乎輈前空處，下垂至輈上，并軓亦揜之使不見，故陰即名揜軓，且爲輿前容飾也，或直命揜軓爲軓者，誤矣。’程氏《通藝録》曰：‘輈侯起處正當前軫，自於前軫下與輈侯起處牙錯相嵌而函之，如是則範圍此輈全繫乎此，故謂此處爲軓，實非别有一物。軫圍尺一寸，輈圍較大，相函不能齊平，正當輿前，不可無以飾之，此陰軓之所由設與。’案阮、程二説是也。軓在輿下，陰在軾前，陰高於軓，是名揜軓。《箋》云揜軓在軾前，垂輈上，所言衹有一面。《正義》謂以板木横側車前，所以陰映此軓，則似車左右亦有陰板，恐非。至陰靷者，謂陰下之靷，《正義》謂靷以皮爲之，繫於陰板之上，亦非也。《説文》：“靷，引軸也。”原注，楊倞注《荀子》，引《説文》：“靷，所以引軸者也。”《詩傳》不言軸，許云軸以著明之。哀二年《左傳》：‘郵良曰：我兩靷將絶，吾能止之。’《正義》曰：‘古之駕四馬者，服馬夾轅，其頸負軛，兩驂在旁，挽靷助之，詩所謂陰靷鋈續是也。’蓋靷從輿下而出於軓前以繫於衡，其革不能如此之長，必須爲環以接續之，故曰鋈續，其後則繫於車軸，故《説文》以靷爲引軸。《廣雅》：‘陰靷，伏兔也。’此語雖誤，然伏兔本在軸上，正以靷繫於軸，故張揖致有此誤。若靷繫於陰板之上，陰板非挽輿得力之處，何以引車？詩以陰靷連言者，殆以其自下而出於揜軓之前，故曰陰靷耳。”今案胡氏據戴、阮、程三君之説，又兼取戴氏《考正》，李氏《紬義》、汪氏《異義》諸説，以糾《正義》之失，郅爲確當，故備録之。胡氏又云："《傳》云'鋈白金'，本不以爲沃灌。《箋》云'白金飾續靷之環'，又云'軜之觼以白金爲飾'，説者遂以爲嵌銅，或又以爲鍍金塗銀之類，其實毛意鋈爲白金，鋈續者，即以白金爲續靷之環。鋈以觼軜者，以白金爲繫軜之觼。鋈錞者，以白金爲矛下之錞。《疏》泥於《爾雅》白金無鋈名，遂誤以爲灌沃，勢不得不沿爲嵌銅塗銀之説。古人質樸，未必作此工巧，但靷環等似非白金之柔者所宜，則《正義》云金銀銅鐵總名爲金，此或是白銅白鐵，未必皆白銀。"今謂胡氏此説亦是。《爾雅》："白金謂之銀，其美者謂之鐐。"《説文》："鐐，白金也。"車部軜下引《詩》"芺以觼軜"。古音芺潦同部聲近，芺鋈與鐐通用，故《傳》《箋》並以鋈爲白金。《廣雅》："白銅謂之鋈。"蓋古者銅亦通稱金也。《正義》乃以白金名鐐不名鋈，因訓鋈爲沃灌，並謂《傳》《箋》非訓鋈爲白金，失之。

"方何爲期，胡然我念之。"《箋》云："方今以何時爲還期乎？何以然了不來，言望之也。"《正義》曰："方欲以何時爲還期乎？何爲了然不來，而使我念之也。"

焯案：《校勘記》以《正義》"何爲了然不來"句爲誤。俞氏《平議》云："《箋》文'何以然'三字解經文'胡然'二字，因'胡然'之下即云'我念之'，於義似不屬，故加'了不來'三字以成其義。孔氏作《正義》，誤倒其文，而曰'了然不來'，非《箋》意也。"

"竹閉緄縢。"《傳》："閉，紲。緄，繩。縢，約也。"《正義》曰："《説文》云：'紲，繫也。'謂置弓鞑裏，胡承珙云：當作"置鞑弓裏"，傳寫弓鞑誤倒。以繩紲之，因名鞑爲紲。"

焯案：陳氏《傳疏》云："竹閉以竹爲閉也，閉亦作柲。《既夕禮》有柲，注：'柲，弓檠，弛則縛之於弓裏備損傷，以竹爲之。《詩》云竹柲緄縢。古文柲作枈。'閉亦爲紲。《考工記》'譬如終紲引如終紲'注：'紲，弓鞑。弓有鞑者，爲發弦時備損傷。詩云，竹鞑緄縢。'《說文》云：'檠，榜也。榜，所以輔弓弩也。紲，繫也。'案繫檠曰紲，因之評檠曰紲。毛意蓋讀詩之閉爲《既夕禮》有柲之柲，而即以《考工記》終紲之紲釋之，實一物也。"焯又案：紲又通作枻。《荀子·非相篇》曰："接人則用枻。"注云："枻者，檠枻也，正弓弩之器也。"《小雅·角弓傳》云："不善紲檠巧用，則翩然而反。"是檠紲同器，故《傳》以閉爲紲，不取紲系之義。《傳》云"閉，紲"，即訓閉爲紲，非謂以繩紲鞑。《正義》既謂閉一名鞑，又謂以繩紲之，因名鞑爲紲，而《角弓疏》又以紲爲緄縢，皆失之。

蒹　葭

"所謂伊人，在水一方。"《傳》："伊，維也。一方，難至矣。"《箋》云："伊當作繄，繄猶是也。所謂是知周禮之賢人乃在大水之一邊，假喻以言遠。"《疏》述《傳》曰："毛以爲所謂維是得人之道，乃遠在大水一邊。大水喻禮樂，言得人之道乃在禮樂之一邊。王肅云：'維得人之道，乃在水之一方，一方難至矣。水以喻禮樂，能用禮，則至於道也。'"

焯案：胡氏《後箋》云："此用王肅説申毛，非毛意也。《小雅·白駒》'所謂伊人'與此正同。毛不復訓伊字，自以已見此篇。然其上文《傳》云：'宣王之時，不能用賢，賢者有乘白駒而去者。'則毛意伊人即指賢人可知。彼《箋》亦云：'伊當作繄，繄猶是也。所謂是乘白駒而去之賢人。'蓋所以申毛意也。此伊人毛訓維者，《大雅》'無競維人'，彼《箋》云：'人君爲政，無彊於得賢人。'是維人與伊人皆指賢人。此《箋》破伊爲繄，轉繄爲是，雖不以爲語辭，然其以人爲賢人，亦所以申毛，非與毛異也。"陳氏《傳疏》云："伊維一聲之轉，伊其即維其，伊何即維何，伊人即維人。此篇及《伐木》《白駒》曰‘伊人’，《烈文》及《雝》曰‘維人’，維，是也，猶言是人也。《箋》云‘伊當作繄，繄猶是也，所謂是知周禮之賢人’，亦申《傳》也。”今謂胡、陳二説皆可糾《孔疏》之失。若王肅解伊人爲維得人之道者，蓋誤認下《傳》“道來迎之”之道爲理道，而不知即道阻之道耳。

“道阻且右。”《傳》：“右，出其右也。”《箋》云：“右者，言其迂迴也。”《正義》曰：“《箋》云右言其迂迴，出其左亦迂迴。言右，取其與‘涘沚’爲韻。”

焯案：《正義》未得《箋》意。曾氏《詩毛鄭異同辨》云：“周人尚左，故以右爲迂迴，迂迴者，言相違也。迴與違通。”胡氏《後箋》云：“詩言且右者，疑亦有逆順之意，謂右逆而左順也。故禮皆袒左，請罪乃袒右，吉禮交相左，喪禮交相右，亦其義也。此言道阻且右，亦謂逆禮則莫能以濟。下文‘宛在水中沚’，則言順禮而求，乃不在右而在左矣。何以明之？《傳》云‘小渚曰沚’，《釋名》：‘水出其右曰沚邱。沚，止也，西方義氣有所制止也。’然則小渚曰沚，或亦因水出其右而名。夫水出其右，則沚已在左，此雖云水中之沚，然已自右而左矣，亦即所謂‘道來迎之’者。故此章以沚與右相承爲義，不當但謂其取韻也。”

黄　鳥

《序》云：“《黄鳥》，哀三良也。國人刺穆公以人從死，而作是詩也。”《箋》云：“三良，三善臣也。謂奄息、仲行、鍼虎也。從死，自殺以從死。”《正義》曰：“此不刺康公而刺穆公者，是穆公命從己死，此臣自殺從之，非後主之過。”

焯案：《正義》説未允。胡氏《後箋》謂："此非末減康公，自以康公之罪不待言。"是也。魏顆能用先人治命，何康公獨承其亂命乎？《史記·秦本紀》謂："穆公卒，葬於雍，從死者百七十七人。"近安陽小屯及侯家莊發見殷代陵墓，殉葬者多至三四百人。濬縣辛村西周墓殉葬者往往只數人。其殺殉多寡，雖有天子諸侯之别，《墨子·節葬篇》云："天子殺殉，衆者數百，寡者數十。將軍大夫殺殉，衆者數十，寡者數人。"惟至周世，則以人從死之風漸殺可知。秦穆父子仍承舊俗，多殺無辜，故詩及《左傳》皆重哀之也。

"維此奄息，百夫之特。"《傳》："乃特百夫之德。"《箋》云："百夫之中最雄俊也。"《疏》述經曰："毛以爲此奄息何等人哉？乃是百夫之中特立雄俊者也。"又《正義》申《傳》曰："言百夫之德莫及此人，此人在百夫之中，乃孤特秀立。故《箋》申之云，百夫之中最雄俊也。"

焯案：陳氏《傳疏》云："《鄘柏舟傳》：'特，匹也。'此《傳》云乃特百夫之德，言奄息之德乃足匹百夫耳。"俞氏《平議》云："二章'百夫之防'，《傳》曰防比也。三章'百夫之禦'，《傳》曰禦當也。然則防者，言可以比百夫，禦者言可以當百夫，推之首章，義亦如是。《鄘·柏舟》'實維我特'，《釋文》曰：'特，《韓詩》作直，云相當值也。'其義與《毛傳》相近。若用以説此詩，亦復可通。"今案陳、俞二説皆得《傳》意。《箋》謂百夫之中最雄俊，則以特爲特立之特，此非申《傳》，乃易《傳》矣。《正義》混《傳》《箋》而一之，非是。

晨　風

"隰有六駮。"《傳》："駮如馬，倨牙，食虎豹。"《正義》引王肅云："言六，據所見而言也。"

焯案：胡氏《後箋》云："《傳》不解六字，王肅説恐未必然。六字當爲犖之聲借，六駮即犖駮，疊韻爲名。犖駮者言其文采，李尤《平樂觀賦》：'禽鹿六駮，白鳥朱首。'亦是狀其毛色。此獸因狀得名，故《廣韻》直云'六駮獸名'，《易林·无妄》之《觀》云：'三羖六牂，相隨俱行，迷入空澤，循谷直北，經涉六駮，爲所傷賊。'《吳都賦》'驀六駮'，劉淵林注即引此詩。《一切經音義》九云：'魏黄初三年，六駮再見於野。'亦引此詩。《北史·張華原傳》：'爲兖州刺史，州境數有猛獸爲暴，自華原臨政，州東北七十里甑山中忽有六駮食猛獸，咸以爲化感所致。'此皆以六駮爲獸名，豈得謂諸言六駮者皆以所見有六而云然歟?"今谓胡氏駁《疏》之説極諦。崔豹《古今注》曰："山中有木，葉似豫章，皮多癬駮，名曰六駮。"是雖以六駮爲木名，然其不以六爲數，固與胡氏所引諸證可互參也。

無　衣

"豈曰無衣，與子同袍。"《傳》："興也。袍，襺也。上與百姓同欲，則百姓樂致其死。"《正義》曰："《傳》既以此爲興，又言'上與百姓同欲，則百姓樂致其死'，則此經所言朋友相與同袍，以興上與百姓同欲。故王肅云：'豈謂子無衣乎，樂有是袍，與子爲朋友，同共弊之。以興上與百姓同欲，則百姓樂致其死，如朋友樂同衣袍也。'"

焯案：胡氏《後箋》云："毛以上二句爲興者，謂以同袍興同仇耳。不必定以朋友興君上也。王肅云云，恐非毛意。"今謂胡氏説是也。此詩全章蓋皆就士卒言之。王肅以首二句託爲朋友相謂之辭，固誤。《鄭箋》謂爲責康公之言，亦誤。詳《鄭箋平議》。吕氏《詩記》采范、蘇二説，以爲上與下之辭，則由誤解《傳》"上與百姓同欲"句而以爲就君言。不知《傳》特顧《序》"刺其君好攻戰，亟用兵，不與民同欲"之語而反言之，以申全詩之意，非緊貼詩之首二句言也。

"與子同澤。"《傳》："澤，潤澤也。"《箋》云："澤，褻衣，近汙垢。"

《正義》申《傳》曰："衣服之煖於身，猶甘雨之潤於物，故言與子同澤，正謂同袍裳是共潤澤也。"又申《箋》曰："《説文》云：'襗，袴也。'是其褻衣近汙垢也。"

焯案：《釋名·釋衣服》："汗衣，近身受汗垢之衣也。《詩》謂之澤，受汗澤也。"據此，則《正義》以澤爲潤澤，且以爲即袍裳者，誤。范氏《補傳》云："澤，褻服，如汗衫之類。"蓋惟褻服，故《箋》云汙垢；服如汗衫，故《傳》云潤澤。毛、鄭意實一貫也。張汝霖云："《毛傳》潤澤之訓，亦指近體之衣，蓋衣既近體，脂汗所沾，亦有潤澤之意。《毛傳》常有釋其義而不云物名者。如'毳衣如璊'《傳》，'璊，赬也'，而不言爲玉。'貽我握椒'《傳》，'椒，芬香也'，而不言爲木類，是也。然則此亦但釋褻衣有潤澤之義，而不言爲褻衣耳，非與鄭有異也。"焯謂范、張二説皆得《傳》意。又《箋》云褻衣，自謂常用之便服，且裹衣也。若《説文》訓襗爲袴，則别爲一説，《正義》引以證《鄭》，亦未合。

渭　陽

《序》："《渭陽》，康公念母也。康公之母，晉獻公之女。文公遭麗姬之難，未反而秦姬卒。穆公納文公，康公時爲太子，贈送文公于渭之陽。念母之不見也，我見舅氏，如母存焉。及其即位，思而作是詩也。"《正義》曰："康公贈送文公，至於渭水之陽，思念母之不見舅歸也，見其舅氏，如似母之存焉。"

焯案：胡氏《後箋》云："《序》云念母之不見，謂母已前卒，不可復見。故繼之云，我見舅氏，如母存焉。《正義》以不見爲不見文公之反國，則與下二句文意不貫矣。"

"曰至渭陽。"《箋》云："渭，水名也。秦是時都雝，至渭陽者，蓋東行送舅氏於咸陽之地也。"《正義》曰："雍在渭南，水北曰陽，晉在秦東，行必渡渭。"

焯案：朱氏《詩地理徵》云："《水經注》：'雍水出雍山，東南流逕秦惠公所居祈年宫東，又東逕召亭南，又東南與横水合。又南逕美陽縣西，又南流注於渭。'雍山在今鳳翔縣西北三十里，祈年宫亦曰橐泉宫，今鳳翔府治也。其南七里爲故大鄭宫城，即秦所都也。美陽故城在今武功縣西北二十五里，雍水出雍，而東南入渭，則雍在渭北矣。《方輿紀要》曰：'岐山縣在府東五十里，渭水在南三十五里，自寶雞縣原注：縣在府西南九十里。東流入境。'則渭逕雍南，而不入其竟明矣。"李氏《紬義》云："《水經・渭水》篇云：'又東逕美陽縣南，雍水從北來注之。'《酈注》：'雍水合鄧公泉水，出鄧艾祠北，故名曰鄧公泉。數源俱發於雍縣城南，縣故秦德公所居也。雍水又合杜水、漆水、岐水、中亭川諸水南流入渭。'此下'渭水又東逕郿塢南，又東逕槐里縣南，又東逕槐里縣故城南，又東北逕渭城南'，渭城即秦咸陽也。是雍在渭北，由雍至咸陽，皆循渭水北岸東行，不須渡渭，故《箋》直言東行送舅氏於咸陽。《正義》謂雍在渭南，誤。《箋》惟言至咸陽之地，《正義》謂晉在秦東，行必渡渭，亦非。"陳氏《傳疏》云："渭陽在渭水北，送舅氏至渭陽，不渡渭也。考咸陽在今陝西西安府長安縣，雍在今鳳翔府鳳翔縣西北，《正義》誤。"焯謂三説並確。顧氏《學詩詳説》云："孔氏蓋以雍若在渭北，則詩言渭陽非所以識别。不知雍水雖與渭通，而秦當時所都，近雍而遠渭，故地以雍名。自是以東，或當雍北，或雍已入渭，而陸路之距渭較遠，至咸陽而正當渭北焉。故漢元鼎時，徑稱以渭城，則渭陽非咸陽莫屬矣。《水經》又云：'渭水又東過長安縣北，又東與洮水枝津合，又逕長安城北。'然則渭城以東城邑又在渭陰始須渡渭而南，康公之送舅氏，所由至此而止云，《疏》説果誤。"

權 輿

"於我乎，夏屋渠渠。"《傳》："夏，大也。"《箋》云："屋，具也。渠渠猶勤勤也。言君始於我厚，設禮食大具以食我，其意勤勤然。"《正義》曰："王肅云：'屋則立之於先君，食則受之於今君，故居大屋而食無餘。'義似可通。鄭不然者，詩刺有始無終，上言於我乎，謂始時也。下言今也，謂其終時也。始則大具，今終則無餘，猶下章始則四簋，今則不飽，皆説飲食之事，不得言屋宅也。若先君爲立大屋，今君每食無餘，則康公本自無始，何責其無終也。"

焯案：王肅説誠有未安，宜爲《正義》所駁。惟以毛不訓屋，遂同《傳》義於《箋》，亦爲未是。蓋毛意果與鄭符，屋字不應無訓。當以屋爲屋宅，不煩立解故爾。《檀弓》"見若覆夏屋者矣"，此詩夏屋當與之同。王逸《楚辭·招魂章句》云，"夏，大屋也"，《九章章句》云，"夏，大殿也"，皆引此詩。王延壽《魯靈光殿賦》"揭蘧蘧而騰湊"，李善注引崔駰《七依》曰，"夏屋蘧蘧高也"，音渠。又《淮南·本經訓》高誘注："夏屋，大屋也。"王、高皆習《魯詩》。毛義宜與《魯》訓同也。特詩雖云夏屋，而其意仍主食言。蓋前後章意互相足，意謂：始也於渠渠夏屋之中，於我乎每食設四簋也。錢澄之《田間詩學》云："此言君於館飧之外，時嘗置酒設宴於宮庭以爲禮也。"焦氏《補疏》云："夏屋謂寢廟。古燕食之禮行於寢廟，言夏屋，舉燕食之地也。"此二説微得詩意。若王肅誤以屋與食分言。鄭釋屋爲具，雖本《雅》訓，轉傷隱曲。而楊慎則以"夏屋"猶《頌》之"大房"，惠氏《詩説》、戴氏《考正》承用之，皆由未諳言屋言食上下一例故爾。

陳

陳 譜

《譜》云："大姬無子，好巫覡禱祈、鬼神歌舞之樂，民俗化而爲之。"《正義》曰："鄭知無子者，以其好巫好祭，明爲無子禱求，故言無子。若太姬無子，而《左傳》'子産云我周之自出'，杜預曰：'陳，周之出者。'蓋太姬於後生子，以禱而得子，故彌信巫覡也。"

焯案：鄭云太姬無子，或別有所據，未必因好巫好祭推而知之，以爲如姜嫄郊禖之祀也。又《正義》欲彌縫《鄭箋》與《左傳》之説，而云太姬於後生子，亦屬附會。書缺有間，此類蓋難以質言也。

東門之枌

"穀旦于差，南方之原。"《傳》："穀，善也。原，大夫氏。"《箋》云："旦，明。于，曰。差，擇也。朝日善明，曰相擇矣，以南方原氏之女可以爲上處。"《正義》謂此二句爲男擇女，下二句女子亦不復績麻，與男子聚會。

焯案：《序》下《正義》曰："首章獨言男婆娑於枌栩之下，下二章上二句言女子候善明之日，從男子於會處，下二句陳男女相説之辭。"如此，則"穀旦于差"爲女擇男。前後矛盾矣。竊謂首章言子仲之子婆娑於枌栩之下，本非謂男子獨舞，意實兼女子言之。次章則明著南方原氏之女，男子擇女，而女子從之，三章言男女俱往所會之處。"視爾如荍"二句，方是男女相悦之辭，《序》下《正義》誤也。又此章《正義》申《箋》曰："上處者，言是一國最上之處。"胡氏《後箋》云："原氏之女居在南方，何以見其必爲一國最上之處？《邶風》'在前上處'《箋》云：'在前列上頭也。'《疏》以爲'在舞位之前行而處上頭'。竊意此《箋》上處亦是謂舞列之上頭。蓋以南方原氏之女容美藝嫻，可以居舞列之上頭耳。《疏》説非《箋》意。"

"越以鬷邁。"《傳》："鬷。數。邁，行也。"《箋》云："鬷，總也。於是以總行，欲男女合行。"《正義》曰："鬷謂麻縷，每數一升，而用繩紀之，故緫爲數。王肅云：‘緵數，績麻之縷也。’鄭以緵爲緫，與毛異。”

焯案：《召南》“素絲五緫”《傳》云：“緫，數也。”《商頌》“緵假無言”《傳》云：“緵，緫也。”《箋》蓋本《傳》義申言之。胡氏《後箋》云：“案布八十縷爲緵。王肅之意，謂《傳》以緵爲緵之叚借耳。然上文既云‘不績其麻’矣，何又以麻緫而行？竊疑毛意訓緵爲數，蓋讀爲數罟之數。《豳風·九罭傳》‘緵罟’，《小雅·魚麗傳》作‘數罟’，知緵有數義。數者促數，爲攢湊緫會之意。故《商頌》‘緵假’《傳》又云：‘緵，緫。’《中庸》作奏假，奏猶湊也，會聚之義。然則此《傳》緵數邁行者，本謂男女促數會聚而行。鄭以數義難明，故以緫訓申之，非與毛異也。”

衡　門

“泌之洋洋，可以樂飢。”《傳》：“泌，泉水也。洋洋，廣大也。樂飢，可以樂道忘飢。”《箋》云：“飢者，不足於食也。泌水之流洋洋然，飢者見之，可飲以瘵飢。”《疏》述《傳》曰：“觀泌水之流洋洋廣大，君可以樂道忘飢。何則，泌者泉水涓流不已，乃至廣大，況人君寧不進德，積小成大，樂道忘飢乎？”

焯案：《稽古編》云：“經言洋洋，《傳》云廣大，正目泉水言耳。蓋波流壯闊，至宋寞也。然可以樂道忘飢。《孔疏》乃以泉水涓流，漸至廣大，喻人君進德，積小成大，則樂飢語意迂回。”竊謂陳説是也。惟泌水衡門，自《鄭箋》以爲二興並舉，後儒多從之。焯以爲此詩下二句與上二句互相承，“可以棲遲”句亦兼承“泌之洋洋”，“可以樂飢”句與上“衡門之下”句亦相承。詩意託謂賢者處衡門之下，臨泌水之洋洋，可以游息於其間，而樂道忘飢也。其以棲遲句單繫衡門句下，以樂飢句獨綴泌水句下者，蓋便於取韻耳。蔡邕《郭林宗碑》云：“棲遲泌丘。”邕習《魯詩》，此謂泌丘水側，可以棲遲也。

《韓詩外傳》二："子夏曰：'雖居蓬户之中，彈琴以詠先王之風，有人亦樂之，無人亦樂之，亦可以發憤忘食矣。《詩》曰："衡門之下，可以棲遲、泌之洋洋，可以療飢。"'"其云蓬户，即《詩》之衡門。其云發憤忘食，即《詩》樂飢之意。雖於樂飢作𤻲飢，字異而大意實同。《箋》謂泌水之流洋洋然，飢者見之，可飲以𤻲飢，蓋據三家詩本而誤解。非惟水不可以𤻲飢，即詩意本無謂賢者飲之之事也。《正義》申《箋》，謂："飢久則爲渴，得水則亦小𤻲，故言飢以爲韻。"此由作《疏》之體，例不破注，而强申其義也。《正義》又云："邶國有'毖彼泉水'，知泌爲泉水。"俞氏《平議》云："毖彼泉水，爲泉流之貌。泌之洋洋，爲泉水之名。《正義》必合而一之，則是泌之洋洋爲泌然之洋洋，不成句矣。且'毖彼泉水'與'孌彼諸姬'一律，今云泌、泉水也，則亦將云孌、諸姬也，其可乎？故觀毛公'泌，泉水也'之訓，知非'毖彼泉水'之毖矣。蔡邕《郭林宗碑》'棲遲泌丘'以泌爲丘名，或本三家詩。《廣雅・釋丘》曰，'丘上有丘爲秘丘'，泌丘當即秘丘也。泌之爲丘爲泉，皆實有所指之地，非如'毖彼泉水'爲虛擬之詞也。"

東門之池

"可以漚菅。"《正義》曰："菅者已漚之名，未漚則但名爲茅也。"

焯案：《毛詩異義》云："《釋草》云：'白華，野菅。'《郭注》曰：'茅屬。'陸璣《疏》曰：'菅似茅。'然則菅不名茅也。已漚者名菅，未漚則名野菅，《疏》云'未漚則但名爲茅'，與郭、陸異。蓋因《白華》次章《箋》云'善彼可以爲菅之茅'而爲是説，不知彼《箋》本誤也。《釋文》'茅已漚者爲菅'，與《疏》誤同。"竊謂汪説是也。《小雅》"白華菅兮"《傳》曰："白華，野菅也。已漚爲菅。"揆彼《傳》意，蓋以菅對野菅爲言，與《陸疏》云"菅似茅"，《爾雅郭注》云"菅茅屬"，皆以菅茅爲二物。惟菅茅統言之則爲一物，故《説文》、《廣雅》及

《楚辭王逸注》皆菅茅不分也。

東門之楊

"東門之楊，其葉牂牂。"《傳》："興也。牂牂然盛貌。言男女失時，不逮秋冬。"《疏》云："毛以爲作者以楊葉初生興昏之正時，楊葉長大興晚於正時。"又曰："毛以秋冬爲昏之正時，故云男女失時不逮秋冬也。"

焯案：《疏》既云毛以楊葉初生興昏之正時，復云毛以秋冬爲昏之正時，前後自相岐異。胡氏《後箋》云："楊葉秋冬焉得生，而云初生爲正時，乃鄭義非毛義也。毛意但云楊葉既盛，已非秋冬嫁娶之時耳。李氏《集解》引程氏曰：'楊最得陽氣之先者，言人反不及時。'又引陸氏曰：'楊之發坼首於衆木，昏姻失時，則木之不如。'二説皆可發明興意。"

墓　門

《序》云："《墓門》，刺陳佗也。陳佗無良師傅，以至於不義，惡加於萬民焉。"《箋》云："不義者，謂弒君而自立。"《正義》曰："陳佗既立爲君，此師傅猶在，仍用其言，必將至誅絶，故作此詩以刺佗，欲其去惡傅而就良師也。"又曰："欲令佗誅退惡師，則弒君之後，惡師仍在。"

焯案：詩意是述佗未行篡逆時情事，《序》云"至於不義，惡加萬民"，乃要其終言之。胡氏《後箋》云："此詩乃作於桓公之時，自以佗傅不良，恐陷於惡，故豫告桓公，欲令早爲諭教，此詩人忠厚之意。末章'顛倒思予'，乃詩人先見之言，逆料其必至於此，猶云'後君噬臍，他日請念'之類，非此詩作於陳佗弒逆之後也。若在桓公卒後，則佗已身爲大逆，而尚鰓鰓然追咎於其傅之不良，縱罪魁而誅黨惡，無此斷獄之法，尚得謂與《春秋》相表裏乎？"又云："佗既爲弒君之賊，則其師傅必皆同惡相濟，如商臣之有潘崇，何以尚望其知而去之。且即去之，亦不過如司馬之於成濟耳，於佗之惡能解免乎？作歌用誶，其非用之於佗明矣。《傳》、《箋》之意，止言陳佗無良師傅以陷於惡，並未嘗以知而不已爲欲佗之去其惡師，《孔疏》誤會經義，一則曰‘陳佗既立爲君，此師傅猶在，仍用其言，必將至誅絶’，再則曰‘欲令佗誅退惡師’，殊不思《箋》云‘陳佗由不覩賢師良傅之訓道，至陷於誅絶之罪’，《疏》既云弑君之賊於法當誅其身，絶其祀，則佗既弑君，已當誅絶，何以云仍用惡師將至誅絶乎？豈於弑君之賊而猶望其晚蓋也？”焯謂《後箋》之説足明詩義而正《孔疏》之失。若蘇氏《詩傳》、吕氏《詩記》則以詩“夫也不良”之夫爲指陳佗，果如所云，將謂此詩爲桓公作耶？於時佗惡未著，寧能勸之黜去其弟，翦手足以安子孫乎？若在佗弑逆之後，其大惡已成，詩末章云“歌以誶之”，又何爲乎？是則《傳》以夫爲指傅相，其義不可易矣。

株　林

“乘我乘駒。”《傳》：“大夫乘駒。”《箋》云：“馬六尺以下曰駒。”《正義》曰：“《皇皇者華》説大夫出使，經云‘我馬維駒’，是大夫禮當乘駒也。此《傳》質略。王肅曰：‘陳大夫孔寧、儀行父與君淫於夏氏。’然則王意以爲乘駒者謂孔、儀從君適株，故作者並舉以惡君也，《傳》意或當然。”

焯案：趙氏《詩細》云：“《皇華》四言我馬，豈得獨援維駒爲大夫之乘，此《疏》之陋也。蓋此《傳》明有成文，《疏》載王肅語，可以證大夫，未足以證乘駒。何休《公羊注》云：‘禮，大夫以上至天子，皆乘四馬，所以通四方也。天子馬曰龍，高七尺以上；諸侯曰馬，高六尺以上；卿大夫士曰駒，高五尺以上。’則視毛加詳備，始悟《傳》義蓋當出禮何經，而其文逸矣。《孔疏》偶遺《何注》，無以證明之耳。”又案《釋文》云：“乘驕音駒。沈云或作駒字，是後人改之。

《皇皇者華》篇内同。"竊謂孫重説是也。此詩及《皇皇者華》駒字並當作驕，其作駒者，由後之不知古音者謂駒與株韻，因改之，而不知株與驕亦得相協也。株古音在侯部，驕在豪部。侯豪二部相近，古多通用。張汝霖云："《説文》馬部驕下云：'馬高六尺爲驕，从馬，喬聲。《詩》曰，我馬維驕。'又駒下云：'馬二歲曰駒，三歲曰駣。'其驕高六尺，與《箋》之六尺以下曰駒者同。駒僅二歲，不得高六尺，明《詩》之駒當作驕。《正義》並作駒，蓋未辨其誤矣。陸氏於《株林》釋文從沈作乘驕，於《皇皇者華》云'本亦作驕'，是所見本固有作驕者矣。而大字正文反作維駒，何游移無定耶?"

澤　陂

"彼澤之陂，有蒲與荷。"《傳》："興也。陂，澤障者。荷，芙蕖也。"《箋》云："蒲柔滑之物。芙蕖之莖曰荷，生而佼大，興者蒲以喻所説男之性，荷以喻所説女之容體也。正以陂中二物興者，喻淫風由同姓生。"《疏》云："毛以爲此興陳國之中有男悦女云，汝體之柔弱如蒲然，顔色之美如荷然。"又《序》下《正義》曰："《序》云男女相悦者，章首上二句是也。"

焯案：此篇箋説多誤。詳見《鄭箋平議》。《疏》以鄭義申毛，非也。《序》云"男女相悦"，自總前《東門之枌》、《月出》等篇言之。鄭泥於某篇之序爲專解某篇之詩，故有此誤。此詩以蒲荷取興者，蓋謂澤陂之蒲荷，尚能生得其處，以興吾人之生，反不能得其時，如《鄭風》"山有扶蘇"以扶蘇荷華取興之比，而非指女子言也，《正義》又曰："如《爾雅》，則芙蕖之莖曰茄。《箋》言荷者，意欲取莖爲喻，亦以荷爲大名，故言荷耳。樊尤注《爾雅》，引《詩》'有蒲與茄'，然則詩本有作茄字者也。"案陳喬樅《毛詩鄭箋改字説》云："此《箋》荷字當是茄字之誤。鄭從三家之文，自宜作茄，不宜仍荷字而解爲芙蕖之莖。《正義》以荷爲大名，故言荷，恐非鄭意。"

"有美一人，傷如之何?"《傳》："傷無禮也。"《箋》云："傷，思也。我思此美人，當如之何而得見之?"《疏》云："毛以爲彼男所悦者有美好之一人，美好如是，不能自防以禮，不以禮，可傷乎?"又《正義》申《箋》曰："《溱洧》、《桑中》亦刺淫泆，舉其事而惡自見，其文皆無哀傷之言，此何獨傷其無禮，至於'涕泗滂沱''輾轉伏枕'也?故易《傳》以爲思美人不得見之而憂傷也。孫毓以《箋》義爲長。"又《序》下《正義》曰："《傳》曰傷無禮，則是君子傷此有美一人之無禮，感傷女人之無禮也。"

焯案：《正義》因《箋》之誤，且以誣《傳》，前既言之。自康成以"有美一人"以下爲男子思美人而不得見，宋世説經諸家皆從之。許謙獨别言之，謂《月出》男子思婦人，《澤陂》婦人思男子。錢天錫亦謂是女思男之辭，觀"碩大且卷""碩大且儼"可見。如"涕泗滂沱""輾轉伏枕"，宛是婦人光景。陸奎勳疑爲女子哀死之作。此皆不得其解，而妄爲説者。竊謂詩之美人，當指國中之貞臣正士，《魯詩説》以泄冶諫而死，君子傷之，殊爲近理。又《大戴禮》："陳靈公殺泄冶，而鄧元去陳以族從。"此詩是否爲鄧元賦，雖不可知，惟云"有美一人，傷如之何"，則美人必有所指。而君子傷陳靈君臣之無禮，哀此美人之不幸可知也。牛運震《空山堂詩志》云："詩中二語，有多少頓足扼腕，欲代明其寃抑而不能者，'寤寐無爲，涕泗滂沱'，正言無能爲力也。"又云："'碩大且卷'、'碩大且儼'，似爲貞臣正士寫照，若作男女相悦之詞，殊嫌不倫。"此之所論，可謂深得詩意者矣。

"有蒲與蕑。"《傳》："蕑，蘭也。"《箋》云："蕑當作蓮。蓮，芙蕖實也。"《正義》曰："以上下皆言蒲荷，則此章亦當爲荷，不宜别據他草。且蘭是陸草，非澤中之物，故知蘭当作蓮。"

焯案：陳喬樅云："《御覽》九百七十五'有蒲與蕑'，蕑引作蒚，

《爾雅·釋草疏》亦引《澤陂》曰‘有蒲與蓮’，《溱洧》篇‘方秉蕑兮’《釋文》引《韓詩》云，‘蓮也’，然則《韓詩》特訓蕑爲蓮，諸所引詩‘有蒲與蓮’，知其爲魯、齊詩文矣。鄭君破蕑爲蓮，蓋據三家以改毛也。”段玉裁《詩經小學》云：“鄭欲改蕑爲蓮，意在三章一律。蓮與荷、菡萏皆屬夫渠，其實詩人不必然也。”張汝霖云：“《疏》謂不宜别據他草，實又不然。《彼汾》之詩言采英、采藚，亦及采桑，《晨風》之詩言苞櫟、苞棣，亦及六駮，未嘗不别據他物也。”胡氏《後箋》云：“《疏》謂蘭是陸草，非澤中之物，此由誤認蕑爲山蘭，故云陸草。不知《神農本草經》蘭名水香，《别録》又名蘭澤草，且《鄭風》‘秉蕑’即在溱、洧之間，不得謂非澤中物也。或又疑蘭與夫渠不同時，亦由不知爲澤蘭故耳。”

卷 五

檜

羔　裘

“狐裘以朝。”《箋》云：“諸侯大蜡而息民，則有黄衣狐裘。今以祭服朝，是其好絜衣服也。”《正義》曰：“此經直云狐裘，《箋》知非狐白狐青者，以諸侯服狐白，唯在天子之朝，若用狐白以朝，則違禮僭上，非徒好絜。狐青人功麤惡，檜君好絜，必不服之。”

焯案：《周禮》司裘：“季秋獻功裘。”注云：“功裘謂狐青麛裘之屬。”《禮記·玉藻疏》云：“狐青是冕服之裘，司裘謂之功裘者，以在冕服之内，人功微麤，不如黼裘大裘之美，故謂之功耳。”今謂《玉藻疏》所論至確。此《疏》云人功麤惡，失之。又狐青既爲冕服之裘，若服之以朝，亦是僭上，此非檜君不欲服之，乃不宜服之也。

素　冠

“庶見素冠兮。”《傳》：“庶，幸也。素冠，練冠也。”《箋》云：“喪禮：既祥祭而縞冠素紕，時人皆解緩，無三年之恩於其父母，而廢其喪禮，故覬幸一見素冠。”《正義》申《傳》曰：“《傳》以刺不行喪禮而思見素冠，則素冠是喪服之冠。若在大祥之後，則三年已終，於禮自除，非所當刺。今作者思見素冠，則知此素冠者，是既練之後，大祥之前冠也。”又申《箋》曰：“鄭以練冠者練布爲之，而經傳之言素者，皆謂白絹，未有以布爲素者，則知素冠非練也。且時人不行三年之喪，當先思長遠之服，何得先思其近，乃思其遠。又不能三年者，當謂三年將終，少月日耳。若全不見練冠，便是朞即釋服，三年之喪，纔行其半，違禮甚矣，何止刺於不能行三年也。故易《傳》以素冠爲既祥之冠。”

焯案：此詩毛、鄭異説，雖王肅亦同鄭義，孫毓亦以《箋》爲長。宋儒或從毛，或從鄭。竊謂如鄭義，則下二章之素衣、素韠皆朝服，雖祥祭時服之，實爲吉服。《序》以此詩刺不能三年，當思見喪服，不當思見吉服也。顧廣譽説。《正義》於毛、鄭異説者，每右鄭左毛，胡氏《後箋》辨之云："《周禮》司服：'大札、大荒、大烖，素服。'又云：'士之齊服有玄端、素端。'以素與玄對，即是白素之素。《玉藻》：'年不順成，則天子素服，乘素車。'素服與素車連文，更不得謂經傳言素皆是白絹。《郊特牲》：'皮弁素服而祭，素服，以送終也。'是則喪服稱素明矣。且朞而小祥，乃服練冠練衣，至大祥始除。詩人不見此服，自是當時不復行再朞之禮，故云不能三年。原注：《吕記》引曹氏曰："不能三年，雖不知爲服歲月，然宰我謂：'鑽燧改火，期可已矣。'齊宣王曰：'爲期之喪，猶愈於已。'古之不能三年者，意皆如此。"若以素冠爲大祥之後，則《吕記》云：'除喪之縞冠，雖使短喪，其除之也，蓋亦服是冠矣。'必謂刺不能三年者，'當先思其遠，不當思其近'，殊不知近尚不能，何論於遠？若以素冠非練冠，而素衣專指祥祭之朝服素裳，無論轉裳爲衣，近於遷就，即此不能三年者，豈其既祥而練，已及再期，而獨不行大祥之祭乎？至朞而釋服，即是不能三年，何必定是三年將終，僅少月日。原注：郝氏敬曰：素冠主練冠爲是。能練冠則能三年矣。今玩詩言傷悲，蘊結，其感甚深，若果三年將終，僅少月日，則魯人朝祥莫歌，夫子亦但曰踰月則善，詩人願見之意亦何至如此其急急乎？又《箋》云素冠在大祥之後，素裳素韠當祥祭之時，《疏》謂先思祥後，卻思祥時，亦於文義不順。"

匪 風

"溉之釜鬵。"《傳》："溉，滌也。鬵，釜屬。"《正義》曰："《釋器》云：'鬵謂之鬵。鬵，鉹也。'孫炎曰：'關東謂甑爲鬵。涼州謂甑爲鉹。'郭璞引《詩》云，'溉之釜鬵'，然則鬵是甑，非釜類。"

焯案：馬氏《通釋》云："《説文》：'鬵，大釜也。'《韻會》引《説文》作土釜。劉向《九歎》'爨土鬵於中宇兮'，王逸注：'鬵，釜也。'《説文》鬲字注：'秦名土鬴曰鬲，讀若過。'案鬲即今俗所稱鍋也，此皆鬵爲釜屬之證。至《爾雅》'融謂之鬵'，據《説文》：'鬵，大釜也。'融，鬵屬，是鬵亦釜屬。《説文》一曰：'鼎大上小下若甑曰鬵。'此别一義。《正義》據孫炎以甑爲鬵，乃謂鬵非釜屬，誤矣。"

曹

蜉　蝣

"蜉蝣掘閲。"《傳》："掘閲，容閲也。"《箋》云："掘閲，掘地解閲，《毛詩紬義》云：《正義》釋《箋》作鮮閲，今本解閲；校書者依定本改之，是也。謂其始生時也。"《正義》釋《傳》曰："閲者，悦懌之意。掘閲者，言其掘地而出，形容鮮閲也。"

焯案：掘閲之義，解者紛駈，惟《傳》訓閲爲容閲，與《邶風》"我躬不閲"之訓同。《正義》依《箋》述《傳》，而以容爲形容，恐非。

候　人

"三百赤芾。"《傳》："芾，韠也。一命緼芾黝珩，再命赤芾黝珩，三命赤芾葱珩。"《箋》云："佩赤芾者三百人。"《正義》曰："彼曹朝上之子三百人皆服赤芾。"

焯案：此言三百赤芾，與《左傳》言"乘軒者三百人"，皆狀曹共多近小人，非謂居位者實有此數。《左傳杜注》："乘軒三百，謂其無德而居位者多。"此《疏》亦云："諸侯之制，大夫五人，今有三百赤芾，愛小人過度也。"是則孔同杜説，固知三百爲虚數。特其拘守

《箋》義，仍依違其間耳。《鄭箋》於詩中言三百者，皆作實義解。夫曹以蕞爾之國，其爵爲伯，設官、卿二人，大夫五人，共公縱得增其員數，亦何至倍於天子之朝乎？其以三百爲實義，此事之絶不可通者也。

鳲　鳩

“其弁伊騏。”《傳》：“騏，騏文也。弁，皮弁也。”《箋》云：“騏當作璂，以玉爲之。”《正義》曰：“《顧命》云：‘四人騏弁執戈。’注云：‘青黑曰騏。’不破騏字爲玉綦者，以士之皮弁無玉綦飾，正是弁作青黑色，非綦玉之皮弁矣。禮無騏色之弁，而《顧命》有之者，以新王即位，特設此服，使士服此。此言諸侯常服，故知騏當作璂。”

焯案：《傳》云驥，騏文，蓋就弁色言。《説文》：騏，馬青驪文如博棊也。《箋》謂騏當作璂，乃就弁之玉飾言。雖云易《傳》，亦以補足《傳》意也。任氏大椿《弁服釋例》謂：“《説文》璂，瑧重文。而璂、瑧又與騏、綦通。故鄭於《詩》以璂破騏，於《周禮》以綦破璂，璂、瑧、綦三字義相近，騏則叚借字耳。綦之以絲，璂之从玉，以絲貫玉故也。”又謂：“弁師注必讀璂爲綦者，取義於貫結也。”此説足申鄭意。特騏以言弁色，非必璂綦之叚借耳。張氏汝霖云：“此詩騏弁，毛以爲騏文皮弁，與《書》之‘騏弁’合。周之司服，公之服自衮冕而下如王之服云云，其餘各有等差，上得兼下，下不得僭上。然則諸侯皮弁雖飾以璂，其質仍不妨如騏，不得謂皮弁之飾有玉璂而無騏文也。古者衣冠之制，未必後世具存，必以禮無騏色之弁，遂並《顧命》之騏弁指爲新王即位特設之服，《詩》之騏弁，指爲騏當作璂，不信《詩》《書》，而獨據《周禮》，不信毛公，而獨守康成，竊爲孔氏不解也。”焯謂張氏駁《疏》之説良覈。又《傳》“騏，騏文”與《小戎》釋“騏馵”同。而《校勘記》徒據此《傳》《釋文》及孫毓《評》以《傳》“騏文”之驥當作綦，並謂各本皆誤。且以《小戎釋文》騏馬、騏文之騏亦當作綦，而疑此《疏》標起止《傳》“騏，騏文”當是後改，此則徒執疑似之語據改舊文，而於傳與《釋文正義》之明白可據者，又輒斷以爲誤，似未可從也。

下　泉

"浸彼苞稂。"《傳》："苞，本也。稂，童粱。非溉草，得水而病也。"《箋》云："稂當作涼。涼草，蕭蓍之屬。"《正義》曰："《箋》以苞稂則是童粱，爲禾中別物，作者當言浸禾，不應獨舉浸稂。且下章蕭蓍皆是野草，此不宜獨爲禾中之草，故易《傳》以爲稂當作涼。"

焯案：《稽古編》云："下泉浸物，本喻虐政困民。蕭以祭，蓍以筮，皆草之可貴者，故恐其傷。稂爲害苗之草，鉏而去之，唯恐不盡，伺反以見傷爲慮乎？鄭意或出此。《正義》申鄭，蓋未得鄭意也。"又案張氏汝霖云："葛者藤屬，不與蕭艾類，而采葛、采蕭、采艾爲一篇，李者木屬，不與麻麥類，有麻、有麥、有李爲一篇，詩人固連綴之矣，何用曲説耶？"此説亦可匡《正義》之失。

"郇伯勞之。"《傳》："郇伯，郇侯也。諸侯有事，二伯述職。"《箋》云："郇侯，文王之子，爲州伯，有治諸侯之功。"《正義》申《箋》曰："以經傳考之，武王、成王之時，東西大伯唯有周公、召公、太公、畢公爲之，無郇侯者，知爲牧下二伯也。"

焯案：汪氏《異義》云："牧下二伯，唯治其當州諸侯。經言'四國有王'，是言四方之國，望經爲義，傳説爲當。書闕有閒，不得以別無他證疑之。"又云："《傳》所引述，如《素冠》末章言子夏、閔子騫二人之行，而子夏事與《檀弓》異。《巻伯》二章言顔叔子事，孔氏皆不知所出，而謂當有成文憑據。此何獨以經傳無郇侯爲東西大伯疑也。"趙佑《詩細》云："此郇伯若依《箋》州伯之説，則郇在河東，乃并州域，與曹遠，並非其管内，何能勞及於曹？而詩以爲言，蓋當從《傳》爲是。”焯又案《正義》申《傳》云：“知郇爲侯爵者，定四年《左傳》祝鮀説文王之子，唯言曹爲伯，明自曹以外，其爵皆尊於伯，故知爵爲侯也。”考《左傳》桓九年：“荀侯、賈伯伐曲沃。”古荀郇通用，此郇爵爲侯之明證。《正義》不及引，乃作想當然語，豈昧於郇荀字別之故歟？

豳

豳譜

《譜》下《正義》曰：“鄭《金縢注》謂周公以武王崩後三年出，知者，禮：‘君薨，百官總已而聽政於冢宰三年。’定四年《左氏》云：‘周公爲太宰以右王室。’周公既爲太宰，武王初崩，總攝王政，自是常事，管、蔡不應流言，成王不應致疑，明是三年喪畢，周公不授王政，故流言耳。”

焯案：《史記·周本紀》云：“武王崩，成王少，周初定天下，周公恐諸侯畔，乃攝行政當國，管叔、蔡叔羣弟疑周公，與武庚作亂畔周。”按云管、蔡羣弟疑周公，即謂流言之起在武王崩後周公居攝之時。凡畔人作亂，往往乘國有大喪之際。史云天下初定，周公恐諸侯畔，知是時大統未集，諸侯有倍畔之機。若至三年之後，大業彌固，管、蔡、武庚寧得於此時肆其逆謀哉？《正義》於後文申成《毛傳》及王肅之説，謂《金縢》云武王既喪，即云管、蔡流言，周公居東，則是武王崩後，管、蔡即流言，周公即東征也。又《書序》云：“武王崩，三監及淮夷叛，周公相成王，將黜殷命，作《大誥》。”言武王崩三監叛，明武王崩後即叛，周公即征可知。凡兹所陳，義證明確，顧於此强申鄭説，而援禮文爲證，夫禮家所記，乃其常制，寧足範圍畔者之心耶！

七　月

“七月流火。”《正義》曰：“《鄭志》孫皓問：‘《月令》季夏火星中，前受東方之體，盡以爲火星季夏中，心也，不知夏至中星名。答曰：日永星火，此謂大火也。大火，次名。東方之次有壽星、大火、析木三者，大火爲中。故《尚書》云舉中以言焉。又每三十度有奇，非特一宿者也。季夏中火，猶謂指心火也。’如此言，中則日永星火，謂大火之次，非心星也。”

> 焯案：《禮記·月令正義》載鄭答孫顥云：“星火非謂心星也，卯之三十度總爲大火。”與此義同而詞異。今謂《堯典》云“日永星火’，與《月令》“季夏昏火星中”同也。《堯典》紀在仲夏，《夏小正》五月初昏大火中，與堯時同。《月令》在季夏者，歲差所致也。歲差法始於晉虞喜，康成未及知，故注《書》以爲次名。《正義》誤據以與《詩》心星爲別，非也。

“一之日觱發。二之日栗烈。”《傳》：“一之日，十之餘也。一之日，周正月也。二之日，殷正月也。”“三之日于耜。四之日舉趾。”《傳》：“三之日，夏正月也。四之日，周四月也。”《正義》曰：“此篇設文，自立一體。從夏之十一月至夏之二月，皆以數配日而言之。從夏之四月至於十月，皆以數配月而稱之。唯夏之三月特異常例。下云‘春日遲遲，蠶月條桑’，皆是建辰之月，而或日或月，不以數配，參差不同者，蓋以日月相對，日陽月陰，陽則生物，陰則成物，建子之月，純陰已過，陽氣初動，物之牙蘖將生，故以日稱之。建巳之月，純陽用事，陰氣已萌，物有秀實成者，故以月稱之。夏之三月，當陰陽之中，處生成之際，物生已極，不可以同前，不得言五之日。物既未成，不可以類後，不得稱三月。故日月並言，而不以數配，見其異於上下。四章《箋》云，‘物成自秀葽始’，明以物成，故稱月也。稱月者由其物成，知稱日由其物生也。”

焯案：《正義》申明此詩日月並言之例。謂日陽而月陰，建子之月陽氣初動，故日之。乃其無以解於建巳之稱月也。則又云，四月純陽用事，微陰已萌，故月之。夫建巳之月，其卦純陽。建亥之月，其卦純陰。純陽而陰初伏，從而月之。純陰而陽初伏，乃不從而日之乎？姜炳璋説又四月以後，物之未成者尚多，以一葽之微，遂判爲物成之候，此亦義之難可據者。至變三月而言蠶月，或主蠶桑之重言之，未必以當陰陽之中故也。宋世儒者知《疏》義之不可從，則謂言月又言日，别無義例，只是文順。吕氏《詩記》引張氏説。朱氏公遷《疏義》因謂："'一之日'、'二之日'，特詩人咏歌變换成文。若直言十一月、十二月，則不成文理，非詩也。"夫十有一月、十有二月以不辭而改爲"一之日"、"二之日"可也。若云正月于耜、四月舉趾，未爲不辭也。而何以必曰"三之日"、"四之日"乎？胡承珙説。清世諸儒説此者，惟姜氏《詩序廣義》近之。其説曰："《七月》篇中，其以日紀月者，蓋自周公言之。一歲之中必有歲首，公將以子月爲正月，既與夏時相戾，且四月以下皆不可通。如以寅月爲正月，則本朝正朔之外又有一朔，是天下二朔矣，非所以大一統也。因以十者數之終也，十後以起其數，但避兩正月之名，示以從夏時之實。必舉'四之日'者，子丑者夏時之終，寅卯者夏時之始，即始終之二月以日之，是從夏時而仍不失尊王之義者也。"今謂姜氏詮明詩以子月爲"一之日"、寅月爲"三之日"，誠得其解。惟丑卯之月言"二之日"、"四之日"，自因乘上數爲言。蓋兩句之中，立文不便參差故耳。若卒章首句即言"二之日"者，則又承首章言之。淺窺詩意，固失作者本旨，求之過深，亦難免穿鑿之病也。

"田畯至喜。"《箋》云："喜讀爲饎。饎，酒食也。耕者之婦子俱以饟來，至於南畝之中，其見田大夫，又爲設酒食焉。言勸其事，又愛其吏也。"《正義》曰："《傳》不解至喜之義。但毛無破字之理，不得以爲酒食。當謂田畯來至，見勤勞，故喜樂耳。"又申《箋》曰："《箋》以'田畯至喜'

文承‘饁彼’之下，若是喜樂其事，便是喜其餉食，非復悦其勤勞，何當於饁彼之下而説田畯喜乎？饁既是食，明喜亦是食，故知喜讀爲饎。‘饎，酒食。’《釋訓》文。李巡曰：‘得酒食則喜歡也。’孫毓云：‘小民耕農妻子相饁，雖有冀缺如賓之敬，大夫儼然銜命巡司，何爲辱身就耕民公嫗壟畝草間共飲食乎？鄙亦甚矣。而改易經字，殆非作者之本旨。’斯不然矣。飲食之事，禮之所重，大夫之勸迎周公，籩豆有踐，鄭人之愛國君，欲授之以飧，何獨田畯之尊，不可爲之設食也。説其爲設酒食，言民愛其吏耳，何必大夫皆仰田間食乎。”

焯案：胡氏《後箋》云：“喜，《釋文》云：‘王肅申毛如字。’毛於《小雅·天保》、《大雅·泂酌》始訓饎爲酒食，則此自當如王肅所申。《鄭箋》破喜爲饎，或因古本《爾雅》饎有作喜者。原注：《釋文》引舍人本如是。然此《箋》云爲田畯設食，而於《甫田》、《大田》兩言‘田畯至喜’，又以爲‘曾孫設饋以勸農人，司嗇至，則又加之以酒食’，三詩文同而義異，宜其並爲孫毓所短。《孔疏》皆曲爲回護，非也。”《學詩詳説》云：“詩意特以見農之勤於其事耳。作饎文既迂折，於義亦短。果如《疏》説，在民爲愛吏，在吏不爲擾民乎？”焯謂《正義》駁孫毓説，亦爲非是。夫“籩豆有踐”，《傳》以爲禮樂之器，緇衣授餐，《傳》以爲授之采地，俱與鄭氏言飲食者别。今孫氏所引據者，俱是鄭説。孫毓於此方難鄭，孔氏豈宜據鄭説以解鄭難耶？凡義絀者而必求申，難乎免爲强詞矣。

“有鳴倉庚。”《傳》：“倉庚，離黄也。”《正義》曰：“即《葛覃》黄鳥是也。”

焯案：姚炳《詩識名解》云：“舊謂關西呼倉庚爲黄鳥。按豳土屬雍州，爲關中之域，與關西接壤，而此詩及《東山》、《出車》何以皆不言黄鳥而言倉庚？則當爲兩物明矣。”段玉裁《説文解字注》云：

“《葛覃毛傳》：‘黄鳥，搏黍也。’不云即倉庚，倉庚下亦不云即黄鳥，然則黄鳥非倉庚。又《鄭箋》稱‘黄鳥宜食粟’，又云：‘緜蠻，小鳥貌。’案二條皆《傳》文，非《箋》語。顯非倉庚，蓋今之黄雀也。”胡氏《後箋》云：“《爾雅》云：‘倉庚，商庚。’又云：‘鵹黄，楚雀。’又云：‘倉庚，黧黄也。’《説文》：離下云：‘離黄，倉庚也，鳴則蠶生。’雜下云：‘䳉黄也。从隹，黎聲。一曰，楚雀也。其色黎黑而黄。’此皆謂今之黄鸝。《爾雅》又有‘皇黄鳥’，則當别爲一鳥。舍人注但云‘皇名黄鳥’，郭璞乃云‘俗呼黄離留，亦名搏黍’，則誤合爲一。然其誤實始於《方言》，謂‘鸝黄自關而東謂之倉庚，自關而西謂之鸝黄，或謂之黄鳥，或謂之楚雀’，陸璣《疏》因之。今案《小雅·黄鳥》云‘啄粟’、‘啄粱’、‘啄黍’，似當主謂黄雀，古樂府所謂‘野田有黄雀’者是，若黄鸝不聞其食黍粟也。《秦風》‘交交黄鳥’《傳》亦云，‘交交，小貌’，鳥之黄而小者惟黄雀。《陸疏》云，鴟鴞似黄雀而小，桃蟲微小于黄雀’，皆足見黄雀之小。若黄鸝則《格物總論》云，‘大勝鴝鵒’，不得爲甚小也。且《小雅》云‘集于穀’、‘集于桑’、‘集于栩’，及《秦風》之‘止于棘’、‘止于楚’，皆灌木也。《傳》謂止于棘爲黄鳥往來得所，今之黄雀愛集叢木，若黄鸝則多集于喬木，亦與止棘、集灌之義不合，不得因《小雅》有‘倉庚喈喈’與《葛覃》‘其鳴喈喈’音同而合爲一也。”焯謂胡氏辨倉庚、黄鳥之别，郅爲明確。且即其説觀之，知《正義》誤合二鳥爲一，蓋自揚、郭諸家已然矣。

“女心傷悲，殆及公子同歸。”《傳》：“傷悲，感事苦也。春女悲，秋士悲，感其物化也。殆，始。及，與也。豳公子躬率其民，同時出同時歸也。”《箋》云：“春女感陽氣而思男，秋士感陰氣而思女，是其物化，所以悲也。悲則始有與公子同歸之志欲嫁焉，女感事苦而生此志。是謂《豳風》。”《疏》述《傳》曰：“女皆傷悲思男，有欲嫁之志。”

焯案：胡氏《後箋》云："《傳》但以傷悲爲感事苦，其又云物化者，亦祇謂見時物之變而動其勤苦之心耳。"此解深得《傳》意。《疏》以《箋》義爲《傳》義，似爲未允。《正義》又申《箋》曰："此言是《豳風》，六章云是謂《豳雅》，卒章云是謂《豳頌》，而《春官》籥章云：'仲春，晝擊土鼓、吹《豳詩》，以逆暑，仲秋夜迎寒亦如之。凡國祈年于田祖，吹《豳雅》、擊土鼓，以樂田畯。國祭蜡，則吹《豳頌》、擊土鼓，以息老物。'彼注云：'《豳詩》，《七月》也。《七月》言寒暑之事，迎氣歌其類也。此《風》也而言詩，詩總名也。'此言寒暑之事，則首章流火、觱發之類是也。又云：'《豳雅》者，亦《七月》也。《七月》又有"于耜舉趾，饁彼南畝"之事，是亦歌其類。謂之《雅》者，以其言男女之正。'則亦以首章爲《豳雅》也。又云：'《豳頌》者，亦《七月》也。'《七月》又有'穫稻釀酒，躋彼公堂，稱彼兕觥，萬壽無疆'之事，是亦歌其類也。謂之《頌》者，以其言歲終人功之成。兼以穫稻釀酒亦爲《豳頌》，皆與此異者，彼又觀籥章之文而爲説也。"焯案此《箋》與籥章《注》，《正義》未能探明其義，致後人以割裂穿鑿之咎歸之鄭君。宋儒多有創解，而清世如陳啓源、黄中松、管幹貞輩復條而駁之，以爲未允。自胡君墨莊之説出，始發千載之覆，而息諸家之喙矣。其説曰："嘗反覆《禮注詩箋》，知所謂三分《七月》者，皆疏家之誤，而鄭氏實未嘗有是也。鄭氏於《周禮》具有師承，必非無本。籥章首言掌土鼓豳籥，可見此一官專掌以籥歈豳，别無他詩，亦别無他器。其所謂《豳詩》、《豳雅》、《豳頌》者，舍《七月》一詩，更將誰屬？細繹注意，蓋籥章於每祭皆歈《七月》全詩，而其取義各異，取迎寒暑則曰《豳詩》，取言耕作則曰《豳雅》。故《注》云謂之者，言因此義而謂之《雅》。因彼義而謂之《頌》耳。又曰歌其類者，即《左傳》歌詩必類之義。鄭撮舉詩詞，正指類以曉人。則凡篇中言'鑿冰肅霜'類乎寒暑之氣者皆謂之風。言'婦子入室'類乎男女之正者皆謂之《雅》。其餘所不言者，以類推之而已。至箋詩於'殆及公子同歸'以下繫云是謂《豳風》，'以介眉壽'以下繫云是謂《豳雅》。'萬壽無疆'以下繫云是謂《豳頌》，是謂者，猶《禮注》云謂之《雅》、謂之《頌》也。蓋以《七月》全篇備《風》、《雅》、《頌》主義，籥章歙之，以一時而共三用。如二《南》爲房中之樂，而用之鄉人，則爲鄉樂；用之邦國，則爲燕樂。皆比類以取義，並非截然分首二章爲《風》，六章以上爲《雅》，八章以上爲《頌》也。孔氏不善讀《箋注》，妄爲分别，致後人以三分《七月》之説歸咎鄭君。夫籥章所掌豳籥，明是總括之辭。在當日如何采詩入樂以成節奏，後人已不能知。又安能判某章爲《風》，某章爲《雅》、爲《頌》耶？惟明乎鄭氏歌其類之義，則知籥章止言歙豳，必不當求諸《七月》之外。籥章言《豳詩》者，正謂《豳風》，以其詩固《風》體也。其曰《豳雅》《豳頌》者，則又以詩入樂，各歌其類，合乎《雅》《頌》故也。此可見詩與樂各有取義，亦非於一詩之中隨事而變其音節，且《風》詩義兼《雅》《頌》，《雅》詩亦兼《風》與《頌》，原注："《大雅·崧高》云：'其風肆好。'又云：'吉甫作頌。'《大戴禮·投壺》篇：'凡《雅》二十六篇，其八篇可歌，歌《鹿鳴》、《貍首》、《鵲巢》、《采蘩》、《采蘋》、《伐檀》、《白駒》、《騶虞》。'此惟《鹿鳴》《白駒》在《小雅》，《貍首》已亡，餘皆《國風》，而謂之《雅》。又漢杜夔《傳》云：'舊《雅》凡四曲，一《鹿鳴》，二《騶虞》，三《伐檀》，四《文王》。'而《伐檀》《騶虞》皆《風》詩。"則不得謂别有《豳雅》《豳頌》而亡之矣。"

"蠶月條桑。"《箋》云："條桑，枝落之，采其葉也。"《正義》曰："謂斬條於地，就地采之也。"

焯案：段氏《詩經小學》謂"條桑《箋》各本不同，馬應龍本無之字。惟《初學記》引作'支落其葉桑柳醜條'"，今謂《初學記》所引無"之""采"二字最是條桑之條，蓋以名詞爲動詞，即《大雅·桑柔》首章所云捋采之意。《箋》云支落其葉，即以支落釋經條字，落讀如"我落其實"之落。若既云枝落，而又云采，則於文爲複。《正義》謂斬條於地以采之，蓋讀條爲柯條之條，而誤以名詞釋之耳。

“猗彼女桑。”《傳》：“角而束之曰猗。女桑，荑桑也。”《箋》云：“女桑少枝長條，不枝落者，束而采之。”《正義》曰：“猗束彼女桑而采之，謂柔穉之桑不枝落者，以繩猗束而采之也。”

焯案：《爾雅郭注》：“今俗呼桑樹小而條長者爲女桑樹。”蓋樹小即可以手引枝而采其葉，故云“猗彼女桑”。猗與掎通，掎，《説文》云：“偏引也。”《傳》云“角而束之”，《箋》云“束而采之”，所謂束者，胡墨莊謂爲“戾曲其枝之意”，是也。《正義》謂以繩束縛而采之，匪特經無繩束之義，即采桑者亦何用束縛而後采乎？

“七月鳴鵙”《傳》：“鵙，伯勞也。”《箋》云：“伯勞鳴，將寒之候也。五月則鳴，豳地晚寒，鳥物之候從其氣焉。”又於“二之日其同”云：“不用仲冬，亦豳地晚寒也。”《正義》曰：“王肅云：‘蟬及鵙皆以五月始鳴，今云七月，其義不通也。’古五字如七，肅之此説，理亦可通，但不知經文實誤不耳。豳地大率晚寒，此篇《箋傳》三云晚寒，“三之日于耜”《傳》云：豳土晚寒。惟以《月令》校之，豳地之寒晚於中國者，非徒此三事而已。《月令》‘仲春之月倉庚鳴’，此云蠶月始鳴。《月令》‘季秋草木黄落’，此云‘十月隕蘀’。《月令》‘季秋令民云，寒氣總至，其皆入室’，此云‘曰爲改歲，入此室處’。《月令》‘季秋天子嘗稻’，此云‘十月獲稻’。《月令》‘仲秋天子嘗麻’，此云‘九月叔苴’。《月令》‘季冬命取冰’，此云‘三之日納于凌陰’。皆是晚寒所致。又曰，‘三之日于耜’，《傳》言晚寒者，由寒氣晚至，故耕田晚也。‘七月鳴鵙’，言晚寒者，謂温氣晚，則鵙鳴晚也。上《傳》言晚寒，則此《箋》當言晚温，而亦言晚寒者，鄭答張逸云：‘晚寒亦晚温。’其意言寒來既晚，故順上《傳》舉晚寒以明晚温耳。孫毓以爲：‘寒鄉率早寒，北方是也。熱鄉乃晚寒，南方是也。《毛傳》言晚寒者，豳土寒多，雖晚猶寒，非謂寒來晚也。’毓之此言，似欲有理。但案經上下言‘九月肅霜’，與中國氣同。獲稻乃晚於中國，非是寒來早也。明是寒來晚，故温亦晚也。”

焯案：《七月》言人事物候與《月令》不同者，大抵《月令》早而此詩遲。程子曰：“《月令》舉其始，此但言其有，時不必始有也。”案豳自周而秦，皆爲中國地，秦都咸陽，豳即邠縣，其地相近，寒燠不應相異。且不韋著《月令》，其紀中國之事，當遺本國之風。鄭君《詩譜》以豳爲戎狄地，蓋據夏衰時言。孔氏遂以豳爲戎狄，而以《月令》爲中國之正候，誤已。胡氏《後箋》云：“《釋文》於《毛傳》晚寒云：‘謂節晚原注：今本作晚節，誤倒。而氣寒也。’此語最當。孫毓申毛，以爲‘雖晚猶寒’，實勝《鄭箋》‘寒氣晚至’之説。‘七月鳴鵙’，或非舉其始鳴。‘載纘武功’，亦可行於丑月。皆不足爲寒晚温晚之驗。至《正義》於《傳》、《箋》外以《月令》校之，豳地之寒晚於中國者又有六事。然如倉庚之鳴，草木之落，非一鳴而輒止，一落而遽盡，紀其始則早，詠其繼則遲，何必盡同？季秋入室，乃言出令之初，未必限於本月。嘗稻嘗麻，乃屬天子之制，豈必同於農夫？季冬取冰，即是二之日鑿冰，藏之或遲一月，且《月令》亦未明言藏於何月也。原注：以上多本《稽古編》。故當但如《傳》意。‘雖晚猶寒’，則地氣物候皆屬可通。《正義》又以獲稻晚於中國，爲寒氣晚至，然四章又言‘八月其獲’，自是穀種不同，非由於寒來晚也。”焯又案：“七月鳴鵙”與《月令》“仲夏鵙始鳴”，《夏小正》“五月鴂鳴”不同。《正義》引王肅説，以古五字如七，五爲七之訛。王氏《述聞》云：“是詩紀月之例，或次第相因。‘七月流火，八月萑葦’、‘四月秀葽，五月鳴蜩’之類是也。或相距一月。‘七月流火，九月授衣’、‘八月其穫，十月隕蘀’之類是也。其有相距不止一月者，則必轉韻以別之。如‘七月流火’與‘八月萑葦’韻也，而下句‘蠶月條桑’則與‘取彼斧斨’爲韻。‘四月秀葽，五月鳴蜩’韻也，而下句‘八月其獲’則與‘十月隕蘀’爲韻。蓋八月之去蠶月，五月之去八月，中間甚遠，故必轉韻，此《七月》一篇之例也。若作五月鳴鵙，則與八月載績相距兩月，文甫二句，而義已參差，韻復無别，於例爲不倫矣。肅説非是。”此條亦可解《正義》之惑。

“曰爲改歲，入此室處。”《箋》云：“曰爲改歲者，歲終而一之日觱發，二之日栗烈，當避寒氣而入所穹窒墐户之室而居之。”《正義》曰：“仲冬陽氣始萌，可以爲年之始，故改正朔者，以建子爲正。‘歲亦莫止’，謂十月爲莫，是過十月則改歲乃大寒，故言改歲之後，方始入室。”又曰：“言入室者，夏秋以來，亦在此室，欲言避寒之意，故云入此室耳，非是别有室也。”

焯案：朱鶴齡《詩經通義》謂：“《豳風》皆用夏正，改歲即卒歲之歲，若曰歲將改矣，可以入室而處矣，非以建子月爲改歲也。”今謂朱説是也。改歲猶今俗云過年耳。馬氏《通釋》云：“曰爲改歲，《漢書》作聿爲，聿爲改歲，猶言歲之將改，乃先時教戒之辭，非謂改歲然後入室也。《春秋》宣六年初税畝，《公羊》何休注言：‘井田之法，在田曰廬，在邑曰里，一里八十户，八家共一巷。’又曰：‘五穀畢入，民皆居宅。’《漢書·食貨志》亦曰：‘在壄曰廬，在邑曰里。’又曰：‘春令民畢出在野，冬則畢入於邑。’引豳詩爲證。蓋以詩‘同我婦子，饁彼南畝’，此春令畢出在野也。‘嗟我婦子，曰爲改歲，入此室處’，此冬則畢入於邑也。《正義》謂夏秋以來亦在此室，誤矣。”

“六月食鬱及薁。”《傳》：“鬱，棣屬。薁，蘡薁也。”《正義》曰：“鬱、棣屬者，是唐棣之類屬也。劉稹《毛詩義問》云：‘其樹高五六尺，其實大如李，正赤，食之甜。’《本草》云：‘鬱一名雀李，一名車下李，一名棣。’蘡薁者，亦是鬱類而小别耳。晉《宫閣銘》云：‘華林園中有車下李三百一十四株，薁李一株。’車下李即鬱，薁李即薁，二者相類而同時熟，故言鬱薁也。’”

焯案：蘡薁非薁李，王氏《廣雅疏證》、段氏《説文注》、胡氏《後箋》皆辨之甚明。馬氏《通釋》參合諸説而解之曰："《説文》李棣皆在木部。薁，嬰《説文》作嬰，《玉篇》始有蘡字。薁也，則在艸部。嬰薁一名燕薁，《廣雅》：'燕薁，蘡舌也。'亦隸釋草，蘡薁蓋艸之蔓生者，非晉《宫閣銘》所謂薁李也。《齊民要術》引陸璣《詩義疏》云：'櫻薁，實大如龍眼，黑色，今車鞅藤實是。'又引《疏》云：'欝似燕薁，連蔓生。'郭璞《上林賦注》：'蒲萄似燕薁，可作酒。'是燕薁實欝及葡萄之屬。宋《開寶本草注》：'燕薁是山葡萄，亦堪作酒。'今按山葡萄實小，與陸《疏》言燕薁實如龍眼者不合，山葡萄蓋欝也。此陸《疏》所云欝似燕薁者，非即燕薁也。燕薁爲車鞅藤，《正義》以爲薁李，誤矣。"

"十月穫稻，爲此春酒，以介眉壽。""九月叔苴，采荼薪樗，食我農夫。"《正義》曰："穫稻作酒，云以介眉壽，主爲助養老人，則農夫不得飲之。其荼樗云食我農夫，則老人不食之矣。"

焯案：戴溪《續詩記》謂："此章言禾稼之成，瓜果之實，農夫有一飽之適，老者有杯酒之樂也。"詩云穫稻作酒以介眉壽，蓋猶"有酒食先生饌"之意耳。《正義》云主爲助養老人可也，其云農夫不得飲之，則泥矣。又荼以食言，樗以薪言，老人縱不必食苦菜，獨不需薪蒸乎。《正義》泥下文食我農夫句，因謂老人不食之，亦少固已。

"晝爾于茅，宵爾索綯。"《傳》："宵，夜。綯，絞也。"《箋》云："爾，女也。女當晝日往取茅歸，夜作絞索，以待時用。"《疏》述毛曰："宫中所治當是何事，即相謂云，晝日爾當往取茅草，夜中爾當作索綯，以待明年蠶用也。"

焯案:《毛詩紬義》云:"《傳》不言茅索何用。《箋》亦止言時用。《疏》以此爲宫中所執之事,又以爲蠶用,不知何據。豈以茅者萑葦之類,可作曲簿,索綯爲繩,可以猗彼女桑而采之乎?然不如《箋》義渾。説之爲當矣。"焯謂"晝爾于茅"二句下緊接"亟其乘屋",李黄《集解》以爲索綯以治屋,是也。《疏》謂以爲蠶用,失之。

"亟其乘屋,其始播百穀。"《傳》:"乘,升也。"《箋》云:"亟,急。乘,治也。十月定星將中,急當治野廬之屋。其始播百穀,謂祈來年百穀于公社。"《疏》述毛曰:"以豳公又其始爲民播種百穀之故,而祈祭社稷,田事不久,故豫脩廬舍,美農人趨時也。"又曰:"鄭唯以乘爲治,謂急治野屋爲異。"

焯案:鄭以乘屋爲治野廬之屋,李黄《集解》非之,以爲"上入執宫功",則是野中無事,上入都邑,既入都矣,則不在野廬之邑。今謂鄭説亦自可通。蓋見前章"塞向墐户"是都邑,故以此爲野廬。又東作方始,而野廬亦宜亟治也。惟其始播百穀句,當不過謂經冬入春,農事方興,非必有祈祭社稷之意。以鄭義述毛,非也。又按乘之爲升,常訓也。《箋》訓治者,蓋以治屋須升其上,因以補足毛義,實非有異也。《荀子·大略》篇引《詩》"亟其乘屋",楊倞注云:"升屋治其敝漏。"即兼二義言之。

"三之日納于凌陰。"《傳》:"凌陰,冰室也。"《正義》曰:"凌人'十二月斬冰',即以其月納之。此言'三之日納于凌陰',四之日即出之。藏之既晚,出之又早者,鄭答孫皓云:'豳土晚寒,故可夏正月納冰。夏二月仲春,大簇用事,陽氣出,地始温,故禮應開冰,先薦寢廟。'言由寒晚得晚納冰,依禮須早開故也。"

焯案:《正義》泥鄭君豳土晚寒之説,而於詩義實有未合處。黄氏《詩疑辨證》云："藏冰之道，備於《周禮》、凌人。《月令》、季冬命取冰。《左傳》昭四年申豐對季武子。三書，大旨本與《詩》相發明。《詩》言'二之日鑿冰'者，即《周禮》'十二月斬冰'、《月令》'季冬取冰'、《左傳》'日在北陸而藏冰'是也。'四之日獻羔祭韭'，即《周禮》'春始治鑑'、《月令》'仲春獻羔開冰'、《左傳》'西陸朝覿而出之'是也。其時正相同，藏固未嘗晚，出亦不爲早也。《凌人》十二月斬冰，即以其月納之，豳人於二之日鑿冰，亦必即以其月納之，決無一月則專於鑿，積至來月而後納之之理。詩人諷詠成文，意在鋪張。容有不可太拘處，此類是也。詩蓋言二之日則鑿冰，三之日猶納于凌陰而未開，四之日則獻羔祭韭而取之爾。至《周禮》一書，乃周公治天下之大法也。豳公當草創之時，禮樂制度未能盡備，其事斷難與《周禮》悉合。今以早開爲依禮，似周公制禮在前，而豳公依之矣，是可信乎？"

"四之日其蚤，獻羔祭韭。"《箋》云："古者日在北陸而藏冰，西陸朝覿而出之。祭司寒而藏之，獻羔而啓之。其出之也，朝之禄位、賓食、喪祭於是乎用之。《月令》：'仲春天子乃獻羔開冰，先薦寢廟。'《周禮》凌人之職：'夏頒冰，掌事，秋刷。'上章備寒，故此章備暑，后稷先公禮教備也。"《正義》曰："服虔以'西陸朝覿而出之'謂二月日在婁四度春分之中。奎始晨見東方，蟄蟲出矣，故以是時出之，給賓客喪祭之用。服説如此，知鄭不與同者，以鄭答孫皓云，'西陸朝覿，謂四月立夏之時。《周禮》曰，夏班冰，是也'。是鄭以西陸朝覿謂四月，與服異也。"

焯案：馬氏《通釋》云："鄭以西陸朝覿爲四月者，特據《爾雅》'西陸昴也'，四月昴始朝見耳。今按《爾雅》特舉昴一星爲識，其實奎婁胃昴畢觜觿参西方白虎之宿皆得爲西陸，故知服虔以奎婁晨見爲西陸朝覿者是也。《鄭志》雖以西陸朝覿爲四月，而《箋》詩引西陸朝覿以證'四之日其蚤'，又引《月令》'仲春天子乃獻羔開冰'，則所謂西陸朝覿，亦當指二月奎婁見言之。《正義》據《鄭志》以釋《鄭箋》，似非《箋》義。”焯謂《鄭志》以西陸朝覿爲四月者，既據《爾雅》西陸昴之文，又以《周禮》有夏班冰之事故也。要其所言，與服説亦非有異。服據二月啓冰公始用之時言，《鄭志》則據四月出冰普班朝之禄位時言，總而言之，皆得稱西陸朝覿而出之也。本《左傳》昭四年《正義》。不然，《志》與《箋》文皆出鄭君，寧容有異耶？《正義》以服、鄭爲異，馬君又右服而非鄭，皆失之。

“曰殺羔羊。”《疏》云：“若有大夫來至，則相命曰，當殺羔羊。”又曰：“言曰殺羔羊，是鄉人見大夫而始發此言，故稱曰也。”

焯案：詩中多以曰爲詮詞，如“曰至渭陽”。《渭陽》。“我東曰歸”《東山》。之類皆是。馬氏《通釋》云：“曰、聿、欥、遹四字古通用。‘曰殺羔羊’與上‘曰爲改歲’《韓詩》作聿爲，皆語詞。《疏》謂‘相命曰當殺羔羊’，失之。”

“萬壽無疆。”《箋》云：“欲大壽無竟。”《疏》云：“使得萬年之壽，無有疆境之時。”

焯案：馬氏《通釋》云：“《簡兮》詩‘方將《萬舞》’，《韓詩》：‘《萬》，大舞也。’《廣雅》：‘萬，大也。’萬古訓大，故《箋》訓萬壽爲大壽。《疏》云‘使得萬年之壽’，失《箋》恉矣。”

鴟　鴞

“鴟鴞鴟鴞，既取我子，無毁我室。”《傳》：“興也。鴟鴞，鸋鴂也。無能毁我室者，攻堅之故也。寧亡二子，不可以毁我周室。”《箋》云：“重言鴟鴞者，將述其意之所欲言，丁寧之也。室猶巢也。鴟鴞言，已取我子者，幸無毁我巢，我巢積日累功，作之甚苦，故愛惜之也。”《疏》

云："毛以爲假言人取鴟鴞子者，言鴟鴞鴟鴞，其意如何乎。其言人已取我子，我意寧亡此子，無能留此子以毁我巢室，以其巢室積日累功，作之攻堅故也。"

焯案：歐陽氏《詩本義》以"鴟鴞鴟鴞"爲鳥之愛其巢者呼鴟鴞而告之，朱子《詩集傳》謂周公託鳥言以自比，此皆得詩意。《疏》以鄭義述毛，意謂周公以鴟鴞自比，甚乖《傳》義。張汝霖辨之云："毛公自以此詩爲周公傷二叔既誅，恐成王未悟，憂勤惻怛，作爲此詩，冀以曉王，無所歸咎，遂以鴟鴞惡鳥隱興武庚，非以鴟鴞自興也。何則？與管、蔡叛者武庚也，欲危周室者武庚也。《書》言管叔及羣弟者，重罪首也。公之隱斥武庚，爲親者諱也。親二叔，故我我子也。疏武庚，故我我室也。周公方以流言之故，身處危疑，而一則曰'既取我子'，何親親也。再則曰'鬻子之閔斯'，何愛君也。三則曰'綢繆牖户'，何憂國而防危也。親親愛君者，仁之事也。憂國防危者，智之事也。仁與智，周公兼盡之。成王雖疑，蓋亦未敢誚公矣。然則毛意此詩是託爲常鳥之言曰，彼鴟鴞鴟鴞之惡鳥既取我之子矣，不可再毁我之巢，以興彼武庚武庚之惡人，既累我之二子矣，不可再毁我之周室。而孔氏《正義》謂鴟鴞鴟鴞之意云，'人既取我子，無能毁我室'，是以鴟鴞爲比周公矣，此殆不然也。按《陳風》'有鴞萃止'，《傳》：'惡聲之鳥也。'《大雅・瞻卬》'爲梟爲鴟'，《箋》：'鴟，惡聲之鳥。'鴞是惡鳥，何得以比周公？其失毛旨者一也。孔意以鴟鴞之子喻管、蔡，而云'人取鴟鴞之子'，不指武庚，義無所屬，向誰取管、蔡者乎？其失毛旨者二也。經云'既取我子無毁我室'，《傳》云'寧亡二子，不可以毁我周室'，意自分曉。孔氏云'取子者人'，則毁室者亦人矣。而又云'寧亡二子，無能留此子以毁我巢室'，是又謂鴟鴞子毁室矣。其失毛旨者三也。第三章《傳》云：'口病手病，故能免於大鳥之難。'明以大鳥指鴟鴞，而孔氏承陸璣《詩疏》之誤，謂鴟鴞爲小鳥，其失毛旨者四也。'今此下民'，毛意當指從武庚叛之殷民，而孔氏謂今汝下民管、蔡之屬，前稱爲我子，後稱爲下民，無是理也。其失毛旨者五也。蓋誤以鴟鴞爲小鳥，而不認其爲惡鳥，遂致乖亂如此。"

"恩斯勤斯，鬻子之閔斯。"《傳》："恩，愛。鬻，稚。閔，病也。稚子，成王也。"《疏》云："毛以爲周公言己甚愛此、甚惜此二子，但爲我稚子成王之病，以此之故，不得不誅之也。"

焯案：胡氏《後箋》云："詩意言所以殷勤愛惜於王室者，爲主少國疑，遭三監之變，足以病我孺子王故也。"馬氏《通釋》云："恩從《傳》訓愛，則勤當讀'昔公勤勞王家'之勤，勤勞皆憂也。愛之欲其室之堅，憂之懼其室之傾也，恩勤皆指王室言。王肅訓勤爲惜，《孔疏》釋《傳》以恩勤爲周公愛惜二子，失之。"今謂二説皆得詩意。

"徹彼桑土。"《傳》："徹，剥也。桑土，桑根也。"《正義》曰："取彼桑土，用爲鳥巢，明是桑根在土，剥取其皮，故知桑土即桑根也。"

焯案：《釋文》："土，《韓詩》作杜，義同。《方言》三：東齊謂根曰杜。"是則草木之根，古或稱土與杜，非必以其在土之故，《正義》説未免望文生義。

"予所蓄租。"《傳》："租，爲。"《正義》曰："租訓始也，物之初始，必有爲之，故云租爲也。"

焯案：胡氏《後箋》云："何氏《古義》曰：'租通作蒩。《説文》：蒩，茅藉也。《禮》：封諸侯以土，蒩以白茅。《周禮·音義》蒩亦作租。上文綢繆牖户必取桑根之皮，此但納茅秀于窠中以爲之藉，蓋作窠之始事也。'承珙案《傳》以爲訓租者，爲疑薦字之誤。篆文爲作䉛，薦作𦿆，字形相近。《説文》引禮‘蒩以白茅’，《白虎通義》、《獨斷》皆作‘苴以白茅’，鄭注《士虞禮》云：‘苴，猶藉也。’毛訓租爲薦者，猶《説文》之且薦也。《韓詩》訓租爲積，積聚所以爲薦藉，義亦相近。《釋文》租又作祖者，乃古字通借。《正義》解釋迂迴，蓋薦之誤爲，其來久矣。”焯謂胡氏説極諦，《正義》蓋未得其解而强爲之説。

“予口卒瘏。”《傳》：“瘏，病也。手病口病，故能免乎大鳥之難。”《正義》曰：“卒瘏謂盡病，若唯口病，不得言盡，故知手口俱病。”

焯案：馬氏《通釋》云：“卒瘏與上文拮据相對成文，卒當讀爲顇，《爾雅》：‘顇，病也。’字通作悴，劉向《九歎》：‘躬劬勞而瘏悴。’卒瘏猶瘏悴也。卒瘏皆爲病，猶拮據並爲勞也。至《傳》又云‘手病口病’，乃通釋‘予手拮据，予口卒瘏’二句，《正義》謂《傳》以手病、口病解詩卒瘏爲盡病，誤矣。”

“曰予未有室家。”《傳》：“謂我未有室家。”《正義》曰：“《傳》以曰者稱它人言曰，則此句説彼作亂之意。‘曰予未有室家’，管蔡意謂我稚子未有室家之道，故輕侮之。上章疾其輕侮，故此章言其輕侮之意也。曰者，陳其管、蔡之言，予者還周公自我也。王肅云：‘我爲室家之道至勤苦，而無道之人弱我稚子，易我王室，謂我未有室家之道。’”

焯案：胡氏《後箋》云：“上文四予字皆爲周公自我，以鳥之作巢勤苦爲喻，而繼以曰予未有室家，則曰字正自明其作苦之由，不應忽接以侮之者之語。《小雅·雨無正》‘曰予未有室家’，《傳》云：‘賢者不肯遷於王都也。’彼文是自言其無室家，故不肯遷，則此亦當是自言。所以手口俱病者，爲我前此未有室家之故。如此承上四句，文義直截。《正義》本王肅以述毛，恐未必得毛意也。”焯謂“曰余未有室家”句乃總承上四句。蘇氏轍曰：“予所以勤勞病瘁而不辭者，曰余未有室家故也。”此解簡當，蓋爲胡氏説所本。

東　山

“勿士行枚。”《傳》：“士，事。枚，微也。”《正義》申《傳》曰：“枚微者，其物微細也。”

焯案：《釋文》云：“士行，毛音衡。”是讀行如縱横之横，謂横銜於口用枚也。胡氏《後箋》云：“《傳》云枚微者，蓋訓枚爲徽。《周官銜枚氏鄭注》：‘銜枚，止言語囂讙也。’《爾雅·釋詁》：‘徽，止也。’枚以止言，故亦可訓徽。徽微古字通，故《傳》作微。”今謂胡氏説甚確。《正義》訓微爲微細，失之。

“熠耀宵行。”《傳》：“熠耀，燐也。燐，螢火也。”《正義》曰：“《釋蟲》云：‘螢火即炤。’舍人云：‘夜飛有火蟲也。’《本草》：‘螢火一名夜光，一名熠燿。’案諸文皆不言螢火爲燐。《淮南子》云：‘久血爲燐。’許慎云：‘謂兵死之血爲鬼火。’然則燐者鬼火之名，非螢火也。陳思王《螢火論》曰：‘《詩》云熠燿宵行，《章句》以爲鬼火，或謂之燐，未爲得也。天陰沉數雨，在於秋日螢火夜飛之時也，故云宵行。’然則毛以螢火爲燐，非也。”

焯案：王引之《廣雅疏证·釋蟲》云：“案《正義》所云，未謂通論。燐之爲言燐燐然也。《説文》云：‘粦，鬼火也。’‘閔，火皃，讀若粦。’粦與燐同。扬雄《劇秦美新》：‘炳炳麟麟。’李善注云：“麟麟，光明也。麟與燐古字同用。’是燐者，火光明也，鬼火有光謂之燐，則螢火有光亦得謂之燐矣。《説文》云：‘熒，鐙燭之光。’而《爾雅》云：‘熒火即炤。’鐙燭有光謂之熒，熒火有光亦謂之熒，猶鬼火有光謂之燐，熒火有光亦謂之燐也。若謂熒火與鬼火不得同名爲燐，則熒火與鐙燭之光亦不得同名熒乎？且熒火爲燐，必非無據，或本古訓，或用方言，皆未可知。區區《本草》之文，《淮南·氾論訓》之注，未足以定前人之得失也。若陳王作論，乃駁熠燿之爲鬼火，而非難熒火之名燐，辨《韓詩章句》之疏，而非救毛公訓詁之失，抑又不足以爲據矣。"

"有敦瓜苦，烝在栗薪。"《傳》："敦猶專專也。烝，衆也。言我心苦事又苦也。"《箋》云："此又言婦人思其君子之居處專專然如瓜之繫綴焉，瓜之瓣有苦者，以喻其心苦也。烝，塵。栗，析也。言君子又久見使析薪，於事尤苦也。古者聲栗裂同也。"《孔疏》述《傳》心苦事苦之語，因曰："其苦如何，衆軍士皆在析薪之役，是其苦也。"

焯案：段玉裁《詩經小學》云："毛意此二句於六詩爲比，内而心苦，外而事苦，正如衆苦瓜之繫於栗薪，合之《韓詩》，亦無析薪之意。《鄭箋》以瓜苦爲比，析薪爲賦，失毛意而非詩意矣。"胡氏《後箋》云："婦人見衆瓜之繫綴於栗薪，猶征人之繫屬於軍旅，瓜瓣之苦，既似征人之心苦，繫綴之形，又似從軍之事苦。《傳》意如此已足，《正義》以事苦爲析薪，乃誤以鄭釋毛耳。"焯又案《正義》釋《傳》曰："敦是瓜之繫蔓之貌，故轉爲專，言瓜繫於蔓，專專然也。"焦氏《補疏》云："專專謂專於此而不移也。"馬氏《通釋》云："《傳》云：'敦猶專專也。'《釋文》：'敦，特丹反。專，徒端反。'蓋《傳》讀敦如'敦彼行葦'之敦，讀專如'零露漙兮'之漙，以專專爲瓜之團聚貌。"焯謂馬説是也。《正義》説未明，焦説亦爲未諦。

"九十其儀。"《傳》："九十其儀，言多儀也。"《箋》云："九十其儀，喻丁寧之多。"《正義》曰："言九又言十者，喻其威儀丁寧之多也。"

焯案：《正義》未得《傳》、《箋》之意。俞氏《平議》云："數始於一而極於九，至十則復爲一矣。故古人之詞，凡言至多之數必曰九，若《公羊傳》'叛者九國'、《漢書》'反者九起'是也。此言'九十其儀'，與《無羊》篇'九十其犉'一律。蓋以十計者，止於九十，若再益以十，即當以百計矣，是不可復益之數，故爲至多之數也。若依《正義》分九與十而二之，轉不見其多矣。且如'九十其犉'，可曰九其犉十其犉乎？由不解古人語意故也。"焯謂俞説由汪中《釋三九》有以啓之。焯前撰《鄭箋平議》，論《無羊》篇三百九十之義，於時未及檢俞説也。

破　斧

"四國是遒。"《傳》："遒，固也。"《箋》云："遒，斂也。"《正義》曰："遒訓爲聚，亦堅固之義，故爲固，言使四國之民心堅固也。《箋》以爲不安，故易之。《釋詁》云：'遒、斂，聚也。'彼遒作揫，音義同，是遒得爲斂，言四國之民於是斂聚不流散也。"

焯案：物必斂聚，始能固結不散，《箋》與《傳》義實相成。胡氏《後箋》云："《商頌》'百禄是遒'，《傳》訓'遒，聚也'，彼遒《説文》引作揫。此'四國是遒'，董氏引《崔集注本》亦作揫。《説文》：'遒，迫也。揫，束也。'迫與束義略同，堅固斂聚皆迫束引申之義，《箋》申《傳》，非易《傳》也。"

九　罭

《序》云："《九罭》美周公也。周大夫刺朝廷之不知也。"《正義》曰："追刺往前朝廷之不知也。此詩當作在歸攝政之後。"

焯案：《豳譜正義》云："計此七篇之作，《七月》在先，《鴟鴞》次之，今《鴟鴞》次於《七月》，得其序矣。《伐柯》、《九罭》與《鴟鴞》同年，《東山》之作，在《破斧》之後，當於《鴟鴞》之下次《伐柯》、《九罭》、《破斧》、《東山》，然後終以《狼跋》。今皆顛倒不次者，張融胡承珙云：“此曹魏博士，見《唐書》元行沖傳，非六朝張融。”以爲簡札誤編，或者次詩不以作之先後。”鄭所不説，未可明言。又《伐柯序正義》云：“此《序》云刺朝廷不知，其所刺者，亦在作鴟鴞之後，得雷風之前。何則？作《鴟鴞》之時，周公親自喻王，王猶不悟，大夫故應刺之。若得雷風之後，王意已漸開悟，大夫不當刺王，明所刺亦在雷風之前。”今謂《正義》前二説皆是也。而於此篇獨用王肅説，以爲追刺成王，非也。蓋《正義》撰者非一手，孔氏未加整齊，故前後立説時有乖牾耳。

“九罭之魚鱒魴。”《傳》：“興也。九罭，緵罟，小魚之網也。鱒魴，大魚也。”《箋》云：“設九罭之罟，乃後得鱒魴之魚，言取物各有器也。興者喻王欲迎周公之來，當有其禮。”《正義》曰：“《釋器》云：‘緵罟謂之九罭。九罭，魚網也。’孫炎曰：‘九罭，謂魚之所入有九囊也。’郭璞曰：‘緵，今之百囊網也。’百囊之網非小網，而言得小魚之罟者，以其緵促網目，能得小魚，不謂網身小也。驗今鱒魴非是大魚，言大魚者，以其雖非九罭密網，此魚亦將不漏，故言大耳，非大於餘魚也。《傳》以爲大者，欲取大小爲喻。《箋》解網之與魚大小，不異於《傳》，但不取大小爲喻耳。”

焯案：胡氏《後箋》云：“《爾雅》緵罟專指九罭之罟，不得以爲大網。其百囊之名，郭璞自取時驗。《疏》云不謂網身小，第泥於百囊之説耳。其實既是小魚之網，即網目網身皆當小也。《疏》又言鱒魴非大魚，不知此自對小網言之則爲大矣。張衡賦：‘布九罭，摷鯤鮞。’九罭但取鯤鮞，則以鱒魴處之當爲大魚。《御覽》八百三十四。引《韓詩章句》曰：‘九罭，取蝦芘也。’然則《韓詩》亦以九罭爲魚具之小者，其取興當與毛同也。”馬氏《通釋》云：“郭注《爾稚》，謂‘九罭今之百囊罟’，是知九罭非謂九囊，蓋以九者數之究極，《廣雅》：九，究也。甚言其密且小，則謂之九罭。《疏》引孫炎云，九罭謂魚之所入有九囊也，失之。詩以小網不可得大魚，喻朝廷之不知周公，處之不得其所，與下二章以鴻之'遵陸''遵渚'興周公之失所，取義正同。《箋》以九罭爲大罟，與《傳》異義。《正義》謂不異於《傳》，殊誤。"

狼　跋

"公孫碩膚，赤舄几几。"《傳》："公孫，成王也，豳公之孫也。碩，大。膚，美也。赤舄，人君之盛屨也。几几，絇貌。"《箋》云："公，周公也。孫當讀如'公孫于齊'之孫，孫之言孫遁也。周公攝政七年，致太平，復成王之位，孫遁辟此成公之大美。欲老，成王又留之以爲太師，履赤舄几几然。"《正義》引王肅云："言周公所以進退有難者，以俟王之長大有大美之德，能服盛服以行禮也。"又引孫毓駁《傳》云："《詩》《書》名例，未有稱天子爲公孫者，成王之去豳公，又已遠矣。又此篇美周公，不美成王，何言成王之大美乎？公宜爲周公，《箋》義爲長。"

焯案：此詩《序》云美周公，而《傳》釋公孫句爲成王之大美者，蓋詩意若曰，惟周公蹈此大艱，斯成王獲兹大美。所謂大美者，當指東方敉平，禮樂漸作，成王遂得安然服兹盛服，以君天下耳。辭以美成王，意實美周公也。《箋》既未得詩意，王肅説亦未合經傳之恉。若孫毓依《箋》駁《傳》，謂天子不可稱公孫，夫《立政》兩言文子文孫，一指後世，一指當時，成王去豳公雖遠，豈遂不可以孫稱。胡氏《後箋》云："古人質樸，本不嫌以天子爲公孫。《鄭譜》云：'主意於豳公之事，故别其詩以爲變風焉。'夫周之追王，祇及太王、王季，太王以上皆稱先公，豳風推本於后稷、公劉，則稱成王爲公孫，正其宜也。且《商頌·烈祖》祀中宗而稱湯孫，《魯頌·閟宫》稱僖公爲周公之孫，其去湯與周公亦遠矣。孫毓所評，實不當理。"

卷　六

小　雅

鹿鳴之什

鹿　鳴

《序》云："《鹿鳴》，燕羣臣嘉賓也。既飲食之，又實幣帛筐篚，以將其厚意，然後忠臣嘉賓得盡其心矣。"《箋》云："飲之而有幣，酬幣也。食之而有幣，侑幣也。"《正義》曰："案《公食大夫禮》：'公授宰夫束帛以侑。'《聘禮》云：'若不親食，使大夫朝服致之以侑幣。'"又曰："致饗以酬幣亦如之，明親食有侑幣，親饗有酬幣，故此《箋》以飲爲饗禮，食爲食禮。"又曰："此惟有饗食之幣，不言燕幣，燕禮亦當有焉。但今燕禮惟有好貨無幣，故文不顯言之。"

焯案：《序》云燕羣臣嘉賓，明此詩爲燕而作。《正義》誤會《箋》意，以爲兼饗食言，非也。胡氏《後箋》云："《箋》因《序》言幣帛筐篚，故通言饗食之大法，其實全篇皆止言燕禮。詩云'嘉賓式燕以敖'，又云'以燕樂嘉賓之心'，則是燕非兼饗食矣。至'和樂且湛'《傳》云'湛樂之久'，蓋燕以示慈惠，《湛露》有'厭厭夜飲不醉無歸'之語，故云樂之久，即此亦可見是燕非饗。或疑《燕禮》無用幣之文，考《周語》云，'先王之燕，體解節折而共飲食之，於是乎有折俎加豆、酬幣宴貨以示客合好'，則燕亦未嘗不用酬幣也。"馬氏《通釋》云："饗主於飲，用酬幣，食主於含，用侑幣，燕則飲食兼之，當並用酬幣侑幣。此詩主燕羣臣，而經曰'承筐是將'，《序》曰

‘既飲食之，又實幣帛筐篚以將其厚意’，正可爲燕禮兼有酬幣侑幣之證。《箋》云酬幣侑幣，皆指燕禮，《正義》謂指饗食者，誤也。”

“食野之苹。”《傳》：“苹，蓱也。”《箋》云：“苹，藾蕭。”《正義》曰：“《箋》以蓱是水中之草，非鹿所食，故易《傳》。”

焯案：《説文》：“苹，蓱也，無根浮水而生者。从艸，平聲。”“蓱，苹也。从艸水，并聲。”苹蓱互訓，與《毛傳》同。惟苹爲水艸，而詩言野苹鹿得食之者，《毛詩紬義》云：“野水有苹，鹿亦自應食之。《吉日》‘漆沮之從’《傳》云：‘漆沮之水，麀鹿所生。’鹿固逐水艸者矣。《爾雅》郭本前云‘萍蓱，其大者蘋’，後云‘苹，藾蕭’，而《釋文》本及此詩《正義》所引皆作‘苹，蓱’，是《爾雅》此文原有二本，鄭作《箋》時，前經當是萍蓱，疑《毛傳》與《爾雅》不合，故依後經藾蕭爲説，非必以其爲水艸而易《傳》也。”又馬氏《通釋》云：“《夏小正》‘七月苹莠’，《傳》：‘苹也者，馬帚也。’《説文》作‘荓，馬帚也’，與‘苹，蓱也’異物。《爾雅》‘荓，馬帚’，《郭注》：‘荓似著，可以爲掃帚。’《管子·地員》篇：‘荓下于蕭。’荓亦蒿之屬，蓋與‘苹，藾蕭’同物。《毛傳》當作苹荓，謂苹即《爾雅》之苹馬帚，以苹爲荓之叚借，猶《夏小正》叚苹爲荓，非以苹爲水中之蓱也。《箋》以苹爲水中之蓱也。《箋》以苹爲藾蕭，亦申《傳》，非易《傳》也。後人因《爾雅》有苹蓱之文，因誤改《毛傳》之荓爲蓱耳。”今謂馬氏説亦可存。

“承筐是將。”《箋》引《書》曰：“厥篚玄黄。”《正義》曰：“今《禹貢》止有‘厥篚玄纁’之文，而鄭《禹貢》注引《胤征》曰‘篚厥玄黄’，則此所引亦爲《胤征》文，鄭誤也，當在古文《武成》篇矣。《鄭》不見古文，而引張霸《尚書》，故不同耳。”

焯案：《僞古文尚書》出於東晉，孔氏視爲真書，故以《鄭注》所引爲誤。惟張霸所上乃《百兩》篇，自劉歆親見秘府《古文尚書》，已疑而黜之矣。鄭君所見之本，當爲庸生、胡常等傳授之真古文。乃孔氏於漢世習古文者概目爲張霸僞書，不考甚矣。

“人之好我，示我周行。”《傳》：“周，至。行，道也。”《箋》云：“示當作寘，寘，置也。周行，周之列位也。好猶善也。人有以德善我者，我則置之於周之列位，言己維賢是用。”《正義》曰：“易《傳》者，以其上下皆曰嘉賓，此獨言人，明有異也。又《大東》、《卷耳》竝有周行之文，皆爲周之列位，此不得異。且下云‘視民不恌’，乃作視字，此則爲示，明其不同。古者寘示同讀，故改從寘也。且此篇聖君賢臣講道之樂，觀其垂法，道教宏深，非直燕日話言而已。明是據今嘉賓本其賢德，由其先有善德，置之於官，緣此皆賢，所以燕饗。此章本其賢，二章言其法，上下相副，於義爲長，故易《傳》也。”

焯案：胡氏《後箋》云：“此《疏》申《箋》，實多牽强。言賓言人，便文無義，而謂有異，豈以寘之列位者非嘉賓乎。示視古今字，篇中互見者，聲義皆通，故可兩用。《周語》‘示我顯德行’與此正同，無容改字。至周行，《毛傳》三處不同，言各有當。原注：說見《周南》。鄭注《禮記·緇衣》，引《詩》以爲示我忠信之道，注《鄉飲酒燕禮》云，嘉賓示我以善道，此皆在箋詩之先，當是用三家詩說，正與毛合。至作《箋》時，乃泥於《卷耳》之訓，概以周行爲列位，不知‘人之好我，示我周行’，乃導情通款，冀聞善言之意，與次章相應，‘德音孔昭’，則所示周行之實也。必謂本其所用皆賢，故嘗饗食，取義迂曲，似非詩旨。”焯謂《正義》曲申《箋》說，胡氏駁之極允。又《學詩詳說》云：“《箋》謂‘人有以德善我者，我則寘之周之列位’，此於文勢不順，且是以文王爲以爵秩動人也。又序忠臣嘉賓得盡其心，正在此二句。”案顧氏之說允矣。

四　牡

“是用作歌，將母來諗。”《傳》：“諗，念也。”《箋》云：“諗，告也。君勞使臣，述序其情，女曰我豈不思歸乎，誠思歸也。故作此詩之歌，以養父母之志來告於君也。”《正義》曰：“易《傳》者，首章云‘豈不懷歸，王事靡盬，我心傷悲’，文連我心，是述使臣之辭矣。類此而推，則‘是用作歌、將母來諗’亦序使臣之意。明爲使臣作此詩之歌，其來諗不得不爲告也。猶‘君子作歌，維以告哀’，是作歌所以來告，不得爲念也。”

焯案：此二句爲全篇之總束。《傳》訓諗爲念，謂上作此詩之歌以述使臣念養父母之心，雖文連“豈不懷歸”句，不得以首章爲例，而謂使臣作此詩之歌也。詩中凡次章以下，其章首之語有叠前章之辭，而其下文有不相連貫者，如《東門之墠》次章首句云“東門之栗”，次句“有踐家室”則承首章室邇而言，不與上句相貫。不憭其義者，直目首句爲賦體，而謂栗在淺家室之内矣。又《伐木》次章云“伐木許許”，即緊接以“釃酒有藇”，兩句初不相貫。蓋其首句特叠前章“伐木丁丁”以爲發端之辭耳。必明此例，方知此章不與首章行文相類也。至《正義》引《四月》卒章“君子作歌維以告哀”，適足以明此詩之“是用作歌”不出自使臣，且與彼二句同爲一篇之結語也。夫《序》云“有功而見知則説”，是君之自能知臣，而臣無告君之意可知。且首章《傳》云，“思歸者，私恩也，靡盬者，公義也，君子不以私害公，不以家事辭王事”，如使臣果以將母之志來告於君，則是有以私害公之意，而將以家事辭王事矣。必以詩中所言咸出自上意，庶於《序》、《傳》皆得相合。《箋》訓諗爲告，雖本《左傳》，要於詩意無當也。

皇皇者華

序云：“《皇皇者華》，君遣使臣也。送之以禮樂，言遠而有光華也。”《箋》云：言臣出使能揚君之美，延其譽於四方，則爲不辱命也。”

《正義》曰："'送之以禮樂'，即首章下二句盡卒章是也。此謙虚訪善，直焉禮耳，而并言樂者，以禮樂相將，既能有禮敏達，則能心和樂易，故兼言焉。言遠而有光華，即首章上二句是也。"

焯案：《序》云遠而有光華，雖貼首章上二句言，意則謂使臣懷靡及而咨五善，能光君之命，固已將全詩包舉其中矣。又《正義》以禮樂屬使臣説，不屬遣者説。《學詩詳説》云："若然，則序當云勑之以禮樂，不當云送之以禮樂也。朱子舊説：'送之以禮樂，歌是詩以遣之也。'曹氏粹中曰：'燕以遣之，所謂禮也。歌以樂之，所謂樂也。'蒙謂歌不必即是詩，而意則存焉。《正義》釋《序》上句之義，殆未然也。"

"駪駪征夫，每懷靡及。"《傳》："駪駪，衆多之貌。征夫，行人也。每，雖。懷，和也。"《箋》云："《春秋外傳》曰：'懷和爲每懷也。'和當爲私。衆行夫既受君命當速行，使使字依敦煌古寫本增。每人懷其私相稽留，則於事將無所及。"《正義》曰："本皆如此。此既以每爲雖，懷爲和，而卒章《傳》云：'雖有中和，當自謂無所及。'王肅以爲下《傳》所言，覆説此也。故述毛云：'使臣之行，必有上介衆介，雖多内懷中和之道，猶自以無所及，是以驅馳而咨諏之。'"又曰："鄭之此説，亦述毛也。但其意與王肅異耳。案《魯語》穆叔云：'《皇皇者華》，君教使臣曰，每懷靡及。臣聞之曰，懷和爲每懷。'是《外傳》以爲懷和，故鄭引其文，因正其誤，云和當爲私。鄭必當爲私者，《晉語》姜氏勸重耳之辭曰：'駪駪征夫，每懷靡及。'夙夜征行，不遑啓處，猶懼不及，況其縱欲懷安，將何及乎？《西方之書》有之云：'懷與安，實病大事，鄭詩曰，"仲可懷也"，鄭詩之旨吾從之矣。'觀此《晉語》之文及鄭詩之意，皆以懷爲私懷之義，明《魯語》所云亦當爲懷私，不得爲和也。鄭所以引《外傳》而破之者，以《毛傳》云懷和是用《外傳》爲義，故引而破之，言毛氏亦爲私也。如鄭此意，則《傳》本無每雖二字。若每爲雖，縱使變和爲私，亦不得與毛同也。此既改《傳》和當爲私，下復解《傳》中和爲忠信，爲之終始立説，明其不異毛也。蓋鄭所據者，本無每雖，後人以下《傳》有‘雖有中和’之言，下篇‘每有良朋’之下有每雖之訓，因而加之，定本亦有每雖。”

焯案：《箋》義實與《傳》異，《正義》强而同之。又據《晉語》姜氏引此詩以證懷私而曲申鄭説。《稽古編》辨之云：“姜氏引此詩戒重耳順身縱欲，又引《西方書》及鄭詩之言，懷皆爲私義，要是斷章立説，未必此詩本訓，懷私恐非毛旨。又末章《傳》云：‘雖有中和，當自謂無所及。’正首章‘每、雖，懷、和’之解，王肅即用以述毛，於義允當。孫毓《詩評》亦謂《毛傳》上下自相申成，得之矣。”陳氏《傳疏》亦云：“懷和雙聲得義，《外傳》以懷和釋懷，《毛傳》即以和釋懷，是本之《外傳》也。《鄭箋》改和爲私，《烝民箋》同，蓋鄭誤耳。毛曰雖和，若作雖私，文不可通。《孔疏》疑每雖後人所加，曲爲鄭諱。又《晉語》姜氏引詩之義，蓋取征天無及、不可懷安，故復取《西方書》及鄭詩之言以戒重耳，與詩每懷本不干涉。王、孫申毛謂雖有中和即每雖懷和之義，得其旨矣。”焯又案末章《正義》曰：“徧檢書傳，不見訓懷爲和。”今檢《板》篇“懷德維寧”，《傳》《箋》皆訓懷爲和，即《正義》亦云，懷，思也，來也，止也，思止有和之義，故以爲和，何云徧檢而未見耶？《正義》又云：“假使訓懷爲和，中字猶無所出。”此亦未允。《正義》於前文申《箋》以中和爲忠信之説，既引《中庸》“喜怒哀樂之未發謂之中，發而皆中節謂之和”，夫中即在和之中，從已發、未發論，非和之外又有所謂中也。總緣强毛從鄭，故不覺其説之多窒也。又末章《傳》云：“兼此五者，雖有中和，常自謂無所及於事，乃成於六德也。”敦煌古寫本當作常，多於、事、乃三字，今從之。《箋》云：“中和謂忠信也。五者，咨也、諏也、謀也、度也、詢也。雖得此於忠信之賢人，猶尚古寫本當作尚。云已將無所及於事，則成六德，言慎其事也。”也字據古寫本及考文本增。《正義》曰："此《箋》以《毛傳》不明，贊成其説。"胡氏《後箋》云："《傳》於篇末總發全詩之旨，謂使臣兼咨、諏、謀、度、詢之五善，由其雖和而自謂無及，故能成於六德，乃總括内外《傳》而用之。王肅、孫毓皆以《毛傳》雖有中和者，即上'每、雖，懷、和'是也。《鄭箋》以《傳》之中和爲周，而又謂雖得此五者於忠信之賢人，猶當云己將無所及於事，不知經文首章言靡及，下四章乃言咨、諏、謀、度、詢，惟靡及所以必兼此五者，非得此五者而又自謂靡及也。其答張逸云，'己有五德，復問忠信之賢人'，則又以咨、諏、謀、度、詢五者爲己之德，其解愈曲愈晦。《孔疏》謂其贊成毛義，其實毛義未必然也。"

常　棣

"鄂不韡韡。"《箋》云："承華者曰鄂。不當作柎，《釋文》云：柎亦作跗。柎，鄂足也。鄂足得華之光明，則韡韡然盛。"《正義》曰："以鄂文承華下，故爲承華曰鄂也。又古聲不柎同，不在鄂下，宜爲鄂足，故知當作柎，柎爲鄂足也。"

焯案：《藝文類聚》引《韓詩》："夫栘之華，萼不韡韡。"鄭以鄂爲華萼，義本於《韓詩》也。共謂不當作柎者，程瑶田《通藝録》云："《左氏》成二年《傳》：'三周華不注山。'伏琛《齊記》引摯虞《畿服經》'不音跗'，與《詩》'鄂不'之'不'同。酈氏《水經注》言：'華不注山單椒秀澤，不連丘陵以自高。'而説者以爲山如華跗之著於木。又《爾雅·釋山》曰：'再成，英。一成，坯。'蓋亦以華狀之。坯即不，一成者，如華之有鄂足，華英在不上，故山再成者，如鄂足之承華英也。不字象形，一下∪，象鄂足著於枝莖，三垂象其承華之鄂蕤蕤也。"又戴氏《毛鄭詩考正》云："《國語》華不注之山，韋昭云：'華，齊地。不注，山名。'又《左氏》成十六年《傳》'韎韋之跗注'，《雜問志》作'不注'。據此，皆跗通用不之明證，故鄭云爾。《正義》

釋《箋》，徒以鄂不文勢相承及不、柎同聲求之，亦淺乎窺鄭矣。"

"飲酒之飫。"《傳》："飫，私也。不脱屨升堂謂之飫。"《箋》云："私者，圖非常之事。若議大疑於堂，則有飫禮焉。聽朝爲公。"《正義》曰："此詩飫燕雜陳，上二句爲飫，下二句爲燕。"

焯案：此詩爲燕兄弟而作，不應有圖非常議大疑之事。又經文四句相承，必非上二句言飫，下二句言燕。《鄭箋》泥《周語》"飫以顯物，燕以合好"之文，因謂飫燕禮異，而《正義》因之，遂謂此詩飫燕雜陳，非也。至《毛傳》之説，後人亦多疑之。段玉裁以不脱屨之不字爲衍文，陳奐則以不爲下之誤字，似皆未諦。馬氏《通釋》云："飫私之飫與立飫之飫當是二義。《周語》：'王公立飫，則有房蒸。親戚宴享，則有肴蒸。'又曰：'飫以顯物，燕則合好。'此立飫之禮大於燕者也。《爾雅》：'飫，私也。'郭注：'燕飲之私。'《説文》作饫，云：'饫，燕食也。'引《詩》'飲酒之饫'。《韓詩》作醧，云：'能飲者飲，不能者已，謂之醧。'《説文》：'醧，宴私飲也。'此飫私之飫，與燕異名同實者也。立飫以立爲禮，飫燕則坐。立飫不脱屨而升堂，飫私則跣。《初學記》引《韓詩内傳》曰：'夫飲之禮，不脱屨而即席者謂之禮。段玉裁謂禮當作飫。跣而升堂者謂之宴。能者飲，不能飲者已，謂之醧。'其所云不脱屨而即席者謂之禮，與《毛傳》云不脱屨升堂謂之飫合，此立飫之禮也。又曰：'跣而升堂者謂之宴。能者飲，不能飲者已，謂之醧。'此飫私之義，以飫飽爲度者也。是《韓詩》亦分立飫及飫私爲二義矣。《毛傳》既曰'飫私也'，又曰'不脱屨升堂謂之飫'，蓋廣異義。不云一曰者，渻文也。《鄭箋》則誤合爲一耳。"焯謂馬氏申毛之説，昭若發矇，故具録之。

伐木

《序》下《疏》標起止云："《伐木》六章，章六句。"

焯案：阮氏《校勘記》云："《序》下標起止既云《伐木》六章章六句，《正義》又云：'燕故舊即二章卒章上二句是也，燕朋友即二章諸父諸舅、卒章兄弟無遠是也。'與標起止不合。當是《正義》本自作三章章十二句，經注本作六章章六句者，其誤始於唐石經也。合併經注正義時，又誤改標起止耳。"今謂《校勘記》之説郅確。吕氏《詩記》云："毛氏六章，章六句，劉氏云：'《伐木》三章，章十二句，每一章首輒言伐木，凡三云伐木，故知當三章。'今從劉氏。"《稽古編》云："凡《傳》、《箋》下《疏》語統釋一章者，例置每章之末。此詩若從毛，當六句一疏，分爲六條。今乃總十二句爲一疏，作三次申述，是此詩三章章十二句也。"焯謂吕氏、陳氏皆知此詩應分三章，惟不知六章本非毛公舊次，得阮氏之説，可以釋然矣。

序云："《伐木》，燕朋友故舊也。"《正義》曰："燕故舊，即二章卒章上二句是也。燕朋友，即二章諸父諸舅、卒章兄弟無遠是也。"

焯案：胡氏《後箋》云："經首章但言求其友聲，則知朋友足該故舊；二三章諸父諸舅兄弟似言故舊，其實皆朋友也，故《六月》序但云'《伐木》廢則朋友缺矣'，《正義》所云非是。二章《傳》云，'國君友其賢臣，大夫士友其宗族之仁者'，亦祇言朋友，而故舊自在其中矣。"

"伐木丁丁，鳥鳴嚶嚶。"《傳》："興也。丁丁，伐木聲也。嚶嚶，驚懼也。"《箋》云："丁丁嚶嚶，相切直也。言昔日未居位在農之時，與友生於山巖伐木，爲勤苦之事，猶以道德相切正也。"《疏》述《傳》曰："毛以爲有人伐木於山阪之中，丁丁然爲聲，鳥聞之，嚶嚶然而驚懼。以興朋友二人相切磋，設言辭以規其友，切切節節然，其友聞之，亦自勉勵，猶鳥聞伐木之聲然也。"又述《箋》曰："鄭以爲此章遠本文王幼少之時結友之事。言文王昔日未居位之時，與友生伐木於山阪，丁丁然爲聲也。

於時雖處勤勞，猶以道德相切直。”

焯案：焦氏《補疏》云：“《傳》以丁丁爲伐木聲，嚶嚶爲驚懼，則因伐木而驚懼，因驚懼而遷喬，既遷於喬，又呼其友，故《傳》解‘嚶其鳴矣猶求友聲’云，‘君子雖遷於高位，不可以忘其朋友’，至此始言及朋友，亦但言不可忘友耳。相切直之意，則《箋》言之，《傳》無之也。至《箋》言‘昔日未居位在農之時’，此亦汎説。《正義》申《鄭》，則指言文王，夫文王幼時何曾爲農，又何伐木之有？”張汝霖云：“《爾雅·釋訓》云：‘丁丁嚶嚶，相切直也。’亦是檃括詩人託興之旨，非謂伐木時相切直也。如《卷阿》‘菶菶萋萋，雝雝喈喈’，《毛傳》云，‘梧桐盛也，鳳皇鳴也’，而《爾雅》云，‘藹藹萋萋，臣盡力也，噰噰喈喈，民協服也’，亦是包舉詩意而訓之耳，《伐木箋》及《疏》皆失其旨。”《正義》又曰：“二章釃酒文連伐木，是酒爲伐木而設，即伐木之人是朋友矣。朋友既親伐木，明文王與之俱行，文王在太王之時，年已長大，是諸侯世子之子耳，太王初遷於岐，民稀國小，地又隘險而多樹木，或當親自伐木，所以勸率下民，不可以禮論毛本作理論。也。”焯又案此詩首章“伐木丁丁”與“鳥鳴嚶嚶”相貫，二三章但言伐木，不言鳥鳴，蓋省文也。吕氏《詩記》引什邡張氏云：“詩人多相因之詞，如伐木而感鳥鳴，蓋因此以興焉者也，故下章皆以伐木言之。”是也。鄭君未憭此義，於次章“伐木許許，釃酒有藇”《箋》云：“此言前者伐木許許之人，今則有酒而釃之，本其故也。”《正義》因從而爲之説，謂酒爲伐木而設，而以詩之興爲賦，非詩意也。若文王無親自伐木之事，既已如焦氏所駁。《正義》誤探《箋》意，而曲爲之説，終則曰不可以禮論，殆亦以其説之未安歟？

“釃酒有藇。”《傳》：“以筐曰釃。以藪曰湑。”《正義》曰：“筐，竹器也。藪，草也。漉酒者，或用筐，或用草，於今猶然。毛氏蓋相傳爲説，因釃言湑，逆解下文。用草者，用茅也。”

焯案：段氏《說文注》云：筐者盛飯之器，較細，籔者漉其兩切。淅之器，較麤，今人謂之溲箕，皆可以漉酒，籔誤作藪。焯謂漢隸艸竹不分，故从艸从竹之字往往互混。《正義》以《傳》爲下文有酒湑我而發，而以藪爲草，草即茜酒之茅，惟茅未聞有名藪者，又茜酒用茅，其事與以籔漉酒有異。至《傳》“以藪曰湑”之語如爲逆解下文，則下章不應再云湑泲茜之也。唐寫本多泲字，今依之。蓋泲茜之酒名湑，而以籔漉酒亦爲湑。《正義》據誤文而强爲牽合，非也。

“陳饋八簋。”《傳》：“圓曰簋，天子八簋。”《箋》云：“陳其黍稷，謂爲食禮也。”考文古本有也字。《正義》曰：“案《周官》掌客職：五等諸侯簋皆十二。又《公食大夫禮》上大夫八簋，此天子云八簋者，據待族人設食之禮。”

焯案：黃震《讀詩一得》自序。王應麟《漢書藝文志考證》引李氏說。皆訾鄭君以《禮》說詩之蔽。此《疏》據《周禮》申鄭，其失亦同。曹粹中《放齋詩說》嚴氏《詩緝》引。云：“《序》云朋友故舊，何止族人。此乃文王詩，其事猶在商世，《周禮》皆出於周公制作以後，豈得拘以爲制哉？詩云八簋，蓋言其盛耳。”

天　保

“是用孝享。”《傳》：“享，獻也。”《箋》云：“謂將祭祀也。”《疏》云：“是用致孝敬之心而獻之。”

焯案：《爾雅・釋詁》：“享，孝也。”王引之云：“《酒誥》曰：‘用孝養厥父母。’《釋名》引《孝經說》：‘孝，畜也。畜，養也。’《廣雅》：‘亯，養也。’是孝享二字同義，故享祀亦曰孝祀。此詩及《易萃家傳》並曰孝享。"其説是也。《小雅·楚茨》言"苾芬孝祀"，猶《魯頌·閟宫》言"享祀不忒"也。《論語》"而致孝乎鬼神"，猶言致享乎鬼神也。《疏》以孝爲孝敬之心，失其義矣。又《毛詩紬義》云："下'于公先王'，《傳》，'公，事也'。《傳》以享爲獻，釋公爲事，是所以事其先之事，言獻此酒食於禴祠烝嘗之時以事先王也。《箋》以公先王爲先公先王，故易《傳》享獻爲將祭祀，而以禴祠烝嘗爲正行祭。《正義》謂毛以上雖言獻之，未是祭時，故以公爲事，是以《傳》之獻爲將祭祀，同《傳》於《箋》，殆非也。"

采　薇

"采薇采薇，薇亦作止。"《傳》："薇，菜。作，生也。"《箋》云："西伯將遣戍役，先與之期以采薇之時，今薇生矣，先輩可以行也。重言采薇者，丁寧行期也。"《正義》於《序》下申之曰："此詩上三章同遣戍役，以薇爲行期，而言作止、柔止、剛止，三者不同，則行非一輩，故首章《箋》云，先輩可以行，言先，對後之辭，則二章爲中輩，三章爲後輩矣。二章《傳》曰：'柔，始生也。'兵若一輩而遣，則不得剛柔别章，若異輩而行，不應以三章爲二輩，則毛意柔亦中輩，言始生者，對剛爲生之久，柔謂初生耳。若對作止之柔，在作後矣，與鄭脆脕同也。莊二十九年《左傳》曰：'凡馬日中而出，謂春分也。'出車就馬於牧地，則是春分後也，則首章二月下旬遣，二章三月上旬遣，三章三月中旬遣矣。"

焯案：此詩前三章，一章述事之由，二章三章極道勞苦憂傷之情，上能察其情，則雖勞而不怨，雖憂而能勵，其立意蓋與《東山》、《四牡》同也。至首章云"薇亦作止"，二章三章云"柔止""剛止"，只紀一時出師之事，且以便韻，非分紀遣戍之期，猶《黍離》首章言"彼稷之苗"，二章三章言"之穗"、"之實"，實詩人一日所賦，非如《箋》説，爲"詩人歷道其所更見"也。黄中松云："詩之取興於采薇者，毛氏無訓。孔氏謂毛意與鄭同，即以《箋》意申毛，不免穿鑿。蓋以一詩而遣三輩，則遣先輩時，中輩後輩未行，何爲預戒之？遣後輩時，先輩中輩已行，何爲復道之？遣中輩時，前輩已行，後輩未動，何由總飭之？此不獨經文所無，毛氏並無此説，當必不然也。”張汝霖云：“命將遣戍，臨期告誡，重以詩歌，自是一時之事。至於師行遼遠，匪伊夕朝，故指其去日，皆謂之往。末章云‘昔我往矣，楊柳依依’，二月之末三月之中皆其時也。行程計日，時序漸深，故薇葉亦有柔剛之分耳。如《桃夭》詩次其華、其實、其葉，未嘗有三之子于歸也，鄭孔以爲分三輩遣發，則此詩爲遣先輩時作乎？爲遣中輩、後輩時作乎？若作之於先，無由逆知後遣之期，若作之於後，是先遣者無所謂歌《采薇》以遣之之事矣，何其説之戾乎！”

“歲亦陽止。”《傳》：“陽，歷陽月也。”《箋》云：“十月爲陽，純《坤》用事，純原作時，唐寫本作純，《疏》述《箋》作“時純《坤》用事”。今據改時爲純。嫌於無陽，故以名此月爲陽。”《正義》述《傳》曰：“毛謂歷陽月者，以十一月爲始，陰消陽息，《復》卦用事，至四月，純乾用事。五月受之以《姤》，陽消陰息，至九月而《剥》，仍一陽在，至十月而陽盡爲《坤》，則從十一月至九月，凡十有一月，已經歷此有陽之月，而至《坤》爲十月，故云歷陽月，以類上莫止，則不得歷過十月，明義爲然。”又述《箋》曰：“鄭以《傳》言涉歷陽月，不據十月，故從《爾雅》十月爲陽。”

焯案：《正義》以毛意指陽爲他月，但歷盡諸陽而爲純陰者，惟有十月。故知毛亦當指十月。但不與鄭名十月爲陽者同耳。此誤説也。按《廣雅》：“歷，逢也。”“曰歸曰歸，歲亦陽止。”言我歸來之期於歲亦逢此陽月也。上云“歲亦莫止”，蓋以爲十月。《蟋蟀》云，“蟋蟀在堂，歲聿其莫”，《傳》云，“蟋蟀，蛬也。九月在堂。聿，遂也。”按在堂與《七月》篇言在户意同。以九月爲歲遂將暮，則謂十月以後爲歲暮也。又《小明》云：“歲聿云莫，采蕭穫菽。”采穫是九月之事，而云“歲聿云莫”是亦以十月後爲歲暮也。此云歲亦陽止，亦謂建亥之月，特换文以便韻耳。毛歷陽月之歷，承上歲字言，正謂歸期須經十月。《鄭箋》乃承毛義而申之，非與毛異義也。

“小人所腓。”《傳》：“腓，辟也。”《箋》云：“腓當作芘。此言戎車者將率之所依乘，戍役之所芘倚。”《正義》曰：“傳文質略。王述之云，所以避患也。鄭以‘君子所依’，依戎車也。‘小人所腓’，亦當腓戎車，安得更有避患義？故易之爲芘。”

焯案：腓芘音近通用，芘即庇字。《爾雅·釋言》：“庇，庥，廕也。”《桑柔箋》：“人庇廕其下者。”《釋文》本亦作芘。《雲漢箋》“我無所芘陰處”，《釋文》本亦作庇，是也。胡氏《後箋》云：“《傳》訓腓爲辟者，辟爲隱避之意。”何氏《古義》曰：“腓即厞字。厞，《説文》、《爾雅》皆云隱也。《楚辭》‘隱思君兮厞惻’，《禮記》‘取廟之西北厞薪用爨之’，皆訓爲隱。此曰‘小人所腓’者，言庶士亦藉是車以自隱蔽也。”今案何氏此解甚確。《文選·東京賦》：“設三乏，厞司旌。”薛綜注亦引《爾雅》：“厞，隱也。”隱與避義本同。蓋兵凶戰危，兩軍相當，士卒之受患最甚。惟戎車戰則馳突，止則營衛。《司馬法》，一車有步卒炊家子固守衣裝諸人，皆倚此車以爲隱蔽，故王肅避患之解善得毛旨。《鄭箋》芘倚，亦所以申《傳》辟字，芘蔭與隱蔽義同。《鄭》雖破字，意實相成也。

出　車

“我出我車，于彼牧矣。”《傳》：“出車就馬於牧地。”《箋》云：“上我，我殷王也。下我，將帥自謂也。”《正義》申《箋》曰：“此本將帥之辭以勞之，則我車馬爲將帥之所乘，故知下我將帥自謂也。以天子之命召己，故知出車者亦天子之命，故上我我殷王也。時出車未命將帥，云我車者，以出車本爲將帥，出車纔訖，王即命己爲將，則將帥之車爲己所乘，復從後本之，故云我車也。”

焯案：詩中我字多爲語詞，如“我疆、我理、我陵、我阿”之類皆是。此《傳》直云“出車就馬於牧地”，是明以我爲語助矣。《箋》於詩中我字每爲實指，《正義》從而申成其説，於詩意殊未然也。至於出車就牧，雖爲天子所命，而究屬將帥一方之事，何必以二我字分屬殷王與將帥耶？《荀子·大略》篇：“天子召諸侯，諸侯輦輿就馬，禮也。”遂舉此詩云：“我出我輿，于彼牧矣。自天子所，謂我來矣。”荀云天子召諸侯，即本詩之“自天子所”二句，而以詩文爲倒叙。《鄭箋》乃於出車上增出殷王之命，解“謂我來矣”爲“謂以三命召己，將使爲將帥”，《正義》遂據《箋》義申經云，“王今既以我天子之命，出我將帥之戎車于彼郊牧之地而就馬矣，乃從天子之所以王命召己，謂我來爲將帥矣”，以出車就文王言，以我來就將帥言，非也。夫當出車之時，必先以天子命選擇將帥，將帥既定，然後出車以召僕夫，不然，出車之卒將誰率領之耶？《箋》謂先出戎車乃召將帥，《正義》因謂時出車未命將帥，由未憭詩之前四句爲倒叙故爾。

“畏此簡書。”《傳》：“簡書，戒命也。隣國有急，以簡書相告，則奔命救之。”《正義》曰：“古者無紙，有事書之於簡，謂之簡書。”

焯案：《正義》説有所未盡。馬瑞辰云：“簡書當爲盟書。若泛言簡書，則《左傳》不得言‘同惡相恤’，詩不得言畏也。《周官》司盟：‘掌盟載之法。’凡盟書多言患難相恤，故閔元年引此詩而釋之曰：‘簡書，同惡相恤之謂也，請救邢以從簡書。’即從盟書所言耳。凡盟必質諸神。《釋名》：‘盟，明也。告其事於神明也。’有不信者，神降之禍，諸國將共伐之，故詩言‘畏此簡書’也。”

“執訊獲醜。”《傳》：“訊，辭也。”《箋》云：“訊，言。醜。衆也。執其可言問所獲之衆以歸者，當獻之也。”《正義》曰：“‘訊，言’，《釋言》

文。《傳》云'訊，辭'者，謂其有所知識，可與之爲言辭，與《箋》同也。"

焯案：《説文》："訊，問也。"經典訊多訓問，《傳》訓訊爲辭者，辭猶告也。《禮記·檀弓》："申生使人辭於狐突。"《鄭注》：辭猶告也。告猶問也。《禮記·王制》："八十月告存。"《疏》：告謂問也。《箋》依《釋言》訓訊爲言者，亦以言問連言，古之常語。《周禮》冢人云"言鸞車象人"，先鄭注："言，言問其不如法度者。"大祝云"言甸人"，先鄭注："大祝主言問其具梯物。"是皆以言爲問之證。又恐人以言問之言爲言語之言，故複舉言問以申釋之，其與《傳》詁殊而義無異。《正義》謂《傳》言可與之爲言辭與《箋》同，是誤以辭爲言辭，並誤以《箋》之訊言爲言語矣。至詩云"執訊獲醜"，訊與醜對言。馬瑞辰云："據文十七年《左傳》：'鄭子家使執訊而與之書。'杜注：'執訊，通訊問之官。'則訊本相對成文。《箋》以獲醜承執字言，亦非。"

杕　杜

"卉木萋止，女心悲止，征夫歸止。"《傳》："室家踰時則思。"《正義》曰："《傳》以卉木萋止，則時未黄落，猶憂愁也。前期云'歲亦暮止'，未至歸期而女心悲者，以室家之情，踰時則思也。"

焯案：《稽古編》云："首章'日月陽止'，即《采薇》之'歲亦陽止'，謂遣戍年之歲暮也。次章'卉木萋止'，即《出車》之'卉木萋萋'，謂遣戍明年之春暮也。三詩一遣二勞，語意相應。出師之初，告以歲暮即歸，至期而望之，情也。此陽止之時女心所以傷也。然連平二寇，未獲遽歸，踰期至春暮，則卉木萋矣，勞還兩詩，皆實紀歸時之景色也。故首章云'征夫遑止'，僅言可以歸耳。次章云'征夫歸止'，則實欲歸矣。前雖望之，明知其未歸，後則知其將歸，而望之益切也。一傷一悲，情同而事異矣。次章《傳》云，'室家踰時則思’，正謂踰曰歸之時耳。《孔疏》申之，以萋止爲時未黄落，在歲暮之前，此於文義未順，恐非毛意。”《學詩詳説》云：“《疏》以‘卉木萋止’爲時未黄落，是仍作冬時也。果是冬時，何不言卉木之腓，而轉言其盛耶？邱氏光庭謂萋萋新葉，藍田吕氏又謂卉木亦萋然有葉，則春將暮矣。歲暮之期既不至，將至春暮猶未歸也。”陳氏《疏》曰：“上章謂冬，此章謂春，詩人歷道其所經，所謂踰時也。《出車》篇云：‘春日遲遲，卉木萋萋，薄言還歸。’文義與此同。此兼言伐西戎之事，允矣。”焯謂陳、顧二説是也。《傳》云“室家踰時則思”，謂踰《采薇》“歲亦莫止”之時，首章已言“日月陽止”，《正義》於此乃云“時未黄落”，非經傳之意也。

“陟彼北山，言采其杞。王事靡盬，憂我父母。”《箋》云：“杞非常菜也，而升北山采之者，者字依唐寫本增。託有事以望君子。”《正義》曰：“以下章‘期逝不至’、上章‘我心傷悲’類，則‘憂我父母’謂夫爲父母也。《日月》云‘父兮母兮，畜我不卒’，莊姜稱莊公爲父母，與此同也。”

焯案：《正義》泥《箋》“託有事以望君子”及上下章詩文，而以父母指夫言，竊謂“女心悲止”及“期逝不至”二語，自單就室家思念之情言之。此章“憂我父母”，則因室家之思而並及其父母之憂，措意固有不同。《稽古編》云：“古人行役，未有不念父母者，《汝墳》、《鴇羽》、《陟岵》、《北山》諸詩皆是。或自念之，或室家代念之。惟《四牡》、《杕杜》詩則上之人探其情而念之，所以爲《正雅》也。《孔疏》以爲婦目夫之稱，迂矣。”焦氏《補疏》云：“父母即君子之父母，上章‘我心傷悲’，《箋》言‘念其君子’，故此章因念君子，言君子未歸，不特我念之，並我父母亦憂之。《正義》則以爲婦人稱夫爲父母，引《日月》‘父兮母兮’爲證。乃《日月》‘父兮母兮’之文，《箋》云‘己尊之如父，親之如母，乃反遇我不終’。彼《箋》義謂詩極言之，非真以夫焉父母。然且未必當詩人之旨，亦未必合《毛傳》之義。若此詩直云‘憂我父母’，與‘父兮母兮’辭氣已自不同，此詩無容極言之也。《正義》引《日月箋》以當此詩《傳》、《箋》之義，於此失之，並失彼《箋》之義也。”

“檀車幝幝。”《傳》：“檀車，役車也。幝幝，敝貌。”《正義》曰：“檀車以檀木爲車，《代檀》曰‘坎坎伐檀兮’，又曰‘伐輪伐輻’，是檀可爲車之輪輻。又《大明》云‘檀車煌煌’，武王之戎車，是檀之所施於車廣矣。”

焯案：曾氏釗云：“檀，木中車材。故《伐檀》曰‘坎坎伐檀’。若以檀爲車材，即名檀車，鄭注《考工記》云：‘今世轂用雜榆，輻以檀，牙以橿。’將亦謂之榆車，橿車耶？竊謂毛意檀車即棧車，蓋聲轉耳。《周禮·地官》廛人注：杜子春讀壇爲廛。《方言》廛或曰踐。是壇、廛、踐聲近可通之證。壇、檀皆从亶聲，棧、踐皆从戔聲，則檀、棧亦可通借。又《何草不黄》曰‘有棧之車’，《傳》：‘棧車，役車也。’檀車、棧車《傳》同訓役車，是檀、棧同物之證。”今謂曾說是也。檀、棧古皆在寒部，檀聲通棧，猶踐之讀曰善。《曲禮注》。戔切昨干，又切旨善。《類篇》。不得以舌齒異聲爲疑也。

“期逝不至，而多爲恤。”《傳》：“逝，往。恤，憂也。”《疏》云：“汝室家言，本與我期已往過矣。於今由不來至，由是而使我念之，多爲憂以致病矣。”

焯案：俞氏《平議》云：“此多字當讀爲亦衹以異之衹。衹，適也。言本與我期者，欲我知有歸期而不憂也。今期已往而猶不至，則適使我憂傷而已。多與衹古同聲而通用，詳見襄二十九年《左傳》及《論語·子張》篇《正義》。若云多爲憂，則不辭矣。”今案俞說是也。《經傳釋詞》九歷引《詩》、《左氏傳》、《公羊傳》多、衹通用之證，俞說蓋本之。

"卜筮偕止，會言近止。"《傳》："卜之筮之，會人占之。"《箋》云："偕，俱。會，合也。或卜之，或筮之，俱占之，合言於繇爲近。"《正義》曰："《傳》以會之言是會聚人占之義，即與《士冠禮》筮日、《士喪禮》筮宅旅占同，故爲'會人占之'。《箋》以上句言偕止者俱占之，若不爲占，則文皆空設。偕既爲占，則會當爲合，故易之爲'合言於繇'，謂合言於兆卦之繇也。"

焯案：《傳》、《箋》義異，已於《鄭箋平議》中引孔顨軒馬元伯之説論之矣。《正義》强申《箋》意，謂上句偕不爲占，則文爲空設云云，然偕止指謂卜筮俱有，於文亦豈爲空設乎？

魚　麗

序云："《魚麗》，美萬物盛多，能備禮也。文武以《天保》以上治内，《采薇》以下治外，始於憂勤，終於逸樂，故美萬物盛多，可以告於神明矣。"《箋》云："内謂諸夏也。外謂夷狄也。告於神明者，於祭祀而歌之也。"《正義》曰："作《魚麗》詩者，謂武王之時，天下萬物草木盛多，鳥獸五穀魚鱉皆得所，盛大而衆多，故能備禮也。文王、武王以《天保》以上六篇燕樂之事，以治内之諸夏。以《采薇》以下三篇征伐之事，治外之夷狄。文王以此九篇治其内外，是始於憂勤也。今武王承於文王治平之後，内外無事。是終於逸樂。此篇承上九篇，爲武王詩之始，而文、武並言者，以武王因文王之業，欲見文治内外而憂勤，武承其後而逸樂也。"

焯案：《正小雅》二十二篇，據《正義》説，以《鹿鳴》至《杕杜》九篇爲文王詩，《魚麗》至《華黍》四篇爲武王詩，《南有嘉魚》至《菁菁者莪》九篇爲周公、成王詩，惟其説猶有未安者。《學詩詳説》云："《序》於《采薇》繫之《文王》。《魚麗》則云：'文、武以《天保》以上治内，《采薇》以下治外。'《鄭譜》並溯文、武，而云：'自《鹿鳴》至於《魚麗》，先其文，所以治内。後其武，所以治外。《南有嘉魚》，下及《菁菁者莪》，周公、成王時詩。'《疏》則以《采薇》等篇皆文王詩，《天保》以上自然是文王詩。《魚麗序》文、武並言，是武王詩，故於此篇專歸之武王，《序》與鄭氏初無明文也。又申《譜》義，據《六月序》，《小雅》之廢，《華黍》以上言缺，《由庚》以下不言缺，遂斷自《華黍》以上《武王》詩，《由庚》以下周公、成王詩，是奚足以定之？恐亦非鄭意也。故朱子舊説以《鹿鳴》至《魚麗》爲文、武詩，《南陔》至《菁菁者莪》爲周公、成王詩，本《序》、《譜》説也。及作《集傳》，又據《儀禮·鄉飲酒》及《燕禮》，皆‘閒歌《魚麗》笙《由庚》，歌《南有嘉魚》笙《崇丘》，歌《南山有臺》笙《由儀》’。閒，代也。言一歌一吹也，然則此六者蓋一時之詩。毛公分《魚麗》以足前什，而説者不察，遂分《魚麗》以上爲文、武詩，《嘉魚》以下爲成王詩，其失甚矣。此朱子卓識迥出前儒之上。夫以《魚麗》屬之文、武且不可，而謂《魚麗》至《華黍》專屬之武王者，復何待辨哉！然遂舉《鹿鳴》九篇概歸之成王詩，則如《出車》之篇有揆諸事實而難通者矣。故必參以舊説，其義乃備。蓋《杕杜》以上皆文王事，而武王述之，文、武一道也。自此以下則爲周公、成王詩，此固就詩辭大指可斷者爾。”又云：“此詩正言萬物盛多能備禮耳，文、武四句乃推原言之。以其道同，故舉文並及武。《疏》乃謂文王以此九篇治其内外，是始於憂勤也，武王承文王治平之後，内外無事，是終於逸樂，竟以始終晝分二王。試思逸樂豈武王之心，而武王時亦安得謂之逸樂哉？殊非《序》恉。”今謂顧説是也。凡詩有衆篇作於一時者，《序》義輒相關應。此詩《序》云“美萬物盛多能備禮”，《南有嘉魚》《南山有臺序》皆云“太平”，《由庚》、《崇丘》、《由儀》或云“萬物得由其道，得極其高大”，或云“萬物之生各得其宜”，其立義相近，信爲一時之作。又此詩“美萬物盛多可告神明”，以《周頌·維天之命》爲“太平告文王”、《烈文》爲“成王即政諸侯助祭”相證，雖所用不同，而《序》義相應。彼爲周公、成王詩，則此宜非武王詩矣。顧氏以

《序》云文武乃推原，誠確不可易也。

“君子有酒，旨且多。”《箋》云：“酒美而此魚又多也。”《正義》曰：“言且多文承有漼之下，則似酒多也。而以爲魚多者，以此篇下三章還覆上三章也。首章言‘旨且多’，四章云‘物其多矣’，二章云‘多且旨’，五章云‘物其旨矣’，三章言‘旨且有’，卒章云‘物其有矣’，下章皆叠上章句末之字，謂之爲物。若酒則人之所爲，非自然之物，以此知且多、且旨、且有皆是魚也。”

焯案：黄氏《詩疑辨證》云：“且多、且旨、且有，不得專指爲魚，正以下三章皆還覆上三章爾。四章‘物其多矣’所以覆首章之且多，而二章‘君子有酒多’，先屬之於酒矣。五章‘物其旨矣’所以覆二章之且旨，而首章、三章皆言‘君子有酒旨’，又皆屬之於酒矣。何以上三章之旨與多屬之於酒，而下三章之多與旨必屬之於魚乎？且首章之言旨已屬之於酒，而二章言旨必屬之於魚，至於三章又屬之於酒，詩意果如是之參縒耶？又首章之言多已屬之於魚，而二章之言多必屬之酒，抑又何也？竊謂酒以行禮，言酒可以該殽，上三章之多、旨、有雖指酒言，而魚之多、旨、有亦寓焉。下三章言物，則水陸之產莫不多、旨、有矣，豈特魚與酒者哉？蓋此詩下三章非以還覆上三章，正以推廣上三章之意也。”今謂黄説可匡《正義》之失，而亦有未合者。上三章之旨、多、有蓋即指萬物言，非專屬之魚與酒。後三章首句皆言物，正以補足上三章之義。詩固嘗有前後文互相足者，《序》云“《魚麗》美萬物盛多”，則詩雖特言魚酒，而其意不專在魚酒可知也。

笙　詩

《序》云：“《南陔》，孝子相戒以養也。《白華》，孝子之絜白也。《華黍》，時和歲豐宜黍稷也。有其義而亡其辭。”《箋》云：“此三篇者，

《鄉飲酒》、《燕禮》用焉。孔子論《詩》，《雅》《頌》各得其所，時俱在耳，篇第當在於此。遭戰國及秦之世而亡之，其義則與衆篇之義合編，故存。至毛公爲《詁訓傳》，乃分衆篇之義各置於其篇端云。又闕其亡者，以見在爲數，故推改什首，遂通爾，而下非孔子之舊。"《正義》曰："毛公爲《詁訓傳》，乃分别衆篇之義，各置於其篇端，此三篇之序，無詩可屬，故連聚置於此也。"

焯案：《六月序》列次《小雅》二十二篇，此三篇之序次《魚麗》後。《箋》云孔子時篇第當在於此，當依《六月序》文次第，知此三篇原列《魚麗》後也。《正義》謂此三篇之序無詩可屬，故連聚置於此，而以係之毛公，一若毛公所連聚者，此則立文有未當也。

南有嘉魚之什上

南有嘉魚

《序》云："《南有嘉魚》，樂與賢也。太平之君子至誠，樂與賢者共之也。"《箋》云："樂得賢者與共立於朝，相燕樂也。"《正義》曰："當周公、成王太平之時，君子之人已在位有職禄，皆有至誠篤實之心，樂與在野有賢德者共立於朝而有之，願俱得禄位，共相燕樂，是樂與賢也。"又云："《序》云'樂與賢者共之'，言與言共，是等夷之稱，非人君之辭，故知斥在位者也。"

焯案：《學詩詳説》云："詩之言嘉賓，與《鹿鳴》同，其言'君子有酒'，與《魚麗》同。而《序》謂太平之君子，又與《鳧鷖》同。《箋》於彼皆釋爲王者，於此獨指朝廷之在位者，何也？《疏》徒執與共是等夷之稱，不思《孟子》云'弗與共天位也'，非指君之於臣乎？且此與共乃謂與賢者共享其樂，夫能至誠與賢者共享其樂，而與共於朝不待言矣。”焯謂此《序》所云太平之君子，與《菁菁者莪序》之君子同。彼《序》云“君子能長育人材，則天下喜樂之”，是其指王者言無疑。顧氏駁正《箋疏》之説皆當。

“烝然罩罩。”《傳》：“罩罩，籗也。”《箋》云：“烝，塵也。塵然猶言久如也。言南方水中有善魚，人將久如而俱罩之，遲之也。喻天下有賢者，在位之人將久如而並求致之於朝，亦遲之也。遲之者，謂至誠也。”《正義》申《箋》曰：“不言烝爲衆者，以此罩魚喻求賢，久如欲往罩之，是欲魚之甚。以興君子久如欲求賢，爲思遲之極。若以爲衆，止見求魚之多，無關思遲之義，則於至誠之事不顯。”

焯案：詩以嘉魚興嘉賓，正以見賢者之衆。《釋文》引王肅述毛云“烝，衆也”，是也。《箋》顧《序》“太平之君子至誠”句，而訓烝然爲久如，以顯思遲之旨，説甚拘滯。《序》云至誠，自指經中君子燕嘉賓言，不必定以每章首二句當之。《正義》曲申《箋》説，非也。胡氏《後箋》云：“《鄭箋》以烝爲塵，以塵爲久，然其云‘南方水中有善魚，人將久如而俱罩之’，喻天下有賢者，在位之人將久如而並致之於朝，曰俱曰並，仍不出衆義。蓋經文重言罩罩，正承烝然而來，則訓烝爲衆，似合經旨。《正義》乃云，‘若以爲衆，止見求魚之多，無關思遲之義，則於至誠之事不顯’，非也。”

“翩翩者鵻，烝然來思。”《傳》：“鵻，壹宿之鳥。”《箋》云：“壹宿者，壹意於其所宿之木也。喻賢者有專壹之意於我，我將久如而來遲之也。”《正義》述經曰：“我君子亦久如願來，今來在於我君子之朝，言君子求之至，故賢者意能專壹也。”又釋《箋》曰：“將久如而來遲之者，賢者遲君子，物類相感，所以相思遲之也。”

焯案：《毛詩紬義》云：“《正義》既云‘我君子亦久如願來’，則遲之自是君子遲賢者。而釋《箋》又言'賢者遲君子'，上下矛盾，詞意亦未分明。諸經義疏非出一手，此等處疑非穎達詞也。"

南山有臺

"北山有萊。"《傳》："萊草也。"《正義》曰："《十月之交》曰'田卒汙萊'又《周禮》云'萊五十畝'，萊爲草之總名，非有别草名之爲萊。陸璣《疏》云：'萊，草名，其葉可食。今兖州人烝以爲茹，謂之萊烝。'以上下觀之，皆指草木之名，其義或當然矣。"

焯案：《傳》"草也"當連"萊"爲句，如《王風・揚之水》蒲草也之類。《説文》中此例亦甚多，如萸草也，莞草也，固非以爲草之總名也。焦氏《補疏》云："《爾雅》'釐，蔓華'，《説文》'萊，蔓華也'。萊、釐古字通，釐即藜，故《玉篇》以藜訓萊。《月令》'孟春行秋令，藜莠蓬蒿並興'，《管子・封禪》篇云，'嘉禾不生，而蓬蒿藜莠茂'。蓋田畝荒穢，故生此諸草。《十月之交》言汙萊，《周禮・地官》言萊田，蓋不耕治則荒，草生藜莠之類也。言萊以概諸草，《正義》以爲草之總名則非矣。"

蓼　蕭

《序》云："蓼蕭，澤及四海也。"《箋》云："九夷、八狄、七戎、六蠻謂之四海，國在九州之外。雖有大者，爵不過子。"《正義》曰："國在九州之外者，明四海不屬九州，其州長所不領。故《周禮》曰，'九州之外，謂之蕃國，世一見'，是也。"

焯案：《序》云"澤及四海"，蓋包舉四海之内而言。《箋》、《疏》以爲四夷之長在九州之外，詩人但言外夷而不及中夏，其説甚非。李氏《集解》以爲澤及天下之諸侯，范逸齋《詩傳》、吕東萊《讀詩記》皆同其説，是也。顧氏《學詩詳説》云："詩所陳爲諸侯朝見天子，而天子被以德澤之事，以其六服偕來，故《序》云‘澤及四海’，乃舉遠以包近，見澤之所及者廣耳。《箋》引《爾雅》文，直以四夷之長釋《序》，而於詩每云遠國之君，則是言遠而遺近，失《序》恉矣。”焯謂《疏》之例不能韋注，孔氏於此等處未必不知鄭君之失，然猶曲加申説，不惜乖違詩《序》之意，誠所謂諱言鄭、服非者也。

“鞗革沖沖。”《傳》：“鞗，轡也。革，轡首也。沖沖，垂飾貌。”《正義》曰：“馬轡所靶之外，有餘而垂者謂之革，鞗皮爲之，故云鞗革轡首垂也。”

焯案：馬氏《通釋》云：“鞗《説文》作鋚，云：‘轡首銅也。’《玉篇》：‘鞗，一作鋚。’《廣韻》‘鋚，鞙頭’，即轡首也。《爾雅》：‘轡首謂之革。’轡以絡馬頭者爲首，不以人所靶者爲首。《正義》謂馬轡所靶之外有餘而垂者謂之革，殊誤。《説文》：‘勒，馬頭絡銜也。’革即勒之渻。古人多加飾以金，《鹽鐵論·散不足》曰：‘今富者黄金琅勒。’《説苑》：‘田子方載黄金之勒。’鋚即勒之金飾垂者。《采芑》詩‘鉤膺鞗革’，《箋》：‘鞗革，轡首垂也。’《載見》詩‘鞗革有鶬’，《箋》：‘鞗革，轡首也。鶬，金飾貌。’並與《説文》以鋚爲轡首銅者合。蓋革爲轡首，以皮爲之。鋚爲轡首之飾，以金爲之。《正義》謂鞗皮爲之，誤矣。據《正義》釋《傳》‘故云鞗革轡首垂也’，是知《毛傳》原作‘鞗革轡首垂也’，爲《采芑鄭箋》所本。《傳》下云‘沖沖垂飾貌’，則上云轡首垂者，垂即飾也。段玉裁謂‘《傳》當作轡首飾也’，亦非也。《玉篇》及張參《五經文字》並云‘鞗轡也’，則《毛傳》脱誤蓋已久矣。”今謂馬説是也。惟馬氏説本之胡承珙。其序《毛詩後箋》云，“今録其説之精核可懸國門者百數十條，將以補入余書”云云。故馬氏書襲取胡氏説者甚多，其作序則在胡氏殁後三年也。

湛 露

《序》云：“《湛露》，天子燕諸侯也。”《箋》云：“燕，謂與之燕飲酒也。諸侯朝覲會同，天子與之燕，所以示慈惠。”《正義》曰：“諸侯來朝，天子與之燕飲，美其事而歌之。經雖分别同姓庶姓二王之後，皆是天子燕諸侯之事也。”

焯案：此詩或以爲專燕同姓諸侯，因《毛傳》以夜飲爲燕私，在宗爲宗室故爾。胡氏《後箋》云：“文四年《左傳》：‘諸侯朝正於王，王宴樂之，於是乎賦《湛露》。’此亦統言諸侯，不分同姓異姓。《六月序》云：‘《湛露》廢，則萬國離矣。’尤可見此兼同異姓言之。惟次章有‘在宗載考’之文，或其中有同姓諸侯爲之加厚而夜飲，亦事理之常，特《鄭箋》分三章爲庶姓，四章爲二王之後，經文所無，無以見其必然耳。”今謂《後箋》之説是也。《正義》於此既以《箋》義爲經義，而於次章《傳》、《箋》又不分疏，且以《箋》義爲《傳》義，皆未合也。

彤 弓

“彤弓弨兮。”《傳》：“彤弓，朱弓也。”《正義》曰：“彤赤，故言朱弓。色以赤者，周之所尚。”

焯案：胡氏《後箋》云：“定四年《公羊傳》何休注：‘天子雕弓，諸侯彤弓，大夫嬰弓，士盧弓。’《釋文》云：‘嬰弓見《司馬法》。’《荀子·大略》篇：‘天子雕弓，諸侯彤弓，大夫黑弓，禮也。’所言與《司馬法》合。毛學出於荀卿，《行葦》‘敦弓既堅’《傳》云：‘敦弓，畫弓也。天子敦弓。’蓋即本諸師説。此不言諸侯彤弓者，以《序》文自明也。《山海經·海内經》：‘帝俊賜羿彤弓素矰以扶下國。’《管子·輕重丁》篇：‘諸侯不以彤弓石璧者，不得入朝。’《漢書》韋孟詩云：‘肅肅我祖，國自豕韋。彤弓斯征，撫寧遐荒，總齊羣邦，以翼大商。’是則三代皆以彤弓爲諸侯之制。《正義》謂‘色以赤者，周之所尚’，非是。如果時王所尚，則不應天子以彫而諸侯轉用彤矣。疑古器物彫與彤以精粗爲等差，如《周禮》司几筵‘諸侯祭祀右彫几。筵國賓於牖前，亦如之，左彤几’。後鄭注云：‘國賓，諸侯來朝，孤卿大夫來聘，後言几者，使不蒙如也。朝者彫几。聘者彤几。’亦其差次也。”

“受言藏之。”《箋》云：“言者，謂王策命也。‘王賜朱弓，必策其功以命之。’受出藏之，乃反入也。”《正義》曰：“‘王賜朱弓必策其功以命之’，僖二十八年《左傳》策命晉侯之文。此直言藏之，則受出藏之乃反入者以《傳》説晉文公既從命，云受策以出，出入三覲，故知之。”

焯案：《左傳杜注》以出入爲去來，云來至去凡三見王，與此不同，不當援以證《箋》義也。

“一朝右之。”《傳》：“右，勸也。”《箋》云：“右之者，主人獻之。賓受爵，奠于薦右。既祭俎，乃席末坐，卒爵之謂也。”“一朝醻之。”《傳》：“醻，報也。”《箋》云：“飲酒之禮，主人獻賓，賓酢主人。主人又飲而酌賓，謂之醻，醻猶厚也，勸也。”《正義》申《傳》曰：“下章言醻，醻賓之前止有獻賓，初獻未得名爲勸，則勸者非以酒勸賓，謂設饗禮勸其功也。此勸既非勸酒，故卒章醻亦不得爲醻酒。《瓠葉傳》曰：‘醻，導飲。’主人又飲以導賓而醻之。此《傳》訓醻爲報，是傳意醻之不施於飲酒明矣。故王肅云：‘醻，報功也。’”其申《箋》則皆用燕禮。

焯案：胡氏《後箋》云：“此二章並承上章饗之爲言，而以燕禮爲解，似非爵盈不飲之義。且《箋》云一朝猶早朝，《正義》謂燕或至夜，饗則禮成而罷，故以朝言，而經文右之、醻之皆云一朝，則不得以爲燕禮明矣。但上言‘鐘鼓既設’，則右醻明是饗時之事，亦不當泛以勸報有功釋之。《楚茨傳》云，‘侑，勸也’，與此正同，則此自是以右爲侑之叚借。《爾雅》：‘酬、酢、侑，報也。’然則右亦爲報，醻亦爲勸，右之醻之，當主侑幣酬幣爲義。”馬氏《通釋》云：“古者食禮有侑，饗禮有酬，而《左傳》曰‘王饗醴命之侑’，是酬禮通曰侑也。此詩二章右之，猶之三章醻之，變文以協韻耳。《箋》以右爲奠於薦右，《正義》謂訓右爲勸，非爲勸酒，胥失之矣。”今謂胡、馬二説皆是。《正義》誤執王肅説爲毛説，而未審毛意實以右、勸、醻、報皆言飲酒也。

菁菁者莪

“菁菁者莪。”《傳》:”菁菁，盛貌。莪，蘿，蒿也。”《正義》曰：“言菁菁然茂盛者，蘿蒿也。”

焯案：胡氏《後箋》云：“此《傳》上二字用《爾雅》文，以蘿釋詩之莪。下二字乃毛自爲文，以釋《爾雅》之莪蘿。自《陸疏》云‘莪一名蘿蒿’，是讀《傳》蘿蒿也三字爲句，《正義》因之，云‘言菁菁然茂盛者蘿蒿也’。不知《爾雅》以叠韻爲訓，猶《釋蟲》之‘蛾羅’耳。《毛傳》既引《爾雅》，而後明莪爲蒿類，不當讀爲‘蘿蒿’也。”焯謂《正義》申《傳》引《爾雅·釋草》云，莪，蘿蒿也。疑一本蘿下有蒿字，故陸《疏》因之。然以《爾雅》“莪蘿”上下文例之，不應有“蒿也”二字。胡氏解此《傳》，以“蘿”字爲句，以“蒿也”二字乃毛自爲文，以釋《爾雅》之“莪蘿”宜别爲句，極諦。

“汎汎楊舟，載沈載浮。”《傳》：“載沈亦浮，載浮亦浮。”《箋》云：“舟者沈物亦載，浮物亦載，喻人君用人，文亦用，武亦用，於人之材無所廢。”《正義》曰：“‘載飛載止’及‘載震載育’之類，《箋》、《傳》皆以載爲則，然則此載亦爲則，言則載沈物、則載浮物也。《傳》言載沈亦浮，《箋》云沈物亦載，則以載解義，非經中之載也。”

焯案：《稽古編》云："《疏》語太拘，詩中載字取任載之義者多矣，謂之載矣、受言載之、載是常服之類。何必專訓爲則。"胡氏《後箋》云："《疏》説非是。若詩之載即則字，則沈浮指舟而言，舟豈可以沈言之？《傳》蓋以載爲任載，以沈浮爲所載之物，亦浮之浮字非經中浮字，《箋》申《傳》意最明。沈物浮物猶言重物輕物耳。《傳》固善讀經，《箋》亦善讀《傳》矣。"焯謂胡氏説本之焦氏《補疏》而益加明暢。若《正義》既以載爲則，復云則載沈物，則載浮物，是於經文爲添設矣。

卷 七

南有嘉魚之什下

六　月

《序》云："《六月》，宣王北伐也。《鹿鳴》廢，則和樂缺矣。至。《華黍》廢，則蓄積缺矣。《由庚》廢，則陰陽失其道理矣。至。《小雅》盡廢，則四夷交侵、中國微矣。"《正義》曰："《由庚》以下不言缺者，敍者因文起義，明與上詩別主，見缺者爲剛，君父之義。不言缺者爲柔，臣子之義。以文、武道同，故但言缺。周公、成王則臣子也，故變文焉。"

焯案：《序》文於《華黍》以上言缺，《由庚》以下不言缺，不過行文之小變耳，非必有深意也。且《魚麗》與《南有嘉魚》以下諸篇要爲一王之作，不宜分屬武王、成王。《正義》以君臣剛柔別之，殊近穿鑿。《正義》又曰："首章《傳》曰：'日月爲常。'《周禮》：'王建太常。'二章《傳》曰：'出征以佐其爲天子。'是自於己之辭。觀此，則毛意此篇王自征也。卒章《傳》曰：'使文、武之臣征伐，與孝友之臣處内。'言與，似共留不去之辭者。王肅云：'宣王親伐玁狁，出鎬京而還，使吉甫迫伐追逐，乃至於太原。'如肅意，宣王先歸於京師。吉甫還時，王已處内，故言'與孝友之臣處内'也。肅以宣王先歸，或得《傳》旨。不然，不得載常簡閲、遣將獨行也。則毛意上四章説王自親行，下二章説王還之後遣吉甫行也。故三章再言薄伐，上謂王伐之，下謂吉甫伐之也。鄭則以爲獨遣吉甫，王不自行。"焯案：此詩斷從鄭義，不宜以王肅説爲毛説。細繹經文及《傳》文，並無宣王自征意。二章云"王于出征，以佐天子"，若宣王自征，何云"佐天子"乎？《傳》云"出征以佐其爲天子"，明明以出征屬吉甫説，猶得謂毛以爲王自親行乎？首章"載是常服"，太常之建，唯王有之，遂疑《傳》以爲宣王自征，不知"六月棲棲"《傳》云"簡閲貌"，是言出師之前王親加檢閱，然後命吉甫出征耳。經文再言“王于出征”，《序》云“宣王北伐”，蓋征伐自天子出，吉甫出征，先奉王命耳。《學詩詳説》云：“《疏》兼取王肅孔晁説，以毛意上四章王自親行，下二章遣吉甫行，此固因毛有‘日月爲常’之釋，殆兼以末二章始明言吉甫故乎？案經於發端即舉元帥者，《采芑》之万叔是。於中間揭出元帥者，《出車》之南仲、《江漢》之召虎是。至篇末始及元帥者，此詩之吉甫是。然詳繹之，前四章孰非所以言吉甫乎！夫即王親简閲，自可遣將征伐，善乎陳氏之言曰，篇末《傳》‘使文武之臣征伐’、‘孝友之臣處内’，是宣王使吉甫征伐而與張仲處内也，則毛意亦昭然可知矣。又云：吉甫名至五章末始顯，此行文之倒揭法，卒章‘張仲孝友’亦此法也。”

“王于出征”《箋》云：“于，曰。”《正義》曰：“鄭以王不親征，吉甫述王之辭，故言王于。毛氏於詩言于者，多爲於爲往，所以爲王自征耳。”

焯案：胡氏《後箋》云：“此與《秦風》之‘王于興師’文法正同。彼《疏》云‘王法於是興師’，可知王于不必要是王言，凡奉王命、勤王事皆可如此言之。”焯謂胡氏駁正《箋》説甚當。經云“王于出征”，正謂王于是遣將出征耳。《正義》泥王肅説，以此爲王親征之一證，且以爲毛義，亦非也。

“玁狁匪茹，整居焦穫。侵鎬及方，至于涇陽。”《傳》：“焦穫，周地接于玁狁者。”《箋》云：“匪，非。茹，度也。鎬也，方也，皆北方地名。言玁狁之來侵，非其所當度爲也。乃自整齊而處周之焦穫，來侵至涇水之北，言其大恣也。”《正義》曰：“《釋地》云：‘周有焦穫。’郭璞曰：‘今扶風池陽縣瓠中是也。’其澤藪在瓠中，而藪外猶焦穫，所以接於玁狁也。”又釋《箋》曰：“鎬、方雖在焦穫之下，不必先焦穫乃侵鎬、方，據在北方，在焦穫之東北，若在焦穫之内，不得爲長遠也。”

焯案：《毛詩紬義》云：“孔以焦穫在池陽，故其説如此。按如在池陽，則去長安僅六七十里，藪在瓠中，豈得藪外仍爲焦穫而遠接於玁狁乎？《傳》言周地，不言藪澤，則非《爾雅》之焦穫，名偶同耳。鎬、方毛無《傳》，《出車》‘往城于方’《傳》云：‘方，朔方。近玁狁之國。’朔方在今陝西榆林府北塞外，爲戰國時燕西雲中、九原之地，去長安千餘里，鎬據劉向之言，去長安亦千里，焦穫當又在鎬、方之外，皆周初燕地，對玁狁而言，故《傳》曰周地，由焦穫而鎬、方，由鎬、方而涇水之北，經文確有次第，不可倒也。”胡氏《後箋》云：“以焦穫爲池陽瓠中者，郭璞注《爾雅》云然耳。毛公此《傳》並不用《爾雅》‘周有焦穫’之文，即《爾雅》所云‘周有焦穫’者，亦與《周禮》職方雍州之藪不合。《吕覽》、《淮南》所載九藪，皆無焦穫，《説文》言九州之藪，不及焦穫，《漢書・溝洫志》有瓠口，而《地理志》池陽下並不及焦穫，則《傳》所云‘焦穫，周地’者，必不指池陽之瓠中可知。詩先言整居，然後曰侵、曰及、曰至，於文勢一順，自是由遠而近。《正義》泥於《爾雅郭注》之説，非也。”今謂李、胡二君之説皆是。趙佑《詩細》謂：“春秋以前，戎狄皆雜處中國，故玁狁得居焦穫。郭璞以爲扶風池陽縣瓠中，則是近偪三輔，其侵鎬宜也。鎬，王肅以爲鎬京，當從之。侵鎬非必已侵及鎬，只是因欲侵鎬而及方，遂至涇陽，則勢將犯闕明矣。先言侵鎬，重京師也。方以‘往城于方’言之，自當爲朔方。然經於東南西無直稱方者，何獨朔方單以方名？蓋方只是近鎬之一地，其正名曰方，以其直鎬京北位，而又曰朔方，非即《堯典》之‘宅朔方’、後世之朔方郡地。先儒唯必以朔方爲絶遠，故謂鎬非鎬京，而以千里之鎬當之。千里之鎬所在，既無確證，即如其言，而經文先言鎬、後言方，方必較近於鎬。又先言焦穫，後言鎬、方，下言涇陽，明鎬、方在焦穫之内，涇陽之間，不必如秦、漢以後朔方之遠也。”焯謂趙説甚辨，惟焦穫非池陽瓠中，既如李、胡二君所論。而鎬非鎬京，則《疏》已引王基之説駁王肅矣。至確指方爲朔方，《傳》、《箋》皆無此説。如必泥《爾雅郭注》以焦穫爲池陽瓠中，今案瓠中又名瓠口，在今涇陽縣北，涇陽即漢池陽，在西安市北七十里，而咸陽縣亦在西安市北五十里，縣城東二十五里爲古鎬京，是焦穫去鎬京僅一二十里。當宣王初載，國勢方興，與幽王末世絶異，玁狁何能整居於此？《毛傳》以焦穫爲“周地接於玁狁者”，《箋》以鎬、方“皆北方地名”，其説不可易矣。

“薄伐玁狁，至于大原。”《傳》：“言逐出之而已。”《正義》曰：“經云至于大原，是宣王德盛兵强，玁狁奔走，不敢與戰，吉甫直逐出之而已。”

焯案：《稽古編》云：“《疏》此語猶未盡，大抵東西南三夷皆有城郭室廬，知慕德義，易馴服，故可招致而臣屬之。北狄逐水草，轉徙無常居，性桀驁好殺，不可德綏威攝，揚子雲所謂中國之堅敵也。善謀國者，但固其疆圉，令不我犯足矣。故《采芑》詩曰：‘蠻荆來威。’《江漢》詩曰：‘于疆于理，至于南海。’《常武》詩曰，‘徐方既來’、‘徐方既同’或致其朝贡，或正其封域，如臂使指。且彼三詩不言諸國之來侵也，意所云背叛者，止是不修贡職，自稱雄於一方，又甚則旁犯鄰境耳。而宣王輒舉兵入其地，彼亦惶懼引罪，稽首闕庭焉。若《六月》詩則異是。述吉甫出征，僅僅驅之遠遁，不若蠻、荆、淮、徐諸國望風懷附也。後世東南荒服漸内屬爲郡縣，惟北狄倔强沙漠，長與中國抗衡，古今事略相同，讀宣王征伐四詩，可得其槩矣。”

采　芑

“于彼新田，于此菑畝。”《傳》：“田一歲曰菑。二歲曰新田。三歲曰畬。宣王能新美天下之士，然後用之。"《正義》曰："二歲曰新田，可言美。菑始一歲，亦言'于此菑畝'者，菑對未耕亦爲新也。且菑殺草之名，雖二歲之後，耕而殺草，亦名爲菑也。于此菑畝文在新田之下，未必一歲之田也。"

焯案：胡氏《後箋》云："《正義》此説非也。經文兩言新田，自是專以新田爲中興之喻，故《傳》云'宣王能新美天下之士'。菑畝、中鄉皆對新田而言。中鄉《傳》云'鄉所也'，不過泛言處所，並不以爲六鄉之鄉。《箋》云美地名，恐未必然。當從黄實夫謂中鄉至狹之地。蓋謂采芑者既于彼新田矣，亦于此始菑之畝、中處之鄉而皆有可采，所以起下文其車三千之衆也。"今謂《後箋》説是。惟菑畝、中鄉爲前後章互足之詞，蓋謂鄉中之菑畝耳。

"其車三千。"《箋》云："方叔臨視此戎車三千乘。《司馬法》：'兵車一乘，甲士三人，步卒七十二人。'宣王承亂，羨卒盡起。"《正義》曰："天子六軍千乘，今三千乘，則十八軍矣。"又曰："《地官》小司徒職：'上地家七人，可任者家三人。中地家六人，可任者二家五人。下地家五人，可任者家二人。以其餘爲羨。惟田與追寇，竭作。'起軍之法，家出一人，故鄉爲一軍，惟田獵與追寇皆盡行耳。今以敵強與追寇無異，故羨卒盡起。羨、餘也，以一人爲正卒，其餘爲羨卒也。若然，彼三等之家通而率之，家有二人半耳。縱令盡起，惟二千五百乘，所以得有三千者，蓋出六遂以足之，或出於公邑，不必皆鄉遂也。"

焯案：《朱傳》謂"孔氏以爲兼起鄉遂公邑之兵，此以辭害意之過，詩人但極其盛而稱之耳"。胡氏《後箋》云："詩言三千，自是實數。惟依鄭、孔之説，三千乘當有甲士九千、步卒二十一萬六千，三代用兵必不若此之多，且以方叔克壯其猶而伐蠢爾之荆蠻，安用士卒之衆如此？又六鄉地居四同，合上中下地正羨卒通而率之，家二人半，一鄉得三萬一千五百人，六鄉共十八萬七千五百人，乃空國而授之方叔，使百里之内曠然無人，此尤必無之事。蓋以士卒配車乘，《司馬法》有二數：一云：革車一乘，士十人，徒二十人，鄭引以注小司徒者也。一云：長轂一乘，甲士三人，步卒七十二人，鄭用以箋此詩及注《論語》者也。然七十五人之法，按之經文，實多不合。《魯頌·閟宫》云：‘公車千乘，公徒三萬。’若一乘七十五人，千乘當有七萬五千人，何以止言三萬？江慎修謂七十五人者，邱甸之本法。三十人者，調發之通制。戴東原據《閟宫》之文，謂一車士卒共三十人，千乘適三萬。孔巽軒云：‘《周禮》，萬二千五百人爲軍，不言其車數。以《詩》考之，軍蓋五百乘，乘蓋二十五人。天子六軍，而《采芑》之詩其車三千，魯僖公時二軍，而《閟宫》之頌曰“公車千乘”，五百乘爲軍，是其明證。周法：五人爲伍，五伍爲兩，兩之言輛也，二十五人而車一兩；百乘成師，則二千五百人；五百乘成軍，則萬二千五百人矣。’金誠齋云：‘一乘七十五人，必非用之於戰。《周官》言五伍爲兩，兩者車一乘也，是明言二十五人爲一乘矣。蓋兵單一乘，甲士十人，步卒十五人，甲士二伍，步卒三伍，士卒不相雜也。凡用兵，選其尤者三人使居車上，餘甲士七人蓋在車之左右，步卒十五人蓋在車之後也。調發之制，一乘三十人，而戰止用二十五人，蓋以步卒五人將重車也。’夫以二十五人爲乘，按之諸書皆合。方叔南征，車三千乘，每乘二十五人，三千乘得七萬五千人，是王六軍之制也。”馬氏《通釋》云：“按《司馬法》，賦出車徒，其法有二，戴震、金榜並以小司徒正卒羡卒之法釋之。戴震曰：‘《司馬法》云：六尺爲步，步百爲畝，畝百爲夫，夫三爲屋，屋三爲井，井十爲通，通爲匹馬。三十家，士一人，徒二人。通十爲成，成百井，三百家，革車一乘，士十人，徒二十人。十成爲終，終千井，井三千家，革車十乘，士百人，徒二百人。十終爲同，同方百里，萬井，三萬家，革車百乘，士千人，徒二千人。以成三百家家可任者一人計之，可任者三百人，而革車一乘，士徒三十人，是十而取一。《周官》小司徒曰，凡起徒役，無過家一人者宜謂此。《司馬法》一云，九夫爲井，四井爲邑，四邑爲邱，邱十六井，有戎馬一匹，牛三頭，是曰匹馬邱牛。四邱爲甸，甸六十四井，出長轂一乘，馬四匹，牛十二頭，甲士三人，步卒七十二人，戈盾具，謂之乘馬。考之小司徒，上地家七人，可任也者家三人；中地家六人，可任也者二家五人；下地家五人，可任也者家二人；通上中下地率之，凡二家五人。一成三百家，可任也者計七百五十人，而長轂一乘，甲士步卒合七十五人，亦十而取一。前法，家可任者一人，正卒也。後法，二家五人，通正羨之卒也。除正卒二人，其餘二家三人爲羨卒，所謂以其餘爲羨，惟田與追胥竭作也。'金榜曰：'小司徒職：凡起徒役，毋過家一人，不言可任者，蒙上可任也者家三人，二家五人，家二人省文，非謂家作一人爲徒役。其云田與追胥竭作，亦非竭作家三人家二人爲羨卒也。自均土地至田與追胥竭作，皆小司徒稽民數而辨其可任者之事。下云大事致民、大故致餘子，乃小司徒臨事徵調之事。'餘與戴説略同。據此，則正卒於家出一人中十而取一，通正羨之卒，亦於二家五人中十而取一。《正義》謂家出一人爲起軍之數，故鄉出一軍，又以羨卒竭作爲二家五人盡用之者，皆非也。今案《周官》凡萬二千五百人爲軍，特平時簡閱制軍之數，至出兵，則每軍所屬人數車數必量其敵之强弱、事之緩急，初無定數。晉文三軍，而城濮之役七百乘；魯僖二軍，而《詩》曰'公車千乘，公徒三萬'，皆車數無定之證。《魯頌》'公車千乘'，蓋以五百乘爲一軍。此詩爲天子之制，不過六軍，而曰其車三千，蓋亦以五百乘爲一軍。《正義》泥於《周官》制軍之數，謂其車三千則十八軍，失之。"今謂胡、馬二君所引諸説，至爲詳確。足破《正義》膠滯之見，故備録之。

"鉤膺鞗革。"《傳》："鉤膺，樊纓也。"《正義》曰："言'鉤膺，樊纓'者，以此言鉤是金路，故引金路之事以説之。在膺之飾，唯有樊纓，故云鉤樊纓也。《巾車》注云：‘鉤，婁頷之鉤也。’金路無鍚有鉤，亦以金爲之，是鉤用金，在頷之飾也。”

焯案：何氏《古義》云：“鉤即馬腹帶之飾，帶必有鉤以拘之，以金爲鉤，施之於膺，所謂鞶也。詩以鉤膺二字連言，則是在膺之鉤，非婁頷之鉤也。”胡氏《後箋》云：“《崧高》‘鉤膺濯濯’《傳》、《韓奕》‘鉤膺鏤鍚’《箋》並同此《傳》，蓋以帶在馬膺即謂之膺，猶巾車鍚面、彫面，亦以當馬面飾即謂之面，樊纓有刻金飾，即爲鉤膺，與婁頷之鉤别也。”《文選·東京賦》薛注亦云：“鉤膺，當胸也。”馬氏《通釋》云：“《周官》巾車：‘玉路鍚樊纓，金路鉤樊纓。’鄭注：‘金路有鉤無鍚。’而《韓奕》詩云‘鉤膺鏤鍚’，則金路未始無鍚。《周官》鍚鉤，蓋隨舉一以言之，因知革路亦宜有鉤。此詩兵事宜用革路，《正義》因鉤膺一句，遂定爲金路，非是。”今謂此三説皆可正《正義》之失。

“約軝錯衡。”《傳》：“軝，長轂之軝也，朱而約之。錯衡，文衡也。”《正義》曰：“《説文》：‘軝，長轂也。’則轂謂之軝。《考工記》説：兵車乘車其轂長于田車，是爲長轂也。”

焯案：戴氏《毛鄭詩考正》云：“軝，《説文》亦作軝，从革。孔沖遠以軝爲長轂名，非也。軝即《考工記》之幬，革朱而約之者，朱其革以幬於轂也。惟長轂盡飾，大車短轂則無飾，故曰長轂之軝。”焯謹案《説文》：“軧，長轂之軝也。”《正義》引《説文》，節去“之軝”二字，故誤以軝爲長轂名。《正義》又曰：“錯者，雜也。雜物在衡，是有文飾，其飾之物，注無云焉，不知何所用也。”李黼平云：“《爾雅》‘錯革鳥曰旟’，孔引孫炎《鄭志》皆以錯爲畫急疾之鳥，《説文》文云‘錯畫也’，許以錯訓文，毛以文訓錯，皆謂畫耳，不必别有物飾之。”

車　攻

《序》云，“《車攻》，宣王復古也。宣王能内脩政事，外攘夷狄，復文、武之境土。脩車馬，備器械，復會諸侯於東都，因田獵而選車徒焉。”《正義》曰：“復會諸侯於東都，言復者，對上篇爲復，猶《卷耳》言又也。”

焯案：李氏《紬義》云：“《疏》説殊未然。《雨無正》篇，鄭謂刺厲王也。詩云‘邦君諸侯，莫肯朝夕’，則厲王時諸侯背叛甚矣。《周本紀》稱宣王即位，諸侯復宗周，十二年魯武公來朝，是復會諸侯亦復古之事也。”胡氏《後箋》云：“《序》云‘復會諸侯於東都’，此與復古復字同。成、康之時，本有會諸侯於東都之事，《逸周書王會解》首云‘成周之會’，孔晁注云：‘王城既成，大會諸侯及四夷也。’《竹書》：‘成王二十五年，大會諸侯于東都，四夷來賓。’皆其明證。宣王中興，重舉是禮，故曰復會。《正義》乃云‘對上篇爲復，猶《卷耳》言又’，誤矣”。

“東有甫草。”《傳》：“甫，大也。”《箋》云：“甫草者，甫田之草也。鄭有甫田。”《正義》曰：“毛以田法芟草爲防，是廣大之處，故訓甫爲大。《箋》以下云‘搏獸于敖’，敖是地名，則甫草亦是地名，不宜爲大，故易之爲甫田之草。”

焯案：胡氏《後箋》云：“此《箋》乃申《傳》，非易《傳》也。經但言甫草，故《傳》祇訓甫爲大。《文選·東都賦》注，《後漢書·班固傳》《馬融傳》注並引《韓詩》作圃草。薛君《章句》曰：‘圃，博也。有博大茂草也。’蓋圃甫古字通。薛注義與毛同。然博大茂草之處必係藪澤，《周語》云：‘藪有圃草。’《韋注》亦云：圃，大也。故《箋》引《爾雅》‘鄭有甫田’以申成《傳義》，意以鄭之甫田正以廣大有草得名。其不破甫爲圃，則是申《傳》而非易《傳》明矣。甫田在東都畿内，職方‘豫州其澤藪曰圃田’，《穆天子傳》‘天子望甫田之路，東至于房’。故《詩》云東有，自是指甫田而言。”焯又案《正義》曰：“宣王之時，未有鄭國，圃田在東都畿内，故宣王得往田焉。”《稽古編》云：“此語非是。《王制》：設封建之法，名山大澤不以朌；原注：音班，賦也。《周禮》，九州澤藪皆掌於職方，正使有鄭圃田，不得在其封内。且非直此也，諸侯境内天子自應得田，《春秋》僖二十八年，‘天王狩于河陽’，河陽，晉地也。時文公方霸，而襄王以衰周弱主，猶狩於其境内，況宣王正當全盛乎？又《左傳》文十年‘楚子與諸侯田於宋之孟諸’，宋不以爲嫌也。霸主尚爾，何況天子，孔氏之言不稽於典矣。”

“之子于苗。”《傳》：“之子，有司也。”《箋》云：“于，曰也。”《疏》云：“鄭以于爲曰，則之子斥宣王爲異耳。”

焯案：毛以爲選徒建旐者皆有司之職，非天子所親，故以之子爲有司。且後稱宣王爲君子矣，此之子既别稱，自當指有司。《箋》無易《傳》之文，其意當與《傳》同。《疏》以其訓于爲曰，謂曰是命事之詞，之子當指宣王。惟曰雖爲命事之詞，亦通爲語詞，不可執此遂謂鄭與毛異義也。

“搏獸于敖。”《箋》云：“獸，田獵搏獸也。”《疏》述經云：“往搏取禽獸于敖地。”

焯案：搏當作薄，薄，詞也。《文選》張平子《東京賦注》、《後漢書·安帝紀》、《水經·泲水注》及《初學記》二十二、《御覽》三百四十引並作薄，可證。孔氏作《正義》時，薄已誤作搏，未加改正。至搏獸獸字則不誤。臧琳、段玉裁皆云獸當作狩，《箋》上獸字亦當作狩。胡承珙云：“此經疑本作‘薄獸于敖’，猶《豳風》言‘一之日于貉’也。彼《箋》云：‘于貉，往搏貉以自爲裘也。’往訓于，搏貉訓貉，故此《箋》以搏獸訓獸。然則經當作薄獸，《箋》當作獸，田獵搏獸也。若經作狩，而《箋》云狩田獵搏獸也，則上文已有‘駕言行狩’，何不於次章箋之。”今謂胡氏説極諦。《文選》張平子《東京賦》李善注及《御覽》引正作薄獸。他書引此多作薄狩者，蓋用三家《詩》，《傳箋》本自作薄獸也。

“決拾既佽。”《傳》：“決，鉤弦也。拾，遂也。佽，利也。”《箋》云：“佽謂手指相次比也。”《正義》曰：“《傳》以佽爲利，其義不明，故申而成之。決著於右手大指，所以鉤弦開體。遂著於左臂，所以遂弦。手指相比次而後射得和利，故毛云佽利，謂相次然後射利，非訓佽爲利也。”

焯案：此詩《箋》與《傳》異，《正義》以爲申毛，非是。胡氏《後箋》云：“佽、利疊韻爲訓，利者便利之謂。《説文》：‘佽，便利也。’引《詩》‘決拾既佽’，用毛義也。決以象骨爲之，鉤弦以利發。拾韜左臂，拾其衣袖以利弦。然則既佽者，謂決拾皆便利也。”馬氏《通釋》云：“《説文》：‘佽，便利也。一曰遞也。’是佽兼二義。《箋》云手指相次比，即説文遞也之訓，乃别一義。據《周官》司弓矢鄭司農注引《詩》‘決拾既次’，後鄭繕人注引亦作‘次’，蓋本三家《詩》，故箋詩即以次比釋之。《孔疏》誤合《傳》、《箋》爲一，失之矣。”

“射夫既同，助我舉柴。”《傳》：“柴，積也。”《箋》云：“既同，已射，同復將射之位也。雖不中，必助中者舉積禽也。”《正義》述經曰：“既田畢，王以餘獲之禽賜之，則以此射而取之，射夫即諸侯也。”又述《箋》曰：“田無射禮，唯既田乃有。班餘獲射在於澤宮，言同復將射之位，在澤宮之位也。”

焯案：此詩五六兩章分寫射御精詳，爲核軍實之辭。《正義》申《箋》説，謂舉柴爲射畢於澤宮積禽，事在田獵之後。陳氏《稽古編》從之，謂詩人叙事，固嘗有先後倒置者。胡氏《後箋》云："舉柴似不必謂澤宮積禽，凡原野所獲，亦當助而舉之。且下章方言射獵正文，而此章先言田畢之事，於次不順。《正義》謂田無射禮，故以射夫云云爲既田頒餘獲射於澤宮，今考《賓之初筵》'射夫既同'固是指禮射而言。然石鼓詩有'射夫寫矢，具奪舉𦙶，其徒肝來，或羣或友，悉率左右，燕樂天子'語，與此詩文義大同。而以'射夫舉𦙶'與'悉率左右'連言，則明是田獵之時，非澤宮之射矣。蓋助我舉柴者，猶言助我田獵耳。柴當本作骴。《西京賦》'收禽舉胔'，胔與骴同。《毛詩》作柴者借字，《説文》引《詩》作𦙶，或出三家，亦借字也。《傳》云'柴，積也'者，積與漬同。《曲禮》'四足曰漬'注云：'漬謂相瀸污而死也。'《公羊》莊十七年《傳》：'瀸，積也。'《釋文》：'積又作漬。'《傳》蓋以柴爲禽獸死骨之骴，故以瀸積釋之。若但爲積聚之積，則必如《鄭箋》增禽字以足義矣。"

吉 日

"瞻彼中原，其祁孔有。"《傳》："祁，大也。"《箋》云："祁當作麎，麎，麋牝也。中原之野甚有之。"《正義》於上章申《箋》曰："《傳》訓祁爲大，直云其大甚有，不言獸名，不知大者何物，且《釋獸》有麎之名，故易《傳》而從《爾雅》也。注《爾雅》者某氏亦引《詩》云'瞻彼中原，其麎孔有'，與鄭同。"

焯案：鄭易祁爲麎，乃本之三家，自成一義。惟《正義》駁《傳》，謂"但言其大甚有，不言獸名，不知大者何物"，則非是。如《節南山》言"節彼南山，有實其猗"，未嘗言木，《正月》言"瞻彼阪田，有菀其特"，亦未嘗言苗，即本詩首章言"升彼大阜，從其羣醜"，亦不著獸名，蓋詩人行文類此者多，未足爲病。且此章云"其祁孔有”，固承上章“獸之所同，麀鹿麌麌”而言，猶《生民》之七章但言“或舂或揄，或簸或蹂”，不復舉秬秠穈芑等名，以承六章爲言也。《正義》於上章又云，“詩言‘獸之所同’，足明獸類非一”。若如此論，則此章云“儦儦俟俟，或羣或友”，明是獸類非一。若限之以其麌，是舉中原之大皆牝麋一類也。毛義實優，不容駁正。

鴻雁之什

鴻　雁

“百堵皆作。”《傳》：“一丈爲版，五版爲堵。”《箋》云：“《春秋傳》曰：‘五版爲堵，五堵爲雉’雉長三丈，則版六尺。”《正義》釋《傳》曰：“板堵之數，經無其事，毛氏以義言耳。‘五板爲堵’，自是《公羊傳》文，公羊在毛氏之後，非其所據。‘五板爲堵’，謂累五板也。板廣二尺，故《周禮》説‘一堵之牆長丈，高一丈’，是板廣二尺也。”又釋《箋》曰：“《傳》以一丈爲板，鄭欲易之，故引《傳》文而證板之長短。《春秋傳》曰：‘五板爲堵，五堵爲雉。’定十二年《公羊傳》文也。言五堵爲雉，謂接五堵成一雉，既引其文，約出其義，故云‘雉長三丈則板六尺’也。雉長三丈，經亦無文。《古周禮》説：‘雉高一丈，長三丈。’《韓詩》説：‘八尺爲板，五板爲堵，五堵爲雉。’何休注《公羊》取《韓詩傳》云：‘堵四十尺，雉二百尺，以板長八尺，接五板而爲堵，接五堵而爲雉也。’二説不同。故《鄭駁異義》辨之云：‘《左氏傳》載鄭莊公弟居京城。祭仲曰：都城過百雉，國之害也。先王之制，大都不過三國之一；中，五之一；小，九之一。今京不度，非制也。古之雉制，書傳各不得其詳。今以左氏説，鄭伯之城方五里，積千五百步也。大都三國之一，則五百步也。五百步爲百雉，則知雉五步，五步於度長三丈，則雉長三丈也。雉之度量，於是定可知矣。’是鄭計雉所據之文也。王愆期注《公羊》云：‘諸儒皆以爲雉長三丈，堵長一丈。疑五誤，當爲三，如是大通。諸儒唯與鄭板六尺不合耳。'”

焯案：《傳》云“一丈爲板”，爲就板之長度與横數言。“五板爲堵”，則就板之高度與直數言。古人以板爲横數，堵爲直數，板廣二尺，故五板爲堵。《箋》引《公羊傳》“五堵爲雉”，謂接五堵成一雉，雉長三丈，則板當六尺，以破毛義。惟《左傳》隱元年《正義》引《古周禮》及左氏説，一丈爲板，板廣二尺，五板爲堵，一堵之牆長丈高丈，三堵爲雉，一雉之牆長三丈、高一丈，以度爲長者用其長，以度爲高者用其高，義與毛同。《公羊》後於毛公，未可據以易《傳》也。且《正義》引王愆期注《公羊》語，疑五誤，當爲三，蓋謂三堵爲雉，此正與《古周禮》、左氏説合。然則板長六尺，鄭説已爲無據，諸儒固不從之矣。至雉堵之制：《毛傳》及《古周禮》、左氏説皆謂一丈爲板。《公羊》説及許慎《五經異義》、《戴禮》、《韓詩》皆謂八尺爲板。《正義》引《古周禮》及《韓詩》説，而不能定其義。余嘗考之張氏汝霖之説，以爲：“欲求板宜先論步，欲論步宜先定尺，尺定而諸説可通矣。《王制》云：‘古者以周尺八尺爲步，今以周尺六尺四寸爲步。’《鄭注》：‘周尺之數，未詳聞也。按禮制，周猶以十寸爲尺，蓋六國時多變亂法度，或言周尺八寸，則步更爲八八六十四寸。’《正義》曰：‘玉人職云：鎮圭尺有二寸，桓圭九寸，是周猶以十寸爲尺也。今經文以周尺六尺四寸爲步，乃是六十四寸，則謂周八寸爲尺也。故云蓋六國時多變亂法度或言周尺八寸也。’詳此，則周初之一尺。至六國時止得六寸四分矣。細思之，則鄭之此注亦未當。其云周猶以十寸爲尺者，以《正義》推之，大抵是礙於桓圭九寸之語，有所謂九寸，明非八寸爲尺矣。若八寸爲尺，則桓圭當云尺有一寸，不得云九寸耳。以今推之，其實周十寸之尺極短，止得六寸四分，大約所謂八寸之尺，是以十分爲寸，而八寸爲尺。所謂十寸之尺，是以八分爲寸，而十寸爲尺。如大升小升、大斗小斗之等，名雖異而實仍同也。漢章帝時，得玉律以爲尺，與周尺同，因鑄爲銅尺，頒之郡國，謂之漢官尺，今世所傳慮虒銅尺，章帝建初中物也。以累黍法較之，得今尺六寸四分；以布指法較之，何休云：布指知寸。亦得今尺六寸四分，是其證矣。尺以是爲定，而後可求之於步，伸臂八尺爲尋，舉足八尺爲步，故《王制》云'古者八尺爲步'，八八爲六尺四寸。《禮記》云'六尺四寸爲步'，而《司馬法》曰：'一舉足曰跬，跬三尺。兩舉足曰步，步六尺。'《儀禮注》云：'中人之跡，尺有二寸爲武，五武爲步，步六尺。'言步者已有兩説，而要以六尺四寸者爲近是。然則《韓詩》謂八尺爲板者，八寸之尺。《毛詩》謂一丈爲板者，八尺之丈。實而計之，止是六尺四寸。所主論步之説各殊，非長短迥别也。"今謂張説可通毛、韓二家之郵。若何休注《公羊》五板而堵云："八尺曰板，堵凡四十尺。"定十二年。此誤以五板爲長數，《正義》謂其取《韓詩傳》。胡承珙云："何氏所據《韓詩》，惟'八尺曰板'之文耳。其所云堵四十尺，雉二百尺，百雉二萬尺者，乃自用《春秋緯》之説，與《五經異義》所引《韓詩》説絶異，知其不足信也。"

"雖則劬勞，其究安宅。"《箋》云："此勸萬民之辭。女今雖病勞，終有安居。"

焯案：《正義》於《傳箋》不别述。李氏《紬義》云："首章《傳》云：'劬勞，病苦也。'下二章不更發《傳》，《傳》意皆指之子。此章《箋》以劬勞指萬民，毛、鄭義别。《正義》以《箋》述之，非也。"

庭　燎

"夜未央。"《傳》："央，旦也。"《箋》云："夜未央，猶言夜未渠央也。"《正義》申《傳》曰："旦是夜屈之限。言夜未央者，謂夜未至旦，非謂訓央爲旦。故王肅云：'央，旦。未旦，夜半。'是也。"

焯案：焦氏《補疏》云："毛解《出車》'旐旐央央'云，'央央，鮮明也'。又解'昊天曰旦'云，'旦，明也'。以旦訓央，正以央有明義，《正義》言毛非訓央爲旦，非也。"焯謂《正義》從王肅説，以未央爲夜半，亦非。顔師古《匡謬正俗》以夜未央爲夜未中，亦未是。《稽古編》云："《釋文》引《説文》云：'央，久也。已也。'又引王逸《楚辭》注云：'央，盡也。'盡與已義同。《廣雅》云：'央，盡也。'又云：'央，極，已也。'諸解俱不相遠。源謂此詩央字當從盡義。夜未盡而朝者來，於情理爲近，且與《傳箋》義不相違。"《經義述聞》云："夜未央者，夜未已也。《楚辭·離騷》'時亦猶其未央'，《王注》云：'央，盡也。'《九歌》：'爛昭昭兮未央。'注云：'央，已也。'《管子·輕重丁》篇云：'賈人蓄物而賣爲讎，買爲取，市未央，畢。'央、畢皆盡也。《吕氏春秋·知化》篇云：'其後患未央。'是古人謂未已爲未央也。夜盡則旦，故毛云'央，旦也'。鄭云夜未渠央，亦是此意。今以未央爲未中，則與下文不合。朝禮辨色始入，夜未中而朝，我未之前聞也。"焯又案《釋文》旦作且，音七也反。又子徐反。凡《釋文》皆以首載之音爲本義。陸氏意蓋以王肅所見本《傳》文央旦之訓爲誤。清儒如李黼平、段玉裁、胡承珙、馬瑞辰諸人咸謂且當作且。獨王氏《述聞》非之，且詆段君訓且爲漸進之爲曲説。焦氏循亦謂："以且訓央既非達詁，作且者實誤。"是也。《正義》又曰："二章夜未艾，艾，久也，與未央意同。但下章言晨，則三章設文有漸，未央先於未艾也。"《稽古編》云："作詩者立言固有漸，然亦不可過拘，未央未艾義本不甚相遠也。"

"夜未艾。"《傳》："艾，久也。"《箋》云："芟末曰艾。以言夜先雞鳴時。"《正義》曰："毛意艾取名於耆艾，艾者是年之久，從幼至艾爲年久，似從昏至旦爲夜久。《箋》以夜未久則是初昏之辭，時已鷄鳴左右，不得謂之未久也，故易之以芟艾爲喻。"

焯案：胡氏《後箋》云："《傳》以艾爲久者，久之爲言究也。如《說文》：'镾，久長也。'《生民》《卷阿傳》皆云：'彌，終也。'則此《傳》'艾，久乜'，久亦有終義，夜未久猶云夜未終耳。《鄭箋》'芟末曰艾'，正以艾爲將終申明《傳》義，《孔疏》以爲易《傳》，且云'夜未久是初昏之辭'，誤矣。"焯又案《正義》曰："《箋》以《傳》云艾取老之義，其理不安。"汪氏《異義》云："《正義》以生死喻昏旦，則以老爲旦，亦未爲不安也。"

鶴　鳴

"魚潛在淵，或在于渚。"《傳》："良魚在淵。小魚在渚。"《箋》云："此言魚之性寒則逃於淵，温則見於渚，喻賢者世亂則隱，治平則出，在時君也。"《正義》曰："毛以潛淵喻隱者，不云大魚而云良魚者，以其喻善人，故變文稱良也。此文止有一魚，復云或在，是魚在二處。以魚之出没喻賢者之進退，於理爲密。且教王求賢，止須言賢之來否，不當横陳小人，故易《傳》也。"

焯案：《正義》説未是。《毛傳》原無以小魚喻小人之意。又謂文止一魚，復云或在，是魚在二處，然則《大東》言"或以其酒，不以其漿"，文止一或，何以得分爲二人也？胡氏《後箋》云："經言或在者，自是立賢無方之意，故以良魚、小魚釋之，謂有當求之深者，有當求之淺者，初非以小魚爲小人。若如《正義》謂教王求賢不當横陳小人，則下文'爰有樹檀，其下維蘀'，《箋》何以云喻賢者而下小人乎？數句之間，其説已自不通矣。"

祈　父

"祈父！予王之爪牙，胡轉予于恤？"《傳》："祈父，司馬也。職掌封圻之兵甲。恤，憂也。宣王之末，司馬職廢，羌戎爲敗。"《箋》云："司馬掌禄士，故司士屬焉。又有司右，主勇力之士。予，我。轉，移也。

此勇力之士責司馬之辭也。我乃王之爪牙，爪牙之士當爲王閑守之衛，女何移我於憂，使我無所止居乎？謂見使從軍，與羌戎戰於千畝而敗之時也。六軍之士出自六鄉，法不取於王之爪牙之士。"《正義》申《箋》曰："《周禮》司右止言勇力屬焉，不言使之守衛。爲王閑守，乃是虎賁之屬，非司右勇力士也。惟司右與虎賁連官，虎賁掌虎士，司右主勇士，虎賁之徒既爲宿衛，則司右之徒亦爲宿衛矣。司士正朝儀之位，虎士在路門之右，大右在路門之左，大右則司右也。虎士言其徒，不言其官；大右言其官，不言其屬。明司右與虎賁氏俱率其屬以衛王，互文以相明也。"

焯案：《正義》謂司右與虎賁俱率屬衛王，説猶未備。吕氏《詩記》引董氏曰："司馬之屬有司右、虎賁、旅賁，皆奉事王之左右者也。故司右曰：'凡國之勇力之士能用五兵者屬焉。'虎賁曰：'掌先後王而趨，以卒伍。'旅賁曰：'掌執戈盾夾王車。'此所謂爪牙者也。"《稽古編》云："王之爪牙，凡爲王宿衛者皆可稱，董氏取《夏官》屬司右、虎賁、旅賁所掌當之，良是。《鄭箋》釋爪牙專取司右所掌勇力之士，《孔疏》泥其説，又見司右勇力之士《周禮》不言守衛，而守衛者乃是虎賁氏所掌虎士，遂曲爲之解，謂司右、虎賁氏連官云云，此以論《周禮》設官之意則甚善，以釋《詩》爪牙之義則稍拘矣。《疏》又謂：'此勇力之士選右當於其中，若車右出征，是其常職，今見使從軍，則不爲車右，使之爲步卒，故恨也。'此語殆不然。所謂選右者，特選爲王五路及屬車之右耳。若六軍之車右，則甸賦所出甲士三人右已在其中，豈必取足於衛士哉？且此勇力之士以備車右之選，非必人人皆右也，安得以趨走爲恨哉？總之此輩職在衛王，不在從軍，衛王則爲右與趨走皆其本分，從軍則乘車與徒步俱非所甘，《疏》語恐非詩恉。"

白 駒

"爾公爾侯，逸豫無期。"《傳》："爾公爾侯邪，何爲逸樂無期以反也？”《正義》曰：“公侯之尊，可得逸豫。若非公侯，無逸豫之理。爾豈是公也，爾豈是侯也，何爲亦逸豫無期以反乎？”

焯案：胡氏《後箋》云：“《正義》述《傳》以‘公侯爲可逸豫，非公侯不宜逸豫’，其解甚繆。由誤認《傳》邪字與乎字同，故云‘爾豈是公也，爾豈是侯也’。《顔氏家訓・音辭》篇曰：‘邪，北人呼爲也。’王氏《釋詞》謂邪與也同義，故二字可以互用。《莊子・德充符》篇曰：‘我適先生之所，則廢然而反，不知先生之洗我以善邪？’原注：邪與也同。猶言日遷善而不自知也。《天地》篇曰：‘始也我以女爲聖人邪，今然君子也。’《天運》篇曰：‘甚矣夫人之難説也，道之難明邪。’此邪字皆即也字耳。據此知《毛傳》邪亦與也同，謂爾宜爲公也，爾宜爲侯也，何爲逸樂無期以反也？如此於愛賢留賢之意乃合。下文‘慎爾優游’《傳》云，‘慎，誠也’。《箋》云，‘誠女優游，使待時也’。蓋爲其有公才公望而深惜其去，故猶望其優遊以待時。而又曰‘勉爾遁思’者，猶云行矣自愛，《箋》所謂度己終不得見，自訣之辭也。”今謂胡氏説甚諦。胡氏並歷引宋儒誤説而逐條駁之，皆當也。

“生芻一束，其人如玉。”《箋》云：“此戒之也。女行所舍主人之餼雖薄，要就賢人，其德如玉然。”《正義》曰：“汝於彼所至主人禮餼待汝雖薄，止有其生芻一束耳。當得其人如玉者而就之，不可以貪餼而棄賢也。”

焯案：此詩首二章兩“所謂伊人”皆指賢者。三章則四爾字指賢者。此章有人有爾，故《箋》以人屬他人，爾屬賢者，惟“其人如玉”句爲美之之辭，“毋金玉爾音”句爲告之之語，雖人爾異文，固皆就賢者言。《箋》義既屬迂曲，《正義》從而申之，且以《傳》義合述，非也。《稽古編》云：“末章言白駒一入空谷，不復返矣。然我猶設生芻以待之，誠愛其人之德美如玉也。今其人固不可見，寧獨無音問之可傳乎？萬勿吝惜於此而有遠我之心也，望之至也。《箋疏》解生芻二句頗迂拙。”馬氏《通釋》云：“此章前四句高其隱遁，下二句尚望其以音聲相通也。‘生芻一束’，言我雖設生芻以待之，方欲秣其馬，而其人高隱，比德如玉，不可得見也。《箋》義迂曲。”今謂陳、馬二説皆得詩意。

黄 鳥

《序》云：“《黄鳥》，刺宣王也。”《箋》云：“刺其以陰禮教親而不至，聯兄弟之不固。”《正義》曰：“大司徒‘以本俗六，安萬民’，其三曰‘聯兄弟’。彼注云：‘聯猶合也。兄弟謂昏姻嫁娶。’是謂夫婦爲兄弟也。夫婦而謂之兄弟者，《列女傳》曰：‘執禮而行，今本《列女傳》作“報反而行”。兄弟之道。’何休亦云：‘圖安危可否，兄弟之義，故比之也。’”

焯案：胡氏《後箋》云：“案《周禮賈疏》云：‘兄弟、昏姻嫁娶也者，《爾雅·釋親》云，父之黨爲宗族。則兄弟之名施於外親爲正。故《爾雅》又云，婦之黨爲昏兄弟。夫婦相名亦爲兄弟，故《曾子問》曰，不得嗣爲兄弟。是以知兄弟是昏姻也。’據此，則鄭注《周禮》聯兄弟不專指夫婦，蓋兼外親言之。《穀梁》宣十年《傳》：‘齊人歸我濟西田，公娶齊，齊由以爲兄弟反之。’注云：‘齊由以婚族故，還魯田。’此詩有‘復我邦族，復我諸兄’之文，《箋》所謂聯兄弟而不至者，亦當并指外親。婦人與夫相棄，則外親之不固可知。《孔疏》專指兄弟爲夫婦，尚未必盡合《箋》意也。”

“復我邦族。”《正義》曰：“言此邦之人復我邦族者，言夫與己不善，居異所耳，不必即他邦也。”

焯案：《毛詩紬義》云：“按經明言此邦我邦。《傳》言宣王之末，天下室家離散，妃匹相去有不以禮者，明非止一邦。庶人之禮得連姻外國，何言此之邦族非他邦乎？”

“不可與明。”《傳》：“不可與明夫婦之道。”《箋》云：“明當爲盟，盟，信也。”《正義》申《箋》曰：“此云不可與明，當云其夫不可與共盟也。若是明夫婦之道，其明與否，夫獨爲之，非婦所當共，故知字誤，當作盟也。”

焯案：張汝霖云：“毛意蓋言不可與之明究夫婦之道，明者猶開導昭雪之意。我與明而彼不悟，故言不可與明。孔氏以明爲明悉之明，明之義屬之夫，是失體毛公指婦人與其夫明究之義矣。”今謂張説是也。蓋惟夫婦之道不固，故至相棄，婦爲夫所棄，其夫不知禮義，故不可與講明夫婦之道。《正義》乃云“明與否夫獨爲之，非婦所當共”，蓋由左袒康成，故於毛意欠體會也。

“復我諸兄。”《傳》：“婦人有歸宗之義。”《箋》云：“宗謂宗子也。”《正義》曰：“因此諸兄之文，故言歸宗。《喪服》：‘《傳》曰：爲昆弟之爲父後者，何以亦朞也？婦人雖在外，必有歸宗，曰小宗，故服朞也。’此以諸兄爲宗之文也。”又曰：“《箋》恐謂宗是大宗，故云‘謂宗子’，亦謂宗兄也。”

焯案：《毛詩紬義》云：“按《草蟲傳》云：‘婦人雖適人，有歸宗之義。’《正義》於彼《傳》云：‘歸宗，謂被出也。’此《傳》歸宗，亦當泛言被出，非謂兄也。《箋》知《傳》意，故以宗子解之。婦人於外家宗子，不必定是兄弟行，亦當有伯叔行，下經言‘復我諸父’，《傳》云‘諸父猶諸兄’。父兄行别，何以言猶？知《傳》意歸宗是指宗子，不係父兄爲義矣。《箋》得《傳》旨，《正義》失之。”

我行其野

“成不以富。”《箋》云：“女不以禮爲室家，成事不足以得富也。”《正義》曰：“汝如是不以禮爲室家，誠不以是而得富，亦適可以此異於人耳。”

焯案：《毛詩紬義》云：“經與《箋》俱作成，《正義》述之乃作誠。雖《論語》引此詩作誠，然《箋》意謂不以禮爲室家，則雖成室家之事，亦不足以得富。《正義》乃云誠不以是而得富，非經旨亦非《箋》意。”焯謂成誠古通用。《禮記經解鄭注》誠或作成，是也。以《正義》之説申經，原無不合。但於《箋》意相違耳。阮氏《校勘記》謂《正義》中誠當作成事二字，本用《箋》文，其説得之。

斯　干

“無相猶矣。”《傳》：“猶，道也。”《箋》云：“猶當作瘉。瘉，病也。言時人骨肉用是相愛好，無相詬病也。”《正義》申《箋》曰：“《箋》以相猶與相好對文，言‘無相猶矣’，當謂無相惡之事。若相責以道，未是傷義賊恩，不當舉以爲誡也。《角弓》曰：‘不令兄弟，交相爲瘉。’則相病是兄弟之惡事。猶、瘉聲相近，故知字誤也。”

焯案：《爾雅·釋詁》：“迪，繇，道也。”繇即猶，道乃教道之義。毛本《爾雅》訓猶爲道，蓋謂兄弟間但可相好，不必相規也。《正義》謂相責以道，以道字作道理解，恐非毛意。宋儒疑毛説未安，皆訓猶爲圖謀之圖。陳長發謂其義近迂，是也。又《正義》謂相責以道，夫至傷義賊恩，此亦未然。自古兄弟之不咸，或由責善太過。故《論語》云“兄弟怡怡”，《常棣傳》云“兄弟尚恩熙熙然”，誠以責善朋友之道，非兄弟所宜，父子責善，尚爲賊恩，況兄弟之間乎？

“似續妣祖。”《傳》：“似，嗣也。”《箋》云：“似讀如巳午之巳。巳續妣祖者，謂已成其宫廟也。”《正義》申《箋》曰：“《箋》以似續同義，不須重文，故似讀爲巳午之巳。巳與午比辰，故連言之。《周禮》：左宗廟在雉門外之左，門當午地，則廟當巳地也。謂既在巳地而續立其妣祖之廟，然後營宫室，故云謂已成其宫廟也。”

焯案：焦氏《補疏》云：“《説文》：‘巳，已也。四月陽氣已出，陰氣已藏，萬物見，成文章。’《史記·律書》云：‘巳者，言陽氣之已盡也。’陽盡於巳，故巳有止義，汜爲窮瀆，窮即止也。祀爲祭無已，矣爲語已詞，凡作已然之義，皆從巳午之巳，非巳午之外别有已止之字也。《説文》：‘㠯，用也。从反巳。’與巳形義俱異，即今之以字。訓巳爲㠯者，蓋當時已然之已或通作㠯。若曰巳午之巳即今所謂㠯然之㠯，猶于、於二字形義俱異，而《説文》云‘于，於也’。畁、巽二字形義俱異，而《説文》云‘畁，巽也’。以於爲于，以巽爲畁，以㠯爲巳，皆當時通用，故《説文》舉以明之。惟巳㠯既通，故巳或作㠯，㠯或作巳。《檀弓》公肩假曰：‘爾以人之母嘗巧，則豈不得㠯。’此當作巳午之巳，不當爲㠯用之㠯，故注云，‘㠯，巳字’。㠯與巳字本同。《特牲饋食禮》：‘蓍有㠯也。’注云：‘㠯讀如“何其久也必有㠯也”之㠯。’《旄丘》‘必有㠯也’，《箋》解㠯字如本訓。而《儀禮》注引此者，正以當時㠯通於巳，故明此處當如本訓也。似从㠯而《説文》訓爲象，象者，肖也，故訓通於嗣。《廣雅》：‘子、㠯，似也。’子訓似猶嗣訓似，㠯之訓似，則似从㠯得相通也。《箋》改讀爲巳午之巳，是解作已然之已，與《檀弓》注同，故申明爲已成宫廟。然則取巳午之巳者，用陽氣已出陰氣已藏之義，非取義於十二支也。《玉篇》：巳，徐里切，嗣也，起也；又弋旨切，退也，止也。一字分兩音，而已止與巳午尚爲一字。至《廣韻》上聲六止内‘以，用也。古文作㠯。已，止也，又音似。巳，辰名。太歲在巳曰大荒落’。是分巳午與已止爲兩字。蓋韻以音分，凡一字數音者，各如其音而分隸之。但字以音分，音分而字實不分。如且在上平，亦在上聲，非兩字。孔穎達作《正義》，不明已止之已即巳午之巳，因泥於巳午之義，以爲宗廟在雉門外之左，門當午地，廟當巳地，在巳地續立妣祖之廟，其説可謂迂矣。夫鄭氏自申明爲已成宫廟，何用又饒辭説乎？”焯謂焦説至明，足破《正義》之惑。蓋古巳午之巳與已止之已本爲一字。以音言之，巳，詳里切，今屬邪紐。已，羊止切，今屬喻紐。惟古音邪、喻多通，宜無異讀。其已與㠯之通用，亦以音同故爾。至《鄭箋》讀似如巳午之巳者，特隨取一字以證其音，非訓此字也。如《周禮》“會五采玉璂”注云，“璂讀如薄借綦之綦”，但言璂讀綦，非訓璂爲綦履之綦也。且《箋》復云“已成其宫廟”，固讀巳午之巳爲已止之已矣。乃《正義》誤會《箋》意，支離其説。又其申鄭難毛，謂“似續同義，不須重文”。案《良耜》“以似以續”《傳》云，以似以續，嗣前歲續往事也”。此之似續與彼同。何謂不須重文也？

“君子攸芋。”《傳》：“芋，大也”。《箋》云：“芋當作幠。幠，覆也。其堂室相稱，則君子之所覆蓋。”《疏》述《傳》曰：“毛以爲君子於是居中，所以自光大也。”又述《箋》曰：“《鄭》以爲總宫廟羣寢，下句君子之所覆蓋爲異。”

焯案：《釋詁》：“訏，大也。”《方言》：“芋，大也。”《郭注》：“芋猶訏耳。”又“訏，大也”，《郭注》訏亦作芋，是訏、芋同字。《説文》：“幠，覆也。”覆冒義亦爲大，故《爾雅》、《方言》並云“幠，大也”。《箋》以《傳》既訓幠爲大，故以覆義申成之，雖破字而實非易《傳》也。胡承珙説。又《毛傳》凡訓大之字，皆宜從其廣義觀之。如《簡兮》之簡訓大，是謂盛大之大。《緇衣》之蓆訓大，則謂廣大之大。《韓詩》，蓆，儲也。儲積與廣大義近。此詩之芋訓大，乃謂覆大之大。蓋謂寢廟既成，君子得所覆蓋也。《疏》謂君子於是居中以自光大，亦非。

“如跂斯翼。”《傳》：“如人之跂竦翼爾。”《疏》云：“如人跂足竦此臂翼然。”又云：“人手似鳥翼以爲韻。言跂翼則如人弭手直立，以喻屋壁之上下正直也。”

焯案：胡氏《後箋》云：“《疏》牽於翼字，以爲人手似鳥，然則下文‘如鳥斯革’《傳》訓革爲翼，文義不已複乎？其實詩但言如跂，《傳》但云翼爾，並無似鳥之意。《毛》於《六月》《文王有聲》《行葦》《卷阿傳》並言翼敬也，則此翼爾正謂如人之跂竦爲敬。蓋敬則容狀端嚴，故以喻牆壁之正直也。”馬氏《通釋》云：“跂與企同。《玉篇》引《詩》‘如仚斯翼’，《爾雅》：‘翼，敬也。’《玉篇》、《廣韻》並云：‘竦，敬也。’《傳》云：‘竦翼者，正以竦釋翼，以狀跂立之皃有似翼然起敬也。《論語》趨進翼如也。’翼如與勃如、躩如語相類，不得訓爲鳥翼之翼。趨進之皃謂之翼，跂立之皃謂之翼，其義正同，故《傳》以竦翼釋之。”焯謂訓翼爲敬，嚴氏《詩緝》已先言之。又陳奐謂此《傳》爲《箋》之誤，極諦。孔氏作《正義》時，已不能辨之矣。

“如矢斯棘。”《傳》：“棘，稜廉也。”《箋》云：“棘，戟也。如人挾弓矢戟其肘。”《正義》申《箋》曰：“言如人挾弓矢戟其肘者，謂射者左手弣弓，而右手彎之，則戟其肘謂右手之肘，亦喻室之外廉隅也。”

焯案：《箋》義迂滯，《正義》曲附其説。張汝霖云：“此詩鳥之革翬之飛皆即物取象，則矢斯棘言如矢之稜廉耳，亦即物取象也。鄭氏以棘爲戟，而云如人挾弓矢戟其肘，是如射矣，非如矢也。《正義》云‘亦喻室之外廉隅’，則仍不得外《毛傳》稜廉之訓矣。《抑》詩‘維德之隅’，《傳》：‘隅，廉也。’《箋》云：‘如宫室之制，内有繩直，則外有廉隅。’《正義》曰：‘此以屋之外角喻人之外貌，《緜》曰“其繩則直”，是内有繩直。《斯干》曰“如矢斯棘”，是外有廉隅。’亦引從毛義，則此從可知矣。”

“有覺其楹。”《傳》：“有覺言高大也。”《箋》云：“覺，直也。”《正義》曰：“傳以屋之爲美在於高大，《箋》以柱之爲善貴於調直，故異訓也。”

焯案：《抑》詩“有覺德行”，《傳》：“覺，直也。”《箋》云：“有大德行。”《正義》曰：“《釋詁》云：‘梏，較，直也。’與覺字異音同。”是覺之義有直有大，本得兼也。《鄭箋》《毛傳》往往各持一義，實則互相申足。《正義》輒以《箋》爲異《傳》，非也。

“噲噲其正，噦噦其冥。”《傳》：“正，長也。冥，幼也。”《箋》云：“噲噲猶快快也。正，晝也。噦噦猶煟煟也。冥，夜也。言居之晝日則快快然，夜則煟煟然，皆寬明之貌。”《正義》申《傳》曰：“‘正，長’，《釋詁》文。‘冥，幼’，《釋言》文。王肅云：‘宣王之臣長者寬博噲噲然，少者閑習噦噦然。夫其所與翔於平正之庭，列於高大之楹，皆少長讓德有禮之士，所以安也。’《傳》意或然。”又申《箋》曰：“《箋》以此説宫室之形狀。庭楹之平直，不得有長幼之義，故以正爲晝，冥爲夜，快快煟煟爲宫室寬明之貌。”

焯案：《正義》以王肅之説述毛，蓋泥於宫室不可以言長幼，故就宣王之臣言之。然按之文義，無方言庭楹，即雜言時與人之理。今謂上章四如字通言室之外貌，此章四其字通言室之内形，正冥與庭楹文屬平列，正謂正寢，冥謂室之奥窔。《傳》訓正爲長、冥爲幼者，亦就室之明幽言。《大戴禮·誥志》篇引虞史伯夷曰：“明，孟也。幽，幼也。”孔廣森《補注》曰：“孟，長也。明爲陽，幽爲陰，陽先陰後，長幼之義。”據此，是古長幼有明幽之訓也。《釋言》：“冥，幼也。”是幼有幼稺、窈幽二義。

“下莞上簟。”《箋》云：“莞，小蒲之席也。竹葦曰簟。”《正義》曰：

"《釋草》云：'莞，苻蘺。'某氏曰：'《本草》云：白蒲一名苻離，楚謂之莞蒲。'郭璞曰：'今西方呼蒲爲莞蒲，今江東謂之苻蘺。西方一名蒲，用爲席。'"

焯案：馬氏《通釋》云："《爾雅》莞有二種，一曰'蔖，鼠莞'，《郭注》：'亦莞屬也。纖細似龍須，可以爲席。'一曰"莞，苻蘺，其上蒚'，《郭注》：'今西方人呼蒲爲莞蒲，蒚謂其頭臺者也。今江東謂之苻蘺，西方亦名蒲中莖爲蒚，用之爲席。'是二者皆可爲席。此詩《正義》惟引'莞，苻蘺'爲證，但考《説文》，分莞與蒢爲二。云莞草者，蓋鼠莞也。《説文》惟於莞草注云'可以爲席'，則詩之莞當引'蔖鼠莞'爲證，不當如《孔疏》引'莞，苻蘺'爲證。《書疏》引《爾雅》'蔖，鼠莞'，樊光引《詩》云'下莞上簟'，是樊光以《詩》之莞爲鼠莞矣。《郭注》'蔖，鼠莞'云似龍須，其注《中山經》龍修云：'龍須也，似莞而細。'則所云似莞者亦鼠莞也。"胡氏《後箋》云："《説文》：'莞，草也。可以爲席。蒲，水草也。或以作席。蒢，夫離也。蒚，夫離上也。'並不言可作席。然則莞爲席草而非蒢，蒲亦席草而非苻離。《爾雅》之'莞，苻離，其上蒚'，據郭云'西方人呼蒲爲莞蒲'，則是方俗稱名。且以莞蒲連言，若單言莞，則非蒲可知矣。郭又云，'西方亦名蒲中莖爲蒚'，句用之爲席'，《正義》乃引云'西方一名蒲，用爲席'，竟係删節注文，誤作句讀，上已云'西方人呼蒲爲莞蒲'矣，何又云'西方一名蒲'邪？"

無　羊

"衆維魚矣，實維豐年。"《傳》："陰陽和則魚衆多矣。"《箋》云："魚者庶人之所以養也。今人衆相與捕魚，則是歲熟相供養之祥也。"《正義》曰："經言'衆維魚矣'，乃謂捕魚者多。《傳》云魚多者，言由魚多，故捕者衆，解人共捕之意。"

焯案：《毛詩紬義》云："經以魚多爲豐年之祥，以旐旟之多爲室家之祥，初無人衆之事。此《傳》亦明言魚衆，不言人衆。下《傳》云'旐旟所以聚衆也'，是解旐旟所以得爲室家之祥者，以旐旟本所以聚衆。今牧人夢見之，知將來子孫衆多，亦非謂此牧人夢見旐旟之下聚有多人也。《正義》强《傳》同《箋》，實誤。《稽古編》云'衆維魚矣'，衆謂衆多，言魚之多也。鄭解衆爲人衆，云'人衆相與捕魚'。《傳》曰'陰陽和則魚衆多'，並不以爲人衆也。《疏》謂由魚多故捕者衆，强通兩家之説耳。《魚麗》美萬物盛多，獨舉魚爲言，此亦言多魚爲豐年之寱，義正相符也。"

卷八

節南山之什

節南山

“尹氏大師，維周之氐。”《傳》：“氐，本。”《箋》云：“氐當作桎鎋之桎。言尹氏作太師之官，爲周之桎鎋。”《正義》曰：“氐，毛讀從邸，若四圭有邸，故爲本。”

焯案：胡氏《後箋》云：“黄氏元吉曰：‘氐字毛、鄭異訓。鄭固破字，孔謂毛讀從邸，豈亦破字乎？’李氏光型曰：‘《爾雅》“氐爲天根”，謂角亢下繫於氐，如木之有根，故曰天根。《國語》“本見而草木節解”，本謂氐，是氐、本同義，毛義爲長。’承珙案李説是也。《説文》：‘氐，至也。’《小徐》本又有‘本也’一訓，此即用《毛傳》也。木部‘柢，根也’，广部‘底，下也’，凡從氐者皆有本義，不必讀氐從邸。”《正義》又曰：“《箋》易《傳》者，以天子爲周之本，謂臣爲本，則於義不允，故易之。”焯謂此説亦非。此言“維周之氐”，猶《文王》篇言“維周之楨”也。《後箋》云：“君相皆爲國本，猶後人言中書爲政本也。《常武》‘王謂尹氏’，《箋》云：‘尹氏，天子世大夫也。’《逸周書》：‘武王伐紂，厲翼于尹氏八士。’又云：‘尹氏八士，大師三公，咸作有绩。’則尹氏自周初以來已爲大族，故《公羊》於尹氏卒有譏世卿之説。夫以貴族世秉國政，豈非所謂國本，故《潛夫論·志氏姓》云：‘尹者本官名也，若宋有大師、楚有令尹左尹矣。尹吉甫相宣王，著大功續。詩云“尹氏大師，維周之底”也。’”

“天子是毗。”《傳》：“毗，厚也。”《箋》云：“毗，輔也。”《疏》云：“鄭以毗爲輔爲異。”

焯案：輔厚義本相成，《箋》申《傳》，非易《傳》。《家語》注引王肅云："言師尹當毗輔天子，使民不迷。"王氏恒主毛駁鄭，獨此與鄭同，是知鄭與毛不異矣。惟《正義》又曰："毛以毗爲毗益，故爲厚，亦由輔弼使之厚，義與鄭同。但言輔天子，於辭爲便，故易之。"此立義，則無不安矣。

"式夷式已，無小人殆。"《傳》："式，用。夷，平也。用平則已，無以小人之言至於危殆也。"《箋》云："殆，近也。爲政當用平正之人，用能紀理其事者，無小人近。"《疏》述《傳》曰："言王但用平正之人爲官，則下民欺罔之心用自消止矣。"

焯案：詩義往往以下句足成上句者，此謂王當用平正之人，則小人欺罔之事用自消止，非指下民。《正義》乃承上文庶民爲言，恐非。又《正義》申《箋》曰："易《傳》者，以上文欲王躬親爲政，則宜爲己身之己，不宜爲已止也。"《毛詩紬義》云："《箋》讀己爲紀，故言用能紀理其事，且又明言用平正之人，亦是人而非己。《正義》緣上躬親解爲己身之己，非《箋》意也。"

"憂心如酲。"《傳》："病酒曰酲。"《正義》曰："《說文》云：'酲，病酒也。醉而覺。'言既醉得覺，而以酒爲病，故云病酒也。"

焯案：馬氏《通釋》云："按《說文》：'酲，病酒也。一曰醉而覺。'《玉篇》：'酲，一曰醉未覺也。'考《晏子春秋·内篇諫上》云：'景公飲酒，酲三日而後發。晏子見曰，君病酒乎？'又曰：'今一日飲酒而三日寢之。'三日寢即上文酲三日也，則酲正醉而未覺之稱，當從《玉篇》作'醉未覺'爲是。《玉篇》多本《說文》，《說文》或作'醉而未覺'，後脱去未字，遂誤作醉而覺耳。孔氏所見《說文》本已誤，因以病酒爲覺而以酒爲病，失其義矣。"

“四牡項領。”《傳》：“項，大也。”《正義》曰：“以領已是項，文不宜重，故以項爲大。”

焯案：項從工聲，古音讀如洪。《爾雅·釋詁》：“洪，大也。”《傳》訓項爲大，即取此義。《正義》所説非《傳》意。

“不懲其心，覆怨其正。”《傳》：“正，長也。”《箋》云：“女不懲止女之邪心，而反怨憎其正也。”《正義》曰：“此《傳》甚略。王肅述之曰：‘覆猶背也。師尹不定其心，邪僻妄行，故下民皆怨其長。’”

焯案：此詩若依《箋》義，則覆怨其正，言正人是怨，所謂惡直醜正也。《正義》引王肅説，以覆爲師尹邪僻妄行，於《傳》意或有未合。《毛詩異義》云：“此句皆屬民言，言師尹不懲止其邪心，則民皆背上而憎怨其君長，於語意似爲渾成。”是也。

正　月

“正月繁霜，我心憂傷。民之訛言，亦孔之將。”《傳》：“正月，夏之四月。繁，多也。將，大也。”《箋》云：“夏之四月，建巳之月，純陽用事而霜多，急恒寒若之異，傷害萬物，故心爲之憂傷。訛，僞也。人以僞言相陷入，使王行酷暴之刑，致此災異，故言亦甚大也。”《正義》曰：“正陽之月而有繁多之霜，是由王急酷之異，以致傷害萬物，故我心爲之憂傷也。有霜由於王急，王急由於訛言，則此民之訛言爲害亦甚大矣。”

焯案：李氏《集解》云：“孔氏之意，以霜之所以降者以訛言之致，此説非也。王氏曰：‘正月繁霜，民之訛言，亦孔之將，故我心憂傷也。蓋非爲有繁霜，但訛言爾。’此説亦非。歐氏曰：‘降霜非時，天災可憂，而民之訛言以害其國，其害甚於繁霜之害物也。’

此説得之。蓋以正月之陽而有繁霜，我心固已憂傷矣。今也民又訛言，其言甚大，則其心之憂愈甚矣。”焯謂孔説固爲未融。歐説亦未盡合。蓋詩人之所憂者，非獨憂天災，實大畏天變。又“我心憂傷”句乃雙承“正月繁霜”與“民之訛言”二句，特由趁韻之便，故獨繫繁霜句下耳。此例在詩中不一見。如《王風·君子于役》云，“雞棲于塒，日之夕矣，羊牛下來”，其“日之夕矣”句通用於上下文，實謂日夕則雞棲塒羊牛下來也。又《小雅·天保》云，“天保定爾，以莫不興，如山如阜，如岡如陵”，蓋言山阜岡陵莫不興，與下文“如川之方至”對分兩段。其以“以莫不興”句位於山阜岡陵二句前者，亦因趁韻之便故也。王氏以“我心憂傷”句承“民之訛言”二句言，是也。惟謂所憂非在繁霜，但由訛言，此則未合爾。

“癙憂以痒。”《傳》：“癙、痒皆病也。”《正義》演經文曰：“痛憂此事，以至於身病也。”

焯案：胡氏《後箋》云：“《爾雅·釋文》引舍人云：‘癙爲憂憊之病。’是癙兼病、憂二義。毛以此癙憂連文，故從《爾雅》訓病。《正義》殆以癙、痒皆訓病爲複，故易爲痛。不知‘癙憂以痒’者，謂既病於憂，又以憂而愈病，文義自有次第，不嫌其複也。”

“父母生我，胡俾我瘉。不自我先，不自我後。”《傳》：“父母謂文、武也。我，我天下。瘉，病也。”《箋》云：“自，從也。天使父母生我，何故不長遂我，而使我遭此暴虐之政而病？此何不出我之前，居我之後，窮苦之情，苟欲免身。”《正義》申《傳》曰：“文、武爲天下父母，故我我天下，作者舉天下之心爲之怨刺，不專爲己，故謂天下爲我也。”

焯案：《傳》云“我天下”者，以此文之我爲天下人民自我之詞，《疏》説於旨未昭。又《正義》述《箋》曰：“文、武雖受命之王，年世已久，遇今時之虐政，訴上世之哲王，非人情也。”今謂孔氏申鄭難毛，往往失之迂滯。方周大夫處叔季之衰，慨想文、武開創之盛，不禁呼籲父母，爲天下生民浩然一發長歎，不可謂非人情。且《召旻》云“昔先王受命”，《瞻卬》云“無忝皇祖”，非訴上世之哲王乎？又詩云“不自我先，不自我後”，蓋以身經喪亂，傷己之適丁其時也。《正義》乃云：“忠恕者，己所不欲，勿施於人，況以虐政推於先後，非父祖則子孫，是窮苦之情苟欲免身。”其説亦迂拘甚矣。

“民之無辜，并其臣僕。”《傳》：“古者有罪不入於刑，則役之圜土，以爲臣僕。”《箋》云：“辜，罪也。人之尊卑有十等：僕第九，臺第十。言王既刑殺無罪，并及其家之賤者，不止於所罪而已。書曰：‘越兹麗刑并制。’”《正義》申《箋》曰：“易《傳》者，以臣僕非罪人之名，經言并其臣僕，不言以爲臣僕，故易之。”

焯案：“并其臣僕”，其爲語助。與《君子于役》之“曷其有佸”、《鴇羽》之“曷其有所”、《揚之水》言“云何其憂”、《正月》言“終其永懷”諸其字皆無義。《箋》誤解並其“其”字爲指無辜之民，因以“民之無辜”與臣僕分言。《正義》從而申之，且謂臣僕非罪人之名，非也。陳氏《傳疏》云：“臣僕即罪人爲役者。微子：‘商其淪喪，我罔爲臣僕。’《晏子》：‘越石父曰，吾爲人臣僕於中牟。’《史記》則云：‘在縲紲中。’此罪人爲臣僕之證。”馬氏《通釋》云：“詩言‘并其臣僕’，謂使無罪者并爲臣僕在罪人之列，非謂已爲臣僕又從而罪及之也。”今謂二説可破《箋疏》之惑。

“瞻彼中林，侯薪侯蒸。”《傳》：“中林，林中也。薪蒸言似而非。”《箋》云：“侯，維也。林中大木之處，而維有薪蒸爾。喻朝廷宜有賢者，而但聚小人。”《疏》述《傳》曰：“毛以爲視彼林中，謂其當有大木，而維有薪維有蒸在林，則似大木而非大木也。”

焯案：《毛詩異義》云："《傳》之所謂似，即《箋》之所謂宜。言既曰中林矣，則似有大木，今維有薪蒸，而非大木，猶既在朝廷，則當爲賢者，今維是小人。《傳》言似而非一語，統釋經文二句。其言簡質，故《箋》申明之曰：'林中大木之處而維有薪蒸爾。'《疏》申《傳》言薪蒸似大木而非，誤解《傳》意矣。"今謂汪説是也。《疏》又謂鄭以上二句與《傳》小别，蓋未憭《箋》意實申《傳》爾。

"伊誰云憎。"《箋》云："伊當讀爲緊。緊猶是也。"《疏》云："《箋》以伊爲是爲異。"

焯案：《邶風·雄雉》"自詒伊阻"《傳》云："伊，維也。"《箋》云："伊當作緊。緊猶是也。"又《蒹葭》、《白駒》"所謂伊人"，《東山》"伊可懷也"《箋》並同。惟《箋》讀伊爲緊而訓爲是，與《傳》訓維仍無大異。《經傳釋詞》云："襄十四年《左傳》曰：'王室之不懷，緊伯舅是賴。'《正義》曰：'王室之不傾壞者，唯伯舅是賴也。'唯與維同。又隱元年曰：'爾有母遺，緊我獨無。'言維我獨無也。此緊維相通之證也。"蓋《箋傳》往往各持一義，實則互相申足。《疏》每以《箋》爲異《傳》，非也。

"謂山蓋卑，爲岡爲陵。"《傳》："在位非君子，乃小人也。"《箋》云："此喻爲君子賢者之道，人尚謂之卑，況爲凡庸小人之行。"《正義》曰："謂之爲山者，人意蓋猶以爲卑，況爲岡爲陵乎？今所見非高山，乃岡陵也。以興行君子之道者，人意尚謂之爲淺，況爲小人之行乎？今在位非君子，乃小人也。"

焯案：詩意實云，謂山蓋卑乎？乃爲岡爲陵，而實崇高也。山以喻居高位者，與《節南山》以南山喻師尹同意。蓋讀如《論語》"蓋有之矣"之蓋。意謂居高位者豈不尊顯歟？實甚尊顯也，乃其德不稱位何也？下文“民之訛言，寧莫之懲”即斥在位非其人之害。《傳》云“在位非君子，乃小人”，即謂小人乘君子之器。蓋經文此二句乃反言微見其意，《傳》則正言顯揭其旨。非如《箋》説，以山高喻君子，岡陵之卑喻小人也。《箋》意在申《傳》而實乖《傳》之意。《正義》合《傳》《箋》爲一，殊未當也。

“乃棄爾輔。”《傳》：“大車重載，又棄其輔。”《箋》云：“棄輔喻遠賢也。”《正義》曰：“爲車不言作輔，此云乃棄爾輔，則輔是可解脱之物，蓋如今人縛杖於輻以防輔車也。”

焯案：古人言車制者皆不言輔，未詳何物。《正義》所言，衹爲未審之詞。李黼平謂輔即下文“屢顧爾僕”之僕，似未碻。曾釗《詩毛鄭異同辨》云：“輔蓋伏兔之别名，輔與兔聲近，故伏兔謂之輔。伏兔，車轐也，形如屐，所以夾持車軸，故輔引伸之義亦爲夾持。《説文》面部：‘酺，頰車也。’蓋夾牙車則从面作酺，夾車軸則从車爲輔，義本相近也。《春秋》僖五年《左傳》云：‘輔車相依。’《吕覽·權勳》篇云：‘宫之奇諫虞公曰，虞之有虢也，若車之有輔也。’車依輔，輔亦依車，車即指輿，輔非輿無所附，輿非輔亦不函軸，故云相依。此詩取喻於輔者，輔爲持軸之物，與賢者佐理同。古擬輔臣於秉軸，即其義矣。”今謂曾説較允。

“天夭是椓。”《傳》：“君天之。在位椓之。”《箋》云：“民於今而無禄者，天以薦瘥夭殺之。是王者之政又復椓破之。”《疏》述《傳》曰：“王夭害之。在位又椓譖之。”

焯案：焦氏《補疏》云：“《傳》以天爲君，是爲在位，是字指上有屋有穀之人也。‘蔌蔌方穀’，則小人在位，故民之無禄，既由君害之，又即是‘蔌蔌方穀’之人椓之。毛於《大雅》‘昏椓靡共’解云：

‘椓，夭椓也。’以夭明椓，則此椓字亦與《箋》同耳。《正義》於《大雅》述毛義云，《傳》意以《正月》云‘天夭是椓’，‘夭謂夭殺，椓謂椓破’，是也。而此椓字則云‘在位又椓譖之’，是以椓爲謡諑之諑，與《大雅正義》相歧。蓋《正義》非一人之筆，宜其異耳。椓通於琢，椓之剥擊，猶琢之雕刻。在位椓之，謂此蔌蔌者刻剥之。在位之於小民無所爲譖也。”

“哿矣富人，哀此惸獨。”《傳》：“哿，可。獨，單也。”《箋》云：“此言王政如是，富人已可，惸獨將困也。”《疏》云：“王政如此，雖天下普遭其害，可矣富人猶有財貨以供之。”

焯案：詩言哿矣，蓋爲反形之詞，而有不足之之意。《雨無正》篇“哿矣能言”句與此同。《經義述聞》云：“哿與哀相對爲文，哀者憂悲，哿者歡樂也。言樂矣彼有屋之富人，悲哉此無禄之惸獨也。《雨無正》篇‘哀哉不能言，匪舌是出，維躬是瘁。哿矣能言，巧言如流，俾躬處休’，哀與哿亦相對爲文，言悲哉不能言之人其身困瘁，樂矣能言之人身處於安也。哿嘉俱以加爲聲，而其義相近。昭八年《左傳》引《詩》‘哿矣能言’，《杜注》：‘哿，嘉也。’鄭注《禮運》：‘嘉，樂也。’《毛》訓哿爲可，可亦快心愜意之稱。故《鄭箋》曰，富人已可，惸獨將困。”《疏》云“可矣富人猶有財貨以供之”，失《傳》、《箋》之意矣。

十月之交

《序》云：“《十月之交》，大夫刺幽王也。”《箋》云：“當爲刺厲王。作《詁訓傳》時，移其篇第，因改之耳。《節》刺師尹不平，亂靡有定。此篇譏皇父擅恣，日月告凶。《正月》惡褒姒滅周。此篇疾豔妻煽方處。又幽王時司徒乃鄭桓公友，非此篇之所云番也。是以知然。”《正義》曰：“《節》刺師尹不平，亂靡有定。此篇譏皇父擅恣，日月告凶。專國家之權，任天下之責，不得並時而有二人。彼是幽王，知此非幽王也。”

焯案：《箋》以師尹、皇父非並時而生，余已於《鄭箋平議》中論之。張氏汝霖復有駁《疏》説，其言曰：“《雨無正》云：‘發言盈庭，誰敢執其咎。’明寵而擅權者多，無嫌於並時而有二人也。又《譜正義》引皇甫謐云‘幽王三年，褒人以褒姒自贖，時即與虢石父比，而譖申后太子，尹氏及祭公導王爲非’云云，《正義》因云：謐言與《史記》相終始。則幽王之惡自三年之後爲漸。是則尹氏之爲太師，或先於皇父之爲卿士，且如皇甫謐所言，尹氏、祭公、虢石父，已並時而有三人專權者矣，正不必疑於並時二人也。又前《正月》篇云‘具曰予聖’，此篇云‘皇父孔聖’，其所譏者相同。《正月》爲幽王詩，則此亦幽王詩矣。”《正義》又曰：“《正月》惡褒姒滅周。此篇疾豔妻煽方處。敵夫曰妻，王無二后，褒姒是幽王所嬖，豔妻非幽王之后。毛以豔妻爲褒姒，美色曰豔，則褒姒、豔妻爲一。鄭必爲别人者，以詩論天子之后，非如曲説邪淫，不當以色名之。”汪氏《異義》云：“《正月》惡褒姒，此篇疾豔妻，褒姒斥其人，豔妻言其以色媚取寵也。”張汝霖云：“詩云‘爰及姜女’，《孟子》引之爲太王好色，則賢妃亦得稱其色也。《碩人》美莊姜，至於纖悉盡致，如賦洛神，莊姜國母，未嘗不稱其色也。若褒姒之淫嬖，詩人目之爲豔妻，何謂如曲説邪淫乎？”胡氏《後箋》云：“案天子八十一御妻，不必正后乃得名妻。況幽王既黜申后，固嘗立褒姒爲后邪？至詩目褒姒爲豔妻，此正著其以色升，而非以德選也。”《正義》又曰：“《中候》曰：‘剡者配姬以放賢。’剡、豔古今字耳。以剡對姬，剡爲其姓，以此知非褒姒也。”焯謂剡之爲姓，於古無徵。《漢書·谷永傳》作閻妻，剡閻與豔古字並通，不得據此謂與褒姒爲二人。且宣王元舅爲申伯，則厲王后自應姜姓，何得姓剡？《稽古編》説。《崧高正義》謂豔妻無子，姜氏生宣王，此自護之説耳。《正義》又曰：“《鄭語》云：幽王八年，桓公爲司徒，此篇云番維司徒，一官不得二人爲之。”故又云："幽王時司徒乃鄭桓公友爲之，非此篇之所云番，是以知之。"言由此知幽當爲厲也。又曰："鄭桓公幽王八年始爲司徒，知非代番爲之者。以番爲司徒在豔妻方盛之時，則豔既爲后，番始爲司徒也。《鄭語》説桓公既爲司徒，方問史伯，史伯乃説褒姒之事，其末云，竟以爲后，則桓公初爲司徒，褒姒仍未爲后，以此知桓公不得與番相代也。"焯案《史記·周本紀》："幽王三年，嬖愛褒姒。"《國語·鄭語》："幽王八年，鄭桓公爲司徒。"則自八年以前，安知無番爲司徒，不與鄭桓前後相代邪？《鄭語》史伯説褒姒之事，而謂"王嬖是女，使至於爲后而生伯服"。又言："王欲殺太子以成伯服。"下言"八年桓公爲司徒。九年而王室始騷"。韋氏注云："騷謂適庶交争。"則桓公爲司徒時，褒姒已立爲后矣。若史伯所云，則皆追述前事，其文甚明。《正義》欲曲申《箋》説，乃云桓公初爲司徒，褒姒仍未爲后，直顛倒事實矣。《正義》又引孫毓《毛詩異同評》曰："竊以褒姒龍漦之妖所生，褒人養而獻之，無有私黨皇父以下七子之親，而令在位若此之盛也。又《尚書緯》説豔妻謂厲王之婦，不斥褒姒。又《雨無正》有'周宗既滅，靡所止戾'之言，若是幽王，既爲犬戎所殺，則無所刺。若王尚存，不得謂之既滅。下句言'正大夫離居，莫知我勩'，'莫肯夙夜'，'莫肯朝夕。庶曰式臧，覆出爲惡'之言，《鄭箋》皆謂厲王流于彘之後，於義爲安。"焯謂孫評意在左毛右鄭，故孔氏引之。汪氏《異義》云："孫毓所疑，謂褒姒生於龍妖，無有私黨。龍漦之事雖見《外傳》，未可據信。夏都晉陽，殷邦五遷，周都鎬，藏漦之櫝非若禹鼎，後代必遷置其都也。即以爲然，褒人養之，則其黨矣。況以七子爲妻黨，特《箋》之説，非經意也。"張氏汝霖云："詩之所陳，止言其内外姦邪、同惡相濟，固非謂七子爲褒姒之黨。即如孫毓所説，若謂褒姒出於非類，無有族親，則妖淫之后苟欲自植私黨，何所不能，初不必即其族親也。信《緯候》以豔妻爲剡后，剡后亦未聞有皇父以下七子之親，而又何辨焉？若據'周宗既滅'爲説，則《正月》列《雨無正》之前，彼篇云'赫赫宗周，褒姒威之’，《傳》云：‘威，滅也。有褒國之女，幽王惑焉，而以爲后，詩人知其必滅周也。’《正義》曰：‘於時宗周未滅，詩人明得失之迹，見微知著，以褒姒淫妒，知其必滅周也。’則《雨無正》之言‘周宗既滅’，又不足疑也。若據‘正大夫離居’爲說，則厲王居彘之時，共和行政，諸大臣彌縫其間，王室不墜，卒立宣王，則‘莫肯夙夜，莫肯朝夕’之言，殆亦虛矣。”胡氏《後箋》云：“孫評謂《雨無正》言‘正大夫離居，莫知我勩’諸言，《鄭箋》皆謂厲王流于彘之後，於義爲安，此尤非是。《雨無正》‘謂爾遷於王都’，《箋》以‘王都爲彘，謂刺羣臣之不從王者’。夫厲王流彘，宣王在召公之宫，國人圍之，召公以子代宣王，乃得解。然則厲王之流，宣王尚不能從，而謂羣臣能從之乎？”焯謂孫《評》據“周宗既滅”爲説，張氏既已駁之。竊以《節南山》以下諸詩，《序》皆以爲刺幽王，而《節南山》詩曰，“國既卒斬”，《正月》詩曰“褒姒滅之”，《雨無正》詩曰“宗周既滅”，似皆已然之詞。《節南山·正義》引韋昭説，以爲平王時作，謂作在平王之世而上刺幽王，其説雖與毛義相違，要亦不爲無見。觀“正大夫離居，莫肯夙夜”諸語，其爲述幽王遭犬戎之禍羣臣避難潛身之象甚明。故用《箋》説，以《十月之交》以下四篇爲刺厲王，不若承韋昭説，斷此詩作在平王之世而上刺幽王之爲切合也。《正義》又曰：“若如鄭言，《詩》爲毛公所移，四篇容可在此。今《韓詩》亦在此者，《詩》體本是歌頌，口相傳授，遭秦滅學之後，衆儒不知其次，齊、韓之徒以《詩經》而爲章句，與毛異耳，非有壁中舊本可得憑據。或見毛次於此，故同之焉。不然，《韓詩》次第不知誰爲之。”汪氏《異義》云：“漢初齊、魯、韓三家先立學，而毛後出，不審毛未出之前《韓詩》此四篇將無所次乎？古人經學各守師傳，雖一字之異，不可强同，況篇次先後也。《六月序》歷數《正雅》廢缺，而言‘《小雅》盡廢，則四夷交侵’，明《六月》繼《正雅》後。若前有此四篇，則《正雅》之廢，《序》必不言於《六月》矣。”張氏汝霖亦云：“三家之學，雖章句各别，而大次不乖。《韓詩》次第與《毛詩》同，正可於此驗毛公之非移經改義矣。”總上諸端，《正義》所言，迄無一當。良由强申《箋》意，故其辭愈繁，其義愈曲耳。

“彼月而食，則維其常。”《疏》云：“彼月而食，雖象非理殺臣，猶則是其常道。”

焯案：胡氏《後箋》云：“《漢書·五行志》引《詩傳》曰：‘月食非常也，比之日食猶常也，日食則不臧矣。’此所引《傳》不知於三家何屬，《正義》所解與此《傳》略同。然以月食爲常，似非經旨。上文言‘日月告凶’，當時必亦有月食之事。步算家言日食前後月必當食，故云‘彼月而食’則既視爲常事矣，此日而又食，則一何不臧之甚？維常者詩人所以刺時，非其自以爲常也。下章震電及川沸山崩亦皆實有其事，但不必在同時耳。”

“百川沸騰。”《傳》：“沸，出。騰，乘也。”《箋》云：“百川沸出相乘陵者，由貴小人也。”《正義》曰：“《周語》曰：‘幽王二年，西周三川皆震。伯陽父曰：周將亡矣。昔伊川竭而夏亡，河竭而商亡，今周若二代之季，其川源必塞必竭。夫國必依山川，山崩川竭，亡國之徵。是歲三川竭。’此言百川沸騰，與彼三川震不同也。何者？此有沸出相乘，水盛漫溢而已，非震之類也。彼幽王之時，云若二代之季。若厲王時，已百川皆震，不當遠比二代之末，以此知沸騰非震也。彼云山川震，此云百川沸，又知此詩非幽王時也。鄭以爲當刺厲王，於義爲安。”

焯案：《正義》强申鄭説，膠滯實甚。《稽古編》云：“地震則水溢，勢所必然，何得謂沸騰非震？震時則沸騰，震後則又竭，正在一歲中耳，何害爲一事？三川原注：韋昭注云：涇渭汭也。媁舉其大，百川兼目其小，大水泛溢，小水豈得安流？《詩》與《國語》文異而事同也。”張汝霖云：“《正義》言，《國語》云若二代之季，若厲王時已百川皆震，不當遠比二代之末。”此則孔氏固自駁矣。厲王時未聞川震，又何嘗聞百川沸騰耶？幽王之川震，詩與《國語》相符而不之信，厲王之川沸漫無根據，而謂鄭説於義實安何耶？

“豔妻煽方處。”《傳》：“豔妻，褒姒。美色曰豔。”《箋》云：“七子皆用后嬖寵方熾之時並處位，言妻黨盛女謁行之甚也。敵夫曰妻。”《正義》曰：“皇父及伯仲是字之義，故知皇父、家伯、仲允皆字，蓋與后同姓剡也。”

焯案：《李氏紬義》云：“《序》下《正義》引《中候》‘剡者配姬以放賢’，以剡、豔爲古今字。按鄭惟據經妻字，疑《正月》言褒姒，此詩言豔妻當別爲一后，故以爲厲王后耳，未嘗言姓剡也。鄭解豔妻亦當爲美色。《正義》云云，誤也。”

“胡爲我作。”《箋》云：“女何爲役作我。”《疏》云：“汝何爲使我役作築邑之日。”

焯案：馬氏《通釋》云：“民之力作爲作，使民力作亦爲作。《箋》云‘役作我’，正以役釋作，《廣雅》：‘伇，使也。’原注：伇即古役字。胡爲我役，即胡爲我使也。《疏》於役作上又增使我二字以釋之，失《箋》恉矣。”焯謂經中作字在今日文法中爲致使動詞，《疏》以常用動詞視之，故誤解《箋》意也。

“天命不徹。”《傳》：“徹，道也。”《箋》云：“不道者，言王不循天之政教。”《疏》述《傳》曰：“以王之教命不循昊天之道。”

焯案：《傳》訓徹爲道，道與導同。徹訓通，導亦通也。經言“天命不徹”，猶言天命難知。《周語》“其何事不徹”、《楚語》“其何能聽徹之”與此同。《疏》以《箋》義申《傳》，恐非《傳》意。

雨無正

“舍彼有罪，既伏其辜。若此無罪，淪胥以鋪。”《傳》：“舍，除。淪，率也。”《箋》云：“胥，相。鋪，徧也。言王使此無罪者見牽率相引而徧得罪也。”《疏》述《傳》曰：“反舍彼有罪既伏其辜者而不戮，若此無罪之人，王枉濫之，使牽率相引而徧得罪。”

焯案：焦氏《補疏》云：“審《傳》、《箋》之義，當讀彼有罪既伏其辜七字爲一貫。若曰除有罪伏辜者不論外。而無罪之人亦爲彼有罪者所牽率而徧入於罪。《疏》解作舍去有罪者不戮，則‘既伏其辜’四字爲不詞矣。且‘牽率相引’，爲誰所牽率耶？有罪者舍之，無罪者戮之，此顛倒刑罰不中耳。惟有罪者戮，無罪者亦株連而戮，所謂威也。《箋》云以刑罰威恐天下，而不慮不圖，正謂濫於用刑，不謂其錯於用刑也。”《毛詩札記》云：“《傳》訓舍爲除，非謂免除罪過，謂舍除有罪伏辜外，其無罪之人亦相率以病也。《箋》訓鋪爲徧。《釋文》引王肅説云：“病也。”今從王。蒙上昊天疾威爲文。”今謂二説皆是。《經義述聞》云：“如《正義》，則是以‘舍彼有罪既伏其辜’八字爲一句。此篇前二章章十句，若作一句讀，則少一句，與章句不合。”焯謂句讀宜區音節與文法爲二事。詩文於音節别爲二句，而《傳》、《箋》讀爲一句者多矣，《邶風·柏舟》：“微我無酒，以敖以游。”《傳》云：“非我無酒可以敖遊忘憂也。”《蝃蝀》：“女子有行，遠父母兄弟。”《箋》云：“婦人生而有適人之道。”此不足以駁正義。《述聞》又訓伏爲隱藏，請“王舍彼有罪之人，匿其罪狀”，亦非。

“周宗既滅，靡所止戾。”《傳》：“戾，定也。”《疏》述經曰：“周室爲天下所宗，今可宗之道，謂先王之法既以滅亡矣。其道既滅，國亦將亡，無所止而安定也。”又釋《傳》曰：“此《傳》質略。王述之曰：‘周室爲天下所宗，其道已滅，將無所止定。毛以刺幽王，理必異於鄭。’當如王説。”

焯案：此詩言周宗，猶《正月》之言宗周，亦猶《下泉》之言周京、京周。於時周未滅而言既滅，與《正月》言“赫赫宗周，褒姒威之”同用活筆。王子雍泥於既滅之文，因釋周宗爲“周室爲天下所宗”，既滅爲“其道已滅”，恐非毛旨。《毛詩紬義》云：“按《正月》‘褒姒威之’《傳》云：‘有褒國之女，幽王惑焉，而以爲后，詩人知其必滅周也。’此詩不復發《傳》，當同於前。《史記·周本紀》：‘幽王三年云欲廢申后，并去太子宜臼，以褒姒爲后，以伯服爲太子。周太史伯陽讀史記，曰，周亡矣。’又云：“竟廢申后及太子，以褒姒爲后，伯服爲太子。太史伯陽曰，禍成矣，無可奈何。’周太史言周亡矣、禍成矣，即此詩既滅之義。孔以王肅義述毛，非是。”

“哿矣能言，巧言如流，俾躬處休。”《傳》：“哿，可也。可矣世所謂能言也，巧言從俗，如水轉流。”《箋》云：“巧猶善也。謂以事類風切，剴微之言，如水之流忽然而過，故不悖逆，使身居安休休然。亂世之言，順説爲上。”《疏》述《傳》曰：“毛以爲可矣若世之所謂能言者，以巧善爲言，從順於俗，如水之轉流，理正辭順，無所悖逆，小人之所不忌，使身得居安休休然。言世雖讒勝，賢有巧拙，亦有能免之者，見亂世欲其順説。”又述《箋》曰：“人雖正直，性有巧拙。《表記》云‘辭欲巧’，是正言亦欲巧，但人有不能耳。知非佞巧者，若邪佞之巧，則自得志，非徒所可矣。《傳》云從俗如轉流，言從俗，明亦謂賢人，與鄭同也。”

焯案：《傳》意言幽王信讒，賢者言與俗忤，惟巧佞之人善於從俗。《箋》釋不能言爲言之拙，巧言爲善言，與《傳》意殊。《稽古編》云：“上文‘哀哉不能言’，《傳》謂哀賢人不得言。此以‘哿矣能言’爲可矣世所謂能言。夫曰世所謂，則僅見許於俗人，決非賢者。

《箋》、《疏》申之，謂賢者之中有此巧拙二種，恐失毛旨。古未有以巧言爲善者，《虞書》與‘令色孔壬’並稱，《周書》亦與‘便僻側媚’類舉，《小雅·巧言》篇亦云‘如簧厚顔’，而孔子尤惡之，屢見於詞，豈有反用爲美稱者哉？《表記》‘辭欲巧’，未必是聖人語，七十子之徒得之於傳聞耳。仲達引以爲證，誤矣。至《左傳》昭八年晉叔向引‘不能言’證小人之言僭而無徵，引‘能言’證君子之言信而有徵，此特斷章耳。《杜注》謂叔向時詩義如此，亦未必然。”張汝霖云：“‘巧言如流’與‘巧言如簧’同。彼巧言云顔厚，此巧言從可知。上文云哀哉，此云哿矣，是賢不肖相對言之。如‘哿矣富人，哀此惸獨’，是貧富相對言之耳。《傳》言‘巧言從俗，如水轉流’，正狀其如流之醜，鄙之之情於此可見。而孔氏謂毛亦以巧言爲賢人與鄭同，是未審毛意也。”

“云不可使，得罪于天子。亦云可使，怨及朋友。”《箋》云：“不可使者，不正不從也。可使者，雖不正從也。”《疏》云：“我若執正守義，不從上命，則天子云我不可使，我將得罪於天子。我若阿諛順旨，亦既天子云此人可使，我則怨及於朋友。”

焯案：《經義述聞》云：“使者，從也，亦語詞。此言王之出令不正，我言不可從，則得罪於天子；言可從，則是助君爲惡，必怨及朋友矣。《箋》正用《爾雅》‘使，從也’之訓。孔氏不達，乃曰可使與不可使皆君論臣之辭，謂稱己意爲可使、不稱己意爲不可使也，失鄭義矣。”馬氏《通釋》云：“《箋》以從釋使，二云字皆臣答君之詞。‘云不可使’，謂若事之不正者，即云不可從，此《左傳》所云‘君所謂可而有否焉，臣獻其否以成其可也’。‘亦云可使’，謂事雖不正，因君從之，亦云可使，此《左傳》所云：‘君之所可，據亦曰可也。’《孔疏》未合《箋》恉。”

“鼠思泣血。”《傳》：“無聲曰泣血。”《正義》曰：“《説文》云：‘哭，哀聲也。泣，無聲出淚也。’則無聲謂之泣矣。連言血者。以淚出於目，猶血出於體，故以淚比血。《禮記》曰：‘子皋執親之喪，泣血三年。’注云：‘無聲而血出。’是也。”

焯案：馬氏《通釋》云：“《説苑·權謀篇下》曰：‘蔡成公閉門而哭，三日三夜，泣盡而繼以血。’是泣而淚盡真有流血者，因通言泣之甚者爲泣血。又《易屯》上六爻辭‘泣血漣如’，九家及虞注並云‘血流出目’，不如《正義》所言也。”

小　旻

《序》云：“《小旻》，大夫刺幽王也。”《箋》云：“所刺列於《十月之交》、《雨無正》爲小，故曰《小旻》。”《正義》曰：“《十月之交》言‘日月告凶’，權臣亂政，《雨無正》言宗周壞滅，君臣散離，皆是事之大者。此篇唯刺謀事邪僻，不任賢者，是其事小於上篇。與上別篇，所以得相比者，此四篇文體相類，是一人之作，故得自相比校，爲之立名也。”

焯案：胡氏《後箋》云：“案此云四篇者，合下《小宛》。然彼《疏》又云：‘名曰《小宛》者，王才智卑小，似小鳥然。’則又當篇取義，不關比校立名，二篇相連，而彼此參差，殊爲穿鑿。若宋儒謂《小旻》、《小宛》、《小弁》、《小明》皆以別其爲《小雅》，其在《大雅》者，謂之《召旻》、《大明》。獨《宛》、《弁》闕焉者，孔子所删。郝仲輿駁之曰：‘凡篇目皆作者自命，或太史記之，太師目之，未有二《雅》，先有篇目。如前説，是先有《小雅》，而後以此詩從之，非也。且《小雅》詩多矣，何獨别此四篇？若然，《大東》名“小東”正宜，反以大名，何也？至謂“大宛”“大弁”夫子删之，然則《頌》有《小毖》，又焉得有“大毖”乎？’此辨甚快，然則名篇之義，竟從闕疑爲是。”

“維邇言是聽，維邇言是争。”《傳》：“邇，近也。争爲近言。”《箋》云：“聽順近言之同者。争近言之異者。”《疏》云：“毛以爲徒維淺近之言而同者，於是聽用之。言而異，於是争辨之。”

焯案：胡氏《後箋》云“《傳》云‘争爲近言’，是謂上之人惟邇言是聽，則下争爲邇言以迎之。邇爲近者，所謂‘肉食者鄙不能遠謀’也。《鹽鐵論·復古篇》：‘文學曰：扇水都尉所言，當時之利，權一切之術也，不可以久行而傳世，此非明王所以君國子民之道也。《詩》云：“哀哉爲猶，匪先民是程，匪大猶是經，惟邇言是聽。”此詩人刺不通於王道而善爲權利者。’此釋邇言甚明。《箋》謂‘争近言之異者’，乃與毛别義，《孔疏》即用以述毛，誤矣。”

“民雖靡膴。”《箋》云：“膴，法也。”《正義》曰：“鄭訓膴音模，爲法。王肅讀爲幠。喜吴反。幠，大也。無大有人，言少也。國雖小，民雖少，猶有此六事。未審毛意如何，今同之鄭説。”

焯案：胡氏《後箋》云：“上文毛以靡止爲小，蓋訓止爲基止，國無基止故言小，則靡膴不當同鄭説。《釋文》引《韓詩》作靡腜，云‘猶無幾何’。王肅以靡膴言少，義本《韓詩》。《大雅·緜》‘周原膴膴’，《文選·魏都賦》注引《韓詩》膴亦作腜。僖二十八年《左傳》‘原田每每’亦與腜同。每之義爲屮盛上出，是膴、腜、每皆盛多之義。靡膴言少，王氏述毛爲是。”《毛詩紬義》云：“《傳》意膴即‘周原膴膴’之膴，良以此經當言國靡膴、民靡止，今言國靡止，則是民因國無腴美之地而言，故以小也二字統釋之，是膴字已於靡止句釋之矣。靡止靡膴只一小足以盡之，不煩更爲立説，以鄭述毛，非《傳》意也。”今謂《箋》、《傳》各自成義，《正義》申《傳》靡膴，不用王義而同之鄭説，實上下不相比合矣。

"不敢暴虎，不敢馮河。人知其一，莫知其他。"《傳》："馮，陵也。徒涉曰馮河。徒搏曰暴虎。一，非也。他，不敬小人之危殆也。"《箋》云："人皆知暴虎馮河立至之害，而無知當畏慎小人能危亡也。"《正義》申《傳》曰："一非也者，言唯知此暴虎馮河一事非，而不知其他事也。"

焯案：《正義》以《箋》説申《傳》，未必得《傳》意。《毛詩札記》云："《吕氏春秋·安死》篇高《注》釋此詩云：'無兵搏虎曰暴。無舟渡河曰馮。喻小人而爲政，不可以不敬。不敬之則危，猶暴虎馮河之必死也。人知其一，莫知其他，一，非也。人皆知小人之爲非，不知不敬小人之危殆。'高氏此文，悉宗毛説。如其説，蓋經以虎、河喻小人，以暴、馮喻不敬小人。人知其一，謂人知虎、河之爲害，猶之知小人之爲非。莫知其他，謂人不知暴、馮之不可，猶之不敬小人。《傳》文之意得此益明。乃《疏》申毛義，謂'唯知暴虎馮河一事非，而不知其他事'，近陳奂《傳疏》又謂高解'人知其一'與《傳》略異，其説均非。"

小　宛

"教誨爾子，式穀似之。"《箋》云："式，用。穀，善也。今有教誨女之萬民用善道者，亦似蒲盧，言將得而子也。"《疏》云："毛以爲若有聖德者能教誨爾之萬民用善道，則似之矣。言此蒲盧養取桑蟲之子以爲己子，似有德者教取王民以爲己民，是王位無常也。"

焯案：此經毛公無《傳》。《疏》以《箋》義申之，未必即得《傳》意。汪氏《異義》云："《傳》於似字皆訓爲嗣，則此或不得同之於《鄭》。《稽古編》引《詩詁》以似爲似續之似，'言王不能治民，則將爲能治者繼而有之'。陳氏又謂此章以上四句與此二句文義各相承，采爲采菽，負爲負螟蛉，則似之亦當爲似爾子，謂嗣有女之萬民，其言良是。"

小　弁

“何辜于天，我罪伊何？”《傳》：“舜之怨慕，日號泣于旻天，于父母。”《正義》曰：“毛意嫌子不當怨父以訴天，故引舜事以明之。”又曰：“引此者，言大舜尚怨，故太子亦可然也。”

焯案：李氏《紬義》云：“孔此解猶未深得毛意。《傳》引‘號泣于旻天’釋‘何辜于天’，引‘于父母’釋‘我罪伊何’耳。孟子述公明高曰：‘我竭力耕田，供爲子職而已矣。父母之不我愛，於我何哉？’釋《書》‘于父母’句與此詩正同，故《傳》引而釋之也。”

“惄焉如擣。”《傳》：“惄，思也。擣，心疾也。”《正義》曰：“擣，心疾，所思在心，復云如擣，則似物擣心，故云心疾也。《説文》云：‘擣，手椎。一曰：築也。’”

焯案：胡氏《後箋》云：“《稽古編》曰：‘案《釋文》：擣或作㾐。《韓詩》作疛。㾐疛皆從疒，是毛、韓直以爲心疾之名，則擣字特借耳。《疏》語恐非毛旨。但《説文》無㾐字，而疛訓小腹痛，與心疾不合。《疏》姑據擣字本訓釋之，亦非無見。’承珙案：《毛詩》擣字自是假借。説文疛雖訓腹痛，然心腹義本可通。《玉篇》云：‘疛，心腹疾也。’引《吕氏春秋》云：‘身盡疛腫。’肉部别有腡字，除有切，小腹痛也。是疛不專訓腹疾矣。毛殆以擣爲疛借，故直訓心疾歟？”

“不離于裏。”《正義》曰：“離者謂所離歷，言歷母而生也。”

焯案：《經義述聞》云：“離，附也。《否》九四‘疇離祉’，九家注曰：‘離，附也。’此詩《正義》訓離爲歷，失之。”

“譬彼舟流，不知所届。”《箋》云：“届，至也。言今太子不爲王及后所容，而見放逐，狀如舟之流行，無制之者，不知終所至也。"《正義》曰："於時申后廢黜，非復能容太子，言不爲王及后所容者，因上瞻父依母之文連言之耳。"

焯案：趙氏《詩細》云："幽王廢后在前，廢太子在後，《史記》不細别，連書之耳。觀《國語》史伯告鄭桓公曰：'使至於爲后而生伯服。'又曰：'今王欲殺太子以成伯服。'則伯服生在褒姒立后之後，太子廢在伯服生之後，褒姒初爲后時，太子尚未即廢，或廢未即逐，故《箋》兼言太子不爲王及后所容也。后明指褒姒，於此見鄭君考事之細實。《疏》於上章之母孫毓謂斥褒姒者明其非，於此章《箋》之后則涉含糊矣。"

"予之佗矣。"《傳》："佗，加也。"《正義》曰："此佗謂佗人也。言舍有罪而以罪與佗人，是從此而往加也，故曰佗加也。"

焯案：胡氏《後箋》云："《疏》説非是。《説文》：'佗，負何也。'是加者佗之本義。《方言》：'凡以驢馬橐駝載物者謂之負佗，亦謂之賀。'《儀禮·士喪禮》注云：'賀，加也。'賀之爲加，猶佗之爲加矣。《釋文》：'佗，吐賀反。'不誤。《正義》乃謂是他人而以罪往加，迂矣。"李氏《紬義》云："如孔言，則經既言予，又復言佗，必予不訓我訓爲與，而後可爲以罪與佗人也。《説文》佗云'負何'，舍彼有罪而妄加於太子，太子身負此罪，故經曰佗，而《傳》曰加矣。"

巧　言

"曰父母且。"《箋》云："始者言其且爲民之父母。"《疏》云："毛、鄭皆以且爲辭。"

焯案：《傳》於狂且云，“且，辭也”，於此詩亦宜然。若《箋》意，則以且爲方且之且而非辭矣。《釋文》云：“且，觀《箋》意宜七也反。”是也。《正義》同箋於《傳》，失之。

“亂如此憮。”《傳》：“憮，大也。”《箋》云：“憮，敖也。爲亂如此，甚敖慢無法度也。”“昊天大憮。”《箋》云：“昊天乎！王甚敖慢。”《疏》述《傳》曰：“毛以爲王政之亂如此甚大也。”又曰：“昊天乎！王甚虐大。”

焯案：胡氏《後箋》云：“‘亂如此憮’毛訓憮爲大者，蓋謂天降喪亂如此其大，本不同鄭意以昊天爲呼天，以亂憮爲斥王，則下文‘昊天已威，昊天大憮’毛意當即承上亂字言之，謂天降喪亂可畏與甚大耳。”汪氏《異義》云：“‘昊天大憮’毛無《傳》，《疏》申爲‘王甚虐大’，語頗不辭。案‘昊天已威，予慎無辠；昊天大憮，予慎無辜’總承上‘無辠無辜，亂如此憮’二句，大憮自指亂言。”今謂胡、汪二説皆是。汪氏之説，又胡氏之所本也。

“僭始既涵。”《傳》：“僭，數。涵，容也。”《疏》云：“亂之初所以生者，讒人數緣事始自入，盡得容受其言，知王不察真僞，遂以漸進讒也。”

焯案：李氏《紬義》云：“《正義》本王肅爲説，按《傳》意讀僭爲譖，故訓爲數。數，色主切。言此譖人數説於王之始，王既容受其言也。《釋文》云：‘僭，毛側蔭反。’陸亦以《傳》讀僭爲譖矣。而數乃音朔，又襲子雍之誤。”馬氏《通釋》云：“《傳》以僭爲譖之借。《説文》：‘譖，愬也。讒，譖也。’愬數義近，數當讀如《左傳》‘數之以其不用僖負羈’之數，謂數其過而愬之也。焦循讀數如‘事君數’之數，失之。”

“匪其止共，維王之邛。”《箋》云：“邛，病也。小人好爲讒佞，既不共其職事，又爲王作病。”《正義》曰：“此小人好爲讒佞者，非於其職廢此供奉而已，又維與王之爲病害也。”

焯案：胡氏《後箋》云：“止共，《韓詩外傳》兩引此詩皆作恭。《禮記·緇衣》引此詩，注云：‘匪，非也。邛，勞也。言臣不止於恭敬其職，惟使王之勞。’此注以共爲恭，當本三家。蓋詩言止共，故云止於恭敬，其義爲順。若謂共其職事，則止爲賸字矣。《正義》衍之云，‘非於其職廢此供奉而已’，似以廢釋止，未免牽强。”焯案此詩二句宜承上文言之，《箋》、《疏》之説實有未安。李黄《集解》引王氏云：“孔甘之言非止於共，適足以病王而已。”此説是也。《禮記》曰：“爲君止於仁，爲臣止於敬。”止共即所謂止於敬也。

“遇犬獲之。”《箋》云：“遇犬，犬之馴者，謂田犬也。”《正義》申《箋》曰：“遇犬者，言兔逢遇犬，則被獲耳。遇非犬名。故王肅云‘言其雖騰躍逃隱其迹，或適與犬遇而見獲’是也。”

焯案：李氏《紬義》云：“按如孔言，遇爲逢遇，《箋》何爲以馴字釋之。《釋文》云：‘遇犬，如字。世或讀作愚，非也。’如陸言，則有讀作愚犬者，讀愚誠非，然鄭特釋遇犬，必非如字讀也。”汪氏《異義》云：“《箋》云遇犬犬之馴者，蓋以遇爲馴順。《公羊傳》：宣六年。‘靈公有周狗，謂之獒。’何注云：‘周狗可以比周之狗，所指如意。’亦此義也。《疏》以逢遇申解，似失鄭意。”焯按《國策·秦策》及《史記·春申君傳》皆引此詩，高誘《注》與裴駰《集解》引《韓詩》薛君《章句》並以遇犬爲遇值之遇。毛於遇犬無《傳》，當與韓同。《正義》所引王肅説，正用韓義以述毛義，惟以述鄭義則未是也。

何人斯

《序》云："《何人斯》，蘇公刺暴公也。暴公爲卿士，而譖蘇公焉，故蘇公作是詩以絶之。"《箋》云："暴也，蘇也，皆畿内國名。"《正義》曰："春秋之世，爲公者多是畿内諸侯，徧檢書傳，未聞畿外有暴國。今暴公爲卿士，明畿内，故曰皆畿内國名。"

焯案：《正義》於上文引成十一年《左傳》"蘇忿生以温爲司寇"。證知蘇國在温，而於暴無考。《稽古編》云："《春秋》文公八年：'公子遂會雒戎，盟于暴。'《杜注》云：'鄭地。'范甯《穀梁注》亦同。幽王時，鄭尚未遷，暴未爲鄭有，且與雒戎盟于此，則暴必近雒，意暴亦東都畿内國歟？"王氏《詩稗疏》云："《春秋》公子遂壬午及趙盾盟于衡雍。乙酉及雒戎盟于暴。相去三日，就盟兩地，暴與衡雍其近可知。衡雍在今懷慶府。蘇者蘇忿生之國，今懷慶府温縣，蘇、暴二國境土犬牙相入，故嫌忌而相謗。"胡氏《後箋》云："案《路史》暴辛公采地，鄭邑也。一云隧。原注："隧上當脱一暴字。成十七年《左傳》云：楚侵鄭及暴隧。是暴一名暴隧，春秋時鄭地也。其地在今懷慶府原武縣境，與温接壤。高誘注《淮南・精神訓》云：'訟閒田者，暴桓公、蘇信公也。'此語必有所本。"今謂此三説可補《正義》之所未及。《正義》又曰："經八章皆言暴公之侣，疑其讒己而未察，故作詩以窮之，不欲與之相絶。疑者未絶，則不疑者絶可知，疑暴公之侣，窮極其情欲與之絶，明暴公絶矣。"焯謂《箋》釋經"二人從行"謂暴公與其侣，故《正義》依以爲説。顧氏《學詩詳説》駁之云："果如《疏》言，則於其侣猶爾，於暴公當何如，似無足録之於詩。竊意從行者未必果有其人，蘇公不欲直斥暴公，託爲是言耳。其辭皆指何人，其意則自指暴公，如'伯氏吹壎'二句言同僚之誼有如兄弟，正暴公、蘇公之事，設真謂其侣，則其刺何人也反甚於刺暴公矣。觀篇中之用意忠厚，必不至此。"趙氏佑《詩細》云："'二人從行'，蓋即後之'及爾如貫'，謂己與暴爲二人，言出入相從在王左右者唯我二人，則今之禍當誰爲之，所以明著譖之爲暴，而姑託諸何人斯者，詞也，非真别有一人爲暴公之徒與於譖己也。”今謂二説皆當。然咸本之歐陽氏《詩本義》以何人斥暴公之説。陳奂《毛詩傳疏》亦以二人謂蘇公與暴公，“二人從行”即第七章“伯氏吹壎仲氏吹篪”之意。蓋陳説實同趙氏，而顧氏又演陳之説者也。

“壹者之來，云何其盱？”《箋》云：“一者之來見我，於女何病乎？”《疏》云：“毛云若不譖我，則壹者之來見王以後，云何使我有罪讁之病乎？亦以我得病在汝見王之後，所以尤疑也。”

焯案：胡氏《後箋》云：“‘壹者之來’，即指上文逝梁逝陳之事。壹者猶言乃者，高誘注《吕氏春秋·知節》篇云：‘一猶乃也。’《漢書·曹参傳》‘乃者吾諫使君也’，注云：‘乃者謂曩日也。’蓋此章是言其過去之時，謂爾若安行，何以不暇舍息？爾若急行，何以有暇脂車？非徐非疾，行蹤莫測，而乃僅逝我梁陳而來，云何不使我有攪心之憂乎？下章又言其行反之時。謂爾若還而入唁我，則我心悦也。今還而不入，則其與於譖我情事不難知也。而乃猶逝我梁陳而來，則惟使我有攪心之病而已。上來字對舍字言，謂但來而不舍息。下來字對入字言，謂但來而不入唁。總之自蘇公言來，定當是來見蘇公。《孔疏》述毛以‘壹者之來’爲來見王，夫蘇公遭讁，則已不在王所，其於見王之人衹應言往，不應言來也。且下章明云還矣，而仍以來爲見王，豈往返皆見王乎？”今謂《後箋》之説極諦。毛意當同鄭以一者之來爲來見蘇公，不得爲見王也。

巷　伯

“哆兮侈兮，成是南箕。”《傳》：“哆，大貌。南箕，箕星也。侈之言是必有因也。”《箋》云：“箕星哆然踵狹而舌廣，今讒人之因寺人之近嫌而成言其罪，猶因箕星之哆而侈大之。”《正義》曰：“言有星初本相去哆然寬大爲踵兮，其又侈之更益而大爲舌兮，乃成是南箕之星，言箕之所成，以由踵已哆，又侈之而爲舌故也。”

焯案：《説文》哆訓張口，侈一曰奢也。口張則大，奢與大義亦近，故《傳》《箋》以哆侈爲大。馬氏《通釋》云：“《史記·天官書》‘箕主口舌’，故詩人以喻讒言。哆侈皆狀箕星舌廣之貌，猶萋斐爲文章相錯貌。廣與大義近，《廣雅》㢋䪏並訓大，䪏哆音同，㢋侈義同，是哆侈皆大貌耳。《箋》謂‘因箕星之哆而侈大之’，説已迂曲。《正義》遂以哆爲踵之貌，侈爲舌之貌，則愈鑿矣。”

“慎爾言也，謂爾不信。”《箋》云：“慎，誠也。女誠心而後言，王將謂女不信而不受。欲其誠者，惡其不誠也。”《正義》曰：“言讒人自相計議，唯恐不成，相教當誠汝之心而後言也。”

焯案：牛氏《詩志》云：“詩意惟恐其譖之不善，似莊似謔，蓋婉諷甚於怒罵也。”汪氏《異義》云：“經爲誡讒人，亦兼以諷王，謂不誠之言不可信，直貫下經‘既其女遷’，故《箋》云‘欲其誠者，惡其不誠’也。《疏》謂讒人自相計議，欲誠於爲讒，殊失經旨及《箋》意。”

“豈不爾受，既其女遷。”《傳》：“遷，去也。”《箋》云：“遷之言訕也。王倉卒豈將不受女言乎，已則亦將復訕誹女。”《疏》述鄭曰：“鄭以遷爲訕，言王將訕謗女。以遷去爲理不安，故易之。”

焯案：詩人疾讒人之譖己，故作危言以誡之。言爾爲是不誠之讒言，王豈不受乎？既而知言不誠，將舍去汝，蓋深痛之而幸其及也。李黄《集解》謂如江充之譖太子，其始也雖足以投其志，其終也身亦受其禍，所謂“既其女遷”是也。《孔疏》欲申《箋》説，以《傳》

“遷，去”爲理不安，非是。張汝霖云：“遷訓爲去，去者去其位也。謫放曰遷，《書》云‘何遷乎有苗’，此遷字是也。不得謂於理未安。《鄭》以爲訕謗，訕謗之詞固非上所以施於下，且訕謗亦非讒人之所畏，經言‘既其女遷’者，所以悚懼之。若非其所畏，何足以悚懼之哉？或又謂經意謂王倉卒間豈不受爾之譖言而憎惡他人，既而知汝言不誠，亦將遷憎惡他人之心轉而憎惡汝矣。亦通。”

卷 九

谷風之什

蓼　莪

“缾之罄矣，維罍之恥。”《傳》：“缾小而罍大。罄，盡也。”《箋》云：“缾小而盡，罍大而盈，言爲罍恥者，刺王不使富分貧，衆恤寡。”《正義》申《箋》曰：“言爲罍恥者，是爲主罍者之恥，即酌者也。”

焯案：胡氏《後箋》云：“經但言罍恥，不言酌罍者之恥，《疏》語實事外添設。《左傳》昭二十四年鄭子太叔語范獻子云：‘《詩》曰：缾之罄矣，維罍之恥。王室之不寧，晉之恥也。’《正義》曰：‘缾是小器，常稟受於罍，今缾罄盡，罍更無物以供缾，惟是罍之恥也。’此《疏》釋詩不誤。”

“出則銜恤，入則靡至。”《箋》云：“恤，憂。靡，無也。孝子之心怙恃父母，依依然以爲不可斯須無也，出門則思之而憂，旋入門又不見，如入無所至。”《正義》曰：“作詩之日已反於家，故言出入之事。”

焯案：李氏《紬義》云：“如《箋》意，是孝子心中擬之如此，故下‘南山烈烈’《箋》：‘民人自苦見役，視南山則烈烈然。’若此章已反於家，下章何爲又言見役乎？必不然矣。”焯謂《序》云“民人勞苦，孝子不得終養”，《箋》云“二親病亡之時，時在役所不得見”，則此詩實爲孝子想像之辭。《正義》謂作詩之日已反於家，李氏駁之是也。

“出入腹我。”《傳》：“腹，厚也。”《箋》云：“腹，懷抱也。”《疏》述《傳》曰：“出入門户之時，常愛厚我。”又申《箋》曰：“腹我謂置之於腹，故爲懷抱。以父母厚己非獨出入之時，故易《傳》也。”

焯案：胡氏《後箋》云：“‘出入腹我’，乃承上而總言之。《傳》云腹厚，是統言愛厚。《箋》以懷抱申愛厚之義，《疏》以爲易《傳》，非也。”

大　東

“無浸穫薪。”《傳》：“穫，刈也。”《箋》云：“穫，落木名也，既伐而析之以爲薪。”《正義》釋《傳》曰：“穫讀如穫稻之穫，故爲刈也。”釋《箋》曰：“檴落，《釋木》文。文在《釋木》，故爲木名。”

焯案：李氏《紬義》云：“如孔言，則《正義》本經文作檴字，故毛讀檴爲穫，今汲古閣本作穫，誤也。《正義》讀《箋》穫落二字句，木名也三字句，依《爾雅·釋木》之文，自應如此。然《月令》季秋云：‘草木黄落，乃伐薪爲炭。’《説文》云：‘艸曰零，木曰落。’《箋》意以檴爲落木之名，非依《爾雅》也。《釋文》云：‘穫，毛刈也，鄭落木名也。’得之。”《正義》又曰：“《箋》易《傳》者，以諸言薪者皆謂木也。而言刈，於理不安，故易之。”焯謂《正義》申《箋》之説未是。“翹翹錯薪，言刈其楚”，是木亦可言刈，何云於理不安乎？

“薪是穫薪，尚可載也。”《傳》：“載，載乎意也。”《箋》云：“薪是穫薪者，析是穫薪也。尚，庶幾也。庶幾析是穫薪，可載而歸，蓄之以爲家用。”《疏》述《傳》曰：“又言薪蓄是穫刈之薪者，尚以爲可存載於意，當餫而掌之，以爲家用。”

焯案：胡氏《後箋》云：“《正義》此解迂迴難通。段懋堂云：‘意當作車。’承珙謂《彤弓》‘薄言載之’，《傳》云‘載以歸也’，《箋》云‘出載之車也’。此《傳》意字或車字之誤，載車如《孟子》輿薪之謂歟？”

“舟人之子，熊羆是裘。”《傳》：“舟人，舟楫之人。熊羆是裘，言富也。”《箋》云：“舟當作周，裘當作求，聲相近故也。周人之子，謂周世臣之子孫，退在賤官，使搏熊羆，在冥氏、穴氏之職。”《正義》申《箋》曰：“《箋》以此章八句辭皆相反，舉鮮盛而對職勞，以是裘而對是試，則周人私人猶東人西人也。既東西勞逸不同，則周、私所主爲異。又是試爲上之所用，則是裘非身之所衣，皆是王使之也。以此知舟當作周、裘當作求。”

焯案：舟人私人，即承上西人，各就一事指陳之。《正義》申《箋》，謂此章八句辭皆相反，實只東人西人四句相對言之。舟人之熊羆是裘，私人之百僚是試，即西人粲粲衣服之實指耳。《傳》謂舟人爲舟楫之人者，馬其昶云：“《易》稱‘舟楫之利，以濟不通’，古者農民土著，死徙無出鄉，惟商賈懋遷有無，乘舟致遠，是舟人之子謂商賈也。”焯謂西周之人好賈趨利，多以致富，故得熊羆是裘。《史記·貨殖列傳》謂鄒、魯之民齪齪好賈趨利，甚於周人，則周人之好賈趨利可知。又《蘇秦傳》曰：周人之俗，治産業，力工商，逐什二以爲務。合之此詩，知周俗之趨利，由來久矣。王朝於東西賦役不均，致貧富有異，譚大夫兹特舉卑賤者言之，冀以見其餘焉。惟舟人雖屬西周之人，若《正義》從《箋》説，竟以舟爲周、裘爲求則非是。翁方綱《詩附記》云：“上句只概言東人，與西人相對説，未嘗明言譚人，則西人亦不明説某地之人，乃與東人詞順也。此下則舟楫之人，私家之人亦各就一事指陳之。而鄭獨謂舟當作周，此處忽明出周字，是何文理？”胡氏《後箋》云：“若作周人，仍與西人無别。且經言人，不言臣也。”汪氏《異義》云：“《序》言東國困於役而傷於財，譚大夫作是詩以告病，並不及幽王絶功臣之世之意。下經言王朝衆官曠職，正以見賦役不均之由。‘不以其衆’，亦止言王所不用者，無一語及周之世臣子孫，獨此二句爲東人惜周世臣之後，恐非其類，當以《傳》義爲正。”

今謂此三説皆可正《箋》、《疏》之失。

“終日七襄。”《傳》：“襄，反也。”《箋》云：“襄，駕也。駕謂更其肆也。從旦至莫七辰，辰一移，因謂之七襄。”《疏》述毛曰：“謂終一日歷七辰，至夜而迴反。”又云：“襄反者，謂從旦至暮七辰而復反於夜也。”

焯案：胡氏《後箋》云：“經言日，並不及夜；況移七襄而至夜，亦不得謂之迴反，蓋反即更也。《吕覽·慎人》篇‘返瑟而弦’，《察微》篇‘舉兵反攻之’，《知度》篇‘具患又將反以自多’，《高誘注》並以反爲更。此《傳》言反者，亦謂從旦至莫七更其次。《鄭箋》謂更其肆者，乃申《傳》，非易《傳》也。《爾雅》：‘襄，除也。’《斯干傳》：‘除，去也。’除去者，變更之義。下文‘不成報章’《傳》云：‘不能反報成章。’此反乃迴反之反，兩反字義異。《疏》一例釋之，誤矣。”

“睆彼牽牛。”《傳》：“睆，明星貌。何鼓謂之牽牛。”《正義》曰：“‘何鼓謂之牽牛’，《釋天》文也。李巡曰：‘何鼓、牽牛，皆二十八宿名也。’孫炎曰：‘何鼓之旗十二星，在牽牛之北也。或名爲何鼓，亦名爲牽牛。’如《爾雅》之文，則牽牛、何鼓一星也。如李巡、孫炎之意，則二星，今不知其同異也。”

焯案：牛宿六星在南，其狀如牛頭，直日月所經之地。惟此六星微而不顯，其北有三星，直牛頭上，而中星最明，舉頭即見，見此三星，其南六星隨之可識，或以此爲牽牛人。《爾雅》：“何鼓謂之牽牛。”《郭注》：“今荆楚人呼牽牛星爲擔鼓，擔者荷也。”是獨以此三星爲牽牛。古詩曰：“迢迢牽牛星，皎皎河漢女。”又古歌曰：“東飛伯勞西飛燕，黄姑織女時相見。”所云牽牛黄姑，皆指此三星而言。黄姑即何鼓之轉音也。蓋合言之，則牛宿何鼓二星相連，於古通名牽牛。分言之，則何鼓三星在北，牛宿六星在南，故李巡、孫炎以爲二星。又李巡以何鼓亦爲二十八宿之名，而孫炎又以何鼓左右之旗名爲何鼓，蓋皆合言之耳。清郝懿行《爾雅義疏》引牟廷相説，以《史記・天官書》"牽牛爲犧牲，其北河鼓"之文爲誤，陳奐《毛詩傳疏》用之。不知《史記》所云牽牛，自專指列舍牽牛，《御覽》卷六引《大象列星圖》名牛宿六星爲列舍牽牛。與俗傳會織女之牽牛有别。不然，以史公世典天官，何至誤分何鼓、牽牛爲二星乎？至何鼓一作河鼓，當以何河同音之故。抑或何鼓之名，以其形類擔荷，而一名河鼓，則以其位星河之旁故耳。乃胡氏承珙又强分何鼓、河鼓爲二，謂鼓星在天漢之旁，故名河鼓；牽牛在河鼓之下，故名何鼓。蓋皆專執牽牛爲何鼓，故一詆《史記》，一誤以何鼓爲牛宿也。

"東有啓明，西有長庚。"《傳》："日且出謂明星爲啓明，日既入謂明星爲長庚。庚，續也。"《正義》引孫炎曰："'明星，太白也。出東方，高三舍，命曰明星。昏出西方，高三舍，命曰太白。'然則啓明是太白矣，長庚不知是何星也。"

焯案：馬氏《通釋》云："《史記索隱》引《韓詩》曰：'太白星晨見東方爲啓明，昏見西方爲長庚。'與《毛傳》義同，皆以啓明、長庚爲一星。《孔疏》既引孫炎以明星爲太白，又云長庚不知是何星，失之。《毛傳》日且出與日既入相對爲文，《正義》本作日旦出，亦誤。"

"有捄天畢。"《傳》："捄，畢貌。畢所以掩兔也。"《箋》云："祭器有畢者，所以助載鼎實。"《正義》曰："掩兔祭器之畢俱象畢星爲之。必易《傳》者，孫毓云：'祭器之畢狀如畢星，名象所出也。畢弋之畢又取象焉，而因施網於其上，雖可兩通，《箋》義爲長。'"

焯案：《箋》與《傳》雖各持一義，實則互相申足。《正義》引孫毓説，右《箋》左《傳》，非也。汪氏《異義》云："《疏》引孫毓之説，以

《箋》義爲長，將謂經所言不關掩兔之畢乎？又網罟造自包犧，烹飪起於中古，畢、弋之畢未必取象於祭器之畢也。”胡氏《後箋》云：“《史記·天官書》：‘畢曰罕車，爲邊兵，主弋獵。’《後漢書·蘇竟傳》：‘畢爲天網，主網羅無道之君。’是天官家言皆謂畢爲田器。證一。《説文》：‘畢，田网也。’又率下云：‘捕鳥畢也。’是畢之制字亦衹有田器一義。證二。《盧令序》：‘襄公好田獵畢弋。’《鴛鴦》：‘畢之羅之。’《傳》云：‘畢掩而羅之。’是《序》及詩言畢者皆爲田具，祭器之畢不見於詩。證三。《漸漸之石》‘月離于畢’，《傳》：‘噣也。’此用《爾雅》‘噣謂之畢’文。《史記·律書》：‘濁者，觸也。言萬物皆觸死也。’《索隱》引孫炎云：‘掩兔之畢或呼爲濁。’《郭注》本之。是田器濁、畢兩名皆取星象。若謂祭器取象在先，則祭器之畢更無濁名。證四。《易·繫辭》：佃漁始于包犧，茹毛飲血之時未必即有祭器，自應以田獵之畢取象在先，而助載鼎實者爲後。證五。且本經下句明言載施之行，《兔罝》云‘施于中逵、施于中林’，若非畢翳，何得言施？證六。然則《箋》義雖亦可通，究當以《傳》爲正也。”

“維南有箕，載翕其舌。”《傳》：“翕，合也。”《箋》云：“翕，猶引也。引舌者，謂上星相近。”《正義》申《傳》曰：“言合者，以天星衆也。此獨爲箕者，由此星合聚相接其舌也。”又申《箋》曰：“鄭以爲箕星踵狹而舌廣，而言合於天文不便，故言翕猶引也。引其舌者，謂上星近也。”

焯案：胡氏《後箋》云：“此詩二句即承上不可簸揚句而申明所以不可之意。《傳》云翕合，蓋謂箕舌雖張，而不可以簸揚，則如合其舌而已。《箋》云翕猶引也，引舌者，謂上星相聚。《玉篇》引詩作吸，云引也，亦同《箋》義。此解本句可通，但箕之引舌，未見其不可簸揚耳。《正義》申《傳》、《箋》之説皆非是。”

四　月

"序"云："《四月》，大夫刺幽王也。在位貪殘，下國構禍，怨亂並興焉。"《正義》曰："經八章皆民怨刺王之辭。此篇《毛傳》其義不明。王肅之説自云述毛，於'六月徂暑'之下注云：'詩人以夏四月行役，至六月暑往未得反，已闕一時之祭，後當復闕二時也。''先祖匪人'之下又云：'征役過時，曠廢其祭祀，我先祖獨非人乎？王者何爲忍不憂恤我，使我不得脩子道？'案此經《序》無論大夫行役祭祀之事。據檢《毛傳》，又無此意。縱如所説，理亦不通。故孫毓難之曰：'凡從役踰年乃怨，雖文王之師，猶采薇而行，歲暮乃歸。又行役之人固不得親祭，攝者脩之，未爲有闕，豈有數月之闕而以爲刺乎？非徒如毓所言，首章始廢一祭，已恨王者忍已，復闕二時，彌應多怨，何由秋日冬日之下，更無先祖之言，豈廢闕多時，反不恨也？以此王氏之言，非得毛意。'"

焯案：《稽古編》云："《序》、《傳》雖不言征役，然詩人託興，恒據目覩爲言。六章'滔滔江漢'，定應身在南國，故有斯語，獨非征役之一證乎？又《左傳》文十三年，'公自晉還，鄭伯會公于棐，欲其如晉請平，季文子賦《四月》，見征役踰時，思歸祭祀，不欲如晉'。又《孔叢子》記孔子云：'吾於《四月》，見孝子之思祭。'則王氏之解歷有明徵，仲達譏之，過矣。"胡氏《後箋》云："此詩第三章與《蓼莪》第五章文義皆同，彼爲民人勞苦、孝子不得終養，則此亦當爲征役在外不得歸祭之詩，即鄭亦純用《蓼莪箋》語。且《蓼莪》五六兩章亦並不言父母，則此詩首章言先祖，已見思祭之意，不必以秋日冬日之下不言先祖爲疑。此《序》雖無大夫行役祭祀之事，但作《序》者祇言全詩大旨。此詩以構禍怨亂爲重，而苦役特其一端，思祭又苦役之一端，故《序》不言耳。"顧氏《學詩詳説》云："二章云'亂離瘼矣，爰其適歸'，三章云'民莫不穀，我獨何害'，首章舉其心所重者於先，則二三章之蒙此以言可知矣。《疏》所謂秋日冬日之下更不言先祖，此不足以難王説也。”焯謂此篇爲歎行役而作。《序》不顯言行役者，以詩之三章六章皆咏行役之苦，而前之《蓼莪》、後之《北山》兩《序》又明著其事故爾。凡刺詩有篇第相近，因一國或一君而作者。其篇義或各有所主，或前後錯出，讀者須參互觀之，庶能窺其旨趣。王肅謂此詩爲刺行役過時，匪特與文十三年《左傳》合，即以本詩前後諸篇證之，亦爲脗合也。又孫毓謂從役踰年乃怨，而引文王《采薇》詩相較，亦爲未允。《稽古編》云：“文王之出師，所謂說以先民，民忘其勞者，雖久何傷？至若幽王之無道，不恤下情，當時被役之人必有不能堪命者，豈論時之久暫乎？”

“四月維夏，六月徂暑。”《傳》：“徂。往也。六月火星中，暑盛而往矣。”《箋》云：“徂猶始也。四月立夏矣，至六月乃始盛暑，興人爲惡亦有漸，非一朝一夕。”《疏》申《傳》曰：“毛以爲言四月維始立夏矣，未甚暑，至六月乃極暑矣，既極然後往，過其暑矣，以往表其極。言四月已漸暑，至六月乃暑極，以興王初即位，雖爲惡政矣，未甚酷，至於今乃極酷也。”

焯案：《傳》不言興，明以維夏徂暑及次章三章之秋日冬日皆爲紀時，與《采薇》言春日正同。其訓徂爲往者，馬其昶云：“徂暑猶言暑徂，謂當盛暑之時而往，行役甚病苦，故下曰‘胡寧忍予’也。《孔疏》未得《傳》意。”又述《箋》曰：“徂訓爲往，今言徂始者，義出於往也。言往者因此往彼之辭，往到即是其始，暑自四月往，至於六月爲始也。以毛言徂往，涉於過義，故更以義言，訓之爲始。《東山》云‘我徂東山’，下言‘我來自東’，則我徂東山爲到東山，是徂爲始義也。”焯案：《傳》言徂往，《箋》言徂始，本不相合。孔氏欲和而一之，其辭未免迂曲。其云往到即是其始，引“我徂東山”爲說，謂徂東山爲到東山，不知詩止論徂、非論到。且鄭固訓徂東山爲往之東山矣。此《箋》以徂爲始者，蓋以徂之言初也。又徂與阻祖相通。《書》“黎民阻飢”，《史記集解》據《今文尚書》作祖飢，《史記》則作始飢，故云徂猶始，非謂其義出於往也。

“曷云能穀。”《傳》：“曷，逮也。”《箋》云：“曷之言何也。穀，善也。言諸侯日作禍亂之行，何者可謂能善。”《疏》述《傳》曰：“我此諸侯日日構成其禍亂之行，逮何時能爲善？”

焯案：《孔疏》釋《傳》，未得《傳》意。《傳》以逮釋曷，蓋讀曷爲遏。《釋言》：遏，逮也。《疏》以何時釋《傳》，則逮爲衍字矣。胡氏《後箋》云：“曷訓何者乃鄭義。毛既以曷爲遏，即不得復言何。毛善讀經文，往往得其微婉之意。如《唐風》‘噬肯適我’，及此詩‘曷云能穀’，用《爾雅》‘遏噬逮也’之訓，皆以逮爲及，《唐風》蓋謂彼君子兮及今而肯適我乎，此詩則云我日構禍，及此尚云能穀乎？若如《疏》説，言其日益禍亂，不能逮於善時，則經文曷能二字倒置矣。”

“滔滔江漢，南國之紀。”《傳》：“滔滔，大水貌。其神足以綱紀一方。”《箋》云：“江也，漢也，南國之大水，紀理衆川，使不雝滯，喻吳、楚之君能長理旁側小國，使得其所。”《正義》述《傳》曰：“《傳》言其神足以綱紀一方，是明所事其神之國將有綱紀，其意亦喻江漢之傍國，故言一方也。”

焯案：《傳》意以江漢大水，其神綱紀一方，反喻幽王不能綱紀四方，致南國諸侯構禍也。《正義》附《傳》於《箋》，非《傳》意亦違詩意。《鄭箋》因詩有江漢之語，遂有吳楚之説，《正義》曲爲申解。歐陽氏《本義》駁之云：“詩人本患下國之構禍，豈可反稱吳楚僭叛之君以爲美，矧考詩文無之？”是也。

北　山

“我從事獨賢。”《傳》：“賢，勞也。”《箋》云：“王不均大夫之使，而專以我有賢才之故，獨使我從事於役，自苦之辭。”《正義》曰：“以此大夫怨己勞於事，故以賢爲勞。《箋》以賢字自道，故易《傳》。言王專以我有賢才之故乎，何故獨使我也？王肅難云：‘王以己有賢才之故，而自苦自怨，非大臣之節。’斯不然矣。此大夫怨王偏役於己，非王實知其賢也。王若實知其賢，則當任以尊官，不應勞以苦役。”

焯案：《箋》以賢爲賢才，王肅難之，是也。《正義》私鄭，故爲寘辨，實則其言已有罅漏。張汝霖云：“孔氏言怨王偏役於己，非王實知其賢。果賢歟，王既役之，固不當怨獨役。果不賢歟，王既役之，又不當言獨賢。必王知吾賢而役之而後不怨，必王知吾賢而不偏役之而後不怨，臣子之節固若是耶？至謂‘王若實知其賢則當任以尊官，不當勞以苦役’，直貪榮慕寵、好逸惡勞之輩矣。豈篤論哉？”

“或王事鞅掌。”《傳》：“鞅掌，失容也。”《正義》曰：“《傳》以鞅掌爲煩勞之狀，故云失容，言事煩鞅掌然，不暇爲容儀也。”

焯案：《傳》云失容，即謂煩勞不自得之狀。《正義》解爲事煩不暇爲容儀，語意枝出。

小　明

“至于艽野。”《傳》：“艽野，遠荒之地。”《箋》云：“我行往之西方，至於遠荒之地。”《正義》曰：“野是遠稱。艽蓋地名。”

焯案：《傳》、《箋》皆止以艽野爲遠荒之地，不以爲地名。馬氏《通釋》云：“《說文》：‘艽，遠荒也。从九聲。’艽之爲言究也。九者變之究也，見《易緯》。地之究極，故曰遠也。又九、鬼古同聲，《明堂位》'脯鬼侯'，《史記·殷本紀》作九侯。《蒼頡篇》：'鬼方，遠方也。'艽與鬼聲近而義同，故亦爲遠。《正義》謂艽蓋地名，失之。"

"日月方除。"《傳》："除，除陳生新也。"《箋》云："四月爲除。昔我往至於艽野以四月，自謂其時將即歸，何言其還，乃至歲晚尚不得歸。"《正義》申《傳》曰："上云'二月初吉'，謂始行之時，故言除陳生新二月也。下章云'日月方奧'，《傳》曰煖即春温，亦謂二月。"

焯案：《傳》云"除，除陳生新"，下章云"奧煖"，以詩首章言二月互證之，宜謂周之二月，夏之十二月。以按之《月令》，"孟春之月，東風解凍"，是所謂煖。"草木萌動"，所謂除陳生新。詩言方除方奧，蓋謂歲除即已嚮春，春令固主奧也。且首章言載離寒暑，明以夏正十二月行，至次年秋莫采蕭穫菽之時，《唐風·蟋蟀》"歲聿云莫"，《傳》云："聿，遂。謂過此月後，則歲遂將莫耳。周以夏正十月爲歲莫，此詩云'歲聿云莫，采蕭穫菽'，正夏正九月事也。"尚未得歸，故有是言。若云夏正卯月，則首章不得言寒，此章不得言"日月方除"矣。戴氏《詩考正》云："《爾雅》'十二月爲涂'，《廣韻》'涂，直魚切'，除、涂正同音，古字通用。"方以智《通雅》云："除謂歲將除也。"是二説皆得之。《正義》以詩之二月爲夏正二月，而曲解《傳》義，非《傳》意亦非詩意。又申《箋》曰："四月爲除，《釋天》文。今《爾雅》除作余。方除之下即云'曷云其還'，是至即望歸，故云'至於艽野'以四月，自謂其時將即歸也。言'歲聿云莫'，是未歸之辭。若歲莫得歸，不須發此言矣，故云乃至歲晚尚不歸也。凡言往矣，似是始行之辭，此得爲往到艽野者，往者從此適彼之辭，在此言之爲始行，據彼言之爲往到，自'歲聿云莫'以下，皆是在彼之辭，故謂初到彼地爲往矣。易《傳》者，以行之思歸，當至所往之處乃可還，不應發始已望歸也。又下章云'日月方奧'，文與此同。《洪範》庶徵曰燠曰寒，寒爲冬，則燠爲夏矣。若毛以方燠爲二月之初，則接於正月之末，時尚有霜，不可云燠。且《爾雅》稱四月爲除，故據以易《傳》也。”焯謂《箋》以四月爲除，爲往至艽野之月，於前後章文勢皆不合。其以往爲至，亦與詩義相乖。夫征人思歸之意，必待久役而然。豈得方到彼地，即已思歸？此詩之意，是言昔者我往之時，日月方且除舊生新。今何時而云其還乎？歲聿云莫矣，而尚未有歸端也。歲莫而念始發之時，動思歸之歎，非初到艽野便已思歸也。若謂方除之下即云曷云其還，是至即望歸，則《采薇》之“曰歸曰歸”，亦即在“薇亦作止”之下，豈薇生之初即“曰歸曰歸”乎？且以初發即云何時歸者，乃孔氏以《箋》義申《傳》之説，而《傳》無是言也。以《箋》義實之《傳》，而因以難《傳》，可乎？夫經言方奥，《傳》以煖解之，致確也。且二月初吉爲始行，而“昔我往矣”則不定指初吉之一日，即二月之末接於三月之初，凡在征途，皆可言也。經方奥在方除下，設文本有次第。《正義》既以春温申《傳》，復引《洪範》，疑燠當爲夏時，非也。蓋孔氏釋《箋》之説，每喜委曲求通，固其尊奉古人之意。獨惜其偏崇鄭學，不爲毛公地爾。

鼓　鍾

“鼓鍾將將，淮水湯湯，憂心且傷。”《傳》：“幽王用樂，不與德比，會諸侯於淮上，鼓其淫樂以示諸侯，賢者爲之憂傷。”《箋》云：“爲之憂傷者，嘉樂不野合，犧象不出門。今乃於淮水之上作先王之樂，失禮尤甚。”《正義》曰：“毛直言淫樂，不知以何爲淫樂。王基曰：‘所謂淫樂者，謂鄭、衛桑間濮上之音，師廷所作新聲之屬。’王肅云：‘凡作樂而非所，則謂之淫。淫，過也。幽王既用樂不與德比，又鼓之於淮上，所謂過也。’‘桑間濮上亡國之音’，非徒過而已，未知二者誰當毛旨也？孫毓云：‘此篇四章之義，明皆正聲之和。“欽欽”，人樂進之善。“同音”，四縣克諧。“以《雅》以《南》”，既以其正，且廣所及。“以籥不僭”，又爲和而不僭差。皆無淫樂在其間也。則未知幽王曷爲作先王之樂於淮水之上耳。二者之説，《箋》義爲長。'如毓此言，不信毛爲會諸侯也。《箋》於上下皆不言諸侯，或亦以如毓不知何爲如此作，故不言也。"

焯案：汪氏《異義》云："《傳》言不與德比，正謂幽王作樂淮水之上，非先王之德，即《箋》所云失禮也。其曰淫樂，不必如王基所謂鄭、衛桑間濮上之音、師延所作新聲之屬。《疏》又引孫毓《詩評》，不信毛爲會諸侯，而謂《箋》於上下皆不言諸侯，或亦如毓。夫《箋》引《左傳》定十年'嘉樂不野合，犧象不出門'，非指爲會諸侯而何？"胡氏《後箋》亦云："《傳》言'幽王用樂不與德比'，此正與二章'淑人君子，其德不猶'相對，謂其用先王之樂，而不知比於先王之德，即蘇氏《詩傳》所謂樂是人非者。然則淫樂之解，當以王肅爲是。此詩毛、鄭同義。孫毓誤會毛旨，而以《箋》説爲長，孔疏從之，謬矣。"焯謂《箋》就《傳》"爲之憂傷"之文而釋其所以然，明是申《傳》非駁《傳》。《正義》於《序》下即云，毛以刺"鼓其淫樂以示諸侯"，鄭以爲"作先王正樂於淮水之上"，歧兩説而二之，實未得毛、鄭之意，汪、胡二説是也。

"笙磬同音。"《傳》："笙磬，東方之樂也。同音，四縣皆同也。"《箋》云："同音者，請堂上堂下，八音克諧。"《正義》申《箋》曰："以上言鍾及琴瑟，是琴瑟爲堂上，鍾爲堂下，故爲笙與磬俱在堂下，以配鍾而同音。堂下既同，則堂上亦同，故云八音克諧。此經言鍾瑟琴笙磬，是金石絲匏四者矣，舉此明土革竹木亦和同可知。"

焯案：《正義》申鄭之説誤也。《傳》以笙磬爲東方之樂，以笙配磬言，明是一器。《箋》於笙磬無文，其與《傳》無異義可知。若以爲二器，則必以笙也、磬也明之。如下文以《雅》、《南》、《籥》爲三舞，必云《雅》也、《南》也、《籥》也是也。八音之中，金石爲重，有鍾磬已足舉八音之綱，《正義》分笙磬爲二，以合八音之半，然於經亦止有四音，可知《箋》言八音，猶《傳》言四縣，非如《正義》之説。蓋笙磬是石磬名，非笙簧之笙。《儀禮》設於阼階東者爲笙磬，西階西者爲頌磬，亦有笙鍾、頌鍾，皆編而縣之。陳氏《傳疏》云："《大射儀》：'樂人宿縣于阼階東，笙磬西面，其南笙鍾，西階之西，頌磬東面，其南鍾。'注：'笙猶生也，東爲陽中，萬物以生，言成功曰頌。西爲陰中，萬物之所成，鍾不言頌，省文也。'《周禮》：'眡瞭掌擊頌磬笙磬。'注：'磬在東方曰笙，笙，生也。在西方曰頌，頌或作庸，功也。'大司樂《疏》引《書》'笙鏞以間'注：'東方之樂謂之笙，笙，生也。東方生長之方，故名樂爲生也。庸者，西方之樂謂之庸，庸，功也。西方物熟有成功。亦謂之頌，頌，亦是頌其成也。'然則鄭亦以鍾磬之在西者爲頌，在東者爲笙矣。詩言笙磬不言頌磬，言磬不言鍾，皆省文也。《傳》舉東方以晐西方，亦舉磬以晐鍾也。"今案陳氏所引《書》、《禮》、《鄭注》皆與毛同。此《箋》不云笙爲匏笙。知其亦同毛訓。黄氏中松《詩疑辨證》亦云："鄭言八音克諧，蓋舉一以晐八，非舉四以晐八。其於《儀禮大射注》明言'東方鍾磬謂之笙，西方鍾磬謂之頌'，而《箋》詩不自立義，以毛已得解也。陳晋之曰：'鍾磬之應歌者，爲頌鍾頌磬。鍾磬之應笙者，爲笙鍾笙磬。'《春秋傳》歌鍾二肆即頌鍾，詩笙磬同音即笙磬，意雖小異，而以笙磬爲一物則同也。"

"以《雅》以《南》，以籥不僭。"《傳》："爲《雅》爲《南》也。舞四夷之樂，大德廣所及也。東夷之樂曰《昧》，南夷之樂曰《任》，西夷之樂曰《侏離》，北夷之樂曰《禁》，以爲籥舞。若是爲和而不僭矣。"《箋》云："《雅》，《萬舞》也。《萬》也、《南》也、《籥》也三舞不僭，言進退之旅也。周樂尚武，故谓《萬舞》爲《雅》，雅，正也。《籥舞》，文樂也。"《疏》述經曰："以爲王者之《雅》樂。以爲四方之《南》樂。又以爲羽舞之《籥》樂。"又申《傳》曰："以三者舞名，故與上異其文。言爲《雅》爲《南》者，明以爲此舞。以籥屬下句，故别言之，云以爲《籥舞》，明其上皆爲矣。"

焯案：此詩《傳》《箋》異義。《正義》不加分别。馬氏《通釋》云："《傳》以籥舞承上《雅》《南》爲二舞，《箋》以籥舞與上《雅》《南》並列爲三舞，二説不同。《文選·魏都賦》張載注引《韓詩内傳》曰：'王者舞六代之樂，舞四夷之樂，大德廣之所及。'蓋以六代之樂釋《雅》。以四夷之樂釋《南》。又《後漢書》注五十一引薛君曰：'南夷之樂曰《南》，四夷之樂惟《南》可以和於《雅》者，以其人聲音及籥不僭差也。'是《韓詩説》以籥承《雅》《南》言之，與《毛傳》同。《正義》釋《傳》，謂以籥屬下句，故别言之，云以爲《籥舞》，是誤合《傳》、《箋》爲一矣。《毛傳》不言《雅》爲何樂，《後漢書·陳禪傳》：陳忠曰：'古者合樂之樂舞於堂，四夷之樂舞于門，故《詩》曰，以《雅》以《南》，《韎任》《朱離》。'考《周官》'大胥以六樂之會正舞位'《鄭注》：'大同六樂之節奏，正其位使相應也，言爲大合樂習之。'《賈疏》：'六樂者，即六代之樂。'是知《月令》'季春大合樂'與陳忠所云合樂，皆謂六代之樂，即《詩》所謂《雅》也。雅者，正也，對四夷樂言之，則六代樂爲正，故謂之《雅》。陳忠説亦本《毛》《韓詩》。《毛傳》既以《南》爲夷樂，則其釋《雅》亦當同《韓詩》耳。《箋》以《雅》爲《萬舞》，失之。"今謂馬説是也。《正義》篤信《鄭箋》，謂毛亦訓《雅》爲《萬舞》，《南》爲夷舞，《籥》爲《籥舞》，不知毛之言爲《雅》爲《南》者，以《雅》與《南》之爲樂，夫人而知之者耳。毛公性好簡質，故此等處不訓也。云舞四夷之樂大德廣所及，乃是略解以籥之意，下始詳舉四夷之樂，而總之曰以爲籥舞，言以羽籥舞六代之舞及四夷之舞。蓋《雅舞》用籥，而《南舞》亦用籥也。云和而不僭，是與上琴瑟鍾磬節奏齊同。且既言和，則毛固以《雅》《南》爲樂矣。若《雅》《南》爲舞，何得言和乎？以是知《正義》合毛於鄭之誤也。

楚 茨

“或剥或亨，或肆或將。”《傳》：“亨，飪之也。肆，陳。將，齊也。或陳于互。或齊其肉。”《箋》云：“祭祀之禮，各有其事。有解剥其肉者。有煮熟之者。有肆其骨體於俎者。或奉持而進之者。”《正義》曰：“‘將，齊’，《釋言》文。郭璞云：‘謂分齊也。’《地官》牛人云：‘凡祭祀，供其牛牲之互。’注云：‘互若今屠家縣肉架。’則肆謂既殺乃陳之於互上也。‘齊其肉’者，王肅云：‘分齊其肉所當用。’則是既陳於互，就互上而齊之也。‘或肆或將’，其事俱在或亨之前，以二者事類相將，故進或亨於上，以配或剥耳。《箋》易《傳》者，以祭雖有互，不施之於既亨之後，非文次也。孫毓云：‘此章祭時之事，始於絜牛羊，成於神保饗，各以次第也。既解剥則當亨煮之於鑊，既煮熟當陳其骨體於俎，然後奉持而進之爲尸羞，不待既亨熟乃分齊所當用也。’《箋》義爲長。”

> 焯案：胡氏《後箋》云：“《五禮通考》曰：‘毛所言是殺牲，當朝踐時事。鄭所言是饋食時事。今案《楚茨》所述禮儀節次頗分明。“絜爾牛羊”下衹當言殺牲，至“執爨”以下方是饋食時事，若方言絜牛羊，遽及饋食，則遺卻朝踐一節矣。況云肆其骨體於俎，與下“爲俎孔碩”又相複，則鄭義不如毛義之長。’承珙案秦説是也。《正義》謂祭雖有互，不施於既亨之後，不知此經四或字本非相爲次第，或者有也，四者各有其事，無妨先言亨後言肆也。”今謂《後箋》説是。詩文以“或亨”居“或肆或將”前者，蓋由詩人設文，事多錯舉。汪氏《異義》説。王肅謂以二者事類相將，故進“或亨”於上以配“或剥”，當矣。

“祝祭于祊。”《傳》：“祊，門内也。”《箋》云：“孝子不知神之所在，故使祝博求之平生門内之旁待賓客之處。”《正義》曰：“《釋宫》云：‘祊謂之門。’彼直言門，知門内者，以正祭之禮不宜出廟門也。而《郊特牲》云：‘直祭祝于主，索祭祝于祊。’注云：‘廟門外曰祊。’又注：‘祊之禮宜於廟門外之西室。’於此不同者，以彼祊對正祭是明日之名，又彼記文稱祊之於東方爲失，明在西方，與繹俱在門外，故《禮器》曰‘爲祊於外’，《祭統》曰‘而出于祊’，對設祭於堂爲正，是亦明日之繹，故皆在門外，與此不同。以廟門謂之祊，知内外皆有祊稱也。”

焯案：《正義》以《詩》“祝祭于祊”及《禮》言“索祭”爲與正祭同日，而以祊之於東方爲繹祭，因謂祊祭有二，此特牽就鄭君之説。不知祊止有一，皆謂與正祭同日之索祭也。馬瑞辰語。何氏《古義》云：“《爾雅》祊作閍，云‘閍謂之門’。《説文》祊作鬃，云‘門内祭先祖所以徬徨也’。其云門内祭，與《毛傳》祊爲門内正合。蓋祊祭自在門内，原無二祊。《禮器》所謂‘設祭于堂，爲祊乎外’，特對正祭於堂言之。故謂之外，非謂祊在門外也。《祭統》稱‘祭有十倫’，首言‘鋪筵設司几，爲依神也。詔祝于室而出于祊，此交神明之道也。’是則祭祊爲行禮之始之明據也。”焦氏《循宫室圖》云：“繹祭之名見於諸經者，絶不與祊混，祊皆正祭索神之名。所云爲祊于外，而出于祊者，皆對室中言，非門外也。”陳氏《傳疏》亦云：“凡祭宗廟之禮，廟主藏於室中，於其祭也，祝以詔告之，所謂直祭祝于主也。廟門之内，皆祖宗神靈所馮依焉，孝子不知神之所在，於其祭也，祝以博求之，所謂索祭祝于祊也。是祊祭當在事尸之前，至繹祭主未納室，故無詔室之祭，亦必無索神之祭。”今謂以上三説，並足證《箋》、《疏》之誤。

“爲俎孔碩，或燔或炙。”《傳》：“燔，取膟膋。炙，炙肉也。”《箋》云：“燔，燔肉也。炙，炙肝也。皆從獻之俎也。其爲之於爨，必取肉也，肝也，肥碩美者。”《正義》曰：“《箋》易《傳》者，以燔燎報陽，祭初之事君親爲之。此文承爲俎之下，言執爨有容，則序助祭之人，非君親之也。且膟膋燎之於爐，此燔炙爲之於爨，禮有燔肉炙肝，從獻所用，以此知非報陽燎薦之事，故易之也。”

焯案：《傳》、《箋》無異義。《正義》以《傳》云“燔取膟膋”指朝踐時取膟膋於鑪炭，非《傳》意也。蓋一祭之中，有再度燔燎羶薌之事。《郊特牲》云：“取膟膋升首，報陽也。”是朝踐時燔燎膟膋也。又云：“既奠然後焫蕭合羶薌。”是饋熟時亦燔燎膟膋也。又《祭義》云：“燔燎羶薌，見以蕭光。”即爲饋食言之。此詩言“或燔或炙”，文承“爲俎孔碩”之下，其爲饋食甚明。毛斷不得以爲報陽薦燎之事。胡氏《後箋》云：“毛於此‘或燔或炙’，以燔爲膟膋，炙爲炙肉。《生民》‘取蕭祭脂’《傳》云：‘取蕭合黍稷，臭達牆屋，先奠而後爇蕭，合馨香也。’此雖非宗廟祭事，然毛意以生民之‘載燔載烈’與此詩之‘燔炙’皆即《郊特牲》既奠焫蕭之事。故《楚茨》言於執爨之下不嫌非次。《鄭》注《郊特牲》亦引‘取蕭祭脂’，用毛義也。至《信南山》‘取其血膋’正承‘以啓其毛’之下，當是制祭時事。毛不言者，以本文自明。彼《箋》云：‘毛以告純，血以告殺，膋以升臭，合之黍稷，實之於蕭，合馨香也。’此亦據既奠焫蕭爲義。若朝踐時制祭燎膟膋，無所謂蕭合黍稷也。此《箋》又以燔肉炙肝爲從獻之俎，既本《禮經》，且於爲俎之文尤相比附。後儒多謂燔燎不宜在執爨之後，故以《箋》説爲長，由不考《郊特牲》既奠焫蕭之文耳。”

“爲豆孔庶，爲賓爲客。”《傳》：“豆謂内羞庶羞也。繹而賓尸，及賓客。”《正義》曰：“毛以豆言甚衆爲過常之辭，而云‘爲賓爲客’，則所爲有二事也。然則非但正祭所用，至繹又用之，故云‘繹而賓尸及賓客’也。言於繹祭可以此賓敬於尸而薦之，解爲賓也。今又正祭賓用之爲薦，是爲客也。繹雖在後，而尸尊於賓客，故先言爲賓也。”

焯案：《正義》以賓謂繹日賓尸，爲客謂正祭所薦，以《傳》賓尸爲經文之爲賓，皆非是。胡氏《後箋》云：“《儀禮·有司徹》云：‘宰夫羞房中之羞，於尸侑主人主婦，皆右之。司士羞庶羞，於尸侑主人主婦，皆左之。’注云：‘二羞所以盡歡心，房中之羞，其籩則糗餌粉餈，其豆則酏食糝食。庶羞羊臐豕膮，皆有胾醢。房中之羞，內羞也。內羞在右，陰也。庶羞在左，陽也。’考少牢爲大夫正祭，其羞於尸，庶羞四豆。至賓尸，則尸侑主人主婦內羞庶羞兼有之。賓兄弟、內賓及私人亦有庶羞。若不賓尸，羞於尸亦庶羞四豆，致爵後則尸祝主人主婦，內羞庶羞亦兼有之。卒，乃羞於賓兄弟、內賓及私人、辯。注謂乃羞者羞庶羞。據此，知大夫正祭尸祝以外別無羞豆，況天子諸侯之尊，正祭禮不及賓，故賓長受酢後，惟薦尸以羞豆羞籩，必至繹祭而後及於主祭與助祭者。此詩於爲豆之下專言賓客，自以朝事饋食加羞諸豆所以事神事尸者本不待言，特推廣豆之用於賓客者以見其孔庶。毛善會經旨，故言此豆及繹而賓尸之時並及於賓客耳。《傳》繹而賓尸爲一句，及賓客爲一句，賓客即經文之爲賓爲客，非以賓尸釋爲賓、以賓客釋爲客也。《正義》以爲賓指繹祭之賓尸，以爲客指正祭之賓獻，又嫌繹祭在前，而云尸尊於賓，故先言爲賓，皆誤會《傳》意。《箋》於賓客句無解，意當同毛。《正義》申之，謂既以朝獻爲賓客以爲薦，故賓客用而獻酬。蓋疑鄭以‘爲賓爲客’屬下獻酬交錯爲義耳。然旅酬但有舉觶而無羞豆，不得牽合爲一，是《疏》亦誤會鄭意也。”

“既齊既稷，既匡既勑。”《傳》：“稷，疾。勑，固也。”《箋》云：“齊，減取也。稷之言即也。嘏之禮：祝徧取黍稷牢肉魚擩于醢以授尸，孝孫前就尸受之，天子使宰夫受之以筐，祝則釋嘏辭以勑之。”《正義》曰：“《箋》易《傳》者，以‘徂資孝孫’，是嘏之事也。‘永錫爾極’，是嘏之辭也。則此章唯說受嘏之禮耳，不得有執事於其間。若不指執事，則極疾固慎文無所主，故易之以爲受嘏之禮。”

焯案：胡氏《後箋》云：“以《傳》意推之，‘既齊’‘既匡’與‘稷疾’‘勑固’義當一律。王肅訓以整齊誠正者得之。蓋此承上文‘孔熯’‘莫愆’，統言祭祀之得禮，爲下文錫極之本。《正義》謂亟疾固慎當指執事者，不知此章唯説受嘏之禮，不得有執事於其間也。”

信南山

“信彼南山，維禹甸之。”《傳》：“甸，治也。《箋》云：“信乎彼南山之野，禹治而丘甸之。”《正義》曰：“《箋》以此維禹甸之爲丘甸。孫毓云：‘禹平治水土，以除洪水之災。當此之時，未及丘甸其田也。且井邑丘甸，出於周法，虞、夏之制未有聞焉。今以周之法爲虞、夏之説，又謂禹治水土皆丘甸之，非其義也。’然則鄭謂禹亦丘甸之者，《禮運》説‘大道既隱’，而曰‘以立田里’，是則三王之初，而有井甸田里之法也。《論語》説‘禹盡力乎溝洫’，與匠人‘成間有洫’同也。《皋陶謨》‘畎澮距川’，與匠人‘同間有澮，專達於川’同也。是則丘甸之法，禹之所爲。《左傳》：‘少康之在虞思，有田一成，有衆一旅。’於是則十里爲成非周之賦法也。禹之治水既平，乃任土作貢。有何不暇，而云未及丘甸之也。”

焯案：沈氏鎬《傳箋異義解》云：“禹平水土，制田定賦，溝洫畎澮諸務咸備。若丘甸出車之法，周始有之，不得以溝洫澮同於《周禮》匠人，遂附會之也。《正義》駁孫之説非也。”嚴氏粲曰：“言禹甸治之，則平水患，理溝洫皆在其中矣，不必破甸爲乘也。《韓奕》亦云‘維禹甸之’，不必專言丘乘矣。”此説從毛義，是也。

“曾孫田之。”《傳》：“曾孫，成王也。”《正義》曰：“周祖文王而宗武王，成王繼文、武爲太平之主，特異其號，故《詩》通稱成王爲曾孫，不繼於文王不直言孫者，以太王亦王迹所起，見其王業之遠。又不稱玄孫者，以玄孫對高祖爲定名，世數更多，則不得稱玄孫矣。曾者，重也，自曾祖以至無窮，皆得稱曾孫，明周德之隆久。”

焯案：李氏《紬義》云：“《傳》以經上言禹甸，下言曾孫，而

《序》又稱幽王不能修成王之業，疆理天下，以奉禹功，故以曾孫爲成王，義係於禹，不係於周之祖也。"《書・武成》篇曰："厎商之罪，告于皇天后土，所過名山大川，曰，惟有道曾孫周王發。"王者於天地山川尚稱曾孫，況周祖后稷爲堯弟，與堯同祖玄囂、禹祖昌意皆黄帝子孫，故成王於禹得稱曾孫。此篇及《甫田》、《大田》之曾孫皆係於禹，他篇曾孫乃當如《正義》說耳。焯謂曾孫本爲古者事神之通稱，凡内事其先祖皆用此稱，《墨子》言武王將事泰山隧，稱曾孫周王，是天子外事亦稱之。此詩思成王能疆理天下以奉禹功，而係禹言之，固當如李氏所說也。

"我疆我理。"《傳》："疆，畫經界也。理，分地理也。"《正義》曰："分地理者，分別地所宜之理，若《孝經注》云：'高田宜黍稷，下田宜稻麥。'是也。"

焯案：馬氏《通釋》云："《樂記鄭注》曰：'理者，分也。'古人曰肌理，曰腠理，曰文理，曰天理，曰地理，曰條理，皆指其可分別者言之。故此《傳》以分地理釋經理字，理對疆言，疆謂定其大界，理則細分其地脈也。至成二年《左傳》曰：'先王疆理天下，物土之宜而布其利。'引《詩》'我疆我理，南東其畝'。物土之宜乃釋詩'南東其畝'，非釋理也。《正義》謂分地理若《孝經注》'高田宜黍稷，下田宜稻麥'，失之。

"上天同雲。"《正義》曰："以雲在於天上，雨從上下，故云上天。"

焯案：馬氏《通釋》云："《爾雅・釋天》：'冬曰上天。'《釋名》：'冬曰上天，其氣上騰與地絶也。'許慎《五經異義》引《古尚書》說：'自上監下，則稱上天。'是上天與昊天、蒼天等同爲天稱，《正義》所云，失其義矣。"

“曾孫之穡，以爲酒食。畀我尸賓，壽考萬年。”《箋》云：“斂税曰穡。畀，予也。成王以黍稷之税爲酒食，至祭祀齋戒，則以賜尸與賓。尊尸與賓，所以敬神也，敬神則得壽考萬年。”《正義》曰：“經云‘畀我尸賓’，何知不指謂祭時予之。而《箋》以爲齊戒賜尸賓者，此詩陳事有次序，五章卒章始言祭時之事，則此未祭而言‘畀我尸賓’，明祭前矣。”

焯案：胡氏《後箋》云：“以經文核之，此‘畀我尸賓’不過言稼穡之爲酒食、用於祭祀之尸賓，乃統祭事始終用酒食言之，不必泥前後次序專指爲齊戒之時。即如四章‘是剥是菹，獻之皇祖’，亦第言其瓜可以爲菹，可以共祭耳。不然，豈有未殺牲而先薦豆者乎?”顧氏《學詩詳説》云：“鄭泥一畀字，謂齊戒以賜尸賓。《正義》因謂五章、六章始言祭時之事，此爲祭前，非也。此詩正指象神助祭時事，故繼以‘壽考萬年’，不得爲齊戒，況下章又明言‘獻之皇祖’乎？蓋特因瓜果方成，而預擬之如此，不必以爲齊戒而後有次序也。朱公遷《詩經疏義》謂畀尸賓獻皇祖皆擬議於其前，至烝享苾芬而祀事始成，最允。”

“疆埸有瓜，是剥是菹。”《傳》：“剥瓜爲菹也。”《箋》云：“於畔上種瓜，瓜成，又入其税。天子剥削淹漬以爲菹，貴四時之異物。”《正義》曰：“徧檢書傳，未見天子税民瓜以供祭祀者。故《地官場人》‘掌國之場圃，而樹之果蓏珍異之物，以時斂而藏之，凡祭祀，賓客共其果蓏’，《郊特牲》曰：‘天子樹瓜華，不斂藏之種也。’是則天子之瓜，自令有司供之，不税於民，此言瓜成入其税於天子者，《周禮》言其正法，瓜不税民。此述成王之時，民盡力於農業，故畔上種瓜，獻諸天子。”

焯案：李氏《紬義》云：“載師曰：‘以場圃任園地。’又曰：‘凡任地，國宅無徵，園廛二十而一。’注：‘鄭司農云：任地，謂任土地以起賦税也。玄謂國宅，凡官所有宫室，吏所治者也。國税輕近而重遠，近者多役也。園廛亦輕之者，廛無穀，園少利也。古之宅必有樹，而畺場有瓜。'是鄭以載師稅瓜矣，孔何不引以證歟？豈以載師園地在近郊之內，《鄭注》雖引此詩，而非民田之疆場。然稍縣畺之地行井田，則於公田種穀，田畔種瓜，穀是曾孫之穡，瓜爲皇祖之菹，亦統在任地起稅之內，不可謂不稅民瓜矣。"曾氏釗《詩毛鄭異同辨》亦云："《地官》載師云：'以場圃任園地。'下云：'園廛二十而一。'《鄭》注《序官》云：'載，事也，事民而稅之。'則園圃稅瓜蓏審矣。場人云：'掌國之場圃。'彼爲國圃，故宮樹之，不得引爲《周禮》正法瓜不稅民證也。今合經注而核之，用瓜之法有三：甸師共野果蓏之薦，則薦新之用也。載師之稅，與此詩稅而爲菹爲一，則享宗廟籩豆之用也。場人'凡祭祀賓客，共其果蓏'，則國中祭事之用也。《正義》乃據場人爲說，云'徧檢書傳，未見天子稅民瓜以供祭祀'，殆知其一未知其二者歟?"焯謂古人於果實以瓜爲重，嘗較珍於他果，故《曲禮》備詳削瓜之儀，《郊特牲》"天子樹瓜華"，《玉藻》"瓜，祭上環"，《論語》亦有瓜祭之文，皆特言之。故周人之取於民也，既賦其田中之粟，又賦其畔上之瓜，李、曾二氏俱引載師之文，以證周有稅民瓜之事，審矣。胡氏《後箋》又引《周禮》閭師任圃以樹事貢草木。謂貢即稅，是又稅瓜之一證也。

卷　十

甫田之什

甫　田

“倬彼甫田，歲取十千。”《傳》：“倬，明貌。甫田，謂天下田也。十千，言多也。”《箋》云：“甫之言丈夫也。明乎彼大古之時以丈夫税田也。‘歲取十千’，於井田之法，則一成之數也。”《正義》申《傳》曰：“言明者，疾今不能。言古之明信，故云明也。”

焯案：倬彼猶言倬然，爲甫田之形容詞，故《傳》云“明貌”。《箋》云明乎彼大古之時，則以倬爲明信之義，與《傳》不同。《正義》以《箋》述《傳》，非是。又申《箋》曰：“以此章言‘自古有年’，又云‘今適南畝’，一章之内，而有古今相對。‘今適南畝’言民之治田，則‘歲取十千’，宜爲官之税法。”焯謂“自古有年”者，古謂歷年，自歷年豐稔，其法如此，猶《良耜》所謂“振古如兹”也。既言自古，明是相遞之詞，非相對之語。且何以今言治田，則“自古有年”遂宜爲税法乎？十千之税，古有定法，非所謂有年也。《正義》又謂十千爲有限之數，則不據天下，不可言大，不思此十千之語，由鄭君訓爲税法，始爲有限之數，不然，與萬億及秭何别焉？《傳》但訓爲多，當矣。

“攸介攸止，烝我髦士。”《傳》：“烝，進。髦，俊也。治田得穀，俊士以進。”《箋》云：“介，舍也。禮：使民鋤作耘耔，閒暇則於廬舍及所止息之處以道藝相講肄，以進其爲俊士之行。”《正義》曰：“攸介攸止，毛雖不訓，準《生民》之《傳》，則不爲舍而止息。王肅云：‘是君子治道所大，功所定止。’《傳》意當然。《箋》以此田農之事，介止相對，止是止息，故介爲舍也。文承或耔之下，以止舍講習以成俊士，於理爲切，故易《傳》。"

焯案：《正義》以王肅説述《傳》，似失之迂。且與上下文語意不貫。蘇氏《詩傳》以介爲助其勤力，止爲止其怠惰，亦爲未允。胡氏《後箋》則云："介止毛雖無《傳》，然其訓烝爲進，謂俊士以進，則毛意當亦爲舍而止息。蓋必有所止舍，而後可進髦士也。《文選·魏都賦注》引《韓詩章句》曰：'介，界也。'鄭以介爲舍，凡廬舍必於界上，是鄭義本之《韓詩》，亦以申毛，非易《傳》也。"焯謂如《韓詩》説，與《詩》中凡言"介"毛皆訓大者不同。毛意當與鄭異。竊以"攸介攸止"句，介止二字非爲平列，下攸字止爲足句之詞。與《節南山》之"弗躬弗親"、《箋》云："此言王之政弗躬而親之。"《信南山》之"是剥是菹"《傳》："剥瓜爲菹也。"句法相似。介訓大，大猶皆也。止訓止息，此承上文，謂農事於是皆已止息，乃進其俊士也。《公羊傳》何休注："十月事訖，父老教于校室，八歲者學小學，十五者學大學，其有秀者，移于鄉學。"又曰："鄉學之秀者移于庠，庠之秀者移于國學。學于小學，諸侯歲貢小學之秀者于天子、于大學，其有秀者命曰進士。"是也。陳奂訓介爲長大其黍稷，止爲休息其民人。馬瑞辰以介爲分別義。止爲居宅義。似皆未合。

"以介我稷黍，以穀我士女。"《傳》："穀，善也。"《箋》云："介，助。穀，養也。以祈甘雨佑助我禾稼，我當以養士女也。"《疏》云："鄭唯以佑助我禾稼之黍稷，及其成熟，當以養我士之與女爲異。"

焯案：《傳》於介皆訓大，《箋》皆訓助，故《疏》每以爲異。惟此詩如《傳》意以爲大得我稷黍，大猶多也。如《箋》意以爲佑助我禾稼，亦謂事神致福，多得禾稼，文異而意不異也。至穀之訓善訓養，其義大同。《爾雅·釋詁》："穀，善也。"《釋言》：穀訓生又訓禄。《廣雅》云："禄，善也。"郝懿行云："善與生活義近，禄與生養義近，展轉相訓，其義又同矣。”

“曾孫來止，以其婦子，饁彼南畝。”《箋》云：“曾孫謂成王也。饁，饟饋也。成王來止，謂出觀農事也。親與后世子行，使知稼穡之艱難也。爲農人之在南畝者設饋以勸之。”《正義》曲申鄭義，以爲此詩“並是成王之事，不當以農人婦子輒廁其間。且言‘曾孫來止’，即言‘以其婦子’，則是曾孫以之也。上無農人之文，何得爲農人婦子乎？”

焯案：《載芟》春籍田，爲王者之事，而中言“有嗿其饁，思媚其婦，有依其士”，《良耜》秋報社，亦爲王者之事，而中言“百室盈，婦子寧”，無所謂農人婦子不得輒廁其間也。又此詩首章明言“食我農人”，次章復言“農夫之慶”，不得云上無所承。且下云‘饁彼南畝”，饁南畝者，非農家所有事耶？王肅孫毓難鄭，謂“婦人無外事，不聞王后隨天子而行，出勸農事”。《正義》非之，以爲“既言曾孫以其婦子，則后之從行，於文自見，復何所言而云無事？若王后必無外事，不當蠶於北郊，蠶則后之所事，故后當獨行，田則王之所勸，故后從行耳”。焯謂“曾孫來止，以其婦子”，謂曾孫來時農人以其婦子，不得指爲后從王行。又古者天子有省耕之事，於后則無聞，后親蠶北郊，未嘗與天子同行也。必謂后隨王行，出饁南畝，是出何典記乎？雖云疏不破注，亦曲徇過甚矣。

“攘其左右，嘗其旨否。”《箋》云：“攘讀當爲饟。饁，饟饋也。成王來止，謂出觀農事也。爲農人之在南畝者，設饋以勸之。司嗇至，則又加之以酒食，饟其左右從行者。成王親爲嘗其饋之美否，示親之也。”《正義》曰：“王肅云：‘教農以閒暇攘田之左右，除其草萊，嘗其氣旨，土和美與否也。’”

焯案：《正義》即以王肅義述毛。胡氏《後箋》論之云：“《鄭箋》

之説，已爲王肅、孫毓所駁，而王肅所自爲説尤謬。自古無所謂嘗土之法者。”焯謂攘字之義，前儒訓釋各異。竊獨以蘇氏《詩傳》訓取之義爲允。《學詩詳説》云：“蘇氏謂田畯取其左右之饋而嘗之，以知其旨否，此不獨揆之事理爲宜，且文承‘田畯至喜’之下，則攘而嘗之者，亦屬田畯可知。”此説是也。胡承珙謂攘爲奪取竊取之義，施之於此爲不倫。案攘於《説文》訓推，即讓之正字。故古揖讓、退讓字皆作攘。又推之與取。亦正反爲義，蓋在此爲推去，而在彼即爲收取，故《孟子趙注》訓攘爲取。若奪攘、竊攘原非攘之本義，固不得以此而難蘇説也。

“報以介福，萬壽無疆。”《箋》云：“報者爲之求福，助於八蜡之神，萬壽無疆竟也。”《疏》云：“又爲之求福於八蜡之神，而報我農夫以大大之福，使之得萬年之壽無有疆竟。”

焯案：《楚茨》、《信南山》、《甫田》諸篇當爲一時之作。《楚茨》、《信南山》“報以介福”句，《箋疏》釋爲報孝子孝孫，則此篇不得有異。《箋》特以此章“報以介福”句文承農夫句下，遂别作解。《疏》因釋爲以福報農夫，殊乖詩意。詩意實以此二句總承“曾孫之稼”以下，非就農夫言也。

大　田

“既備乃事。”《箋》云：“至孟春土長冒橛，陳根可拔而事之。”《正義》曰：“《月令注》引此，言農書曰，則此出於農書。《漢書·藝文志》農書有七家，不知出誰書也。”

焯案：馬氏《通釋》云：“《周語》：‘土乃脈發。’韋昭注引氾勝之書曰：‘春土冒橛，陳根可拔。’是箋所據，引氾勝之種植書耳。《正義》云不知出誰書，殆未檢《國語韋注》耶？”

“播厥百穀，既庭且碩。”《箋》云：“民既熾菑，則種其衆穀，衆穀生、盡條直茂大。”《正義》曰：“《論語》云‘長沮、桀溺耦而耕’，即云‘耰而不輟’。注云：‘耰，覆種也。’是古者未解牛耕，人耕即下種，故云‘民既熾菑則種其衆穀’。”

焯案：《周禮·地官》：“里宰以歲時合耦于鋤。”注：“以合人耦，則牛耦亦可知也。”《賈疏》：“周時未有牛耦耕，至漢時，搜粟都尉趙過始教民牛耕。今鄭云合牛耦可知者，或周末兼有牛耦，至漢趙過乃絶人耦，專用牛耦，故鄭兼云焉。”據此，知《箋》意當不以古無牛耕也。齊召南《漢書考證》云：“葉少藴曰：‘古耕而不犂，後世變爲犂法，耦用人，犂用牛。趙過特爲增損其數，非用牛自過始也。’周必大曰：‘孔子有犁牛之言，冉耕字伯牛，《月令》出土牛，示農耕早晚。’案葉、周二説是。古藉田之禮曰三推，不用犁，安用推乎？”張汝霖《詩毛鄭異同籤》云：“《説文》牛部犁下云：‘耕也。’又𤘌下云：‘兩壁耕也。’犁𤘌皆從牛，則牛耕之法已久。《山海經》云，后稷之孫叔均始作牛耕。《管子》：‘丈夫二犁；童子五尺，一犁。’《新序》載鄒穆公曰：‘百姓飽牛而耕。’《前漢·匈奴傳》‘犁其庭’，師古曰：‘犁，耕也。’是皆古用牛耕之證。”今謂齊、張之説是也。《正義》直謂古者未解牛耕，猶不若《賈疏》兼持兩端之説。又案《後漢書·王景傳》：章帝建初八年，景“遷廬江太守，先是百姓不知牛耕，致地力有餘，而食常不足”，景乃“教用犁耕，由是墾闢倍多”。今案《范書》所記，或牛耕之法，當時尚未徧及廬江，未可援此以證成《正義》之説也。

“既方既阜。”《傳》：“實未堅者曰阜。”《箋》云：“方，房也。謂孚甲始生而未合時也。”《正義》曰：“阜音爲造，訓爲成也。”

焯案：胡氏《後箋》云：“阜字本當作草。《説文》草下云：‘草斗，櫟實也。一曰象斗。'蓋杍櫟之實名曰草斗者，謂其殼也。俗書作阜。引申之，凡植物有孚甲者皆可稱阜。《周禮·大司徒》'其植物宜早原注：此草省作早。物'，鄭司農云：'早物，柞栗之屬，今世間謂柞實爲阜斗，其實栗亦爲阜物。'則《賈疏》以柞實染阜爲名，非矣。此詩既方爲孚甲始生而未合，則既阜爲孚甲已成而未堅耳。《孔疏》所云，非其義也。馬氏《通釋》引戴侗《六書故》謂'橡櫟之實爲阜，象阜有斗承實形。《詩》曰，既方既阜，言黍稷之稃如阜也'，其説是矣。"

"來方禋祀，以其騂黑。"《傳》："騂，牛也。黑，羊豕也。"《箋》云："成王之來，則又禋祀四方之神祈報焉。陽祀用騂牲，陰祀用黝牲。"《正義》申《傳》曰："上篇云'以社以方'，而方社連文，則方與社稷同用太牢，故以黑爲羊豕、通牛爲三牲也。且上篇言犧羊，是方有羊，明不特牛，故爲太牢。牢中中或當作重。色，而色不同者，毛意蓋以此四方既非望祀，又非五方之帝，故用是牲，所以無方色之別。"又申《箋》曰："毛分騂黑爲三牲，鄭以騂黑爲二色，故引牧人騂黝，以明騂黑爲別方之牲，非謂四方之祭在陽祀陰祀之中也。知方祀各以其方色牲者，《大宗伯》云：'青圭禮東方，赤璋禮南方，白琥禮西方，玄璜禮北方，皆有牲幣，各放其器之色。'注云：'以爲禮五天帝人帝，而句芒等食焉。'是五官之神，其牲各從其方色，則宜五色，獨言騂黑者，略舉二方，以韻句耳。故易《傳》。"

焯案：胡氏《後箋》云："《正義》述毛既以此方爲四方之神，而又謂毛意以四方非望祀，非五帝，殊不能自圓其説。"汪氏《異義》云："《傳》通舉牲物，欲見方社之祭皆太牢，非謂牲無方色之别。《箋》引牧人文，分見牲色，蓋與《傳》互相足成。《疏》以爲異義，或非。又《箋》意欲見此經亦祭社稷，與上篇'以社以方'同，故引牧人文，注意非專爲别牲色設也。上篇方社並言，此經特言方，上篇牲言羊、色言犧，此經色言騂黑不言牲，故《傳》舉牛羊豕以見牲，《箋》舉騂黝以別色，而陰祀之文包祭社稷，《傳》意與上篇犧羊互明，《箋》意與本《傳》互明，又與上篇方社互明也。"

瞻彼洛矣

"韎韐有奭。"《箋》云："韎韐者，茅蒐染也，茅蒐，韎韐聲也。韎韐，祭服之韠，合韋爲之。"《正義》曰："言古人之道。茅蒐，聲如韎韐，故名此衣爲韎韐。"

焯案：嚴元照《娱親雅言》云："《國語·晉語》七'韎韐之跗'，韋昭注云：'鄭後司農説：以爲韎，茅蒐染也。韎聲也。昭謂茅蒐今絳草也。急疾呼茅蒐成韎也。'案韋所云急疾呼者，即急氣也。茅蒐二字氣急讀之，其聲爲韎，據韋所引鄭説，是鄭以茅蒐釋韎，以韎釋韐，以其合韋爲之，故名曰韐也。此《箋》上兩韐字係衍文，《正義》不知栞正《箋》文，而漫爲之説者也。"

裳裳者華

"我心寫兮，是以有譽處兮。"《箋》云："我心所憂既寫，是則君臣相與，聲譽常處也。"《正義》曰："有聲譽之美而處之，言常處此聲譽之美。"

焯案：此與《蓼蕭》"是以有譽處兮"俱言有此安樂之處，《箋》皆訓譽爲聲譽之譽，而《正義》申之，非也。《經義述聞》云："《集傳》引蘇氏曰：'譽、豫通。凡詩之譽，皆言樂也。'案蘇氏之説是也。《爾雅》：'豫，樂也。豫，安也。'則譽處，安處也。《車舝》曰'式燕且喜'，又曰'式燕且譽'，《六月》曰'吉甫燕喜'，《韓奕》曰'韓姞燕譽'，《射義》引《詩》'則燕則譽'，而釋之曰'則安則譽'，皆安樂之意也。《鄭箋》悉訓爲名譽之譽，疏矣。"

"或黄或白。"《箋》云："華或有黄者，或有白者，興明王之德時有駁而不純。"下《箋》云："我得見明王德之駁者，雖無慶譽，猶能免於讒諂之害，守我先人之禄位。"《正義》曰："華一時而黄白雜色，以興明王亦一時而善惡不純，非先盛而後衰爲不純也。故言時有駁而不純者，言時有善多而惡少，非善惡半也。若惡與善等，則是闇君，不得爲明王矣。"

焯案：李氏《紬義》云："《箋》以黄白是華之色，而駁是雜色，故假此以喻德之不純。所請不純者，特在神思之間，不若聖人待人至誠惻怛耳。孔以善惡釋純駁，自來言過是無心，惡是有心，既已爲惡，縱善多惡少，又豈得稱爲明王乎？可謂失詞。"

桑　扈

"不戢不難。"《傳》："戢，聚也。不戢，戢也。不難，難也。"《疏》云："毛以爲言王者之德如此，則天下之民不戢聚而歸之乎？不畏難而順之乎？"

焯案：《傳》未釋難義，《疏》以不難爲"不畏難而順"，義殊未安。蓋難當讀爲戁。《説文》："戁，敬也。"詩以戢難並文，謂能斂抑、能竦敬也。胡氏《後箋》據《顔氏家訓書證》篇引《詩傳》不難作不儺，謂："《傳》當讀難如猗儺之儺。《隰有萇楚傳》：'猗儺，柔順貌。'則此不難者，言民皆柔而順之。"焯謂《傳》意蓋言王者能敬慎威儀，爲民之則，然後可以受多福。《序》謂刺幽王君臣動無禮法威儀，正與詩爲反應。胡氏以此句主民人言，恐非。

鴛　鴦

"鴛鴦于飛，畢之羅之。"《傳》："興也。鴛鴦匹鳥，太平之時，交於萬物有道，取之以時，於其飛，乃畢掩而羅之。"《箋》云："匹鳥，言其止則相耦，飛則爲雙，性馴耦也。此交萬物之實也，而言興者，廣其義也。獺祭魚而後漁，豺祭獸而後田，此亦皆其將縱散時也。”《正義》曰：“古太平之時，交於萬物有道，欲取鴛鴦之鳥，必待其長大，乃畢掩之而羅取之，不於幼小而暴夭也。”

焯案：馬氏《通釋》云：“聖人‘弋不射宿’。《説文》：‘宿，止也。’不射宿，謂不射止鳥，非夜宿之謂。古者射飛鳥不射止鳥。《説文》：‘雉，繳射飛鳥也。’詩言‘如彼飛蟲，時亦弋獲’，皆其證也。古者羅畢之掩鳥，蓋亦於其飛，不於其止，故詩以‘鴛鴦于飛，畢之羅之’見古明王之交於萬物有道，非謂能飛乃畢羅之也。二章‘鴛鴦在梁，戢其左翼’，《毛傳》：‘言休息也。’《箋》言‘自若無恐懼’。惟古者不捕掩止鳥，故得休息無恐懼。知二章‘戢其左翼’爲不掩止鳥，則益知首章以掩取飛鳥爲交物有道矣。《正義》謂於其能飛乃畢掩之而羅取之，似非詩義。”焯謂《正義》專以謂不取其幼小，馬氏駁之，則專以謂弋不射宿，不若李氏《集解》引王氏説，兼二者言之。吕氏《詩記》引蘇氏曰：“惟俟其飛而後取，故其在梁者戢翼而安。”此又馬説之所本也。

頍　弁

“蔦與女蘿，施于松柏。”《傳》：“蔦，寄生也。女蘿，菟絲，松蘿也。”《正義》曰：“蔦，《釋草》無文。寄生者，毛以時事言之耳。《釋草》云：‘唐蒙，女蘿。女蘿，菟絲。’毛意以菟絲爲松蘿，故言松蘿也。陸璣《疏》云：‘今菟絲蔓連草上生，黄赤如金，今合藥菟絲子是也。非松蘿，松蘿自蔓松上生，枝正青，與菟絲殊異。’事或當然。”

焯案：《釋文》云：“蔦，《説文》音弔，寄生草也。《爾雅》云：‘寓木，宛童。’是也。”《正義》以《釋草》無文，不知引《釋木》爲證，所見殊遜陸氏。《中山經》：“蓌山有木焉，其狀如棠而赤葉，名曰芒草。”此木也，而可謂之草，故蔦爲草屬，《釋木》有寓木之名，而

《説文》蔦之重文又從木作槝也。草木之屬，固未可嚴格區分也。至女蘿松蘿之名，可施於菟絲，亦可施於别草，未可執此概彼。李善注古詩，引《毛傳》及《陸疏》，而謂古今方俗名草不同，斯言得之。胡氏《後箋》云："《爾雅》以女蘿爲菟絲，而不言松蘿。《廣雅》以女蘿爲松蘿，而别出菟絲。惟毛公合菟絲松蘿以釋詩之女蘿，則菟絲松蘿當爲一物。自《陸疏》分析爲二，後儒多從其説者，蓋以《神農本草》菟絲列上品、松蘿列中品故耳。然《本經》'松蘿一名女蘿'，《御覽》引吳普云：'菟絲一名松蘿。'則輾轉通名，仍爲一物可知。毛公因詩言女蘿施松柏，故又合松蘿以釋之。陸璣乃云女蘿今菟絲，非松蘿，雖駁《傳》文，而實與經文相違戾，《正義》反以爲當然，誤矣。"

"先集維霰。"《傳》："霰，暴雪也。"《箋》云："將大雨雪，始必微温，雪自上下，遇温氣而摶謂之霰，久而寒勝，則大雪矣。"《正義》曰："以比幽王漸致暴虐。且初爲霰者，久必暴雪，故言暴雪耳，非謂霰即暴雪也。"

焯案：《正義》之説實未得《傳》意而强爲之辭。胡氏《後箋》云："《廣雅·釋詁》：'暴，猝也。'《説文》：'猝，犬從艸暴出逐人也。'猝通作卒。《漢書·杜欽傳》注引鄭氏曰：'卒，急也。'凡卒然者謂之暴，引申之，凡初起者亦謂之暴。此《傳》以霰爲暴雪，正謂將有大雪，其初卒然而下者必霰也。"今謂《後箋》之説善得《傳》意。俞氏《平議》則云："暴之言爆爍，爆爍有希疏之義。字亦作暴樂，《爾雅·釋詁》：'毗劉，暴樂也。'重言之曰暴樂，單言之則曰暴。猶重言之曰毗劉，單言之則曰劉也。暴雪者，謂雪初下，暴樂而希也。"焯謂古人之重文累義其字雖可分可合，然在詩中凡兩字之形容語止用一字者，必於字之上下加其有諸字以爲助詞，《桑柔》"捋采其劉"是也。又或因承上文而省，如《擊鼓》"于嗟闊兮"乃承上文契闊言之是也。若傳注中此例則絶少，如暴樂而止言暴，不溷於暴疾義乎？俞氏好爲奇觚之説，所論未必得毛意也。

“死喪無日，無幾相見。樂酒今夕，君子維宴。”《箋》云：“王政既衰，我無所依怙，死亡無有日數，能復幾何與王相見也。且今夕喜樂此酒，此乃王之宴禮也。刺幽王將喪亡，哀之也。”《正義》曰：“以王必不燕己，故自己酒維當王之燕禮。”

焯案：胡氏《後箋》云：“王逸注《楚辭·大招》，引《詩》‘樂酒今昔’，‘言可以終夜自娱樂也’。此亦以樂酒爲自飲，然繹《箋》意，似不如此。君子仍當斥幽王，謂王不知孤危將亡，且飲酒爲一夕之樂，君子之宴如此而已。《疏》謂以己酒當王燕禮，非是。《嚴緝》云：‘上二章言族人以未見王爲憂，既見王爲喜，其辭猶緩也。末章言國亡無日，族人縱得見王，其能幾乎？當急與族人飲酒相樂於今夕，蓋王今維宜宴而已。言今夕，謂未保明日之存亡，言維宴，謂天下之事已無可爲，惟須飲耳。其辭甚迫矣，豈真望王宴樂之哉？見即上章未見既見之見，謂見王也。君子即上二章所指王也。《詩記》以上二章君子爲幽王，末章君子爲族人自相娱，非也。’案此説頗婉曲，與詩旨合。”

賓之初筵

《序》下《正義》曰：“毛於首章《傳》曰：‘有燕射之禮。’二章《傳》曰：‘主人請射於賓。’則毛以上二章皆陳古者先行燕禮，後爲燕射，無祭祀之事也。鄭以將祭而射謂之大射，大射之初先行燕禮，首章上八句言射初飲燕之事，下六句言大射之事，二章言作樂以祭，盡章皆説祭時之事。”

焯案：首章《箋》云，射禮有三，有大射，有賓射，有燕射，將祭而射，謂之大射，下章言“烝衎烈祖”，其非祭與？《正義》遂分毛謂燕射，鄭爲大射，諸家辨析益繁。其實武公刺幽王飲酒無度，首章言燕射飲酒之正禮，重在燕不重射也。二章言祭祀大射飲酒之正禮，亦重燕不重祭與射也。至毛云有燕射之禮，並非專指燕禮之射。胡氏《後箋》云：“射禮見於《周官》者，有大射、賓射、燕射，若對文固自有别，然三射皆有飲酒之禮。《禮記·射義》云：‘古者諸侯之射也，必先行燕禮。’故《大射儀》未射以前節次皆與《燕禮》略同。而《燕禮》云：‘若射，則大射正爲司射。’是《燕禮》容有不射，而《射禮》必無不燕者。大射之先既有燕禮，當亦可謂之燕射。毛於‘大侯既抗，弓矢斯張’《傳》云：‘大侯，君侯也。抗，舉也。有燕射之禮。’此謂大侯者，凡人君以禮燕射皆設之，非專指王以息燕之射。蓋毛亦以首章前八句爲大射之燕，後六句爲既燕而射也。次章‘各奏爾能’又起下文射事，故‘賓載手仇’以下，毛以爲復射，而於上文不發祭傳者，以經本非實言祭事。何氏《古義》謂‘烝衎烈祖’以下六句皆預擬之詞，非實祭，是也。鄭於次章皆以祭事釋之。然‘各奏爾能’謂是子孫獻尸，《疏》申之以‘尸尊，神之象，子孫敢獻之，是其能’。殊不成語。不如毛意指射而言，與上章‘獻爾發功’語意一例也。”

“大侯既抗，弓矢斯張。”《傳》：“大侯，君侯也。抗，舉也。有燕射之禮。”《箋》云：“舉者，舉鵠而棲之於侯也。《周禮》梓人：‘張皮侯而棲鵠。’天子諸侯之射皆張三侯，故君侯謂之大侯，大侯張而弓矢亦張，節也。將祭而射謂之大射，下章言‘烝衎烈祖’，其非祭與？”《正義》申《毛》云：“《燕禮》言，‘若射如鄉射之禮’。按鄉射初則張侯，此舉酬之下始言‘大侯既抗’者，鄉射之初雖言張侯，而以事未至，經云‘不繫左下綱，中掩束之’。至於將射，以司正爲司馬，乃云‘司馬命張侯，弟子脱束，遂繫左下綱’。是將射始張之，故於此言既抗也。”其申《鄭》云：“按‘大射、前射三日，司馬命量人巾車張三侯’。《夏官》射人云：‘若王大射，則以貍步張三侯。'則天子亦前射三日，其侯射人張之矣。此將射而言大侯既抗，明非始張侯體，言舉鵠而棲之於侯中也。"

焯案：胡氏《後箋》云："《吕記》云：'大射儀雖前期三日張大侯，然不繫左下綱，與鄉射同。雖不言將射命張侯遂繫左下綱，亦可互見也。鄭氏偶忘互相備之例，遂以爲舉鵠而棲之於侯。殊不知舉三尺之鵠，安得謂之大侯既抗乎？'何氏《古義》曰：'綱者持舌繩之名，舌所以維持侯者，侯上下各有左右舌，故有左右上下綱繩出於舌外，以持舌而繫之於植也。侯以向堂爲面，則左下綱以西畔而言。初之不繫者，事未至也。中掩束之者，中掩左厢向東束之，故將射乃解之也。脱其束，遂繫左下綱於植，事至故也。大射儀於將射雖不言繫綱，而前此張三侯之時亦有不繫左下綱之文，及畢事，又有量人解左下綱之文，則於此時繫之可知。所以不言及者，互相見耳。'承珙案《箋》以舉爲棲鵠，正申《傳》舉字之義。蓋經言大侯，則既抗之爲張侯，本不待言。必兼棲鵠，其義乃備，非謂大射前已張侯，此時唯有棲鵠也。下《箋》云'大侯張而弓矢亦張'，則鄭意未嘗不以既抗爲張侯矣。《孔疏》欲分别毛爲燕射，鄭爲大射，故申毛以爲同鄉射之張侯，申鄭以爲大射不更張侯而唯棲鵠。殊不知大射之脱束繫綱本與鄉射同，不言者略耳。此《疏》誤，非《箋》誤也。"焯又案《正義》："王肅述毛云：'幽王飲酒無度，故言燕禮之義。其奏云：言燕樂之義得，則能進樂其先祖，猶《孝經》説大夫士之行曰，"然後能守其宗廟而保其祭祀"，非唯祭之日然後能保而行之，以此故言烝衎，非實祭也。'孫毓以爲：'燕禮輕，祭事重，幽王無度，無不慢也。舉重可以明輕，輕不足以明重。'又'錫爾純嘏，子孫其湛'，非燕飲之文所得及也。一篇之旨，《箋》義爲長。"今謂王説實得詩意，試就其説申之。《小明》言"靖共爾位"，而終及之於"神之聽之，介爾景福"，非祭祀受福之謂也。《抑》詩言"敬慎威儀"，而推之於"用逷蠻方"，非實當出師之時也。然則此言烝衎者，得如王肅之説矣。若孫毓以爲燕輕祭重，又謂舉重可以明輕，輕不足以明重，則未爲得也。夫以幽王沈湎若此，其承祭之失禮必多，所以獨舉燕飲言之者，譏其輕則其重者可知矣。若舉祭射之重以正其燕飲之失，則以幽王無度，求其燕飲之不醉而不得，而顧引祭射之重以責之乎？至"錫爾純嘏"二語，本爲預擬之詞，非實言祭，何云非燕飲之文所得及也。《正義》特以孫氏右《箋》，故引以證成其説耳。

"酌彼康爵，以奏爾時。"《傳》："酒所以安體也。時，中者也。"《正義》曰："上章言'以祈汝爵'，慮其耦與己爵也。此言'以奏爾中'，謂勝者之黨酌以進中者，令以飲彼不中者也。各從其所而言之。故王肅云奏中者以飲不中者，是也。"

焯案：胡氏《後箋》云："上言'以祈爾爵'，則射禮飲不勝者之事已畢，何得次章又言飲彼不中。王肅所申，似非經旨。考《大射儀》坐燕復射之後，亦如《燕禮》有無算爵，酌以之公命所賜，則非如前此射爵，雖中者亦當與於飲矣。《傳》以康爲安、以時爲中者，固非勝飲不勝也。"

"賓之初筵，温温其恭。"《箋》云："此復言初筵者，既祭，王與族人燕之筵也。"《正義》曰："此與上章雖古今不同，而相承爲首尾。"

焯案：胡氏《後箋》云："此詩首次兩章毛、鄭雖皆爲陳古刺今，然毛以兩章或燕或射，皆一時之事。鄭則首章爲祭前擇士之射，次章爲正祭，已非一時之事。而三章刺今乃獨承次章而言祭後之燕，於義不安，《正義》以爲相首尾，非是。竊意兩初筵乃一古一今相對爲文，其陳古專舉射禮者，以其志於射，略於飲酒，故'以祈爾爵，以奏爾時'，所以見古人德將無醉，未有無故而飲酒者。再言'賓之初筵'，絶不及所以飲酒之事，則是有燕必醉，醉則喪儀，正《序》

所謂‘飲酒無度’者也。謂與上章反對則可，謂相爲首尾，則未必然。”今謂《後箋》之説甚諦。李氏《集解》云：“首章言‘賓之初筵’者，古之飲酒其禮如此，而飲後亦如此也。三章重言‘賓之初筵’者，幽王之飲酒其禮如此，而飲後不如此也。”此當爲胡氏説所本。

“凡此飲酒，或醉或否。既立之監，或佐之史。彼醉不臧，不醉反恥。”《傳》：“立酒之監，佐酒之史。”《箋》云：“凡此者，凡此時天下之人也。飲酒於有醉者，有不醉者，則立監使視之。又助以史，使督酒，欲令皆醉也。彼醉則已不善，人所非惡，反復取未醉者恥罰之，言此者，疾之也。”《疏》述《傳》曰：“毛以爲凡此天下之人，聚共飲酒，初時或有醉者，或有不醉者，復設法以逼之，既立酒之監，或復佐之爲史，令催不醉之人亦使醉也。彼醉者則已不善，爲人所非惡，不醉者，此監與史反恥而罰之，是使小大盡醉，舉坐皆猶狂也。”

焯案：陳氏《傳疏》云：“‘凡此飲酒’此字，承上章末六句之意而言。立監佐史，所以觀察其醉否，凡飲酒禮皆然也。‘彼醉不臧’彼字，與上此字作對文；彼，彼飲酒無度者也。”胡氏《後箋》云：“《傳》釋立監佐史，似謂飲酒之正法，未必如鄭言以監史督酒令醉。鄭注《鄉射禮》，謂立司正以察儀法，即引此詩，乃詩之本義。此言督令皆醉者，因下文有不醉反恥句耳。其實上言監史爲禮法所當然，下乃言醉者之不臧，反以不醉者爲恥。文義自明，無庸別解。”今謂陳、胡二説皆得經《傳》之意。《疏》以鄭義述毛，非毛旨也。

“匪言勿言，匪由勿語。”《箋》云：“其所陳説非所當説，無爲人説之也；亦無從而行之也；亦無以語人也，皆爲其聞之將恚怒也。”《疏》云：“汝之所陳説者，非所當言，勿爲人言。而又當自善，非得見彼皆然，遂從而行之，亦勿以彼惡行而語他人。”

焯案：胡氏《後箋》云："《箋》云'其所陳説'，其指醉者。下無爲人説，乃戒時人。鄭意蓋謂醉者非所當言而言，汝勿爲人述其言，其所言多不可從者，汝亦勿從，亦勿以其事語人，皆所以維持調護醉人，使其惡不至於衆著耳。《疏》以'匪言'亦屬旁人，則不醉之人陳説有何不當，而戒以勿爲人説哉？"

魚藻之什

采菽

"采菽采菽。"《傳》："興也。菽所以芼大牢而待君子也。羊則苦。豕則薇。"《箋》云："菽，大豆也。采之者，采其葉以爲藿，三牲牛羊豕芼以藿。王饗賓客有牛俎，乃用鉶羹，故使采之。"《正義》申《傳》曰："舉牛之芼，則羊豕之苦薇從之可知，故云大牢以總之。"又申《箋》曰："言三牲牛羊豕者，解《傳》言大牢之意，明舉菽以見三牲，牛不獨爲大牢也。定本三牲之下無牛羊豕字。"

焯案：李氏《紬義》云："《傳》分别羊豕，明以大牢爲牛。蓋少牢羊豕加牛而爲大牢，是大牢之名本以牛定。古大太一字。《説文》云：'牛，大牲也。'又曰：'牛爲大物。'然則爲物大，故曰大牢。《東都賦》云：'嘉珍御，太牢饗。'李善注引《大戴禮》曰：'牛曰太牢。'是古亦有名牛爲太牢者。唐楊虞卿嘲牛僧孺爲太牢公，蓋有所本。《傳》不明言牛，《箋》言牛羊豕，又言牛俎，正釋《傳》大牢二字。《正義》説誤。"胡氏《後箋》云："《箋》云'采其葉以爲藿'，段懋堂云'藿當作芼'，是也。《正義》引定本三牲下無牛羊豕字，亦疑有誤，當是三牲下無羊豕芼三字。《箋》蓋云采之者采其葉以爲芼，三牲牛以藿，正所以申明《傳》文菽芼大牢之説也。"

“觱沸檻泉，言采其芹。”《傳》：“觱沸，泉出貌。檻泉，正出也。”《正義》曰：“此章《毛傳》興事不明，正以上章類之，知此必爲興。王肅云：‘泉水有芹，而人得采焉。王者有道，而諸侯法焉。’觀此上下止言王者之待諸侯，不美王者與諸侯作法，肅輒言之，恐非毛旨。必欲爲興，不如以興車服賞賜，故别爲毛説焉。”

焯案：胡氏《後箋》云：“上章菽爲鉶羹之芼，此章芹爲加豆之菹，而《傳》於首章言興，乃即事爲興之例。《正義》以上類下，則次章《傳》意自當爲興。但所爲毛説，仍是以興車服賞賜，與上章重複。今以《魯頌·泮水》例之，《泮水》云：‘思樂泮水，薄采其芹。魯侯戾止，言觀其旂。其旂茷茷，鸞聲噦噦。’六句皆與此詩略司。彼《傳》云：‘言水則采取其芹，宫則采取其化。言觀其旂，言法則其文章也。茷茷，言有法度也。’《傳》雖不明言興，然自是以采芹興觀旂。據彼申此，則此《傳》意當亦言泉水有芹可采，諸侯之來朝，有文章法度可觀。諸侯有禮如此，而王乃侮慢之可乎？王肅謂王者與諸侯作法，失經文采其觀其相因爲興之意，宜《疏》以爲非毛旨也。”焯謂詩言檻泉采芹，既爲即事之興，亦即譬喻之興。李黄《集解》：“《鄭箋》謂采芹以待君子，不如蘇氏之説‘言觱沸之清泉吾將采其芹，來朝之君子吾將觀其旗’。”何氏《古義》云：“以檻泉自下上出，興君子自下國而朝於王朝，檻泉之旁有芹可采，興君子來朝亦有儀從可觀。”案李、何二説實較王、孔爲優，亦即《後箋》之説所本也。

“載驂載駟，君子所届。”《箋》云：“届，極也。諸侯來朝，王使人迎之，因觀其衣服車乘之威儀，所以爲敬，且省禍福也。諸侯將朝于王，則驂乘乘四馬而往，此之服飾，君子法制之極也。言其尊，而王今不尊也。”《正義》申《箋》曰：“此陳王尊諸侯，既使人迎之，又自親迎。”又曰：“以諸侯至當行朝禮，故言將朝。於是王則驂乘駟馬而往迎之。”

焯案:《箋》以君子謂諸侯,則駿驅亦當指諸侯之車,謂諸侯將朝於王,乘此駿驅以往也。胡氏《後箋》云:"《釋文》云:'將朝于王,一本無于字,皆以王字絶句。一讀諸侯將朝絶句,以王字下屬。'據此,陸、孔所見《箋》本不同。陸云皆以王字絶句,是六朝鄭學善本。《箋》意本以駿驅指諸侯而言,觀上文旂鸞皆諸侯之物,則駿驅自當屬諸侯。《箋》云駿乘乘四馬而往,言往亦必指諸侯往朝可知。下《箋》又總云'服飾爲君子法制之極',則絶不以駿驅爲王所乘。孔據《箋》本無于字,讀朝字絶句,因有駿驅往迎諸侯之説,於經文《箋》旨皆失之。"

"優哉游哉,亦是戾矣。"《傳》:"戾,至也。"《箋》云:"戾,止也。諸侯有盛德者,亦優游自安止於是,言思不出其位。"《疏》述《傳》曰:"明王之德能如此,亦如是至美矣。"又申《箋》曰:"襄二十一年《左傳》,叔向引詩云:'優哉游哉,聊以卒歲。'下句與此不同。則所引逸亡,此非也。鄭亦約彼優游爲居止自安之義,故與毛不同。"

焯案:經陳諸侯來朝,此戾字當與《振鷺》"我客戾止"之戾同。故《傳》訓爲至。《孔疏》申毛未允。此章首二句以"楊舟"喻君子,以"紼纚維之"喻天子以福禄膍君子,楊舟以紼纚而止。君子以福禄膍而來,蓋惟"福禄膍之",俾得"優哉游哉",則君子亦於是而至矣。李氏樗曰:"厚與之福禄,使之優游室家,則諸侯孰不至乎?"斯説得之。胡氏《後箋》云:"《箋》訓戾爲止,謂安止於是,正申《傳》'戾,至'之義。如《疏》説則易毛矣,恐於《傳》、《箋》意皆不合。又案《左傳》所引,自係逸詩,全與此篇無涉。此篇承上文'天子葵,福禄膍',必不當繼之曰聊以卒歲。《杜注》以爲《小雅》,殆是誤記。彼《疏》以爲師讀有異,尤爲臆揣。此《疏》又云鄭約彼義,故與毛異,皆非也。"

角　弓

《序》云："角弓，父兄刺幽王也。不親九族而好讒佞，骨肉相怨，故作是詩也。"《正義》曰："既不親九族，則疏遠賢者，自然而好讒佞。事勢所宜言，於文無所當也。"

焯案：李黄《集解》云："自古不親九族，未有不因好讒佞之故。晋獻公信驪姬而不畜羣公子。楚懷王信上官之譖而逐屈氏。單獻公所以棄其親者，以好用羈故。鞏簡公所以棄其子弟者，以好用遠人故也。"胡氏《後箋》云："《疏》順經文，故言不親九族自好讒佞。《李解》以好讒佞爲不親九族之由，核之詩辭，未嘗明言讒佞。《序》蓋於詩外推原，當以《李解》爲是。"

"騂騂角弓，翩其反矣。"《傳》："興也。騂騂，調利也。不善紲檠巧用，則翩然而反。"《正義》曰："騂騂文連角弓，即是角弓之狀。弓有用角之處，不得即名角弓，此言角弓，蓋别有角弓，如今北狄所用者。"又云："檠紲即緄縢也。"

焯案：李氏《紬義》云："弓人六材，幹、角、筋、膠、絲、漆也。幹爲弓表，角爲弓裏，皆弓之體也。筋膠絲漆，所以成弓之用也。幹有柘、檍、桑、橘、木瓜、荆、竹，無一定之名。餘五材之中，用角爲多，故名角弓。《傳》言調利，謂用角調利，正釋經中騂字。騂本從羊、從牛、從角，《説文》觲云，'用角低仰便也'，引此詩'觲觲角弓'。許氏稱用毛氏古文，'低仰便'正與調利義合。'用角'二字，妙與《傳》義申成。《正義》謂騂騂爲角弓之狀，又謂弓用角不得即名角弓，非也。又《秦風·小戎》'竹閉緄縢'《傳》云：'閉，紲。緄，繩。縢，約也。'是紲乃竹閉，緄是繩，謂以繩約此紲。孔以紲即緄縢，亦非《傳》意。"顧氏《學詩詳説》云："《傳》云'不善紲檠巧用，則翩然而反'，《疏》誤會其意，謂是勁而易反，故以唐世北狄所用之弓當之。果如所解，《傳》何以先云‘騂騂，調利’，何以必云不善紲檠巧用也。按弓人云：‘角之中，恒當弓之畏，畏也者必橈，橈故欲其堅也。’注讀畏爲隈。《禮經·大射儀》：‘大射正執弓，以袂順左右隈。’注：‘隈，弓淵也。’弓淵云者，謂弓之曲處，左右皆以角爲之。不善紲檠巧用，則翩反正當其處，故以角弓言，非别有角弓，如《疏》説也。”

“兄弟昏姻，無胥遠矣。”《箋》云：“胥，相也。骨肉之親當相親信，無相疏遠，相疏遠，則以親親之望易以成怨。”《正義》曰：“此經兼言昏姻，《箋》通言骨肉者，以昏姻之親與宗族同。《頍弁》云‘兄弟甥舅’，連言之，是其同也。”

焯案：胡氏《後箋》云：“古人文詞寬緩，因言兄弟而連及昏姻，義自可通。然第三章專言兄弟，並不及昏姻，《序》曰九族、曰骨肉，亦絶不及戚黨。襄八年、昭二年《左傳》並有賦《角弓》事，皆取‘兄弟無遠’。《漢書》杜鄴因王音前與王譚有隙，説音以《棠棣》、《角弓》之詩。三國魏文帝報曹植詔云：‘恩澤衰薄，不親九族，則《角弓》之章刺。’是此詩主言兄弟，而連及昏姻者，似非以兄弟昏姻並宜無遠。何氏《古義》以‘此爲刺幽王寵任昏姻，而疏遠同姓之詩’，謂《頍弁》已爲幽王不親兄弟之明證。而《十月之交》所言皇父七子皆褒姒姻黨，《正月》又言‘昏姻孔云’，《漢書》谷永上書云‘抑褒閻之亂，息《白華》之怨，後宫親屬饒之以財，勿與政事，以遠皇父之類，損妻黨之權’，皆可與此相證。‘無胥遠矣，言王者之視兄弟，不必與昏姻大相懸絶也。’此説以經證經，似較《孔疏》爲切。”

“爾之遠矣，民胥然矣。爾之教矣，民胥傚矣。”《箋》云：“爾，女。女幽王也。胥，皆也。言王，女不親骨肉，則天下之人皆如之。見女之教令，無善無惡，所尚者，天下之人皆學之。言上之化下，不可不慎。”

《正義》曰："上章胥爲相，此章胥爲皆者，上以王於族親，故爲相於之辭。此言天下之人非一，故爲皆，觀文之勢而爲訓也。"

焯案：嚴氏《詩緝》謂："民猶人，指族人也。《詩》《書》稱先民皆訓人。"胡氏《後箋》是嚴説。謂"此民若泛指天下之人，與三章此令兄弟不貫"，是也。《正義》强申《箋》説，以言天下之人非一，故訓胥爲皆，實則胥之訓皆，謂族人皆然皆傚也。

"受爵不讓，至于已斯亡。"《傳》："爵禄不以相讓，故怨禍及之。比周而黨愈少，鄙争而名愈辱，求安而身愈危。"《正義》述經曰："章首先言'人之無良'，乃云'相怨一方'，並'受爵不讓'，皆是無良之行。末言'至于已斯亡'，以此二事而至亡也。"又申《傳》曰："求黨求名，在於不争，求安在於不安，是猶求爵在於讓爵，故言此以類之。"

焯案：詩意謂不知讓爵之人既來民之相怨，又有已亡之禍，故《傳》云"怨禍及之"，怨即蒙上文怨字。《正義》分相怨與受爵爲二事，皆以屬之無良之人，非也。又《傳》比周三句，當是教戒之辭，而正欲其讓也。《荀子·儒效》篇載此文，並引此詩，而其首即曰："君子務脩其内，而讓之於外。"毛公受《詩》於荀子，今引荀子語以釋此詩，則其義亦可知矣。若如《正義》所釋，則近於《老子》"欲取固與"之旨，豈《傳》之意哉？

"毋教猱升木，如塗塗附。"《傳》："猱，猨屬。塗，泥。附，著也。"《箋》云："毋，禁辭。猱之性善登木，若教使其爲之，必也。附，木桴也。塗之性善著，若以塗附，其著亦必也。以喻人之心皆有仁義，教之則進。"《疏》云："毛以爲言王之不教小人，如人之禁彼云，無得教猱之升木，若教之升木，則如以塗泥塗物，必附著也。以興王自不教小人以仁義者，若教小人以仁義，則必從矣。"

焯案：《疏》以鄭義述毛，毛意未必如此。《吕記》引長樂劉氏曰："小人之爲不善，皆其所自能，不必教之也。今幽王又疏薄骨肉，爲不善於上以倡之，是教猱升木也。小人樂於不善，而王又益之以不善之教，是以塗塗附其壁，且相著不可脱矣，非所以爲上之道也。故陳爲上之道曰，'君子有徽猷，小人與屬'也。"此善得詩意矣。《正義》又申鄭曰："言毋爲禁止之意。言小人之易教，王不教之。故反辭以體之，非禁王不聽教小人。孫毓難鄭云：'若喻人心皆有仁義，教之則進，何爲禁之而云毋乎？'是未得立言之意耳。"汪氏《異義》云："孫毓所難，正自有理。孫既難鄭，必有易《箋》之文，而《疏》不載。後儒詮釋此經，皆以猱之升木、塗之附物，喻小人易於爲惡，王毋得更教之，孫意當同此解也。"

"莫肯下遺，式居婁驕。"《箋》云："莫，無也。遺讀曰隨。式，用也。婁，斂也。今王不以善政啓小人之心，則無肯謙虚，以禮相卑下，先人而後已，用此自居處，斂其驕慢之過者。"《疏》云："毛以爲小人皆爲惡行，莫肯自卑下而遺去其惡心者，用此之故，其與人居處，數爲驕慢之行。"

焯案：《釋文》云："遺，王申毛如字。婁，王力住反。數也。"《正義》謂毛無改字之理，婁之爲數乃常訓，因以王義爲毛説。然訓遺爲遺去其惡，終屬迂曲。毛於《北門傳》訓遺爲加，此詩云"莫肯下遺"，當謂王之恩澤莫肯下加於九族也。《荀子·非相》篇引此詩遺作隧，蓋古隧遺音同字通。《説文》："旞或作旝。"《周官》"遺人"，劉昌宗音遂。《南山經》："旄山之尾，其南有谷焉，曰育遺。"遺或作隧，皆其例。隧通作隊，隊即墜下之義。"莫肯下隧"，亦謂王之恩澤不下流也。又此章乃承上章"君子有徽猷"二句之意，專就王身爲説，非如《正義》申鄭謂指小人之惡行。蓋謂天地嚴凝之氣降爲霜雪，然陽和下逮，陰氣自消。幽王不親九族，上下之情乖隔不通，正雨雪瀌瀌時也。王若恩澤下遺，亦可轉否爲泰。馬其昶語。無如其居之不疑，數爲驕慢，我是以憂之。末章“我是用憂”句總結此兩章之意。詩意蓋如此耳。

都人士

“彼都人士，狐裘黄黄。”《箋》云：“城郭之域曰都。古明王時，都人之有士行者，冬則衣狐裘黄黄然，取温裕而已。”《正義》曰：“士者，男子行成之大稱。叙言則民一德，是所陳者人也。人而言士，故知都人之有士行者，非爵爲士也。古之衣裘，其上必有裼衣，《禮記·緇衣》引此詩，彼注云：‘黄衣則狐裘，大蜡之服也。’以爲大蜡之裘，則是有衣裼矣。此言取温裕者，觀經爲解，不與彼同。庶人服犬羊不裼，故此狐裘亦不裼，取其温裕而已。”

焯案：以首章萬民所望詳之，詩固言長民者事也。《箋》釋都人士爲都人之有士行者，《正義》遂謂經通指庶民，恐非。《稽古編》云：“此詩所謂士，大率主貴者言耳。民望之目，充耳垂帶之飾，非士大夫不能當之。惟‘臺笠緇撮’實爲賤服，然《郊特牲》言蜡祭，諸侯使者草笠而至，貢於大羅氏，所以尊野服，諸侯使者必士大夫。《玉藻》云：‘始冠緇布冠，自諸侯下達，冠而敝之可也。’是未敝之時貴賤皆緇布也。然則‘臺笠緇撮’雖非貴者之常服，要亦有時而服焉，何必定指爲庶民。况此詩中三章皆士女對舉，女稱君子女，則大家女也，女獨舉其貴，不應士偏指其賤。且詩所述言行服飾之美，正《序》所云‘衣服不貳，從容有常’者。即以五章皆指長民者言，何不可哉？”胡氏《後箋》云：“《箋》謂都人有士行者，本不專指庶民，觀下《箋》云：‘其餘萬民寡識者，咸瞻望而法效之。’是明以士與民對，其言取温裕者；謂其衣服有常，無取華美，非不裼之謂，不得因是斷爲庶人。至‘臺笠緇撮’《箋》云，‘古明王之時儉且節也’，此言儉而合於禮節。則陳氏據《郊特牲》、《玉藻》以爲貴者亦有時而服之，是也。若庶人則臺笠等是其常服，何爲美其儉且節哉？”

“臺笠緇撮。”《傳》：“臺所以禦暑，笠所以禦雨也。緇撮，緇布冠也。”《箋》云：“臺，夫須也。都人之士以臺皮爲笠，緇布爲冠，古明王之時儉且節也。”《正義》申《傳》曰：“臺。草名。可爲笠則一也。而《傳》分之者，笠本禦暑，故《良耜》曰，‘其笠伊糾’。因可以禦雨，故《傳》分之以充二事焉。以緇撮爲一，知臺笠不二矣。”

焯案：《傳》實以臺笠爲二物，非止以爲二事。《正義》以鄭述毛，非也。陳氏《傳疏》云：“汪龍《詩異義》云：‘《南山有臺疏》及《文選》謝玄暉《在郡卧病》詩《注》引此《傳》云臺所以禦雨。又《無羊傳》，簑所以備雨，笠所以禦暑。則毛公本以臺爲禦雨、笠爲禦暑。此《傳》暑雨字正是後人轉寫誤倒。笠本以禦暑，而亦可禦雨，故《良耜傳》曰，笠所以禦暑雨。’案汪説是也。《南山有臺傳》：‘臺，夫須。’臺皮可以爲簑，因之禦雨之物即謂之臺，此《傳》臺禦雨，《無羊傳》簑備雨，則臺即簑矣，臺與笠明是二物也。”

“綢直如髮。”《傳》：“密直如髮也。”《箋》云：“其情性密緻，操行正直，如髮之本末無隆殺也。”《正義》曰：“其情性密緻，操行正直，如人之頭髮然。其本末無隆殺，言其性行終始不變也。”

焯案：此句之義，解者紛然。《箋》以性行言。朱子《集傳》謂以四章五章推之，亦言髮之美。范氏《補傳》以爲首飾綢直，一如髮之本然，謂不用髮髢爲高髻之類。嚴氏《詩緝》述之。戴氏《續詩記》即以綢爲束髮之物。羅氏《爾雅翼》則謂髮甚綢直。黄氏《通解》引或説，謂如字當作其。馬氏《通釋》同其説。毛奇齡《毛詩寫官記》云：綢，絲也。綢之直有如此髮者，倒句也。胡氏《後箋》云：經言其髮之密直如此，古文倒裝，故云其綢直者有如此之髮也。焯謂以上諸説，或專就女之性行言。或止就髮言。竊以綢直如髮，當謂性行密直如其髮，既歎其德之美，兼狀其容之美也。如此立解，不必倒句，亦不須改字增字。又上云“彼君子女”，此髮當指君子女之髮。《正義》申鄭，汎言如人之頭髮，非也。

“充耳琇實。”《傳》：“琇，美石也。”《正義》曰：“此《傳》俗本云琇實美石者，誤也。今定本毛無實字，《説文》直云‘琇石次玉’，則實非玉名。故王肅云：‘以美石爲瑱，塞實其耳。’義當然也。”

焯案：馬氏《通釋》云：“《孟子》‘充實之謂美’，是實有美義。‘充耳琇實’，猶《淇奥》詩‘充耳琇瑩’《著》詩‘瓊華’、‘瓊英’、‘瓊瑩’，皆狀其玉之美。草木有榮、有英、有華、有實，狀玉之美曰瑩、曰英、曰華，亦可曰實，其義一也。《傳》云‘琇實美石’，與《淇奥傳》‘琇瑩美石’詞義正同，是知《傳》本有實字者是也。王肅以實爲塞實其耳，《正義》以《傳》有實字爲誤，並失之。”

“謂之尹、吉。”《傳》：“尹，正也。”《箋》云：“吉讀爲姞。尹氏、姞氏，周室昏姻之舊姓也。人見都人之家女，咸謂之尹氏、姞氏之女，言有禮法。”《疏》述《傳》曰：“彼都人有君子之德，其家之女，謂之正直而嘉善矣。”又申《箋》曰：“言謂之者，是指成事而謂之，故易《傳》也。尹既是姓，則吉亦姓也，故讀爲姞。美其人而謂之尹、姞者，以尹氏、姞氏，周室昏姻之舊姓也。”

焯案：馬氏《毛詩學》云：“尹者，正也。姞者，吉也。此兩舊姓其字義近，故《左傳》云：‘姞，吉人也。’《傳》以經文姞作吉，其義已著，故不釋，而獨釋尹爲正，以見稱其族氏謂之尹吉，即可以表德，亦猶上章以髮之綢直象其行之密直也。《箋》申《傳》，非易《傳》。”今謂馬説是也。李、黄《集解》云：“《左傳》曰：‘姬姞耦，其子孫必蕃。’周之所謂尹、吉，如晉之所謂王、謝。皆是當時有禮法之家，故‘彼君子女’，謂之尹吉之女也。”

“垂帶而厲。”《傳》：“厲，帶之垂者。”《箋》云：“而亦如也。而厲，如鞶厲也。鞶必垂厲以爲飾。厲字當作裂。”《正義》曰：“毛以言‘垂帶而厲’爲絶句之辭，則厲是垂帶之貌，故以厲爲帶之垂者。”又申鄭曰：“以言如蠆，將外物以比髮曲，則而厲亦將外物以比帶垂，故云而亦如也。如厲如鞶厲者，謂如桓二年《左傳》云‘鞶厲游纓’也。”

焯案：胡氏《後箋》云：“《左傳》以‘鞶厲游纓’與‘帶裳幅舄’並言，則鞶與帶爲二物，厲與鞶又爲二物。此《傳》以厲爲帶之垂者，明厲是垂帶之名，不得爲垂帶之貌。惟厲是帶之垂者，故帶亦通名厲。《方言》‘厲謂之帶’，《廣雅》‘厲，帶也’，是也。厲與紳同。《玉藻》注亦云：‘紳，帶之垂者也。’紳之義爲重、爲束，又名厲者，當從鄭爲裂字之借。《説文》：‘裂，繒餘也。’大帶以繒爲之而垂其餘，故得裂名歟？”

采 緑

“終朝采緑，不盈一匊。”《傳》：“興也。自旦及食時爲終朝。兩手曰匊。”《箋》云：“緑，王芻也。易得之菜也。終朝采之而不滿手，怨曠之深，憂思不專於事。”《正義》申《箋》曰：“以田漁之婦，則庶人之妻，可自親采，故不從毛興也。”

焯案：鄭意自以采緑之文即事成詠，不以爲興，亦於義自見，故異毛耳。非必謂下言狩釣便是田漁之子，采緑者便是田漁之妻也。《正義》説泥。

“予髮曲局，薄言歸沐。”《傳》：“局，卷也。婦人夫不在，則不容飾。"《箋》云："言，我也。禮：婦人在夫家，笄象笄，今曲卷其髮，憂思之甚也。有云君子將歸者，我則沐以待之。"《正義》曰："此訓言爲我，我君子也。我則沐以待之，此我義勢所加，非經言也。"

焯案：《箋》以三章"言韔其弓，言綸之繩"二"言"字爲婦人自我，則此章亦當以言爲婦人自我，謂我將待君子之歸而沐焉。《正義》乃以爲我君子，殊失《箋》旨。至此詩云"曲髮歸沐"，與《伯兮》云"膏沐誰容"，雖措詞有反正之殊，而其黯然無聊之情思則無以異。《箋》遽認作歸沐以待君子，便成滯義矣。

"其釣維何？"《正義》曰："言本在家之釣，非謂役中時也。"

焯案：《正義》以《箋》意指上章之釣爲在役中，此章釋"薄言觀者"之觀爲多，則當以爲在家之釣。惟經文此句緊承上文之子于釣而言，不得以爲異時異地。胡氏《後箋》云："此詩既刺時多怨曠，通篇皆代怨曠者之言，首次叙其憂思之情，三四述其宴昵之想，或本其在家之時，或設爲歸後之事皆可，實不必如《箋》所言也。"

黍　苗

"我徒我御，我師我旅。"《傳》："徒行者。御車者。師者。旅者。"《箋》云："步行曰徒。召伯營謝邑，以兵衆行，其士卒有步行者，有御兵車者。五百人爲旅，五旅爲師。《春秋傳》曰：'諸侯之制，君行師從，卿行旅從。'"《正義》述《傳》曰："《傳》亦見四者事别，而分以言之。旅屬於師，徒行御車，還是師旅之人，而經别之者，以其所司各異，故亦歷言以類上章也。"

焯案：陳氏《傳疏》云："申伯入謝，不必盛言兵衆。若二千五百人爲師，五百人爲旅，則《傳》不得言師者旅者矣。蓋上章言申伯遷謝任載之事，此章是言人謝從行之衆也。《正義》依《箋》申《傳》，失之。”王引之《左傳述聞》云：“經《傳》言師旅有二義，一爲士卒之名，五卒爲旅，五旅爲師是也。一爲羣有司之名，《周禮》‘宰夫掌百官府之徵令，辨其八職，二曰師，掌官成以治凡；四曰旅，掌官常以治數’是也。又襄十年《左傳》‘官之師旅不勝其富’，十四年《傳》‘今之師旅無乃實有所闕’，皆謂掌官成官常者也。”

隰　桑

“心乎愛矣，遐不謂矣。中心藏之，何日忘之。”《箋》云：“遐，遠。謂，勤。藏，善也。我心愛此君子，君子雖遠在野，豈能不勤思之乎？宜思之也。我心善此君子，又誠不能忘也。孔子曰：‘愛之能勿勞乎？忠焉能勿誨乎？’”《正義》曰：“引《論語》者，彼以中心善之，不能無誨，此則中心善之，故心不能忘，其義略同，故引以爲驗。”

焯案：《稽古編》云：“《孔疏》申《箋》，未得《箋》意。鄭訓謂爲勤，勤與勞同義。《論語》言愛之則必勞來之，孔安國《論語注》：人有所愛，必欲勞來之。鄭應同孔注。詩言愛之則必勤思之，語意相符，故鄭引之以證不謂，非證不忘也。意在愛勞，不在忠誨也。”李氏《紬義》云：“《箋》訓謂爲勤，因《序》言‘思見君子，盡心以事之’，故訓曰勤思，即思見也。曰誠不能忘，即盡心也。引《論語》愛之句申明勤思，忠焉句申明誠不能忘。如《正義》所説，似鄭引《論語》專以釋中心二句，誤也。”

白　華

《序箋》云：“褒姒，褒人所入之女，姒其字也。”《正義》曰：“褒國姒姓。言姒其字者，婦人因姓爲字也。”

焯案：李氏《紬義》云：“褒姒褒人所入，因冒褒國之姓。《箋》

以姒爲字者，或因其爲龍漦所生，本無氏姓故也。古婦人以字傳者多矣。《説文》娥云：‘帝堯之女，舜妻娥皇字也。’嫄云：‘邰國之女，周棄母字也。’餘嫞、婀、嬃、婕、嬩、嫑、嫽、婡、娴、始、改、妶皆云女字。而改《玉篇》作妲改，云紂妻也。妲改爲字，褒姒宜亦爲字。娥皇姬姓，姜嫄姜姓，曷嘗因姓爲字乎？《正義》説恐非。”

“白華菅兮，白茅束兮。”《傳》：“興也。白華，野菅也。已漚爲菅。”《正義》曰：“王肅云：‘白茅束白華，以興夫婦之道，宜以端成絜白相申束，然後成室家也。’《傳》意或然。”

焯案：胡氏《後箋》云：“《傳》取興之意，似以菅茅皆喻申后而不及褒姒。《野有死麕傳》云，‘白茅取潔清’，其不以喻褒姒可知。若如《正義》所引王肅之説，菅茅興夫婦以端成絜白相申束，則是兼喻王及后，而次章‘露彼菅茅’，《正義》申《傳》又專指申后不得覆養，曾菅茅之不如，其説殊相矛盾也。”

“鼓鍾于宫，聲聞于外。”《傳》：“有諸宫中，必形見於外。”《箋》云：“王失禮於内，而下國聞知而化之，王弗能治。如鳴鼓鍾於宫中，而欲外人弗聞，亦不可止。”《正義》曰：“言有人鼓擊其鍾於宫中，其聲必聞於外。”

焯案：段氏《詩經小學》曰：“《箋》云鳴鼓鍾，謂鼓與鍾二物也。《靈臺》‘於論鼓鍾’，鄭云，‘鼓與鍾也’，此詩正同。孔云鼓擊其鍾，誤。”胡氏《後箋》云：“《韓詩外傳》三引此詩，皆作‘鍾鼓于宫，聲聞于外’，以《韓詩》推之，則《毛詩》之鼓鍾亦不當爲鼓擊其鍾矣。”

“有扁斯石，履之卑兮。”《傳》：“扁扁，乘石貌。王乘車履石。”《箋》云：“王后出入之禮與王同，其行登車亦履石。申后始時亦然，今見黜而卑賤。”《正義》述經曰：“作者以王黜申后，故覩其昔日所乘之石而傷之。言有扁扁然升之以乘車者此石也，申后嘗履之。今忽然見黜而卑，不復得履之，是其所以可傷也。”又申《傳》曰：“乘車之時，履此石而上，故謂此石爲乘石。上車履石之貌扁扁然也。又言：王乘車履石者，言乘車之得履石，唯王爲然。今申后履之，是其貴時與王同，故繫王言之。”

焯案：馬氏《通釋》約胡氏《後箋》之意爲之説曰：馬氏書多襲取胡氏説，據馬氏《毛詩後箋序》稱：胡氏歿後，其子以《後箋》稿送其審閲，逾年始歸之。後馬氏書先期印成。“《周官》隸僕：‘王行則洗乘石。’鄭司農曰：‘乘石，所登上車之石也。’《淮南子・齊俗》篇、《文選》李注引《尸子》並云：‘周公踐東宫，履乘石。’《淮南》高注：‘人君升車有乘石。’説均與《毛傳》合。《傳》蓋以乘石爲王所履興后之爲王所棄耳。胡承珙曰：‘履之卑兮，卑字當屬石言。’何氏《古義》云：‘履之卑兮是倒文，言乘石卑下，猶得蒙王踐履。’其説是也，至於后亦履石，經傳無徵。《箋》特以義推而言之，與《傳》義殊。《士昏禮》：‘婦乘以几。’《賈疏》云：‘王后則履石。’特本《詩箋》以意推之，亦非有確證也。《正義》合《傳》、《箋》爲一，失之。”焯謂經言扁，《傳》云扁扁，扁扁爲所乘石之貌，謂其器不圜也。《正義》謂上車履石之貌者，亦誤。本陳氏《傳疏》説。

緜蠻

“止于丘阿。”《傳》：“丘阿，曲阿也。”《正義》曰：“《釋地》云：‘大陵曰阿。’則丘之與阿爲二物矣。而以丘阿爲曲阿者，以下丘側丘隅類之，則丘阿非二物也。《卷阿》云：‘有卷者阿。’知丘阿是丘之曲中也。”

焯案：李氏《紬義》云："《正義》辨丘阿一物，是也。又引《卷阿》以證，則微誤。彼是大陵曰阿，乃阿之卷然者，此則丘之由而阿也。"

瓠　葉

"有兔斯首。"《箋》云："斯，白也。今俗語斯白之字作鮮，齊、魯之間聲近斯。"《正義》曰："毛無改字之理，斯字當訓爲此。王肅、孫毓述毛云：'唯有一兔頭耳。'然案經有炮之燔之，且有炙之，則非唯一兔首而已。既能有兔，不應空用其頭，若頭既待賓，其肉安在？以事量理，不近人情。蓋詩人之作，以首表兔，唯有一兔，即是不以微薄廢禮也。"

焯案：王肅，孫毓云一兔頭，猶云兔一頭耳。《正義》駁之未是。李、黄《集解》云："有兔斯首，言一兔也。兔以首言，猶魚以尾言也。"三章《正義》又曰："於一兔之上，而經有炮、燔、炙三種。"胡氏《後箋》云："所謂炮之，燔之、炙之者，當是治此兔者或炮或燔，取其事便，皆略於物而詳於禮之意，非一兔而有炮、有燔、有炙，亦非三兔而一炮、一燔、一炙也。"《正義》又述《箋》曰："斯爲兔首之色，故言斯白也。"又解斯得爲白之意，"今俗斯白之字當作鮮，以鮮明是絜白之義故也。鮮而變爲斯者，齊、魯之間，其語鮮斯聲相近，故變而作斯耳"。李氏《紬義》云："《箋》如以斯爲鮮，必曰斯當爲鮮。鮮，白也。今《箋》先云'斯，白也'，又云'今俗語斯白之字作鮮'，謂世俗之人以斯白之斯作鮮，非鄭謂當作鮮也。又云'齊、魯之間聲近斯'，謂以斯爲正，齊、魯之間語猶如此。《正義》乃謂斯當作鮮，非鄭意也"。

漸漸之石

"漸漸之石，維其高矣。山川悠遠，維其勞矣。"《傳》："漸漸，山石高峻。"《箋》云："山石漸漸然高峻，不可登而上，喻戎狄衆彊而無禮義，不可得而伐也。山川者，荆舒之國所處也。其道里長遠，邦域又勞勞廣闊，言不可卒服。"《正義》曰："此《傳》無異鄭之文，正以漸漸乃是上句，而於此釋之，明以四句爲一事。王肅云：'言遠征戎狄，戍役不息，乃更漸漸之高石，長遠之山川，維其勞苦也。'孫毓云：'篇義言役人久病於外，故經曰山川悠遠，維其勞苦矣。'此皆以上四句並爲征戎狄而言，俱是述毛爲説，《傳》意或當然也。"

焯案：《稽古編》云："鄭以上二章上二句爲戎狄叛之，上二章次二句卒章上四句爲荆舒不至，每章下二句爲東征。王、孫以每章上四句爲戎狄叛之，下二句爲荆舒不至，東征總六句而言。多支離穿鑿，俱非毛旨。況經止言東征，《序》本用兵之由，故並舉戎狄與荆舒耳。必欲分裂經文，配此二役，不太牽合乎？"曾氏釗《詩毛鄭異同辨》云："《詩》與《傳》本各爲編，《傳》但釋漸漸二字，餘三句可以意知，故不煩傳，非並注四句也。及後人引經附《傳》，《正義》云：'引經附《傳》，不知何人。'段大令以爲鄭氏。以此詩四句皆有《箋》，故附《傳》於四句下，《正義》乃以此爲《傳》例，失之。"

"武人東征，不皇朝矣。"《箋》云："武人，謂將率也。皇，正也。將率受王命東行而征伐，役人罷病，必不能正荆舒使之朝於王。"《正義》曰："王肅云：'武人，王之武臣征役者，言皆勞病東行，征伐東國，以困病不暇修禮而相朝。'"

焯案：胡氏《後箋》云："王肅述毛以皇爲暇，固勝於鄭。而於朝仍謂不暇修禮而相朝，不若後儒以朝爲朝夕之朝者文義尤順。《何草不黄》之三章曰'哀我征夫，朝夕不暇'，以經證經，無煩别解也。"

"不皇出矣。"《箋》云："不能正之，令出使聘問於王。"《疏》云："不暇出而相與爲禮矣。”

焯案：毛於出字無《傳》。《疏》以鄭述毛，恐非毛旨。歐陽氏《詩本義》謂："深入險阻之地，將不得出。"朱子謂："但知深入，不暇謀出。"方苞又以爲："東征必取道於崤函，懼陰雨不能出谷。"此皆專就本章出字發義。竊以三百篇中前後章義互相足者至多，此章云"不皇出"，與前章云"不皇朝"，後章云"不皇他"意互相足。蓋謂軍士有持戈執戟之勞，復有霑體塗足之苦，是以智慮廢而憂患專，朝夕無暇出於其他也。三章"不皇他矣"，《呂記》引長樂錢氏曰："深入蠻夷之域，爲山川之所困，雨水之所淫，戰敵未捷，疾疫相仍，救其生命之不暇，何遑及於他事哉?"此解不皇他爲無以及他事，蓋謂軍士厭戰，無心講求制勝之事。若《疏》謂不得相朝爲禮者，又非也。

苕之華

"苕之華，其葉青青。"《傳》："華落葉青青然。"《箋》云："京師以諸夏爲鄣蔽，今陵苕之華衰，而葉見青青然，喻諸侯微弱，而王之臣當出見也。"《正義》曰："《箋》易《傳》者，以經仍云苕之華，則華猶未落。且華喻諸夏，時諸夏未爲皆亡，不可以落爲喻，故爲衰耳。"

焯案：汪氏《異義》云："《疏》以《傳》言華落，《箋》言華衰，因以爲異。然首章《傳》云將落則黄，《箋》云華衰則黄，與《傳》同矣。則此經《箋》云'華衰而葉見青青然'，與《傳》'華落葉青青然'當不異也。華衰則落，經言其葉，《傳》故謂華落，《箋》云衰，便文耳。《正義》説泥。"

"人可以食，鮮可以飽。"《傳》："治日少而亂日多。"《箋》云："今者士卒人人於晏早皆可以食矣，時饑饉、軍興乏少，無可以飽之者。"《正義》述《箋》曰："鄭以幽王時恒多禍亂，曾無治時，何得云治日少乎？所以易毛。"

焯案：汪氏《異義》云："亂日多者，師旅數起，饑饉荐臻也。故《箋》語正申明亂日多之意。《疏》以爲易《傳》，恐不然。"胡氏《後箋》云："《序》云君子閔周室之將亡，傷己逢之。《傳》以'治日少，亂日多'爲言者，即《王風》'我生之初尚無爲，我生之後逢此百罹'意。非以幽王之時尚有治日也。《疏》誤會《傳》語，故以鄭爲易毛耳。"

何草不黄

"何人不將，經營四方。"《傳》："言萬民無不從役。"《正義》曰："言萬民何人而不爲將率所將之，以經營四方乎？"

焯案：《周頌·敬之》篇"日就月將"，《毛傳》："將，行也。"此詩將字亦當訓行。蓋以上文已言不行，故改言不將，詩中凡同字相並爲韻者，即改一同義借義之字當之。阮氏元所謂"詩人義同字變之例"也。胡氏《後箋》云："上《箋》以'何日不行'指將率而言，故《正義》以此'何人不將'爲將率之所將，然此乃鄭義耳，《毛傳》多訓將爲行，此言萬民無不從役，當亦訓將爲行。李迂仲曰：'何日不行，以見其一歲之中無日不行也。"何人不將"，以見其一國之中無人得免戰争之苦也。'"

"何草不玄。"《箋》云："玄，赤黑色。始春之時，草牙蘖者將生必玄，於此時也，兵猶復行。"《正義》曰："《春秋元命苞》《稽耀嘉》皆云：'夏以十三月爲正，物生色黑。'故知始春之時草芽蘖者將生必玄也。《釋天》云：'九月爲玄。'孫炎曰：'物衰而色玄也。《詩》曰何草不玄。'與此始春之言不同者，《爾雅》所言月名皆不以草色。李巡曰：'九月萬物畢盡，陰氣侵寒，其色皆黑。'是陰而氣寒之黑，不由草玄色。孫炎之言謬矣。"

焯案：胡氏《後箋》云："《易林蒙》之《蒙》云：'何草不黄，至末盡玄。室家分離，悲愁于心。'據此，則焦氏明以草玄爲物衰之候，非春初始生之謂。"陳氏《傳疏》云："上章言黄，下章言玄，黄玄猶玄黄也。《爾雅》：'玄黄，病也。'《卷耳傳》：'馬病則玄黄。'馬病謂之玄黄，草病亦謂之玄黄。《大戴禮·用兵》篇：'草木殨黄。'殨與玄叠韻，玄與黄雙聲，是合二字成義，詩人偶分屬上下章耳。蓋前二章以草之病喻人之病，末二章以兕虎芃狐喻軍旅之勞苦，非以草黄草玄分説紀用兵之時也。"今謂胡、陳二説皆是。《正義》據《箋》義以孫炎之言爲謬，誤矣。

"匪兕匪虎。"《傳》："兕、虎，野獸也。"《箋》云："兕、虎比戰士也。"《正義》曰："言我此役人若是野獸，可常在外。今非是兕，非是虎，何爲久不得歸？"

焯案：馬氏《通釋》云："匪彼古通用，匪兕匪虎猶言彼兕彼虎也。兕虎野獸，固宜其率彼曠野，以興征夫之不宜疲於征役也。《傳》、《箋》不解匪字，《正義》訓匪爲非，失之。"

"有棧之車。"《傳》："棧車，役車也。"《箋》云："棧車，輦者。"《正義》據鄉師注引《司馬法》"凡軍行必有輦"，以爲："此棧車即鄉師之輦，非巾車士所乘之棧車。而《傳》解爲役車，亦非巾車庶人所乘之役車也。"

焯案：李氏《紬義》云："《唐風》役車，毛不爲《傳》。此以棧車爲役車者，《説文》云：'輦，輓車也。棚，棧也。棧，棚也。'竹木之車曰棧，輦與棧别。然則以竹木爲棚，故謂之棧車。民間常用，徵以供役，故謂之役車。固非巾車所言之棧役，亦非鄉師之輦車矣。《箋》云輦者，謂輓車之人耳，亦非必以爲輦也。"

卷 十 一

大　雅

文王之什

文　王

“文王陟降，在帝左右。”《傳》：“言文王升接天、下接人也。”《箋》云：“在，察也。文王能觀知天意，順其所爲，從而行之。”《正義》曰：“文王升則以道接事於天，下則以德接治於人，常觀察天帝之意，隨其左右之宜，順其所爲，從而行之。”

焯案：此《箋》與《傳》義異，《正義》乃合而述之。《傳》於上句以接天接人分釋陟降，於下句亦當分屬天人言之。蓋謂察天之道以左右民也。何氏《古義》云：“《書》曰：‘予欲左右有民。’《易》曰：‘后以財成天地之道，輔相天地之宜，以左右民。’此云左右，即其義也。《箋》以下言‘在帝左右’，則專以天言，故以‘觀知天意’解在帝二字，以順其所爲從而行之解左右二字，若云察帝而左右之。”李黼平謂：“左右，鄭如字讀，毛則讀爲佐佑。”是也。

“陳錫哉周。”《傳》：“哉，載。”《箋》云：“哉，始。由能敷恩惠之施，以受命造始周國。”《疏》云：“毛以爲文王能布陳大利以賜子孫，於是又載行周道，致有天下。鄭以哉爲始爲異。”

焯案：陳氏《傳疏》云：“宣十五年、昭十年《左傳》皆引《詩》

‘陳錫載周’，能施也。《周語》芮良夫引《大雅》曰：‘“陳錫載周”，是不布利而懼難乎？故能載周以至於今。’《詩》作哉。内外《傳》皆作載，故《傳》以載釋哉也。此《傳》曰：‘哉，載也。’《載見傳》曰：‘載，始也。’哉謂之載，載又謂之始，此一義之引申也。《序》曰‘受命作周’，《左傳》曰‘文王所以造周’，作、造皆始也。《箋》云‘哉，始也，能敷恩惠之施，以受命造始周國’，《傳》、《箋》意同。《疏》謂義異，失之。”焯又案《國語·周語》韋注及《史記·周本紀集解》引唐固説，俱以“文王布賜施利，以載成周道”釋此句義，與《箋》説同。其意皆指謂文王有功德及民，故得以受命造始周國。《周語》芮良夫曰“夫王人者，將導利而布之上下者也”。韋注“下謂人物”，可證。《孔疏》述毛，乃解陳錫爲布陳大利以賜子孫，又分“陳錫哉周”爲二事，非詩意亦非《傳》意也。

“思皇多士。”《傳》：“思，辭也。皇，天。”《箋》云：“周之臣既世世光明其爲君之謀事，忠敬翼翼然。又願天多生賢人於此邦。”《疏》述《傳》曰：“天以周德至盛，欲使羣賢佐之。故皇天命多衆之士生於我周王之國。思，語辭，不爲義。”又申《箋》曰：“以思之爲辭止在句末，今句首言之，不宜爲辭，故易《傳》。朝臣之願多賢，實爲美事。明此‘思皇多士’是世顯之人復思使皇天更生多賢也。下‘濟濟多士’即世顯之人，與此多士不同也。”

焯案：此所云多士，即上章“凡周之士”與下文之“濟濟多士”，此義已於《鄭箋平議》中發之。《孔疏》曲申《箋》説，謂思在句首不宜爲辭。胡氏《後箋》駁之云：“《詩》中大例，思爲語辭者，固多在句末，然《魯頌》‘思樂泮水’《禮器疏》引作‘斯樂泮水’，是思即斯借，同爲語辭，又未嘗不在句首也。”焯又案《正義》申《傳》引王肅説：“言天思周德至盛，故爲生衆士於此周國。”此與《傳》訓思爲辭不合，引之失當。

“侯于周服。”《傳》：“盛德不可爲衆也。”《箋》云：“商之孫子，其數不徒億，多言之也。至天已命文王之後，乃爲君於周之九服之中，言衆之不如德也。”《正義》：“王肅云：‘商之子孫有過億之數，天既命文王，則維服于周。’毛於上章訓侯爲維，則其意如肅言也。鄭唯以侯爲君，言其貴者耳。其數既多，亦有不爲君者。”

焯案：胡氏《後箋》云：“《傳》用《孟子》‘仁不可爲衆’語，則服自當爲臣服之義。《疏》曲申《箋》説，以侯爲君，服爲九服，而又云‘亦有不爲君者’，是已不能自圓其説。且此言君于周之九服尚可，若下文‘侯服于周’，謂爲君九服于周，則不辭矣。趙岐注《孟子》云‘天既命之，維服于周’，是不獨王肅之解爲然也。”

大　明

“摯仲氏任。”《傳》：“摯國任姓之中女也。”《正義》申《傳》曰：“以下言大任，婦人稱姓，故知任爲姓。”

焯案：經以任爲氏，《傳》言任姓，蓋互文以明氏亦可爲姓耳。《正義》但知婦人稱姓，實未能詳《傳》意也。陳喬樅《毛詩鄭箋改字説》云：“古者有姓、有氏姓。姓者，古聖人吹律所定，以統繫百世不别也。氏姓者，天子所賜之姓，以别子孫之所出也。《春秋》隱九年：‘天王使南季來聘。’《穀梁傳》曰：‘南，氏姓也。’《史記·五帝本紀》曰：‘自黄帝至舜、禹皆同姓，禹爲夏后，而别氏，姓姒氏。’《陳杞世家》曰：‘舜爲庶人時，堯妻之二女，居於嬀汭，其後因爲氏姓，姓嬀氏。’此言氏姓之明文。黄帝至舜、禹既爲同姓，則若所云某人姓某氏者，皆舉其氏姓而言也。段懋堂云：‘姓統於上，氏别於下，既别爲氏，則爲之氏姓。如鄭《駁異義》曰：炎帝姓姜，太皞之所賜也。黄帝姓姬，炎帝之所賜也。是炎帝、黄帝之先固自有姓，而炎帝、黄帝之姜姬，實爲氏姓之創始，商之姓子、周之姓姬亦然。然則單云姓者，未始不爲氏姓，單云氏者，其後即以爲姓，古則然矣。'以上段氏説。其有胙土命氏，如禹之氏曰有夏，四岳之氏曰有吕，董父之氏曰豢龍，此又天子所賜之號，所謂'聞其氏可知其德'，則與氏姓之爲某氏者有别矣。"又云："帝嚳次妃，有娀氏之女也。《商頌》曰：'有娀方將。'《傳》曰：'有娀，契母。'此可爲《詩》稱婦人獨舉其氏者明證矣。《大戴禮·帝繫》載黄帝以來至舜、禹所娶之女，未有不舉其氏者。況後人之所謂姓，皆即古之氏姓。《大明》詩曰'摯仲氏任'，《春秋》書夫人稱子氏、姜氏，亦未始非舉其氏也。且諸侯有國，卿大夫有族，詩曰'纘女維莘'，莘爲有國之諸侯，故舉其國。《都人士》'謂之尹姞'，尹、姞爲周大夫之族，故舉其族，族即氏姓之謂也。竊以古之氏姓，蓋爲宗法。其有始生之姓者，如《史記》言黄帝至舜、禹皆同姓之姓。猶所謂'其祖之所自出'也。其有别爲氏姓者，如炎帝姓姜，黄帝姓姬之類。猶所謂'别子爲祖'也。其有承其所别之氏姓者，如商姓子氏、周姓姬氏之類。猶所謂'繼别爲宗'也。其有别氏姓之後，又復各别爲氏姓者，如陸終子爲八姓之類。猶所謂'繼禰爲小宗'也。至周人以三代以前所别之氏姓者則昏姻通焉，其由周以來又各别爲氏者，則昏姻不通，夫以相去遠近之故云爾。"

"曰嬪于京。"《傳》："嬪，婦。京，大也。"《箋》云："京，周國之地小别名也。從殷商之畿内嫁爲婦於周之京。"《正義》曰："'嬪，婦'，《釋親》文。《下曲禮》云：'生曰妻，死曰嬪。'此生而言嬪者，《周禮》立九嬪之官，婦人有德之稱。妻死，其夫以美號名之，故稱嬪也。若非夫於妻，傍稱女婦有德，雖生亦曰嬪，故《書》曰'嬪于虞'，亦是生稱之也。'京，大'，《釋詁》文。王肅云：'唯盡其婦道於大國耳。'述毛爲説也。《箋》易《傳》者，以言于京，是於其處所，不得漫言於大。王肅以爲大國，近不辭矣。上篇述文王受命之事，而云'裸將于京'，可得以爲京師。此王季時爲諸侯之子孫耳，追崇其號，得謂之王，不得即以其居爲京師也。孫毓以爲京師，又不通矣。"

焯案：《傳》本《爾雅》訓嬪爲婦，蓋以婦者爲有姑之辭。又女子初適夫家，未成爲婦，有賓道焉。故《書》曰"嬪于虞"，此詩曰"嬪于京"，皆謂初嫁時爲嬪。《正義》引《禮記·曲禮》說之，非其義也。至毛以此京字與《文王》篇俱訓大，當即以爲京師之京。《正義》乃謂王季時不得有京師之稱，而駁孫毓之說，則有不然者。胡氏《後箋》云："若拘於《公羊》，謂'京師天子之居'，則雖文王亦不得稱京。若據追述之辭，則王季既可稱王，亦不害其稱京。孫毓之說未爲不通，即王肅以爲大國，亦無不可。至《箋》以周是大名，京是其地之小別，無論岐周並無此地名，鄭已不能指實。且大任爲嬪，當在國都，何獨言其小別之地名乎？以此衡之，《傳》義爲優矣。"朱右曾《詩地理徵》亦云："果如《疏》言，則公劉並未追王，何以有京師之名？《詩》詠大任'曰嬪于京'，又曰'京室之婦'，詠大姒則曰'于周于京，纘女維莘'，兩世婚娶，必舍其國都止於京地，此何故也？《匪風》詩'念彼周京'，'念彼京周'，亦以周京並言，此又何義也？"今謂胡、朱之說極爲明皙。李、黄《集解》引王氏說："天子所都曰京，是時周未有天下，言京則詩人追稱。"嚴氏《詩緝》謂"《大雅》作於成王之時，皆用王者之禮，從後稱周京耳"。此二說亦可爲孫毓京爲京師之助。

"文王初載，天作之合。"《傳》："載，識。合，配也。"《箋》云："於文王生適有所識，則爲之生配於氣勢之處，使必有賢才，謂生大姒。"《正義》曰："於文王有所識，則不過二三歲也。《大戴禮》稱'文王十三生伯邑考，十五生武王發'，明大姒之小於文王，纔一二歲耳。"

焯案：如《正義》之說推之，則大姒生伯邑考方十一歲，其歸周不逾九歲十歲之間，九歲而嫁，十一而生子，此振古所未聞。陳氏

《傳疏》云："先儒論文王娶大姒生武王，年代莫考，大抵依《大戴記》稱文王十三生伯邑考，十五生武王爲説。《禮記·文王世子》篇稱'文王九十七乃終，武王九十三而終'。然以此數推之，文王十五生武王，當武王即位，已有八十二歲，武王即位十有三年，方始克殷。《管子·小問》篇云：'武王伐殷，克之。七年而崩。'《漢書·律曆志》亦云：'克殷後，七歲而崩。'則知武王九十三之説既不足信，即文王十五而生之説亦無足據。蓋《大小戴記》間載雜説耳。近儒舉《尚書》、《逸周書》語爲説，確有根據。《尚書·無逸》篇：'周公告成王曰：文王受命唯中身，厥享國五十年。'此文王享國之年數也。又《逸周書·度邑》篇：'武王克殷，告叔旦曰，唯天不享于殷，發之未生，至于今六十年。'此武王克殷之年數也。武王克殷，年近六十，其在位已十有三年，此外四十七年皆在文王享國數内，武王之生應在文王即位之三四年中。然則文王之取大姒，在文王即位後，《書》有明文，或可據此數而推知也。"

"文定厥祥。"《傳》："言大姒之有文德也。祥，善也。"《箋》云："問名之後，卜而得吉，則文王以禮定其吉祥，謂納幣也。"《疏》述《傳》曰："言大姒之有文德，文王則以禮定其卜吉之善祥，謂使人納幣。"

焯案：《稽古編》云："毛、鄭意本各别。《孔疏》述毛，於文字作兩解，殊不畫一。而以卜吉爲善祥，亦非毛訓祥爲善之意。"汪氏《異義》云："《傳》意當謂大姒有文德，而文王得以爲妃，以聖人而得賢妃，諸福之祥皆由此定。納采納幣諸禮，《傳》蓋不纖悉比附言之。"《正義》又申《箋》曰："《箋》以此章言取大姒之事，皆文王身爲主。孫毓云：'昏禮不稱主人，母在則命之。此時文王纔十三四孺子耳，王季尚在，豈得制定求昏之事。'如毓之言，非無理矣。鄭必以文王之娶時實幼少，但聖人有作，動爲模範，此詩歌之《大雅》，以爲正法，主於文王之身，不復繫之父母耳。"朱氏《詩地理徵》云：

“《周本紀》曰：‘古公少子季歷娶大任生昌，有聖瑞。古公曰，我世當有興者，其在昌乎？於是太伯、虞仲亡如荆蠻。’《汲冢紀年》：‘武乙三十四年，周公季歷來朝。見《御覽》。太丁十一年，周公季歷伐翳徒之戎。’見《後漢書·西羌傳》注。自太丁十二年至紂之亡，爲六十三年，参之文王享國五十年，武王十三年而伐紂，則季歷薨於太丁十一年矣。計古公之薨，文王必已屆在傅處師之歲，故知其足以興周。古公薨年不可知，今《紀年》云，武乙二十一年，古公亶父薨，不見引於他書，未可信。即以《紀年》推之，武乙三十四年季歷朝王，必始免喪，則古公薨在武乙三十一二年也。自武乙三十一年至太丁十一年，凡十六歲，則文王嗣位年蓋二十餘矣。《詩》曰：‘文王嘉止，大邦有子。’《傳》曰：‘嘉，美也。’《箋》曰：‘文王聞大姒之賢，則美之曰，大邦有子女，可以爲妃。’通檢《傳》、《箋》，俱不言時王季猶在。《白虎通·嫁娶》篇曰：‘人君及宗子，父母殁，自定娶者。卑不主尊，賤不主貴，故自定之也。’《昏禮記》曰：‘親皆殁，己躬命之。《詩》云：文定厥祥，親迎于渭。’此《魯詩》遺説，尤足證文王嘉止不言王季之故。孫毓徒拘拘於《大戴》之説，穎達駁之，亦爲背理。夫父在子不得自專，苟非瞽瞍之頑，何可不告而娶？王季猶在，而嘉止定祥，造舟親迎，一不稟命於父，豈所謂聖人人倫之至乎？”

“造舟爲梁。”《傳》：“言受命之宜，王基乃始於是也。天子造舟，諸侯維舟，大夫方舟，士特舟。”《箋》云：“迎大姒而更爲梁者，欲其昭著，示後世敬昏禮也。天子造舟，周制也，殷時未有等制。”《正義》申《傳》曰：“禮：天子乃得造舟。文王欲盛其昏事，必極物盡禮，用天子之制，然後爲榮。”又申《箋》曰：“殷時未有等制。知者，若先有等制，則下不僭上，文王雖欲重昏禮，豈得僭天子乎？”

焯案：《正義》分疏毛鄭，前後自相矛盾。《傳》云天子造舟，意謂文王創之，其後武王有天下，周公制禮，乃定爲天子之制耳。

《箋》云造舟周制，固以申《傳》義也。胡氏《後箋》云：“《傳》凡云言者，多就詩詞而推原其意。《傳》於上云言賢聖之配，此云言受命之宜，正述詩人之意，見周家王業之基始於文王親迎之時，並不以此爲天子親迎之證也。《疏》輒坐實以爲用天子之禮，失毛旨矣。”

“維予侯興。”《傳》：“興，起也。言天下之望周也。”《箋》云：“天乃予諸侯有德者當起爲天子，言天去紂，周師勝也。”《正義》申《箋》曰：“土無二王，此對紂名武王爲諸侯也。《史記》伯夷、叔齊諫武王曰，‘以臣弑君，可謂仁乎？’伯夷謂武王爲臣，詩人稱之爲侯亦可矣。”

焯案：毛意以予爲指武王。《文王》篇毛訓侯爲維，此不言者，當同上篇之訓。《爾雅》侯訓爲乃，是詩言“維予侯興”，猶言維予維興、維予乃興也。若依《箋》説，以侯爲指武王，則此篇前後皆稱武王，不應此處又稱武王爲侯。《正義》曲申《箋》説，引伯夷謂武王爲臣爲證。夫伯夷諫武王不當伐紂，故斥爲以臣弑君，此非其比也。

“上帝臨女，無貳爾心。”《傳》：“言無敢懷貳心也。”《箋》云：“天護視女，伐紂必克，無有疑心。”《正義》申《傳》曰：“《泰誓》：‘予有臣三千惟一心。’故《傳》以爲衆人無敢懷貳心，即《左傳》所謂‘同心同德’是也。”又申《箋》曰：“《閟宫》云：‘致天之届，于牧之野，無貳無虞，上帝臨汝。’彼無貳之文在臨汝之上，是戒武王使無貳心。此文與彼大同，明亦戒武王、言伐紂必克，無有疑心也。”

焯案：胡氏《後箋》云：“《疏》申《傳》、《箋》，不爲軒輊。後儒如《李解》、《范傳》從毛。《蘇傳》、《吕記》則從鄭。今就《正義》引《閟宫》詩核之，彼云‘致天之届，于牧之野’，是武王既致天之誅於商郊牧野，固當灼知天意所在，尚何待樂從之民勸以無貳無虞乎？《疏》但以彼無貳之文在臨汝之上，當是戒武王，實不知何所見而云然也。何氏《古義》亦引《閟宫》之文，證此爲牧野誓師之語。並云：'《史記》載武王誓師之言曰，今予發惟其行天罰。勉哉夫子，不可再，不可三。'即所謂'無貳爾心'者。以此言之，《傳》義爲優矣。"

"會朝清明。"《傳》："會，甲也。不崇朝而天下清明。"《箋》云："會，合也。以天期已至，兵甲之强，師率之武，故今伐殷，合兵以清明。《書·牧誓》曰：'時甲子昧爽，武王朝至于商郊牧野，乃誓。'"《正義》申《傳》曰："王肅云：'以甲子昧爽與紂戰，不崇朝而殺紂，天下乃大清明，無復濁亂之政。'《傳》云'會，甲'，肅言甲子昧爽以述之，則《傳》言'會，甲'長讀爲義，謂甲子日之朝，非訓會爲甲。孫毓云，'經傳訓詁未有以會爲甲者'，失毛旨而妄難説耳。定本云會甲兵，則與會甲子義異。"又申《箋》曰："易《傳》者，以會者遇值之辭，言'會朝清明'，正是會清明之朝耳。詩無甲子之文，不當横爲會甲。"

焯案：《傳》云"會，甲"，定本作"會甲兵"，是也。《箋》訓會爲合，謂合兵以清明，正與《傳》會甲兵之義合。《吕記》引鄭樵説，以會朝爲會戰之朝，嚴氏《詩緝》用之，良是。蓋會朝之會，即上章其會如林之會。王肅以甲子昧爽述《傳》，當是指實會戰之日。《正義》謂肅言甲子，爲述《傳》會甲之文，恐非。孫毓駁毛謂經傳訓詁未有以會爲甲，當由其時所見傳本已脱去兵字耳。清儒如惠氏楝訓傳會甲之甲爲一。焦氏循又訓爲始，謂會朝猶言一朝始朝，不知甲可訓一、訓始，會可訓一、訓始乎？不於本經立訓，而展轉以求通，夫展轉求義，無有窮極，其於本經果有合邪？此清儒之病也。

緜

"緜緜瓜瓞。"《傳》："興也。緜緜，不絶貌。瓜，紹也。瓞，瓝也。"《箋》云："瓜之本實繼先歲之瓜必小，狀似瓝，故謂之瓞，緜緜然若將無長大時。興者喻后稷乃帝嚳之胄，封於邰，其後公劉失職遷於豳，歷世亦緜緜然。至太王而德益盛，得其民心，而生王業。”《正義》曰：“后稷乃帝嚳之胄，是嚳爲瓜而稷爲瓞，自稷以下，祖紺以前皆爲瓞。”

焯案：胡氏《後箋》云：“此詩取興，似祇爲周家歷世長久之喻，故《傳》云緜緜不絶貌，不必專以瓜喻盛大、瓞喻衰微。《正義》申《箋》，謂瓜喻嚳、瓞喻稷以下，非也。”姚氏《識名解》曰：“瓜生皆由小以至大，始雖爲瓞，繼漸成瓜，瓜成又復生瓞，此所謂緜緜不絶意耳。”

“自土沮漆。”《傳》：“自，用。土，居也。沮水、漆水也。”《箋》云：“公劉遷于豳，居沮、漆之地。”《正義》申《傳》曰：“《禹貢》雍州云，‘漆沮既從’，是漆、沮俱爲水也。或言漆、沮爲二水名。《漢書・地理志》云：‘右扶風有漆縣，云漆水在其縣西。’則漆是一水名，與沮别矣。孔安國云：‘漆沮一名洛水。’漆沮爲一，蓋沮一名洛水，孔連言之。”又申《箋》曰：“此沮、漆謂在豳地，但二水東流，亦過周地。”

焯案：此詩及《潛》頌之漆、沮，皆指岐周而言，與《禹貢》之漆、沮有别。故三章《傳》云，周原沮漆之間。《潛傳》云，漆、沮，岐周之二水也。《正義》乃混而一之。元許氏謙《詩集傳名物鈔》於此牿有論列。而其説之最詳確者，則爲汪氏《異義》記其師丁小山杰之語。其言曰：“《水經》，鄭渠在大上皇陵東南，濁水入焉，俗謂之漆水，又謂之漆沮，其水東流，注於洛水。《説文》：‘漆水，一曰入洛。’此涇東之漆也。《漢書・地理志》：‘北地郡直路縣，今陝西中部縣西北。沮水出縣東，西按東西二字誤倒。入洛。’《水經》：‘沮水出北地直路縣，東過馮翊祋祤縣北，東入於洛。’《説文》：‘瀘水出北地直路西，東入洛。’此涇東之沮也。《山海經》：‘羭次之山，漆水出焉。’《地理志》右扶風漆縣：今邠縣。‘漆水在縣西，莽曰漆治。’《水經》：‘漆水出杜陽縣今麟遊縣西北。俞山東北，入於渭。’《説文》：

‘漆水出右扶風杜陽岐山，東入渭。’《十三州地理志》：‘漆水出漆縣西北岐山，東入渭。’此涇西之漆注涇以入渭者也。《十三州地理志》：‘有水出杜陽縣岐山北漆溪，謂之漆渠，西南流，注岐水。’《水經注》：‘杜水出杜陽山，東南流，合漆水，水出杜陽之漆溪，謂之漆渠，南流合岐水，至美陽縣，今武功縣西南。注於雍水。’《隋書·地理志》：‘扶風普潤縣今麟遊縣西。有漆水。’此涇西之漆，合杜、岐、雍以入渭者也。涇西之沮，書傳未聞。龍案《傳》以周原爲沮、漆之間，是指普潤漆水。《箋》誤解經及《傳》，謂公劉失職遷於豳，今栒邑縣。居沮、漆之地，則指漆縣漆水。《疏》牽合爲一，引漆縣漆水，而謂‘沮，漆在豳地，但二水東流，亦過周地’，今鄠縣。其誤已甚。至引《書傳》，謂‘漆、沮一名洛水’，則更移之涇東，尤爲疏謬。”焯謂涇東之漆自同官縣東北界來，經耀縣合沮水，沮水出宜君縣北子午嶺，至耀縣合漆水，至朝邑縣東南入渭，與《緜》詩漆沮，東西相去凡五六百里也。

“古公亶父。”《傳》：“古公，豳公也。古言久也。亶父，字。或殷以名言，質也。古公處豳，狄人侵之，事之以皮幣，不得免焉。事之以犬馬，不得免焉。事之以珠玉，不得免焉。乃屬其耆老而告之，曰，狄人之所欲者，吾土地也。吾聞之，君子不以其所養人者害人，二三子何患乎無君？去之，踰梁山，邑于岐山之下。豳人曰：仁人之君不可失也。從之如歸市。”《箋》云：“古公，據文王本其祖也，諸侯之臣稱其君曰公。《傳》自古公處豳而下，爲二章發。”《正義》曰：“《韓奕箋》云：‘梁山在馮翊夏陽縣西北。’鄭於《書傳》注云，‘岐山在梁山西南’，然則梁山横長，其東當夏陽縣西北，其西當岐山東北，自豳適周，當踰之也。”

焯案：汪氏《異義》云：“大王去豳所踰之梁山在乾州今陝西乾縣。西北五里。《元和郡縣誌》誤以《禹貢》治梁及岐之梁山即此山。《韓奕》之梁山在同州，今大荔縣。即《禹貢》治梁及岐之梁山，《韓奕箋》云梁山今左馮翊夏陽今韓城縣南，郃陽縣東。西北，是也。”胡氏《禹貢錐指》云：“夏陽故少梁，梁山在今陝西西安府同州韓城縣西北九十里，是山緜亙百里，自今郃陽縣西北抵韓城縣西北之麻線嶺皆是。然向南則益西，而去河愈遠，唯韓城西北之山首枕西河，北連龍門。《魏土地記》云：‘梁山北有龍門山，大禹所鑿，通孟津河口。’葉氏夢得云：‘《詩》言“奕奕梁山，維禹甸之”，則梁之施功爲多，而岐則因梁以及之也。’孔氏於《韓奕疏》引《釋山》云：‘梁山，晉望也。’又云：‘漢於長安畿内立三郡，京兆在中，馮翊在東，扶風在西。’同州之梁山臨河上，在漢左馮翊。乾州之梁山在涇西，屬漢右扶風。二山相去懸遠，本易分别。而此《疏》乃以《韓奕》之梁山爲大王所踰之梁山，亦何疏忽至此！”

“陶復陶穴。”《傳》：“陶其土而復之，陶其壤而穴之。”《箋》云：“復者，復於土上。鑿地曰穴，皆如陶然，本其在豳時也。”《正義》申《傳》曰：“《説文》云：‘陶，瓦器竈也。’蓋以陶去其土而爲之，故謂之陶也。”

焯案：《正義》以陶爲窯，乃合《傳》《箋》爲一。胡氏《後箋》云：“《傳》云陶其土，陶其壤，則陶爲埏埴之名。《箋》則以爲窯竈之窯，謂復穴之形如之，其義異也。”

“未有家室。”《傳》：“室内曰家。未有寢廟，亦未敢有家室。”《正義》申《傳》曰：“古公在豳之時，迫於戎狄，國小民少，未有寢廟，故未敢有宫室。”又曰：“《公劉》云‘於豳斯館’，則豳有宫館也。《略説》稱耆老謂大王曰，‘不爲宗廟乎？’是豳地有寢廟也。而此言‘未有寢廟室家’者，此以文王在岐而興，上本大王初來之事，歎美在岐新立，故言在豳未有。下云‘作廟翼翼’，故此言未有寢廟，下云‘俾立室家’，故此言未有室家，以爲立文之勢耳。”

焯案：《稽古編》云："《箋》以《緜》詩首章爲大王居豳時事，《傳》無是説。《傳》述大王避狄去豳遷岐之事，而繼之曰，陶其土而復之，陶其壤而穴之，則明以復穴係之岐下，爲古公初到之居矣。又曰，'未有寢廟，未敢有家室'，是明以此章未有與五章'俾立室家，作廟翼翼'遥相首尾，彼既在岐，此不應獨在豳矣。又三章《傳》曰，'周原，漆、沮之間'，合周原與漆、沮爲一，是明以首章之居漆、沮即居此周原矣。夫遷岐之始，草萊甫闢，復穴而居，故詩首章先言岐土之荒涼，下章方言大王相度經營之次第，立言之叙當如此也。孔氏過執《箋》説，曲爲解釋，謂'在豳實有宫室，因欲美大王在岐新立，故云在豳未有，以爲立文之勢'。夫詞氣抑揚，詩人容或有之，但不應太過其實。況同一岐土，始榛蕪而後輪奂，方見大王創造之美，何得以豳相較，乃成文勢乎？"李氏《紬義》云："《正義》依鄭説以此章爲在豳時事，但欲言其無室家，而豳地實有，欲言其有，而又明與《傳》違，故遁而爲立文之勢。夫古人於宗廟之事至尊至重，豈可意爲有無，以就吾立文之勢哉！此言尤非理也。蓋大王初居沮、漆，岐土未開，故《傳》以爲未有寢廟家室耳。"

"堇荼如飴。"《傳》："堇，菜也。荼，苦菜也。"《箋》云："其所生菜雖有性苦者，皆甘如飴也。"《正義》曰："《内則》曰：'堇、荁、枌、榆。'則堇是美菜，非苦荼之類。《釋草》云：'芨，堇草。'郭璞曰：'即烏頭也。'《晋語》：'驪姬將譖申生，寘鴆於酒，寘堇於肉。'賈逵曰：'堇，烏頭也。'然則堇者其烏頭乎？《箋》云性苦者皆甘如飴，若是堇荁之堇，雖非周原亦自甘矣。"

焯案：嚴氏《詩緝》云："孔氏謂堇即烏頭，且引驪姬'寘堇於肉'以爲證，果如此，則與鴆毒同類，與荼菜可食之物非其類矣。且詩人稱周原之美，當言宜稼宜蔬，不應言其宜毒物也。荼得霜而甜脆，故可言如飴，烏頭毒物不可食，何由知其如飴乎？毛氏以堇爲菜，《說文》言‘堇蒸食之甘’，知爲《内則》及《公食禮》堇荁之堇、非《爾雅》芨堇之堇矣。”《稽古編》云：“《傳》、《箋》皆以堇爲菜，若是烏頭，則當云草，不當云菜。且其味辛，亦不苦也。又荼雖名苦菜，《草木疏》言其得霜則甜脆而美，故禮羊之芼、豚之包皆用之，本非惡菜也。又《爾雅》‘齧，苦堇’，注云：‘今堇葵也。葉似柳，子似米，汋食之，滑。’《本草》：‘堇汁味甘。’《公食大夫禮》‘鉶芼皆有滑’，注：‘滑，堇荁之屬。’《士虞禮》：‘鉶芼，用苦，若薇，有滑。夏葵，冬荁。’注：‘以苦爲荼，荁爲堇屬。’合此諸説觀之，二物正是同類。苦荼苦堇同以苦得名，然堇味甘美，荼亦甜脆，堇則禮用以爲滑，荼則禮用以爲芼，安得謂非類乎？孔失毛、鄭意矣。又案《士虞禮注》既訓苦爲荼，荁爲堇屬，即引詩‘堇荼如飴’證之，是康成注《禮》，明以此詩之堇爲苦堇矣。孔雖申鄭而不得其意。”

“爰始爰謀。”《箋》云：“此地將可居，故於是始與豳人之從己者謀。”《正義》曰：“經云‘爰始愛謀’，當有二於，如《箋》之言，則始下一爰無所用矣。王肅云：‘於是始居之，於是先盡人事，謀之於衆。’然則《箋》云‘始與豳人從己者謀’，亦謂於是始欲居、於是與之謀，但《箋》文少略耳。”

焯案：經文下爰字爲足句之詞。始謀二字非平列之文，乃遞及之語。此種句法，在詩中蓋不一見。如《節南山》云“弗躬弗親”，《箋》云：“此言王之政不躬而親之。”《信南山》云“是剥是菹”，《傳》云：“剥瓜以爲菹也。”《公劉》云“迺積迺倉”，《傳》云：“國有積倉。”《常武》云“匪紹匪遊”，《傳》云：“不敢繼以敖遊也。”其與此《箋》釋“爰始爰謀”正屬一例。《正義》述《箋》，實未得《箋》意也。李、黄《集解》云：“大王始與其民居之。又與其下謀之。”嚴氏《詩緝》云：“大王見此地可居，於是始起意而圖之，謂謀及乃心也。於是謀之於衆，謂謀及卿士庶人也。”是皆誤認二爰字爲平列之語，故爲此解耳。下"曰止曰時"句,《箋》謂"可止居於是",原屬不誤。《經義述聞》駁之,以經文疊用曰字,不當上下異訓,因謂時亦訓止,爲古人複語,此亦非也。

"爰契我龜。"《傳》:"契,開也。"《正義》申《傳》曰:"契,開者,言契龜而開出其兆,非訓契爲開也。"

焯案:汪氏《異義》云:"杜子春華氏注:'契謂契龜之鑿。'正訓契爲開,與《傳》同。《疏》以開出其兆申《傳》,則於經文我龜不屬。"胡氏《後箋》云:"契本開龜之物,因而開龜即謂之契。詩之契龜,自當作開龜解。"

"其繩則直。"《傳》:"言不失繩直也。"《箋》云:"繩者,營其廣輪方制之正也。"《正義》述經曰:"營度位處,以繩正之,其繩則方正而直矣。"釋《箋》曰:"《傳》言不失繩直,故言用繩之意。'繩者營其廣輪方制之正',言營制之時當用繩也。"

焯案:《東京賦》薛綜注引此《傳》云:"不失繩直之宜也。"上言不失,下當有之宜二字,《箋》語即申《傳》宜字,今《正義》本脱去二字。玩《傳》、《箋》之意,皆以繩爲動詞,視爲準度之義。蓋古人於名詞動詞往往活用,以繩束物,而遂謂約束爲繩,以繩度木,亦遂謂準度爲繩也。《正義》乃以繩爲繩索;既與經旨乖違,且失《傳》、《箋》之意矣。

"度之薨薨。"《傳》:"度,居也。言百姓之勸勉也。"《箋》云:"度猶投也。築牆者捊聚壤土,盛之以虆,而投諸版中。"《疏》述經曰:"既取得土,送至牆上,牆上之人受取而居於版中,居之亟疾,其聲薨薨然。"釋《傳》曰:"王者度地以居民,故度爲居也。"

焯案：李氏《紬義》云："《書》稱'懋遷有無化居'，《史記》稱'奇貨可居'，居有積貯之義，言居積此土於版中也。《疏》述經言居於版中，而釋《傳》引'度地以居民'，彼度是圖度，彼居是民居，與述經之言自相違戾。"焯謂《螽斯傳》訓薨薨爲衆多，此以勸勉釋經者，言民皆勸其事而樂其功也。王子雍訓薨薨爲亟疾，即申《傳》勸勉之意。《孔疏》乃以薨薨爲居土之聲，亦非。

"迺立皋門，皋門有伉。迺立應門，應門將將。"《傳》："王之郭門曰皋門。伉，高貌。王之正門曰應門。將將，嚴正也。美大王作郭門以致皋門，作正門以致應門焉。"《箋》云："諸侯之宫，外門曰皋門，朝門曰應門，内有路門。天子之宫加以庫雉。"《正義》申《箋》曰："襄十七年《傳》，'宋人稱皋門之晳'，諸侯有皋門也。"

焯案：何氏《古義》云："考《左》襄十七年：'宋築者謳曰：澤門之晳，實興我役。'杜注：'澤門，宋東城南門也。'古文以澤爲皋，爲其字形相混。其實宋有澤門，無皋門。孔之援引，於斯誤矣。"《稽古編》云："《孔疏》欲證鄭説，引襄十七年《傳》，謂諸侯有皋門亦有應門。案彼《釋文》言'澤門本或作皋門者誤'，孔所據當此本也。"胡氏《後箋》云："下文'乃立冢土'，《疏》謂冢土非諸侯之社，是也。"其又云："鄭以冢土者訓爲大社之義，未即名爲大社，諸侯雖不可名大社，可以言冢土矣，以爲乃立冢土正是諸侯之法。然'乃立冢土'與上皋門應門文法一例，殷代尚質，必無皋應名目。《傳》云致者，乃自後推而言之，與《大明》造舟正同。皋應非諸侯之制，則冢土亦不得爲諸侯之法也。"

"柞棫拔矣，行道兑矣。"《傳》："兑，成蹊也。"《箋》云："柞，櫟也。今以柞棫生柯葉之時，使大夫將師旅出聘問，其行道士衆兑然不有征伐之意。"《正義》申《傳》曰："《傳》言成蹊者，以混夷之地，野曠人稀，雖有舊道，當有荒穢，故因士衆之過，得成蹊徑。”又曰：“驗《毛傳》上下，與鄭不殊。”

焯案：《傳》意蓋謂文王化行，歸附日衆，故曠野之地皆成蹊徑。《正義》以《箋》述《傳》，蓋彊通之耳。又《箋》兑然，《釋文》作脱然。云“一本作兑”。此與《傳》成蹊義異。《正義》以爲毛鄭不殊，恐非。又案《皇矣》“柞棫斯拔，松柏斯兑”，《傳》：“兑，易直也。”於拔亦無訓。朱子《集傳》解此詩，以爲“大王始至岐下之時，林木深阻，人物鮮少，至於其後生齒漸繁，歸附日衆，則木拔道通，混夷畏之”。清儒焦循因云，“《毛傳》謂本無道路，至此柞棫拔去，而下已成蹊。”胡承珙亦謂：“拔宜依《爾雅》訓盡。柞棫，叢木。謂盡去其柞棫，而後蹊徑之間兑然成路。”他如陳氏奂、馬氏瑞辰、俞氏樾皆同其説。竊以王肅説經，好與鄭君立異，凡鄭用今文説，王則以古文説駁之。或鄭用古文，王又執今文以持異議。惟於此詩申毛，獨同鄭説，以爲柞棫生柯葉拔然。則知漢世今古文師未有訓此詩之拔爲拔除者，《箋》義蓋今古文之所同也。至《皇矣》云“柞棫斯拔，松柏斯兑”，文勢原屬平列，兑訓易直，則拔不得訓爲拔除。故李氏《集解》、吕氏《詩記》於此詩皆不易舊説，誠知今義不必定勝古義也。

“維其喙矣。”《傳》：“喙，困也。”《正義》曰：“喙之爲困，未詳。”

焯案：《稽古編》云：“《晉語》：‘靡笄之役，郤獻子傷。曰，余病喙。’韋昭注云：‘喙，短氣貌。’《方言》：‘豫，𠐱傍也。’《郭注》：‘今江東呼極爲豫。’又‘瘃，極也’注：‘江東呼極爲瘃。’是喙、豫，瘃三字通用。”今謂陳説足補《正義》所未及。又《説文》：“呬，東夷謂呬曰息，引《詩》犬夷呬矣。”呬喙字異，或出三家。惟息之與困，義正相成耳。

“予曰有奔奏。”《傳》：“喻德宣譽曰奔奏。”《箋》云：“奔奏，使人歸趨之。”《正義》曰：“此臣能曉喻天下之人以王德，宣揚王之聲譽使人知，令天下皆奔走而歸趨之，故曰奔走也。”

焯案：《經義述聞》云：“《傳》《箋》異義，《正義》合而一之，非也。《傳》以奏爲告語之義，故曰喻德宣譽。《堯典》‘敷奏以言’，《史記·五帝紀》作‘徧告以言’，是也。《箋》則取趨赴之義。”馬氏《通釋》云：“《楚辭章句》引《詩》‘予聿有奔走’，《尚書大傳》亦作奔走，三家《詩》蓋有作奔走者，《箋》説本之，故與《傳》異。”

棫 樸

“左右奉璋。”《傳》：“半圭曰璋。”《箋》云：“璋，璋瓚也。祭祀之禮，王祼以圭瓚。諸臣助之，亞祼以璋瓚。”《正義》曰：“《傳》唯解璋而不言瓚，則不以此爲祭矣。《斯干傳》曰：‘璋，臣之職。’則謂臣之行禮當執璋也。王肅云：‘羣臣從王行禮之所奉，《顧命》曰：太保秉璋以酢。’肅以臣之執璋於《禮》無文，故引《顧命》爲證。”

焯案：汪氏《異義》云：“案臣之執璋行禮，唯贊祼時，其他無執璋者。《顧命》‘太保秉璋以酢’，亦是受册命後祭事。彼《疏》云《祭統》‘君執圭瓚，大宗伯執璋瓚’，謂亞獻用璋瓚。此非正祭，亦是亞獻之類，故亦執璋，其言不誤也。《傳》云‘半圭曰璋’，璋瓚之璋亦半圭也，《傳》特略不及瓚耳。《箋》言諸臣亞祼以璋瓚，義實申《傳》，不得從王氏述毛。”胡氏《後箋》云：“此《傳》半圭自指瓚柄而言。《考工記》大璋中璋邊璋，亦是以璋瓚爲璋。《疏》引王基駁王肅，據《郊特牲》灌以圭璋，知古人稱璋即爲璋瓚。其説當矣。”

旱 麓

《序》云：“旱麓，受祖也。周之先祖世脩后稷、公劉之業，大王、王季申以百福干禄焉。"《正義》曰："《緜》言文王之興本由大王，而經有文王之事。此言受祖，而經皆説祖之得福。其言不及文王者，詩者，志也，各言其志，故辭不可同。《生民》，周公、成王之《雅》也。《維清》、《執競》、《時邁》、《思文》，周公、成王之《頌》也。其文皆無周公成王之事，以其光揚祖業，足爲子孫之美，故其辭不復及焉。"

焯案：《大雅》自《文王》至《靈臺》八篇，餘篇《序》皆言文王，獨此篇直云受祖，陳奂疑受祖之上當有文王二字，是也。胡氏《後箋》云："詩中君子皆指文王，三章'遐不作人'與《棫樸》同文，末章'求福不回'又與《大明》'厥德不回'同義，其爲指文王言無疑。《箋》以君子謂大王、王季，全篇皆不及文王，而《雅譜》列爲文王之詩，豈有美文王受祖，而但稱祖德，絶不及受之之人者。《疏》謂光揚祖德，即足爲子孫之美，故辭不復及，曲申《箋》義，非也。"

"瞻彼旱麓，榛楛濟濟。豈弟君子，干禄豈弟。"《傳》："旱，山名也。麓，山足也。濟濟，衆多也。干，求也。言陰陽和，山藪殖，故君子得以干禄樂易。"《箋》云："旱山之足，林木茂盛者，得山雲雨之潤澤也。喻周邦之民獨豐樂者，被其君德教。"《正義》曰："《周語》引此一章，下云：'夫旱麓之榛楛殖，故君子得以樂易干禄焉。若夫山林匱竭，林麓散亡，藪澤肆既，民力彫盡，田疇荒蕪，資用乏匱，君子將險哀之不暇，而何樂易之有焉。'毛依此文以爲義，而《箋》易之者，以陰陽和、山藪殖，自然民豐樂矣。立君所以牧民，美人君之德，當以養民爲主，不應捨民弗言，而唯論草木，是必以木既茂盛，民亦豐樂。《外傳》引其本經，遺其興意，《毛傳》理雖不謬，於作意未盡，故《箋》申而備之。"

焯案：《稽古編》云："此詩之旨，《周語》及《毛傳》盡之矣。陰陽和，山藪殖，乃紀實事，非取喻也。山藪，民所取材也。物産蕃庶，財用富足，正所以養民，安得謂惟論草木乎？《魚麗》詩即魚酒二物以明萬物之盛多，此詩即榛楛二木以明資用之饒裕，舉一以見百，其義同也。古人引《詩》雖多斷章，然如單穆公所云，乃正解也。”焯謂經陳“豈弟君子”，固已於民徵之。上之豈弟，言其樂易養民之德。下之豈弟，言其樂易自悦之懷。“豈弟君子，民之父母”，“豈弟君子，民之攸歸”，既稱豈弟君子，則已非舍民而惟論草木也。《外傳》之文，乃反言以見其義，亦非引本經而遺興意也。《芣苢》之詩，專陳采捋之事，而后妃之和平自見。榛楛之句，專陳濟濟之盛，而養民之義自存，安見毛於作意未盡哉？

“瑟彼玉瓚，黄流在中。”《傳》：“玉瓚，圭瓚也。黄金所以飾。流，鬯也。九命然後錫以秬鬯圭瓚。”《箋》云：“瑟，絜鮮貌。黄流，秬鬯也。圭瓚之狀，以圭爲柄，黄金爲勺，青金爲外，朱中央矣。殷王帝乙之時，王季爲西伯，以功德受此賜。”《正義》申《傳》曰：“瓚者盛鬯酒之器，以黄金爲勺，而有鼻口，鬯酒從中流出，故云黄金所以流鬯。以器是黄金，照酒亦黄，故謂之黄流也。定本及集注皆云，黄金所以飾流鬯也。若有飾字，於義易曉，則俗本無飾字者誤也。”

焯案：段氏《毛詩故訓傳》從《正義》本“以黄金所以飾”爲句，“流鬯也”爲句，是也。《傳》蓋言經之黄是黄金，所以飾瓚，即《考工記》所謂黄金勺者是也。經所謂流，是祼所用之鬯，謂黄金勺與鬱鬯酒兩物皆在瓚中，其言流鬯也與鄭同，但以黄爲黄金之色，不取鬱金之黄爲流之色，與鄭别耳，非謂器是黄金，照酒亦黄，故謂之黄流也。《正義》將《傳》黄金飾流鬯也作一句讀，此因從一本無飾字者作一句讀而誤。其謂有飾字於義易曉，實則尚未曉毛意也。又《正義》引《孔叢子》“王季以九命作伯於西”，謂毛意當以王季爲東西大伯，故以九命言之。又引鄭注《尚書・西伯戡黎》，謂文王爲雍州之伯，則以文王爲州牧，《楚辭・天問》：“伯昌號衰，秉鞭作牧。”王逸云，“文王爲雍州牧”，《大宗伯》“八命作牧”，則王季唯八命，不從毛爲九命也。胡氏《後箋》云：“按毛但言九命錫圭瓚，未分别王季、文王，自以此詩言文王受祖，則錫圭瓚者即爲文王可知。鄭以君子斥大王、王季，故以受賜屬之王季。《正義》力申鄭意，以伯爲州伯，謂王季爲州伯，文王亦衹爲州伯。不知鄭注《尚書》云，文王南兼梁、荆，國在西，故曰西伯，其不止爲雍州之伯可知。《史記·殷本紀》：‘紂以西伯昌、九侯、鄂侯爲三公，其後囚於羑里，既又赦之，賜弓矢斧鉞，使得征伐。’是文王未囚羑里之先已爲殷三公矣。至赦出之後，乃專征伐，自是上公九命作伯。毛意本指文王受圭瓚秬鬯之錫，故直言九命。王肅《尚書注》正從毛，以文王爲二伯。《書疏》亦云，‘文王率諸侯事紂，非獨率一州之諸侯，言西伯者，對東爲名，不得以國在西而稱西伯’，此正與《詩疏》相反，其游移有如此者。”

“鳶飛戾天，魚躍于淵。”《傳》：“言上下察也。”《箋》云：“鳶鴟之類，鳥之貪惡者也，飛而至天，喻惡人遠去不爲民害也。魚跳躍于淵中，喻民喜得所。”《正義》曰：“言鳥之得所，當如‘鴛鴦在梁’，以不驚爲義，不應以高飛爲義。且下云‘遐不作人’，是人變惡爲善，於喻民爲宜。”

焯案：李、黄《集解》云：“《抱朴子》曰：鳶飛無力在下，及至乎直網之上，聳身直翅而已。然後知鳶飛更不用力，亦如魚躍，恬然自得，而不知其所以然而然也。”焯謂鳶之能戾天者，實其性使然，且以戾天爲得所也。詩人明於物性，而善爲形容，何云不應以高飛爲義乎？又《正義》述毛，既以鳶飛魚躍爲道被飛潛，萬物得所，是化之明察矣，而於此申鄭又謂變惡爲善，方是作人之義，殊不知道被飛潛，萬物得所，作人氣象如此，尤爲廣大也。

“遐不作人。”《箋》云：“遐，遠也。言大王、王季之德，近於變化，使如新作人。”《疏》述《傳》曰：“言樂易之君子大王、王季，其變化惡俗，遠此不新作人，言其近新作人也。”

焯案：《棫樸》“遐不作人”，《傳》：“遐，遠也。遠不作人也。”《箋》云：“遠不作人者，其政變化紂之惡俗，近如新作人也。”胡氏《後箋》云：“《傳》當是以‘遐不’爲遐，‘不’爲語詞。《箋》則以‘遐不’爲不遐，‘不’爲豈不之不，非語詞，與毛異義。”今謂《後箋》説是。此詩毛雖無傳，應與《棫樸》同解。《孔疏》所云，殆誤以鄭義爲毛義矣。成八年《左傳》引《詩》曰“愷悌君子，遐不作人”，《杜注》云，“《詩大雅》言文王能遠用善人，不，語助”，即緣《棫樸傳》爲説也。

“清酒既載，騂牡既備。”《傳》：“言年豐畜碩也。”“以享以祀，以介景福。”《傳》：“言祀所以得福也。”《正義》曰：“文十三年《公羊傳》云：‘周公用白牡。魯公用騂犅。羣公不毛。’然則大王、王季爲殷之諸侯，其牲亦應不毛，而云騂牡者，不毛者不定用一毛而已，其牲皆用純色，故此祭用純騂也。《祭義》云‘擇其毛’，是諸侯用純色也。或者此是作者於後據周所尚而言之。”

焯案：胡氏《後箋》云：“案此章言祭祀得福，正《序》所云受祖之實，則‘以享以祀’當指文王之祭祀言之。《白虎通義·三正》篇云：‘《詩》曰清酒既載，騂牡既備，言文王之牲用騂，周尚赤也。’此當本三家《詩》義，亦以此享祀爲文王。《正義》仍屬之大王、王季，誤矣。”

思　齊

《序》云：“《思齊》，文王所以聖也。”《箋》云：“言非但天性，德有所由成。”《正義》曰：“言文王所以得聖，由其賢母所生。”

焯案：嚴氏《詩緝》謂"此詩五章皆言文王之所以爲聖，孔氏所言，止是首章之意"，是也。范氏《補傳》云："《序》言文王所以聖，謂文王聖之事備見於一篇之内，是詩五章皆聖之事也。首章言姜、任、大姒之内助，二章言文王事神治人兩盡其道，三章言文王盛德之容，自彊不息，四章言文王德盛無闕，從容中道，五章言文王化成人材，皆知自勉，與首章各有其義也。"

"惠于宗公。"《傳》："宗公，宗神也。"《箋》云："惠，順也。宗公，大臣也。文王爲政，咨於大臣，順而行之。"《正義》曰："易《傳》者，以《左傳》稱：'國將興，聽於民，將亡，聽於神。聖王先成民，而後致力於神。'此言文王之聖，不應先以順神爲本。又於時宗廟有大王、王季，若論宗廟，當以王統之，不當言公，且經傳未有以宗廟之神爲宗公者也。《晉語》云：'文王於是用四方之賢良。其即位也，詢於八虞，而諮於二虢；度於閎夭，而謀於南宫；諏於蔡原，而訪於辛尹；重之以周、召、畢、榮，意寧百神而柔和萬民。故《詩》曰：惠于宗公，神罔時恫。'彼正論文王之事，先言諮訪，後言安神，乃引此詩以證之。則'惠于宗公'是順臣可知，故易之。"

焯案：汪氏《異義》云："大王、王季追王在後，於文王時祇稱公，'惠于宗公'，據文王當日事神言，不從後稱，則以爲公，未爲不可。《箋》於京必爲地名，其義不容少假，《疏》既是之矣，而於宗公又謂當稱王，殆有心予奪歟？《左傳》'先成民而後致力於神'，是對不務民義而瀆事鬼神者言，《外傳》引《詩》，或係斷章取義，《内外傳》釋《詩》，毛多據爲義，此獨不然，必知斷章。皆未可據以難毛。又《疏》引《書序》班宗彝、《中庸》'陳其宗器'申《傳》宗神之義亦未盡，《周書·作雒解》曰：'乃位五宫：大廟，宗宫，考宫，路寢，明堂。'孔晁注云：'大廟，后稷廟；二宫，祖考廟、考廟也。'蓋當時宗廟固有以宗名者矣。"胡氏《後箋》云："案以宗公爲大臣，實與下二句文義不貫。《周禮》甸師'用牲于社宗'，杜子春以宗爲宗廟。然則宗公爲宗廟之先公明矣。《疏》謂經傳無以宗廟之神爲宗公者，不知經傳亦未嘗有以大臣爲宗公者也。"陳氏《傳疏》云："《晉語》引詩承'意寧百神'句，而於詢、咨、度、諆、諏、訪句不干涉也。猶上文引《詩》'刑于寡妻，至于兄弟，以御于家邦'承'刑于太姒'句，而於'在傅弗勤，處師弗煩'句不干涉也。解《國語》者皆失之。"今謂宗公之義，解者不一。《正義》申毛，以爲宗廟先公。宋以後説《詩》者多從之。竊嘗参列諸説，實以孔氏此説爲允。《中庸》言"陳其宗器"，宗器爲宗廟之器，與此宗公爲宗廟之公文義正同。汪、胡、陳三君駁孔申鄭之説當矣。若王肅以宗爲祖宗、公爲百神；陳氏奂駁之，謂不應以宗公平列。惟陳氏謂經傳中無有稱祖宗爲宗公宗神，其説亦泥。至李黼平以宗爲天神，而於公無説。馬瑞辰以宗尊雙聲，宗公猶云高祖，而不以宗爲宗廟，皆無當詩義也。

"以御于家邦。"《傳》："御，迎也。'《箋》云："御，治也。以此又能爲政治於家邦也。"《正義》曰："《釋詁》云：'迓，迎也。'但書傳諸御字亦得爲迓，故毛讀爲迓，訓之爲迎。王肅云：'以迎治天下之國家。'鄭讀御爲馭，以御者制治之名，故爲治也。易《傳》者。言迎于家邦，則於義不通。若如王肅之言，則是横益治字，故鄭讀爲馭，訓爲治也。"

焯案：胡氏《後箋》云："王肅以'迎，治'申《傳》，固是横益治字。但御之爲治，毛豈不知？而必訓爲迎者，以'以御于家邦'與《皇矣》'以對于天下'文同，彼訓對爲遂，遂有進義，此訓御爲迎，迎之義亦爲進，謂由刑寡妻、化兄弟以進及於家邦耳。"

皇　矣

"維此二國，其政不獲。維彼四國，爰究爰度。"《傳》："二國，殷夏也。彼，彼有道也。四國，四方也。究，謀。度，居也。"《箋》云："二國謂今殷紂及崇侯也。正，長。獲，得也。四國謂密也、阮也、徂也、共也。度亦謀也。殷、崇之君其行暴亂，不得於天心，密阮徂共之君於是又助之謀，言同於惡也。"《疏》述毛曰："此桀、紂二君政雖不得民心，身實居天子之位，維四方有道之衆國以天命未改之故，於是從之謀，於是從之居，言皆從紂之惡，與之謀爲非道也。"

焯案：《傳》既以四國爲有道，則不得云從紂謀爲非道，《疏》以王肅說述毛，恐非毛意。胡氏《後箋》謂："'爰究爰度'非對文，與《緜》詩'爰始爰謀''曰止曰時'等句同。文四年《左傳》引此詩美秦穆公，杜注言：'夏、商之君政不得人心，故四方諸侯皆懼而謀度其政事。'此解可用以申毛。"是也。《正義》又曰："一紂而言二國，則是取類而言，故以二國爲殷紂、夏桀也。紂既喪殷，桀亦亡夏，其惡既等，故配而言之。孫毓云：'天觀衆國之政，求可以代殷之人，先察王者之後，故言商而及夏，夏者夏禹之世，時爲二王之後者，不得追斥桀也，桀亡國六百餘年，何求於將代殷而惡之乎？'或以毓言爲毛義，斯不然矣。天求代殷之人，當觀可代之國，一姓不再興，亡國不再王，先察王者之後，欲何爲哉？"俞氏《平議》云："鄭以二國爲殷紂、崇侯，其義未安。崇侯乃是人臣，何得並稱二國。《正義》申《箋》，謂'紂乃亡國之主，可以同之崇侯'，夫既可同之崇侯，則亦可同之密、阮、徂、共，何不並稱六國，而必以二國四國分別言之乎？孫毓之説，雖未知於毛意若何，然此詩之旨，實當以孫説爲長。《尚書·多方》篇曰：'非天庸釋有夏，非天庸釋有殷，乃惟爾辟，以爾多方，大淫圖天之命，屑有辭。'即此詩所謂維此二國其政不獲也。又曰：'天惟五年須夏之子孫，今從鄭義作須暇之子孫。誕作民主，罔可念聽。'然則孫毓所謂先察王者之後，信有徵矣。又曰：'天惟求爾多方大動以威，開厥顧天。'即此詩'維彼四國'二句之意也。又曰，'惟爾多方罔堪顧之，惟我周王靈承于旅，克堪用德，惟典神天’云云。即此詩‘上帝耆之’四句之意也。蓋《皇矣》篇首章與《多方》篇大旨相同，皆謂殷既失道，天又顧念夏后氏子孫，欲以代殷，乃夏之子孫無可顧者，又博求之四方之國，而四方之國亦無其人，於是大命遂集於有周也。”

“上帝耆之。”《傳》：“耆，惡也。”《箋》云：“耆，老也。天須假此二國，養之至老。”《正義》申《傳》曰：“耆者，老也。人皆惡己之老，故耆爲惡也。”

焯案：陳氏《傳疏》云：“《韓詩武傳》：‘耆，惡也。’與此《傳》訓同。《廣雅》：‘諎，怒也。’耆與諎聲義相近。”焯謂《説文》無諎字，古止當作耆。又《説文》“嗜，嗜欲喜之也。从口，耆聲”。是耆當兼有喜義。反而求之，有所喜者必有所惡。故又爲惡。惡與怒義同，故又爲怒也。《正義》云云，失之鑿矣。

“其菑其翳。”《傳》：“木立死曰菑，自斃爲翳。”《正義》曰：“自斃者，生木自倒。枝葉覆地爲蔭翳，故曰翳也。”

焯案：李氏《紬義》云：“斃即獘之或體。《説文》：‘獘，頓仆也。’菑爲立死，則此當爲仆死，枝柯枯朽，横塞道路，故曰翳。《韓詩》翳作殪，云：‘因也，因高填下也。’亦爲死木。與毛義同。《正義》謂生木自倒，恐非。”今謂李説是。《釋木》：“木立死，椔。獘者，翳。”獘，《釋文》一本作蔽。蔽者，謂其死而覆蔽於地也。郭注謂樹蔭翳覆地者，《正義》因之，遂以爲生木，皆非也。

“串夷載路。”《傳》：“串，習。夷，常。路，大也。”《箋》云：“串夷即混夷，西戎國名也。路，應也。天意去殷之惡，就周之德。文王則侵伐混夷以應之。”《正義》申《傳》曰：“毛讀患爲串。王肅曰：‘天於周家善於治國，徙就文王明德，以其由世習於常道，故得居是大位也。'"

焯案：《釋文》云："串，古患反。一本作患。或云：鄭音患。"據此，是鄭讀串爲患。鄭訓"侵阮徂共"用《魯詩》，則一本作患者亦當是《魯詩》。其《毛詩》之經自作串字，非毛讀患爲串，直是《正義》所據本作患耳。如毛本作患，則不得訓爲習也。至王肅以載路爲居是大位，立訓似曲。李氏樗以《傳》路訓大爲國勢之大。陳啓源謂"言周家習行此常道，至文王則益大"，所解較王説爲勝。《正義》又申《箋》曰："鄭以詩本爲患，故不從毛。《采薇序》曰：'西有混夷之患。'是患夷者，患中國之夷，故患夷則混夷也。"焯案《釋文》載，或云鄭音患。是鄭特音爲患，非以詩本作患。《箋》易《傳》串夷爲即混夷，未始謂串夷當爲患夷也。古寒痕二韻多通用。故串夷轉作混夷，亦作昆夷。曾氏釗云："《孟子·梁惠王》下：'文王事昆夷。'彼昆夷即此箋混夷。《一切經音義》：'串，古文作摜、遺二形，又作慣，同。'摜、遺、慣皆从貫聲，昆聲正與貫近。《説文》：'琨或从貫。'《禹貢》'瑶琨'，《釋文》引馬本及《漢書·地理志》並作瓘。《釋名》：'來孫之子爲昆孫。昆，貫也。'據此，則串、貫、昆三字古相通用，故鄭謂串夷即混夷矣。"《正義》又曰："路之爲應，更無正訓。鄭以義言之耳。"又云："本或誤作瘠。孫毓載《箋》爲應，是本作應也。定本亦作應。"阮氏《校勘記》云："考路露古同字，如露寢爲路寢、華露爲華路之類。《孟子》'是率天下而路也'，《音義》云：'丁張並云：路與露同。'凡物之瘠者多露見，故《箋》云路瘠也。謂告削混夷，使之瘠也。下《箋》'文王則侵伐混夷以應之'，云應者，總説串夷載路之應乎帝遷明德也，非以應專釋路字，孫毓乃涉之而誤。後之解者反僉以瘠爲誤，失之矣。"

"因心則友。"《傳》："因，親也。善兄弟曰友。"《正義》曰："《周禮》：六行其四曰姻。注云：'姻，親於外親。'是因得爲親也。"

焯案：此《疏》所引，非因字本義。《論語》："因不失其親。"孔注："因，親也。"皇氏《疏》引《喪服傳》云："繼母與因母同。"是言繼母與親母同，故因爲親也。

"則篤其慶，載錫之光。"《傳》："慶，善。光，大也。"《箋》云："篤，厚。載，始也。王季之心，親親而又善於宗族，又尤善於兄大伯，乃厚明其功美，始使之顯著也。大伯以讓爲功美，王季乃能厚明之，使傳世稱之，亦其德也。"《正義》申《傳》引王肅曰："王季能友，稱大伯之讓意，則天厚與之善，錫文王之大位也。"又申《箋》曰："易《傳》者，以上言大伯，此言友兄，下即言此二句，明還是其兄之事，故易之。"

焯案："則篤其慶"《傳》訓慶爲善，陳氏奐謂"即承善兄弟意而申言之，篤其慶猶云篤於親"，是也。蓋二則字句宜作一氣讀，"載錫之光"句當遥承上文"帝作邦作對"而言，與下"受禄無喪"二句作一氣讀。王肅解"載錫之光爲天錫文王之大位"，是也。解"則篤其慶"爲天厚與之善則非也。若《正義》申《箋》，謂"上言大伯，此言友兄，下即言此二句，明還是其兄之事"。若然，則下言受禄，上言載錫，不益明爲天錫之事乎？此未可以申成《箋》説也。

"維此王季，帝度其心，貊其德音，其德克明，克明克類，克長克君。"《傳》："心能制義曰度。貊，静也。"《箋》云："德正應和曰貊。照臨四方曰明。類，善也。勤施無私曰類。教誨不倦曰長。賞慶刑威曰君。"《正義》曰："此《傳》、《箋》及下《傳》九言曰者，皆昭二十八年《左傳》文。彼引一章，然後爲此九言以釋之，故《傳》依用焉。毛引不盡，《箋》又取以足之。"

焯案：陳氏《傳疏》云："各本貊静也下衍'箋云'二字，而以曰貊五言混入《箋》語。《正義》謂毛引不盡，《箋》取足之，誤矣。"焯謂毛公每述古必舉全文，《左傳》九曰，正爲本章之訓，尤無偏引其四之理。陳氏謂《正義》爲誤，是也。

“比于文王，其德靡悔。”《傳》：“經緯天地曰文。”《箋》云：“王季之德，比于文王，無有所悔也。必比于文王者，德以聖人爲匹。”《疏》云：“言文王之德不爲人恨而王季可以比之。”

焯案：此章首句“維此王季”當依《左傳》昭二十八年。及《韓詩》作文王。此言“比于文王”，馬瑞辰謂“承上克比言之，言民之親比於文王”，是也。鄭所據本首句作王季，故解此句爲王季之德比于文王。陳氏啓源譏之，謂無稱父而美其似子者。因取劉炫説，以“文王”爲上代文德之王。見《左傳疏》。惟《公劉傳》云，“民無長歎，猶文王之無悔”。是《傳》意自指此詩之文王爲周之文王，實不如炫所説。朱子《集傳》依《箋》、《疏》本，首句作王季，又疑“比于文王”句不可通，因訓比于爲至于，終不若依《左傳》、《韓詩》以首句作文王爲當。《疏》用鄭申毛，直謂王季之德堪比文王，宜如陳氏之所譏也。

“密人不恭，敢距大邦，侵阮徂共。”《傳》：“國有密須氏侵阮，遂往侵共。”《箋》云：“阮也、徂也、共也三國犯周，而文王伐之，密須之人乃敢距其義兵，違正道，是不直也。”《正義》申《傳》引王肅曰：“密須氏，姞姓之國也。乃不恭其職，敢興兵拒逆大國，侵周地。”

焯案：王以阮、共爲周地，非也。朱右曾云：“王述毛而非毛義。所以誤者，由下文有‘依其在京，侵自阮疆，陟我高岡，無矢我陵’云云。夫我者内之之詞。密即不恭，阮、共既爲與國，自必外密須而内阮、共，且使非國，何以曰阮疆乎？”《正義》又申《箋》曰：“拒大邦之下，即言侵阮徂共，則侵阮徂共即是密須拒周之狀，故知文王侵此三國，徵兵於密，密人拒其義兵也。”焯謂果如《正義》

所言，經宜云“侵阮徂共，密人不恭，敢距大邦”矣。不然，於《箋》語失次也。且經陳“王赫斯怒，爰整其旅”，是由密人不恭，侵我與國而然。若文王“侵阮徂共”，而密人不恭以距王，王宜移師以侵密，乃整其旅，徒以按“徂人”之旅，何也？且“赫斯怒”、“整其旅”合之下文伐崇墉，明聲罪致討之師矣，而謂之“侵阮徂共”，豈文王問罪之舉哉？上下前後語氣皆不貫串，非經理也。又下文“以按徂旅”，《孟子》引作“以遏徂莒”，莒是地名，則旅當如毛說以爲地名，旅既非師旅之旅，則徂亦必非國，而侵阮、共爲密之罪益明。程晉芳《毛鄭異同考》云：“《汲冢紀年》：‘帝辛三十二年，密人侵阮，西伯帥師伐密，密人降于周，師遂遷于程。’此其證也。徂之爲往，義無可疑。下文侵自阮疆，何嘗有‘徂國’在其中耶？”

“王赫斯怒。”《箋》云：“赫，怒意。斯，盡也。”《疏》述毛曰：“文王與其羣臣赫然而盡怒。”

焯案：《釋文》云：“斯，毛如字，此也。鄭音賜。”是陸氏以爲毛、鄭異義。玩詩意，只言王怒，未便添出羣臣一層。《傳》以斯爲此，蓋作語詞。《疏》以《箋》說申毛，非也。若鄭讀斯爲賜，則以同聲之故。賜之爲盡，亦屬故訓，《方言》：“賜，盡也。”《文選·西征賦》“若循環之無賜”是也。

“以對于天下。”《傳》：“對，遂也。”《疏》云：“民心皆欲伐密，而文王從之，是整旅所以遂天下心也。”

焯案：《毛詩札記》云：“《傳》訓對爲遂，說本《爾雅》。實則以遂訓對，猶之以進訓對也。知者，《易·大壯》：‘不能退，不能遂。’《集解》引虞注云：‘遂，進也。’是遂進義同。以對于天下，猶云以進及于天下也。此《疏》申《傳》非《傳》旨。更即本經對字考之，

《蕩》篇‘而秉義類，彊禦多懟，流言以對’，《傳》訓對爲遂。謂彊禦多懟之人作爲流言以進身也。《江漢》篇‘虎拜稽首，對揚王休’，《傳》亦訓對爲遂，謂進揚王之德美也。《桑柔》篇‘聽言則對，誦言如醉’，《毛傳》無説，蓋亦對進義同，謂聽其虛言即進其身，而不識其所言之實也。又《小雅·雨無正》篇‘聽言則答，譖言則退’，《傳》云‘以言進退人’，尋繹《傳》意，蓋以答對同聲，經文叚答爲對，與退對文，因直以進詁答，觀於答直詁進，益知《傳》文詁對爲遂均與進同。乃《蕩疏》以遂爲遂成惡事，《江漢疏》又云因事之辭，説既互違，義均迂曲，而《傳》訓因之益晦矣。”

“度其鮮原。”《傳》：“小山别大山曰鮮。”《箋》云：“度，謀。鮮，善也。乃始謀居善原廣平之地，亦在岐山之南，居渭水之側。”《正義》申《箋》曰：“以其已繫岐陽，不應復言餘山，故以鮮爲善也。”

焯案：《公劉》巘原《傳》云：“小山别於大山也。”與此《傳》同。蓋鮮巘同字，鮮原即巘原，《月令》“鮮羔開冰”，《吕覽》作“獻羔”，是其證。《箋》以鮮爲善，《正義》申之，謂“始謀居於其善原廣平之地”，其説已非。又謂“以其已繫岐陽，不應復言餘山”，則更爲曲説。《公劉》之詩，詳述巘原岡隰而後言豳，《召誥》之篇，歷敍瀍水瀍水而後言洛，何嘗爲其已繫於豳、已繫於洛，而不言餘地哉？

“不大聲以色，不長夏以革。”《傳》：“不大聲見於色。革，更也。不以長大有所更。”《箋》云：“夏，諸夏也。不虛廣言語，以外作容貌。不長諸夏，以變更王法者。”《正義》申《傳》曰：“此《傳》質略。孫毓云：‘不大聲色以加人。’毛言‘不以長大有所更’，則以夏爲大。王肅云：‘非以幼弱未定，長大有所改更。言幼而有天性，長幼一行也。’”又申《箋》曰：“《箋》以大爲音聲以作色忿人，長大淫恣而改其本性，此則中人以上皆免之矣，不足以美文王。下言伐崇討崇之反道，則此經當陳人君之正道，不得以夏爲大，故以夏爲諸夏。虚廣言語以外作容貌，謂色取仁而行違，虚名而不實也。不長諸夏以變更王法者，謂爲諸侯之長，自以身居尊位，無所畏憚，變亂正法也。崇侯與文王俱爲紂之上公，是長諸侯也。詩言文王無此行，則崇侯有之矣，故天命文王使伐之。"

焯案：此詩之義，解者不一，《正義》引孫、王二家之説申毛，未必即得毛意。胡氏《後箋》謂詩言此，所以起下文伐崇之舉。不大聲色二句是不厲威嚴、不事變亂之謂，亦即順天行誅，而非有陵暴紛更之意。因引《墨子·天志》篇説之，最得詩意。若《正義》申《箋》之説，實多未合。汪氏《異義》云："'色取仁而行違'，乃孔子之斥聞人者，即中人亦且不爲。身居尊位，變亂正法，正《大司馬》所謂犯令陵政者，居九伐之一，益不足以美文王。《疏》又謂詩意言文王無此，崇侯有之，故天命文王伐崇。夫以文王聖德，奈何與崇屑屑比校也。"

"以爾鉤援。"《傳》："鉤，鉤梯也。所以鉤引上城者。"《正義》曰："鉤援一物。正謂梯也。以梯倚城，相鉤引而上，援即引也。《墨子》稱公輸般作雲梯以攻宋，蓋此之謂也。"

焯案：馬氏《通釋》云："按《墨子·備城篇》：禽滑釐曰：'今之世常所以攻者，臨、一。鉤、二。衝、三。梯、四。堙、五。水、六。穴、七。突、八。空洞、九。蟻附、十。轒轀、十一。軒車、十二。敢問守此十二者奈何？'分鉤與梯爲二，則鉤非即雲梯明矣。《六韜·軍用》篇有'飛鉤，長八寸，鉤芒長四寸，梯長六尺以上，千百二枚'，蓋即此詩之鉤。《傳》云'鉤，鉤梯'者，謂以鉤鉤梯而上，故又申言之曰，所以鉤引上城者，非謂鉤即梯也。《正義》謂鉤援即雲梯，失之。"孫詒讓《墨子閒詁》云："案馬説是也。《魯問》篇有鉤距，《備穴》篇又有鐵鉤鉅，謂施長鉤，緣之以攻城。《管子·兵法》篇云：

‘淩山阬不待鉤梯。’《韓非子·外儲説左上》篇：‘趙主父、秦昭王令工施鉤梯上潘吾及華山。’皆是也。”

“臨衝閑閑，崇墉言言。”《傳》：“閑閑，動摇也。言言，高大也。”《箋》云：“言言猶孽孽，將壞貌。”《疏》云：“鄭以言言仡仡爲將壞之貌爲異。”

焯案：言言之訓，《傳》言其形，《箋》言其事，一就本文立解，一統上下文爲説，似無甚異也。《釋文》於“崇墉仡仡”引《韓詩》“仡，摇也”，是鄭義所本。王肅申《傳》，“謂高大言其無所壞”，此則顯與鄭立異，未必即合毛意。凡毛義之未顯者，與其從王肅説，不若通之三家也。汪氏龍、胡氏承珙諸人歷引《左傳》、《説苑》等書，謂文王師以順動，未嘗破壞其城，實止爲王肅張目，若就本詩“執訊”“攸馘”“伐肆”“絶忽”等句言之，則《正義》申鄭之説自可通也。

“是絶是忽。”《傳》：“忽，滅也。”《正義》曰：“忽滅者，言忽然而滅，非訓忽爲滅也。”

焯案：馬氏《通釋》云：“《爾雅·釋詁》，忽滅二字並云盡也，是忽滅二字同義。凡二字同義，即可互訓，《毛傳》訓忽爲滅，猶之《爾雅》摟斂並訓爲聚，而《角弓》《鄭箋》即訓婁爲斂，婁即摟也。若《正義》所云，是先儒互訓之妙，唐人已莫能知，失《傳》恉矣。”

靈　臺

《序》云：“《靈臺》，民始附也。文王受命，而民樂其有靈德以及鳥獸昆蟲焉。”《箋》云：“民者，冥也。其見仁道遲，故於是乃附也。”《正義》曰：“三分有二，諸侯之君從文王耳。其民從君而來，其心未見靈德，至於作臺之日，民心始知，故言始附，謂心附之也，往前則貌附之耳。”

焯案：胡氏《後箋》云：“《箋》、《疏》泥於始字，語多迂曲，貌附之説尤爲礙理。此篇之《序》，乃蒙上篇言之。《皇矣序》云‘天監代殷莫若周’，故其詩歷言天命。此篇首述民之樂事勸功，並美其靈德之徧及於鳥獸昆蟲。蓋一則言天與之，一則言人歸之，《序》云民始附者，謂《大雅》諸詩至此始明言民心之歸附耳。郝仲輿曰：‘詩人作此，以見文王造周功成，雖民心歸附不自今始，而文王之求寧，今始觀成焉，故《序》曰民始附也。’”

“於論鼓鍾，於樂辟廱。”《傳》：“論，思也。”《箋》云：“論之言倫也。於得其倫理乎鼓與鍾也，於喜樂乎諸在辟廱中者，言感於中和之至。”《疏》述《傳》曰：“於是思念鼓鍾，使人和諧。於是作樂在此辟廱宫中。”又曰：“定本及集注‘鏞，大鍾’之下云‘論，思也’，則其義不得同鄭也。”

焯案：段氏所訂《毛詩故訓傳》云：“定本及集注《釋文》皆有‘論，思也’三字。論同侖，思同鰓理之鰓，《箋》申《毛》耳。《説文》亼部曰：‘侖，思也。’龠部曰：‘侖，理也。’思如角有鰓理。毛謂論爲侖之叚借，鼓與鍾合其思理，《書》所謂‘無相奪倫’，《記》所謂‘論倫無患’也。胡氏《後箋》云：“毛於《文王》‘於昭于天’云：‘於，歎辭。’故此不復傳。《鄭》云‘於得其倫理乎’，‘於喜樂乎’，正作歎辭，亦以申毛。《正義》述毛，於作於是，誤也。”《釋文》於音烏。鄭如字。似以鄭作於是，亦誤。又案“於樂辟廱”之樂當讀喜樂之樂。范氏《補傳》云：“於樂者，歎其以樂教國子於辟廱爲可樂也。”李氏《詩所》云：“文王既作靈臺，又立辟廱，乃肄禮樂養老觀射之處。古人立學，以學爲主，虞之典樂，夏、殷之樂正，周之大司樂，皆學職也。文王脩古制而肆樂於其中，虡業崇牙既設，鍾鼓咸備，鼓之考之，無相奪倫，故歎美而言辟廱之可樂也。”

下　武

《序》云：“《下武》，繼文也。”《箋》云：“繼文者，繼文王之王業而成之。”《正義》曰：“大王、王季非開基之主，不足使武王聖人繼之。此篇在《文王》詩後，故詩言繼文也。”

焯案：蘇氏《詩傳》云：“繼文者，言繼其文德。”范氏《補傳》亦云：“繼文則兼言三后，謂大王、王季、文王皆有文德，而武王繼其緒也。”今謂詩言“世德作求”，“應侯順德”，皆尚文德之事。言“三后在天、王配于京”，是言武王上配三后，不言獨繼文王。《箋》以繼文爲繼文王，《正義》又謂“大王、王季非開基之主，不足使武王繼之”，皆非詩義也。

“永言配命，成王之孚。”《箋》云：“永，長。言，我也。命猶教令也。孚，信也。此爲武王言也。今長我之配行三后之教令者，欲成我周家王道之信也。”《正義》曰：“此編是武王之詩，於此獨云此爲武王言者，餘文是作者以己之心論武王之事，此則稱武王口自所言，故辨之也。”

焯案：胡氏《後箋》云：“據《孔疏》所云，是以《箋》此‘爲’如字讀，似非鄭意。鄭訓言爲我，此爲武王言者，謂詩人爲武王言之，我者，我武王也，爲字當讀去聲。”今謂《後箋》説是也。惟詩中言字本多爲語助，而鄭《箋》必訓爲我，《正義》又强申之，且往往誤會其意。如此詩三四章俱有“永言孝思”句，《正義》謂三章是武王自言，四章爲詩人之我武王，夫同一“永言孝思”，忽而自言，忽而又非自言，蓋由必以言訓我，故疑誤叢生也。

"昭兹來許。"《傳》："許，進。"《箋》云："兹，此。來，勤也。武王能明此勤行，進於善道。"《正義》申《傳》曰："以禮法既許而後得進，故以許爲進。"

焯案：胡氏《後箋》云："毛訓許爲進，則來許似言後進。《孔注論語》：'先進後進，猶先輩後輩。'竊意此來許猶言來者，正指武王，謂昭哉後來之武王能繩其先祖之武，與上嗣服同意，仍是疊上章末句之詞，且與《序》義亦合。《鄭箋》來勤之解，似非申毛也。"

文王有聲

《序》下《正義》曰："經八章，上四章言文王之事，下四章言武王繼之。"又曰："此篇八章，四章言文、武之謚，四章言王后皇王，作者變其文，見其事有異，遂分别首章二章文王事之盛者，故舉其義謚。三章四章比之前事爲不盛，故變言王后。五章六章於武王之事爲不盛，故不舉義謚，比文王之事則益大，故變言皇王。七章八章是武王之事盛者，故又舉義謚。文王之事，則盛者居前，不盛次之。武王之事則不盛在先者，見武王不盛之事盛於文王之盛者，作者比其事之大小而爲之章次也。"

焯案：《正義》雖本《箋》義而申衍之，究多牽强。李、黄《集解》云："此詩以王后稱文王，言文王之時已有王業也。武王稱皇王者，皇，大也，言王業至此始大矣。其辭不同者，詩人歌詠既稱其人如此，又稱其事業如此，以見其美之不足也。"李光地《詩所》云："文王四章，先曰文王，後曰王后。武王四章，先曰皇王，後曰武王。明文王乃追王而爲王后者，武王則先著其爲皇王，而後存其本稱。"今謂此二説仍有未合。蓋此詩於文王改稱王后，於武王先稱皇王，皆反覆唱歎，變文以咏歌其事耳，非必有所取義也。《箋》以遷豐非盛事，故變謚言王后，伐紂事益大，變王后言大王，恐非經意。

“有此武功。”《箋》云：“武功謂伐四國及崇之功也。”《正義》曰：“武功之言，非獨伐崇而已。受命之後，所伐邘、耆、密須、混夷之屬皆是也，故云武功謂伐四國及崇之功。”

焯案：李氏《紬義》云：“按《皇矣》‘維彼四國’《箋》云，‘四國謂密也，阮也，徂也，共也’，此《箋》四國即《皇矣》之四國。若以邘、耆等國當之，則密須外尚有阮、徂、共三國，是七國矣。”

“詒厥孫謀，以燕翼子。”《傳》：“燕，安。翼，敬也。”《箋》云：“詒猶傳也。孫，順也。傳其所以順天下之謀以安其敬事之子孫，謂使行之也。”《正義》曰：“武王思得澤及後人，故遺傳其所以順天下之謀，以安敬事之子孫。言武王能傳順天下，功被來世，後人敬其事者，則得行之乃安。”

焯案：吕氏《詩記》謂“孫與子特互言之，皆謂子孫”，甚諦。其孫言詒，子言燕翼，亦互詞。《表記》引此二句，《鄭注》曰：“遺其後世之孫以善謀，以安翼其子也。”此雖以子孫分言，然以孫爲子孫之孫，仍較《箋》義爲確。《正義》但順《箋》意爲説，未可從也。

卷十二

生民之什

生　民

“厥初生民。”《傳》：“生民，本后稷也。”《正義》曰：“后稷而謂之民者，本其初生，而未有貴位，生與民同，以民言之，故云生民本后稷也。”

焯案：民猶人也，與《緜》詩“民之初生”義同。推本周人之生，而著所自出爲姜嫄也。李、黄《集解》引王氏曰：緜所謂“民之初生”，則本其由大王而興。今此所謂“則本其由后稷而起”，此説是也。《正義》謂后稷初生未有貴位，故謂之民，恐非。

“時維姜嫄。”《傳》：“姜，姓也。后稷之母配高辛氏帝焉。”《箋》云：“姜姓者，炎帝之後，有女名嫄，當堯之時，爲高辛氏之世妃。”《正義》申《箋》曰：“鄭信讖緯，以《命歷序》云，‘帝嚳傳十世’，則堯非嚳子，姜嫄不得爲帝嚳之妃。又引張融語，謂稷非堯弟。若果爲堯弟，則堯有賢弟，七十不用，須舜舉之，此必不然。”

焯案：后稷之先，毛、鄭異説。張融之申鄭説，非爲無見。獨謂堯不用稷，則與舊説相違。《史記·周本紀》言，“堯舉棄爲農師”，則稷之舉，不在堯在位七十載之後。此詩“即有邰家室”《傳》云：“堯見天因邰而生后稷，故國后稷於邰。”是堯時稷已爲諸侯。《箋》亦云：“以此成功，堯改封於邰，就其成國之家室無變更也。”又《閟宫箋》云：“后稷生而名棄，長大，堯登用之，使居稷官。”是則鄭亦謂稷在堯時已見舉用。融欲申鄭，何於鄭之言未盡稽耶？融特見此詩《鄭箋》有舜臣堯舉稷之語，因爲此言。今按《箋》説本之

《左傳》，文十八年《傳》稱："高辛氏有才子八人，謂之八元，堯不能舉，舜臣堯而舉之。"《杜注》謂"八元爲稷、契之倫"，惟彼《疏》云："史克以宣公比堯，安慰宣公，情頗增甚。學者當以意達文，不可即以爲實。"此真通論。況以稷爲在八元之列，亦以意言之耳。

"以弗無子。"《傳》："弗，去也。去無子，求有子。"《正義》曰："心所不欲，即當去之。故以弗去謂去無子以求有子也。"

焯案：《毛詩札記》云："《傳》以去釋弗者，蓋讀弗爲拂。《皇矣》'四方以無拂'，《釋文》引王肅云：'違也。'去義正與違同，《疏》申《傳》説非也。"

"先生如達。"《傳》："達，生也。姜嫄之子先生者也。"《箋》云："達，羊子也。大矣后稷之在其母，終人道十月而生，生如達之生，言易也。"《正義》申《傳》曰："達生者，言其生易如達羊之生，但《傳》文略耳，非訓達爲生也。"

焯案：先生猶言初生，如讀爲而，陳奐謂即如破而破、如濡而濡之例。達，《説文》訓"行不相值"，不相值猶云不相抵觸，蓋即滑利之意。凡生子初生較難，此言姜嫄初生后稷之易。下文"不坼不副，無菑無害"，正申言其易之迹。《傳》云達生也者，即謂其生之調達。《箋》訓達爲羊子，乃改讀達爲羍，《説文》：羍，小羊也。與《傳》義異。《正義》合《傳》、《箋》爲一，失之。

"誕寘之隘巷。"《傳》："天生后稷，異之於人，欲以顯其靈也。帝不順天，是不明也，故承天意而異之於天下。"《正義》曰："異之於人，謂有奇表異相，若孔子之河目海口，文王之四乳龍顔之類。但書傳不言后稷異狀，無得而知之耳。"

焯案：《傳》云異之於人，即指上章“先生如達、不坼不副”等句言之。陳氏《傳疏》以《傳》文前三句乃總釋上章之義，是也。《正義》謂指奇表異相，《傳》意殊不若是。

“以就口食。”《箋》云：“以此至于能就衆人口自食，謂六七歲時。”《疏》云：“能就人之口取食而啖之。”

焯案：《疏》述《箋》説未允。小兒能就人之口取食，此何足稱？李、黄《集解》謂“能取食於口而啖之”。朱子《集傳》訓就爲向，“口食，自能食”。《虞東學詩》引方氏説，“言能跂立取食以就口”。亦皆未合。惟陳氏《傳疏》云：“就，成也。口食，謂衆口之食也。此言后稷少時，便知教民稼穡，故下文即言蓺之之事。”今謂陳説獲得詩意。《史記》言：“棄爲兒時，屹如巨人之志，其游戲，好種樹麻菽，麻菽美。”蓋即本此章之意而言之也。

“種之黄茂。”《傳》：“黄，嘉穀也。茂，美也。”《箋》云：“使種黍稷，黍稷生則茂好。”《疏》云：“毛以爲以黄色而茂盛者，謂黍稷之穀也。”又申《傳》曰：“穀之黄色者，唯黍稷耳。”

焯案：馬氏《通釋》云：“按《墨子·明畏》篇：‘擇五穀之芳黄以爲酒醴粢盛。’是五穀通可謂之黄。《毛傳》但言嘉穀，本泛指五穀言。《孔疏》從《箋》申《傳》，以爲專指黍稷，失之。”陳氏《傳疏》云：“《傳》云黄嘉穀者，嘉穀爲禾之大名。《箋》謂穜黍稷，不謂禾。鄭據《聘禮》禾米皆兼黍稷稻粱言之，故以禾稼爲諸穀苗幹大名。但他穀無異名，或可假禾稼以通稱，而禾稼斷不可假稱黍稷，生民之黄，非黍稷也。”

“實方實苞。”《傳》：“方，極畝也。苞，本也。”《箋》云：“苞亦茂也。方，齊等也。”《疏》云：“鄭以方謂苗生齊等，苞謂苗之茂盛爲異。”

焯案：胡氏《後箋》云：“鄭釋方字雖稍異，然極畝據地滿，齊等據苗均，義足相成，且其言苗初生之意一也。”又云：“戴氏《詩考正》云：‘《爾雅》：“苞，豐也，稹也。”詩中凡言苞，皆叢生豐緻、根相連錯之謂。’承珙按《禹貢》‘草木漸包’，《釋文》注：‘馬注云：相包裹也。’蓋必其本豐茂，乃相包裹，是《箋》訓苞爲茂，與《傳》訓本義亦相成，《疏》以爲異義，非也。”又《正義》曰：“方者正方之義，謂極盡壟畝，種無不生，地皆方正有苗，故以方爲極畝。”陳氏《傳疏》云：“方讀若旁，有普徧之義。《傳》云極畝，蓋即《甫田》詩之長畝，《漢志》之長終畝是也。”俞氏《平議》云：“方與旁通。《尚書·堯典》篇‘共工方鳩孱功’，《史記·五帝紀》作‘共工旁聚布功’，《大禹謨》篇‘方施象刑惟明’，《新序節士》篇作‘旁施象刑維明’，並其證。《説文》：‘旁，溥也。’毛意方即旁之叚字，有溥徧之義，故訓爲極畝。孔以方正説之，非毛意矣。”

“實發實秀。”《傳》：“發，盡發也。不榮而實曰秀。”《箋》云：“發，發管時也。”《正義》曰：“《釋草》云：‘華，荂，榮也。木謂之華，草謂之榮，不榮而實謂之秀，榮而不實謂之英。’然則彼是英秀封文，以英爲不實，故以秀爲不榮。其實黍稷皆先榮後實，《出車》云‘黍稷方華’，是嘉穀之秀必有榮也，此《傳》因彼成文而引之耳。”

焯案：程瑶田《通藝録》云：“《爾雅》言‘不榮而實者謂之秀，榮而不實者謂之英’，榮即華也。又云：‘木謂之華，草謂之榮。’秀非榮也，故曰不榮而實。然秀時猶未實，故《論語》云‘秀而不實’，明秀後乃始結實也。禾之初作采也，先作稃殼，其形與已成穀者無異。已而稃殼稍開，中有鬢數根，戴蘂原注：鬢末之點曰蘂。吐出，既開復合，鬢蘂在外，後乃結實，充滿稃殼中，九穀唯菽類作華，餘皆不華而秀，所異者，禾稻黍稷麥苽之秀其稃皆二出，麻秀之稃一而已。然皆無英可落，合之即其穀之皮，初開時蕡蘂葳蕤，是則同也。《出車》之詩‘黍稷方華’宜言方秀，月令‘苦菜秀’宜言英，蓋散文通也。”

“取蕭祭脂，取羝以軷。”《傳》：“取蕭合黍稷，臭達牆屋，先奠而後爇蕭，合馨香也。羝羊，牡羊也。軷，道祭也。”《箋》云：“取蕭草與祭牲之脂爇之於行神之位，馨香既聞，取羝羊之體以祭神，又燔烈其肉而尸羞焉，自此而往郊。”《疏》云：“毛以爲祭之日，取蕭之香蒿與祭牲之脂膏，爇燒之於行神之位，使其馨香遠聞。”

焯案：陳氏《傳疏》云：“取蕭祭脂當指宗廟之祭。詩末三章本主郊祀，此章爲承上起下，故因報祭兼及廟祭。《豐年》、《良耜》皆秋冬報祭之詩，而並有烝畀祖妣之文，可證。不然，蕭脂已正祭薦孰之節，下文何爲重言道祭往郊也。”今謂陳説甚諦。《傳》引《郊特牲》蕭合黍稷云云，實以取蕭祭脂爲祭宗廟之禮。若祭行神，則未聞有蕭脂之燒也。《疏》合《傳》、《箋》爲一，失之。《正義》又曰：“《秋官》犬人云：‘凡祭祀供犬牲，伏瘞亦如之。’鄭司農云：‘伏謂伏犬，以王車轢之。’伏用犬牲，此用羝者，蓋天子諸侯異禮，彼天子用犬，此諸侯用羊，禮相變也。”何氏《古義》云：“軷祭有二，有出行之軷，有冬祭行神之軷，此詩下文有‘以興嗣歲’之語，當主冬祭行言。”馬氏《通釋》云：“祖道用犬，冬祭行則用羊，《周官》羊人‘五祀共其羊牲’是也。‘取羝以軷’，正冬祭行神之禮，祭行則祀無不舉，而今歲之祀畢矣，故曰‘以興嗣歲’。《正義》謂道祭天子用犬，諸侯用羊，出於臆見，由不知軷祭有二耳。”焯謂何、馬之説咸得詩意，《傳》以軷爲道祭，當同《箋》爲祀行神。蓋郊祀必先告廟，繼則祀行神於廟門外之西，《傳》以軷爲道祭，即往郊前祀行之祭，非謂有遠行之事也。

“以興嗣歲。”《傳》：“興來歲，繼往歲也。”《箋》云：“嗣歲，今新歲也。以先歲之物齊敬犯軷而祀天者，將求新歲之豐年也。孟春之《月令》曰：‘乃擇元日，祈穀于上帝。’”《正義》申《傳》曰：“來歲者，據今祭時以未至爲來，已過爲往耳，非要别年也。何則？堯命后稷郊天，未知定用何月，要在歲首爲之，所言來歲，正謂此年之秋耳。”

焯案：興嗣歲者，所謂祈來年也。言嗣歲者，取其繼續不絶之義，故《傳》曰“興來歲，繼往歲”。《正義》以《箋》述《傳》，謂“來歲，正謂此年之秋”，非《傳》旨也。胡氏《後箋》云：“案上章‘以歸肇祀’即承四穀俱穫之後，此章《傳》引肄師，三言來歲，皆謂於今年之秋涖卜來歲之事，則經曰嗣歲、《傳》曰來歲者，自當指明年而言。蓋祈年不必在歲首，《月令》孟冬，即有祈來年于天宗事，古人穀熟而祭，遂更祈來歲之豐，理亦宜之。《箋》據祈穀之郊在正月，故以嗣歲爲今歲，然正月祈穀，自是周禮；或未可以概后稷之時。《正義》因之，遂謂《傳》言來歲亦謂本年之秋，實於經文《傳》旨不合。”

“后稷肇祀，庶無罪悔。”《箋》云：“庶，衆也。后稷肇祀上帝於郊，而天下衆民咸得其所，無有罪過也。”《疏》云：“言后稷始爲郊祀，其福乃流於天下之衆民，令皆得其所，無有罪過，而令人悔恨者。”

焯案：《經義述聞》云：“悔與罪義相近。《箋》云無有罪過，是以過釋悔也。過謂之悔，故咎亦謂之悔，襄二十九年《公羊傳》：‘天苟有吳國，尚速有悔於予身。’何注云：‘悔，咎。’是也。《疏》以悔爲悔恨，失鄭意矣。”

行葦

《序》云：“《行葦》，忠厚也。周家忠厚，仁及草木，故能内睦九族，外尊事黄耇，養老乞言，以成其福禄焉。"《正義》曰："九族是王近親，黄耇則及他姓，故言内外以别之。"

焯案：胡氏《後箋》云："此詩章首即言'戚戚兄弟'，自是王與族燕之禮，與凡燕羣臣國賓者不同。然所言獻酢之儀、殽饌之物、音樂之事，皆與《儀禮·燕禮》有合，則其因燕而射，亦如《燕禮》所云'若射則大射正爲司射'是也。至末言'以祈黄耇'，則又如《文王世子》所謂'公與父兄齒'者，此其與凡燕有别者也。然則此詩祇是族燕一事，而射與養老連類及之。《序》以睦族爲内，養老爲外，蓋由養九族之老而推廣言之，以見周家忠厚之至耳。《序》文因詩推及言外者，每多如此，《疏》説非是。"

"肆筵設席，授几有緝御。"《傳》："設席，重席也。緝御，踧踖之容也。"《箋》云："緝猶續也。御，侍也。兄弟之老者既爲設重席授几，又有相續代而侍者，謂敦史也。"《正義》申《傳》曰："《傳》以授几之時有踧踖之容，則肆筵之文不主於老人，當是承述上文，與鄭異耳。"申《箋》曰："上章已云肆筵授几，今肆筵之上復設席，則是主於老者。異於上章少者或單席矣。"

焯案：汪氏《異義》云："上言肆筵，下又重言'肆筵設席'，《傳》云'設席，重席'，亦謂老者爲設重席，意與《箋》同。燕禮無加席，雖天子諸侯異禮，但經别言設席，則謂爲老者設重席，其義爲安。"

"敦弓既句。"《傳》："天子之弓，合九而成規。"《正義》曰："《傳》言此者，明既句是引滿之時也，以合九成規。此弓體直，今言既句，明是挽之。《説文》云：'彀，張弓也。'《二京賦》曰：'彫弓既彀。'彀與句字雖異，音義同。"

焯案：李氏《紬義》云："弓人云：'往體寡，來體多，謂之王弓之屬。'注云：'王弓合九而成規。'其上文云：'爲天子之弓合九而成規。'注云：'材良則句少也。'《賈疏》云：'此言角弓形未張之時。'如賈言，則此《傳》引'合九成規'，正謂往體寡，來體多，以釋經中句字。既句者，言略有句形，是弓尚未張，與上章既堅一例，皆謂弓之良也。《正義》以句爲彀，又以引滿釋之，全違《傳》意。"

既　醉

"高明有融，高朗令終。令終有俶，公尸嘉告。"《傳》："融，長。朗，明也。始於饗燕，終於享祀。俶，始也。"《箋》云："有，又。令，善也。天既助女以光明之道，又使之長有高明之譽，而以善名終，是其長也。俶猶厚也。既始有善名，終又厚之。公尸以善言告之，謂嘏辭也。"《正義》申《傳》曰："此言令終，下云有俶，則是始終相對。下云公尸，此論祭事，《祭統》曰：'禮有五經，莫重於祭。'是以祭禮爲重。禮終於是，故謂之終，以事神之禮爲終，則與人交接者爲始，'王者先成民而後致力於神'，故始於饗燕，終於享祀。"又申鄭曰："易《傳》者，此昭明還乘上文而申之，未有祭事在其間，故易之也。"

焯案：胡氏《後箋》云："案此《傳》文疑有誤。首章'既醉以酒，既飽以德'《傳》云：'既者，盡其禮，終其事。'是明以祭後旅酬歸俎之類爲終事，不應此《傳》反以饗燕爲始、享祀爲終。若如《疏》説，泛言禮始於接人、終於事神，則此詩與他饗燕何涉？經傳皆不應泛衍如此。竊意此《傳》恐是始於享祀、終於饗燕，言成王因祭祀而行旅酬無算爵及施惠歸俎之事，皆屬饗燕之禮。是既醉既飽爲終於饗燕，饗燕之令終，由於享祀之有始，故曰"令終有俶，公尸嘉告'。《禮記·坊記》引詩'既醉以酒，既飽以德'，注言'君子饗燕非專爲酒肴'，據此，亦可知毛云饗燕正指醉酒飽德，必不當泛言與人交接爲禮之始矣。蓋此《傳》始終二字久經傳寫誤倒，《正義》曲爲申説，終屬難通。《箋》既訓俶爲厚，故不從《傳》始終之義。《正義》以爲此章未有祭事在其間，故易之，亦非是。”陳氏《傳疏》云：“《傳》文始終二字疑互訛。此章之義，上二句承上二章，下二句起下二章。云終於饗燕者，以釋經令終之義。云始於享祀者，即釋經有俶之義。”今謂胡、陳二説皆確。《正義》於首次章申毛，俱云成王之祭宗廟，終於無算爵而皆醉，而於此章又以醉酒飽德爲泛言與人交接之禮，蓋由《傳》文錯亂，曲爲申釋，而不覺其前後之互相矛盾也。或謂此詩首次章言饗燕之事，四章“籩豆静嘉”言享祀之事，此章上承饗燕，下啓享祀，故《傳》云“始於饗燕、終於享祀”，饗燕係泛言，若謂祭後之饗燕，則經文爲倒置。焯謂此説與《正義》同誤，而又不審此章令終有俶以下爲追述之辭。吕氏《詩記》謂自“既醉以酒”至“高朗令終”皆祭畢而燕，頌禱之辭。自“令終有俶”至於卒章皆追道祭之受福，以明頌禱之實。是也。

“朋友攸攝，攝以威儀。”《傳》：“言相攝佐者以威儀也。”《正義》曰：“攝者收斂之言，各自收斂以相佐助爲威儀之事。”

焯案：《經義述聞》云：“《正義》分攝與佐爲二事，非也。攝即佐也。襄三十一年《左傳》引此詩。《杜注》曰：‘攝，佐也。’是其證矣。《白帖》三十四引《詩》‘朋友攸攝，攝以威儀’，‘攝，助也’，與《毛詩》義同而文異，蓋本《韓詩》也。昭十四年《左傳》‘士景伯如楚，叔魚攝理’，《晋語》作‘叔魚爲贊理’。韋昭注曰：“贊，佐也。’昭二十六年《左傳》曰：‘晉爲無道，是攝是贊。’皆謂相佐助也。”胡氏《後箋》云：“《禮記·緇衣》：‘子曰，輕絶貧賤而重絶富貴，則好賢不堅而惡惡不著也。人雖曰不利，吾不信也。’《詩》云：‘朋友攸攝，攝以威儀。’注云：‘言朋友以禮義相攝正。’《荀子·大略》篇：‘子貢問於孔子，曰：賜倦于學矣，願息于朋友。孔子曰：《詩》云，“朋友攸攝，攝以威儀”，朋友難，朋友焉可息哉！’據此，則相攝者衹謂朋友能相佐助，本無所謂朋友自斂攝之意也。”

“景命有僕。”《傳》：“僕，附也。”《正義》曰：“以僕御必附近於人，故以僕爲附。”

焯案：胡氏《後箋》云：“《説文》：‘僕從菐，菐從丵，丵，叢生艸也。象丵嶽相並出也。’故僕樸皆有附義。《考工記》‘欲其樸屬’，注云：‘樸屬猶附著，堅固貌也。’《爾雅》：‘樸，枹者。’注云：‘樸者相迫附也。’《釋文》：‘樸又作僕。’此從聲得訓之例。《疏》以僕御爲説，陋矣。”

“其僕維何？釐爾女士。”《正義》曰：“自六章至此，其文有次，因孝子之臣化族類以固王室，故先言‘永錫祚胤’，爲遠之辭。但乘其句末而轉之，故云‘其胤維何’，不言其祚耳。其實七章所言‘天被爾禄，景命有僕’即祚也。此章云‘釐爾女士，從以孫子’是胤也。六章舉其目，因而分説之。”

焯案：《周語》：叔向引《詩》“君子萬年，永錫祚胤”，因曰，“萬年也者，令聞不忘之謂也。胤也者，子孫蕃育之謂也”。又謂單子必有子孫蕃育之祚。據其言，祚胤二字原不平列。《箋》於“永錫祚胤”云，“天又長予女福祚，至于子孫”，亦遞言之。故《外傳》專釋胤，而詩下章亦只舉胤爲問。《正義》謂六章舉其目，下因分説之，未允。

鳧　鷖

“公尸來燕來宗。”《傳》：“宗，尊也。”《箋》云：“喻祭社稷山川之尸，其來燕也，有尊主人之意。”《正義》申《傳》引王肅云：“言尊敬孝子也。”

焯案：《傳》訓宗爲尊，謂公尸來爲孝子尊，不謂公尸之來尊孝子。李氏樗所云"來居尊位"，是也。《箋》與王肅説皆失其義。陳氏《傳疏》云："每章言公尸來燕，又言公尸燕飲，是來燕就公尸説，來寍、來宜、來處、來宗、熏熏皆就孝子説。《易林·大有夬》：'鳧鷖游涇，君子以寍。履德不愆，福禄來成。'焦以'君子以寍'解來寍，則此章來宗亦當謂公尸爲君子所宗，蓋尸以象神，不應尊人，自當以孝子尊公尸爲義優也。"

假　樂

《序》云："《假樂》，嘉成王也。"《正義》曰："作《假樂》詩者，所以嘉美成王也。"又曰："正詩例不言美，以見爲經之正。因訓假爲嘉，故轉經以見義。"

焯案：李氏《紬義》云："古者假嘉一字。首章《傳》讀假爲嘉，非字訓也。是以《中庸》引此詩直作嘉樂。《箋》云：天嘉樂成王有光光之善德，是嘉者天嘉之也。《正義》云云，失《序》意矣。"

"威儀抑抑，德音秩秩。"《傳》："抑抑，美也。秩秩，有常也。"《箋》云："抑抑，密也。秩秩，清也。成王立朝之威儀致密無所失，教令又清明，天下皆樂仰之。"《疏》述鄭曰："鄭以爲王立朝之威儀抑抑然密緻無遺失，其教令之德音秩秩然清明，無所壅滯，故爲天下樂仰，餘同。"

焯案：《箋》用《釋訓》文，《抑》篇《傳》亦以抑抑爲密，《正義》以爲密審。於此《箋》則申爲密緻。蓋密緻亦即密審之謂，由密審而密緻，一言其功，一言其效，要之皆爲美，故此《傳》以抑抑爲美也。秩秩《釋訓》訓智又訓清，由清明義同。明智義近，故清智義亦近。《傳》訓有常者，有常則清而不紊矣，其致一也。詩中毛、鄭往往各持一義，實則互相申足，《正義》輒以爲異，非也。

“率由羣匹。”《箋》云：“循用羣臣之賢者，其行能匹耦己之心。”《疏》云：“又能循用羣臣之匹耦己志者。”

焯案：姚氏永概云：“羣匹猶言羣臣，匹與‘公侯好仇’仇字義同。《箋》則釋匹字之義，非釋此一語。《疏》語太泥。上章‘率由舊章’，法祖訓也。此章‘率由羣匹’，通下情也。法祖故不愆不忘。情通故無怨無惡。”

公　劉

《序》云：“《公劉》，召康公戒成王也。成王將涖政，戒以民事，美公劉之厚於民而獻是詩也。”《箋》云：“公劉者，后稷之曾孫也。夏之始衰，見迫逐，遷於豳，而有居民之道。”《正義》曰：“按《譜》以公劉當大康之時。韋昭注《國語》以不窋當大康之時，不窋乃公劉之祖，不應共當一世。夏氏之衰，大康爲始。大康，禹之孫；公劉，不窋之子。計不窋宜當大康，公劉應在其後。《豳譜》欲言遷豳之由，遠本大康之世，不窋以大康之時失稷官，至公劉而竄豳，其遷豳之時不必當大康也。”又曰：“蓋大康始衰之時，不窋失官，少康未立之前，而公劉見逐也。”

焯案：《稽古編》云：“此《疏》特遷就其説，欲爲《鄭譜》迴護耳。夫大康之後又歷仲康、帝相兩王，始滅於寒浞，則少康未興以前，豈得越兩王而名爲大康時邪？《譜》之言仍不合也。案子長作《周本紀》，拘於大子晋十五王及衛彪傒十五世之語，所紀世次最爲疏漏，公劉之爲后稷曾孫，未可信也。惟《劉敬傳》稱敬説高祖，謂‘周自后稷封邰，積德累善十餘世，公劉避桀居邠’。漢初去古未遠，敬所聞當有據，此足證《本紀》及《豳譜》之失。”陳氏《傳疏》云：“《史記·匈奴傳》：‘夏道衰，而公劉失其稷官，變于西戎，邑于豳，其後三百有餘歲，戎狄攻大王亶父，亶父亡走岐下。’計商祀六百，公劉至大王三百餘歲，此公劉在夏末商初之確證。”焯謂三代世次，自共和以上，已難詳言。公劉之當夏末，抑當夏初，史公兼存異説。惟參稽古籍所載，要以繫之桀時爲近。故戴氏震、李氏黼平、胡氏承珙諸人皆謂公劉當夏、殷之際。《正義》亦疑《外傳》后稷勤周十五世而興之説。惟欲證成鄭義，仍謂公劉之見逐在少康前，非也。

“爰方啓行。”《傳》：“以方開道路去之豳，蓋諸侯之從者十有八國焉。”《正義》曰：“蓋諸侯之從者十有八國，當是亦爲夏人政亂，爲鄰國所侵，以公劉賢君，爲可師長，故與之俱遷也。毛自言蓋爲疑辭，不知出何文也。”

焯案：毛時書籍尚多，孔氏嘗自言之。從遷豳者十有八國，自是出諸先典，確乎可憑。其言蓋者，如《采蘋箋》云：“魚俎實男子設之，其粢盛蓋以黍稷。”雖自信其不誤，而婉詞以出之，亦文家不敢直斷，略示謙抑之意耳。毛之言蓋，非疑辭也。毛公性好簡質，其宜詳者尚多從略，使於此事疑不自信，則闕之必矣。況諸侯從遷之事非經之本義，又安肯傳其疑事，别生枝葉哉？

“既順迺宣。”《傳》：“宣，徧也。”《箋》云：“既順其事矣，又乃使之時耕。”《正義》曰：“乃宣之文在既順之下，順謂順事，則宣謂徧耕，意亦與鄭同。”

焯案：《正義》以時耕與宣徧同，殆是强合。案《周語》云：“宣所以教施也。”又云：“教施而宣則徧。”《傳》義即本《周語》。詩意蓋謂遷豳之始，既順民之情，乃又徧教之，故民無“不適有居”之歎也。《箋》以順爲順事，宣爲時耕，惟此章言初相地事，以時耕安居解順宣，似早。胡承珙云：“《緜》詩迺宣與迺畝連文，故可以爲時耕，此則方陟降在原，恐尚未及此也。”

“而無永歎。”《傳》：“民無長歎，猶文王之無悔也。”《箋》云：“民皆安今之居，而無長歎。思其舊時也。”《正義》曰：“民無長歎，是喜其來遷不恨公劉，故云猶文王之無悔，言文王之德不爲人恨，與此同。”

焯案：《稽古編》云：“《傳》特釋長歎之爲悔耳。民不以遷爲悔，猶文王之作事無所可悔也。仲達謂民不恨公劉，猶文王之德不爲人恨，遂用此義以述《皇矣》詩《傳》，未必得毛旨。”汪氏《異義》云：“據《箋》説，正謂民不自悔恨，《疏》誤解《傳》，因於《箋》義亦無發明。”

“陟則在巘。”《傳》：“巘，小山别於大山也。”《正義》曰：“小山别於大山者，《釋山》云：‘重甗，隒。’郭璞曰：‘謂山形如累兩甗。甗，甑，山狀似之，上大下小，因以爲名。’《西京賦》曰‘陵重甗’，是也。與《皇矣》‘小山曰鮮’義别，彼謂大山之傍别有小山也。”

焯案：如《正義》説，是其所據本作甗不作巘，故引《釋山》“重甗，隒”以釋之。今作巘者，阮氏《校勘記》謂是合併以後改之。《釋文》云：“甗本又作巘。毛云‘小山别於大山也’，與《爾雅》異。”《爾雅》：“小山别大山，鮮。”是《釋文》本亦作甗。惟其所謂與《爾雅》異者，謂與《爾雅》作鮮者異，非以詩之甗當《爾雅》之“重甗，隒”也。《正義》乃據“重甗，隒”以申毛，而謂與《皇矣》義别，非也。焦氏《補疏》云：“《皇矣》‘度其鮮原’《傳》云：‘小山别大山曰鮮。’此《傳》以巘即鮮也。《月令》‘鮮羔開冰’，《吕氏春秋》作‘獻羔開冰’，是鮮獻古通用。”胡氏《後箋》云：“作甗，作巘，皆與鮮字異義同。此詩之巘實即《皇矣》之鮮，即謂詩本作甗，亦但言甗不言重，況上大下小之甗，正是大小相連，何得云小山别於大山乎？”

“何以舟之，維玉及瑶，鞞琫容刀。”《傳》：“舟，帶也。瑶。言有美德也。下曰鞞，上曰琫，言德有度數也。容刀，言有武事也。”《箋》云：“民亦愛公劉之如是，故進玉瑶容刀之佩。”《疏》云：“其時之民皆云，我今有何物可與公劉帶之，維有美玉及瑶并有鞞琫容飾之刀，可以爲之佩耳。”

焯案：《傳》、《箋》異義，《疏》乃混而一之。夏氏《讀詩劄記》云：“毛意謂詩人所以詳詠公劉之服飾者，言公劉有美德，足稱此玉瑶也。言公劉德有度數，又有武事，足稱此鞞琫容刀也。”嚴氏《詩緝》引黄氏曰：“詩人之情，其惡是人也，必言其車服之盛，佩玉之飾，以見其不足以稱之。其喜是人也，亦必言其車服之盛，珮玉之飾，以見其足以稱之。”斯言得之矣。《正義》又曰：“瑶是玉之别名，舉瑶可以兼玉，故不言玉。”今案段氏《小箋》謂《傳》文瑶上奪“維玉及”三字，是也。《正義》蓋據誤本强爲之説。又馬氏《通釋》云：“據《周官》大宰、内宰及《祭統》皆以玉、瑶分言。《木瓜》詩《釋文》引《説文》‘瑶，美石’，《太平御覽》引《説文》‘瑶，石之美者’，今本《説文》作玉之美者，誤。《漢書・禮樂志郊祀歌》‘眺瑶堂’，應劭注：‘瑶，石而似玉者也。’皆瑶爲美石之證。《正義》謂瑶是玉之别名，失之。”

“俾筵俾几。”《箋》云：“羣臣則相使爲公劉設几筵，使之升坐。”“既登乃依。”《傳》：“賓已登席坐矣，乃依几矣。”《箋》云：“公劉既登堂負扆而立。”《正義》引孫毓云：“此章言羣臣之愛敬，上下之有禮，無饗燕尊賓之事。且饗之禮，設几而不倚，何有賓已登席依几之義？《箋》義爲長。”

焯案：胡氏《後箋》云：《正義》申《傳》曰，此章總言於臣之禮，不辨饗燕之異。下云食之飲之，或亦兼食燕矣，故得依几也。此

《疏》所言，足釋孫毓之難。此章主與士大夫燕飲落室，經文並不言饗，何必以賓登席依几爲疑乎？

“君之宗之。”《傳》：“爲之君，爲之大宗也。”《箋》云：“宗，尊也。公劉雖去邰國來遷，羣臣從而君之尊之，猶在邰也。”《正義》引孫毓云：“國君不統宗，故有大宗小宗，安得爲之君復爲之大宗乎？《箋》義爲長。”

焯案：李氏《紬義》云：“《春秋》襄十二年《左傳》云：‘同宗于祖廟。’又云：‘爲邢、凡、蔣、茅、胙、祭臨于周公之廟。’杜元凱注云：‘即祖廟也。六國皆周公之支子別封爲國，共祖周公。’如《左傳》，則六國以魯爲大宗，不得謂諸侯不統宗矣。孫毓之言本非了義。然《傳》意殊不謂此，《禮》大小宗法，一姓之宗耳。諸侯爲一國臣民之宗，天子爲天下臣民之宗，此乃所謂大宗也。”胡氏《後箋》云：“自來説經者皆謂天子諸侯以母弟爲別子，繼別者爲大宗，大宗一，小宗四，謂繼高曾祖禰者爲小宗。國君不統宗，故孫毓以《箋》説爲長。然《板》詩云‘大宗維翰’，《傳》云：‘王者天下之大宗。’其下文‘宗子維城’，《箋》云：‘宗子謂王之適子。’夫王之適子爲宗子，則大宗非王而何？故知天子諸侯皆得爲大宗。蓋自爲天地宗廟社稷臣民之宗主，而非五宗之所得擬。《傳》意當亦以宗爲尊，與《箋》不異也。”

“其軍三單。”《傳》：“三單，相襲也。”《箋》云：“大國之制三軍，以其餘卒爲羨。今公劉遷於豳，民始從之，丁夫適滿三軍之數，單者無羨卒也。”《正義》申《傳》引王肅云：“三單相襲止居，則婦女在內，老弱次之，强壯在外，言自有備也。”

焯案：古者兵民不分，經言其軍三單，上承相陰陽、觀流泉，而下與“度其隰原，徹田爲糧”相次，蓋言此三單之夫各援百畝以治田也。《箋》申《傳》義甚明。王肅以在道禦寇解之，非毛義也。《正義》申《箋》駁王肅説，謂“此詩主美公劉之遷，首章言去邰，二章已言至豳，無宜此文方説在道。去夏入戎，則戎地無寇，至豳之日，無所用兵，三軍相襲，復何禦哉?”據此，是《正義》固知王説不得詩意，但亦何必定爲毛義也！蓋由右鄭左毛之見爲之也。

“徹田爲糧。”《傳》：“徹，治也。”《箋》云：“度其隰與原田之多少，徹之使出税，以爲國用，什一而税謂之徹。”《疏》以《傳》《箋》爲異。

焯案：汪氏《異義》云：“《崧高傳》訓徹爲治，《箋》云：‘治者正其井牧，定其賦税。’定賦税即此所云什一而税也。彼《箋》承《傳》治文，故《疏》以爲同，此不承《傳》治文，故《疏》以爲異，其實義得通耳。”胡氏《後箋》云：“徹之訓治，其義甚廣，什一税法自在其中。此《箋》云‘什一而税謂之徹’者，乃因詩而推言之，以徹法亦治田之事耳。其實‘徹，治’爲正訓，如《崧高》又云‘徹申伯土疆’，《箋》但云：‘使召公治申伯土界之所至。’《江漢》云‘徹我疆土’，《箋》亦止云：‘命召公治我疆界於天下。’彼二徹豈得專指爲什一之税乎?設泥於周徹之名，則與夏貢殷助相同，豈可云貢田爲糧、助田爲糧邪?”

“度其夕陽。”《傳》：“山西曰夕陽。”《箋》云：“夕陽者，豳之所處也。度其廣輪，豳之所處信寬大也。”《正義》申《傳》曰：“《皇矣傳》以度爲居，此章二度，《傳》意皆應爲居。王肅云：‘居其夕陽之地，豳國之居信廣大也。’”

焯案：《皇矣》“爰究爰度”，《傳》訓度爲居，而於度其鮮原無《傳》，蓋不以爲居義，《正義》既從《箋》謀度義申之矣。此云“度其夕陽”，與彼云“度其鮮原”語意正同，《正義》乃又執王義而二之，何也？曾氏釗云：“按度從又，則度量爲本訓，無《傳》者，義從可知也。惟《緜》及《皇矣》二度《傳》皆云居，明彼度爲宅之通假，故以居顯之。《正義》不得其例，乃用王肅述毛，失之矣。”《正義》又申《箋》曰：“夕陽者，總言豳人一國之所處也，其界在山之西，不知是何山也。《譜》云，豳在岐山之北，《書傳》説大王去豳、踰梁山，注云：‘梁山在岐山東北。’然則豳國之東有大山者，其唯梁山乎？”顧氏《學詩詳説》云：“案山西曰夕陽，山東曰朝陽，就本山與近山之地言之也。豳去梁山甚遠，程大昌《雍録》自邠而南一百三十里爲奉天縣，今陝西乾縣。有梁山，必無暮乃見日之理，安得稱以夕陽？蓋山即豳山，篇中云巘云岡皆是也，何獨於夕陽而疑之？蘇氏釋此，以爲於是又度其山西之田以廣之，而豳人之居於此益大，蓋從遷之民日衆，山南原隰未足以容，又益以夕陽之田，故經於‘度其隰原’之後别言‘度其夕陽’，顯是更端之語，非總上之辭也。”

“取厲取鍛。”《傳》：“鍛，石也。”《箋》云：“鍛石所以爲鍛質也，取緞厲斧斤之石，可以利器用。”《正義》曰：“鍛者冶鐵之名，非石也。《傳》言鍛石，嫌鍛是石名，故明之云。鍛石所以爲鍛質者，質，椹也。言鍛金之時，須山石爲椹質，故取之也。”

焯案：胡氏《後箋》云：“《傳》云‘鍛，石也’，謂鍛即石名，取鍛者乃取石名之碫，非取小冶之鍛，故《箋》申之云：‘鍛石所以爲鍛質也。’”馬氏《通釋》云：“鍛、碫、段三字同聲通用。而《説文》曰：‘鍛，小冶也。’‘碫，碫石也。’‘段，椎物也。’則三字各有本義。段爲椎物，所該者廣，不必皆以石，惟以石段物則名碫，詩作鍛者，通用字耳。《正義》以鍛爲冶鐵之名，失之。”

卷　阿

《序》云："《卷阿》，召康公戒成王也。言求賢用吉士也。"《正義》曰："《説文》云：'賢，堅也。'以其人能堅正，然後可以爲人臣，故字從臣。"

焯案：曾氏詩毛鄭異同辨云："説文：'賢，多才也。從貝，臤聲。臤，堅也。從又臣聲。古文以爲賢字。'則訓堅之臤乃聖賢之叚借字。《説文》云'古文以爲賢字'，説叚借之例，非即賢之古文也。賢從貝者，古用貝有等。《鄉射禮》注云：'賢猶勝也。'《荀子·哀公》篇注云：'賢者亞聖之名。'則賢亦人才等次之稱矣。故從貝與則同意。《正義》誤以臤爲賢，失之。"

"有卷者阿，飄風自南。"《傳》："興也。卷，曲也。飄風，迴風也。惡人被德化而消，猶飄風之入曲阿也。"《箋》云："大陵曰阿。有大陵卷然而曲，迴風從長養之方來入之，興者喻王當屈體以待賢者，賢者則猥來就之，如飄風之入曲阿然，其來也爲長養民。"《正義》申《箋》曰："舜舉皋陶，不仁者遠。是得賢然後消惡，非惡消然後賢來，故易《傳》以曲阿喻王之體屈也。"

焯案：汪氏《異義》云："《正義》所言，亦一偏之論。《中庸》言尊賢，而必先之以去讒，正以君子小人相爲消長。況《傳》云惡人被德化而消，謂王者有德，惡人自消，賢者樂進，以王有德化耳，豈謂必惡消然後賢來乎？"

"豈弟君子，來游來歌，以矢其音。"《傳》："矢，陳也。"《箋》云："王能待賢者如是，則樂易之君子來就王游而歌，以陳出其聲音，言其將以樂王也，感王之善心也。"《疏》云："此三句鄭與毛義同。"

焯案：《卷阿》詩十章，凡十言君子，而其六則言豈弟，《箋》、《疏》皆目賢人，《傳》意未必同之也。朱子獨以君子爲指王。《詩序辨説》謂"同一豈弟君子，《泂酌》目成王，不應此篇遽爲賢人"，允矣。今玩全篇之義，以君子爲指王，於五六章尤足見之。五章言"豈弟君子，四方爲則"，六章言"四方爲綱"，此語豈臣下所克當哉？況六章五句，語意一貫，其言"顒顒卬卬"，《釋訓》明云君德。合下文"如圭如璋"二句，與《假樂》所云"穆穆皇皇，威儀抑抑"等句無異。如以"豈弟君子"爲指賢人，則横插此一語，與上下文語意皆不合矣。陳氏啓源首駁朱説，以爲："首章云'來游來歌'，七章云'維君子使媚于天子'，來是自外而至之詞，非所以稱王，'媚于天子'不得云王使媚之，均礙於文義。案朱子疑此詩爲召公從成王游於卷阿之上而賦其事，是則言來固無不合。若'維君子使媚于天子'，則《集傳》固引'王于出征，以佐天子'爲比矣。惟蒙謂來游來歌二來字，當爲詞之是，非行來之來。又下章首句云'伴奂爾游矣'，篇中爾字，漢、宋諸儒固皆以爲指王，無異詞，游字亦即緊承上章來游句言，既以爾游爲指王，則不得以來游爲目賢者矣。"陳氏又云："召公意在勸王用賢，何得二三四章徒爲頌禱之諛辭，不一及本旨乎？"今謂此三章雖爲頌禱之辭，亦含風切之旨。如三言俾爾彌性，蓋隱勗王之守成無虧。言"似先公酋"，言"百神爾主"，辭意肅然懍然，固極責難之意，何云徒作諛辭乎？姜氏《廣義》亦不主朱説，謂"如以君子指成王，三俾字當何着落？蓋俾者使也，如君子自使俾性，安得云俾爾？是則豈弟君子必有人焉"。胡氏《後箋》因云："《天保》三言俾爾，皆謂天使之。此詩當謂賢人能使王彌其性。"竊以姜、胡之説皆未得詩意。吕氏《詩記》以俾爾爲祝辭。姚氏舜牧謂："《天保》三俾爾是天所賦畀。此三俾爾是人所注望。"是也。蓋此詩三言俾爾，與《悶宫》"俾爾昌而熾"等句同是臣下願其君上之辭，三俾爾句上之豈弟君子句則爲提醒之筆，《朱傳》所謂呼而告之。如以豈弟君子爲指賢者，俾爾爲賢者使王，則於辭意太徑，且非立言之體矣。胡氏又云：“首章‘以矢其音’《傳》云：‘矢，陳也。’末章‘矢詩不多，維以遂歌’《傳》云：‘明王使公卿獻詩以陳其志，遂爲工師之歌焉。’是經文首尾兩矢字相應。《傳》以來歌矢音之君子即獻詩之公卿矣。”案此説亦未合。夫矢音矢詩，即《王制》天子命大師陳詩之事，故《傳》訓矢爲陳，而謂明王使公卿獻詩以陳其志，非謂獻詩之公卿即命矢音之君子也。胡氏又云：“‘君子之車’《傳》云，‘上能錫以車馬’，錫以者，謂錫君子以車馬也。”此亦未是。夫《傳》云“上能錫以車馬”，上即指詩中之君子，謂君子能錫賢人以車馬。詩止言君子車馬之多且閑，《傳》則補言錫之之義，不合證其義之與《箋》同也。嘗謂朱子《詩傳》廢棄《詩序》，固爲大謬。然其深於文事，玩索詩旨，動中隱奥。試平情以求之，實多有可采者，未可以漢、宋門户之見輒加駁斥也。

“伴奂爾游矣，優遊爾休矣。”《傳》：“伴奂，廣大有文章也。”《箋》云：“伴奂，自縱弛之意也。賢者既來，王以才官秩之，各任其職，女則得伴奂而優游自休息也。孔子曰：‘無爲而治者，其舜也與？恭己正南面而已。’言任賢故逸也。”《正義》申《傳》引王肅云：“周道廣大而有文章，故君子得以樂易而來游，優遊而休息。”

焯案：《稽古編》云：“王肅獨以伴奂指王，而分游與優游爾休指君子，割截經語，不成文義。又下二章首二句皆指王，不應此獨異，斷非毛旨。”焯謂王氏以“爾游”“爾休”爲爾君子，如知君子爲指王，則無可訾矣。又案《傳》分伴奂爲二義，以廣大釋伴，以文章釋奂，終屬可疑。蓋伴奂與《皇矣》之畔援、《訪落》之判涣實爲一語。《箋》於《皇矣》云畔援猶跋扈，於此言縱弛，原無不合。王肅、孫毓、孔晁駁《箋》縱弛之義，由未憭美惡可得同辭故爾，夫鄭云縱弛，非放縱懈弛之謂，意謂王寬舒不操切也。其引《論語》“恭己正南面”證之，可以知其意矣。《正義》還駁王、孫諸人之説，不言辭之美惡以隨事爲轉移，猶未能折服其意也。

“茀禄爾康矣。”《傳》：“茀，小也。”《箋》云：“茀，福。”《正義》曰：“茀之爲福，爲小，皆無正訓，以其與禄共文，宜爲福爾。”

焯案：陳氏《傳疏》云：“《爾雅》：‘芾，小也。’茀芾聲同，故義通。《傳》訓茀爲小，對下純嘏爲大福言也。”馬氏《通釋》云：“《爾雅·釋詁》：‘祓，福也。’郭注引《詩》‘祓禄康矣’，蓋本三家《詩》。茀與祓雙聲。《箋》以茀爲祓之通用字，故訓爲福。猶《生民箋》讀弗爲祓也。《傳》、《箋》各有所本。《正義》言茀之爲小爲福，皆無正訓，由未明通假之義耳。”

“純嘏爾常矣。”《傳》：“嘏，大也。”《箋》云：“純，大也。予福曰嘏。使女大受神之福以爲常。”《疏》云：“鄭以嘏爲嘏辭爲異。”

焯案：胡氏《後箋》云：“《賓之初筵》及此《傳》皆訓嘏爲大。《鄭箋》於詩中嘏字皆爲受福，似與毛異，其實義相成也。蓋嘏之本訓爲大，《郊特牲》曰：‘嘏，長也，大也。’《方言》：‘嘏，大也。’《説文》：‘嘏，大遠也。’因祭祀受福曰嘏，而大義遂專屬於福，以漢人《爾雅注》例之，當云‘嘏，福之大也’。毛公深明故訓，但云大而福義自著。鄭君生於後漢，釋經之法稍變，故必以予福申明之。《少牢饋食禮》‘以嘏于主人’，注云：‘嘏，大也。予主人以大福。’此可見嘏衹有大訓，引申之爲大福耳。”

“鳳皇于飛，翽翽其羽，亦集爰止。”《傳》：“翽翽，衆多也。”《箋》云：“翽翽，羽聲也。亦，亦衆鳥也。爰，于也。鳳皇往飛翽翽然，亦與衆鳥集於所止，衆鳥慕鳳皇而來，喻賢者所在，羣士皆慕而往仕也。因時鳳鳥至，故以喻焉。”《疏》云：“毛以爲鳳皇之往飛翽翽然者，是其羽翼之聲。”又申《傳》曰：“《中候握沙紀》云：‘鳳皇巢阿閣讙樹。’言讙讙在樹，是鳳必羣飛。《白虎通》云：‘黄帝之時，鳳皇蔽日而至。’是來必衆多也。毛意不言衆鳥，則唯是鳳事，而言亦者，以鳳事自相亦也。故王肅云：‘鳳皇雖是高飛傅天，而亦集於所宜止。’故集止以亦傅天，傅天以亦集止。”

焯案：焦氏《補疏》云：“毛訓翽翽爲衆多，則其羽指衆鳥，連下爲義。若曰，鳳皇往飛，固集於所止，而衆鳥之羽亦集於所止。《箋》以翽翽爲羽聲，則連上爲義，故言亦與衆鳥集於所止。《正義》以《箋》之羽聲闌入《毛傳》，失之矣。”胡氏《後箋》云：“《正義》泥於王肅之説，謂毛意以鳳事自相亦，殊失毛旨。《説文》云：‘鳳飛羣鳥從以萬數。’故鳳古作朋字，此所以有衆鳥之翽翽。《正義》乃引《中候》、《白虎通》以鳳皇來必衆多，申毛衆多謂鳳之意，誤矣。”

“矢詩不多，維以遂歌。”《傳》：“不多，多也。明王使公卿獻詩以陳其志，遂爲工師之歌焉。”《箋》云：“矢，陳也。我陳作此詩不復多也，欲令遂爲樂歌，王日聽之，則不損今之成功也。”《疏》云：“毛以爲王能用賢，不須規戒。今我陳作此詩，豈不多乎？言其實煩多也。正以中心不已，恐王惰慢，故作此詩，遂爲樂人之歌，冀常求賢士，永爲鑒戒，不損今日成功也。”

焯案：馬氏《通釋》云：“首章言矢音者，望賢者之陳歌也。末言賢人衆多，則陳詩者亦多，正與首章相應，非謂矢詩爲召公自言陳作此詩也，故以不多爲多。《箋》誤解爲召公自言陳作此詩，因易《傳》以不多爲順詞。《疏》據《箋》申《傳》，又以不多爲王能用賢，不復須戒，故以作詩爲煩多，殊失《傳》旨。”焯謂《正義》於《公劉序》下謂此二句乃召公自言作意，爲《公劉》、《泂酌》、《卷阿》三篇總結，亦緣《箋》説而誤。

民勞

《序》云："《民勞》，召穆公刺厲王也。"《箋》云："厲王，成王七世孫也。"《正義》曰："《世本》及《周本紀》皆云：'成王生康王，康王生昭王，昭王生穆王，穆王生恭王，恭王生懿王及孝王，孝王生夷王，夷王生厲王，凡九王。'從成王言之，不數成王，又不數孝王，故七世也。《左傳》服虔注云：'穆公，召康公十六世孫。'然康公與成王同時，穆公與厲王並世，而世數不同者，生子有早晚，壽命有長短故也。"

焯案：《稽古編》云："按《本紀》孝王乃共王弟，夷王乃懿王子，《世本》即《史記》所據，應與《本紀》同，《正義》所述誤矣。"李氏《紬義》云："按服注依《世本》爲說。《紀年》：'康王二十四年丁酉，召康公薨。'至厲王元年戊申，百三十二年，除康公一世，尚有十五世，每世不及十年，理難據信。"焯謂服注以穆公爲召康公十六世孫，十字當爲誤文。《紀年》雖晚出之書，然所載康王至厲王年數，合之《史記》康王以下所傳世次，亦屬相當。若如服注所說，則每世不及十年，是不得以生子早晚壽命長短爲說也。

"汔可小康。"《傳》："汔，危也。"《箋》云："汔，幾也。"《正義》申毛曰："以汔之下即云小康，明是由危須安，故以汔爲危也。"又申《箋》曰："以《傳》汔之爲危，既無正訓，又小康者安此勞民，直以勞民須安，不當更云危也。《釋詁》云：'饑，汔也。'孫炎曰：'汔，近也。'郭璞曰：'謂相摩近。'反覆相訓，是汔得爲幾也。昭二十年《左傳》引此詩，杜預云：'汔，期也。'然則期字雖别，皆是近義，言其近當如此。《史記》稱'漢高祖欲廢太子，周昌曰：臣口不能言，然臣期知其不可。陛下雖欲廢太子，臣期不奉詔'。言期者，意亦與此同也。"

焯案：《稽古編》云："毛云危即近義，《易》曰：'其殆庶幾。'殆與危義皆可通於近。但毛語未明，故鄭云幾，正申毛危意，非易

《傳》也。又《爾雅・釋詁》：‘幆、幾、烖、殆，危也。饑，汔也。’幾、饑、危、汔轉互相通，毛、鄭義同，《疏》失其意。”胡氏《後箋》云：“古人言幾每曰危，《漢書・宣元六王傳》：‘恐無處所，我危得之。’《外戚傳》：‘今兒安在，危殺之矣。’此皆以危爲幾意。毛以汔爲危，其訓最古。鄭云幾者，取其通俗易曉耳。”馬氏《通釋》云：“昭二十年《左傳》引《詩》‘汔可小康’，杜注：‘汔，期也。’今作汔，其也。幾期以聲近爲義，《疏》引《史記・周昌傳》‘臣期知其不可’以釋杜義，誤矣。”

“而式弘大。”《箋》云：“式，用也。弘猶廣也。女用事於天下甚廣大也。”《正義》曰：“以下已有大，弘復爲大，則大文太重，故弘猶廣，廣亦大之義耳。”

焯案：《正義》以《傳》《箋》爲異，於申《傳》則云用事甚大大。汪氏《異義》云：“《傳》文簡略，此當同之於鄭，不必定以爲異也。”

板

“上帝板板。”《傳》：“板板，反也。”《箋》云：“王爲政反先王與天之道。”《疏》述毛曰：“毛以爲尊比上帝之王者其爲政教反又反也。既反於先王，又反於天道。”申《箋》曰：“以重言反反，則反有二事，故云王爲政反先王與天道。”

焯案：馬氏《通釋》云：“《韓詩外傳》以‘上帝板板，下民瘁癉’爲君反道而民愁，則知《箋》云反先王與天之道，正本《韓詩》申《傳》反字之義，非分釋板板爲二事。《正義》釋《傳》云‘反又反’，釋《箋》云反有二事，則凡詩中疊字如管管、憲憲皆將舉二事以釋之，其謬甚矣。”

“爲猶不遠。”《傳》：“猶，道也。”《箋》云：“猶，謀也。爲謀不能遠圖，不知禍之將至。”《疏》云：“鄭以猶爲謀爲異。”

焯案：《箋》與《傳》義似異實同。此《傳》訓猶爲道，就其廣義言之耳。馬氏《通釋》云：“猶通作繇。《爾雅》：‘繇，道也。’又作猷。《方言》：‘裕，猷，道也。’故《傳》訓猶爲道。然下文‘猶之未遠’即承上‘爲猶不遠’言之。《傳》於下訓猶爲圖，則上不得異義，故《箋》以謀釋之，謀圖一也。”

“天之方難。”《箋》云：“天，斥王也。”《疏》述經曰：“以王之尊比於上天，故謂王爲天。”

焯案：胡氏《後箋》云：“《傳》於‘上帝板板’特言上帝以稱王者，則於詩中天字未必以爲斥王。此《箋》云天斥王，然至末章‘敬天之怒’，又不得不指爲上天，自不如以首章上帝指君，二章以下稱天者皆指上天爲正。毛於《蕩》首章‘上帝’《傳》云，‘上帝以託君王也’至次章‘天降滔德’，又訓天爲君。若此詩天亦指君，則必於天之方難下發《傳》矣。《孔疏》於此二四五六章言天者皆用鄭述毛，未必得毛意也。”

“价人維藩。”《傳》：“价，善也。藩，屏也。”《箋》云：“价，甲也。被甲之人，謂卿士掌軍事者。”《正義》申《箋》曰：“《箋》以詩戒王使親其官人，不勸王擇人爲官，故不從以价爲善也。”又曰：“卿士掌軍事者，於周禮司馬之卿也。”

焯案：汪氏《異義》云：“二章以下戒語大臣無從王爲惡，至五章而曰‘善人載尸’，則此欲王以善人爲藩屏，《正義》所當有，何得謂‘不勸王擇人’也？彼‘憲憲泄泄’爲王制法則以成其惡者，皆與凡伯同寮爲卿，《疏》云：舉司馬以明六卿。凡伯方以‘小子蹻蹻’斥之，寧復欲王親任其人乎？又《箋》釋价人謂卿士掌軍事者，《疏》謂於周禮爲司馬之卿，稽之經典，無以甲人稱卿士者，唯《月令》車右名保介，以其時衣甲居右，用備非常，因以保介言之。其在《周禮》，則曰司右，曰勇力之士，不謂之甲人也。司馬掌軍，不常被甲，以甲人目之，恐非詩旨。”

“大師維垣。”《傳》：“垣，牆也。”《箋》云：“大師，三公也。”《疏》云：“毛以爲又用大師之大臣維以爲垣牆。”

焯案：馬氏《通釋》云：“《釋文》：‘大師音泰。’按此詩三句連言大，皆當讀如大小之大。首句‘价人維藩’，价亦大也，不應大師大字獨音泰。且价人爲賢臣，則三公皆在其内，不應重言大師，大師宜謂大衆。‘大師維垣’，猶云衆志成城也。《荀子·君道》篇曰：‘君人者，愛民而安，好士而榮，兩者無一焉則亡。《詩》云“介人維藩，大師維垣”，此之謂也。’蓋引《詩》‘介人維藩’以證好士而榮，‘大師維垣’證上愛民而安，徐氏璈謂其以大師爲大衆，其説是也。《毛詩》出於荀卿，其訓大師當與之同，特以師之訓衆爲常義，故《傳》不待言耳。《疏》以《箋》釋《傳》，誤矣。”焯謂“价人維藩”即衆志如城之意，陳氏《傳疏》亦據《荀子》發其義，此確義也。

“懷德維甯。”《傳》：“懷，和也。”《正義》曰：“懷之爲訓，思也，來也，止也。思止亦和之義，故爲和也。”

焯案：《傳》訓懷爲和，與《皇皇者華》同。蓋取《魯語》叔孫穆子謂懷和爲每懷之訓。《正義》不引《魯語》申《傳》，而曲爲是解，非也。

“無敢戲豫。”《傳》：“戲豫，逸豫也。”《正義》曰：“戲豫謂戲而逸豫。”

焯案：馬氏《通釋》云：“豫與戲並言，豫亦戲也。《孟子》趙注：‘豫亦遊也。’逸通作佚，又作劮，《倉頡篇》：‘豫，佚也。’《廣雅》劮、遊二字並訓爲戲。是豫亦訓戲之證。豫亦爲戲，猶之《節南山》‘不敢戲談’，《玉篇》、《廣韻》並云：‘談，戲調也。’談亦戲也。《毛傳》以逸豫釋戲豫，正以逸亦戲也。《後漢書·蔡邕傳》引《詩》‘畏天之怒，不敢戲豫’而釋之曰：‘天戒誠不可戲也。’亦以戲豫同義，故但以戲釋之耳。《正義》謂戲而逸豫，失之。”

“及爾出王。”《傳》：“王，往。”《正義》曰：“以王興出共文，故爲往也。”

焯案：嚴元照《娱親雅言》云：“王之訓往，音義相兼，傳記足徵，《正義》非矣。《外傳》：《吳語》‘王總其百執事’，賈侍中曰：‘王，往也。’《春秋考文耀》：‘王者，往也。’《藝文類聚》十一引《白虎通號》：‘王者，往也。天下所歸往。’《漢書·刑法志》：‘歸而往之，是爲王矣。’《説文》：‘王，天下所歸往也。’《釋名·親屬》：‘祖謂之王父，王，暀也，家中所歸暀也。’諸如此類，《正義》一不引證，何與？”

卷十三

蕩之什

蕩

“文王曰咨。”《傳》：“咨，嗟也。”《正義》曰：“咨是歎辭，故言嗟以類之，非訓咨爲嗟也。”

焯案：《説文》咨云：“謀事曰咨。”嗞云：“嗟也。”嗟云：“咨也。”《爾雅·釋詁》云：“嗟、咨，䁖也。”《釋文》云：“䁖本或作䪥。”《字林》云：“皆古嗟字。”據此，是咨與嗞同。嗟與嗟同。咨者嗞之通用字，嗟者嗟之或體，而咨之與嗟，則聲同韻近。故單言曰嗟，亦曰咨。絫言曰咨嗟，亦曰嗟咨。《秦策》曰：“嗟嗞乎。”《詩·綢繆傳》曰：“子兮者，嗟兹也。”咨、嗞、兹、子並字異義同。是也。《傳》訓咨爲嗟，即本《爾雅》。《正義》忽於咨嗞通用，謂非訓咨爲嗟，失之。

“彊禦多懟，流言以對。”《傳》：“對，遂也。”《箋》云：“女執事之臣宜用善人，反任彊禦衆懟爲惡者，皆流言謗毀賢者。王若問之，則又以對。”《疏》云：“毛以爲信任彊禦衆懟爲惡之人，爲流言以遂成其惡事者。鄭唯流言以對爲異。謂若王問賢人，則以此謗毀而對。”

焯案：胡氏《後箋》云：“《傳》訓對爲遂，遂者，進也。請彊禦多懟之人爲毁賢之流言以進於王也。互詳《雨無正》。《鄭箋》：‘王若問之，則又以對。’乃申毛，非易毛也。《正義》述毛，則謂任用彊禦之人爲流言以遂成其惡事，似以以對總上二句，言使彊禦流言者得遂其惡。然經文以對祇承流言，則對自當爲對答之對，《傳》、《箋》同義，不得如《疏》所云也。”焯謂《傳》訓本之《爾雅·釋言》。以遂訓對，猶之以進訓對，《易·大壯》：“不能退，不能遂。”《集解》引虞注云："遂，進也。"是遂進義同。胡氏申《傳》，謂爲毀賢之流言以進於王，是也。又李氏樗云："流言以對，言好爲流言以答人主之問。"輔氏廣云："采取浮浪不根之言，以應對於上。"嚴氏粲云："此人問之則以流言對，非忠言也。"數説均與《傳》、《箋》意合。

"如蜩如螗。"《傳》："蜩，蟬也。螗，蝘也。"《正義》曰："《釋蟲》云：'蜩，蜋蜩，螗蜩。'舍人曰：'皆蟬也。方語不同，三輔以西爲蜩，梁、宋以東謂蜩爲蝘。'"

焯案：《稽古編》云："《傳》云：'蜩，蟬也。螗，蝘也。'《陸疏》云：'宋、衛謂之蜩，海岱之間謂之蟬，蟬，通語也。螗，蟬之大而黑色者，一名蝘虭。'然則蜩爲總名，螗乃諸蜩中之一種，郭之注《爾雅》同此義，與《毛傳》合，當是也。《孔疏》據《爾雅》舍人注以螗、蜩一物而異名，與郭義殊不然。《爾雅》所列蜩之種凡七，而總名之曰蜩，螗之名居七者之一耳，何關方語乎？"汪氏《異義》云："《疏》引《爾雅》舍人注，以蜩蝘爲一物，方語異名，誤與《豳風疏》同。然彼或因《傳》訓蜩爲螗，未審厥旨，誤尚有由，此則經《傳》皆分别言之，若爲一物，則經文複贅矣。"胡氏《後箋》云："《豳風·七月傳》云：'蜩，螗也。'《小雅·菀柳傳》又云：'蜩，蟬也。'此《傳》則分蜩爲蟬、螗爲蝘，乃訓詁家對别散通之常例。大抵蟬類形聲相似，渾言之則蜩蟬是其大名，析言之，有良蜩、螗蜩諸名耳。"

抑

"遠猶辰告。"《傳》："猶，道。"《箋》云："猶，圖也。爲天下遠圖庶事，而以歲時告施之。"《疏》云："鄭以猶爲圖爲異。"

焯案：《釋詁》："猷，言也。"注："猷者道，道亦言也。"《傳》訓猶爲道，與《爾雅》訓猷爲言意同。蓋謂以遠大之事見諸號令，以時告之。《箋》謂爲天下遠圖以歲時告施之，亦謂以遠圖施諸號令，《傳》、《箋》義可通也。

“洒埽庭内。”《傳》：“洒，灑。”《疏》云：“洒埽室庭之内。”

焯案：《經義述聞》《唐風・山有樞》“子有廷内”條。云：“庭内二字平列，庭謂中庭，内謂堂與室也。《周官》寺人：‘王之正内五人。’《鄭注》曰：‘正内，路寢。’《夏小正傳》曰：‘燕操泥而就家入人内。’此皆兼堂室而言之。亦有專謂室爲内者，《明堂位正義》引《尚書大傳》曰：‘天子堂廣九雉，三分其廣，以二爲内，五分其内，以一爲高。’他如《韓子》、《内儲説》。《史記》、《封禪書》、《淮南衡山傳》、褚少孫《續外戚世家》。《漢書》、《武帝紀》、《鼂錯傳》。《列女傳》、《節義傳》。《論衡》《别通》篇、《吉驗》篇。諸書皆有謂室爲内之文，是則庭内謂庭與堂室，非謂庭之内也。《内則》曰：‘灑埽室堂及庭。’《弟子職》曰：‘凡拚之道，堂上則播灑，室中握手。’是灑埽之事尤重堂室，豈有言庭而不及堂室者乎？《疏》謂洒埽室庭之内，非也。”

“用逷蠻方。”《傳》：“逷，遠也。”《箋》云：“逷當作剔，剔，治也。蠻方，蠻畿之外也。用此治九州之外不服者。”《疏》云：“毛以爲用此以驅遠蠻方之來内侵者，當逐令遠去，使不得來侵。鄭用此以治蠻方之外不服者爲異。”

焯案：《傳》訓逷爲遠，遠之即所以治之。鄭易逷爲剔，意在申毛，非改毛也。又李氏《紬義》云：“蠻方，《傳》意當謂荆蠻、淮夷之等。《史記・楚世家》云：‘熊渠甚得江漢間民和，乃興兵伐庸、揚粤，至于鄂。熊渠曰，我蠻夷也，不與中國之號謚。乃立其長子康爲句亶王，中子紅爲鄂王，少子執疵爲越章王，皆在江上楚蠻之地。及周厲王之時，暴虐，熊渠畏其伐楚，亦去其王。’如《史記》，則厲王初年，楚方猖獗，故武公陳戒及之。《汲郡古文》：‘厲王三年，淮夷侵洛，王命虢公長父伐之，不克。’是淮夷亦熾。淮夷亦南蠻，故經統稱蠻方。《傳》訓逷爲遠，欲王驅而遠之。《孔疏》述毛，不別解蠻方，殆謂同鄭蠻畿之外，恐未然。”

“謹爾侯度，用戒不虞。”《傳》：“不虞，非度也。”《箋》云：“慎女爲君之法度，用備不億度而至之事。”《正義》曰：“非度者，非意所億度之事也。”

焯案：胡氏《後箋》云：“《孔疏》誤以鄭義爲毛義。毛云非度者，即經侯度之度。惟謹度，故用戒其非度。《書·微子》：‘卿士師師非度。’馬融注云：‘爲非法度之事。’是也。《韓詩外傳》及襄二十二年《左傳》引此詩，似皆以不虞爲敗度之事，與毛云非度者合，無所謂不億度而至，如《疏》云非常寇盜者。惟《鹽鐵論·世務》篇引此詩意與鄭同，然非毛義也。”

“無言不讎。”《傳》：“讎，用也。”《箋》云：“教令之出如賣物，物善則其售賈貴，物惡則其售賈賤。”《正義》曰：“相對謂之讎，讎者相與用言語，故以讎爲用。《箋》以用非讎之正訓，且與報德連文，故以爲讎報物價。《釋詁》云：‘讎，匹也。’是匹敵相報，故應對物價謂之讎。”

焯案：《釋文》：“讎，市由反。徐云：鄭市又反。售，市又反。一本作讎。”此音則與毛同。胡氏《後箋》云：“《説文》無售字。言部：‘讎猶譍也。’此以應對爲本義。引申之爲讎報物賈。《玉篇》始有售字，乃後人所加耳。此詩毛、鄭本皆作讎，《箋》中售字亦當如《釋文》一本作讎。讎賣物賈，乃行用之事，故《傳》云讎用。高誘注《吕覽·義賞》篇‘民之讎之若性’亦云：‘讎，用也。’《箋》以物之讎賈爲義，正申《傳》，非易《傳》也。陸氏以毛音市由反，鄭音市又反，孔云鄭唯以讎字爲異，不知鄭於《表記》引此詩注云，讎猶答也。此《箋》獨以讎賈爲言，明是因毛訓讎爲用，而申成其義耳。"曾氏釗云："售蓋即讎之省。古从言與从口相通，如嘖作讀，諎作唶，謩，古文謨之比。《史記·高帝紀》'飲酒讎數倍'，《集解》引如淳云'讎亦作售'，是其證。凡物必用而後售賈，《傳》釋意，《箋》釋字，兩義相成，非爲異也。"

"萬民靡不承。"《箋》云："天下之民不承順之乎，言承順也。"《疏》云："天下之衆民無有不承順而奉行之，言皆承順而奉行之。"

焯案：《稽古編》云："《釋文》云：'靡，一本作是。'案《箋》意，則康成讀本靡當作是。"汪氏《異義》云："《箋》是從作是之本。《疏》云無有不承順而奉行之，則據靡字本。但《箋》語明是反言，而《疏》不加辨，殊爲疏忽。"

"尚不媿于屋漏。"《傳》："西北隅謂之屋漏。"《箋》云："屋，小帳也。漏，隱也。《禮》：'祭於奥既畢，改設饌於西北隅而厞隱之處，此祭之末也。'"《正義》曰："《爾雅》孫炎解屋漏云：'當室之白，日光所漏入。'非鄭義也。"

焯案：胡氏《後箋》云："案《曾子問》説陽厭之事云：'當室之白。'鄭注云：'得户明者也。'《少牢》下篇：'有司官徹饋，饌于室中西北隅。'注云：'此於尸謖改饌當室之白。'是鄭注《儀禮》即本《曾子問》。孫注《爾雅》正本鄭氏，未可謂孫解非鄭義也。此《箋》以屋爲小帳，屋即古之幄字，則指室中西北隅可以施帳之處。然則屋漏本有二義，一以當室之白，日光所入，一以施幄之處，隱蔽不明，其實一地也。鄭以詩言不媿，故從隱義耳。"

“辟爾爲德，俾臧俾嘉，淑慎爾止。”《傳》：“女爲善則民爲善矣。止，至也。爲人君止於敬，爲人子止於孝，爲人父止於慈，與國人交止於信。”《箋》云：“辟，法也。止，容止也。當審法度，女之施德，使之爲民臣所善所美。又當善慎女之容止。”《疏》云：“鄭唯止爲容止爲異。”又申《傳》曰：“爲人君止於仁至止於信，皆《大學》文也。彼既爲此言，乃引此詩以證之，故《傳》依用焉。此説君事，唯當言止於仁耳，因彼成文而盡引之。”

焯案：汪氏《異義》云：“《傳》意女爲善釋‘辟爾爲德’，則民爲善釋‘俾臧俾嘉’與下‘鮮不爲則’相呼應，故釋止爲至，復引《大學》文證之。言王審於法度施行之德，能俾民人爲善爲美者，必淑慎其所至於仁、敬、孝、慈、信之道無有闕失也，蓋即《中庸》‘脩身則道立’之意。《箋》釋‘俾臧俾嘉’謂爲民臣所善所美，以‘淑慎爾止’與下‘不愆于儀’爲一，訓止爲容止，不若《傳》義之當矣。《疏》謂《傳》、《箋》唯一止字異訓。其申《傳》則民爲善，仍用《箋》義，謂使民善之，使臣美之。而申《傳》引《大學》，遂謂説君事唯當言止於仁，殊失《傳》意。”焯謂《序》云“《抑》，衛武公刺厲王，亦以自警”，則止敬、止孝、止慈、止信皆爲人主脩身作則之要，不得謂君事唯當言止於仁。又《大學》引“穆穆文王，於緝熙敬止”，非引此詩。《疏》謂《大學》既爲此言，乃引此詩以證之，汪氏疑爲轉寫者訛誤，是也。

“彼童而角。”《傳》：“童，羊之無角者也。而角，自用也。”《箋》云：“童羊，譬王后也。而角者，喻與政事有所害也。”《疏》云：“毛以爲彼童羊實無角，而爲有角自用，妄爲觝觸人，以喻王后本實無德，而爲有德自用，横干政事。”又申《箋》曰：“上文説政事，此言而角以潰小子，則是專恣之人能亂朝政者也。人臣則不堪如此，此唯王后乃能然，故知童羊譬王后也。言而角，則是用角矣。用角觝觸，則於物有所害，故以喻於政事有所害。”

焯案：汪氏《異義》云：“《傳》意蓋謂小人用事，無知而自謂有知，無能而自謂有能，專恣自是，無所忌憚，必亂王室也。《箋》以童羊譬王后，仍‘豔妻煽方處’之説，必非《傳》意。當厲王時，如衛巫監謗，榮公好專利而不知大難，又厲始革典，《釋訓》云，‘憲憲泄泄，制法則也’，《板》篇所戒，皆無知而自用者，得謂非亂政之人乎？《疏》申《箋》謂專恣之人能亂朝政，唯王后乃然，且以此義申《傳》，謂毛以童羊無角喻王后無德，非也。又《箋》云‘而角喻與政事有所害’，此言婦人不當干與政事耳。《疏》申之，謂言而角，則是用角云云，竟説成有角，亦誤。”

“言緡之絲。”《傳》：“緡，被也。”《正義》曰：“《釋言》云：‘緡，綸也。’綸則繩之別名，言緡之絲，正謂以絲爲繩，被之於木，故云緡被，不訓緡爲被。”

焯案：胡氏《後箋》云：“考《方言》：‘緡，緜，施也。秦曰緡。趙曰緜。吳越之間脱衣相被謂之緡。’《説文》亦云：‘吳人解衣相被謂之緡。’是緡正訓被，《正義》謂《傳》不訓緡爲被，非也。”

“亦聿既耄。”《傳》：“耄，老也。”《正義》曰：“言王亦將從此而昏耄矣，無有所知。昭元年《左傳》曰：‘所謂老將知而耄及之。’是耄則無智也。”

焯案：《正義》説未得詩意。《傳》訓耄爲老，但解字義耳。吕氏《詩記》云：“既耄非謂其老也，猶今人責未更事者曰既老大矣，甚言之也。”今謂吕説是。姜氏《廣義》謂“此章是託爲父兄師保自述其憂勤之意，‘亦聿既耄’承‘誨爾諄諄，聽我藐藐’來，若云，借曰我未有知，則亦聿既耄，更事多矣”。然上章借曰未知二句爲責王之辭，此章借曰二句意與之同，忽又以爲父兄師保自述之語，似爲未合，胡氏《後箋》取之，非也。

桑柔

“倉兄填兮。”《傳》：“倉，喪也。兄，滋也。填，久也。”《箋》云：“喪亡之道滋久長。”《正義》曰：“倉之爲喪，其義未聞。況訓賜也，賜人之物則益滋多，故況爲賜也。”

焯案：《説文》：“愴，傷也。”《傳》訓倉爲喪者，蓋讀倉爲愴，倉爲愴涼之意，又爲倉皇忽遽之貌。胡氏《後箋》云：“《説文》：‘倉，穀藏也。倉黄取而藏之。’倉黄疊韻字，其義則爲忽遽，古凡言倉卒、倉黄，皆無正字，大抵取雙聲疊韻字爲之。喪亡者忽遽之事，故倉又爲喪。《後漢書·光武紀》李賢注亦云：‘倉卒，謂喪亂也。’”焯又案兄與況古同音，兄訓長，長有滋益義，故古況字多作兄。況則《説文》訓寒水，乃其通用字耳。《小雅》“況也永歎”、“僕夫況瘁”，《傳》、《箋》皆訓況爲滋，蓋其本字皆可作兄也。此《傳》訓兄爲滋，《正義》申之，以兄爲況而訓爲賜，轉爲嘉貺之貺，其説非也。

“倬彼昊天，寧不我矜。”《傳》：“昊天，斥王者也。”《箋》云：“倬，明大貌。昊天乃倬然明大，而不矜哀下民，怨愬之言。”《疏》云：“鄭唯倬彼昊天爲愬之上天爲異。”

焯案：沈氏鎬云：“詩人之意深望王之矜而王不矜，無所控告，而愬之於天，言在天而意自在王，《傳》、《箋》義可通也。”

“國步斯頻。”《傳》：“步，行。頻，急也。”《箋》云：“頻猶比也。哀哉國家之政，行此禍害比比然。"《疏》云："毛以爲國家行此困急於民之道，是可哀痛也。鄭唯以頻爲比，餘同。"又申《傳》曰："事有頻頻而爲者，皆急速，故爲急也。"申《箋》曰："頻頻正是次比之義，故云猶比。"

焯案：《説文》："頻，水厓人所賓附，頻蹙不前而止。"頻爲水涯盡處，頻蹙不前，故《傳》訓頻爲急，急猶蹙也。《箋》訓頻爲比者，胡氏《後箋》云："《逸周書·文酌解》'三頻'，孔晁注云：'頻，數也。'《法言·學行》篇：'頻頻之黨甚於鸒斯。'頻頻猶數數也。《莊子逍遥游釋文》引司馬注云：'數數猶汲汲也。'《廣雅·釋訓》云：'頻頻，比也。'是則頻頻、數數、汲汲、比比義皆相近。《箋》訓頻猶比者，乃申毛急義，毛意謂國家行此禍害數數然急耳。《孔疏》以爲困急於民，似非《傳》旨。"

"孔棘我圉。"《傳》："圉，垂也。"《箋》云："圉當作禦，甚急矣我之禦寇之事。"《疏》云："鄭唯圉爲禦寇爲異。"又申《箋》曰："《箋》讀圉爲禦者，若守邊垂，不得爲無所定處。且云我垂，於文不足，故以爲禦寇之事。"

焯案：《烝民》詩"不畏彊禦"，《漢書·王莽傳》作"不畏彊圉"。《蕩》詩"曾是彊禦"，《漢書·敘傳》作"曾是彊圉"。是圉、禦字通。《爾雅·釋言》："禦，圉，禁也。"《釋詁》："圉，垂也。"舍人曰："圉，拒邊垂也。"是圉之訓垂，義本取於拒邊。此《箋》破圉爲禦，正訓禦寇之事以申毛説。特《傳》本《釋詁》，作名詞用，《箋》本《釋言》，作動詞用耳。至禦寇於邊，不定在一方，故上文云："自西徂東，靡所定處。"《正義》謂"若守邊垂，不得爲無所定處"，此欲申鄭而與詩義相背也。又詩云"孔棘我圉"，猶云我邊垂甚急，此倒句以就韻，《正義》謂云我垂於文不足，亦非。

“征以中垢。”《傳》：“中垢，言闇冥也。”《箋》云：“征，行也。不順之人則行闇冥。”《正義》曰：“垢者土處中而有垢土，故以中垢言闇冥也。”

焯案：《正義》申《傳》説不明。阮氏《校勘記》云：“此當云垢者土處地中而有垢，錯誤耳。”胡氏《後箋》云：“中垢言垢中也，猶中林中谷之比。謂不順之人其所行如在垢中，垢，塵垢也。《小雅》‘維塵冥冥’，故《傳》云‘言闇冥’也。《韓詩外傳》云：‘以明扶明，則升於天。以明扶闇，則歸其人。兩瞽相扶，不傷牆木，不陷井穽，則其幸也。《詩》云：“維彼不順，征以中垢。”闇行也。’此以中垢爲冥行，義亦與毛近。”今謂《後箋》説是。《經義述聞》謂“征以中垢”猶言行以得詬，馬瑞辰、俞樾又謂中垢與中冓同義，皆改字説經，與《傳》、《箋》義異，未可從也。

“貪人敗類。”《傳》：“類，善也。”《箋》云：“類，等夷也。居上位而行此，人或效之。”《疏》述毛曰：“貪人有此惡行，敗於善道。”又申鄭曰：“《箋》以貪者惡行，自然反善，不宜言敗善，故以類爲等夷。敗類者，謂敗其朝廷等類。”

焯案：此經宜兼用《傳》、《箋》而義始明，蓋謂貪惡之人敗其善類也。胡氏《後箋》云：“《傳》訓類爲善者，善即爲善類，非善道也。敗類者，謂貪人能敗善人耳，《箋》語正申《傳》意，故下《箋》又云，‘居上位而不用善，反使我爲悖逆之行’，是形其敗類之驗。文元年《左傳》：‘殽之役，晉人既歸秦帥，秦大夫及左右皆言於秦伯曰，是敗也，孟明之罪也，必殺之。秦伯曰，是孤之罪也。周芮良夫之詩曰，“大風有隧，貪人敗類，聽言則對，誦言如醉，匪用其良，覆俾我悖”，是貪故也，孤之謂矣。孤實貪以禍夫子，夫子何罪？’《潛夫論·遏利》篇曰：‘昔周厲王好專利，芮良夫諫而不入，退賦

《桑柔》之詩以風，言是大風也必將有隧，是貪民也必將敗其類。'據此，似皆謂貪人禍及善類，與《傳》、《箋》正相合也。"

"民之罔極，職涼善背。"《傳》："涼，薄也。"《箋》云："職，主。涼，信也。民之行失其中者，主由爲政者信用小人，工相欺違。"《正義》曰："王肅云：'民之無中和，主爲薄俗，善相欺背。'《傳》意當然。此《傳》以涼爲薄，職謂民所主爲，則下云職競、職盜，皆是民之所主，不得與鄭同。《箋》以民之爲惡，由政不善，則所言職者，皆主由君政，不宜爲民意所主，故易《傳》以涼爲信。"

焯案：《稽古編》云："末二章三言民俗之敗，皆歸咎於執政之人，上欺違則民心罔中矣。上尚力而不尚德，則民行邪僻矣。上爲寇盜之行，則民心不能安定矣。此詩刺王而兼及朝臣，故篇末縷陳之。王肅述毛皆主民言，殆非毛意，當以《箋》爲正。"胡氏《後箋》云："《傳》但訓涼爲薄，未分别由民由上。但此二章三言職，皆主爲惡行，不應舍上而專責之民，故當從《箋》義申毛。"焯謂此章言"職涼善背"，係承上二章貪人言之。如依王肅説爲主民言，則與下"爲民不利"句意不相屬。馬其昶云："爲民不利，承上涼薄善背言。如云不克，啓下競彊用力言。"是也。

"涼曰不可，覆背善詈。"《箋》云："善猶大也。我諫止之以信，言女所行者不可，反背我而大詈，言拒己諫之甚。"《疏》云："毛以爲我以信言諫王曰，汝所行者於理不可，望王受而用之，反背我而大罵詈。"

焯案：以《箋》義申《傳》，非也。阮氏《校勘記》云："《釋文》：'職涼，毛音良，薄也。鄭音亮，信也。下同。'所云下同者，即此涼曰之涼是也。《疏》因此涼字無《傳》，遂取鄭爲毛説，而云故我以信言諫王曰云云，不知此涼字毛自與上《傳》同訓爲薄，不訓爲信也。”胡氏《後箋》云：“涼即上章之涼，背亦即上章之背，謂我言其涼薄爲不可，彼即反背而大詈，詈者謂薄行非其所爲，而詈人之謗己，故下文繼之云‘雖曰匪予，既作爾歌’也。”

雲 漢

《序》云：“《雲漢》，仍叔美宣王也。宣王承厲王之烈，内有撥亂之志，遇災而懼，側身修行。”《正義》曰：“側者不正之言，謂反側也。憂不自安，故處身反側。”

焯案：馬氏《通釋》云：“反側二字同義，故《春秋》楚公子側字子反。側身修行猶《易》言‘反身修德’也。《正義》所云，失其義矣。”

“胡不相畏，先祖于摧。”《傳》：“摧，至也。”《箋》云：“摧當作嗺，嗺，嗟也。天將遂旱餓殺我與？先祖何不助我恐懼，使天雨也。先祖之神于嗟乎，告困之辭。”《正義》曰：“孫毓云：‘我今死亡，先祖之神于何所至，言將無所歸也。’今以孫爲毛説。”

焯案：胡氏《後箋》云：“此‘胡不相畏’與《雨無正》句同。言先祖見此旱災，何不相與畏懼而來至乎？‘胡不相畏’本指先祖，則先祖之文當在‘胡不’之上。《正義》謂下之與‘于摧’共句，是也。若如孫毓之解，則‘于摧’二字中間須增‘何所’二字，經文爲不辭矣。”顧氏《學詩詳説》云：“此下三章皆於末四句述訴神訴先之意。昊天二句承‘上帝不臨’言，胡不二句承‘后稷不克’言，謂昊天上帝則不使我有遺餘矣，凡我先祖何不相與畏而來至共救此大旱邪？”今謂二説皆得經《傳》之意。

“大命近止。”《傳》：“大命近止，民近死亡也。”《箋》云：“衆民之命近將死亡。"《正義》曰："大者多衆之辭，故《箋》以爲衆民之命。"

焯案：哀十五年《左傳》曰，"大命隕隊"，則大命即生命，近止言去死不遠，總謂命之將絶耳。《傳》云民近死亡，特補出人民，謂與上章"周餘黎民，靡有孑遺"同意，非訓大命爲民命也。《正義》申《箋》以大命爲衆民之命，失之。《傳》《箋》義相違，説亦可通。惟或謂大命者天命，即指雨澤言，盼及其日而仍無雨，故曰"靡瞻靡顧"。又以"大命近止"言宣王之新即位，靡瞻顧者，羣公不助，皆臆説也。

"我心憚暑。"《傳》："憚，勞。"《箋》云："憚猶畏也。王心又畏難此熱氣。"《疏》云："鄭唯以憚暑爲畏懼此暑爲異。"

焯案：《傳》訓憚爲勞，勞困則未有不畏者，《傳》、《箋》之義實同也。陳氏《傳疏》云："憚讀爲癉，《大東》《小明傳》皆云：'憚，勞也。'勞，憂勞也。《韓詩》：'苦也。'《箋》猶畏也，義並相近。"《正義》又申《箋》曰："此言王心畏憚，以見其甚於前也。以天子之尊，寒暑有備，尚云畏難，此言熱氣至極也。"案《正義》所言，一若宣王真畏難此熱氣者，實未免以辭害意。張汝霖云："宣王奮志中興，畏災憂國，雖使深宫廣厦，静閟迎涼，亦若身受其災，不能自解焉，非不寒暑有備而忘之也。孔氏之言，無乃非先王憂暑之本衷矣。"

"旱既太甚，散無友紀。鞫哉庶正，疚哉冢宰。趣馬師氏，膳夫左右。"《傳》："歲凶年穀不登，則趣馬不秣，師氏弛其兵，馳道不除，祭事不縣，膳夫徹膳，左右布而不脩，大夫不食粱，士飲酒不樂。"《箋》云："人君以羣臣爲友，散無其紀者，凶年禄餼不足，又無賞賜也。"《疏》述《傳》曰："毛以爲王者班爵賜禄，所以綱紀羣臣，今禄餼不足，是無綱紀也。”

焯案：《疏》以《箋》義述《傳》，非是。胡氏《後箋》云：“《傳》蓋謂羣臣以救旱之急，廢其職事，不暇整理，故曰散無友紀。《箋》釋散義，謂是禄餼不足，又無賞賜，與《傳》言歲凶年穀不登、趣馬不秣、師氏弛兵之意不合。《正義》以謂毛無别訓，遂作同解。見下章《正義》。不知毛所稱凶年殺禮，正以憂旱廢職證經散字之義，並非泛引成文，不得謂毛無别訓也。”《正義》又云：“《傳》語當先有成文，故引之以明凶年之禮。雖經無其事，以類言之。”汪氏《異義》云：“《傳》言‘歲凶年穀不登’至‘士飲酒不樂’，正釋經‘散無友紀’及‘鞫哉’‘疚哉’之義，亦以起下‘靡人不周，無不能止’與下章‘昭假無贏’之意。《疏》謂‘經無其事，以類言之’，失《傳》意矣。”

“大命近止，無棄爾成。”《箋》云：“今衆民之命近將死亡，勉之助我，無棄女之成功者。”《疏》申《箋》曰：“今衆民之命近將死亡，汝等亦當法天無贏，助我求雨，無得解怠，棄汝成功。言天不應盡殺衆民，雨將不久，若其得雨，即是功成。”

焯案：《正義》釋《傳》引王肅云：“大夫君子所以無私贏者，以民近死亡，當賑救之，以全汝之成功。”據此，是王意以“無棄爾成”爲無棄爾賙救之成勞，而申《箋》以得雨即是成功，故勸羣臣助之求雨。胡氏《後箋》云：“雨猶未降，何得遽云爾成，且此時豈有羣臣敢不助王求雨者，而乃作此語邪？”

崧　高

《序》云：“《崧高》，尹吉甫美宣王也。天下復平，能建國，親諸侯，褒賞申伯焉。”《正義》曰：“建謂立其國，親謂親其身也。”又曰：“此申伯舊國已絶，今改而大之。”

焯案：李氏《紬義》云："按自共和時，荆楚漸張，故召穆公有追荆至洛之役。宣王時，勢當又熾，南方諸侯必有畔而從之者，故加申伯爲侯伯，以爲連屬之監，一時控制之宜，撫綏之略，皆於此詩見焉。建者，即經'于邑于謝'是也。親者，即經'揉此萬邦，聞于四國'是也。若如孔言，宣王當日惟是推恩外戚，後世史法應以爲譏，豈復有可美者乎？《國語》稱申、吕、齊、許由大姜，則自周初受封，經已明言'維周之翰'，至厲王尚娶於申，何至宣王而遽絶，此又必無之事也。"

"維嶽降神，生甫及申。"《傳》："堯之時，姜氏爲四伯，掌四嶽之祀，述諸侯之職，於周則有甫，有申，有齊，有許也。"《箋》云："四嶽，卿士之官，掌四時者也。因主方嶽巡守之事，在堯時，姜姓爲之。"《正義》曰："堯時四岳内典王朝之職，如周之六卿。外掌諸侯之事，如周之牧伯，故又述諸侯之職。"

焯案：陳氏《傳疏》云："堯時以四伯掌四嶽，分主東西南北，以領十二州之牧伯，行述職之事，則四伯自在王官。故《堯典》'帝曰咨四岳'，咨四伯也。'咨十有二牧'，咨十二州之牧伯也。《正義》謂四岳如牧伯，誤矣。"

"亹亹申伯。"《正義》曰："言申伯，當是伯爵。"

焯案：李氏《集解》云："按《史記·周本紀》云：'申侯與西戎共攻幽王。'則是申者，乃侯爵也。以其爲方伯，故謂申伯，亦猶召公稱公而謂之召伯者，以其爲方伯也。"今謂李説是。昔之稱伯者有數端：一以其爵，一爲王官之二伯，《周書·康王之誥》："太保率西方諸侯入應門左，畢公率東方諸侯入應門右。"《孔傳》謂"一公爲二伯"，是也。一爲州伯，《王制》云："二百一十國以爲州，州有伯。"

是也。一爲牧下之二伯，僖四年《左傳》所謂“五侯九伯”，是也。申伯之稱伯，則以其爲州伯故爾，非以其爵也。

“因是謝人，以作爾庸。”《傳》：“庸，城也。”《箋》云：“庸，勞也。今因是故謝邑之人而爲國，以起女之功勞，言尤章顯也。”《正義》申《箋》曰：“以王命申伯，當意在顯其功勞，不宜直言爲其作城而已，故易《傳》也。”

焯案：此章本告語申伯之辭，以定其嚮國之意。《傳》義未爲不當，必如《正義》申《箋》之説，則封之以土，爲之作城，何以非顯其功勞乎？且“王命申伯，式是南邦”，固已意在顯其功勞矣。何乃謂此句不宜直言爲其作城耶？王命申伯因謝人作謝邑，與命召伯“徹其土田，命傅御遷其私人”三事正相比敍，蓋即承上章“于邑于謝”而續言築城之事也。《箋》乃易《傳》訓庸爲勞，申伯之勞何必因謝人而始章顯乎？

“王命傅御，遷其私人。”《傳》：“御，治事之官也。私人，家臣也。”《箋》云：“傅御者，貳王治事，謂冢宰也。”《疏》云：“毛以爲王於是又命傅御於王者治事之臣，謂冢宰也。令使冢宰遷徙其申伯之私人，謂申伯私家之臣在京師者，遷之使從申伯，共歸其國也。”又曰：“王命使遷其私人，告令其人使之裝載耳，其遷猶與申伯同行也。”

焯案：李氏《紬義》云：“按孔以申國已絶，家於京師，故爲此説。申伯由申國入爲卿士，家仍在申，城宅既成，即應遷徙，申伯則尚由鎬至岐，由岐往謝，勢不得同行也。”陳氏《傳疏》云：“《書·牧誓》篇：‘我友邦冢君，御事：司徒，司馬，司空。’《孔傳》云：‘治事三卿。’《大誥》、《酒誥》、《梓材》、《召誥》、《雒誥》等篇言御事，皆爲諸侯治事之臣，此《傳》以治事之官釋經文之御，正與

《書》義合也。凡大國三卿命於天子，皆有職司於王室，故天子得以敕之命之。《箋》以傅御謂冢宰，《孔疏》用《箋》申《傳》，失之。私人即傅御之私人，傅御爲諸侯之臣，故《傳》以私人爲家臣矣。《禮記·玉藻》'大夫私事使私人'，鄭注：'士臣於大夫者曰私人。'《儀禮士相見注》：'家臣稱私。'《有司徹注》：'私人，家臣，己所自謁除也。大夫言私人，明不純臣也。'此皆私人爲大夫家臣之證。《疏》謂申伯私家之臣，亦失之。"

"錫爾介圭，以作爾寶。"《傳》："寶，瑞也。"《箋》云："圭長尺二寸謂之介，非諸侯之圭，故以爲寶。諸侯之瑞圭，自九寸而下。"《正義》申《傳》引王肅云："寶，瑞也。桓圭九寸，諸侯圭之大者，所以朝天子。"

焯案：汪氏《異義》云："大宗伯職曰：'王執鎮圭，公執桓圭，侯執信圭，伯執躬圭。'《考工記》玉人之事：'鎮圭，尺有二寸，天子守之，命圭九寸，謂之桓圭，公守之；命圭七寸，謂之信圭，侯守之；命圭七寸，謂之躬圭，伯守之。'《釋器》云：'珪，大尺二寸謂之玠。'以鎮圭言也。然命圭亦得通謂介圭，《説文》：'玠，大圭也。《周書》曰：稱奉介圭。'是也。《傳》訓寶爲瑞，謂命圭也。據《箋》，申伯受侯伯之封，《疏》謂爲州牧，命圭當信圭七寸，王肅謂桓圭九寸，《疏》以之申《傳》，非也。"焯謂《正義》申《箋》引孫毓説，謂"申伯受侯伯之封，當信圭七寸，不得受上公之制九寸桓圭而謂之介"，其謂不得受九寸桓圭，是也。其謂九寸桓圭不得謂之介則非。毓又謂"經特言賜之以作爾寶，明非五等之玉，以《箋》義爲長"。余於《鄭箋平議》中引汪、胡二氏之説駁之，兹不具陳也。

"往近王舅。"《傳》："近，已也。"《箋》云："近，辭也。聲如彼記之子之記。"《正義》曰："以命往之國，不復得與之相近，故轉爲已，以爲辭也。近得爲已，其聲相近，故《箋》申之云，如彼記之記也。"

焯案：近乃迈之誤。如《正義》説，則其所據本已誤作近。《釋文》："往近，音記。"原本當作往迈。若作近，不得音記矣。臧氏《經義雜記》云："近乃迈字形近之訛。《説文》丌部：'迈，古之遒人以木鐸記詩言。从辵，从丌，丌亦聲。讀與記同。'又'丌讀若箕'與其同聲。故'彼記之子'亦作'彼其之子'，詩以迈字聲與記其同，故借用之。鄭從許讀若記，故云辭也。《毛傳》爲已，則音以，蓋古巳、己、迈聲皆相近也。《正義》曰，歎而送之，往去已此王之舅也。得毛旨矣。《正義》又曰：'以命往之國，不得復與之相近，故轉爲已，以爲辭也。'然則唐時本已作近，孔仲達亦不知本作迈矣。"

"申伯還南。"《箋》云："還南者，北就王命于岐周而還反也。"《正義》曰："王先在岐，得召公之報，知營謝已訖，召申伯於鎬，至岐周而命之也。申伯既受命，王餞還歸於謝，而後適申，故云北就還南也。"

焯案：趙氏《詩細》云："申伯還南，此一南字非即謂謝，乃謂鎬京在岐南，既北就王受餞於郿，仍還鎬，而自鎬往謝也。《疏》中'還歸於謝，而後適申'，謝字蓋鎬之誤，謝申一地，不得分先後也。"

"王命召伯。"《正義》曰："此復云王命召伯者，召伯營謝既成，遣使報王，王知城郭既了，又復命以此事。"。

焯案：顧氏《學詩詳説》云："此以辭害意也。只是一時一事，此乃溯原申伯之歸謝所由得遄行耳。《集傳》謂'召伯之營謝也，則已斂其税賦，積其餱糧，使廬市有止宿之委積，故能使申伯無留行也'。蓋舉其國中之峙粻，而在道固不待言矣。"

"申伯番番。"《傳》："番番，勇武貌。諸侯有大功，則賜虎賁。"

《箋》云："申伯之貌，有威武番番然。"《正義》曰："以番番之文在入謝之上，則是在道之容，故爲勇武貌。《箋》云威武，義亦同也。"

焯案：《傳》以番番屬虎賁之士，係指從申伯入謝者言。《箋》言申伯之貌有威武，則指申伯之身，其義各別。《正義》謂《箋》與《傳》義同，失之。李氏《紬義》云："毛以下經言'文武是憲'，則申伯兼有文武，故以番番屬虎賁之士。鄭以下章言申伯之德，此章當言申伯之威，故易《傳》也。"

"以贈申伯。"《傳》："贈，增也。"《箋》云："以此贈申伯者，送之令以爲樂。"《正義》曰："鄭唯贈送一字別。"

焯案：《釋文》引《傳》云："贈，送也，詩之本皆爾。鄭、王申毛並同。崔《集注》本作'贈，增也'。崔云，增益申伯之美。"臧氏《經義雜記》云："案《箋》，則鄭申毛本作增，崔《集注》本是也。《箋》云送之令以爲樂者，解所以作誦增益之意，非訓贈爲送。《正義》、《釋文》皆誤。"汪氏《異義》云："《箋》云'送之令以爲樂'，《疏》申之曰，令使申伯常歌樂此詩以自規戒，則與增益其美之義亦通。"胡氏《後箋》云："《説文》：'贈，玩好相送也。从貝，曾聲。'會下云：'从曾省，曾，益也。'送遺是曾益之事，故贈當兼增、送二義。如賸字下云：'物相增加也。一曰送也。'增其本義，送其引申之義也。《秦風·渭陽》'何以贈之'，《傳》：'贈，送也。'彼但言車馬，故取玩好相送之訓。此云作誦以贈，則有增益德美之義。《韓奕》'其贈維何，乘馬路車'，《箋》云：'贈，送也。王既使顯父餞之，又使送以車馬，所以贈厚意也。'案贈厚當作增厚，此《箋》亦以贈兼送、增二義。"

烝民

"好是懿德。"《箋》云："言天亦好是懿德也。《書》曰：'天聰明自我民聰明。'《正義》曰："引'書曰'者。《泰誓》文也。"

焯案：《箋》引《書》見《臯陶謨》篇。姚氏範《援鶉堂筆記》云："《疏》乃誤記《臯陶謨》爲《泰誓》耶?"

"生仲山甫。"《傳》："仲山父，樊侯也。"《正義》曰："僖二十五年《左傳》説：晋文公納定襄王，王賜之樊邑。則樊在東都之畿内也。杜預云：'經傳不見畿内之國稱侯男者，天子不以此爵賜畿内也。'如預之言，畿内本無侯爵。《傳》言樊侯，不知何所案據。"

焯案：夏氏《讀詩劄記》云："按《晉語》：'王錫文公陽樊之田，陽人不服，公圍之，將殘其民。倉葛呼曰，陽有夏、商之祀典，有周室之師旅，樊仲之官守焉。'樊仲即仲山甫，是仲山甫之封於樊，有明徵矣。《竹書紀年》亦云樊侯仲山甫，則仲山甫之稱侯又有明徵矣。毛去古未遠，必有所本，不得以杜説疑之也。"焯又案《史記周本紀正義》引毛萇曰："仲山甫，樊穆仲也。"是張守節所見《毛傳》自作樊穆仲，不作樊侯。此亦可解《正義》之疑。

"古訓是式。"《傳》："古，故。訓，道。"《箋》云："故訓，先王之遺典也。"《正義》曰："古訓者，故舊之道，故爲先王之遺典也。"

焯案：古訓即故言遺訓，故《傳》以故釋古。訓之爲言順也，順其意義而道之，故謂之道，道即言也。惠氏《古義》引張揖《雜字》云："'詁者古今之異語也。訓者謂字有意義也。'《爾雅釋詁釋訓》，樊、孫本作《釋故》、《釋訓》。《藝文志》詩有《魯故》、《韓故》、《齊后氏故》、《孫氏故》、《毛詩故訓傳》，《書》有《大小夏侯解故》，皆所謂故訓先王之遺典也。孔穎達以爲古訓者故舊之道，故爲先王之遺典，何其繆歟！”

“式是百辟。”《箋》云：“王曰：女施行法度於是百君。”《正義》曰：“百辟卿士，通畿外諸侯，下云賦政于外，明百辟之言兼畿外矣。”

焯案：馬氏《通釋》云：“按下文賦政于外，《箋》云以布政於畿外，外對内言，則上言‘式是百辟’指畿内諸侯無疑。”焯謂百辟猶言百官、百工、百揆，《烈文箋》以卿大夫釋詩百辟可證。亦不必泥辟爲君，專指爲畿内諸侯。陳氏奂别依《正義》説，以“式是百辟”爲天下諸侯作式，恐非。

“我儀圖之。”《傳》：“儀，宜也。”《箋》云：“儀，匹也。我與倫匹圖之而未能爲也。我，吉甫自我也。”《疏》云：“我以人之此言實得其宜，乃圖謀之。”

焯案：《釋文》：“義，毛如字，宜也。鄭作儀。儀，匹也。”《正義》曰：“‘儀，匹’，《釋詁》文。然則鄭讀爲儀，故以爲匹。”據此，知《釋文》、《正義》二本字皆作義。今作儀者，唐石經改之耳。古書義儀二字多通用。《周禮》肆師“治其禮儀”，注云：“故書儀爲義。鄭司農云：‘義讀爲儀。’”《書・文侯之命》“父義和”，鄭注：“義讀爲儀。”《樂記》“制之禮義”，《漢書・禮樂志》作“制之禮儀”。則知此詩義即古文儀字，故《表記》引作“我儀圖之”也。《説文》：“儀，度也。”《周語》：“儀之於民而度之於羣生。”又曰：“不度民神之義，不儀生物之則。”儀猶度也。馬瑞辰承朱子説，謂“此詩儀圖二字皆爲度義，古人自有複語”。是也。《傳》訓義爲宜者，當即以爲審度之義。《説文》：“宜，所安也。”安與審度義近，以須審度者，在求其心之所安也。又凡言宜者，多本有其不宜之意，由不宜而宜，則審度之意在其中矣。《箋》訓儀爲匹，又增而未能爲句，固於詩義無當。《孔疏》釋《傳》，謂"我以人之此言實得其宜乃圖謀之"，則失之迂矣。

韓　奕

《序箋》云："韓，姬姓之國也，後爲晉所滅，故大夫韓氏以爲邑名焉。"《正義》釋大夫韓氏據桓三年《左傳》服虔注："韓萬，晉大夫，曲沃桓叔之子，莊伯之弟。"

焯案：周世所封之韓有二，一爲武穆之韓，僖公二十四年《左傳》所謂邘、晉、應、韓，武之穆也。其國在今河北省固安縣境，即此詩之韓國。一爲姬姓之韓。襄二十九年《左傳》所謂霍、揚、韓、魏皆姬姓也。其國在今山西芮城縣境，與此詩之韓無涉。而鄭君混而一之，《正義》亦不加分别。余於《鄭箋平議》中已詳論之。若此《箋》述韓之後，但云韓氏，不云韓萬。《正義》引《左傳》服注說之，恐亦非《箋》意。《史記·韓世家》云："韓之先與周同姓，姓姬氏，其後苗裔事晉，得封於韓原，曰韓武子。"據此，則武子本是韓侯之後，非桓叔之子。此《箋》云大夫韓氏，意當與《世家》同也。

"奕奕梁山，維禹甸之。有倬其道，韓侯受命。"《傳》："奕奕，大也。甸，治也。禹治梁山，除水災。宣王平大亂，命諸侯。有倬其道，有倬然之道者也。受命，受命爲侯伯也。"《箋》云："梁山之野，堯時俱遭洪水，禹甸之者，決除其災，使成平田，定貢賦於天子。周有厲王之亂，天下失職，今有倬然著明復禹之功者韓侯，受王命爲侯伯。"《疏》云："毛以爲今居其地，復禹之功，有倬然著明其道德者韓侯也，韓侯以此明德，受天子之命爲侯伯也。"

焯案：此詩《傳》、《箋》異義。《傳》意以"有倬其道"二句就宣王言，言宣王之道倬然著明，故能使北國之韓侯入覲受命也。詩於下文"王親命之"始明舉宣王者，是於文法爲倒提，非以此二句就韓侯言。李氏《紬義》云："禹除水災，定田賦，所以養民。宣王平大亂，建侯伯，所以靖民。倬然著明之道，《傳》指宣王能繼禹功也。"今謂李説是。《箋》以"有倬"句屬韓侯，《孔疏》乃以鄭義述毛，誤矣。

"虔共爾位。"《傳》："虔，固。共，執也。"《箋》云："古之恭字或作共。"《疏》云："鄭以共爲恭敬爲異。"又云："鄭以恭字義强，故易《傳》也。"

焯案：《釋文》云："共，毛九勇反。鄭音恭，云古恭字。"是陸、孔皆以爲毛、鄭異讀。陳氏喬樅《鄭箋改字説》云："古文多叚共爲恭，《詩小明》'靖共爾位'，《巧言》'匪其止共'、《韓詩外傳》四引並作恭。《漢書》恭字多作共，《集注》皆云'共讀曰恭'。是共爲恭之古字。《釋名·釋言語》云：'恭，拱也，自拱持也。'彼以拱持詮共，是恭拱義通。則毛讀共爲拱，鄭讀共爲恭，意義實同。《周書·謚法》：'執事堅固曰恭。'知《傳》'虔，固；共，執'之訓正依恭義。鄭言古之恭字或作共，明共即恭字，申毛非易毛也。"

"鞗革金厄。"《傳》："厄，烏蠋也。"《正義》曰："'厄，烏蠋'，《釋蟲》文。"

焯案：《傳》"厄，烏蠋"當依《釋文》作噣。《正義》本誤。阮元《校勘記》云："《釋文》金厄下云：'毛云：烏噣也。'下云：'烏噣，音蜀，《爾雅》作蠋。'又云：'沈音晝。'段玉裁云：'烏蠋，《小爾雅》、《釋名》謂之烏啄，古噣啄通用，沈重音晝，是也。'"《正義》牽合《釋蟲》，如風馬牛之不相及。陸氏雖誤引《爾雅》，噣尚未譌爲蠋也。

“韓侯取妻。”《疏》云：“此韓侯娶妻，未必受命之後始取，但作者先言受命，乃次及之耳。”

焯案：顧氏《學詩詳説》云：“《疏》説未是。諸侯自其國來京師，不應先娶妻後入覲也。徐氏光啓謂昏禮當在贈行前，章次反後者，此詩因受命歸國而作，故不得不並敍始終，而以親迎置之此也。案於受命後行親迎，固禮之所許，然詩人因物賦形，果爾，敍娶妻於贈行前，亦奚不可，故《集傳》斷爲此言韓侯既覲而還，遂以親迎也。”焯謂詩言“韓侯迎止于蹶之里”，是於蹶父所居行親迎之禮，蹶父爲周卿士，意其采地之都必在王城外，故詩叙親迎於贈行之後也。

“因時百蠻。”《傳》：“因時百蠻，長是蠻服之百國也。”《箋》云：“其州界外接蠻服，因見使時節百蠻貢獻之往來。”《正義》申《傳》曰：“因時百蠻者，與百蠻爲時節，是爲之宗長以總領之，故云長此蠻服之百國也。”

焯案：李氏《紬義》云：“《傳》以因時爲長是，《箋》以因時爲時節，《傳》、《箋》不同。《正義》以鄭述毛，誤也。”《正義》又曰：“言蠻服者，謂蠻夷之在服中，於周禮則夷服鎮服，雖自有長，而來則由於中國，其時節早晚、執贄多少之宜，皆請於所近州牧，故稱長。”又述《箋》曰：“時節百蠻貢獻往來，謂來則使人致之於王，往則使人送之返國，制其貢獻之數，而爲其來去之節也。”朱氏《詩地理徵》云：“《皋陶謨》云：‘外薄四海，咸建五長。’《曲禮》云：‘其在東夷北狄西戎南蠻，雖大曰子。’則蠻夷自有君長。侯伯主治州内，豈得爲彼之長，因見使時節百蠻，漢之邊郡太守蓋如此。《疏》述毛，乃强毛以從鄭也。至其述鄭，又以漢之戊己校尉、護羌校尉實之，恐亦非鄭意也。”

“其追其貊。”《傳》：“追、貊，戎狄國也。”《箋》云：“其後追也、貊也，爲玁狁所逼，稍稍東遷。”《正義》曰：“貊者東夷之種，而分居於北，故於此時貊爲韓侯所統。《魯頌》云：‘淮夷蠻貊，莫不率從。’是於魯僖之時貊近魯也。”

焯案：《戰國策》：“蘇秦説秦惠王曰，大王之地，北有胡、貉、代馬之用。”《史記·趙世家》云：“奄有河宗，至于休溷諸貉。”又《漢書·高帝紀》有北貉。此皆貉之不在東方者。鄭註《周禮》以九貊爲東夷，又以爲東北夷，此據漢時言之，故此《箋》亦云，其後追、貊稍稍東遷耳。《正義》謂貊者東夷之種，分居於北，與《箋》義相違，非鄭意也。至謂魯僖公時貊又近魯，胡承珙云：“《魯頌》‘淮夷蠻貊’，《傳》本言淮夷如蠻夷之行者，非謂此時貊在東方也。”

江　漢

《序》云：“《江漢》，尹吉甫美宣王也。能興衰撥亂，命召公平淮夷。”《正義》曰：“經六章皆是命召公平淮夷之事。”

焯案：此詩前篇爲序績之文。後篇爲賚功之作。李氏《紬義》云：“經之二章言‘經營四方，四方既平’，三章言‘式辟四方，徹我疆土’，四章至卒章皆言錫祉召伯之事。惟首章‘來求來鋪’言伐淮夷耳。是召公自此役而後，其勛勞尚多，《序》言興衰撥亂者指此。《正義》謂經六章皆命召公平淮夷，誤也。”

“淮夷來求。”《傳》：“淮夷，東國在淮浦而夷行也。”《正義》曰：“春秋時，淮夷病杞，齊桓公東會于淮以謀之，《左傳》謂之東略。”

焯案：《春秋》僖十六年會淮謀鄫，非爲病杞。《正義》合僖十三年夏會鹹之事言之，蓋偶失檢耳。

“來旬來宣。”《傳》：“旬，徧也。”《箋》云：“來，勤也。旬當作營。宣，徧也。王命召虎，女勤勞於經營四方，勤勞於徧疆理衆國。”《正義》曰：“‘旬，徧’，《釋言》文。彼旬作徇，音義同。毛既以旬爲徧，則宣不復爲徧，當謂宣布王命也。”又申鄭云：“旬之與營字相類，故知當爲營。”

焯案：胡氏《後箋》云：“《鴻雁傳》：‘宣，示也。’此來宣毛意亦當爲示。‘匪疚匪棘，王國來極’，正所以宣示王之德意也。”今謂胡氏說甚當。《正義》申《傳》以宣爲宣布王命，亦近是。至旬之與營，於古音相近，非其字相類。考《易豐卦》“雖旬无咎”，《釋文》旬作均。《周禮》均人鄭注：“旬讀爲畇畇原隰之畇。”《正月》詩“憂心惸惸”，《釋文》：“惸又作煢。”古文旬字从勹从日作旬。《説文》走部：“赹讀若煢。”是从勹从熒之字於古音相通之証也。

“秬鬯一卣。”《傳》：“秬，黑黍也。鬯，香草也。築煮合而鬱之曰鬯。”《箋》云：“秬鬯，黑黍酒也。謂之鬯者，芬香條鬯也。”《正義》曰：“鬯非草名，而此《傳》言鬯草者，蓋亦謂鬱爲鬯草。何者？《禮緯》有‘秬鬯之草’，《中候》有‘鬯草生郊’，皆謂鬱金之草也。以其可和秬鬯，故謂之鬯草。如毛此意，言秬鬯者，必和鬱乃名鬯，未和不爲鬯，與鄭異也。”又申鄭曰：“《春官》鬯人注云：秬鬯，不和鬱者，是黑黍之酒即名鬯也。知者，以鬯人掌秬鬯，鬱人掌和鬱鬯，明鬯人所掌未和鬱也。故孫毓云：‘鬱是草名，今之鬱金，煮以和酒者也。鬯是酒名，以黑黍秬一秠二米作之，芬香條鬯，故名曰鬯。古今書傳香草無稱鬯者，《箋》説爲長。’”

焯案：《稽古編》云："'秬鬯一卣'，毛、鄭異説。秬鬯必和鬱，不和鬱不名鬯，此毛説也。和鬱名鬱鬯，未和鬱名秬鬯，此鄭説也。孔氏右鄭，然鄭之爲此説者，止因《周禮》鬯人、鬱人分爲二職，而鬱人掌鬱鬯，明是鬯人所掌尚未和鬱，故分而二之耳。殊不知《周禮》二職對舉，則秬鬯鬱鬯誠有未和已和之分，若盡舉經傳中秬鬯概以未和鬱解之，則又非也。鬯之爲義，取芬芳條暢，元因鬱草而得名耳。《説文》鬯字注云：'以秬釀鬱艸，芬芳攸服以降神也。'此可證矣。使止是黑黍之酒，則與常酒等耳，何獨取名於鬯也。孔氏申毛，既引《禮緯》'秬鬯之草'及《中候》'鬯草生郊'之文證鬱金草亦可名鬯草矣。復言古今書傳香草無稱鬯者，何自相背戾哉？案秬鬯之稱，見於《詩》、《書》、《左傳》者不一而足，皆稱秬鬯，並無稱鬱鬯者，豈非以言鬯則鬱在其中乎？"陳氏《傳疏》云："鬯必兼鬱，謂鬱積而條暢也。《周禮》鬯人共秬鬯，不及鬱，而鬱人和鬱鬯，不及秬，不得謂鬱鬯之鬯不合秬，即不得謂秬鬯之鬯不和鬱矣。"胡氏《後箋》云："經傳中有單言鬯，無單言秬者，正以鬯是香草所釀，與尋常秬黍釀酒不同，言鬯則秬從可知，言秬不足以該鬯故也。"今謂二陳及胡氏説皆可糾正鄭氏《禮注》及《箋》義之失。孔氏右鄭，且引孫毓之説駁毛，《稽古編》非之，當矣。

"錫山土田。"《傳》："諸侯有大功德，賜之名山土田附庸。"《正義》曰："此經無附庸，《傳》云附庸者，以土田即是附庸，定本、《集注》、《毛傳》皆有附庸二字。"

焯案：《稽古編》云："經無附庸，而《傳》云云者，當是引成語連及之耳。且《傳》自述周制如此，非言賜召公也，《孔疏》申《傳》之説，恐非毛旨。"汪氏《異義》亦云："若土田即附庸，《魯頌》何以言'土田附庸'邪？"焯謂《正義》云定本、《集注》皆有附庸二字，《釋文》謂"因《魯頌》之文妄加"，是也。

“對揚王休。”《傳》：“對，遂。”《箋》云：“對，答。”《正義》曰：“《傳》訓對爲遂者，以爲因事之辭。鄭唯對爲答爲異。”

焯案：《爾雅·釋言》：“對，遂也。”《皇矣》“以對于天下”《傳》、《蕩》“流言以對”《傳》均與此同。《易·大壯》上六“不能遂”虞注：“遂，進也。”蓋對遂音近義同。《釋文》：“《易》‘震遂泥’，荀本遂作隊。”《檀弓》：“齊莊公襲莒於奪。”注：“《春秋傳》作隧。隧奪聲相近。或作兑。”此皆古音定邪二紐相通之證。遂有進義，對亦有進義。“對揚王休”，蓋謂進而稱揚王之德美耳。《傳》訓對爲遂，非以爲因事之辭也。《箋》訓對爲答，答亦有進義。《小雅·雨無正》：“聽言則答，譖言則退。”《傳》：“以言進退人也。”是正以答爲進。此《箋》謂虎既拜而答王策命之時，稱揚王之德美，與《傳》對遂義亦相成，非有異也。

“矢其文德。”《傳》：“矢，施也。”《正義》曰：“矢，施也。定本爲弛字，非也。”

焯案：張汝霖云：“施、弛二字古書多互通。此詩《傳》訓矢爲施，當爲施陳之義。《釋文》云：‘矢，施，如字，《爾雅》作弛。’按《爾雅·釋詁》云：‘矢，陳也。’又云：‘矢，弛也。’弛即施陳之義。郭注訓爲弛放，失之。此《傳》施字，《正義》謂定本作弛非，亦誤。《禮記·孔子閒居》引《詩》‘弛其文德’，注：‘弛，施也。’《周禮》小司徒‘凡征役之施舍’，注：‘施當爲弛。’遂人‘辨其老幼廢疾與其施舍者’，注：‘施讀爲弛。’遂師‘辨其施舍’，注：‘施讀爲弛。’《論語》‘君子不施其親’，《釋文》作‘不弛。’《隸釋》載《漢石經論語》亦云‘君子不施其親’。李翺《筆解》云：‘施當爲弛。’然則施之與弛，古本相通，非爲定本之失也。”

常　武

‘南仲大祖，大師皇父。”《傳》：“王命南仲於大祖，皇父爲大師。”《箋》云：“南仲，文王時武臣也。宣王之命卿士爲大將也，乃用其以南仲爲大祖者，今大師皇父是也。”《正義》曰：“言王命南仲於大祖，謂於大祖之廟命南仲也。皇父爲大師，謂命此皇父爲大師。毛蓋見其文煩，故以爲二人。《箋》以王命卿士爲大將，止當命一人爲元帥，不應並命二人，故以爲止命皇父而已。以《出車》之篇言之，知南仲，文王時武臣，是今所命者皇父之大祖，故本言之必易《傳》者。孫毓云：‘宣王之大將復字南仲，《傳》無聞焉。且古之命將皆於禰廟，未有於后稷大祖之廟者。又經言“南仲大祖”，明以南仲爲大祖，非命於大祖之文也。昔陳勝舉兵，稱項燕命將本祖，古今有之，《箋》義爲長。’”

焯案：此詩毛鄭異義，《正義》引孫毓駁毛，以爲宣王之將復字南仲，於《傳》無聞。不思春秋之世，趙氏世稱孟，智氏世稱伯，何嫌於文王、宣王之時有兩南仲也？孫氏又謂古人命將皆於禰廟，未有於大祖之廟者，不知其何所本。考《白虎通義·爵》篇曰：“王制，爵人于朝，與衆共之。”引《詩》“王命卿士，南仲大祖”，又引《禮·祭統》“古者人君爵有德必於大祖”，是亦以《詩》“南仲大祖”爲命於大祖。班氏多取三家，其義與《毛傳》同，是知毛義之有本矣。且《祭統》明云“爵有德必於大祖”，以此例之，命將出師亦於大廟可知，《左傳》隱十一年“鄭伯授兵于大宫”可證，安見命將必於禰廟也！至謂命將本祖，而援陳勝舉兵稱項燕事比之，亦非確證。《稽古編》云：“勝之稱燕，假其名也，非以爲祖而追本之。孫既誤而孔亦不覺，胥失之矣。”《正義》又曰：“《十月之交》皇父擅恣，若爲厲王，則在此之先，若爲幽王，則在此之後，皆相接連，與此皇父得爲一人，或皇氏父字，傳世稱之，亦未可知也。”案《小雅》之皇父，不必論其時爲幽王、厲王，要之爲專權無狀之小人，與此詩之皇父迥乎不類，乃指爲一人可乎？孔氏亦私疑其非，故又云或皇氏父字。

夫既以皇爲氏，即不得以南仲爲大祖。馬氏《通釋》云："《路史》：'禹之後有南氏，後有南仲，翊宣王以中興。'是南仲實爲南氏。至大師皇父，據《竹書纪年》：'幽王元年，王錫大師尹氏皇父命。'則皇父實爲尹氏，即二章所云'王謂尹氏'。安得以南仲爲大祖？是則《箋》，《疏》之誤又可知矣。"

"既敬既戒。"《箋》云："敬之言警也。"《疏》云："毛以爲既已恭敬，又當戒懼而處之。鄭以敬爲警，言既以警肅之，既以戒勑之。以此爲異。"

焯案：敬警義通，不得謂爲異義。《周書·謚法》："夙夜警戒曰敬。"《釋名·釋言語》云："敬，警也。恒自肅警也。"是皆敬警義通之證。馬氏《通釋》云："警與儆音義並同，故《説文》儆警二字均訓爲戒。《周官·大司馬》注引《詩》'既儆既戒'，蓋三家《詩》有作儆者。鄭君先通《韓詩》，故以警釋敬也。敬與儆古通用，《管子·立政》篇'修火憲，敬山澤'，敬即儆也。古多以敬戒連言，《士昏禮》：'父命女曰，戒之敬之。'敬亦儆也。《周頌》'敬之敬之'爲戒成王，其義亦同。"

"命程伯休父。"《傳》："程伯休父始命爲大司馬。"《正義》曰："《楚語》韋昭注云：'程，國。伯，爵。休父，名也。'案父宜是字，而昭以爲名，未能審之。"

焯案：馬氏《通釋》云："趙氏《春秋集傳》云：'魯季孫行父、晉荀林父皆以父爲名。'《穀梁疏》云：'齊侯禄父以父爲名。'則古之以父爲名者多矣。《春秋釋例》云：'名重於字，故君父之前自名，朋友之前自字。'此詩'王謂尹氏，命程伯休父'，正與'王命召虎'同爲君前臣名耳。"

“省此徐土。”《箋》云：“省視徐國之土地叛逆者。”《正義》曰：“此徐當謂徐州之地，未必即是春秋之世徐子之國。何則？春秋之世徐國甚小，宣王之時非能背叛，而使王親征之。六軍並出，則是强敵者也，明非春秋徐國。但不知於時之君何姓名耳。”

焯案：五章經云“濯征徐國”，而此章云徐土者，此言淮北之夷，主徐國而言之也。考《元和郡縣志》：“徐城縣今安徽盱眙縣西五十里。本徐子國。周穆王殺徐偃王，其子遂北徙彭城原東山之下，號曰徐山，山在下邳縣今江蘇宿遷縣東南。界。”是徐自偃王以後，國移至下邳，宣王伐徐，即爲徐之在下邳縣界者。要之徐城、下邳，皆與淮北之夷相接。淮夷從徐爲亂，故“率彼淮浦，省此徐土”，即所以“震驚徐方”。淮夷既殄，而徐自孤立無援矣。《箋》云“省視徐國之土地叛逆者”，即以徐包淮夷言之。《正義》乃謂徐州之地，若然，則周之九州固有青州而無徐州也。趙氏《詩細》云：“周無二徐，此徐即《書·費誓》之徐戎，穆王所征徐偃王之徐也。偃王滅後，周復封其子宗爲徐子，其國本不大，而與淮夷南北連接，故得屢爲周患，時勤討伐，經宣王削平，入春秋遂爲小國，非宣王世即爲弱小。”是也。又馬氏《通釋》云：“《漢地理志》：‘徐，盈姓。’盈、嬴古通用。《玉海》：‘徐，嬴姓。伯益佐禹有功，封其子若木於徐。’未聞徐有他姓。《孔疏》謂不知於時之君何姓，亦臆説也。”

“三事就緒。”《傳》：“誅其君，弔其民，爲之立三有事之臣。”《箋》云：“緒，業也。王又使軍將豫告淮浦徐土之民云：不久處於是也，女三農之事皆就其業。爲其驚怖，先以言安之。”《正義》申《傳》曰：“就緒者，王肅云‘就其事業’，亦當謂民得就業。”又申《箋》曰：“太宰九職，‘一曰三農生九穀’。注云：‘三農，原隰及平地。’則三農謂此也。”

焯案：王肅述毛而云就其事業，自當謂立三有事之臣使就其事業，就緒之文蒙上三事，於義自見，何言王意亦當謂民得就業也。《爾雅·釋詁》："緒，事也。"然則就緒即就事，無能舉此文而決爲農之就事非官之就事也。《箋》既易三事爲三農之事，《正義》以《周禮》三農生九穀申之。然《周禮》止言三農，不畜三事，殆爲牽合也。

"王舒保作。"《傳》："舒，徐也。保，安也。"《正義》曰："舒，徐也。定本云'舒，序'，非也。"

焯案：《釋文》云："舒，序也。一本作：舒，徐也。"是陸氏以訓序爲正。阮氏《校勘記》云："考'舒，徐也'與《野有死麕傳》同，當以《正義》本爲長。"今謂訓舒爲敍，《說文》："敘，次第也。"經典敍皆通作序。本《釋詁》文。舒徐則有敍，其義亦相近，詩意或謂王軍循敍安行也。《正義》遽以定本作序焉非，似有未審。

"匪紹匪遊。"《傳》："匪紹匪遊，不敢繼以敖遊也。"《箋》云："紹，緩也。王舒安，謂軍行三十里，亦非解緩也，亦非敖遊也。"《正義》申《傳》曰："《釋詁》云：'紹，繼也。'以紹遊共爲一句，皆是不敢爲之，故云不敢繼以敖遊。"又申《箋》曰："匪紹匪游，各自言匪，每者一義，不得言繼以敖遊也，故讀之爲紹，訓之爲緩。"

焯案：汪氏《異義》云："鄭讀紹爲弨，故訓爲緩，然古人設文正不若是之拘，《吉日》'既伯既禱'，一事也而兩言既，亦將謂每者一義乎？"胡氏《後箋》云："詩中如'爰始爰謀'，謂於是始謀。'曰止曰時'，謂止居於是。似此文例甚多，皆非每者一義。毛公善讀經文，如'式夷式已'、'侯作侯祝'之類，皆以詩須四字成文，不得不用兩助字。準此推之，《江漢》之'匪安匪遊'、'匪安匪舒'兩句上二字皆言安，似非與匪遊、匪舒相對，即謂匪安於遊止，匪安於舒徐亦可。'匪疚匪棘'亦可謂非病之以急切之政。至此章'不留不處’，則《箋》云不久處於是，亦以留處連言，未嘗以各自言不、遂爲二義也。”

“徐方繹騷。”《傳》：“繹，陳。騷，動也。”《箋》云：“繹當作驛。徐國傳遽之驛見之，知王兵必克，馳走以相恐動。”《疏》申《傳》曰：“徐方斥候之使見其如此，乃陳説王之此威，往告以恐動之。”

焯案：《疏》用《箋》義述《傳》，似非《傳》意。胡氏《後箋》謂“經文僅一繹字，既爲傳遽，斥候之使即傳遽也。又爲陳説，無此文理。且徐國傳遽亦未必故自馳走以相恐動”。是也。又案《説文》：“繹，抽絲也。”即引繹繼續之謂。《傳》訓繹爲陳，陳與引申之申亦一語之變。詩云“徐方繹騷”者，謂淮夷既平，復以重兵臨徐方，徐方之人續相騷動耳。以徐方繼淮浦言，故云繹也。《箋》破繹爲驛，良以繹、驛古字通用，惟釋爲傳遽，則未合耳。

“如震如怒。”《箋》云：“王奮揚其威武，而震雷其聲，而勃怒其色。”《疏》云：“王乃奮揚其威武，其狀如天之震雷其聲，如人之勃怒其色。”

焯案：《釋文》云：“一本此兩如字皆作而。”據《箋》云而震雷其聲、而勃怒其色，是鄭所見本實作而字也。夏氏《讀詩劄記》云：“震怒非比況之詞，不得爲如，後人因上文‘如雷如霆’，《箋》云：‘如雷霆之恐怖人然。’下云‘如飛如翰’，《傳》云：‘疾如飛，摯如翰。’遂誤而作如，賴有《釋文》、《鄭箋》可以校正。”汪氏《異義》云：“如而古通用。此詩本即作如，於義仍當爲而。《疏》以如字申述，云如天之震雷其聲，説猶可通，云如人之勃怒其色，則不通矣。孔氏此解，失經及《箋》意。”

“鋪敦淮濆。”《傳》：“濆，涯。”《箋》云：“敦當作屯。陳屯其兵於淮水大防之上以臨敵。”《正義》曰：“鄭以敦訓爲厚，於義不協，故破之爲屯。毛無破字之理，必以爲厚，宜爲布陳敦厚之陣也。”

焯案《稽古編》云：“鋪敦，毛無《傳》。述毛者以鋪爲陳，敦爲厚，謂布陳敦厚之陣於淮濆。鄭讀敦爲屯，破字固不可從，述毛者亦費力。案《釋文》：‘鋪，《韓詩》作敷。云，大也。敦，《韓詩》云，迫也。’大迫淮濆，與濯征徐國文義相類，當是也。”胡氏《後箋》云：“《説文》濆下引《詩》‘敦彼淮濆’，與毛、韓文皆不同，或出《齊》《魯詩》。但既云敦彼，則必非訓厚可知。昭二十三年《左傳》‘敦陣整旅’，敦與整對，謂整頓也。《傳》意當謂陳頓其兵於淮水之涯，未必與鄭異也。”焯謂毛雖無破字之例，然敦古與屯同，其義當與鄭同。《漢書·禮樂志》：“車千乘，敦昆侖。”師古曰：“敦讀曰屯。”《地理志》“敦煌郡”，應劭曰：“敦音屯。”《文選·甘泉賦》“敦萬騎於中營兮”，李善注：“敦與屯同。”《離騷》“屯余車其千乘兮”，張衡《思玄賦》“屯騎羅而星布”，則字並作屯。是敦、屯古通用之證。韓詩訓迫，當謂屯兵淮濆之上而進迫徐方，其義亦無别。王肅雖嘗與鄭立異，但申毛訓敦爲厚，亦謂當厚集兵力於淮濆，與鄭義仍相通也。如《北門》“王事敦我”，毛訓敦爲厚，韓訓爲迫，鄭則謂猶投擲，蓋毛意謂王事厚集於我之身，韓謂王事逼迫我，鄭謂王事投擲於我一人之身，所釋之字雖異，而其義仍不異也。《正義》輒以毛、鄭異解，而陳氏謂此詩韓義爲優，胡氏則謂毛不得訓敦爲厚，皆由未能會通其義故爾。

“如飛如翰。”《傳》：“疾如飛，摯如翰。”《箋》云：“共行疾自發舉如鳥之飛也。翰，其中豪俊也。”《正義》曰：“疾如飛，如鳥飛也。摯如翰者，摯，擊也。翰是飛之疾者，言其擊物尤疾，如鳥之疾飛者。‘翰飛戾天’，飛翰爲一，此别言如，故爲二事也。”又云：“《箋》以《傳》太略，故申述之。鳥飛已是迅疾，翰又疾於飛，故云翰其中豪俊者，若鷹鸇之類摯擊衆鳥者也。故《傳》以爲摯如翰，謂其擊戰之時也。"

焯案：胡氏《後箋》云："《小苑》'宛彼鳴鳩，翰飛戾天'，《傳》訓翰爲高。《四月》'匪鶉匪鳶，翰飛戾天'，《箋》云：'翰，高。'此皆承上鳥名言之，故當爲高。此但云如翰，故《傳》以爲摯鳥。蓋如飛者，是言凡鳥之飛，如翰則於凡鳥之中比其尤摯者。《爾雅》、《説文》皆云：'翰，天雞。'《説文》又云：'一名鷐風。'鳥部'鸇，鷐風也'，《爾雅》及《秦風傳》皆云'晨風，鸇也'。則此《傳》所謂摯如翰者當即指此。《正義》以飛翰爲一，似不以爲鳥名。不知詩中本有此文例，《斯干》'如鳥斯革，如翬斯飛'，上句亦是通言凡鳥，下句則專指五色成章翬也。"

"濯征徐國。"《傳》："濯，大也。"《箋》云："既服淮浦矣，今又以大征徐國，言必勝也。"《正義》曰："此言'濯征徐國'，是既服淮浦之國，今又伐徐也。此篇與上篇事别，非召穆平淮夷之事。然則淮浦之國非淮夷也。"

焯案：此篇雖與《江漢》事别，然出師當屬同時。蓋宣王親征淮浦徐國，而别命召公平淮南之夷，故於江漢上命將遣衆也。《稽古編》云："《常武》詩紀淮北用兵之事，先及淮瀆，繼征徐國，蓋此時叛者非一國矣。《疏》謂淮浦之國非淮夷，殆未然。《禹貢》徐州有淮夷，《費誓》之淮夷與魯接壤，皆在淮北也。況《江漢疏》言淮南北皆有夷，何《常武疏》又言淮浦所伐非夷乎？意此時淮北之國徐爲大。宣王討叛，先治其小者，支黨既散，然後以兵臨徐，孤立無援，故不待痛而服，此用兵之次第也。《鄭箋》以爲既服淮浦，又大征徐國，得之。"

瞻卬

“舍爾介狄，維予胥忌。”《傳》：“狄，遠。忌，怨也。”《箋》云：“介，甲也。王舍女被甲夷狄來侵犯中國者，反與我相怨。”《正義》曰：“毛讀狄爲逖，故爲遠，則介當訓爲大。忌者相憎怨之言，故以忌爲怨也。王肅云：‘舍爾大道遠慮，反與我賢者怨乎?’”又申鄭曰：“以辭有與奪，意爲彼此，言‘維予胥忌’，是不當怨而怨，則‘舍爾介狄’者，是當怨而舍之也。且幽王荒淫惑亂，將至滅亡，兵在其頸，尚不知悟，安能復知大道遠慮？又大道遠慮非幽王之所有，何云舍汝乎?”

焯案：汪氏《異義》云：“幽王淫亂，大道遠慮誠非所知，然在刺王者則欲王知之也。況大道遠慮爲王者所當知，故曰舍爾。末章‘藐藐昊天，無不克鞏，無忝皇祖，式救爾後’，亦此意也。如孔氏言，則幽王何能有美德，兵在其頸而不知，而望之式救爾後乎？且唯責以舍所當知，故下曰‘維予胥忌’，見其舍大道遠謀，維與正人相憎怨也。《箋》謂舍夷狄之來侵犯，則止爲王之忘外患，憎怨正人，不當與之相計較，於下句維字似不相接。又《漸漸之石》爲將率東征，《苕之華》爲中國師旅並起，《何草不黄》刺用兵不息，幽王於夷狄侵犯，正未嘗舍，但無道無謀，故卒至滅亡，《傳》義爲是。”焯謂王肅申《傳》，以介狄爲大道遠慮，是也。大道遠慮本爲王所應有，舍之云者，言其舉應有者而舍之，非必舉已有者而舍之也。“維予胥忌”，即可見其舍爾介狄，何所謂大道遠慮非幽王之所有乎？若謂“辭有予奪，意爲彼此，維予胥忌，是不當怨而怨，則舍爾介狄者，是當怨而怨”，此於毛説何獨不然？舍爾大遠之謀，維予羣臣之怨，不當舍而舍，不當怨而怨，亦爲辭有予奪，意爲彼此，何明於鄭而闇於毛邪？《正義》釋《傳》則爲《傳》説，釋《箋》則爲《箋》説，亦其義例則然。然如此類，適所以形鄭之短，非所以爲説也。

“維共幾矣。”《傳》：“幾，危也。”《箋》云：“幾，近也。言災異譴告離人身近，愚者不能覺。”《正義》釋《傳》曰：“此言幾者，謂至人身而危。”又釋《箋》曰：“忠臣諫君，宜稱禍近爲切，故易《傳》。”

焯案：《傳》訓幾爲危，危即近義。《箋》訓近，義本申《傳》，非易《傳》也。《易》曰，“其殆庶幾”，是殆與危義皆可通於近也。《正義》釋危爲安危之危，其誤與《民勞》同。

召　旻

“我居圉卒荒。”《傳》：“圉，垂也。”《箋》云：“荒，虚也。國中至邊竟以此故盡空虚。”《正義》曰：“‘荒，虚’，《釋詁》文。某氏曰：‘《周禮》云，野荒民散則削之。’唯某氏之本有荒字耳，其諸家《爾雅》則無之。”

焯案：李氏《紬義》云：“《釋詁》云：‘漮，虚也。’《釋文》云：‘郭云，本或作荒，荒亦邱虚之空無。’今本《爾雅》郭注惟引《方言》云：‘漮之言空也，皆謂邱虚耳。’無‘本或作荒’四字。如《釋文》，是郭注《爾雅》本亦作荒，殆即某氏本矣。《易·泰卦》‘包荒’，《釋文》云：‘鄭讀爲康，云虚也。’然則荒、漮一字，非漮之外又有荒字。《正義》當云：‘唯某氏漮作荒也。’焯謂漮荒聲同字通。”《釋器》“康瓠謂之甈。”《釋文》：“康，《埤蒼》作甋。《字林》作㼛。”先從父季剛先生以此爲康荒聲同之證。是則《釋詁》之漮或作荒，臧庸、嚴元照皆謂荒即漮之異文，是矣。

“昏椓靡共。”《傳》：“椓，夭椓也。”《箋》云：“昏、椓皆奄人也。昏，其官名也。椓，椓毁陰者也。王遠賢者，而近任刑奄之人，無肯共其職事者。”《正義》曰：“《傳》意亦以椓爲去陰，但以《正月》云‘天夭是椓’，夭謂夭殺，椓謂椓破，夭椓文連，故並舉其類以曉人。”

焯案：《傳》訓椓爲夭椓，意指小人之殘害侵削者。《箋》則讀昏爲閽，讀椓爲“刖，劓、斀、黥”之斀，其意與《傳》異。《稽古編》云：“幽王時亂政小人，《詩》有尹氏，有皇父七子，《國語》有虢石父，皆非寺人，即史伯所云讒慝暗昧，頑童窮固，侏儒戚施，夭試幸措，亦非寺人也。其寺人僅有遭讒被刑，無可控訴，而作《巷伯》詩以鳴其不平者，其他閹官未必怙寵弄權可知。《疏》言《傳》意與《箋》合，愚以爲未必然也。”胡氏《後箋》云：“經文‘蟊賊内訌，昏椓靡共’二語正相承接，昏椓即内訌之實，謂其所以陷於内者，乃昏亂椓喪之事，皆潰潰然維邪是行，謀夷滅我王之國。《傳》於昏字無訓，而以椓爲夭椓，必非同《箋》意，謂昏椓皆奄人也。”

“我位孔貶。”《傳》：“貶，隊也。”《箋》云：“我王之位又甚隊矣，言見侵侮，政教不行，後犬戎伐之，而周與諸侯無異。”《正義》曰：“我王之位又甚貶退，言其卑微與諸侯無异也。”

焯案：《箋》言犬戎伐之，特據後事，見凡伯之言驗耳。《正義》則謂言其卑微與諸侯無異，一若當幽王之世已然。李黼平云：“幽王十年尚盟諸侯於太室，王師尚能伐申，何言與諸侯無異哉？”

“草不潰茂。”《傳》：“潰，遂也。”《箋》云：“潰茂之潰當作彙，彙，茂貌。”《正義》曰：“草之生當遂其生長之性，今言‘草不潰茂’，故以潰爲遂。”又申鄭曰：“潰茂連文，以潰爲遂，於義不安，故易《傳》，言潰當作彙。如《易·泰卦》‘拔茅以彙’之字，彙是茂盛之貌也。”

焯案：《邶風·谷風》“有洸有潰”《傳》云：“潰潰，怒也。”《小旻》“是用不潰于成”與此詩“草不潰茂”則云：“潰，遂也。”“潰潰回遹，無不潰止”又云：“潰，亂也。”此其義各有當。蓋潰有盛義，潰與僓同从貴聲。《説文》：僓，一曰長貌。僓聲又通倄，富也。通賑，富也。長與富皆與盛義近。故怒之盛者爲潰怒，遂之盜者爲潰遂，亂之盛者爲潰亂，皆一理也。《箋》易潰爲彙，蓋依三家《詩》爲説，與《傳》義實相成。《正義》乃謂傳"潰，遂"之訓於義不安，誤矣。

"如彼棲苴。"《傳》："苴，水中浮草也。"《箋》云："如樹上之棲苴。"《正義》釋《傳》曰："苴是草之枯槁逐水流者，故云苴，水中之浮草。如是，則棲爲浮義，謂棲息於水上也。"又釋《箋》曰："棲者居在木上之名，謂水上爲棲，理亦不愜，故以爲如樹上之棲苴。苴是草木之枯槁者，故在樹未落及已落爲水漂皆稱苴也。此經再云如者，言民如旱草，草又如苴。"

焯案：陳氏《傳疏》云："《傳》云水中浮草，但釋經苴字，不釋棲字。《箋》如樹上之棲苴，以申補《傳》。《楚辭·九章》'草苴比而不芳'，王注云：'生曰草，枯曰苴。'是其義。《正義》謂苴棲水上，棲有浮義，殊失《傳》恉。"今謂陳説是也。嘗見苴隨洪水漂流時，往往掛於岸旁樹間。吾鄉人嘗取苴爲薪，謂之浪苴。故經云棲苴，《傳》云水中浮草，而《箋》云樹上棲苴也。《正義》釋《傳》，謂棲爲浮義，釋《箋》謂在樹未落者亦稱苴，既昧《傳》義，復昧《箋》義矣。又詩再言如彼，自是同言民困，兩作喻辭。《正義》則請民如草，草又如苴，亦非詩旨。

"職兄斯引。"《傳》："兄，茲也。引，長也。"《正義》釋《傳》曰："《爾雅》之訓，況爲賜也。賜小人之物，使之益多，故以況爲滋。"

焯案：《説文》："兄，長也。"引申訓茲益。《常棣》"兄也永歎"，《傳》："兄，茲也。"《桑柔》"倉兄填兮"，《傳》："兄，滋也。"茲與滋同。凡云兄者，皆滋益之詞，陳氏《傳疏》。故又以爲賜。而其字通作貺、況。此經作兄，《正義》作況，乃易字以説之耳。惟兄字本訓滋益，非因以物賜小人始有斯義。《正義》乃云，賜小人之物使之益多，故以況爲滋，此則倒果爲因矣。

“不云自頻。”《傳》：“頻，厓也。”《箋》云：“頻當作濱。”《正義》曰：“以水厓之濱其字不應作頻，故破之也。《傳》作頻者，蓋以古多假借，或通用故也。”

焯案：頻，《説文》作頻，隸作瀕，省作頻。瀕與濱古今字。丁氏晏《毛鄭詩釋》云：“《采蘋》《北山傳》皆云：‘濱，厓也。’劉向《列女傳》引此詩作濱，與鄭君合。蓋漢人多用今文，故《箋》易作濱也。”李氏《紬義》云：“《釋文》載張揖《字詁》云：‘瀕，今濱。’則瀕是古文，濱是今文，《毛傳》自依古文，非關通假也。”

卷十四

周　頌

清廟之什

清　廟

《序》云："《清廟》，祀文王也。周公既成洛邑，朝諸侯，率以祀文王焉。"《箋》云："《清廟》者，祭有清明之德者之宫也，謂祭文王也。天德清明，文王象焉，故祭之而歌此詩也。"《正義》曰："賈逵《左傳注》云：'肅然清静，謂之清廟。'鄭以《書傳》説清廟之義，爲周公升歌文王之功烈德澤。説清廟而言功德，則清是功德之名，非清静之義，故不從賈説。"

焯案：胡氏《後箋》云："《尚書大傳》明云：'清廟升歌者，歌先人之功烈德澤，故欲其清，清者，欲其在位者偏聞之也。'此正以清静爲義，孔自讀書不審耳。"《正義》又曰："以其祀之得禮，詩人歌詠其事，而作此《清廟》之詩。"李氏《紬義》云："《書傳》云：'周公升歌文王之功烈德澤，苟在廟中嘗見文王者，愀然如復見文王。'是《箋》正本《書傳》爲説。如《正義》以爲祭後始作，則當日周公所升歌者又是何詩？如謂朝諸侯之年禮樂未作，無有升歌笙間之節，是此祭禮樂未備，萬事草創，又何足以歎美，而作詩以頌之乎？此非《箋》意。"

"秉文之德。"《傳》："執文德之人也。"《箋》云："皆執行文王之德。"

《正義》曰："經云'秉文之德'，謂多士執文王之德。故《傳》申其意，言此多士皆是執文德之人也。亦與《鄭》同。"

焯案：馬氏《通釋》云："昭三十二年《左傳》：'昔成王合諸侯城成周，以爲東都，崇文德焉。'《周語》：'昭顯文德。'又《詩》'文定厥祥'《傳》：'言大姒之有文德也。''告于文人'《傳》：'文人，文德之人也。'皆泛言文德。此《傳》謂多士皆執持文德，亦泛言有文德，與《箋》言皆執行文王之德異義。《正義》謂毛、鄭同，失之。"

"駿奔走在廟。"《傳》："駿，長也。"《箋》云："駿，大也。"《正義》釋《傳》曰："此奔走在廟非唯一時之事，乃百世長然，故言長也。"又釋《箋》曰："以詩人所歌，據其見事，非是逆探後世，不宜以駿爲長，故訓爲大，大者多而疾來之意。"

焯案：《釋詁》，駿訓大又訓長，大、長義同。《傳》訓長者，胡氏《後箋》謂："對下'無射'言之，以不厭是久長之事也。《箋》訓大，後人多從其説，亦義得兩通爾。"

維天之命

"於穆不已。"《傳》："孟仲子曰：'大哉天命之無極，而美周之禮也。'"《箋》云："命猶道也。天之道於乎美哉，動而不止，行而不已。"《正義》曰："《譜》云：子思論詩'於穆不已'，仲子曰'於穆不似'，此《傳》雖引仲子之言，而文無不似之義，蓋取其所説而不從其讀，故王肅述毛亦爲不已，與鄭同也。"

焯案：《傳》引孟仲子言天命無極，正以無極釋詩不已，而與子思言天道不息之義亦同。《譜》載仲子論詩爲於穆不似者，不似與不已義亦無異。胡氏《後箋》云："《説文》目从反巳，似从人目聲，故㠯、巳、似三字古通。《廣雅》：‘巳，似也。’《斯干箋》云：‘似讀如巳午之巳。’皆以字同，故雖異讀而無異義。《孔疏》謂文無不似之義，蓋疑不似乃別有解説，誤矣。”

“文王之德之純。”《傳》：“純，大。”《箋》云：“純亦不已也。”《正義》曰：“《箋》意言純亦不已，則不訓爲大，當謂德之純美無玷缺，而行之不止息也。”

焯案：《説文》：“奄，大也。”純與奄同。故《傳》訓大。《箋》“純亦不已”，依《中庸》言之。汪氏《異義》云：“鄭注《中庸》，引《易》‘君子慎德積小以高大’證‘純亦不已’之義。蓋純者全備之稱，德大者無不全，德全由於不息，《傳》、《箋》之解義本相通。”

“曾孫篤之。”《傳》：“成王能厚行之也。”《箋》云：“曾猶重也。自孫之子而下，事先祖皆稱曾孫，是言曾孫，欲使後三皆厚行之，非維今也。”《正義》曰：“《傳》以周公制禮，成王行之，乃是爲成王而作，故以《信南山》經《序》準之，以曾孫爲成王也。《箋》以告之時禮猶未成，不宜偏指一人，使之施用一代之法，當通之後王，故知曾孫之王非獨成王也。”

焯案：汪氏《異義》云：“上篇‘駿奔走在廟’，《傳》通及後世，《箋》專指當時。此經《傳》指成王，《箋》則通指後王，蓋由《傳》義而廣申之，意雖兩屬，義當互明。《疏》執此《傳》，斷毛以此篇爲成王即政之後事。申《箋》以爲禮猶未成，不宜偏指一人，説皆拘泥，未必得毛、鄭之意。”張汝霖云：“《疏》云‘禮猶未成，不宜偏指一人，使之施用一代之法’，然則禮若已成，便可偏指一人，使之施用一代之法乎？此泥説也。”

維清

《序》云："《維清》，奏《象武》也。"《箋》云："《象武》，象用兵時刺伐之舞，武王制焉。"《正義》曰："《維清》詩者，奏《象舞》之樂歌也。謂文王時有擊刺之法，武王作樂，象而爲舞，號其樂曰《象舞》。至周公、成王之時，用而奏之於廟。詩人以今太平由彼五伐，覩其奏而思其本，故述之而爲此歌焉。"

焯案：《序》云"《維清》，奏《象武》"者，胡氏承珙謂"成王、周公作《維清》之詩以爲《象舞》之節，歌以奏之"，是也。《正義》謂詩人覩奏《象舞》於廟，乃述爲此歌，則以《維清》非《象武》之樂章，誤矣。趙氏佑《詩細》云："孔氏説《周頌》，往往爲詩人述事之説，一若爲此事作，不必爲此事用者，最是其蔽。不知《頌》皆祭時正用樂章也。"焯謂孔子删詩，樂之見於《風》《雅》者，如《關雎》、《鹿鳴》皆樂也而皆存之，何獨於《頌》中反舍樂章之正詩，而取詩人述事之作乎？《正義》謂《周頌》三十一篇皆是詩人見周公、成王行此事而述爲此詩，必不然矣。《正義》又曰："《禮記·文王世子》《明堂位》《祭統》皆云'升歌《清廟》，下管《象》'，故《明堂位注》：'《象》謂《周頌武》也。'若是此篇，則與《清廟》俱是文王之事，不容一升一下。今《清廟》則升歌，《象》則下管，明有父子尊卑之異，故知下管《象》者謂《武》詩。"案《禮記·文王世子》諸篇之"升歌《清廟》，下管《象》"，鄭注皆以管《象》爲武王舞，謂即《周頌》之《武》。宋儒如劉氏敞、《七經小傳》。嚴氏粲《詩緝》。皆有辨正之説。胡氏《後箋》以爲"《記》文之下又别云'舞《大武》、舞《大夏》'，則所謂'下管《象》'者，非《大武》之詩，當即此文王之《象》。然則管《象》者，是以《維清》爲管詩，奏《象舞》者，是即以《維清》爲舞曲"。陳氏《傳疏》亦謂："《周頌》首三篇《清廟》、《維天之命》、《維清》皆文王詩。《周頌》之不用《維天之命》，猶《召南》之不用《草蟲》，論詩編樂，自有制度，則知《維清》即《象》。《象》爲文王樂、《維清》爲文王詩，昭然不疑。”此皆可駁正《記》注之誤。《正義》乃執以爲説，且云“《清廟》升歌，《象》則下管，明有父子尊卑之異”，此尤誤也。管幹貞《誦詩一隅》云：“燕禮‘升歌《鹿鳴》，下管《新宫》’，《新宫》雖亡，未見其卑於《鹿鳴》。《鄉飲酒》：工歌《鹿鳴》之三，笙入《南陔》之三，歌皆在堂上，笙與管皆在堂下，非必《鹿鳴》尊而《南陔》卑也。”莊述祖《周頌口義》云：“歌者在堂，舞者在庭，故曰升歌下管。其升歌也，不以鐘鼓竽笙之聲亂人聲。其下管也，《維清》奏《象武》，《武》奏《大武》，以管播其聲於堂下，是以一升一下，又何疑於《象》非文王之事乎？”馬氏《通釋》云：“《仲尼燕居》曰：‘升歌《清廟》，示德也。下而管《象》，示事也。’《白虎通》曰：‘歌在堂上，舞在堂下，歌者象德，舞者象功，君子尚德而下功也。’《清廟象舞》雖俱是文王之樂，《清廟》以人歌之，故宜升。《象舞》以管奏而舞之，故宜下。《正義》謂不容一升一下，失其義矣。”

烈　文

“烈文辟公。”《傳》：“烈，光也。”《箋》云：“光文百辟卿士及天下諸侯者。”《正義》曰：“《月令》云百辟，是卿士之總稱。此詩辟公下有爾邦百辟，則辟當下百辟，公當下爾邦，故分辟公爲二。”

焯案：胡氏《後箋》云：“此詩與《載見》皆云‘烈文辟公’，《序》則祇言諸侯，不及卿士。《雝》‘相維辟公’，包注《論語》‘辟公謂諸侯及二王之後’，《邢疏》謂與毛同。《傳》以辟公唯指諸侯。《箋》於諸言辟公，皆分卿士與諸侯，此《疏》遂曲爲申説。然《假樂》云‘百辟卿士’，《箋》以百辟爲畿内諸侯，卿士爲卿之有事。彼《疏》謂‘百辟卿士文相對，故分之爲二，《烈文》唯有百辟，無卿士之文，則百辟兼卿士’，然則同一百辟，忽兼卿士，忽不兼卿士，未免自亂其例矣。”

“無封靡于爾邦。”《傳》：“封，大。靡，累也。”《箋》云：“無大累於女國，謂諸侯治國無罪惡也。”《正義》曰：“靡謂侈靡，奢侈淫靡是罪累之事，故靡爲累也。”

焯案：靡與縻通用字。累爲纍之省。胡氏《後箋》云：“《莊子·胠篋》篇：‘伍員靡。’《釋文》引司馬注：‘靡，縻也。’《説文》：‘縻，牛轡也。纍，綴得理也。一曰，大索也。’蓋靡、纍皆有繫綴之義，引申之爲羈縻、爲罪纍，故《傳》訓靡爲累。《疏》以‘靡爲侈靡，侈靡是罪累’，增字成義，失《傳》、《箋》之旨。《白虎通義·誅伐》篇曰：‘詩云，毋封靡于爾邦，惟王其崇之，此言追誅大罪也。或盜天子土地，自立爲諸侯，絶之而已。’此以封靡爲大罪，正與毛、鄭義同。”

天　作

“岐有夷之行。”《傳》：“夷，易也。”《箋》云：“又以岐邦之君有佼易之道故也。《易》曰：‘乾以易知，坤以簡能。易則易知，簡則易從。易知則有親，易從則有功。有親則可久，有功則可大。可久則賢人之德，可大則賢人之業。’以此訂大王、文王之道，卓爾與天地合其德。”《正義》曰：“有佼易之道者，謂此君其性佼健和易。”

焯案：《易緯乾鑿度》云：“易者以言其德也，通精無門，藏神無内，光明四通，佼易立節。”注云：“佼易無爲，故天下之性莫不自得，佼易者，寂然無爲之謂也。”其以佼易爲寂然無爲，與《箋》引《繫辭》易簡諸語證佼易之義大同。《正義》以佼爲佼健，蓋誤以佼與狡同。《鄭風狡童傳》謂昭公有壯狡之志，故於此申《箋》以佼爲佼健也。又案《韓詩外傳》三引《傳》曰：“易簡而天下之理得矣。”又曰：“忠易爲禮，誠易爲辭，賢人易爲民，工巧易爲材。”即引此詩。是則鄭居佼易之義，得《韓詩》之説又可證矣。

昊天有成命

《序》云："《昊天有成命》，郊祀天地也。"《正義》曰："《昊天有成命》詩者，郊祀天地之樂歌也。謂於南郊祀所感之天神，於北郊祭神州之地祇也。此二者雖南北有異，祭俱在郊，故總言郊祀也。《春官》大司樂職曰：'冬日至於地上之圜丘祀天神，夏日至於澤中之方丘祭地祇。'彼以二至之日祭之於丘，不在於郊，此言郊祀，必非彼也。"

焯案：吕氏《詩記》載蘇氏説，謂"郊爲冬至祭昊天於圜丘，夏至祭地祇於方澤"，與《正義》之言正相反，然蘇氏之説是也。清儒如金氏榜、厲氏鶚皆於此義辨之甚晰。而胡氏《後箋》、陳氏《傳疏》、曾氏釗《詩毛鄭異同辨》皆有駁正《正義》之説。《後箋》云："《疏》蓋因《箋》釋《昊天有成命》言周自后稷之生而已有王命，故主此詩爲祀天南郊、祭地北郊以后稷配之，與冬至圜丘、夏至方丘以后稷配者異。然《大宗伯》'以禋祀祀昊天上帝'，注謂：'昊天上帝，冬至於圜丘所祀天皇大帝。'又'以蒼璧禮天'注云：'此禮天以冬至，謂天皇大帝在北極者也。'此詩首言昊天，安知其非冬至圜丘之祭。《孔疏》又過泥《鄭注》，謂圜丘必不可稱郊，亦非是。《祭法》以禘與郊對，又禘在郊上，故鄭以禘爲圜丘祀天，郊爲南郊祀天，若散文則圜丘亦可稱郊。諸書惟《周禮》有圜丘之名，其他經傳言郊者未必皆指夏正南郊，絶不及冬至圜丘之祭也。《周禮》爲制度而言，故但稱圜丘方丘而不及郊，以其祭本不名郊也。以丘亦在郊，故通謂之郊耳。"陳《疏》云："詩言昊天，即所謂昊天上帝。《序》言天地，即所謂'祀天圜丘，祀地方丘'。若如孔説，則是周人於南北郊既歌《思文》，又歌《昊天有成命》，而於圜丘方丘兩大祭無詩，無是理也。"曾氏釗云："《史記・封禪書》引《周官》曰：'冬日至，祀天於南郊，迎長日之至。夏日至，祭地祇，皆用樂舞，而神乃可得而禮也。'彼以南郊釋圜丘，則圜丘與郊同地可知，特南郊之祀有夏正與冬至之别而已，非圜丘之祀必不可言郊也。《正義》以爲二至之日祭於丘不在於郊，失之。”

“成王不敢康。”《箋》云：“文王、武王受其業，施行道德，成此王功，不敢自安逸。”《正義》引《周語》而斷之曰：“此詩作在成王之初，非是崩後，不得稱成之謚。所言成王，有涉成王之嫌。韋昭云：‘謂文、武脩己自勤，成其王功，非謂周成王身也。鄭、賈、唐説皆然。’是時人有疑是成王身者，故辨之也。”

焯案：詩言成王，宜實指成王之身言之。猶子思所謂文王之所以爲文者爾。既非如《箋》所解，以爲文王、武王成此王功，亦非身後謚號，如朱子説，疑爲祀成王之詩也。《正義》既曲依《箋》義，復引《國語》韋注佐成其説，非也。清儒説此詩者，如李氏光地、黄氏中松、李氏黼平、趙氏佑、丁氏晏、夏氏炘、馬氏瑞辰諸人皆謂成王爲生時之稱，而馬氏説尤爲詳備。《通釋》云：“《周語》引此詩，韋昭注與《箋》同。但考叔向説是詩曰：‘是道成王之德也。成王能明文昭、能定武烈者也。’二后指文武，則成王自指周成王無疑。頌作於成王之時，成王猶《召南》詩稱平王，象其德而稱頌之，非謚也。叔向曰，‘夫道成命而稱昊天，翼其上也。二后受之，讓於德也’。蓋謂成王不自謂能受天命，而曰文、武受之，故以爲讓於德。若不指周成王，則二后受之，何謂讓於德乎？《賈子禮容》篇釋此詩曰：‘二后，文王、武王，成王者，文王之孫，武王之子也。文王有大德而功未就，武王有大功而治未成，及成王承嗣，仁以臨民，故稱昊天焉。蚤興夜寐，以繼文、武之業，懿然葆德，各遵其道，故曰有成。’是賈子亦以詩成王指周成王身矣。吕氏《慎大覽》曰：‘文王造之而未遂，武王遂之而未成，周公旦抱少主而成之，故曰成王。’《史記》：‘周公謂伯禽曰，我文王之子，武王之弟，成王之叔父。’成王蓋時臣美其德，生有此號。《酒誥釋文》載馬融注引或曰：‘以成王爲少成二聖之功，生號曰成王，没因爲謚。’其説是也。《尚書大傳》：'奄君蒲姑謂禄父曰：武王已死矣。成王尚幼矣。'成王惟生有此號，故《周頌》作於成王在位時得稱成王耳。"又近人王國維《遹敦跋》云："周初諸王若文、武、成、康、昭、穆皆號而非謚也。殷人卜辭中有文祖丁、即文丁。武祖乙、即武乙。康祖丁，即庚丁。《周書》亦稱天乙爲成湯，則文武成康之爲美名，古矣。此美名者，生稱之，死亦稱之。内府藏獻侯鼊尊，其銘曰：'惟成王大□在宗周，王賫獻侯鼊貝用作丁侯寶尊彝。'是爲生稱成王之證。"姚永概亦云："《史記》：'湯曰：吾甚武，因自號曰武王。'楚熊通自立爲武王。皆生前之號。推此而言，則詩之成王又何疑乎？"

我　將

《序》云："《我將》，祀文王於明堂也。"《正義》曰："《祭法》云：'祖文王而宗武王。'則明堂之祀，武王亦配之矣。此唯言祀文王者，詩人雖因祀明堂而作，其辭主説文王，故《序》達其意，唯言文王耳。郊天之祭，祭天而以后稷配也。《昊天有成命》指説天之命周，辭不及稷，《思文》唯言后稷有德，不述天功，皆作者之心有異。《序》亦順經爲辭，此之類也。"

焯案：《祭法》云祖文宗武，與此《序》云祀文王者有異。陳氏《傳疏》云："《我將》文王配天，是周公攝政五年治雒中事。其時宗文王，不宗武王，故詩但歌文王，即《孝經》所謂嚴父配天也。《魯語》展禽對臧文仲'祖文王而宗武王'，韋昭注：'此與《孝經》異。'是也。蓋周公初宗文王，後更祖文王而宗武王爾。"今謂陳説是也。《正義》謂詩主説文王，實則兼祀武王，《序》者特順經爲辭，此殊不然。胡氏《後箋》云："《天作》經文無先公，而《序》言祀先王、先公，《昊天有成命》經文無地，而《序》言郊祀天地，如果此詩有武王配帝，《序》當言祀文、武於明堂矣。"

“維羊維牛，維天其右之。”《箋》云：“我奉養我享祭之羊牛皆充盛肥腯，有天氣之力助，言神饗其德而右助之。”《正義》曰：“維天佑之，當是佑助於人而已。爲佑助牛羊者，以下句乃云‘既佑饗之’，則此未是佑人，文連牛羊，知是佑助牛羊。”

焯案：汪氏《異義》云：“《箋》釋右之，雖云牛羊充盛有天之助，然下云‘言神饗其德而右助之’，則右謂右助人。《疏》引《左傳》述之曰，‘言善於治民，故畜産無疾，天之助人，唯德是與’，是也。又謂‘文連牛羊，是右助牛羊’，則泥矣。”

“日靖四方。”《傳》：“靖，謀也。”《箋》云：“靖，治也。”《正義》曰：“以此能治四方，所以蒙佑，不宜爲謀之，故以靖爲治。”

焯案：《釋詁》，靖訓謀又訓治。《小雅·菀柳》“俾予靖之”，《傳》：“靖，治也。”《箋》：“靖，謀也。”此詩《傳》訓謀，《箋》則訓治，蓋謀與治二義大同，以治之亦必謀之。謀爲經紀庶務，非機變之謂。《正義》謂以此能治四方，不宜爲謀之，申《箋》而實違《箋》意也。

時　邁

《序》云：“《時邁》，巡守告祭柴望也。”《箋》引《書》曰：“歲二月東巡守，至于岱宗，柴。望秩于山川，徧于羣神。”《正義》曰：“‘徧于羣神’一句，於《堯典》乃在上文‘正月上日受終于文祖’之時，於二月巡守之下唯有‘柴，望秩于山川’而已，不言‘徧于羣神’，此一句衍字也。”

焯案：段玉裁《古文尚書撰異》云：“司馬彪《續漢祭祀志》載光武封太山刻石文亦有此四字。經言秩，則包攝‘徧于羣神’在內。鄭注云‘徧以尊卑次秩祭之’是也。鄭以經文前後詳略互見，故引之如此，《正義》非是。”焯謂光武封禪刻石“望秩于山川”下有“班于羣神”句，而此箋適與之同。或謂鄭所據爲《今文尚書》，是也。《正義》以此句爲衍，殆未審今文與古文有異耳。

“肆于時夏。”《傳》：“夏，大也。”《箋》云：“我武王求有美德之士而任用之，故陳其功於是夏而歌之。樂歌大者稱夏。”《正義》曰：“以夏者大也，樂歌之大者稱夏也。”

焯案：以夏爲樂歌之大，自是《箋》義，《傳》意未必然。《正義》同毛於鄭，恐非。馬氏《通釋》云：“先儒同訓夏爲大，而言大之義不一。宣十二年《左傳》引此詩‘載戢干戈’五句，《杜注》：‘肆，遂也。夏，大也。言武王既息兵，又能求美德，故遂大而信王保天下。’《正義》曰：‘遂大謂功業遂大。’此以大爲功業大也。《周禮》鐘師注引呂叔玉解此詩‘肆于時夏’曰：‘肆，遂也。夏，大也。言遂於大位，謂三位也。’此以大爲位大也。《鄭箋》：‘樂歌大者稱夏。’此以夏爲樂歌之大也。朱子《集傳》云：‘夏，中國也。言求懿美之德以布陳於中國。’此以夏爲諸夏之大也。今按《左傳》引詩‘肆于時夏，允王保之’以證武德之保大，詩‘肆于時夏’承‘我求懿德’言之，夏之爲大，當指德大。肆，遂也。時猶是也。言其德遂於是大也。”焯謂馬説本之李黼平，然未必即得詩意。李氏《集解》釋此詩爲“求文德陳之中國”，朱子《詩集傳》因之。胡氏《後箋》亦謂：“以《思文》‘陳常于時夏’證之，彼云陳，則此肆自當訓陳。彼上云‘無此疆爾界’，下云‘陳常于時夏’，則夏似當爲諸夏之夏。”今謂此解郅確。余前撰《鄭箋平議》，主呂叔玉及《左傳正義》説，兹不復持前議矣。

執　競

“不顯成康。”《傳》：“不顯乎其成大功而安之也。顯，光也。”《箋》云：“不顯乎其成安祖考之道，言其又顯也。”《正義》申《傳》曰：“大功謂伐紂也。安之謂安祖考也。武王祖考其心冀成王業，王業未就，心皆不安。武王既伐紂，是成大功安祖考，故云成大功而安之，其意與鄭同。”

焯案：嚴氏《詩緝》釋此詩爲成王業而安天下，宜典《傳》義合。《傳》初無成安祖考之意，《正義》謂毛與鄭同，恐非。又《箋》意不過云武王既伐紂定天下，有以安祖考之心。《正義》云云，實爲贅義。《孟子》論大王曰：“君子創業垂統，爲可繼也，若夫成功則天也。”是則武王祖考何嘗早冀王業之成乎？

臣工之什

臣工

“嗟嗟保介。”《箋》云：“保介，車右也。《月令》：‘孟春天子親載耒耜，措之于參保介之御間。’介，甲也。車右，勇力之士，被甲執兵也。”《正義》於章首述經曰：“此周公、成王於祭之末將遣諸侯，不直戒其身，爲其太斥，故戒其卿大夫及車右以警切之。”

焯案：胡氏《後箋》云：“此詩爲廟遣諸侯，不忘農事，以保介預於勸農，故託以爲詞。非如《正義》之説，不戒諸侯，爲其太斥。《烈文》‘無封靡于爾邦’即直戒諸侯，固未嘗以爲太斥也。”

“庤乃錢鎛。”《傳》：“庤，異。錢，銚。鎛，鎒。”《正義》曰：“《説文》云：‘錢銚，古田器。’《世本》云：‘垂作銚。’宋仲子注云：‘銚，刈也。’然則銚刈物之器也。”

焯案：汪氏《異義》云：“《疏》釋鎛與銍甚詳，而釋銚之説未明。

今案《釋器》云：‘斛吐彫切。謂之疀。’音插。郭《注》云：‘皆古鍬鍤字。’《釋名》云：‘鍤，插也。插地起土也。或曰銷。銷，削也。能有所穿削也。或曰鏵。鏵，刳也。刳地爲坎也。’《説文》云：‘疀，斛也。古田器。斛，一曰利也。《爾雅》曰：斛謂之疀。古田器也。’銚即斛，銚用於耕，鎒以芸苗，銍以穫禾，故農必有此三器。《莊子·外物》篇曰：‘春雨日時，草木怒生，銚鎒於是乎始脩。’‘庤乃錢鎛’之謂也。”

噫　嘻

“噫嘻成王。”《傳》：“噫，歎也。嘻，和也。成王，成是王事也。”《箋》云：“噫嘻，有所多大之聲也。噫嘻乎能成周王之功。”《疏》云：“毛以爲成是王事之王，謂周公、成王也。”又曰：“此噫嘻猶上篇云嗟嗟耳。毛以上篇重農，嗟嗟而勑保介，此文類之，明亦噫嘻而勑之。”

焯案：詩言成王，即指成王之身。《孔疏》篤守《箋》説，又以周公居攝六年致太平，故兼周公言之，實非詩義也。又上篇“嗟嗟臣工”，嗟嗟在臣工之上，故毛以爲勑之之詞。此則噫嘻之文在成王之上，若亦以爲勑，則彼勑臣工保介，此豈可勑王乎？若謂成王事者嗟歎而有所戒勑，則經文當云成王噫嘻矣。胡承珙説。此未得經《傳》意，而漫爲之説也。

“率時農夫。”《箋》云：“又能率是主田之吏農夫。”《疏》云：“毛以爲率是典田之官，令之教民耕田。”又申《箋》曰：“知農夫是主田之吏者，以文承成王之下，則是王者率之。若田農之夫非王所親率，故知農夫是主田之吏也。”

焯案：《爾雅·釋言》：“畯，農夫也。”孫炎曰：“農夫，田官也。”故此《箋》以農夫爲主田之吏。然《甫田》“食我農夫”，《傳》云

"農夫食陳"，而"農夫之慶"、"農夫克敏"及此農夫皆不發《傳》，則《傳》意農夫與田吏別。馬瑞辰云："以此詩農夫即農人，於下文'駿發爾私'文氣尤順。"李黼平曰："《周語》：'王耕一墢，班三之，庶民終于千畝。'庶民即農夫，何言田農之夫非王所率。《孔疏》以《箋》義爲《傳》義，失之。"

振　鷺

《序》云："《振鷺》，二王之後來助祭也。"《箋》云："二王，夏、殷也。其後，杞也，宋也。"《正義》曰："如《樂記》之文，武王始封夏後於杞。而《漢書》酈食其説漢王曰，昔湯伐桀，封其後於杞，武王伐紂，封其後於宋者，主言夏、殷之滅其後得封耳。以伐夏者湯，克殷者武，故繫而言之。其意不言湯即封杞，武即封宋也。"

焯案：馬氏《通釋》云："《大戴禮·少閒》篇曰：'成湯乃遷姒姓於杞。'《列子》'殷敬順'《釋文》引《世本》曰：湯封夏於杞，周又封之。均與酈食其言湯伐桀封杞合。是夏之封杞，實始於湯，紂時或已中絶，武王復以杞封之。故《漢書·梅福傳》云：'武王克殷，未下車，存五帝之後，封殷於宋，紹夏於杞。'正以宋是肇封，故言封；杞是繼絶，故言紹。《正義》謂武王始封於杞，且謂酈食其不言湯即封杞，失之。"

"亦有斯容。"《箋》云："興者喻杞、宋之君有絜白之德，來助祭於周之廟，得禮之宜也。其至止亦有此容，言威儀之善如鷺然。"《正義》曰："以鷺鳥之白興容之威儀。所云絜白之德，即鷺鳥之容也。"又曰："言威儀之善如鷺然，正謂絜白之德也。"

焯案：李氏《紬義》云："德性在内，威儀在外，《箋》分兩層。鷺鳥白，故以喻德行。鷺飛行有序，而《陳風》'植其鷺羽'，舞者持以爲翳，是其羽又可用爲儀，故《箋》言威儀之善如鷺然，非以威儀爲絜白也。”

豐　年

《序》云：“《豐年》，秋冬報也。”《箋》云：“報者，謂嘗也，烝也。”《正義》曰：“經言‘烝畀祖妣’，則是祭於宗廟。但作者主美其報，故不言祀廟耳。不言祈而言報者，所以追養繼孝，義不祈於父祖，至秋冬物成，以爲鬼神之助，故歸功而稱報，亦孝子之情也。作者見其然，而主意於報，故此《序》特言報耳。其餘則不然，故《那》與《烈祖》實爲烝嘗，而《序》稱爲祀，以義不取於報故也。其天地社稷之神，雖則常祭，謂之祈報，故《噫嘻》、《載芟》、《良耜》之等與宗廟異也。”

焯案：此《序》及《傳》皆不明言所報之神。《正義》申《箋》以爲詩言“烝畀祖妣”，則是祭於祖廟。宋以後諸儒多非之，然其説又各不同。王介甫以爲祭上帝，然范氏《補傳》謂考之祀典，上帝有祈而無報。朱子謂是祭田祖先農方社之屬。而胡氏承珙謂報祭正歌《良耜》，不當又用《豐年》。故與陳氏奂皆主曹放齋説，以爲季秋大饗明堂，秋祭四方，冬祭八蜡，天地百神無所不報，而同歌是詩，故不言其所祭。而汪氏龍、顧氏廣譽則主蘇子由説，謂爲秋祭四方，冬祭八蜡。要之以曹氏説爲得《序》意。若《正義》以爲祭祖廟，則終不可通。胡氏《後箋》駁之云：“《載芟》祈社稷亦有‘烝畀祖妣’之文，安見非廟祀即不可言祖妣邪？至《那》與《烈祖》，經有烝嘗，義反不取於報，此經無烝嘗，而祭又主於報，豈周人歸功祖父，有孝子之情，而殷人獨不然乎？是其説之多窒礙也。”

“亦有高廩。”《傳》：“廩所以藏齍盛之穗也。”《箋》云：“亦，大也。”《正義》曰：“《禹貢》‘百里賦納總’，即禾稼也。‘二百里納銍’，即穗也。禾稼當積而貯之，不在倉廩，其穗當在廩藏之，故言藏齍盛之穗。”

焯案：莊氏《周頌口義》云："穗當爲委，穗委聲近而訛。《春秋公羊傳》曰：'御廪者何？粢盛委之所藏也。'何休注云：'委，積也。'《穀梁傳》曰：'甸粟而内之三宫，三宫米而藏之御廪。'廪人注云：'藏米曰廪。'《明堂位》：'米廪，有虞氏之庠。'注云：'虞帝上孝，今藏粢盛之委焉。'彼《疏》亦言委積，此疏就誤文釋之，以爲禾穗，且引《禹貢》'納總納銍'，皆非也。"今謂莊説郅確。據所引《公》、《穀》及廪人、《明堂位》諸文，皆廪爲藏米之明證。蓋粢盛即米，不得言穗也。陳氏奂疑高廪爲露積。然露積爲庾，非高廪之謂。《説文》："亩，穀所振入，宗廟粢盛倉黄亩而取之。從人回，象屋形，中有户牖。"據此，是廪之所藏，非爲露積矣。

有　瞽

《序》云："《有瞽》，始作樂而合乎祖也。"《箋》云："王者治定制禮，功成作樂，合者，大合諸樂而奏之。"《正義》曰："大合諸樂而奏之，謂合諸樂器一時奏之，即經所云鞉磬柷圉簫管之屬是也。知不合諸異代樂者，以序者序經之所陳，止説周之樂器，言既備乃奏，是諸器備集，然後奏之，無他代之樂，故知非合諸異代樂也。"

焯案：汪氏《異義》云："《箋》言大合樂，不言大合樂器。《正義》蓋見《箋》釋'既備乃奏'，謂既備者，縣也，崠也，皆畢已也；爲止説樂器，故云然。然經既備自爲樂器，《序》合乎祖自爲合樂也。"李氏《紬義》云："凡樂有器，一器不備不可成樂，器不待合，而自無不合者也。柷圉鞉磬見《虞書》、《商頌》，夏筍虡殷崇牙見《明堂位》，亦不可謂無他代樂器也。"今謂二説是也。惟陳啓源駁《正義》謂合乎祖是以《太武》與六代之樂合奏之，不止周樂，此則未是。蓋《序》言始作樂，自專言周樂。而《箋》言合諸樂，亦非兼他代之樂。胡氏《後箋》云："經云'在周之庭'，《傳》云'縣鼓，周鼓'，正以見其皆爲周樂，不必合諸異代。況功成作樂，未必止《大武》一樂。《箋》云大合諸樂，與《獨斷》云始作樂、合諸樂而奏之語同。《獨斷》於《周頌》三十一篇皆云某事所歌，可見自《清廟》以下皆周初所作樂章，合樂者即合此諸樂也。"

"應田縣鼓。"《傳》："應，小鞞也。田，大鼓也。縣鼓，周鼓也。"《箋》云："田當作朄，朄，小鼓，在大鼓旁，應鞞之屬也。聲轉字誤，變而作田。"《正義》曰："朄字以柬爲聲，聲既轉，去柬唯有申在，申字又誤去其上下，故變作田也。"

焯案：陳氏《傳疏》謂鄭注《周禮》、《禮記》，郭注《爾雅》，並引詩作"應朄縣鼓"，當本三家《詩》説。是知《箋》説固有所本。但其云聲轉字誤變而作田，恐未必然。若《正義》申《箋》之説，則又未得《箋》意。馬氏《通釋》云："朄，《説文》作𪔂，云：'擊小鼓引樂聲也。從申，柬聲。'今案《周禮》大師鄭衆注：'朄，小鼓也。小鼓爲大鼓先引，故曰朄，朄讀爲道引之引。'《説文》：'𡕥，引也。'申、引字同部，則朄應从申聲，朄从申聲，與田字亦同部通用。朄通作田，猶陳轉作田，故《箋》云聲轉字誤，變而爲田也。"

潛

《序》云："潛，季冬薦魚，春獻鮪也。"《箋》云："冬魚之性定，春鮪新來，薦獻之者，謂於宗廟也。"《正義》曰："冬言季冬，春亦季春也。《月令》：'季春薦鮪于寢廟。'是薦鮪在季春也。不言季者，以季春鮪魚新來，正月未有鮪，言春則季可知，且文承季冬之下，從而略之也。"

焯案：《周禮·天官》𩞁人第云"春獻王鮪"，《月令》雖言"季春薦鮪"，而《夏小正》則言"二月祭鮪"，《傳》云："鮪者魚之先至者也，而其至有時。"據此，則《序》云春獻鮪，不必定是季春，特時其新來而行之耳。《正義》謂《序》言春則季可知，蓋過泥《月令》之文也。

“猗與漆、沮。”《傳》：“漆、沮，岐周之二水也。”《正義》曰：“漆、沮自豳歷岐周以至豐、鎬，以其薦獻所取，不宜遠於京邑，故不言豳。言岐周者，鎬京去岐不遠，故繫而言之，其實此爲潛之處當近京邑。”

焯案：李氏《紬義》謂：“鎬京去岐三百餘里，不可謂不遠。《傳》言岐周，明此爲成王六年蒐于岐陽薦獻先王别廟之詩，乃是就地取魚，故經表以漆、沮。”胡氏《後箋》則云：“周公制禮，合萬國之歡心以事其先王，則祭時備物，四海九州之美皆具，何必以漆、沮非近京爲疑。況岐周爲興王之地，取其所有而薦之，示不忘本，亦思其所嗜之意。原注：此彭執中説。經言漆、沮，《傳》言岐周，皆指其實，非以鎬，岐相近繫而言之也。”今謂《後箋》説較得其實。

“潛有多魚。”《傳》：“潛，糝也。”《正義》曰：“《釋器》云：‘槮謂之涔。’李巡曰：‘今以木投水中養魚曰涔。’孫炎曰：‘積柴養魚曰槮。’郭璞曰：‘今之作槮者，聚積柴木於水中，魚得寒，入其裹藏隱，因以簿圍捕取之。’槮字諸家本作米邊，《爾雅》作木邊，積柴之義也。然則槮用木不用米，當從木爲正也。”

焯案：《釋文》云：“糝，素感反。舊《詩傳》及《爾雅》本並作米旁參。《小爾雅》云：‘魚之所息謂之㯀，㯀，槮也。’謂積柴水中，令魚依之止息，因而取之也。郭景純因改《爾雅》從《小爾雅》作木旁參，音霜甚反。《字林》作罧，音山沁反，義同。”阮氏《校勘記》據此，因謂：“槮字特郭璞所改，不可轉依以改《詩傳》，當以《釋文》本作糝爲長。”胡氏《後箋》則謂：“‘槮謂之涔’，《爾雅》列於《釋器》，積柴之訓，義本李、孫，非郭所改，特罧爲正字，槮爲借字耳。若糝之從米，釋爲以米投水中養魚，《御覽資産》十四引舍人語。則不得爲器，恐是望文生義。”今謂諸説皆有所偏主，惟先從父季剛先生云：“投米積木二義皆通。其書積木者，《説文》：‘栫，以柴木雝水也。’《廣雅》：‘涔，栫也。’郭景純《江賦》：‘栫澱爲涔。’此皆積木之義，亦本於古。其實涔、潛、槮、罧、糝、栫聲皆相轉，即義皆可通，不必從米獨是，從木獨非。此等但宜分疏各説，而不必有所取舍，有所取舍則固矣。”

雝

《序》云：“《雝》，禘大祖也。”《箋》云：“禘，大祭也。大於四時而小於祫。大祖謂文王。”《正義》曰：“知大祖謂文王者，以經云‘假哉皇考’，又言‘文武維后’，是此皇考爲天下之人后，明非后稷，若是后稷，則身非天子，不得言維后也。大祖謂祖之大者，既非后稷，明知謂文王也。”

焯案：吕氏《詩記》引長樂劉氏語，謂“大祖即后稷”。清世諸儒多同其説。謂毛於此雖無明文，其意必不與鄭同，《正義》以《序》、《傳》悉同於《箋》，恐非。李氏《紬義》云：“按《釋詁》：‘皇、王、后、辟、公、侯，君也。’君兼天子諸侯，未嘗專屬天子。且從來稱稷者不皆曰后稷乎？成王時五廟，后稷爲大祖廟，大王、王季、文王、武王爲四親廟，不聞廢后稷而立文王爲大祖廟也。以《序》之大祖、經之皇考爲文王，自是《箋》義，《序》、《傳》不必然也。”

“亦右文母。”《傳》：“文母，大姒也。”《箋》云：“子孫所以得考壽與多福者，乃以見右助於光明之考與文德之母，歸美焉。”《正義》曰：“文母繼文言之，雖大姒自有文德，亦因文王而稱之也。”

焯案：《經義述聞》云：“文母爲文德之母，不因文王而稱之也。《列女傳》：‘大姒號曰文母。’然則文母之稱，專美大姒之文德明矣。

《漢元后傳》：‘大皇大后當爲新室文母大皇大后。’《後漢·鄧騭傳》：‘伏惟和熹皇后聖善之德爲漢文母。’又《漢書·杜鄴傳》：‘雖有文母之德，必繫於子。’顏注：‘文母，文王之妃大姒也。’皆本《周頌》爲義。”

載　見

“曰求厥章。”《箋》云：“曰求其章者，求車服禮儀之文章制度也。”《正義》曰：“諸侯謹慎奉法，即是自求其章。”

焯案：李氏《集解》謂“此詩爲新君即位，諸侯來朝，求新法度文章”，《虞東學詩》謂“猶今言請訓”。其説皆是。《墨子·尚同》中篇云：“《周頌》道之曰：‘載來見彼王，聿求厥章。’則此語古者國君諸侯之以春秋來朝聘天子之廷，受天子之嚴教，退而治國，政之所加，莫敢不賓。當此之時，本無有敢紛天子之教者。”此釋“求厥章”爲受天子嚴教，李、顧二説正與之合。《箋》以“曰求厥章”爲“龍旂陽陽”三句之冒語，故謂求車服禮儀文章制度。而《正義》述《傳》申《箋》，則謂“諸侯能脩己奉法，自求車服禮儀文章”，既非鄭意，亦未必得毛意也。

“鞗革有鶬。”《傳》：“鞗革有鶬，言有法度也。”《箋》云：“鞗革，轡首也。鶬，金飾貌。”《正義》曰：“轡用皮革，而云有鶬，故知鶬爲金飾貌。即《韓奕》所云‘鞗革金厄’是也。”

焯案：《説文》：“鋚，轡首銅也。”鋚與筆同。陳氏《傳疏》《蓼蕭疏》。謂：“勒絡馬首所垂之轡其上飾謂之鋚，鋚以金爲之，此一物也。《韓奕》‘鞗革金厄’，《傳》：‘厄，烏噣也。’厄正作軛，爲衡下曲軥，用以叉兩服馬之頸。亦作扼，《釋名》云：‘槅，扼也。所以扼牛頸也。馬曰烏啄，啄噣字同。下向，叉馬頸，似烏開口向下啄物時也。’此又一物也。”馬氏《通釋》云：“鞗爲轡首銅飾，故《箋》以有鶬爲金飾貌。至《韓奕》詩‘鞗革金厄’，厄爲烏噣，别是一物而金飾。《正義》謂此《箋》所言金飾即金厄，誤矣。”

“永言保之，思皇多祜。”《箋》云：“言，我。皇，君也。長我安行此道，思使成王之多福。”《正義》曰：“長我安行此道，敍諸侯之意，此道即‘以孝以享，以介眉壽’之道也。長安行之，庶當神明之意，思使成王之多福。言諸侯之愛成王，即經之思皇也。”

焯案：顧氏《學詩詳説》云：“保之，與‘子孫保之’、‘于時保之’同。謂保守先王無窮之業。《疏》但云長我安行，以孝以享，以介眉壽之道，淺矣。蓋對上章言，則曰‘永言配命’，對‘昭考’言，則曰‘永言保之’，其實亦一也。”又案“思皇多祜”與《文王》篇“思皇多士”句法相同。《傳》於彼訓思爲辭、皇爲天，則此亦唯言天予以多福也。《正義》不别述《傳》義，亦失之。

“烈文辟公，綏以多福，俾緝熙于純嘏。”《箋》云：“俾，使。純，大也。祭有十倫之義，成王乃光文百辟與諸侯，安之以多福，使光明於大嘏之意。天子受福曰大嘏，辭有福祚之言。”《正義》曰：“此光文百辟與諸侯助祭得禮，當於神明，昭考之神乃安之以多福，又使之光明於大嘏之意，謂神使之光明之也。所以得光明大嘏意者，天子受福，故曰大嘏。嘏辭有福祚之言，以諸侯之意，思使成王得多福，令嘏辭以福予成王，是稱滿諸侯之意，則諸侯曉解神心，故云使之光明之也。俾緝熙是神使辟公光明之，則綏以多福是神安辟公以多福，非謂安孝子也。”

焯案：《正義》申《箋》，謂“綏以多福”是神綏辟公，而“俾緝熙于純嘏”是辟公思使成王得多福，此於文勢極爲不順。自范氏《詩補傳》以下仍多承用其説，過矣。顧氏《學詩詳説》云：“綏者綏辟公，而俾者獨不爲俾辟公，何也？孔特拘於不破注之例耳。觀其引《魯頌》‘天錫公純嘏’，足以見之矣。李氏《集解》以‘思皇多祜’爲天子享其福言，‘烈文辟公’三句以見君臣皆受其福。朱子舊説亦謂均福於諸侯之辭。良勝《箋疏》。”

有　客

《序》云：“《有客》，微子來見祖廟也。”《箋》云：“成王既黜殷命，殺武庚，命微子代殷後，既受命，來朝而見也。”《正義》曰：“言見於祖廟，必是助祭。《序》不言所祭之名，不指所在之廟，無得而知之也。”

焯案：《載見正義》以爲周公攝政七年後，成王即政，朝見諸侯，率以祭武王廟之樂歌。此詩之助祭，宜亦爲祭武王。莊氏《周頌口義》云：“此詩與《載見》同時，或言祖廟，或言武王廟，互舉以見義，是也。”

“有客宿宿，有客信信。”《傳》：“一宿曰宿，再宿曰信。”《箋》云：“其所館宿，可以去矣。而言絆其馬，意各殷勤。”《正義》曰：“言其所館宿可以去矣，是宿宿信信之後也。”又曰：“此惟言可以去矣，亦不知於信信之後幾日乃可去也。”

焯案：李氏《紬義》云：“‘有客宿宿，有客信信’，特心欲留客致殷勤之辭，猶豳風‘于女信處，于女信宿’耳。”今謂李説是也。《箋》云其所館宿可以去，亦止謂助祭事畢，館宿已久，可以去矣。蓋探其事而言之，於經意無當也。《正義》乃誤以信宿爲朝祭之正限，而云在宿宿信信之後不知幾日乃可去，拘滯甚矣。

武

《序》云：“《武》，奏《大武》也。”《箋》云：“《大武》，周公作樂所爲舞也。"《正義》曰："周公作《大武》之樂既成，而於廟奏之，詩人覩其奏而思武功，故述其事而作此歌焉。"

焯案：李氏《紬義》云："此與奏《象舞》也一例，奏即奏此篇也。此與《清廟》、《維清》，《戴記》屢載之，皆祭祀時一堂上下之樂，《序》所云奏《大武》者，即奏此詩以爲舞節，其理甚明。"胡氏《後箋》云："此與《維清序》皆言奏，奏者進也，明用此舞即歌此詩。如謂此是詩而非樂，則必《象舞》《武舞》别有樂章，顧何以告成《大武》有詩，述奏《大武》有詩，而《大武》爲一代盛樂，其本詩反無一語見於三百篇乎？且《左傳疏》既據《國語》以《武》詩爲周公作矣，而此又云詩人述事作歌，何也？《正義》云云，未可從也。《正義》又云：'此與《有瞽》及《酌》或是一時之事。'按《酌序》云，告成《大武》也。彼《箋》云：'周公居攝六年，制禮作樂，歸政成王，乃後祭於廟而奏之，其始成告之而已。'《正義》述之，以'《洛誥》爲攝政七年之事，而周公戒成王云"肇稱殷禮，祀于新邑"，明待成王即政乃行周禮，故知《大武》之樂歸政成王始祭廟奏之。周公初成之日告之而已。'是則據《酌序箋》，告成在居攝之六年，《酌》是也。合樂奏《武》在成王即政之初，《有瞽》及《武》是也。《正義》所云，既失彼《箋》之意，且自相違異矣。"

"於皇武王。"《箋》云："皇，君也。於乎，君哉武王也！"《疏》云："毛以爲於乎可美而君哉者武王也。"

焯案：《毛詩札記》云："'於皇武王'與《般》篇'於皇時周'語同。彼《疏》引王肅説，訓皇爲美。據《烈文傳》爲説，疑此篇皇字亦當詁美。《鄭箋》訓皇爲君，與《般》箋同。乃彼《疏》從王申《傳》，此《疏》兼據《箋》文申《傳》，既云可美，又云君哉，非也。"

“耆定爾功。”《傳》：“耆，致也。”《箋》云：“耆，老也。年老乃定女之此功，言不汲汲於誅紂，須暇五年。”《正義》曰：“宣十二年《左傳》引此文‘耆定爾功’，耆，昧也。其意言致討於昧，故以耆爲致。王肅云，致定其大功，謂誅紂定天下。”

焯案：胡氏《後箋》云：“《稽古編》曰：‘《左傳》云“耆，昧也”者，乃隨武子之言，引“於鑠王師，遵養時晦”而釋之耳。其楚子引“耆定爾功”亦在宣十二年，然並不訓耆昧，疏誤合二文爲一。’承珙案杜注《左傳》於‘耆，昧也’下云‘耆，致也’，致討於昧。於‘耆定爾功’下亦云‘耆，致也’，言武王誅紂致定其功，此即用王肅義也。《疏》兼采二義，故誤。”

閔予小子之什

閔予小子

《序》云：“《閔予小子》，嗣王朝於廟也。”《箋》云：“嗣王者，謂成王也。除武王之喪，將始即政，朝於廟也。”《正義》曰：“此朝廟早晚，毛無其説。毛無避居之事，此朝廟事，武王崩之明年，周公即已攝政，成王未得朝廟，且又無政可謀，此欲夙夜敬慎，繼續先緒，必非居攝之年也。王肅以此篇爲周公致政、成王嗣位，始朝於廟之樂歌，毛意或當然也。此及《小毖》四篇俱言嗣王，文勢相類，則毛意俱爲攝政之後，成王嗣位之初有此事，詩人當即歌之也。鄭以爲成王除武王之喪，將始即政，則是成王年十三，周公未居攝，於是之時，成王朝廟，思繼先緒，《訪落》與羣臣共謀，《敬之》則羣臣進戒，文相應和，事在一時，則俱是未攝之前，後至太平之時，詩人追述其事爲此歌也。《小毖》言懲創往時，則是歸政之後元年之事。”

焯案：胡氏《後箋》云："《烈文序》云：'成王即政，諸侯助祭。'彼《疏》云：'《烈文》勑戒諸侯，以賞罰爲己任，非復喪中之辭，故知是致政後年之事。'然則《閔予小子序》變成王言嗣王，又但云'朝於廟'，其爲免喪後始朝於廟可知。《正義》謂毛無避居之事，良是。惟據王肅之説，以周公致政，成王始朝於廟，則誤耳。曾氏釗曰：'《召誥》："王朝步自周，則至于豐。"馬融注："豐，文王廟所在。"按營成周在居攝五年，時未還政，成王已告廟，顯有明文可據，何謂周公攝政，成王未得朝廟邪？'承珙又案《漢書》匡衡曰：'煢煢在疚。言成王喪畢思慕，意氣未能平也。'《文選》《寡婦賦》。注引《韓詩》'惸惸余在疚'，《章句》曰：'凡人喪曰疚。'《獨斷》云：'《閔予小子》，成王除武王之喪，將始即政，朝於廟之所歌也。'此並與《鄭箋》大同，可見三家皆以此詩爲喪畢。毛以閔、疚皆訓病，正當爲免喪後之辭。《疏》述《箋》意，又謂是太平之時詩人追述其事，亦未必然也。"焯謂《曲禮》"天子在喪曰予小子"，兹更繫之以閔，若已免喪而即吉，無緣過作哀苦之辭。匡衡既言"喪畢思慕，意未能平"，朱子舊説亦謂"既其辭知其哀未忘"，則王肅謂爲周公致政後之詩，必非《傳》意。陳氏啓源遽從王説，非也。

"遭家不造。"《傳》："造，爲。"《箋》云："造猶成也。"《疏》云："毛以爲困病乎我小子也，往日遭此家道之不爲，言先王既崩，家事無人爲之。鄭以爲今遭此家道之不成爲異。"又引孫毓云："《傳》以造訓爲，雖義不異，於辭不便，《箋》説爲長。"

焯案：《國語·晉語》："黍不爲黍，不能蕃廡。"《韋注》："爲，成也。"《淮南·天文訓》："介蟲不爲。"高《注》："不成爲介蟲也。"又云："魚不爲，禾不爲，麥不爲。"據此，是不爲即不成。《箋》實申毛義，而《疏》以爲異其解，謂毛云"家事無人爲之"，是於經義爲不達矣。孫毓謂"《傳》訓造爲爲，於辭不便"，自晉人語言之，或屬如此。若毛公之世，殊無所謂不便，觀《淮南》之文可知矣。

"於乎皇王，繼序思不忘。"《箋》云："於乎君王，歎文王、武王也。我繼其緒，思其所行不忘也。"《正義》曰："上文之意，言皇考自念皇祖，非成王念之。此言繼緒思不忘，宜爲繼武王之緒，思不忘武王耳。而以爲兼念文王者，以成王美武王能念文王，明成王亦當念之。"

焯案：李氏《紬義》云："上文'於乎皇考'二句，成王思武王也。'念兹皇祖'二句，成王思文王也。《箋》於上言於乎我君考武王，於下言念此君祖文王，經文《箋》義俱屬兩平，故於此皇王總歎美之，以致其不忘之意，初未嘗言'念兹皇祖'爲武王之念文王也。《正義》云云，未知何本。"

訪　落

"朕未有艾。"《箋》云："艾，數也。我於是未有數，言遠不可及也。"《疏》云："此昭考之道悠然至遠哉，我去之懸絶，未有等數，言其遠不可及，不能循之。"

焯案：《爾雅・釋詁》："艾，歷也。"郭《注》："長者多更歷。"是則詩云"朕未有艾"，意謂少不更事耳。《釋詁》又云："厤，數也。艾、歷，相也。"是艾與歷、數義大同。《箋》釋"未有艾"爲未有數，猶云未有所歷。《吕記》引王氏曰："於乎悠哉，朕未有艾者，歎昭考之道悠，而自以爲幼稚未有所歷也。"是已。《疏》見《箋》有遠不可及之語，遂以數爲等數，失之。

"將予就之，繼猶判涣。"《傳》："猶，道。判，分。涣，散也。"《箋》云："猶，圖也。女扶將我，就其典法而行之。繼續其業，圖我所失分散者收斂之。"《正義》曰："王肅云：'將予就繼先人之道業，乃分散而去，言己才不能繼。’《傳》意或然。《箋》易《傳》者，以謀於羣臣，當是求臣之助，不宜過自謙退，言己不堪繼續，故易之。”

焯案：王、鄭二説皆可通。惟《正義》謂“求臣之助，不宜過自謙退”，不知謙退正以求助，此欲申鄭，實未必得鄭意也。

敬　之

“陟降厥士。”《傳》：“士，事也。”《正義》曰：“士，察也。獄官謂之士者，言其能察理衆事，是士爲事之義也。”

焯案：李氏《紬義》云：“《説文》云：‘士，事也。數始於一，終於十，从一，从十。孔子曰：推十合一爲士。’是士之訓事，正訓也。不必援士師察理衆事爲説。”

“維予小子。”《傳》：“小子，嗣王也。”《正義》曰：“上二篇亦有小子，於是始解者，舉下以明上。”

焯案：胡氏《後箋》云：“毛意蓋以上二篇皆爲成王之辭，則所稱小子自係嗣王。此篇前六句皆羣臣進戒之辭，忽接以‘維予小子’，嫌於羣臣自稱，故特爲發《傳》。《疏》謂舉下明上，未全得《傳》意也。”

“佛時仔肩。”《傳》：“佛，大也。仔肩，克也。”《箋》云：“佛，輔也。時，是也。仔肩，任也。輔佛是任，示道我以顯明之德行。”《正義》曰：“佛之爲大，其義未聞。《釋詁》云：‘肩，克也。’直以肩爲克耳。《傳》言‘仔肩，克也’，則二字共訓爲克，猶權輿之爲始。《箋》亦云‘仔肩，任也’，雖所訓不同，亦二字共義。”

焯案：《説文》："奪，大也。從大，弗聲。讀若'予違汝弼'。"《玉篇》作奰。《廣雅》："奰，大也。"《傳》蓋讀佛爲奪，故訓爲大。李氏《紬義》云："《廣韻》云：'髴肸，大貌。'髴肸即佛肸，是佛亦本訓大也。至《傳》訓仔肩爲克，克，勝也。勝即任也。"胡氏《後箋》云："《傳》意當云，大矣是予之所任者，尚賴羣臣示以顯明之德行耳。《書·大誥》'予造天役，遺大投艱于朕身'，下文責邦君多士綏予云云，義與此略同。《疏》述《傳》謂大是相克勝之道，語殊費解。"

小　毖

"莫予荓蜂，自求辛螫。"《傳》："荓蜂，摩曳也。"《箋》云："羣臣小人無敢我摩曳，謂爲譎詐誑欺，不可信也。女如是，徒自求辛苦毒螫之害耳，謂將有刑誅。"《正義》曰："荓蜂摩曳，《釋訓》文。孫炎曰：'謂相掣曳入於惡也。'彼作甹夆，古今字耳。王肅云：'以言才薄莫之藩援，則自得辛毒。'孫毓云：'羣臣無肯牽引扶助我，我則自得辛螫之毒。'此二家以荓蜂爲掣曳爲善，自求爲王身自求。案《傳》本無此意，故同之鄭説。"

焯案：荓蜂之義，止爲摩曳，故善惡皆通。然從王、孫之説，與《序》言求助義較爲切合。《正義》乃謂《傳》無此意，而以《鄭》義申《毛》，恐非。荓蜂，《爾雅釋訓》作甹夆，云："瘁曳也。"《釋文》本瘁又作掣。《毛傳》本之。《説文》："德，使也。夆，使也。"德夆當爲甹夆之正字，《爾雅》則省作甹夆，《毛詩》通借作荓蜂耳。《大雅·桑柔》篇"荓云不逮"，《傳》："荓，使也。"蓋單言荓爲使，累言荓蜂亦爲使，詩意若曰，往日之事，無有摩曳使我爲之者，乃我自求辛螫之害耳。胡承珙説。宋儒不解荓蜂爲雙聲聯緜語，訓蜂爲蜂蠆有毒之蜂，失之遠矣。

"肇允彼桃蟲，拚飛維鳥。"《傳》："桃蟲，鷦也，鳥之始小終大者。"

《箋》云："肇，始。允，信也。始者信以彼管、蔡之屬雖有流言之罪，如鷦鳥之小，不登誅之，後反叛而作亂，猶鷦之翻飛爲大鳥也。鷦之所爲鳥，題肩也。或曰鴞，皆惡聲之鳥。"《正義》曰："定本、《集注》皆云，或曰鴟，皆惡鳥也。按《月令注》云：'征鳥，題肩。齊人謂之擊征，或曰鷹。'然則題肩是鷹之别名，與鴞不類，鴞自惡聲之鳥，鷹非惡聲，不得云皆惡聲之鳥也。《説文》云：'鷦鷯，桃蟲也。'郭璞云：'桃蟲，巧婦也。'諸儒皆以鷦爲巧婦，與題肩又不類也。今《箋》以鷦與題肩及鴞三者爲一，其義未詳，且云鷦之爲鳥題肩，事亦不知所出，遺諸後賢。"

焯案：《正義》疑《箋》有二，一以鷦與題肩不類，一以題肩與鴞不類，其云未詳，云不知所出，蓋不以《箋》説爲然，而不顯駁之也。胡氏《後箋》云："《箋》云鷦之所爲鳥題肩，正申《傳》始小終大，爲者化也。《月令注》'題肩或名曰鷹'，下有仲春化爲鳩語，《箋》意蓋以此桃蟲飛鳥亦鳩鷹變化之類。《玉篇》鵰下云：'鵰鶌應仲春化爲鳩。'《廣雅》：'鷚鶌，鷂也。'《列子·天瑞》篇：'鷂之爲鸇，鸇之爲布穀，布穀久復爲鷂。'《藝文類聚》引陸璣《疏》：'隼，鷂也。齊人謂之題肩，或曰雀鷹，春化爲布穀，此屬數種皆爲隼。'然則題肩實有變化，故《箋》云鷦爲題肩。又《陸疏》云：'桃蟲今鷦鷯，微小於黄雀，其雛化而爲鵰，故俗語鷦鷯生鵰。'《易林》亦云：'桃蟲生雕。'其言皆與《傳》、《箋》合。"今謂胡氏説可釋《正義》鷦與題肩不類之疑。至《箋》或曰以下，胡氏以定本、《集注》爲是。馬氏瑞辰則謂當作"或曰鴟鴞皆惡鳥也"，而阮氏《校勘記》以爲當作"或曰鶚"，"皆惡聲之鳥"五字乃淺人妄增。焯謂阮説實無據，然其意可思。若作鴞作鴟，則皆有可疑者。作鴞以爲惡聲之鳥，與《墓門》《泮水傳》合，而與上題肩不相屬。作鴟以爲惡鳥，則鷦化題肩，不聞化鴟。此則存疑可也。竊謂鴟鴞即鸋鴂，或呼之爲鷦，毛、韓諸家並以爲小鳥，與鴟梟之爲惡聲之鳥迥别。劉向《九歎》"鴟鴞集於木蘭"，王逸注："貪鳥也。"此云鴟鴞，當爲鴟梟之借。至蔡邕《弔屈原文》"鶚鴂軒翥，鸞鳳挫翮"，明襲賈誼"鸞鳳伏竄、鴟梟翱翔"之句，乃直以鶚鴂易鴟梟之文，蔡氏固習《魯詩》，於此不加分别。《箋》以惡聲之鴞繫鴞言之，將與蔡氏同其誤乎？抑傳本誤乎？是不可知矣。

載 芟

"徂隰徂畛。"《傳》："畛，埸也。"《箋》云："隰謂新發田也，畛謂舊田有徑路者。"《正義》曰："《地官》遂人云：'十夫有溝，溝上有畛。'則畛謂地畔之徑路也。至此而易之主，故以畛爲埸。"

焯案：陳氏《傳疏》云："埸，《釋文》作易。古疆埸多作易，《説文》無埸字，可證。遂人：'十夫有溝，溝上有畛。'注：'畛容大車。'《説文》：'畛，井田間陌也。'井田間陌可容大車，則其道之平易可知，故《傳》以易釋畛也。"今謂陳説是。古者井牧之地，先正經界，有經界而後田間有道路。經言徂，故訓畛焉易以廣其義，非謂易之主也。《正義》説誤。

"緜緜其麃。"《傳》："麃，耘也。"《正義》曰："《釋訓》云：'緜緜，麃也。'孫炎曰：'緜緜，言詳密也。'郭璞曰：'芸不息也。'王肅云：'芸者，其衆緜緜然不絶也。'"

焯案：胡氏《後箋》云："緜緜、《釋文》引《韓詩》作民民，云衆貌。王肅似用韓義。然不如孫炎詳密之解爲當，蓋苗已長齊，其芸恐致傷苗，自以詳密爲要。若謂衆芸不絶，此指上文'千耦其耘'則可，以解此文，失詩人體物措辭之妙。"

"匪且有且，匪今斯今，振古如兹。"《傳》："且，此也。振，自也。"《箋》云："匪，非也。振亦古也。饗燕祭祀，心非云且而有且，謂將有嘉慶禎祥先來見也。心非云今而有此今，謂嘉慶之事不聞而至也。言脩德行禮，莫不獲報，乃古古而如此，所由來者久，非適今時。"《正義》曰："且實語助。但今謂今時，則且亦今時，其實是一，作者美其事，而丁寧重言之耳。"

焯案："匪且""匪今"二句，實爲一語而分言之。如作一句言，則直云匪今有且耳。其先言且而後言今者，乃倒文以便韻。下云"振古如兹"，振古正承匪今言，如兹正承匪且言。詩意謂匪今有此社稷之祀，葢自古而然矣。下篇《良耜》末云，"以似以續，續古之人"，與此文實相應。亦謂報祭社稷之事，以續古之始爲社稷者也。《箋》以"匪且"二句爲將有禎祥先見，實爲贅義。《正義》謂且爲語助，亦未得經《傳》意也。

良　耜

"畟畟良耜。"《傳》："畟畟猶測測也。"《箋》云："良，善也。農人測測以利善之耜熾菑是南畝也。"《正義》曰："以畟畟文連良耜，則是刃利之狀，故猶測測以爲利之意也。《釋訓》云：'畟畟，耜也。'舍人曰：'畟畟，耜入地之貌。'郭璞曰：'言嚴利也。'"

焯案：李氏《紬義》云："《箋》申《傳》言'農人測測'，則測測二字屬農人。良爲利善，乃是説耜。《説文》：'畟，治稼畟畟進也。从田人，从夊。詩曰，畟畟良耜。'田人即農人，夊訓行遲曳。凡入深者，必以漸而進。《爾雅》：'深，測也。'《説文》：'測，深所至也。'畟畟測測，皆狀農人深耕之貌。疏引舍人、郭璞注，專以畟畟屬耜言，未得《傳》、《箋》之旨。"

絲　衣

《序》云："《絲衣》，繹賓尸也。高子曰：'靈星之尸也。'"《箋》云：

“繹，又祭也。天子諸侯曰繹，以祭之明日。卿大夫曰賓尸，與祭同日。周曰繹。商謂之肜。”《正義》曰：“經之所陳，皆繹祭始末之事。子夏作序，則唯此一句而已。後世有高子者，別論他事，云靈星之尸。言祭靈星之時，以人爲尸。後人以高子言靈星尚有尸，宗廟之祭有尸必矣。故引高子之言以證賓尸之事。”

焯案：《續序》引高子語，正以《序》言賓尸，不明何祭之尸，故特援其説以證之。揆高子之意，以此詩非宗廟繹祭賓尸，乃賓靈星之尸。與《載芟》、《良耜》爲祈報社稷，以類相從。《正義》既主《箋》説，而又不便疑《序》。因謂高子自別論他事而及此，特後人引其言以證宗廟尸事。惟如所説，與《序》文語意實爲未合。且宗廟有尸，誰人不知？何用假靈星以明之乎？《正義》又曰：“靈星者，不知何星，《漢書·郊祀志》云：高祖詔御史其令天下立靈星祠。張晏曰：‘龍角左角曰天田，則農祥也。晨見而祭之。’史傳之説靈星唯有此耳。未知高子所言，是此以否？”焯謂靈星之祭，古有其禮。《通典》：“周制，仲秋之月，祭靈星於國之東南。”《史記·封禪書》張守節《正義》引《漢舊儀》，亦有“祠靈星於東南”之語。他如《論衡·祭意》、《風俗通義·祀典》、《獨斷》、《後漢書·高句驪傳》皆有祀零零同靈。星事。而《淮南·主術訓》謂“君人之道，其猶零星之尸”。其言靈星有尸，與高子之説亦合。是則高子所言靈星，與漢祀靈星實爲一事，固可無疑也。《正義》又曰：“《鄭志》答張逸云：‘高子之言非毛公，後人著之。’止言非毛公後人，亦不知前人爲誰也。”《東塾讀書記》云：“鄭以‘高子曰靈星之尸也’八字非毛公所著，乃後人著之。故《箋》絶不言靈星之尸，而亦不駁之也。《孔疏》誤讀‘非毛公後人著之’七字爲一句，遂謂子夏之後毛公之前有人著之矣。”

“自堂徂基。”《傳》：“基，門塾之基。”《正義》曰：“門塾之基，謂廟門外西夾之堂基也。”

焯案：劉氏瑾《詩傳通釋》云：“古者門之内外夾其東西皆有塾，一門凡四塾，外兩塾南向，内兩塾北向，謂之堂，則宜有基矣。詩所指則内塾之基也。”馬氏《通釋》云：“祊祭在門内，《傳》言門塾之基宜爲内塾。《正義》以爲廟門外西夾之堂基，失之。”

酌

《序》云：“《酌》，告成《大武》也。言能酌先祖之道，以養天下也。”《正義》曰：“經有‘遵養時晦’，毛謂武王取紂，鄭爲文王養紂。此言以養天下，則是愛養萬民，非養紂身。雖養字爲同，非經養也。”

焯案：胡氏《後箋》云：“養即經中養字。《傳》訓養爲取，《序》養天下即取天下，《大武》之功在於取天下，此告成《大武》之詩而篇名酌者，言酌時之宜，所謂湯放桀，武王伐紂時也。曰酌先祖之道者，先祖謂文王，文王之道，三分有二而不取，武王酌其時八百會同則取之。《孟子》曰：‘取之而萬民不悦則勿取，文王是也。取之而萬民悦則取之，武王是也。’《序》以《大武》之取天下爲能酌文王之道，即此意也。”今謂胡氏説是也。莊氏述祖據《老子》“取天下者常以無事”，注云：“取，治也。”《周禮》疾醫“以五味、五穀、五藥養其病”，注亦云：“養猶治也。”是養、取皆訓治，言武王能斟酌先祖之道以治天下也。亦通。

“遵養時晦。”《傳》：“遵，率。養，取。晦，昧也。”《箋》云：“於美乎文王之用師，率殷之叛國以事紂，養是闇昧之君以老其惡。”《正義》申《傳》曰：“武王於紂養而取之，故以養爲取。宣十二年《左傳》引此，云‘遵養時晦，耆昧也’，故轉晦爲昧。言取是暗昧，則謂武王取紂，不得與鄭同也。”又申《箋》曰：“養者承事之辭。故云率殷之叛國以事紂。《左傳》云耆昧也。《皇矣》云：‘上帝耆之。’是養之至老，故云養是暗昧之君以老其惡。”

焯案：胡氏《後箋》云：“此《疏》引《左》申毛不誤。《左傳》晉隨武子曰：‘兼弱攻昧，武之善經也。《汋》曰：“於鑠王師，遵養時晦。”耆昧也。’是耆昧即攻昧。《傳》以養晦爲取昧，其義自異於《箋》。乃其申《箋》所云，與《武》詩‘耆定爾功’下《疏》引《左傳》‘耆昧也’又異。彼《疏》因《傳》訓耆爲致，而引《左》申之，言致討於昧。然宣十二年《左傳》楚子引詩‘耆定爾功’並無耆昧之語。此《疏》申《傳》申《箋》又兩引耆昧，一以爲取昧，一又以爲養昧，幾不知其所從，傎矣。”

賚

《序》云：“《賚》，大封於廟也。賚，予也。言所以錫予善人也。”《箋》云：“大封，武王伐紂時，封諸臣有功者。”《正義》曰：“《古文尚書·武成》篇説武王克殷而反，祀于周廟，‘列爵惟五，分土惟三，大賚于四海，而萬民悦服’，皆是武王大封之事。”

焯案：李氏《紬義》云：“《武成》篇‘大賚于四海’文在‘列爵分土’之上，彼大賚承上散財發粟而言，非此《序》之所謂賚也。《書序》：‘武士既勝殷，邦諸侯，班宗彝，作分器。’《正義》曰：‘《詩賚序》云“大封於廟”，謂此時也。’兩《正義》皆出孔手，彼引此《賚》以證分器，而此引大賚以證大封，則書《正義》之説長矣。序‘賚，予也’，明此賚非分財粟，乃以宗廟彝器錫予諸侯，諸侯之有功者即善人也。此《序》‘大封於廟’，與《書序》‘邦諸侯’同。‘賚，予也’與《書序》‘班宗彝’同。未可輒引《武成》大賚矣。”胡氏《後箋》云：“今《尚書·武成》篇以‘散財發粟’爲大賚，本是用《史記》、《論語》撮合而成。但《周本紀》云：‘命南宫适散鹿臺之財，發鉅橋之粟，以振貧弱萌隸。' 此伐罪弔民一時之事，所及當不過商紂畿內，必非大賚四海，亦必不別富善人，與此詩大封絶不相涉。今《武成孔傳》牽引《論語》大賚，其實《論語》正與此《序》相應。《集解》以善人爲亂臣十人，亦與此《箋》云武王伐紂時封諸臣有功者合。《孔疏》引《武成》證此詩之賚，誤也。"

般

《序》云："《般》，巡守而祀四嶽河海也。般，樂也。"《正義》曰："定本'般，樂'二字爲鄭注，未知孰是。"

焯案：《序》"般，樂也"與"桓，武志也"、"賚，予也"皆申說名篇之意，文義一例，俱當爲序詩者之言。《正義》以《定本》"般，樂"二字爲鄭注爲疑。竊以崔集注本用"般，樂也"爲《序》文見《釋文》。爲當。《正義》又曰："經無海而《序》言海者，海是衆川所歸，經雖不說，祭之可知，故《序》特言之。"胡氏《後箋》云："經言敷天之下，即海在其中矣。又此詩與《時邁》不同，《時邁》告祭天，《般》則維祀山川。《時邁》言'載戢干戈、載櫜弓矢'，明是頌武王初克商後巡守祭告之事，《般》則通言'陟山翕河、敷天裒對'，似當爲既定天下後，時巡四方而作。《正義》不分别二詩之異同，則豈同是武王一時巡守之事而分爲二頌邪？於義疏矣。"

"允猶翕河。"《傳》："翕，合也。"《箋》云："猶，圖也。皆信案山川之圖而次序祭之。河言合者，河自大陸之北敷爲九，祭者合爲一。"《疏》述《傳》曰："其祭之也，皆信案山川之圖，又合九河爲一，以大小次序而祭之。"

焯案：《傳》於《小雅·采芑》《斯干》《小旻》，《大雅·抑》《板》，《頌·訪落》諸篇並訓猶爲道，止於《板》篇"猶之未遠"句一訓爲圖。《箋》則於猶多訓圖謀之圖，而於此篇又以爲圖書之圖。《疏》據《箋》義申《傳》，恐非。《正義》又謂河分爲九，祭而合爲一，故退翕河之文在允猶之下，使之不蒙允猶。胡氏《後箋》駁之，以《傳》意似謂山分祭，河合祭，分合之故，信乎宜謀維而後行之，故經以允猶之文上承山、下包河，並見其義。焯謂王者巡守所祀名山大川，自有定名定所，固不勞按圖而祭，亦不必謀而後行。《朱傳》於允猶直注未詳，蓋其慎也。

卷 十 五

魯　頌

魯頌譜

《譜》云："僖十六年冬，會諸侯于淮上，謀東略，公遂伐淮夷。"《正義》曰："此言謀東略者，謂東征伐而略地也。淮會既有此謀，公所以遂伐淮夷。"又曰："詩稱'既作泮宮，淮夷攸服'，則是受成於學然後出師，非因會而遂行也。"

焯案：《正義》前説是，後説非也。《譜》於東略下即云公遂伐淮夷，則不必受成於學然後出師。詩言"既作泮宮，淮夷攸服"者，當謂泮宮既成，即有謀鄫之會，因於會中命將伐淮夷也。僖十六年《左傳》云："十二月，會于淮，謀鄫，且東略。"是於時諸侯之師既城鄫而又東略可知。《傳》於下文叙城鄫而不言東略者，以鄫不果城而還，故特言之。東略之師既決於淮之會，其不及受成於學又可知。《正義》執《王制》之文以解《泮水》之詩，恐泥。《正義》又曰："《春秋》之例，君舉必書，所以《經》《傳》無伐淮夷文者，當是史文脱漏，故《經》《傳》皆闕。"焯謂淮之會，《左傳》明云東略，《穀梁》明云兵車之會，則非無伐之之文，其所以不特言魯僖者，以此會實齊桓主之。且爲諸侯之事，非僖公一人之功故也。若作新廟，作泮宮，皆不見於《春秋》及三《傳》，誠以此爲禮之常，於《頌》可侈言之，《春秋》謹嚴，固無庸記之也。《正義》漫以《經》《傳》不記僖公伐淮夷爲史文脱漏，非也。

駉

《序》云："《駉》，頌僖公也。僖公能遵伯禽之法，儉以足用，寬以愛民，務農重穀，牧于坰野，魯人尊之，於是季孫行父請命于周，而史克作是頌。”《正義》曰：“禮：諸侯六閑，馬四種，有良馬，有戎馬，有田馬，有駑馬。僖公使牧於坰野，馬皆肥健，作者因馬有四種，故每章各言其一，首章言良馬，朝祀所乘，故云彭彭，見其有力有容也。二章言戎馬，齊力尚强，故云伾伾，見其有力也。三章言田馬，田獵齊足尚疾，故云驛驛，見其善走也。卒章言駑馬，主給雜使，貴其肥壯，故云祛祛，見其强健也。”

焯案：《正義》據首章《傳》“諸侯六閑馬四種”之文，於是謂詩之四章分言馬之四種。惟詩於首章言彭彭，彭彭即騯騯，謂馬盛也。《説文》：“騯，馬盛也。”引詩“四牡騯騯”。次章言伾伾，伾與駓通。《廣雅》：“駓駓，衆也。”衆亦盛也。三章言繹繹，繹與驛通。《廣雅》“彭彭驛驛”並云盛也。卒章言祛祛，祛祛與渠渠聲義並近。《廣雅》：“渠渠，盛也。”是則彭彭、伾伾、繹繹、祛祛同爲盛義，馬氏《通釋》。《傳》雖分釋，義亦相通。其云祛祛彊健，彭彭有容，蓋必彊健者始有其容也。其云伾伾有力、繹繹善走，亦必有力者始能善走也。又如戎馬尚力，未嘗不取其善走。田馬尚走，固亦取其力爲多。以知毛公雖分四種之馬，原不以四馬分貼四章也。李氏《集解》云：“此詩言馬之多，見馬之品無不備，猶《魚麗》言魚之多，見魚之品無不備，不必以首章爲良馬、二章爲戎馬。”其説是已。

“在坰之野。”《傳》：“坰，遠野也。邑外曰郊。郊外曰野。野外曰林。林外曰坰。”《箋》云：“必牧於坰野者，辟民居與良田也。《周禮》曰：‘以官田、牛田、賞田、牧田任遠郊之地。’”《正義》曰：“《釋地》云：‘邑外謂之郊。郊外謂之牧。牧外謂之野。野外謂之林。林外謂之坰。’此《傳》出於彼文，而不言郊外曰牧，以言郊外牧，嫌與牧馬相涉，故略之也。”

焯案：《鄘風·干旄傳》亦云“郊外曰野”，與此正同。《説文》冂云：“邑外謂之郊。郊外謂之野。野外謂之林。林外謂之冂。象遠界。”古文冂从口作冋，或从土作坰。亦無郊外謂之牧句。又《叔于田箋》及遂人《注》皆曰：“郊外曰野。”是毛及許、鄭所見《爾雅》皆無“郊外謂之牧”一句，與李、孫、郭本異。而《衆經音義》二十三引《爾雅》作：“邑外謂之郊。郊外謂之野。野外謂之牧。”《御覽》五十三又引作：“邑外謂之牧。牧外謂之野。”《素問·六節藏象》及《三部九候》篇王砅《注》所引又不同。是《爾雅》傳本多有參差。《正義》據其所見本《爾雅》，遂謂“《傳》若言郊外牧，嫌與牧馬相涉，故略之”。其説非也。

“思馬斯作。”《傳》：“作，始也。”《箋》云：“作謂牧之使可乘駕也。”《正義》申《傳》曰：“作謂令此馬及其古始如伯禽之時也。”

焯案：下章“思馬斯徂”毛無傳。《箋》云：“徂猶行也，牧馬使可走行。”《正義》引王肅云：“徂，往也，所以養馬得往古之道。”是則《正義》之申毛，乃因下章王肅説。且據《序》“能遵伯禽之法”句而爲言也。夫《序》稱僖公能遵伯禽之法，祇如《酒誥》言“聰聽祖考之彝訓”而已，非必謂遵伯禽養馬之法也。若王肅謂養馬得往古之道，其義實爲迂贅，未應援以爲説。竊嘗繹《傳》訓作爲始之意，始當讀如《有駜》“自今以始”之始，此配前二章爲説，謂思馬自兹始善而多材也。下章言斯徂，徂訓往，亦謂思馬自兹以往善而多材也。其以斯作、斯徂配斯臧、斯才言之，猶《伐檀》之以伐輻、伐輪配伐檀言，合言伐檀以爲輻爲輪也。其先言斯臧、斯才，後言斯作、斯徂，亦猶《葛生》先言獨處，後言獨旦、獨夕，總謂旦夕之獨處也。《詩》中前後章義互相足者實多。此特其一事耳。若焦氏循以“《傳》訓始，始之言先，謂思馬斯居衆馬之先”。馬氏瑞辰則謂“《傳》訓始與善義近，思馬斯作猶云思馬斯臧”。此皆未得其解而强爲説者也。

“有驔有魚。”《傳》：“豪骭曰驔。”《正義》曰：“驔，《爾雅》無文。”

焯案：馬氏《通釋》云：“《爾雅》‘驪馬黄脊，騽’，《説文》作‘驔，驪馬黄脊’。《毛傳》‘豪骭曰驔’，《説文》作‘騽馬，豪骭也’。二字錯出，竊疑騽即驔之重文，覃古音讀如尋，尋習一聲之轉，故驔或作騽。《説文》本兼載二篆，《玉篇》、《廣韻》並云‘騽，驪馬黄脊’，又‘馬豪骭’，正本《説文》，是其證也。後人誤分爲二字，因以二義分屬二字耳。以上所説本之段玉裁胡承珙。《孔疏》言驔不見《爾雅》，由未知騽即驔也。而《釋文》云：‘騽，今《爾雅》本亦有作驔者。’則知二字古固通用，《孔疏》偶未檢耳。”今謂馬説是也。驔古在覃部，騽在合部，習即覃之入，以音證之，其爲一字重出無疑。《正義》又曰：“《傳》言豪骭白者，蓋謂豪毛在骹而白長名爲驔也。”是《正義》本作“豪骭白，驔”，今作“豪骭曰驔”，非其舊，乃後人改從《釋文》本耳。胡承珙云：“《正義》‘曰’作‘白’爲是。《傳》殆以此章駰騢魚皆有白色，故於驔特取其豪骭白一義以配之也。”

有　駜

“在公明明。”《箋》云：“在於公之所，但明義明德也。《禮記》曰：‘大學之道，在明明德。’”《正義》曰：“以經有二明，故知謂明義明德也。定本、《集注》皆云議明德也，無上明字。”

焯案：《校勘記》依段玉裁説，謂：“義是衍字。羣經言明明者皆連二字爲文，當作但明明德也，下《箋》則相與明義明德而已，義字衍同。”胡氏《後箋》云：“孔本二明字分屬義德固非，然經文《傳》、《箋》絶無義字，不應兩衍義字，此恐當如定本、《集注》作但議明德也。蓋《箋》以議字釋經上明字，以明德釋下明字，其引《大學》，不過證經明明連文耳。下《箋》云‘君臣無事，則相與議明德而已’，謂之相與，自當云議。孔本蓋議誤爲義，淺人又於義上加明字，而孔遂依之爲説耳。"

"振振鷺，鷺于下，鼓咽咽，醉言舞，于胥樂兮。"《箋》云："于，於；胥，皆也。僖公之時，君臣無事，則相與明義明德而已。潔白之士羣集於君之朝，君以禮樂與之飲酒。"《正義》曰："既言君臣相與明義明德，别言絜白之士羣集君朝，則絜白之士謂舊臣之外新來者也。"

焯案：胡氏《後箋》云："此《疏》非是。此《箋》'僖公之時'以下十七字當接上《箋》'大學之道，在明明德'之下，仍是足上文義，下乃云'于，於；胥，皆也'，'潔白之士'云云。古本《傳》、《箋》皆是於經文之後各自爲篇，後人散入句下者誤將此《箋》'僖公之時'云云置之'振振鷺'之下，《孔疏》依之爲説，殊失鄭旨。觀次章《箋》云飛喻羣臣飲酒醉欲退，並不分别舊臣新來，亦可見矣。歐陽《本義》謂疏者妄爲分别，是也。"

泮　水

"不吴不揚。"《傳》："揚，傷也。"《箋》云："吴，譁也。言多士之於伐淮夷，不讙譁，不大聲。"《正義》申《傳》曰："揚與誤爲類，故爲傷，謂不過誤、不損傷也。王肅云：'言其人德厚美，不過誤有傷者。'"又申《箋》曰："鄭讀不吴爲不娱，人自娱樂，必讙譁爲聲，故以娱爲譁也。"

焯案：《周頌·絲衣傳》云："吴，譁也。"此《傳》無文，自與彼同。《正義》用王肅義，以過誤申之，非也。又《箋》訓吴爲譁，即用《絲衣傳》訓，固與毛無異。謝章鋌《毛詩注疏考異》云："鄭於《絲衣》云不讙譁，於此篇亦云不讙譁，尋繹上下，並無娱樂之説。《正義》謂鄭讀不吴爲不娱，未知其何所本。或他本以吴爲娱，《正義》從之，而附會其説於鄭，然鄭初無此義也。吴，《説文》訓爲大言，大言即讙譁，言語無節，大聲疾呼，即不娱樂時亦有之，不必以吴爲娱而始得訓爲譁也。《釋文》云：‘吳，鄭如字，讙也。’此可正《正義》之誤矣。”

“角弓其觩。”《傳》：“觩，弛貌。”《箋》云：“角弓觩然，言持弦急也。”《正義》曰：“毛以美僖公之克淮夷，必美其以德不以力。此當設言爲不戰之辭，故以觩爲弛貌。”

焯案：錢氏《詩學》云：“角弓四句言班師之事，蓋師凱旋在道，弓弛而反，徒見其觩然上曲而已。”汪氏《異義》云：“此章當爲戰勝凱還軍行在道時事，故經下言‘既克淮夷’。又此篇主頌僖公修泮宮，後四章雖紀述克服淮夷，而五章言‘既作泮宮，淮夷攸服’，末章復歸美於泮宮之德化。至敍述淮夷之克，止言‘在泮獻馘、獻囚、獻功’，其於戰功正不侈陳之也。”今謂二説申明《傳》義，既得詩旨，揆之前後章文勢，亦無不合，實優於《箋》、《疏》所云也。

閟宮

“閟官有侐。”《傳》：“閟，閉也。先妣姜嫄之廟在周，常閉而無事。孟仲子曰：‘是禖宮也。’侐，清静也。”《箋》云：“閟，神也。姜嫄神所依，故廟曰神宮。”《正義》申《傳》曰：“孟仲子曰，是謂禖宮，蓋以姜嫄祈郊禖而生后稷，故名姜嫄之廟爲禖宮。”又申《箋》曰：“立廟而祭，不宜以閉爲名。《釋詁》云：‘毖、神、溢，慎也。’俱訓爲慎，是閟得爲神。閟與毖字異音同，故閟爲神也。以其姜嫄神之所依，故廟曰神宮。”

焯案：陳氏《傳疏》云：“禖宮始於上古，祭其神於郊，謂之郊禖，其後遂爲高辛妃廟，故《月令》謂之高禖。”今謂陳説是。《正義》則以禖宮之得名始於姜嫄之祈郊禖矣。《藝文類聚》八十八引《春秋元命苞》云：“姜嫄遊閟宮，其地扶桑，履大人跡生稷。”此謂姜嫄遊閟宮，閟宮即神禖之宮，是可爲禖宮在姜嫄前已有之證。至毛訓閟宫之閟爲閉，《正義》固已申言之。蓋以有事則祭，無事則閉，故謂爲閉。何於申鄭又言不宜以閉爲名耶？鄭之異於毛者，在以閟宫爲姜嫄廟之在魯耳。若其訓閟爲神，特顯姜嫄爲神所依，非駁毛以閟爲閉。《正義》力申鄭説，實未能得鄭之意者也。

"纘禹之緒。"《傳》："緒，業也。"《箋》云："緒，事也。"《正義》曰："鄭以緒爲事爲異。"

焯案：《爾雅·釋詁》："業，敍也，绪也。绪、業，事也。"業爲大版，捷業如鋸齒，其物有敍，故引申訓敍。绪爲絲耑，耑绪次敍皆與事近，故業又訓事。《易·文言》"君子進德修業"，《魯語》"非故業也"，宋衷、韋昭注並云："業，事也。"此《箋》訓绪爲事，正承《雅》訓，與《傳》訓業無以異也。

"龍旂承祀。"《箋》云："交龍爲旂。承祀，謂視祭事也。"《正義》曰："此龍旂承祀，謂視宗廟之祭。何則？《明堂位》云：'魯君孟春乘大輅，載弧韣，旂十有二旒，日月之章，祀帝于郊。'彼祀天之旂建日月之章，明此龍旂是宗廟之祭。《異義古毛詩説》以此龍旂爲郊祀者，自是舊説之謬。"

焯案：馬氏《通釋》云："按《周禮》司常云：'王建太常，諸侯建旂。'又曰：'交龍爲旂。'《覲禮》：'侯氏，載龍旂弧韣。'是龍旂本諸侯所建，朝覲且用之，則祭天祭祖皆得建之。《箋》以承祀爲視祭事，實兼天祖之祭而言，合下文'春秋匪解'四句言之。古《毛詩》以'龍旂承祀'專指郊祀固非，《正義》專謂視宗廟之祭，亦非《箋》恉。《郊特牲》曰：'旂十有二旒，龍章而設日月，以象天也。天垂象，聖人則之，郊所以明天道也。'是祭天之旂實兼有龍與日月。李黼平曰：'《明堂位》言日月而不言龍，此詩言龍而不言日月，皆各舉其一。’其説是也。《正義》據《明堂位》以駁龍旂祭天之説，誤矣。”

“《萬舞》洋洋。”《傳》：“洋洋，衆多也。”《箋》云：“《萬舞》，干舞也。”《疏》云：“毛以爲執干戚而爲《萬舞》者洋洋然衆多。”

焯案：《簡兮傳》釋《萬舞》兼干、羽，《箋》則唯指干舞，《疏》於此及《商頌·那》篇皆以《箋》述《傳》，不加分别，非也。

“朱英緑縢。”《傳》：“朱英，矛飾也。縢，繩也。”《正義》曰：“《清人》云‘二矛重英’，故知朱英矛飾，蓋絲纏而朱染之，以爲矛之英飾也。”

焯案：《清人傳》以重英爲矛有英飾，《箋》云各有畫飾。胡氏《後箋》云：“《周禮》掌節‘以英蕩輔之’，杜子春云：‘英蕩，畫函。’干寶注亦云：《續漢書·百官志》三注引‘英，刻畫也’。此蓋刻矛柄而以朱畫之，故《箋》云各有畫飾，即《閟宫》所謂朱英也。”今謂《後箋》説是。如依《正義》以朱英爲絲纏朱染，則彼《箋》不得云畫飾矣。陳氏《傳疏》謂朱英爲飾縣毛羽，其色朱。此則牽合《清人》重喬《箋》“所以縣毛羽”之説，似未確。

“公徒三萬。”《箋》云：“萬二千五百人爲軍，大國三軍，合三萬七千五百人。言三萬者，舉成數也。”《正義》曰：“《箋》以爲僖公當時實有三軍矣。及答臨碩問，又謂此爲二軍，以其不安，故兩解之也。今以《春秋》檢之，則僖公無三軍。襄十一年經書‘作三軍’，明已前無三軍也。昭五年又書‘舍中軍’，若僖公有三軍，則作之當書也。自文至襄復減爲二，則舍亦當書也。《春秋》之例，以軍賦事重，作舍皆書，於僖公之世無作舍之文，便知當時無三軍也。鄭以周公、伯禽之世合有三軍，僖公能復周公之宇，遵伯禽之法，故以三軍解之，其實於時唯二軍耳。”

焯案：襄、昭之世，書作書舍，自緣三家欲分公室而書，不係於軍賦之輕重。襄十一年《左傳疏》謂："作三軍與舍中軍，皆是變故改常，卑弱公室，季氏擅權改作，故史特書之耳。若國家自量强弱，其軍或减或益，國史不須書之。"今謂彼《疏》是也。或據《魯語》叔孫穆子語，"諸侯有卿無軍"，韋注：諸侯，次國之君。無軍，無三軍也。因謂僖公之世止作二軍。焯謂魯自伯禽受封，爲東方之望。詩言"大啓爾宇"，其地非不足於三軍。《費誓》稱"魯人三郊三遂"，三郊即三鄉，三軍出於三鄉，則魯有三軍之明證。降及隱、桓之其兵四出。莊之十年長勺之戰，力能勝齊。僖公能復周公之宇，於時魯猶未衰。當無减爲二軍之事。自成、襄以後，晉主夏盟，始聞重幣。蓋霸主之令，軍多則貢重，或於是時减爲二軍。叔孫穆子之言，當爲成、襄以後而發。若僖公以前，何所畏而忽改三軍耶？以成公後之事論僖公時之詩，非所以論其世也。僖有三軍，當從《箋》義爲正。

"貝胄朱綅。"《傳》："貝胄，貝飾也。朱綅，以朱綅綴之。"《正義》曰："謂以朱綫連綴甲也。"

焯案：馬氏《通釋》云："朱綅承貝胄言。段玉裁言毛意謂以朱綫綴貝於胄，是也。《正義》謂朱綅綴甲，失之。"

"戎狄是膺，荆舒是懲。"《傳》："膺，當。"《箋》云："懲，艾也。僖公與齊桓舉義兵，北當戎與狄，南艾荆及羣舒。"《正義》曰："僖公之世，用兵於戎、狄、荆、舒者，惟有齊桓公耳。僖四年《經》書'公會齊侯等侵蔡，蔡潰，遂伐楚'。楚一名荆，羣舒又是楚之與國，故連言荆、舒。其伐戎、狄則無文，或别有伐時，《經》《傳》脱漏，如伐淮夷之類。"

焯案：僖公一從齊桓伐楚，桓公既卒，公使公子遂如楚乞師以伐齊，曷言乎荆、舒是懲？齊侯、許男惟十年曾一伐北戎，三十三年狄人亦一敗于晉，而公皆不與焉，曷言乎戎、狄是膺？《正義》疑莫能明，遂謂《經》《傳》脱漏，由誤於鄭謂夸美僖公，而又限於疏不破注之例耳。竊謂《箋》以此章以下皆美僖公，而《孟子》兩引此詩"戎狄是膺"，皆確指爲周公，聖門傳授師説，必有所本。翟氏灝《四書考異》云："《詩序》云：'《閟宫》頌僖公能復周公之宇也。'首二章止陳姜嫄、后稷、大王、文、武之勳。三章言成王封魯，魯子孫率由不愆，祭則受福。四章'公車千乘'至'則莫我敢承'皆言周公而不屬僖公。'俾爾昌而熾'等語亦謂周公俾之也。五章、六章繼周公而頌伯禽，所謂'淮夷來同，遂荒徐宅'顯係伯禽事，見諸《尚書·費誓》者也。七章、八章方頌僖公復宇。"以此推之，則詩與《孟子》正合。今謂翟説較《箋》説爲善。

"遂荒大東。"《傳》："荒，有也。"《箋》云："荒，奄也。大東，極東。"《正義》曰："荒訓爲奄，此云'荒，有'者，亦謂奄有之也。"

焯案：《釋詁》："幠，有也。"郭《注》引《詩》"遂幠大東"。《釋文》言："《韓詩》作荒。"則《毛詩》經《傳》原當作幠，故訓爲有。馬氏《通釋》。訓荒爲奄，乃是《箋》義，未可以釋毛也。

"保有鳧繹。"《傳》："鳧山繹山也。"《正義》曰："《禹貢》徐州'嶧陽孤桐'，謂嶧山之陽有桐木也。"

焯案：《漢書·地理志》魯國騶注："故邾國，嶧山在北。"邾後改爲鄒，或作騶。繹通作嶧。《大清一統志》："嶧山在山東鄒縣東南二十里。"又《漢志》東海郡下邳注："葛嶧山在西，古文以爲嶧陽。"其地爲今江蘇邳縣，與嶧山在山東鄒縣者異地。《正義》乃以《書》之嶧陽當詩之繹山，誤矣。

"居常與許。"《傳》："常、許，魯南鄙西鄙。"《箋》云："許，許田也，魯朝宿之邑也。當或作嘗。在薛之旁。"《正義》曰："《傳》以常、許爲魯之鄙邑，書傳無文。故《箋》易之'許，許田也'。"又曰："《春秋》於僖公之世不書得許田，蓋經傳闕漏，故無其事也。"

焯案：陳氏《傳疏》云："《括地志》：'許田在許州許昌縣南四十里，有魯城，周公廟在城中。'案今河南許州，與魯中隔陳、衛，成王營雒邑時，以爲周朝宿邑。許田在魯之西，而周公朝宿在焉，是即魯之西境也。鄭與魯易假許田在隱、桓之世，則許田久屬於鄭，疑魯南鄙之常，自莊、閔而後或又屬於齊，以是周公之故宇，故願僖公復之，亦寓規於頌之意也。《疏》謂《春秋》不書得許田，經傳闕漏，恐不然矣。又《傳》以常、許爲魯南鄙西鄙，鄭不得明文，遂以許爲許田，而又推本薛旁之嘗即詩之常邑，皆以申《傳》，而《疏》以爲易《傳》，亦非。"

商　頌

商頌譜

《譜》云："商者契所封之地。"《正義》曰："服虔、王肅以契孫相土居商丘，故湯以爲國號。而鄭以湯取契之所封以爲號者，以經典言商皆單謂之商，不言商丘。成湯以商受命，故當以商爲國號。"

焯案：《正義》之説當矣。顧於契所封之地則略而未言。李氏《紬義》云："《史記·殷本紀》云：'契封於商，賜姓子氏。'《集解》引鄭玄曰：'商國在太華之陽。'皇甫謐曰：'今上洛商是也。'《索隱》曰：'堯封契於商丘，即《詩·商頌》云"有娀方將，帝立子生商"是也。'張守節《正義》曰：'《括地志》云：商州東八十里商洛縣本商邑，古之商國，帝嚳之子卨所封也。'《水經·丹水》篇云：'丹水又東南過商縣南。'酈道元注曰：'契始封商。《魯連子》曰：在太華之陽。皇甫謐、闞駰並以爲上洛商縣也，殷湯之名起於此矣。'然則契所封商地爲今陝西商州，非河南之商丘縣也。"

那

"衎我烈祖。"《傳》："衎，樂也。烈祖，湯有功烈之祖也。"《箋》云："烈祖，湯也。以樂我功烈之祖成湯。"《疏》云："毛以爲以樂我有功烈之祖，湯之上祖有功烈者，謂契、冥、相土之屬也。"

焯案：此詩《傳》《箋》不異。陳氏《傳疏》云："詩祀成湯，故烈祖爲湯有功烈之祖，是《傳》明以烈祖指湯。《疏》則云美湯之先公，誤矣。"

“湯孫奏假。”《傳》：“假，大也。”《箋》云：“湯孫，太甲也。假，升。湯孫太甲又奏升堂之樂弦歌之。”《正義》引王肅云：“湯之爲人子孫，能奏其大樂。”

焯案：下文“於赫湯孫”，《傳》云：“盛矣湯爲人子孫。”故王肅述毛以經三湯孫皆謂湯爲人子孫，以爲終篇述湯生存之事，然其説與《序》云祀成湯有乖。陳奐説。且《傳》既以烈祖爲湯，而“湯孫奏假”緊接“衎我烈祖”句，不得又以湯孫爲湯。其於“於赫湯孫”謂湯爲人子孫，或是誤文。如必執是爲説，則《烈祖》祀中宗、《殷武》祀高宗皆有湯孫之文，又將作何解乎？馬氏瑞辰、俞氏樾謂：“祀成湯而稱成湯爲湯孫，猶《玄鳥》祀高宗而稱高宗爲武丁孫子之比。”惟《玄鳥》上文有“古帝命武湯”諸語，故下承之以“在武丁孫子”句，與此篇“湯孫奏假”承“衎我烈祖”不同，固不得援以爲比。陳氏奐則謂“《傳》云湯爲人子孫，但解‘於赫湯孫’句，不通於上下文之湯孫”。惟一篇三云湯孫而異其解，恐非詩人本意。此由疑《傳》而未便駁《傳》，故爲是回護之辭耳。《箋》知《傳》義未安，因以湯孫爲太甲，然亦無以解於《烈祖》、《殷武》稱湯孫之義。竊謂《那》篇之湯孫，宜依歐陽氏《詩本義》説，爲指主祀之時王。如主祀者爲太甲，自宜屬太甲，特不得如《箋》以世次言，定指湯孫爲太甲耳。或疑“於赫湯孫”，時王不應自誇。黄東發云：“樂以悦神，故曰‘於赫湯孫，穆穆厥聲’，以侈言其樂之美，猶飲食之苾苾芬芬，以侈言飲食之美。凡以悦神，非自誇也。”《烈祖》湯孫，《正義》謂“此時祭者當是中宗子孫，亦是湯遠孫，故得言湯孫”，其説獨是。《殷武》湯孫，則指高宗言之。如是立解，義皆可通。不必如王肅説，以湯孫皆目成湯。亦不必依《箋》説，以《那》與《殷武》之湯孫皆指太甲也。

“依我磬聲。”《傳》：“依，倚也。磬，聲之清者也，以象萬物之成。

周尚臭，殷尚聲。"《箋》云："磬，玉磬也。堂下諸縣與諸管聲皆和平，不相奪倫，又與玉磬之聲相依，亦謂和平也。玉磬尊，故異言之。"《正義》釋《傳》曰："《傳》言象萬物之成者，以秋天是萬物成就之時，其律吕數短，聲調皆清，故《楚辭》宋玉云，'秋之爲氣也，天高而氣清'。"

焯案：李氏《紬義》云："如《正義》，仍是釋清字，未釋萬物之成。按《白虎通》曰：'磬者，夷則之氣也，象萬物之成也。其氣磬，故曰磬。有貴賤焉，有親疏焉，有長幼焉。朝廷之禮，貴不讓賤，所以明尊卑也。鄉黨之禮，長不讓幼，所以明有年也。宗廟之禮，親不讓疏，所以明有親也。此三者行，然後王道得；王道得，然後萬物成。天下樂之，故樂用磬也。'是樂之有磬，原以象萬物之成，《傳》之言此，蓋釋經之依字。《孟子》曰：'金聲玉振。'金聲也者，始條理也。玉振也者，終條理也。振，收也。磬，特磬。所以收衆樂之聲，故衆聲皆倚之，衆聲之成，即象萬物之成矣。"

烈　祖

"來假來饗。"《箋》云："享謂獻酒，使神享之也。諸侯助祭者來升堂，來獻酒。"《疏》云："來假謂諸侯來升堂獻酒，來饗謂神來歆饗之。"又曰："獻酒必升堂，故知來假謂來升堂獻酒也。"

焯案：阮氏《校勘記》云："《箋》云來升堂者，來假也。來獻酒者，來饗也。《箋》之兩來字即經之兩來字，《正義》以獻酒連升堂，入於來假之下，以來饗屬之神來，微失《箋》意。《箋》意來饗之來仍是諸侯來，非爲神來，但饗是神饗之耳。王肅述毛則以兩來字皆屬之神，此其與鄭異也。"

玄　鳥

"方命厥后。"《箋》云："方命其君，謂徧告諸侯也。"《疏》云："方，方命其諸侯之君使歸成湯。”

焯案：馬氏《通釋》云：“方、旁古通用。《易·繫辭》‘旁行而不流’，《淮南·主術》作‘方行而不流’，方猶旁也，旁之言溥也，徧也。旁溥徧一聲之轉。《説文》：“旁，溥也。”《微子》‘小民方興’，《史記》作‘小民乃並興’，並亦溥也。《立政》‘方行天下’，《吕刑》‘方告無辜于上’，方皆讀旁，並溥徧之義。《齊語》‘以方行於天下’，《韋注》：‘方當作横。’横與廣通，廣亦徧也。此詩‘方命厥后’，猶《晉語》曰‘乃使旁告於諸侯’，《箋》云‘徧告諸侯’，正讀方爲旁。《疏》謂‘方，方命其諸侯之君’，失之。”

“景員維河。”《傳》：“景，大。員，均。”《箋》云：“員，古文作云。河之言何也。其所貢於殷大至，所云維言何乎。”《正義》曰：“《傳》解維河之義，既以景員爲大均，則維河者，當謂政教大均，如河之潤物然，言其霑潤無所不及也。”

焯案：《釋文》引王肅説以河爲河水，故《正義》申《傳》，謂政教大均如河之潤物。惟《傳》實無霑潤之義，《正義》所申，非特失《傳》旨，且非王肅意也。李氏《集解》云：“河者，所都之地也，如《盤庚》‘民不涉河以遷’，即此河也。‘景員維河’，則以諸侯輻輳而至於河，即言諸侯大來於京師也。”陳氏奂《後箋補》云：“高宗都景亳，在冀州域内，三面距河，故詩人言四海之來朝貢至於河者乃大均也。孔以河能潤物爲喻，未得經解矣。”

長　發

“幅隕既長。”《傳》：“幅，廣也。隕，均也。”《箋》云：“隕當作圓，圓謂周也。”《疏》云：“令使中國廣大均平，既已長遠矣。”又云：“鄭以隕爲圓，言中國廣大而圓周也。”

焯案：陳喬樅《鄭箋改字説》云："毛公訓隕爲均，與《玄鳥傳》'員，均也'義同。是以幅隕之隕叚借爲員字，員圓古通，方圓《孟子》書皆作方員，是其證也。《箋》破隕爲圓，蓋渾圓則無不均之處，此申毛，非易毛也。"焯謂圓，《説文》訓圜全，圜全則無不周帀，無不均平。陳氏謂《箋》實申《傳》，是也。

"帝立子生商。"《傳》："契生商也。"《箋》云："帝，黑帝也。禹敷下土之時，有娀氏之國亦始廣大，有女簡狄吞鳦卵而生契，堯封之於商，後湯王因以爲天下號，故云帝立子生商。"《疏》云："有娀氏之女方欲長大之時，天爲之生立其子而使之生商，謂上天祐契，使賢而生有商國也。"

焯案：《虞東學詩》云："帝立子生商，立如'天立厥配'之立，子如'大邦有子'之子，生商義同《玄鳥》篇，謂生契也。契始封商，生契所以生商也。"馬氏《通釋》云："《玄鳥》詩'天命玄鳥，降而生商'，《傳》：'春分玄鳥降，湯之先祖有娀氏女簡狄配高辛氏帝，帝率與之祈于郊禖而生契。'《箋》：'天使鳦下而生商者，謂鳦遺卵，娀氏之女簡狄吞之而生契，爲堯司徒，有功封商。'《傳》、《箋》説雖不同，皆以生商爲生契。此詩'帝立子生商'，亦謂立有娀之女子爲妃而生契，因契受封於商，遂以生契爲生商耳。《傳》文簡質，以生商即契，遂云契生商。《正義》乃以立子爲生契，謂契能生有商國，失《傳》恉矣。"

"爲下國綴旒。"《傳》："綴，表。旒，章也。"《箋》云："綴猶結也。旒，旌旗之垂者也。"《正義》曰："綴之爲表，其訓未聞。"

焯案：陳氏《傳疏》云："古綴表同義連文。《曾子·制言》中篇：'言爲文章，行爲表綴於天下。'《晏子·外篇》：'行表綴之數。'《吕覽·不屈》篇：'或操表掇掇與綴通。以善晞望若施者，其操表掇者也。'此皆綴爲表之義，《正義》云綴表未聞，疏矣。"

"爲下國駿厖。"《傳》："駿，大。厖，厚。"《箋》云："駿之言俊也。"《疏》云："爲下國作英俊厚德之君。"

焯案：此章與前章互足爲義。前章云"受小球大球，爲下國綴旒"，《傳》訓球爲玉，綴旒爲表章。此章云"受小共大共，爲下國駿厖"，《傳》訓共爲法，駿厖爲大厚。蓋謂受小玉大玉之法，以爲諸侯表章，又能篤厚而行之也。《箋》以小球謂圭，大球謂珽，共爲執，謂執圭搢珽，亦會合前後兩章立解。惟讀駿爲俊，其意不可具知。《正義》釋爲英俊厚德之君，恐非詩意也。若馬氏瑞辰謂《傳》訓駿厖爲大厚爲不詞，與前章綴旒語不相類，則由未知前後章義互相足故耳。

"武王載旆。"《傳》："武王，湯也。旆，旗也。"《箋》云："於是有武功、有王德，及建旆興師出伐。"《疏》述毛曰："有武功、有王德之成湯，載其旌旗以出征伐。"

焯案：李氏《紬義》云："《傳》訓武王爲湯，則武王是湯之號。《史記·殷本紀》云：'於是湯曰，吾甚武，號曰武王。'太史公之言與此《傳》合。"焯又案《韓詩外傳》稱孫卿引《詩》"武王載旆，有虔秉鉞"，云此謂湯武之兵也。與此《傳》亦合。《正義》乃同《傳》於《箋》，非毛意也。

"苞有三櫱。"《傳》："苞，本。櫱，餘也。"《箋》云："苞，豐也。天豐大先三正之後世，謂居以大國，行天子之禮樂。"《正義》申《傳》曰："言本有三餘，謂上世受命創基之君爲之本，當時二王之後及今夏桀是其餘也。其意與《箋》言三正之後亦同。”

焯案：李氏《集解》云：“本則夏桀也，櫱則韋、顧、昆吾也。《漢書·叙傳》云‘三櫱之興’，注云：‘木斫復生曰櫱。’當成湯之時，桀與三櫱，湯皆征之，莫能遂，莫能達，故能九有有截。”范氏《補傳》云：“苞，本也，謂夏桀也。三櫱旁生，謂萌櫱也，謂韋、顧、昆吾也。湯有威武，故桀與其黨韋、顧、昆吾三櫱皆不能遂其惡也。”今謂二説皆允，毛意當如是。《正義》以《箋》義申《傳》，恐非。

“昔在中葉，有震且業。”《傳》：“葉，世也。業，危也。”《箋》云：“中世，謂相土也。震猶威也。相土始有征伐之威，以爲子孫討惡之業。”《正義》曰：“《傳》以業爲危，則湯未興之前，國弱而危懼也。《箋》易之者，以此篇上述玄王、相土，言至湯而齊於天心，則是自契以來作漸盛之勢，不應於此方言上世衰弱，故易《傳》也。”

焯案：汪氏《異義》云：“案《殷本紀》：自契至湯十四世，相土爲昭明之子，契之孫，詩言中葉，不得指謂相土。《殷武疏》云：《孟子》云‘湯以七十里’，契爲上公，受封舜之末年，又益以土地，則當爲大國過百里，而成湯之起止由七十里，蓋湯之前世有君衰弱，土地減削，故至湯止有七十里耳。然則《傳》中葉震危之説不爲無據。詩人立文，作抑揚之勢，下言湯信爲天所子愛，生賢佐以爲之輔，因先言中葉衰弱，不必以歷述玄王、相土爲漸盛之勢，於此遂不當言其衰也。”

殷　武

“撻彼殷武。”《傳》：“撻，疾意也。殷武，殷王武丁也。”《正義》申《傳》曰：“撻疾是速疾之意。言伐楚之疾也。”

焯案：馬氏《通釋》云："撻蓋勇武之貌。《爾雅·釋言》：'疾，壯也。'《廣雅·釋詁》：'壯，健也。'疾與壯健義近。《傳》訓疾者，亦壯武之義。《説文》：'𨔶，古文撻。'段氏曰：'从虍者，言有威也。'則撻字亦爲武貌。《正義》以疾爲伐楚之疾，失《傳》恉矣。"

"裒荆之旅。"《傳》："裒，聚也。"《箋》云："克其軍率而俘虜其士衆。"《正義》申《箋》曰："戰勝必當俘虜，言聚荆之旅，故知俘虜其士衆也。"

焯案：俞氏《平議》云："《傳》文聚字當讀爲取，《易謙象傳》：'君子以裒多益寡。'《集解》引虞翻注曰：'裒，取也。'《釋文》曰：'裒，鄭、荀、董、蜀才作捊，取也。'《廣雅·釋詁》曰：'捊，取也。'捊與裒字異義同。《傳》訓裒爲取，故《箋》申之曰俘虜其士卒也。古取聚通用。《易萃象傳》：'聚以正也。'《釋文》：'聚，荀作取。'《漢書·五行志》：'内取兹謂禽。'師古曰：'取讀如《禮記》"聚麀"之聚。'並其證也。《正義》未能申明《傳》義，乃曰聚荆國之人衆俘虜而以歸，則近於牽合矣。"

"湯孫之緒。"《箋》云："緒，業也。是乃湯孫太甲之等功業。"《正義》申《箋》曰："言高宗此功同於太甲之等殷之諸賢王之功也。《傳》於《那》篇言'湯孫者，湯爲人子孫'，則此亦當然。故王肅云：'於所伐截然大治，是湯爲人子孫之業，大武丁之伐與湯同。'"

焯案：湯孫之義，已於"湯孫奏假"條言之。《箋》意以太甲爲湯之孫，故於此又指言太甲。實則詩稱曾孫及孫，不必定對曾祖與祖言之。王肅執"於赫湯孫"《傳》語，以湯孫即湯，亦非。范氏《補傳》

謂湯孫即高宗，言高宗之功誠無媿於湯之孫，極得詩意。蓋以此章文勢論，末句實重點高宗也。

"勿予禍適。"《傳》："適，過也。"《箋》云："勿罪過與之禍適。"《正義》曰："我殷王勿予之患禍，不責其罪過。"

焯案：禍與過古字通。王引之云："《荀子・成相》篇：'罪禍有律，莫得輕重。'即罪過字。《漢書・公孫弘傳》：'後竟報其過。'《史記》作禍，是也。適與謫通。《釋文》引《韓詩》云：'適，數也。'《廣雅》數謫並訓責。是則'勿予禍適'言不與以譴責也。《箋》云'勿罪過與之禍適'，正以罪過二字釋禍適，而下仍云禍適者，順經文也。《正義》乃以患禍罪過分言，失經旨矣。"

"旅楹有閑。"《傳》："旅，陳也。"《箋》云："以爲桷與衆楹。"《正義》申《箋》曰："言爲桷與衆楹，則訓旅爲衆也。以其方始斲之，未宜以爲陳列，故易《傳》也。"

焯案：《傳》云陳者，臚列之謂。惟其衆也，故可陳也。毛、鄭義實相成，《正義》以《箋》爲易《傳》，非鄭意也。

引用書目

詩本義　歐陽修
詩集傳　蘇轍
周南詩次解　王安石
詩集傳　朱熹
吕氏家塾讀詩記　吕祖謙
續詩記　戴溪
詩補傳　范處義
讀詩一得　黄震
毛詩集解　李樗　黄櫄
詩緝　嚴粲
詩考　王應麟
黄氏日鈔　黄震
劉元城説詩

以上宋

詩傳通釋　劉瑾
詩集傳名物鈔　許謙
詩經疏義　朱公遷

以上元

毛詩原解　郝敬
讀詩旨括　揭騰蛟
詩經世本古誼　何楷

以上明

毛詩稽古編　陳啓源

詩經通義　朱鶴齡
詩識名解　姚炳
詩説　惠周惕
毛詩寫官記　毛奇齡
陸堂詩學　陸奎勳
詩經遵義　黄元吉
詩疑辨證　黄中松
虞東學詩　顧鎮
詩序廣義　姜炳璋
讀詩坿記　翁方綱
田間詩學　錢澄之
詩稗疏　王夫之
空山堂詩志　牛運震
周頌口義　莊述祖
誦詩一隅　管幹貞
毛詩類釋　顧棟高
詩所　李光地
詩細　趙佑
學詩毛鄭異同籤　張汝霖
詩毛鄭異同考　程晉芳
毛詩傳箋異義解　沈鎬
毛詩鄭箋改字説　陳喬樅
毛鄭詩考正　戴震
毛詩故訓傳　段玉裁
詩經小學　同上
毛詩補疏　焦循
毛鄭詩釋　丁晏
毛詩説　孫燾

詩地理徵　朱右曾
毛詩明辨録　沈青崖
詩瀋　范家相
詩學女爲　汪梧鳳
毛詩異義　汪龍
詩毛鄭異同辨　曾釗
毛詩紬義　李黼平
學詩詳説　顧廣譽
讀詩劄記　夏炘
毛詩注疏考異　謝章鋌
毛詩後箋　胡承珙
毛詩傳疏　陳奂
毛詩傳箋通釋　馬瑞辰
詩經平議　俞樾
毛詩札記　劉師培
毛詩學　馬其昶
詩經講義　潘任等
爾雅
周禮注疏
儀禮注疏
禮記注疏
左傳注疏
韓詩外傳
國語
五經異義經典釋文
慧琳一切經音義
乾鑿度
爾雅翼　羅願

古文尚書考　惠棟
經義述聞　王引之
古文尚書考　惠棟
尚書今古文注疏　孫星衍
尚書後案　王鳴盛
弁服釋例　任大椿
春秋大事表　顧棟高
羣經宫室圖　焦循
論語駢枝　劉台拱
古文尚書撰異　段玉裁
四書考異　翟灝
通藝録　程瑶田
古文尚書拾遺　章太炎
十三經校勘記　阮元
説文解字注　段玉裁
釋名　劉熙
埤蒼　張揖　輯本
古今韻會　黄公紹
廣雅疏證　王念孫
經義雜記　臧琳
史記
漢書
後漢書
世説新語
括地志　唐魏王泰　孫星衍輯本
水經注
漢書考證　齊召南
山海經

墨子閒詁　孫詒讓
日知録　顧炎武
東塾讀書記　陳澧
正名雜誼　章太炎
援鶉堂筆記　姚範
愼宜軒筆記　姚永概
文選
經韻樓集　段玉裁
揅經室集　阮元
娱親雅言　嚴元照

荆楚文庫

附　　録

目　　録

自　　叙

黄焯字耀先，一字迪之，世居湖北蘄春。生於一九〇二年舊曆十一月十八日。七歲喪父，家貧，且備受從兄侵侮。念吾母昔年所受艱苦，至今猶感悲痛。逾三年，母令焯往從外祖父蕭公受讀，公諱葆新，字遠軒，清優貢生，深愛焯，焯先就村塾已讀畢四子書及《易》《書》《詩》三經，公續授以《禮記》《左傳》。夜令焯卧足旁，天未明即問晝間所讀書，焯熟寢，不能答，便掐足，不令卧。今回憶此境，此種深恩，何可報得。十九歲至武昌謁先叔父季剛侃先生，先生試令作文二篇，以爲可教，隨令入中學肄業，並示以治學之法，寫示應讀書目廿餘種。一九二六年，先生北去，焯未得隨往，次年畢業於武昌中山大學。一九二八年先生就南京中央大學聘，召焯往作助教，相從歷八年而先生下世。抗日軍興，隨校遷重慶，居二年，離去，赴樂山，就武漢大學聘，計居中央大學凡十一年。自一九三九年來武漢大學已歷四十二年。計在兩大學中任助教、講師、副教授、教授共經五十有三年。所教課程有詩經、文選、文學概論、國學概論等等。

我從先叔父受學，次第是先教閱讀《困學紀聞》《日知録》等書，以便窺見治學途徑；繼受文字聲韻學大要，黄以周謂學問文章皆宜以章句爲始基，研究章句即爲研究小學。焯於是始治毛詩。《詩經》和三禮、《左傳》、《爾雅》、五經都有聯繫，故同時閱讀三禮等書。先叔父又説：研治《詩經》萬不可違背毛傳，毛傳並爲一切經學根本。還説朱子《詩集傳》未嘗無精到語，但舍棄詩序、毛傳却是他的失誤處。故我近年撰集《毛詩鄭箋平議》《詩疏平議》，持論以毛傳爲根據。毛傳的精密處前儒講到的很多，只是過於簡略，後人莫得窺其用意，反致迷謬。如《王風》“丘中有麻”這篇詩，是歌頌留子嗟這個曾做過東周某一地方的長官，能領導人民開發丘陵地帶，增加糧食生産，去官之後，人民都懷念他。歌頌前任官的惠政，也就是諷刺後任官的虐政。詩首章前二句言“丘中有麻，彼留子嗟”，次章言“丘中有麥，彼留子國”，卒章言“丘中有李，彼留之子”。毛傳在首章説：丘中墝埆之處盡有麻、麥、草木，乃彼子嗟之所治。他把三章全部解出來，認爲麻、麥、李(草木指李)，是留子嗟一人領導人民種植起來的。但他在第二章“彼留子國”下又説：子國，子嗟父，於是把鄭玄弄得糊涂起來，加上一道箋語説：“言子國使丘中有麥，著其世賢。”卒章“彼留之子”，鄭又説：“留氏之子，於思者則朋友之子。”到了清代，有幾輩經師如李黼平、馬端辰、俞樾都認爲“之子”是指子嗟之子，以爲著明留氏三代都是那一地方的賢長官，怎麽會有這麽碰巧的事呢？毛公作傳極精，怎麽在第一章將種麻、麥、李都歸功於留子嗟一人，而第二章提到種麥，却又説是留子嗟之父留子國呢？孔穎達《正義》不得其解，只説道：“毛時書籍猶多，必有所據，未詳毛氏何以知之。”我想毛公如此作解，必有其故。他既認爲詩三章都是歌頌留子嗟，决不會在第二章把種麥又説成是留子國所做的事。他定是知道詩詞爲四字句所限，二三兩章互相配足，又爲取韻之故，二章只言子國，下面省去之子二字，三章言之子，是承二章子國爲一句，而在本章之子上省去子國二字，實則都是説彼留子國之子，而爲子嗟的變文罷了。鄭君既誤解於前，而孔穎達又説毛公别有所據，而究其實，毛公何嘗别有所據，只是據本詩知之。至於清代諸儒説是著明留氏三代之賢，其謬誤更不用説了。這麽一個小小問題，鬧了一兩千年，才得明白，可見在學術方面還有多少重大問題須待後人去鑽研哩。

先叔父又説：“讀古書當潛心翫索文義而不可驟言通假。”近有某同志將他所譯的日本人的詩經注解給我看，頭一篇將《關雎》中“君子好逑”的“逑”字説成是“仇”字的假借。按《毛詩》解“逑”爲“匹”，《爾雅》訓“仇”字爲“匹”。毛傳在《大雁》“民勞”詩又解“逑”字爲“合”，而《爾雅》亦訓“仇”爲“合”，是“逑”字本有聚合的意思。毛公所據詩本是“逑”字，鄭君所據詩本是“仇”字，只因所據本子不同，並不是文義上的差别，何必説爲“逑”是“仇”的假借？凡好言假借，有時反把本義説成假借義，把正字説成假借字。如《説文》“須”訓“面毛”，立部“䇓”字訓“待”。段玉裁説：樊遲名須，須者䇓之假借。而不知須字本有等待之意，凡人之生，眉髮先生，須(後出字作䇓)後生，須之所以名須，正以其遲生而有等待之意，此一須字，既可用爲動詞等待之須，亦可作爲名詞胡須之須。䇓字只是後人爲等待義造的專字，何嘗是本字呢？又如《詩經·王風》中“中谷有蓷”篇，首章言“暵其乾矣”，次章言“暵其脩”，卒章言“暵其濕”，意謂蓷草因被水濡，由濕且脩而乾。其先言乾，次言脩濕，只因趁韻之故，並不是蓷草由乾而變爲脩與濕。王引之不明此義，疑詩先言乾，後言濕，於文爲不順，謂濕當作䃂，䃂亦且乾也(見《廣雅》疏证釋草“益母充蔚也”條下；疏证草木蟲魚以後七篇是王引之續作)。他並詆毁毛公、許慎解釋暵字都有錯誤。他既誤解詩意，且妄訶前儒，開後人妄改舊文牽就已説之漸，其爲失甚大。段、王皆清代大儒，尚有此失，何况後生？至於談到翫索文義，更屬重要，不能如此，不足以讀古書。如《詩經·邶風》“北門”篇“王事敦我”句，毛傳釋“敦”爲“厚”，鄭箋釋“敦”猶“投擲”，孔穎達分疏兩説，認爲毛鄭异解。實則毛意是説把王事重重地偏加於我之身，鄭意是説公家的任務都抛在我一人身上，命意未始不同。又《詩經·衛風》“氓”篇“士貳其行”，是斥責那個男子對待他的愛人先愛後棄，也就是下文説的“二三其德”，本無甚難解之處，而王引之偏説“貳”字是“忒”字之誤，陳玉澍又説“貳”與“忒”通，黄先生却説：此“貳”必非訛字，亦非通假，王、陳説皆非是。

再談我學古代散文過程。我過去喜讀駢文，也偶爾習作，可是没有得到一點成就，齊梁以前諸作既莫敢仰窺，即晚唐以後的四六體亦不能得其一字。只不過一提筆便是“編字不只，琢句皆雙”而已，故常常弄到辭不達意。後來看到梅伯言所作《〈管异之文集〉書後》一文，他説：“曾亮少好爲駢體文，异之曰：‘人有哀樂者面也，今以玉冠之，雖美失其面矣，此駢體之失也。’余曰：‘《哀江南賦》《報揚尊彦書》其意固不快耶？而賤之也。’异之曰：‘彼其意固有限，使有孟、荀、莊周、司馬遷之意，來如雲興，聚如車屯，則雖百徐庾之詞，不足以盡其一意也。'”當時看到這段話，頗有會心。先叔父又嘗教讀歸震川文。章太炎早年輕視吴、蜀六子(歐、曾、王皆江西人，三蘇蜀人)，晚年却常看宋六家文集(此係亡友孫鷹若兄所説)。焯於是有兼習散文的意思。又想起姚姬傳的話，以爲古文難作，遠過於詩。唐宋兩代歷時都在三百年左右，其以詩名家者達數百人以上，而以古文名家者則不過數人，以知學古文者難成。焯自知才力低下，不能習此，有時戚友以文相屬，亦勉與酬應，不覺自忘其陋，如所作《陳卓先生傳》即是。《傳》云：

陳先生名犖，字羽丞，又字卓生，世爲蘄春右族。蘄之西境，巒崖盤鬱峭絶，蓋光黄閒山川奇傑之氣至是而一聚。先生出其間，升降謳謡，密爾終歲，所爲古今體詩，格高韻清，於空濛曠邈之區，遠追古人不可到之境，使讀之者如入寒巖深谷，蔭松桂，枕泉石，山風颯然而至，世之塵壒不可得而侵也。先生早歲受知臧縉雲督學，補縣學生員。一時碩彦如黄安陳鴻翼、黄岡張鴻翊，名皆出先生下，顧七試鄉闈不售，遂絶進取，而壹志於詩。鄉先達夏春城守池州，延主秀山書院，先生亦慕皖南山水奇勝。因遍歷其間諸郡縣，所至交其賢豪俊士，後進賴以裁成者頗衆，十餘稔而歸，歸則詩格益遒。嘗曰，詩自唐宋而下，其品目不一，大别以氣韻、風格、性靈三者，若余之詩，則猶候蟲時鳥，隨籟而鳴，至所鳴爲何物，則不自知，而於三者孰爲有合，則益不自知也。蓋先生之意，以爲詩所以理性情，性情之偏，舍學養莫由正。宋以後言詩者，率求之字句聲律，上焉者或主氣格神味而止，詩教之大，遂降爲文藝之一事，而去古之道日遠，故生平不以窮通累其心志，不以運會奪其所守，發而爲詩，則自求其適，不襲古人之貌，而得其神理，言之成節，則合乎天地自然之節焉。晚歲隱居三角山下，以詩教鄉之子弟，沐化者最深者唯先生之從子漢存。先生之族有愚溪者，亦畸士，廬於三角山中，先生則時與愚溪挈匏尊，載秫釀，裹橡栗，躡危巔而據磐石，高吟曼嘯，悠然有與世相遺之概。既歿，漢存爲刻其《屏石山房詩鈔》四卷，漢存從兄敦復爲撰别傳。先生焯姑夫也，漢存屬更爲傳，因輒著其學行云。

贊曰：莊生有言，内重者外不得輕。先生初饒於資，好賓客，急患難，至暮年資大耗。鄉人或落寞遇之，而先生夷然略弗措意。蓋由學養深至，見其大而忘其小焉爾。人有值家貧世亂，形之音製，則多怨怒而尠婉厚，甚或是非没於窮通，得失奪其哀樂，寧得如先生蚤暮貧富之間，心泰如一，而曾無北門之思也。夫詩之至善者，必其胸中高亮，無世俗脂韋之態，讀其詩可想見其爲人。焯於先生恨未得見，讀《屏石山房集》，輒神馳三角山之畔也。

又友人劉君博平曾寫《簡園日記存鈔》數卷，屬焯題辭，焯强應之。辭曰：

博平以甲寅歲始事先從父季剛先生，從受文字聲韻之學。後以所業教於上庠，成《聲韻學表解》一書，餘杭章君爲序其耑，已刊布海内矣。戊寅違難入蜀，治許書益精。嘗曰：吾推尋文字根原，每於一二字用思窮日夜，仍難得其聲義所由之故，泛覽文史，輒日盡數卷，寧用力多而畜德少耶？然吾終不以彼易此。故自丙戌還居武昌，遂得洞明許君理群類，達神恉之説。余觀所爲《簡園日記》，歎其卓然獨見吾土語言文字本真，一祛前儒漫言假借之蔽，且灼見文字爲先民心聲。而其事直與史同功也。先是先從父定古聲爲十九，古韻爲二十八。博平準其部類，散《説文》九千文，分列爲表，寘之几案，尋繹不去手，於以比合誼類，推彼見此，久之於文字衍變盡得其統紀，而於許君立解，有説一字而兼明佗義者，得互通其消息，又以證知語言文字之音義多兩兩相麗而不踦行。而前儒徒就一字音訓以雙聲疊韻爲説者，其不足以盡許書之奥藴也。《簡園日記》累數十册，今但録丁亥以後論小學語數十百條，彙爲一編。其於骨肉離合之故，師友傳習之迹，亦間見於其中。題曰《簡園日記存鈔》。蓋其所鈔而存者，乃其四十年來闋聲光一室之中，覃精冥悟，深造自得，信足達頡誦之玄意，將質諸百世而無疑者。章君晚歲自述所學，謂所箸文始，殆於一字千金。今博平撰《中國語言文字音系》一書，行已寫定，其要旨則概見之日記。惜也章君不及見之。嗟乎！先從父則既歿矣，其能定博平之書者誰也？《日記》著有師門憶語，豈荀子所謂通利之候，而致其思也獨深歟？甲午四月蕲春黄焯。

計所寫雜誌文凡七八十篇，皆不足存。現年已八十，精力頓衰，不能寫作，子孫遠離，子曾暘在北京聲學研究所任副研究員，孫元敬肄業海淀區八一中學，老妻又已下世，煢煢孑立，徒感悲涼，幸有研究生常來問學，冀得以此娱其晚景而已。

一九八一年元旦

黄焯先生簡介

字：耀先、迫之

籍貫：湖北蕲春縣青石鄉大樟樹村

生卒年月日：（1902年12月17日—1984年6月6日）

學歷：

1920年前在家鄉先後接受兩位鴻儒的國學基礎教育。先者黄虬仙是黄先生的族叔，後者蕭葆新是黄先生的外祖父。

1921—1927年因從父黄侃之助，進入新式學堂。

1923年畢業於武昌啓黄中學

1927年畢業於武昌中華大學(畢業時改名武昌中山大學)

同時，在黄侃指導下，穩健邁入國學殿堂。

就職：

1927—1939年中央大學，有教授級助教之美名。

在章太炎創辦的蘇州國學院兼課

1939—1984年武漢大學，歷任講師、副教授、教授、首批國家級博導。

著作：

《經典釋文匯校》，中華書局1980年，2006年

《毛詩鄭箋平議》，上海古籍出版社1985年

《詩疏平議》，上海古籍出版社1985年

《古今聲類通轉表》，上海古籍出版社1983年

《詩説》，長江文藝出版社1981年

黄侃遺墨整理：

《説文箋識四種》，上海古籍出版社 1983 年

《爾雅音訓》，上海古籍出版社 1983 年

《廣韻校録》，上海古籍出版社 1985 年

《文選平點》，上海古籍出版社 1985 年

《文字聲韻訓詁筆記》，上海古籍出版社 1983 年

《字正初編》，武漢大學出版社 1983 年

《量守廬群書箋識》，武漢大學出版社 1985 年

《蘄春黄氏文存》，武漢大學出版社 1993 年

《説文同文》（以下爲自費油印本）

《字通》

《説文新附考原》

《訓詁叢説》

《黄侃論學雜著續編》(待梓)

相關著作：

《黄焯文集》湖北教育出版社 1989 年，丁忱編次

爲人：

“古之君子，今之古人。”(陸宗達)

“今讀吾祖兩書，有生平處世不肯以不肖之心待人，寧人負我，毋我負人諸語。讀之不覺涔涔泪下。焯嘗以此數語自飭，不期吾祖已先詔焯矣。”(黄焯：1982 年農曆二月十二日日記)

黄曾暘

紀念我的摯友黄焯

我寫這幾句紀念耀先學長的話，是在他辭世四個月之後了。四個月前，當耀先的學生要我寫幾句紀念他的話時，我竟因沉浸在濃重的悲哀之中，連完整地回憶與相處的前前後後並向晚輩們述説也不可能，更不要説命筆著文了。現在，一百多天過去了，悲哀並未全然平息，理智却使我感到有些話非説不可。對於像我這樣已經逢過兩次甲子又遠遠越過古稀之年的老人，没有比失去同時代的摯友、老友更令人悲痛的了。更何況，耀先的許多優秀品質，是那樣使我難以忘懷。

我和耀先認識是在一九二八年春天，我隨同季剛先生到了南京，耀先正在季剛先生家裹。那半年季剛先生住在大石橋，我和耀先一起住在教習房，我除了跟從季剛先生出游和聽他講書外，許多的時間，便是和耀先在深夜促膝談心論學，我們互相介紹過在此以前的經歷，交流過學習上的得失長短，商討過各種各樣的瑣事。我很快就了解到他忠心到近於迂闊，嚴謹而至於拘束的爲人，我們之間是充滿了相互的敬重和信任的。

季剛先生教學是很講究“不憤不啓，不悱不發”的方法的，也許因爲耀先是他的親侄子，季剛先生督促他學習又分外嚴格。季剛先生不經常回答學生的問題，也不隨便開篇講書，他一定先叫我們讀書，讀了一兩遍，有些心得了，他才開講。他認爲我們已對自己提出的問題有點初步認識了，才開口解答。在這過程中，耀先時常受到批評，因此，我總以爲，他的收穫是要較我更大的。而且，他從小在季剛先生家，接受季剛先生的訓導也比我早得多。從一九二一年到一九三五年，這樣長期嚴格的訓練，便使耀先具有了堅實的經學、小學的基礎，並且較好地領會了季剛先生學識的精要。

和耀先在南京相聚這半年，是我奠定以後治學方向的半年，因此給我留下了深刻的印象。當時我和耀先還都在青年，不久，我回到北大去教書，與耀先一别就是三十年。但我們還常常通信。他的别號迪之，當時只有我知道，我寫信總稱他"迪之學長"，他曾説，"迪之"是我對他的"專稱"。

一九六一年耀先曾來京，我們得以見面。一九六三年，耀先又自費來京校勘宋版《經典釋文》，我們能再次見面。也許正是季剛先生的學識成爲我們之間的思想紐帶，時隔三十多年，我們在學問上仍如故往那樣能融洽交談。一九六三年那一次，他還結識了我的老友趙元方。耀先先後來京兩次，雖以相聚時間太短爲憾，所幸我們都不算太老，而且在新的時代裏，我們又都還能在高校治學授業，總認爲見面的機會還多的是。

不料這一别，又是近二十年過去，到一九八〇年，一場浩劫之後，耀先才又一次踏上赴京之途。他留了胡子，頭髮也白了，很想與元方一起合影。元方已不能行動，由人背到照相館樓上，我們都成了道道地地的老人。我約耀先給我的研究生講一次課，他説自己中氣不足，在大班上課已感困難，加上滿口湖北口音，讓學生們聽來吃力，便没有講。但他不久即給我寄來了他自己整理的季剛先生的《訓詁學講詞》(即後來正式出版的黄侃述、黄焯整理的《文字聲韻訓詁筆記》中的訓詁部分)，還寄來了一份他自己關於《經典釋文》的講稿，作爲他這次未能講課的補償。

一九八〇年到一九八一年，我們又在武漢見了三次面。一次是全國語言學會開會，我專程去拜見黄師母(季剛先生的夫人)，同時也見了耀先，後來訓詁學會開籌備會和開正式會，我們又連續見過兩次。這時我才知道，耀先爲了季剛先生的著作，先是親自抄録整理，然後自己出錢油印，最後才得以正式出版。爲了把季剛先生的學識傳給後代，他可以説是煞費苦心。

一九八一年，我邀他來京講學，他辭以氣力不足，没有來，却寄來了一份《詩經的幾個問題》的講稿。此後，每出版一種他整理的季剛先生的著作，他都及時寄給我，同時分贈給從我學習的學生。有時也寄來偶或得之的季剛先生的手抄稿。他跟隨季剛先生多年，又工作在季剛先生的家鄉湖北，而且勤於過録整理，熟悉甚至親自保留着季剛先生的學術資料是很自然的，但他從無積壓壟斷之心，總是無私地奉獻給社會，分贈給朋友以及後學。

是的，耀先在保留和傳播季剛先生的學術成果上，是立了大功的。季剛先生是傳統經學、文學的重要繼承人，又是小學的集大成者。他博通經傳，熟研小學，精心文史，在許多問題上都有自己獨到的見解，他自誓在五十歲前不著書，只是潛心準備巨著的資料，然而他在四十九歲去世，留下的許多資料，都保留在他的手批文獻上和他的授課筆記中，所以將這批資料整理刊行，對總結自漢代至清乾嘉以來傳統經學、文學和小學，將有十分重要的意義。但是這批資料大都散在各處，有些甚至不爲人所知，還有的幾經轉手過録，已經不十分準確了，唯耀先能留心搜集，注意保存。從我知道的兩件事，便可看出耀先在這方面的貢獻。

一是季剛先生的《文選》評點本的刊印。一九二二年，季剛先生的母親去年，有位姓吳的門人前去吊唁。喪事完畢後，季剛先生便要姓吳的學生買一部《昭明文選》，圈點批校後送給他。時值炎夏，季剛先生一面批，一面交耀先在旁過録，那麽多卷書只用十四天批校完，耀先在一旁抄都抄不贏。後來，這部經耀先過録的《文選》批校本又被漢口藏書家徐行可借去過録，武漢大學劉賾(博平)又由徐處再次過録。之後，耀先的過録本由季剛先生借給弟子駱紹賓閲讀。一九二八年，耀先任教於中央大學，有一天在先生案頭發現了這部過録本，便將它取走，但第二天又被季剛先生和念田索回，之後，耀先又向徐行可借過録本再録了一部。不久，第一部過録本即遭日機轟炸而散失。以後，耀先知道吳氏手中的季剛先生原批本已回到念田手中，便向念田借回，將録回徐行可的那一部重新用原批本校正，這才有了一個完整的本子，供《黄侃文選評點》一部書出版。

二是季剛先生手批的白文十三經的刊印，也是多虧了耀先的。有一年，台灣出版了季剛先生批點的白文十三經過録本，在大陸以極高昂的價格轉售。耀先頗爲感慨。他根據記憶，推斷台灣的過録本，是由季剛先生早年的批點本過録的。一九三二年，季剛先生感到批點過的許多地方尚有不妥不足之處，便重新批了一部，之後，便把原來批的那部贈給了我。這部原批本至今還在我手中，台灣的過録本已是第二手材料了。而一九三二年重批的那一部，解放後由念田贈給了毛主席。爲了在大陸刊印最完整的第一手材料，耀先提供了線索，並親自派助手前往中共中央辦公廳，在毛主席遺物中找到了這部珍貴的手批本，由上海古籍出版社影印出版。這兩件事，足以看出耀先在保存和刊行季剛先生遺著上所作的獨特貢獻。

耀先的古道熱腸，不只表現在他對老師和學術的忠心，還充分表現在他對朋友和後學的誠摯。一九八〇年以來，他時有音書及時詢問我的健康，我回筆懶，差子侄、學生時代爲寫信，他總一經讀畢立即作覆，晚輩們都説："耀老的回信是一天也不差的。"有一次，我在爲季剛先生的《説文同文》作考證時對其中的一條百思不解，便命學生向耀先請教。他立即回信，解答了這個問題，使我們茅塞頓開。還有一次，我的另一個學生寫信向他提出他撰寫的《經典釋文彙校》中一個字的問題，他接信後立即親往圖書館查對善本並馬上寫回信。更使我感動的是，在我們共同的老友趙元方去世後，耀先將他保存的元方信件中凡曾提過我的情況的信全部揀出，掛號寄我，讓我永作紀念。啓開這份掛號郵件，我不禁老淚縱横。我自問，耀先給我的信件，又有多少現在還保存着呢？

由於我的疏懶，耀先給我的信件已經有一部分遺失了，但他的音容話語，他的真摯友情，我將永遠保留在心中。

去年，耀先要送我一幅壽聯："爲許鄭術業而生壽屆八旬心猶壯耳，繼章黄德音之後肩承學統力挽頽風。"他讓人將撰就的手稿帶至北京，請人寫好裱好贈我，但這幅壽聯至今没有寫成，他已與我永别。這幅壽聯的贊譽我是當不起的，作他的生前寫照倒反而相宜。現在我將這三十個字寫在這篇紀念文章的末尾，作爲我們五十五年摯交的最後留念，也作爲我在晚年向耀先學習的鞭策！

願耀先學長的文章道德長存！

願他畢生致力的事業，後繼有人！

陸宗達

一九八四年十一月廿五日

《黄焯文集》序

老友耀先的文集，在他逝世二周年時，已經編選完畢，這不能不説是他的弟子丁忱的功勞。文集選得很全，除論文外，序跋、題辭、書信、日記以至未竟之作都有入集者。材料能集得這樣迅速全面，這又不能不説是耀先的朋友和學生對他爲人爲學的敬仰和憶念極深因而能獻出自己之所藏而致。我以爲，盡早使後人讀到耀先的論著，從而認識他的爲人，的確是對他最好的紀念。

文集突出了耀先的治學精神與所治之學。可以看出，他繼承叔父季剛先生的經學與小學，在這個領域裏，涉及面很廣，而就他自己之精長來説，應以他畢生研治的《毛詩》《爾雅》之學與晚年着手的《經典釋文》學爲最。在這兩個方面，他都有自己獨到而精深的見解。文集中收了他的兩種未竟之作《經典釋文正誤》(只有卷上)和《經典釋文略例》(只有卷上與卷中)，可以看出在《經典釋文》的研究上，他還有更深遠的計劃，而未能全然實現，是他的遺憾，也是我們的一大憾事。

耀先的後半生，大部分精力放在整理和出版季剛先生的遺著上。這是一項工作量極大又十分繁難的工作。因爲季剛先生一生中批注校點的資料太多了，而他自己又未及寫出系統的論著而早逝。整理這部分學術遺産，要不失季剛先生的原意，又能有益於今日之學者，整理者需有深厚的功底和百倍的勤奮，耀先在這方面是作出了成績的。只是，去年秋天，我去武漢參加紀念季剛先生誕生一百周年、逝世五十周年的大會，得以看到一些季剛先生的尚未整理的手稿，還是雜亂的，而其中不乏很有價值的材料。遺憾的是耀先已不能繼續作完這部分工作，但願繼耀先之後，仍有人勇於承擔此任，使季剛先生與耀先均能安心長眠。

耀先善屬文，文集中不少篇章是他的佳作，使我讀來感到親切。舊學有一定功底的其他讀者，讀後也會有所感的。

在文集編成付梓之時，我還是重複那句多次説過的話：願耀先的文章、道德長存！

陸宗達

一九八九年七月一日

編校後記

《荆楚文庫·黄焯集》共二册，收入《古今聲類通轉表》《毛詩鄭箋平議》《詩疏平議》。現簡述本集的主要内容如下：

《古今聲類通轉表》以黄侃聲類分類學説爲依據，廣事搜輯《説文》《經典釋文》《玉篇》《類篇》及諸經傳子集之異文、異音，將互相通轉之字分爲喉、舌、齒、唇四類，列爲十二表。各表首列《説文》形聲字聲子與聲母之異音者，次列《釋文》《玉篇》《類篇》之異聲諸字，再次列出經、史、子、史之異文異音，而以《詩》《騷》、漢晋諸賦及《易》《書》《三禮》《三傳》《爾雅》《方言》《廣雅》《玉篇》《廣韻》《集韻》與《史》《漢》《莊》《荀》等書之連字終之。其於推求聲音之變轉，多所證明；於音史之考求，亦多高見。書末附《後記》一篇，以明聲音變遷之迹象。

《毛詩鄭箋平議》《詩疏平議》兩書是黄焯先生在前人研究《詩經》的基礎上進一步深入探討寫成的。前一種評鄭玄的毛詩箋，後一種評孔穎達的毛詩疏。雖所評各異，但互相關聯之處甚多，其主要目的不在評鄭評孔，而是探求《詩經》的本義，把《詩經》各篇確切的意義講明白。作者就鄭玄、孔穎達注解中的一些問題，徵引宋元明清諸家之説達一二百種，詳加考證，並附上自己的觀點。此二書雖篤守毛傳，然旁征博引，對清以前的《詩經》研究帶有總結的性質，且其中多有黄焯先生本人獨到的見解和發現，成一家之言。

本集所收黄焯先生的著作僅限寫作於 1949 年之前的部分。《古今聲類通轉表》是黄焯先生侍學黄侃先生時按照黄侃先生要求采録整理而成，“老矣，又以昏眩疾不任尋檢，徒據舊稿類次寫定，成爲《古今聲類通轉表》十二卷”，1983 年上海古籍出版社根據黄焯先生手寫全稿原版影印。1949 年前，黄焯先生講《詩經》，講稿經學校批準，編成《毛詩鄭箋平議》與《詩疏平議》兩部文稿，由學校印刷廠印行。其後，黄焯先生有所修訂，60 年代末期又自費印成油印本。1985 年上海古籍出版社以繁體豎排出版。此次整理即以上述三個上海古籍出版社版本爲底本。

《古今聲類通轉表》因上海古籍出版社 1983 年版是根據黄焯先生手寫全稿原版影印的，故特由武漢大學古籍所熊桂芬、汪波老師予以排録整理，以横排繁體形式出版。

黄焯先生的詩文因無法一一辨析其寫作時間，故暫未收入。

本次整理出版，基本遵循《荆楚文庫》對民國文獻的出版要求和古籍整理的通行做法。除明顯的版刻誤字，一般不改字。個别地方爲照顧今人的閲讀習慣作了格式上的統改，特此説明。

本社編輯部